中国最美的散文
世界最美的散文

朱自清等◎编著　鸿雁◎主编

北京联合出版公司

Beijing United Publishing Co.,Ltd.

图书在版编目（CIP）数据

中国最美的散文　世界最美的散文 / 朱自清等编著；鸿雁主编 . — 北京：北京联合出版公司，2015.5（2024.1 重印）

ISBN 978-7-5502-4714-7

Ⅰ . ①中… Ⅱ . ①朱…②鸿… Ⅲ . ①散文集 – 世界 Ⅳ . ① I16

中国版本图书馆 CIP 数据核字（2015）第 031756 号

中国最美的散文　世界最美的散文

编　　著：朱自清等

主　　编：鸿　雁

责任编辑：喻　静

封面设计：施凌云

内文排版：汪　华

北京联合出版公司出版

（北京市西城区德外大街 83 号楼 9 层　100088）

河北松源印刷有限公司印刷　新华书店经销

字数 900 千字　　720 毫米 ×1020 毫米　1/16　40 印张

2015 年 5 月第 1 版　2024 年 1 月第 8 次印刷

ISBN 978-7-5502-4714-7

定价：78.00 元

前　言

　　散文是文学殿堂中一种影响广泛、备受广大读者青睐的文体。古今中外的文学大师们，以其洞幽入微的观察力、超凡尘世的秉性、细腻激扬的情愫，凭借生花的妙笔，写下了无数文采斐然、脍炙人口的散文名篇。这些经历了时间考验的散文佳作，不仅丰富了世界文学宝库，而且还感染和影响了成千上万的人们，叩击着一代又一代人的心灵，给人们以精神上的享受和艺术上的熏陶。

　　一个人在其一生中，阅读一些立意深远、具有丰富哲学思考的散文，不仅可以开阔视野，重新认识历史、社会、人生和自然，获得思想上的盎然新意，而且还可以学习中外散文名家高超而成熟的创作技巧。然而人生匆匆，一个人要想在短暂的一生中，穷经皓首式地遍阅文学大师们的所有散文佳作，既不现实，也不经济。为了让广大读者在短时间内迅速、有效地了解中外散文的创作成就，获得绝佳的阅读效果，编者从浩如烟海的散文卷帙中遴选出近 300 篇上乘之作，辑录成书。本书选文既有名家名作，如培根、纪伯伦、朱自清、徐志摩、巴金等中外著名作家的经典文章，又有近现代一些杰出作家的精美作品，比较客观地反映了中外散文的发展脉络和杰出成就。

　　正如"读一部好书，就是和许多高尚的人谈话"一样，读名家名作就是和大师的心灵在晤谈。这些作品或讴歌自然，或剖析社会，或赞颂真善美，或鞭挞假恶丑，其优美文辞的背后，总是蕴涵着深刻的自然或社会哲理，在思想性和艺术性方面都有独到之处，有的字字珠玑，给人以语言之美；有的博大深沉，给人以思想之美；有的感人肺腑，给人以情感之美；有的立意隽永，给人以意境之美。值得一提的是，为了尊重作者原文和保持原文风貌，对于一些作者在上世纪二三十年代写成或翻译的作品，其中有个别用字和当今现代汉语语法不统一的现象，我们都没有做改动。情至深处无言辞，落于笔端即华章，这些作品不仅为读者提供一个可供参照、学习、研究中外散文的范本，也能使读者领略文学艺术的神奇魅力。

　　在体例编排上，本书通过"入选理由"、"作者简介"、"作品赏析"等栏目多角度解析名作，引导读者准确、透彻地把握作品的思想内涵，从中汲取丰富的人生营养。"入选理由"点明每篇散文入选的理由，让读者在阅读前对作品有个初步的认识。"作者简介"以简练的文字对作者的生平、求学经历、文学成就和影响等作了扼要的介绍，使读者对作者有一个清晰概括的了解。"作品赏析"以凝练的文字，对原文的写作背景、语言特色、创作技巧、思想哲理等进行精当到位的解析，使读者从深层次上去咀嚼原文，以达到曲终韵留、余味缭绕之效。

我们诚挚地期望，通过本书，能够引领读者领略中外散文的真貌，同时启迪心智，陶冶性情，进而提高个人的审美意识、文学素养、写作水平、鉴赏能力、人生品位，为自己的人生添上光彩亮丽的一笔。

目 录

❧ 中国最美的散文 ❧

世界最美的散文

中国最美的散文

少年中国说 / 梁启超

入选理由

梁启超"新文体"的典范
充沛酣畅的爱国情怀和强国期盼
观点鲜明，论述深刻

日本人之称我中国也，一则曰老大帝国，再则曰老大帝国。是语也，盖袭译欧西人之言也。呜呼！我中国其果老大矣乎？梁启超曰：恶是何言，是何言，吾心目中有一少年中国在！

欲言国之老少，请先言人之老少。老年人常思既往，少年人常思将来。惟思既往也，故生留恋心；惟思将来也，故生希望心。惟留恋也，故保守；惟希望也，故进取。惟保守也，故永旧；惟进取也，故日新。惟思既往也，事事皆其所已经者，故惟知照例；惟思将来也，事事皆其所未经者，故常敢破格。老年人常多忧虑，少年人常好行乐。惟多忧也，故灰心；惟行乐也，故盛气。惟灰心也，故怯懦；惟盛气也，故豪壮。惟怯懦也，故苟且；惟豪壮也，故冒险。惟苟且也，故能灭世界；惟冒险也，故能造世界。老年人常厌事，少年人常喜事。惟厌事也，故常觉一切事无可为者；惟好事也，故常觉一切事无不可为者。老年人如夕照，少年人如朝阳；老年人如瘠牛，少年人如乳虎；老年人如僧，少年人如侠；老年人如字典，少年人如戏文；老年人如鸦片烟，少年人如泼兰地酒；老年人如别行星之陨石，少年人如大洋海之珊瑚岛；老年人如埃及沙漠之金字塔，少年人如西伯利亚之铁路；老年人如秋后之柳，少年人如春前之草；老年人如死海之潴为泽，少年人如长江之初发源。此老年与少年性格不同之大略也。梁启超曰：人固有之，国亦宜然。

梁启超曰：伤哉，老大也。浔阳江头琵琶妇，当明月绕船、枫叶瑟瑟、衾寒于铁、似梦非梦之时，追想洛阳尘中春花秋月之佳趣。西宫南内，白发宫娥，一灯如穗，三五对坐，谈开元、天宝间遗事，谱霓裳羽衣曲。青门种瓜人，左对孺人，顾弄孺子，忆侯门似海珠履杂遝之盛事。拿破仑之流于厄蔑，阿剌飞之幽于锡兰，与三两监守吏，或过访之好事者，道当年短刀匹马，驰骋中原，席卷欧洲，血战海楼，一声叱咤，万国震恐之丰功伟烈，初而拍案，继而抚髀，终而揽镜。呜呼，面皱齿尽，白头盈把，颓然老矣！若是者，舍幽郁之外无心事，舍悲惨之外无天地，舍颓唐之外无日月，舍叹息之外无音声，舍待死之外无事业。美人豪杰且然，而况于寻常碌碌者耶！生平亲友，皆在墟墓，起居饮食，待命于人，今日且过，遑知他日；今年且过，遑恤明年。

· 作者简介 ·

梁启超（1873—1929），字卓如，号任公，又号饮冰室主人。广东新会人，光绪举人。1890年拜康有为为师。1896年在上海办《时务报》，提倡维新变法，宣传改良主义。还介绍了西方资产阶级哲学和政治学说，对当时思想界有重大影响。1898年戊戌变法失败后，因受清政府通缉逃亡日本。创办《清议报》，坚持改良主义。辛亥革命后回国，一度与袁世凯、段祺瑞合作共事。"五四"时期以学术研究为名，反对马克思主义在中国传播。1925年任清华大学研究院导师、京师图书馆馆长。晚年，致力于著书讲学，其著作编为《饮冰室全集》共148卷。

普天下灰心短气之事，未有甚于老大者。于此人也，而欲望以拿云之手段、回天之事功、挟山超海之意气，能乎不能？

鸣呼，我中国其果老大矣乎？立乎今日，以指畴昔，唐虞三代，若何之郅治；秦皇汉武，若何之雄杰；汉唐来之文学，若何之隆盛；康乾间之武功，若何之烜赫！历史家所铺叙，词章家所讴歌，何一非我国民少年时代良辰美景、赏心乐事之陈迹哉！而今颓然老矣，昨日割五城，明日割十城；处处雀鼠尽，夜夜鸡犬惊；十八省之土地财产，已为人怀中之肉；四百兆之父兄子弟，已为人注籍之奴。岂所谓"老大嫁作商人妇"者耶？鸣呼！凭君莫话当年事，憔悴韶光不忍看。楚囚相对，岌岌顾影；人命危浅，朝不虑夕。国为待死之国，一国之民为待死之民，万事付之奈何，一切凭人作弄，亦何足怪！

梁启超曰：我中国其果老大矣乎？是今日全地球之一大问题也。如其老大也，则是中国为过去之国，即地球上昔本有此国，而今渐渐灭，他日之命运殆将尽也。如其非老大也，则是中国为未来之国，即地球上昔未现此国，而今渐发达，他日之前程且方长也。欲断今日之中国为老大耶，为少年耶？则不可不先明"国"字之意义。夫国也者，何物也？有土地，有人民，以居于其土地之人民，而治其所居之土地之事，自制法律而自守之；有主权，有服从，人人皆主权者，人人皆服从者。夫如是，斯谓之完全成立之国。地球上之有完全成立之国也，自百年以来也。完全成立者，壮年之事也；未能完全成立而渐进于完全成立者，少年之事也。故吾得一言以断之曰：欧洲列邦在今日为壮年国，而我中国在今日为少年国。

夫古昔之中国者，虽有国之名，而未成国之形也，或为家族之国，或为酋长之国，或为诸侯封建之国，或为一王专制之国。虽种类不一，要之，其于国家之体质也，有其一部而缺其一部，正如婴儿自胚胎以迄成童，其身体之一二官支，先行长成，此外则全体虽粗具，然未能得其用也。故唐虞以前为胚胎时代，殷周之际为乳哺时代，由孔子而来至于今为童子时代，逐渐发达，而今乃始将入成童以上少年之界焉。其长成所以若是之迟者，则历代之民贼有窒其生机者也。譬犹童年多病，转类老态，或且疑其死期之将至焉，而不知皆由未完全、未成立也，非过去之谓，而未来之谓也。

且我中国畴昔，岂尝有国家哉？不过有朝廷耳。我黄帝子孙，聚族而居，立于此地球之上者既数千年，而问其国之为何名，则无有也。夫所谓唐、虞、夏、商、周、秦、汉、魏、晋、宋、齐、梁、陈、隋、唐、宋、元、明、清者，则皆朝名耳。朝也者，一家之私产也；国也者，人民之公产也。朝有朝之老少，国有国之老少，朝与国既异物，则不能以朝之老少而指为国之老少明矣。文、武、成、康，周朝之少年时代也。幽、厉、桓、赧，则其老年时代也；高、文、景、武，汉朝之少年时代也，元、平、桓、灵，则其老年时代也。自余历朝，莫不有之。凡此者，谓为一朝廷之老也则可，谓为一国之老也则不可。一朝廷之老且死，犹一人之老且死也，于吾所谓中国者何与焉？然则吾中国者，前此尚未出现于世界，而今乃始萌芽云尔。天地大矣，前途辽矣，美哉，我少年中国乎！

玛志尼者，意大利三杰之魁也，以国事被罪，逃窜异邦，乃创立一会，名曰"少年意大利"。举国志士，云涌雾集以应之，卒乃光复旧物，使意大利为欧洲之一雄邦。夫意大利者，欧洲第一之老大国也，自罗马亡后，土地隶于教皇，政权归于奥国，殆所谓老而濒于死者矣。而得一玛志尼，且能举全国而少年之，况我中国之实为少年时代者耶？

堂堂四百余州之国土，凛凛四百余兆之国民，岂遂无一玛志尼其人者！

龚自珍氏之集有诗一章，题曰《能令公少年行》。吾尝爱读之，而有味乎其用意之所存。我国民而自谓其国之老大也，斯果老大矣；我国民而自知其国之少年也，斯乃少年矣。西谚有之曰：有三岁之翁，有百岁之童。然则，国之老少，又无定形，而实随国民之心力以为消长者也。吾见乎玛志尼之能令国少年也。吾又见乎我国之官吏士民能令国老大也，吾为此惧。夫以如此壮丽浓郁、翩翩绝世之少年中国，而使欧西、日本人谓我为老大者，何也？则以握国权者皆老朽之人也。非哦几十年八股，非写几十年白折，非当几十年差，非捱几十年俸，非递几十年手本，非唱几十年喏，非磕几十年头，非请几十年安，则必不能得一官、进一职。其内任卿贰以上、外任监司以上者，百人之中，其五官不备者，殆九十六七人也，非眼盲，则耳聋，非手颤，则足跛，否则半身不遂也。彼其一身饮食、步履、视听、言语，尚且不能自了，须三四人在左右扶之捉之，乃能度日，于此而乃欲责之以国事，是何异立无数木偶而使之治天下也。且彼辈者，自其少壮之时，既已不知亚细亚、欧罗巴为何处地方，汉祖、唐宗是哪朝皇帝，犹嫌其顽钝腐败之未臻其极，又必搓磨之、陶冶之，待其脑髓已涸，血管已塞，气息奄奄，与鬼为邻之时，然后将我二万里山河、四万万人命，一举而畀于其手，呜呼！老大帝国，诚哉其老大也！而彼辈者，积其数十年之八股、白折、当差、捱俸、手本、唱诺、磕头、请安，千辛万苦，千苦万辛，乃始得此红顶花翎之服色，中堂大人之名号，乃出其全副精神，竭其毕生力量，以保持之。如彼乞儿，拾金一锭，虽轰雷盘旋其顶上，而两手犹紧抱其荷包，他事非所顾也，非所知也，非所闻也。于此而告之以亡国也，瓜分也，彼乌从而听之？乌从而信之？即使果亡矣，果分矣，而吾今年既七十矣八十矣，但求其一两年内，洋人不来，强盗不起，我已快活过了一世矣。若不得已，则割三头两省之土地奉申贺敬，以换我几个衙门；卖三几百万之人民作仆为奴，以赎我一条老命，有何不可？有何难办？呜呼，今之所谓老后、老臣、老将、老吏者，其修身、齐家、治国、平天下之手段，皆具于是矣。西风一夜催人老，凋尽朱颜白尽头。使走无常当医生，携催命符以祝寿。嗟乎痛哉！以此为国，是安得不老且死，且吾恐其未及岁而殇也。

梁启超曰：造成今日之老大中国者，则中国老朽之冤业也；制出将来之少年中国者，则中国少年之责任也。彼老朽者何足道，彼与此世界作别之日不远矣，而我少年乃新来而与世界为缘。如僦屋者然，彼明日将迁居地方，而我今日始入此室处，将迁居者，不爱护其窗棂，不洁治其庭庑，俗人恒情，亦何足怪。若我少年者前程浩浩，后顾茫茫，中国而为牛、为马、为奴、为隶，则烹脔鞭笞之惨酷，惟我少年当之；中国如称霸宇内、主盟地球，则指挥顾盼之尊荣，惟我少年享之。于彼气息奄奄、与鬼为邻者何与焉？彼而漠然置之，犹可言也；我而漠然置之，不可言也。使举国之少年而果为少年也，则吾中国为未来之国，其进步未可量也；使举国之少年而亦为老大也，则吾中国为过去之国，其渐亡可翘足而待也。故今日之责任，不在他人，而全在我少年。少年智则国智，少年富则国富，少年强则国强，少年独立则国独立，少年自由则国自由，少年进步则国进步，少年胜于欧洲，则国胜于欧洲，少年雄于地球，则国雄于地球。红日初升，其道大光；河出伏流，一泻汪洋；潜龙腾渊，鳞爪飞扬；乳虎啸谷，百兽震惶；鹰隼试翼，风尘吸张；奇花初胎，矞矞皇皇；干将发硎，有作其芒；天戴其苍，地履其黄；纵有千古，横有八荒；前途似海，来日方长。美哉，我少年中国，与天不老！壮哉，我中国少年，与国无疆！

"三十功名尘与土，八千里路云和月。莫等闲白了少年头，空悲切！"此岳武穆《满江红》词句也，作者自六岁时即口受记忆，至今喜诵之不衰。自今以往，弃"哀时客"之名，更自名曰"少年中国之少年"。作者附识。

⊙**作品赏析**

梁启超是中国近代史上的伟人，他是维新变法运动的领导人之一，曾为民族的振兴四处奔走。百日维新失败后，他流寓日本，继续从事宣传活动。在长期的宣传和著述中，梁启超形成了独具特色的文风，被人称为"笔端常带感情"。他的这种文风极具鼓动力，影响了无数心怀救国之志的热血青年。此文即其中的代表。

1900年的中国，正在遭受着列强铁蹄的践踏，民族危机日益加深。日本人称中国为"老大帝国"，意谓老朽垂死之国，梁启超有感于此，提笔写就了这篇脍炙人口的政论文予以反驳。文章紧扣"少年中国"的主题展开论述，以对未来充满希望的乐观主义精神和诚挚热情的爱国主义精神运笔，深刻揭露了老朽当权者的昏庸误国，而寄希望于当时之少年，并给予了热情的鼓励。

文章语言平易晓畅，思路清晰，条分缕析，精辟有力。作品中词汇丰富，加之灵活运用了重叠、排比、递进的句式和一系列形象贴切的比喻，层层推进、逐次阐发，使文章感情饱满、格调昂扬。作者时而举例、时而引用，时而穿插新警动人的议论，旁征博引，挥洒自如，整篇文章气势充畅淋漓，大有一泻千里之感，极富鼓动性与感染力。

学问之趣味 /梁启超

入选理由　中国传统文化的深厚底蕴
洒脱的文笔，彰显大气
不愧为名家之作

我是个主张趣味主义的人，倘若用化学划分"梁启超"这件东西，把里头所含一种元素名叫"趣味"的抽出来，只怕所剩下的仅有个"0"了。我以为凡人必须常常生活于趣味之中，生活才有价值：若哭丧着脸挨过几十年，那么，生活便成沙漠，要他何用？中国人见面最喜欢用的一句话："近来作何消遣？"这句话我听着便讨厌。话里的意思，好像生活得不耐烦了，几十年日子没有法子过，勉强找些事情来消他遣他。一个人若生活于这种状态之下，我劝他不如早日投海。我觉得天下万事万物都有趣味，我只嫌二十四点钟不能扩充到四十八点，不够我享用。我一年到头不肯歇息。问我忙什么，忙的是我的趣味，我以为这便是人生最合理的生活，我常常想动员别人也学我这样生活。

凡属趣味，我一概都承认他是好的。但怎么才算趣味？不能不下一个注脚。我说："凡一件事做下去不会生出和趣味相反的结果的，这件事便可以为趣味的主体。"赌钱有趣味吗？输了，怎么样？吃酒，有趣味吗？病了，怎么样？做官，有趣味吗？没有官做的时候，怎么样……诸如此类，虽然在短时间内像有趣味，结果会闹到俗语说的"没趣一齐来"，所以我们不能承认他是趣味。凡趣味的性质，总要以趣味始，以趣味终。所以能为趣味之主体者，莫如下列的几项：一、劳作，二、游戏，三、艺术，四、学问。诸君听我这段话，切勿误会：以为我用道德观念来选择趣味。我不问德不德，只问趣不趣。我并不是因为赌钱不道德才排斥赌钱，因为赌钱的本质会闹到没趣，闹到没趣便破坏了我的趣味主义，所以排斥赌钱。我并不是因为学问是道德才提倡学问，因为学问的本质，能够以趣味始，以趣味终，最合于我的趣味主义条件，所以提倡学问。

学问的趣味，是怎么一回事呢？这句话我不能回答。凡趣味总要自己领略，自己未曾领略得到时，旁人没有法子告诉你。佛典说的："如人饮水，冷暖自知。"你问我这水怎样的冷，我便把所有形容词说尽，也形容不出给你听，除非你亲自喝一口。我这题目：《学问之趣味》，并不是要说学问是如何如何有趣味，只是要说如何如何便会尝得着学问的趣味。

诸君要尝学问的趣味吗？据我所经历过的，有下列几条路应走：第一，无所为。趣味主义最重要的条件是"无所为而为"。凡有所为而为的事，都是以别一件事为目的而以这一件事为手段。为达目的起见，勉强用手段；目的达到时，手段便抛却。例如学生为毕业证书而做学问，著作家为版权而做学问，这种做法，便是以学问为手段，便是有所为。有所为虽然有时也可以为引起趣味的一种方法，但到趣味真发生时，必定要和"所为者"脱离关系。你问我："为什么做学问？"我便答道："不为什么。"再问，我便答道："为学问而学问。"或者答道："为我的趣味。"诸君切勿以为我这些话是掉弄玄虚，人类合理的生活本来如此。小孩子为什么游戏？为游戏而游戏。人为什么生活？为生活而生活。为游戏而游戏，游戏便有趣；为体操分数而游戏，游戏便无趣。

第二，不息。"鸦片烟怎样会上瘾？""天天吃。""上瘾"这两个字，和"天天"这两个字是离不开的。凡人类的本能，只要哪部分搁久了不用，它便会麻木，会生锈。十年不跑路，两条腿一定会废了。每天跑一点钟，跑上几个月，一天不跑时，腿便发痒。人类为理性的动物，"学问欲"原是固有本能之一种，只怕你出了学校便和学问告辞，把所有经管学问的器官一齐打落冷宫，把学问的胃口弄坏了，便山珍海味摆在面前也不愿意动筷了。诸君啊！诸君倘若现在从事教育事业或将来想从事教育事业，自然没有问题，很多机会来培养你的学问胃口。若是做别的职业呢，我劝你每日除本业正当劳作之外，最少总要腾出一点钟，研究你所嗜好的学问。一点钟哪里不消耗了，千万不要错过，闹成"学问胃弱"的征候，白白自己剥夺了一种人类应享之特权啊！

第三，深入的研究。趣味总是慢慢的来，越引越多，像倒吃甘蔗，越往下才越得好处。假如你虽然每天定有一点钟做学问，但不过拿来消遣消遣，不带有研究精神，趣味便引不起来。或者今天研究这样，明天研究那样，趣味还是引不起来。趣味总是藏在深处，你想得着，便要进去。这个门穿一穿，那个门张一张，再不曾看见"宗庙之美，百官之富"，如何能有趣味？我方才说："研究你所嗜好的学问。""嗜好"两个字很要紧。一个人受过相当教育之后，无论如何，总有一两门学问和自己脾胃相合，而已经懂得大概，可以作加工研究之预备的。请你就选定一门作为终身正业（指从事学者生活的人说），或者作为本业劳作以外的副业（指从事其他职业的人说）。不怕范围窄，越窄越便于聚精神；不怕问题难，越难越便于鼓勇气。你只要肯一层一层的往里面追，我保你一定被他引到"欲罢不能"的地步。

第四，找朋友。趣味比方电，越摩擦越出。前两段所说，是靠我本身和学问本身相摩擦，但仍恐怕我本身有时会停摆，发电力便弱了。所以常常要仰赖别人帮助。一个人总要有几位共事的朋友，同时还要有几位共学的朋友。共事的朋友，用来扶持我的职业，共学的朋友和共顽的朋友同一性质，都是用来摩擦我的趣味。这类朋友，能够和我同嗜好一种学问的自然最好，我便和他搭伙研究。即或不然，他有他的嗜好，我有我的嗜好，只要彼此都有研究精神，我和他常常在一块或常常通信，便不知不觉把彼此趣味都摩擦出来了。得着一两位这种朋友，便算人生大幸福之一。我想只要你肯找，断不会找不出来。

　　我说的这四件事，虽然像是老生常谈，但恐怕大多数人都不曾这样做。唉！世上人多么可怜啊！有这种不假外求，不会蚀本，不会出毛病的趣味世界，竟没有几个人肯来享受！古书说的故事"野人献曝"，我是尝冬天晒太阳滋味尝得舒服透了，不忍一人独享，特地恭恭敬敬地来告诉诸君，诸君或者会欣然采纳吧？但我还有一句话：太阳虽好，总要诸君亲自去晒，旁人却替你晒不来。

⊙ 作品赏析

　　梁启超的《学问之趣味》是一篇教给自己的弟子如何培养学习的兴趣的散文。作者本是以长者的身份来教导下一辈，但此文却丝毫没有说教之气，而似同一位志同道合的友人，边怡然自得地饮酒，边纵声畅谈。让人在轻松的气氛中，得到会心一笑的心得。

　　《学问之趣味》中，关于读书中如何"尝得着学问的趣味"，梁启超先生教给我们四条路："无所为""不息""深入的研究""找朋友"。这些都是作者根据自己以往的读书经验总结出的。但如果我们仔细研究会发现，梁启超这些经验之谈，正好暗合了中国传统读书人所追求的几种境界："无所为"是不带任何功利目的、心无旁骛做学问的一种精神状态，它恰好迎合了王国维"读书三境界"中第一层："昨夜西风凋碧树，独上高楼，望尽天涯路。"正因为有"无所为"的心性，才肯去"独"上人迹罕至的"高"楼；而只有具备了"不息"和"深入的研究"的精神，潜心读书，才达到"衣带渐宽终不悔，为伊消得人憔悴"如痴如醉的境界。当到了"蓦然回首，那人却在灯火阑珊处"的层次，便是从书中有所得，这样我们就可以按梁启超先生的做法，"找朋友"来"摩擦我的趣味"，这时"学问之趣味"便不请自来了。

藤野先生 / 鲁迅

入选理由 收入中学课本
结构紧凑，情感真挚，用语精练，遣词含蓄

　　东京也无非是这样。上野的樱花烂漫的时节，望去确也像绯红的轻云，但花下也缺不了成群结队的"清国留学生"的速成班，头顶上盘着大辫子，顶得学生制帽的顶上高高耸起，形成一座富士山。也有解散辫子，盘得平的，除下帽来，油光可鉴，宛如小姑娘的发髻一般，还要将脖子扭几扭。实在标致极了。

　　中国留学生会馆的门房里有几本书买，有时还值得去一转；倘在上午，里面的几间洋房里倒也还可以坐坐的。但到傍晚，有一间的地板便常不免要咚咚咚地响得震天，兼以满房烟尘斗乱；问问精通时事的人，答道："那是在学跳舞。"

　　到别的地方去看看，如何呢？

　　我就往仙台的医学专门学校去。从东京出发，不久便到一处驿站，写道：日暮里。不知怎的，我到现在还记得这名目。其次却只记得水户了，这是明的遗民朱舜水先生客死的地方。仙台是一个市镇，并不大；冬天冷得厉害；还没有中国的学生。

　　大概是物以希为贵罢。北京的白菜运往浙江，便用红头绳系住菜根，倒挂在水果店头，尊为"胶菜"；福建野生着的芦荟，一到北京就请进温室，且美其名曰"龙舌兰"。

我到仙台也颇受了这样的优待，不但学校不收学费，几个职员还为我的食宿操心。我先是住在监狱旁边一个客店里的，初冬已经颇冷，蚊子却还多，后来用被盖了全身，用衣服包了头脸，只留两个鼻孔出气。在这呼吸不息的地方，蚊子竟无从插嘴，居然睡安稳了。饭食也不坏。但一位先生却以为这客店也包办囚人的饭食，我住在那里不相宜，几次三番，几次三番地说。我虽然觉得客店兼办囚人的饭食和我不相干，然而好意难却，也只得别寻相宜的住处了。于是搬到别一家，离监狱也很远，可惜每天总要喝难以下咽的芋梗汤。

从此就看见许多陌生的先生，听到许多新鲜的讲义。解剖学是两个教授分任的。最初是骨学。其时进来的是一个黑瘦的先生，八字须，戴着眼镜，挟着一叠大大小小的书。一将书放在讲台上，便用了缓慢而很有顿挫的声调，向学生介绍自己道：

"我就是叫作藤野严九郎的……"

后面有几个人笑起来了。他接着便讲述解剖学在日本发达的历史，那些大大小小的书，便是从最初到现今关于这一门学问的著作。起初有几本是线装的；还有翻刻中国译本的，他们的翻译和研究新的医学，并不比中国早。

那坐在后面发笑的是上学年不及格的留级学生，在校已经一年，掌故颇为熟悉的了。他们便给新生讲演每个教授的历史。这藤野先生，据说是穿衣服太模糊了，有时竟会忘记带领结；冬天是一件旧外套，寒颤颤的，有一回上火车去，致使管车的疑心他是扒手，叫车里的客人大家小心些。

他们的话大概是真的，我就亲见他有一次上讲堂没有带领结。

过了一星期，大约是星期六，他使助手来叫我了。到得研究室，见他坐在人骨和许多单独的头骨中间，——他其时正在研究着头骨，后来有一篇论文在本校的杂志上发表出来。

"我的讲义，你能抄下来么？"他问。

"可以抄一点。"

"拿来我看！"

· 作者简介 ·

鲁迅（1881—1936），中国文学家、思想家和革命家。原名周树人，字豫才，浙江绍兴人。出身于破落封建家庭。青年时代受进化论、尼采超人哲学和托尔斯泰博爱思想的影响。1902年去日本留学，原在仙台医学院学医，后从事文艺工作，试图用以改变国民精神。1909年，回国任教。1918年5月，首次用"鲁迅"的笔名，发表中国现代文学史上第一篇白话小说《狂人日记》，奠定了新文学运动的基石。1919年，成为"五四"新文化运动的主将。1921年12月发表的中篇小说《阿Q正传》，是中国现代文学史上的不朽杰作。1930年起，先后参加中国自由运动大同盟、中国左翼作家联盟和中国民权保障同盟，反抗国民党政府的独裁统治和政治迫害。1936年10月19日因肺结核病逝于上海，葬于虹桥万国公墓。

我交出所抄的讲义去，他收下了，第二三天便还我，并且说，此后每一星期要送给他看一回。我拿下来打开看时，很吃了一惊，同时也感到一种不安和感激。原来我的讲义已经从头到末，都用红笔添改过了，不但增加了许多脱漏的地方，连文法的错误，也都一一订正。这样一直继续到教完了他所担任的功课：骨学、血管学、神经学。

可惜我那时太不用功，有时也很任性。还记得有一回藤野先生将我叫到他的研究室里去，翻出我那讲义上的一个图来，是下臂的血管，指着，向我和蔼地说道：

"你看，你将这条血管移了一点位置

了。——自然，这样一移，的确比较的好看些，然而解剖图不是美术，实物是那么样的，我们没法改换它。现在我给你改好了，以后你要全照着黑板上那样的画。"

但是我还不服气，口头答应着，心里却想道：

"图还是我画的不错；至于实在的情形，我心里自然记得的。"

学年试验完毕之后，我便到东京玩了一夏天，秋初再回学校，成绩早已发表了，同学一百余人之中，我在中间，不过是没有落第。这回藤野先生所担任的功课，是解剖实习和局部解剖学。

解剖实习了大概一星期，他又叫我去了，很高兴地，仍用了极有抑扬的声调对我说道：

"我因为听说中国人是很敬重鬼的，所以很担心，怕你不肯解剖尸体。现在总算放心了，没有这回事。"

但他也偶有使我很为难的时候。他听说中国的女人是裹脚的，但不知道详细，所以要问我怎么裹法，足骨变成怎样的畸形，还叹息道："总要看一看才知道。究竟是怎么一回事呢？"

有一天，本级的学生会干事到我寓里来了，要借我的讲义看。我检出来交给他们，却只翻检了一通，并没有带走。但他们一走，邮差就送到一封很厚的信，拆开看时，第一句是：

"你改悔罢！"

这是《新约》上的句子罢，但经托尔斯泰新近引用过的。其时正值日俄战争，托老先生便写了一封给俄国和日本的皇帝的信，开首便是这一句。日本报纸上很斥责他的不逊，爱国青年也愤然，然而暗地里却早受了他的影响了。其次的话，大略是说上年解剖学试验的题目，是藤野先生在讲义上做了记号，我预先知道的，所以能有这样的成绩。末尾是匿名。

我这才回忆到前几天的一件事。因为要开同级会，干事便在黑板上写广告，末一句是"请全数到会勿漏为要"，而且在"漏"字旁边加了一个圈。我当时虽然觉到圈得可笑，但是毫不介意，这回才悟出那字也在讥刺我了，犹言我得了教员漏泄出来的题目。

我便将这事告知了藤野先生；有几个和我熟识的同学也很不平，一同去诘责干事托辞检查的无礼，并且要求他们将检查的结果，发表出来。终于这流言消灭了，干事却又竭力运动，要收回那一封匿名信去。结末是我便将这托尔斯泰式的信退还了他们。

中国是弱国，所以中国人当然是低能儿，分数在六十分以上，便不是自己的能力了：也无怪他们疑惑。但我接着便有参观枪毙中国人的命运了。第二年添教霉菌学，细菌的形状是全用电影来显示的，一段落已完而还没有到下课的时候，便影几片时事的片子，自然都是日本战胜俄国的情形。但偏有中国人夹在里边：给俄国人做侦探，被日本军捕获，要枪毙了，围着看的也是一群中国人；在讲堂里的还有一个我。

"万岁！"他们都拍掌欢呼起来。

这种欢呼，是每看一片都有的，但在我，这一声却特别听得刺耳。此后回到中国来，我看见那些闲看枪毙犯人的人们，他们也何尝不酒醉似的喝彩，——呜呼，无法可想！但在那时那地，我的意见却变化了。

到第二学年的终结，我便去寻藤野先生，告诉他我将不学医学，并且离开这仙台。

他的脸色仿佛有些悲哀，似乎想说话，但竟没有说。

"我想去学生物学，先生教给我的学问，也还有用的。"其实我并没有决意要学生物学，因为看得他有些凄然，便说了一个慰安他的谎话。

"为医学而教的解剖学之类，怕于生物学也没有什么大帮助。"他叹息说。

将走的前几天，他叫我到他家里去，交给我一张照相，后面写着两个字道："惜别"，还说希望将我的也送他。但我这时适值没有照相了；他便叮嘱我将来照了寄给他，并且时时通信告诉他此后的状况。

我离开仙台之后，就多年没有照过相，又因为状况也无聊，说起来无非使他失望，便连信也怕敢写了。经过的年月一多，话更无从说起，所以虽然有时想写信，却又难以下笔，这样的一直到现在，竟没有寄过一封信和一张照片。从他那一面看起来，是一去之后，杳无消息了。

但不知怎的，我总还时时记起他，在我所认为我师的之中，他是最使我感激，给我鼓励的一个。有时我常常想：他的对于我的热心的希望，不倦的教诲，小而言之，是为中国，就是希望中国有新的医学；大而言之，是为学术，就是希望新的医学传到中国去。他的性格，在我的眼里和心里是伟大的，虽然他的姓名并不为许多人所知道。

他所改正的讲义，我曾经订成三厚本，收藏着的，将作为永久的纪念。不幸七年前迁居的时候，中途毁坏了一口书箱，失去半箱书，恰巧这讲义也遗失在内了。责成运送局去找寻，寂无回信。只有他的照相至今还挂在我北京寓居的东墙上，书桌对面。每当夜间疲倦，正想偷懒时，仰面在灯光中瞥见他黑瘦的面貌，似乎正要说出抑扬顿挫的话来，便使我忽又良心发现，而且增加勇气了，于是点上一枝烟，再继续写些为"正人君子"之流所深恶痛疾的文字。

⊙作品赏析

这篇散文是鲁迅先生回忆在日留学期间的生活片段，以诚挚的感情描写了对日本学者藤野先生的深切怀念，并叙述了自己对当时现实的观感。文章重点写藤野先生，首先是摹写他的外表，然后不惜笔墨挖掘他的精神气质，选择了五个例子，用白描手法予以描绘。整篇文章步步进展，层层开拓，犹如大潮顺势直下，极有声势。而作者的感情贯穿于三个层次之间，成为结构的纽带，这情就是对藤野先生的思念、对祖国的热爱、对黑暗现实的愤恨。这样就使这篇散文十分紧凑而又气韵萌生，相当感人。

《藤野先生》语言是出色的，作者用语精练、深刻，感情强烈。遣词造句生动得当，含蓄深邃。

阿长与山海经 / 鲁迅

入选理由 鲁迅的散文代表作之一
收入中学课本
人物形象的传神刻画，感情真挚而深厚

长妈妈，已经说过，是一个一向带领着我的女工，说得阔气一点，就是我的保姆。我的母亲和许多别的人都这样称呼她，似乎略带些客气的意思。只有祖母叫她阿长。我平时叫她"阿妈"，连"长"字也不带；但到憎恶她的时候，——例如知道了谋死我那隐鼠的却是她的时候，就叫她阿长。

　　我们那里没有姓长的；她生得黄胖而矮，"长"也不是形容词。又不是她的名字，记得她自己说过，她的名字是叫作什么姑娘的。什么姑娘，我现在已经忘却了，总之不是长姑娘；也终于不知道她姓什么。记得她也曾告诉过我这名称的来历：先前的先前，我家有一个女工，身材生得很高大，这就是真阿长。后来她回去了，我那什么姑娘才来补她的缺，然而大家因为叫惯了，没有再改口，于是她从此也就成为长妈妈了。

　　虽然背地里说人长短不是好事情，但倘使要我说句真心话，我可只得说：我实在不大佩服她。最讨厌的是常喜欢切切察察，向人们低声絮说些什么事，还竖起第二个手指，在空中上下摇动，或者点着对手或自己的鼻尖。我的家里一有些小风波，不知怎的我总疑心和这"切切察察"有些关系。又不许我走动，拔一株草，翻一块石头，就说我顽皮，要告诉我的母亲去了。一到夏天，睡觉时她又伸开两脚两手，在床中间摆成一个"大"字，挤得我没有余地翻身，久睡在一角的席子上，又已经烤得那么热。推她呢，不动；叫她呢，也不闻。

　　"长妈妈生得那么胖，一定很怕热罢？晚上的睡相，怕不见得很好罢？……"

　　母亲听到我多回诉苦之后，曾经这样地问过她。我也知道这意思是要她多给我一些空席。她不开口。但到夜里，我热得醒来的时候，却仍然看见满床摆着一个"大"字，一条臂膊还搁在我的颈子上。我想，这实在是无法可想了。

　　但是她懂得许多规矩；这些规矩，也大概是我所不耐烦的。一年中最高兴的时节，自然要算除夕了。辞岁之后，从长辈得到压岁钱，红纸包着，放在枕边，只要过一宵，便可以随意使用。睡在枕上，看着红包，想到明天买来的小鼓，刀枪，泥人，糖菩萨……。然而她进来，又将一个福橘放在床头了。

　　"哥儿，你牢牢记住！"她极其郑重地说。"明天是正月初一，清早一睁开眼睛，第一句话就得对我说：'阿妈，恭喜恭喜！'记得么？你要记着，这是一年的运气的事情。不许说别的话！说过这后，还得吃一点福橘。"她又拿起那橘子来在我的眼前摇了两摇，"那么，一年到头，顺顺流流……。"

　　梦里也记得元旦的，第二天醒得特别早，一醒，就要坐起来。她立刻伸出臂膊，一把将我按住。我惊异地看她时，只见她惶急地看着我。

　　她又有所要求似的，摇着我的肩。我忽而记得了——

　　"阿妈，恭喜……。"

　　"恭喜恭喜！大家恭喜！真聪明！恭喜恭喜！"她于是喜欢似的，笑将起来，同时将一点冰冷的东西，塞在我的嘴里。我大吃一惊之后，也就忽而记得，这就是所谓福橘，元旦辟头的磨难，总算已经受完，可以下床玩耍去了。

　　她教给我的道理还很多。例如说人死了，不该说死掉，必须说"老掉了"；死了人，生了孩子的屋子里，不应该走进去；饭粒落在地上，必须拣起来，最好是吃下去；晒裤子用的竹竿底下，是万不可钻过去的……。此外，现在大抵忘却了，只有元旦的古怪仪式记得最清楚。总之，都是些烦琐之至，至今想起来还觉得非常麻烦的事情。

　　然而我有一时也对她发生空前的敬意。她常常对我讲"长毛"。她之所谓"长毛"者，不但洪秀全军，似乎连后来一切土匪强盗都在内，但除却革命党，因为那时还没有。她说得长毛非常可怕，他们的话就听不懂。她说先前长毛进城的时候，我家全都逃到海边去了，只留一个门房和年老的煮饭老妈子看家。后来长毛果然进门来了，那老妈子便叫他们"大王"，——据说对长毛就应该这样叫，——诉说自己的饥饿。长毛笑道："那么，这东西就给你吃了罢！"将一个圆圆的东西掷了过来，还带着一条小辫子，正是那门房的头。煮饭老妈子从此就骇破了胆，后来一提起，还是立刻面色如土，自己轻轻地拍着胸脯道："阿呀，骇死我了，骇死我了……"

我那时似乎倒并不怕，因为我觉得这些事和我毫不相干的，我不是一个门房。但她大概也即觉到了，说道："像你似的小孩了，长毛也要掳的，掳去做小长毛。还有好看的姑娘，也要掳。"

"那么，你是不要紧的。"我以为她一定最安全了，既不做门房，又不是小孩子，也生得不好看，况且颈子上还有许多灸疮疤。

"那里的话？！"她严肃地说。"我们就没有用么？我们也要被掳去。城外有兵来攻的时候，长毛就叫我们脱下裤子，一排一排地站在城墙上，外面的大炮就放不出来；再要放，就炸了！"

这实在是出于我意想之外的，不能不惊异。我一向只以为她满肚子是麻烦的礼节罢了，却不料她还有这样伟大的神力。从此对于她就有了特别的敬意，似乎实在深不可测；夜间的伸开手脚，占领全床，那当然是情有可原的了，倒应该我退让。

这种敬意，虽然也逐渐淡薄起来，但完全消失，大概是在知道她谋害了我的隐鼠之后。那时就极严重地诘问，而且当面叫她阿长。我想我又不真做小长毛，不去攻城，也不放炮，更不怕炮炸，我惧惮她什么呢！

但当我哀悼隐鼠，给它复仇的时候，一面又在渴慕着绘图的《山海经》了。这渴慕是从一个远房的叔祖惹起来的。他是一个胖胖的，和蔼的老人，爱种一点花木，如珠兰，茉莉之类，还有极其少见的，据说从北边带回去的马缨花。他的太太却正相反，什么也莫名其妙，曾将晒衣服的竹竿搁在珠兰的枝条上，枝折了，还要愤愤地咒骂道："死尸！"这老人是个寂寞者，因为无人可谈，就很爱和孩子们往来，有时简直称我们为"小友"。在我们聚族而居的宅子里，只有他书多，而且特别。制艺和试帖诗，自然也是有的；但我却只在他的书斋里，看见过陆玑的《毛诗草木鸟兽虫鱼疏》，还有许多名目很生的书籍，我那时最爱看的是《花镜》，上面有许多图。他说给我听，曾经有过一部绘图的《山海经》，画着人面的兽，九头的蛇，三脚的鸟，生着翅膀的人，没有头而以两乳当作眼睛的怪物……可惜现在不知道放在那里了。

我很愿意看这样的图画，但不好意思力逼他去寻找，他是很疏懒的。问别人呢，谁也不肯真实地回答我。压岁钱还有几百文，买罢，又没有好机会。有书买的大街离我家远得很，我一年中只能在正月间去玩一趟，那时候，两家书店都紧紧地关着门。

玩的时候倒是没有什么的，但一坐下，我就记得绘图的《山海经》。

大概是太过于念念不忘了，连阿长也来问《山海经》是怎么一回事。这是我向来没有和她说过的，我知道她并非学者，说了也无益；但既然来问，也就都对她说了。

过了十多天，或者一个月罢，我还很记得，是她告假回家以后的四五天，她穿着新的蓝布衫回来了，一见面，就将一包书递给我，高兴地说道：

"哥儿，有画儿的'三哼经'，我给你买来了！"

　　我似乎遇着了一个霹雳，全体都震悚起来；赶紧去接过来，打开纸包，是四本小小的书，略略一翻，人面的兽，九头的蛇，……果然都在内。

　　这又使我发生新的敬意了，别人不肯做，或不能做的事，她却能够做成功。她确有伟大的神力。谋害隐鼠的怨恨，从此完全消灭了。

　　这四本书，乃是我最初得到，最为心爱的宝书。

　　书的模样，到现在还在眼前。可是从还在眼前的模样来说，却是一部刻印都十分粗拙的本子。纸张很黄；图像也很坏，甚至于几乎全用直线凑合，连动物的眼睛也都是长方形的。但那是我最为心爱的宝书，看起来，确是人面的兽；九头的蛇；一脚的牛；袋子似的帝江；没有头而"以乳为目，以脐为口"，还要"执干戚而舞"的刑天。

　　此后我就更其搜集绘图的书，于是有了石印的《尔雅音图》和《毛诗品物图考》，又有了《点石斋丛画》和《诗画舫》。《山海经》也另买了一部石印的，每卷都有图赞，绿色的画，字是红的，比那木刻的精致得多了。这一部直到前年还在，是缩印的郝懿行疏。木刻的却已经记不清是什么时候失掉了。

　　我的保姆，长妈妈即阿长，辞了这人世，大概也有了三十年了罢。我终于不知道她的姓名，她的经历；仅知道有过一个过继的儿子，她大约是青年守寡的孤孀。

　　仁厚黑暗的地母呵，愿在你怀里永安她的魂灵！

⊙ 作品赏析

　　在这篇文章中，鲁迅怀着诚挚的感情，为人们塑造了一个纯朴善良的农妇形象，抒发了自己对她的怀念。文章中，作者对长妈妈不作外形描写，而是集中写她某些特点，从而凸现她的神态和精神。作者通过一些细枝末节的刻画，颇为集中地汇映出长妈妈的愚昧无知、落后陈腐但却善良的心灵。就在她那教给小主人的许多道理和不许这样或那样的管教中，都微妙地表露出她对"我"的钟爱，这在艺术手法上，有点类似以藏为露的含蓄。其实，在家里，只有她才真正关心"我"、了解"我"，这一心意就在购买《山海经》的情节中猛然外露了。当我接到《山海经》时，竟"似乎遇着了一个霹雳，全体都震悚起来"，所有"抱怨"，从此完全消失，对她"发生新的敬意"。长妈妈的形象依附于这一动人事件，便陡然丰满了。作者高明地通过这一情节，引读者达到"妙悟"境界，从此物、此事、此景中"悟"到此人、此心、此情，获得对这一形象本质的认识，这种刻意传神的手法是十分灵活的。

　　在这篇散文里，鲁迅还杰出地发挥对话艺术的作用，去刻写长妈妈。文章的叙事艺术是令人叹服的。作者把叙述和描写穿插组合，使文章气韵生动，形象鲜明活泼，更重要的是在整体艺术设计中，进行大段的描写，绘声绘色地勾勒出了一个农妇的精神世界。

从百草园到三味书屋 / 鲁迅

入选理由：鲁迅的散文代表作之一
中国现代文学史上描写童年趣事的典范之作
入选中学语文教材

　　我家的后面有一个很大的园，相传叫作百草园。现在是早已并屋子一起卖给朱文公的子孙了，连那最末次的相见也已经隔了七八年，其中似乎确凿只有一些野草；但那时却是我的乐园。

　　不必说碧绿的菜畦，光滑的石井栏，高大的皂荚树，紫红的桑椹；也不必说鸣蝉在树叶里长吟，肥胖的黄蜂伏在菜花上，轻捷的叫天子（云雀）忽然从草间直窜向云霄里去了。单是周围的短短的泥墙根一带，就有无限趣味。油蛉在这里低唱，蟋蟀们在这里弹琴。翻开断砖来，有时会遇见蜈蚣；还有斑蝥，倘若用手指按住它的脊梁，便会拍的一声，从后窍喷出一阵烟雾。何首乌藤和木莲藤缠络着，木莲有莲房一般的果实，何首乌有拥肿的根。有人说，何首乌根是有像人形的，吃了便可以成仙，我于是常常拔它起来，牵连不断地拔起来，也曾因此弄坏了泥墙，却从来没有见过有一块根像人样。如果不怕刺，还可以摘到覆盆子，像小珊瑚珠攒成的小球，又酸又甜，色味都比桑椹要好得远。

长的草里是不去的，因为相传这园里有一条很大的赤练蛇。

长妈妈曾经讲给我一个故事听：先前，有一个读书人住在古庙里用功，晚间，在院子里纳凉的时候，突然听到有人在叫他。答应着，四面看时，却见一个美女的脸露在墙头上，向他一笑，隐去了。他很高兴；但竟给那走来夜谈的老和尚识破机关。说他脸上有些妖气，一定遇见"美女蛇"了；这是人首蛇身的怪物，能唤人名，倘一答应，夜间便要来吃这人的肉的。他自然吓得要死，而那老和尚却道无妨，给他一个小盒子，说只要放在枕边，便可高枕而卧。他虽然照样办，却总是睡不着，——当然睡不着的。到半夜，果然来了，沙沙沙！门外像是风雨声。他正抖作一团时，却听得豁的一声，一道金光从枕边飞出，外面便什么声音也没有了，那金光也就飞回来，敛在盒子里。后来呢？后来，老和尚说，这是飞蜈蚣，它能吸蛇的脑髓，美女蛇就被它治死了。

结末的教训是：所以倘有陌生的声音叫你的名字，你万不可答应他。

这故事很使我觉得做人之险，夏夜乘凉，往往有些担心，不敢去看墙上，而且极想得到一盒老和尚那样的飞蜈蚣。走到百草园的草丛旁边时，也常常这样想。但直到现在，总还是没有得到，但也没有遇见过赤练蛇和美女蛇。叫我名字的陌生声音自然是常有的，然而都不是美女蛇。

冬天的百草园比较的无味；雪一下，可就两样了。拍雪人（将自己的全形印在雪上）和塑雪罗汉需要人们鉴赏，这是荒园，人迹罕至，所以不相宜，只好来捕鸟。薄薄的雪，是不行的；总须积雪盖了地面一两天，鸟雀们久已无处觅食的时候才好。扫开一块雪，露出地面，用一枝短棒支起一面大的竹筛来，下面撒些秕谷，棒上系一条长绳，人远远地牵着，看鸟雀下来啄食，走到竹筛底下的时候，将绳子一拉，便罩住了。但所得的是麻雀居多，也有白颊的"张飞鸟"，性子很躁，养不过夜的。

这是闰土的父亲所传授的方法，我却不大能用。明明见它们进去了，拉了绳，跑去一看，却什么都没有，费了半天力，捉住的不过三四只。闰土的父亲是小半天便能捕获几十只，装在叉袋里叫着撞着的。我曾经问他得失的缘由，他只静静地笑道：你太性急，来不及等它走到中间去。

我不知道为什么家里的人要将我送进书塾里去了，而且还是全城中称为最严厉的书塾。也许是因为拔何首乌毁了泥墙罢，也许是因为将砖头抛到间壁的梁家去了罢，也许是因为站在石井栏上跳了下来罢，……都无从知道。总而言之：我将不能常到百草园了。Ade，我的蟋蟀们！Ade，我的覆盆子们和木莲们！……

出门向东，不上半里，走过一道石桥，便是我的先生的家了。从一扇黑油的竹门进去，第三间是书房。中间挂着一块扁道：三味书屋；扁下面是一幅画，画着一只很肥大的梅花鹿伏在古树下。没有孔子牌位，我们便对着那匾和鹿行礼。第一次算是拜孔子，第二次算是拜先生。

第二次行礼时，先生便和蔼地在一旁答礼。他是一个高而瘦的老人，须发都花白了，还戴着大眼镜。我对他很恭敬，因为我早听到，他是本城中极方正、质朴、博学的人。

不知从那里听来的，东方朔也很渊博，他认识一种虫，名曰"怪哉"，冤气所化，用酒一浇，就消释了。我很想详细地知道这故事，但阿长是不知道的，因为她毕竟不渊博。现在得到机会了，可以问先生。

"先生，'怪哉'这虫，是怎么一回事？……"我上了生书，将要退下来的时候，赶忙问。

"不知道！"他似乎很不高兴，脸上还有怒色了。

我才知道做学生是不应该问这些事的，只要读书，因为他是渊博的宿儒，决不至于不知道，所谓不知道者，乃是不愿意说。年纪比我大的人，往往如此，我遇见过好几回了。

我就只读书，正午习字，晚上对课。先生最初这几天对我很严厉，后来却好起来了，不过给我读的书渐渐加多，对课也渐渐地加上字去，从三言到五言，终于到七言。

三味书屋后面也有一个园，虽然小，但在那里也可以爬上花坛去折蜡梅花，在地上或桂花树上寻蝉蜕。最好的工作是捉了苍蝇喂蚂蚁，静悄悄地没有声音。然而同窗们到园里的太多，太久，可就不行了，先生在书房里便大叫起来：

"人都到那里去了？！"

人们便一个一个陆续走回去；一同回去，也不行的。他有一条戒尺，但是不常用，也有罚跪的规则，但也不常用，普通总不过瞪几眼，大声道：

"读书！"

于是大家放开喉咙读一阵书，真是人声鼎沸。有念"仁远乎哉我欲仁斯仁至矣"的，有念"笑人齿缺曰狗窦大开"的，有念"上九潜龙勿用"的，有念"厥土下上上错厥贡苞茅橘柚"的……。先生自己也念书。后来，我们的声音便低下去，静下去了，只有他还大声朗读着：

"铁如意，指挥倜傥，一座皆惊呢～～；金叵罗，颠倒淋漓噫，千杯未醉嗬～～……。"

我疑心这是极好的文章，因为读到这里，他总是微笑起来，而且将头仰起，摇着，向后面拗过去，拗过去。

先生读书入神的时候，于我们是很相宜的。有几个便用纸糊的盔甲套在指甲上做戏。我是画画儿，用一种叫作"荆川纸"的，蒙在小说的绣像上一个个描下来，像习字时候的影写一样。读的书多起来，画的画也多起来；书没有读成，画的成绩却不少了，最成片段的是《荡寇志》和《西游记》的绣像，都有一大本。后来，因为要钱用，卖给一个有钱的同窗了。他的父亲是开锡箔店的；听说现在自己已经做了店主，而且快要升到绅士的地位了。这东西早已没有了罢。

⊙作品赏析

本文选自《朝花夕拾》。鲁迅先生一生的创作以杂文为主，他生前自己编定过两本散文集，即《朝花夕拾》和《野草》。其中《朝花夕拾》是"回忆的记事"，代表着鲁迅散文的另一种风格——清新、朴实、亲切感人、犀利风趣，是现代回忆散文的经典之作。

对每个人而言，儿童时代的记忆是难以磨灭的，童心世界是妙趣横生的。大多数时候，鲁迅先生以一个战士的形象出现，严峻凛冽、锋芒毕露，但是，一触及到幼年往事，笔调立刻舒缓起来。百草园中，"似乎确凿只有一些野草"，可是，"那时却是我的乐园"。"草原"变成"乐园"，其间就溢满了童趣。儿童对万物都是好奇的，在百草园这样一个充满了颜色和声音的生命世界里，儿童可以好奇地想象昆虫的语言，草丛还氤氲着令人欢喜又害怕的神秘故事，冬天还可以捕鸟，这趣味是如此的无拘无束。

三味书屋在结构上是与百草园对比的，但在意脉上，却一以贯之。书屋固然是典型的封建私塾，但先生似乎并不严厉，从课读的那一场景看，倒是很朴真的。虽然在鲁迅的笔下，先生是个过迂老夫子，但是，字里行间蕴含的却是对他眷念的深情。

文中几乎全用白描，然而形象却是栩栩如生，鲁迅先生在语言技巧上所臻境地可见一斑。

灯下漫笔 / 鲁迅

入选理由　鲁迅思想彻底转向革命的标志性篇章
自"五四"以来思想革命领域的重要文献
其意义在于不但提出问题，研究问题，而且试图通过努力探索，给出解决问题的思路和方法

一

有一时，就是民国二三年时候，北京的几个国家银行的钞票，信用日见其好了，真所谓蒸蒸日上。听说连一向执迷于现银的乡下人，也知道这既便当，又可靠，很乐意收受，行使了。至于稍明事理的人，则不必是"特殊知识阶级"，也早不将沉重累坠的银元装在怀中，来自讨无谓的苦吃。想来，除了多少对于银子有特别嗜好和爱情的人物之外，所有的怕大都是钞票了罢，而且多是本国的。但可惜后来忽然受了一个不小的打击。

就是袁世凯想做皇帝的那一年，蔡松坡先生溜出北京，到云南去起义。这边所受的影响之一，是中国和交通银行的停止兑现。虽然停止兑现，政府勒令商民照旧行用的威力却还有的；商民也自有商民的老本领，不说不要，却道找不出零钱。假如拿几十几百的钞票去买东西，我不知道怎样，但倘使只要买一枝笔，一盒烟卷呢，难道就付给一元钞票么？不但不甘心，也没有这许多票。那么，换铜元，少换几个罢，又都说没有铜元。那么，到亲戚朋友那里借现钱去罢，怎么会有？于是降格以求，不讲爱国了，要外国银行的钞票。但外国银行的钞票这时就等于现银，他如果借给你这钞票，也就借给你真的银元了。

我还记得那时我怀中还有三四十元的中交票，可是忽而变了一个穷人，几乎要绝食，很有些恐慌。俄国革命以后的藏着纸卢布的富翁的心情，恐怕也就这样的罢；至多，不过更深更大罢了。我只得探听，钞票可能折价换到现银呢？说是没有行市。幸而终于，暗暗地有了行市了：六折几。我非常高兴，赶紧去卖了一半。后来又涨到七折了，我更非常高兴，全去换了现银，沉垫垫地坠在怀中，似乎这就是我的性命的斤两。倘在平时，钱铺子如果少给我一个铜元，我是决不答应的。

但我当一包现银塞在怀中，沉垫垫地觉得安心，喜欢的时候，却突然起了另一思想，就是：我们极容易变成奴隶，而且变了之后，还万分喜欢。

假如有一种暴力，"将人不当人"，不但不当人，还不及牛马，不算什么东西；待到人们羡慕牛马，发生"乱离人，不及太平犬"的叹息的时候，然后给与他略等于牛马的价格，有如元朝定律，打死别人的奴隶，赔一头牛，则人们便要心悦诚服，恭颂太平

的盛世。为什么呢？因为他虽不算人，究竟已等于牛马了。

我们不必恭读《钦定二十四史》，或者入研究室，审察精神文明的高超。只要一翻孩子所读的《鉴略》，——还嫌烦重，则看《历代纪元编》，就知道"三千余年古国古"的中华，历来所闹的就不过是这一个小玩艺。但在新近编纂的所谓"历史教科书"一流东西里，却不大看得明白了，只仿佛说：咱们向来就很好的。

但实际上，中国人向来就没有争到过"人"的价格，至多不过是奴隶，到现在还如此，然而下于奴隶的时候，却是数见不鲜的。中国的百姓是中立的，战时连自己也不知道属于那一面，但又属于无论那一面。强盗来了，就属于官，当然该被杀掠；官兵既到，该是自家人了罢，但仍然要被杀掠，仿佛又属于强盗似的。这时候，百姓就希望有一个一定的主子，拿他们去做百姓，——不敢，是拿他们去做牛马，情愿自己寻草吃，只求他决定他们怎样跑。

假使真有谁能够替他们决定，定下什么奴隶规则来，自然就"皇恩浩荡"了。可惜的是往往暂时没有谁能定。举其大者，则如五胡十六国的时候，黄巢的时候，五代时候，宋末元末时候，除了老例的服役纳粮以外，都还要受意外的灾殃。张献忠的脾气更古怪了，不服役纳粮的要杀，服役纳粮的也要杀，敌他的要杀，降他的也要杀：将奴隶规则毁得粉碎。这时候，百姓就希望来一个另外的主子，较为顾及他们的奴隶规则的，无论仍旧，或者新颁，总之是有一种规则，使他们可上奴隶的轨道。

"时日曷丧，予及汝偕亡！"愤言而已，决心实行的不多见。实际上大概是群盗如麻，纷乱至极之后，就有一个较强，或较聪明，或较狡滑，或是外族的人物出来，较有秩序地收拾了天下。厘定规则：怎样服役，怎样纳粮，怎样磕头，怎样颂圣。而且这规则是不像现在那样朝三暮四的。于是便"万姓胪欢"了；用成语来说，就叫作"天下太平"。

任凭你爱排场的学者们怎样铺张，修史时候设些什么"汉族发祥时代""汉族发达时代""汉族中兴时代"的好题目，好意诚然是可感的，但措辞太绕弯子了。有更其直截了当的说法在这里——

一、想做奴隶而不得的时代；

二、暂时做稳了奴隶的时代。

这一种循环，也就是"先儒"之所谓"一治一乱"；那些作乱人物，从后日的"臣民"看来，是给"主子"清道辟路的，所以说："为圣天子驱除云尔。"现在入了那一时代，我也不了然。但看国学家的崇奉国粹，文学家的赞叹固有文明，道学家的热心复古，可见于现状都已不满了。然而我们究竟正向着那一条路走？百姓是一遇到莫名其妙的战争，稍富的迁进租界，妇孺则避入教堂里去了，因为那些地方都比较的"稳"，暂不至于想做奴隶而不得。总而言之，复古的，避难的，无智愚贤不肖，似乎都已神往于三百年前的太平盛世，就是"暂时做稳了奴隶的时代"了。

但我们也就都像古人一样，永久满足于"古已有之"的时代么？都像复古家一样，不满于现在，就神往于三百年前的太平盛世么？

自然，也不满于现在的，但是，无须反顾，因为前面还有道路在。而创造这中国历史上未曾有过的第三样时代，则是现在的青年的使命！

二

但是赞颂中国固有文明的人们多起来了，加之以外国人。我常常想，凡有来到中国的，倘能疾首蹙额而憎恶中国，我敢诚意地捧献我的感谢，因为他一定是不愿意吃中国人的肉的！

鹤见钓辅氏在《北京的魅力》中，记一个白人将到中国，预定的暂住时候是一年，但五年之后，还在北京，而且不想回去了。有一天，他们两人一同吃晚饭——

"在圆的桃花心木的食桌前坐定，川流不息地献着出海的珍味，谈话就从古董、画、政治这些开头。电灯上罩着支那式的灯罩，淡淡的光洋溢于古物罗列的屋子中。什么无产阶级呀，Proletariat 呀那些事，就像不过什么地方刮风。"

"我一面陶醉在支那生活的空气中，一面深思着对于外人有着'魅力'的这东西。元人也曾征服支那，而被征服于汉人种的生活美了；满人也征服支那，而被征服于汉人种的生活美了。现在西洋人也一样，嘴里虽然说着 Democracy 呀，什么什么呀，而却被魅于支那人费六千年而建筑起来的生活的美。一经住过北京，就忘不掉那生活的味道。大风时候的万丈的沙尘，每三月一回的督军们的开战游戏，都不能抹去这支那生活的魅力。"

这些话我现在还无力否认他。我们的古圣先贤既给与我们保古守旧的格言，但同时也排好了用子女玉帛所做的奉献于征服者的大宴。中国人的耐劳，中国人的多子，都就是办酒的材料，到现在还为我们的爱国者所自诩的。西洋人初入中国时，被称为蛮夷，自不免个个蹙额，但是，现在则时机已至，到了我们将曾经献于北魏，献于金，献于元，献于清的盛宴，来献给他们的时候了。出则汽车，行则保护：虽遇清道，然而通行自由的；虽或被劫，然而必得赔偿的；孙美瑶掳去他们站在军前，还使官兵不敢开火。何况在华屋中享用盛宴呢？待到享受盛宴的时候，自然也就是赞颂中国固有文明的时候；但是我们的有些乐观的爱国者，也许反而欣然色喜，以为他们将要开始被中国同化了罢。古人曾以女人作苟安的城堡，美其名以自欺曰"和亲"，今人还用子女玉帛为作奴的赞敬，又美其名曰"同化"。所以倘有外国的谁，到了已有赴宴的资格的现在，而还替我们诅咒中国的现状者，这才是真有良心的真可佩服的人！

但我们自己是早已布置妥帖了，有贵贱，有大小，有上下。自己被人凌虐，但也可以凌虐别人；自己被人吃，但也可以吃别人。一级一级的制驭着，不能动弹，也不想动弹了。因为倘一动弹，虽或有利，然而也有弊。我们且看古人的良法美意罢——

"天有十日，人有十等。下所以事上，上所以共神也。故王臣公，公臣大夫，大夫臣士，士臣皂，皂臣舆，舆臣隶，隶臣僚，僚臣仆，仆臣台。"（《左传》昭公七年）

但是"台"没有臣，不是太苦了么？无须担心的，有比他更卑的妻，更弱的子在。而且其子也很有希望，他日长大，升而为"台"，便又有更卑更弱的妻子，供他驱使了。如此连环，各得其所，有敢非议者，其罪名曰不安分！

虽然那是古事，昭公七年离现在也太辽远了，但"复古家"尽可不必悲观的。太平的景象还在：常有兵燹，常有水旱，可有谁听到大叫唤么？打的打，革的革，可有处士来横议么？对国民如何专横，向外人如何柔媚，不犹是差等的遗风么？中国固有的精神文明，其实并未为共和二字所埋没，只有满人已经退席，和先前稍不同。

因此我们在目前，还可以亲见各式各样的筵宴，有烧烤，有翅席，有便饭，有西餐。但茅檐下也有淡饭，路傍也有残羹，野上也有饿莩；有吃烧烤的身价不资的阔人，也有饿得垂死的每斤八文的孩子（见《现代评论》二十一期）。所谓中国的文明者，其实不过是安排给阔人享用的人肉的筵宴。所谓中国者，其实不过是安排这人肉的筵宴的厨房。不知道而赞颂者是可恕的，否则，此辈当得永远的诅咒！

外国人中，不知道而赞颂者，是可恕的；占了高位，养尊处优，因此受了蛊惑，昧却灵性而赞叹者，也还可恕。可是还有两种，其一是以中国人为劣种，只配悉照原来模样，因而故意称赞中国的旧物。其一是愿世间人各不相同以增自己旅行的兴趣，到中国看辫子，到日本看木屐，到高丽看笠子，倘若服饰一样，便索然无味了，因而来反对亚洲的欧化。这些都可憎恶。至于罗素在西湖见轿夫含笑，便赞美中国人，则也许别有意思罢。但是，轿夫如果能对坐轿的人不含笑，中国也早不是现在似的中国了。

这文明，不但使外国人陶醉，也早使中国一切人们无不陶醉而且至于含笑。因为古代传来而至今还在的许多差别，使人们各各分离，遂不能再感到别人的痛苦；并且因为自己各有奴使别人，吃掉别人的希望，便也就忘却自己同有被奴使被吃掉的将来。于是大小无数的人肉的筵宴，即从有文明以来一直到现在，人们就在这会场中吃人，被吃，以凶人的愚妄的欢呼，将悲惨的弱者的呼号遮掩，更不消说女人和小儿。

这人肉的筵宴现在还排着，有许多人还想一直排下去。扫荡这些食人者，掀掉这筵席，毁坏这厨房，则是现在的青年的使命！

⊙ 作品赏析

写于 1925 年的《灯下漫笔》是鲁迅写给革命青年的经典战斗檄文，相比早期的"呐喊"言论，《灯下漫笔》这样的杂文更多了全面、理性、纵深和冷峻犀利的揭露和分析，不但能够直指病根，而且更为明确地提出解决问题的方法和途径，使革命的杂文呈现出新的气象。

《灯下漫笔》写作的缘起，则是当时一些文人学者自欺欺人的"修史"方法和内容。从写法上来讲，依然是从身边的日常小事说起，一直纵横开去，生动鲜活而严谨萧杀。文章的第一节讲国民的奴隶性，通过对历史的深刻洞察，鲁迅指出国民奴隶性的发生根源和赖以长期存在的政治的、经济的、文化的根源，从而揭露漫长的封建政治历史的真相，即：一、想做奴隶而不得的时代；二、暂时做稳了奴隶的时代。显然这两个"做奴隶"的时代，都不是中国历史继续前进的方向。鲁迅指出，第三条路就是：开创一个做主人的新时代，正是"现在的青年的使命"。

第二节同样是通过对封建政治和中国文化的审查，指出封建文化的"人肉筵席"的本质。它是一种吃人的文化，而"中国人的耐劳，中国人的多子"都是这样的"人肉筵席""办酒的材料"。鉴于封建社会文化的吃人的本质，鲁迅呼吁革命的青年人"扫荡这些食人者，掀掉这筵席，毁坏这厨房"。

秋夜 / 鲁迅

入选理由：鲁迅的散文代表作之一／一篇优美的托物言志的散文诗／为象征散文诗民族化的创造提供了全新的风范

在我的后园，可以看见墙外有两株树，一株是枣树，还有一株也是枣树。

这上面的夜的天空，奇怪而高，我生平没有见过这样的奇怪而高的天空。他仿佛要离开人间而去，使人们仰面不再看见。然而现在却非常之蓝，闪闪地着几十个星星的眼，冷眼。他的口角上现出微笑，似乎自以为大有深意，而将繁霜洒在我的园里的野花草上。我不知道那些花草真叫什么名字，人们叫他们什么名字。我记得有一种开过极细小的粉红花，现在还开着，但是更极细小了，她在冷的夜气中，瑟缩地做梦，梦见春的到来，梦见秋的到来，梦见瘦的诗人将眼泪擦在她最末的花瓣上，告诉她秋虽然来，冬虽然来，而此后接着还是春，蝴蝶乱飞，蜜蜂都唱起春词来了。她于是一笑，虽然颜色冻得红惨惨地，仍然瑟缩着。

枣树，他们简直落尽了叶子。先前，还有一两个孩子来打他们别人打剩的枣子，现在是一个也不剩了，连叶子也落尽了，他知道小粉红花的梦，秋后要有春；他也知道落叶的梦，春后还是秋。他简直落尽叶子，单剩干子，然而脱了当初满树是果实和叶子时候的弧形，欠伸得很舒服。但是，有几枝还低桠着，护定他从打枣的竿梢所得的皮伤，而最直最长的几枝，却已默默地铁似的直刺着奇怪而高的天空，使天空闪闪地鬼眼，直刺着天空中圆满的月亮，使月亮窘得发白。

鬼眼的天空越加非常之蓝，不安了，仿佛想离去人间，避开枣树，只将月亮剩下。然而月亮也暗暗地躲到东边去了。而一无所有的干子，却仍然默默地铁似的直刺着奇怪而高的天空，一意要制他的死命，不管他各式各样地着许多蛊惑的眼睛。

哇的一声，夜游的恶鸟飞过了。我忽而听到夜半的笑声，吃吃地，似乎不愿意惊动睡着的人，然而四围的空气都应和着笑。夜半，没有别的人，我即刻听出这声音就在我嘴里，我也即刻被这笑声所驱逐，回进自己的房。灯火的带子也即刻被我旋高了。

后窗的玻璃上丁丁地响，还有许多小飞虫乱撞。不多久，几个进来了，许是从窗纸的破孔进来的。他们一进来，又在玻璃的灯罩上撞得丁丁地响。一个从上面撞进去了，他于是遇到火，而且我以为这火是真的。两三个却休息在灯的纸罩上喘气。那罩是昨晚新换的罩，雪白的纸，折出波浪纹的叠痕，一角还画出一枝猩红色的栀子。

猩红的栀子开花时，枣树又要做小粉红花的梦，青葱地弯成弧形了……我又听到夜半的笑声；我赶紧砍断我的心绪，看那老在白纸罩上的小青虫，头大尾小，向日葵子似的，只有半粒小麦那么大，遍身的颜色苍翠得可爱，可怜。

我打一个呵欠，点起一支纸烟，喷出烟来，对着灯默默地敬奠这些苍翠精致的英雄们。

⊙作品赏析

《秋夜》最初发表于1924年12月1日的《语丝》周刊第3期上，后收入散文集《野草》。这是一篇托物言志的深刻而优美的散文诗。作者采用象征手法，赋予秋夜后园中不同景物以人的性格，代表不同类型的社会人物，"奇怪而高"的天空象征着压迫和摧残进步力量的恶势力，在冷的夜气中瑟缩做着"春的到来"的梦的小红花象征着善良的弱者，耸立在后园的两株枣树，象征着与黑恶势力抗争的进步力量。通过对这些景物的含蓄描绘，作者表达了对黑暗势力的抗争和愤怒，对英勇抗击黑暗势力的革命者的崇敬和赞美，也表达了自己与黑暗势力作韧性战斗的意志。《秋夜》语言精致，意象空灵，结构严谨，为象征散文诗民族化的创造，提供了一种全新的风范。

乌篷船 / 周作人

入选理由　周作人冲淡平和文风的充分体现
　　　　　山川风物，涉笔成趣
　　　　　收入中学教材的名篇佳作

子荣君：

接到手书，知道你要到我的故乡去，叫我给你一点什么作参考资料。老实说，我的故乡，真正觉得可怀恋的地方，并不是那里；但是因为在那里生长，住过十多年，究竟知一点情形，所以写这一封信告诉你。

我所要告诉你的，并不是那里的风土人情，那是写不尽的，但是你到那里一看也就会明白的，不必啰唆地多讲。我要说的是一种很有趣的东西，这便是船。你在家乡平常总坐人力车，电车，或是汽车，但在我的故乡那里这些都没有，除了在城内或山上是用轿子以外，普通代步都是用船。船有两种，普通坐的都是"乌篷船"，白篷的大抵作航船用，坐夜航船到西陵去也有特别的风趣，但是你总不便坐，所以我就可以不说了。乌篷船大的为"四明瓦"，小的为脚划船亦称小船。但是最适用的还是在这中间的"三道"，亦即三明瓦。篷是半圆形的，用竹片编成，中夹竹箬，上涂黑油；在两扇"定篷"之间放着一扇遮阳，也是半圆的，木作格子，嵌着一片片的小鱼鳞，径约一寸，颇有点透明，略似玻璃而坚韧耐用，这就称为明瓦。三明瓦者，谓其中舱有两道，后舱有一道明瓦也。船尾用橹，大抵两支，船首有竹篙，用以定船。船头着眉目，状如老虎，但似在微笑，颇滑稽而不可怕，唯白篷船则无之。三道船篷之高大约可以使你直立，舱宽可以放下一顶方桌，四个人坐着打麻将，——这个恐怕你也已学会了罢？小船则真是一叶扁舟，你坐在船底席上，篷顶离你的头有两三寸，你的两手可以搁在左右的舷上，还把手都露出在外边。在这种船里仿佛是在水面上坐，靠近田岸去时泥土便和你的眼鼻接近，而且遇着风浪，或是坐得稍不小心，就会船底朝天，发生危险，但是也颇有趣味，是水乡的一种特色。不过你总可以不必去坐，最好还是坐那三道船罢。

你如坐船出去，可是不能像坐电车的那样性急，立刻盼望走到。倘若出城，走三四十里路（我们那里的里程是很短，一里才及英里三分之一），来回总要预备一天。你坐在船上，应该是游山的态度，看看四周物色，随处可见的山，岸旁的乌桕，河边的红蓼和白苹，渔舍，各式各样的桥，困倦的时候睡在舱中拿出随笔来看，或者冲一碗清茶喝喝。偏门外的鉴湖一带，贺家池，壶觞左近，我都是喜欢的，或者往娄公埠骑驴去游兰亭（但我劝你还是步行，骑驴或者于你不很相宜），到得暮色苍然的时候进城上都挂着薜荔的东门来，倒是有趣味的事。倘若路上不平静，你往杭州去时可于下午开船，

· 作者简介 ·

周作人（1885—1967），原名栅寿，字星杓，后改名奎绶，自号起孟、启明（又作岂明）、知堂等，鲁迅的二弟。中国现代散文家、诗人、文学翻译家。1901年秋考入江南水师学堂。1906年赴日本学习。1911年回国后在绍兴任教。1917年任北京大学文科教授。1920年参加新潮社，1921年参与发起成立文学研究会。"五四"以后，为《语丝》周刊的主编和主要撰稿人之一。第一次国内革命战争失败后，思想渐离时代主流，主张"闭户读书"。20世纪30年代他提倡闲适幽默的小品文，沉溺于"草木虫鱼"的狭小天地。"七七事变"后，出任南京国民政府委员、东亚文化协会会长等。抗战胜利后因汉奸罪被判有期徒刑10年。1949年1月保释出狱。新中国成立后，在人民文学出版社从事翻译工作。1967年因病去世。

黄昏时候的景色正最好看，只可惜这一带地方的名字我都忘了。夜间睡在舱中，听水声橹声，来往船只的招呼声，以及乡间的犬吠鸡鸣，也都很有意思。雇一只船到乡下去看庙戏，可以了解中国旧戏的真趣味，而且在船上行动自如，要看就看，要睡就睡，要喝酒就喝酒，我觉得也可以算是理想的行乐法。只可惜讲维新以来这些演剧与迎会都已禁止，中产阶级的低能人别在"布业会馆"等处建起"海式"的戏场来，请大家买票看上海的猫儿戏。这些地方你千万不要去。——你到我那故乡，恐怕没有一个人认得，我又因为在教书不能陪你去玩，坐夜船，谈闲天，实在抱歉而且惆怅。川岛君夫妇现在称山下，本来可以给你介绍，但是你到那里的时候他们恐怕已经离开故乡了。初寒，善自珍重，不尽。

十五年十一月十八日夜，于北京。

⊙作品赏析

周作人的小品文虽然只专注于自己身边的小题材，但无论是花草虫鱼，还是故乡往事，都善于旁征博引，随意而谈，而且语言朴实无华，不重藻饰，却写得情趣盎然，幽隽淡远。"五四"低潮之后，他更热衷于经营"自己的园地"，把小品文视作自己"言志"的最佳形式，在平凡的生活中品味人生的滋味。在语言上，则将白话口语、文言古语和外来欧化语杂糅调和，既有明人小品的风格，又具西方随笔的笔调和日本俳句的风韵，追求一种简单味，而这简单味中又隐含着苦苦的涩味，看似平常，犹如一杯西湖龙井，看去全无颜色，喝到口里，一股清香，令人回味无穷。《乌篷船》正是周作人这类小品文的代表。

作者采用书信体的形式，就是为了可以信笔所至，舒卷自如，在亲切随意的话语中讲述家乡的风物和抒发自己的情趣。在如数家珍的描述中，包含着作者对自己家乡的深厚情感。从这篇作品的叙述方法和口气中可以看出，即使是最让人乏味的事情，他也可以做到不急不躁，委婉含蓄。而在对于如何游山玩水的经验介绍，则更是兴致盎然。在作者看来，要体验到人生的乐趣，不能性急是其要点，要做到"要看就看，要睡就睡，要喝酒就喝酒"，这才是"理想的行乐法"。因此，作品说的虽然是游玩之事，传达的是作者对家乡的怀念之情，而真正包蕴的却是隐逸闲适的人生态度。

生活之艺术 / 周作人

入选理由 现代文学大家周作人的散文精粹
一个纯粹文人对人生的理解
文章短小精悍，析理透彻

契诃夫《书简集》中有一节道（那时他在爱珲附近旅行）："我请一个中国人到酒店里喝烧酒，他在未饮之前举杯向着我和酒店主人及伙计们，说道'请'。这是中国的礼节。他并不像我们那样的一饮而尽，却是一口一口地吸，每吸一口，吃一点东西；随后给我几个中国铜钱，表示感谢之意。这是一种怪有礼的民族……"

一口一口地吸，这的确是中国仅存的饮酒的艺术：干杯者不能知酒味，泥醉者不能知微醺之味。中国人对于饮食还知道一点享用之术，但是一般的生活之艺术却早已失传了。中国生活的方式现在只有两个极端，非禁欲即是纵欲，非连酒字都不准说即是浸身在酒槽里，二者互相反动，各益增长，而其结果则是同样的污糟。动物的生活本有自然的调节，中国在千年以前文化发达，一时颇有臻于灵肉一致之象，后来为禁欲思想所战胜，变成现在这样的生活，无自由，无节制，一切在礼教的面具底下实行迫压与放恣，实在所谓礼者早已消灭无存了。

生活不是很容易的事。动物那样的，自然地简易地生活，是其一法；把生活当作一种艺术，微妙地美地生活，又是一法；二者之外别无道路，有之则是禽兽之下的乱调的生活了。生活之艺术只在禁欲与纵欲的调和。霭理斯对于这个问题很有精到的意见。他排斥宗教的禁欲主义，但以为禁欲亦是人性的一面；欢乐与节制二者并存，且不相反而实相成。人有禁欲的倾向，即所以防欢乐的过量，并即以增欢乐的程度。他在《圣芳济与其他》一篇论文中曾说道："有人以此二者（即禁欲与耽溺）之一为其生活之唯一目的者，其人将在尚未生活之前早已死了。有人先将其一（耽溺）推至极端，再转而之他，其人才真能了解人生是什么，日后将被纪念为模范的高僧。但是始终尊重这二重理想者，那才是知生活法的明智的大师。……一切生活是一个建设与破坏，一个取进与付出，一个永远的构成作用与分解作用的循环。要正当地生活，我们须得模仿大自然的豪华与严肃。"他又说过："生活之艺术，其方法只在于微妙地混和取与舍二者而已。"更是简明的说出这个意思来了。

生活之艺术这个名词，用中国固有的字来说便是所谓礼。斯谛耳博士在《仪礼》序上说："礼节并不单是一套仪式，空虚无用，如后世所沿袭者。这是用以养成自制与整饬的动作之习惯，唯有能领解万物感受一切之心的人才有这样安详的容止。"从前听说辜鸿铭先生批评英文《礼记》译名的不妥当，以为"礼"不是 Rite 而是 Art，当时觉得有点乖僻，其实却是对的，不过这是指本来的礼，后来的礼仪礼教都是堕落了的东西，不足当这个称呼了。中国的礼早已丧失，只有如上文所说，还略存于茶酒之间而已。去年有西人反对上海禁娼，以为妓院是中国文化所在的地方，这句话的确难免有点荒谬，但仔细想来也不无若干理由。我们不必拉扯唐代的官妓，希腊的"女友"（Hetaira）的韵事来作辩护，只想起某外人的警句，"中国挟妓如西洋的求婚，中国娶妻如西洋的宿娼"，或者不能不感到《爱之术》（Ars Amaroria）的真是只存在草野之间了。我们并不赞同某西人那样要保存妓院，只觉得在有些怪论里边，也常有真实存在罢了。

中国现在所切要的是一种新的自由与新的节制，去建造中国的新文明，也就是复兴千年前的旧文明，也就是与西方文化的基础之希腊文明相合一了。这些话或者说的太大太高了，但据我想舍此中国别无得救之道，宋以来的道学家的禁欲主义总是无用的了，因为这只足以助成纵欲而不能收调节之功。其实这生活的艺术在有礼节重中庸的中国本来不是什么新奇的事物，如《中庸》的起头说："天命之谓性，率性之谓道，修道之谓教。"照我的解说即是很明白的这种主张。不过后代的人都只拿去讲章旨节旨，没有人实行罢了。我不是说半部《中庸》可以济世，但以表示中国可以了解这个思想。日本虽然也很受到宋学的影响，生活上却可以说是承受平安朝的系统，还有许多唐代的流风余韵，因此了解生活之艺术也更是容易。在许多风俗上日本的确保存这艺术的色彩，为我们中国人所不及，但由道学家看来，或者这正是他们的缺点也未可知罢。

⊙作品赏析

　　有评论家认为周作人本身就是带着深厚文学修养的纯粹文人和生活理趣的完美结合。明代唐寅曾说明自己的生活尽在琴棋书画诗酒花与柴米油盐酱醋茶之间，而这也正是周作人苦雨斋式的生活，在闲适的心境中洒脱地进行精神漫步，这一点倒有点像公安派和竟陵派的散文了。

周作人是主张记载世间普通男女悲欢成败的平民文学的，这在《生活之艺术》中再次得到了体现。文章讲述的仅只是关于该如何进行生活的定位，其中可以是截然相反的禁欲或者纵欲，也可以是调和两者艺术般地活着，这是周作人处事的折中心态，也是中国几千年传承下来的人生习惯。作者在这里从人道主义出发，追寻的是世间最为合理的生存方式，在描绘中浸润着作家的闲适情趣，就像在《人的文学》中所说的，要极力反对世俗既定的框架模式，为自己的人生自由寻找到属于自己的自在空间。

文章颇为简短，给人一种日本俳文甚者是明代小品文的印象，而在行文的风格上则洋溢着英国随笔的影响，因为这种生活的哲理不是作者在笔端的强辩而是有事实上存在的大家的论证，这也是法国人蒙田最惯常的写法。在整体上让人觉得离当时的时代纷争很远，但不可否认文章大巧若拙，带人进入一种平和冲淡的人生境界中，别有一种人生的趣味。

故乡的野菜 / 周作人

我的故乡不止一个，凡我住过的地方都是故乡。故乡对于我并没有什么特别的情分，只因钓于斯游于斯的关系，朝夕会面，遂成相识，正如乡村里的邻舍一样，虽然不是亲属，别后有时也要想念到他。我在浙东住过十几年，南京东京都住过六年，这都是我的故乡；现在住在北京，于是北京就成了我的家乡了。

日前我的妻往西单市场买菜回来，说起有荠菜在那里卖着，我便想起浙东的事来。荠菜是浙东人春天常吃的野菜，乡间不必说，就是城里只要有后园的人家都可以随时采食，妇女小儿各拿一把剪刀一只"苗篮"，蹲在地上搜寻，是一种有趣味的游戏的工作。那时小孩们唱道："荠菜马兰头，姊姊嫁在后门头。"后来马兰头有乡人拿来进城售卖了，但荠菜还是一种野菜，须得自家去采。关于荠菜向来颇有风雅的传说，不过这似乎以吴地为主。《西湖游览志》云："三月三日男女皆戴荠菜花。谚云，三春戴荠菜花，桃李羞繁华。"顾禄的《清嘉录》上亦说："荠菜花俗呼野菜花，因谚有三月三蚂蚁上灶山之语，三日人家皆以野菜花置灶陉上，以厌虫蚁。侵晨村童叫卖不绝。或妇女簪髻上以祈清目，俗号眼亮花。"但浙东人却不很理会这些事情，只是挑来做菜或炒年糕吃罢了。

黄花麦果通称鼠曲草，系菊科植物，叶小微圆互生，表面有白毛，花黄色，簇生梢头。春天采嫩叶，捣烂去汁，和粉作糕，称黄花麦果糕。小孩们有歌赞美之云：

黄花麦果韧结结，
关得大门自要吃：
半块拿弗出，一块自要吃。

清明前后扫墓时，有些人家——大约是保存古风的人家——用黄花麦果作供，但不作饼状，做成小颗如指顶大，或细条如小指，以五六个作一攒，名曰茧果，不知是什么意思，或因蚕上山时设祭，也用这种食品，故有是称，亦未可知。自从十二三岁时外出不参与外祖家扫墓以后，不复见过茧果，近来住在北京，也不再见黄花麦果的影子了。日本称作"御形"，与荠菜同为春天的七草之一，也采来做点心用，状如艾饺，名曰"草饼"，春分前后多食之，在北京也有，但是吃去总是日本风味，不复是儿时的黄花麦果糕了。

扫墓时候所常吃的还有一种野菜，俗称草紫，通称紫云英。农人在收获后，播种田内，用作肥料，是一种很被贱视的植物，但采取嫩茎瀹食，味颇鲜美，似豌豆苗。花紫红色，数十亩接连不断，一片锦绣，如铺着华美的地毯，非常好看，而且花朵状若蝴蝶，又如鸡雏，尤为小孩所喜。间有白色的花，相传可以治痢，很是珍重，但不易得。日本《俳句大辞典》云："此草与蒲公英同是习见的东西，从幼年时代便已熟识。在女人里边，不曾采过紫云英的人，恐未必有罢。"中国古来没有花环，但紫云英的花球却是小孩常玩的东西，这一层我还替那些小人们欣幸的。浙东扫墓用鼓吹，所以少年们常随了乐音去看"上坟船里的姣姣"；没有钱的人家虽没有鼓吹，但是船头上篷窗下总露出些紫云英和杜鹃的花束，这也就是上坟船的确实的证据了。

⊙ 作品赏析

《故乡的野菜》于 1924 年 4 月 5 日发表于《晨报副刊》上，后收入散文集《雨天的书》（1925 年北新书局出版）。

在这篇散文里，作者以浓郁的怀旧情绪，介绍其故乡常见的野菜：荠菜、马兰头、鼠曲草、紫云英等，它们的形状、颜色与用途，以及与其相关的浙东民俗。作者引经据典，并以东洋习俗同中国习俗相比印照，将浙东民俗置于一个横的文化比较剖面上和深厚的文化背景里。周作人的散文，语言质朴平淡，风格从容平和，但富于哲理、情趣，《故乡的野菜》即是一个印证。

与妻书 / 林觉民

入选理由　收入中学课本
　　　　　革命先行者高尚情怀的展现
　　　　　柔情与豪情交织的感人篇章

意映卿卿如晤：吾今以此书与汝永别矣！吾作此书时，尚是世中一人；汝看此书时，吾已成为阴间一鬼。吾作此书，泪珠和笔墨齐下，不能竟书而欲搁笔，又恐汝不察吾衷，谓吾忍舍汝而死，谓吾不知汝之不欲吾死也，故遂忍悲为汝言之。

吾至爱汝，即此爱汝一念，使吾勇于就死也。吾自遇汝以来，常愿天下有情人都成眷属；然遍地腥云，满街狼犬，称心快意，几家能彀？司马春衫，吾不能学太上之忘情也。语云：仁者"老吾老，以及人之老，幼吾幼，以及人之幼"。吾充吾爱汝之心，助天下人爱其所爱，所以敢先汝而死，不顾汝也。汝体吾此心，于啼泣之余，亦以天下人为念，当亦乐牺牲吾身与汝身之福利，为天下人谋永福也。汝其勿悲！

汝忆否？四五年前某夕，吾尝语曰："与使吾先死也，无宁汝先吾而死。"汝初闻言而怒，后经吾婉解，虽不谓吾言为是，而亦无词相答。吾之意盖谓以汝之弱，必不能禁失吾之悲，吾先死留苦与汝，吾心不忍，故宁请汝先死，吾担悲也。嗟夫！

· 作者简介 ·

林觉民（1887—1911），近代民主革命者。字意洞，号抖飞，又号天外生，福建闽县（今福建福州）人。1902年考入福州全闽大学堂文科学习，曾累次领导学生运动。1907年留学日本，攻读哲学。不久加入同盟会。1911年春，得知黄兴、赵声将发动广州起义，即归国约集福建同志响应广州起义。起义时，率先袭击总督衙门，负伤被捕，后英勇就义，时年24岁。为"黄花岗七十二烈士"之一。

谁知吾卒先汝而死乎？

吾真真不能忘汝也！回忆后街之屋，入门穿廊，过前后厅，又三四折，有小厅，厅旁一屋，为吾与汝双栖之所。初婚三四个月，适冬之望日前后，窗外疏梅筛月影，依稀掩映；吾与（汝）并肩携手，低低切切，何事不语？何情不诉？及今思之，空余泪痕。又回忆六七年前，吾之逃家复归也，汝泣告我："望今后有远行，必以告妾，妾愿随君行。"吾亦既许汝矣。前十余日回家，即欲乘便以此行之事语汝，及与汝相对，又不能启口，且以汝之有身也，更恐不胜悲，故惟日日呼酒买醉。嗟夫！当时余心之悲，盖不能以寸管形容之。

吾诚愿与汝相守以死，第以今日事势观之，天灾可以死，盗贼可以死，瓜分之日可以死，奸官污吏虐民可以死，吾辈处今日之中国，国中无地无时不可以死，到那时使吾眼睁睁看汝死，或使汝眼睁睁看我死，吾能之乎？抑汝能之乎？即可不死，而离散不相见，徒使两地眼成穿而骨化石，试问古来几曾见破镜能重圆？则较死为苦也，将奈之何？今日吾与汝幸双健。天下人之不当死而死与不愿离而离者，不可数计，钟情如我辈者，能忍之乎？此吾所以敢率性就死不顾汝也。吾今死无余憾，国事成不成自有同事者在。依新已五岁，转眼成人，汝其善抚之，使之肖我。汝腹中之物，吾疑其女也，女必像汝，吾心甚慰。或又是男，则亦教其以父志为志，则我死后尚有二意洞在也。甚幸，甚幸！吾家后日当甚贫，贫无所苦，清静过日而已。

吾今与汝无言矣。吾居九泉之下遥闻汝哭声，当哭相和也。吾平日不信有鬼，今则又望其真有。今人又言心电感应有道，吾亦望其言是实，则吾之死，吾灵尚依依旁汝也，汝不必以无侣悲。

吾平生未尝以吾所志语汝，是吾不是处；然语之，又恐汝日日为吾担忧。吾牺牲百死而不辞，而使汝担忧，的的非吾所忍。吾爱汝至，所以为汝谋者惟恐未尽。汝幸而偶我，又何不幸而生今日之中国！吾幸而得汝，又何不幸而生今日之中国！卒不忍独善其身。嗟夫！巾短情长，所未尽者，尚有万千，汝可以模拟得之。吾今不能见汝矣！汝不能舍吾，其时时于梦中得我乎！一恸！辛亥三月念六夜四鼓，意洞手书。

家中诸母皆通文，有不解处，望请其指教，当尽吾意为幸。

⊙作品赏析

这一篇写在小小方巾上的文字，浸透了一个刚烈英雄的血与一个痴情男儿的泪。90多年后的今日读来，遥想英雄当时之处境，仍能清晰地触到他的脉搏，令人唏嘘不已。他本是文弱书生，国难当头之日，奋然从戎；他本是多情儿郎，却为了天下人之大幸福，忍别娇妻幼子舍身赴难。以这种容天下人的胸怀运笔，以血泪和墨挥就而成的篇章，早已超越了文字本身的意义。它所传递出来的是可以叫天地为之动容的人间至情，是可以叫鬼神为之哭泣的宽广胸怀。在他看来，家国天下，没有孰重孰轻之分。因为挚爱妻子，所以博爱天下人，所以"勇于就死"。于他而言，与妻子的生离死别这一事实，早已超越了个人意愿，上升为普遍的意义。碧血丹心，昭然若揭。

为国舍身挂怀亲人的柔情与割舍爱情拯救天下的豪情交织在一起，慷慨悲壮，哀婉动人。跃动其间的英雄豪气与浪漫情怀，感人至深。这篇文章，在中国革命史和中国文学史上永放光彩。

今 / 李大钊

入选理由 告诫我们要立足现实
观点新颖，论述透辟
语言平实晓畅

我以为世间最可宝贵的就是"今"，最易丧失的也是"今"，因为他最容易丧失，所以更觉得他可以宝贵。

为甚么"今"最可宝贵呢？最好借哲人耶曼孙所说的话答这个疑问："尔若爱千古，尔当爱现在。昨日不能唤回来，明天还不确实，尔能确有把握的就是今日。今日一天，当明日两天。"

为甚么"今"最易丧失呢？因为宇宙大化，刻刻流转，绝不停留。时间这个东西，也不因为吾人贵他爱他稍稍在人间留恋。试问吾人说"今"说"现在"，茫茫百千万劫，究竟那一刹那是吾人的"今"，是吾人的"现在"呢？刚刚说他是"今"是"现在"，他早已风驰电掣的一般，已成"过去"了。吾人若要糊糊涂涂把他丢掉，岂不可惜？

有的哲学家说，时间但有"过去"与"未来"，并无"现在"。有的又说，"过去""未来"皆是"现在"。我以为"过去未来皆是现在"的话倒有些道理。因为"现在"就是所有"过去"流入的世界，换句话说，所有"过去"都埋没于"现在"的里边。故一时代的思潮，不是单纯在这个时代所能凭空成立的，不晓得有几多"过去"时代的思潮，差不多可以说是由所有"过去"时代的思潮，一凑合而成的。

吾人投一石子于时代潮流里面，所激起的波澜声响，都向永远流动传播，不能消灭。屈原的《离骚》，永远使人人感泣。打击林肯头颅的枪声，呼应于永远的时间与空间。一时代的变动，绝不消失，仍遗留于次一时代，这样传演，至于无穷，在世界中有一贯相联的永远性。昨日的事件，与今日的事件，合构成数个复杂事件。此数个复杂事件，与明日的数个复杂事件，更合构成数个复杂事件。势力结合势力，问题牵起问题。无限的"过去"，都以"现在"为归宿。无限的"未来"，都以"现在"为渊源。"过去""未来"的中间，全仗有"现在"以成其连续，以成其永远，以成其无始无终的大实在。一

·作者简介·

李大钊（1889—1927），字守常，河北省乐亭县人。他16岁考入天津北洋法政专门学校。1913年毕业后，24岁的李大钊留学日本，入早稻田大学本科，学习法律和经济。在日本，他接触到各种社会主义学说，并开始学习和研究马克思主义。1915年为反对日本灭亡中国的"二十一条"，以留日学生总会名义发出《警告全国父老》通电，号召国人以"破釜沉舟之决心"誓死反抗。

1916年回国后，李大钊先后担任《新青年》、《少年中国》、《每周评论》和《晨钟报》等进步刊物的编辑或主任编辑。1918年他受聘担任北京大学图书馆主任。1920年，他发起组织马克思主义学说研究会，10月成立北京共产党小组，11月建立北京社会主义青年团。同年，任北京大学教授，在史学、经济、法律等系，以及北京朝阳大学、中国大学、女子高师等院校授课。1921年8月任中国劳动组合书记部北京分部主任，在京奉、京汉、京海等铁路开展工人运动。1923年6月出席中国共产党"三大"，当选为中央执行委员，10月任国民党临时中央执行委员和改组委员，参与筹备国民党"一大"。1924年1月当选为国民党中央执行委员、国民党北京执行部组织部长。6月率中共代表团赴莫斯科参加共产国际"五大"。1925年，针对"五卅惨案"在京组织"沪案雪耻会"，声援上海人民的反帝斗争。1926年3月18日因组织请愿示威游行被段祺瑞政府通缉。1927年4月6日他被奉系军阀张作霖逮捕，28日遇害。

掣现在的铃，无限的过去未来皆遥相呼应。这就是过去未来皆是现在的道理，这就是"今"最可宝贵的道理。

现时有两种不知爱"今"的人：一种是厌"今"的人，一种是乐"今"的人。

厌"今"的人也有两派。一派是对于"现在"一切现象都不满足，因起一种回顾"过去"的感想。他们觉得"今"的总是不好，古的都是好。政治、法律、道德、风俗，全是"今"不如古。此派人唯一的希望在复古。他们的心力全施于复古的运动。一派是对于"现在"一切现象都不满足，与复古的厌"今"派全同。但是他们不想"过去"，但盼"将来"。盼"将来"的结果，往往流于梦想，把许多"现在"可以努力的事业都放弃不做，单是耽溺于虚无飘渺的空玄境界。这两派人都是不能助益进化，并且很是阻滞进化的。

乐"今"的人大概是些无志趣无意识的人，是些对于"现在"一切满足的人。他们觉得所处境遇可以安乐优游，不必再商进取，再为创造。这种人丧失"今"的好处，阻滞进化的潮流，同厌"今"派毫无区别。

原来厌"今"为人类的通性。大凡一境尚未实现以前，觉得此境有无限的佳趣，有无疆的福利；一旦身陷其境，却觉不过尔尔，随即起一种失望的念，厌"今"的心。又如吾人方处一境，觉得无甚可乐；而一旦其境变易，却又觉得其境可恋，其情可思。前者为企望"将来"的动机；后者为反顾"过去"的动机。但是回想"过去"，毫无效用，且空耗努力的时间。若以企望"将来"的动机，而尽"现在"的势力，则厌"今"思想，却大足为进化的原动。乐"今"是一种惰性，须再进一步，了解"今"所以可爱的道理。全在凭他可以为创造"将来"的努力，决不在得他可以安乐无为。

热心复古的人，开口闭口都是说"现在"的境像若何黑暗，若何卑污，罪恶若何深重，祸患若何剧烈。要晓得"现在"的境像倘若真是这样黑暗，这样卑污，罪恶这样深重，祸患这样剧烈，也都是"过去"所遗留的宿孽，断断不是"现在"造的；全归咎于"现在"，是断断不能受的。要想改变他，但当努力以回复"过去"。

照这个道理讲起来，大实在的瀑流，永远由无始的实在向无终的实在奔流。吾人的"我"，吾人的生命，也永远合所有生活上的潮流，随着大实在的奔流，以为扩大，以为继续，以为进转，以为发展。故实在即动力，生命即流转。

忆独秀先生曾于《一九一六年》文中说过，青年欲达民族更新的希望，"必自杀其一九一五年之青年，而自重其一九一六年之青年。"我尝推广其意，也说过人生唯一的蕲向，青年唯一的责任，在"从现在青春之我，扑杀过去青春之我；促今日青春之我，禅让明日青春之我。""不仅以今日青春之我，追杀今日白首之我，并宜以今日青春之我，豫杀来日白首之我。"实则历史的现象，时时流转，时时变易，同时还遗留永远不灭的现象和生命于宇宙之间，如何能杀得？所谓杀者，不过使今日的"我"不仍旧沉滞于昨天的"我"。而在今日之"我"中，固明明有昨天的"我"存在。不止有昨天的"我"，昨天以前的"我"，乃至十年二十年百千万亿年的"我"，都俨然存在于"今我"的身上。然则"今"之"我"，"我"之"今"，岂可不珍重自将，为世间造些功德。稍一失脚，必致遗留层层罪恶种子于"未来"无量的人，即未来无量的"我"。永不能消除，永不能忏悔。

我请以最简明的一句话写出这篇的意思来：

吾人在世，不可厌"今"而徒回思"过去"，梦想"将来"，以耗误"现在"的努力；又不可以"今"境自足，毫不拿出"现在"的努力，谋"将来"的发展。宜善用"今"，以努力为"将来"之创造。由"今"所造的功德罪孽，永久不灭。故人生本务，在随实在之进行，为后人造大功德，供永远的"我"享受，扩张，传袭，至无穷极，以达"宇宙即我，我即宇宙"之究竟。

⊙作品赏析

这篇富有哲理性的议论文写于1918年。当时在青年中出现了三种不尽人意的情况，或留念过去，或沉迷现在，或空想未来，就是不思进取。李大钊深知青年肩负的历史使命与责任，因此有感而发，透辟地论述了过去、现在、未来三者的辩证关系，以此劝勉他们要立足现实、珍惜现在。文章不仅在当时极具现实意义，对于今天的我们，同样起着巨大的警策作用。

在文章中，作者不是急切严厉地呼吁，也不是刻板枯燥地说教，而是用朴素平实、自然晓畅的语言，进行细密的论证。时间原本是抽象的概念，但是作者用神奇的艺术手法，如形象活泼的拟人、生动的比喻等，把它具体化了，从而使得说理丝毫没有空泛之感。文章采用了多种论证方式，既有透密的理论阐释，又有大量事例佐证，从而使得思路清晰，逻辑严密，论述透彻。丰富的论据更是增添了行文的生动性与说服力，作者既引用名人名言，又拈出自然中的客观现象，还列举了日常生活中的经验，穿插历史上的事实，条分缕析，层层递进，论点自然而然地为人们所认同。

差不多先生传 / 胡适

入选理由 文章的写法很具个性
夸张幽默的表达方式
从小处审查问题的简约手段

你知道中国最有名的人是谁？

提起此人，人人皆晓，处处闻名。他姓差，名不多，是各省各县各村人氏。你一定见过他，一定听过别人谈起他。差不多先生的名字天天挂在大家的口头，因为他是中国全国人的代表。

差不多先生的相貌和你和我都差不多。他有一双眼睛，但看的不很清楚；有两只耳朵，但听的不很分明；有鼻子和嘴，但他对于气味和口味都不很讲究。他的脑子也不小，但他的记性却不很精明，他的思想也不很细密。

他常常说："凡事只要差不多，就好了。何必太精明呢？"

他小的时候，他妈叫他去买红糖，他买了白糖回来。他妈骂他，他摇摇头说："红糖白糖不是差不多吗？"

他在学堂的时候，先生问他："直隶省的西边是哪一省？"他说是陕西。先生说，"错了。是山西，不是陕西。"他说："陕西同山西，不是差不多吗？"

后来他在一个钱铺里做伙计；他也会写，也会算，只是总不会精细。十字常常写成千字，千字常常写成十字。掌柜的生气了，常常骂他。他只是笑嘻嘻地赔小心道："千字比十字只多一小撇，不是差不多吗？"

有一天，他为了一件要紧的事，要搭火车到上海去。他从从容容地走到火车站，迟了两分钟，火车已开走了。他白瞪着眼，望着远远的火车上的煤烟，摇摇头道："只好明天再走了，今天走同明天走，也还差不多。可是火车公司未免太认真了。八点三十分开，

· 作者简介 ·

胡适（1891—1962），字适之，安徽绩溪人，中国现代著名学者、文学家。1910年起先后在美国康奈尔大学、哥伦比亚大学求学。1917年回国后任北京大学教授，以倡导"五四"新文化运动而著名。1928年后历任中国公学校长、北京大学文学院院长、北京大学校长。1948年赴美，后迁居台湾。1957年任台湾"中央研究院"院长。主要作品有诗集《尝试集》，论著《中国哲学史大纲》、《白话文学史》。

同八点三十二分开，不是差不多吗？"

他一面说，一面慢慢地走回家，心里总不明白为什么火车不肯等他两分钟。

有一天，他忽然得了急病，赶快叫家人去请东街的汪医生。那家人急急忙忙地跑去，一时寻不着东街的汪大夫，却把西街牛医王大夫请来了。差不多先生病在床上，知道寻错了人；但病急了，身上痛苦，心里焦急，等不得了，心里想道："好在王大夫同汪大夫也差不多，让他试试看罢。"

于是这位牛医王大夫走近床前，用医牛的法子给差不多先生治病。不上一点钟，差不多先生就一命呜呼了。

差不多先生差不多要死的时候，一口气断断续续地说道："活人同死人也差……差……差不多，……凡事只要……差……差……不多……就……好了，……何……何……必……太……太认真呢？"他说完了这句格言，方才绝气了。

他死后，大家都很称赞差不多先生样样事情看得破，想得通；大家都说他一生不肯认真，不肯算帐，不肯计较，真是一位有德行的人。于是大家给他取个死后的法号，叫他做圆通大师。

他的名誉越传越远，越久越大。无数无数的人都学他的榜样。于是人人都成了一个差不多先生。——然而中国从此就成为一个懒人国了。

⊙ **作品赏析**

写中国人的懒和不认真不负责的文字并不在少。本文却是另一种写法，就是全用简笔的白描，兼用嘲讽和夸张的手法，写出一种病。胡适先生是将一种毛病拟人来写，他拟出的人物叫"差不多先生"，而文章就是此先生的高妙画像。他是"中国全国人的代表"，他的五官和脑子身体几乎无用。而他的意见是"凡事只要差不多，就好了。何必太精明呢"。不必太精明的他认为"千字比十字只多一小撇，不是差不多吗"。他得一急病，找了一个差不多的医生，使他小命难保，但他在咽气前仍发表了"活人同死人也差不多"的高论。这样的人，被我们国人认为是一位有德行的人，并且都以他为榜样。这样的嘻嘻哈哈的写法很符合胡适一贯温和的风格，但是谈论的问题却不是轻松的。作为一个民族的长期积习，自然改起来也是很难的。幽默和讽刺使得这篇文章成为一种善意的劝喻，而不至于过激地攻击和伤害。

中国的人命 / 陶行知

入选理由 所谈的问题今天依然具有极大现实意义 作者对所看到的问题能一针见血地直指根源，具有非常深刻的思想性

我在太平洋会议的许多废话中听到了一句警语。劳耳说："中国没有废掉的东西，如果有，只是人的生命！"

人的生命！你在中国是耗废得太多了。垃圾堆里的破布烂棉花有老太婆们去追求，路边饿得半死的孩子没有人过问。

· 作者简介 ·

陶行知（1891—1946），安徽黄山市歙县人。1910年入南京金陵大学学习。1914年赴美留学。1917年回国，先后任南京高等师范学校、东南大学教授、教务主任、教育科主任。1919年初，参加《新教育》杂志编辑工作，1921年任该杂志主编，并任中华教育改进社主任干事。1923年，与晏阳初等发起组织中华平民教育促进会，推进平民教育运动。1927年，创办了闻名中外的试验乡村师范学校——晓庄师范。1929年被美国圣约翰大学授予科学博士学位。1931年，发起"科学下嫁运动"，从事科学普及工作。1932年起，先后创办了"山海工学团"、"晨更工学团"、"劳工幼儿团"，首创"小先生制"，成立"中国普及教育助成会"。1935年，"一二·九"运动后，积极参加抗日救亡运动，提倡国难教育、战时教育，投身抗日民主教育。1936年，当选为全国各界救国联合会执行委员和常务委员。同年当选为世界和平大会中国执行委员。1937年7月，创办了著名的育才学校。1945年，在中国民主同盟临时全国代表大会上，陶行知当选为中国民主同盟中央常务委员兼教育委员会主任委员。1946年又在重庆创办社会大学。同年7月25日病逝于上海。

花十来个铜板坐上人力车要人家拼命跑，跑得吐血倒地，望也怕望，便换了一部车儿走了。太太生孩子，得雇一个奶妈。

自己的孩子白而胖，奶妈的孩子瘦且死。童养媳偷了一块糖吃要被婆婆逼得上吊。做徒弟好比是做奴隶，连夜壶也要给师傅倒，倒得不干净，一烟袋打得脑袋开花。煤矿里是五个人当中要残废一个。日本人来了，一杀是几百。大水一冲是几万。一年之中死的人要装满二十多个南京城。（说得正确些，是每年死的人数等于首都人口之二十多倍。）当我写这篇短文的时候，每个字出世是有三个人进棺材。

"中国没有废掉的东西，如果有，只是人的生命！"

您却不可作片面的观察。一个孩子出天花，他的妈妈抱他在怀里七天七夜，毕竟因为卓绝的坚忍与慈爱她是救了他的小命。在这无废物而有废命的社会里，这伟大的母爱是同时存在着。如果有一线的希望，她是愿意为她的小孩的生命而奋斗，甚而至于牺牲自己的生命，也是甘心情愿的。

这伟大的慈爱与冷酷的无情如何可以并立共存？这矛盾的社会有什么解释？他是我养的，我便爱他如同爱我，或者爱他甚于爱我自己。若不是我养的，虽死他几千万，与我何干？这个态度解释了这奇怪的矛盾。

中国要到什么时候才能翻身？要等到人命贵于财富，人命贵于机器，人命贵于安乐，人命贵于名誉，人命贵于权位，人命贵于一切，只有等到那时，中国才站得起来！

⊙ 作品赏析

本文发表于1932年，而今天读来，却依然使人震惊如昨。陶行知是位虔诚的人道主义者，始终把人的价值放在一切价值的核心位置。他认为生命的尊严才是至高无上的，在神圣的生命面前，没有任何世俗之物称得上高贵。从生命本位出发，陶行知特别推崇博爱，"爱满天下"是他的人生信条，终身恪守不渝。在本文里就充分体现了这种理念。然而中国社会的实际却恰好相反：物的价值，世俗的价值远远凌驾于生命之上。这样一种扭曲的价值体系，不仅是对生命的亵渎，造成人的异化，而且直接导致国家的积弱积贫。有感于不断重演的生命悲剧，陶行知喟然长叹道："人的生命！你在中国是耗废得太多了。"而奇怪的是，残忍的冷酷与伟大的慈爱这两种看似矛盾的人性竟可以并存于中国人身上，冷酷施于所谓"外人"，慈爱施于所谓"自己人"，可见中国人对生命权的保护是功利的，它仅仅承认被选择的人的生命权利。不在选择范围内的，就根本漠视其生命权利，根本视若草芥。选择的标准，主要着眼于生命的外在价值，即社会属性。生命的社会属性压倒一切，生命本身无足轻重。这种情况下，生灵受茶受毒，人命如草如营，是极正常的现象。对生命在中国的这种悲惨遭际，陶行知痛心疾首，发出振聋发聩的警言——"中国要到什么时候才能翻身？要等到人命贵于财富，人命贵于机器，人命贵于安乐，人命贵于名誉，人命贵于权位，人命贵于一切，只有等到那时，中国才站得起来！"

银杏 / 郭沫若

入选理由：郭沫若的散文代表作之一 形象刻画了中华民族自强不息、从不屈服的精神风貌

银杏，我思念你，我不知道你为什么又叫公孙树。但一般人叫你是白果，那是容易了解的。

我知道，你的特征并不专在乎你有这和杏相仿的果实，核皮是纯白如银，核仁是富于营养——这不用说已经就足以为你的特征了。

但一般人并不知道你是有花植物中最古的先进，你的花粉和胚珠具有着动物般的性态，你是完全由人力保存了下来的奇珍。

自然界中已经是不能有你的存在了，但你依然挺立着，在太空中高唱着人间胜利的凯歌。你这东方的圣者，你这中国人文的有生命的纪念塔，你是只有中国才有呀，一般人似乎也并不知道。

我到过日本，日本也有你，但你分明是日本的华侨，你侨居在日本大约已有中国的文化侨居在日本的那样久远了吧。

你是真应该称为中国的国树的呀，我是喜欢你，我特别的喜欢你。

但也并不是因为你是中国的特产，我才是特别的喜欢，是因为你美，你真，你善。

你的株干是多么的端直，你的枝条是多么的蓬勃，你那折扇形的叶片是多么的青翠，多么的莹洁，多么的精巧呀！

在暑天你为多少的庙宇戴上了巍峨的云冠，你也为多少的劳苦人撑出了清凉的华盖。

梧桐虽有你的端直而没有你的坚牢；

白杨虽有你的葱茏而没有你的庄重。

熏风会媚妩你，群鸟时来为你欢歌；上帝百神——假如是有上帝百神，我相信每当皓月流空，他们会在你脚下来聚会。

秋天到来，蝴蝶已经死了的时候，你的碧叶要翻成金黄，而且又会飞出满园的蝴蝶。

你不是一位巧妙的魔术师吗？但你丝毫也没有令人掩鼻的那种江湖气息。

· 作者简介 ·

郭沫若（1892—1978），原名郭开贞，四川乐山人，中国现代诗人、剧作家、历史学家、考古学家、古文字学家。1914年留学日本。1921年出版第一本诗集《女神》，以崭新的内容和形式，开了一代诗风，成为中国新诗的奠基人。同年与成仿吾等人发起成立创造社，是创造社的骨干成员。后又发表诗集《星空》、《恢复》等。抗战期间写了《屈原》、《虎符》、《棠棣之花》等历史剧及大量诗文。1949年后，郭沫若历任中国科学院院长、中国科学院哲学社会科学部主任、历史研究所第一所所长等职。先后出版诗集《新华颂》、《潮汐集》、《东风集》等，历史剧《蔡文姬》、《武则天》等，学术专著《石鼓文研究》等。在文学的各种体裁、翻译、史学、文字学等各方面郭沫若都有建树，是少有的全能型文人。

当你那解脱了一切，你那槎枒的枝干挺撑在太空中的时候，你对于寒风霜雪毫不避易。

那是多么的嶙峋而又洒脱呀，恐怕自有佛法以来再也不曾产生过像你这样的高僧。

你没有丝毫依阿取容的姿态，但你也并不荒伧；你的美德像音乐一样洋溢八荒，但你也并不骄傲；你的名讳似乎就是"超然"，你超在乎一切的草木之上，你超在乎一切之上，但你并不隐遁。

你的果实不是可以滋养人，你的木质不是坚实的器材，就是你的落叶不也是绝好的引火的燃料吗？

可是我真有点奇怪了：奇怪的是中国人似乎大家都忘记了你，而且忘记得很久远，似乎是从古以来。

我在中国的经典中找不出你的名字，我很少看到中国的诗人咏赞你的诗，也很少看到中国的画家描写你的画。

这究竟是怎么一回事呀，你是随中国文化以俱来的亘古的证人，你不也是以为奇怪吗？

银杏，中国人是忘记了你呀，大家虽然都在吃你的白果，都喜欢吃你的白果，但的确是忘记了你呀。

世间上也尽有不辨菽麦的人，但把你忘记得这样普遍，这样久远的例子，从来也不曾有过。

真的啦，陪都不是首善之区吗？但我就很少看见你的影子；为什么遍街都是洋槐，满园都是幽加里树呢？

我是怎样的思念你呀，银杏！我可希望你不要把中国忘记吧。

这事情是有点危险的，我怕你一不高兴，会从中国的地面上隐遁下去。

在中国的领空中会永远听不着你赞美生命的欢歌。

银杏，我真希望呀，希望中国人单为能更多吃你的白果，总有能更加爱慕你的一天。

⊙作品赏析

《银杏》写于 1942 年 5 月。当时正是抗日战争处于艰苦的相持阶段，而国民党苟且偷安，媚外降敌，不时掀起反共和专制逆浪。作者在文中抨击了国民党政府中那些消极抗日、反共投敌的民族败类。

这是一篇托物言志的散文。文章综合运用赋、比、兴和拟人、象征手法，赋予银杏一种特殊的象征意义，即象征着整个中华民族自强不息、从不屈服的精神风貌。文章以饱含诗意的笔调讴歌了银杏的"真"、"善"、"美"，赞颂它是"东方的圣者"，"中国人文的有生命的纪念塔"，含蓄地抒发了作者坚信抗战必胜的信念，鞭挞了国民党倒行逆施的抗战举措，激励人们要像银杏一样不畏强暴、刚直不阿，争取抗战的胜利。文章大量运用短小段落，笔调亲切，热情洋溢，语言明朗洗练，富于激情和诗意。

落花生 / 许地山

入选理由　中国现代散文史上短小精悍的散文代表作之一　平淡中蕴蓄一番深刻的哲理

我们家的后园有半亩空地。母亲说："让它荒着怪可惜的，你们那么爱吃花生，就开辟出来种花生吧。"我们姐弟几个都很高兴，买种，翻地，播种，浇水，施肥，没过几个月，居然收获了。

母亲说："今晚我们过一个收获节，请你们的父亲也来尝尝我们的新花生，好不好？"母亲把花生做成了好几样食品，还吩咐就在后园的茅草亭过这个节。

那晚的天色不太好，可是父亲也来了，实在很难得。

父亲说："你们爱吃花生吗？"

我们争着回答："爱！"

"谁能把花生的好处说出来？"

姐姐说："花生的味道很美。"

哥哥说："花生可以榨油。"

我说："花生的价钱便宜，谁都可以买来吃，都喜欢吃。这就是它的好处。"

父亲说："花生的好处很多，有一样最可贵。它的果实埋在地里，不像桃子、石榴、苹果那样，把鲜红嫩绿的果实高高地挂在枝上，使人一见就生爱慕之心。你们看它矮矮地长在地上，等到成熟了，也不能立刻分辨出来它有没有果实，必须挖起来才知道。"

我们都说是，母亲也点点头。

父亲接下去说："所以你们要像花生，它虽然不好看，可是很有用。"

我说："那么，人要做有用的人，不要做只讲体面，而对别人没有好处的人。"

父亲说："对。这是我对你们的希望。"

我们谈到深夜才散。花生做的食品都吃完了，父亲的话却深深地印在我的心上。

· 作者简介 ·

许地山（1893—1941），笔名落华生，中国现代作家。原籍福建龙溪，生于台湾，1917年入燕京大学学习。1921年与茅盾等人发起成立文学研究会。1923年起先后在美国哥伦比亚大学、英国牛津大学研究宗教学。1927年回国后先后在燕京大学、北京大学、清华大学、香港大学执教，主要作品有短篇小说集《缀网劳蛛》、《解放者》，散文集《空山灵雨》等。

⊙作品赏析

许地山早期的散文创作，除了表现出世的宗教思想之外，也反映了他入世的平民思想和淡泊处世的人生态度。在他的心目中，落花生体现着他一贯追求和实践的人生态度。

散文与其他文学体裁的作品一样，文章的主题不宜直说，须把主题蕴藏于事件、物品的叙写之中，才能收到含蓄蕴藉的艺术效果。本篇借赞美花生，抒写一种朴实无华、不求闻达，只求踏实处世、切实益世的人生态度。由于作者不是将自己的这种处世态度直接说出来，而是有所依托、借物阐理，因而意味深长，令人回味。读这样的文章，在享受阅读快乐的同时，能使我们获得更多的人生教益。它启发我们思考这样的问题：我们在追求什么？我们应当做什么样的人？作者给出的答案虽显得直白，但给了我们明确的观念，没有丝毫的犹豫和模棱。

朴素平实是本篇风格上的显著特色。在抒写上，作者既没有去抒写花生园的景物，也没有描写花生节的场面，只是平实地写出父亲与子女们围绕花生好处的谈话。在语言运用上，作者的叙述与其他人物的语言都是朴素的口语，洗尽铅华，显示了日常生活语言的朴实本色。

没有秋虫的地方 / 叶圣陶

> 入选理由
> 叶圣陶早期散文的代表作
> 构思新巧，意境悠远
> 对比、象征手法的巧妙运用

阶前看不见一茎绿草，窗外望不见一只蝴蝶，谁说是鹁鸽箱里的生活，鹁鸽未必这样枯燥无味呢。秋天来了，记忆就轻轻提示道："凄凄切切的秋虫又要响起来了。"可是一点影响也没有，邻舍儿啼人闹弦歌杂作的深夜，街上轮震石响邪许并起的清晨，无论你靠着枕头听，凭着窗沿听，甚至贴着墙听，总听不到一丝秋虫的声息。并不是被那些欢乐的劳困的宏大的清凉的声音淹没了，以致听不出来，乃是这里根本没有秋虫。啊，不容留秋虫的地方！秋虫所不屑居留的地方！

若是在鄙野的乡间，这时候满耳朵是虫声了。白天与夜间一样安闲；一切人物或动或静，都有自得之趣；嫩暖的阳光和轻淡的云覆盖在场上，到夜间呢，明耀的星月和轻微的凉风看守着整夜，在这境界这时间里惟一足以感动心情的是秋虫的合奏。它们高、低、宏、细、疾、徐、作、歇，仿佛经过乐师们的精心训练，所以这样地无可批评，踌躇满志，其实它们每一个都是神妙的乐师；众妙毕集、各抒灵趣，哪有不成人间绝响的呢？

虽然这些虫声会引起劳人的感叹，秋士的伤怀，独客的微喟，思妇的低泣，但是这正是无上的美的境界，绝好的自然诗篇，不独是旁人最喜欢吟味的，就是当境者也感受一种酸酸麻麻的味道，这种味道在另一方面是非常隽永的。

大概我们所蕲求的不在于某种味道，只要时时有点儿味道尝尝，就自诩为生活不空虚了。假若这味道是甜美的，我们固然含着笑来体味它，若是酸苦的，我们也要皱着眉头来辨尝它；这总比淡漠无味胜过百倍，我们以为最难堪而极欲逃避的，惟有这个淡漠无味！

所以心如槁木不如工愁善感，迷蒙的醒不如热烈的梦，一口苦水胜于一盏白汤，一场痛哭胜于哀乐两忘。这里并不是说愉快欢乐是要不得的，清健的醒是不必求的，甜汤是罪恶的，狂笑是魔道的；这里只是说有味道胜于淡漠罢了。

所以虫声是足系恋念的东西，何况劳人秋士独客思妇以外还有无量的人，他们当然也是酷嗜趣味的，当这凉意微逗的时候，谁能不忆起那美妙的秋之音乐？

可是没有，绝对没有！井底似的庭院，铅色的水门汀地，秋虫早已避去惟恐不速了。而我们没有它的翅膀与大腿，不能飞又不能跳，还是死守在这里，想到"井底"与"铅色"，觉得象征意味丰富极了。

· 作者简介 ·

叶圣陶（1894—1988），原名叶绍钧，生于江苏苏州。1914年开始发表文言小说。1919年参加北京大学学生组织的新潮社。1921年与郑振铎、茅盾等人组织发起"文学研究会"。1927年主编《小说月报》。抗日战争期间举家内迁，曾在乐山任武汉大学中文系教授。新中国成立后，曾任出版总署署长、教育部副部长兼人民教育出版社社长、中央文史研究馆馆长等。

⊙作品赏析

　　摹秋景、悲秋思之作，向来不乏精品，但是描写虫声的却不常见。叶圣陶先生别出机杼地以精致的笔触描写了秋虫的鸣声，写出了新意，写出了灵趣，给读者以美的享受。

　　试想，在明耀的星月下，有轻微的凉风拂面，耳畔是或高或低、或宏或细、或疾或缓、或作或歇的合奏，这样惬意的环境，这样美妙的乐声，怎不令人神思飞扬、心旌摇荡？这也显示出了作者高超的艺术表现力。

　　然而，虫声虽妙，却只能在记忆中重现，如今，身处"秋虫不屑居留的地方"，这一强烈的对比，颇具象征意味。"秋虫"、"秋声"正是作者所向往的热情生活的象征，而现实却如此冷漠沉寂。正因为作者不满于寂寞无声的无虫之秋，才深情地追忆了乡间的秋虫灵趣，这种心理反差，突出了期盼之情的急切和无奈之心的焦灼，热烈而深刻地表达了作者不甘淡漠无味的生活、渴盼在生活激流中奋斗的强烈愿望。作者怀念秋虫的鸣声，实际上是让生命充实起来的心曲的真实写照。文章在一定程度上也影射了当时社会政治的大环境，这使得文章的主题更有意蕴，更加深邃博大。

"老爷"说的准没错 / 叶圣陶

入选理由 叶圣陶的经典杂文之一
对掌握着"话语权"的"老爷"阶层的质疑
令人佩服的智慧、深刻和含蓄

　　《十五贯》里的娄阿鼠说："老爷说是通奸谋杀，自然是通奸谋杀的了。"这当然表现娄阿鼠作恶心虚，谋脱干系，可是这句话的格式可以研究一下，因为这个格式代表一种思想方法。

　　老爷说的话准没有错儿。为什么准没有错儿？就因为说话的是老爷。不妨听一听，老爷说是怎么样，自然是怎么样了，他的语气是多么斩钉截铁。娄阿鼠的思想方法的全部精华就是这样。

　　岂但娄阿鼠呢！从前有许多人用"先圣有言"发端，或者用"孔子曰"、"孟子曰"开场，把大前提摆出来，然后立下判断。近几十年来，"先圣有言"和"孔子曰""孟子曰"几乎绝迹了，可是大前提的前边往往是"某某说"或者"某某指示我们"，可见余风未衰。这些大前提为什么能做大前提，照例用不着证明，这里头隐隐含着这么个意思——是某某说的话就有资格做大前提。这就差不多跟娄阿鼠一鼻孔出气了。娄阿鼠不是相信老爷说的话准没错儿吗？所以娄阿鼠的思想方法可以做代表。

　　早些年有个名儿叫"偶像崇拜"，今年有个新鲜名儿叫"个人崇拜"，两个名儿二而一，都指的这一种思想方法。

　　被用作大前提的先圣，孔子、孟子以及这个某某，那个某某的话也全没有错儿，从这些大前提推出来的结论也许全有道理，也许对实际工作有好处，可是这样的思想方法总难叫人信服，因为它只认某某而不辨道理，因为它无条件地肯定某某的话必有道理，这是无论如何不会约定俗成的。

　　摆脱这样的思想方法，该是改进文风的办法之一。

⊙作品赏析

　　叶圣陶先生的智慧、深刻和含蓄的确让人佩服。他通过《"老爷"说的准没错》一文巧妙地揭露了封建专制统治及其危害，但见诸文字的却是有关改进文风的话题。

　　本文以娄阿鼠的言语为切入点，引出了"娄阿鼠式的思想方法"，即"老爷说的话准没错儿。为什么准没错儿？就因为说话的是老爷"。细细分析"娄阿鼠式的思想方法"形成原因无非是专制暴政的压迫和个体利益的驱动。因为"老爷"有权有势，能操纵"下人"身家性命，所以"老爷"的话对于下人而言就一定是对的了，即便不对，"下人"也只能无声地忍受；而"下人"在面对强权的时候只有唯命是听，唯命是从，才能保证自己的利益，乃至自己的生命不受伤害。

　　为什么作者要用非常隐讳的方法提醒人们要"摆脱这种思想方法"？因为它的危害实在是太大了。首先是对"下人"的危害。"这样的思想方法总难叫人信服，因为它只认某某而不辨道理，因为它无条件地肯定某某的话必有道理，这是无论如何不会约定俗成的。"也就是说像娄阿鼠这样处理事情，无疑是受人以柄；其次是对"老爷"的危害。"老爷"说的话如果是错的，那势必造成一定后果，而要为后果"埋单"的，只能是"老爷"，而非"下人"。最后是对普天下老百姓的危害，这也是最大的危害。也就是说，如果后果严重到"老爷"也无法承担的时候，那"埋单"的义务则毫无疑问会地落到老百姓的头上。所以，要想避免可怕的后果出现，就要摆脱"娄阿鼠式的思想方法"。而摆脱这种思想方法最有效的途径就是彻底消除"老爷"阶层，让全天下的人都有话语权。

雨中清唱 / 梅兰芳

入选理由　京剧名家梅兰芳的真情流露
水乳交融的感人演出场面
艺术家谦逊、朴实的优良品质

　　我这次能够亲身到捍卫远东和平的前哨——英雄的朝鲜进行慰问，把我们的民族艺术贡献给最可爱的人，我感到光荣，感到幸福。

　　在不少次的慰问演出当中，我接触到广大的朝鲜人民、人民军和中国人民志愿军。他们的爱国主义、国际主义精神，深深地教育了我，在我的艺术生活上坟加了新的力量。我现在闭上眼就会想起在赴朝慰问期间许多令人感动的热烈场面，尤其使我感动的是那一晚广场的演出。

　　有一天晚上，我们在广场招待志愿军。我到了后台化妆室，那是一间文娱活动的屋子，里面有书报、棋类、球类等等。当中一张长桌上，是腾出来给我们化装用的。我从化妆室走出，来到广场的后台，这个舞台是志愿军用木板木柱花了一夜时间搭架起来的。舞台上面没有顶，只挂着几道幕布，一阵紧一阵的西北风向幕布扑上来，发出呼啸的声音。高高矮矮的电灯架矗立在舞台前面，两万多支烛光的灯光，集中地照着舞台的中心，志愿军的首长正站在扩音器前面向战士们讲话，说明这次慰问演出的意义。我从侧幕的

· 作者简介 ·

　　梅兰芳（1894—1961），字畹华，江苏泰州人，1894年出生于北京的一个戏曲世家。8岁开始学京剧青衣，10岁登台，13岁搭"喜连成"科班演出。1912年之后，他一面学习传统，一面努力革新，曾编演了时装新戏和古装新戏，进行了舞台艺术上的改革尝试，经过多方面的实践，创造了京剧旦行的表演艺术流派——"梅派"。他与程砚秋、尚小云、荀慧生并称"四大名旦"，梅兰芳居首位。在1919年至1935年期间，曾多次赴日本、美国和苏联演出，使我国戏曲艺术在国外有了很大的影响。通过他的不懈努力，终使京剧艺术跻身于世界戏剧之林，高居巅峰。抗日战争时期，梅兰芳在上海蓄须辍演，表现了崇高的民族气节。中华人民共和国成立以来，梅兰芳经常在全国各地为工农兵群众演出，为我国社会主义戏曲事业，国内外文化交流和保卫世界和平，作出了重大的贡献。1959年加入中国共产党。曾先后当选为全国人民代表大会代表、中国人民政治协商会议常务委员、中国文学艺术界联合会副主席、中国戏剧家协会副主席，并历任中国戏曲研究院院长、中国戏曲学院院长、中国京剧院院长的职务。1961年8月8日在北京因病逝世。

空隙往外面看，只见广场上人山人海，一直挤到戏台的前沿，演员和观众打成一片，几乎没有了距离。有些人坐在小板凳上，有的席地而坐，旁边一座平台上也挤满了人。再往远处望，房顶上也有人蹲在那里看。主持晚会的同志告诉我，参加今天晚会的可以统计的人数是一万两千人左右。后来各地部队得到消息，陆续赶来参加，加上附近的居民，看上去总有两万人以上，真是一个盛大的晚会！

这天的节目有《收关胜》、《女起解》、《金钱豹》，最后是我和马连良先生的《打渔杀家》。当第一个节目——华东京剧团主演的《收关胜》演出的时候，风刮得更大了。红脸扎靠的关胜出场以后，我看见风吹卷了他的靠旗，吹乱了他的髯口，动作也受了限制。但是风越大，他越抖擞精神，挥舞着大刀，和同场的对手紧凑地开打起来。有些专演文戏的演员们，兴奋地担任了跑龙套的工作。——一位演小生的同志，因为对武戏中的快步圆场不习惯，几乎摔倒在台上，但是他们都以最高的情绪坚持下来了。他们感觉到为最可爱的人演出是无上的光荣，最大的安慰。

《收关胜》演到一半，天下起雨来，先是淅淅沥沥，后来是越下越大，幕布和台毯都打湿了，但是武行同志们仍然是一丝不苟地轮流翻着打着。这时，我的衣服也溅湿了，就退回化妆室里。十分钟后，外面锣鼓声突然停止，演出组的负责同志告诉我："《收关胜》演完了，现在休息。技工组同志们正在舞台的左面支架一座帐篷，好让音乐组的同志们在里面工作（因为乐器受了潮是无法工作下去的）。"我回过头去，看见我的儿子葆玖已经扮好了《女起解》的苏三，红色的罪衣罪裙，穿得齐齐整整的站在镜子面前发愣。我就对他说："你赶快出去，站在幕后，等候出场。虽然雨下得这么大，但是不能让两万多位志愿军同志坐在雨里等你一个人。"葆玖听我这样讲，就往门外走，正巧两位志愿军的负责干部走进来，把葆玖拦住，叫他不要出去，然后对我说："现在已经九点半，雨下得还是这么大，我们考虑到你们还有许多慰问演出工作，如果把行头淋坏了，影响以后的演出，我们主张今天的戏就不演下去了。刚才向看戏的同志们说明了这个原因，请他们归队，但是全场同志们都不肯走，他们一致要求和梅先生见一见面，对他们讲几句话。"我说："只是讲几句话，太对不住志愿军同志们。况且他们有从二三百里路赶来的。这样吧，我和马连良先生每人清唱一段，以表示我们的诚意。"马先生很同意我的意见，我们两个人就从化装室出来，走到台口。我站在扩音器面前对志愿军同志们说："亲爱的同志们，今天我们慰问团的京剧团全体同志抱着十分诚意向诸位作慰问演出，可是不凑巧得很，碰上天下雨，因此不能化装演出，非常抱歉。现在我和马连良先生每人清唱一段。马先生唱他最拿手的《借东风》，我唱《凤还巢》，表示我们对最可爱的人的敬意。最后，我向诸位保证，我们在别处慰问完成后，还要回到此地来再向诸位表演，以补足这一次的遗憾。"讲到这里，台下掀起如雷的掌声和欢呼声，这片巨大的声音盖过了雨声，响彻了整个山谷。二三分钟后，掌声和欢呼声才平息下去，清唱就开始了。马连良先生唱完了《借东风》之后，接着我唱《凤还巢》。我看到地上积满了水，志愿军同志们的衣服都湿透了，但是他们却端坐在急风暴雨中聚精会神地望着我，听我唱。从他们兴奋无比的面部表情上，从他们每当我唱完一句、在过门当中热烈鼓掌的动作上，可以看出他们是多么热爱民族艺术，多么热爱来自祖国的亲人。我不禁感动得流下泪来。雨水从我的帽檐上往下流，和泪水融汇在一起。如果说，在通常的演出场合，观众与演员之间还存在着界线的话，那，这里是没有界线的，也没有观众和演员之分，台上台下都忘掉了寒冷，忘掉了风雨，彼此的心情真正达到了水乳交融的地步。

这一次的雨中清唱，在我数十年的舞台生活中是没有前例的；也是我在赴朝慰问演出当中最难忘的一件事。

⊙作品赏析

梅兰芳出生于北京的京剧世家，在京剧艺术家中，出访最多和在国内接待外国艺术家最多的是梅兰芳。他把中国京剧表演艺术和艺术家的谦逊、朴实的优良品质介绍给了各国人民。这次"雨中清唱"也不例外。作者用在"英雄的朝鲜"访问的一次雨中清唱来表达对广大朝鲜人民和中国人民志愿军的热爱。在文章中，作者用淳朴的语言讲述了自己雨中清唱的前后，说明自己坚持此举是为了表示演员的诚意和对最可爱的人的敬意。另一方面，志愿军同志们为了表达对国内艺术家，尤其是梅先生的感激和真情，他们全端坐在暴雨中一丝不苟地听完演唱。作者用质朴的语言将台上台下的呼应和水乳交融的情感表现得淋漓尽致，也进一步地传达了军民鱼水关系极其融洽的思想含义。文章虽然简约朴实，但其饱含真挚情感的意境却是足以让"雨中清唱"不仅成为作者，而且也是广大志愿军战士"最难忘的一件事"。

卧着拿薪水 / 邹韬奋

入选理由 文化大师针砭政治时弊的力作
指出了造成腐败的沆瀣一气的体制原因所在

据报载最近冯玉祥氏对新闻记者谈话，有"国家将亡，应卧薪尝胆，但他们正在卧着拿薪水"等语，末了一句颇饶幽默意味。我们做老百姓的看惯了当今所谓要人也者，往往上台时干得乱七八糟，下台后却说得头头是道，所以我们对于大人先生们的高论，常觉得要大大的打个折扣。但像冯氏说的这句话，对于国难中老爷们的泄泄沓沓醉生梦死好像已倒在棺材里的心理形态，似乎描摹得颇有几分似处。拿应拿可拿的薪水，原不算什么罪过，可是一定要不客气的"卧着拿"，那撒烂污的程度未免太高明了！

但是我们如略再仔细的研究一下，便觉得仅仅拿薪水的仁兄们，就是"卧着"拿的，大概都是藉此勉强糊口活家的可怜虫。讲到国家民族的元恶大憝，却是那些不靠薪水过活，

· 作者简介 ·

邹韬奋（1895—1944），原名思润，笔名韬奋，祖籍江西余江。1895年出生在福建永安。1919年由南洋大学转入圣约翰大学文科，毕业后任中华职业教育社编辑部主任，并负责编辑《教育与职业》月刊和主编职业教育丛书，同时兼任中华职业学校和海澜英文专门学校的英文教员。1921年大学毕业后至1931年，负责《生活》周刊和《时事新报》副刊编务。1931年"九一八"事变后反对蒋介石的不抵抗主义，积极为抗日募捐。1932年7月，创办生活书店，该店相继在全国许多城市设立分店，大量编印发行各抗日救亡书籍和马列主义书籍。次年加入中国民权保障同盟，当选为执行委员。1933年7月因受迫害流亡国外。

1935年8月，由美归国，创办《大众生活》周刊，不久被封。1936年奔走于港沪之间，积极鼓动抗日。年底遭逮捕，是"七君子"之一。出狱后，上海沦陷，前往武汉继续参加救国活动。国民党政府聘他为国民参议员。他把《抗战》和《全民周刊》合并改为《全民抗战》三日刊。1941年2月，辞去国民参议员职务，出走香港，并恢复《大众生活》周刊。

香港沦陷后，曾到苏北解放区参观访问。1943年因患脑癌秘密回上海治病。次年7月24日在上海病逝。中共中央根据他生前的申请，追认其为中国共产党党员。

所拿的远超出于薪水，你虽求他们仅仅安安分分的"卧着"而不可得的一大堆宝贝！

　　诚然，现在有一班全靠着显亲贵戚，在衙门里挂个衔头吃现成饭的官僚老爷们，拿着薪水无事可做，只须"卧着"就行，他们只要靠得着封建的残余势力，尤其是有做小舅子资格以及能和这种资格发生直接间接关系的人们，都有便宜可拓，都只须"卧着拿薪水"！但是他们不得不求生存，这样的社会既不能容纳这许多求生者，他们只得往比较可以糊口的路上钻。对这种人我们仍只觉得怜悯，认为是社会制度造成的罪恶。

　　至于上等的贪官污吏和搜括无厌还要打着玩玩的军阀，那是"卧着拿薪水"并非他们所屑为的。"捐税名称之繁，既已无奇不备；勒借预征之酷，复又遍及灾区。"（见国府请求川军停战命令）这比"拿薪水"要高明得千万倍了。但他们却不愿安分的"卧着"，却要"罔顾国难，藉故交兵，军旅因内战而损精英，黎庶因兵劫而膏锋镝"。就是客客气气的请求他们"引咎互让，立止干戈"（亦见上令），他们仍充耳不闻，玩得起劲，这就请求他们"卧着"而不可得了！

⊙作品赏析

　　1932年年底，日寇侵华，国难当头，冯玉祥将军批评一些在国难中醉生梦死、玩忽职守的官员时，说了一句极幽默的话："国家将亡，应卧薪尝胆，但他们正在卧着拿薪水。"邹韬奋先生就以"卧着拿薪水"为题，写了一篇文章，使这个话题更进了一步。韬奋在文中说，只是"卧着拿薪水"的人，并非是上等贪官污吏，因为这些"仅仅拿薪水的仁兄们，就是'卧着'拿的，大概都是藉此勉强糊口活家的可怜虫。讲到国家民族的元恶大憝，却是那些不靠薪水过活，所拿的远超出于薪水，你虽求他们仅仅安安分分地'卧着'而不可得的一大堆宝贝"。因为这些人搜刮无度，已不屑这点"薪水"了。更可怕的是"上等的贪官污吏和搜括无厌还要打着玩玩的军阀，那种'卧着拿薪水'并非他们所屑为的"。"他们却不愿安分的'卧着'，却要'罔顾国难，藉故交兵，军旅因内战而损精英，黎庶因兵劫而膏锋镝'。就是客客气气的请求他们'引咎互让，立止干戈'，他们仍充耳不闻，玩得起劲，这就请求他们'卧着'而不可得了！"腐败的极端当然是亡国，文章开门见山，直接地指出了这一更可怕的事实，对那个时代的贪污腐化官员进行了深刻揭露与无情嘲讽。

秋天的况味 / 林语堂

入选理由　林语堂的散文代表作
一篇品味人生"初秋"之美的散文佳作
林语堂所有散文选本中必选的名篇

　　秋天的黄昏，一人独坐在沙发上抽烟，看烟头白灰之下露出红光，微微透露出暖气，心头的情绪便跟着那蓝烟缭绕而上，一样的轻松，一样的自由。不转眼，缭烟变成缕缕的细丝，慢慢不见了，而那雾时，心上的情绪也跟着消沉于大千世界，所以也不讲那时的情绪，而只讲那时的情绪的况味。待要再划一根洋火，再点起那已点过三四次的雪茄，却因白灰已积得太多，点不着，乃轻轻的一弹，烟灰静悄悄的落在铜炉上，其静寂如同我此时用毛笔写在中纸上一样，一点的声息也没有。于是再点起来，一口一口的吞云吐露，香气扑鼻，宛如偎红倚翠温香在抱情调。于是想到烟，想到这烟一股温煦的热气，想到室中缭绕暗淡的烟霞，想到秋天的意味。

　　这时才想起，向来诗文上秋的含义，并不是这样的，使人联想的是萧杀，是凄凉，是秋扇，是红叶，是荒林，是姜草。然而秋确有另一意味，没有春天的阳气勃勃，也没有夏天的炎烈迫人，也不像冬天之全入于枯槁凋零。我所爱的是秋林古气磅礴气象。有人以老气横秋骂人，可见是不懂得秋林古色之滋味。在四时中，我于秋是有偏爱的，所以不妨说说。

· 作者简介 ·

　　林语堂（1895—1976），福建龙溪人，中国现代学者、散文家。1916年从上海圣约翰大学毕业后，到清华大学任教。1919年先后赴美、法、德等国留学。1923年获博士学位后回国，先后在厦门、上海等地教书。1936年去美国教书。1954年任新加坡南洋大学校长。1967年定居台湾，同年受聘为香港中文大学教授。主要作品有杂文集《剪拂集》、《大荒集》、《我的话》，散文集《欧美风语》、《林语堂散文集》，长篇小说《京华烟云》等。

　　秋是代表成熟，对于春天之明媚娇艳，夏日之茂密浓深，都是过来人，不足为奇了，所以其色淡，叶多黄，有古色苍龙之概，不单以葱翠争荣了。这是我所谓秋的意味。大概我所爱的不是晚秋，是初秋，那时暄气初消，月正圆，蟹正肥，桂花皎洁，也未陷入凛冽萧瑟气态，这是最值得赏乐的。那时的温和，如我烟上的红灰，只是一股熏热的温香罢了。或如文人已排脱下笔惊人的格调，而渐趋纯熟练达，宏毅坚实，其文读来有深长意味。这就是庄子所谓"正得秋而万宝成"结实的意义。在人生上最享乐的就是这一类的事。比如酒以醇以老为佳。烟也有和烈之辨。雪茄之佳者，远胜于香烟，因其味较和。倘是烧得得法，慢慢的吸完一支，看那红光炙发，有无穷的意味。鸦片吾不知，然看见人在烟灯上烧，听那微微哗剥的声音，也觉得有一种诗意。

　　大概凡是古老、纯熟、熏黄、熟练的事物，都使我得到同样的愉快。如一只熏黑的陶锅在烘炉上用慢火炖猪肉时所发出的锅中徐吟的声调，是使我感到同观人烧大烟一样的兴趣。或如一本用过二十年而尚未破烂的字典，或是一张用了半世的书桌，或如看见街上一块熏黑了老气横秋的招牌，或是看见书法大家苍劲雄浑的笔迹，都令人有相同的快乐。

　　人生世上如岁月之有四时，必须要经过这纯熟时期，如女人发育健全遭遇安顺的，亦必有一时徐娘半老的风韵，为二八佳人所绝不可及者。使我最佩服的是邓肯的佳句："世人只会吟咏春天与恋爱，真无道理。须知秋天的景色，更华丽，更恢奇，而秋天的快乐有万倍的雄壮、惊奇、都丽。我真可怜那些妇女识见偏狭，使她们错过爱之秋天的宏大的赠赐。"若邓肯者，可谓识趣之人。

⊙**作品赏析**

　　《秋天的况味》写于1941年1月，后收入《我的话·行素集》。这是一篇谈人生哲理的文章。作者写此文时，正初入中年，名为写秋，其实是写领略自己人生"初秋"的况味。作者开首并不直接下笔写秋，而是写自己在一个秋天的黄昏独坐沙发抽烟，看缭烟盘旋、热气升腾的情味，进而联想到秋天的意味，如此娓娓道来，不急不忙，给人以亲切、闲适感。接着，作者仍未开门见山地直接写下去，而是欲扬先抑，在对秋的肃杀、凄凉之味及与春、夏、冬的景象作一番描绘后，才荡开笔墨，说自己所爱的秋是"秋林古气磅礴气象"，是"初秋，那时暄气初消，月正圆，蟹正肥，桂花皎洁"，并由此生发开去，信手点出："人生世人如岁月之有四时，必须要经过这纯熟时期。"如此写秋，实为抒写作者热爱和陶醉人生的"初秋"。文章行文舒缓悠游，侃侃而谈，笔调幽默，显示了作者达观清淡的人生态度。

中国人之聪明 / 林语堂

入选理由
文化大师对国民性的深刻洞察与剖析
中国人的处世哲学的淋漓再现
真挚情感与冷峻笔法的完美结合

聪明系与糊涂相对面言。郑板桥曰："难得糊涂"，"聪明难，由聪明转入糊涂为尤难"，此绝对聪明语，有中国人之精微处世哲学在焉。俗语曰："聪明反为聪明误"，亦同此意。陈眉公曰："惟有知足人，鼾鼾睡到晓，惟有偷闲人，憨憨直到老"，亦绝顶聪明语也。故在中国，聪明与糊涂复合为一，而聪明之用处，除装糊涂外，别无足取。

中国人为世界最聪明之一民族，似不必多方引证。能发明麻将牌戏及九龙圈者，大概可称为聪明的民族。中国留学生每在欧美大学考试，名列前茅，是一明证。或谓此系由于天择，实非确论，盖留学者未必皆出类拔萃之辈，出洋多由家庭关系而已。以中国农工与西方同级者相比，亦不见弱于西方民族。此尚系题外问题。

惟中国人之聪明有西方所绝不可及而最足称异者，即以聪明抹杀聪明之聪明。聪明糊涂合一之论，极聪明之论也。仅见之吾国，而未见之西方。此种崇拜糊涂主义，即道家思想，发源于老庄。老庄固古今天下第一等聪明人，《道德经》五千言亦世界第一等聪明哲学。然聪明至此，已近老猾巨奸之哲学，不为天下先，则永远打不倒，盖老猾巨奸之哲学无疑。盖中国人之聪明达到极顶处，转而见出聪明之害，乃退而守愚藏拙以全其身。又因聪明绝顶，看破一切，知"为"与"不为"无别，与其为而无效，何如不为以养吾生。只因此一着，中国文明乃由动转入静，主退，主守，主安分，主知足，而成为重持久不重进取，重和让不重战争之文明。

此种道理，自亦有其佳处。世上进化，诚不易言。熙熙攘攘，果何为者。何若"退一步想"知足常乐以求一心之安。此种观念贯入常人脑中时，则和让成为社会之美德。若"有福莫享尽，有势莫使尽"，亦极精微之道也。

惟吾恐中国人虽聪明，善装糊涂，而终反为此种聪明所误。中国之积弱，即系聪明太过所致。世上究系糊涂者占便宜，抑系聪明者占便宜，抑系由聪明转入糊涂者占便宜，实未易言。热河之败，败于糊涂也。惟以聪明的糊涂观法，热河之失，何足重轻？此拾得和尚所谓"且过几年，你再看他"之观法。锦州之退。聪明所误也。使糊涂的白种人处于同样境地，虽明知兵力不敌，亦必背城借一，宁为玉碎，不为瓦全，与日人一战。夫玉碎瓦全，糊涂语也。以张学良之聪明，乃不为之。然则聪明是耶，糊涂是耶，中国人聪明耶，白种人聪明耶，吾诚不敢言。

否所知者，中国人既发明以聪明装糊涂之聪明的用处，乃亦常受此种绝顶聪明之亏。凡事过善于计算个人利害而自保，却难得一糊涂人肯勇敢任事，而国事乃不可为。吾读朱文公《政训》，见一节云：

今世士大夫，惟以苟且逐旋捱事过去为事。捱得过时且过。上下相咻以勿生事，不要理会事。且恁鹘突，才理会得分明，便做官不得。有人少负能声，及少经挫抑，则自悔其太惺惺了了，一切刻方为圆，随俗苟且，自道是年高见识长进……风俗如此，可畏可畏！

可见宋人已有此种毛病，不但"今世士大夫"然也。夫"刻方为圆"，不伤人感情，不辨是非，与世浮沉，而成一老猾巨奸，为个人计，固莫善于此，而为社会国家计，聪明乎？糊涂乎？则未易言。在中国多一见识长进人时，便是世上少一做事人时；多一聪明同胞时，便是国事走入一步黑甜乡时，举国皆鼾鼾睡到晓，憨憨直到老。举国皆认三十六计走为上计之圣贤，而独无一失计之糊涂汉子。举国皆不吃眼前亏之好汉，而独无一肯吃亏之弱者，是国家之幸乎？是国家之幸乎？

然则中国人虽绝顶聪明，归根结蒂，仍是聪明反为聪明误。呜呼，吾焉得一位糊涂大汉而崇拜之。

（本文系承《星洲日报》之邀，撰寄该报者，搁笔后颇有骨鲠之感，乃转抄一纸，登刊此地，使与国内同胞相见）

⊙作品赏析

中国人的处世学问在世界民族之林也是令人绝倒的，这也应该看做是艰难存活中的一种黑色幽默。而这样的哲学向来是被世人奉为珍贵的智能。且不说这种智能有多久的渊源，单看它的发展，就足使人感慨起来。先是隐退、无为，后是"难得糊涂"、"聪明难，由聪明转入糊涂为尤难"、"惟有知足人，鼾鼾睡到晓，惟有偷闲人，憨憨直到老"等。作者指出："只因此一着，中国文明乃由动转入静，主退，主守，主安分，主知足，而成为重持久不重进取，重和让不重战争之文明。"一种政治及这种政治下的文化所培养的人性，使你很难说清谁是谁非，但是这种土壤培育出的消极、极端自私、装傻而自保却无论如何也算不上什么好事情，无论人际小事，还是国家大事，均有害无益，所以说它不仅是民族的悲哀，更是前进的障碍。作者哀叹说："然则中国人虽绝顶聪明，归根结蒂，仍是聪明反为聪明误。呜呼，吾焉得一位糊涂大汉而崇拜之。"尽管文章已经经历近一个世纪，但我们民族的文化积习之久远，使我们不得不在今天依然重视文章中所谈论的问题。

艺术家之功夫 / 徐悲鸿

入选理由 诚实对待生活的态度　科学对待艺术的角度　一个真正的艺术大家用大手笔书写小文章

研究艺术，务须诚笃。吾辈之习绘画，即研究如何表现种种之物象。表现之工具，为形象与颜色。形象与颜色即为吾辈之语言，非将此二物之表现，做到功夫美满时，吾辈即失却语言作用似矣。故欲使吾辈善于语言，须于宇宙万象，有非常精确之研究，与明晰之观察，则"诚笃"尚矣。其次学问上有所谓力量者，即吾辈研究甚精确时之确切不移之焦点也。如颜色然，同一红也，其程度总有些微之差异，吾人必须观察精确，表现其恰当之程度，此即所谓"力量"，力量即是绝对的精确，为吾辈研究绘画之真精神。试观西洋各艺术品，如全盛时代之希腊作品，及米开朗琪罗、达·芬奇、提香等诸人之作品，无一不具精确之精神，以成伟大者。至如何涵养此种之力量，全恃吾人之功夫。研究绘画者之第一步功夫即为素描，素描是吾人基本之学问，亦为绘画表现唯一之法门。素描拙劣，则于一个物象，不能认识清楚，以言颜色更不知所措，故素描功夫欠缺者，其所描颜色，纵如何美丽，实是放滥，凡与无颜色等。欧洲绘画界，自十九世纪以来，画派渐变。其各派在艺术上之价值，

· 作者简介 ·

徐悲鸿（1895—1953），现代绘画艺术大师，美术教育家，江苏宜兴人。自幼随父徐达章学习诗文书画，1916年入上海复旦大学法文系，半工半读，并自修素描。1917年留学日本学习美术，不久回国，任北京大学画法研究会导师。1919年赴法国留学，1923年入巴黎国立美术学校，学习油画、素描，并游历西欧诸国，观摩、研究美术作品。1927年回国，先后任上海南国艺术学院美术系主任、中央大学艺术系教授、北京大学艺术学院院长。1933年起，先后在法国、比利时、意大利、英国、德国及苏联举办中国美术展览及个人画展。

抗战后，屡在广州、长沙等各地为救济祖国难民，举办画展。历任北京大学、桂林美术学院教授。后任北平艺专校长。中华人民共和国建立后任中华全国美术工作者协会（今中国美术家协会）主席、中央美术学院院长等职。在绘画创作上，反对形式主义，坚持写实作风，主张"古法之佳者守之，垂绝者继之，不佳者改之，未足者增之，西方绘画可采入者融之"。继承我国绘画优秀传统，吸取西画之长，创造自己独特风格。擅长素描、油画、中国画。

并无何优劣之点，此不过因欧洲绘画之发达，若干画家制作之手法稍有出入，详为分列耳。如马奈、塞尚、马蒂斯诸人，各因其表现手法不同，列入各派，犹中国古诗中之潇洒比李太白、雄厚比杜工部者也。吾辈研究各派，须研究各派功夫之所在（如印象派不专究小轮廓，而重色影与气韵，其功夫即在色彩上），否则便不能洞见其实际矣。其次有所谓"巧"字，是研究艺术者之大敌。因吾人研究之目标，要求真理，惟诚笃，可以下切实功夫，研究至绝对精确之地步，方能获伟大之成功。学"巧"便固步自封，不复有为，乌能至绝对精确，于是我人之个性亦不能造就十分强固矣。

二十岁至三十岁，为吾人凭全副精力观察种种物象之期，三十以后，精力不甚健全，斯时之创作全恃经验记忆及一时之感觉，故须在三十以前养成一种至熟至精确之力量，而后制作可以自由。法国名画家莫奈九十岁时之作品，手法一丝不苟，由是可想见其平日素描之根底。故吾人研究绘画，当在二三十岁时，刻苦用功，分析精密之物象，涵养素描功夫，将来方可成杰作也。

诸位，艺术家之功夫，即在于此。兄弟不信世界上有甚天才，是在吾辈切实研究耳。诸位目今方在二三十岁之际，正当下功夫之时期，还望善自努力也。

⊙作品赏析

天才说是古今中外文化界历来十分有争议的话题。生而知之的神秘论调也始终在文化、艺术、政治各个领域占有很大一席之地。这种论调的文化根基，很大程度上来源于老子的"道"，又经历代的玄学理论所生发，以致到了近、现当代，文化、艺术界还时常被这种理论所笼罩。而徐悲鸿的《艺术家之功夫》一反这种天才说的论调，堪称是当时艺术界的一股清风。徐悲鸿先生用画马的一贯遒劲简洁风格，将自己对于艺术的看法作为主线条，再泼之以对艺术新生代的关怀的爱的浓墨，便作成这篇有一定理论色彩的文章。走进《艺术家之功夫》，我们可以看到一个艺术家画外真实的生活态度。

《艺术家之功夫》中徐悲鸿说研究艺术首要的是"务须诚笃"，而这种诚笃表现在绘画上便是"须于宇宙万象，有非常精确之研究，与明晰之观察"；其次便是"力量"，即是"绝对的精确"，徐悲鸿用"如颜色然"作比，说的是我们对待生活、艺术的认真态度，而正是这种态度，才促使"研究绘画者"在艺术创作之外进行细心观察。而作者的真实用意是要告诫每一个进行艺术创作的人：要想成为出色的艺术家，要想成功，先要做一个平常人，有成绩的大家走的都是最普通的生活的路子。在谈到所谓的"巧"，徐悲鸿说"是研究艺术者之大敌"。在文章结尾他说"兄弟不相信世界上有甚天才"，"艺术家之功夫，即在于此"。其中对于艺术与生活的联系的看法，反映了一个真正的艺术家的对待艺术的科学态度，这也是一种踏实的生活态度的写照。读本文，恰似面对一个面目庄严的师者，聆听他讲艺术，亦是在讲人生。

白杨礼赞 / 茅盾

入选理由　茅盾的散文名篇　入选中学课本的散文经典　描写细腻逼真，象征意义深刻独到

　　白杨树实在不是平凡的，我赞美白杨树！

　　当汽车在望不到边际的高原上奔驰，扑入你的视野的，是黄绿错综的一条大毯子；黄的，那是土，未开垦的荒地，几百万年前由伟大的自然力所堆积成功的黄土高原的外壳；绿的呢，是人类劳力战胜自然的成果，是麦田，和风吹送，翻起了一轮一轮的绿波——这时你会真心佩服昔人所造的两个字"麦浪"，若不是妙手偶得，便确是经过锤炼的语言的精华。黄与绿主宰着，无边无垠，坦荡如砥，这时如果不是宛若并肩的远山的连峰提醒了你（这些山峰凭你的肉眼来判断，就知道是在你脚底下的），你会忘记了汽车是在高原上行驶，这时你涌起来的感想也许是"雄壮"，也许是"伟大"，诸如此类的形容词，然而同时你的眼睛也许觉得有点倦怠，你对当前的"雄壮"或"伟大"闭了眼，而另一种味儿在你心头潜滋暗长了——"单调"！可不是，单调，有一点儿吧？

　　然而刹那间，要是你猛抬眼看见了前面远远有一排——不，或者甚至只是三五株，一株，傲然地耸立，像哨兵似的树木的话，那你的恹恹欲睡的情绪又将如何？我那时是惊奇地叫了一声的！

　　那就是白杨树，西北极普通的一种树，然而实在不是平凡的一种树！

　　那是力争上游的一种树，笔直的干，笔直的枝。它的干通常是丈把高，像是加以人工似的，一丈以内绝无旁枝；它所有的丫枝一律向上，而且紧紧靠拢，也像是加以人工似的，成为一束，绝无横斜逸出；它的宽大的叶子也是片片向上，几乎没有斜生的，更不用说倒垂了；它的皮，光滑而有银色的晕圈，微微泛出淡青色。这是虽在北方的风雪的压迫下却保持着倔强挺立的一种树！哪怕只有碗来粗细，它却努力向上发展，高到丈许，两丈，参天耸立，不折不挠，对抗着西北风。

　　这就是白杨树，西北极普通的一种树，然而决不是平凡的树！

　　它没有婆娑的姿态，没有屈曲盘旋的虬枝，也许你要说它不美——如果美是专指"婆娑"或"旁逸斜出"之类而言，那么白杨树算不得树中的好女子；但是它却是伟岸，正直，朴质，严肃，也不缺乏温和，更不用提它的坚强不屈与挺拔，它是树中的伟丈夫！当你在积雪初融的高原上走过，看见平坦的大地上傲然挺立这么一株或一

· 作者简介 ·

　　茅盾（1896—1981），原名沈德鸿，字雁冰，浙江桐乡人，中国现代作家。1916年毕业于北京大学预科班。1916年后历任上海商务印务馆编辑、《小说月报》主编、《民国日报》主编，为文学研究会发起人之一。1928年赴日本，1930年回国，加入左翼作家联盟。中华人民共和国成立后历任文化部长、中国作协主席等职。主要作品有长篇小说《子夜》，中篇小说《蚀》（三部曲），短篇小说《春蚕》、《林家铺子》等。

排白杨树，难道你觉得它只是树？难道你就不想到它的朴质，严肃，坚强不屈，至少也象征了北方的农民？难道你竟一点也不联想到，在敌后的广大土地上，到处有坚强不屈，就像这白杨树一样傲然挺立的守卫他们家乡的哨兵？难道你又不更远一点想到这样枝枝叶叶靠紧团结，力求上进的白杨树，宛然象征了今天在华北平原纵横决荡，用血写出新中国历史的那种精神和意志？

白杨不是平凡的树。它在西北极普遍，不被人重视，就跟北方农民相似；它有极强的生命力，磨折不了，压迫不倒，也跟北方的农民相似。我赞美白杨树，就因为它不但象征了北方的农民，尤其象征了今天我们民族解放斗争中所不可缺的朴质，坚强，以及力求上进的精神。

让那些看不起民众，贱视民众，顽固的倒退的人们去赞美那贵族化的楠木（那也是直干秀颀的），去鄙视这极常见，极易生长的白杨吧，但是我要高声赞美白杨树！

⊙**作品赏析**

茅盾笔下的白杨树，与大自然中的白杨树，不仅貌合，而且神似。面对白杨树这种平凡的树，茅盾却以非凡的笔触描述了它不平凡的气质，显示了他的大手笔。他笔下的白杨树，是平凡的外观及非凡的内质的统一体。但是，白杨树的意义远远不止这些，它有着更深层的内核。白杨树不仅是北方农民的象征，"尤其象征了今天我们民族解放斗争中所不可缺的朴质，坚强，以及力求上进的精神"，这是文章的文眼，也是作者的情感落脚点，是对抗日战争中民族解放斗争的精神的歌颂。

文章不仅思想内涵丰裕，在艺术上也极具感染力。作者以白杨树象征"真人真地"，立意显得很奇妙，在画面上的形象和气势，既明朗而又委婉。为了突出白杨树，作者在环境描写上颇有讲究，衬托了白杨树的壮丽、挺拔的气质和形象。

文章布局整饬而又层层深化，围绕讴歌白杨树，从外形到内核各个层面深入抒发，同时，开头、结尾相互呼应，强化了主题，给读者留下了难忘的记忆。

风景谈 / 茅盾

入选理由 茅盾的散文代表作之一 生动刻画了抗战时期延安军民的生活 入选中学语文教材

前夜看了《塞上风云》的预告片，便又回忆起猩猩峡外的沙漠来了。那还不能被称为"戈壁"，那在普通地图上，还不过是无名的小点，但是人类的肉眼已经不能望到它的边际，如果在中午阳光正射的时候，那单纯却强烈的返光会使你的眼睛不舒服？没有隆起的沙丘，也不见有半间泥房，四顾只是茫茫一片，那样的平坦，连一个"坎儿井"也找不到；那样的纯然一色，即使偶尔有些驼马的枯骨，它那微小的白光，也早溶入了周围的苍茫，又是那样的寂静，似乎只有热空气在作哄哄的火响。然而，你不能说，这里就没有"风景"。当地平线上出现了第一个黑点，当更多的黑点成为线，成为队，而且当微风把铃铛的柔声，丁当，丁当，送到你的耳鼓，而最后，当那些昂然高步的骆驼，排成整齐的方阵，安详然而坚定地愈行愈近，当骆驼队中领队驼所掌的那一杆长方形猩红大旗耀入你眼帘，而且大小丁当的谐和的合奏充满了你耳管，——这时间，也许你不出声，但是你的心里会涌上了这样的感想：多么庄严，多么妩媚呀！这里是大自然的最单调最起板的一面，然而加上了人的活动，就完全改观，难道这不是"风景"吗？自然是伟大的，然而人类更伟大。

于是我又回忆起另一个画面，这就在所谓"黄土高原"！那边的山多数是秃顶的，然而层层的梯田，将秃顶装扮成稀稀落落有些黄毛的癞头，特别是那些高秆植物颀长而整齐，等待检阅的队伍似的，在晚风中摇曳，别有一种惹人怜爱的姿态。可是更妙的是三五月明之夜，天是那样的蓝，几乎透明似的，月亮离山顶，似乎不过几尺，远看山顶的谷子丛密挺立，宛如人头上的怒发，这时候忽然从山脊上长出两支牛角来，随即牛的全身也出现，捎着犁的人形也出现，并不多，只有三两个，也许还跟着个小孩，他们姗姗而下，在蓝的天，黑的山，银色的月光的背景上，成就了一幅剪影，如果给田园诗人见了，必将赞叹为绝妙的题材。可是没有完。这几位晚归的种地人，还把他们那粗气的短歌，用愉快的旋律，从山顶上飘下来，直到他们没入了山坳，依旧只有蓝天明月黑的山，歌声可是缭绕不散。

另一个时间。另一个场面。夕阳在山，干坼的黄土正吐出它在一天内所吸收的热，河水汤汤急流，似乎能把浅浅河床中的鹅卵石都冲走了似的。这时候，沿河的山坳里有一队人，从"生产"归来，兴奋的谈话中，至少有七八种不同的方音。忽然间，他们又用同一的音调，唱起雄壮的歌曲来了，他们的爽朗的笑声，落到水上，使得河水也似在笑。看他们的手，这是惯拿调色板的，那是昨天还拉着提琴的弓子伴奏着《生产曲》的，这是经常不离木刻刀的，那又是洋洋洒洒下笔如有神的，但现在，一律都被锄锹的木柄磨起了老茧了。他们在山坡下，被另一群所迎住。这里正燃起熊熊的野火，多少曾调朱弄粉的手儿，已经将金黄的小米饭，翠绿的油菜，准备齐全。这时候，太阳已经下山，却将它的余辉幻成了满天的彩霞，河水喧哗得更响了，跌在石上的便喷出了雪白的泡沫，人们把沾着黄土的脚伸在水里，任它冲刷，或者掬起水来，洗一把脸。在背山面水这样一个所在，静穆的自然和弥满着生命力的人，就织成了美妙的图画。

在这里，蓝天明月，秃顶的山，单调的黄土，浅濑的水，似乎都是最恰当不过的背景，无可更换。自然是伟大的，人类是伟大的，然而充满了崇高精神的人类的活动，乃是伟大中之尤其伟大者！

我们都曾见过西装革履烫发旗袍高跟鞋的一对儿，在公园的角落，绿荫下长椅上，悄悄儿说话，但是试想一想，如果在一个下雨天，你经过一边是黄褐色的浊水，一边是怪石峭壁的崖岸，马蹄很小心地探入泥浆里，有时还不免打了一下跌撞，四面是静寂灰黄，没有一般所谓的生动鲜艳，然而，你忽然抬头看见高高的山壁上有几个天然的石洞，三层楼的亭子间似的，一对人儿促膝而坐，只凭剪发式样的不同，你方能辨认出一个是女的，他们被雨赶到了那里，大概聊天也聊够了，现在是摊开着一本札记簿，头凑在一处，一同在看，——试想一想，这样一个场面到了你眼前时，总该和在什么公园里看见了长椅上有一对儿在偎倚低语，颇有点味儿不同罢！如果在公园时你一眼瞥见，首先第一会是"这里有一对恋人"，那么，此时此际，倒是先感到那样一个沉闷的雨天，寂寞的荒山，原始的石洞，安上这么两个人，是一个"奇迹"，使大自然顿时生色！他们之是否恋人，落在问题之外。你所见的，是两个生命力旺盛的人，是两个清楚明白生活意义的人，在任何情形之下，他们不倦怠，也不会百无聊赖，更不至于从胡闹中求刺激，他们能够在任何情况之下，拿出他们那一套来，怡然自得。但是什么能使他们这样呢？

不过仍旧回到"风景"罢；在这里，人依然是"风景"的构成者，没有了人，还有什么可以称道的？再者，如果不是内生活极其充满的人作为这里的主宰，那又有什么值得怀念？

再有一个例子：如果你同意，二三十棵桃树可以称为林，那么这里要说的，正是这样一个桃林。花时已过，现在绿叶满株，却没有一个桃子。半爿旧石磨，是最漂亮的圆桌面，几尺断碑，或是一截旧阶石，那又是难得的几案。现成的大小石块作为凳子，——而这样的石凳也还是以奢侈品的姿态出现。这些怪样的家具之所以成为必要，是因为这里有一个茶社。桃林前面，有老百姓种的荞麦，也有大麻和玉米这一类高秆植物。荞麦正当开花，远望去就像一张粉红色的地毯，大麻和玉米就像是屏风，靠着地毯的边缘。太阳光从树叶的空隙落下来，在泥地上，石家具上，一抹一抹的金黄色。偶尔也听得有草虫在叫，带住在林边树上的马儿伸长了脖子就树干搔痒，也许是乐了，便长嘶起来。"这就不坏！"你也许要这样说。可不是，这里是有一般所谓"风景"的一些条件的！然而，未必尽然。在高原的强烈阳光下，人们喜欢把这一片树荫作为户外的休息地点，因而添上了什么茶社，这是这个"风景区"成立的因缘，但如果把那二三十棵桃树，半爿磨石，几尺断碣，还有荞麦和大麻玉米，这些其实到处可遇的东西，看成了此所谓风景区的主要条件，那或者是会贻笑大方的。中国之大，比这美得多的所谓风景区，数也数不完，这个值得什么？所以应当从另一方面去看。现在请你坐下，来一杯清茶，两毛钱的枣子，也作一次桃园的茶客罢。如果你愿意先看女的，好，那边就有三四个，大概其中有一位刚接到家里寄给她的一点钱，今天来请请同伴。那边又有几位，也围着一个石桌子，但只把随身带来的书籍代替了枣子和茶了。更有两位虎头虎脑的青年，他们走过"天下最难走的路"，现在却静静地坐着，温雅得和闺女一般。男女混合的一群，有坐的，也有蹲的，争论着一个哲学上的问题，时时哗然大笑，就在他们近边，长石条上躺着一位，一本书掩住了脸。这就够了，不用再多看。总之，这里有特别的氛围，但并不古怪。人们来这里，只为恢复工作后的疲劳，随便喝点，要是袋里有钱；或不喝，随便谈谈天；在有闲的只想找一点什么来消磨时间的人们看来，这里坐的不舒服，吃的喝的也太粗糙简单，也没有什么可以供赏玩，至多来一次，第二次保管厌倦。但是不知道消磨时间为何物的人们却把这一片简陋的绿荫看得很可爱，因此，这桃林就很出名了。

因此，这里的"风景"也就值得留恋，人类的高贵精神的辐射，填补了自然界的贫乏，增添了景色，形式的和内容的。人创造了第二自然！

最后一段回忆是五月的北国。清晨，窗纸微微透白，万籁俱静，嘹亮的喇叭声，破空而来。我忽然想起了白天在一本贴照簿上所见的第一张，银白色的背景前一个淡黑的侧影，一个号兵举起了喇叭在吹，严肃、坚决、勇敢和高度的警觉，都表现在小号兵的挺直的胸膛和高高的眉棱上边。我赞美这摄影家的艺术，我回味着，我从当前的喇叭声中也听出了严肃、坚决、勇敢和高度的警觉来，于是我披衣出去，打算看一看。空气非常清冽，朝霞笼住了左面的山，我看见山峰上的小号兵了。霞光射住他，只觉得他的额角异常发亮，然而，使我惊叹叫出声来的，是离他不远一位荷枪的战士，面向着东方，严肃地站在那里，犹如雕像一般。晨风吹着喇叭的红绸子，只这是动的，战士枪尖的刺刀闪着寒光，在粉红的霞色中，只这是刚性的。我看得呆了，我仿佛看见了民族的精神化身而为他们两个。

如果你也当它是"风景",那便是真的风景,是伟大中之最伟大者!

⊙**作品赏析**

　　《风景谈》是一篇意境优美的散文,文章表达了作者在黄土高原的见闻。文章开篇不凡,从一部抗日影片《塞上风云》谈起,将读者带入抗日战争的氛围。接着作者别具匠心地运用类似电影蒙太奇手法,不断转换角度,一连推出了黄土高原上充满诗情画意的镜头与画面,先是高原"月夜下山"与"生产归来"两幅晚归图,接着是延安"石洞避雨"和"桃园小憩"两幅风情画,最后是照片中"号兵吹号"和自己亲眼所见的"哨兵放哨"两个镜头的叠加。每组画面之间,用"自然是伟大的,然而人类更伟大"这一类似的句子作联缀,使所有的风景构成了一个和谐的有机整体,毫无散漫之感,同时深化了主题:名为"谈风景",实为"赞人类",讴歌那些在黄土高原上劳动和战斗着的人们。

故都的秋 / 郁达夫

　　秋天,无论在什么地方的秋天,总是好的;可是啊,北国的秋,却特别地来得清,来得静,来得悲凉。我的不远千里,要从杭州赶上青岛,更要从青岛赶上北平来的理由,也不过想饱尝一尝这"秋",这故都的秋味。

　　江南,秋当然是也有的;但草木凋得慢,空气来得润,天的颜色显得淡,并且又时常多雨而少风;一个人夹在苏州上海杭州,或厦门香港广州的市民中间,浑浑沌沌地过去,只能感到一点点清凉,秋的味,秋的色,秋的意境与姿态,总看不饱,尝不透,赏玩不到十足。秋并不是名花,也并不是美酒,那一种半开,半醉的状态,在领略秋的过程上,是不合适的。

　　不逢北国之秋,已将近十余年了。在南方每年到了秋天,总要想起陶然亭的芦花,钓鱼台的柳影,西山的虫唱,玉泉的夜月,潭柘寺的钟声。在北平即使不出门去吧,就是在皇城人海之中,租人家一椽破屋来住着,早晨起来,泡一碗浓茶,向院子一坐,你也能看得到很高很高的碧绿的天色,听得到青天下驯鸽的飞声。从槐树叶底,朝东细数着一丝一丝漏下来的日光,或在破壁腰中,静对着像喇叭似的牵牛花(朝荣)的蓝朵,自然而然地也能够感觉到十分的秋意。说到了牵牛花,我以为以蓝色或白色者为佳,紫黑色次之,淡红色最下。最好,还要在牵牛花底,教长着几根疏疏落落的尖细且长的秋草,使作陪衬。

　　北国的槐树,也是一种能使人联想起秋来的点缀。像花而又不是花的那一种落蕊,早晨起来,会铺得满地。脚踏上去,声音也没有,气味也没有,只能感出一点点极微细极柔软的触觉。扫街的在树影下一阵扫后,灰土上留下来的一条条扫帚的丝纹,看起来既觉得细腻,又觉得清闲,潜意识下并且还觉得有点儿落寞,古人所

· **作者简介** ·

　　郁达夫(1896—1945),原名郁文,浙江富阳人,中国现代作家。1913年赴日留学。1921年与郭沫若在日本发起成立创造社。回国后先后在北京大学、中山大学任教,并编辑刊物。1927年定居上海,曾参加"左联"。1933年迁居杭州。抗战期间,在南洋从事抗日救亡活动。1945年被日本宪兵秘密杀害于苏门答腊。主要作品有小说《沉沦》、《她是一个弱女子》,散文集《达夫游记》等。

说的梧桐一叶而天下知秋的遥想，大约也就在这些深沉的地方。

秋蝉的衰弱的残声，更是北国的特产；因为北平处处全长着树，屋子又低，所以无论在什么地方，都听得见它们的啼唱。在南方是非要上郊外或山上去才听得到的。这嘶叫的秋蝉，在北平可和蟋蟀耗子一样，简直像是家家户户都养在家里的家虫。

还有秋雨哩，北方的秋雨，也似乎比南方的下得奇，下得有味，下得更像样。

在灰沉沉的天底下，忽而来一阵凉风，便息列索落地下起雨来了。一层雨过，云渐渐地卷向了西去，天又青了，太阳又露出脸来了；着着很厚的青布单衣或夹袄的都市闲人，咬着烟管，在雨后的斜桥影里，上桥头树底下去一立，遇见熟人，便会用了缓慢悠闲的声调，微叹着互答着地说：

"唉，天可真凉了——"（这了字念得很高，拖得很长。）

"可不是么？一层秋雨一层凉了！"

北方人念阵字，总老像是层字，平平仄仄起来，这念错的歧韵，倒来得正好。

北方的果树，到秋来，也是一种奇景。第一是枣子树；屋角，墙头，茅房边上，灶房门口，它都会一株株地长大起来。像橄榄又像鸽蛋似的这枣子颗儿，在小椭圆形的细叶中间，显出淡绿微黄的颜色的时候，正是秋的全盛时期；等枣树叶落，枣子红完，西北风就要起来了，北方便是尘沙灰土的世界，只有这枣子、柿子、葡萄，成熟到八九分的七八月之交，是北国的清秋的佳日，是一年之中最好也没有的 Golden Days。

有些批评家说，中国的文人学士，尤其是诗人，都带着很浓厚的颓废色彩，所以中国的诗文里，颂赞秋的文字特别多。但外国的诗人，又何尝不然？我虽则外国诗文念得不多，也不想开出账来，做一篇秋的诗歌散文钞，但你若去一翻英德法意等诗人的集子，或各国的诗文的 Anthology 来，总能够看到许多关于秋的歌颂与悲啼。各著名的大诗人的长篇田园诗或四季诗里，也总以关于秋的部分，写得最出色而最有味。足见有感觉的动物，有情趣的人类，对于秋，总是一样的能特别引起深沉，幽远，严厉，萧索的感触来的。不单是诗人，就是被关闭在牢狱里的囚犯，到了秋天，我想也一定会感到一种不能自已的深情；秋之于人，何尝有国别，更何尝有人种阶级的区别呢？不过在中国，文字里有一个"秋士"的成语，读本里又有着很普遍的欧阳子的《秋声》与苏东坡的《赤壁赋》等，就觉得中国的文人，与秋的关系特别深了。可是这秋的深味，尤其是中国的秋的深味，非要在北方，才感受得到底。

南国之秋，当然是也有它的特异的地方的，比如廿四桥的明月，钱塘江的秋潮，普陀山的凉雾，荔枝湾的残荷，等等，可是色彩不浓，回味不永。比起北国的秋来，正像是黄酒之与白干，稀饭之与馍馍，鲈鱼之与大蟹，黄犬之与骆驼。

秋天，这北国的秋天，若留得住的话，我愿把寿命的三分之二折去，换得一个三分之一的零头。

⊙作品赏析

《故都的秋》写于 1934 年 8 月。郁达夫对北京的秋有一种浓厚的情结，他写作此文时，特地从杭州赶到北京（当时称北平），以饱览一番"特别地来得清，来得静，来得悲凉"的故都北平的秋味。

在《故都的秋》中，作者用一系列富有诗情画意的词语：芦花、柳影、虫唱、夜月、钟声、天色、驯鸽飞声、日光、牵牛花、槐树、秋蝉、秋雨、都市闲人、枣树、枣子、柿子、葡萄等，清晰形象地勾勒出了故都秋的景象、色调、意境和味道。作者交替运用总写、分写，描写、叙述，议论、抒情，直接、间接等手法，淋漓尽致、神韵活现地构织了一幅"故都的秋"的水墨风情画，使人回味无穷，浮想联翩，堪称一篇写秋的千古妙文！

我所知道的康桥 / 徐志摩

（一）

我这一生的周折，大都寻得出感情的线索。不论别的，单说求学。我到英国是为要从罗素。罗素来中国时，我已经在美国。他那不确的死耗传到的时候，我真的出眼泪不够，还做悼诗来了。他没有死，我自然高兴。我摆脱了哥伦比亚大学博士衔的引诱，买船票漂过大西洋，想跟这位二十世纪的福禄泰尔认真念一点书去。谁知一到英国才知道事情变样了：一为他在战时主张和平，二为他离婚，罗素叫康桥给除名了，他原来是 Trinity College 的 Fellow，这一来他的 Fellowship 也给取消了。他回英国后就在伦敦住下，夫妻两人卖文章过日子。因此我也不曾遂我从学的始愿。我在伦敦政治经济学院里混了半年，正感着闷想换路走的时候，我认识了狄更生先生。狄更生——Galsworthy Lowes Dickinson——是一个有名的作者，他的《一个中国人通信》（Letters From John Chinaman）与《一个现代聚餐谈话》（A Modern Symposium）两本小册子早得了我的景仰。我第一次会着他是在伦敦国际联盟协会席上，那天林宗孟先生演说，他做主席；第二次是宗孟寓里吃茶，有他，以后我常到他家里去。他看出我的烦闷，劝我到康桥去，他自己是王家学院（King's College）的 Fellow。我就写信去问两个学院，回信都说学额早满了，随后还是狄更生先生替我去在他的学院里说好了，给我一个特别生的资格，随意选科听讲。从此黑方巾，黑披袍的风光也被我占着了。初起我在离康桥六英里的乡下叫沙士顿地方租了几间小屋住下，同居的有我从前的夫人张幼仪女士与郭虞裳君。每天一早我坐街车（有时骑自行车）上学，到晚回家。这样的生活过了一个春，但我在康桥还只是个陌生人，谁都不认识，康桥的生活，可以说完全不曾尝着，我知道的只是一个图书馆，几个课室，和三两个吃便宜饭的茶食铺子。狄更生常在伦敦或是大陆上，所以也不常见他。那年的秋季我一个人回到康桥，整整有一学年，那时我才有机会接近真正的康桥生活，同时我也慢慢的"发见"了康桥。我不曾知道过更大的愉快。

· 作者简介 ·

徐志摩（1896—1931），浙江海宁人，中国现代著名诗人、散文家。1918年赴美，先后在克拉克大学、哥伦比亚大学学习。1920年赴英，次年入剑桥大学学习。1922年回国后先后在北大、清华、南京中央大学任教。1923年发起成立新月社，为"新月派"主要诗人，先后主编北京《晨报》副刊和上海《新月》月刊。1931年11月19日因飞机失事遇难。其主要作品有诗集《志摩的诗》、《翡冷翠的一夜》，散文《翡冷翠山居闲话》、《我所知道的康桥》等。

（二）

"单独"是一个耐寻味的现象。我有时想它是任何发见的第一个条件。你要发见你的朋友的"真"，你得有与他单独的机会。你要发见你自己的真，你得给你自己一个单独的机会。你要发见一个地方（地方一样有灵性），你也得有单独玩的机会。我们这一辈子，认真说，能认识几个人？能认识几个地方？我们都是太匆忙，太没有单独的机会。说实话，我连我的本乡都没有什么了解。康桥我要算是有相当交情的，再次许只有新认识的翡冷翠了。啊，那些清晨，那些黄昏，我一个人发痴似的在康桥！绝对的单独。

但一个人要写他最心爱的对象，不论是人是地，是多么使他为难的一个工作？你怕，你怕描坏了它，你怕说过分了恼了它，你怕说太谨慎了辜负了它。我现在想写康桥，也正是这样的心理，我不曾写，我就知道这回是写不好的——况且又是临时逼出来的事情。但我却不能不写，上期预告已经出去了。我想勉强分两节写，一是我所知道的康桥的天然景色；一是我所知道的康桥的学生生活。我今晚只能极简的写些，等以后有兴会时再补。

（三）

康桥的灵性全在一条河上；康河，我敢说，是全世界最秀丽的一条水。河的名字是葛兰大（Granta），也有叫康河（Kiver Cam）的，许有上下流的区别，我不甚清楚。河身多的是曲折，上游是有名的拜伦潭——"Byron's Pool"——当年拜伦常在那里玩的；有一个老村子叫格兰骞斯德，有一个果子园，你可以躺在累累的桃李树荫下吃茶，花果会掉入你的茶杯，小雀子会到你桌上来啄食，那真是别有一番天地。这是上游；下游是从骞斯德顿下去，河面展开，那是春夏间竞舟的场所。上下河分界处有一个坝筑，水流急得很，在星光下听水声，听近村晚钟声，听河畔倦牛刍草声，是我康桥经验中最神秘的一种：大自然的优美，宁静，调谐在这星光与波光的默契中不期然的淹入了你的性灵。

但康河的精华是在它的中游，著名的"Backs"，这两岸是几个最蜚声的学院的建筑。从上面下来是 Pembroke, St. Katharine's, King's, Clare, Trinity, St. John's。最令人留连的一节是克莱亚与王家学院的毗连处，克莱亚的秀丽紧邻着王家教堂（King's Chapel）的宏伟。别的地方尽有更美更庄严的建筑，例如巴黎赛因河的罗浮宫一带，威尼斯的利阿尔多大桥的两岸，翡冷翠维基乌大桥的周遭；但康桥的"Backs"自有它的特长，这不容易用一二个状词来概括，它那脱尽尘埃气的一种清澈秀逸的意境可说是超出了画图而化生了音乐的神味。再没有比这一群建筑更调谐更匀称的了！论画，可比的许只有柯罗（Corot）的田野；论音乐，可比的许只有萧班（Chopin）的夜曲。就这也不能给你依稀的印象，它给你的美感简直是神灵性的一种。

假如你站在王家学院桥边的那棵大树荫下眺望，右侧面，隔着一大方浅草坪，是我们的校友居（Fellows Building），那年代并不早，但它的妩媚也是不可掩的，它那苍白的石壁上春夏间满缀着艳色的蔷薇在和风中摇颤，更移左是那教堂，森林似的尖阁不可溅的永远直指着天空；更左是克莱亚，啊！那不可信的玲珑的方庭，谁说这不是圣克莱亚（St. Clare）的化身，哪一块石上不闪耀着她当年圣洁的精神？在克莱亚后背隐约可辨的是康桥最华贵最骄纵的三清学院（Trinity），它那临河的图书楼上坐镇着拜伦神采惊人的雕像。

但这时你的注意早已叫克莱亚的三环洞桥魔术似的摄住。你见过西湖白堤上的西泠断桥不是？（可怜它们早已叫代表近代丑恶精神的汽车公司给踩平了，现在它们跟着苍凉的雷峰永远辞别了人间。）你忘不了那桥上斑驳的苍苔，木栅的古色，与那桥拱下泄露的湖光与山色不是？克莱亚并没有那样体面的衬托，它也不比庐山栖贤寺旁的观音桥，上瞰五老的奇峰，下临深潭与飞瀑；它只是怯伶伶的一座三环洞的小桥，它那桥洞间也只掩映着细纹的波鳞与婆娑的树影，它那桥上栉比的小穿阑与阑节顶上双双的白石球，也只是村姑子头上不夸张的香草与野花一类的装饰；但你凝神的看着，更凝神的看着，你再反省你的心境，看还有一丝屑的俗念沾滞不？只要你审美的本能不曾泯灭时，这是你的机会实现纯粹美感的神奇！

但你还得选你赏鉴的时辰。英国的天时与气候是走极端的。冬天是荒谬的坏，逢着连绵的雾盲天你一定不迟疑的甘愿进地狱本身去试试；春天（英国是几乎没有夏天的）是更荒谬的可爱，尤其是它那四五月间最渐缓最艳丽的黄昏，那才真是寸寸黄金。在康河边上过一个黄昏是一服灵魂的补剂。啊！我那时蜜甜的单独，那时蜜甜的闲暇。一晚又一晚的，只见我出神似的倚在桥阑上向西天凝望：

> 看一回凝静的桥影，
> 数一数螺钿的波纹：
> 我倚暖了石阑的青苔，
> 青苔凉透了我的心坎；……
> 还有几句更笨重的怎能仿佛那游丝似轻妙的情景：
> 难忘七月的黄昏，远树凝寂，
> 像墨泼的山形，衬出轻柔暝色，
> 密稠稠，七分鹅黄，三分橘绿，
> 那妙意只可去秋梦边缘捕捉；……

（四）

这河身的两岸都是四季常青最葱翠的草坪。从校友居的楼上望去，对岸草场上，不论早晚，永远有十数匹黄牛与白马，胫蹄没在恣蔓的草丛中，从容的在咬嚼，星星的黄花在风中动荡，应和着它们尾鬃的扫拂。桥的两端有斜倚的垂柳与荫护住。水是澈底的清澄，深不足四尺，匀匀的长着长条的水草。这岸边的草坪又是我的爱宠，在清明，在傍晚，我常去这天然的织锦上坐地，有时读书，有时看水；有时仰卧着看天空的行云，有时反仆着搂抱大地的温软。

但河上的风流还不止两岸的秀丽。你得买船去玩。船不止一种：有普通的双桨划船，有轻快的薄皮舟（Canoe），有最别致的长形撑篙船（Punt）。最末的一种是别处不常有的：约莫有二丈长，三尺宽，你站直在船梢上用长竿撑着走的。这撑是一种技术。我手脚太蠢，始终不曾学会。你初起手尝试时，容易把船身横住在河中，东颠西撞的狼狈。英国人是不轻易开口笑人的，但是小心他们不出声的皱眉！也不知有多少次河中本来优闲的秩序叫我这莽撞的外行给搅乱了。我真的始终不曾学会；每回我不服输跑去租船再试的时候，有一个白胡子的船家往往带讥讽的对我说："先生，这撑船费劲，天热累人，还是拿个薄皮舟溜溜吧！"我哪里肯听，长篙子一点就把船撑了开去，结果还是把河身一段段的腰斩了去！

你站在桥上去看人家撑，那多不费劲，多美！尤其在礼拜天有几个专家的女郎，穿一身缟素衣服，裙裾在风前悠悠的飘着，戴一顶宽边的薄纱帽，帽影在水草间颤动，你看她们出桥洞时的姿态，捻起一根竟像没有分量的长竿，只轻轻的，不经心的往波心里一点，身子微微的一蹲，这船身便波的转出了桥影，翠条鱼似的向前滑了去。她们那敏捷，那闲暇，那轻盈，真是值得歌咏的。

在初夏阳光渐暖时你去买一只小船，划去桥边荫下躺着念你的书或是做你的梦，槐花香在水面上飘浮，鱼群的唼喋声在你的耳边挑逗。或是在初秋的黄昏，近着新月的寒光，望上流僻静处远去。爱热闹的少年们携着他们的女友，在船沿上支着双双的东洋彩纸灯，带着话匣子，船心里用软垫铺着，也开向无人迹处去享他们的野福——谁不爱听那水底翻的音乐在静定的河上描写梦意与春光！

住惯城市的人不易知道季候的变迁。看见叶子掉知道是秋，看见叶子绿知道是春；天冷了装炉子，天热了拆炉子；脱下棉袍，换上夹袍，脱下夹袍，穿上单袍，不过如此罢了。天上星斗的消息，地下泥土里的消息，空中风吹的消息，都不关我们的事。忙着哪，这样那样事情多着，谁耐烦管星星的移转，花草的消长，风云的变幻？同时我们抱怨我们的生活，苦痛，烦闷，拘束，枯燥，谁肯承认做人是快乐？谁不多少间咒诅人生？

但不满意的生活大都是由于自取的。我是一个生命的信仰者，我信生活决不是我们大多数人仅仅从自身经验推得的那样暗惨。我们的病根是在"忘本"。人是自然的产儿，就比枝头的花与鸟是自然的产儿；但我们不幸是文明人，入世深似一天，离自然远似一天。离开了泥土的花草，离开了水的鱼，能快活吗？能生存吗？从大自然，我们取得我们的生命；从大自然，我们应分取得我们继续的资养。哪一株婆娑的大木没有盘错的根柢深入在无尽藏的地里？我们是永远不能独立的。有幸福是永远不离母亲抚育的孩子，有健康是永远接近自然的人们。不必一定与鹿豕游，不必一定回"洞府"去；为医治我们当前生活的枯窘，只要"不完全遗忘自然"一张轻淡的药方，我们的病象就有缓和的希望。在青草里打几个滚，到海水里洗几次浴，到高处去看几次朝霞与晚照——你肩背上的负担就会轻松了去的。

这是极肤浅的道理，当然。但我要没有过过康桥的日子，我就不会有这样的自信。我这一辈子就只那一春，说也可怜，算是不曾虚度。就只那一春，我的生活是自然的，是真愉快的！（虽则碰巧那也是我最感受人生痛苦的时期。）我那时有的是闲暇，有的是自由，有的是绝对单独的机会。说也奇怪，竟像是第一次，我辨认了星月的光明，草的青，花的香，流水的殷勤。我能忘记那初春的睥睨吗？曾经有多少个清晨我独自冒着冷薄霜铺地的林子里闲步——为听鸟语，为盼朝阳，为寻泥土里渐次苏醒的花草，为体会最微细最神妙的春信。啊，那是新来的画眉在那边调不尽的青枝上试它的新声！啊，这是第一朵小雪球花挣出了半冻的地面！啊，这不是新来的潮润沾上了寂寞的柳条？

静极了，这朝来水溶溶的大道，只远处牛奶车的铃声，点缀这周遭的沉默。顺着这大道走去，走到尽头，再转入林子里的小径，往烟雾浓密处走去，头顶是交枝的榆荫，透露着漠楞楞的曙色；再往前走去，走尽这林子，当前是平坦的原野，望见了村舍，初青的麦田，更远三两个馒形的小山掩住了一条通道。天边是雾茫茫的，尖尖的黑影是近村的教寺。听，那晓钟和缓的清音。这一带是此邦中部的平原，地形像是海里的轻波，默沉沉的起伏；山岭是望不见的，有的是常青的草原与沃腴的田壤。登那土阜上望去，康桥只是一带茂林，拥戴着几处娉婷的尖阁。妩媚的康河也望不见踪迹，你只能循着那锦带似的林木想象那一流清浅。村舍与树林是这地盘上的棋子，有村舍处有佳荫，有佳荫处有村舍。这早起是看炊烟的时辰：朝雾渐渐的升起，揭开了这灰苍苍的天幕（最好是微霭后的光景），远近的炊烟，成丝的，成缕的，成卷的，轻快的，迟重的，浓灰的，淡青的，惨白的，在静定的朝气里渐渐的上腾，渐渐的不见，仿佛是朝来人们的祈祷，参差的翳入了天听。朝阳是难得见的，这初春的天气。但它来时是起早人莫大的愉快。顷刻间这田野添深了颜色，一层轻纱似的金粉糁上了这草，这树，这通道，这庄舍。顷刻间这周遭弥漫了清晨富丽的温柔。顷刻间你的心怀也分润了白天诞生的光荣。"春！"这胜利的晴空仿佛在你的耳边私语。"春！"你那快活的灵魂也仿佛在那里回响。

伺候着河上的风光，这春来一天有一天的消息。关心石上的苔痕，关心败草里的花鲜，关心这水流的缓急，关心水草的滋长，关心天上的云霞，关心新来的鸟语。怯伶伶的小雪球是探春信的小使。铃兰与香草是欢喜的初声。窈窕的莲馨，玲珑的石水仙，爱热闹的克罗克斯，耐辛苦的蒲公英与雏菊——这时候春光已是烂缦在人间，更不须殷勤问讯。

瑰丽的春放。这是你野游的时期。可爱的路政，这里不比中国，哪一处不是坦荡荡的大道？徒步是一个愉快，但骑自转车是一个更大的愉快。在康桥骑车是普遍的技术；妇人，稚子，老翁，一致享受这双轮舞的快乐（在康桥听说自转车是不怕人偷的，就为人人都自己有车，没人要偷）。任你选一个方向，任你上一条通道，顺着这带草味的和风，放轮远去，保管你这半天的逍遥是你性灵的补剂。这道上有的是清荫与美草，随地都可以供你休憩。你如爱花，这里多的是锦绣似的草原。你如爱鸟，这里多的是巧啭的鸣禽。你如爱儿童，这乡间到处是可亲的稚子。你如爱人情，这里多的是不嫌远客的乡人，你到处可以"挂单"借宿，有酪浆与嫩薯供你饱餐，有夺目的果鲜恣你尝新。你如爱酒，这乡间每"望"都为你储有上好的新酿，黑啤如太浓，苹果酒，姜酒都是供你解渴润肺的。……带一卷书，走十里路，选一块清静地，看天，听鸟，读书，倦了时，和身在草绵绵处寻梦去——你能想象更适情更适性的消遣吗？

陆放翁有一联诗句："传呼快马迎新月，却上轻舆趁晚凉。"这是做地方官的风流。我在康桥时虽没马骑，没轿子坐，却也有我的风流：我常常在夕阳西晒时骑了车迎着天边扁大的日头直追。日头是追不到的，我没有夸父的荒诞，但晚景的温存却被我这样偷尝了不少。有三两幅画图似的经验至今还是栩栩的留着。只说看夕阳，我们平常只知道登山或是临海，但实际只须辽阔的天际，平地上的晚霞有时也是一样的神奇。有一次我赶到一个地方，手把着一家村庄的篱笆，隔着一大田的麦浪，看西天的变幻。有一次是正冲着一条宽广的大道，过来一大群羊，放草归来的，偌大的太阳在它们后背放射着万缕的金辉，天上却是乌青青的，只剩这不可逼视的威光中的一条大路，一群生物！我心头顿时感着神异性的压迫，我真的跪下了，对着这冉冉渐翳的金光。再有一次是更不可忘的奇景，那是临着一大片望不到头的草原，满开着艳红的罂粟，在青草里亭亭的像是万盏的金灯，阳光从褐色云里斜着过来，幻成一种异样的紫色，透明似的不可逼视，刹那间在我迷眩了的视觉中，这草田变成了……不说也罢，说来你们也是不信的！

一别二年多了，康桥，谁知我这思乡的隐忧？也不想别的，我只要那晚钟撼动的黄昏，没遮拦的田野，独自斜倚在软草里，看第一个大星在天边出现！

⊙作品赏析

康桥对于徐志摩的意义是毋庸置疑的，徐志摩对康桥的感情也是有目共睹的。他把对康桥的爱，放到诗歌里尽情地唱，放到散文中恣肆地咏。在《我所知道的康桥》中，他一边酣畅淋漓地挥洒自己的真性情，一边细腻生动的描绘他生命中不可或缺的康桥。

徐志摩是唯美的，感性的，又是才华横溢的。他挥洒自如地操纵着的，似乎不是文字，而更像是画笔。他的妙笔勾勒出来的康桥之景，让人如临其境，心旷神怡。方块字在他笔下，不单单是准确、生动之类的词可以概括的。他赋予了方块字以活力、以生命。他的笔致如此灵动，他的笔调如此清新，他的情感如此丰盈。他所见色彩缤纷，他所触呼之欲出，他所感热烈活泼。在他的文章里，你分不清是康桥美，还是文字美；分不清是康桥因他的文字而丽，还是他的文字因康桥而活。这些早已不再重要。因为我们已经领略了什么是美。

青纱帐 / 王统照

稍稍熟悉北方情形的人，当然知道这三个字——青纱帐，帐子上加青纱二字，很容易令人想到那幽幽的、沉沉的、如烟如雾的趣味。其中大约是小簟轻衾吧？有个诗人在帐中低吟着"手倦抛书午梦凉"的句子，或者更宜于有个雪肤花貌的"玉人"，从淡淡的灯光下透露出横陈的丰腴的肉体美来。可是煞风景得很！现在在北方一提起青纱帐这个暗喻格的字眼，汗喘气力，光着身子的农夫，横飞的子弹，枪，杀，劫掳，火光，这一大串的人物与光景，便即刻联想得出来。

北方有的是遍野的高粱，亦即所谓秫秸，每到夏季，正是它们茂生的时季。身个儿高，叶子长大，不到晒米的日子，早已在其中可以藏住人，不比麦子豆类隐蔽不住东西。这些年来北方，凡是有乡村的地方，这个严重的青纱帐季，便是一年中顶难过而要戒严的时候。

当初给遍野的高粱赠予这个美妙的别号的，够得上是位"幽雅"的诗人吧？本来如

· 作者简介 ·

王统照（1897—1957），现代作家。字剑三，笔名韦佩、容庐、卢生等。山东诸城人。1918年赴北京入中国大学。次年参加"五四运动"，从事新文学创作。1921年参加发起成立文学研究会，曾编辑《曙光》、《晨光》等杂志，主编《晨报》的《文学旬刊》。1924年就任中国大学教授，两年后迁居青岛。这期间出版有长篇小说《一叶》、《黄昏》，短篇小说集《春雨之夜》、《霜痕》，诗文集《童心》等。1935年在上海任《文学》月刊主编。这时期所写作品收入诗集《这时代》、《夜行集》、《放歌集》，短篇小说集《号声》、《银龙集》，散文集《青纱帐》、《去来今》等，深刻地描写了富于地方色彩的北方农村现实生活，笔触朴实深沉。中华人民共和国成立后，任全国文联委员、山东大学中文系主任、山东省文联主席、省文化局长等职。出版了诗集《鹊华小集》、论文随笔集《炉边文谈》、6卷本《王统照文集》等。

刀的长叶，连接起来恰像一个大的帐幔，微风过处，秆、叶摇拂，用青纱的色彩作比，谁能说是不对？然而高粱在北方的农产植物中是具有雄伟壮丽的姿态的。它不像黄云般的麦穗那么轻袅，也不是谷子穗垂头委琐的神气，高高独立，昂首在毒日的灼热之下，周身碧绿，满布着新鲜的生机。高粱米在东北几省中是一般家庭的普通食物，东北人在别的地方住久了，仍然还很欢喜吃高粱米煮饭。除那几省之外，在北方也是农民的主要食物，可以糊成饼子，摊作煎饼，而最大的用处是制造白干酒的原料，所以白干酒也叫做高粱酒。中国的酒类性烈易醉的莫过于高粱酒。可见这类农产物中所含精液之纯，与北方的土壤气候都有关系。但高粱的特性也由此可以看出。

为什么北方农家有地不全种能产小米的谷类，非种高粱不可？据农人讲起来自有他们的理由。不错，高粱的价值不要说不及麦、豆，连小米也不如。然而每亩的产量多，而尤其需要的是燃料。我们的都会地方现在是用煤，也有用电与瓦斯的，可是在北方的乡间因为交通不便与价值高贵的关系，主要的燃料是高粱秸。如果一年地里不种高粱，那么农民的燃料便自然发生恐慌。除去为作粗糙的食品外，这便是在北方夏季到处能看见一片片高秆红穗的高粱地的缘故。

高粱的收获期约在夏末秋初。从前有我的一位族侄——他死去十几年了，一位旧典型的诗人——他曾有过一首旧诗，是极好的一段高粱赞：

"高粱高似竹，遍野参差绿。粒粒珊瑚珠，节节琅玕玉。"

农人对于高粱的红米与长秆子的爱惜，的确也与珊瑚琅玕相等。或者因为这等农产物品格过于低下的缘故，自来少见诸诗人的歌咏，不如稻、麦、豆类常在中国的田园诗人的句子中读得到。

但这若干年来，高粱地是特别的为人所憎恶畏惧！常常可以听见说："青纱帐起来，如何，如何……""今年的青纱帐季怎么过法？"因为每年的这个时季，乡村中到处遍布着恐怖，隐藏着杀机。通常在黄河以北的土匪头目，叫做"秆子头"，望文思义，便可知道与青纱帐是有关系的。高粱秆子在热天中既遍地皆是，容易藏身，比起"占山为王"还要便利。

青纱帐，现今不复是诗人、色情狂者所想象的清幽与挑拨肉感的所在，而变成乡村间所恐怖的"魔帐"了！

多少年来帝国主义的压迫，与连年内战，捐税重重，官吏、地主的剥削，现在的农村已经成了一个待爆发的空壳。许多人想着回到纯洁的乡村，以及想尽方法要改造乡村，不能不说他们的"用心良苦"，然而事实告诉我们，这样枝枝节节、一手一足的办法，何时才有成效！

青纱帐季的恐怖不过是一点表面上的情形，其所以有散布恐惶的原因多得很呢。

"青纱帐"这三个字徒然留下了极淡漠的、如烟如雾的一个表象在人人的心中，而内里面却藏有炸药的引子！

⊙**作品赏析**

这篇文章的显著特色是创作从大处着眼，从小处着墨。一般情况下，作家用大题目驾驭大的思想内涵，小题目阐发个人感慨。本文的作者，表现出了独特的感悟能力，所选材料看似细小，却暗示深刻，小中见大。文章的主题在于揭露一个岌岌可危的社会现象，表达对不安定社会的深深忧虑。青纱帐本是一个能引起人们美好联想的词语，应该是一个美好的所在，但在那个年代里，不幸成为土匪与劫犯藏身的地方。那里经常响起令人恐怖的枪声与杀声。既然如此，不种也罢，可生活贫困，村民不得不种。无法化解的矛盾里隐藏着可怕的危机，于是，作者说里面藏着炸药的引子。这里，作者敏锐的目光和忧国忧民情怀展露无遗。

散文创作讲究开阖抑扬，如同江南园林的布局。《青纱帐》正是体现了这种结构，不是平铺直叙，而是峰回路转，曲径通幽。在大量泼墨于青纱帐之后，作者笔锋一转，将其引入现实背景之下，从而实现了以青纱帐为抒情参照来表达主题的意图。作者对现实社会的体悟与察觉、审视与揭露，正是在对青纱帐的遐思中彰显出来，青纱帐也在作者的笔下承载了更多的社会内容。

怀李叔同先生 / 丰子恺

> **入选理由**
> 精细入微的描写逼真地刻画了人物形象
> 对老师深切的怀念与追思
> 对李叔同先生灵魂境界的体悟

距今29年前，我17岁的时候，最初在杭州的浙江省立第一师范学校里见到李叔同先生，即后来的弘一法师。那时我是预科生，他是我们的音乐教师。我们上他的音乐课时，有一种特殊的感觉：严肃。摇过预备铃，我们走向音乐教室，推进门去，先吃一惊：李先生早已端坐在讲台上。以为先生总要迟到而嘴里随便唱着、喊着或笑着、骂着而推进门去的同学，吃惊更是不小。他们的唱声、喊声、笑声、骂声以门槛为界限而忽然消灭。接着是低着头，红着脸，去端坐在自己的位子里。端坐在自己的位子里偷偷地仰起头来看看，看见李先生的高高的瘦削的上半身穿着整洁的黑布马褂，露出在讲桌上，宽广得可以走马的前额，细长的凤眼，隆正的鼻梁，形成威严的表情。扁平而阔的嘴唇两端常有深涡，显示和蔼的表情。这副相貌，用"温而厉"三个字来描写，大概差不多了。讲桌上放着点名簿、讲义以及他的教课笔记簿、粉笔。钢琴衣解开着，琴盖开着，谱表摆着，琴头上又放着一只时表，闪闪的金光直射到我们的眼中。黑板（是上下两块可以推动的）上早已清楚地写好本课内所应写的东西（两块都写好，上块盖着下块，用下块时把上块推开）。在这样布置的讲台上，李先生端坐着。坐到上课铃响出（后来我们知道他这脾气，上音乐课必早到。故上课铃响时，同学早已到齐），他站起身来，深深地一鞠躬，课就开始了。这样地上课，空气严肃得很。

有一个人上音乐课时不唱歌而看别的书，有一个人上音乐课时吐痰在地板上，以为李先生看不见的，其实他都知道。但他不立刻责备，等到下课后，他用很轻而严肃的声音郑重地说："某某等一等出去。"于是这位某某同学只得站着。等到别的同学都出去了，他又用轻而严肃的声音向这某某同学和气地说："下次上课时不要看别的书。"或者："下次痰不要吐在地板上。"说过之后他微微一鞠躬，表示"你出去罢"。出来的人大都脸上发红。又有一次下音乐

> **·作者简介·**
>
> 丰子恺（1898—1975），名仁，浙江桐乡人，现代画家、文学家、艺术教育家。自幼爱好美术。1914年进浙江省立第一师范学校，从师李叔同学习绘画、音乐。1919年毕业。1921年赴日学习音乐和美术。回国后，曾任上海开明书店编辑，上海大学、复旦大学、浙江大学美术教授。1924年，与友人创办"立达学园"。抗战期间，辗转于西南各地，在一些大专院校执教。1943年起结束教学生涯，专门从事绘画和写作。新中国成立后，曾任上海中国画院院长、中国美术家协会上海分会主席、上海文学艺术界联合会副主席等。他工绘画、书法，亦擅散文创作及文学翻译。

课，最后出去的人无心把门一拉，碰得太重，发出很大的声音。他走了数十步之后，李先生走出门来，满面和气地叫他转来。等他到了，李先生又叫他进教室来。进了教室，李先生用很轻而严肃的声音向他和气地说："下次走出教室，轻轻地关门。"就对他一鞠躬，送他出门，自己轻轻地把门关了。最不易忘却的，是有一次上弹琴课的时候。我们是师范生，每人都要学弹琴，全校有五六十架风琴及两架钢琴。风琴每室两架，给学生练习用；钢琴一架放在唱歌教室里，一架放在弹琴教室里。上弹琴课时，十数人为一组，环立在琴旁，看李先生范奏。有一次正在范奏的时候，有一个同学放一屁，没有声音，却是很臭。钢琴及李先生十数同学全部沉浸在亚莫尼亚气体中。同学大都掩鼻或发出讨厌的声音。李先生眉头一皱，管自弹琴（我想他一定屏息着）。弹到后来，亚莫尼亚气散光了，他的眉头方才舒展。教完以后，下课铃响了。李先生立起来一鞠躬，表示散课。散课以后，同学还未出门，李先生又郑重地宣告："大家等一等去，还有一句话。"大家又肃立了。李先生又用很轻而严肃的声音和气地说："以后放屁，到门外去，不要放在室内。"接着又一鞠躬，表示叫我们出去。同学都忍着笑，一出门来，大家快跑，跑到远处去大笑一顿。

李先生用这样的态度来教我们音乐，因此我们上音乐课时，觉得比上其他一切课更严肃。同时对于音乐教师李叔同先生，比对其他教师更敬仰。那时的学校，首重的是所谓"英、国、算"，即英文、国文和算学。在别的学校里，这三门功课的教师最有权威；而在我们这师范学校里，音乐教师最有权威，因为他是李叔同先生的缘故。

李叔同先生为什么能有这种权威呢？不仅为了他学问好，不仅为了他音乐好，主要的还是为了他态度认真。李先生一生的最大特点是"认真"。他对于一件事，不做则已，要做就非做得彻底不可。

他出身于富裕之家，他的父亲是天津有名的银行家。他是第五位姨太太所生。他父亲生他时，年已七十二岁。他坠地后就遭父丧，又逢家庭之变，青年时就陪了他的生母南迁上海。在上海南洋公学读书奉母时，他是一个翩翩公子。当时上海文坛有著名的沪学会，李先生应沪学会征文，名字屡列第一。从此他就为沪上名人所器重，而交游日广，终以"才子"驰名于当时的上海。所以后来他母亲死了，他赴日本留学的时候，作一首《金缕曲》，词曰："披发佯狂走。莽中原暮鸦啼彻，几株衰柳。破碎河山谁收拾，零落西风依旧。便惹得离人消瘦。行矣临流重太息，说相思刻骨双红豆。愁黯黯，浓于酒。漾情不断淞波溜。恨年年絮飘萍泊，遮难回首。二十文章惊海内，毕竟空谈何有！听匣底苍龙狂吼。长夜西风眠不得，度群生那惜心肝剖。是祖国，忍孤负？"读这首词，可想见他当时豪气满胸，爱国热情炽盛。他出家时把过去的照片统统送我，我曾在照片中看见过当时在上海的他：丝绒碗帽，正中缀一方白玉，曲襟背心，花缎袍子，后面挂着胖辫子，底下缀带扎脚管，双梁厚底鞋子，头抬得很高，英俊之气，流露于眉目间。真是当时上海一等的翩翩公子。这是最初表示他的特性：凡事认真。他立意要做翩翩公子，就彻底地做一个翩翩公子。

后来他到日本，看见明治维新的文化，就渴慕西洋文明。他立刻放弃了翩翩公子态度，改做一个留学生。他入东京美术学校，同时又入音乐学校。这些学校都是模仿西洋的，所教的都是西洋画和西洋音乐。李先生在南洋公学时英文学得很好；到了日本，就买了许多西洋文学书。他出家时曾送我一部残缺的原本《莎士比亚全集》，他对我说："这书我从前细读过，有许多笔记在上面，虽然不全，也是纪念物。"由此可想见他在日本时，对于西洋艺术全面进攻，绘画、音乐、文学、戏剧都研究。后来他在日本创办春柳剧社，纠集留学同志，共演当时西洋著名的悲剧《茶花女》（小仲马著）。他自己把腰束小，扮作茶花女，粉墨登场。这照片，他出家时也送给我，一向归我保藏；直到抗战时为兵火所毁。现在我还记得这照片：卷发，白的上衣，白的长裙拖着地面，腰身小到一把，两手举起托着后头，头向右歪侧，眉峰紧蹙，眼波斜睇，正是茶花女自伤命薄的神情。另外还有许多演剧的照片，不可胜记。这春柳剧社后来迁回中国，李先生就脱出，由另一班人去办，便是中国最初的"话剧"社。由此可以想见，李先生在日本时，是彻头彻尾的一个留学生。我见过他当时的照片：高帽子、硬领、硬袖、燕尾服、尖头皮鞋，加之长身、高鼻，没有脚的眼镜夹在鼻梁上，竟活像一个西洋人。这是第二次表示他的特性：凡事认真，学一样，像一样。要做留学生，就彻底地做一个留学生。

他回国后，在上海太平洋报社当编辑。不久，就被南京高等师范请去教图画、音乐。后来又应杭州师范之聘，同时兼任两个学校的课，每月中半个月住南京，半个月住杭州。两校都请助教，他不在时由助教代课。我就是杭州师范的学生。这时候，李先生已由留学生变为"教师"。这一变，变得真彻底：漂亮的洋装不穿了，却换上灰色粗布袍子、黑布马褂、布底鞋子。金丝边眼镜也换了黑的钢丝边眼镜。他是一个修养很深的美术家，所以对于仪表很讲究。虽然布衣，却很称身，常常整洁。他穿布衣，全无穷相，而另具一种朴素的美。你可想见，他是扮过茶花女的，身材生得非常窈窕。穿了布衣，仍是一个美男子。"淡妆浓抹总相宜"，这诗句原是描写西子的，但拿来形容我们的李先生的仪表，也很适用。今人侈谈"生活艺术化"，大都好奇立异，非艺术的。李先生的服装，才真可称为生活的艺术化。他一时代的服装，表出着一时代的思想与生活。各时代的思想与生活判然不同，各时代的服装也判然不同。布衣布鞋的李先生，与洋装时代的李先生、曲襟背心时代的李先生，判若三人。这是第三次表示他的特性：认真。

我二年级时，图画归李先生教。他教我们木炭石膏模型写生。同学一向描惯临画，起初无从着手。四十余人中，竟没有一个人描得像样的。后来他拿范画给我们看，画毕把范画挂在黑板上，同学们大都看着黑板临摹。只有我和少数同学，依他的方法从石膏模型写生。我对于写生，从这时候开始发生兴味。我到此时，恍然大悟：那些粉本原是别人看了实物而写生出来的。我们也应该直接从实物写生入手，何必临摹他人，依样画葫芦呢？于是我的画进步起来。此后李先生与我接近的机会更多。因为我常去请他教画，又教日本文。以后的李先生的生活，我所知道的较为详细。他本来常读性理的书，后来忽然信了道教，案头常常放着道藏。那时我还是一个毛头青年，谈不到宗教。李先生除绘事外，并不对我谈道。但我发现他的生活日渐收敛起来，仿佛一个人就要动身赴远方时的模样。他常把自己不用的东西送给我。他的朋友日本画家大野隆德、河合新藏、三宅克己等到西湖来写生时，他带了我去请他们吃一次饭，以后就把这些日本人交给我，叫我引导他们（我当时已能讲普通应酬的日本话）。他自己就关起房门来研究道学。有一天，他决定入大慈山去断食，我有课事，不能陪去，由校工闻玉陪去。数日之后，我去望他。见他躺在床上，面容消瘦，但精神很好，对我讲话，同平时差不多。他断食共十七日，由闻玉扶起来，摄一个影，影片上端由闻玉题字"李息翁先生断食后之像，侍子闻玉题"。这照片后来制成明信片分送朋友。像的下面用铅字排印着："某年月日，入大慈山断食十七日，身心灵化，欢乐康强——欣欣道人记。"李先生这时候已由"教师"一变而为"道人"了。学道就断食十七日，也是他凡事"认真"的表示。

但他学道的时候很短。断食以后，不久他就学佛。他自己对我说，他的学佛是受马一浮先生指示的。出家前数日，他同我到西湖玉泉去看一位程中和先生。这程先生原来是当军人的，现在退伍，住在玉泉，想出家为僧。李先生同他谈得很久。此后不久，我陪大野隆德到玉泉去投宿，看见一个和尚坐着，正是这位程先生。我想称他"程先生"，觉得不合。想称他法师，又不知道他的法名（后来知道是弘伞）。一时周章得很。我回去对李先生讲了，李先生告诉我，他不久要出家为僧，就做弘伞的师弟。我愕然不知所对。过了几天，他果然辞职，要去出家。出家的前晚，他叫我和同学叶天瑞、李增庸三人到他的房间里，把房间里所有的东西送给我们三人。第二天，我们三人送他到虎跑。我们回来分得了他的"遗产"，再去望他时，他已光着头皮，穿着僧衣，俨然一位清瘦的法师了。我从此改口，称他为"法师"。法师的僧腊二十四年。这二十四年中，我颠沛流离，他一贯到底，而且修行功夫愈进愈深。当初修净土宗，后来又修律宗。律宗是讲究戒律的。一举一动，都有规律，严肃认真之极。这是佛门中最难修的一宗。数百年来，传统断绝，直到弘一法师方才复兴，所以佛门中称他为"重兴南山律宗第十一代祖师"。他的生活非常认真。举一例说：有一次我寄一卷宣纸去，请弘一法师写佛号。宣纸多了些，他就来信问我，余多的宣纸如何处置？又有一次，我寄回件邮票去，多了几分。他把多的几分寄还我。以后我寄纸或邮票，就预先声明：余多的送与法师。有一次他到我家。我请他藤椅子里坐。他把藤椅子轻轻摇动，然后慢慢地坐下去。起先我不敢问。后来他每次都如此，我就启问。法师回答我说："这椅子里头，两根藤之间，也许有小虫伏着。突然坐下去，要把它们压死，所以先摇动一下，慢慢地坐下去，好让它们走避。"读者听到这话，也许要笑。但这正是做人极度认真的表示。

如上所述，弘一法师由翩翩公子一变而为留学生，又变而为教师，三变而为道人，四变而为和尚。每做一种人，都做得十分像样。好比全能的优伶：起青衣像个青衣，起老生像个老生，起大面又像个大面……都是"认真"的缘故。

现在弘一法师在福建泉州圆寂了。噩耗传到贵州遵义的时候，我正在束装，将迁居重庆。我发愿到重庆后替法师画像一百帧，分送各地信善，刻石供养。现在画像已经如愿了。我和李先生在世间的师弟尘缘已经结束，然而他的遗训——认真——永远铭刻在我心头。

⊙ 作品赏析

在本文中，作者怀着崇敬之情回忆了近现代文化名人李叔同先生（弘一法师），集中笔墨体悟了先生的灵魂境界。文章平实质朴，温和含蓄，不仅突出了人物的人格魅力，而且自然流露了作者与李叔同先生之间那种亦师亦友的情谊之美。

这篇散文不是人物传记，但是，读过之后，我们对李叔同先生一生的主要经历有了很清晰的了解。这就显示了作者高超的艺术手法。文中所叙之事，时空跨度非常大，但是读来和谐流畅，丝毫不会觉得散漫，关键在于作者以先生的典型特征"认真"为贯穿全文的线索，不仅使读者产生由"点"

到"面"的联想，深刻领会人物闪光的精神境界，收到以少胜多的艺术效果，而且使得文章结构整饬严谨，而包容的内涵却又广泛深厚。

　　一味地叙述会使文章平淡沉闷，适当地运用描写可以给读者以生动形象的感觉。本文中，有对先生生动的肖像描写，也有能体现先生精神境界的细节描写。对于这些细节，作者不仅以目观之，而且用心察之，所以，笔下的人物形象鲜活逼真，给读者留下了深刻的印象，同时也为被平静的文字表面淡化的情感扩充了容量。

渐 / 丰子恺

　　使人生圆滑进行的微妙的要素，莫如"渐"；造物主骗人的手段，也莫如"渐"。在不知不觉之中，天真烂漫的孩子"渐渐"变成野心勃勃的青年；慷慨豪侠的青年"渐渐"变成冷酷的成人；血气旺盛的成人"渐渐"变成顽固的老头子。因为其变更是渐进的，一年一年地、一月一月地、一日一日地、一时一时地、一分一分地、一秒一秒地渐进，犹如从斜度极缓的长远的山坡上走下来，使人不察其递降的痕迹，不见其各阶段的境界，而似乎觉得常在同样的地位，恒久不变，又无时不有生的意趣与价值，于是人生就被确实肯定，而圆滑进行了。假使人生的进行不像山坡而像风琴的键板，由 do 忽然移到 re，即如昨夜的孩子今朝忽然变成青年；或者像旋律的"接离进行"地由 do 忽然跳到 mi，即如朝为青年而夕暮忽成老人，人一定要惊讶、感慨、悲伤，或痛感人生的无常，而不乐为人了。故可知人生是由"渐"维持的。这在女人恐怕尤为必要：歌剧中，舞台上的如花的少女，就是将来火炉旁边的老婆子，这句话，骤听使人不能相信，少女也不肯承认，实则现在的老婆子都是由如花的少女"渐渐"变成的。

　　人之能堪受境遇的变衰，也全靠这"渐"的助力。巨富的纨绔子弟因屡次破产而"渐渐"荡尽其家产，变为贫者；贫者只得做佣工，佣工往往变为奴隶，奴隶容易变为无赖，无赖与乞丐相去甚近，乞丐不妨做偷儿……这样的例子，在小说中，在实际上，均多得很。因为其变衰是延长为十年二十年而一步一步地"渐渐"地达到的，在本人不感到什么强烈的刺激。故虽到了饥寒病苦刑笞交迫的地步，仍是熙熙然贪恋着目前的生的欢喜。假如一位千金之子忽然变了乞丐或偷儿，这人一定愤不欲生了。

　　这真是大自然的神秘的原则，造物主的微妙的工夫！阴阳潜移，春秋代序，以及物类的衰荣生杀，无不暗合于这法则。由萌芽的春"渐渐"变成绿荫的夏；由凋零的秋"渐渐"变成枯寂的冬。我们虽已经历数十寒暑，但在围炉拥衾的冬夜仍是难于想象饮冰挥扇的夏日的心情；反之亦然。然而由冬一天一天地、一时一时地、一分一分地、一秒一秒地移向夏，由夏一天一天地、一时一时地、一分一分地、一秒一秒地移向冬，其间实在没有显著的痕迹可寻。昼夜也是如此：傍晚坐在窗下看书，书页上"渐渐"地黑起来，倘不断地看下去（目力能因了光的渐弱而渐渐加强），几乎永远可以认识书页上的字迹，即不觉昼之已变为夜。黎明凭窗，不瞬目地注视东天，也不辨自夜向昼的推移的痕迹。儿女渐渐长大起来，在朝夕相见的父母全不觉得，难得见面的远亲就相见不相识了。往年除夕，我们曾在红蜡烛底下守候水仙花的开放，真是痴态！倘水仙花果真当面开放给我们看，便是大自然的原则的破坏，宇宙的根本的摇动，世界人类的末日临到了！

"渐"的作用，就是用每步相差极微极缓的方法来隐蔽时间的过去与事物的变迁的痕迹，使人误认其为恒久不变。这真是造物主骗人的一大诡计！这有一件比喻的故事：某农夫每天朝晨抱了犊而跳过一沟，到田里去工作，夕暮又抱了它跳过沟回家。每日如此，未尝间断。过了一年，犊已渐大，渐重，差不多变成大牛，但农夫全不觉得，仍是抱了它跳沟。有一天他因事停止工作，次日再就不能抱了这牛而跳沟了。造物的骗人，使人留连于其每日每时的生的欢喜而不觉其变迁与辛苦，就是用这个方法的。人们每日在抱了日重一日的牛而跳沟，不准停止。自己误以为是不变的，其实每日在增加其苦劳！

我觉得时辰钟是人生的最好的象征了。时辰钟的针，平常一看总觉得是"不动"的；其实人造物中最常动的无过于时辰钟的针了。日常生活中的人生也如此，刻刻觉得我是我，似乎这"我"永远不变，实则与时辰钟的针一样的无常！一息尚存，总觉得我仍是我，我没有变，还是留连着我的生，可怜受尽"渐"的欺骗！

"渐"的本质是"时间"。时间我觉得比空间更为不可思议，犹之时间艺术的音乐比空间艺术的绘画更为神秘。因为空间姑且不追究它如何广大或无限，我们总可以把握其一端，认定其一点。时间则全然无从把握，不可挽留，只有过去与未来在渺茫之中不绝地相追逐而已。性质上既已渺茫不可思议，分量上在人生也似乎太多。因为一般人对于时间的悟性，似乎只够支配搭船乘车的短时间；对于百年的长期间的寿命，他们不能胜任，往往迷于局部而不能顾及全体。试看乘火车的旅客中，常有明达的人，有的宁牺牲暂时的安乐而让其座位于老弱者，以求心的太平（或博暂时的美誉）；有的见众人争先下车，而退在后面，或高呼"勿要轧，总有得下去的！""大家都要下去的！"然而在乘"社会"或"世界"的大火车的"人生"的长期的旅客中，就少有这样的明达之人。所以我觉得百年的寿命，定得太长。像现在的世界上的人，倘使他们搭船乘车的期间的寿命，也许在人类社会上可减少许多凶险残惨的争斗，而与火车中一样的谦让，和平，也未可知。

然人类中也有几个能胜任百年的或千古的寿命的人。那是"大人格"，"大人生"。他们能不为"渐"所迷，不为造物所欺，而收缩无限的时间并空间于方寸的心中。故佛家能纳须弥于芥子。中国古诗人（白居易）说："蜗牛角上争何事？石火光中寄此身。"英国诗人（Blake）也说："一粒沙里见世界，一朵花里见天国；手掌里盛住无限，一刹那便是永劫。"

一九二五年

⊙作品赏析

丰子恺是画家，是散文家，更是日常生活中的智者。《渐》是一篇哲理性的随笔，探讨的是如何把握时间、对待人生的大问题。文章以思辨见长，作者才情洋溢，以酣畅淋漓的言辞，表达了对人生的看法，告诫人们要"能不为'渐'所迷，不为造物所欺，而收缩无限的时间并空间于方寸的心中"，即学会宏观地把握人生，以明达、宽容之心对待世事，与人为善，淡泊宁静，呼吁时代的谦让和平和。

作者的思考以日常生活为中心，探讨的始终是人生经验、人生态度和人生哲理。他从日常生活中来感悟智慧，也用日常生活的例子来印证与表达智慧，所以他的散文能毫无障碍地走进大众，亲近普通人。日常生活例子在作品中有两个作用：其一是作为比喻或象征，使抽象的概念和道理具体化、生活化，从而使陌生的事理变得通俗起来，难解的问题转化为切实的生活感受；其二是印证观点，观点即道理，具有一定的抽象性和普遍性。丰子恺喜欢用日常事实说理，充分调动读者的生活感受和经验，产生与之相通的心灵共鸣，从而由认同事实到接受作者的观点。

形象的语言、鲜活的比喻、生活化的细节、平易近人的说理，是这篇阐理性散文的文学价值之所在。

异国秋思 / 庐隐

入选理由
庐隐的散文代表作
思想性与艺术性的完美结合
传神出色的景物描写

自从我们搬到郊外以来，天气渐渐凉快了。那短篱边牵延着的毛豆叶子，已露出枯黄的颜色来，白色的小野菊，一丛丛由草堆里钻出头来，还有小朵的黄花在凉劲的秋风中抖颤，这一些景象，最容易勾起人们的秋思，况且身在异国呢！低声吟着"帘卷西风，人比黄花瘦"之句，这个小小的灵宫，是弥漫了怅惘的情绪。

书房里格外显得清寂，那窗外蔚蓝如碧海似的青天和淡金色的阳光。还有挟着桂花香的阵风，都含了极强烈的，挑拨人们心弦的力量。在这种刺激之下，我们不能继续那死板的读书工作了，在那一天午饭后，建便提议到附近吉祥寺去看秋景。三点多钟我们乘了市外电车前去，——这路程太近了，我们的身体刚刚坐稳便到了。走出长甬道的车站，绕过火车轨道，就看见一座高耸的木牌坊，在横额下有几个汉字写着"井之头恩赐公园"。我们走进牌坊，便见马路两旁树木葱茏，绿阴匝地，一种幽妙的意趣，萦绕脑际。我们怔怔地站在树影下，好像身入深山古林了。在那枝柯掩映中，一道金黄色的柔光正荡漾着，使我想象到一个披着金绿柔发的仙女，正赤着足，踏着白云，从这里经过的情景。再向西方看，一抹彩霞，正横在那叠翠的峰峦上，如黑点的飞鸦，穿林翩翩，我一缕的愁心真不知如何安派，我要吩咐征鸿把它带回故国吧！无奈它是那样不着迹地去了。

·作者简介·

庐隐（1898—1934），原名黄淑仪，又名黄英，生于福建闽侯。1909年入教会办的慕贞书院小学部。1912年考入女子师范学校，毕业后任教于北平公立女子中学、河南女子师范学校等，1919年考入北京高等女子师范国文系。1921年加入文学研究会。1922年大学毕业后到安徽宣城中学任教，半年后回北平师范大学附属中学教书。1925年出版第一本小说集《海滨故人》。1926年到上海大夏大学教书，1927年任北京市立女子第一中学校长。这个时期出版的作品集有《灵海潮汐》和《曼丽》。1930年与李唯建结婚，1931年出版了二人的通信集《云欧情书集》。1931年起担任上海工部局女子中学教师。36岁时因分娩逝世。

我们徘徊在这浓绿深翠的帷幔下，竟忘记前进了。一个身穿和服的中年男人，脚上穿着木屐，提塔提塔地来了。他向我们打量着，我们为避免他的觊觎，只好加快脚步走向前去。经过这一带森林，前面有一条鹅卵石堆成的斜坡路，两旁种着整齐的冬青树，只有肩膀高，一阵阵的青草香，从微风里荡过来，我们慢步地走着，陡觉神气清爽，一尘不染。下了斜坡，面前立着一所小巧的东洋式茶馆，里面设了几张小矮几和坐褥，两旁摆着柜台，红的蜜橘，青的苹果，五色的杂糖，错杂地罗列着。

"呀！好眼熟的地方！"我不禁失声

地喊了出来。于是潜藏在心底的印象，陡然一幕幕地重映出来，唉！我的心有些抖颤了。我是被一种感怀已往的情绪所激动，我的双眼怔住，胸膈间充塞着悲凉，心弦凄紧地搏动着，自然是回忆到那些曾被流年蹂躏过的往事：

"唉！往事，只是不堪回首的往事哟！"我悄悄地独自叹息着。但是我目前仍然有一幅逼真的图画再现出来……

一群骄傲于幸福的少女们，她们孕育着玫瑰色的希望，当她们将由学校毕业的那一年，曾随了她们德高望重的教师，带着欢乐的心情，渡过日本海来访蓬莱的名胜。在她们登岸的时候，正是暮春三月樱花乱飞的天气。那些缀锦点翠的花树，都是使她们乐游忘倦。她们从天色才黎明，便由东京的旅舍出发，先到上野公园看过樱花的残妆后，又换车到井之头公园来。这时疲倦袭击着她们，非立刻找个地点休息不可。最后她们发现了这个位置清幽的茶馆，便立刻决定进去吃些东西。大家团团围着矮凳坐下，点了两壶龙井茶和一些奇甜的东洋点心，她们吃着喝着，高声谈笑着，她们真像是才出谷的雏莺，只觉眼前的东西，件件新鲜，处处都富有生趣。当然她们是被搂在幸福之神的怀抱里了。青春的爱娇，活泼快乐的心情，她们是多么可艳羡的人生呢！

但是流年把一切都毁坏了！谁能相信今天在这里低徊追怀往事的我，也正是当年幸福者之一呢！哦！流年，残刻的流年啊！它带走了人间的爱娇，它蹂躏了英雄的壮志，使我站在这似曾相识的树下，只有咽泪，我有什么办法，使年光倒流呢！

唉！这仅仅是七年后的今天。呀，这短短的七年中，我走的是崎岖的世路，我攀缘过陡峭的崖壁，我由死的绝谷里逃命，使我尝着忍受由心头淌血的痛苦，命运要我喝干自己的血汁，如同喝玫瑰酒一般……

唉！这一切的刺心回忆，我忍不住流下辛酸的泪滴，连忙离开这容易激动感情的地方吧！我们便向前面野草漫径的小路上走去，忽然听见一阵悲恻的唏嘘声，我仿佛看见张着灰色翅翼的秋神，正躲在那厚密枝叶背后。立时那些枝叶都地颤抖起来。草底下的秋虫，发出连续的唧唧声，我的心感到一阵阵的凄冷；不敢再向前去，找到路旁一张长木凳坐下。我用呆滞的眼光，向那一片阴森森的丛林里睁视，当微风分开枝柯时，我望见那小河里的碧水了。水上起一层波纹，两个少女乘着一只小划子，在波心摇着桨，低声唱着歌儿。我看到这里，又无端伤感起来，觉得喉头哽塞，不知不觉叹道："故国不堪回首呵！"同时那北海的红漪清波便浮现在眼前，那些手携情侣的男男女女，恐怕也正摇着画桨，指点着眼前清丽的秋景，低语款款吧！况且又是菊茂蟹肥的时候，料想长安市上，车水马龙，正不少欢乐的宴聚；这漂泊异国，秋思凄凉的我们当然是无人想起的。不过，我们却深深地眷怀着祖国，渴望得些国内的好消息呢！况且我们又是神经过敏的，揣想到树叶凋落的北平，凄风吹着，冷雨洒着的那些穷苦的同胞，也许正向茫茫的苍天悲诉呢！唉，破碎紊乱的祖国啊！北海的风光不能粉饰你的寒伧！今雨轩的灯红酒绿，不能安慰忧患的人生，深深眷念祖国的我们，这一颗因热望而颤抖的心，最后是被秋风吹冷了。

⊙作品赏析

　　庐隐是"五四"时期最负盛名的女作家之一。虽然是以小说登上文坛的，但散文写作贯穿于她的整个创作生涯，是她文学成就中不可忽视的方面。她的散文风格清婉幽丽，又喜用景来烘托感伤的氛围，所以常常透露着一种古典式的忧伤。《异国秋思》很能体现她的这种风格。

在文中，她巧妙地运用多种修辞方式，以细腻的笔触传神地描绘了秋景幽妙的意趣。"绿阴匝地"、"枝柯掩映"、"穿林翩翩"这些词的运用，更传达了一种古雅的韵味。自楚国宋玉开文学史上"悲秋"主题之先河以来，"秋"常常笼罩着一层感伤的氛围。当庐隐敏感的心弦让秋风拨动的时候，异国他乡的美景在她看来竟是满目的愁苦与忧郁。但是，她将这种愁情诗化了，融化在写景状物之中，造成一种悠远的意境。

更可贵的是，庐隐并不是只一味沉溺于个人的悲切之中，她浮想联翩，情绪由个人往事不堪回首转到"故国不堪回首"。可见，好的抒情散文不仅能细致描写个人的情感活动，更能从这种感情活动中捕捉到时代的脉动。

春 / 朱自清

入选理由　作为典范文章收入中学课本
散文大师朱自清清新散文的代表作
脍炙人口、满贮诗意的写景名文

盼望着，盼望着，东风来了，春天的脚步近了。

一切都像刚睡醒的样子，欣欣然张开了眼。山润朗起来了，水涨起来了，太阳的脸红起来了。

小草偷偷地从土里钻出来，嫩嫩的，绿绿的。园子里，田野里，瞧去，一大片一大片满是的。坐着，躺着，打两个滚，踢几脚球，赛几趟跑，捉几回迷藏。风轻悄悄的，草绵软软的。

桃树、杏树、梨树，你不让我，我不让你，都开满了花赶趟儿。红的像火，粉的像霞，白的像雪。花里带着甜味，闭了眼，树上仿佛已经满是桃儿、杏儿、梨儿！花下成千成百的蜜蜂嗡嗡地闹着，大小的蝴蝶飞来飞去。野花遍地是：杂样儿，有名字的，没名字的，散在草丛里，像眼睛，像星星，还眨呀眨的。

"吹面不寒杨柳风"，不错的，像母亲的手抚摸着你。风里带来些新翻的泥土的气息，混着青草味，还有各种花的香，都在微微润湿的空气里酝酿。鸟儿将窠巢安在繁花嫩叶当中，高兴起来了，呼朋引伴地卖弄清脆的喉咙，唱出宛转的曲子，跟轻风流水应和着。牛背上牧童的短笛，这时候也成天在嘹亮地响。

雨是最寻常的，一下就是三两天。可别恼，看，像牛毛，像花针，像细丝，密密地斜织着，人家屋顶上全笼着一层薄烟。树叶子却绿得发亮，小草也青得逼你的眼。傍晚时候，上灯了，一点点黄晕的光，烘托出一片安静而和平的夜。乡下，小路上，石桥边，撑起伞慢慢走着的人；在去地里工作的农夫，披着蓑戴着笠。他们的草屋，稀稀疏疏的在雨里静默着。

天上风筝渐渐多了，地上孩子也多了。

· 作者简介 ·

朱自清（1898—1948），出生于江苏东海，定居在扬州。他早年热心于写作新诗，1921年春参加文学研究会后，专注于散文创作，早期散文集有《背影》、《踪迹》。1923年发表近300行的抒情长诗《毁灭》。

1931年底，他将近一年的欧游见闻写成了散文集《欧游杂记》、《伦敦杂记》。1937年后，在抗战的洗礼下，他逐渐放弃记事抒情散文，偏于说理。新文学运动发展后期，他专门从事文学理论与古典文学的研究，较少进行创作。1946年任清华大学中文系主任。1948年在清贫生活中，保持中国人的气节，拒领美援面粉，后因胃病辞世。

城里乡下，家家户户，老老小小，他们也赶趟儿似的，一个个都出来了。舒活舒活筋骨，抖擞抖擞精神，各做各的一份事去。"一年之计在于春"，刚起头儿，有的是工夫，有的是希望。

春天像刚落地的娃娃，从头到脚都是新的，它生长着。

春天像小姑娘，花枝招展的，笑着，走着。

春天像健壮的青年，有铁一般的胳膊和腰脚，他领着我们上前去。

⊙**作品赏析**

细细品读这篇文章不难发现，在这贮满诗意的文字里，蕴含作者饱满健康、积极向上的奋发精神。这幅栩栩如生的春景图，实际上是作者内心世界的流露与写照。春天是万物复苏的季节，是满怀希望的开始。他要带我们挥手告别昨日的阴霾，把身心融入崭新的春天，文章结尾处的一组排比句，清晰地揭示了作者的这种心境。

绿 / 朱自清

入选理由 绘画美、动态美、音乐美的完美结合
以诗为文，文中有诗
收入中学语文课本

我第二次到仙岩的时候，我惊诧于梅雨潭的绿了。

梅雨潭是一个瀑布潭。仙瀑有三个瀑布，梅雨瀑最低。走到山边，便听见花花花花的声音；抬起头，镶在两条湿湿的黑边儿里的，一带白而发亮的水便呈现于眼前了。我们先到梅雨亭。梅雨亭正对着那条瀑布；坐在亭边，不必仰头，便可见它的全体了。亭下深深的便是梅雨潭。这个亭踞在突出的一角的岩石上，上下都空空儿的；仿佛一只苍鹰展着翼翅浮在天宇中一般。三面都是山，像半个环儿拥着；人如在井底了。这是一个秋季的薄阴的天气。微微的云在我们顶上流着；岩面与草丛都从润湿中透出几分油油的绿意。而瀑布也似乎分外的响了。那瀑布从上面冲下，仿佛已被扯成大小的几绺；不复是一幅整齐而平滑的布。岩上有许多棱角；瀑流经过时，作急剧的撞击，便飞花碎玉般乱溅着了。那溅着的水花，晶莹而多芒；远望去，像一朵朵小小的白梅，微雨似的纷纷落着。据说，这就是梅雨潭之所以得名了。但我觉得像杨花，格外确切些。轻风起来时，点点随风飘散，那更是杨花了。——这时偶然有几点送入我们温暖的怀里，便倏的钻了进去，再也寻它不着。

梅雨潭闪闪的绿色招引着我们；我们开始追捉她那离合的神光了。揪着草，攀着乱石，小心探身下去，又鞠躬过了一个石穹门，便到了汪汪一碧的潭边了。瀑布在襟袖之间；但我的心中已没有瀑布了。我的心随潭水的绿而摇荡。那醉人的绿呀，仿佛一张极大极大的荷叶铺着，满是奇异的绿呀。我想张开两臂抱住她；但这是怎样一个妄想呀。——站在水边，望到那面，居然觉着有些远呢！这平铺着，厚积着的绿，着实可爱。她松松的皱缬着，像少妇拖着的裙幅；她轻轻的摆弄着，像跳动的初恋的处女的心；她滑滑的明亮着，像涂了"明油"一般，有鸡蛋清那样软，那样嫩，令人想着所曾触过的最嫩的皮肤；她又不杂些儿尘滓，宛然一块温润的碧玉，只清清的一色——但你却看不透她！我曾见过北京什刹海拂地的绿杨，脱不了鹅黄的底子，似乎太淡了。我又曾见过杭州虎跑寺旁高峻而深密的"绿壁"，

重叠着无穷的碧草与绿叶的，那又似乎太浓了。其余呢，西湖的波太明了，秦淮河的又太暗了。可爱的，我将什么来比拟你呢？我怎么比拟得出呢？大约潭是很深的，故能蕴蓄着这样奇异的绿；仿佛蔚蓝的天融了一块在里面似的，这才这般的鲜润呀。——那醉人的绿呀！我若能裁你以为带，我将赠给那轻盈的舞女；她必能临风飘举了。我若能挹你以为眼，我将赠给那善歌的盲妹；她必明眸善睐了。我舍不得你；我怎舍得你呢？我用手拍着你，抚摩着你，如同一个十二三岁的小姑娘。我又掬你入口，便是吻着她了。我送你一个名字，我从此叫你"女儿绿"，好么？

我第二次到仙岩的时候，我不禁惊诧于梅雨潭的绿了。

⊙作品赏析

朱自清的散文多用口语，简洁朴素，平易自然。为了表情达意的需要，他十分注重语言的锤炼加工，注重遣词造句，努力以生动而传神的语言创造出诗的意境，于朴素之中见风华，把读者带到一个高超的审美境界。《绿》就是很有代表性的一篇。

荷塘月色 / 朱自清

入选理由 朱自清的散文代表作
作为散文典范，收入中学课本
中国现代散文发展史上里程碑式的名篇

这几天心里颇不宁静。今晚在院子里坐着乘凉，忽然想起日日走过的荷塘，在这满月的光里，总该另有一番样子吧。月亮渐渐地升高了，墙外马路上孩子们的欢笑，已经听不见了；妻在屋里拍着闰儿，迷迷糊糊地哼着眠歌。我悄悄地披了大衫，带上门出去。

沿着荷塘，是一条曲折的小煤屑路。这是一条幽僻的路；白天也少人走，夜晚更加寂寞。荷塘四面，长着许多树，蓊蓊郁郁的。路的一旁，是些杨柳，和一些不知道名字的树。没有月光的晚上，这路上阴森森的，有些怕人。今晚却很好，虽然月光也还是淡淡的。

路上只我一个人，背着手踱着。这一片天地好像是我的；我也像超出了平常的自己，到了另一世界里。我爱热闹，也爱冷静；爱群居，也爱独处。像今晚上，一个人在这苍茫的月下，什么都可以想，什么都可以不想，便觉是个自由的人。白天里一定要做的事，一定要说的话，现在都可不理。这是独处的妙处，我且受用这无边的荷香月色好了。

曲曲折折的荷塘上面，弥望的是田田的叶子。叶子出水很高，像亭亭的舞女的裙。层层的叶子中间，零星地点缀着些白花，有袅娜地开着的，有羞涩地打着朵儿的；正如一粒粒的明珠，又如碧天里的星星，又如刚出浴的美人。微风过处，送来缕缕清香，仿佛远处高楼上渺茫的歌声似的。这时候叶子与花也有一丝的颤动，像闪电般，霎时传过荷塘的那边去了。叶子本是肩并肩密密地挨着，这便宛然有了一道凝碧的波痕。叶子底下是脉脉的流水，遮住了，不能见一些颜色；而叶子却更见风致了。

月光如流水一般，静静地泻在这一片叶子和花上。薄薄的青雾浮起在荷塘里。叶子和花仿佛在牛乳中洗过一样；又像笼着轻纱的梦。虽然是满月，天上却有一层淡淡的云，所以不能朗照；但我以为这恰是到了好处——酣眠固不可少，小睡也别有风味的。月光是隔了树照过来的，高处丛生的灌木，落下参差的斑驳的黑影，峭楞楞如鬼一般；弯弯的杨柳的稀疏的倩影，却又像是画在荷叶上。塘中的月色并不均匀；但光与影有着和谐的旋律，如梵婀玲上奏着的名曲。

荷塘的四面，远远近近，高高低低都是树，而杨柳最多。这些树将一片荷塘重重围住；只在小路一旁，漏着几段空隙，像是特为月光留下的。树色一例是阴阴的，乍看像一团烟雾；但杨柳的丰姿，便在烟雾里也辨得出。树梢上隐隐约约的是一带远山，只有些大意罢了。树缝里也漏着一两点路灯光，没精打彩的，是渴睡人的眼。这时候最热闹的，要数树上的蝉声与水里的蛙声；但热闹是它们的，我什么也没有。

忽然想起采莲的事情来了。采莲是江南的旧俗，似乎很早就有，而六朝时为盛；从诗歌里可以约略知道。采莲的是少年的女子，她们是荡着小船，唱着艳歌去的。采莲人不用说很多，还有看采莲的人。那是一个热闹的季节，也是一个风流的季节。梁元帝《采莲赋》里说得好：

于是妖童媛女，荡舟心许；鹢首徐回，兼传羽杯；櫂将移而藻挂，船欲动而萍开。尔其纤腰束素，迁延顾步；夏始春余，叶嫩花初，恐沾裳而浅笑，畏倾船而敛裾。

可见当时嬉游的光景了。这真是有趣的事，可惜我们现在早已无福消受了。
于是又记起《西洲曲》里的句子：

采莲南塘秋，莲花过人头；低头弄莲子，莲子清如水。

今晚若有采莲人，这儿的莲花也算得"过人头"了；只不见一些流水的影子，是不行的。这令我到底惦着江南了。——这样想着，猛一抬头，不觉已是自己的门前；轻轻地推门进去，什么声息也没有，妻已睡熟好久了。

⊙作品赏析

在文中，作者用精致细腻的笔墨为我们展示了一幅引人入胜的荷塘月色图，那妙不可言的景色真是令人心旷神怡、陶然忘机，同时也为作者精湛的艺术手法所深深折服。这篇文章所运用的艺术手法可谓是丰富多彩，比如写荷叶、荷花，作者就综合运用了比喻和拟人，多角度、多层次地刻画了其优雅而美妙的形象，呈现了绘画美；写荷香以及光、影的和谐之美，作者运用了神奇而新颖的通感，喻荷香为"远处高楼上渺茫的歌声"，传神地刻画了无形之香，让读者大有身临其境之感，喻光、影之和谐为"梵婀玲上奏着的名曲"，更是传达了深邃清幽的意境。在文章的后面部分，作者特意描绘了一幅情趣盎然的江南采莲图，与荷塘月色图一静一动，一实一虚，相映成趣，丰富了绘画美。文章还有一个特色就是叠词、叠字的大量运用，使语言的节奏和谐起伏，错落有致而又铿锵有声，展示了作品的音乐美。

优美而淡淡的哀伤情调，是由于作者心境的映照。有了思想的统帅，全文更是浑然一体，无懈可击。

这篇散文体现了古典文学与白话文风的成功融合，在当时被看做是娴熟使用白话文字的典范。

匆匆 / 朱自清

入选理由 一篇谈论时间问题的经典美文
寓意深邃，文情并茂
化抽象为具体的写法

燕子去了，有再来的时候；杨柳枯了，有再青的时候；桃花谢了，有再开的时候。但是，聪明的，你告诉我，我们的日子为什么一去不复返呢？——是有人偷了他们罢：那是谁？又藏在何处呢？是他们自己逃走了罢：现在又到了哪里呢？

我不知道他们给了我多少日子；但我的手确乎是渐渐空虚了。在默默里算着，八千多日子已经从手中溜去；像针尖上一滴水滴在大海里，我的日子滴在时间的流里，没有声音，也没有影子。我不禁头涔涔而泪潸潸了。

去的尽管去了，来的尽管来着；去来的中间，又怎样地匆匆呢？早上我起来的时候，小屋里射进两三方斜斜的太阳。太阳他有脚啊，轻轻悄悄地挪移了；我也茫茫然跟着旋转。于是——洗手的时候，日子从水盆里过去；吃饭的时候，日子从饭碗里过去；默默时，便从凝然的双眼前过去。我觉察他去得匆匆了，伸出手遮挽时，他又从遮挽着的手边过去。天黑时，我躺在床上，他便伶伶俐俐地从我身上跨过，从我脚边飞去了。等我睁开眼和太阳再见，这算又溜走了一日。我掩着面叹息。但是新来的日子的影儿又开始在叹息里闪过了。

在逃去如飞的日子里，在千门万户的世界里的我能做些什么呢？只有徘徊罢了，只有匆匆罢了；在八千多日的匆匆里，除徘徊外，又剩些什么呢？过去的日子如轻烟，被微风吹散了，如薄雾，被初阳蒸融了；我留着些什么痕迹呢？我何曾留着像游丝样的痕迹呢？我赤裸裸来到这世界，转眼间也将赤裸裸地回去罢？但不能平的，为什么偏要白白走这一遭啊？

你聪明的，告诉我，我们的日子为什么一去不复返呢？

⊙作品赏析

《匆匆》一文是朱自清先生被广为传诵的名篇，它以优美的文字和深邃的哲理，影响了一代又一代的读者。文章以绵密细腻的笔触和飞扬跳荡的情思，感叹时光似水，韶华易逝。在他曼妙的文字里，我们不知不觉地沉浸，继而猛醒，开始转向了自我检讨，追问自己可曾珍惜那宝贵的时间。作者对人生问题、时间问题的探讨于不经意间引起了读者的广泛共鸣与深沉思考。

朱自清是个感觉敏锐的作家，他善于及时地从客观事物中捕捉意象，并涂以自己的主观色彩于其上，营造出悠远而绵长的意境。《匆匆》是一篇感兴之作，作者把偶然被触动的思绪依托于可感的自然之物中，把空灵的时间、抽象的思绪化为具体可触之物，产生了动人的艺术效果。

文章篇幅短小，结构新颖精巧，一系列的问句是联结全篇的线索，既显思绪的跳跃性，又有一种绵邈的韵味。作者内在情绪的起伏与语言的节奏有着内在的统一，使得文章极富节奏感，而简短流畅的句式，叠字的运用，一唱三叹的复沓，更增强了文章的音乐美。文中生动的比喻和鲜明的对照，有力烘托了作者幽微情绪的波动。总之，这是一篇文情并茂、蕴藉深广的诗化散文。

背影 / 朱自清

入选理由　收入中学课本　朱自清的散文代表作之一　书写亲情的典范之作

　　我与父亲不相见已二年余了，我最不能忘记的是他的背影。那年冬天，祖母死了，父亲的差使也交卸了，正是祸不单行的日子，我从北京到徐州，打算跟着父亲奔丧回家。到徐州见着父亲，看见满院狼藉的东西，又想起祖母，不禁簌簌地流下眼泪。父亲说，"事已如此，不必难过，好在天无绝人之路！"

　　回家变卖典质，父亲还了亏空；又借钱办了丧事。这些日子，家中光景很是惨淡，一半为了丧事，一半为了父亲赋闲。丧事完毕，父亲要到南京谋事，我也要回北京念书，我们便同行。

　　到南京时，有朋友约去游逛，勾留了一日；第二日上午便须渡江到浦口，下午上车北去。父亲因为事忙，本已说定不送我，叫旅馆里一个熟识的茶房陪我同去。他再三嘱咐茶房，甚是仔细。但他终于不放心，怕茶房不妥帖；颇踌躇了一会。其实我那年已二十岁，北京已来往过两三次，是没有甚么要紧的了。他踌躇了一会，终于决定还是自己送我去。我两三回劝他不必去；他只说，"不要紧，他们去不好！"

　　我们过了江，进了车站。我买票，他忙着照看行李。行李太多了，得向脚夫行些小费，才可过去。他便又忙着和他们讲价钱。我那时真是聪明过分，总觉他说话不大漂亮，非自己插嘴不可。但他终于讲定了价钱；就送我上车。他给我拣定了靠车门的一张椅子；我将他给我做的紫毛大衣铺好座位。他嘱我路上小心，夜里要警醒些，不要受凉。又嘱托茶房好好照应我。我心里暗笑他的迂；他们只认得钱，托他们直是白托！而且我这样大年纪的人，难道还不能料理自己么？唉，我现在想想，那时真是太聪明了！

　　我说道，"爸爸，你走吧。"他往车外看了看，说，"我买几个橘子去。你就在此地，不要走动。"我看那边月台的栅栏外有几个卖东西的等着顾客。走到那边月台，须穿过铁道，须跳下去又爬上去。父亲是一个胖子，走过去自然要费事些。我本来要去的，他不肯，只好让他去。我看见他戴着黑布小帽，穿着黑布大马褂，深青布棉袍，蹒跚地走到铁道边，慢慢探身下去，尚不大难。可是他穿过铁道，要爬上那边月台，就不容易了。他用两手攀着上面，两脚再向上缩；他肥胖的身子向左微倾，显出努力的样子。这时我看见他的背影，我的泪很快地流下来了。我赶紧拭干了泪，怕他看见，也怕别人看见。我再向外看时，他已抱了朱红的橘子望回走了。过铁道时，他先将橘子散放在地上，自己慢慢爬下，再抱起橘子走。到这边时，我赶紧去搀他。他和我走到车上，将橘子一股脑儿放在我的皮大衣上。于是扑扑衣上的泥土，心里很轻松似的，过一会说，"我走了；到那边来信！"我望着他走出去。他走了几步，回过头看见我，说，"进去吧，里边没人。"等他的背影混入来来往往的人里，再找不着了，我便进来坐下，我的眼泪又来了。

　　近几年来，父亲和我都是东奔西走，家中光景是一日不如一日。他少年出外谋生，独力支持，做了许多大事。那知老境却如此颓唐！他触目伤怀，自然情不能自已。情郁于中，自然要发之于外；家庭琐屑便往往触他之怒。他待我渐渐不同往日。但最近两年的不见，他终于忘却我的不好，只是惦记着我，惦记着我的儿子。我北来后，他写了一信给我，信中说道，"我身体平安，惟膀子疼痛利害，举箸提笔，诸多不便，大约大去之期不远矣。"我读到此处，在晶莹的泪光中，又看见那肥胖的，青布棉袍，黑布马褂的背影。唉！我不知何时再能与他相见！

⊙作品赏析

有人说，若把中国现代散文比喻成一座巍峨的山，那么朱自清的散文就是这座高山上风景最独秀的一座山峰。他的创作成就是多方面的，抒情散文、议论散文、游记散文，均有多篇精品传世。

《背影》是其抒情散文中广为流传的名篇。文章记叙的事情很简单：父亲在火车站为儿子送行。语言也是朴素自然。但是，看似平淡无奇的文字，从他的笔端流露出来，却有一种难以抵挡的魅力，慢慢地感染着读者。因为他把刻骨深情融入了字里行间，这种美好的感情，唤起了人类心灵中最脆弱的一隅，所以可以超越时代，可以跨越地域。

文章构思很有特色。作者想表达对父亲的怀念，但是，他没有从正面去勾画父亲的音容与笑貌，而是紧扣"背影"着笔。离别时分一个渐行渐远的身影，更是给文章罩上了一层淡淡的哀愁，增强了抒情效果。

文章的另外一个特色就是文章的表达方式。不做任何修饰、渲染，通篇白描。父亲过铁道去买橘子是作者着墨最多、用情最深的部分。作者记写了当时父亲的穿着打扮、体态动作，特别细致刻画了父亲费力过铁道的情景：怎样走去，怎样探身下去，怎样爬上月台，攀上爬下，移脚倾身，都细细地如实写下，让读者有身临其境之感，那个蹒跚而奔波的身影，如在目前；那种如浆浓情，感人肺腑。那个背影，因此而永恒。

永在的温情 / 郑振铎

> 入选理由 现代文学大师郑振铎的散文代表作之一
> 以熟知者的身份向我们揭开了鲁迅真实的一生
> 语言朴实，情感真挚感人

十月十九日下午五点钟，我在一家编译所一位朋友的桌上，偶然拿起了一份刚送来的 Evening Post，被这样的一个标题"中国的高尔基今晨五时去世"惊骇得一跳。连忙读了下来，这惊骇变成了事实：果然是鲁迅先生去世了！

这消息像闪雷似的，当头打了下来，我呆坐在那里不言不动。

谁想得到这可怕的噩耗竟这样的突然的来呢？

鲁迅先生病得很久了，间歇地发着热，但热度并不甚高。一年以来，始终不曾好好的恢复过；但也从不曾好好的休息过。半年以来，情形尤显得不好。缠绵在病榻上总有三四个月。朋友们都劝他转地疗养。他自己也有此意。前一个月，听说他要到日本去。但茅盾告诉我，双十节那一天还遇见他在 Isis 看 Dobrovsky；中国木刻画展览会，他也曾去参观。总以为他是渐渐的复原了，能够出来走走了。谁又想得到这可怕的噩耗竟这样突然的来呢？

刚在前几天，他还有信给我，说起一部书出版的事；还附带地说，想早日看见《十竹斋笺谱》的刻成。我还没有来得及写回信。

· 作者简介 ·

郑振铎（1898—1958），原籍福建长乐，生于浙江永嘉，中国现代作家、文学评论家、考古学家。1917年入北京铁路管理学校学习。"五四"运动时期参与创办文学研究会。曾任上海商务印书馆编辑、《公理日报》主编及燕京大学、清华大学、暨南大学教授。新中国成立后历任文物局局长、考古研究所所长、文化部副部长等职。1958年10月因飞机失事遇难。主要著作有短篇小说集《家庭的故事》、《桂公塘》，专著《文学大纲》等。

谁想得到这可怕的噩耗竟这样的突然的来呢？

我一夜不曾好好的安心地睡。

第二天赶到万国殡仪馆，站在他遗像的面前，久久的走不开。再一看，他的遗体正在像下，在鲜花的包围里，面貌还是那么清癯而带些严肃，但双眼却永远的闭上了。

我要哭出来，大声地哭，但我那时竟流不出眼泪，泪水为悲戚所灼干了。我站在那里，久久走不开。我竟不相信，他竟是那样突然的便离我们而远远的向不可知的所在而去了。

但他的友谊的温情却是永在的，永在我的心上——也永在他的一切友人的心上，我相信。

初和他见面时，总以为他是严肃的冷酷的。他的瘦削的脸上，轻易不见笑容。他的谈吐迟缓而有力，渐渐的谈下去，在那里面你便可以发现其可爱的真挚，热情的鼓励与亲切的友谊。他虽不笑，他的话却能引你笑。他是最可谈、最能谈的朋友，你可以坐在他客厅里，他那间书室（兼卧室）里，坐上半天，不觉得一点拘束、一点不舒服。什么话都谈。但他的话头却总是那么有力。他的见解往往总是那么正确。你有什么怀疑，不安，由于他的几句话也许便可以解决你的问题，鼓起你的勇气。

失去了这样的一位温情的朋友，就个人讲，将是怎样的一个损失呢？

他最勤于写作，也最鼓励人写作。他会不惮其烦的几天几夜地在替一位不认识的青年，或一位不深交的朋友，改削创作，校正译稿。其仔细和小心远过于一位私塾的教师。

他曾和我谈起一件事：有一位不相识的青年寄一篇稿子来请求他改。他仔仔细细的改了寄回去。那青年却写信来骂他一顿，说被改涂得太多了。第二次又寄一篇稿子来，他又替他改了寄回去。这一次的回信，却责备他改得太少。

"现在做事真难极了！"他慨叹的说道。对于人的不易对付和做事之难，他这几年来时时的深切地感到。

但他并不灰心，仍然在做着吃力不讨好的改削创作、校正译稿的事，挣扎着病躯，深夜里，仔仔细细的为不相识的青年或不深交的朋友在工作。

这样的温情的指导者和朋友，一旦失去了，将怎样的令人感到不可补赎之痛呢！

他所最恨的是那些专说风凉话而不肯切实的做事的人。会批评，但不工作；会讥嘲，但不动手；会傲慢自夸，但永远拿不出东西来，像那样的人物，他是不客气的要摈之门外，永不相往来的。所谓无诗的诗人，不写文章的文人，他都深诛痛恶的在责骂。

他常感到"工作"的来不及做，特别是在最近一两年，凡做一件事，都总要快快地做。

"迟了恐怕要来不及了。"这句话他常在说。

那样的清楚的心境，我们都是同样的深切地感到的。想不到他自己真的便是那么快的便逝去，还留下要做的许多事没有来得及做——但，后死者却要继续他的事业下去的！

我和他第一次的相见是在同爱罗先珂到北平去的时候。

他着了一件黑色的夹外套，戴着黑色呢帽，陪着爱罗先珂到女师大的大礼堂里去，我们匆匆的谈了几句话。因为自己不久便回到南边来，在北平竟不曾再见一次面。

后来，他自己说，他那件黑色的夹外套，到如今还有时着在身上。

我编《小说月报》的时候，曾不时的通信向他要些稿子。除了说起稿子的事，别的该也没有什么。

最早使我笼罩在他温热的友情之下的，是一次讨论到"三言"问题的信。

我在上海研究中国小说，完全像盲人骑瞎马，乱闯乱摸，一点凭借都没有，只是节省着日用，以浅浅的薪水购书，而即以所购人之零零落落的破书，作为研究的资源。那时候实在贫乏得，肤浅得可笑，偶尔得到一部原版的《隋唐演义》却以为是了不得的奇遇，至于"三言"之类的书，却是连梦魂里也不曾读到。

他的《中国小说史略》的出版，减少了许多我在暗中摸索之苦。我有一次写信问他《醒世恒言》、《警世通言》及《喻世名言》的事，他的回信很快的便来了，附来的是他抄录的一张《醒世恒言》的全目。——这张目录我至今还保全在我的一部中国小说史略里。他说，《喻世》、《警世》，他也没有见到。《醒世恒言》他只有半部。但有一位朋友那里藏有全书，所以他便借了来，抄下目录寄给我。

当时，我对于这个有力的帮助，说不出应该怎样的感激才好。这目录供给了我好几次的应用。

后来，我很想看看《西湖二集》（那部书在上海是永远不会见到的），又写信问他有没有此书。不料随了回信同时递到的却是一包厚厚的包裹。打开了看时，却是半部明末版的《西湖二集》，附有全图。我那时实在眼光小得可怜，几曾见过几部明版附插图的平话集，见了《西湖二集》为之狂喜！而他的信道，他现在不弄中国小说，这书留在手边无用，送了给我吧。这贵重的礼物，从一个只见一面的不深交的朋友那里来，这感动是至今跃跃在心头的。

我生平从没有意外的获得。我的所藏的书，一部部都是很辛苦的设法购得的；购书的钱，都是中夜灯下疾书的所得或减衣缩食的所余。一部部书都可看出我自己的夏日的汗，冬夜的凄栗，有红丝的睡眼，右手执笔处的指端的硬茧和酸痛的右臂。但只有这一集可宝贵的书，乃是我书库里惟一的友情的赠与——只有这一部书！

现在这部《西湖二集》也还堆在我最珍爱的几十部明版书的中间，看了它便要泫然泪下。这可爱的直率的真挚的友情，这不意中的难得的帮助，如今是不能再有了！

但我心头的温情是永在的！——这温情也永在他的一切友人的心上，我相信。

"九·一八"以后，他到过北平一趟，得到青年人最大的热烈的欢迎。但过了几天，便悄悄的走了。他原是去探望他母亲的病去的，我竟来不及去看他。

但那一年寒假的时候，我回到上海，到他寓所时，他便和我谈起在北平的所获。

"木刻画如今是末路了，但还保存在笺纸上。不过，也难说，保全得不会久。"他深思的说道。

他搬出不少的彩色笺纸来给我看，都是在北平时所购得的。

"要有人把一家家南纸店所出的笺纸，搜罗了一下，用好纸印刷个几十部，作为笺谱，倒是一件好事。"他说道。

过了一会儿，他又道："这要住在北平的人方能做事，我在这里不能做这事。"

我心里很跃动，正想说："那么，我来做吧。"而他慢吞吞地续说道："你倒可以做，要是费些工作，倒可以做。"

我立刻便将这责任担负了下来，但说明搜罗而得的笺纸，由他负选择之责。我相信他的选择要比我高明得多。

以后，我一包一包的将购得的笺样送到上海，经他选择后，再一包一包的寄回。

中间，我曾因事把这工作停顿了两三个月。他来信说："这事我们得赶快做，否则，要来不及做，或轮不到到我们做。"

在他的督促和鼓励之下，那六巨册的美丽的《北平笺谱》方才得以告成。

有一次，我到上海来，带回了亡友王孝慈先生所藏的《十竹斋笺谱》四册，顺便的送到他家里给他看。

这部谱，刻得极精致，是明末版画里最高的收获。但刻成的年月是崇祯十六年的夏天，所以流传得极少。

"这部书似也不妨翻刻一下。"我提议道。那时，我为《北平笺谱》的成功所鼓励，勇气有余。

"好的，好的，不过要赶快做！"他道。

想不到全部要翻刻，工程浩大无比，所耗也不资，几乎不是我们的力量所及。第一册已出版了，第二册也刻好待印；而鲁迅先生却等不及见到第三册以下的刻成了！

对于美好的东西，似乎他都喜爱。我曾经有过一个意思，要集合六朝造像及墓志的花纹刻为一书。但他早已注意及此了。他告诉我说，他所藏的六朝造像的拓本也不少，如今还在陆续的买。

他是最能分别得出美与丑，永远的不朽与急就的草率的。

除了以朽腐为神奇，而沾沾自喜，向青年们施以毒害的宣传之外，他对于古代的遗产，决不歧视，反而抱着过分的喜爱。

他曾经告诉过我，他并不反对袁中郎；中郎是十分方巾气的，这在他文集里便可见。他所厌弃、所斥责的乃是只见中郎的一面，而恣意鼓吹着的人物。

京平刚从鲁迅先生那里得到最大的鼓励，他感激得几乎哭出来。但想不到鲁迅竟这样的突然的过去了！

第三天我在万国殡仪馆门口遇见他；他的嘴唇在颤动，眼圈在红。

从万国公墓归来后，他给我一封信道："我心已经分裂。我从到达公墓时，就失去了约束自己的力量，一直到墓石封合了！我竟痛哭失声。先生，这是我平生第一痛苦的事了，他匆匆地瞥了我一眼，就去了——"

但他并没有去。他的温情永在我的心头——也永在他的一切友人的心上，我相信。

⊙ 作品赏析

鲁迅在一般读者的心里总是神圣得让人敬而远之，虽然他的大名如雷贯耳，但他的作品却经常被束之高阁，可以说是最熟悉的陌生了。郑振铎的《永在的温情》并不像一般的圈外人那样的崇敬但却敷衍了事，作者真实地以朋友的身份痛惜这位中国知识界良心的离去和追念这个伟大者不平凡的一生——他是中国迷茫的呼唤者，他是国民劣根的挖掘者，他代表了中国当时的文化走向，和知识阶层对中国社会承担的责任和良心；同时也是个平凡的生活者，一样感受亲情、爱情、友情，以及生活中的点滴欢乐苦痛。

文章的结构很平常，语言也纯粹拙朴，但情感却相当真挚，颇能感动每个阅读者。鲁迅走了，可是在作者的心里却还活着，因为作者相信这样的人永远不会被忘记，只要他的作品还在，他仍然会像一面大钟，在我们的上空敲响，警惕我们不再松懈。

海燕 / 郑振铎

入选理由　郑振铎的散文代表作
一篇抒写海外游子思念故国之情的
散文佳作

　　乌黑的一身羽毛，光滑漂亮，积伶积俐，加上一双剪刀似的尾巴，一对劲俊轻快的翅膀，凑成了那样可爱的活泼的一只小燕子。当春间二三月，轻微微的吹拂着，如毛的细雨无因的由天上洒落着，千条万条的柔柳，齐舒了它们的黄绿的眼，红的白的黄的花，绿的草，绿的树叶，皆如赶赴市集者似的奔聚而来，形成了烂熳无比的春天时，那些小燕子，那么伶俐可爱的小燕子，便也由南方飞来。加入了这个隽妙无比的春景的图画中，为春光平添了许多的生趣。小燕子带了它的双剪似的尾，在微风细雨中，或在阳光满地时，斜飞于旷亮无比的天空之上，唧的一声，已由这里稻田上，飞到了那边的高柳之下了。再几只却隽逸的在粼粼如纹的湖面横掠着，小燕子的剪尾或翼尖，偶沾了水面一下，那小圆晕便一圈一圈的荡漾了开去。那边还有飞倦了的几对，闲散的憩息于纤细的电线上，——嫩蓝的春天，几支木杆，几痕细线连于杆与杆之间，线上是停着几个粗而有致的小黑点，那便是燕子，是多么有趣的一幅图画呀！还有一家家的快乐家庭，他们还特为我们的小燕子备了一个两个小巢，放在厅梁的最高处，假如这家有了一个匾额，那匾后便是小燕子最好的安巢之所。第一年，小燕子来住了，第二年，我们的小燕子，就是去年的一对，它们还要来住。

　　"燕子归来寻旧垒。"

　　还是去年的主，还是去年的宾，他们宾主间是如何的融融泄泄呀！偶然的有几家，小燕子却不来光顾，那便很使主人忧戚，他们邀召不到那么隽逸的嘉宾，每以为自己运命的塞劣呢。

　　这便是我们故乡的小燕子，可爱的活泼的小燕子，曾使几多的孩子们欢呼着，注意着，沉醉着；曾使几多的农人们市民们忧戚着，或舒怀的指点着，且曾平添了几多的春色，几多的生趣于我们的春天的小燕子！

　　如今，离家是几千里！离国是几千里！托身于浮宅之上，奔驰于万顷海涛之间，不料却见着我们的小燕子。

　　这小燕子，便是我们故乡的那一对，两对么？便是我们今春在故乡所见的那一对，两对么？

　　见了它们，游子们能不引起了，至少是轻烟似的，一缕两缕的乡愁么？

　　海水是皎洁无比的蔚蓝色，海波是平稳得如春晨的西湖一样，偶有微风，只吹起了绝细绝细的千万个粼粼的小皱纹，这更使照晒于初夏之太阳光之下的、金光烂灿的水面显得温秀可喜。我没有见过那么美的海！天上也是皎洁无比的蔚蓝色，只有几片薄纱似的轻云，平贴于空中，就如一个女郎，穿了绝美的蓝色夏衣，而颈间却围绕了一段绝细绝轻的白纱巾。我没有见过那么美的天空！我们倚在青色的船栏上，默默的望着这绝美的海天；我们一点杂念也没有，我们是被沉醉了，我们是被带入晶天中了。

　　就在这时，我们的小燕子，二只，三只，四只，在海上出现了。它们仍是隽逸的从容的在海面上斜掠着，如在小湖面上一样；海水被它的似剪的尾与翼尖一打，也仍是连漾了好几圈圆晕。小小的燕子，浩莽的大海，飞着飞着，不会觉得倦么？不会遇着暴风疾雨么？我们真替它们担心呢！

小燕子却从容的憩着了。它们展开了双翼，身子一落，落在海面上了，双翼如浮圈似的支持着体重，活是一只乌黑的小水禽，在随波上下的浮着，又安闲，又舒适。海是它们那么安好的家，我们真是想不到。

在故乡，我们还会想像得到我们的小燕子是这样的一个海上英雄么？

海水仍是平贴无波，许多绝小绝小的海鱼，为我们的船所惊动，群向远处窜去；随了它们飞窜着，水面起了一条条的长痕，正如我们当孩子时之用瓦片打水漂在水面所划起的长痕。这小鱼是我们小燕子的粮食么？

小燕子在海面上斜掠着，浮憩着。它们果是我们故乡的小燕子么？

啊，乡愁呀，如轻烟似的乡愁呀！

⊙作品赏析

20世纪20年代末，郑振铎一度旅居巴黎。当时国内政治气氛压抑，远居国外的郑振铎深深地思念着自己的祖国，挥笔写下了《海燕》一文，抒发了自己对故国故土的眷念之情。

文章开篇以细腻的笔调，描绘了一幅"燕子嬉春图"，一下子将读者带入一个如诗如画的意境中，说明了故乡的可爱。接着作者转移视线，将镜头对准自己所处的环境，描述了国外海面上燕子翩翩翻飞的情景。在作者的眼中，异国的燕子仿佛就是从故乡飞来的，它带来了故乡的讯息，引发了作者幽幽的乡愁。文章贯穿着一明一暗两条线索，明写海燕，实抒乡愁，表露了作者爱恋祖国、爱恋故乡的深厚感情。文章情挚意深，节奏舒缓，笔法细腻，意境优美，读来令人心思神驰，回味绵长。

我的母亲 / 老舍

入选理由 语言大师老舍的怀亲佳作
一贯朴实无华的风格
感情深厚而真挚

母亲的娘家是北平德胜门外，土城儿外边，通大钟寺的大路上的一个小村里。村里一共有四五家人家，都姓马。大家都种点不十分肥美的地，但是与我同辈的兄弟们，也有当兵的，作木匠的，作泥水匠的，和当巡察的。他们虽然是农家，却养不起牛马，人手不够的时候，妇女便也须下地作活。

对于姥姥家，我只知道上述的一点。外公外婆是什么样子，我就不知道了，因为他们早已去世。至于更远的族系与家史，就更不晓得了；穷人只能顾眼前的衣食，没有功夫谈论什么过去的光荣；"家谱"这字眼，我在幼年就根本没有听说过。

母亲生在农家，所以勤俭诚实，身体也好。这一点事实却极重要，因为假若我没有这样的一位母亲，我以为我恐怕也就要大大的打个折扣了。

母亲出嫁大概是很早，因为我的大姐现在已是六十多岁的老太婆，而我的大外甥女还长我一岁啊。我有三个哥哥，四个姐姐，但能长大成人的，只有大姐，二姐，三姐，三哥与我。我是"老"儿子。生我的时候，母亲已有四十一岁，大姐二姐已都出了阁。

由大姐与二姐所嫁入的家庭来推断，在我生下之前，我的家里，大概还马马虎虎的过得去。那时候定婚讲究门当户对，而大姐丈是作小官的，二姐丈也开过一间酒馆，他

·作者简介·

老舍（1899—1966），满族，原名舒庆春，字舍予，生于北京。1918年夏天，他以优秀的成绩从北京师范学校毕业，被派到北京第十七小学当校长。1924年夏赴英国伦敦大学东方学院任中文讲师。在英期间开始文学创作。1930年回国后，先后在齐鲁大学和山东大学任教授。新中国成立后，他担任全国文联和全国作协副主席兼北京市文联主席。1966年不幸逝世。

老舍的作品大都取材于市民生活，他的长篇小说所描写的自然风光、世态人情、习俗风尚，运用的群众口语，都呈现出浓郁的"京味"。他的短篇小说构思精致，取材较宽广。他的作品以独特的幽默风格和浓郁的民族色彩，以及从内容到形式的雅俗共赏而赢得广大读者的喜爱，目前已被译成20余种文字出版。

们都是相当体面的人。

可是，我，我给家庭带来了不幸：我生下来，母亲晕过去半夜，才睁眼看见她的老儿子——感谢大姐，把我揣在怀中，未致冻死。

一岁半，我把父亲"克"死了。

兄不到十岁，三姐十二三岁，我才一岁半，全仗母亲独力抚养了。父亲的寡姐跟我们一块儿住，她吸鸦片，她喜摸纸牌，她的脾气极坏。为我们的衣食，母亲要给人家洗衣服，缝补或裁缝衣裳。在我的记忆中，她的手终年是鲜红微肿的。白天，她洗衣服，洗一两大绿瓦盆。她作事永远丝毫也不敷衍，就是屠户们送来的黑如铁的布袜，她也给洗得雪白。晚间，她与三姐抱着一盏油灯，还要缝补衣服，一直到半夜。她终年没有休息，可是在忙碌中她还把院子屋中收拾得清清爽爽。桌椅都是旧的，柜门的铜活久已残缺不全，可是她的手老使破桌面上没有尘土，残破的铜活发着光。院中，父亲遗留下的几盆石榴与夹竹桃，永远会得到应有的浇灌与爱护，年年夏天开许多花。

哥哥似乎没有同我玩耍过。有时候，他去读书；有时候，他去学徒；有时候，他也去卖花生或樱桃之类的小东西。母亲含着泪把他送走，不到两天，又含着泪接他回来。我不明白这都是什么事，而只觉得与他很生疏。与母亲相依为命的是我与三姐。因此，她们作事，我老在后面跟着。她们浇花，我也张罗着取水；她们扫地，我就撮土……从这里，我学得了爱花，爱清洁，守秩序。这些习惯至今还被我保存着。

有客人来，无论手中怎么窘，母亲也要设法弄一点东西去款待。舅父与表哥们往往是自己掏钱买酒肉食，这使她脸上羞得飞红，可是殷勤的给他们温酒作面，又给她一些喜悦。遇上亲友家中有喜丧事，母亲必把大褂洗得干干净净，亲自去贺吊——份礼也许只是两吊小钱。到如今如我的好客的习性，还未全改，尽管生活是这么清苦，因为自幼儿看惯了的事情是不易改掉的。

姑母常闹脾气。她单在鸡蛋里找骨头。她是我家中的阎王。直到我入了中学，她才死去，我可是没有看见母亲反抗过。"没受过婆婆的气，还不受大姑子的吗？命当如此！"母亲在非解释一下不足以平服别人的时候，才这样说。是的，命当如此。母亲活到老，穷到老，辛苦到老，全是命当如此。她最会吃亏。给亲友邻居帮忙，她总跑在前面：她会给婴儿洗三——穷朋友们可以因此少花一笔"请姥姥"钱——她会刮痧，她会给孩子们剃头，她会给少妇们绞脸……凡是她能做的，都有求必应。但是吵嘴打架，永远没有她。她宁吃亏，不逗气。当姑母死去的时候，母亲似乎把一世的委屈都哭了出来，一直哭到坟地。不知道哪里来的一位侄子，声称有承继权，母亲便一声不响，教他搬走那些破桌子烂板凳，而且把姑母养的一只肥母鸡也送给他。

可是，母亲并不软弱。父亲死在庚子闹"拳"的那一年。联军入城，挨家搜索财物鸡鸭，我们被搜两次。母亲拉着哥哥与三姐坐在墙根，等着"鬼子"进门，街门是开着的。"鬼子"进门，一刺刀先把老黄狗刺死，而后入室搜索。他们走后，母亲把破衣箱搬起，才发现了我。假若箱子不空，我早就被压死了。皇上跑了，丈夫死了，鬼子来了，满城是血光火焰，可是母亲不怕，她要在刺刀下，饥荒中，保护着儿女。北平有多少变乱啊，有时候兵变了，街市整条的烧起，火团落在我们院中。有时候内战了，城门紧闭，铺店关门，昼夜响着枪炮。这惊恐，这紧张，再加上一家饮食的筹划，儿女安全的顾虑，岂是一个软弱的老寡妇所能受得起的？可是，在这种时候，母亲的心横起来，她不慌不哭，要从无办法中想出办法来。她的泪会往心中落！这点软而硬的个性，也传给了我。我对一切人与事，都取和平的态度，把吃亏看作当然的。但是，在做人上，我有一定的宗旨与基本的法则，什么事都可将就，而不能超过自己划好的界限。我怕见生人，怕办杂事，怕出头露面；但是到了非我去不可的时候，我便不得不去，正像我的母亲。从私塾到小学，到中学，我经历过起码有廿位教师吧，其中有给我很大影响的，也有毫无影响的，但是我的真正的教师，把性格传给我的，是我的母亲。母亲并不识字，她给我的是生命的教育。

当我在小学毕了业的时候，亲友一致的愿意我去学手艺，好帮助母亲。我晓得我应当去找饭吃，以减轻母亲的勤劳困苦。可是，我也愿意升学。我偷偷的考入了师范学校——制服，饭食，书籍，宿处，都由学校供给。只有这样，我才敢对母亲提升学的话。入学，要交十元的保证金。这是一笔巨款！母亲作了半个月的难，把这巨款筹到，而后含泪把我送出门去。她不辞劳苦，只要儿子有出息。当我由师范毕业，而被派为小学校校长，母亲与我都一夜不曾合眼。我只说了句："以后，您可以歇一歇了！"她的回答只有一串串的眼泪。我入学之后，三姐结了婚。母亲对儿女是都一样疼爱的，但是假若她也有点偏爱的话，她应当偏爱三姐，因为自父亲死后，家中一切的事情都是母亲和三姐共同撑持的。三姐是母亲的右手。但是母亲知道这右手必须割去，她不能为自己的便利而耽误了女儿的青春。当花轿来到我们的破门外的时候，母亲的手就和冰一样的凉，脸上没有血色——那是阴历四月，天气很暖。大家都怕她晕过去。可是，她挣扎着，咬着嘴唇，手扶着门框，看花轿徐徐的走去。不久，姑母死了。三姐已出嫁，哥哥不在家，我又住学校，家中只剩母亲自己。她还须自晓至晚的操作，可是终日没人和她说一句话。新年到了，正赶上政府倡用阳历，不许过旧年。除夕，我请了两小时的假。由拥挤不堪的街市回到清炉冷灶的家中。母亲笑了。及至听说我还须回校，她愣住了。半天，她才叹出一口气来。到我该走的时候，她递给我一些花生，"去吧，小子！"街上是那么热闹，我却什么也没看见，泪遮迷了我的眼。今天，泪又遮住了我的眼，又想起当日孤独的过那凄惨的除夕的慈母。可是慈母不会再候盼着我了，她已入了土！

儿女的生命是不依顺着父母所设下的轨道一直前进的，所以老人总免不了伤心。我廿三岁，母亲要我结了婚，我不要。我请来三姐给我说情，老母含泪点了头。我爱母亲，但是我给了她最大的打击。时代使我成为逆子。廿七岁，我上了英国。为了自己，我给六十多岁的老母以第二次打击。在她七十大寿的那一天，我还远在异域。那天，据姐姐们后来告诉我，老太太只喝了两口酒，很早的便睡下。她想念她的幼子，而不便说出来。

七七抗战后，我由济南逃出来。北平又像庚子那年似的被鬼子占据了，可是母亲日夜惦念的幼子却跑西南来。母亲怎样想念我，我可以想象得到，可是我不能回去。每逢接到家信，我总不敢马上拆看，我怕，怕，怕，怕有那不祥的消息。人即使活到八九十岁，有母亲便可以多少还有点孩子气。失了慈母便像花插在瓶子里，虽然还有色有香，却失去了根。有母亲的人，心里是安定的。我怕，怕，怕家信中带来不好的消息，告诉我已是失了根的花草。

去年一年，我在家信中找不到关于老母的起居情况。我疑虑，害怕。我想象得到，没有不幸，家中念我流亡孤苦，或不忍相告。母亲的生日是在九月，我在八月半写去祝寿的信，算计着会在寿日之前到达。信中嘱咐千万把寿日的详情写来，使我不再疑虑。十二月二十六日，我接到家信。我不敢拆读。就寝前，我拆开信，母亲已去世一年了！

生命是母亲给我的。我之能长大成人，是母亲的血汗灌养的。我之能成为一个不十分坏的人，是母亲感化的。我的性格，习惯，是母亲传给的。她一世未曾享过一天福，临死还吃的是粗粮。唉！还说什么呢？心痛！心痛！

⊙作品赏析

一篇文章的好坏，不在于词藻的华丽，不在于构思的奇玄。只要感情深切而真挚，再平凡的文字，落在笔下，都将是不朽的。《我的母亲》就是这样一篇洗尽铅华的美文。

母亲是带领孩子认识世界的第一人。母亲的一言一行对孩子的人格形成都有深刻的影响。在文中，老舍细细地描述了母亲的性格，她勤劳、热心、疼爱儿女。但是，如果文章仅仅停留在这个层面上，那么，《我的母亲》也只不过是为众多唱给母亲的赞歌再添一节乐章而已。老舍的母亲有他独特的性格——软中带硬。并且，这种性格在老舍身上打下了深深的烙印。他本人的生与死都与这种软中硬的性格密不可分。如老舍在文中说，母亲给他的是"生命的教育"。这不仅让我们看到了一位在苦难中保持着传统美德的伟大母亲形象，更让我们理解了中国人民族品格的传承与延续。

这篇文章的风格是纯朴而清新的。语言随情而发，自然朴素，字字句句，都是浓得化不开的情深之语；结构任性而为，平实流畅。结尾处，一声沉痛的叹息，明白如话，却是意悲而远，感人至深。

大明湖之春 / 老舍

入选理由 老舍先生的散文代表作 语言纯朴清新 寓意深远，内涵丰富

北方的春本来就不长，还往往被狂风给七手八脚地刮了走。济南的桃李丁香与海棠什么的，差不多年年被黄风吹得一干二净，地暗天昏，落花与黄沙卷在一处，再睁眼时，春已过去了！记得有一回，正是丁香乍开的时候，也就是下午两三点钟吧，屋中就非点灯不可了；风是一阵比一阵大，天色由灰而黄而深黄，而黑黄，而漆黑，黑得可怕。第二天去看院中的两株紫丁香，花已像煮过一回，嫩叶几乎全破了！济南的秋冬，风倒很少，大概都留在春天刮呢。

有这样的风在这儿等着，济南简直可以说没有春天，那么，大明湖之春更无从说起。

济南的三大名胜，名字都起得好：千佛山，趵突泉，大明湖，都多么响亮好听！一听到"大明湖"这三个字，便联想到春光明媚和湖光山色等等，而心中浮现出一幅美景来。事实上，可是，它既不大，又不明，也不湖。

湖中现在已不是一片清水，而是用坝划开的多少块"地"。"地"外留着几条沟，游艇沿沟而行，即是逛湖。水田不需要多么深的水，所以水黑而不清；也不要急流，所

以水定而无波。东一块莲，西一块蒲，土坝挡住了水，蒲苇又遮住了莲，一望无景，只见高高低低的"庄稼"。艇行沟内，如穿高粱地然，热气腾腾，碰巧了还臭气。夏天总算还好，假若水不太臭，多少总能闻到一些荷香，而且必能看到些绿叶儿。春天，则下有黑汤、旁有破烂的土坝；风又那么野，绿柳新蒲东倒西歪，恰似挣命。所以，它既不大，又不明，也不湖。

话虽如此，这个湖到底得算个名胜。湖之不大与不明，都因为湖已不湖。假若能把"地"都收回，拆开土坝，挖深了湖身，它当然可以马上既大且明起来：湖面原本不小，而济南又有的是清凉的泉水呀。这个，也许一时做不到。不过，即使做不到这一步，就现状而言，它还应当算作名胜。北方的城市，要找有这么一片水的，真是好不容易了。千佛山满可以不算数儿，配作个名胜与否简直没多大关系，因为山在北方不是什么难找的东西呀。水，可太难找了。济南城内据说有七十二泉，城外有河，可是还非有个湖不可。泉，池，河，湖，四者具备，这才显出济南的特色与可贵。它是北方惟一的"水城"，这个湖是少不得的。设若我们游湖时，只见沟而不见湖，请到高处去看看吧，比如在千佛山上往北眺望，则见城北灰绿的一片——大明湖；城外，华鹊二山夹着弯弯的一道灰亮光儿——黄河。这才明白了济南的不凡，不但有水，而且是这样多呀。

况且，湖景若无可观，湖中的出产可是很名贵呀。懂得什么叫作美的人或者不如懂得什么好吃的人多吧，游过苏州的往往只记得此地的点心。逛过西湖的提起来便念道那里的龙井茶，藕粉与莼菜什么的，吃到肚子里的也许比一过眼的美景更容易记住，那么大明湖的蒲菜，茭白，白花藕，还真许是它驰名天下的重要原因呢。不论怎么说吧，这些东西既都是水产，多少总带着些南国风味；在夏天，青菜挑子上带着一束束的大白莲花出卖，在北方大概只有济南能这么"阔气"。

我写过一本小说——《大明湖》——在"一·二八"与商务印书馆一同被火烧掉了。记得我描写过一段大明湖的秋景，词句全想不起来了，只记得是什么什么秋。桑子中先生给我画过一张油画，也画的是大明湖之秋，现在还在我的屋中挂着。我写的，他画的，都是大明湖，而且都是大明湖之秋，这里大概有点意思。对了，只是在秋天，大明湖才有些美呀。济南的四季，惟有秋天最好，晴暖无风，处处明朗。这时候，请到城墙上走走，俯视秋湖，败柳残荷，水平如镜；惟其是秋色。所以连那些残破的土坝也似乎正与一切景物配合：土坝上偶尔有一两截断藕，或一些黄叶的野蔓，配着三五枝芦花，确是有些画意。"庄稼"已都收了，湖显着大了许多，大了当然也就显着明。不仅是湖宽水净，显着明美，抬头向南看，半黄的千佛山就在面前，开元寺那边的"橛子"——大概是个塔吧——静静地立在山头上。往北看，城外的河水很清，菜畦中还生着短短的绿叶。往南往北，往东往西，看吧，处处空阔明朗，有山有湖，有城有河，到这时候，我们真得到个"明"字了。桑先生那张画便是在北城墙上画的，湖边只有几株秋柳，湖中只有一只游艇，水作灰蓝色，柳叶儿半黄。湖外，他画上了千佛山；湖光山色，连成一幅秋图，明朗，素净，柳梢上似乎吹着点不大能觉出来的微风。

对不起，题目是大明湖之春，我却说了大明湖之秋，可谁教亢德先生出错了题呢！

⊙**作品赏析**

老舍先生在中国现当代文学史上占有重要一席，主要是因为他在小说、戏剧方面的巨大成就。事实上，这位当之无愧的语言大师，对于散文，驾驭起来也是游刃有余。

他的散文一个显著的特点就是大雅若俗，无论是勾描人物，还是涂抹风景，语言都朴素如大白话，且很诙谐，细节也是极为平凡，所描摹之物却总能气韵萌生，其文字功力可见一斑。这篇《大明湖之春》就体现了他这种风格。在文中，要写花蔫了，他不直接说，而是来一句"像煮过一回"，既逼真又富有生活气息。用"恰似挣命"来形容柳、蒲的东倒西歪，生动又形象。这与老舍扎实的生活积累是分不开的。在描写大明湖的景色时，也多有神来之笔。这就在于他准确地捕捉到了景物的内在神韵，再加上敏锐细致的体察，笔下的文字便余味无穷了。

这篇文章看似轻松闲适，实际上意味深长。老舍写这篇文章时，中国正逢多事之秋，抗日的硝烟即将弥漫，华北平原上早已经没有了往日的安宁，"没有春天"的大明湖正是处于危难中的中华大地的象征。有了这个深层内核作支撑，文章的思想光彩提升到了一个更高的境界。

济南的冬天 / 老舍

入选理由 老舍的散文代表作之一——一幅诗意盎然、清新淡雅的济南冬天的水墨画 入选小学语文教材

对于一个在北平住惯的人，像我，冬天要是不刮风，便觉得是奇迹；济南的冬天是没有风声的。对于一个刚由伦敦回来的人，像我，冬天要能看得见日光，便觉得是怪事；济南的冬天是响晴的。自然，在热带的地方，日光是永远那么毒，响亮的天气，反有点叫人害怕。可是，在北中国的冬天，而能有温晴的天气，济南真得算个宝地。

设若单单是有阳光，那也算不了出奇。请闭上眼睛想：一个老城，有山有水，全在天底下晒着阳光，暖和安适地睡着，只等春风来把它们唤醒，这是不是个理想的境界？

小山整把济南围了个圈儿，只有北边缺着点口儿。这一圈小山在冬天特别可爱，好像是把济南放在一个小摇篮里，它们安静不动地低声地说："你们放心吧，这儿准保暖和。"真的，济南的人们在冬天是面上含笑的。他们一看那些小山，心中便觉得有了着落，有了依靠。他们由天上看到山上，便不知不觉地想起："明天也许就是春天了吧？这样的温暖，今天夜里山草也许就绿起来了吧？"就是这点幻想不能一时实现，他们也并不着急，因为有这样慈善的冬天，干啥还希望别的呢！

最妙的是下点小雪呀。看吧，山上的矮松越发的青黑，树尖上顶着一髻儿白花，好像日本看护妇。山尖全白了，给蓝天镶上一道银边。山坡上，有的地方雪厚点，有的地方草色还露着；这样，一道儿白，一道儿暗黄，给山们穿上一件带水纹的花衣；看着看着，这件花衣好像被风儿吹动，叫你希望看见一点更美的山的肌肤。等到快日落的时候，微黄的阳光斜射在山腰上，那点薄雪好像忽然害了羞，微微露出点粉色。就是下小雪吧，济南是受不住大雪的，那些小山太秀气！

古老的济南，城里那么狭窄，城外又那么宽敞，山坡上卧着些小村庄，小村庄的房顶上卧着点雪，对，这是张小水墨画，或者是唐代的名手画的吧。

那水呢，不但不结冰，倒反在绿萍上冒着点热气，水藻真绿，把终年贮蓄的绿色全拿出来了。天儿越晴，水藻越绿，就凭这些绿的精神，水也不忍得冻上；况且那些长枝的垂柳还要在水里照个影儿呢！看吧，由澄清的河水慢慢往上看吧，空中，半空中，天上，

自上而下全是那么清亮，那么蓝汪汪的，整个的是块空灵的蓝水晶。这块水晶里，包着红屋顶，黄草山，像地毯上的小团花的小灰色树影；这就是冬天的济南。

⊙作品赏析

老舍于1929年离英回国，1930年后先后在济南齐鲁大学和青岛山东大学任教达7年之久，对山东有着深厚的感情。《济南的冬天》是作者于1931年春在济南齐鲁大学任教时写成的。作者独辟蹊径，选取济南的天气、山、雪、水为描写对象，既有整体的勾勒渲染，又有局部的工笔细描，情景交融，把无风、响晴、温暖的济南的冬天十分传神地展示给了读者。作者运用大量的比喻和拟人手法，用词贴切形象，珠玑之词随处可见，赋予济南的山水以人性化，极其形象生动地刻画出了济南山水的情态、意蕴。文章虽不足千字，但却十分精致秀气，读后令人赏心悦目、回味悠长。

五四断想 / 闻一多

入选理由　感情炽热深沉　结构精巧合理　对"五四"运动的另一种思考

旧的悠悠死去，新的悠悠生出，不慌不忙，一个跟——个——这是演化。

新的已经来到，旧的还不肯去，新的急了，把旧的挤掉——这是革命。

挤是发展受到阻碍时必然的现象，而新的必然是发展的，能发展的必然是新的，所以青年永远是革命的，革命永远是青年的。

新的日日壮健着（量的增长），旧的日日衰老着（量的减耗），壮健的挤着衰老的，没有挤不掉的。所以革命永远是成功的。

革命成功了，新的变成旧的，又一批新的上来了。旧的停下来拦住去路，说："我是赶过路程来的，我的血汗不能白流，我该歇下来舒服舒服。"新的说："你的舒服就是我的痛苦，你耽误了我的路程。"又把它挤掉……如此，武戏接二连三地演下去，于是革命似乎永远"尚未成功"。

让曾经新过来的旧的，不要只珍惜自己的过去，多多体念别人的将来，自己腰酸腿痛，拖不动了，就赶紧让。"功成身退"，不正是光荣吗？"后生可畏焉知来者之不如今也！"这也是古训啊！

其实青年并非永远是革命的，"青年永远是革命的"这定理，只在"老年永远是不肯让路的"这前提下才能成立。

革命也不能永远"尚未成功"。几时旧的知趣了，到时就功成身退，不致阻碍了新的发展，革命便成功了。

旧的悠悠退去，新的悠悠上来，一个跟一个，不慌不忙，哪天历史走上了演化的常轨，就不再需要变态的革命了。

但目前，我们还要用"挤"来争取"悠

· 作者简介 ·

闻一多（1899—1946），原名闻家骅，湖北浠水人，我国现代著名的诗人、学者、民主斗士。1913年考入北京清华大学，"五四"运动时参加学生运动，曾代表学校出席全国学联会议。抗战开始后在昆明西南联大任教，并投身爱国民主运动，最后被国民党特务刺杀。闻一多是"新月诗派"的主将之一，他提倡新诗的音乐美、绘画美和建筑美，为新格律诗完成了理论奠基工作。在诗歌创作中，他大力歌颂自然、歌颂青春，感情热烈，形式精美，突出地抒发了强烈的爱国主义情感。新诗集《红烛》、《死水》是现代诗歌经典之作。他对《周易》、《诗经》、《庄子》、《楚辞》四大古籍的整理研究，为我国传统文化的研究作出了巨大贡献，被郭沫若称为"前无古人，后无来者"。

悠"，用革命来争取演化。"悠悠"是目的，"挤"是达到目的的手段。

于是又想到变与乱的问题。变是悠悠的演化，乱是挤来挤去的革命。若要不乱挤，就只得悠悠的变。若是该变而不变，那只有挤得你变了。

子在川上，曰："逝者如斯夫，不舍昼夜！"古训也发挥了变的原理。

⊙作品赏析

　　《五四断想》是闻一多在"五四"运动过去 20 多年后的反思之作，文中从更高的层次重新认识了五四运动，梳理论证了新与旧发展的辩证关系，高屋建瓴地总结出了历史发展的某些普通规律。在文章开始，作者用活泼生动的语言比较了"演化"与"革命"的区别。"五四"运动是革命的，摧毁性的。接下来，作者进一步论证了"革命"的本质和意义：革命永远是青年的，是新事物取代旧事物的过程。作者以发展观观察现实：对于具体的革命过程而言，革命永远是成功的；但对于革命这一进化手段而言，又似乎永远"尚未成功"。作者用新颖活泼的对话形式阐明了具有哲理意味的理念，将剑拔弩张的新旧斗争形象化地呈现出来，给人耳目一新之感。这篇文章短小精悍，笔调舒缓劲健，在深刻的哲理阐释中还有一种情绪的感染，看似随意的写法，却始终贯穿着辩证法，思想逻辑发展的轨迹正是作品的灵魂所在。

最后一次演讲 / 闻一多

入选理由　以自己的行动告诉世人在生命与正义之间的抉择
一篇气势磅礴的战斗檄文
闻一多先生人格魅力的凸现

　　这几天，大家晓得，在昆明出现了历史上最卑污、最无耻的事情！李先生究竟犯了什么罪，竟遭此毒手？他只不过用笔写写文章，用嘴说说话，而他所写的、所说的，都无非是一个没有失掉良心的中国人的话！大家都有一支笔，有一张嘴，有什么理由拿出来讲啊！有事实拿出来讲啊！为什么要打要杀，而且不敢光明正大地来打来杀，而偷偷摸摸地来暗杀，这成什么话？

　　今天，这里有没有特务？你站出来！是好汉的站出来！你出来讲！凭什么要杀死李先生？杀死了人，又不敢承认，还要诬蔑人，说什么"桃色事件"，说什么共产党杀共产党，无耻啊！无耻啊！这是某集团的无耻，恰是李先生的光荣！李先生在昆明被暗杀，是李先生留给昆明的光荣，也是昆明人的光荣！

　　去年"一二·一"昆明学生为了反对内战，遭受屠杀，那算是青年的一代，献出了他们最宝贵的生命！现在李先生为了争取民主和平，而遭受了反动派的暗杀，我们骄傲一点说，这就是像我们这样大年纪的一代，我们的老战友，献出了最宝贵的生命。这两桩事发生在昆明，这算是昆明无限的光荣！

　　反动派暗杀李先生的消息传出后，大家听了都悲愤痛恨。我心里想，这些无耻的东西，不知他们是怎么想法？他们的心理是什么状态？他们的心怎样长的？其实很简单，他们这样疯狂地来制造恐怖，正是他们自己在慌啊！在害怕啊！所以他们制造恐怖，其实是他们自己在恐怖啊！特务们，你们想想，你们还有几天，你们完了，快完了！你们以为打伤几个，杀死几个，就可以了事，就可以把人民吓倒了吗？其实广大的人民是打不尽的，杀不完的，要是这样可以的话，世界上早没有人了。你们杀死一个李公朴，会有千百万个李公朴站起来！你们将失去千百万人民！你们看着我们人少，没有力量。告诉你们，我们的力量大得很！多得很！看今天来的这些人，都是我们的人，都是我们的力量！此外还有广大的市民，我们有这个信心：人民的力量是要胜利的，真理是永远存在的。历史上没有一个反人民的势力不被人民毁灭的！希特勒，墨索里尼，不都在人民之前倒下去了吗？翻开历史看看，你还站得住几天！你完了，快完了！我们的光明就要出现了。我们看，光明就在我们眼前，而现在正是黎明之前那个最黑暗的时候。我们有力量打破这个黑暗，争到光明！我们的光明，就是反动派的末日！

反动派故意挑拨美苏的矛盾，想利用这矛盾来打内战。任你们怎样挑拨，怎么样离间，美苏不一定打呀！现在四外长会议已经圆满闭幕了。这不是说美苏间已没有矛盾，但是可以让步，可以妥协，事情是曲折的，不是直线的。

李先生的血，不会白流的！李先生赔上了这条性命，我们要换来一个代价。"一二·一"四烈士倒下了，年轻的战士们的血，换来了政治协商会议的召开，现在李先生倒下了，他的血要换取政协的重开！我们有这个信心！

"一二·一"是昆明的光荣，是云南人民的光荣，云南有光荣的历史，远的如护国，这不用说了。近的如"一二·一"，都是属于云南人民的，我们要发扬云南光荣的历史！

反动派挑拨离间，卑鄙无耻，你们看见联大走了，学生放暑假了，便以为我们没有力量了吗？特务们，你们错了！你们看见今天到会的一千多青年，又握起手来了，我们昆明的青年绝不会让你们这样蛮横下去的！

反动派，你看见一个倒下去，可也看得见千百万个站起的！正义是杀不完的，因为真理永远存在！

历史赋予昆明的任务是争取民主和平，我们昆明的青年必须完成这任务！

我们不怕死，我们有牺牲的精神，我们随时像李先生一样，前脚跨出大门，后脚就不准备再跨进大门！

一九四六年七月十五日

⊙作品赏析

1946年，国民党公然撕毁《双十协定》，向解放区发动进攻，揭开了内战的序幕。全国民众和有良知的知识分子坚决反对内战，呼吁和平。这年6月，反对内战的李公朴被国民党特务暗杀，闻一多教授愤怒了，发表了这篇演说，随后，他被暗杀。闻一多先生明知道这样做的危险，但他没有退缩，而是以自己的生命去实践自己的理想，这种人格，成为世间的永恒典范。

这篇演讲是即兴的，没有草稿，但由于具有充沛的正义感和铿锵有力的言辞，因而成了闻一多散文中的名篇。这是他一生中的最后一篇文章，是用生命与鲜血浇铸而成的灿烂篇章。文章情感激越，情理兼备，自始至终都洋溢着一股浩然正气，一股赤诚的爱国之情。语调抑扬顿挫，斩钉截铁，丝毫不容置疑，大量责问和反诘语气的运用，使文章流露出锐不可挡的气势，不啻给国民党反动派当头棒喝。这篇演说，激烈地抨击了黑暗反动的势力，热烈地喊出了对光明的期盼，表达了对进步正义事业的坚定信念，给人以无穷的鼓舞和力量。闻一多先生学贯中西，既是著名学者，又是著名诗人，本文中，讲到激动处，穿插了不少简练而精彩的警告，这些警句大气磅礴，正义凛然，读之给人以极大的心灵震撼和鼓舞。

青岛 / 闻一多

　　海船快到胶州湾时，远远望见一点青，在万顷的巨涛中浮沉；在右边崂山无数柱奇挺的怪峰，会使你忽然想起多少神仙的故事。进湾，先看见小青岛，就是先前浮沉在巨浪中的青点，离它几里远就是山东半岛最东的半岛——青岛。簇新的，整齐的楼屋，一座一座立在小小山坡上，笔直的柏油路伸展在两行梧桐树的中间，起伏在山冈上如一条蛇。谁信这个现成的海市蜃楼，一百年前还是个荒岛？

　　当春天，街市上和山野间密集的树叶，遮蔽着岛上所有的住屋，向着大海碧绿的波浪，岛上起伏的青梢也是一片海浪，浪下有似海底下神人所住的仙宫。但是在榆树丛萌，还埋着十多年前德国人坚伟的炮台，深长的甬道里你还可以看见那些地下室，那些被毁的大炮机和墙壁上血涂的手迹。——欧战时这儿剩有五百德国兵丁和日本争夺我们的小岛，德国人败了，日本的太阳旗曾经一时招展全市，但不久又归还了我们。在青岛，有的是一片绿林下的仙宫和海水泱泱的高歌，不许人想到地下还藏着十多间可怕的暗窟，如今全毁了。

　　堤岸上种植无数株梧桐，那儿可以坐憩，在晚上凭栏望见海湾里千万只帆船的桅杆，远近一盏盏明灭的红绿灯漂在浮标上，那是海上的星辰。沿海岸处有许多伸长的山角，黄昏时潮水一卷一卷来，在沙滩上飞转，溅起白浪花，又退回去，不厌倦的呼啸。天空中海鸥逐向渔舟飞，有时间在海水中的大岩石上，听那巨浪撞击着岩石激起一两丈高的水花。那儿再有伸出海面的栈桥，却站着望天上的云，海天的云彩永远是清澄无比的，夕阳快下山，西边浮起几道鲜丽耀眼的光，在别处你永远看不见的。

　　过清明节以后，从长期的海雾中带回了春色，公园里先是迎春花和连翘，成篱的雪柳，还有好像白亮灯的玉兰，软风一吹来就憩了。四月中旬，绮丽的日本樱花开得像天河，十里长的两行樱花，蜿蜒在山道上，你在树下走，一举首只见樱花绣成的云天。樱花落了，地下铺好一条花溪。接着海棠花又点亮了，还有踯躅在山坡下的"山踯躅"，丁香，红端木，天天在染织这一大张地毯；往山后深林里走去，每天你会寻见一条新路，每一条小路中不知是谁创制的天地。

　　到夏季来，青岛几乎是天堂了。双驾马车载人到汇泉浴场去，男的女的中国人和十方的异客，戴了阔边大帽，海边沙滩上，人像小鱼一般，暴露在日光下，怀抱中是薰人的咸风。沙滩边许多小小的木屋；屋外搭着伞篷，人全仰天躺在沙上，有的下海去游泳，踩水浪，孩子们光着身在海滨拾贝壳。街路上满是烂醉的外国水手，一路上胡唱。

　　但是等秋风吹起，满岛又回复了它的沉默，少有人行走，只在雾天里听见一种怪水牛的叫声，人说水牛躲在海角下，谁都不知道在哪儿。

⊙ 作品赏析

　　在《青岛》里，闻一多运笔多在风物，千余字下来，青岛的眉目便宛然显现在我们眼前了，只给我们赏风景，而不要多说话。闻一多"以美为艺术之核心"的诗论，到了写景的散文上面，也还是一样的。青岛的一片水、一湾沙、一束花，在他的笔下更加清丽、明秀。他热爱青岛，但是看青岛的态度是平和的、闲适的，所以他把青岛绘成了一幅静美的画，而不是拗口累牍的文献材料。尽管他在青岛教书问学，做着从古典里勾取新义的工作，但是，初次映现的青岛还是牵引他愉快的目光，而它的美又引起了他欣悦的神气。他先是从海涛中望见青岛：整齐的楼屋，笔直的柏油路，两旁的梧桐树……简约的几笔，就勾勒出这座城市的大略。接下去，完全依从季候的脉络，写着对于青岛的印象。通篇的格局是平常的，也没有奇峭之笔，而他的这番娓娓的描述，却浮闪着花与海的光色。写影与状声，作者将内心的体悟和盘托出。闻一多的《青岛》虽然短小，但在风景上却用足了笔墨，语境又极清丽，感觉极好。显然，作者意不在显示学养的渊雅，知识的超卓，他只怀着轻松明朗的情绪写着风景之美，并无心载道，而淡淡的抒情意味却使青岛入他笔下，就成了一片流泻的霞彩，一个浮笑的梦。

狗道主义 / 瞿秋白

最近有人说："只有人道主义的文学，没有狗道主义的文学。"

然而，我想：中国只有狗道主义的文学，而没有人道主义的文学。中国文人最爱讲究国粹，而国粹之中又是越古越好。因此，要问读者诸君贵国的文学是什么，最好请最古的太史公来回答。他说，这是"主上所戏弄，倡优所蓄，流俗之所轻也！"

人道主义的文学，据说是"被压迫者苦难者的朋友"。可是，请问中国现在除了"被压迫者苦难者"自己之外，还有什么"朋友"？"苦难者"的文学和"苦难者朋友"的文学，现在差不多都在万重的压迫之下，这种文学不能够是人道主义的，因为"被压迫者"自己没有资格对自己讲仁爱，没有可能也没有理由对压迫者去讲什么仁爱的人道主义。

于是乎狗道主义的文学就耀武扬威了。

固然，十八世纪的革命的资产阶级文学之中，曾经有过人道主义。然而二十世纪的中国资产阶级，尤其是一九二七年之后，根本不能够有那种人道主义。中国资产阶级始终和封建地主联系着，最近更和他们混合生长着。帝国主义支配之下的"关余万能"主义，外国资本的垄断市场，租田制度和高利贷商业资本的畸形发展，使榨取民众血汗所形成的最初积累的资本，终在流转到一种特殊的"货币银行资本"里去，而且从所谓民族工业里逃出来。中国资产阶级之中的领导阶层，现在难道不是那些中国式的大大小小的银行银号钱庄吗？这些"货币银行资本"的最主要的投资，除了做进出口生意的垫款和高利贷的放账以外，就是公债生意。而在公债等类的生意里面，利率比那种破产衰落的工业至少要高二三十倍。这种资产阶级会有什么人道主义？！他们要戴起民族的大帽子，不是诓骗民众去争什么自由平等。不是的。远东第一大伟人，比卢梭等类要直爽而公开得多。这大约是因为中国有一座万里长城做他的脸皮。他就爽爽快快的说：不准要什么自由平等，国民应该牺牲自由维持不平等，而去争"国家的自由和平等"。所以这顶民族的大帽子，是用来诓骗民众安心做奴隶的。欧洲十八世纪的资产阶级要诓骗民众去争自由平等，为的是多多少少要利用民众反对贵族地主，要叫民众"自由平等的"来做自己的奴隶，而不再做贵族僧侣的奴隶。中国现在的资产阶级又要诓骗民众"为着民族和国家"安心些，更加镇静些做绅士地主和自己的共同奴隶。

所以很自然的只会有狗道主义的文学。这是猎狗，这是走狗的文学，因为这些地主资产阶级的走狗的主人，本身又是帝国主义的走狗。这种走狗的走狗，自然是狗气十足，狗有狗道，此之谓狗道主义。

狗道主义的精义：第一是狗的英雄主义，第二是羊的奴才主义，第三是动物的吞噬主义。

英雄主义的用处是很明显的：一切都有英雄，例如诸葛亮等类的人物，来包办，省得阿斗群众操心！英雄的鼓吹总算是"独一无二的"诓骗手段了。这是独一无二的，因为另外还有些诓骗的西洋景，早已拆穿了；只有那狗似的英勇，见着叫化子拼命的咬，见着财神老爷忠顺的摇尾巴——仿佛还可以叫主人称赞一句："好狗子！"至于羊的奴才主义，那就是说：对着主人，以及主人的主人要驯服像小绵羊一样。

话说元朝时候，汉族的绅商做了蒙古人的走狗和奴才，其中有一位将军叫做宋大西，他对于元朝皇帝十分忠顺。他跟着蒙古军队去打俄罗斯，居然是个"勇士"。元朝的帝国主义打平了中国，又去打俄国，——他是到处都很出力的，到处都要开锣喝道的喊着："万岁哟，马上的鞑靼！永久哟，神武的大元！"有一天，他忽然间诗兴勃发，念出一首诗来：

外表赛过勇士，心里已如失望的小羊。
无家可归的小羊哟，何处是你的故乡？

这首诗的确高明，尤其是那"赛过"两个字用得"奇妙不堪言喻"。真是天才的诗人呀！"赛过"！一只驯服的亡国奴的小羊，居然赛过勇士和英雄！

这些狗呀羊呀的动物，有什么用处？嘿，你不要看轻了这些动物！天神还借用它们来惩罚不安分的罪孽深重的人类呢。

原来某年月日，外国的天父上帝和中国的财神菩萨开了一个方桌会议，决定叫这些动物，张开吃人的血口，大大的吞噬一番，为的是要征服那些不肯安分的人，那些敢于反抗的人，那些不愿意被"主上所戏弄倡优所畜"的人。

有诗为证：

天父和菩萨在神国开会相逢，
选定了沙漠的动物拿来借用；
于是米加勒高举火剑，爱普鲁拉着银弓：

一刹那便刀光血影，青天白日满地红！

⊙作品赏析

　　从 1931 年秋到 1932 年夏初,瞿秋白陆续写成《学阀万岁》、《菲洲鬼话》、《民族的灵魂》、《流氓尼德》、《狗道主义》等多篇杂文,彻底揭露"民族主义文学"的卖国求荣、奴役人民的反动面目。在 20 世纪 30 年代的文艺思想斗争中,"民族主义"的反动影响并不仅仅限于在文学艺术领域,而对这种文艺思潮的批判和斗争也显然不仅仅是在文学艺术意义上,思想的混乱在于大部分人并不明白民族主义文学的动机、实质和后果,所以,作为一个具有敏锐思想和洞察力的政治家,瞿秋白一针见血地指出:"奴耕婢织各称其职,为国杀贼职在军人。换句话说,叫醒民族的灵魂是为着巩固奴婢制度。""现在抵抗不抵抗日本阎王的问题,不过是一个'把中国小百姓送给日本做奴婢,还是留着他们做自己的奴婢'的问题。其实,中国小百姓做'自己人'的奴婢,也还是英美法德日等等的奴婢,因为这一流的'自己人'原本是那么奴隶性的。他们的灵魂和精神就在于要想保持他们的'一人之下,万人之上'的地位。"

画说 / 张大千

入选理由　深刻的见解中展现深厚的学养
丰厚的传统文化为底蕴
对东西方文化的深刻理解

　　有人以为画画是很艰难的,又说要生来有绘画的天才,我觉得不然。我以为只要自己有兴趣,找到一条正路,又肯用功,自然而然就会成功的。从前的人说"三分人事七分天",这句话我却绝对反对。我以为应该反过来说"七分人事三分天"才对;就是说任你天分如何好,不用功是不行的。世上所谓神童,大概到了成年以后就默默无闻了。这是什么缘故呢? 只因大家一捧加之父母一宠,便忘乎其形,自以为了不起,从此再不用功。不进则退,乃是自然趋势,你叫他如何得成功呢? 在我个人的意思,要画画首先要从勾摹古人名迹入手,把线条练习好了。写字也是一样。要先习双勾,跟着便学习写生。写生首先要了解物理,观察物态,体会物情,必须要一写再写,写到没有错误为止。

　　在我的想象中,作画根本无中西之分,初学时如此,到最后达到最高境也是如此。虽可能有点不同的地方,那是地域的风俗习惯以及工具的不同,在画面上才起了分别。

　　还有,用色的观点,西画是色与光不可分开来用的,色来衬光,光来显色,为表达物体的深度与立体,更用阴影来衬托。中国画是光与色分开来用的,需要用光时就用光,不需用时便撇了不用,至于阴阳向背全靠线条的起伏转折来表现,而水墨和写意,又为我国独特的画法,不画阴影。中国古代的艺术家,早认为阴影有妨画面的美,所以中国画传统下来,除以线条的起伏转折表现阴阳向背,又以色来衬托。这也好像近代的人像艺术摄影中的高白调,没有阴影,但也自然有立体与美的感觉,

· 作者简介 ·

　　张大千(1899—1983),原名正权,后改爱。四川省内江县人。9 岁时母亲教其花鸟草虫白描。青年时随兄到日本京都攻读绘画,又研究染织工艺。回国后曾从师学诗文书画,后忽耽于佛学,一度为僧,法号大千,后还俗,以法号行。他擅绘画,受八大山人、石涛的影响,尤长山水,喜好画荷花及工笔人物,独树一帜,俱臻妙境。与齐白石并有"南张北齐"之誉。20 世纪 40 年代研究传统踪及陈老莲、沈周诸家,又赴敦煌临摹壁画,同时习雕塑,画风为之一变。50 年代栖身海外,居巴西 17 年,1976 年移居台湾。1983 年病逝于台湾,享年84 岁。

　　张大千于诗、书、画、篆刻俱精,对于中国古字画的鉴赏独具慧眼。尤其他开创了淡墨泼色山水流派,推动了现代中国画艺术发展,影响深远,是中国杰出的艺术家。

理论是一样的。近代西画趋向抽象，马蒂斯、毕加索都自己说是受了中国的影响而改变的。我亲见了毕氏用毛笔水墨练习的中国画五册之多，每册约三四十页，且承他赠了一幅所画的西班牙牧神。所以我说中国画与西洋画，不应有太大距离的分别。一个人能将西画的长处融化到中国画里面来，看起来完全是国画的神韵，不留丝毫西画的外貌，这定要有绝顶聪明的天才同非常勤苦的用功，才能有此成就，稍一不慎，便走入魔道了。

　　中国画常常被不了解画的人批评说，没有透视。其实中国画何尝没有透视？它的透视是从四方上下各方面着取的，现在抽象画不过得其一斑。如古人所说的下面几句话，就是十足的透视抽象的理论。他说"远山无皴"。远山为何无皴呢？因为人的目力不能达到，就等于摄影过远，空气间有一种雾层，自然看不见山上的脉络，当然用不着皴了。"远水无波"，江河远远望去，哪里还看得见波纹呢？"远人无目"，也是一样的，距离远了，五官当然辨不清楚了，这是自然的道理。所谓透视，就是自然，不是死板板的。从前没有发明摄影，但是中国画理早已发明这些极合摄影的原理。何以见得呢？譬如画远的景物，色调一定是浅的，同时也是轻轻淡淡，模模糊糊的，这就是用来表现远的；如果画近景，楼台殿阁，就一定画得清清楚楚，色调深浓，一看就如到眼前一样。石涛还有一种独特的技能，他有时反过来将近景画得模糊而虚，将远景画得清楚而实。这等于摄影机的焦点，对在远处，更像我们眼睛注视远方，近处就显得不清楚了。这是"最高"现代科学的物理透视，他能用在画上，而又能表现出来，真是了不起的。所以中国画的抽象，既合物理，而又包含着美的因素。讲到以美为基点，表现的时候就该利用不同的角度，画家可以从每种角度，或从流动地位的眼光下，产生灵感，几方面的角度下，集成美的构图。这种理论，现代的人或已能够明白，但古人中就有不懂得这个道理的。宋人沈存中就批评李成所画的楼阁，都是掀屋角。怎么叫掀屋角呢？他说从上向下的角度看起来，看到屋顶，就不会看到屋檐，李成的画，既具屋脊又见斗拱颇不合理。粗粗看来，这个道理好像是对的，仔细一想就知道不对了：因为画既以美学为主点，李成用鸟瞰的方法，俯看到屋脊，并且拿飞动的角度仰而看到屋檐斗拱，就一刹那间的印象，将脑中所留屋脊与屋檐的美感并合为一，于是就画出来了。况且中国建筑，屋脊的美，斗拱的美都是绝艺，非兼用俯仰的透视不能传其全貌啊。

　　画家自身便认为是上帝，有创造万物的特权本领。画中要它下雨就可以下雨，要出太阳就可以出太阳；造化在我手里，不为万物所驱使；这里缺少一个山峰，便加上一个山峰，那里该删去一堆乱石，就删去一堆乱石，心中有个神仙境界，就可以画出一个神仙境界。这就是科学家所谓的改造自然，也就是古人所说的"笔补造化天无功"。总之，画家可以在画中创造另一个天地，要如何去画，就如何去画，有时要表现现实，有时也不能太顾现实，这种取舍，全凭自己思想。何以如此？简略地说，大抵画一种东西，不应当求太像，也不应当故意求不像，求它像，当然不如摄影，如求它不像，那又何必画它呢？所以一定要在像和不像之间，得到超物的天趣，方算是艺术。正是古人所谓遗貌取神，又等于说我笔底下所创造的新天地，叫识者一看自然会辨认得出来；我看到真美的就画下来，不美的就抛弃了它。谈到真美，当然不单指物的形态，是要悟到物的神韵。这可引证王摩诘两句话，"画中有诗，诗中有画"。"画是无声的诗，诗是有声的画"，怎样能达到这个境界呢？就是说要意在笔先，心灵一触，就能跟着笔墨表露在纸上。所以说"形成于未画之先"，"神留于既画之后"。近代有极多物事，为古代所没有，并非都不能入画，只要用你的灵感与思想，不变更原理而得其神态，画得含有古意而又不落俗套，这就算艺术了。

作画要怎样才得精通？总括来讲，首重在勾勒，次则写生，再次才到写意。不论画花卉翎毛、山水人物，总要了解理、情、态三事。先要首手临摹，观审名作，不论今古，眼观手临，切忌偏爱。人各有所长，都应该采取，但每人笔触天生有不同的地方，故不可专学一人，又不可单就自己的笔路去追求，要凭理智聪慧来采取名作的精神又要能转变它。老师教学生也应当如此，告诉他绘画的方法，由他自去追讨，不可叫他固守师法。然后立意创作，这样才可以成为独立的画家。所以唐宋人所传的作品，不要题款，给人一看就可知道这是某人的作品。看他片楮寸缣就可以代表他个人啊。

古人所谓读万卷书行万里路，这是什么意思呢？因为见闻广博，要从实地观察得来，不只单靠书本，两者要相辅而行的。名山大川，熟于心中，胸中有了丘壑，下笔自然有所依据。要经历得多才有所获，山水如此，其他花卉人物禽兽都是一样。

游历不但是绘画资料的源泉，并且可以窥探宇宙万物的全貌，养成广阔的心胸，所以行万里路是必须的。

一个成功的画家，画的技能已达到化境，也就没有固定的画法能够拘束他，限制他。所谓"俯拾万物"，"从心所欲"。画得熟练了，何必墨守成规呢？但初学的人，仍以循规蹈矩，按部就班为是。古人画人物，多数以渔樵耕读为对象，这是象征士大夫归隐后的清高生活，不是以这四种为谋生道路，后人不知此意，画得愁眉苦脸，大有靠此为主，孜孜为利的样子，全无精神寄托之意，岂不可笑！梅兰菊竹，各有身份，代表与者受者的风骨性格，又是花卉画法的祖宗，想不到现在竟成了陈言滥套！

⊙作品赏析

作为中国现代杰出艺术家的张大千，以其深厚的学养和传奇色彩的人生成为海内外知名的文化名人。《画说》是张大千关于绘画理论的一篇文章，其中有着对西方绘画思想的透解，更充斥着典范的中国传统美学思想。

《画说》中张大千认为，"作画根本无中西之分"，他从中西方绘画的"色"、"光"和"透视"几个方面来论中国画的深厚内蕴。认为西洋画中各种技法在中国画中都有体现，而且中国画中体现的更有神韵。他对于绘画的解释是站在中国传统文化的基础上的，以西方美学作为比照，所推崇的仍是中国传统的美学境界。如"意在笔先"、"用灵感和思想作画"，这些都闪耀着中国传统美学思想的光芒。对于如何才能作好画，张大千认为作画既要重苦练，还要不断收集绘画资料的源泉，不断地开阔心胸，所以经常游历也是十分必要的。

关于个人绘画风格的形成，张大千认为，作画要达到精通，不可"固守师法"。初学时，按部就班是必要的，但熟练了就不必"墨守成规"，张大千说中国古人画中渔樵耕读、梅兰菊竹只是画者思想及风骨的象征及追求，作画者到一定程度，画中更应有自身的精神寄托，不应一味模仿。这种"风骨"的说法，正是渊源于中国古典文学理论，是传统美学思想的最高境界。张大千的《画说》向读者展现了一个开阔的艺术境地，让我们站在世界文化的高度，来欣赏中国传统的绘画艺术。试想，如果没有深厚的学养和对于东西方文化的深刻理解，又如何能得出这样独到的艺术见解。

一日的春光 / 冰心

入选理由　冰心的散文代表作之一　文字典雅，风格清丽　对春天的独特感悟

去年冬末，我给一位远方的朋友写信，曾说："我要尽量的吞咽今年北平的春天。"

今年北平的春天来得特别的晚，而且在还不知春在哪里的时候，抬头忽见黄尘中绿叶成阴，柳絮乱飞，才晓得在厚厚的尘沙黄幕之后，春还未曾露面，已悄悄地远引了。

天下事都是如此——

去年冬天是特别的冷，也显得特别的长。每天夜里，灯下孤坐，听着扑窗怒号的朔风，小楼震动，觉得身上心里，都没有一丝暖气，一冬来，一切的快乐，活泼，力量，生命，似乎都冻得蜷伏在每一个细胞的深处。我无聊地安慰自己说，"等着罢，冬天来了，春天还能很远吗？"

然而这狂风，大雪，冬天的行列，排得意外的长，似乎没有完尽的时候。有一天看见湖上冰软了，我的心顿然欢喜，说，"春天来了！"当天夜里，北风又卷起漫天匝地的黄沙，愤怒地扑着我的窗户，把我心中的春意，又吹得四散。有一天，看见柳梢嫩黄了，那天的下午，又不住地下着不成雪的冷雨，黄昏时节，严冬的衣服，又披上了身。有一天看见院里的桃花开了，这天刚刚过午，从东南的天边，顷刻布满了惨暗的黄云，跟着千枝风动，这刚放蕊的春英，又都埋罩在漠漠的黄尘里……

九十天看过尽——我不信了春天！

几位朋友说，"到大觉寺看杏花去罢。"虽然我的心中，始终未曾得到春的消息，却也跟着大家去了。到了管家岭，扑面的风尘里，几百棵杏树枝头，一望已尽是残花败蕊；转到大工，向阳的山谷之中，还有几株盛开的红杏，然而盛开中气力已尽，不是那满树浓红，花蕊相间的情态了。

我想，"春去了就去了罢！"归途中心里倒也坦然，这坦然中是三分悼惜，七分憎嫌，总之，我不信了春天。

· 作者简介 ·

冰心（1900—1999），现当代女作家，儿童文学作家。原名谢婉莹，笔名冰心、男士等。原籍福建长乐，生于福州，幼年时代就广泛接触了中国古典小说和译作。1918年入协和女子大学预科，积极参加"五四"运动。1921年加入文学研究会。1923年毕业于燕京大学文科。同年赴美国威尔斯利女子大学学习英国文学。1926年，冰心获文学硕士学位后回国，执教于燕京大学和清华大学等校。抗日战争期间在昆明、重庆等地从事创作和文化救亡活动。1946年赴日本，曾任东京大学教授。1951年回国，先后任《人民文学》编委、中国作家协会理事、中国文联副主席等职。

四月三十日的下午，有位朋友约我到挂甲屯吴家花园去看海棠，"且喜天气晴明"——现在回想起来，那天是九十春光中惟一的春天——海棠花又是我所深爱的，就欣然地答应了。

东坡恨海棠无香，我却以为若是香得不妙，宁可无香。我的院里栽了几棵丁香和珍珠梅，夏天还有玉簪，秋天还有菊花，栽后都很后悔。因为这些花香，都使我头痛，不能折来养在屋里。所以有香的花中，我只爱兰花，桂花，香豆花和玫瑰，无香的花中，海棠要算我最喜欢的了。

　　海棠是浅浅的红，红得"乐而不淫"，淡淡的白，白得"哀而不伤"，又有满树的绿叶掩映着，纤适中，像一个天真，健美，欢悦的少女，同是造物者最得意的作品。

　　斜阳里，我正对着那几树繁花坐下。

　　春在眼前了！

　　这四棵海棠在怀馨堂前，北边的那两棵较大，高出堂檐约五六尺。花后是响晴蔚蓝的天，淡淡的半圆的月，遥俯树梢。这四棵树上，有千千万万玲珑娇艳的花朵，乱哄哄地在繁枝上挤着开……

　　看见过幼稚园放学没有？从小小的门里，挤着的跳出涌出使人眼花缭乱的一大群的快乐，活泼，力量和生命；这一大群跳着涌着的分散在极大的周围，在生的季候里做成了永远的春天！

　　那在海棠枝上卖力的春，使我当时有同样的感觉。

　　一春来对于春的憎嫌，这时都消失了，喜悦地仰首，眼前是烂漫的春，骄奢的春，光艳的春，——似乎春在九十日来无数地徘徊瞻顾，百就千拦，只为的是今日在此树枝头，快意恣情地一放！

　　看得恰到好处，便辞谢了主人回来。这春天吞咽得口有余香！过了三四天，又有友人来约同去，我却回绝了。今年到处寻春，总是太晚，我知道那时若去，已是"落红万点愁如海"，春来萧索如斯，大不必去惹那如海的愁绪。

　　虽然九十天中，只有一日的春光，而对于春天，似乎已得了报复，不再怨恨憎嫌了。只是满意之余，还觉得有些遗憾，如同小孩子打架后相寻，大家忍不住回嗔作喜，却又不肯即时言归于好，只背着脸，低着头，撅着嘴说，"早知道你又来哄我找我，当初又何必把我冰在那里呢？"

⊙作品赏析

　　冰心的散文以文字优美而著称。她将当时还处于幼稚时期的白话文，与古雅的文言文和洋派的西文完美地糅合在一起，并且注意文字的锤炼，节奏的推敲，从而使得她的文字，既有大西洋彼岸的清新之风，更有含蓄幽婉的中华古典之美。她善于撷取生活中的片断，编织在自己的情感之中，凭着敏锐的观察和细密的情思，将情与景融合在一起，寓情于景，情景交融，给人以崇高真挚的审美感受。她的散文，是一个真善美统一的世界。《一日的春光》很能体现她的散文风格。

　　这篇文章感悟很独特。对于大多数人而言，春天就是一道风景，而冰心却深刻领悟了它的本质，春天是"一大群的快乐，活泼，力量和生命"，所以，当她看见"像一个天真，健美，欢悦的少女"的海棠时，她感触到了春的气息与活力。而由"乱哄哄地在繁枝上挤着开"的海棠，很自然地想到了幼儿园里快乐、活泼的孩子，从而揭示了文章主题：哪里有活泼的生命，哪里就是永远的春天。

　　冰心的"爱的哲学"主张要爱自己的母亲，爱所有的儿童，爱一切的大自然。本文也真切地体现了她的这一主张。

　　文章结构也很有特色。篇幅不长，却一波三折，大有"曲径通幽"的意趣。

说几句爱海的孩气的话 / 冰心

白发的老医生对我说："可喜你已大好了。城市与你不宜，今夏海滨之行，也是取消了为妙。"

这句话如同平地起了一个焦雷！

学问未必都在书本上。纽约，康桥，芝加哥这些人烟稠密的地方，终身不去也没有什么。只是说不许我到海边去，这却太使我伤心了。

我抬头张目地说："不，你没有阻止我到海边去的意思！"

他笑说："是的，我不愿意你到海边去，太潮湿了，于你新愈的身体没有好处。"

我们争执了半点钟，至终他说："那么你去一个礼拜罢！"他又笑说："其实秋后的湖上，也够你玩的了！"

我爱慰冰，无非也是海的关系。若完全的叫湖光代替了海色，我似乎不大甘心。

可怜，沙穰的六个多月，除了小小的流泉外，连慰冰都看不见！山也是可爱的，但和海比，的确比不起，我有我的理由！

人常常说"海阔天空"。只有在海上的时候，才觉得天空阔远到了尽量处。在山上的时候，走到岩壁中间，有时只见一线天光。即或是到了山顶，而因着天末是山，天与地的界线便起伏不平，不如水平线的齐整。

海是蓝色灰色的。山是黄色绿色的。拿颜色来比，山也比海不过。蓝色灰色含着庄严淡远的意味，黄色绿色却未免浅显小方一些。固然我们常以黄色为至尊，皇帝的龙袍是黄色的，但皇帝称为"天子"，天比皇帝还尊贵，而天却是蓝色的。

海是动的，山是静的。海是活泼的，山是呆板的。昼长人静的时候，天气又热，凝神望着青山，一片黑郁郁的连绵不动，如同病牛一般。而海呢，你看她没有一刻静止！从天边微波粼粼的直卷到岸边，触到崖石，更欣然的溅跃了起来，开了灿然万朵的银花！

四围是大海，与四围是乱山，两者相较，是如何滋味，看古诗便可知道。比如说海上山上看月出，古诗说："南山塞天地，日月石上生。"细细咀嚼，这两句形容乱山，形容得极好，而光景何等臃肿，崎岖，僵冷？读了不使人生快感。而"海上生明月，天涯共此时"也是月出，光景却何等妩媚，遥远，璀璨！

原也是的，海上没有红、白、紫、黄的野花，没有蓝雀、红襟等美丽的小鸟。然而野花到秋冬之间，便都萎谢，反予人以凋落的凄凉。海上的朝霞晚霞，天上水里反映到不止红白紫黄这几个颜色。这一片花，却是四时不断的。说到飞鸟，蓝雀，红襟自然也可爱。而海上的沙鸥，白胸翠羽，轻盈地飘浮在浪花之上，"凌波微步，罗袜生尘"，看见蓝雀，红襟，只使我联忆到"山禽自唤名"。而见海鸥，却使我联忆到千古颂赞美人，颂赞到绝顶的句子，是"婉若游龙，翩若惊鸿"！

在海上又使人有透视的能力，这句话天然是真的！你倚栏俯视，你不由自主地要想起这万顷碧琉璃之下，有什么明珠，什么珊瑚，什么龙女，什么鲛纱。在山上呢，很少使人想到山石黄泉以下，有什么金银铜铁。因为海水透明，天然的有引人们思想往深里去的趋向。

简直越说越没有完了，总而言之，统而言之，我以为海比山强得多，说句极端的话，假如我犯了天条，赐我自杀，我也愿投海，不愿坠崖。

争论真有意思！我对于山和海的品评，小朋友们愈和我辩驳愈好。"人心之不同，各如其面"，这样世界上才有个不同的变换。假如世界上的人都是一样的脸，我必不愿见人。假如天下的人都是一样的嗜好，穿衣服的颜色式样都是一般的，则世界成了一个大学校，男女老幼都穿一样的制服，想至此不但好笑，而且无味！再一说，如大家都爱海呢，大家都搬到海上去，我又不得清静了！

⊙**作品赏析**

自然之爱是冰心散文的三大主题之一。在这篇文章里，她有意识地用"孩气"二字为文章立意，以一个孩子的口吻，无拘无束地倾吐对海的拳拳深情，亲切真挚而又平易朴素，一下子拉近了与读者的距离。

冰心的散文很美，美在她飞驰不羁的想象，空灵澄澈的笔触，清新娟丽的语言，自然飘逸的气质。在这篇行云流水般的文章里，作者像稚童一样把心中所想所感娓娓道来，毫无顾忌。因为是作者性情的自然流露，所以文中处处显示出轻怀流转、自然清丽的美感，对自然中大海的深深挚爱之情与孩子的话语调子相依相承，如月光下潺潺的流水拨动着读者的心弦，让人顿生亲切、愉悦之感。作者笔随情转，大量泼墨，对山与海，一褒一贬，丝毫没有矫饰造作，如同童稚般的臆断与挚爱，恰到好处。

小橘灯 / 冰心

入选理由 | 塑造了一位在艰难的生活逆境中渴望光明的善良坚强的少女形象
入选中学语文教材

这是十几年以前的事了。

在一个春节前一天的下午，我到重庆郊外去看一位朋友。她住在那个乡村的乡公所楼上。走上一段阴暗的仄仄的楼梯，进到一间有一张方桌和几张竹凳、墙上装着一架电话的屋子，再进去就是我的朋友的房间，和外间只隔一幅布帘。她不在家，窗前桌上留着一张条子，说是她临时有事出去，叫我等着她。

我在她桌前坐下，随手拿起一张报纸来看，忽然听见外屋板门吱地一声开了。过了一会，又听见有人在挪动那竹凳子。我掀开帘子，看见一个小姑娘，只有八九岁光景，瘦瘦的苍白的脸，冻得发紫的嘴唇，头发很短，穿一身很破旧的衣裤，光脚穿一双草鞋，正在登上竹凳想去摘墙上的听话器，看见我似乎吃了一惊，把手缩了回来。我问她："你要打电话吗？"她一面爬下竹凳，一面点头说："我要××医院，找胡大夫，我妈妈刚才吐了许多血！"我问："你知道××医院的电话号码吗？"她摇了摇头说："我正想问电话局……"我赶紧从机旁的电话本子里找到医院的号码，就又问她："找到了大夫，我请他到谁家去呢？"她说："你只要说王春林家里病了，他就会来的。"

我把电话打通了，她感激地谢了我，回头就走。我拉住她问："你的家远吗？"她指着窗外说："就在山窝那棵大黄果树下面，一下子就走到的。"说着就登、登、登地下楼去了。

我又回到里屋去，把报纸前前后后都看完了，又拿起一本《唐诗三百首》来，看了一半，天色越发阴沉了，我的朋友还不回来。我无聊地站了起来，望着窗外浓雾里迷茫的山景，看到那棵黄果树下面的小屋，忽然想去探望那个小姑娘和她生病的妈妈。我下楼在门口买了几个大红橘子，塞在手提袋里，顺着歪斜不平的石板路，走到那小屋的门口。

我轻轻地叩着板门，刚才那个小姑娘出来开了门，抬头看了我，先愣了一下，后来就微笑了，招手叫我进去。这屋子很小很黑，靠墙的板铺上，她的妈妈闭着眼平躺着，大约是睡着了，被头上有斑斑的血痕，她的脸向里侧着，只看见她脸上的乱发，和脑后的一个大髻。门边一个小炭炉，上面放着一个小沙锅，微微地冒着热气。这小姑娘把炉前的小凳子让我坐了，她自己就蹲在我旁边，不住地打量我。我轻轻地问："大夫来过了吗？"她说："来过了，给妈妈打了一针……她现在很好。"她又像安慰我似地说："你放心，大夫明早还要来的。"我问："她吃过东西吗？这锅里是什么？"她笑说："红薯稀饭——我们的年夜饭。"我想起了我带来的橘子，就拿出来放在床边的小矮桌上。她没有作声，只伸手拿过一个最大的橘子来，用小刀削去上面的一段皮，又用两只手把底下的一大半轻轻地揉捏着。

我低声问："你家还有什么人？"她说："现在没有什么人，我爸爸到外面去了……"她没有说下去，只慢慢地从橘皮里掏出一瓣一瓣的橘瓣来，放在她妈妈的枕头边。

炉火的微光，渐渐地暗了下去，外面更黑了。我站起来要走，她拉住我，一面极其敏捷地拿过穿着麻线的大针，把那小橘碗四周相对地穿起来，像一个小筐似的，用一根小竹棍挑着，又从窗台上拿了一段短短的洋蜡头，放在里面点起来，递给我说："天黑了，路滑，这盏小橘灯照你上山吧！"

我赞赏地接过，谢了她，她送我出到门外，我不知道说什么好，她又像安慰我似地说："不久，我爸爸一定会回来的。那时我妈妈就会好了。"她用小手在面前画一个圆圈，最后按到我手上："我们大家也都好了！"显然地，这"大家"也包括我在内。

我提着这灵巧的小橘灯慢慢地在黑暗潮湿的山路上走着。这朦胧的橘红的光，实在照不了多远，但这小姑娘的镇定、勇敢、乐观的精神鼓舞了我，我似乎觉得眼前有无限光明！

我的朋友已经回来了，看见我提着小橘灯，便问我从哪里来。我说："从……从王春林家来。"她惊异地说："王春林，那个木匠，你怎么认得他？去年山下医学院里，有几个学生，被当做共产党抓走了，以后王春林也失踪了，据说他常替那些学生送信……"

当夜，我就离开那山村，再也没有听见那小姑娘和她母亲的消息。

但是从那时起，每逢春节，我就想起那盏小橘灯。十二年过去了，那小姑娘的爸爸一定早回来了。她妈妈也一定好了吧？因为我们"大家"都"好"了！

⊙作品赏析

这是一篇优美的回忆性叙事散文，文章形象地刻画了一位在艰难的生活逆境中渴望光明的善良坚强的农家少女的形象。作者从小处着手，选取了小姑娘打电话、照看妈妈、与"我"攀谈、做小橘灯送"我"这几件平凡的事情，由表及里，由浅入深，层层推进，将一个早熟、坚强、勇敢、乐观、善良、富于内在美的乡村贫苦少女的形象描绘得有血有肉、惟妙惟肖。作者在叙事之后所写的一段抒情文字，是全篇的点睛之笔，它深化了主题，揭示了小橘灯的象征意义——象征着蕴藏在人民心中的希望和火种，象征着光明和胜利之灯。

寄小读者 / 冰心

入选理由　冰心的散文代表作之一
笔调轻盈灵活，文字清新隽丽，感情细腻清澄
兼具白话文的通俗晓畅和文言文的凝练含蓄

亲爱的小朋友：

八月十七的下午，约克逊号邮船无数的窗眼里，飞出五色飘扬的纸带，远远的抛到岸上，任凭送别的人牵住的时候，我的心是如何的飞扬而凄恻！

痴绝的无数的送别者，在最远的江岸，仅仅牵着这终于断绝的纸条儿，放这庞然大物，载着最重的离愁，飘然西去！

船上生活，是如何的清新而活泼。除了三餐外，只是随意游戏散步。海上的头三日，我竟完全回到小孩子的境地中去了，套圈子，抛沙袋，乐此不疲，过后又绝然不玩了。后来自己回想很奇怪，无他，海唤起了我童年的回忆，海波声中，童心和游伴都跳跃到我脑中来。我十分的恨这次舟中没有几个小孩子，使我童心来复的三天中，有无猜畅好的游戏！

我自少住在海滨，却没有看见过海平如镜。这次出了吴淞口，一天的航程，一望无际尽是粼粼的微波。凉风习习，舟如在冰上行。到过了高丽界，海水竟似湖光。蓝极绿极，凝成一片。斜阳的金光，长蛇般自天边直接到阑旁人立处。上自穹苍，下至船前的水，自浅红至于深翠，幻成几十色，一层层，一片片的漾开了来。……小朋友，恨我不能画，文字竟是世界上最无用的东西，写不出这空灵的妙景！

八月十八夜，正是双星渡河之夕。晚餐后独倚阑旁，凉风吹衣。银河一片星光，照到深黑的海上。远远听得楼阑下人声笑语，忽然感到家乡渐远。繁星闪烁着，海波吟啸着，凝立悄然，只有惆怅。

十九日黄昏，已近神户，两岸青山，不时的有渔舟往来。日本的小山多半是圆扁的，大家说笑，便道是"馒头山"。这馒头山沿途点缀，直到夜里，远望灯光灿然，已抵神户。船徐徐停住，便有许多人上岸去。我因太晚，只自己又到最高层上，初次看见这般璀璨的世界，天上微月的光，和星光，岸上的灯光，无声相映。不时的还有一串光明从山上横飞过，想是火车周行。……舟中寂然，今夜没有海潮音，静极心绪忽起："倘若此时母亲也在这里……"我极清晰的忆起北京来。小朋友，恕我，不能往下再写了。

一九二三年八月二十日，神户

朝阳下转过一碧无际的草坡，穿过深林，已觉得湖上风来，湖波不是昨夜欲睡如醉的样子了。——悄然的坐在湖岸上，伸开纸，拿起笔，抬起头来，四围红叶中，四面水声里，我要开始写信给我久违的小朋友。小朋友猜我的心情是怎样的呢？

水面闪烁着点点的银光，对岸意大利花园里亭亭层列的松树，都证明我已在万里外。小朋友，到此已逾一月了，便是在日本也未曾寄过一字，说是对不起呢，我又不愿！

　　我平时写作，喜在人静的时候。船上却处处是公共的地方，舱面阑边，人人可以来到。海景极好，心胸却难得清平。我只能在晨间绝早，船面无人时，随意写几个字，堆积至今，总不能整理，也不愿草草整理，便迟延到了今日。我是尊重小朋友的，想小朋友也能尊重原谅我！

　　许多话不知从哪里说起，而一声声打击湖岸的微波，一层层的没上杂立的潮石，直到我蔽膝的毡边来，似乎要求我将她介绍给我的小朋友。小朋友，我真不知如何的形容介绍她！她现在横在我的眼前。湖上的月明和落日，湖上的浓阴和微雨，我都见过了，真是仪态万千。小朋友，我的亲爱的人都不在这里，便只有她——海的女儿，能慰安我了。Lake Waban，谐音会意，我便唤她做"慰冰"。每日黄昏的游泛，舟轻如羽，水柔如不胜桨。岸上四围的树叶，绿的，红的，黄的，白的，一丛一丛的倒影到水中来，覆盖了半湖秋水。夕阳下极其艳冶，极其柔媚。将落的金光，到了树梢，散在湖面。我在湖上光雾中，低低的嘱咐它，带我的爱和慰安，一同和它到远东去。

　　小朋友！海上半月，湖上也过半月了，若问我爱哪一个更甚，这却难说。——海好像我的母亲，湖是我的朋友。我和海亲近在童年，和湖亲近是现在。海是深阔无际，不着一字，她的爱是神秘而伟大的，我对她的爱是归心低首的。湖是红叶绿枝，有许多衬托，她的爱是温和妩媚的，我对她的爱是清淡相照的。这也许太抽象，然而我没有别的话来形容了！

　　小朋友，两月之别，你们自己写了多少，母亲怀中的乐趣，可以说来让我听听么？——这便算是沿途书信的小序。此后仍将那写好的信，按序寄上，日月和地方，都因其旧，"弱游"的我，如何自太平洋东岸的上海绕到大西洋东岸的波士顿来，这些信中说得很清楚，请在那里看罢！

　　不知这几百个字，何时方达到你们那里，世界真是太大了！

一九二三年十月十四日，慰冰湖畔，威尔斯利

⊙作品赏析

　　1923 年 8 月，冰心从燕京大学毕业后，赴美留学，专事文学研究。期间她将在旅途和异国的见闻感受，用通讯的形式写成系列散文《寄小读者》（共 29 篇），在《晨报·儿童世界》专栏发表。本篇选自《寄小读者》中的《通讯七》。

　　文章写的是作者从上海到美国威尔斯利的旅途见闻。作者通过对太平洋的空灵美景和慰冰湖的柔媚夕照的描摹，抒发了自己远离祖国，眷念故乡和母亲的情怀。文章构思精巧，动静结合，浑然一体。对话式的语气，增加了文章的亲切感，给人以柔情似水的温馨感。冰心的散文笔调轻盈灵活，文字清新隽丽，感情细腻清澄，兼具白话文通俗晓畅的特点和文言文凝练含蓄的长处。《寄小读者》即是明显一例。

桨声灯影里的秦淮河 / 俞平伯

入选理由 一幅形象地描绘六朝金粉之地秦淮河的水墨画 与朱自清的同名散文一起被誉为描摹秦淮河 风光的"散文双璧"

我们消受得秦淮河上的灯影,当圆月犹皎的仲夏之夜。

在茶店里吃了一盘豆腐干丝,两个烧饼之后,以歪歪的脚步踅上夫子庙前停泊着的画舫,就懒洋洋躺到藤椅上去了。好郁蒸的江南,傍晚也还是热的。"快开船罢!"桨声响了。

小的灯舫初次在河中荡漾;于我,情景是颇朦胧,滋味是怪羞涩的。我要错认它作七里的山塘;可是,河房里明窗洞启,映着玲珑入画的曲栏杆,顿然省得身在何处了。佩弦呢,他已是重来,很应当消释一些迷惘的。但看他太频繁地摇着我的黑纸扇。胖子是这个样怯热的吗?

又早是夕阳西下,河上妆成一抹胭脂的薄媚。是被青溪的姊妹们所熏染的吗?还是匀得她们脸上的残脂呢?寂寂的河水,随双桨打它,终是没言语。密匝匝的绮恨逐老去的年华,已都如蜜饯似的融在流波的心窝里,连呜咽也将嫌它多事,更哪里论到哀嘶。心头,宛转的凄怀;口内,徘徊的低唱;留在夜夜的秦淮河上。

在利涉桥边买了一匣烟,荡过东关头,渐荡出大中桥了。船儿悄悄地穿出连环着的三个壮阔的涵洞,青溪夏夜的韶华已如巨幅的画豁然而抖落。哦!凄厉而繁的弦索,颤岔而涩的歌喉,杂着吓哈的笑语声,劈拍的竹牌响,更能把诸楼船上的华灯彩绘,显出火样的鲜明,火样的温煦了。小船儿载着我们,在大船缝里挤着,挨着,抹着走。它忘了自己也是今宵河上的一星灯火。

既踏进所谓"六朝金粉气"的销金锅,谁不笑笑呢!今天的一晚,且默了滔滔的言说,且舒了恻恻的情怀,暂且学着,姑且学着我们平时认为在醉里梦里的他们的憨痴笑语。看!初上的灯儿们一点点掠剪柔腻的波心,梭织地往来,把河水都皱得微明了。纸薄的心旌,我的,尽无休息地跟着它们飘荡,以至于怦怦而内热。这还好说什么的!如此说,诱惑是诚然有的,且于我已留下不易磨灭的印记。至于对榻的那一位先生,自认曾经一度摆脱了纠缠的他,其辩解又在何处?这实在非我所知。

我们,醉不以涩味的酒,以微漾着,轻晕着的夜的风华。不是什么欣悦,不是什么慰藉,只感到一种怪陌生,怪异样的朦胧。朦胧之中似乎胎孕着一个如花的笑——这么淡,那么淡的情笑。淡到已不可说,已不可拟,且已不可想;但我们终久是眩晕在它离合的神光之下的。我们没法使人信它是有,我们不信它是没有。勉强哲学地说,这或近于佛家的所谓"空",既不当鲁莽说它是"无",也不能径直说它是"有"。或者说"有"是有的,只因

·作者简介·

俞平伯(1900—1990),浙江德清人,中国现当代诗人、散文家、著名红学家。1919年毕业于北京大学,次年到杭州第一师范学院执教。"五四"时期先后加入新潮社、文学研究会、语丝社等新文学团体。1922年与朱自清等人创办《诗》月刊。曾先后任教于上海大学、燕京大学、北京大学。新中国成立后任北京大学教授。1952年任中国社会科学院文学研究所研究员。主要著作有诗集《冬夜》,散文集《燕知草》、《杂拌儿》,文学论集《红楼梦研究》等。

无可比拟形容那"有"的光景；故从表面看，与"没有"似不生分别。若定要我再说得具体些：譬如东风初劲时，直上高翔的纸鸢，牵线的那人儿自然远得很了，知她是哪一家呢？但凭那鸢尾一缕飘绵的彩线，便容易揣知下面的人寰中，必有微红的一双素手，卷起轻绡的广袖，牢担荷小纸鸢儿的命根的。飘翔岂不是东风的力，又岂不是纸鸢的含德；但其根株却将另有所寄。请问，这和纸鸢的省悟与否有何关系？故我们不能认笑是非有，也不能认朦胧即是笑。我们定应当如此说，朦胧里胎孕着一个如花的幻笑，和朦胧又互相混融着；因它本来是淡极了，淡极了这么一个。

漫提那些纷烦的话，船儿已将泊在灯火的丛中去了。对岸有盏跳动的汽油灯，佩弦便硬说它远不如微黄的火。我简直没法和他分证那是非。

时有小小的艇子急忙忙打桨，向灯影的密流里横冲直撞。冷静孤独的油灯映见黯淡久的画船头上，秦淮河姑娘们的靓妆。茉莉的香，白兰花的香，脂粉的香，纱衣裳的香……微波泛滥出甜的暗香，随着她们那些船儿荡，随着我们这船儿荡，随着大大小小一切的船儿荡。有的互相笑语，有的默然不响，有的衬着胡琴亮着嗓子唱。一个，三两个，五六七个，比肩坐在船头的两旁，也无非多添些淡薄的影儿葬在我们的心上——太过火了，不至于罢，早消失在我们的眼皮上。谁都是这样急忙忙的打着桨，谁都是这样向灯影的密流里冲着撞；又何况久沉沦的她们，又何况漂泊惯的我们俩。当时浅浅的醉，今朝空空的惆怅；老实说，咱们萍泛的绮思不过如此而已，至多也不过如此而已。你且别讲，你且别想！这无非是梦中的电光，这无非是无明的幻相，这无非是以零星的火种微炎在大欲的根苗上。扮戏的咱们，散了场一个样，然而，上场锣，下场锣，天天忙，人人忙。看！吓！载送女郎的艇子才过去，货郎担的小船不是又来了？一盏小煤油灯，一舱的什物，他也忙得来像手里的摇铃，这样丁冬而郎当。

杨枝绿影下有条华灯璀璨的彩舫在那边停泊。我们那船不禁也依傍短柳的腰肢，欹侧地歇了。游客们的大船，歌女们的艇子，靠着。唱的拉着嗓子；听的歪着头；斜着眼，有的甚至于跳过她们的船头。如那时有严重些的声音，必然说："这哪里是什么旖旎风光！"咱们真是不知道，只模糊地觉着在秦淮河船上板起方正的脸是怪不好意思的。咱们本是在旅馆里，为什么不早早入睡，掂着牙儿，领略那"卧后清宵细细长"；而偏这样急急忙忙跑到河上来无聊浪荡？

还说那时的话，从杨柳枝的乱鬟里所得的境界，照规矩，外带三分风华的。况且今宵此地，动荡着有灯火的明姿。况且今宵此地，又是圆月欲缺未缺，欲上未上的黄昏时候。叮当的小锣，伊轧的胡琴，沉填的大鼓……弦吹声腾沸遍了三里的秦淮河。喳喳嚷嚷的一片，分不出谁是谁，分不出哪儿是哪儿，只有整个的繁喧来把我们包填。仿佛都抢着说笑，这儿夜夜尽是如此的，不过初上城的乡下佬是第一次呢。真是乡下人，真是第一次。

穿花蝴蝶样的小艇子多到不和我们相干。货郎担式的船，曾以一瓶汽水之故而拢近来，这是真的。至于她们呢，即使偶然灯影相偎而切掠过去，也无非瞧见我们微红的脸罢了，不见得有什么别的。可是，夸口早哩！——来了，竟向我们来了！不但是近，且拢着了。船头傍着，船尾也傍着；这不但是拢着，且并着了。厮并着倒还不很要紧，且有人扑冬地跨上我们的船头了。这岂不大吃一惊！幸而来的不是姑娘们，还好。（她们正冷冰冰地在那船头上。）来人年纪并不大，神气倒怪狡猾，把一扣破烂的手折，摊在我们眼前，让细瞧那些戏目，好好儿点个唱。他说："先生，这是小意思。"诸君，读者，怎么办？

好，自命为超然派的来看榜样！两船挨着，灯光愈皎，见佩弦的脸又红起来了。那时的我是否也这样？这当转问他。（我希望我的镜子不要过于给我下去去。）老是红着脸终久不能打发人家走路的，所以想个法子在当时是很必要。说来也好笑，我的老调是一味的默，或干脆说个"不"，或者摇摇头，摆摆手表示"决不"。如今都已使尽了。佩弦便进了一步，他嫌我的方术太冷漠了，又未必中用，摆脱纠缠的正当道路惟有辩解。好吗！听他说："你不知道？这事我们是不能做的。"这是诸辩解中最简洁，最漂亮的一个。可惜他所说的"不知道"来人倒真有些"不知道"！辜负了这二十分聪明的反语。他想得有理由，你们为什么不能做这事呢？因这"为什么"，佩弦又有进一层的曲解。那知道更坏事，竟只博得那些船上人的一哂而去。他们平常虽不以聪明名家，但今晚却又怪聪明，如洞彻我们的肺肝一样的。这故事即我情愿讲给诸君听，怕有人未必愿意哩。"算了罢，就是这样算了罢"，恕我不再写下了，以外的让他自己说。

叙述只是如此，其实那时连翩而来的，我记得至少也有三五次。我们把它们一个一个的打发走路。但走的是走了，来的还正来。我们可以使它们走，我们不能禁止它们来。我们虽不轻被摇撼，但已有一点杌陧了。况且小艇上总载去一半的失望和一半的轻蔑，在桨声里仿佛狠狠地说："都是呆子，都是吝啬鬼！"还有我们的船家（姑娘们卖个唱，他可以赚几个子的佣金）。眼看她们一个一个的去远了，呆呆的蹲踞着，怪无聊赖似的。碰着了这种外缘，无怒亦无哀，惟有一种情意的紧张，使我们从颓弛中体会出挣扎来。这味道倒许很真切的，只恐怕不易为倦鸦似的人们所喜。

曾游过秦淮河的到底乖些。佩弦告船家："我们多给你酒钱，把船摇开，别让他们来嗦。"自此以后，桨声复响，还我以平静了，我们俩又渐渐无拘无束舒服起来，又滔滔不断地来谈谈方才的经过。今儿是算怎么一回事？我们齐声说，欲的胎动无可疑的。正如水见波痕轻婉已极，与未波时究不相类。微醉的我们，洪醉的他们，深浅虽不同，却同为一醉。接着来了第二问，既自认有欲的微炎，为什么艇子来时又羞涩地躲了呢？在这儿，答语参差着。佩弦说他的是一种暗昧的道德意味，我说是一种似较深沉的眷爱。我只背诵岂君的几句诗给佩弦听，望他曲喻我的心胸。可恨他今天似乎有些发钝，反而追着问我。

前面已是复成桥。青溪之东，暗碧的树梢上面微耀着一桁的清光。我们的船就缚在枯柳桩边待月。其时河心里晃荡着的，河岸头歇泊着的各式灯船，望去，少说点也有十廿来只。惟不觉繁喧，只添我们以幽甜。虽同是灯船，虽同是秦淮，虽同是我们；却是灯影淡了，河水静了，我们倦了，——况且月儿将上了。灯影里的昏黄，和月下灯影里的昏黄原是不相似的，又何况入倦的眼中所见的昏黄呢？灯光所以映她的姿，月华所以洗她的秀骨，以蓬腾的心焰跳舞，她的盛年，以涩的眼波供养她的迟暮。必如此，才会有圆足的醉，圆足的恋，圆足的颓弛，成熟了我们的心田。

犹未下弦，一丸鹅蛋似的月，被纤柔的云丝们簇拥上了一碧的遥天。冉冉地行来，冷冷地照着秦淮。我们已打桨而徐归了。归途的感念，这一个黄昏里，心和境的交萦互染，其繁密殊超我们的言说。主心主物的哲思，依我外行人看，实在把事情说得太嫌简单，太嫌容易，太嫌分明了。实有的只是浑然之感。就论这一次秦淮夜泛罢，从来处来，从去处去，分析其间的成因自然亦是可能；不过求得圆满足尽的解析，使片段的因子们合拢来代替刹那间所体验的实有，这个我觉得有点不可能，至少于现在的我们是如此的。凡上所叙，请读者们只看作我归来后，回忆中所偶然留下的千百分之一二，微薄的残影。若所谓"当时之感"，我决不敢望诸君能在此中窥得。即我自己虽正在这儿执笔构思，实在也无从重新体验出那时的情景。说老实话，我所有的只是忆。我告诸君的只是忆中的秦淮夜泛。至于说到那"当时之感"，这应当去请教当时的我。而他久飞升了，无所存在。

……

凉月凉风之下，我们背着秦淮河走去，悄默是当然的事了。如回头，河中的繁灯想定是依然。我们却早已走得远，"灯火未阑人散"；佩弦，诸君，我记得这就是在南京四日的醄嬉，将分手时的前夜。

⊙作品赏析

朱自清与俞平伯同游秦淮河，然后同题各为文一篇，且都是经典之作。一度传为文学史上的佳话。俞平伯在文中，以超然物外的心情写了泛舟秦淮河的乐趣。他枕着桨声赏灯影、阐哲理，于闲适中遐想，于悠然中寄托，深情绵邈的情怀慢慢展露。

整篇文章笼罩着一层空灵而朦胧的色彩。他笔下的秦淮河在灯影中缥缈如仙境一般，他对歌女的心理描写含蓄，若隐若现，给人以朦胧之感。对秦淮河水的描写也是朦胧的。古典诗词的意境与词藻融于白话文中，既富典雅之感，又具哀婉情绪和朦胧意象。与这种朦胧的风格一致，作者在描写热闹的场面时，不从正面入手，而是多由侧面着笔，渲染那种朦胧的美。

文章的可贵之处还在于，中国传统知识分子所匮乏的"忏悔意识"，在俞平伯处复苏。也可看作是"五四"所引发的思想解放在他身上的闪现。

墓畔哀歌 / 石评梅

入选理由石评梅的散文代表作
一首静美凄清的爱的挽歌
绮丽哀婉的文字，古典式的忧伤

一

我由冬的残梦里惊醒，春正吻着我的睡靥低吟！晨曦照上了窗纱，望见往日令我醺醉的朝霞，我想让丹彩的云流，再认认我当年的颜色。

披上那件绣着蛱蝶的衣裳，姗姗地走到尘网封锁的妆台旁。呵！明镜里照见我憔悴的枯颜，像一朵颤动在风雨中苍白凋零的梨花。

我爱，我原想追回那美丽的姣容，祭献在你碧草如茵的墓旁，谁知道青春的残蕾已和你一同殉葬。

· 作者简介 ·

石评梅（1902—1928），山西省平定县人。因爱慕梅花之俏丽坚贞，自取笔名石评梅；此外，用过的笔名还有评梅女士、波微、漱雪、冰华、心珠、梦黛、林娜等。石评梅终年不满27岁；她的创作生涯仅仅6年。诗歌、小说、剧本、评论等体裁，她都曾驾驭过；但其成功却在散文。

二

假如我的眼泪真凝成一粒一粒珍珠，到如今我已替你缀织成绕你玉颈的围巾。

假如我的相思真化作一颗一颗的红豆，到如今我已替你堆集永久勿忘的爱心。

哀愁深埋在我心头。

我愿燃烧我的肉身化成灰烬，我愿放浪我的热情怒涛汹涌，天呵！这蛇似的蜿蜒，蚕似的缠绵，就这样悄悄地偷去了我生命的青焰。

我爱，我吻遍了你墓头青草在日落黄昏；我祷告，就是空幻的梦吧，也让我再见见你的英魂。

三

明知道人生的尽头便是死的故乡，我将来也是一座孤冢，衰草斜阳。有一天呵！我离开繁华的人寰，悄悄入葬，这悲艳的爱情一样是烟消云散，昙花一现，梦醒后飞落在心头的都是些残泪点点。

然而我不能把记忆毁灭，把埋我心墟上的残骸抛却，只求我能永久徘徊在这垒垒荒冢之间，为了看守你的墓茔，祭献那茉莉花环。

我爱，你知否我无言的忧衷，怀想着往日轻盈之梦。梦中我低低唤着你小名，醒来只是深夜长空有孤雁哀鸣！

四

黯淡的天幕下，没有明月也无星光这宇宙像数千年的古墓；皑皑白骨上，飞动闪映着惨绿的磷花。我匍匐哀泣于此残锈的铁栏之旁，愿烘我愤怒的心火，烧毁这黑暗丑恶的地狱之网。

命运的魔鬼有意捉弄我弱小的灵魂，罚我在冰雪寒天中，寻觅那凋零了的碎梦。求上帝饶恕我，不要再惨害我这仅有的生命，剩得此残躯在，容我杀死那狞恶的敌人！

我爱，纵然宇宙变成烬余的战场，野烟都腥：在你给我的甜梦里，我心长系驻于虹桥之中，赞美永生！

五

我整天踟蹰于垒垒荒冢，看遍了春花秋月不同的风景，抛弃了一切名利虚荣，来到此无人烟的旷野，哀吟缓行。我登了高岭，向云天苍茫的西方招魂，在绚烂的彩霞里，望见了我沉落的希望之陨星。

远处是烟雾冲天的古城，火星似金箭向四方飞游！隐约的听见刀枪搏击之声，那狂热的欢呼令人震惊！在碧草萋萋的墓头，我举起了胜利的金觥，饮吧我爱，我奠祭你静寂无言的孤冢！

星月满天时，我把你遗我的宝剑纤手轻擎，宣誓向长空：愿此生永埋了英雄儿女的热情。

六

假如人生只是虚幻的梦影，那我这些可爱的映影，便是你赠与我的全生命。我常觉你在我身后的树林里，骑着马轻轻地走过去。常觉你停息在我的窗前，徘徊着等我的影消灯熄。常觉你随着我唤你的声音悄悄走近了我，又含泪退到了墙角。常觉你站在我低垂的雪帐外，哀哀地对月光而叹息！

在人海尘途中，偶然逢见个像你的人，我停步凝视后，这颗心呵！便如秋风横扫落叶般冷森凄零！我默思我已经得到爱之心，如今只是荒草夕阳下，一座静寂无语的孤冢。

我的心是深夜梦里，寒光闪烁的残月，我的情是青碧冷静，永不再流的湖水。残月照着你的墓碑，湖水环绕着你的坟，我爱，这是我的梦，也是你的梦，安息吧，敬爱的灵魂！

七

我自从混迹到尘世间，便忘却了我自己；在你的灵魂中我才知是谁？

记得也是这样夜里。我们在河堤的柳丝中走过来，走过去。我们无语，心海的波浪也只有月儿能领会。你倚在树上望明月沉思，我枕在你胸前听你的呼吸。抬头看见黑翼飞来掩遮住月儿的清光，你抖颤着问我：假如这苍黑的翼是我们的命运时，应该怎样？

我认识了欢乐，也随来了悲哀，接受了你的热情，同时也随来了冷酷的秋风。往日，我怕恶魔的眼睛凶，白牙如利刃；我总是藏伏在你的腋下赵趄不敢进，你一手执宝剑，一手扶着我践踏着荆棘的途径，投奔那如花的前程！

如今，这道上还留着你斑斑血迹，恶魔的眼睛和牙齿再是那样凶狠。但是我爱，你不要怕我孤零，我愿用这一纤细的弱玉腕，建设那如意的梦境。

八

春来了，催开桃蕾又飘到柳梢，这般温柔慵懒的天气真使人恼！她似乎躲在我眼底有意缭绕，一阵阵风翼，吹起了我灵海深处的波涛。

这世界已换上了装束，如少女般那样娇娆，她披拖着浅绿的轻纱，蹁跹在她那（姹）紫嫣红中舞蹈。伫立于白杨下，我心如捣，强睁开模糊的泪眼，细认你墓头，萋萋芳草。

满腔辛酸与谁道？愿此恨吐向青空将天地包。它纠结围绕着我的心，像一堆枯黄的蔓草，我爱，我待你用宝剑来挥扫，我待你用火花来焚烧。

九

垒垒荒冢上，火光熊熊，纸灰缭绕，清明到了。这是碧草绿水的春郊。墓畔有白发老翁，有红颜年少，向这一黄土致不尽的怀忆和哀悼，云天苍茫处我将魂招；白杨萧条，暮鸦声声，怕孤魂归路迢迢。

逝去了，欢乐的好梦，不能随墓草而复生，明朝此日，谁知天涯何处寄此身？叹漂泊我已如落花浮萍，且高歌，且痛饮，拼一醉烧熄此心头余情。

我爱，这一杯苦酒细细斟，邀残月与孤星和泪共饮，不管黄昏，不论夜深，醉卧在你墓碑旁，任霜露侵凌吧！我再不醒。

十六年清明陶然亭畔

⊙作品赏析

在现代女作家中，石评梅的文字可以说是最美丽而又凄清的。这篇《墓畔哀歌》是她的散文代表作。

1925 年 3 月，石评梅的恋人高君宇因病逝世，这对她的精神是一个巨大的打击，她沉浸在无比的悲痛之中。高君宇追悼会上，她的挽联是："碧海青天无限路，更知何日重逢君。"她还亲自出面将高君宇安葬在北京陶然亭，在墓周围亲手种下松柏，并题写碑记。这篇文章就是石评梅怀念高君宇的哀作，几乎是声声带泪、字字泣血。本该如夏花般绚烂的爱情随着恋人的逝去而早早谢幕，留给她的只有无尽的回忆与哀思。她在孤寂中追寻着那美丽的旧梦，凄苦而又哀婉。

文章中，浓烈而又忧伤的感情通过她所营造的清冷凄美的意境传达出来。石评梅本是一个才气袭人的作家，加之以真实的情感，寥寥几笔便布置好了抒情环境。从她的笔底，不难发现，她对于一切荒凉、寂静、具有颓废色彩的意象，有着特别的嗜好和敏感，再融入她深厚的古典文学功底，那种哀婉的美被发挥到了极致。对于积淀着中国古典文学的读者来说，心灵会产生和谐的共鸣。

文中还多处运用了修辞手法。象征性的比喻，使她的感情表达得委婉而又深刻；一连串的排比，既为文章增添了优美的节奏感，又有助于情感的流泻。

缄情寄向黄泉 / 石评梅

我如今是更冷静，更沉默的挟着过去的遗什去走向未来的。我四周有狂风，然而我是掀不起波澜的深潭；我前边有巨涛，然而我是激不出声响的顽石。

在搏斗中我是生命的战士，是极勇敢，极郑重，极严肃的向未来的城垒进攻的战士。我是不断地有新境遇，不断地有新生命的；我是为了真实而奋斗，不是追逐幻想而疲奔的。

知道了我的走向人生的目标。辛，一年来我虽然有不少的哀号和悲忆，你也不须为生的我再抱遗恨和不安。如今我是一道舒畅平静向大海去的奔流；纵然沿途在山峡巨谷中或许发出凄痛的鸣咽！那只是积沙岩石漩涡冲击的原因，相信它是会得到平静的，会得到创造真实生命的愉快的，它是一直奔到大海去的。

辛！你的生命虽不幸早被腐蚀而夭逝，不过我也不过分的再悼感你在宇宙间曾存留的幻体。我相信只要我自己生命闪耀存在于宇宙一天，你是和我同在的。辛！你要求于人间的，你希望于我自己的，或许便是这些罢！

深刻的情感是受过长久的理智的熏陶的。是由深谷底潜流中一滴一滴渗透出来的。我是投自己于悲剧中而体验人生的。所以我牺牲人间一切的虚荣和幸福，在这冷墟上，你的坟墓上，培植我用血泪浇洒的这束野花来装饰点缀我们自己创造下的生命。辛！除了这些我不愿再告你什么，我想你果真有灵，也许赞助我一样的努力。

一年之后，世变之迁，然而我的心是依然这样平静冷寂的，抱持着我理想上的真实而努力。有时我是低泣，有时我是痛苦；低泣，你给予我的死寂；痛苦，你给予我的深爱。然而有时我也很快乐，我也很骄傲。我是睥视世人微微含笑，我们的圣洁的高傲的孤清的生命是巍然峙立于皑皑的云端。

生命的圆满，生命的圆满，有几个懂得生命的圆满？那一般庸愚人的圆满，正是我最避忌恐怖的缺陷。我们的生命是肉体和骨头吗？假如我们的生命是可以毁灭的幻体，那么，辛！我的这颗迂回潜隐的心，也早应随你的幻体而消逝。我如今认识了一个完成的圆满生命是不能消灭，不能丢弃，不能忘记；换句话说，就是永远存在。多少人都希望我毁灭，丢弃，忘记，把我已完成的圆满生命抛去，我终于不能。才知道我们的生命并未死，仍然活着，向前走着，在无限的高处创造建设着。

我相信你的灵魂，你的永远不死的心，你的在我心里永存的生命；是能鼓励我，指示我，安慰我，这孤寂凄清的旅途。我如今是愿挑上这副担子走向遥远的、黑暗的、荆棘的生活到死的道上。一头我挑着已有的收获，一头我挑着未来的耕耘，这样一步一步走向无穷的。

自你死后，我便认识了自己，更深的了解自己。同时朋友中是贤最知道我，他似乎这样说过：

"她生来是一道大江，你只应疏凿沙石让她舒畅地流入大海，断不可堵塞江口，把水引去点缀帝王之家的宫殿楼台。"

辛！你应该感谢他！他自从由法华寺归路上我晕厥后救护起，一直到我找到了真实生命；他都是启示我，指导我，帮助我，鼓励我。由积沙岩的漩涡波涌中，把我引上了埋平的海道。如今，我能不怨愤，不悲哀，没有沉重的苦痛永远缠绕的，都是因为我已有了奔流的河床。只要我平静我舒畅地流呵，流呵，流到一个归宿的地方去，绝无一种决堤泛滥之灾来阻挠我。

辛！你应感谢他！你所要的死后希望我要求我努力的前途，都是你忠诚的朋友，他一点一滴的汇聚下伟大的河床，帮助我移我的泉水在上边去奔流，无阻碍奔向大海去的。像我目下这样夜静时的心情，能这样平淡地写这封信给你，那你也会奇怪我罢！我已不是从前呜咽哀号、颓丧消沉的我；我是沉默深刻、容忍涵蓄一切人间的哀痛，而努力去寻求生命的真确的战士。

我不承认这是自骗的话。因为我的路是这样自然，这样平坦的走去。放心！你别我一年多，而我能这般去辟一个理想的乐园，也许是你惊奇的罢！

你一定愿意知道一点，关于弟弟的消息，前三天我忽然接到他一封信，他现在是被你们那古旧的家庭囚闭着，所以他已失学一年多了。这种情形，自然你会伤感的，假如你要活着，他绝对不能受这样的苦痛，因为你是能帮助他脱却一切桎梏而创造新生命的。如今他极愤激，和你当日同你家庭暗斗的情形一样。而我也很相信静弟是能觅到他的光明的前途的，或者你所企望的一切事业愿望，他都能给你有圆满的完成。他的信是这样说的：

"自别京地回家之后，实望享受几天家庭的乐趣，以慰我一年来感受了的苦痛。谁知我得到的，是无限量的烦恼！

我回来的时候，家中已决定我废学，及我归后，复屡次向我表示斯旨，我虽竭词解释，亦无济于事。

读姊来信，说那片荒凉的境地，也被践踏蹂躏而不得安静，我更替我黄泉下的哥哥愤激！不料一年来的变迁，竟有如斯其悲惨！一切境遇，一切遭逢，皆足以使人伤心掉泪！

我希望于家庭的，是要藉得他来援助完成我的志愿，我的事业；但家庭则不然。他使我远近游学的一点心迹，是希望我猎得一些禄位金钱来光荣祖墓家风。这些事我们青年人看起来，就是头衔金冠银裹满身，那也算不了什么希奇的光荣！我每想到环境的压迫，但愿一死为快。但是到了死的关头，好像又有许多不忍的观念来掣肘似的。我不愿死，我死固不足惜，但我死而一切该死的人不能竟行死去。我将以此不死的躯骸，向着该死的城垒进攻！

我现在的希望已绝，但我仍流连不忍即离去者，实欲冀家庭之能有一时觉悟，如果心愿亦未可定！如或不然，我将决于明年为行期，毅然决然的要离开他，远避他，和他行最后决裂的敬礼！

愿你勿为了一切黑暗的、荆棘的环境愁烦！我们从生到死的途径上，就像日的初升纵然有被浮云遮蔽，仍然是要继续发光的。

我们走向前去吧！我们走向前去吧！环境的阻挠在我们生命的途中，终于是等若浮云。"

辛！是残月深更，在一个冷漠枯寂的初冬之夜，我接读静弟这封依稀是你字迹，依稀是你语句的信。久不流的酸泪又到了眶边，我深深地向你遗像叹息！记得静弟未离京时，他曾告过贤以他将来前途的黯淡，他那时便决心要和家庭破裂。是我和贤婉劝他，能用善良的态度去感化而有效时，千万不要和家庭破裂。因为思想的冲突，是环境时代不同的差别之争。应该原谅老年人们的陈腐思想，是一时代中的产物；并不是他对于子女有意对垒似的向你宣战。因之，能辗转委婉去和家庭解释，令他能觉悟到什么是现代青年人应做的工作，自我的警策。令他知道我们青年人，绝对再不能为古旧的家庭或社会作涂饰油彩的机械傀儡。父母年老，假如一旦你的消息泄漏，静弟再远走愤去。那你们家庭的惨淡，黑暗，悲痛，定连目下都不如，这也不是你的愿意和静弟的希望罢！所以我一直都系念着静弟，那最后决裂的敬礼。

认识我们，和我们要好的朋友，现在大半都云散四方，去创造追求各个的生命希望去了。只有你的贤哥，和我的晶妹，还在这块你埋骨的地方，伴着你。朋友们都离京后，时局也日在变幻，陷入死境，要找寻前二年的那种环境的兴趣已不可得。所以连你坟头都这样安寂。去年那些小弟弟们，知道你未曾见过你的朋友们，他们都是常常在你的墓畔喝酒野餐，痛哭高歌的。帮助我建碑种树修墓的都是他们。如今，连这个梦也闭幕了。你墓头不再有那样欢欣，那样热闹的聚会了。他们都走向远方去了。

自从那块地方驻兵后，连我都不敢常去。任你墓头变成了牧场，牛马践踏蹂躏了你的墓砖，吃光了环绕你墓的松林，那块白石的墓碑上有了剥蚀的污秽和伤痕。我们不幸在现代作为受欺凌不能安静，连你作鬼的坟茔都要受意外的灾劫；说起来真令人愤激万分。辛！这世界，这世界，四处都是荆棘，四处都是刀兵，四处都是喘息着生和死的呻吟，四处都洒滴着血和泪的遗痕。我是撑着这弱小的身躯，投入在这腥风血雨中搏战着走向前去的战士。直到我倒毙在旅途上为止。

我并不感伤一切既往，我是深谢着你是我生命的盾牌；你是我灵魂的主宰。从此我是自在的流，平静的流，流到大海的一道清泉。辛！一年之后，我在辗转哀吟，流连痛苦之中，我能告诉你的，大概只有这些话。你永久的沉默死寂的灵魂呵！我致献这一篇哀词于你吐血的周年这天。

⊙作品赏析

　　爱情，这是石评梅蘸着血、和着泪抒写的主题，它构成了作者散文的精华。1925年3月，高君宇因过度劳累，一病不起，病逝于北京协和医院。高君宇的死使石评梅痛悔交加，自此，她便常在孤寂凄苦中，前来高君宇墓畔，抱着墓碑悲悼泣诉。她将满腔血泪凝作断肠文字，"寄向黄泉"。她要将高君宇生前不曾得到的那颗心，那份爱，完全献给死去的高君宇。

　　石评梅的爱情文字，大都写在其爱情悲剧的大幕落下之后，因而带有浓厚的回忆和反思色彩。回忆和反思，使其抒情变得更加缠绵悱恻而又深刻隽永。当我们阅读这些凄苦哀婉的爱情倾诉时，不难发现，在石评梅的散文里，有聪慧且敏感、脆弱且倔强的天赋；有古典文学中的静美凄清的审美趣味，也有美丽而又痛苦的爱情悲剧的体验。这一切在石评梅心理上形成独特的文化结构，决定着她的散文的审美风范。石评梅的生性和经历，注定了愁和泪伴其一生。她的散文，就是她那根纤细敏锐、多愁善感的心弦，在人生凄风苦雨中的颤动。

街 / 沈从文

入选理由
白描的写作手法
笔调清新，蕴意深沉
描写湘西小镇的名篇

　　有个小小的城镇，有一条寂寞的长街。

　　那里住下许多人家，却没有一个成年的男子。因为那里出了一个土匪，所有男子便都被人带到一个很远很远的地方去，永远不再回来了。他们是五个十个用绳子编成一连，背后一个人用白木梃子敲打他们的腿，赶到别处去作军队上搬运军火的夫子的。他们为了"国家"应当忘了"妻子"。

　　大清早，各个人家从梦里醒转来了。各个人家开了门，各个人家的门里，皆飞出一群鸡，跑出一些小猪，随后男女小孩子出来站在门限上撒尿，或蹲到门前撒尿，随后便是一个妇人，提了小小的木桶，到街市尽头去提水。有狗的人家，狗皆跟到主人身前身后摇着尾巴，也时时刻刻照规矩在人家墙基上跷起一只腿撒尿，又赶忙追到主人前面去。这长街早上并不寂寞。

　　当白日照到这长街时，这一条街静静的像在午睡，什么地方柳树桐树上有新蝉单纯而又倦人的声音，许多小小的屋子里，湿而发霉的土地上，头发干枯脸儿瘦弱的孩子们，

· 作者简介 ·

沈从文（1902—1988），原名沈岳焕，湖南凤凰人，中国现当代作家、学者。1917年厕身行伍。1923年到上海任教。1931年先后在青岛大学、昆明西南联大、北京大学任教，曾主编《大公报》文艺副刊。新中国成立后任中国社科院历史研究员，从事古代服装和其他史学研究。主要著作有小说《边城》、《长河》，散文集《湘行散记》等。

皆蹲在土地上或伏在母亲身边睡着了。做母亲的全按照一个地方的风气，当街坐下，织男子们束腰用的板带过日子。用小小的木制手机，固定在屋角一柱上，伸出憔悴的手来，便捷的把手中兽骨线板压着手机的一端，退着粗粗的棉线，一面用一个棕叶刷子为孩子们拂着蚊蚋。带子成了，便用剪子修理那些边沿，等候每五天来一次的行贩，照行贩所定的价钱，把已成的带

子收去。

许多人家门对着门，白日里，日头的影子正正的照到街心不动时，街上半天还无一个人过身。每一个低低的屋檐下人家里的妇人，各低下头来赶着自己的工作，做倦了，抬起头来，用疲倦忧愁的眼睛，张望到对街的一个铺子，或见到一条悬挂到屋檐下的带样，换了新的一条，便仿佛奇异的神气，轻轻的叹着气，用兽骨板击打自己的下颔，因为她一定想起一些事情，记忆到由另一个大城里来的收货人的买卖了。她一定还想到另外一些事情。

有时这些妇人把工作停顿下来，遥遥的谈着一切。最小的孩子已饿哭了，就拉开前幅的衣襟，抓出枯瘪的乳头，塞到那些小小的口里去。她们谈着手边的工作，谈着带子的价钱和棉纱价钱，谈到麦子和盐，谈到鸡的发瘟，猪的发瘟。

街上也常常有穿了朱红绸子大裤过身的女人，脸上抹胭脂擦粉，小小的髻子，光光的头发，都说明这是一个新娘子。到这时，小孩子便大声喊着看新娘子，大家完全把工作放下，站到门前望着，望到不见这新娘子的背影时才重重的换了一次呼吸，回到自己的工作凳子上去。

街上有时有一只狗追一只鸡，便可见到一个妇人持了一长长的竹子打狗的事情，使所有的孩子们皆觉得好笑。长街在日里也仍然不寂寞。

街上有时什么人来信了，许多妇人皆争着跑出去，看看是什么人从什么地方寄来的。她们将听那些认字的人，念及信内说到的一切。小孩子同狗，也常常凑热闹，追随到那个人的家里去，那个人家便不同了。但信中有时却说到一个人死了的这类事，于是主人便哭了。于是一切不相干的人，围聚在门前，过一会，又即刻走散了。这妇人，伏在堂屋里哭泣，另外一些妇人便代为照料孩子，买豆腐，买酒，买纸钱，于是不久大家都知道那家男人已死掉了。

街上到黄昏时节，常常有妇人手中拿了小小的簸萝，放了一些米，一个蛋，低低的喊出了一个人的名字，慢慢的从街这端走到另一端去。这是为不让小孩子夜哭发热，使他在家中安静的一种方法，这方法，同时也就娱乐到一切坐到门边的小孩子。长街上这时节也不寂寞的。

黄昏里，街上各处飞着小小的蝙蝠，望到天上的云，同归巢还家的老鸹，背了小孩子们到门前站定了的女人们，一面摇动背上的孩子，一面总轻轻的唱着忧郁凄凉的歌，娱悦到心上的寂寞。

"爸爸晚上回来了，回来了，因为老鸹一到晚上也回来了！"

远处山上全紫了，土城擂鼓起更了，低低的屋里，有小小油灯的光，为画出屋中的一切轮廓，听到筷子的声音，听到碗盏相磕的声音……但忽然间小孩子又哇的哭了。

爸爸没有回来，有些爸爸早已不在这世界上了，但并没有信来。有些临死时还忘不了家中的一切，便托便人带了信回来，得到信息哭了一整夜的妇人，到晚上，便把纸钱放在门前焚烧，红红的火光照到街上下人家的屋檐，照到各个人家的大门。见到这火光的孩子们，也照例十分欢喜。长街这时节也并不寂寞。

阴雨天的夜里，天上漆黑，街头无一个街灯，狼在土城外山嘴上嚎着，用鼻子贴近地面，如一个人的哭泣。地面仿佛浮动在这奇怪的声音里。什么人家的孩子在梦里醒来，吓哭了，母亲便说："莫哭，狼来了，谁哭谁就被狼吃掉。"

卧在土城上高处木棚里老而残废的人，打着梆子。这里的人不须明白一个夜里有多少更次，且不必明白半夜里醒来是什么时候。那梆子声音，只是告给长街上人家狼已爬进土城到长街，要他们小心一点门户。

一到阴雨的夜里，这长街更不寂寞，因为狼的争斗，使全街热闹了许多。冬天若半夜里落了雪，则早早的起身的人，开了门，便可看到狼的脚迹，同糍粑一样印在雪里。

⊙作品赏析

沈从文是恬淡的，所以他擅长写恬淡的寂寞。静默的湘西、平静的村庄、悠长的街道，都成了沈从文笔下寂寞的影像。但沈从文内心深处又是热烈的，以致那么多的寂寞都包裹不住他心灵的叹息。于是，在这篇看似平淡的文章中，表达于人于物于时代的强烈感受和深刻体悟，便成了沈从文作品的主要风格。《街》作于 1931 年，作者以一贯的平淡风格，勾画出一幅寂寞的湘西小镇图。作者在文中没有交代特定的时代背景，轻描淡写一番便烘托出一种悠远的意境。

走进《街》，我们看到一座清静偏远的湘西小镇，简单平静一如原始村落，而"长街"成了作者最后落目的焦点。寂寞是全文的一个思想基调。作者笔下的寂寞是喧哗过后的寂寞。不论是"早上"、"日里"、"黄昏"，作者都说"这时节也并不寂寞的"，孩子的喧闹、鸡狗追逐、狼的争斗，都给"长街"在表面上造成了并不寂寞的形象。那么"寂寞的长街"究竟"寂寞"在何处呢？在这诸多的"不寂寞"中，到底谁才是寂寞的呢？沈从文说长街上的女人们"一面摇动背上的孩子，一面总轻轻的唱着忧郁凄凉的歌，娱悦到心上的寂寞"。时代的前行，原始生存状态的打破，终会有其承受者，"女人们"便成了长街上"寂寞"的最终承受者。而这个群体，在人类社会的任何一个发展阶段都有着普遍的意义。当追逐文明的人们，将另一种文明形式变成追逐目标时，在这个过程中，最终的承担者还会是最普通的生命个体。而此时，谁又肯投关注的目光给这最寂寞的一群呢？

桃源与沅州 / 沈从文

入选理由

沈从文的散文代表作之一

真实反映了旧时湘西一带挣扎在底层的人们的艰辛生活

全中国的读书人，大概从唐朝以来，命运中注定了应读一篇《桃花源记》，因此把桃源当成一个洞天福地。人人皆知道那地方是武陵渔人发现的，有桃花夹岸，芳草鲜美。远客来到，乡下人就杀鸡温酒，表示欢迎。乡下人都是避秦隐居的遗民，不知有汉朝，更无论魏晋了。千余年来读书人对于桃源的印象，既不怎么改变，所以每当国体衰弱发生变乱时，想做遗民的必多，这文章也就增加了许多人的幻想，增加了许多人的酒量。至于住在那儿的人呢，却无人自以为是遗民或神仙，也从不曾有人遇着遗民或神仙。

桃源洞离桃源县二十五里。从桃源乡坐小船沿沅水上行，船到白马渡时，上南岸走去，忘路之远近乱走一阵，桃花源就在眼前了。那地方桃花虽不如何动人，竹林却很有意思。如椽如柱的大竹子，随处皆可发现前人用小刀刻划留下的诗歌。新派学生不甘自弃，也多刻下英文字母的题名。竹林里间或潜伏一二剪径壮士，待机会霍地从路旁跃出，仿照《水浒传》上英雄好汉行为，向游客发个利市，使人来个措手不及，不免吃点小惊。桃源县城则与长江中部各小县城差不多，一入城门最触目的是推行印花税与某种公债的布告。城中有棺材铺官药铺，有茶馆酒馆，有米行脚行，有和尚道士，有经纪媒婆。庙宇祠堂多数为军队驻防，门外必有个武装同志站岗。土栈烟馆既照章纳税，就受当地军警保护。代表本地的出产，边街上有几十家玉器作，用珉石染红着绿，琢成酒杯笔架等物，货物品质平平常常，价钱却不轻贱。另外还有个名为"后江"的地方，住下无数公私不分的妓女，很认真经营她们的职业。有些人家在一个菜园平房里，有些却又住在空船上，地方虽脏一点倒富有诗意。这些妇女使用她们的下体，安慰军政各界，且征服了往还沅水流域的烟贩，木商，船主，以及种种因公出差过路人。挖空了每个顾客的钱包，维持许多人生活，促进地方的繁荣。一县之长照例是个读书人，从史籍上早知道这是人类一种最古的职业，没有郡县以前就有了它们，取缔既与"风俗"不合，且影响到若干人生活，因此就很正当的定下一些规章制度，向这些人来抽收一种捐税（并采取了个美丽名词叫作"花捐"），把这笔款项用来补充地方行政，保安，或城乡教育经费。

桃源既是个有名地方，每年自然就有许多"风雅"人，心慕古桃源之名，二三月里携了《陶靖节集》与《诗韵集成》等参考资料和文房四宝，来到桃源县访幽探胜。这些人往桃源洞赋诗前后，必尚有机会过后江走走，由朋友或专家引导，这家那家坐坐，烧匣烟，喝杯茶。看中意某一个女人时，问问行市，花个三元五元，便在那龌龊不堪万人用过的花板床上，压着那可怜妇人胸膛放荡一夜。于是纪游诗上多了几首无题艳遇诗，把"巫峡神女"、"汉皋解佩"、"刘阮天台"等等典故，一律被引用到诗上去。看过了桃源洞，这人平常若是很谨慎的，自会觉得应当即早过医生处走走，于是匆匆的回家了。至于接待过这种外路"风雅"人的神女呢，前一夜也许陆续接待过了三个麻阳船水手，后一夜又得陪伴两个贵州省牛皮商人。这些妇人照例说不定还被一个散兵游勇，一个县公署执达吏，一个公安局书记，或一个当地小流氓，长时期包定占有，客来时那人往烟馆过夜，客去后再回到妇人身边来烧烟。

妓女的数目占城中人口比例数不小。因此仿佛有各种原因，她们的年龄都比其他大都市更无限制。有些人年在五十以上，还不甘自弃，同十六七岁孙女辈前来参加这种生活斗争，每日轮流接待水手同军营中火。也有年纪不过十四五岁，乳臭尚未脱尽，便在那儿服侍客人过夜的。

她们的技艺是烧烧鸦片烟，唱点流行小曲，若来客是粮子上跑四方人物，还得唱唱军歌党歌，和时下电影明星的新歌，应酬应酬，增加兴趣。她们的收入有些一次可得洋钱二十三十，有些一整夜又只得一块八毛。这些人有病本不算一回事。实在病重了，不能作生意挣饭吃，间或就上街走到西药房去打针，六零六三零三扎那么几下，或请走方郎中配副药，朱砂茯苓乱吃一阵，只要支持得下去，总不会坐下来吃白饭。直到病倒了，毫无希望可言了，就叫毛伙用门板抬到那类住在空船中孤身过日子的老妇人身边去，尽她咽最后那一口气。死去时亲人呼天抢地哭一阵，罄所有请和尚安魂念经，再托人赊购副四合头棺木，或借"大加一"买副薄薄板片，土里一埋也就完事了。

桃源地方已有公路，直达号称湘西咽喉的武陵（常德），每日都有八辆十辆新式载客汽车，按照一定时刻在公路上奔驰，距常德约九十里，车票价钱一元零。这公路从常德且直达湖南省会长沙，汽车路程约四小时，车票价约六元。公路通车时，有人说这条公路在湘省经济上具有极大意义，意思是对于黔省出口特货运输可方便不少。这人似乎不知道特货过境每次必三百担五百担，公路上一天不过十几辆汽车来回，若非特货再加以精制，每天能运输特货多少？关于特货的精制，在各省严厉禁烟宣传中，平民谁还有胆量来作这种非法勾当。假若在桃源县某种铺子里，居然有人能够设法购买一点黄色粉末药物，作为谈天口气，随便问问，就会弄明白那货物的来源是有来头的。信不信由你，大股东中大头脑有什么"龄"字辈"子"字辈，还有沿江之督办，上海之闻人。且明白出产地并不是桃源县城，沿江上行六十里，有二十部机器日夜加工，运输出口时或用轮船直往汉口，却不需借公路汽车转运长沙。

真可称为桃源名产值得引人注意却照例不及注意的，是家鸡同鸡卵，街头巷尾无处不可以发现这种冠赤如火庞大庄严的生物，经常有重达一二十斤的。凡过路人初见这地方鸡卵，必以为鸭卵或鹅卵。其次，桃源有一种小划子，轻捷，稳当，干净，在沅水中可称首屈一指。一个外省旅行者，若想从湘西的永绥、乾城、凤凰研究湘边苗族的分布状况，或想从湘西往四川的酉阳、秀山调查桐油的生产，往贵州的铜仁调查朱砂水银的生产，往玉屏调查竹料种类，注意造箫制纸的手工业生产情况，皆可在桃源县魁星阁下边，雇妥那么一只小船，沿沅水溯流而上，直达目的地，到地时取行李上岸落店，毫无何等困难。

一只桃源小划子上只能装载一二客人。照例要个舵手，管理后梢，调动船只左右。张挂风帆，松紧帆索，捕捉河面山谷中的微风。放缆拉船，量渡河面宽窄与河流水势，伸缩竹缆。另外还要个拦头工人，上滩下滩时看水认容口，出事前提醒舵手躲避石头、恶浪与流，出事后点篙子需要准确，稳重。这种人还要有胆量，有气力，有经验。张帆落帆都得很敏捷的即时拉桅下绳索。走风船行如箭时，便蹲坐在船头上叫喝呼啸，嘲笑同行落后的船只。自己船只落后被人嘲骂时，还要回骂；人家唱歌也得用歌声作答。两船相碰说理时，不让别人占便宜。动手打架时，先把篙子抽出拿在手上。船只逼入急流乱石中，不问冬夏，都得敏捷而勇敢的脱光衣裤，向急流中跑去，在水里尽肩背之力使船只离开险境。掌舵的因事故不能尽职，就从船顶爬过船尾去，作个临时舵手。船上若有小水手，还应事事照料小水手，指点小水手。更有一份不可推却的职务，便是在一切过失上，应与掌舵的各据小船一头，相互辱宗骂祖，继续使船前进，小船除此两人以外，尚需要个小水手居于杂务地位，淘米，烧饭，切菜，洗碗，无事不作。行船时应荡桨就帮同荡桨，应点篙就帮同持篙。这种小水手大都在学习期间，应处处留心，取得经验同本领。除了学习看水，看风，记石头，使用篙桨以外，也学习挨打挨骂。尽各种古怪稀奇字眼儿成天在耳边反复响着，好好的保留在记忆里，将来长大时再用它来辱骂旁人。上行无风吹，一个人还负了纤板，曳着一段竹缆，在荒凉河岸小路上拉船前进。小船停泊码头边时，又得规规矩矩守船。关于他们的经济情势，舵手多为船家长年雇工，平均算来合八分到一角钱一天。拦头工有长年雇定的，人若年富力强多经验，待遇同掌舵的差不多。若只是短期包来回，上行平均每天可得一毛或一毛五分钱，下行则尽义务吃白饭而已。至于小水手，学习期限看年龄同本事来，有些人每天可得两分钱作零用，有些人在船上三年五载吃白饭。上滩时一个不小心，闪不知被自己手中竹篙弹入乱石激流中，泅水技术又不在行，在水中淹死了，船方面写得有字据，生死家长不能过问。掌舵的把死者剩余的一点衣服交给亲长说明白落水情形后，烧几百钱纸，手续便清楚了。

一只桃源划子，有了这样三个水手，再加上一个需要赶路，有耐心，不嫌孤独，能花个二十三十的乘客，这船便在一条清明透澈的沅水上下游移动起来了。在这条河里在这种小船上作乘客，最先见于记载的一人，应当是那疯疯癫癫的楚逐臣屈原。在他自己的文章里，他就说道："朝发汪渚兮，夕宿辰阳。"若果他那文章还值得称引，我们尚可以就"沅有芷兮澧有兰"与"乘上沅"这些话，估想他当年或许就坐了这种小船，溯流而上，到过出产香草香花的沅州。沅州上游不远有个白燕溪，小溪谷里生长芷草，到如今还随处可见。这种兰科植物生根在悬崖罅隙间，或蔓延到松树枝桠上，长叶飘拂，花朵下垂成一长串，风致楚楚。花叶形体较建兰柔和，香味较建兰淡远。游白燕溪的可坐小船去，船上人若伸手可及，多随意伸手摘花，顷刻就成一束。若崖石过高，还可以用竹篙将花打下，尽它堕入清溪洄流里，再用手去清溪里把花捞起。除了兰芷以外，还有不少香草香花，在溪边崖下繁殖。那种黛色无际的崖石，那种一丛丛幽香眩目的奇葩，那种小小洄旋的溪流，合成一个如何不可言说迷人心目的圣境！若没有这种地方，屈原便再疯一点，据我想来，他文章未必就能写得那么美丽。

什么人看了我这个记载，若神往于香草香花的沅州，居然从桃源包了小船，过沅州去，希望实地研究解决《楚辞》上几个草木问题。到了沅州南门城边，也许无意中会一眼瞥见城门上有一片触目黑色。因好奇想明白它，一时可无从向谁去询问。他所见到的只是一片新的血迹，并非什么古迹。大约在清党前后，有个晃州姓唐的青年，北京农科大学毕业生，在沅州晃州两县，用党务特派员资格，率领了两万以上四乡农民和一些青年学生，肩持各种农具，上城请愿。守城兵先已得到长官命令，不许请愿群众进城。于是双方自然而然发生了冲突。一面是旗帜，木棒，呼喊与愤怒，一面是居高临下，一尊机关枪同十枝步枪。街道既那么窄，结果站在最前线上的特派员同四十多个青年学生与农民，便全在城门边牺牲了。其余农民一看情形不对，抛下农具四散跑了。那个特派员的尸体，于是被兵士用刺刀钉在城门木板上示众三天，三天过后，便连同其他牺牲者，一齐抛入屈原所称赞的清流里喂鱼吃了。几年来本地人在内战反复中被派捐拉夫，在应付差役中把日子混过去，大致把这件事也慢慢的忘掉了。

桃源小船载到沅州府，舵手把客人行李扛上岸，讨得酒钱回船时，这些水手必乘兴过南门外皮匠街走走。那地方同桃源的后江差不多，住下不少经营最古职业的人物，地方既非商埠，价钱可公道一些。花五角钱关一次门，上船时还可以得一包黄油油的上净烟丝，那是十年前的规矩。照目前百物昂贵情形想来，一切当然已不同了，出钱的花费也许得多一点，收钱的待客也许早已改用"美丽牌"代替"上净丝"了。

或有人在皮匠街蓦然间遇见水手，对水手发问："弄船的，'肥水不落外人田'，家里有的你让别人用，用别人的你还得花钱，这上算吗？"

那水手一定会拍着腰间麂皮抱兜，笑眯眯的回答说："大爷，'羊毛出在羊身上'，这钱不是我桃源人的钱，上算的。"

他回答的只是后半截，前半截却不必提。本人正在沅州，离桃源远过六七百里，桃源那一个他管不着。

便因为这点哲学，水手们的生活，比起"风雅人"来似乎也洒脱多了。

若说话不犯忌讳，无人疑心我"袒护无产阶级"，我还想说，他们的行为，比起那些读了些"子曰"，带了《五百家香艳诗》去桃源寻幽访胜，过后江讨经验的"风雅人"来，也实在还道德的多。

⊙**作品赏析**

　　《桃源与沅州》写于 1935 年，记叙了桃源与沅州地区的景况、人物、出产、风俗与民情等。作者在开篇将陶渊明《桃花源记》中所描述的桃花源与现实中的桃花源相对照，为全文定下基调："住在那儿的人呢，却无人自以为是遗民或神仙，也从不曾有人遇着遗民或神仙。"接着作者以从桃源坐船沿沅水上游为线索，对那里的风情人物极事铺陈。在作者笔下，那里是一个美丽、封闭、自给的世界，那里的人们卑微、愚浑而淳朴。作者着重描述了桃源妓女和沅水水手这两类人物，反映了妓女们性格中柔弱而坚强的一面，水手们在困境中勇敢、乐观生活的精神，对他们的凄苦悲惨生活寄予了深深的同情，同时对虚伪的"风雅人"进行了辛辣的嘲讽。文章结构舒展，笔调沉郁，在平静的叙述中为人们展示了一幅浪漫中和着严肃、美丽中缠着残忍的桃源沅州风情画。

发疯 / 冯雪峰

　　人们都同情疯子。

　　然而这同情立即受试验了，只要疯子向人们走去，人们就立即厌恶地走开。

　　此外，还或者讪笑他，或者让他吃泥土或大小便，或者毒打他，或者将他幽禁起来，也都是同情的表现。

　　这来试验人们的同情的，就是疯子自己，一切都是他亲自来领受了。

　　就是疯子自己，再亲自来领受一回社会的同情了。

　　就是他自己再一度的向社会肉搏了。

　　他大抵不相信社会是坚硬的，或者知道它坚硬而以为自己比它更坚硬。

　　他大抵也不知道自己是违反社会的，或者知道而偏偏反抗着它。

　　疯子唯一使人欢喜的，就是他使人莫可如何；就是他的想头，他的行为，他的失常了的神经，都和人们不合，使他们大大不安，却已经没有办法说服他，除了打他，将他关起来，或者活活地治死他。

　　疯子唯一使人憎恶的，也就在此。

　　他从此走到发疯。在他发疯的时候显示疯子的正态，也显出了社会的正态，显出了一切好心人的正态，于是他再肉搏着社会，再走近人们，他想再拥抱这真实的社会。他就不会以为他在发疯。

· 作者简介 ·

　　冯雪峰（1903—1976），浙江义乌人。1921年考入浙江省立第一师范。1922年与汪静之等组织湖畔诗社，出版合诗集《湖畔》。1925年到北京大学旁听日语，1926年开始翻译日本、苏联的文学作品及文艺理论专著。1927年加入中国共产党。

　　1929年参加筹备中国左翼作家联盟，1931年任"左联"党团书记、中国共产党上海文化工作委员会书记，编辑出版《前哨》杂志。同年10月，在瞿秋白指导下，起草《中国无产阶级革命的文学新任务》决议，成为此后左联指导性文件。1937年回家乡，创作反映长征的长篇小说《卢代之死》。1941年被捕，囚于上饶集中营。在狱中写了几十首新诗，后结集为《真实之歌》。1942年被营救出狱。1950年任上海市文联副主席，鲁迅著作编刊社社长兼总编。1951年调北京，先后任人民文学出版社社长兼总编、《文艺报》主编，中国作协副主席、党组书记。1976年患肺癌去世。

他就不会以为在发疯，因为他在肉搏着真实的社会。这真实使他大大地欢喜，使他拿出了一切的真诚，他用尽一切的真诚去迎接一切的真实。他爱这样干，这早已使他失常，使他发了疯了，而他也真的拥抱着社会的真实了。

他的确有点不近人情，因为他太爱追求社会的真实，太爱和社会的真实碰击，而且太爱拿出自己的真诚，用了自己的生命去碰击。于是就看见了完全的真实；然而又始终以为还不够真实。

疯子发疯的唯一理由，是以他自己的真实，恰恰碰触着社会的真实。

疯子发疯而不立即死亡，是因为他碰触着真实的一瞬间，他看见真实了，于是他发疯了，然而又以为还不够真实，于是又继续追求，继续肉搏，似乎想透过那真实再寻求出另外的真实来；于是又继续发疯。

疯子发疯而不立即清醒过来，原因也就在此。

疯子从这里显出了他的坚强，然而也从这里显出他的软弱。

他爱和真实碰触，用自己的真实去肉搏。不畏避一切的冷酷，不屈服于一切的坚硬，也不为一切的温顺所软化，偏偏要走通自己的路，从这里疯子看见自己是一个强者。

然而他又不相信一切掷来的逆袭，他不甘于这逆袭，他不相信这就是社会的正态，他还以为在真实背后还有真实，在虚伪之中必有真诚，他甚至碰见坚硬时又想找到温软，遇到冰冷时又想送过来暖热，——在这里疯子显出了自己的软弱。

然而他又不甘服于自己的软弱，也不相信自己的坚强，他还以为自己还要更坚强。

他从此走到发疯，于是也从此走到灭亡。

他从此走到灭亡，因为他是强者，然而又是弱者。

社会就在找着强者碰击。社会在找着坚强的东西来强折，以证明它自己的坚硬。

社会在找着弱者作溃口。它压榨着一切的软弱的东西，向着软弱的地方压倒过去——一切软弱的就都是一切看得见的和看不见的魔群所扑击的目标，也就都是种种的积脓的溃决的出口。

社会适合于不强不弱者生存。一切中庸主义者是不会发疯了，也不会灭亡的。

一切市侩和市侩主义者，也不会发疯，也不会灭亡。

一切聪明的人都不会发疯，都不会灭亡。

然而一切最强者也不会发疯，因为他碰得过社会。

而一切最弱者也不会发疯，因为早被压死了。

因此，只有疯子从此走到发疯，也从此走到灭亡。因为他是强者，而又是弱者；他是弱者，然而又自以为强者。

疯子是这社会的这时代的恰好的牺牲者。

这时代，这社会，在要求着这样的牺牲，这牺牲是实在的，因此，还赢得了人们的同情和厌恶。

这牺牲是实在的，因此，据说现在发疯最多的就是青年了。

青年是以为应该反抗社会，能够反抗社会，然而又以为社会原是应该容易支使的，应该温暖，一切都不应该碰壁的。他是强者，然而又是弱者。自然，青年是要供这时代的牺牲了。

这牺牲自然是实在的，因此，又据说现在发疯最多的就是妇女了。

妇女是以为应该觉醒，已经觉醒，应该反抗传统，反抗一切压迫的，然而又以为社会是应该公平，也应该温暖，她的觉醒与反抗应该受赞许，受欢迎的。她是觉醒者，然而又还没有完全的觉醒。自然，妇女又应该供这时代的牺牲了。

这牺牲自然都是实在的，因此，都赢得了讥笑和厌恶和虐待。

因此，据说发疯最多的，任何时代，都是那有反抗传统和社会的狂气的人。

任何时代，一切有狂气的人，一切天才，半天才，和自以为天才的人，都要试着去反抗传统，反抗社会，然而又都是小孩一般地天真，青年一般地"不聪明"。

任何时代，一切有狂气的人，都是强者。然而又都是弱者。

强者然而又是弱者，因此，任何时代，一切疯子从此走到发疯，也从此走到灭亡。

因此，疯子是这时代的这社会的恰好的牺牲者。

这时代，这社会，在要求着这样的牺牲；然而因此，就在要求着疯子以上的大疯狂者，要求着强者以上的强者。

要求着大疯狂者的肉搏。

要求着最强者的反抗。

⊙作品赏析

在湖畔诗社的光环下，我们认识了最初的冯雪峰，从《湖畔》到《真实之歌》再到《回忆鲁迅》，无不包含了作者曲折的人生境遇和饱受挫折的心灵压抑。他的一生充满了意念上的自我放逐，甚至深深的精神困境。

这大概也是我们分析《发疯》前提的背景，也是我们面对作者如此不同寻常笔法却不曾惊诧的最为坚实的理由。文章不管从立意还是从整体蕴含的情感上都带着不可思议的笔调，作者倾向于为所谓的疯子作出辩护：这是一个真实的人在以自己的真实触碰时代和社会的真实，他不愿醒来只是他还想继续肉搏这个虚伪的社会，他是自己生命的最强者，也是世俗人眼中的最虚弱者。如果我们回归到作者所处的时代，也许就会认真地认为这是真实的命运的捉弄，多少坚持理想的青年在惨淡的社会氛围下无奈地挣扎，并且几乎是没有挣脱的可能，就像鲁迅说的，醒来了却无路可走的人是最为可怜的。

文章笔调相当哀婉，为疯子的抗争洒下了最真实的同情的眼泪，因为在作者眼中这不是真正的发疯者，只不过是他的苏醒在沉睡者的群体中被当做格格不入的发疯者而已。所以在情感的表达上，作者可谓爱憎分明，带着对所谓疯子的偏爱发出了对这个中庸主义社会的严厉的抨击：疯子是这社会的这时代的恰好的牺牲者。

西湖的雪景 / 钟敬文

从来谈论西湖之胜景的，大抵注目于春夏两季；而各地游客，也多于此时翩然来临。——秋季游人已渐少，入冬后，则更形疏落了。这当中自然有以致其然的道理。春夏之间，气温和暖，湖上风物，应时佳胜，或"杂花生树，群莺乱飞"，或"浴晴鸥鹭争飞，拂袂荷风荐爽"，都是要教人眷眷不易忘情的。于此时节，往来湖上，沉醉于柔媚芳馨的情味中，谁说不应该呢？但是春花固可爱，秋月不是也要使人销魂么？四时的烟景不同，而真赏者各能得其佳趣；不过，这未易以论于一般人罢了。高深父先生曾告诉过我们："若能高朗其怀，旷达其意，超尘脱俗，别具天眼，揽景会心，便得真趣。"我们虽不成材，但对于先贤这种深于体验的话，也忍只当做全无关系的耳边风么？

自宋朝以来，平章西湖风景的，有所谓"西湖十景，钱塘十景"之说，虽里面也曾列入"断桥残雪"，"孤山霁雪"两个名目，但实际上，真的会去赏玩这种清寒不很近情的景致的，怕没有多少人吧。《四时幽赏录》的著者，在"冬时幽赏"门中，言及雪景的，几占十分的七八，其名目有"雪霁策蹇寻梅"，"三茅山顶望江天雪霁"，"西溪道中玩雪"，"扫雪烹茶玩画"，"雪夜煨芋谈禅"，"山窗听雪敲竹"，"雪后镇海楼观晚炊"等。其中大半所述景色，读了不禁移人神思，固不徒文字粹美而已。但他是一位潇洒出尘的名士，所以能够有此独具心眼的幽赏；我们一方面自然佩服他心情的深湛，另方面却也可以证出能领略此中奥味者之所以稀少的必然了。

西湖的雪景，我共玩了两次。第一次是在此间初下雪的第三天。我于午前十点钟时才出去。一个人从校门乘黄包车到湖滨下车，徒步走出钱塘门。经白堤，旋转入孤山路。沿孤山西行，到西泠桥，折由大道回来。此次雪本不大，加以出去时间太迟，山野上盖着的，大都已消去，所以没有什么动人之处。现在我要细述的，是第二次的重游。

那天是一月廿四日。因为在床上感到意外冰冷之故，清晨初醒来时，我便预知昨宵是下了雪。果然，当我打开房门一看时，对面房屋的瓦上全变成白色了，天井中一株木樨花的枝叶上，也粘缀着一小堆一小堆的白粉。详细的看去，觉得比日前两三回所下的都来得大些。因为以前的，虽然也铺盖了屋顶，但有些瓦沟上却仍然是黑色，这天却一色地白着，绝少铺不匀的地方了。并且都厚厚的，约莫有一两寸高的程度。日前的雪，虽然铺满了屋顶，但于木樨花树，却好像全无关系似的，此回它可不免受影响了，这也是雪落得比较大些的明证。

老李照例是起得很迟的，有时我上了两课下来，才看见他在房里穿衣服，预备上办公厅去。这天，我起来跑到他的房里，把他叫醒之后，他犹带着几分睡意的问我："老钟，今天外面有没有下雪？"我回答他说："不但有呢，并且颇大。"他起初怀疑着，直待我把窗内的白布幔拉开，让他望见了屋顶才肯相信。"老钟，我们今天到灵隐去耍子吧？"他很高兴的说。我"哼"的应了一声，便回到自己的房里来了。

我们在校门上车时，大约已九点钟左右了。时小雨霏霏，冷风拂人如泼水。从车帘两旁缺处望出去，路旁高起之地，和所有一切高低不平的屋顶，都撒着白面粉似的，又如铺陈着新打好的棉被一般。街上的已大半变成雪泥，车子在上面碾过，不绝的发出唧唧的声音，与车轮转动时磨擦着中间横木的音响相杂。

我们到了湖滨，便换登汽车。往时这条路线的搭客是颇热闹的，现在却很零落了。

同车的不到十个人，为遨游而来的客人还怕没有一半。当车驶过白堤时，我们向车外眺望内外湖风景，但见一片迷蒙的水气弥漫着，对面的山峰，只有一个几乎辨不清楚的薄影。葛岭、宝石山这边，因为距离比较密迩的缘故，山上的积雪和树木，大略可以看得出来；但地位较高的保塔，便陷于朦胧中了。到西泠桥前近时，再回望湖中，见湖心亭四围枯秃的树干，好似怯寒般的在那里呆立着，我不禁联想起《陶庵梦忆》中一段情词俱幽绝的文字来：

> 崇祯五年十二月，余住西湖。大雪三日，湖中人鸟声俱绝。是日更定矣，余拿一小舟，拥毳衣炉火，独往湖心亭。天与云与水上下一白。湖上影子，惟长堤一痕，湖心亭一点，与余舟一芥，舟中人两三粒而已。到亭上，有两人铺毡对坐，一童子烧酒，炉正沸。见余大喜，曰："湖中焉得更有此人！"拉余同饮，余强饮三大白而别。问其姓氏，是金陵人，客此。及下船，舟子喃喃曰："莫说相公痴，更有痴似相公者！"（《湖心亭看雪》）

不知这时的湖心亭上，尚有此种痴人否？心里不觉漠然了一会。车过西泠桥以后，车暂驶行于两边山岭林木连接着的野道中。所有的山上，都堆积着很厚的雪块，虽然不能如瓦屋上那样铺填得均匀普遍，那一片片清白的光彩，却尽够使我感到宇宙的清寒、壮旷与纯洁！常绿树的枝叶后所堆着的雪，和枯树上的，很有差别。前者因为有叶子衬托着之故，雪上特别堆积得大块点，远远望去，如开满了白的山茶花，或吾乡的水锦花。后者，则只有一小小块的雪片能够在上面粘着不堕落下去，与刚著花的梅李树绝地相似。实在，我初头几乎把那些近在路旁的几株错认了。野上半黄或全赤了的枯草，多压在两三寸厚的雪褥下面；有些枝条软弱的树，也被压抑得欹欹倒倒的。路上行人很稀少。道旁野人的屋里，时见有衣饰破旧而笨重的老人、童子，在围着火炉取暖。看了那种古朴清贫的情况，仿佛令我忘怀了我们所处时代的纷扰、繁遽了。

到了灵隐山门，我们便下车了。一走进去，空气怪清冷的，不但没有游客，往时那些卖念珠、古钱、天竺筷子的小贩子也不见了。石道上铺积着颇深的雪泥。飞来峰疏疏落落的着了许多雪块，清泠亭及其它建筑物的顶面，一例的密盖着纯白色的毡毯。一个拍照的，当我们刚进门时，便紧紧的跟在后面。因为老李的高兴，我们便在清泠亭旁照了两个影。

好奇心打动着我，使我感觉到眼前所看到的之不满足，而更向处境较幽深的韬光庵去。我幽悄地尽移着步向前走，老李也不声张的跟着我。从灵隐寺到韬光庵的这条山径，实际上虽不见怎样的长；但颇深曲而饶于风致。这里的雪，要比城中和湖上各处的都大些。在径上的雪块，大约有半尺来厚，两旁树上的积雪，也比来路上所见的浓重。曾来游玩过的人，该不会忘记的吧，这条路上两旁是怎样的繁植着高高的绿竹。这时，竹枝和竹叶上，大都着满了雪，向下低低地垂着。《四时幽赏录》"山窗听雪敲竹"条云："飞雪有声，惟在竹间最雅。山窗寒夜：时听雪洒竹林；淅沥萧萧，连翩瑟瑟，声韵悠然，逸我清听。忽尔回风交急，折竹一声，使我寒毡增冷。"这种风味，可惜我没有福分消受。

在冬天，本来是游客冷落的时候，何况这样雨雪清冷的日子呢？所以当我们跑到庵里时，别的游人一个都没有，——这在我们上山时看山径上的足迹便可以晓得的——而僧人的眼色里，并且也有一种觉得怪异的表示。我们一直跑上最后的观海亭。那里石阶上下都厚厚地堆满了水沫似的雪，亭前的树上，雪着得很重，在雪的下层并结了冰块。旁边有几株山茶花，正在艳开着粉红色的花朵。那花朵有些堕下来的，半掩在雪花里，红白相映，色彩灿然，使我们感到华而不俗，清而不寒；因而联忆起那"天寒翠袖薄，日暮倚修竹"的美人儿来。

登上这亭，在平日是可以近瞰西湖，远望浙江，甚而至于缥缈的沧海的，可是此刻却不能了。离庵不远的山岭、僧房、竹树，尚勉强可见，稍远则封锁在茫漠的烟雾里了。

空斋蹋壁卧，忽梦溪山好。朝骑秃尾驴，来寻雪中道。石壁引孤松，长空没飞鸟。不见远山横，寒烟起林抄。（《雪中登黄山》）

我倚着亭柱，默默地在咀嚼着王渔洋这首五言诗的清妙；尤其是结尾两句，更道破了雪景的三昧。但说不定许多没有经验的人，要妄笑它是无味的诗句呢。文艺的真赏鉴，本来是件不容易的事，这又何必咄咄见怪？自己解说了一番，心里也就释然了。

本来拟在僧房里吃素面的，不知为什么，竟跑到山门前的酒楼喝酒。老李不能多喝，我一个人也就无多兴致干杯了。在那里，我把在山径上带下来的一团冷雪，放进在酒杯里混着喝。堂倌看了说："这是顶上的冰淇淋呢。"

半因为等不到汽车，半因为想多玩一点雪景，我们决意步行到岳坟才叫划子去游湖。一路上，虽然走的是来时汽车经过的故道，但在徒步观赏中，不免觉得更有情味了。我们的革履，踏着一两寸厚的雪泥前进，频频地发出一种清脆的声音。有时路旁树枝上的雪块，忽然掉了下来，着在我们的外套上，正前人所谓"玉堕冰柯，沾衣生湿"的情景。我迟回着我的步履，旷展着我的视域，油然有一脉浓重而灵秘的诗情，浮上我的心头来，使我幽然意远，漠然神凝。郑綮答人家自己的诗思，在灞桥雪中，驴背上，真是怪懂得趣儿的说法！

当我们在岳王庙前登舟时，雪又纷纷的下起来了。湖里除了我们的一只小划子以外，再看不到别的舟楫。平湖漠漠，一切都沉默无哗。舟穿过西泠桥，缓泛里西湖中，孤山和对面诸山及上下的楼亭、房屋，都白了头，在风雪中兀立着。山径上，望不见一个人影；湖面连水鸟都没有踪迹，只有乱飘的雪花堕下时，微起些涟漪而已。柳宗元诗云："千山鸟飞绝，万径人踪灭。孤舟蓑笠翁，独钓寒江雪。"我想这时如果有一个渔翁在垂钓，它很可以借来说明眼前的景物呢。

舟将驶近断桥的时候，雪花飞飘得更其凌乱。我们向北一面的外套，差不多大半白而且湿了。风也似乎吹得格外紧劲些，我的脸不能向它吹来的方面望去。因为革履渗进了雪水的缘故，双足尤冰冻得难忍。这时，从来不多开过口的舟子，忽然问我们说："你们觉得此处比较寒冷么？"我们问他什么缘故。据说是宝石山一带的雪山风吹过来的原因。我于是默默的兴想到知识的范围和它的获得等重大的问题上去了。

我们到湖滨登岸时，已是下午三点余钟了。公园中各处都堆满了雪，有些已变成泥泞。除了极少数在待生意的舟子和别的苦力之外，平日朝夕在此间舒舒地来往着的少男少女、老爷太太，此时大都密藏在"销金帐中，低斟浅酌，饮羊羔美酒"，——

至少也靠在腾着血焰的火炉旁，陪伴家人或挚友，无忧虑地在大谈其闲天。——以享乐着他们幸福的时光，再不愿来风狂雪乱的水涯，消受贫穷人所应受的寒冷了！这次的薄游，虽然也给了我些牢骚和别的苦味，但我要用良心做担保的说，它所给予我的心灵深处的欢悦，是无穷地深远的！可惜我的诗笔是钝秃了。否则，我将如何超越了一切古诗人的狂热地歌咏了它呢！

好吧，容我在这儿诚心沥情地说一声，谢谢雪的西湖，谢谢西湖的雪！

⊙**作品赏析**

文章以游踪为线索，采取移步换景的手法，从白堤、西泠桥，到灵隐寺、韬光庵，最后泛舟过断桥，直至登岸，从不同的角度，以多变的笔法细致地勾勒出各个景点雪景的不同情态，将西湖的雪景写得气象万千、丰富多彩。作者独具慧眼，以细腻的笔调挖掘出远处的、眼前的、树上的、湖面的、漫飘的、堆积的等形态各异的雪景，惟妙惟肖地刻画出了西湖雪的色彩之美、朦胧之美，使人仿佛身临其境，如同亲临现场"幽赏"一般。文中多处引用了古诗文佳句，古今相联，使文章平添许多光彩。

崇高的母性 / 黎烈文

辛辛苦苦在外国念了几年书回来，正想做点事情的时候，却忽然莫名其妙地病了，妻心里的懊恼，抑郁，真是难以言传的。

睡了将近一个月，妻自己和我都不曾想到那是有了小孩。我们完全没有料到他会来得那么迅速。

最初从医生口中听到这消息时，我可真的有点慌急了，这正像自己的阵势还没有摆好，敌人就已跑来挑战一样。可是回过头去看妻时，她正在窥伺着我的脸色，彼此的眼光一碰到，她便红着脸把头转过一边，但就在这闪电似的一瞥中，我已看到她是不单没有一点怨恨，还简直显露出喜悦。

"啊，她倒高兴有小孩呢！"我心里这样想，感觉着几分诧异。

从此，妻就安心地调养着，一句怨话也没有；还恐怕我不欢迎孩子，时常拿话安慰我：

"一个小孩是没有关系的，以后断不再生了。"

妻是向来爱洁的，这以后就洗浴得更勤；起居一切都格外谨慎，每天还规定了时间散步。一句话，她是从来不曾这样注重过自己的身体。她虽不说，但我却知道，即使一饮一食，一举一动，她都顾虑着腹

· 作者简介 ·

黎烈文（1904—1972），又名六曾，笔名李维克、达五、达六等。湖南湘潭人。1922年任商务印书馆编辑。1926年先后赴日本、法国学习。1932年回国后，任《申报》副刊"自由谈"主编。1935年与鲁迅、茅盾、黄源等组织译文社，从事外国文学的翻译介绍工作。1936年主编《中流》半月刊。抗日战争时期在福建从事教育和出版工作。1946年初，任台北《新生报》副社长。1947年起，任台湾大学文学院西洋文学系教授，执教20余年。1972年在台北病逝。主要著作有《西洋文学史》、《法国文学巡礼》、《崇高的女性》（散文集）、《艺文谈片》等。翻译的名著有《红与黑》、《冰岛渔夫》、《乡下医生》等。

内的小孩。

肚子一天天大起来，她所有的洋服都小了，从前那样爱美的她，现在却穿着一点样子也没有的宽大的中国衣裳，在霞飞路那样热闹的街道上悠然地走着，一点也不感觉着局促。

有些生过小孩的女人，劝她用带子在肚上勒一勒，免得孩子长得太大，将来难于生产，但她却固执地不肯，她宁愿冒着自己的生命的危险，也不愿妨害那没有出世的小东西的发育。

妻从小就失去了怙恃，我呢，虽然父母全在，但却远远地隔着万重山水。因此，凡是小孩生下时需用的一切，全得由两个没有经验的青年去预备。我那时正在一个外国通讯社做记者，整天忙碌着，很少功夫管到家里的事情，于是妻便请教着那些做过母亲的女人，悄悄地预备这样，预备那样。还怕裁缝做的小衣给初生的婴儿穿着不舒服，竟买了一些软和的料子，自己别出心裁地缝制起来。小帽小鞋等件，不用说都是她一手做出的。看着她那样热心地，愉快地做着这些琐事，任何人都不会相信这是一个在外国大学受过教育的女子。

医院是在分娩前四五个月就已定好了，我们恐怕私人医院不可靠，这是一个很大的公立医院。这医院的产科主任是一个和善的美国女人。因为妻能说流畅的英语，每次到医院去看时，总是由主任亲自诊察，而又诊察得那么仔细！这美国女人并且答应将来妻去生产时，由她亲自收生。

因此，每次由医院回来，妻便显得更加宽慰，更加高兴。她是一心一意在等着做母亲。有时孩子在肚内动得太厉害，我听到妻说难过，不免皱着眉说：

"怎么还没生下地就吵得这样凶！"

妻却立刻忘了自己的痛苦，带着慈母偏护劣子的神情，回答我道：

"像你罗！"

临盆的时期终于伴着严冬迫来了。我这时却因为退出了外国通讯社，接编了一个报纸的副刊，忙得格外凶。

现在我还分明地记得：十二月二十五那晚，十二点过后，我由报馆回家时，妻正在灯下焦急地等待着我。一见面她便告诉我小孩怕要出生了，因为她这天下午身上有了血迹。她自己和小孩的东西，都已收拾在一只大皮箱里。她是在等我回来商量要不要上医院。

虽是临到了那样性命交关的时候，她却镇定而又勇敢，说话依旧那么从容，脸上依旧浮着那么可爱的微笑。

一点做父亲的经验也没有的我，自然觉得把她送到医院里妥当些。于是立刻雇了汽车，陪她到了预定的医院。

可是过了一晚，妻还一点动静都没有，而我在报馆的职务是没人替代的，只好叫女仆在医院里陪伴着她，自己带着一颗惶忧不宁的心，照旧上报馆工作。临走时，妻拿着我的手说：

"真不知道会要生下一个什么样子的小孩呢！"

妻是最爱漂亮的，我知道她在担心生下一个丑孩子，引得我不喜欢。我笑着回答：

"只要你平安，随便生下一个什么样子的小孩，我都喜欢的。"

她听了这话，用了充满谢意的眼睛凝视着我，拿法国话对我说道：

——Oh！merci！tu es bien bon！（啊！谢谢你！你真好！）

在医院里足足住了两天两晚，小孩还没生，妻是简直等得不耐烦了。直到二十八日清早，我到医院时，看护妇才笑嘻嘻地迎着告诉我：小孩已经在夜里十一点钟生下了，一个男孩子，大小都平安。

我高兴极了，连忙奔到妻所住的病房一看，她正熟睡着，作伴的女仆在一旁打盹。只一夜功夫，妻的眼眶已凹进了好多，脸色也非常憔悴，一见便知道经过一番很大的挣扎。

不一会，妻便醒来了，睁开眼，看见我立在床前，便流露一个那样凄苦而又得意的微笑，仿佛在对我说："我已经越过了死线，我已经做着母亲了！"

我含着感激的眼泪，吻着她的额发时，她就低低地问我道：

"看到了小东西没有？"

我正要跑往婴儿室去看，主任医师和她的助手——一位中国女医士，已经捧着小孩进来了。

虽然妻的身体那样弱，婴孩倒是颇大的，圆圆的脸盘，两眼的距离相当阔，样子全像妻。

据医生说，发作之后三个多钟头，小孩就下了地，并没动手术，头胎能够这样要算是顶好的。

助产的中国女士还笑着告诉我：

"真有趣！小孩刚刚出来，她自己还在痛得发晕的当儿，便急着问我们五官生得怎样！"

妻要求医生把小孩放在她被里睡一睡。她勉强侧起身子，瞧着这刚从自己身上出来的，因为怕亮在不息地闪着眼睛的小东西，她完全忘掉了晚来——不，十个月以来的一切苦楚。从那浮现在一张稍稍消瘦的脸上的甜蜜的笑容，我感到她是从来不曾那样开心过。

待到医生退出之后，妻便谈着小孩什么什么地方像我。我明白她是希望我能和她一样爱这小孩的。——她不懂得小孩愈像她，我便爱得愈切！

产后，妻的身体一天好一天。从第三天起，医生便叫看护妇每天把小孩抱来吃两回奶，说这样对于产妇和婴孩都很有利的。瞧着妻腼腆而又不熟练地，但却异常耐心地，睡在床上哺着那因为不能畅意吮吸，时而呱呱地哭叫起来的婴儿的乳，我觉得那是人类最美的图画。我和妻都非常快乐。因着这小东西的到来，我们那寂寞的小家庭，以后将充满生气。我相信只要有着这小孩，妻以后任何事情都不会想做的。从前留学时的豪情壮志，已经完全被这种伟大的母爱驱走了。

然而从第五天起，妻却忽然发热起来。产后发热原是最危险的事，但那时我和妻都一点不明白，我们是那样信赖医院和医生，我们绝料不到会出毛病的。直到发热的第六天，方才知道病人再不能留在那样庸劣的医生手里，非搬出医院另想办法不可。

从发热以来，妻便没有再喂小孩的奶，让他睡在婴儿室里吃着牛乳。婴儿室和妻所住的病房相隔不过几间房子，那里面一排排几十只摇篮睡着全院所有的婴孩。就在妻出院的前一小时，大概是上午八点钟罢，我正和女仆在清着东西，虽然热度很高，但神志仍旧非常清楚的妻，忽然带着惊恐的脸色，从枕上侧耳倾听着，随后用了没有气力的声音对我说道：

"我听到那小东西在哭呢，去看看他怎么弄的啦！"

我留神一下，果然听着遥远的孩子的啼声。跑到婴儿室一看，门微开着，里面一个看护妇也没有，所有的摇篮都是空的，就只剩下一个婴孩在狂哭着，这正是我们的孩子。因为这时恰是吃奶的时间，看护妇把所有的孩子一个一个地送到各人的母亲身边吃奶去了，而我们的孩子是吃牛乳的，看护妇要等别的孩子吃饱了，抱回来之后，才肯喂他。

看到这最早便受到人类的不平的待遇，满脸通红，没命地哭着的自己的孩子，再想到那在危笃中的母亲的锐敏的听觉，我的心是碎了的。然而有什么办法呢？我先得努力救那垂危的母亲。我只好欺骗妻说那是别人的一个生病的孩子在哭着，我狠心地把自己的孩子留在那些像虎狼一般残忍的看护妇的手中，用病院的救护车把妻搬回了家里。

虽然请了好几个名医诊治，但妻的病势是愈加沉重了。大部分时间昏睡着，稍许清楚的时候，便记挂着孩子。我自己也知道孩子留在医院里非常危险，但家里没有人照料，要接回也是不可能的，真不知要怎么办。后来幸而有一个相熟的太太，答应暂时替我们养一养。

孩子是在妻回家后第三天接出医院的，因为饿得太凶，哭得太多的缘故，已经瘦得不成样子，两眼也不灵活了，连哭的气力都没有了，只会干嘶着。并且下身和两腿生满了湿疮。

病得那样厉害的妻，把两颗深陷的眼睛睁得大大的，将抱近病床的孩子凝视了好一会，随后缓缓地说道：

"这不是我的孩子啊！……医院里把我的孩子换了啊！……我的孩子不是这副呆相啊！……"

我确信孩子并没有换掉，不过被医院里糟蹋到这样子罢了。可是无论怎样解释，妻是不肯相信的。她发热得太厉害，这时连悲哀的感觉也失掉了，只是冷冷地否认着。

因为在医院里起病的六天内，完全没有受到适当的医治，妻的病是无可救药了，所有请来的医生都摇头着，打针服药，全只是尽人事。

在四十一二度的高热下，妻什么都糊涂了，但却知道她已有一个孩子；她什么人都忘记了，但却没有忘记她的初生的爱儿。她做着呓语时，旁的什么都不说，就只喃喃地叫着："阿团！团团！弟弟！"大概因为她自己嘴里干得难过罢，她便连想到她的孩子也许口渴了，她有声没气地，反复地说着：

"团团嘴干啦！叫娘姨喂点牛奶给他吃罢！……弟弟口渴啦，叫娘姨倒点开水给他吃罢！……"

妻是从来不曾有过叫喊"团团""弟弟""阿团"那样的经验的，我自己也从来不曾听到她说出这类名字，可是现在她却这样熟稔地，自然地念着这些对于小孩的亲爱的称呼，就像已经做过几十年的母亲一样。——不，世间再没有第二个母亲会把这类名称念得像她那样温柔动人的！

不可避免的瞬间终于到来了！一月十四日早上，妻在我的臂上断了呼吸。然而呼吸断了以后，她的两眼还是茫然地睁开着。直待我轻轻地吻着她的眼皮，在她的耳边说了许多安慰的话，叫她放心着，不要记挂孩子，我一定尽力把他养大，她方才瞑目逝去。

可是过了一会，我忽然发现她的眼角上每一面挂着一颗很大的晶莹的泪珠。我在殡仪馆的人到来之前，悄悄地把它们拭去了。我知道妻这两颗眼泪也是为了她的"阿囝""弟弟"流下的！

⊙ **作品赏析**

这篇悼念亡妻之作，没有号啕，没有痛哭，却感人至深。关键就在于作者以"真"与"情"来运笔，把自己对亡妻的绵绵情愫、妻对孩子的眷眷深情铺染开来。在叙述过程中，作者的情感与情节交织在一起。单从文字表面，看不到作者情感的起伏，他只是把记忆细细浅浅地道出来，仿佛在诉说一个久远的故事。这就是大家风范。事实上，作者的心底蕴有深沉地感伤，但他在文字中予以淡化，情感似乎在虚无缥缈间，实际上已经不经意地弥漫于读者的心胸，久久不能散去。

悼志摩 / 林徽因

入选理由：与冰心、庐隐并称的女作家林徽因的散文经典 悼念徐志摩文章中的最具影响的文章之一 有美术史家鉴赏画品式的精致、唯美

十一月十九日我们的好朋友，许多人都爱戴的新诗人，徐志摩突兀的，不可信的，惨酷的，在飞机上遇险而死去。这消息在二十日的早上像一根针刺猛触到许多朋友的心上，顿使那一早的天墨一般地昏墨，哀恸的咽哽锁住每一个人的嗓子。

志摩……死……谁曾将这两个句子联在一起想过！他是那样活泼的一个人，那样刚刚站在壮年的顶峰上的一个人。朋友们常常惊讶他的活动，他那像小孩般的精神和认真，谁又会想到他死？

突然的，他闯出我们这共同的世界，沉入永远的静寂，不给我们一点预告，一点准备，或是一个最后希望的余地。这种几乎近于忍心的决绝，那一天不知震麻了多少朋友的心？现在那不能否认的事实，仍然无情地挡住我们前面。任凭我们多苦楚的哀悼他的惨死，多迫切的希冀能够仍然接触到他原来的音容，事实是不会为体贴我们这悲念而有些须更改；而他也再不会为不忍我们这伤悼而有些许活动的可能！这难堪的永远静寂和消沉便是死的最残酷处。

· **作者简介** ·

林徽因（1904—1955），中国现代著名诗人、建筑学家。生于浙江杭州的一个书香世家。1920年随父赴英读中学，后考入伦敦圣玛莉学院。同年与徐志摩相识并结为挚友。1924年和梁思成同往美国留学，习建筑学。1928年与梁思成在加拿大结婚，后回国任东北大学建筑系教授。1931年到北京香山双清别墅养病，期间写下了大量的诗歌，不久到中国营造学社供职。1933年与闻一多等创办《学文》月刊。1937年任朱光潜主编的《文学杂志》编委。抗战期间辗转昆明、重庆等地。1949年后参与国徽和人民英雄纪念碑的设计工作，先后任清华大学建筑系教授、北京市都市计划委员会委员兼工程师、建筑学会理事。1955年4月病逝于北京。

我们不迷信的，没有宗教地望着这死的帏幕，更是丝毫没有把握。张开口我们不会呼吁，闭上眼不会入梦，徘徊在理智和情感的边沿，我们不能预期后会，对这死，我们只是永远发怔，吞咽枯涩的泪，待时间来剥削这哀恸的尖锐，痂结我们每次悲悼的创伤。那一天下午初得到消息的许多朋友不是全跑到胡适之先生家里么？但是除却拭泪相对，默然围坐外，谁也没有主意，谁也不知有什么话说，对这死！

谁也没有主意，谁也没有话说！事实不容我们安插任何的希望，情感不容我们不伤悼这突兀的不幸，理智又不容我们有

超自然的幻想！默然相对，默然围坐……而志摩则仍是死去没有回头，没有音讯，永远地不会回头，永远地不会再有音讯。

我们中间没有绝对信命运之说的，但是对着这不测的人生，谁不感到惊异，对着那许多事实的痕迹又如何不感到人力的脆弱，智慧的有限。世事尽有定数？世事尽是偶然？对这永远的疑问我们什么时候能有完全的把握？

在我们前边展开的只是一堆坚质的事实：

"是的，他十九晨有电报来给我……"

"十九早晨，是的！说下午三点准到南苑，派车接……"

"电报是九时从南京飞机场发出的……"

"刚是他开始飞行以后所发……"

"派车接去了，等到四点半……说飞机没有到……"

"没有到……航空公司说济南有雾……很大……"只是一个钟头的差别；下午三时到南苑，济南有雾！谁相信就是这一个钟头中便可以有这么不同事实的发生，志摩，我的朋友！

他离平的前一晚我仍见到，那时候他还不知道他次晨南旅的，飞机改期过三次，他曾说如果再改下去，他便不走了的。我和他同由一个茶会出来，在总布胡同口分手。在这茶会里我们请的是为太平洋会议来的一个柏雷博士，因为他是志摩生平最爱慕的女作家曼殊斐儿的姊丈，志摩十分的殷勤；希望可以再从柏雷口中得些关于曼殊斐儿早年的影子，只因限于时间，我们茶后匆匆地便散了。晚上我有约会出去了，回来时很晚，听差说他又来过，适遇我们夫妇刚走，他自己坐了一会，喝了一壶茶，在桌上写了些字便走了。我到桌上一看：——

"定期早六时飞行，此去存亡不卜……"我怔住了，心中一阵不痛快，却忙给他一个电话。

"你放心，"他说，"很稳当的，我还要留着生命看更伟大的事迹呢，哪能便死？……"

话虽是这样说，他却是已经死了整两周了！

凡是志摩的朋友，我相信全懂得，死去他这样一个朋友是怎么一回事！

现在这事实一天比一天更结实，更固定，更不容否认。志摩是死了，这个简单惨酷的实际早又添上时间的色彩，一周，两周，一直的增长下去……

我不该在这里语无伦次的尽管呻吟我们做朋友的悲哀情绪。归根说，读者抱着我们文字看，也就是像志摩的请柏雷一样，要从我们口里再听到关于志摩的一些事。这个我明白，只怕我不能使你们满意，因为关于他的事，动听的，使青年人知道这里有个不可多得的人格存在的，实在太多，决不是几千字可以表达得完。谁也得承认像他这样的一个人世间便不轻易有几个的，无论在中国或是外国。

我认得他，今年整十年，那时候他在伦敦经济学院，尚未去康桥。我初次遇到他，也就是他初次认识到影响他迁学的迭更生先生。不用说他和我父亲最谈得来，虽然他们年岁上差别不算少，一见面之后便互相引为知己。他到康桥之后由迭更生介绍进了皇家学院，当时和他同学的有我姊丈温君源宁。一直到最近两月中源宁还常在说他当时的许多笑话，虽然说是笑话，那也是他对志摩最早的一个惊异的印象。志摩认真的诗情，绝不含有丝毫矫伪，他那种痴，那种孩子似的天真实能令人惊讶。源宁说，有一天他在校舍里读书，外边下了倾盆大雨——惟是英伦那样的岛国才有的狂雨——忽然地听到有人猛敲他的房门，外边跳进一个被雨水淋得全湿的客人。不用说他便是志摩，一进门一把扯着源宁向外跑，说快来我们到桥上去等着。这一来把源宁怔住了，他问志摩等什么在这大雨里。志摩睁大了眼睛，孩子似的高兴地说："看雨后的虹去。"源宁不止说他不去，并且劝志摩趁早将湿透的衣服换下，再穿上雨衣出去，英国的湿气岂是儿戏，志摩不等他说完，一溜烟地自己跑了！

以后我好奇地曾问过志摩这故事的真确，他笑着点头承认这全段故事的真实。我问：那么下文呢，你立在桥上等了多久，并且看到虹了没有？他说记不清但是他居然看到了虹。我诧异地打断他对那虹的描写，问他：怎么他便知道，准会有虹的。他得意地笑答我说："完全诗意的信仰！"

"完全诗意的信仰"，我可要在这里哭了！也就是为这"诗意的信仰"他硬要借航空的方便达到他"想飞"的宿愿！"飞机是很稳当的，"他说，"如果要出事那是我的运命！"他真对运命这样完全诗意的信仰！

志摩我的朋友，死本来也不过是一个新的旅程，我们没有到过的，不免过分地怀疑，死不定就比这生苦，"我们不能轻易断定那一边没有阳光与人情的温慰"，但是我前边说过最难堪的是这永远的静寂。我们生在这没有宗教的时代，对这死实在太没有把握了。这以后许多思念你的日子，怕要全是昏暗的苦楚，不会有一点点光明，除非我也有你那美丽的诗意的信仰！

我个人的悲绪不竟又来扰乱我对他生前许多清晰的回忆，朋友们原谅。

诗人的志摩用不着我来多说，他那许多诗文便是估价他的天平。我们新诗的历史才是这样的短，恐怕他的判断人尚在我们儿孙辈的中间。我要谈的是诗人之外的志摩。人家说志摩的为人只是不经意的浪漫，志摩的诗全是抒情诗，这断语从不认识他的人听来可以说很公平，从他朋友们看来实在是对不起他。志摩是个很古怪的人，浪漫固然，但他人格里最精华的却是他对人的同情和蔼，和优容；没有一个人他对他不和蔼，没有一种人，他不能优容，没有一种的情感，他绝对地不能表同情。我不说了解，因为不是许多人爱说志摩最不解人情么？我说他的特点也就在这上头。

我们寻常人就爱说了解；能了解的我们便同情，不了解的我们便很落漠乃至于酷刻。表同情于我们能了解的，我们以为很适当；不表同情于我们不能了解的，我们也认为很公平。志摩则不然，了解与不了解，他并没有过分地夸张，他只知道温存，和平，体贴，只要他知道有情感的存在，无论出自何人，在何等情况之下，他理智上认为适当与否，他全能表几分同情，他真能体会原谅他人与他自己不相同处。从不会刻薄地单支出严格的迫仄的道德的天平指谪凡是与他不同的人。他这样的温和，这样的优容，真能使许多人惭愧，我可以忠实地说，至少他要比我们多数的人伟大许多；他觉得人类各种的情感动作全有它不同的，价值放大了的人类的眼光，同情是不该只限于我们划定的范围内。他是对的，朋友们，归根说，我们能够懂得几个人，了解几桩事，几种情感？哪一桩事，哪一个人没有多面的看法！为此说来志摩朋友之多，不是个可怪的事；凡是认得他的人不论深浅对他全有特殊的感情，也是极自然的结果。而反过来看他自己在他一生的过程中却是很少得着同情的。不止如是，他还曾为他的一点理想的愚诚几次几乎不见容于社会。但是他却未曾为这个而鄙吝他给他人的同情心，他的性情，不曾为受了刺激而转变刻薄暴戾过，谁能不承认他几有超人的宽量。

志摩的最动人的特点，是他那不可信的纯净的天真，对他的理想的愚诚，对艺术欣赏的认真，体会情感的切实，全是难能可贵到极点。他站在雨中等虹，他甘冒社会的大不韪争他的恋爱自由；他坐曲折的火车到乡间去拜哈代，他抛弃博士一类的引诱卷了书包到英国，只为要拜罗素做老师，他为了一种特异的境遇，一时特异的感动，从此在生命途中冒险，从此抛弃所有的旧业，只是尝试写几行新诗——这几年新诗尝试的运命并不太令人踊跃，冷嘲热骂只是家常便饭——他常能走几里路去采几茎花，费许多周折去看一个朋友说两句话；这些，还有许多，都不是我们寻常能够轻易了解的神秘。我说神秘，其实竟许是傻，是痴！事实上他只是比我们认真，虔诚到傻气，到痴！他愉快起来他的快乐的翅膀可以碰得到天，他忧伤起来，他的悲戚是深得没有底。寻常评价的衡量在他手里失了效用，利害轻重他自有他的看法，纯是艺术的情感的脱离寻常的原则，所以往常人常听到朋友们说到他总爱带着嗟叹的口吻说："那是志摩，你又有什么法子！"他真的是个怪人么？朋友们，不，一点都不是，他只是比我们近情，近理，比我们热诚，比我们天真，比我们对万物都更有信仰，对神，对人，对灵，对自然，对艺术！

朋友们我们失掉的不止是一个朋友，一个诗人，我们丢掉的是个极难得可爱的人格。

至于他的作品全是抒情的么？他的兴趣只限于情感么？更是不对。志摩的兴趣是极广泛的。就有几件，说起来，不认得他的人便要奇怪。他早年很爱数学，他始终极喜欢天文，他对天上星宿的名字和部位就认得很多，最喜暑夜观星，好几次他坐火车都是带着关于宇宙的科学的书。他曾经疯过爱因斯坦的相对论，并且在一九二二年便写过一篇关于相对论的东西登在《民铎》杂志上。他常向思成说笑："任公先生的相对论的知识还是从我徐君志摩大作上得来的呢，因为他说他看过许多关于爱因斯坦的哲学都未曾看懂，看到志摩的那篇才懂了。"今夏我住香山养病，他常来闲谈，有一天谈到他幼年上学的经过和美国克来克大学两年学经济学的情况，我们不竟对笑了半天，后来他在他的《猛虎集》的"序"里也说了那么一段。可是奇怪的！他不像许多天才，幼年里上学，不是不及格，便是被斥退，他是常得优等的，听说有一次康乃尔暑校里一个极严的经济教授还写了信去克来克大学教授那里恭维他的学生，关于一门很难的功课。我不是为志摩在这里夸张，因为事实上只有为了这桩事，今夏志摩自己便笑得不亦乐乎！

此外他的兴趣对于戏剧绘画都极深浓，戏剧不用说，与诗文是那么接近，他领略绘画的天才也颇可观，后期印象派的几个画家，他都有极精密的爱恶，对于文艺复兴时代那几位，他也很熟悉，他最爱鲍提且利和达文骞。自然地他也常承认文人喜画常是间接地受了别人论文的影响，他的，就受了法兰（Roger Fry）和斐德（Walter Pater）的不少。对于建筑审美他常常对思成和我道歉说："太对不起，我的建筑常识全是 Ruskins 那一套。"他知道我们是最讨厌 Ruskins 的。但是为看一个古建的残址，一块石刻，他比任何人都热心，都更能静心领略。

他喜欢色彩，虽然他自己不会作画，暑假里他曾从杭州给我几封信，他自己叫它们做"描写的水彩画"，他用英文极细致地写出西（边？）桑田的颜色，每一分嫩绿，每一色鹅黄，他都仔细地观察到。又有一次他望着我园里一带断墙半晌不语，过后他告诉我说，他只在默默体会，想要描写那墙上向晚的艳阳和刚刚入秋的藤萝。

对于音乐，中西的他都爱好，不止爱好，他那种热心便唤醒过北平一次——也许惟一的一次——对音乐的注意。谁也忘不了那一年，客拉司拉到北平在"真光"拉一个多钟头的提琴。对旧剧他也得算"在行"，他最后在北平那几天我们曾接连地同去听好几出戏，回家时我们讨论的热闹，比任何剧评都诚恳都起劲。

谁相信这样的一个人，这样忠实于"生"的一个人，会这样早地永远地离开我们另投一个世界，永远地静寂下去，不再透些许声息！

我不敢再往下写，志摩若是有灵听到比他年轻许多的一个小朋友拿着老声老气的语调谈到他的为人不觉得不快么？这里我又来个极难堪的回忆，那一年他在这同一个的报纸上写了那篇伤我父亲惨故的文章，这梦幻似的人生转了几个弯，曾几何时，却轮到我在这风紧夜深里握吊他的惨变。这是什么人生？什么风涛？什么道路？志摩，你这最后的解脱未始不是幸福，不是聪明，我该当羡慕你才是。

⊙作品赏析

文章首先无限哀伤地提及了徐志摩的死，虽然她也和部分的评论者一样颇认为他是为了听她演讲才会出事的，但实际上生和死并没有谁能够预料得到的。所以她很快地就将这种哀伤暂时性地放置在一边，转入到对死者的深情追忆，但并不显得俗气，不像一般的文章那样一味恭维死者生前的丰功伟绩。相反作者的笔触并不茫然，在她的回忆中抓住徐志摩人生的一些主要兴趣以此来追思怀念这位永远的孩子般的朋友，让我们看到这是一个生活的圣洁者，他站立在世俗的边缘，傲岸地俯视着茫茫苍生，伸出他温柔的双手，抚摸着众人憔悴的脸庞。这也是文章的主要结构，将文章前后分为两大部分，即：死的情况和生的回忆。在语言方面也是前后依据情感的变化而分开表述的，在死的事实前，言语哀婉；在生的回忆中，却显得欢快昂扬，将前后这两种不一致叠加在一起，整个悼念情绪纷扰相互盘结，将作者的一颗真心呈现无遗。

怀念萧珊 / 巴金

入选理由　巴金的散文代表作之一　散发着朴素的人性美　入选多种散文选本

一

今天是萧珊逝世的六周年纪念日。六年前的光景还非常鲜明地出现在我的眼前。那一天我从火葬场回到家中，一切都是乱糟糟的，过了两三天我渐渐地安静下来了，一个人坐在书桌前，想写一篇纪念她的文章。在五十年前我就有了这样一种习惯：有感情无处倾吐时我经常求助于纸笔。可是一九七二年八月里那几天，我每天坐三四个小时望着面前摊开的稿纸，却写不出一句话。我痛苦地想，难道给关了几年的"牛棚"，真的就变成"牛"了？头上仿佛压了一块大石头，思想好像冻结了一样。我索性放下笔，什么也不写了。

六年过去了。林彪、"四人帮"及其爪牙们的确把我搞得很"狼狈",但我还是活下来了,而且偏偏活得比较健康,脑子也并不糊涂,有时还可以写一两篇文章。最近我经常去火葬场,参加老朋友们的骨灰安放仪式。在大厅里,我想起许多事情。同样地奏着哀乐,我的思想却从挤满了人的大厅转到只有二三十个人的中厅里去了,我们正在用哭声向萧珊的遗体告别。我记起了《家》里面觉新说过的一句话:"好像珏死了,也是一个不祥的鬼。"四十七年前我写这句话的时候,怎么想得到我是在写自己!我没有流眼泪,可是我觉得有无数锋利的指甲在搔我的心。我站在死者遗体旁边,望着那张惨白色的脸,那两片咽下千言万语的嘴唇,我咬紧牙齿,在心里唤着死者的名字。我想,我比她大十三岁,为什么不让我先死?我想,这是多不公平!她究竟犯了什么罪?她也给关进"牛棚",挂上"牛鬼蛇神"的小纸牌,还扫过马路。究竟为什么?理由很简单,她是我的妻子。她患了病,得不到治疗,也因为她是我的妻子。想尽办法一直到逝世前三个星期,靠开后门她才住进医院。但是癌细胞已经扩散,肠癌变成了肝癌。

她不想死,她要活,她愿意改造思想,她愿意看到社会主义建成。这个愿望总不能说是痴心妄想吧。她本来可以活下去,倘使她不是"黑老K"的"臭婆娘"。一句话,是我连累了她,是我害了她。

在我靠边的几年中间,我所受到的精神折磨她也同样受到。但是我并未挨过打,她却挨了"北京来的红卫兵"的铜头皮带,留在她左眼上的黑圈好几天后才褪尽。她挨打只是为了保护我,她看见那些年轻人深夜闯进来,害怕他们把我揪走,便溜出大门,到对面派出所去,请民警同志出来干预。那里只有一个人值班,不敢管。当着民警的面,她被他们用铜头皮带狠狠抽了一下,给押了回来,同我一起关在马桶间里。

她不仅分担了我的痛苦,还给了我不少的安慰和鼓励。在"四害"横行的时候,我在原单位(中国作家协会上海分会)给人当做"罪人"和"贱民"看待,日子十分难过,有时到晚上九、十点钟才能回家。我进了门看到她的面容,满脑子的乌云都消散了。我有什么委屈、牢骚,都可以向她尽情倾吐。有一个时期我和她每晚临睡前要服两粒眠尔通才能够闭眼,可是天刚刚发白就都醒了。我唤她,她也唤我。我诉苦般地说:"日子难过啊!"她也用同样的声音回答:"日子难过啊!"但是她马上加一句:"要坚持下去。"

·作者简介·

巴金(1904—2005),现当代作家。原名李尧棠,字芾甘,笔名佩竿、余一、王文慧等。四川成都人。1920年入成都外国语专门学校。1923年从封建家庭出走,就读于上海和南京的中学。1927年初赴法国留学,写成了处女作长篇小说《灭亡》,发表时始用"巴金"的笔名。1928年底回到上海,从事创作和翻译。从1929年到1937年间,任文化生活出版社总编辑,主编有《文季月刊》等刊物和《文学丛刊》等丛书。

抗日战争爆发后,巴金在各地致力于抗日救亡文化活动,编辑《呐喊》、《救亡日报》等报刊。在抗战后期和抗战结束后,巴金创作转向对国统区黑暗现实的批判,对行将崩溃的旧制度作出有力的控诉和抨击。

中华人民共和国成立后,巴金曾任全国文联副主席、中国作家协会主席、中国笔会中心主席、全国政协副主席等职,并主编《收获》杂志。他热情关注和支持旨在繁荣文学创作的各项活动,多次出国参加国际文学交流活动,首倡建立中国现代文学馆。

或者再加一句："坚持就是胜利。"我说"日子难过"，因为在那一段时间里，我每天在"牛棚"里面劳动、学习、写交代、写检查、写思想汇报。任何人都可以责骂我、教训我、指挥我。从外地到"作协分会"来串连的人可以随意点名叫我出去"示众"，还要自报罪行。上下班不限时间，由管理"牛棚"的"监督组"随意决定。任何人都可以闯进我家里来，高兴拿什么就拿走什么。这个时候大规模的群众性批斗和电视批斗大会还没有开始，但已经越来越逼近了。

她说"日子难过"，因为她给两次揪到机关，靠边劳动，后来也常常参加陪斗。在淮海中路"大批判专栏"上张贴着批判我的罪行的大字报，我一家人的名字都给写出来"示众"，不用说"臭婆娘"的大名占着显著的地位。这些文字像虫子一样咬痛她的心。她让上海戏剧学院"狂妄派"学生突然袭击、揪到"作协分会"去的时候，在我家大门上还贴了一张揭露她的所谓罪行的大字报。幸好当天夜里我儿子把它撕毁。否则这一张大字报就会要了她的命！

人们的白眼、人们的冷嘲热骂蚕蚀着她的身心。我看出来她的健康逐渐遭到损害。表面上的平静是虚假的。内心的痛苦像一锅煮沸的水，她怎么能遮盖住！怎么能使它平静！她不断地给我安慰，对我表示信任，替我感到不平。然而她看到我的问题一天天地变得严重，上面对我的压力一天天地增加，她又非常担心。有时同我一起上班或者下班，走进巨鹿路口，快到"作协分会"，或者走近湖南路口，快到我们家，她总是抬不起头。我理解她，同情她，也非常担心她经受不起沉重的打击。我记得有一天到了平常下班的时间，我们没有受到留难，回到家里她比较高兴，到厨房去烧菜。我翻看当天的报纸，在第三版上看到当时做了"作协分会"的"头头"的两个工人作家写的文章《彻底揭露巴金的反革命真面目》。真是当头一棒！我看了两三行，连忙把报纸藏起来，我害怕让她看见。她端着烧好的菜出来，脸上还带笑容，吃饭时她有说有笑。饭后她要看报，我企图把她的注意力引到别处。但是没有用，她找到了报纸。她的笑容一下子完全消失。这一夜她再没有讲话，早早地进了房间。我后来发现她躺在床上小声哭着。一个安静的夜晚给破坏了。今天回想当时的情景，她那张满是泪痕的脸还在我的眼前。我多么愿意让她的泪痕消失，笑容在她那憔悴的脸上重现，即使减少我几年的生命来换取我们家庭生活中一个宁静的夜晚，我也心甘情愿！

二

我听周信芳同志的媳妇说，周的夫人在逝世前经常被打手们拉出去当作皮球推来推去，打得遍体鳞伤。有人劝她躲开，她说："我躲开，他们就要这样对付周先生了。"萧珊并未受到这种新式体罚。可是她在精神上给别人当皮球打来打去。她也有这样的想法：她多受一点精神折磨，可以减轻对我的压力。其实这是她一片痴心，结果只苦了她自己。我看见她一天天地憔悴下去，我看见她的生命之火逐渐熄灭，我多么痛心。我劝她，安慰她，我想拉住她，一点也没有用。

她常常问我："你的问题什么时候才解决呢？"我苦笑说："总有一天会解决的。"她叹口气说："我恐怕等不到那个时候了。"后来她病倒了，有人劝她打电话找我回家，她不知从哪里得来的消息，她说："他在写检查，不要打岔他。他的问题大概可以解决了。"

等到我从"五七干校"回家休假，她已经不能起床。她还问我检查写得怎样，问题是否可以解决。我当时的确在写检查，而且已经写了好几次了。他们要我写，只是为了消耗我的生命。但她怎么能理解呢？

这时离她逝世不过两个多月，癌细胞已经扩散，可是我们不知道，想找医生给她认真检查一次，也毫无办法。平日去医院挂号看门诊，等了许久才见到医生或者实习医生，随便给开个药方就算解决问题。只有在发烧到摄氏三十九度才有资格挂急诊号，或者还可以在病人拥挤的观察室里待上一天半天。当时去医院看病找交通工具也很困难，常常是我女婿借了自行车来，让她坐在车上，他慢慢地推着走。有一次她雇到小三轮车去看病，看好门诊回家雇不到车了，只好同陪她看病的朋友一起慢慢地走回来，走走停停，走到街口，她快要倒下了，只得请求行人到我们家通知，她一个表侄正好来探病，就由他去把她背了回家。她希望拍一张 X 光片子查一查肠子有什么病，但是办不到。后来靠了她一位亲戚帮忙开后门两次拍片，才查出她患肠癌。以后又靠朋友设法开后门住进了医院。她自己还很高兴，以为得救了。只有她一个人不知道真实的病情，她在医院里只活了三个星期。

我休假回家假期满了，我又请过两次假，留在家里照料病人。最多也不到一个月。我看见她病情日趋严重，实在不愿意把她丢开不管，我要求延长假期的时候，我们那个单位的一个"工宣队"头头逼着我第二天就回干校去。我回到家里，她问起来，我无法隐瞒。她叹了口气，说："你放心去吧。"她把脸掉过去，不让我看。我女儿、女婿看到这种情景，自告奋勇地跑到巨鹿路向那位"工宣队"头头解释，希望同意我在市区多留些日子照料病人。可是那个头头"执法如山"，还说："他不是医生，留在家里，有什么用！留在家里对他改造不利！"他们气愤地回到家中，只说机关不同意，后来才对我传达了这句"名言"。我还能讲什么呢？明天回干校去！

整个晚上她睡不好，我更睡不好。出乎意外，第二天一早我那个插队落户的儿子在我们房间里出现了，他是昨天半夜里到的。他得到了家信，请假回家看母亲，却没有想到母亲病成这样。我见了他一面，把他母亲交给他，就回干校去了。

在车上我的情绪很不好。我实在想不通为什么会有这样的事情。我在干校待了五天，无法同家里通消息。我已经猜到她的病不轻了。可是人们不让我过问她的事情。这五天是多么难熬的日子！到第五天晚上在干校的造反派头头通知我们全体第二天一早回市区开会。这样我才又回到了家，见到了我的爱人。靠了朋友帮忙，她可以住进中山医院肝癌病房，一切都准备好，她第二天就要住院了。她多么希望住院前见我一面，我终于回来了。连我也没有想到她的病情发展得这么快。我们见了面，我一句话也讲不出来。她说了一句："我到底住院了。"我答说："你安心治疗吧。"她父亲也来看她，老人家双目失明，去医院探病有困难，可能是来同他的女儿告别了。

我吃过中饭，就去参加给别人戴上反革命帽子的大会，受批判、戴帽子的人不止一个，其中有一个我的熟人王若望同志，他过去也是作家，不过比我年轻。我们一起在"牛棚"里关过一个时期，他的罪名是"摘帽右派"。他不服，不听话，他贴出大字报，声明"自己解放自己"，因此罪名越搞越大，给捉去关了一个时期还不算，还戴上了反革命的帽子监督劳动。在会场里我一直像在做怪梦。开完会回家，见到萧珊我感到格外亲切，仿佛重回人间。可是她不舒服，不想讲话，偶尔讲一句半句。我还记得她讲了两次："我看不到了。"我连声问她看不到什么？她后来才说："看不到你解放了。"我还能再讲什么呢？

我儿子在旁边，垂头丧气，精神不好，晚饭只吃了半碗，像是患感冒。她忽然指着他小声说："他怎么办呢？"他当时在安徽山区已经待了三年半，政治上没有人管，生活上不能养活自己，而且因为是我的儿子，给剥夺了好些公民权利。他先学会沉默，后来又学会抽烟。我怀着内疚的心情看看他，我后悔当初不该写小说，更不该生儿育女。我还记得前两年在痛苦难熬的时候她对我说："孩子们说爸爸做了坏事，害了我们大家。"这好像用刀子在割我身上的肉。我没有出声，我把泪水全吞在肚里。她睡了一觉醒过来忽然问我："你明天不去了？"我说："不去了。"就是那个"工宣队"头头今天通知我不用再去干校就留在市区。他还问我："你知道萧珊是什么病？"我答说："知道。"其实家里瞒住我，不给我知道真相，我还是从他这句问话里猜到的。

三

第二天早晨她动身去医院，一个朋友和我女儿、女婿陪她去。她穿好衣服等候车来。她显得急躁，又有些留恋，东张张西望望，她也许在想是不是能再看到这里的一切。我送走她，心上反而加了一块大石头。

将近二十天里，我每天去医院陪伴她大半天。我照料她，我坐在病床前守着她，同她短短地谈几句话。她的病情恶化，一天天衰弱下去，肚子却一天天大起来，行动越来越不方便。当时病房里没有人照料，生活方面除饮食外一切都必须自理。后来听同病房的人称赞她"坚强"，说她每天早晚都默默地挣扎着下了床，走到厕所。医生对我们谈起，病人的身体经不住手术，最怕的是她的肠子堵塞，要是不堵塞，还可以拖延一个时期。她住院后的半个月是一九六六年八月以来我既感痛苦又感到幸福的一段时间，是我和她在一起度过的最后的平静的时刻，我今天还不能将它忘记。但是半个月以后，她的病情又有了发展，一天吃中饭的时候，医生通知我儿子找我去谈话。他告诉我：病人的肠子给堵住了，必须开刀。开刀不一定有把握，也许中途出毛病。但是不开刀，后果更不堪设想。他要我决定，并且要我劝她同意。我做了决定，就去病房对她解释。我讲完话，她只说了一句："看来，我们要分别了。"她望着我，眼睛里全是泪水。我说："不会的……"我的声音哑了。接着护士长来安慰她，对她说："我陪你，不要紧的。"她回答："你陪我就好。"时间很紧迫，医生、护士们很快作好了准备，她给送进手术室去了，是她的表侄把她推到手术室门口的。我们就在外面走廊上等了好几个小时，等到她平安地给送出来，由儿子把她推回到病房去。儿子还在她身边守过一个夜晚。过两天他也病倒了，查出来他患肝炎，是从安徽农村带回来的。本来我们想瞒住他的母亲，可是无意间让他母亲知道了。她不断地问："儿子怎么样？"我自己也不知道儿子怎么样，我怎么能使她放心呢？晚上回到家，走进空空的、静静的房间，我几乎要叫出声来："一切都朝我的头打下来吧，让所有的灾祸都来吧。我受得住！"

我应当感谢那位热心而又善良的护士长，她同情我的处境，要我把儿子的事情完全交给她办。她作好安排，陪他看病、检查，让他很快住进别处的隔离病房，得到及时的治疗和护理。他在隔离房里苦苦地等候母亲病情的好转。母亲躺在病床上，只能有气无力地说几句短短的话，她经常问："棠棠怎么样？"从她那双含泪的眼睛里我明白她多么想看见她最爱的儿子。但是她已经没有精力多想了。

她每天给输血，打盐水针。她看见我去就断断续续地问我："输多少西西的血？该怎么办？"我安慰她："你只管放心。没有问题，治病要紧。"她不止一次地说："你辛苦了。"我有什么苦呢？我能够为我最亲爱的人做事情，哪怕做一件小事，我也高兴！后来她的身体更不行了。医生给她输氧气，鼻子里整天插着管子。她几次要求拿开，这说明她感到难受，但是听了我们的劝告，她终于忍受下去了。开刀以后她只活了五天。谁也想不到她会去得这么快！五天中间我整天守在病床前，默默地望着她在受苦（我是设身处地感觉到这样的），可是她除了两三次要求搬开床前巨大的氧气筒，三四次表示担心输血较多付不出医药费之外，并没有抱怨过什么。见到熟人她常有这样一种表情：请原谅我麻烦了你们。她非常安静，但并未昏睡，始终睁大两只眼睛。眼睛很大，很美，很亮。我望着，望着，好像在望快要燃尽的烛火。我多么想让这对眼睛永远亮下去！我多么害怕她离开我！我甚至愿意为我那十四卷"邪书"受到千刀万剐，只求她能安静地活下去。

不久前我重读梅林写的《马克思传》，书中引用了马克思给女儿的信里的一段话，讲到马克思夫人的死。信上说："她很快就咽了气。……这个病具有一种逐渐虚脱的性质，就像由于衰老所致一样。甚至在最后几小时也没有临终的挣扎，而是慢慢地沉入睡乡。她的眼睛比任何时候都更大、更美、更亮！"这段话我记得很清楚。马克思夫人也死于癌症。我默默地望着萧珊那对很大、很美、很亮的眼睛，我想起这段话，稍微得到一点安慰。听说她的确也"没有临终的挣扎"，也是"慢慢地沉入睡乡"。我这样说，因为她离开这个世界的时候，我不在她的身边。那天是星期天，卫生防疫站因为我们家发现了肝炎病人，派人上午来做消毒工作。她的表妹有空愿意到医院去照料她，讲好我们吃过中饭就去接替。没有想到我们刚刚端起饭碗，就得到传呼电话，通知我女儿去医院，说是她妈妈"不行"了。真是晴天霹雳！我和我女儿、女婿赶到医院。她那张病床上连床垫也给拿走了。别人告诉我她在太平间。我们又下了楼赶到那里，在门口遇见表妹。还是她找人帮忙把"咽了气"的病人抬进来的。死者还不曾给放进铁匣子里送进冷库，她躺在担架上，但已经给白布床单包得紧紧的，看不到面容了。我只看到她的名字。我弯下身子，把地上那个还有点人形的白布包拍了好几下，一面哭着唤她的名字。不过几分钟的时间。这算是什么告别呢？

据表妹说，她逝世的时刻，表妹也不知道。她曾经对表妹说："找医生来。"医生来过，并没有什么。后来她就渐渐地"沉入睡乡"。表妹还以为她在睡眠。一个护士来打针，才发觉她的心脏已经停止跳动了。我没有能同她诀别，我有许多话没有能向她倾吐，她不能没有留下一句遗言就离开我！我后来常常想，她对表妹说"找医生来"，很可能不是"找医生"，是"找李先生"（她平日这样称呼我）。为什么那天上午偏偏我不在病房呢？家里人都不在她身边，她死得这样凄凉！

我女婿马上打电话给我们仅有的几个亲戚。她的弟媳赶到医院，马上晕了过去。三天以后在龙华火葬场举行告别仪式。她的朋友一个也没有来，因为一则我们没有通知，二则我是一个审查了将近七年的对象。没有悼词，没有吊客，只有一片伤心的哭声。我衷心感谢前来参加仪式的少数亲友和特地来帮忙的我女儿的两三个同学，最后，我跟她的遗体告别，女儿望着遗容哀哭，儿子在隔离病房还不知道把他当做命根子的妈妈已经死亡。值得提说的是她当做自己儿子照顾了好些年的一位亡友的男孩从北京赶来，只为了看见她的最后一面。这个整天同钢铁打交道的技术员，他的心倒不像钢铁那样。他得到电报以后，他爱人对他说："你去吧，你不去一趟，你的心永远安定不了。"我在变了形的她的遗体旁边站了一会。别人给我和她照了相。我痛苦地想：这是最后一次了，即使给我们留下来很难看的形象，我也要珍视这个镜头。

一切都结束了。过了几天我和女儿、女婿到火葬场，领到了她的骨灰盒。在存放室寄存了三年之后，我按期把骨灰盒接回家里。有人劝我把她的骨灰安葬，我宁愿让骨灰盒放在我的寝室里，我感到她仍然和我在一起。

四

梦魇一般的日子终于过去了。六年仿佛一瞬间似的远远地落在后面了。其实哪里是一瞬间！这段时间里有多少流着血和泪的日子啊。不仅是六年，从我开始写这篇短文到现在又过去了半年，半年中我经常在火葬场的大厅里默哀，行礼，为了纪念给"四人帮"迫害致死的朋友。想到他们不能把个人的智慧和才华献给社会主义祖国，我万分惋惜。每次戴上黑纱、插上纸花的同时，我也想起我自己最亲爱的朋友，一个普通的文艺爱好者，一个成绩不大的翻译工作者，一个心地善良的人。她是我的生命的一部分，她的骨灰里有我的泪和血。

她是我的一个读者。一九三六年我在上海第一次同她见面。一九三八年和一九四一年我们两次在桂林像朋友似的住在一起。一九四四年我们在贵阳结婚。我认识她的时候，她还不到二十，对她的成长我应当负很大的责任。她读了我的小说，给我写信，后来见到了我，对我发生了感情。她在中学念书，看见我以前，因为参加学生运动被学校开除，回到家乡住了一个短时期，又出来进另一所学校。倘使不是为了我，她三七、三八年一定去了延安。她同我谈了八年的恋爱，后来到贵阳旅行结婚，只印发了一个通知，没有摆过一桌酒席。从贵阳我和她先后到了重庆，住在民国路文化生活出版社门市部楼梯下七八个平方米的小屋里。她托人买了四只玻璃杯开始组织我们的小家庭。她陪着我经历了各种艰苦生活。在抗日战争紧张的时期，我们一起在日军进城以前十多个小时逃离广州，我们从广东到广西，从昆明到桂林，从金华到温州，我们分散了，又重见，相见后又别离。在我那两册《旅途通讯》中就有一部分这种生活的记录。四十年前有一位朋友批评我："这算什么文章！"我的《文集》出版后，另一位朋友认为我不应当把它们也收进去。他们都有道理，两年来我对朋友、对读者讲过不止一次，我决定不让《文集》重版。但是为我自己，我要经常翻看那两小册《通讯》。在那些年代，每当我落在困苦的境地里、朋友们各奔前程的时候，她总是亲切地在我的耳边说："不要难过，我不会离开你，我在你的身边。"的确，只有在她最后一次进手术室之前她才说过这样一句："我们要分别了。"

我同她一起生活了三十多年。但是我并没有好好地帮助过她。她比我有才华，却缺乏刻苦钻研的精神。我很喜欢她翻译的普希金和屠格涅夫的小说。虽然译文并不恰当，也不是普希金和屠格涅夫的风格，它们却是有创造性的文学作品，阅读它们对我是一种享受。她想改变自己的生活，不愿做家庭妇女，却又缺少吃苦耐劳的勇气。她听一个朋友的劝告，得到后来也是给"四人帮"迫害致死的叶以群同志的同意，到《上海文学》"义务劳动"，也做了一点点工作，然而在运动中却受到批判，说她专门向老作家组稿，又说她是我派去的"坐探"。她为了改造思想，想走捷径，要求参加"四清"运动，找人推荐到某铜厂的工作组工作，工作相当忙碌、紧张，她却精神愉快。但是到我快要靠边的时候，她也被叫回"作协分会"参加运动。她第一次参加这种急风暴雨般的斗争，而且是以反动权威家属的身份参加，她不知道该怎么办才好。她张皇失措，坐立不安，替我担心，又为儿女的前途忧虑。她盼望什么人向她伸出援助的手，可是朋友们离开了她，"同事们"拿她当作箭靶，还有人想通过整她来整我。她不是"作协分会"或者刊物的正式工作人员，可是仍然被"勒令"靠边劳动、站队挂牌，放回家以后，又给揪到机关。过一个时期她写了认罪的检查，第二次给放回家的时候，我们机关的造反派头头却通知里弄委员会罚她扫街。她怕人看见，每天大清早起来，拿着扫帚出门，扫得精疲力尽，才回到家里，关上大门，吐了一口气。但有时她还碰到上学去的小孩，对她叫骂"巴金的臭婆娘"。我偶尔看见她拿着扫帚回来，不敢正眼看她，我感到负罪的心情，这是对她的一个致命的打击。不到两个月，她病倒了，以后就没有再出去扫街（我妹妹继续扫了一个时期），但是也没有完全恢复健康。尽管她还继续拖了四年，但一直到死她并不曾看到我恢复自由。这就是她的最后，然而绝不是她的结局。她的结局将和我的结局连在一起。

我绝不悲观。我要争取多活。我要为我们社会主义祖国工作到生命的最后一息。在我丧失工作能力的时候，我希望病榻上有萧珊翻译的那几本小说。等到我永远闭上眼睛，就让我的骨灰同她的搀和在一起。

⊙ 作品赏析

这是对亡妻的深切悼念，更是对一段历史的追忆。要记叙这段历史，实非容易。它需要良知，需要勇气。巴金在中国文坛的地位，在早年写小说的时候就奠定了。但他作为一位历史的见证者和时代的代言人，是在"文革"浩劫之后通过这些随笔树立起来的。他的那些血泪文字，代表了一个民族的良知。所以，他值得我们尊重，这样的文字也值得我们反复地诵读。

巴金散文最大特点是真挚亲切，以情动人。他把读者当做朋友和知己，毫无保留地倾诉着自己的喜怒哀乐，《怀念萧珊》最能体现他的这种风格。看似没有激切的陈词，高声的呐喊，纵横开阖的结构，却无时无处不渗透着凄切深挚的悼念之情。一件件相濡以沫的往事，一个个催人泪下的场景，无不诉说着绵绵不尽的深情思念，刻骨铭心的锥心哀痛，这一切都强烈震撼着读者的心灵。读这样的文章，首先唤起的是我们的良知，是抚摩自己心上的创伤，是深深的思考。一句话，要像作者一样"真诚"！文章的语言自然流畅，毫不造作，于平淡中见文采，通脱之处出意境，自然之中求严谨。

海上的日出 / 巴金

入选理由 巴金的散文名篇 描写景物的高超手法 具有深刻的象征意义

为了看日出，我常常早起。那时天还没有大亮，周围非常清静，船上只有机器的响声。

天空还是一片浅蓝，颜色很浅。转眼间天边出现了一道红霞，慢慢地在扩大它的范围，加强它的亮光。我知道太阳要从天边升起来了，便不转眼地望着那里。

果然过了一会儿，在那个地方出现了太阳的小半边脸，红是真红，却没有亮光。这个太阳好像负着重荷似地一步一步、慢慢地努力上升，到了最后，终于冲破了云霞，完全跳出了海面，颜色红得非常可爱。一刹那间，这个深红的圆东西，忽然发出了夺目的亮光，射得人眼睛发痛，它旁边的云片也突然有了光彩。

有时太阳走进了云堆中，它的光线却从云里射下来，直射到水面上。这时候要分辨出哪里是水，哪里是天，倒也不容易，因为我就只看见一片灿烂的亮光。

有时天边有黑云，而且云片很厚，太阳出来，人眼还看不见。然而太阳在黑云里放射的光芒，透过黑云的重围，替黑云镶了一道发光的金边。后来太阳才慢慢地冲出重围，出现在天空，甚至把黑云也染成了紫色或者红色。这时候发亮的不仅是太阳、云和海水，连我自己也成了明亮的了。

这不是很伟大的奇观么？

⊙作品赏析

这篇文章简短不足五百字，却字字珠玑、言简意丰。作者以朴实无华的语言，把一个壮观的、辉煌的海上日出瞬间，如电影镜头一般捕捉到，并且呈现给读者。"状难写之景如在目前"，体现了作者细致入微地观察力，深刻敏锐的感悟力和炉火纯青、臻于化境的艺术功底。

作者出神入化的笔触从天空的颜色切入，由浅蓝到出现红霞、到范围扩大，层次清晰、节奏分明地描绘出了日出之前的情形。写日出，先露"小半边脸"，这一拟人手法的运用，如神来之笔，把日出之景激活了，"好像负着重荷似的"、"终于冲破了云霞"既写活了太阳缓缓上升的情形，又为文章将要揭示的象征意义作了巧妙而不露声色的铺垫。太阳出来了，作者用"完全跳出了海面"，一个"跳"字，既写出了状态，又富有动感，并且饱含欣喜之情，真可谓一字千金。这一幅壮观的海上日出图，把大自然最精彩的光华定格了。

然而，作者并没有就此收笔，他接着描绘了太阳如何冲破黑云重围的情形，这决不是画蛇添足的笔墨。联系文章的写作时代，旧中国正为层层黑暗势力所束缚，而太阳，是光明的象征，日出，寓意着旧中国将冲破牢笼，获得新生。这一深刻的象征意义大大地丰富了文章的内涵，使得文章虽短小却厚重。

三八节有感 / 丁玲

入选理由 知名作家丁玲的散文代表作 一个自由女性对妇女问题的自白 一次妇女解放落到实处的探讨

"妇女"这两个字，将在什么时代才不被重视，不需要特别的被提出呢？

年年都有这一天。每年在这一天的时候，几乎是全世界的地方都开着会，检阅着她们的队伍。延安虽说这两年不如前年热闹，但似乎总有几个人在那里忙着。而且一定有大会，有演说的，有通电，有文章发表。

延安的妇女是比中国其他地方的妇女幸福的。甚至有很多人都在嫉羡的说："为什么小米把女同志吃得那么红胖？"女同志在医院，在休养所，在门诊部都占着很大的比例，却似乎并没有使人惊奇，然而延安的女同志却仍不能免除那种幸运：不管在什么场合都最能作为有兴趣的问题被谈起。而且各种各样的女同志都可以得到她应得的诽议。这些责难似乎都是严重而确当的。

女同志的结婚永远使人注意，而不会使人满意的。她们不能同一个男同志比较接近，更不能同几个都接近。她们被画家们讽刺："一个科长也嫁了么？"诗人们也说："延安只有骑马的首长，没有艺术家的首长，艺术家在延安是找不到漂亮的情人的。"然而她们也在某种场合聆听着这样的训词："他妈的，瞧不起我们老干部，说是土包子，要不是我们土包子，你想来延安吃小米！"但女人总是要结婚的。（不结婚更有罪恶，她将更多的被作为制造谣言的对象，永远被污蔑。）不是骑马的就是穿草鞋的，不是艺术家就是总务科长。她们都得生小孩。小孩也有各自的命运：有的被细羊毛线和花绒布包着，抱在保姆的怀里，有的被没有洗净的布片包着，扔在床头啼哭，而妈妈和爸爸都在大嚼着孩子的津贴（每月二十五元，价值二斤半猪肉），要是没有这笔津贴，也许他们根本就尝不到肉味。然而女同志究竟应该嫁谁呢，事实是这样，被逼着带孩子的一定可以得到公开的讥讽："回到家庭了的娜拉。"而有着保姆的女同志，每一个星期可以有一天最卫生的交际舞。虽说在背地里也会有难听的诽语悄声的传播着，然而只要她走到那里，那里就会热闹，不管骑马的，穿草鞋的，总务科长，艺术家们的眼睛都会望着她。这同一切的理论都无关，同一切主义思想也无关，同一切开会演说也无关。然而这都是人人知道，人人不说，而且在做着的现实。

离婚的问题也是一样。大抵在结婚的时候，有三个条件是必须注意到的。一、政治上纯洁不纯洁，二、年龄相貌差不多，三、彼此有无帮助。虽说这三个条件几乎是人人具备（公开的汉奸这里是没有的。而所谓帮助也可以说到鞋袜的缝补，甚至女性的安慰），但却一定堂皇的考虑到。而离婚的口实，一定是女同志的落后。我是最以为一个女人自己不进步而还要拖住她的丈夫为可耻的，可是让我们看一看她们是如何落后的。她们在没有结婚前都抱着有凌云的志向，和刻苦的斗争生活，她们在生理的要求和"彼此帮助"

·作者简介·

丁玲（1904—1986），现当代女作家。原名蒋冰之，笔名彬芷、从喧等。湖南临澧人。在长沙等地上中学时，受到"五四"思潮的影响。1923年进共产党创办的上海大学中文系学习。1927年发表小说《莎菲女士的日记》等作品，引起文坛的热烈反响。1930年参加中国左翼作家联盟，后出任左联机关刊物《北斗》主编及左联党团书记。这时期她创作的《水》、《母亲》等作品，显示了左翼革命文学的实绩。1933年被国民党特务绑架，后逃离南京转赴中共中央所在地陕北保安县。在陕北历任西北战地服务团团长、《解放日报》文艺副刊主编等职，并先后创作《一颗未出膛的枪弹》、《夜》、《我在霞村的时候》、《在医院中》等解放区文学优秀作品。1948年写成长篇小说《太阳照在桑乾河上》，曾被译成多种外文。1951年获斯大林文学奖金。中华人民共和国成立后，丁玲先后担任文艺界多种重要领导职务，并在繁忙工作之余，发表了大量小说、散文和评论文章。1979年以后，丁玲先后出任中国作家协会副主席等职，并多次出访欧美诸国。丁玲一生著作丰富，有些作品被译成多种文字，在世界各国流传，产生了广泛的影响。

的蜜语之下结婚了，于是她们被逼着做了操劳的回到家庭的娜拉。她们也唯恐有"落后"的危险，她们四方奔走，厚颜的要求托儿所收留她们的孩子，要求刮子宫，宁肯受一切处分而不得不冒着生命的危险悄悄的去吃着坠胎的药。而她们听着这样的回答："带孩子不是工作吗？你们只贪图舒服，好高骛远，你们到底做过一些什么了不起的政治工作？既然这样怕生孩子，生了又不肯负责，谁叫你们结婚呢？"于是她们不能免除"落后"的命运。一个有了工作能力的女人，而还能牺牲自己的事业去作为一个贤妻良母的时候，未始不被人所歌颂，但在十多年之后，她必然也逃不出"落后"的悲剧。即使在今天以我一个女人去看，这些"落后"分子，也实在不是一个可爱的女人。她们的皮肤在开始有折皱，头发在稀少，生活的疲惫夺取她们最后的一点爱娇。她们处于这样的悲运，似乎是很自然的，但在旧的社会里，她们或许会被称为可怜，薄命，然而在今天，却是自作孽、活该。不是听说法律上还在争论着离婚只须一方提出，或者必须双方同意的问题么？离婚大约多半都是男子提出的，假如是女人，那一定有更不道德的事，那完全该女人受诅咒。

我自己是女人，我会比别人更懂得女人的缺点，但我却更懂得女人的痛苦。她们不会是超时代的，不会是理想的，她们不是铁打的。她们抵抗不了社会一切的诱惑，和无声的压迫，她们每人都有一部血泪史，都有过崇高的感情（不管是升起的或沉落的，不管有幸与不幸，不管仍在孤苦奋斗或卷入庸俗），这在对于来到延安的女同志说来更不冤枉，所以我是拿着很大的宽容来看一切被沦为女犯的人的。而且我更希望男子们尤其是有地位的男子，和女人本身都把这些女人的过错看得与社会有联系些。少发空议论，多谈实际的问题，使理论与实际不脱节，在每个共产党员的修身上都对自己负责些就好了。

然而我们也不能不对女同志们，尤其是在延安的女同志有些小小的企望。而且勉励着自己。勉励着友好。

世界上从没有无能的人，有资格去获取一切的。所以女人要取得平等，得首先强己。我不必说大家都懂的。而且，一定在今天会有人演说的"首先取得我们的政权"的大话，我只说作为一个阵线中的一员（无产阶级也好，抗战也好，妇女也好），每天所必须注意的事项。

第一，不要让自己生病。无节制的生活，有时会觉得浪漫，有诗意，可爱，然而对今天环境不适宜。没有一个人能比你自己还会爱你的生命些。没有什么东西比今天失去健康更不幸些。只有它同你最亲近，好好注意它，爱护它。

第二，使自己愉快。只有愉快里面才有青春，才有活力，才觉得生命饱满，才觉得能担受一切磨难，才有前途，才有享受。这种愉快不是生活的满足，而是生活的战斗和进取。所以必须每天都做点有意义的工作，都必须读点书，都能有东西给别人，游惰只使人感到生命的空白，疲软，枯萎。

第三，用脑子。最好养好成一种习惯。改正不作思索，随波逐流的毛病。每说一句话，每做一件事，最好想想这话是否正确？这事是否处理的得当，不违背自己做人的原则，是否自己可以负责。只有这样才不会有后悔。这就是叫通过理性，这，才不会上当，被一切甜蜜所蒙蔽，被小利所诱，才不会浪费热情，浪费生命，而免除烦恼。

第四，下吃苦的决心，坚持到底。生为现代的有觉悟的女人，就要有认定牺牲一切蔷薇色的温柔的梦幻。幸福是暴风雨中的搏斗，而不是在月下弹琴，花前吟诗。假如没有最大的决心，一定会在中途停歇下来。不悲苦，即堕落。而这种支持下去的力量却必须在"有恒"中来养成。没有大的抱负的人是难于有这种不贪便宜，不图舒服的坚忍的。而这种抱负只有真正为人类，而非为己的人才会有。

三八节清晨

⊙作品赏析

　　阅读丁玲和丁玲的作品都能感觉到其中最能共通的是文如其人，风风火火。当年只身从湘西逃向上海滩，又是第一个进军延安的知识女性，不能不让人刮目相看，而她的作品也同样留下了她作为新式女性的斑斑身影。

　　这篇写于延安的《三八节有感》给了我们相同的印象，文章是站在一个新式女性的角度上分析了妇女的解放进程，以及对女人自身定位的剖析，表达出了所有革命女性的自身困境，可以说是一次义正严词的宣誓，并从中发现女性的真正形象：有着不能超越时代的困惑，敏感，痛苦甚者是缺点。这是一个知识分子的良知，在引起轰动的同时也遭到了无情的批判和质疑。

　　文章实事求是道出了生存的现实，带着深切的内在体验，发出了心灵的呼唤，从头至尾都渗着浓浓的女性情怀。从而在语言的表达上，显得相当纯粹有力，动人心扉，其中包括知识女性生存的艰难、处境的尴尬，和不幸的命运。

风雨中忆萧红 / 丁玲

入选理由 丁玲的散文代表作之一 中国现代散文史上纪念萧红的优秀散文

　　本来就没有什么地方可去，一下雨便更觉得闷在窑洞里的日子太长。要是有更大的风雨也好，要是有更汹涌的河水也好，可是仿佛要来一阵骇人的风雨似的，那么一块肮脏的云成天盖在头上，而水声也是那么不断地哗啦哗啦在耳旁响，微微地下着一点看不见的细雨，打湿了地面，那轻柔的柳絮和蒲公英都飘舞不起而沾在泥土上了。这会使人有遐想，想到随风而倒的桃李，和在风雨中更迅速迸出的苞芽。即使是很小的风雨和浪潮，都更能显出百物的凋谢和生长，丑陋和美丽。

　　世界上什么是最可怕的呢，决不是艰难险阻，决不是洪水猛兽，也决不是荒凉寂寞。而难于忍耐的却是阴沉和絮聒；人的伟大也不是能乘风而起，青云直上，也不只是能抵抗横逆之来，而是能在阴霾的气压下，打开局面，指示光明。

　　时代已经非复少年时代了，谁还有悠闲的心情在闷人的风雨中煮酒烹茶与琴诗为侣呢？或者是温习着一些细腻的情致，重读着那些曾经被迷醉过被感动过的小说，或者低徊冥思那些天涯的故人，流着一点温柔的泪？那些天真、那些纯洁、那些无疵的赤子之心，那些轻微的感伤，那些精神上的享受都飞逝了，早已飞逝得找不到影子了。这个飞逝得很好，但现在是什么呢？是听着不断的水的絮聒，看着脏布也似的云块，痛感着阴霾，连寂寞的宁静也没有，然而却需要阿底拉斯的力背负着宇宙的时代所给予的创伤，毫不动摇的存在着，存在便是一种大声疾呼，便是一种骄傲，便是给絮聒以回答。

　　然而我决不会麻木的，我的头成天膨胀着要爆炸，它装得太多，需要呕吐。于是我写着，

139

在白天，在夜晚，有关节炎的手臂因为放在桌子上太久而疼痛，患沙眼的眼睛因为在微小的灯光下而模糊。但幸好并没有激动，也没有感慨，我决不缺乏冷静，而且很富有宽恕，我很愉快，因为我感到我身体内有东西在冲撞；它支持了我的疲倦，它使我会看到将来，它使我跨过现在，它会使我更冷静，它包括了真理和智慧，它是我生命中的力量，比少年时代的那种无愁的青春更可爱呵！

但我仍会想起天涯的故人的，那些死去的或是正受着难的。前天我想起了雪峰，在我的知友中他是最没有自己的了。他工作着，他一切为了党，他受埋怨过，然而他没有感伤过，他对于名誉和地位是那样的无睹，那样不会趋炎附势，培植党羽，装腔作势，投机取巧。昨天我又苦苦地想起秋白，在政治生活中过了那么久，却还不能彻底地变更自己，他那种二重的生活使他在临死时还不能免于有所申诉。我常常责怪他申诉的"多余"，然而当我去体味他内心的战斗历史时，却也不能不感动，哪怕那在整体中，是很渺小的。今天我想起了刚逝世不久的萧红，明天，我也许会想到更多的谁，人人都与这社会有关系，因为这社会，我更不能忘怀于一切了。

萧红和我认识的时候，是在一九三八年春初。那时山西还很冷，很久生活在军旅之中，习惯于粗犷的我，骤睹着她的苍白的脸，紧紧闭着的嘴唇，敏捷的动作和神经质的笑声，使我觉得很特别，而唤起许多回忆，但她的说话是很自然而真率的。我很奇怪作为一个作家的她，为什么会那样少于世故，大概女人都容易保有纯洁和幻想，或者也就同时显得有些稚嫩和软弱的缘故吧。但我们都很亲切，彼此并不感觉到有什么孤僻的性格。我们都尽情地在一块儿唱歌，每夜谈到很晚才睡觉。当然我们之中在思想上，在情感上，在性格上都不是没有差异，然而彼此都能理解，并不会因为不同意见或不同嗜好而争吵，而揶揄。接着是她随同我们一道去西安，我们在西安住完了一个春天，我们也痛饮过，我们也同度过风雨之夕，我们也互相倾诉。然而现在想来，我们谈得是多么地少啊！我们似乎从没有一次谈到过自己，尤其是我。然而我却以为她从没有一句话之中是失去了自己的，因为我们实在都太真实，太爱在朋友的面前赤裸自己的精神，因为我们又实在觉得是很亲近的。但我仍会觉得我们是谈得太少的，因为，像这样的能无妨嫌、无拘束、不需警惕着谈话的对手是太少了啊！

那时候我很希望她能来延安，平静地住一时期之后而致全力于著作。抗战开始后，短时期的劳累奔波似乎使她感到不知在什么地方能安排生活。她或许比我适于幽美平静。延安虽不够作为一个写作的百年长计之处，然在抗战中，的确可以使一个人少顾虑于日常琐碎，而策划于较远大的。并且这里有一种朝气，或者会使她能更健康些。但萧红却南去了。至今我还很后悔那时我对于她生活方式所参与的意见是太少了，这或许由于我们相交太浅，和我的生活方式离她太远的缘故，但徒劳的热情虽然常常于事无补，然在个人仍可得到一种心安。

我们分手后，就没有通过一封信。端木曾来过几次信，在最后的一封信上（香港失陷约一星期前收到）告诉我，萧红因病始由皇后医院迁出。不知为什么我就有一种预感，觉得有种可怕的东西会来似的。有一次我同白朗说："萧红决不会长寿的。"当我说这话的时候，我是曾把眼睛扫遍了中国我所认识的或知道的女性朋友，而感到一种无言的寂寞，能够耐苦的，不依赖于别的力量，有才智、有气节而从事于写作的女友，是如此其寥寥呵！

不幸的是我的杞忧竟成了现实，当我昂头望着天的那边，或低头细数脚底的泥沙，我都不能压制我丧去一个真实的同伴的叹息。在这样的世界中生活下去，多一个真实的同伴，便多一份力量，我们的责任还不只于打开局面，指示光明，而还是创造光明和美丽；人的灵魂假如只能拘泥于个体的偏狭之中，便只能陶醉于自我的小小成就。我们要使所有的人，连仇敌也在内都能有崇高的享受，和为这享受而做出伟大牺牲。

生在现在的这个世界上，活着固然能给整个事业添一份力量，而死对于自己也是莫大的损失。因为这世界上有的是戮尸的遗法，从此你的话语和文学将更被歪曲，被侮辱；听说连未死的胡风都有人证明他是汉奸，那么对于已死的人，当然更不必贿买这种无耻的人证了。鲁迅先生的"阿Q"曾被那批御用的文人歪曲地诠释，那么《生死场》的命运也就难免于这种灾难。在活着的时候，你不能不被逼走到香港；死去，却还有各种污蔑在等着，而你还不会知道；那些与你一起的脱险回国的朋友们还将有被监视或被处分的前途。我完全不懂得到底要把这批人逼到什么地步才算够？猫在吃老鼠之前，必先玩弄它以娱乐自己的得意。这种残酷是比一切屠戮都更恶毒，更需要毁灭的。

只要我活着，朋友的死耗一定将陆续地压住我沉闷的呼吸。尤其是在这风雨的日子里，我会更感到我的重荷。我的工作已经够消磨我的一生，何况再加上你们的屈死，和你们未完的事业，但我一定可以支持下去。我要借这风雨，寄语你们，死去的，未死的朋友们，我将压榨我生命所有的余剩，为着你们的安慰和光荣。哪怕就仅仅为着你们也好，因为你们是受苦难的劳动者，你们的理想就是真理。

风雨已停，朦胧的月亮浮在西边的山头上，明天将有一个晴天。我为着明天的胜利而微笑，为着永生而休息。我吹熄了灯，平静地躺到床上。

⊙作品赏析

《风雨中忆萧红》写于1942年4月，距萧红在香港去世约3个月。当时在延安工作的丁玲受到了不公正的批判，她心情极为烦闷，于是思念故友，发而为文，以遣释心中的愁绪。在本文中，丁玲怀着痛惜之情，追忆了自己与萧红的一段短暂的交往。作者以4月延安的雨夜为背景，追忆了萧红的为人处世、自然直率的性格和悲惨的结局。文章写得跌宕起伏、情真意切，在准确刻画了萧红的音容笑貌的同时，也真实描摹了作者的内心世界，给人以良多的感慨和回味。

野店 / 臧克家

入选理由 臧克家的散文代表作 一幅古朴的画卷 唱给乡村土地的爱之歌

饭店，旅社，这样的名词一提上口，立刻涌上心来的是新式的华贵，如果换个野店，便另是一种情趣被唤起来了。像山村老翁头上的发辫，像被潮流冲空的石岸，时代至今还把野店留个残败的影子。

虽然说是野店，它所依傍的却是大道。几间茅草小屋，炕占去了每间的大半，留下火镰宽的一点空隙好预备你上下，这儿是大同世界，不问山南的海北的都挤在一堆，各人向着同伴谈论着，说笑着，没有"莫谈国事"的禁条贴在头上，他们可以随便放浪地吐泄，

· 作者简介 ·

臧克家（1905—2004），现当代诗人，山东诸城人。1933年出版了第一部诗集《烙印》，诗集表现了中国农村的破落、农民的苦难与民族的忧患。1946年去上海，任《侨声报》文艺副刊、《文讯》月刊、《创造诗丛》主编。1949年创作著名诗篇《有的人》，诗作语言朴素、对比强烈、形象鲜明，歌颂了鞠躬尽瘁、死而后已的人；嘲弄了对人民作威作福不可一世的人。1949年后，历任人民出版社编审、中国作家协会书记处书记，《诗刊》主编、顾问等。他的诗歌语言朴素凝炼，感情真挚深沉，具有韵味无穷的艺术魅力。著有新诗集《烙印》、《罪恶的黑手》、《运河》、《从军行》、《淮上吟》等，旧体诗集《臧克家旧体诗稿》，散文集《乱莠集》、《我的诗生活》、《怀人集》等，评论集《学诗断想》等。

东家的鸡西邻的狗是要谈的，日本鬼子也是一个题目，因为他们中间就有许多是从东三省被迫回来的，一个小被卷是财产的全部。

房间少了，得想个法安插客人，吊铺像都市的楼房便悬起半空了，在上面睡的人钱可以略省一点。照例，店里得有马棚，大门口竖一两根柱子，等到轿车、两把手车或小车，载着什么人向这处奔来，——前面打着红布帘的是新嫁娘，要不就是青春的妇女走亲戚的；痴胖可笑油光照人的是买卖家。店家小伙计见车子近了像熟主顾似的几步抢上前去替人家卸牲口，把它们——毛驴，或是骡马牵到马棚里去，它们一点不认生地随着他，用尾巴打打后身，哈哈几声表示疲倦。

这是上等客，如果是住宿的话，单间屋得给他们特别预备。客人刚把个倦极的身子投到炕上，小伙计肩上搭一块破黑烂布便进来了，要是擦脸，他立刻便把一小泥盆水打到你的脸前来，要肥皂，要一条白手巾是太奢望。

"先生们做个什么饭吃？"这回该他问你了。

"有什么？"

"有大饼，有猪肉炒白菜，有熟鸡子。"如果你接着再问一句："还有什么？"那小伙计一定会闭起嘴来。愿意喝好茶的话得特别声明，不然一个大子的茶叶末喝过几十个人以后，还会再冲上一点白开水给送过来。所谓好茶也不过是几个铜板一两的"大红袍"，一毛一两的贡尖这儿不下货。

等茶喝你得要有耐性。白水有大铁锅煮，冲茶可不行。一根一根的草对准一把洋铁壶底挑着燎，你如果不是一个趣味主义者，时节再是炎夏，你一定等得舌尖上生刺，跑到外面去避一避辣眼的浓烟。

晚上，任你一落太阳就躺下，敢保你不会一沾席就如愿地变成一块泥。夏天的蚊子、臭虫；冬天的虱子和跳蚤最喜欢和客人开玩笑，哼哼着叫你清醒地享受一个客夜，身上留点伤痕做一个追忆的记号。还有马棚的牲口也怕主人误了行程，半夜里叫一阵，用蹄子打地咚咚的一阵。当睡梦将要占有了你的临明的那一刻，店门嗯隆一声，接着小伙计的脚步动静了，一睁眼，微白的曙色使你再也蒙不得了。套上车子，披一身星光，冒着晨风，朝曦把人引上了征途。

"鸡声茅店月，人迹板桥霜。"回头望望这一副大红门联，意味够多长呢。

门口一个破席凉棚撑着夏天的太阳，为着什么东西奔跑的行人走在这串着天涯和故乡的热土的道上，望着这凉棚像沙漠中的人望见了绿洲。三步并成一步赶上来，卸下身上的负担，扪下沾着汗水的檐溜般的布眼罩，坐在一条长凳上用草帽或是手巾扇风。几碗半冷的残色的茶水浇下去，汗马上从身上涌出来，各人身上背着一身花疏的阴凉。设若有一个像蒲留仙一样的人物，夹在这杂色的队伍里，每个人你借给他一把蕉叶，那么一部《聊斋》会很快地集起来。

这些人，像"未有哇"（蝉之一种，在树上只有片刻的居留）一般，在这儿留一个脚印，便飞鸿似的去了，没有留恋，没有感伤，在未来的时候，他们也没想到会在这儿挂这一翅膀。水不能白喝，临走总得留下几个钱，百儿八十是他，三百二百也是他，主人不会嫌太少，伙计也不会说一声谢谢。但是你起身以后，"再来！"这一句淡淡的话，每回是不会忽疏的。

野店的常主顾是车伙子。他们到远一点的地方去运货贩卖，去的时候带着本乡的土产。这些车子往往成群成帮，队伍展得老长，道上的一帆尘土是他们的旗号。一走近了店口，把车子一插，用披布擦去了脸上的汗，弓弓着腰很自然地踏入了店门。因为太熟，照例有称号，姓王的是王大哥，姓李的是李二哥。小伙计牵牲口倒水忙乱一气，住一会儿，叫一袋旱烟把粗气压下，饭上来了。半斤一张的大饼，包着大块肥肉的包子，再要几头大蒜，一块还没腌变色的老白菜帮子。吃起来有点可怕。不，不能说吃，应是说吞。看那个劲，饼如果是铁的，肚子一定变成熔炉。饭后为了消暑，走到水瓮边去，捧着大瓢的生水往下灌，声音咚咚的可以听好几步远。"掌柜的算账！"这是一闭眼的午睡醒来后的第一句话。外边算盘珠一阵响，几吊几百几十几，小伙计一口喊出来。接着是查铜子的声音。一巴掌钱接到手里，含着笑走到财神位前，不远不近向大粗竹筒内一掷，哗……啦啦……真个是钱龙汇海了。

这些老主顾来到店里若是逢着佳节——端阳，中秋，元宵，不用开口，半壶白干，四样小菜碟便送到眼前了。喝了不够，还可以再开一回口。不打钱，这算主人的一点小意思，不要看这是小节，主人的大量或吝啬往往作为客人去留的关键。谁不愿用百年不遇的一壶酒去做招徕的幌子？

秋天，连绵的阴雨把一个远道的客人困在野店里，白天黑夜分不开界限。闷闷地用睡眠用烟打发日子。风挟着雨丝打进纸窗来，卧着，从眼缝里闪进来一片阴暗，粗人就算是不善于愁，一只孤鸿也难免于凄凉。等着，胸中灼火地等着，等到雨丝一断，他是第一个把脚印印在泥上的人。野店被撇在身后像撇了一个无情的女人。

时间把什么都变了。有了汽车转眼可以百里，"古道西风瘦马"的趣味算完了。有钱的人谁也不愿再受轿车的折磨，野店的客人因此稀少了。加以年头不对，关东客全成了穷鬼，向四方逃难的倒很多，然而他们走店来顶多不过喝一壶白开。野店是诗意的，然而今日的野店成了时代头顶上残留的一条辫子了。

⊙作品赏析

臧克家曾经说："我爱乡村，因为我生在乡村；我爱泥土，因为我就是一个泥土的人。"正是基于这种深沉而真挚的爱，作者才能洞幽烛微、纤毫毕现地去发现、挖掘鲁西北农村纯朴的风物美、人情美。在他的笔下，《野店》如一幅古朴温馨的画卷展现开来。野店的诗意与情趣虽然已经成了历史的过往，但它通过作者的文字，获得了永久的生命。美丽的乡村风俗画、淡淡的怅惘和惋惜，使整篇文章回荡着一股弥久愈新的魅力。

在这首洋溢着思念的故乡颂歌中，作者不仅仅怀念野店这道美丽的风景，更是怀念曾经行走于风景中的人。他们热情、他们豪爽、他们还很粗犷。作者的真情在文字上的反映是看似平淡中蕴含着浓厚的深情。夏虫、蚊子本是令人厌烦的，但作者写来，却觉得它们可爱。遭遇一夜不能成眠，也不见作者丝毫抱怨，反而化成一种幽默和诙谐。这正是作者对野店热爱至极的充分体现。

官 / 臧克家

　　我欣幸有机会看到许许多多的"官"：大的，小的，老的，少的，肥的，瘦的，南的，北的，形形色色，各人有自己的一份"丰采"。仍是，当你看得深一点，换言之，就是不仅仅以貌取人的时候，你就会恍然悟到一个真理：他们是一样的，完完全全的一样，像从一个模子里"磕"出来的。他们有同样的"腰"，他们的"腰"是两用的，在上司面前则鞠躬如也，到了自己居于上司地位时，则挺得笔直，显得有威可畏，尊严而伟大。他们有同样的"脸"，他们的"脸"像六月的天空，变幻不居，有时，温馨晴朗，笑云飘忽；有时阴霾深黑，若狂风暴雨之将至，这全得看对着什么人，在什么样的场合。他们有同样的"腿"，他们的"腿"非常之长，奔走上官，一趟又一趟；结交同僚，往返如风，从来不知道疲乏。但当卑微的人们来求见，或穷困的亲友来有所告贷时，则往往迟疑又迟疑，迟疑又迟疑，最后才拖着两条像刚刚长途跋涉过来的"腿"，慢悠悠的走出来。"口将言而嗫嚅，足将进而趑趄"，这是一副样相；对象不同了，则又换上另一副英雄面具：叱咤，怒骂、为了助一助声势，无妨大拍几下桌子，然后方方正正的落坐在沙发上，带一点余惜，鉴赏部属们那份觳觫的可怜相。

　　干什么的就得有干什么的那一套，做官的就得有个官样子。在前清，做了官，就得迈"四方步"，开"厅房腔"，这一套不练习好，官味就不够，官做得再好，总不能不算是缺陷的美。于今时代虽然不同了，但这一套也还没有落伍，"厅房腔"进化成了新式"官腔"，因为"官"要是和平常人一样的说"人"话，打"人腔"，就失其所以为"官"了。"四方步"，因为没有粉底靴，迈起来不大方便，但官总是有官的步子，疾徐中节，恰合身份。此外类如：会客要按时间，志在寸阴必惜；开会必迟到早退，表示公务繁忙；非要公来会的友人，以不在为名，请他多跑几趟，证明无暇及私。在办公室里，庄严肃穆，不苟言笑，一劲在如山的公文上刷刷的划着"行"字，表现为国勤劳的伟大牺牲精神，等等。

　　中国的官，向来有所谓"官箴"的，如果把这"官箴"一条条详细排列起来，足以成一本书，至少可以做成一张挂表，悬诸案头。我们现在就举其荦荦大者来赏识一下吧。开宗明义第一条就是："官是人民的公仆。"孟老夫子在两千多年前就说过"民为贵，君为轻"的话，于今是"中华民国"，人民更是国家的"主人翁"了，何况，又到了所谓"人民的世纪"，这还有什么可说的？但是，话虽如此说，说起来也很堂皇动听，而事实却有点"不然"，而至于"大谬不然"，而甚至于"大谬不然"得叫人"糊涂"，而甚甚至于叫人"糊涂"得不可"开交"！人民既然是"主人"了，为什么从来没听说过这"主人"拿起鞭子来向一些失职的、渎职的、贪赃枉法的"公仆"的身上抽过一次？正正相反，太阿倒持，"主人"被强捐、被勒索、被拉丁、被侮辱、被抽打、被砍头的时候，倒年年有，月月有，日日有，时时有。

难道：只有在完粮纳税的场合上，在供驱使，供利用的场合上，在被假借名义的场合上，人民才是"主人"吗？

到底是"官"为贵呢？还是"民"为贵？我糊涂了三十五年，就是到了今天，我依然在糊涂中。

第二条应该轮到"清廉"了。"文不爱钱，武不惜死"，这是主人对文武"公仆"，"公仆"对自己，最低限度的要求了。打"国仗"打了八年多，不惜死的武官——将军，不能说没有，然而没有弃城失地的多。而真真死了的，倒是小兵们，小兵就是"主人"穿上了军装。文官，清廉的也许有，但我没有见过；因赈灾救济而暴富的，则所在多有，因贪污在报纸上广播"臭名"的则多如牛毛——大而至于署长，小而至于押运员，仓库管理员。"清廉"是名，"贪污"是实，名实之不相符，已经是自古而然了。官是直接或间接（包括请客费，活动费，送礼费）用钱弄到手的，这样年头，官，也不过"五日京兆"，不赶快狠狠的捞一下子，就要折血本了。捞的技巧高的，还可以得奖，升官；就是不幸被发觉了，顶顶厉害的大贪污案，一审再审，一判再判，起死回生，结果也不过是一个"无期徒刑"。"无期徒刑"也可以翻译做"长期休养"，过一些时候，一年二年，也许三载五载，便会落得身广体胖，精神焕发，重新走进自由世界里来，大活动而特活动起来。

第三条：为国家选人才，这些"人才"全是从亲戚朋友圈子里提拔出来的。你要是问：这个圈子以外就没有一个"人才"吗？他可以回答你"那我全不认识呀！"如此，"奴才"变成了"人才"，而真正"人才"便永远被埋没在无缘的角落里了。

第四条：奉公守法，第五条：勤俭服务，第六条：负责任，第七条……唔，还是不再一条一条的排下去吧。总之，所讲的恰恰不是所做的，所做的恰恰不是所讲的，岂止不是，而且，还不折不扣来一个正正相反呢。

呜呼，这就是所谓"官"者是也。

⊙**作品赏析**

本文是一篇给"官"画像的杂文。在国民党统治时期，望"官"兴叹是周围随时发生的事情。正如作者说："我欣幸有机会看到许许多多的'官'：大的，小的，老的，少的，肥的，瘦的，南的，北的，形形色色，各人有自己的一份'丰采'。仍是，当你看得深一点，换言之，就是不仅仅以貌取人的时候，你就会恍然悟到一个真理：他们是一样的，完完全全的一样，像从一个模子里'磕'出来的。"这就是国民党统治时期的"官文化"，无"官形"不能为官，同样的"腰"、同样的"脸"，以及同样的"腿"，同样的官腔，因为"干什么的就得有干什么的那一套，做官的就得有个官样子"。时代"进步"之后，为官者换了很多说法，在"中华民国"，"官是人民的公仆"。因为已经到了"人民的世纪"！作为"公仆"，官们要讲廉洁，为国家选拔人才，还要奉公守法、勤俭服务、负责任等，然而在这些谎言背后，百姓看到的却是完全相反的东西。

在赣江上/冯至

入选理由：著名诗人冯至的散文杰作 一篇可以当小说来读的游记 写人写事写景，无不有声有色

在赣江上，从赣州到万安，是一段艰难的水程。船一不小心，便会触到礁石上。多么精明的船夫，到这里也不敢信托自己，不能不舍掉几元钱，请一位本地以领船为业的

· 作者简介 ·

冯至（1905—1993），原名冯承植，河北涿县人。1921年考入北京大学，1923年后受到新文化运动的影响开始发表新诗。1930年赴德国留学，期间受到德语诗人里尔克的影响。5年后获得哲学博士学位，返回战时偏安的昆明，在西南联大任外语系教授。主要诗作有《昨日之歌》、《十四行集》等。

人，把整个的船交在他的手里。这人看这段江水好似他祖传下来的一块田，一所房屋，水里块块的礁石无不熟识；他站在船尾，把住舵，让船躲避着礁石，宛转自如，像是蛇在草里一般灵活。等到危险的区域过去了，他便在一个适当的地方下了船，向你说声"发财"。

我们从赣江上了船，正是十月底的小阳天气，顺水又吹着南风，两个半天的工夫，便走了不少的路程。但到下午三点多钟，风向改变了，风势也越来越紧，领船的人把船舵放下，说："前面就是天柱滩，黄泉路；今天停在这里吧。"从这话里听来，大半是前边的滩过于险恶，他虽然精于这一带的情形，也难保这只风里的船不触在礁石上。尤其是顾名思义，天柱滩，黄泉路，这些名称实在使人有些憷然。

才四点钟，太阳还高高的，船便泊了岸，船夫抛下了锚。四下一望，没有村庄。大家在船里蜷伏了多半天，跳下来，同往常一样，这时深深地呼吸几下，全身感到轻快。不过这次既看不见村庄，水上也没有邻船，一片沙地接连着没有树木的荒山，不管同船的孩子们怎样在沙上跳跃，可是风势更紧了，天空也变得不那样晴朗，心里总有些无名的恐惧：水里嶙峋的礁石好像都无情地挺出水面一般。

我个人呢。妻在赣州病了两个月，现在在这小船里，她也只是躺着，不能坐起。当她病得最重，不省人事的那几天，我坐在病榻旁，摸着她冰凉的手，好像被她牵引着，到阴影的国度里旅行了一番。这时她的身体虽然一天天地健康起来，可是她的言谈动作，有时还使我起一种渺茫的感觉。我在沙地上绕了两个圈子，山河是这般沉静，便没精打采地回到船上去了。

"这是什么地方？"她问。

"没有村庄，不知道这地方叫作什么。"

……

风吹着水，水激动着船，天空将圆未圆的月被浮云遮去。同船的孩子们最先睡着了。我也在此起伏不定的幻想里忘却这周围的小世界。

睡了不久，好像自己迷失在一座森林里，焦躁地寻不到出路，远远却听见有人在讲话。等到我意识明了，觉得身在船上的时候，树林化作风声，而讲话的声音却依然在耳，这一个荒凉的地方哪里会有人声呢？这时同船的K君轻轻咳嗽了一下。

"我们邻近停着小船吗？"我小声问。

"不远的地方好像看见过一只，"K君说。"你听，有人在讲话，好像是在岸上。"

"现在已经十二点半了——"K君擦着一支火柴，看了表，说出这句话，更加增加我的疑惑。

此外全船的人们还是沉沉地睡着。

我也怀着但愿无事的侥幸心理又入了半睡状态。不知过了多少分钟，船上的狗大声地吠起来了；船上的人都被狗惊醒，而远远的讲话声音不但没有停住，反倒越听越近。我想，这真有些蹊跷了。

船上的狗吠，船外的语声，两方面都不停息；又隔了一些时，勇敢的 K 君披起衣服悄悄地走出船舱。这时全船的人都惊醒着，屏息无声，只有些悉索的动作：人人尽可能地把身边一点重要的物件，往不为人注意的地方放：柴堆里，炉灰里，舱篷的隙缝里……大家安排好了，静候着一件非常的事。

前后都是滩，风把船拘在这里，不能进也不能退，好像是在一个魔术师手里。我守着大病初愈的妻，不知做什么事才好。忽然黑暗的船舱出现了一道光，是外边河上从舱篷缝里射进来的；这光慢慢地移动，从舱前移到舱后，分明是那河上放光的物体从我们船后已移到船头了。这光在船舱后消逝了不久，又有一道光射到舱前，仍然是那样地移动。

全船在静默里骚动着，妻的心房跳动得很快，只是小孩子们睡得沉沉地。

K 君走进来了，轻轻地说，远远两只划子，一只在前，一只在后，船头都燃着一堆火，从我们的船旁划过。每只划子上坐着两个人，这不是窥探我们船上的虚实吗？

我听了 K 君的话，也走到舱外。暗银色的月光照彻山川，两团火光在急流的水上越走越远了。这是他们去报告他们的伙伴呢，还是探明了船上的人多，没有敢下手呢？

我望着那两团火光，尽在发呆，狗吠停止了，划子上的语声也听不见了。除去这满船的猜疑和恐惧外，面前是个非人间的、广漠的、原始般的世界。

最后船夫走到我身边；他大半被这满船客人的骚动搅得不能安静地躺在被里了。他说，不要怕，这地方一向是平静的。

"那么夜里这两只划子是做什么的呢？"

"那是捉鱼的。白天江上来往的船只多，不便捉鱼。夜静了，正是捉鱼的好时候。鱼见了火光便都跟随着火光聚拢起来；你看，那两只划子的下面不知有多少鱼呢……"

我恍然大悟，顿时想到"渔火"两个字。

……

第二天早晨，风住了，船刚要起锚，对岸划来一只划子，上边有两个渔夫。他们好像是慰问我们昨夜的虚惊，卖给我们两条又肥又美的鳜鱼。

妻，幼年生长在海边，惯于鱼虾，对着这欢蹦乱跳的鱼，脸上浮现出病后的第一次健康的微笑。

⊙作品赏析

如果这是一篇游记，也是一篇可以当小说来读的游记，当然，历险也是游的一种内容。以诗歌闻名于世的冯至先生写起散文来也是决不逊色的。虽然我们在这篇文章里没有看到游山玩水的闲情，但是却也看到了生活的惊险侧影。作者的赣江一夜之旅，给我们虚晃了一个惊险，却使我们对从赣州到万安的一段水程产生了极深的印象。作者行文可谓是情景交融，写人写事写景，无不有声有色，使这个夜不能平静，使夜色和江不能平静，但是作者是用小说手法达到了这一效果，至少所谓悬念我们是看到了。从此文可以看出，风声鹤唳的气氛正是赣江一夜有惊无险的魅力。

憔悴的弦声 / 叶灵凤

入选理由 叶灵凤的散文代表作
名家的诗意倾诉
游子哀婉的思乡之曲

每天，每天，她总从我的楼下走过。

每天，每天，我总在楼上望着她从我的楼下走过。

哑默的黄昏，惨白的街灯，黑的树影中流动着新秋的凉意。

在新秋傍晚动人乡思的凉意中，她的三弦的哀音便像晚来无巢可归的鸟儿一般，在黄昏沉寂的空气里徘徊着。

没有曲谱，也没有歌声伴着，更不是洋洋洒洒的长奏，只是断断续续信手拨来的弦响，然而在这零碎的弦声中，似乎不自已地流露出了无限的哀韵。

灰白的上衣，黑的裤，头发与面部分不清的模糊的一团，曳着街灯从树隙投下长长的一条沉重的黑影，慢慢地在路的转角消灭。似乎不是在走，是在幽灵一般的慢慢的移动。

人影消灭在路角的黑暗中，断续的弦声还在黄昏沉寂的空气里残留着。

遥想在二十年，或许三十年以前，今日街头流落的人儿或许正是一位颠倒众生的丽姝，但是无情的年华，听着生的轮转，毫不吝啬地凋剥了这造物的杰作，逝水东流，弦声或许仍是昔日的弦声，但是拨弦的手绝不是昔日的纤手了。

黄昏里，倚在悄静的楼头，从凌乱的弦声中，望着她蠕动的黑影，我禁不住起了昙花易散的怜惜。

每天，每天，她这样地从我的楼下走过。

每天，每天，我这样地望着她从我的楼下走过。

几日的秋雨，游子的楼头更增加了乡思的惆怅。小睡起来，黄昏中望着雨中的街道。灯影依然，只是低湿的空气中不再有她的弦响。

雨晴后的第一晚，几片秋风吹下的落叶还湿粘在斜阶上不曾飞起，街灯次第亮了以后，我寂寞地倚在窗口上，我知道小别几日的弦声，今晚在树阴中一定又可以相逢了。

但是，树阴中的夜色渐渐加浓，街旁的积水反映着天上的秋星，惨白的街灯下，车声沉寂了以后，我始终不曾再见有那一条沉重的黑影移过。

雨晴后的第二晚，弦声的消寂仍是依然。

秋风中的落叶日渐增多，傍晚倚了楼头，当着萧瑟的新寒，我于乡怀之外不禁又添了一重无名的眷念。

· 作者简介 ·

叶灵凤（1905—1975），原名蕴璞，江苏南京人。1925年加入创造社，开始文学创作。1926—1934年曾先后主编《幻洲》、《现代小说》、《现代文艺》、《文艺画报》等刊物。1938年到香港，一直任《星岛日报》副刊《星座》的主编。

这几日的秋风更烈，窗外的两棵树有几处已露出了光脱的秃干。傍晚的街灯下，沙沙的只有缤纷的落叶，她的弦声是从不曾再听见过了。

秋光老了，憔悴的弦声大约也随着这憔悴的秋光一同老去了。我这样喟然叹着。

每天，每天，我仍是这样地倚在我的楼上。

每天，每天，我不再见她从我的楼下走过。

⊙作品赏析

叶灵凤早期的散文多低徊、伤感气息，文笔委婉，自抒情怀，取材大抵不脱离自己身边范围，形象、情感较为真切。这篇散文立意并无特别之处，感叹流光易逝、游子思乡都是文学里常见的主题。文章妙处全在于作者营造的清静而空灵的意境。在很多人的心目中，意境似乎只属于诗歌。其实不然，散文是一种自由多样的文体，自有其对意境的追求。现在有"散文是美文"的说法，在认同散文本质相亲、形神兼备的同时，也承认了散文用独具质感的优美的语言创造特定的情思以寄托自己的情思。叶灵凤在文中以形传神，创造了一系列最能表达自己心境的意象，"她"、"我"、"黄昏"、"弦声"、"秋雨"，传达出自己蔓延得无边无际的乡思。而"我"在怜惜"她"的同时，很自然地想到自己的年华也是这样流走了。颇有"同是天涯沦落人，相逢何必曾相识"之感。这种悠远而绵长的意境，一点点浸润读者的心灵，总能让人在享受过文字的精彩之后萌生无限的感思。

悼评梅先生 / 李健吾

入选理由 评论家李健吾先生相当凄美的一篇悼文
抒写了对石评梅的深情怀念
精彩展现了石评梅的人格魅力

一朝的百合花，
在五月更是美丽，
虽然它就零落在那一夕；
它原是光的植物光的花。
——英国无名氏咏

在我写出上面的时候，一段悲惨的故事忽然涌到我的眼前来。这故事曾经被爱尔兰诗人莫耳（Moore）吟咏，后来遇见美国的伊尔文（Irving）在他一篇缠绵哀婉的散文内追叙着。伊尔文的题目是《碎了的心》（The Broken Heart），莫耳的诗的第一行是：

She is far from the land when her young her hero sleeps.

如果勉强译出来，便是：

她远远地离开了她年轻的英雄的睡乡。

故事是这样的：一位年轻的爱尔兰爱国志士，被诬陷为卖国贼，由官方执行死刑了；他的冤屈和他临刑时的高贵引起了民间深切的同情，"甚至于"，如伊尔文所叙，"他的敌人也哀悯于那种严酷的政策"。但是他有一位忠心于他的爱人，一位因为爱情而见驱于父门的热情少女！这样的勇毅的女子已经预示出了她一生的不幸。她避开了许多求婚者的恳切的目光。

"因为她的心是在他的坟中。"

· 作者简介 ·

李健吾（1906—1982），山西运城人。从小喜欢戏剧和文学，1925年考入清华大学，先在中文系后转入西洋文学系，同年加入文学研究会。1931年赴法国巴黎现代语言专修学校，研究福楼拜。1933年回国，在中华文化教育基金董事会编辑委员会工作。与黄佐临等创办了上海实验戏剧学校，新中国成立后继任该校（改名为上海戏剧专科学校）戏剧文学系主任，1954年调北京大学文学研究所。1964年调中国科学院外国文学研究所，任研究员。曾任国务院学位委员会评议组成员、法国文学研究会名誉会长。

最后因为环境的压迫虽然许身于一位军官，终于郁郁寡欢，殁于南方的意大利，所以她的本国诗人才追咏道：

"她远远地离开了她年轻的英雄的睡乡。"

在我们读到她，最后逝世的时辰，不禁要叹息一声略略喜慰的叹息。

这声叹息如今让我擒来更为沉痛地刻画在这里。更为沉痛地：因为评梅先生与我同时代，而我也更认识她。我们的感情不仅是乡谊对于乡谊，先生对于学生，朋友对于朋友，而是姐姐对于弟弟。所以如今来写一篇文章哀悼，只有使我感到情思的紊乱，觉得什么话都不应该印在一张发乌的纸上，污了逝者生时神圣的印象。我逢见她深谈的时候极少，除去在正式茶会赐予的机会中晤面以外，彼此从未相访过，这自然要归罪于自己的疏僻。若我下面所叙的情形有一点儿错误，但是她的善恕的精神一定会原宥我今日的唐突。

当我在中学读书的时候，因为住在西南城，每每于星期日或夏日的黄昏，独自或者偕伴，往陶然亭一带散步。有时兴致淋漓，便不知不觉出了右安门，从永定门绕回来，这也许由于幼时生活的苦闷吧。其后有一次我从奔陶然亭的那条大路转入一条小道，在苇塘尽头的陆地上，我发现了一座纪念碑式的尖形新冢，白石砌成，矗立于荒凉的绿草地，在四周从未经人招魂过的乱坟堆中，忽然映入目界，令人生出一种新颖的悲感。我走过去读那碑上的绿字；立在它的正面，我半晌未能抬起腰来，我伸手细摸着那些字的笔迹，我疑惑我走出了实际的世界。后面的同伴问我做什么？我移开身子，请他看一看这伤心的墓铭。

"啊，原来就葬在这里！"他慨叹道。

"这是不是我所认识的评梅？"我指着墓铭末尾的签名向他疑问道。

"就是她！就是她！"

慢慢我的同伴把他所知道的都告诉我，在洒满了夕阳的归途上，我从没有斗胆问过评梅先生自己，这是一段轻易不容别人触犯的悲惨的历史。如今我可以把它简略地重述一下吗？如今她自己也去了世，虽然还未能如她的愿，安葬于这座小小白冢的旁边。噢！让野风来歌着，让秋虫来吟着，让苇叶来舞着，在他们所嗜爱的月光下，奏起了阴世的乐曲！读者！知道这个故事以后，如果你相信自己的才力，把这一双情人的血泪织在你的永生的诗章中间。我求你。

评梅先生遭过了一个不是现代女子所应遭过的命运。她自己是一位诗人，她的短短的一生，如诗人所咏，也只是首诗：一首充满了飘鸿的绝望的哀啼的佳章。我们看见她的笑颜，煦悦与仁慈，测不透那浮面下所深隐的幽恨；我们遥见孤鸿的缥缈、高超与卓绝，却聆不见她声音以外的声音。于是在一切的不识者中间她终于无声而去。

我们同乡内有一位天辛君，据说孙中山先生曾派他往俄国调查过。我只听说他是一位有志有为的人物，但是我晓得如果评梅先生会恋上他，那么他一定是一位值得一般好女子敬爱的君子。他已经结过婚了，但是他的智慧领导着他的热情，走上现代青年所走的光明的险径；他决意不顾一切，向评梅先生表示他的态度。我们所最引为诧异的是她当日的态度——她拒绝了，也许因为她对于她的同类的同情吧，除此以外，没有其他可以揣测的理由。也许解放了的新女子笑她缺乏勇气。缺乏勇气！一位有毅力拒绝她所深爱的男子的女子？这不是她的思路的缜密（这一点使她超越于现代轻浮的妇女之上）

害了她！这是时间！时间把她所传为武器的智慧在不经意之中葬埋了。正如 Sir Water Raleish 临刑前自咏道：

Even such is time.

天辛君不久便病终了，所谓：

壮志未成身先死，
常使英雄泪满襟。

这消息是她在友人家中听到的，一声霹雳，她晕厥过去，后来她好容易换过气来了，和大风浪后的浪面一样，她貌似沉静，支撑着她的厄运；然而由这时起，她的心完全碎了。

这以后的生活，她的诗文是惟一而最确实的证明；并且明了她思想上的所以悲观与厌世，我们也就更易透解她的哀婉凄怆的诗文。伊尔文在他的文章内论道："但是一个妇人的全部生命便是一本情感的历史。心是她的世界，在这里她的野心想主宰一切！在这里她的贪性想得着那些隐秘的宝藏。她送出她的同情去冒险；她安置她的全部灵魂在情感的交易上；如果船沉了，她的情况便毫无希望——因为这是一个心的破产。"他继续论道："她是她自己的思想与感情的伴侣；如果它们变为忧伤的宰辅，她还能到什么地方寻她的安慰呢？她的命运是受男子的求婚，为其所胜有；如果不幸于她的爱情，她的心就如同被攻下了寨堡，让敌人打了下来，弃在一边荒芜起来。"

在今年四月的暮春天气，评梅先生领着她十几位女学生到我们学校来。在一个下弦月的微光的朦胧里，我们一共四五个人坐在荷花池前的石阶上，她背倚着石栏杆，静静听着她的学生们的漫烂的歌唱，天真的谈屑；我坐在最高的一层石级上。在微浮的黯黯的水面上，探出一团一团的新荷，亭旁静伫，仿佛盘算好了从她亲口内要细聆她凄凉的身世。四处的松柏，和一切山石间的杂草，都沉落于夜的怀抱。这个夜不太黑暗，不太明畔，正是一个诗人的夜。她静静地坐在那里，为一种神秘的力量所感动，回头向我道："在这里求学是幸福！"

我说这得分什么学生。

有一个学生问她的岁数。她告诉了她，喟叹了一声。

"我觉得我活到这个年纪真不易！"她继续道，"光阴也真过得快。我希望我也能有这一个优美的环境，在这里休息一下我的疲倦；昨天晚上我在对面山下的石墩上坐了一夜，直到天色微微红了起来。我不能不在社会里鬼混，哦，那社会！什么样有志气的好人也让它一口吞下去。我挣扎着，我从来没有苟且，我从来只和我自己是朋友。我站在泥水里头，和这莲花一样，可是和它们一样，出污泥而不染。我的身子是清白的；我将来死去还是一个父母赐我的璧洁的身体。我从来不求人，不谄媚人；我在什么事情上也没有成就，就是文章我也不敢写了。"

"在这社会里面，女子向历是——"我插嘴道。

"我真羡慕你们男孩子！只要自己有志气，有毅力，终究可以在社会上打出一条路来；你们什么都撇弃得下。至于你……"接着她讲些鼓舞我上进的话，等我谢过了，她继续道："现在我也不悲观了：人活着，反正是要活着，有同情也好，没有同情也好，反正还要活着。

所以如今当我到难受极了的时候，眼泪固然要流，然而我一看见我这许多的学生欢欢喜喜地唱着，跳着，我便安慰许多了。她们是我惟一的安慰。可是慢慢她们也要离开我走的……"

其后在城里一个茶会上，她指着她的学生向我们在座者道："我从前常常是不快活的，后来我发现了她们，我这些亲爱的小妹妹，我才晓得我太自私了。我最近读着一本小说，叫做《爱的教育》，读完之后我哭了。我立誓一生要从事于教育；我爱她们。我明白了我从前的错误。"

她的人生观的渐渐改进，对于她，是一件重大而且必须的关节。但是这来得过于迟缓了，已经救不了她的已濒尽头的命运。

最令我感到一种显然的差别的，是看见她立在繁华而喧嚣的人海里；她漫立在一群幸福的妇女中间，面色微白，黯然伤神，孤零零的，仿佛一个失了魂的美丽的空囊壳；有时甚至于表示一种畏涩的神情，仿佛自惭形陋的念头在激动她的整个的内心灵魂。那过去的悲哀浸遍了她的无所施用的热心，想把它骗入一时的欢乐，只是自欺欺人。她生活在她的已逝的梦境；她忏悔她昔日对于那惟一爱她的男子所犯的罪过；她跳到社会里面，努力要消耗一切于刹那的遗忘；然而她的思想仍是她的，她的情感仍旧潜在着，她终于不能毁灭她已往的评梅。她只得向上天狂呼道："天啊！让我隐没于山林吧！让我独居于海滨吧！我不能再游于这扰攘的人寰了。"（《偶然草》）那么一句表示出她的极端的绝望。所有她的诗文几乎多半是她奋斗以后失了望的哀词，在那里她的始元的精神超过了我们今日所谓的颓废文学，无病而吟的作家与前代消极的愁吟的女子。她的情感几乎高尚到神圣的程度，即使她自己不吟不写，以她一生的无名的不幸而论，已终够我们的诗人兴感讽咏的了。

⊙作品赏析

李健吾最能为人称道的是他的文学评论，其次才是他的翻译和文学。有评论家称他还是一位具备现代意识的以喜剧风格见长的戏剧作家，而更为擅长的是寓悲于喜，启人深思的手法，而这一点就在《悼评梅先生》中得到了体现。

《悼评梅先生》并不像一般的悼文那样直切入题，而是迂回着以一个相类的故事，引申出对评梅先生的生与死的追忆，这就是我们所称道的戏剧化的结构。石评梅和她的恋人有一个共同的执著的爱情，可以为它守候一辈子，也可以为它憔悴生不如死。从英国到中国共同的情感特征并不为地域所阻隔，这也是作者为什么会迂回着来写这篇悼文的理由了，因为他不是孤独的，这样的悲伤在这个世界上也可以有共鸣。都同样是伟大的令人慨叹的相爱。

雨中登泰山 / 李健吾

从火车上遥望泰山，几十年来有好些次了，每次想起"孔子登东山而小鲁，登泰山而小天下"那句话来，就觉得过而不登，像是欠下悠久的文化传统一笔债似的。杜甫的愿望："会当凌绝顶，一览众山小。"我也一样有，惜乎来去匆匆，每次都当面错过了。

而今确实要登泰山了，偏偏天公不作美，下起雨来，淅淅沥沥，不像落在地上，倒像落在心里。天是灰的，心是沉的。我们约好了清晨出发，人齐了，雨却越下越大。等天晴吗？想着这渺茫的"等"字，先是憋闷。盼到十一点半钟，天色转白，我不由喊了一句："走吧！"带动年轻人，挎起背包，兴致勃勃，朝岱宗坊出发了。

是烟是雾，我们辨识不清，只见灰蒙蒙一片，把老大一座高山，上上下下，裹了一个严实。古老的泰山越发显得崔嵬了。我们才过岱宗坊，震天的吼声就把我们吸引到虎山水库的大坝前面。七股大水，从水库的桥孔跃出，仿佛七幅闪光黄锦，直铺下去，碰着嶙嶙的乱石，激起一片雪白水珠，脱线一般，撒在回漩的水面。这里叫作虬在湾；据说虬早已被吕洞宾渡上天了，可是望过去，跳掷翻腾，像又回到了故居。我们绕过虎山，站到坝桥上，一边是平静的湖水，迎着斜风细雨，懒洋洋只是欲步不前，一边却暗叱咤，似有千军万马，躲在绮丽的黄锦底下。黄锦是方便的比喻，其实是一幅细纱，护着一幅没有经纬的精致图案，透明的白纱轻轻压着透明的米黄花纹。——也许只有织女才能织出这种瑰奇的景色。

雨大起来了，我们拐进王母庙后的七真祠。这里供奉着七尊塑像，正面当中是吕洞宾，两旁是他的朋友铁拐李和何仙姑，东西两侧是他的四个弟子，所以叫作七真祠。吕洞宾和他的两位朋友倒也罢了，站在龛里的两个小童和柳树精对面的老人，实在是少见的传神之作。一般庙宇的塑像，往往不是平板，就是怪诞，造型偶尔美的，又不像中国人，跟不上这位老人这样逼真、亲切。无名的雕塑家对年龄和面貌的差异有很深的认识，形象才会这样栩栩如生。不是年轻人提醒我该走了，我还会欣赏下去的。

我们来到雨地，走上登山的正路，一连穿过三座石坊：一天门、孔子登临处和天阶。水声落在我们后面，雄伟的红门把山挡住。走出长门洞，豁然开朗，山又到了我们跟前。人朝上走，水朝下流，流进虎山水库的中溪陪我们，一直陪到二天门。悬崖，石缝滴滴答答，泉水和雨水混在一起，顺着斜坡，流进山涧，涓涓的水声变成訇訇的雷鸣。有时候风过云开，在底下望见南天门，影影绰绰，耸立山头，好像并不很远；紧十八盘仿佛一条灰白大蟒，匍匐在山峡当中；更多的时候，乌云四合，层峦叠嶂都成了水墨山水。过中溪水浅的地方，走不太远，就是有名的经石峪，一片大水漫过一亩大小的一个大石坪，光光的石头刻着一部《金刚经》，字有斗来大，年月久了，大部分都让水磨平了。回到正路，雨不知道什么时候已经住了，人走了一身汗，巴不得把雨衣脱下来，凉快凉快。说巧也巧，我们正好走进一座柏树林，阴森森的，亮了的天又变黑了，好像黄昏提前到了人间，汗不但下去，还觉得身子发冷，无怪乎人把这里叫作柏洞。我们抖擞精神，一气走过壶天阁，登了黄岘岭，发现沙石全是赤黄颜色，明白中溪的水为什么黄了。

靠住二天门的石坊，向四下里眺望，我又是骄傲，又是担心。骄傲我已经走了一半的山路，担心自己走不了另一半的山路。云薄了，雾又上来。我们歇歇走走，走走歇歇，如今已经是下午四点多了。困难似乎并不存在，眼前是一段平坦的下坡土路，年轻人跳跳蹦蹦走了下去，我也像年轻了一样，有说有笑，跟在他们后头。

我们在不知不觉中，从下坡路转到上坡路，山势陡峭，上升的坡度越来越大。路一直是宽整的，只有探出身子的时候，才知道自己站在深不可测的山沟边，明明有水流，却听不见水声。仰起头来朝西望，半空挂着一条两尺来宽的白带子，随风摆动，想凑近了看，隔着辽阔的山沟，走不过去。我们正在赞不绝口，发现已经来到了座石桥跟前，自己还不清楚是怎么一回事，细雨打湿了浑身上下。原来我们遇到另一类型的飞瀑，紧贴桥后，我们不提防，几乎和它撞个正着。水面有两三丈宽，离地不高，发出一泻千里的龙虎声威，打着桥下奇形怪状的石头，口沫喷得老远。从这时候起，山涧又从左侧转到右侧。水声淙淙，跟我们跟到南天门。

过了云步桥，我们开始走上攀登泰山主峰的盘道。南天门应该近了，由于山峡回环曲折，反而望不见了。野花野草，什么形状也有，什么颜色也有，挨挨挤挤，芊芊莽莽，要把岩的山石装扮起来。连我上了一点岁数的人，也学小孩子，掐了一把，直到花朵和叶子全蔫了，才带着抱歉的心情，丢在山涧里，随水漂去。但是把人的心灵带到一种崇高的境界的，却是那些"吸翠霞而夭矫"的松树。它们不怕山高，把根扎在悬崖绝壁的隙缝，身子扭得像盘龙柱子，在半空展开枝叶，像是和狂风乌云争夺天日，又像是和清风白云游戏。有的松树望穿秋水，不见你来，独自上到高处，斜上身子张望。有的松树像一顶墨绿大伞，支开了等你。有的松树自得其乐，显出一副潇洒的模样。不管怎么样，它们都让你觉得它们是泰山的天然的主人，谁少了谁，都像不应该似的。雾在对着松山的山峡飘来飘去，天色眼看黑将下来。我不知道上了多少石级，一级又一级，是乐趣也是苦趣，好像从我有生命以来就在登山似的，迈前脚，拖后脚，才不过走完慢十八盘。我靠住升仙坊，仰起头来朝上望，紧十八盘仿佛一架长梯，塔在南天门口。我胆怯了。新砌的石级窄窄的，搁不了整脚。怪不得东汉的应劭引用马第伯在《封禅仪记》里的话，这样形容："仰视天门，辽如从穴中视天，直上七里，赖其羊肠透迤，名曰环道，往往有索，可得而登也。两从者扶挟，前人相牵，后人见前人履底，前人见后人顶，如画重累人矣。所谓磨胸舁石，扪天之难也。"一位老大爷，斜着脚步，穿花一般，侧着身子，赶到我们前头。一位老大娘，挎着香袋，尽管脚小，也稳稳当当，从我们身边过去。我像应劭说的那样，"目视而脚不随"，抓住铁扶手，揪牢年轻人，走十几步，歇一口气，终于在下午七点钟，上到南天门。

心还在跳，腿还在抖，人到底还是上来了。低头望着新整然而长极了的盘道，我奇怪自己居然也能上来。我走在天街上，轻松愉快，像一个没事人一样。一排留宿的小店，没有名号，只有标记，有的门口挂着一只笊篱，有的窗口放着一对鹦鹉，有的是一根棒槌，有的是一条金牛，地方宽敞的摆着茶桌，地方窄小的只有炕几，后墙紧贴着峥嵘的山石，前面正对着万丈的深渊。别成一格的还有那些石头。古诗人形容泰山，说"泰山岩岩"，注解人告诉我：岩岩，积石貌。的确这样，山顶越发给你这种感觉。有的石头像莲花瓣，有的像大象头，有的像老人，有的像卧龙，有的错落成桥，有的兀立如柱，有的侧身探海，有的怒目相向。有的什么也不像，黑糊糊的，一动不动，堵住你的去路。年月久，传说多，登封台让你想象帝王拜山的盛况，一个光秃秃的地方会有一块石碣，指明是"孔子小天下处"。有的山池叫作洗头盆，据说玉女往常在这里洗过头发；有的山洞叫作白云洞，传说过去往外冒白云，如今不冒白云了，白云在山里依然游来游去。晴朗的天，你正在欣赏"齐鲁青未了"，忽然一阵风来，"荡胸生层云"，转瞬间，便像宋之问在《桂阳三日述怀》里说起的那样，"云海四茫茫"。是云吗？头上明明另有云在。看样子是积雪，要不也是棉絮堆，高高低低，连续不断，一直把天边变成海边。于是阳光掠过，云海的银涛像镀了金，又像着了火，烧成灰烬，不知去向，露出大地的面目。两条白线，曲曲折折，是河，是汶河。一个黑点子在碧绿的图案中间移动，仿佛蚂蚁，又冒一缕青烟。

你正在指手画脚，说长道短，虚象和真象一时都在雾里消失。

我们没有看到日出的奇景。那要在秋高气爽的时候。不过我们也有自己的独得之乐：我们在雨中看到的瀑布，两天以后下山，已经不那样壮丽了。小瀑布不见，大瀑布变小了。我们沿着西溪，翻山越岭，穿过果香扑鼻的苹果园，在黑龙潭附近待了老半天。不是下午要赶火车的话，我们还会待下去的。山势和水势在这里别是一种格调，变化而又和谐。

山没有水，如同人没有眼睛，似乎少了灵性。我们敢于在雨中登泰山，看到有声有势的飞泉流布，倾盆大雨的时候，恰好又在斗母宫躲过，一路行来，有雨趣而无淋漓之苦，自然也就格外感到意兴盎然。

⊙ **作品赏析**

我国五岳之宗泰山以它的高大宏伟成为历代作家吟诵、抒写的对象。不少作品中再现的景色多是晴朗天气中的泰山，而雨中泰山就十分少见了。李健吾先生在《雨中登泰山》这篇散文中，交错运用写景、叙事等手法，旁征博引，挥洒自如，独创了一个别具魅力的雨中泰山的艺术境界。阴雨淅沥，当不少游人的游兴被破坏而诅咒这鬼天气时，作者却满怀逸兴豪情地冒雨登山。在他看来，雨中的泰山就是宏伟壮丽的诗。用质朴的语言把诗情真实地抒写出来，在里面淡淡地蕴涵着醇厚朴素的美，"看似寻常最奇崛，成如容易却艰辛"（王安石诗），仔细玩味，这篇散文的意蕴是深厚的。《雨中登泰山》是"双线结构"，一是以登临顺序为线索，这是明线；一是以登临时的盎然意兴为线索，这是暗线。两条线索相互交凝，针线严密，无懈可击。

花潮 / 李广田

入选理由：诗化的美文的经典代表 借景抒情，情景交融 曾收入中学教材

昆明有个圆通寺。寺后就是圆通山。从前是一座荒山，现在是一个公园，就叫圆通公园。

公园在山上。有亭，有台，有池，有榭，有花，有树，有鸟，有兽。

后山沿路，有一大片海棠，平时枯枝瘦叶，并不惹人注意，一到三四月间，真是花团锦簇，变成一个花世界。

这几天天气特别好，花开得也正好，看花的人也就最多。"紫陌红尘拂面来，无人不道看花回"，办公室里，餐厅里，晚会上，道路上，经常听到有人问答："你去看海棠没有？""我去过了。"或者说："我正想去。"到了星期天，道路相逢，多争说圆通山海棠消息。一时之间，几乎形成一种空气，甚至是一种压力，一种诱惑，如果谁没

· **作者简介** ·

李广田（1906—1968），山东邹平人。1923年考入济南第一师范后，开始接触"五四"以来兴起的新思潮、新文学。1929年入北京大学外语系预科，先后在《华北日报》副刊和《现代》杂志上发表诗歌、散文。1935年北京大学毕业，回济南教书，继续散文创作。1941年秋至昆明，在昆明西南联大任教。抗战胜利后，他先后在南开大学、清华大学任教。新中国成立后任清华大学中文系主任。1951年任清华副教务长。1952年调任云南大学副校长、校长。历任中国科学院云南分院文学研究所所长，云南作协副主席、中国作协理事等。

有到圆通山看花，就好像是一大憾事，不得不挤点时间，去凑个热闹。

星期天，我们也去看花。不错，一路同去看花的人可多着哩。进了公园门，步步登山，接踵摩肩，人就更多了。向高处看，隔看密密层层的绿荫，只见一片红云，望不到边际，真是"寺门尚远花先来，漫天锦绣连云开"。这时候，什么苍松啊，翠柏啊，碧梧啊，修竹啊，……都挽不住游人。大家都一口气地攀到最高峰，淹没在海棠花的红海里。后山一条大路，两旁，四周，都是海棠。人们坐在花下，走在路上，既望不见花外的青天，也看不见花外还有别的世界。花开得正盛，来早了，还未开好，来晚了已经开败，"千朵万朵压枝低"，每棵树都炫耀自己的鼎盛时代，每一朵花都在微风中枝头上颤抖着说出自己的喜悦。"喷云吹雾花无数，一条锦绣游人路"，是的，是一条花巷，一条花街，上天下地都是花，可谓花天花地。可是，这些说法都不行，都不足以说出花的动态，"四厢花影怒于潮"，"四山花影下如潮"，还是"花潮"好。古人写诗真有他的，善于说出要害，说出花的气势。你不要乱跑，你静下来，你看那一望无际的花，"如钱塘潮夜澎湃"，有风，花在动，无风，花也潮水一般地动，在阳光照射下，每一个花瓣都有它自己的阴影，就彷佛多少波浪在大海上翻腾，你越看得出神，你就越感到这一片花潮正在向天空向四面八方伸展，好像有一种生命力在不断扩展。而且，你可以听到潮水的声音，谁知道呢，也许是花下的人语声，也许是花丛中蜜蜂嗡嗡声，也许什么地方有黄莺的歌声，还有什么地方送来看花人的琴声，歌声，笑声……，这一切交织在一起，再加上风声，天籁人籁，就如同海上午夜的潮声。大家都是来看花的，可是，这个花到底怎么看法？有人走累了，拣个最好的地方坐下来看，不一会，又感到这里不够好，也许别个地方更好吧，于是站起来，既依依不舍，又满怀向往，慢步移向别处去。多数人都在花下走来走去，这棵树下看看，好，那棵树下看看，也好，伫立在另一棵树下仔细端详一番，更好，看看，想想，再看看，再想想。有人很大方，只是驻足观赏，有人贪心重，伸手牵过一枝花来摇摇，或者干脆翘起鼻子一嗅，再嗅，甚至三嗅。"天公斗巧乃如此，令人一步千徘徊"。人们面对这绮丽的风光，真是徒唤奈何了。

老头儿们看花，一面看，一面自言自语，或者嘴里低吟着什么。老妈妈看花，扶着拐杖，牵着孙孙，很珍惜地折下一朵，簪在自己的发髻上。青年们穿得整整齐齐，干干净净，好像参加什么盛会，不少人已经穿上雪白的衬衫，有的甚至是绸衬衫，有的甚至已是短袖衬衫，好像夏天已经来到他们身上，东张张，西望望，既看花，又看人，洋气得很。青年妇女们，也都打扮得利利落落，很多人都穿着花衣花裙，好像要与花争妍，也有人擦了点胭脂，抹了点口红，显得很突出，可是，在这花世界里，又叫人感到无所谓了。很自然地想起了龚自珍《西郊落花歌》中说的，"如八万四千天女洗脸罢，齐向此地倾胭脂"，真也有点形容过分，反而没有真实感了。小学生们，系着漂亮的红领巾，带着弹弓来了，可是他们并没有射击，即便有鸟，也不射了，被这一片没头没脑的花惊呆了。画家们正调好了颜色对花写生，看花的人又围住了画花的，出神地看画家画花。喜欢照相的人，抱着相机跑来跑去，不知是照花，还是照人，是怕人遮了花，还是怕花遮了人，还是要选一个最好的镜头，使如花的人永远伴着最美的花。有人在花下喝茶，有人在花下弹琴，有人在花下下象棋，有人在花下打桥牌。昆明四季如春，四季有花，可是不管山茶也罢，报春也罢，梅花也罢，杜鹃也罢，都没有海棠这样幸运，有这么多人，这样热热闹闹地来访它，来赏它，这样兴致勃勃地来赶这个开花的季节。还有桃花什么的，目前也还开着，在这附近，就有几树碧桃正开，"猩红鹦绿天人姿，回首夭桃恼失色"，显得冷冷落落地待在一旁，并没有谁去理睬。在这圆通山头，可以看西山和滇池，可以看平林和原野，可是这时候，大家都在看花，什么也顾不得了。

看着看着，实在也有点疲乏，找个地方坐下来休息一下吧，哪里没有人？都是人。坐在一群看花人旁边，无意中听人家谈论，猜想他们大概是哪个学校的文学教师。他们正在吟诗谈诗：

一个吟道："泪眼问花花不语，乱红飞过秋千去。"

一个说："这个不好，哪来的这么些眼泪！"

另一个吟道："一片花飞减却春，风飘万点正愁人。"

又一个说："还是不好，虽然是诗圣的佳句，也不好。"

一个青年人抢过去说："'繁枝容易纷纷落，嫩蕊商量细细开'，也是杜诗，好不好？"

一个人回答："好的，好的，思想健康，说的是新陈代谢。"

一个人不等他说完就接上去："好是好，还不如龚定庵的'落红不是无情物，化作春泥更护花'，有辩证观点，乐观精神。"

有一个人一直不说话，人家问他，他说："天何言哉，四时兴焉，万物生焉。天何言哉，桃李无言，下自成蹊。你们看，海棠并没有说话，可是大家都被吸引来了。"

我也没有说话。想起泰山高处有人在悬崖上刻了四个大字："予欲无言"，其实也甚是多事。

回家的路上，还是听到很多人纷纷议论。

有人说："今年的花，比去年好，去年，比前年好，解放以前，谈不到。"

有人说："今天看花好，今夜睡梦好，明天工作好。"

有人说："明天作文课，给学生出题目，有了办法。"

有人说："最好早晨来看花，迎风带露的花，会更娇更美。"

有人说："雨天来看花更好，海棠著雨胭脂透，当然不是大雨滂沱，而是斜风细雨。"

有人说："也许月下来看花更好，将是花气氤氲。"

有人说："下星期再来看花，再不来就晚了。"

有人说："不怕花落去，明年花更好。"

好一个"明年花更好"。我一面走着，一面听人家说着，自己也默念着这样两句话：

春光似海，

盛世如花。

⊙作品赏析

《花潮》是"汉园三诗人"之一的李广田写于1962年的一篇散文。文字优美，字里行间飞扬着欢快的旋律，可以说既是作者赏花的所见所闻，又是作者舒畅心情的抒发。

《花潮》其实是写了三"潮"：

花开如潮。从静态、动态、听觉等角度正面来写花的繁茂。各种修辞手法的运用使文字熠熠生辉。

赏花人潮。这一部分写了游人举动、赏花情形和赏花行动。这部分中列举了老人、青年、妇女、孩子置于花潮的各种表现，从侧面烘托了花的美，也表现了人们安定、喜悦的心情。作者的欢快的情感也溢于言表。

谈花热潮。这一部分是点明主旨，升华感情的部分。"明年花更好"，表明了作者对未来的美好憧憬。这一节中笑语喧哗的对话描写，使文章显得更加灵动、妙趣横生。

此外，文中运用大量的诗句，"千朵万朵压枝低"、"繁枝容易纷纷落，嫩蕊商量细细开"、"桃李无言，下自成蹊"等，在活泼欢快中更增加了文章的艺术性，使文章显得更加婀娜多姿。

这种虫 / 李广田

入选理由 中国现代优秀的散文家的精彩篇章
靠声名、靠资历混饭吃的所谓"老专家"的形象刻画
对过时的学术权威的质疑和批判

一群人，围住了一个虫。"真奇怪！这是什么虫呢？"大家都很惊讶。其中没有一个人是曾经见过这种虫的，更没有人能指出这虫的名字。

这虫有一寸长。像一根小手指那么粗。身体是方的，绿色，透明。每一个环节上都有淡黄色的斑点，有颇长的毛刺。而环节与环节之间只有很细微的一点连接，似花瓣之连接于花跗。头部也是方的，那里的毛刺更多，因之不能看清它的本来面目。它被许多惊诧的目光所射击，它不敢爬行。有人胆怯地用草叶去触它一下，它无可奈何地微微蠕动，说明它并不曾死，但也只有在这样蠕动之际，人们就很容易担心它会即将脱节，解体，假如它的一节不幸被触脱了，那自然就是全体的死亡。这是一个既丑陋而又奇怪的虫。它丑陋，甚至使人生畏；它奇怪，就叫人离不开它。

这到底是一个什么虫呢？没有人能够回答。

正当大家惊讶不止的时候，忽然有一位老先生来了。他看见这里围了很多人，他向那中心注视。"一个虫"。他看见了，同时，他接受了很多疑问的目光。"这是一个什么虫呢，老先生？"那些目光说。

"不错，"他说，而且笑着，"是'有'这么一种虫。"

他丝毫也不表示惊讶，他像一个渊博的昆虫学家，又一再肯定地说道："一点也不错，确乎是'有'这么一种虫呢。"

大家听了，也并不问什么，似乎已获得了完全的答复，心里的惊讶也消逝了。

当然的，这还有什么可问呢。假设你再问他，那答复是可以想到的：

"这种虫是怎样生活呢？"

"这种虫就是'这样'生活。"

"这种虫是怎样变化呢？"

"这种虫就是'这样'变化。"

"那么这种虫到底叫什么虫呢？"

"这种虫啊，这种虫就叫'这种虫'。"

如此而已，人们，为了他的老年，而且因为他曾作了一生的研究工作，就恭敬他，不问他，不驳他，似乎相信他。而他呢，他就凭了他的老年，他的一生的研究工作，而随时随地都坦然地指明："这个就是这个。"他是现存的最古老的哲学家。

⊙作品赏析

　　权威之所以成为权威，大抵因为他对某个学术领域的深入研究与真知灼见。一个国家、一个民族学术权威的整体水平、创新精神及研究态度决定着这个国家和民族整体科研状况。当这些学术权威丧失了研究能力，仍沉浸于自己曾经的研究之中，甚至为了保住权威的面子胡说八道的时候，国家的科学研究只能无可奈何地走向悲凉的没落。

　　看看文中那种老专家对新生事物的"精辟"分析吧！他把从来没见过的虫称"有"，他虽对新物种的生活习性及特性一无所知，但都圆满地用"这样"两个字"成功"地解决了。从他的"高明"的论断中，我们得不到任何有价值的东西。

　　文中，作者用精练的对话，活画出"老先生"不懂装懂、欺世盗名的老朽形象，把社会上那些靠声名、靠资历混饭吃的所谓"老专家"剥了一个一丝不挂，把他们丑陋的形象赤裸裸地展现在世人面前，真叫过瘾！

山屋 / 吴伯箫

> **入选理由**
> 吴伯箫的散文名篇
> 结构精妙，语言优美
> 体现了乐观旷达的情怀

　　屋是挂在山坡上的。门窗开处便都是山。不叫它别墅，因为不是旁宅支院颐养避暑的地方；唤作什么楼也不妥，因为一底一顶，顶上就正对着天空。无以名之，就姑且直呼为山屋吧，那是很有点老实相的。

　　搬来山屋，已非一朝一夕了；刚来记得是初夏，现在已慢慢到了春天呢，忆昔入山时候，常常感到一种莫名的寂寞，原来地方太偏僻，离街市太远啊，可是习惯自然了，浸假又爱上了它的幽静；何况市镇边缘上的山，山坡上的房屋，终究还具备着市廛与山林两面的佳胜呢。想热闹，就跑去繁嚣的市内；爱清闲，就索性锁在山里，是两得其便左右逢源的。倘若你来，于山屋，你也会喜欢它的吧？傍山人家，是颇有情趣的。

　　譬如说，在阳春三月，微微煦暖的天气，使你干什么都感到几分慵倦；再加整天的忙碌，到晚上你不会疲惫得像一只晒腻了太阳的猫么？打打舒身都嫌烦。一头栽到床上，怕就蜷伏着昏昏入睡了。活像一条死猪。熟睡中，踢来去地乱梦，梦味儿都是淡淡的。心同躯壳是同样的懒啊。几乎可以说是泥醉着，糊涂着，乏不耐。可是大大地睡了一场，寅卯时分，你的梦境不是忽然透出了一丝绿莹莹的微光么，像东风吹过经冬的衰草似的，展眼就青到了天边。恍恍惚惚的，屋前屋后有一片啾唧唧唧的闹声，像是姑娘们吵嘴，又像是群活泼泼的孩子在嘈杂乱唱；兀的不知怎么一来，那里"支幽"一响，你就醒了。立刻你听到了满山满谷的鸟叫。缥缥缈缈的那里的钟声，也嗡嗡的传了过来。你睁开了眼，窗帘后一缕明亮，给了你一个透底的清醒。靠左边一点，石工们在丁冬的凿石声中，

· 作者简介 ·

　　吴伯箫（1906—1982），原名吴熙成，山东莱芜人。1925年考入北京师范大学英语系，同年开始文学创作，发表了处女作《白天与黑夜》。1931年大学毕业，曾在青岛大学、山东教育厅工作。这时期发表的散文后结集为《羽书》。1938年到延安，进入抗大学习。曾任陕甘宁边区文化协会秘书长、教育厅长。1942年参加延安文艺座谈会。抗战胜利后任联大中文系副主任。1951年任东北教育学院副院长。1954年任人民教育出版社副社长、副总编辑，后任中国社会科学院文学研究所副所长。

说着呜呜噜噜的话；稍偏右边，得得的马蹄声又仿佛一路轻的撒上了山去。一切带来的是个满心的欢笑啊。那时你还能躺在床上么？不，你会霍然一跃就起来的。衣裳都来不及披一件，先就跳下床来打开窗子。那窗外像笑着似的处女的阳光，一扑就扑了你个满怀。

呵，我的灵魂，我们在平静而清冷的早晨找到我们自己了。

——惠特曼《草叶集》

那阳光洒下一屋的愉快，你自己不是都几乎笑了么？通身的轻松。那山上一抹嫩绿的颜色，使你深深地吸一口气，清爽是透到脚底的。瞧着那窗外的一丛迎春花，你自己也仿佛变作了它的一枝。

我知道你是不暇妆梳的，随便穿了穿衣裳，就跑上山去了。一路，鸟儿们飞着叫着地赶着问"早啊？早啊？"的话，闹得简直不像样子。戴了朝露的那山草野花，遍山弥漫着，也懂事不懂事似的直对你额首微笑，受宠若惊，你忽然骄蹇起来了，迈着昂藏的脚步三跨就跨上了山巅。你挺直了腰板，要大声嚷出什么来，可是怕喊破了那清朝静穆的美景，你又没嚷。只高高地伸出了你粗壮的两臂，像要拥抱那个温郁的骄阳似的，很久很久，你忘掉了你自己。自然融化了你，你也将自然融化了。等到你有空再眺望一下那山根尽头的大海的时候，看它展开着万顷碧浪，翻掀着千种金波灵机一动，你主宰了山、海，宇宙全在你的掌握中了。

下山，路那边邻家的小孩子，苹果脸映着旭阳，正向你闪闪招手，烂漫的笑；你不会赶着问她，"宝宝起这样早哇？姐姐呢？"

再一会，山屋里的人就是满口的歌声了。

再一会，山屋右边的路上，就是逛山的人格格的笑语了。

要是夏天，晌午阳光正毒，在别处是热得汤煮似的了，山屋里却还保持着相当的凉爽。坡上是通风的。四围的山松也有够浓的荫凉。敞着窗，躺在床上，噪耳的蝉声中你睡着了，噪耳的蝉声中你又醒了。没人逛山。樵夫也正傍了山石打盹儿。市声又远远的，只有三五个苍蝇，嗡飞到了这里，嗡又飞到了那里，老鼠都会瞅空出来看看景的吧，"蝉噪林愈静，鸟鸣山更幽"，心跳都听得见扑腾呢。你说，山屋里的人，不该是无怀氏之民么？

夏夜，自是更好。天刚黑，星就悄悄的亮了。流萤点点，像小灯笼，像飞花。檐边有吱吱叫的蝙蝠，张着膜翅凭了羞光的眼在摸索乱飞。远处有乡村味的犬吠，也有都市味的火车的汽笛。几丈外谁在毕剥地拍得蒲扇响呢？突然你听见耳边的蚊子薨薨了。这样，不怕露冷，山屋门前坐到丙夜是无碍的。

可是，我得告诉你，秋来的山屋是不大好斗的啊。若然你不时时刻刻咬紧了牙，记牢自己是个男子，并且想着"英国的孩子是不哭的"那句名言的话，你真挡不了有时候要落泪呢。黄昏，正自无聊的当儿，阴沉沉的天却又淅淅沥沥的落起雨来。不紧也不慢，不疏也不密，滴滴零零，抽丝似的，人的愁绪可就细细的长了。真愁人啊！想来个朋友谈谈天吧，老长的山道上却连把雨伞的影子也没有；喝点酒解解闷吧，又往哪里去找个把牧童借问酒家何处呢？你听，偏偏墙角的秋虫又凄凄切切唧唧而吟了。呜呼，山屋里的人其不怫然蹙眉颓然告病者，怕极稀矣，极稀矣！

凑巧，就是那晚上，不，应当说是夜里，夜至中宵。没有闭紧的窗后，应着潇潇的雨声冷冷的虫声，不远不近，袭来了一片野兽踏落叶的声。呕吼呕吼，接二连三的嗥叫，告诉你那是一只饿狼或是一匹饥狐的时候，喂，伙计，你的头皮不会发胀么？好家伙！真得要蒙蒙头。

虽然，"采菊东篱下"，陶彭泽的逸兴还是不浅的。

最可爱，当然数冬深。山屋炉边围了几个要好的朋友，说着话，暖烘烘的。有人吸着烟，有人就偎依在床上，唏嘘也好，争辩也好，锁口默然也好，态度却都是那样淳朴诚恳。回忆着华年旧梦的有，希冀着来日尊荣的有，发着牢骚，大夸其企图与雄心的也有。怒来拍一顿桌子，三句话没完却又笑了。哪怕当面骂人呢，该骂的是不会见怪的，山屋里没有"官话"啊，要讲"官话"他们指给你，说："你瞧，那座亮堂堂的奏着军乐的，请移驾那楼上去吧。"

若有三五乡老，晚饭后咳嗽了一阵，拖着厚棉鞋提了长烟袋相将而来，该是欢迎的吧？进屋随便坐下，便开始了那短短长长的闲话。八月十五云遮月，单等来年雪打灯。说到了长毛，说到了红枪会，说到了税，捐，拿着粮食换不出钱，乡里的灾害，兵匪的骚扰，希望中的太平丰年及怕着的天下行将大乱。说一阵，笑一阵，就鞋底上磕磕烟灰，大声地打个呵欠，"天不早了。""总快鸡叫了。"要走，却不知门开处已落了满地的雪呢。

原来我已跑远了。急急收场："雪夜闭户读禁书。"你瞧，这半支残烛，正是一个好伴儿。

⊙作品赏析

这是一篇十分精致的散文。其一在于手法的精妙。与其他众多的写景散文不同的是，作者采用第一人称与第二人称相结合的叙述方式。整篇文章仿佛就是主客之间的一场对话。这样一下子就拉近了与读者的距离。这种手法比之单纯地直抒胸臆更能引发读者的认同感。

其二在于结构的精妙与语言的精美。文章不仅结构缜密、脉络清晰，而且综合了比喻、拟人、通感等修辞手法，就如描述一个有着多重性格的人物一般，把山景描绘得情趣盎然，令人心驰神往。本文还有一个显著的特色就是"移情"的大量使用。作者以充沛的感情，用心灵之灯来关照自然物，综合运用视觉、听觉、嗅觉、触觉等官能去发现、体会山居的乐趣。他把内心情感的色彩涂抹在一切自然物上，从而创造出一个全新的世界。语言的精美还体现在，作者将古今中外的名言典故信手拈来，赋予景物以文化的底蕴，使之显得格外空灵隽永。

其三在于意境的精深。字里行间流露出一股乐观向上的气息，感同身受他对自然对人生的信心与热爱。他那以审美意象点燃的情感火焰，在跃动的热情中展现出的博大宽容的人格，都使这篇散文显示出一种深远的意境，值得我们反复品味。

菜园小记 / 吴伯箫

真实的生活状态的记录，特有的时代风貌的展现
蕴藉深厚的诗情画意，质朴中洋溢深情
曾收入中学课本

种花好，种菜更好。花种得好，姹紫嫣红，满园芬芳，可以欣赏；菜种得好，嫩绿的茎叶，肥硕的块根和果实，却可以食用。俗话说："瓜菜半年粮。"

我想起在延安蓝家坪我们种的菜园来了。

　　说是菜园，其实是果园。那园里桃树杏树很多，还有海棠。每年春二三月，粉红的桃杏花开罢，不久就开绿叶衬托的艳丽的海棠花，很热闹。果实成熟的时候，杏是水杏，桃是毛桃，海棠是垂垂联珠，又是一番繁盛景象。

　　果园也是花园。那园里花的种类不少。木本的有蔷薇、木槿、丁香；草本的有凤仙、石竹、夜来香、江西腊、步步高……草花不名贵，但是长得繁茂泼辣。甬路的两边，菜地的周围，园里的角角落落，密密丛丛地到处都是。草花里边长得最繁茂最泼辣的是波斯菊。这种花开得稠，有绛紫的，有银白的，一层一层，散发着浓郁的异香；也开得时间长，能装点整个秋天。这一点很像野生的千头菊。这种花称作"菊"，看来是有道理的。

　　说的菜园，是就园里的隙地开辟的。果树是围屏，草花是篱笆，中间是菜畦，共有三五处，面积大小不等，都是土壤肥沃，阳光充足，最适于种菜的地方。我们经营的那一处，三面是果树，一面是山坡；地形长方，面积约二三分。那是在大种蔬菜的时期我们三个同志在业余时间为集体经营的。收成的蔬菜归集体伙食，自己也有一份比较丰富的享用。

　　那几年，在延安的同志，大家都在工作、学习、战斗的空隙里种蔬菜。机关、学校、部队里吃的蔬菜差不多都能自给。那个时候没有提出种"十边"，可是见缝插针，很自然地"十边"都种了。窑洞的门前，平房的左右前后，河边，路边，甚至个别山头新开的土地都种了菜。

　　我们种的那块菜地，在那园里是条件最好的。土肥地整，曾经有人侍弄过，算是熟菜地。地的一半是韭菜畦。韭菜有宿根，不要费太大的劳力（当然要费些工夫），只要施施肥，培培土，浇浇水，出了九就能发出鲜绿肥嫩的韭芽。最难得的是，菜地西北的石崖底下有一个石窠，挖出石窠里的乱石沉泥，石缝里就涔涔地流出泉水。石窠不大，但是积一窠水恰好可以浇完那块菜地。积水用完，一顿饭的工夫又可以蓄满。水满的时间，一清到底，不溢不流，很有点像童话里的宝瓶，水用了还有，用了还有，不用就总是满着。泉水清洌，不浇菜也可以浇果树，或者用来洗头，洗衣服。"沧浪之水清兮，可以濯我缨；沧浪之水浊兮，可以濯我足"。这比沧浪之水还好。同样种菜的别的同志，菜地附近没有水泉，用水要到延河里去挑，不像我们三个，从石窠通菜地掏一条窄窄浅浅的水沟，用柳罐扛水，抬抬手就把菜浇了。大家都羡慕我们。我们也觉得沾了自然条件的光，仿佛干活掂着轻的，很不好意思，就下定决心要把菜地种好，管好。

　　"庄稼一枝花，全靠粪当家。"为了积肥，大家趁早晚散步的时候到大路上拾粪，那里来往的牲口多，"只要动动手，肥源到处有"啊。我们请老农讲课，大家跟着学了不少知识。《万丈高楼从地起》的歌者，农民诗人孙万福，就是有名的老师之一。记得那个时候他是六十多岁，精神矍铄，声音响亮，讲话又亲切又质朴，那老当益壮的风度，到现在我还留着深刻的印象。跟那些老师，我们学种菜，种瓜，种烟。像种瓜要浸种、压秧，种烟要打杈、掐尖，很多实际学问我们都是边做边跟老师学的。有的学会烤烟，自己做挺讲究的纸烟和雪茄；有的学会蔬菜加工，做的番茄酱能吃到冬天；有的学会蔬菜腌渍、窖藏，使秋菜接上春菜。

　　种菜是细致活儿，"种菜如绣花"；认真干起来也很累人，就劳动量说，"一亩园十亩田"。但是种菜是极有乐趣的事情。种菜的乐趣不只是在吃菜的时候，像苏东坡在《菜羹赋》里所说的："汲幽泉以揉濯，搏露叶与琼根。"或者像他在《后杞菊赋》里所说的："春食苗，夏食叶，秋食花实而冬食根，庶几西河南阳之寿。"种菜的整个过程，随时都有乐趣。施肥，松土，整畦，下种，是花费劳动量最多的时候吧，那时蔬菜还看不到影子哩，可是"种瓜得瓜，种豆得豆"，就算种的只是希望，那希望也给人很大的鼓舞。因为那希望是用成实的种子种在水肥充足的土壤里的，人勤地不懒，出一分劳力就一定能有一分收成。验证不远，不出十天八天，你留心那平整湿润的菜畦吧，就从那里会生长出又绿又嫩又苗壮的瓜菜的新芽哩。那些新芽，条播的行列整齐，撒播的万头攒动，点播的傲然不群，带着笑，发着光，充满了无限生机。一棵新芽简直就是一颗闪亮的珍珠。"夜雨剪春韭"是老杜的诗句吧，清新极了；老圃种菜，一畦菜怕不就是一首更清新的诗？

暮春，中午，踩着畦垅间苗或者锄草中耕，煦暖的阳光照得人浑身舒畅。新鲜的泥土气息，素淡的蔬菜清香，一阵阵沁人心脾。一会儿站起来，伸伸腰，用手背擦擦额头的汗，看看苗间得稀还是稠，中耕得深还是浅，草锄得是不是干净，那时候人是会感到劳动的愉快的。夏天，晚上，菜地浇完了，三五个同志趁着皎洁的月光，坐在畦头泉边，吸吸烟，谈谈话，谈生活，谈社会和自然的改造。一边人声咯咯，一边在听菜畦里昆虫的鸣声。蒜在抽薹，白菜在卷心，芫荽在散发脉脉的香气。一切都使人感到一种真正的田园乐趣。

我们种的那块菜地里，韭菜以外，有葱、蒜，有白菜、萝卜，还有黄瓜、茄子、辣椒、西红柿，等等。农谚说："谷雨前后，栽瓜种豆。""头伏萝卜二伏菜。"虽然按照时令季节，各种蔬菜种得有早有晚，有时收了这种菜才种那种菜；但是除了冰雪严寒的冬天，一年里春夏秋三季，菜园里总是经常有几种蔬菜在竞肥争绿。特别是夏末秋初，你看吧：青的萝卜，紫的茄子，红的辣椒，又红又黄的西红柿，真是五彩斑斓，耀眼争光。

那年蔬菜丰收。韭菜割了三茬，最后吃了薹下韭（跟莲下藕一样，那是以老来嫩有名的），掐了韭花。春白菜以后种了秋白菜，细水萝卜以后种了白萝卜。园里连江西腊、波斯菊都要开败的时候，我们还收了最后一批西红柿。天凉了，西红柿吃起来甘脆爽口，有些秋梨的味道。我们还把通红通红的辣椒穿成串晒干了，挂在窑洞的窗户旁边，一直挂到过新年。

⊙ 作品赏析

吴伯箫散文以质朴美著称。他总是将普通平凡的事物放在历史与现实交映的背景下，捕捉其中蕴藉深厚的诗情画意。他的作品主题设计和创作基调单纯简练，峭拔明朗，为我们描绘出一幅幅具有强烈的真实感和鲜明的时代色彩的画卷。同时在明朗朴实的画面之外，传达一种朴素的内在情感。《菜园小记》展现的是抗日战争时期延安大生产运动中蓝家坪的一道特殊的风景，表现了当时延安人的乐观向上的精神面貌。

作者在开篇点明种菜的好处，"菜种得好，嫩绿的茎叶，肥硕的块根和果实，却可以食用"，可以收到"瓜菜半年粮"的效果。同时在菜地的周围还可以种果树、栽花。使菜园起到果园和花园的多重作用。其中可以观看海棠"垂垂联珠"的盛景，可以陶醉于波斯菊飘来的浓郁的异香之中，但菜园中真正触动作者心弦的地方并不在于此。接下来，作者倾全部心思，对在菜园中种菜过程进行大篇幅的叙述，对于施肥浇水收获的细节进行具体的描述。作者说"种菜的整个过程，随时都有乐趣"。作者将种菜当成一种超实用的活动，既是盼望丰收的辛勤劳作，又是一种全身心的享受。其时"坐在畦头泉边，吸吸烟，谈谈话，谈生活，谈社会和自然的改造"的田间休憩，更是一种人与人之间互相亲近、互相信任，富有人情味的关系的反映，是一种充满希望的对未来的展望，是一种精神面貌的呈现。由此看来，《菜园小记》从表面看是在记一种种菜的劳动，实际更是在记一种曾经真实的生活状态，一种特有的时代风貌。

传授给儿子 / 傅雷

入选理由
教子名篇
开启智慧的明灯
两代人心灵的交流

亲爱的孩子：……对恋爱的经验和文学艺术的研究，朋友中数十年悲欢离合的事迹和平时的观察思考，使我们在儿女的终身大事上能比别的父母更有参加意见的条件。……

首先态度和心情都要尽可能的冷静。否则观察不会准确。初期交往容易感情冲动，单凭印象，只看见对方的优点，看不出缺点，甚至夸大优点，美化缺点。便是与同性朋友相交也不免如此，对异性更是常有的事。许多青年男女婚前极好，而婚后逐渐相左，甚至反目，往往是这个原因。感情激动时期不仅会耳不聪，目不明，看不清对方；自己也会无意识的只表现好的方面，把缺点隐藏起来。保持冷静还有一个好处，就是不至于为了谈恋爱而荒废正业，或是影响功课或是浪费时间或是损害健康，或是遇到或大或小的波折时扰乱心情。

所谓冷静，不但是表面的行动，尤其内心和思想都要做到。当然这一点是很难。人总是人，感情上来，不容易控制，年轻人没有恋爱经验更难维持身心的平衡，同时与各人的气质有关。我生平总不能临事沉着，极容易激动，这是我的大缺点。幸而事后还能客观分析，周密思考，才不致于使当场的意气继续发展，闹得不可收拾。我告诉你这一点，让你知道如临时不能克制，过后必须由理智来控制大局：该纠正的就纠正，该向人道歉的就道歉，该收篷时就收篷。总而言之，以上二点归纳起来只是：感情必须由理智控制。要做到，必须下一番苦功在实际生活中长期锻炼。

我一生从来不曾有过"恋爱至上"的看法。"真理至上""道德至上""正义至上"这种种都应当作为立身的原则。恋爱不论在如何狂热的高潮阶段也不能侵犯这些原则。朋友也好，妻子也好，爱人也好，一遇到重大关头，与真理、道德、正义……等等有关的问题，决不让步。

其次，人是最复杂的动物，观察决不可简单化，而要耐心、细致、深入，经过相当的时间，各种不同的事故和场合。处处要把科学的客观精神和大慈大悲的同情心结合起来。对方的优点，要认清是不是真实可靠的，是不是你自己想象出来的，或者是夸大的。对方的缺点，要分出是否与本质有关。与本质有关的缺点，不能因为其他次要的优点而加以忽视。次要的缺点也得辨别是否能改，是否发展下去会影响品性或日常生活。人人都有缺点，谈恋爱的男女双方都是如此。问题不在于找一个全无缺点的对象，而是要找一个双方缺点都能各自认识，各自承认，愿意逐渐改，同时能彼此容忍的伴侣。（此点很重要。有些缺点双方都能容忍；有些则不能容忍，日子一久即造成裂痕。）最好双方尽量自然，不要做作，各人都拿

· 作者简介 ·

傅雷（1908—1966），我国著名文学翻译家、文艺评论家。早年留学法国，回国后曾任教于上海美专，因不愿流俗而闭门著书。数百万言的译作成了中国译界备受推崇的范文，形成了"傅雷体华文语言"。傅雷为人坦荡，禀性刚毅。

出真面目来，优缺点一齐让对方看到。必须彼此看到了优点，也看到了缺点，觉得都可以相忍相让，不会影响大局的时候，才谈得上进一步的了解；否则只能做一个普通的朋友。可是要完全看出彼此的优缺点，需要相当时间，也需要各种大大小小的事故来考验；绝对急不来！更不能轻易下结论！（不论是好的结论或坏的结论）唯有极坦白，才能暴露自己；而暴露自己的缺点总是越早越好，越晚越糟！为了求恋爱成功而尽量隐藏自己的缺点的人其实是愚蠢的。当然，在恋爱中不知不觉表现出自己的光明面，不知不觉隐藏自己的缺点，不在此例。因为这是人的本能，而且也证明爱情能促使我们进步，往善与美的方向发展，正是爱情的伟大之处，也是古往今来的诗人歌颂爱情的主要原因。小说家常常提到，我们在生活中也一再经历：恋爱中的男女往往比平时聪明；读起书来也理解得快；心地也往往格外善良，为了自己幸福而也想使别人幸福，或者减少别人的苦难；同情心扩大就是爱情可贵的具体表现。刚柔、软硬、缓急的差别要能相互适应调剂。还有许多表现在举动、态度、言笑、声音……之间说不出也数不清的小习惯，在男女之间也有很大作用，要弄清这些就得冷眼旁观慢慢咂摸。所谓经得起考验乃是指有形无形的许许多多批评与自我批评（对人家一举一动所引起的反应即是无形的批评）。诗人常说爱情是盲目的，但不盲目的爱毕竟更健全更可靠。

人生观世界观问题你都知道，不用我谈了。人的雅俗和胸襟气量倒是要非常注意的。据我的经验：雅俗与胸襟往往带先天性的，后天改造很少能把低的往高的水平上提；故交往期间应该注意对方是否有胜于自己的地方，将来可帮助我进步，而不至于反过来使我往后退。你自幼看惯家里的作风，想必不会忍受量窄心浅的性格。

以上谈的全是笼笼统统的原则问题。

……

长相身材虽不是主要考虑点，但在一个爱美的人也不能过于忽视。

交友期间，尽量少送礼物，少花钱：一方面表明你的恋爱观念与物质关系极少牵连；另一方面也是考验对方。事情主观上固盼望必成，客观方面仍须有万一不成的思想准备。为了避免失恋等等的痛苦，这一点"明智"我觉得一开头就应当充分掌握。最好勿把对方作过于肯定的想法，一切听凭自然演变。

总之，一切不能急，越是事关重要，越要心平气和，态度安详，从长考虑，细细观察，力求客观！感情冲上高峰很容易，无奈任何事物的高峰（或高潮）都只能维持一个短时间，要久而弥笃的维持长久的友谊可很难了。

……

除了优缺点，俩人性格脾气是否相投也是重要因素。

⊙作品赏析

　　《传授给儿子》是傅雷对于子女婚姻恋爱的一些观点。读此篇文字似面对一位长者，谆谆话语中，闪烁着智慧的光芒，使烦恼在其循循善诱的话语下不禁释怀。对于恋爱的态度也更多代表了个人的人生态度。《传授给儿子》从更广阔的意义上讲是傅雷人生态度的一种传达。走进《传授给儿子》，可以让我们更多地领受人生哲理，使人在恋爱中更好地生活。这是傅雷给其子女的教诲，也是给每一个读者留下的最真诚的人生启迪。

我的吊唁和回忆 / 廖承志

入选理由 作家廖承志的人生散文
一个革命者对宋庆龄的深情感念
再现了一个伟大女性的光辉形象

（一）

一九八一年五月二十九日星稀月黑之夜，二十时十八分，一位伟大女性的心脏停止了跳动。半个多月来，我不断地守侍在她的病榻旁边，或徘徊在楼下的走廊里，心中默祷着使人心灵窒息的噩耗不要闯来。但是人的生命毕竟是有止境的。大限终于来了。我没有话可说。我咽下了凝聚在眼眶的泪水。六十五年来我所认识的宋庆龄同志的战斗的生涯，像长篇的连环图画，一幅一幅浮现在我的眼前。

从最近的谈起。邓颖超同志亲自向宋庆龄同志报告中国共产党中央政治局接受她入党的经过，宋任穷同志同我向她报告人大常委会一致通过她担任中华人民共和国名誉主席，她喜悦地点了点头，说："谢谢同志们。"这之后，五月二十日，晨九时，叔婆——我通常这样称呼宋主席——曾和我作了相当长的谈话。那已经是她病情非常危急的时候了。她坚强地战胜病魔的冲击，一句话带两声喘地谈，谈，谈了足足二十分钟。我的广东腔北京话，她常常听不清楚。她的上海腔北京话，讲起来也非常费力。于是我们只好用英文交谈了，这是长期以来，她同我谈话时使用的语言。

"叔婆，"我叫她。这是在上海进行地下工作，在香港组织保卫中国大同盟以来，我姐姐和我尊称她的专用语。

她睁开眼睛，一直不停瞬地望着我。

"您觉得怎样？"我说。

她开口讲话了，虽然舌头已有些僵硬，但是还可以听得很清楚。叔婆说："你们为我所做的一切，我很感谢。"

跟着，她喘了几口气。又说了："如果我有什么问题的话……"我很紧张地俯下耳朵去听。可是她喘了一阵之后，又重复说了两遍："如果我发生问题……"我再听。她在急喘中，挣扎着想再说下去。

我那时认为，不能让她苦痛地勉强讲话了。我忍耐心情的激荡，向她说："叔婆请放心。我们将依照您的吩咐去做的。一切照您的意思去做。"

宋庆龄主席点头了。因高度体温烧得通红的面颊浮上了一丝满意的笑影，并且还一再点了头。

我觉得不能再缠扰她了，我握了她的手，她的手也有力地回握了我的手。我向她说：

· 作者简介 ·

廖承志（1908—1983），广东惠阳人，生于日本东京，国民党左派领袖廖仲恺与何香凝之子。1928年加入中国共产党，在反日大同盟上海分会工作，后被派遣到欧洲组织海员运动。1932年回国，先后任中华全国总工会宣传部长、川陕苏区省委常委、红四方面军总政治部秘书长、中宣部副部长、新华社社长等职。中华人民共和国成立后，历任中共中央统战部副部长、中日友好协会会长、团中央书记处书记、政务院华侨事务委员会主任、中共中央政治局委员等职。1983年因病在北京逝世。

"叔婆，请您不要再讲话了。请您好好休养。我明天再来看您。"

叔婆又微笑了。她说："明天，……明天……"然后又点了头。

五月二十日宋庆龄同志同我的谈话，那是她最后一次所作的时间最长的谈话。"明天！"啊，"明天！"

明天自然我又去了，那以后，她已在半昏睡状态中，再也没有能力开口说话了。

那一次宋主席谈的"你们为我所做的一切"，自然是包括她成为正式党员，和国家名誉主席的称号，这是十分明白的了。那么，我说明："我们将依照您的吩咐去做"，自然是回答了她"如果我有什么问题的话"的话中之语。她心中想的，我明白。我所说的，她十分清楚。可惜，"明天"的话没有了……

我应该说明这谈话里面的意思是什么。原来，她病重之前，就向侍候在旁的邹韬奋夫人沈大姐再三说过，并且把同样的内容也向她的小保姆说过，如果她有"什么问题"，要送到上海，埋在她父亲、母亲、和已经逝世的同宋主席同艰苦五十多年的李妈的墓旁。并且还向沈大姐说了墓地应如何安置，还笔画了简单图样。

"依照吩咐"的内容，就是这样。

这显示了共产党员宋庆龄同志毕生愿同劳动人民同甘苦共命运的高尚品德。

共产党员宋庆龄同志的脑中，永远不曾有过"特殊"两个字。她一生地位崇高。但她从未想过身后作什么特殊安排。台湾有些人说，她可能埋葬在南京紫金山中山陵，她想也不曾想过这些。中山陵的建造构思，她不曾参与过半句，也不愿中山陵因为她而稍作增添，更不想现在为此而花费国家、人民的钱财。

宋庆龄的一生谦虚谨慎。邓颖超同志称呼她为"副委员长"时，她明确阻止，称"庆龄同志"时，她含笑点头同意。她是世界上最伟大的女性之一，她却不愿挤进中山陵分享中山先生的光辉。她真正心甘情愿地和她的"李妈"同葬在一起。这是何等的气魄！何等伟大的共产党人的气魄！

我在六十年代初期到过伦敦。我同其他同志们立刻到马克思的墓地瞻仰。卡尔·马克思，杰出的人杰。马克思的墓地，墓碑不及两米，他的夫人燕妮，还有他们夫妇忠实的保姆海伦，墓碑一模一样大小。在马克思墓地周围，还有千千万万个墓碑，有些已是衰草丛生，有些已被风雨洒蚀得不像样，但只有马克思墓，年年，月月，日日，不断有来自世界各地的鲜花，始终不曾有半朵凋残的花朵，凋零的马上换上新的……

我想上海万国公墓的宋庆龄同志墓，也一定会是这样。

（二）

纪念宋庆龄同志的画册的前言，已把宋庆龄同志的光辉形象刻画得光彩夺目。她的革命的一生，尤其是风雨飘摇的三十年代，她艰苦奋战，如千丈巨岩，顶住一浪高似一浪的冲击，在狂风暴雨中巍然屹立，是她一生中最突出的一段。

一九三三年春，我由宋庆龄同志、柳亚子先生和我母亲营救，从上海工部局英租界拘留所回到了家。记得是五月时分，宋庆龄同志突然出现在母亲的客厅中。那时候，她通常是不轻易出门的，而且我姐姐还在香港从事地下工作未回上海，因而不但没有事前通知，连间接的招呼都没有。可是她来了，只一个人，这是从来少有的事。

我母亲慌了，赶快自己沏茶。她却平静无事地同我母亲寒暄，一面向我眨了眨眼。我母亲明白了，她托词去拿糖果，回到了寝室。当时只剩下宋庆龄同志和我两个人了。

"夫人……"我不知从何开口，只好这样叫着。

"不。叫我叔婆。"她微笑着说。

"是，叔婆。"

她面色凝重了，说话放慢了，但明晰，简捷，每句话像一块铁一样。

"我今天不能待久。"

"嗯。"我回答。

"我今天是代表最高方面来的。"她说。

"最高方面？……"我想知道。

"国际！"她只说两个字，随后又补充说："共产国际。"

"啊！"我几乎叫出来。

"冷静点。"她说，"只问你两个问题。第一，上海的秘密工作还能否坚持下去？第二，你所知道的叛徒的名单。"

我回答了："第一，恐怕困难。我自己打算进苏区。第二，这容易，我马上写给你。"

"好。只有十分钟。"她微笑着，打开小皮包，摸出一根香烟，自己点了火，然后站起身子，往我母亲客厅中去。我听见她和母亲低着声说了些什么，然后两人高声笑起来。

我飞快地写好了，在一条狭长的纸上。十分钟，她出来了，我母亲还躺着，她看见我已写好，便打开皮包，取出一根纸烟，把上半截烟丝挑出来，把我那一张纸卷塞进去，然后放进皮包里。

我不用问。还有什么好问的？我只怔怔地望着她。她从容地站起来了。

"走了？"我问。

她没说话，指指客厅。我明白她和母亲要告别。我轻声叫："妈妈！"

"知道了。"妈妈出来，她们手挽手到楼梯口。原来我母亲住的房子，是同经亨颐先生合租的，二楼成了她的居所，楼下是著名的"寒友之社"，那楼下的客厅便是经先生以及一大群画家常来挥毫之所。

"我自己下去。不要送了。"宋庆龄同志说。

"？"我妈妈眼睛瞪得很大。

"不要紧。安全的。"她有把握地说。然后慢步下了楼梯，走过厨房，也就出了何香凝公馆的大门。她一笑，出去了，真利落。

我有点紧张，问妈妈："要不要等会儿打电话？"很明显，如果她回了家，接通电话，就表示真的安全了。

"你这傻孩子！"我母亲笑了。"你搞了这些那些，连这都不明白？我从来不打电话给她，她也从不打电话给我，放心。"

我真的放心了，她也真的没有来电话……

这一段回忆，埋在我心里将近五十年，从不敢同别人讲过。

回想起来，回忆真有一大堆。儿童时代的，欧洲时代的，香港时代的，解放以后的……从她一生革命的长河中每个阶段都可以看到，她一生是革命家，是斗士，以共产党员自许，而最后获得党证，是我们伟大的中华人民共和国的名誉主席。

无论如何，上面的那一段，我认为有责任把它写出来，尽管过了将近五十年，但那短暂的不及半小时的每一分钟我都记得清清楚楚……

⊙ 作品赏析

廖承志给人的感觉是学识广博多才多艺，不仅仅在文学上也在画作上展露才艺。评论家分析作者为人坦荡，古道热肠，豪爽乐天，而这也是我们解读此文一个极好的外在切入点。

《我的吊唁和回忆》最可贵的是为我们保留了宋庆龄女士人生际遇和临终前那段不可多得的鲜为人知的故事，既包括了作者私底下称呼宋庆龄为叔婆的隐秘等，甚者还涉及到了她死后归葬的问题。这都在历史上颇具史料价值的。

文章的最成功处还在以相关的事实勾勒了宋庆龄的完美形象，在作者看来，她是随和的，为人极好相处，又是谦虚不慕虚荣的。这从她力倡死后不葬南京中山陵而魂归于上海和自己的父母、佣人李妈身边即可得到确证。这就是一个革命者的高风亮节，即使是在日常的生活中也不例外。

《我的吊唁和回忆》虽然在文章结构上闲散无架，只是沿着作者的思绪，捕捉作者认为值得追忆的日常生活细节，如细水流淌，缓缓不绝。而在语言的运用上，更是拙朴真切，没有丝毫的做作，这和文章形象的塑造，如出一辙，步调极其一致。此文向我们展现了一般在其他的地方很难再见到的伟大女性宋庆龄的形象的一些零星点滴。

囚绿记 / 陆蠡

入选理由
陆蠡的散文代表作
入选我国多种散文选本
展现了作者热爱生命、追求光明和自由的高尚情怀

这是去年夏间的事情。

我住在北平的一家公寓里。我占据着高广不过一丈的小房间，砖铺的潮湿的地面，纸糊的墙壁和天花板，两扇木格子嵌玻璃的窗，窗上有很灵巧的纸卷帘，这在南方是少见的。

窗是朝东的。北方的夏季天亮得快，早晨五点钟左右太阳便照进我的小屋，把可畏的光线射个满室，直到十一点半才退出，令人感到炎热。这公寓里还有几间空房子，我原有选择的自由的，但我终于选定了这朝东房间，我怀着喜悦而满足的心情占有它，那是有一个小小理由。

这房间靠南的墙壁上，有一个小圆窗，直径一尺左右。窗是圆的，却嵌着一块六角形的玻璃，并且左下角是打碎了，留下一个大孔隙，手可以随意伸进伸出。圆窗外面长着常春藤。当太阳照过它繁密的枝叶，透到我房里来的时候，便有一片绿影。我便是欢喜这片绿影才选定这房间的。当公寓里的伙计替我提了随身小提箱，领我到这房间来的时候，我瞥见这绿影，感觉到一种喜悦，便毫不犹疑地决定下来，这样干截爽直使公寓里伙计都惊奇了。

绿色是多宝贵的啊！它是生命，它是

·作者简介·

陆蠡（1908—1942），笔名陆敏、六角等，浙江天台人，中国现代散文家、翻译家。早年毕业于上海劳动大学，后在杭州中学等校任教。1932年起任上海文化生活出版社编辑。1938年创办《少年读物》杂志。抗战期间，留守上海坚持工作。1942年惨遭日军杀害。主要作品有散文集《海星》、《竹刀》、《囚绿记》等，另有译著多部。

希望，它是慰安，它是快乐。我怀念着绿色把我的心等焦了。我欢喜看水白，我欢喜看草绿。我疲累于灰暗的都市的天空和黄漠的平原，我怀念着绿色，如同涸辙的鱼盼等着雨水！我急不暇择的心情即使一枝之绿也视同至宝。当我在这小房中安顿下来，我移徙小台子到圆窗下，让我的面朝墙壁和小窗。门虽是常开着，可没人来打扰我，因为在这古城中我是孤独而陌生。但我并不感到孤独。我忘记了困倦的旅程和已往的许多不快的记忆。我望着这小圆洞，绿叶和我对语。我了解自然无声的语言，正如它了解我的语言一样。

我快活地坐在我的窗前。度过了一个月，两个月，我留恋于这片绿色。我开始了解渡越沙漠者望见绿洲的欢喜，我开始了解航海的冒险家望见海面飘来花草的茎叶的欢喜。人是在自然中生长的，绿是自然的颜色。

我天天望着窗口常春藤的生长。看它怎样伸开柔软的卷须，攀住一根缘引它的绳索，或一茎枯枝；看它怎样舒开折叠着的嫩叶，渐渐变青，渐渐变老，我细细观赏它纤细的脉络，嫩芽，我以揠苗助长的心情，巴不得它长得快，长得茂绿。下雨的时候，我爱它淅沥的声音，婆娑的摆舞。

忽然有一种自私的念头触动了我。我从破碎的窗口伸出手去，把两枝浆液丰富的柔条牵进我的屋子里来，教它伸长到我的书案上，让绿色和我更接近，更亲密。我拿绿色来装饰我这简陋的房间，装饰我过于抑郁的心情。我要借绿色来比喻葱茏的爱和幸福，我要借绿色来比喻猗郁的年华。我囚住这绿色如同幽囚一只小鸟，要它为我作无声的歌唱。

绿的枝条悬垂在我的案前了，它依旧伸长，依旧攀缘，依旧舒放，并且比在外边长得更快。我好像发现了一种"生的欢喜"，超过了任何种的喜悦。从前我有个时候，住在乡间的一所草屋里，地面是新铺的泥土，未除净的草根在我的床下茁出嫩绿的芽苗，蕈菌在地角上生长，我不忍加以剪除。后来一个友人一边说一边笑，替我拔去这些野草，我心里还引为可惜，倒怪他多事似的。

可是每天早晨，我起来观看这被幽囚的"绿友"时，它的尖端总朝着窗外的方向。甚至于一枚细叶，一茎卷须，都朝原来的方向。植物是多固执啊！它不了解我对它的爱抚，我对它的善意。我为了这永远向着阳光生长的植物不快，因为它损害了我的自尊心。可是我囚系住它，仍旧让柔弱的枝叶垂在我的案前。

它渐渐失去了青苍的颜色，变得柔绿，变成嫩黄；枝条变成细瘦，变成娇弱，好像病了的孩子。我渐渐不能原谅我自己的过失，把天空底下的植物移锁到暗黑的室内；我渐渐为这病损的枝叶可怜，虽则我恼怒它的固执，无亲热，我仍旧不放走它。魔念在我心中生长了。

我原是打算七月尾就回南方去的。我计算着我的归期，计算这"绿囚"出牢的日子。在我离开的时候，便是它恢复自由的时候。

卢沟桥事件发生了。担心我的朋友电催我赶速南归。我不得不变更我的计划，在七月中旬，不能再留连于烽烟四逼中的旧都，火车已经断了数天，我每日须得留心开车的消息。终于在一天早晨候到了。临行时我珍重地开释了这永不屈服于黑暗的囚人。我把瘦黄的枝叶放在原来的位置上，向它致诚意的祝福，愿它繁茂苍绿。

离开北平一年了。我怀念着我的圆窗和绿友。有一天，得重和它们见面的时候，会和我面生么？

⊙作品赏析

陆蠡是中国现代文学史上卓有成就的散文家。他善于从平常琐碎的生活细节中发掘出耐人寻味的深刻哲理，作品大都立足于对社会现实和下层劳动人民的关注，揭示他们的苦难，赞颂他们的勤劳、勇敢与反抗精神，展现出作者真挚的爱国之情和深沉的忧民之心。他的文字委婉多姿，清丽动人，具有独特的艺术魅力。《囚绿记》是他的代表作。

文章以作者对"绿"的感情为线索，彩线串珠般地把恋绿、囚绿、释绿、思绿的过程连缀成篇，表达了他对光明和自由的深切向往。作者不惜笔墨，用大量篇幅来恣肆地渲染他对绿的爱，不知不觉中为下文的囚绿作了铺垫。"绿色是多宝贵的啊！它是生命，它是希望，它是慰安，它是快乐。"这一串简洁明快的句子，把作者的欣喜之情淋漓尽致地表露出来了。正是因为怀着这样的情感，所以才有如此细腻动人的描写，也才会有囚绿的举动。而在囚绿的过程中，作者发现了常春藤对阳光执著地向往，并且感悟到了自己的心灵与它的秉性是那么地相似，从而赋予文章以深厚的思想内涵。

这篇文章在艺术上的最大特色就是象征手法的运用。作者对光明和自由的向往追求，就如同那常春藤一样。作者倾诉着对绿的怀念，也抒发着他对光明的向往。常春藤上，寄寓着一个爱国者真挚的情怀。

松树的风格 / 陶铸

去年冬天，我从英德到连县去，沿途看到松树郁郁苍苍，生气勃勃，傲然屹立。虽是坐在车子上，一棵棵松树一晃而过，但它们那种不畏风霜的姿态却使人油然而生敬意，久久不忘。当时很想把这种感觉写下来，但又不能写成。前两天在虎门和中山大学中文系的师生们座谈时，又谈到这一点，希望青年同志们能和松树一样，成长为具有松树的风格，也就是具有共产主义风格的人。现在把当时的感觉写出来，与大家共勉。

我对松树怀有敬佩之心不自今日始。自古以来，多少人就歌颂过它，赞美过它，把它作为崇高的品质的象征。

你看它不管是在悬崖的缝隙间也好，不管是在贫瘠的土地上也好，只要有一粒种子——这粒种子也不管是你有意种植的，还是随意丢落的，也不管是风吹来的，还是从飞鸟的嘴里跌落的，总之，只要有一粒种子，它就不择地势，不畏严寒酷热，随处苗壮地生长起来了。它既不需要谁来施肥，也不需要谁来灌溉。狂风吹不倒它，洪水淹不没它，严寒冻不死它。干旱旱不坏它。它只是一味地无忧无虑地生长。松树的生命力可谓强矣！松树要求于人的可谓少矣！这是我每看到松树油然而生敬意的原因之一。

我对松树怀有敬意的更重要的原因却是它那种自我牺牲的精神。你看，松树的干是用途极广的木材，并且是很好的造纸原料；松树的叶子可以提制挥发油；松树的脂液可制松香、松节油，是很重要的工

· 作者简介 ·

陶铸（1908—1969），无产阶级革命家、中国共产党和国家的卓越领导人。祁阳石洞源人。1926年入黄埔军官学校。1933年5月，由于叛徒的出卖，在上海被国民党逮捕。在被监禁的4年期间，他团结和鼓舞被囚战友，同敌人不断地进行了英勇的斗争。1937年经中国共产党营救出狱后，即被派往湖北担任省委常委兼宣传部长，创建了鄂中游击区。后来，鄂中游击区和游击队扩大为鄂豫边区和新四军鄂豫挺进队，担任政治委员。中华人民共和国成立后，曾任国务院副总理、中共中央宣传部长。1969年11月30日，陶铸不幸逝世。他生前发表的著作有《理想、情操、精神生活》、《思想、感情、文采》和《随行纪谈》等。

业原料；松树的根和枝又是很好的燃料。更不用说在夏天，它用自己的枝叶挡住炎炎烈日，叫人们在如盖的绿荫下休憩；在黑夜，它可以劈成碎片做成火把，照亮人们前进的路。总之一句话，为了人类，它的确是做到了"粉身碎骨"的地步了。

要求于人的甚少，给予人的甚多，这就是松树的风格。

鲁迅先生说的"我吃的是草，挤出来的是牛奶，血"，也正是松树的风格的写照。

自然，松树的风格中还包含着乐观主义的精神。你看它无论在严寒霜雪中和盛夏烈日中，总是精神奕奕，从来都不知道什么叫做忧郁和畏惧。

我常想：杨柳婀娜多姿，可谓妩媚极了，桃李绚烂多彩，可谓鲜艳极了，但它们只是给人一种外表好看的印象，不能给人以力量。松树却不同，它可能不如杨柳与桃李那么好看，但它却给人以启发，以深思和勇气，尤其是想到它那种崇高的风格的时候，不由人不油然而生敬意。

我每次看到松树，想到它那种崇高的风格的时候，就联想到共产主义风格。

我想：所谓共产主义风格，应该就是要求于人的甚少，而给予人的却甚多的风格；所谓共产主义风格，应该就是为了人民的利益和事业不畏任何牺牲的风格。

每一个具有共产主义风格的人，都应该像松树一样，不管在怎样恶劣的环境下，都能茁壮地生长，顽强地工作，永不被困难吓倒，永不屈服于恶劣环境。每一个具有共产主义风格的人，都应该具有松树那样的崇高品质，人民需要我们做什么，我们就去做什么，只要是为了人民的利益，粉身碎骨，赴汤蹈火，也在所不惜；而且毫无怨言，永远浑身洋溢着革命的乐观主义的精神。

具有这种共产主义风格的人是很多的。在革命艰苦的年代里，在白色恐怖的日子里，多少人不管环境的恶劣和情况的险恶，为了人民的幸福，他们忍受了多少的艰难困苦，做了多少有意义的工作呵！他们贡献出所有的精力，甚至最宝贵的生命。就是在他们临牺牲的一刹那间，他们想的不是自己，而是人民和祖国甚至全世界的将来。然而，他们要求于人的是什么呢？什么也没有。这不由得使我们想起松树的崇高的风格！

目前，在社会主义革命和社会主义建设的日子里，多少人不顾个人的得失，不顾个人的辛劳，夜以继日，废寝忘食，为加速我们的革命和建设而不知疲倦地苦干着。在他们的意念中，一切都是为了把社会主义革命进行到底，为了迅速改变我国"一穷二白"的面貌，为了使人民的生活过得更好。这又不由得使我们想起松树的崇高的风格。

具有这种风格的人是越来越多了。这样的人越多，我们的革命和建设也就会越快。我希望每个人都能像松树一样具有坚强的意志和崇高的品质；我希望每个人都成为具有共产主义风格的人。

⊙**作品赏析**

理解陶铸的文章，更多地应该从他的革命者身份以及日常的为人规范入手，才能很恰当地展现他"文如其人"这一特质。他是一位典型的老革命家，其一生的行事信仰犹如松树——松树的生命力可谓强矣！松树要求于人的可谓少矣！

松树在中国的传统中，自古以来就被认为是傲岸坚贞、无私奉献的象征。在《论语》中即有"岁寒而知松柏之后凋也"的说法，这在一定程度上为松树的生命含义作出了界定。在陶铸的《松树的风格》中也是如此，带着不畏风霜的雄姿，在绝地艰苦的环境氛围中毅然挺拔，而在另一个方面同时做到了"要求于人的甚少，给予人的却甚多"，有评论家即称这是陶铸在以自己的行为为范本描述身边松树的绝对风格，做到了极好的人和物的完美结合。

文章用语形象生动贴切，又夹着相当严谨的逻辑论证性，既以情动人，又以理服人，堪称融抒情、议论、哲理于一体的绝佳典范，属于不可多得的议论性质的散文。

论说谎政治 / 吴晗

世界上，历史上有各个阶级统治的政治，有各样各式的政治，但是，专靠说谎话的政治，无话不谎的政治；自己明知是谎话，而且已被戳破了，却还是非说下去不可的政治，似乎只有我们的国度里才有。一定勉强挤入五强或四强，非举出自己的强处不可，至少，就这一点而论，是强过世界上任何国家的。

漫天都是谎，无往而非谎。今天已经是集谎之大成的时候了。指鹿为马，到底还有个鹿在，以紫乱朱，紫毕竟还是颜色。强爷胜祖到鹿也不必须，颜色也用不着，其终结必然会达到好就是坏，坏一定是好，黑即白，白一定是黑，谎话成为真话，真话一定是谎话了。说谎者的命运也就写上历史了。

在日本投降以前，八年的血泪日子，大家已经明白了"撤退"、"战略上的转移"，甚至"转进"、"有利"等等名词的意义。投降以后，也已经明白了"缴械"、"解除武装"、"护路"、"协助受降"，以至最近昆市最普遍的"土匪"、"赤匪"、"匪警"、"奸徒"、"姜凯"等等名词的意义了。

随便举出眼前的几件大大小小的事实来作说明：

自从收复区接收人员飞去和钻出以后，"英明"的蒋主席大发雷霆，痛斥接收官员贪污不法，列举了许多事实，和沪上的新闻报道（非官方非党方的）房子、车子、票子、金子"四子"接收，单单不要民心这一点完全吻合，可是下文如何呢？没有！没有办过一个案，也没有办过一个贪官，而且此间《中央日报》还大写社评说只是一两个人，一两件事，决非全体，必非全体！事到如今，仍无着落，当老百姓的只能抗议，"这是谎话！"

轰动一时的两个案子，高秉坊案和陈炳德案，案情大家都明白，国人皆曰可杀，惟×独怜才。拖到现在，高秉坊笑了，陈炳德呢，居然罚金五万元，等于战前的五元！法纪？官箴？是非？国典？当老百姓的也只能抗议，"这是谎话！"

胜利了，和平了，收复区（一说是光复区），代替了原来的名词"沦陷区"，人民

· 作者简介 ·

吴晗（1909—1969），中国历史学家。原名吴春晗，字辰伯，浙江省义乌县人。1929年入上海中国公学大学部。1930年，经燕京大学教授顾颉刚介绍，在燕京大学图书馆中日文编考部任馆员。1931年，任教于北京大学的胡适举荐吴晗为清华大学史学系公读生，专攻明史。大学期间，吴晗写下40多篇文章。1934年毕业后留校任助教，在清华大学讲授明史课。1937年被聘为云南大学历史系教授，后到西南联大任教。1943年7月，他加入中国民主同盟。1946年8月，吴晗回到北平，仍在清华大学任教，并担任北平民盟的主任委员。新中国成立后，担任北京市人民政府副市长。1969年，吴晗不幸去世。

喜笑颜开，到底有这一天，生死人而肉白骨，吊民抚亡，引领西望！果然望到了，"四子"被接收。果然望到了，光复区蠲免田赋一年！蠲免的情形如何呢？本年度据说伪组织已经征过，无从免起，只好补征沦陷时期的田赋。据说河南一些地方补征八年，江苏江阴补征若干年，都见于报章，后者且见于上海《大公报》社评。浙东一部分地方，补征民国三十年到三十三年恰好四年，为笔者所身受，用不着旁征博引。如此蠲免，如此德意，当老百姓的只能抗议，"这是谎话！"

湘桂路黔桂路的惨剧总还记得吧？那时候到这时候，西南这区域都不见有"匪军"，就是整个大后方，也无法把交通的责任交给什么党什么军。然而，到今天止，后方人士除了特种人物外，老百姓还是寸步难行。修路只限于有特殊情形的地区，愈被破坏愈修得起劲，大后方自己破坏的呢，政府不说，报纸也不说，老百姓无从说。只好抗议，"这是谎话！"

还有，所谓国民大会代表问题，是十年前一党专政时代搞出来的，老百姓不接头，不认这笔糊涂账，要重新选过。各政党以及无党派人士也以为旧代表要不得，根本代表不了民意。然而，所谓国民大会代表居然发表宣言，硬要人民认账，硬说是人民选出来的，硬要定期开会，硬要国民党政府还政于为人民所不肯承认的自封的人民代表，实则是国民党代表。老百姓只能抗议，"这是谎话！"

我们郑重抗议，抗议这些大大小小的谎话。

谎话政治不结束，中国人民的命运永远是问号。谎话政治不结束，中国人民的生活永远无法改善。谎话政治不结束，人民所要求的和平团结民主永远落空。

我们所不要的是谎话政治，要的是联合政府：理由之一是联合政府不可能也不会说谎话，因为联合政府里必然有不是国民党的成员，国民党一说谎话，就会被当场戳穿。

记得《伊索寓言》里小孩子被狼吃掉的故事吧？不记得，读熟它！

⊙作品赏析

这是吴晗一篇著名的杂文。在旧中国，政治和说谎是一对孪生的兄弟，如作者所言："世界上，历史上有各个阶级统治的政治，有各样各式的政治，但是，专靠说谎话的政治，无话不谎的政治；自己明知是谎话，而且已被戳破了，却还是非说下去不可的政治，似乎只有我们的国度里才有。"因为指鹿为马的传统教训，老百姓形成这样一种认识：好就是坏，坏一定是好，黑即白，白一定是黑，谎话成为真话，真话一定是谎话了。作者在文章中罗列了一大堆政治说谎的事实，无论战争、民事、吏治，明明是国民政府的独裁行为，非要强加上民意，大大小小的谎言已经使政府陷入严重的信任危机，而国民政府的行为则不断引起民间的漠视、反对和抗议，由此可见当年国民政府是如何专制与腐败了。

野渡 / 柯灵

你可曾到过浙东的水村？——那是一种水晶似的境界。

村外照例傍着个明镜般的湖泊，一片烟波接着远天。跑进村子，广场上满张渔网，划船大串列队般泊在岸边。小河从容向全村各处流去，左右萦回，彩带似的打着花结，把一个村子分成许多岛屿。如果爬到山上鸟瞰一下，恰像是田田的荷叶。——这种地理形势，乡间有个"荷叶地"的专门名词。从这片叶到那片叶，往来交通自非得借重桥梁了，但造了石桥，等于在荷叶上钉了铁链，难免破坏风水；因此满村架的都是活动的板桥，在较阔的河面，便利用船只过渡。

· 作者简介 ·

柯灵（1909—2000），现当代散文家、剧作家。原名高隆任，字季琳。原籍浙江绍兴，生于广州。1926年在上海《妇女杂志》发表叙事诗《织布的妇人》而步入文坛。1931年冬到上海参与左翼作家联盟文艺活动。1941年与师陀合作根据高尔基的话剧《底层》改编成话剧剧本《夜店》（后改编成电影），产生广泛的影响。1948年到香港《文汇报》工作。1949年回到上海，次年加入中国共产党。新中国成立后，历任《文汇报》副社长兼副总编辑、上海电影艺术研究所所长、上海作家协会书记处书记、国际笔会上海中心主席等职。

渡头或在崖边山脚，或在平畴野岸，邻近很少人家，系舟处却总有一所古陋的小屋临流独立。——是"揉渡"那必系路亭，是"摇渡"那就许是船夫的住所。

午后昼静时光，溶溶的河流催眠似的低吟浅唱，远处间或有些鸡声虫声。山脚边忽传来一串俚歌，接着树林里闪出一个人影，也许带着包裹雨伞，挑一点竹笼担子，且行且唱，到路亭里把东西一放，就蹲在渡头，向水里捞起系在船上的"揉渡"绳子，一把一把将那魁星斗似的四方渡船，从对岸缓缓揉过，靠岸之后，从容取回物件，跳到船上，再拉着绳子连船带人曳向对岸。或者另一种"摆渡"所在，荒径之间，远远来了个外方行客，惯走江湖的人物，站到河边，扬起喉咙叫道：

"摆渡呀！"

四野悄然，把这声音衬出一点原始的寂寞。接着对岸不久就发出橹声，一只小船咿咿呀呀地摇过来了。

摇渡船的仿佛多是老人，白须白发在水上来去，看来极其潇洒，使人想到秋江的白鹭。他们是从年轻时就做起，还是老去的英雄，游遍江湖，破过运命的罗网，而终为时光所败北，遂不管晴雨风雪，终年来这河畔为世人渡引的呢？有一时机我曾谛视一个渡船老人的生活，而他却像是极其冷漠的人。

这老人有家，有比他年轻的妻，有儿子媳妇，全家就住在渡头的小庙里。生活虽未免简单，暮境似不算荒凉；但他除了为年月所刻成的皱纹，脸上还永远挂着严霜似的寒意。他平时少在船上，总是到有人叫渡时才上船，平常绝少说话，有时来个村中少年，性情急躁，叫声高昂迫促一点，下船时就得听老人喃喃的责骂。

老人生活所需，似乎由村中大族祠堂所供给，所以村人过渡的照例不必有钱。有些每天必得从渡头往返的，便到年终节尾，酬谢他一些米麦糕饼。客帮行脚小贩，却总不欠那份出门人的谦和礼数，到岸时含笑谢过，还掏出一二银子，琅一声，丢到船肚，然后挑起担子，摇着鼓儿走去。老人也不答话，看看这边无人过渡，便又寂寞地把船摇回去了。

每天上午是渡头最热闹的时候，太阳刚升起不久，照着翠色的山崖和远岸，河上正散着氤氲的雾气，赶市的村人陆续结伴而来了，人多时俨然成为行列，让老人来来回回地将他们载向对岸；太阳将直时从市上回村，老人就又须忙着把他们接回。

一到午后，老人就大抵躲进小庙，或在庙前坐着默然吸他的旱烟，哲人似的许久望着远天和款款的流水。

天晚了，夕阳影里，又有三五人影移来，寂寞而空洞地叫道：

"摆渡呀！"

那大抵是从市上溜达了回来的闲人，到了船上，还刺刺地谈着小茶馆里听来的新闻，夹带着评长论短，讲到得意处，清脆的笑声便从水上飞起。但老人总是沉默着，咿咿呀呀地摇他的渡船，仿佛不愿意听这些庸俗的世事。

一般渡头的光景，总使我十分动心。到路亭闲坐一刻，岸边徘徊一阵，看看那点简单的人事，觉得总不缺乏值得咀嚼的地方。老人的沉默使我喜欢，而他的冷漠却引起我的思索。岂以为去来两岸的河上生涯，未免过于拘束，遂令那一份渡引世人的庄严的工作，也觉得对他过于屈辱了吗？

⊙作品赏析

柯灵既有深厚的古典文学功底，又受到"五四"新文学的熏陶，他的散文呈现出典雅清丽、温婉轻盈的审美风格。《野渡》描写的是南国乡间特有的产物。

初看题目，浮于脑际的是那清雅的诗句：野渡无人舟自横。氤氲着一种超然尘世的闲适与静谧。在文章中，作者给我们展示了一幅灵动飘逸、妙趣横生的画面，将千古诗句阐释得惟妙惟肖。

在这溢满诗情的画卷之后，作者将大量的笔墨献给了摆渡的老人。对他的刻画中，渗透了作者对人生世相的深深思索，对流逝光阴的慨叹，对命运的怅然体味。寥寥数笔，形象地勾勒出一个哲人般的老者。他的沉思与冷漠，是岁月的痕迹，是生命的积淀，更是对世俗的超脱。这里将文章的主题拓展延伸至了哲学的空间。情趣与理趣在此交汇贯通，画意与哲思在此妙合无间。

故园春 / 柯灵

故乡的三月，是田园诗中最美的段落。

桃花笑靥迎人，在溪边山脚，屋前篱落，浓淡得宜，疏密有致，尽你自在流连，尽情欣赏，不必像上海的摩登才子，老远地跑到香烟缭绕的龙华寺畔，向卖花孩子手中购取，装点风雅。

冬眠的草木好梦初醒，抽芽，生叶，嫩绿新翠，妩媚得像初熟的少女，不似夏天的蓊蓊郁郁，少妇式的丰容盛鬓。油菜花给遍野铺满黄金，紫云英染得满地妍红，软风里吹送着青草和豌豆花的香气，燕子和黄莺忘忧的歌声，……

这大好的阳春景色，对大地的主人却只有一个意义："一年之计在于春。"春天对乡下人不代表诗情画意，却孕育着梦想和希望。

天寒地裂的严冬过去了。忍饥挨冻总算又捱过一年。自春徂秋，辛苦经营的粮食——那汗水淘洗出来的粒粒珍珠，让"收租老相公"开着大船下乡，升较斗量，满载而去。咬紧牙齿，勒紧裤带，度过了缴租的难关，结账还债的年关，好容易春天姗姗地来了。

谢谢天！现在总算难得让人缓过一口气，脱下破棉袄，赤了膊到暖洋洋的太阳下做活去。

　　手把锄头，翻泥锄草，一锄一个美梦，巴望来个难得的好年景。虽说惨淡的光景几乎年不如年，春暖总会给人带来一阵欢悦和松爽。

　　在三月里，日子也会照例显得好过些。"春花"起了：春笋正好上市，豌豆蚕豆开始结荚，有钱人爱的就是尝新；收过油菜子，小麦开割也就不远。春江水暖，鲜鱼鲜虾正在当令，只要你有功夫下水捕捞。……干瘪的口袋活络些了，但一过春天，就得准备端阳节还债，准备租牛买肥料，在大毒日头底下去耘田种稻。挖肉补疮，只好顾了眼前再说。

　　家里有孩子的，便整天被打发到垄头坡上，带一把小剪刀，一只篾青小篮子，三五结伴，坐在绿茸茸的草场上，细心地从野草中间剪荠菜、马兰头、黄花麦果，或者是到山上去摘松花，一边劳动，一边唱着顽皮的歌子消遣：

　　荠菜马兰头，
　　姊姊嫁亨（在）后门头；
　　后门春破我来修，
　　修得两只奶奶头。

女孩子就唱那有情有义的山歌：

　　油菜开花黄似金，
　　萝卜开花白如银，
　　草紫开花满天星，
　　芝麻开花九莲灯，
　　蚕豆开花当中一点黑良心，
　　怪不得我家爹爹要赖婚。

　　故乡有句民谣："正月灯，二月鹞，三月上坟船里看姣姣。"三月正是扫墓的季节，挑野菜的孩子，遇见城市人家来上坟的，算是春天的一件大乐事，大家高高兴兴，一哄而上，看那些打扮得花团锦簇的哥儿姐儿奶奶太太们，摆开祭祀三牲，在风灯里点起红烛，一个个在坟前欠身下拜。要遇见新郎新娘头年祭祖，阔人家还有乐队吹奏。祭扫完毕，上坟人家便照例把那些"上坟果"——发芽豆、烧饼、馒头、甘蔗、荸荠分给看热闹的孩子，算是结缘施福。上坟还有放炮仗的，从天上掉到地下的炮仗头，也有孩子们宝贝似的拾了放在篮子里。说说笑笑，重新去挑野菜。

　　等得满篮翠碧，便赶着新鲜拿到镇上叫卖，换得一把叮当作响的铜板，拿回家里去交给父母。

　　因为大自然的慷慨，这时候田事虽忙，不算太紧，日子也过得比较舒心。——在我们乡间，种田人的耐苦胜过老牛；无论你苦到什么地步，只要有口苦饭，便已经心满意足了。"收租老相公"的生活跟他们差得有多远，他们永远想不到，也不敢想。——他们认定一切都命中注定，只好逆来顺受，把指望托付祖宗和神灵。

　　在三月里，乡间敬神的社戏特别多。

按照历年的例规，到时候自会有热心的乡人为首，挨家着户募钱。农民哪怕再穷，也不会吝惜这份捐献。

演戏那天，村子里便忙忙碌碌，热火朝天。家家户户置办酒肴香烛，乘便祭祖上坟，朝山进香。午后社戏开场，少不更事的姑娘嫂子们，便要趁这一年难得的机会，换上红红绿绿的土布新衣，端端正正坐到预先用门板搭成的看台上去看戏。但家里的主人主妇，却很少能闲适地去看一会戏的，因为他们得小心张罗，迎接客人光临。

镇上的佃主也许会趁扫墓的方便，把上坟船停下来看一看戏，这时候就得赶紧泡好一壶茶，送上瓜子花生，乡间土做的黄花果糕、松花饼；傍晚时再摆开请过祖宗的酒肴，殷勤留客款待。

夜戏开锣，戏场上照例要比白天热闹得多。来看戏的，大半是附近村庄的闲人，镇上那些米店、油烛店、杂货店里的伙计。看过一出开场的"夺头"（全武行），各家的主人便到戏台下去找寻一些熟识的店伙先生，热心地拉到自己家里，在门前早用小桌子摆好菜肴点心，刚坐下，主妇就送出大壶"三年陈"，在锣鼓声里把客人灌得大醉。

他们用最大的诚心邀客，客人半推半就："啊哎，老八斤，别拉呵，背心袖子也给拉掉了！"到后却总是大声笑着领了情。这殷勤有点用处，端午下乡收账时可以略略通融，或者在交易中沾上一点小便宜。

在从前，演戏以外还有迎神赛会。

迎起会来，当然更热闹非凡。我们家乡，三月里的张神会最出名，初五初六，接连两天的日会夜会，演戏，走浮桥，放焰火，那狂欢的景象，至今梦里依稀。可是这种会至少有七八年烟消火灭，现在连社戏也听说演得很少。农民的生计一年不如一年，他们虽然还信神佞佛，但也无力顾及这些了。——今年各处都在举行"新生活运动"提灯会，起先我想，故乡的张神会也许会借此出迎一次罢？可是没有。只是大地春回，一年一度，依然多情地到茅檐草庐访问。

春天是使人多幻想，多做梦的。那些忠厚的农民，一年一年地挣扎下来，这时候又像遍野的姹紫嫣红，编织他们可怜的美梦了。

在三月里，他们是兴奋的，乐观的；一过三月，他们便要在现实的灾难当中，和生活作艰辛的搏斗了。

⊙作品赏析

《故园春》是柯灵反映解放前农民生活境况的一篇散文。文章开头说"故乡的三月，是田园诗中最美的段落"，作者下面交代的一方面是这个季节固有的美，草木复苏、桃花笑靥迎人的春景之美。而另一方面最关键的是人之美，具体地说是春天给人带来的"梦想和希望"之美。然而在作者描摹的一片欣欣向荣的气象中，最终却没有落在"美"上。忠厚的农民艰辛地与生活所作的搏斗、为通融收租者而竭诚待客，这些都是美的表象背后最沉重的东西。作者用哀伤的笔调来写故乡农民三月的希望，这种"哀伤"不存在于故乡父老的精神上，而是存在于他们日复一日、年复一年的命运中。而这样的命运，又是那个时代赋予给他们的难以更改的东西。由此看来对于那个时代的批判当是画外之境、弦外之音了。

鹰之歌 / 丽尼

黄昏是美丽的。我忆念着那南方的黄昏。

晚霞如同一片赤红的落叶坠到铺着黄尘的地上，斜阳之下的山冈变成了暗紫，好像是云海之中的礁石。

南方是遥远的；南方的黄昏是美丽的。

有一轮红日沐浴着大海之彼岸；有欢笑着的海水送着夕归的渔船。

南方，遥远而美丽的！

南方是有着榕树的地方，榕树永远是垂着长须，如同一个老人安静地站立，在夕暮之中作着冗长的低语，而将千百年的过去都埋在幻想里了。

晚天是赤红的。公园如同一个废墟。鹰在赤红的天空之中盘旋，作出短促而悠远的歌唱，嘹唳地，清脆地。

鹰是我所爱的。它有着两个强健的翅膀。

鹰的歌声是嘹唳而清脆的，如同一个巨人的口在远天吹出了口哨。而当这口哨一响着的时候，我就忘却我的忧愁而感觉兴奋了。

我有过一个忧愁的故事。每一个年轻的人都会有一个忧愁的故事。

南方是有着太阳和热和火焰的地方。而且，那时，我比现在年轻。

那些年头！啊，那是热情的年头！我们之中，像我们这样大的年纪的人，在那样的年代，谁不曾有过热情的如同火焰一般的生活？谁不曾愿意把生命当作一把柴薪，来加强这正在燃烧的火焰？有一团火焰给人们点燃了，那么美丽地发着光辉，吸引着我们，使我们抛弃了一切其他的希望与幻想，而专一地投身到这火焰中来。

然而，希望，它有时比火星还容易熄灭。对于一个年轻人，只须一个刹那，一整个世界就会从光明变成了黑暗。

我们曾经说过："在火焰之中锻炼着自己"；我们曾经感觉过一切旧的渣滓都会被铲除，而由废墟之中会生长出新的生命，而且相信这一切都是不久就会成就的。

然而，当火焰苦闷地窒息于潮湿的柴草，只有浓烟可以见到的时候，一刹那间，一整个世界就变成黑暗了。

我坐在已经成了废墟的公园看着赤红的晚霞，听着嘹唳而清脆的鹰歌，然而我却如

· 作者简介 ·

丽尼（1909—1968），原名郭安仁，生于湖北孝感。1930年前后到福建，先后担任《泉州日报》副刊编辑和晋江黎明高中英语教师，后又辗转去武汉美术专科学校任教。1935年与巴金等人创办文化生活出版社，出版了第一本散文集《黄昏之献》。抗战时期先后在福建、四川等地中学、大学教书，担任过重庆相辉大学中文系教授。此时，出版了散文集《鹰之歌》和《白夜》。1950年，担任武汉中南人民出版社编辑部副主任，后历任该社副社长兼总编辑、武汉大学中文系教授。1965年调任广州图南大学中文系教授，1968年8月病逝于广州。

同一个没有路走的孩子，凄然地流下眼泪来了。

"一整个世界变成了黑暗；新的希望是一个艰难的生产。"

鹰在天空之中飞翔着了，伸展着两个翅膀，倾侧着，回旋着，作出了短促而悠远的歌声，如同一个信号。我凝望着鹰，想从它的歌声里听出一个珍贵的消息。

"你凝望着鹰么？"她问。

"是的，我望着鹰。"我回答。

她是我的同伴，是我三年来的一个伴侣。

"鹰真好，"她沉思地说了，"你可爱鹰？"

"我爱鹰的。"

"鹰是可爱的。鹰有两个强健的翅膀，会飞，飞得高，飞得远，能在黎明里飞，也能在黑夜里飞。你知道鹰是怎样在黑夜里飞的么？是像这样飞的，你瞧。"说着，她展开了两只修长的手臂，旋舞一般地飞着了，是飞得那么天真，飞得那么热情，使她的脸面也现出了夕阳一般的霞彩。

我欢乐地笑了，而感觉了兴奋。

然而，有一次夜晚，这年轻的鹰飞了出去，就没有再看见她飞了回来。一个月以后，在一个黎明，我在那已经成了废墟的公园之中发现了她的被六个枪弹贯穿了的身体，如同一只被猎人从赤红的天空击落了下来的鹰雏，披散了毛发在那里躺着了。那正是她为我展开了手臂而热情地飞过的一块地方。

我忘却了忧愁，而变得在黑暗里感觉兴奋了。

南方是遥远的，但我忆念着那南方的黄昏。

南方是有着鹰歌唱的地方，那嘹唳而清脆的歌声是会使我忘却忧愁而感觉兴奋的。

⊙作品赏析

《鹰之歌》是唱给旧世界叛逆者的一首赞歌，也是作者向往光明的心迹的表露。在那个风雨如晦的年代里，无数热血青年无畏地投身于反抗腐朽势力和挽救国家危亡的火热斗争中。他们的爱国情怀，他们的坚贞不屈，他们的献身精神，感动着一代又一代的心灵，也影响着一代又一代的人们。鹰这个震撼人心的意象，象征着一切敢于同旧世界顽强抗争的英雄战士，是他们不朽精神的化身。

作者不吝笔墨描写了南方美丽的黄昏和盘旋于高空的鹰。在描写黄昏时，作者的视线由上及下、由远及近，进行了多层次的铺陈，给读者呈现了一幅绚丽的油画，也奠定了全文的基调。在画面的最醒目处，描绘出鹰的形象。鹰的出现，带活了整个画面，作者的情绪也由沉静变为高涨。随后笔锋一转，文章由鹰写到人，把鹰的形象与女友的崇高形象契合在一起，从而使得文章的主题形象获得了不朽。

文章最显著的特色是象征、隐喻等手法的运用。作为全文中心的那个故事，作者没有具体的描述，而是把情节淡化于感情变化的轨迹之中，以含蓄的笔调，象征性的语言，来勾画背景。文章语言凝练含蓄，舒展流畅，分行排列的句式，增强了文章诗的韵味，耐人咀嚼。

初冬过三峡 / 萧乾

入选理由

萧乾的散文名篇
状写三峡的典范之作
描写形象传神

（一）

听说船早晨十点从奉节入峡，九点多钟我揣了一份干粮爬上一道金属小梯，站到船顶层的甲板上了。从那时候起，我就跟天、水以及两岸的岩峭壁打成一片，一直伫立到天色昏暗，只听得见成群的水鸭子在江面上啾啾私语，却看不见它们的时候，才回到舱里。在初冬的江风里吹了将近九个钟头，脸和手背都觉得有些麻木臃肿了，然而那是怎样难忘的九个钟头啊！我一直都像是在变幻无穷的梦境里，又像是在听一阕奔放浩荡的交响乐章：忽而妩媚，忽而雄壮；忽而阴森逼人，忽而灿烂夺目。

整个大江有如一环环接起来的银链，每一环四壁都是蔽天翳日的峰峦，中间各自形成一个独特天地，有的椭圆如琵琶，有的长如梭。走进一环，回首只见浮云衬着初冬的天空，自由自在地游动，下面众峰峥嵘，各不相让，实在看不出船是怎样硬从群山缝隙里钻过来的。往前看呢，山岚弥漫，重岩叠嶂，有的如笋如柱，直插云霄，有的像彩屏般森严大方地屹立在前，挡住去路。天又晓得船将怎样从这些巨汉的腋下钻出去。

那两百公里的水程用文学作品来形容，正像是一出情节惊险，故事曲折离奇的好戏，这一幕包管你猜不出下一幕的发展，文思如此之绵密，而又如此之突兀，它迫使你非一口气看完不可。

出了三峡，我只有力气说一句话：这真是自然之大手笔。晚餐桌上，我们拿它比过密西西比河，也比过从阿尔卑斯山穿过的一段多瑙河，越比越觉得祖国河山的奇瑰，也越体会到我们的诗词绘画何以那样峻拔奇伟，气势万千。

（二）

没到三峡以前，只把它想象成岩壁峭绝，不见天日。其实，太阳这个巧妙的照明师不但利用出峡入峡的当儿，不断跟我们玩着捉迷藏，它还会在壁立千仞的幽谷里，忽而从峰与峰之间投进一道金晃晃的光柱，忽而它又躲进云里，透过薄云垂下一匹轻纱。

早年读书时候，对三峡的云彩早就向往了，这次一见，果然是不平凡。过瞿塘峡，山巅积雪跟云絮几乎羼在一起，明明是云彩在移动，恍惚间却觉得是山头在走。过巫峡，云渐成朵，忽聚忽散，似天鹅群舞，在蓝天上织出奇妙的图案。有时候云彩又呈一束束白色的飘带，它似乎在用尽一切轻盈婀娜的姿态来衬托四周叠起的重岭。

初入峡，颇有逛东岳庙时候的森懔之感。四面八方都是些奇而丑的山神，朝自己

· 作者简介 ·

萧乾（1910—1999），现当代中国著名作家、翻译家和记者。1910年1月27日出生于北京。1928年，到广州汕头当教员。1935年，燕京大学毕业。1939年，为剑桥大学研究生，担当英国伦敦大学东方学院讲师，同期担任《大公报》驻欧记者。1940—1948年期间，任职上海《大公报》兼复旦大学教授。1949年，为英文《人民中国》副总编辑。1953年，任职《译文》和《文艺报》。1961年，调任人民文学出版社。"反右"中，被打为右派，下放农村。1978年，平反恢复名誉。1986年，荣获挪威王国政府颁发的国家勋章。1999年，在北京逝世。

扑奔而来。两岸斑驳的岩石如巨兽伺伏，又似正在沉眠。山峰有的作蝙蝠展翅状，有的如尖刀倒插，也有的似引颈欲鸣的雄鸡，就好像一位魄力大、手艺高的巨人曾挥动千钧巨斧，东斫西削，硬替大江斩出这道去路。岩身有的作绛紫色，有的灰白杏黄间杂。著名的"三排石"是浅灰带黄，像煞三煮断垣。仙女峰作杏黄色，峰形尖如手指，真是瑰丽动人。

尽管山坳里树上还累累挂着黄澄澄的广柑，峰巅却见了雪。大概只薄薄下了一层，经风一刮，远望好像楞楞可见的肋骨。巫峡某峰，半腰横挂着一道灰云，显得异常英俊。有的山上还有闪亮的瀑布，像银丝带般蜿蜒飘下。也有的虽然只不过是山缝儿里淌下的一道涓流，可是在夕阳的映照下，却也变成了金色的链子。

船刚到夔府峡，望到屹立中流的滟滪堆水势的险了。从那以后，江面不断出现这种拦路的礁石。勇敢的人们居然还给这些暗礁起下动听的名字：如"头珠石"、"二珠石"。这以外，江心还埋伏着无数险滩，名字也都蛮漂亮。过去不晓得多少生灵都葬身在那里了。现在尽管江身狭窄如昔，却安全得像个秩序井然的城市。江面每个暗礁上面都浮起红色灯标，船每航到瓶口细颈处，山角必有个水标站，门前挂着各种标记，那大概就相当于陆地上的交通警。水浅地方，必有白色的报航船，对来往船只报告水位。傍晚，还有人驾船把江面一盏盏的红灯点着，那使我忆起老北京的路灯。

每过险滩，从船舷俯瞰，江心总像有万条蛟龙翻滚，漩涡团团，船身震撼。这时候，水面皱纹圆如铜钱，乱如海藻，恐怖如陷阱。为了避免搁浅，穿着救生衣的水手站在船头的两侧，用一根红蓝相间的长篙不停地试着水位。只听到风的呼啸，船头跟激流的冲撞，和水手报水位的喊声。这当儿，驾驶台一定紧张得很了。

船一声接一声地响着汽笛，对面要是有船，也鸣笛示意。船跟船打了招呼，于是，山跟山也对语起来了，声音辽远而深沉，像是发自大地的肺腑。

（三）

最令人惊心动魄的是激流里的木船。有的是出来打鱼的，有的正把川江的橘麻往下游运。剽悍的船夫就驾着这种弱不禁风的木船，沿着嶙峋的岩，在江心跟汹涌的漩涡搏斗。船身给风刮得倾斜了，浪花漫过了船头，但是勇敢的桨手们还在劲风里唱着号子歌。

这当儿，一声汽笛，轮船眼看开过来了。木船赶紧朝江边划。轮船驶过，在江里翻滚的那一万条蛟龙变成十万条了，木船就像狂风中的荷瓣那样横过来倒过去地颠簸动荡。不管怎样，桨手们依旧唱着号子歌，逆流前进。他们征服三峡的方法虽然是古老过时的，然而他们毕竟还是征服者。

三峡的山水叫人惊服，更叫人惊服的是沿峡劳动人民征服自然，谋取生存的勇气和本领。在那耸立的峭壁上，依稀可以辨出千百层细小石级，蜿蜒交错，真是羊肠蟠道三十六迴。有时候重岩绝壁上垂下一道长达十几丈的竹梯，远望宛如什么爬虫在岩上蠕动。上面，白色的炊烟从一排排茅舍里袅袅上升。用望远镜眺望，还可以看到屋檐下晒的柴禾、腊肉或渔具，旁边的土丘大约就是他们的祖茔。峡里还时常看见田垄和牲口。在只有老鹰才飞得到的绝岩上，古代的人们建起了高塔和寺庙。

船到南津关，岸上忽然出现了一片完全不同的景象：山麓下搭起一排新的木屋和白色的帐篷。这时候，一簇年轻小伙子正在篮球架子下面嘶嚷着，抢夺着。多么熟稔的声音啊！

我听到了筑路工人铿然的铁锹声，也听到更洪亮的炸石声。赶紧借过望远镜来一望，镜子里出现了一张张充满青春气息的笑脸。多巧啊，电灯这当儿亮了。我看见高耸的钻探机。

原来这是个重大的勘察基地，岸上的人们正是历史奇迹的创造者。他们征服自然的规模更大，办法更高明了。他们正设计在三峡东边把口的地方修建一座世界最大的水电站，一座可以照耀半个中国的水电站。三峡将从蜀道上一道险的关隘，变成为幸福的源泉。

山势渐渐由奇伟而平凡了，船终于在苍茫的暮色里，安全出了峡。从此，漩涡消失了，两岸的峭岩消失了，江面温柔广阔，酷似一片湖水。轮船转弯时，衬着暮霭，船身在江面轧出千百道金色的田垄，又像有万条龙睛鱼在船尾并排追踪。

江边的渔船已经看不清楚了，天水交接处，疏疏朗朗只见几根枯苇般的桅杆。天空昏暗得像一面积满尘埃的镜子，一只苍鹰此刻正兀自在那里盘旋。它像是在寻思着什么，又像是对这片山川云物有所依恋。

一九五六年十一月十五日

⊙**作品赏析**

萧乾是位著名的小说家和散文家。他的散文冲淡处寓有深意，简约处闪烁锋芒，朴素中透着逸美。这篇在甲板上站立几个小时即兴而作的《初冬过三峡》，是他的代表作之一。虽然是短短几个小时挥就的文章，但是没有丝毫敷衍之处，显示了作者精湛的艺术功力。

作者灵活地运用多种表达方式、多种修辞手法抒写着他对长江的感悟和真挚的赞颂。三峡之景可写可赞之处颇多，作者却不是毫无重点地泛泛而谈，他要写叠起的崇岭，却不直接着笔，而是泼墨于三峡的云彩，用了奇妙而精致的比喻，既写活了婀娜的云，又衬托了瞿塘峡的重岭，收到了"一箭双雕"之效。写三峡岩石与山峰，更是令人有身临其境之感，一系列的比喻，不仅写出了山、石的神态，更是写出了它们的神韵，颇见艺术功力。

"上"人回家 / 萧乾

入选理由：灵活的文体形式 用生动鲜活的事实说话 "笑"余的沉重反思

"上"人先生是鼎鼎有名的语言艺术家。他说话不但熟练，词儿现成，而且一向四平八稳，面面俱到。据说他的语言有两个特点，其一是概括性——可就是听起来不怎么具体，有时候还难免有些空洞罗嗦；其二是民主性——他讲话素来不大问对象和场合。对于学习马克思列宁主义，他自认有一套独到的办法。他主张首先要掌握的是马克思列宁主义语言。至于马克思列宁主义语言究竟与生活里的语言有什么区别，以及他讲的是不是就是马克思列宁主义语言，这个问题他倒还没考虑过。总之，他满口离不开"原则上""基本上"。这些本来很有内容的字眼儿，到他嘴里就成了口头禅，无论碰到什么，他都"上"它一下。于是，好事之徒就赠了他一个绰号，称他做"上"人先生。

这时已是傍晚，"上"人先生还不见回家，他的妻子一边照顾小女儿，一边烧着晚饭。忽听门外一阵脚步中。说时迟，那时快。"上"人推门走了进来。做妻子的看了好不欢喜，赶忙迎上前去。

故事叙到这里，下面转入对话。

183

妻：今儿个你怎么这样晚才回来？

上：主观上我本希望早些回来的，但是出于客观上难以逆料、无法控制的原因，以致我实际上回来的时间跟正常的时间发生了距离。

妻（撇了撇嘴）：你干脆说吧，是会散晚啦，还是没挤上汽车？

上：从质量上说，咱们这十路公共汽车的服务水平不能算低，可惜在数量上，它还远远跟不上今天现实的需要。

妻（不耐烦）：大丫头还没回来，小妞子直嚷饿得慌。二丫头，拉小妞子过来吃饭吧！

（小妞子刚满三周岁，怀里抱着个新买的布娃娃，一扭一扭地走了过来。）

妞：爸爸，你瞧我这娃娃好看不？

上：从外形上说，它有一定的可取的地方。不过，嗯，（他扯了扯娃娃的胳膊）不过它的动作还嫌机械了一些。

妞（撒娇地）：爸爸，咱们这个星期天去不去公园呀？

上：原则上，爸爸是同意带你去的，因为公园是个公共文娱活动的地方。不过——不过近来气候变化很大，缺乏稳定性，等自然条件好转了，爸爸一定满足你这个愿望。

妻（摆好了饭菜和碗筷）：吃吧，别转文啦！

妞（推开饭碗）：爸爸，我要吃糖。

上：你热爱糖果，这是完全可以理解的。这种副食品要是不超过定量，对身体可以起良好的作用。不过，今天早晨妈妈不是分配两块水果糖给你了吗？

妻：我来当翻译吧。小妞子，你爸爸是说，叫你先乖乖儿地吃饭，糖吃多了长虫牙！（温柔地对"上"）今儿个合作社到了一批朝鲜的裙带菜，我称了半斤，用它烧汤试一试，你尝尝合不合口味？

上（舀了一调羹，喝下去）：嗯，不能不说是还有一定的滋味。

妻（茫然地）：什么？倒是合不合口味呀？

上（被逼得实在有些发窘）：从味觉上说如果我的味觉还有一定的准确性的话——下次如果再烧这个汤的话。那么我倾向于再多放一点儿液体。

妻（猜着）：噢，你是说太咸啦，对不对？下回我烧淡一点儿就是嘞。

（正吃着饭，一个十五六岁的姑娘推门走进来，这就是"大丫头"，她叫明。今年上初三。）

明：爸爸，（随说随由书包里拿出一幅印的水彩画，得意地说）这是同学送我的，听说是个青年女画家画的。你看这张画好不好？

上（接过画来，歪着头望了望）：这是一幅有着优美画面的画。在我看来（沉吟了一下），它具有一定的吸引力。这一点，自然跟画家在艺术上的修养是分不开的。然而在表现方式上，还不能说它完全没有缺点。

明：爸爸，它哪一点吸引了你？

上：从原则上说，既然是一幅画，它又是国家的美术出版社出版的，那么，它就不能不具有一定的吸引力。

明（不服气）：那不成，你得说是什么啊！（然后，眼珠子一转）这么办吧：你先说说它有什么缺点。

上：它有没有缺点，这一点自然是可以商榷的。不过，既然是青年画家画的，那么，从原则上说，青年总有他生气勃勃的一面，也必然有他不成熟的一面。这就叫做事物的规律性。

明：爸爸，要是你问我为什么喜欢它呀，我才不会那么吞吞吐吐呢。我就干脆告诉你。我喜欢芦苇旁边浮着的那群鸭子。瞧，老鸭子打头，后边跟着（数）一、二、三、四……七只小鸭子。我好象看见它们背上羽毛的闪光，听到它们的小翅膀拍水的声音。

上：孩子，评论一件完整的艺术品，你怎么能抓住一个具体的部分？而且，"喜欢"这个字眼儿太带有个人趣味的色彩了。

明（不等"上"说完就气愤地插嘴）：我喜欢，我喜欢。喜欢就是喜欢。说什么，我总归还告诉了你我喜欢它什么，你呢？你"上"了半天，（鼓着嘴巴，像是上了当似的）可是你什么也没告诉我！

妻：大丫头，别跟你爸爸费嘴啦。他几时曾经告诉过谁什么！

⊙作品赏析

《"上"人回家》写于1957年，是一篇别致有趣的杂文，文中的"上"人是一个"鼎鼎有名的语言艺术家"，作者概括他的语言艺术特点是"概括性"（很难听到具体的东西）和"民主性"（讲话不大问场合和地点），作为某一时代风气和典型人物，"上"人具有极强的代表性。作者用非常形象幽默的笔调对"上"人的所掌握和运用的马克思列宁主义语言作了一番描绘，这些使人看起来不禁要发笑的语言正是来自"上"人的生活中。向妻子解释为什么回来晚了，"上"人说："主观上我本希望早些回来的，但是出于客观上难以逆料、无法控制的原因，以致我实际上回来的时间跟正常的时间发生了距离。"对女儿说话也是同样的风格，作者写"上"人的这些语言特征，指出"上"人没有区分清楚马克思列宁主义语言和生活语言的区别，甚至，他讲的到底是不是马克思列宁主义语言还是个疑问。作者的用意不仅仅在于嘲讽这样滑稽可笑的现象，还在于说明，在这样的语言背后"上"人的工作态度和作风。语言只是一个阶层、时代和灵魂的镜子，"上"人的存在是一个阶层和一个时代的悲哀。

赋得永久的悔 / 季美林

入选理由　情至深处无言辞，落于笔端即华章
娓娓道来中的人间至情
绚烂至极归于平淡的艺术风格

题目是韩小蕙小姐出的，所以名之曰"赋得"。但文章是我心甘情愿作的，所以不是八股。我为什么心甘情愿作这样一篇文章呢？一言以蔽之，题目出得好，不但实获我心，而且先获我心：我早就想写这样一篇东西了。

我已经到了望九之年。在过去的七八十年中，从乡下到城里；从国内到国外；从小学、中学、大学到洋研究院；从"志于学"到超过"从心所欲不逾矩"，曲曲折折，坎坎坷坷，既走过阳关大道，也走过独木小桥；既经过"山重水复疑无路"，又看到"柳暗花明又一村"，喜悦与忧伤并驾，失望与希望齐飞，我的经历可谓多矣。要讲后悔之事，那是俯拾皆是。要选其中最深切、最真实、最难忘的悔，也就是永久的悔，那也是唾手可得，因为它片刻也没有离开过我的心。

我这永久的悔就是：不该离开故乡，离开母亲。

我出生在鲁西北一个极端贫困的村庄里。我祖父母早亡，留下了我父亲等三个兄弟，

·作者简介·

季羡林（1911—2009），山东临清人，中国当代语言学家、文学翻译家，梵文和巴利文专家。1934年毕业于清华大学外语系。次年赴德国哥廷根大学学习，获哲学博士学位。1946年回国后任教于北京大学，曾任北大副校长、南亚研究所所长、中国史学会常务理事等职。在印度和中亚语言、历史和文化研究方面取得突出成就。主要著作有评论集《中印文化关系史论丛》，译著《五卷书》、《罗摩衍那》等。

孤苦伶仃，无依无靠。最小的一叔送了人。我父亲和九叔饿得没有办法，只好到别人家的枣林里去捡落在地上的干枣充饥。这当然不是长久之计。最后兄弟俩被逼背乡离井，盲流到济南去谋生。此时他俩也不过十几二十岁。在举目无亲的大城市里，必然是经过千辛万苦，九叔在济南落住了脚。于是我父亲就回到了故乡，说是农民，但又无田可耕。又必然是经过千辛万苦。九叔从济南有时寄点钱回家，父亲赖以生活。不知怎么一来，竟然寻上了媳妇，她就是我的母亲。

后来我听说，我们家确实也"阔"过一阵。大概在清末民初，九叔在东三省用口袋里剩下的最后五角钱，买了十分之一的湖北水灾奖券，中了奖。兄弟俩商量，要"富贵而归故乡"，回家扬一下眉，吐一下气。于是把钱运回家，九叔仍然留在城里，乡里的事由父亲一手张罗。他用荒唐离奇的价钱，买了砖瓦，盖了房子。又用荒唐离奇的价钱，置了一块带一口水井的田地。一时兴会淋漓，真正扬眉吐气了。可惜好景不长，我父亲又用荒唐离奇的方式，仿佛宋江一样，豁达大度，招待四方朋友——转瞬间，盖成的瓦房又拆了卖砖、卖瓦。有水井的田地也改变了主人。全家又回归到原来的情况。我就是在这个时候，在这样的情况下降生到人间来的。

母亲当然亲身经历了这个巨大的变化。可惜，当我同母亲住在一起的时候，我只有几岁，告诉我，我也不懂。所以，我们家这一次陡然上升，又陡然下降，只像是昙花一现，我到现在也不完全明白。这个谜恐怕要成为永远的谜了。

不管怎样，我们家又恢复到从前那种穷困的情况。后来听人说，我们家那时只有半亩多地。这半亩多地是怎么来的，我也不清楚。一家三口人就靠这半亩多地生活。城里的九叔当然还会给点接济，然而像中湖北水灾奖那样的事儿，一辈子有一次也不算少了，九叔没有多少钱接济他的哥哥了。

家里日子是怎样过的，我年龄太小，说不清楚。反正吃得极坏，这个我是懂得的。按照当时的标准，吃"白的"（指麦子面）最高，其次是吃小米面或棒子面饼子（黄的），最次是吃红高粱饼子，颜色是红的，像猪肝一样。"白的"与我们家无缘。"黄的"与我们缘分也不大。终日为伍者只有"红的"。这"红的"又苦又涩，真是难以下咽。但不吃又害饿，我真有点谈"红"色变了。

但是，小孩子也有小孩子的办法。我祖父的堂兄是一个举人，他的夫人我喊她奶奶。他们这一支是有钱有地的。虽然举人死了，但家境依然很好。我这一位大奶奶仍然健在。她的亲孙子早亡，所以把全部的钟爱都倾注到我身上来。她是整个官庄能够吃"白的"的仅有的几个人之一。她不但自己吃，而且每天都给我留出半个或者四分之一个白面馍馍来。我每天早晨一睁眼，立即跳下炕来向村里跑，我们家住在村外。我跑到大奶奶跟前，清脆甜美地喊上一声："奶奶！"她立即笑得合不上嘴，把手缩回到肥大的袖子，从口袋里掏出一小块馍馍，递给我，这是我一天中最幸福的时刻。

此外，我也偶尔能够吃一点"白的"，这是我自己用劳动换来的。一到夏天麦收季节，我们家根本没有什么麦子可收。对门住的宁家大婶子和大姑——她们家也穷得够呛——就带我到本村或外村富人的地里去"拾麦子"。所谓"拾麦子"就是别家的长工割过麦子，总还会剩下那么一点点麦穗，这些都是不值得一捡的，我们这些穷人就来"拾"。因为剩下的决不会多，我们拾上半天，也不过拾半篮子；然而对我们来说，这已经是如获至宝了。一定是大婶和大姑对我特别照顾，一个四五岁、五六岁的孩子，拾上一个夏天，也能拾上十斤八斤麦粒。这些都是母亲亲手搓出来的。为了对我加以奖励，麦季过后，母亲便把麦子磨成面，蒸成馒馒，或贴成白面饼子，让我解馋。我于是就大块朵颐了。

记得有一年，我拾麦子的成绩也许是有点"超常"。到了中秋节——农民嘴里叫"八月十五"——母亲不知从哪里弄了点月饼，给我掰了一块，我就蹲在一块石头旁边，大吃起来。在当时，对我来说，月饼可真是神奇的好东西，龙肝凤髓也难以比得上的，我难得吃上一次。我当时并没有注意，母亲是否也在吃。现在回想起来，她根本一口也没有吃。不但是月饼，连其他"白的"，母亲从来都没有尝过，都留给我吃了。她大概是毕生就与红色的高粱饼子为伍。到了灾年，连这个也吃不上，那就只有吃野菜了。

至于肉类，吃的回忆似乎是一片空白。我老娘家隔壁是一家卖煮牛肉的作坊。给农民劳苦耕耘了一辈子的老黄牛，到了老年，耕不动了，几个农民便以极其低的价钱买来，用极其野蛮的办法杀死，把肉煮烂，然后卖掉。老牛肉难煮，实在没有办法，农民就在肉锅内小便一通，这样肉就好烂了。农民心肠好，有了这种情况，就昭告四邻："今天的肉你们别买！"老娘家穷，虽然极其疼爱我这个外孙，也只能用土罐子，花几个制钱，装一罐子牛肉汤，聊胜于无。记得有一次，罐子里多了一块牛肚子。这就成了我的专利。我舍不得一口气吃掉，就用生了锈的小铁刀，一块一块地割着吃，慢慢地吃，这一块牛肚真可以同月饼媲美了。

"白的"、月饼和牛肚难得，"黄的"怎样呢？"黄的"也同样难得。但是，尽管我只有几岁，我却也想出了办法。到了春、夏、秋三个季节，庄外的草和庄稼都长起来了。我就到庄外去割草，或者到人家高粱地里去劈高粱叶。劈高粱叶，田主不但不禁止，而且还欢迎；因为叶子一劈，通风情况就能改进，高粱长得就能更好，粮食打得就能更多。草和高粱叶都是喂牛用的。我们家穷，从来没有养过牛。我二大爷家是有地的，经常养着两头大牛。我这草和高粱叶就是给它们准备的。每当我这个不到三块豆腐干高的孩子背着一大捆草或高粱叶走进二大爷的大门，我心里有所恃而不恐，把草放在牛圈里，赖着不走，总能蹭上一顿"黄的"吃，不会被二大娘"卷"（我们那里的土话，意思是"骂"）出来。到了过年的时候，自己心里觉得，在过去的一年里，自己喂牛立了功，又有勇气到二大爷家里赖着吃黄面糕。黄面糕是用黄米面加上枣蒸成的。颜色虽黄，却位列"白的"之上，因为一年只在过年时吃一次，物以稀为贵，于是黄面糕就贵了起来。

我上面讲的全是吃的东西。为什么一讲到母亲就讲起吃的东西来了呢？原因并不复杂。第一，我作为一个孩子容易关心吃的东西。第二，所有我在上面提到的好吃的东西，几乎都与母亲无缘。除了"红的"以外，其余她都不沾边儿。我在她身边只待到六岁，以后两次奔丧回家，待的时间也很短。现在我回忆起来，连母亲的面影都是迷离模糊的，没有一个清晰的轮廓。特别有一点，让我难解而又易解：我无论如何也回忆不起母亲的笑容来，她好像是一辈子都没有笑过。家境贫困，儿子远离，她受尽了苦难，笑容从何而来呢？有一次我回家听对面的宁大婶子告诉我说："你娘经常说：'早知道送出去回不来，我无论如何也不会放他走的！'"简短的一句话里面含着多少辛酸、多少悲伤啊！母亲不知有多少日日夜夜，眼望远方，盼望自己的儿子回来啊！然而这个儿子却始终没有归去，一直到母亲离开这个世界。

对于这个情况，我最初懵懵懂懂，理解得并不深刻。到了上高中的时候，自己大了几岁，逐渐理解了。但是自己寄人篱下，经济不能独立，空有雄心壮志，怎奈无法实现，我暗暗地下定了决心，立下了誓愿：一旦大学毕业，自己找到工作，立即迎养母亲。然而没有等到我大学毕业，母亲就离开我走了，永远永远地走了。古人说："树欲静而风不止，子欲养而亲不待"，这话正应到我身上。我不忍想象母亲临终时思念爱子的情况，一想到，我就会心肝俱裂，眼泪盈眶。当我从北平赶回济南，又从济南赶回清平奔丧的时候，看到了母亲的棺材，看到那简陋的屋子，我真想一头撞死在棺材上，随母亲于地下。我后悔，我真后悔，我千不该万不该离开了母亲。世界上无论什么名誉，什么地位，什么幸福，什么尊荣，都比不上待在母亲身边，即使她一字也不识，即使整天吃"红的"。

这就是我的"永久的悔"。

⊙作品赏析

《赋得永久的悔》是季羡林应别人之约写的一篇文章，其中作者回忆了童年与母亲在一起的经历，描写了于家乡于母亲一生难解的情怀。慈母仙逝，亲朋凋零，是一般人都可能遭遇的自然变迁，但事隔多年季羡林先生依然会夜半惊梦、老泪纵横，穿透思念的月色，情至深处无言辞，落于笔端即华章。文章对母亲几乎没有正面描叙，作者对母亲的思念只贯穿于"白的"、"红的"、"黄的"三种食物的讲叙中，烘托于一个朴实、温暖的乡里亲情下。于是母亲便成了一种落叶归根的乡里情怀；便成了永恒的乡愁；便成了人类心中永远难以割舍的寻根情结。正是有了这样的心结，作者在独自面对心灵时总会生出痛彻心扉的"永久的悔"："不该离开故乡，离开母亲"。《赋得永久的悔》语言平实质朴，如朗月星空，看似稀松平常，细品却有博大的人间真气象。

八十述怀 / 季羡林

我从来没有想到，我能活到八十岁；如今竟然活到了八十岁，然而又一点也没有八十岁的感觉，岂非咄咄怪事！

我向无大志，包括自己活的年龄在内。我的父母都没能活过五十；因此，我自己的原定计划是活到五十。这样已经超过了父母，很不错了。不知怎么一来，宛如一场春梦，我活到了五十岁。那时正值所谓三年自然灾害。我流年不利，颇挨了一阵子饿。但是，我是"曾经沧海难为水"，在二次世界大战时，我正在德国，我经受了而今难以想像的饥饿的考验，以致失去了饱的感觉。我们那一点灾害，同德国比起来，真如小巫见大巫；我从而顺利地度过了那一场灾难，而且我当时的精神面貌是我一生最好的时期，一点苦也没有感觉，于不知不觉中冲破了我原定的年龄计划，渡过了五十岁大关。

五十一过，只仿佛一场春梦似的，一下子就到了古稀之年，不容我反思，不容我踟蹰。其间跨越了一个十年浩劫。我当然是在劫难逃，被送进牛棚。我现在不知道应当感谢哪一路神灵：佛祖、上帝、安拉；由于一个万分偶然的机缘，我没有走上绝路，活下来了。活下来了，我不但没有感到特别高兴，反而时有悔愧之感在咬我的心。活下来了，也许还是有点好处的。这一生写作翻译的高潮，恰恰出现在这个期间。原因并不神秘：我获得了余裕和时间。在浩劫期间，我被打得一佛出世，二佛升天。后来不打不骂了，我变成了"不可接触者"。在很长时间内，我被分配挖大粪，看门房，守电话，发信件。没有以前的会议，没有以前的发言。没有人敢来找我，很少人有勇气同我说上几句话。一两年内，没收到一封信。我服从任何人的调遣与指挥。只敢规规矩矩，不敢乱说乱动。然而我的脑筋还在，我的思想还在，我的感情还在，我的理智还在。我不甘心成为行尸走肉，我必须干点事情。二百多万字的印度大史诗《罗摩衍那》，就是在这时候译完的。"雪夜闭门写禁文"，自谓此乐不减羲皇上人。

又仿佛是一场缥缈的春梦，一下子就活到了今天，行年八十矣，是古人称之为耄耋之年了。倒退二三十年，我这个在寿命上胸无大志的人，偶尔也想到耄耋之年的情况：手拄拐杖，白须飘胸，步履维艰，老态龙钟。自谓这种事情与自己无关，所以想得不深也不多。哪里知道，自己今天就到了这个年龄了。今天是新年元旦。从夜里零时想，自己已是不折不扣的八十老翁了。然而这老景却真如古人诗中所说的"青蔼入看无"，我看不到什么老景。看一看自己的身体，平平常常，同过去一样。看一看周围的环境，平平常常，同过去一样。金色的朝阳从窗子里流了进来，平平常常，同过去一样。楼前的白杨，确实粗了一点，但看上去也是平平常常，同过去一样。时令正是冬天，叶子落尽了；但是我相信，它们正蜷缩在土里，做着春天的梦。水塘里的荷花只剩下残叶，"留得残荷听雨声"，现在雨没有了，下面只有白皑皑的残雪。我相信，荷花们也蜷缩在淤泥中，做着春天的梦。总之，我还是我，依然故我；周围的一切也依然是过去的一切……

我是不是也在做着春天的梦呢？我想，是的。我现在也处在严寒中，我也梦着春天的到来。我相信英国诗人雪莱的两句话："既然冬天已经到了，春天还会远吗？"我梦着楼前的白杨重新长出了浓密的绿叶；我梦着池塘里的荷花重新冒出了淡绿的大叶子；我梦着春天又回到了大地上。

可是我万万没有想到，"八十"这个数目字竟有这样大的威力，一种神秘的威力。"自己已经八十岁了！"我吃惊地暗自思忖。它逼迫着我向前看一看，又回头看一看。向前看，灰的一团，路不清楚，但也不是很长。确实没有什么好看的地方。不看也罢。

而回头看呢，则在灰的一团中，清晰地看到了一条路，路极长，是我一步一步地走过来的，这条路的顶端是在清平县的官庄。我看到了一片灰黄的土房，中间闪着苇塘里的水光，还有我大奶奶和母亲的面影。这条路延伸出去，我看到了泉城的大明湖。这条路又延伸出去，我看到了水木清华，接着又看到德国小城哥廷根斑斓的秋色，上面飘动着我那母亲似的女房东和祖父似的老教授的面影。路陡然又从万里之外折回到神州大地，我看到了红楼，看到了燕园的湖光塔影。令人泄气而且大煞风景的是，我竟又看到了牛棚的牢头禁子那一副面孔。再看下去，路就缩住了，一直缩到我的脚下。

在这一条十分漫长的路上，我走过阳关大道，也走过独木小桥。路旁有深山大泽，也有平坡直入；有杏花春雨，也有塞北秋风；有山重水复，也有柳暗花明；有迷途知返，也有绝处逢生。路太长了，时间太久了，影子太多了，回忆太重了。我真正感觉到，我负担不了，也忍受不了，我想摆脱掉这一切，还我一个自由自在身。

回头看既然这样沉重，能不能向前看呢？我上面已经说到，向前看，路不是很长，没有什么好看的地方。我现在正像鲁迅的散文诗《过客》中的那一个过客。他不知道是从什么地方走来的，终于走到了老翁和小女孩的土屋前面，讨了点水喝。老翁看他已经疲惫不堪，劝他休息一下。他说："从我还能记得的时候起，我就在这么走，要走到一个地方去，这地方就在前面。我单记得走了许多路，现在来到这里了。我接着就要走向那边去……况且还有声音在前面催促我，叫唤我，使我息不下。"那边，西边是什么地方呢？老人说："前面，是坟。"小女孩说："不，不，不的。那里有许多野百合，野蔷薇，我常常去玩，去看他们的。"

我理解这个过客的心情，我自己也是一个过客。但是却从来没有什么声音催着我走，而是同世界上任何人一样，我是非走不行的，不用催促，也是非走不行。走到什么地方去呢？走到西边的坟那里，这是一切人的归宿。我记得屠格涅夫的一首散文诗里，也讲了这个意思。我并不怕坟，只是在走了这么长的路以后，我真想停下来休息片刻。然而我不能，不管你愿意不愿意，反正是非走不行。聊以自慰的是，我同那个老翁还不一样，有的地方颇像那个小女孩，我既看到了坟，也看到野百合和野蔷薇。

我面前还有多少路呢？我说不出，也没有仔细想过。冯友兰先生说："何止于米？相期以茶。""米"是八十八岁，"茶"是一百零八岁。我没有这样的雄心壮志，我是"相期以米"。这算不算是立大志呢？我是没有大志的人，我觉得这已经算是大志了。

我从前对穷通寿夭也是颇有一些想法的。十年浩劫以后，我成了陶渊明的志同道合者。他的一首诗，我很欣赏：

纵浪大化中，
不喜亦不惧。
应尽便须尽，
无复独多虑。

我现在就是抱着这种精神，昂然走上前去。只要有可能，我一定做一些对别人有益的事，决不想成为行尸走肉。我知道，未来的路也不会比过去的更笔直，更平坦。但是我并不恐惧。我眼前还闪动着野百合和野蔷薇的影子。

⊙作品赏析

《八十述怀》写于1991年1月1日，作者在文中回顾了自己80岁以前走过的人生历程，表露了自己的人生观、学术观和生死观。作者起笔不落俗套，以幽默调侃的笔调直接点题，一个坦率、质朴、乐观、自信的老人形象立时展现在读者面前。接着作者以轻松的笔调，对自己过去的人生之路进行大检阅，作者交替使用"宛如一场春梦"等几个类似的句子，使各段之间环环相扣，错落有致。过去的已经过去了，未来的时间仿佛也不多，作者固然觉得惋惜、感伤，但并不消沉。作者用冬天的杨树叶和水塘的荷花"做春梦"自喻，表明了向学术冲刺的决心；对于未来，作者化用鲁迅

《过客》一文中的内容，说自己"既看到了坟，也看到了野百合和野蔷薇"。最后作者引用陶渊明的诗句，表明了自己豁达的生死观。文章信笔而谈，毫不隐讳，无拘无束，笔之所至皆成珠玉，内心独白、与读者交心的表达方式，亲切自然，读来令人如沐春风。

鲁迅先生记 / 萧红

入选理由　萧红的散文代表作之一　中国散文史上回忆鲁迅的名篇　寄托了作者对鲁迅的浓浓思念之情

　　鲁迅先生家里的花瓶，好像画上所见的西洋女子用以取水的瓶子，灰蓝色，有点从瓷釉而自然堆起的纹痕，瓶口的两边，还有两个瓶耳，瓶里种的是几棵万年青。

　　我第一次看到这花的时候，我就问过：

　　"这叫什么名字？屋里不生火炉，也不冻死？"

　　第一次，走进鲁迅家里去，那是近黄昏的时节，而且是个冬天，所以那楼下室稍微有一点暗，同时鲁迅先生的纸烟，当它离开嘴边而停在桌角的地方，那烟纹的卷痕一直升腾到他有一些白丝的发梢那么高。而且再升腾就看不见了。

　　"这花，叫'万年青'，永久这样！"他在花瓶旁边的烟灰盒中，抖掉了纸烟上的灰烬，那红的烟火，就越红了，好像一朵小红花似的和他的袖口相距离着。

　　"这花不怕冻？"以后，我又问过，记不得是在什么时候了。

　　许先生说："不怕的，最耐久！"而且她还拿着瓶口给我摇着。

　　我还看到了那花瓶的底边是一些圆石子，以后，因为熟识了的缘故，我就自己动手看过一两次，又加上这花瓶是常常摆在客厅的黑色长桌上；又加上自己是来自寒带的北方，对于这在四季里都不凋零的植物，总带着一点惊奇。

　　而现在这"万年青"依旧活着，每次到许先生家去，看到那花，有时仍站在那黑色的长桌子上，有时站在鲁迅先生照像的前面。

　　花瓶是换了，用一个玻璃瓶装着，看得到淡黄色的须根，站在瓶底。

　　有时候许先生一面和我们谈论着，一面检查着房中所有的花草。看一看叶子是不是黄了？该剪掉的剪掉；该洒水的洒水，因为不停地动作是她的习惯。有时候就检查着这"万年青"，有时候就谈鲁迅先生，就在他的照像前面谈着，但那感觉，却像谈着古人那么悠远了。

　　至于那花瓶呢？站在墓地的青草上面去了，而且瓶底已经丢失，虽然丢失了也就让它空空地站在墓边。我所看到的是从春天一直站到秋天；它一直站到邻旁墓头的石榴树开了花而后结成了石榴。

　　从开炮以后，只有许先生绕道去过一次，别人就没有去过。当然那墓草是长得很高了，而且荒了，还说什么花瓶，恐怕鲁迅先生的瓷半身像也要被荒了的草埋没到他的胸口。

　　我们在这边，只能写纪念鲁迅先生的

文章，而谁去努力剪齐墓上的荒草？我们是越去越远了，但无论多少远，那荒草是总要记在心上的。

⊙作品赏析

　　萧红曾与鲁迅有过一段难忘的交往经历。鲁迅对萧红的生活、创作都给予了慈父、师长般的关怀，曾为萧红的小说《生死场》作了序言，因此萧红对鲁迅的尊敬、景仰之情是不言而喻的。1938年，即鲁迅逝世后两年，萧红写了两篇怀念鲁迅的文章《鲁迅先生记》（一）、（二）。本文选的是《鲁迅先生记》（一）。文章通过回忆写鲁迅生活的零星片断，展示了鲁迅的言谈笑貌、品性气质和人格精神，寄托了作者对鲁迅的浓浓思念之情。作者以小显大，紧扣常人不注意的"花瓶"和"万年青"展开内容，通过自己与鲁迅、许广平的简单对话，寥寥数语便使鲁迅的形象跃然纸上。文章巧用象征、拟人手法，以"万年青"象征鲁迅的精神，生动而形象。文章虽然篇幅短小，却蕴含有很重的思想、感情分量。文章着笔随意，娓娓叙来，亲切自然，悠悠思念之情充溢字里行间，具有很强的感染力。

有人问起我的家 / 端木蕻良

　　有时我收到陌生者的来信，对我投下了亲切的感想和探问。

　　而想使我感到一种内心的悸痛的，是一个漂流在异地的一个年轻的孩子的狂热的来信，他的热情，照见了我中学时代的追求和梦想，唤起了我对故乡的不可摆脱的迷恋，使我感受到人类心灵交感中的热爱，而最使我痛苦的，是他问起了我的家"是在东北角上的哪一点"？

　　在我答复他的信里，我却把这个问题轻轻略去，没有提起。

　　要我说我的家乡，是很困难的。我不怕小鬼子的特务机关会采访出我的尚滞留在失去的地面上的亲爱的人，因为我的供状而使他们受到了株连（并不是为了英雄）。虽然他们的王道就是这么样神经衰弱的，初不用其怀疑。

　　使我最大的不情愿，是故乡在我的眼里给我安放下痛苦的记忆。我每一想起它，就在我面前浮出了一片"悲惨的世界"。当然在别处我看到浓度比它更重，花样比它们更显赫的可怕的悲痛与丑恶。但是，请原谅，那是我的降生地。它们是我第一次看见的人间的物事。

　　倘能逃避痛苦，我敢以生命打赌，我绝不愿意和痛苦为邻的。所以我也需要忘却。

　　我的家的所在地，你在地图上可以找到。

　　翻开地图，你可以看见"科尔沁左翼后旗"，"科尔沁左翼前旗"，"科尔沁右翼后旗"，

· 作者简介 ·

　　端木蕻良（1912—1996），原名曹京平，辽宁省昌图县人。1932年考入清华大学历史系，同年加入"左联"，发表小说处女作《母亲》。新中国成立后，主要从事历史题材的戏曲和小说创作。主要著作有长篇小说《大地的海》、《大江》、《大时代》、《上海潮》、《科尔沁旗草原》、《曹雪芹》，中短篇小说《新都花絮》、《风陵渡》、《红灯》、《红夜》、《雕鹗堡》、《江南风景》，散文《墨尔格勒河》、《风从草原来》、《花一样的石头》、《怀念老舍》等。

"科尔沁右翼前旗"。

那上面就有我的所谓的"家"的存在。

倘若你翻的是《申报》五十周年纪念图，那么你会惊奇怎么地球上会有这么一片可爱的娇绿，说它不是海，你会摇头的。然而这就是土地，而且是曾经失去了的。

我生长的村子，叫做"鹭树"。在我出生一个月光景，就在一个狂风暴雨的晚上，在我母亲的乳房下，坐着颠簸的大车，渡过了滚滚黑泥，突过了土匪的袭击，逃到了城里。从那之后，我没有见过"鹭树"。

我们便卜居在城里，那城是并不怎么"秀丽"的。

我看见白薇女士写的《我的家乡》，她以婉约的感觉，写出那人间美丽的回忆，……倘我和她相识，我一定去到她的家乡跑上一圈，尤其是她们的古老的宅第。

可惜的是我的家乡是在那荒凉的关外呀，它不会有江南的旖旎，你只好堵上耳朵，任凭它去"唱大江东去"罢。

虽然不是那么的二十七八岁的娇媚的小姑娘，"但对故乡，是不由心中选择，只能爱的。"

虽然在不久以前，屯住在西北的东北的健儿们，想起故园的河水，屋宇，先人的坟，嫩弱的妻女……喊出了"打回老家去！"的呼声。而马上就接到了高级长官的训话："当军人的是不该想家的，想家就是罪恶。"

我是没有那么飘然的襟怀的，也不那么有出息，我是牢牢的纪念着我的家乡，尤其是失眠之夜。

在过去，我是从不想家的。小时候我看过了爱罗先珂的《狭的笼》之后，我就把"家"看成封建的枷锁，总想一斧头，将它捣翻。现在好了，用不着我来捣，我的家已经在饥饿线上拉成了五段。从江南到东北，倘若我想把我的家人看望完全，我要在这五千里的途程之中停留五段，而那最后的一段，我依然不能看见。（假使你能知道我的家只有几个人的时候，你会感觉到契诃夫所写出的含泪的微笑了。）因为在九·一八之后，我提着脑袋去看了他们一次，又提着脑袋回来之后，我的智慧，告诉我，还是顺从母亲一次吧，母亲的头发全白了。

说故乡带给我以痛苦，那是由于人事，倘然单单专指风景，那也是美的。

我家住的街叫"杏树园子胡同"，要在四月光景，向外望去，满眼都是杏花，梨花，樱桃花。虽然说以杏树著名，但是我却不喜欢那儿产出的杏，上至"桃核大杏"，下至"羊巴巴蛋杏"，我都不喜欢。我喜欢的，却是那柔若无骨的"香水梨"，那可爱的梨呀。贝多芬说："为了真理，一个王国也不换。"但是要是为了那梨呀，两个王国我也换，我要换的。但是如今，我们的主人，赔去了五个王国，我却不许吃那里的梨。

香水梨。

我对你含着情人的怀恋。

我只要再吃你一次。

在我家的西边是西河沟。那里的风景曾在我的第一个长篇里被描写过，那完全是真实的。北边是僧格林沁的祠堂，有几百株白杨在萧萧地响着。东边有老爷岭遥遥在望，可以使人幻化出千奇百怪的梦想。

西河沟对我的宝爱是无限的。那地方没有人，樵夫不会和你碰头的，他只能用斧斤声和你谈话。打雀的嘲子你也不会听见了，因为"小满"压根儿过了。那地方，我常常去的，有一次，一本《呐喊》，也是躺在那一棵倒在水面的树上看完的。我还记得那树面和流水相吻的地方，长出白酥酥的须根，用手抹抹，并不那么容易掉的，有时也有小鱼偷着啄一下，又掉头跑了。

听着小鸟的溜鸣，我能在那里留恋上四五个钟头。倘若能不吃饭，我就不走。有一次我用手在水里留住了一条小鱼，我就在泉眼里洗净了它，（那泉眼有时会在冰点下二十度，）将它生吞了，真是原始人的喜悦。

我虽酷爱自然，但我却更爱那第二自然的。有人说我把自然给神化了，其实是过虑的（我自信没有这大法力）。"海在笑着"是高尔基有名的句子。但这种描写方法是和我无缘的。我倒另外服膺一个名家的说法。他说："有些神经质的，脑力有微细发展的，情感易于触发的人，具有一种对于自然的特别的观察，对于自然的美的特别的感觉；他们会注意到许多的角度，许多不易把握的微细的部分，而描写出来，有时恰到好处，十分的配适；因此图画的大线条反掩隐过去，或竟无力予以捉握。对于这般人可以说，他们最容易得到的是最美的香味，他们的话语是芬香的。"他又说："……这是显而易见的，因为人最难的是脱离自我，而潜思自然的现象。"

倘使我能专在风景上用功夫，故乡对我是有福了。可惜是它告诉我更多的人事。

我原是喜欢巴尔扎克更甚于莎士比亚的。

什么时候，我能回到家里去再吃一次那柔若无骨的香水梨。

我的家乡。

⊙作品赏析

在《有人问起我的家》中，作者将自己对家乡的忧郁但甜美的印象淋漓尽致地展现在读者的眼前。在他的笔下有慌乱的征战往事，有从别处听来的点滴回忆，虽然这不全是作者心中的家园，但已经足以勾起作者的故园情怀了，在他眼里就会浮现出科尔沁草原的感伤，香水梨的甜美。这是恬静的追忆和割舍不去的忧伤，无边的黑土地笼罩着作者的思绪，让人怅惘，经不起时间摧残的一切，都在作者的梦里回荡，没有南方水乡泽国鲜花丛中摇橹荡舟的惬意，只是压抑，只是伤痕。

虽然文章是以追思呈现在读者眼前的，但并没有就此而显得凌乱，作者的思绪依然条理清晰，让我们看见了这个感伤的作者蕴含在生命深层角落的逻辑理性，没有过激的冲动，只有审慎的对现实和过去的分析，并且因为香水梨的带动让文章的惆怅感稍微得到释放。文章在愁苦的追溯中仍然夹着点点的朗落的故土风情的甘美。虽然在语言上文章当中略显得哀婉，语调有点无奈的惨淡。

墓 / 何其芳

初秋的薄暮。翠岩的横屏环拥出旷大的草地，有常绿的柏树作天幕，曲曲的清溪流泻着幽冷。以外是碎瓷上的图案似的田亩，阡陌高下的毗连着，黄金的稻穗起伏着丰实的波浪，微风传送出成熟的香味。黄昏如晚汐一样淹没了草虫的鸣声，野蜂的翅。快下山的夕阳如柔和的目光，如爱抚的手指从平畴伸过来，从林叶探进来，落在溪边一个小

墓碑上，摩着那白色的碑石，仿佛读出上
面镌着的朱字：柳氏小女铃铃之墓。

· 作者简介 ·

何其芳（1912—1977），原名何永芳，四川万县人，中国现当代诗人、散文家、文学研究家。1929年后先后在上海中国公学、清华大学、北京大学求学。1935年毕业后在天津、山东等地从事教育工作。1938年赴延安，任鲁迅艺术学院文学系主任。1947年任中共四川省委宣传部副部长、《新华日报》社副社长。新中国成立后任中国作家协会书记处书记、中国社会科学院文学研究所所长等职。主要著作有诗集《预言》，散文集《还乡杂记》等。

这儿睡着的是一个美丽的灵魂。

这儿睡着的是一个农家的女孩，和她十六载静静的光阴，从那茅檐下过逝的，从那有泥蜂做窠的木窗里过逝的，从俯嚼着地草的羊儿的角尖，和那濯过她的手，回应过她寂寞的衣声的池塘里过逝的。

她有黑的眼睛，黑的头发，和浅油黑的肤色。但她的脸颊，她的双手有时是微红的，在走了一段急路的时候，回忆起一个羞涩的梦的时候，或者三月的阳光满满的晒着她的时候。照过她的影子的溪水会告诉你。

她是一个有好心肠的姑娘，她会说极和气的话，常常小心的把自己放在谦卑的地位。亲过她的足的山草会告诉你，被她用死了的蜻蜓宴请过的小蚁会告诉你，她一切小小的侣伴都会告诉你。

是的，她有许多小小的侣伴，她长成一个高高的女郎了不与它们生疏。

她对一朵刚开的花说："给我讲一个故事，一个快乐的。"对照进她的小窗的星星说："给我讲一个故事，一个悲哀的。"

当她清早起来到柳树旁的井里去提水，准备帮助她的母亲作晨餐，径间遇着她的侣伴都向她说："晨安。"她也说："晨安。""告诉我们你昨夜做的梦。"她却笑着说："不告诉你。"

当农事忙的时候，她会给她的父亲把饭送到田间去。

当蚕子初出卵的时候，她会采摘最嫩的桑叶放在篮儿里带回来，用布巾揩干那上面的露水，而且用刀切成细细的条儿去喂它们。四眠过后，她会用指头捉起一个个肥大的蚕，在光线里透视，"它腹里完全亮了，"然后放到成束的菜子杆上去。

她会同母亲一块儿去把屋后的麻茎割下，放在水里浸着，然后用刀打出白色的麻来。她会把麻分成极纤微的丝，然后用指头绩成细纱，一圈圈的放满竹筐。

她有一个小手纺车，还是她祖母留传下来的。她常常纺着棉，听那轮子唱着单调的歌，说着永远雷同的故事。她不厌烦，只在心里偷笑着："真是一个老婆子。"

她是快乐的。她是在寂寞的快乐里长大的。

她是期待甚么的。她有一个秘密的希冀，那希冀于她自己也是秘密的。她有做梦似的眼睛，常常迷漠的望着高高的天空，或是辽远的，辽远的山以外。

十六岁的春天的风吹着她的衣衫，她的发，她想悄悄的流一会儿泪。银色的月光照着，她想伸出手臂去拥抱它，向它说："我是太快乐，太快乐。"但又无理由的流下泪。她有一点忧愁在眉尖，有一点伤感在心里。

她用手紧握着每一个新鲜的早晨，而又放开手叹一口气让每一个黄昏过去。

她小小的侣伴们都说她病了，只有它们稍稍关心她，知道她的。"你瞧，她常默默的。""你说，甚么能使她欢喜？"它们互相耳语着，担心她的健康，担心她郁郁的眸子。

菜圃里的江豆藤还是高高的缘上竹竿，南瓜还是肥硕的压在篱脚下，古老的桂树还是飘着金黄色的香气，这秋天完全如以前的秋天。

铃铃却瘦损了。

她期待的毕竟来了，那伟大的力，那黑暗的手遮到她眼前，冷的呼息透过她的心，那无声的灵语吩咐她睡下安息。"不是你，我期待的不是你。"她心里知道，但不说出。

快下山的夕阳如温暖的红色的唇，刚才吻过那小墓碑上"铃铃"二字的，又落到溪边的柳树下，树下有白藓的石上，石上坐着的年青人雪麟的衣衫上。他有和铃铃一样郁郁的眼睛，迷漠的望着。在那眼睛里展开了满山黄叶的秋天，展开了金风拂着的一泓秋水，展开了随着羊铃声转入深邃的牧女的梦。毕竟来了，铃铃期待的。

在花香与绿荫织成的春夜里，谁曾在梦里摘取过红熟的葡萄似的第一次蜜吻？谁曾梦过燕子化作年青的女郎来入梦，穿着燕翅色的衣衫？谁曾梦过一不相识的情侣来晤别，在她远嫁的前夕？

一个个春三月的梦呵，都如一片片你偶尔摘下的花瓣，夹在你手携的一册诗集里，你又偶尔在风雨之夕翻见，仍是盛开时的红艳，仍带着春天的香气。

雪麟从外面的世界带回来的就只一些梦，如一些饮空了的酒瓶，与他久别的乡土是应该给他一瓶未开封的新酿了。

雪麟见了铃铃的小墓碑，读了碑上的名字，如第一次相见就相悦的男女们，说了温柔的"再会"才分别。

以后他的影子就踯躅在这儿的每一个黄昏里。

他渐渐猜想着这女郎的身世，和她的性情，她的喜好，如我们初认识一个美丽的少女似的。他想到她是在寂寞的屋子里过着晨夕，她最爱着甚么颜色的衣衫，而且当她微笑时脸间就现出酒涡，羞涩的低下头去。他想到她在窗外种着一片地的指甲花，花开时就摘取几朵来用那红汁染她的小指甲，而这仅仅由于她小孩似的欢喜。

铃铃的侣伴们更会告诉他，当他猜想错了或是遗漏了的时候。

"她会不会喜欢我？"他在溪边散步时偷问那多嘴的流水。

"喜欢你。"他听见轻声的回语。

"她似乎没有朋友？"他又偷问溪边的野菊。

"是的，除了我们。"

于是有一个黄昏里他就遇见了这女郎。

"我有没有这样的荣幸，和你说几句话？"

他知道她羞涩的低垂的眼光是说着允许。

他们就并肩沿着小溪散步下去。他向她说他是多大的年龄就离开这儿，这儿是她的乡土也是他的乡土。向她说他到过许多地方，听过许多地方的风雨。向她说江南与河水一样平的堤岸，北国四季都是风吹着沙土。向她说骆驼的铃声，槐花的清芬，红墙黄瓦的宫阙，最后说：

"我们的乡土却这样美丽。"

"是的，这样美丽。"他听见轻声的回语。

"完全是崭新的发见。我不曾梦过这小小的地方有这多的宝藏，不尽的惊异，不尽的欢喜。我真有点儿骄傲这是我的乡土。——但要请求你很大的谅恕，我从前竟没有认识你。"

他看见她羞涩的头低下去。

他们散步到黄昏的深处，散步到夜的阴影里。夜是怎样一个荒唐的絮语的梦呵，但对这一双初认识的男女还是谨慎的劝告他们别去。

他们伸出告别的手来，他们温情的手约了明天的会晤。

有时，他们散步倦了，坐在石上休憩。

"给我讲一个故事，要比黄昏讲得更好。"

他就讲着《小女人鱼》的故事。讲着那最年青、最美丽的人鱼公主怎样爱上那王子，怎样忍受着痛苦，变成一个哑女到人世去。当他讲到王子和别的女子结婚的那夜，她竟如巫妇所预言的变成了浮沫，铃铃感动得伏到他怀里。

有时，她望着他的眼睛问：

"你在外面爱没有爱过谁？"

"爱过……"他俯下吻她，怕她因为这两字生气。

"说。"

"但没有谁爱过我。我都只在心里偷偷的爱着。"

"谁呢？"

"一个穿白衫的玉立亭亭的；一个秋天里穿浅绿色的夹外衣的；一个在夏天的绿杨下穿红杏色的单衫的。"

"是怎样的女郎？"

"穿白衫的有你的身材；穿绿衫的有你的头发；穿红杏衫的有你的眼睛。"说完了，又俯下吻她。

晚秋的薄暮。田亩里的稻禾早已割下，枯黄的割茎在青天下说着荒凉。草虫的鸣声，野蜂的翅声都已无闻，原野被寂寥笼罩着，夕阳如一支残忍的笔在溪边描出雪麟的影子，孤独的，瘦长的。他独语着，微笑着。他憔悴了。但他做梦似的眼睛却发出异样的光，幸福的光，满足的光，如从 Paradise Paradise 发出的。

一九三三年

⊙ 作品赏析

何其芳是一位很有自觉意识的散文家。他认为散文是内心情感的映射，与现实生活联系不大。其代表作《画梦录》采用的是"独语体"，即纯抒情的文体。《墓》是其中第一篇。

文章以一个虚构的浪漫爱情故事为背景，传递了作者孤独、寂寞的心绪，也反映了当时处于迷茫之中的许多青年的普遍心态。作者对心灵世界的开拓所达到的深度，在中国现代散文中是不多见的。

文章很美，作者真切的情感流露固然是一个原因，但和独到的艺术手法运用也不无关系。首先，他的创作既受法国象征主义的影响，又有中国古典文学的熏陶和浸染，在抒写内心时，常喜欢选取一些充满感伤、怅惘而又寂寞的恍惚迷离的意象，与他心中的朦胧图像相契合，营造出一种如烟似梦般缥缈幽美的意境。其次，想象奇特大胆。如文中，溪水、野菊也会言语，这已经不是一般意义的拟人，玲玲从墓中出来与雪麟互诉衷肠，这更是接近诗歌中的表达。第三，语言幽婉清丽，句式有一种内在的节奏感，更加深文章的诗歌韵味。另外，文中新颖贴切的比喻，细腻的描写，使得虚构的人物形象也具有了典型性。

雨前 / 何其芳

最后的鸽群带着低弱的笛声在微风里划一个圈子后，也消失了。也许是误认这灰暗的凄冷的天空为夜色的来袭，或是也预感到风雨的将至，遂过早地飞回它们温暖的木舍。

几天的阳光在柳条上撒下的一抹嫩绿，被尘土埋掩得有憔悴色了，是需要一次洗涤。还有干裂的大地和树根也早已期待着雨。雨却迟疑着。

我怀想着故乡的雷声和雨声。那隆隆的有力的搏击，从山谷返响到山谷，仿佛春之芽就从冻土里震动，惊醒，而怒苗出来。细草样柔的雨声又以温存之手抚摩它，使它簇生油绿的枝叶而开出红色的花。这些怀想如乡愁一样萦绕得使我忧郁了。我心里的气候也和这北方大陆一样缺少雨量，一滴温柔的泪在我枯涩的眼里，如迟疑在这阴沉的天空里的雨点，久不落下。

白色的鸭也似有一点烦躁了，有不洁的颜色的都市的河沟里传出它们焦急的叫声。有的还未厌倦那船一样的徐徐的划行。有的却倒插它们的长颈在水里，红色的蹼趾伸在尾后，不停地扑击着水以支持身体的平衡。不知是在寻找沟底的细微的食物，还是贪那深深的水里的寒冷。

有几个已上岸了。在柳树下来回地作绅士的散步，舒息划行的疲劳。然后参差地站着，用嘴细细抚理它们遍体白色的羽毛，间或又摇动身子或扑展着阔翅，使那缀在羽毛间的水珠坠落。一个已修饰完毕的，弯曲它的颈到背上，长长的红嘴藏没在翅膀里，静静合上它白色的茸毛间的小黑睛，仿佛准备睡眠。可怜的小动物，你就是这样做你的梦吗？

我想起故乡放雏鸭的人了。一大群鹅黄色的雏鸭游牧在溪流间。清浅的水，两岸青青的草，一根长长的竹竿在牧人的手里。他的小队伍是多么欢欣地发出啁啾声，又多么驯服地随着他的竿头越过一个田野又一个山坡！夜来了，帐幕似的竹篷撑在地上，就是他的家。但这是怎样辽远的想像啊！在这多尘土的国土里，我仅只希望听见一点树叶上的雨声。一点雨声的幽凉滴到我憔悴的梦，也许会长成一树圆圆的绿阴来覆荫我自己。

我仰起头。天空低垂如灰色的雾幕，落下一些寒冷的碎屑到我脸上。一只远来的鹰隼仿佛带着怒愤，对这沉重的天色的怒愤，平张的双翅不动地从天空斜插下，几乎触到河沟对岸的土阜，而又鼓扑着双翅，作出猛烈的声响腾上了。那样巨大的翅使我惊异。我看见了它两肋间斑白的羽毛。接着听见了它有力的鸣声，如同一个巨大的心的呼号，或是在黑暗里寻找伴侣的叫唤。

然而雨还是没有来。

⊙作品赏析

　　《雨前》写于1933年春。当时中国政治气氛沉闷，民族危机深重，正在北京大学求学的何其芳，充满幻想和希望，但面对斑驳灰暗的社会现实，他又感到困惑、苦闷、寂寞。《雨前》的内容就是作者当时心境的流露。《雨前》着重描绘了三组动物图：惊惶的鸭子、烦躁的鸭群、愤怒的鹰隼，其间穿插了两组故乡风情画：草木迎春、雏鸭嬉水。在这些图画背后作者巧妙安排了两条线索：一条是憔悴的北国和秀丽的故乡景物的对比，一条是作者热切的企盼和灰暗的现实世界的对比，两条线索互相渗透，相得益彰。文章写得深邃而明丽，委婉而浓郁，真切地表明了作者内心烦闷而焦渴的情绪，也为读者带来丰富的想象空间。

文化问题断想 / 金克木

入选理由　中国世纪文化老人金克木的散文精粹　一个外国文学研究家眼中的中国文化　以翔实的论证，进行深刻的说理

其一

　　有一个外国人说：历史告诉我们，以后不会再这样了。另一个外国人说：历史告诉我们，以后还会这样。有个中国人说：前事不忘，后事之师。还是中国人说的好，把两个外国人的话都包括了。"师"，即可以是照样效法，也可以是引为鉴戒。学历史恐怕是两者都有。20年前发生过连续十年的史无前例的大事，既有前因，又有后果。我们不能断言，也不必断言，以后不会再有；但是可以断言，以后不会照样再来一个"史有前例"了。历史可能重复，但不会照样，不会原版影印丝毫不走样，总会改变花样的。怎么改变？也许变好，也许变坏，那是我们自身天天创造历史的人所做的事。历史既是不随人们意志为转移的，又是人们自己做出来的。文化的发展大概也是这样。我们还不能完全掌握历史和文化的进程，但是我们已经可以左右历史和文化，施加影响。若不然，那就只有听天由命了。对历史进程可以看出趋向，但无人能打保票。

其二

　　历史上，中国大量吸取外来文化有两次。一次是佛教进来，一次是西方欧美文化进来。回想一下，两次有一点相同，都经过中间站才大大发挥作用。佛教进来，主要通过古时所谓西域，即从今天的新疆到中亚。西域有不少说不同语言的民族和文化。传到中原的佛教，是先经过他们转手的。东南也有从海路传来的，却不及西北来的影响大，那里没有会加工的转口站。青藏地区似乎直接吸收，但实际上是中印交互影响，源远流长。藏族文化和印度文化融为一体，那里的佛教和中原不同。蒙古族是从藏族学的佛教，也转了手。欧美文化进来也有类似情况。明中叶到清初，耶稣会教士东来并在朝廷中有地位，

·作者简介·

　　金克木（1912—2001），我国著名梵语学家，北大外国语学院东方语言文化系教授。年轻时曾在北大旁听和北大图书馆供职，半工半读，1941年赴印度留学。1946年回国后任武汉大学教授。1948年任北京大学教授。是第三至第七届全国政协委员，九三学社第五届至第七届常委、宣传部部长。他多年来致力于梵语文学和印度文化的研究，著有《梵语文学史》、《印度文化论集》、《比较文化论集》等。

但是文化影响不能开展。后来帝国主义大炮打了进来,人和商品拥入,但文化还不像鸦片,打不开局面。西洋人在中国出的书刊反而在日本大量翻印流行。所谓西方文化是经过东方维新后的日本这个转口站拥进来的。哲学、文学,直接从欧洲吸收而且有大影响的,是经过严复和林纾的手。两人翻译都修改原著,林纾还不懂外文。此外许多文化进口货是经过日本加工的。梁启超在日本办杂志。孙中山在日本鼓吹并组织革命。章太炎在日本讲学。鲁迅、郭沫若在日本学医、学文学。从欧美直接来的文化总没有从日本转来的力量大。欧美留学生和教会学校虽然势力不小,但在一般人中的文化影响,好像总敌不过不那么地道的日本加工的制品,只浮在上层。全盘西化,完全照搬,总是不如经过转口加工的来得顺利。好比电压不同,中间总得有个变压器。要不然,接受不了,或则少而慢,反复大。

其三

中国人对于外来文化,不但要求变压,还有强烈的选择性。二道手的不地道的佛教传播很广。本来没有什么特殊了不起的阿弥陀佛,只是众佛之一,在中国家喻户晓,名声竟在创教的释迦牟尼佛之上。观世音菩萨也是到中国化为女性才大显神通。玄奘千辛万苦到印度取来真经,在皇帝护法之下,亲自翻译讲解。无奈地道的药材苦口,传一代就断了。连讲义都流落日本,到清末才找了回来。玄奘自己进了《西游记》变为"唐僧",成了吸引妖精和念紧箍咒的道具,面目全非。对西方文化同样有选择。也许兼容并包,但很快就重点突出,有幸有不幸。就艺术说,越地道越像阳春白雪,甚至孤芳自赏,地位崇高而影响不大。反而次品有时销路大增,供不应求。流行的第一部现代欧洲小说是林纾改译的《巴黎茶花女遗事》(小仲马),一演再演的欧洲戏剧是改编的《少奶奶的扇子》(王尔德),都不是世界第一流的,而且变了样。我们中国从秦汉总结春秋战国文化以后,自有发展道路,不喜生吞活剥而爱咀嚼消化。中国菜是层层加工,而不是生烤白煮的,最讲火候。吃的原料范围之广,无以复加,但是蜗牛和蚯蚓恐怕不会成为中国名菜。至少在文化上我们是从来不爱一口整吞下去的。欧美哲学也同古时印度哲学命运相仿。人家自己最为欣赏的,我们除少数专家外,往往格格不入;甚至嗤之以鼻,或则改头换面以至脱胎换骨,剩个招牌。有的东西是进不来的,不管怎样大吹大擂,也只能风行一时。有的东西是赶不走的,越是受堵截咒骂,越是会暗地流行。所以,文化的事不可不注意,又不可着急。流行的不都是劣货、次品,直接来不经转口的上等货有的也会畅销,因此大可不必担忧。更无须生气。

⊙作品赏析

《文化问题断想》中作者以庞杂的史料来支撑自己的论述,从最初的缘起到中途中西相互渗透中的文化成长,无不昭示着中国文化的历史走向,和对未来究竟将如何的深情探询。在《比较文学论集·自序》中,作者即简明道出了这一点:中华文明的含义终究是怎样的,它的走向特色又将以何种方式标举自己的存在。虽然文章只以断想的形式存在,论证也略显单薄,但这也正应了有些学者所说的:这是一个不善于下结论的先生,他习惯把问题留待心底作最彻底的思考;评论家谢冕也说:学者的求实性和思考性给予金克木的散文以沉静和厚重。

从结构表层上讲，这是一段零星的缀合，但实际上，三个层次却从时间的延续上描述了中华文化发展的律动和自我的演变经历，有着内在的文化脉络联系。而语言则有着返璞归真的无华，精到历练，在朴实中尽情展现人生的感悟。

祭戴望舒 / 冯亦代

入选理由 一代文化巨擘冯亦代的散文精粹
悼念戴望舒的祭文中的经典之一
言语凄切，情感真挚感人

经常，当我在摩肩接踵的人群中行走时，心里总有一种痴想，也许我想望中的人会突然迎面走来，于是我们欢然道古，共诉离情别愫。望舒便是我不断想起的人之一，然而他已永离人世了。

自从他在一九五〇年二月去世之后，我给他办了后事，老母幼女也由国家负担抚养，一直到老太太去世，三个女儿长大成人，才算告一段落。我想如果望舒地下有知，他也会一露他难得有的笑容。特别是他的遗作出版，四川人民出版社在一九八一年出版了《戴望舒诗集》，湖南人民出版社于一九八三年又在《诗苑译林》中收入了《戴望舒译诗集》。

他的诗集我过去收集的有《我的记忆》、《望舒草》和二者的合集《望舒诗稿》，都是他的签名本。这三本书随着我从上海到香港，从香港到重庆，从重庆到上海，又从上海到北京。在半个中国兜了一个圈子，我都是随身携带，不时从书箧里拿出来，随时吟诵品味的。只有在十年灾难里，我才丢失了这三本书，至今思之，犹觉恨恨。因为这三本连同其他的书，并不是抄家抄去的，而是被勒令交出的。既不知何人所令，亦不知何处所夺，总之当年人在莫名其妙中，做的事也不免莫名其妙了。这几年，调查表中亦有被抄书籍一项。不过仓库中存书何止万千，这薄薄的三本小书，我又有何法从这茫茫的书海中找得，因此我对望舒总有种负疚的心情。但另一方面，我也为他庆幸，如果不是他天不永年，我简直难以想象，他如何以带病之身，应付这一人间浩劫的难关。

这就使我对他的痴想更为执著，我总想亲耳听听他对这十年的感喟。如果有一天我们在街头遇见了，他会对我说些什么呢？因为他虽人已去世，但中国的有些专贴标签的所谓文艺批评家，还在"文革"后把他当"资产阶级诗人"看待。"文革"已成为陈迹时尚且如此，则"文革"中他的遭遇绝不会比我们这些臭老九多一丁点儿的优待的。

望舒是不是个"资产阶级诗人"？我以为卞之琳先生给《戴望舒诗集》写的序言，是颇为公允的。他说：

大约在一九二七年左右或稍后几年初露头角的一批诚实和敏感的诗人，所走道路不同，可以说是植根于同一个缘由——普遍的幻灭。面对狰狞的现实，投入积极的斗争，使他们中大多数没有工夫多作艺术上的考虑，而回避现实，使他们中其余人在讲求艺术中寻找了出路。望舒是属于后一路人。

从艺术上讲，望舒曾作了刻意的追求，

· 作者简介 ·

　　冯亦代（1913—2005），浙江杭州人。1936年毕业于沪江大学，参加创办英文刊物《中国作家》，并任《电影与戏剧》主编。20世纪40年代开始研究美国文学及戏剧，参加创办古今出版社。新中国成立后历任国际新闻局秘书长兼出版发行处处长、外文出版社出版部主任、《读书》杂志主编等职。著有《西书拾锦》、《湾流集》等书，代表译著有海明威的《第五纵队》等近20本书。

但他并不是始终甘心自囿于象牙之塔的人。他为了纪念一位朋友写下了《断指》，这首诗说明他有逃避现实的一面，也有置身现实的一面。虽然在民族存亡危急与革命生灭之秋，使"他的幻灭感进一步变形为一种绝望的自我陶醉和莫名的怅惘"（卞之琳语），但在全面抗日战争爆发之后，中国的现实，迫使望舒不得不在"塔"里"塔"外作一抉择，而他凭了一己的良智，选择了后者。这个转变，既是必然的又是经过斗争的。他的亲友如穆时英、杜衡都堕落成为汉奸文人。他们曾对望舒施以一种亲友之情的压力，他不但抵抗住这一外来的诱力，而且他为民族解放的信心更倍增了。他在《我用残损的手掌》中写道：

> 我用残损的手掌，
> 摸索这广大的土地：
> 这一角已经变成灰烬，
> 那一角只是血和泥；
> ……
> 无形的手掌掠过无限的江山，
> 手指沾了血和灰，手指沾了阴暗，
> 只有那辽远的一角依然完整，
> 温暖，明朗，坚固而蓬勃生春。
> 在那上面，我用残损的手掌轻抚，
> 像恋人的柔发，婴孩手中乳。
> 我把全部的力量运在手掌，
> 贴在上面，寄与爱和一切希望，
> 因为只有那里是太阳，是春，
> 将驱逐阴暗，带来苏生，
> 因为只有那里我们不像牲口一样活，
> 蚂蚁一样死……那里，永恒的中国！

这是他在一九四二年七月三日写的诗，我不知那时他已脱身日帝的牢笼，抑或还在狱中。但那时他的处境无论如何是十分困苦的。在我昔日和他在薄扶林道散步时，他几次谈到过中国的疆土，犹如一张树叶，可惜缺了一块，希望有一天能看到一张完整的树叶。如今他以《残损的手掌》为题，显然以这手掌比喻他对祖国的思念，也直指他死里逃生的身心。他看到这一残损的手掌，但是他心里却想望那个"永恒的中国"。抗战的号角，把他召唤出了象牙之塔，一己的王国，而敌人的炼狱却使他的心贴在"永恒的中国"。这是他的心声。

且不说他能逃出日帝的魔掌，坚定了对祖国重生的信心，单说他一个人带着两个童稚无知的女儿，踏上危机四伏的归途，回到祖国的怀抱里来，这岂不难能可贵吗？

一九四九年六月我从上海启程到当时的北平参加第一次文代会，列车缓缓进站，我从车窗口看到了黑苍苍的他抱着一个拖着一个在接站。我对他的第一句话，便是问他写了多少诗。他说在明朗的天空下，到处是诗，但诗人的笔却无以写出人民的欢乐于万一，这是他的憾事。以后他参加了国际新闻局的法文翻译工作。他早年（一九三一年）曾写过一首题名为《流水》的诗，诗中表白的心情，最足以描写他的一生：

在寂寞的黄昏里，
我听见流水嘹亮的言语：
"穿过暗黑的，暗黑的林，
流到那边去！
到升出赤色的太阳的海去！
"你，被践踏的草和被弃的花，
一同去，跟着我们的统一同去。
"冲过横在路头的顽强的石，
溅起来，溅起浪花来，
从它上面冲过去！
"泻过草地，泻过绿色的草地，
没有踌躇或是休止，
把握住你的意志。
"我们是各处的水流的集体，
从山间，从乡村，
从城市的沟渠……
我们是力的力。
"决了堤防，破了闸！
阻拦我们吗？
你会看见你的毁灭。……"
在一个寂寂的黄昏里，
我看见一切的流水，
在同一个方向中，
奔流到太阳的家乡去。

他就是这些流水中的一颗晶莹的水珠，跟着溪水，流入大河，向太阳的故乡奔腾跳跃而去。

我引为毕生遗憾的，就是我们相会少离别多，而到了重聚的日子里，各人又都忙着自己手头的工作。他第二次进医院后我去看他，雪白的大枕上贴着一张焦黄的脸，喉头如冬月料峭的寒风在呼啸着，我觉得心里一阵酸楚。他对我微微一笑说："我快出院了，你又何必来呢？"我和他相对无言地坐了一会儿，当我起身告辞时，他对我说："如果我的译书的校样送来，给我也送一份，这几天躺在床上想到有些地方的翻译，还须润饰一下。"他出院后曾经到办公室来了一次，看看有什么好做的。我说他应该在家里休息，他微微地叹口气，"老坐在家里也厌气得很，出来走走，也许对我的身体有些好处。"

这就是他最后对我说的话。痼疾夺去了他的生命，如果他不是那样急于工作，他绝不注射过量的麻黄素，则他——

然而，我还是只能送他到墓地，他的流水湍干了。一九八二年他那被捣毁了的坟墓由中国作家协会拨款修复，我们还是请茅盾先生给他重写了墓碑。修复之后，《诗刊》的朋友邹荻帆、邵燕祥和艾青夫妇、吕剑、周良沛及我一同驱车去探视了一遭。他寂寞地长眠在地下，我们看着这一方寂寞的土地，顿生寂寞之感。毕竟他应该活在我们的一群里，而他却过早地逝去了。这不能不说是中国诗坛的一个损失。我仿佛听到他在地下嘴里呢喃着，向我们吟道：

> 如果生命的春天重到，
> 古旧的凝冰都哗哗地解冻。
> 那时我会再看见灿烂的微笑，
> 再听见明朗的呼唤——这些迢遥的梦。

我是多么想再见他一面，哪怕短暂的一瞬也好，但这是永远圆不成的梦想了。

今年是望舒逝世三十五周年，爰作小文以祭之。

⊙作品赏析

当1938年冯亦代在香港相遇戴望舒时，后者肯定了他在散文上的造诣，而冯亦代也是这样坚持的，在散文上用力极深，终成一代名家。这种修为我们在《祭戴望舒》中能真切地体会到。

《祭戴望舒》是以一个亲密朋友的身份来写下的祭悼文章，虽然有个人的情绪在，但却贴近真实，让我们在用不着费力辨析真伪的情况下很坦然地接触到一个诗人的伟大灵魂。

作者在开始就以朋友的身份为戴望舒身后年迈的母亲、幼小的女儿有人抚养而安慰庆幸，更为戴望舒身后诗集、译文集还能再重新出版感到宽慰。

文章很大的比重是在为戴望舒辩述，既有平实的散文用字，更有戴望舒诗行绚烂迷离的引用，从而使语言显得华丽与拙朴相间，宛似作者在用两种声音说话：一种是作者自己的，一种是戴望舒雨巷诗人式的，既有西方象征主义的也有中国地道的传统古典风味，据沈德鸿的评论，应该是"注重整齐的音律美，但不是铿锵而是轻清的"。

这是作者心中的戴望舒，他用不一样的方式为自己的国家吟唱，但并没有得到相应的认同，反而包含屈辱地成了悲观厌世不关心时事的假世外高人。作者相当怨叹，他在等待有一天，真实的戴望舒重新回到每个人的心中。

老家 / 孙犁

> 入选理由
> 作家孙犁的人生散文
> 延承了白洋淀一样有荷花风味的柔和笔调
> 将作者的思念从不可抑制的奔涌之中，哀愁舒缓地道来

前几年，我曾诌过两句旧诗："梦中每迷还乡路，愈知晚途念桑梓。"最近几天，又接连做这样的梦：要回家，总是不自由；请假不准，或是路途遥远。有时决心起程，单人独行，又总是在日已西斜时，迷失路途，忘记要经过的村庄的名字，无法打听。或者是遇见雨水，道路泥泞；而所穿鞋子又不利于行路，有时鞋太大，有时鞋太小，有时

倒穿着，有时横穿着，有时系以绳索。种种困扰，非弄到急醒了不可。

也好，醒了也就不再着急，我还是躺在原来的地方，原来的床上，舒一口气，翻一个身。

其实，"文化大革命"以后，我已经回过两次老家，这些年就再也没有回去过，也不想再回去了。一是，家里已经没有亲人，回去连给我做饭的人也没有了。二是，村中和我认识的老年人，越来越少，中年以下，都不认识，见面只能寒暄几句，没有什么意思。

· 作者简介 ·

孙犁（1913—2002），中国现当代作家。河北安平人。早年毕业于保定育德中学。1936年到安新县小学教书，后任教于冀中抗战学院和华北联大，任晋察冀通讯社和《晋察冀日报》编辑。1944年赴延安，在鲁迅艺术文学院工作。1945年回冀中农村。1949年起主编《天津日报》的《文艺周刊》。曾任中国作家协会理事和天津作协副主席等职。主要作品有小说《芦花荡》、《荷花淀》和《铁木前传》，散文集《晚华集》、《耕堂散文》等。

前两次回去：一次是陪伴一位正在相爱的女人，一次是在和这位女人不睦之后。第一次，我们在村庄的周围走了走，在田头路边坐了坐。蘑菇也采过，柴火也拾起。第二次，我一个人，看见亲人丘垄，故园荒废触景生情，心绪很坏，不久就回来了。

现在，梦中思念故乡的情绪，又如此浓烈，究竟是什么道理呢？实在说不清楚。

我是从12岁，离开故乡的。但有时出来，有时回去，老家还是我固定的窠巢，游子的归宿。中年以后，则在外之日多，居家之日少，且经战乱，行居无定。及至晚年，不管怎样说和如何想，回老家去住，是不可能的了。

是的，从我这一辈起，我这一家人，就要流落异乡了。

人对故乡，感情是难以割断的，而且会越来越萦绕在意识的深处，形成不断的梦境。

那里的河流，确已经干了，但风沙还是熟悉的；屋顶上的炊烟不见了，灶下做饭的人，也早已不在。老屋顶上长着很高的草破漏不堪；村人故旧，都指点着说："这一家人，都到外面去了，不再回来了。"

我越来越思念我的故乡，也越来越尊重我的故乡。前不久，我写信给一位青年作家说："写文章得罪人，是免不了的。但我甚不愿因为写文章，得罪乡里。遇有此等情节，一定请你提醒我注意！"

最近有朋友到我们村里去了一趟，给我几间老屋，拍了一张照片，在村支书家里，吃了一顿饺子。关于老屋，支书对他说："前几年，我去信问他，他回信说：也不拆，也不卖，听其自然，倒了再说。看来，他对这几间破房，还是有感情的。"

朋友告诉我：现在村里，新房林立；村外，果木成林。我那几间破房，留在那里，实在太不调和了。

我解嘲似的说："那总是一个标志，证明我曾是村中的一户。人们路过那里，看到那破房，就会想起我，念叨我。不然，就真的会把我忘记了。"

但是，新的正在突起，旧的终归要消失。

一九八六年八月十二日，晨起作。闷热，小雨。

⊙作品赏析

在孙犁的文章中最为可贵的是他对美与崇高的不懈追求，他追求的是一种独特的美的艺术，表现出来的就是诗情画意，构思的精致，言语的简洁唯美。作家最善于的就是在平淡无奇的人生，甚者是在灾难的祸不单行中，从彷徨和失落的境遇中寻找到艺术家永恒的和凝固的完美，让自己的心灵充满着希望。

《老家》一直涌动着作者怀念家乡的冲动，但在行文深处，作者还是抑制住了，让思念的哀愁缓缓流淌在笔尖。其中有归乡的强烈欲念，回家的失落，有家却不能回去的怅惘。而纠结它的原因除了时代环境的不能允许，同时也包括了心灵的隔阂不能袒露交流，这些都让作者心生畏惧了，所以在文章中我们才能见到他的犹豫不决，和在这种心态冲突下的艰难构写。于是我们看到了作者的艰涩的言语：家乡对于他而言是完全飘摇的，他也在疑惑自己是否真的能抓住属于自己的生命中的强烈的印记。因为土地的悲哀是永远不会变的，它就像根一样，一旦落了户就不愿再松动。

这种情绪表现在语言上则显得跌宕不已，一咏三叹，错落分明，将作者的心思表露无遗。虽然作者一再隐忍着情感，但对家乡的思念依旧浓烈，让我们在阅读中深深沉浸在他思念的挣扎中。

采蒲台的苇 / 孙犁

入选理由 孙犁的散文代表作之一——一曲反映抗战时期白洋淀人民团结御侮、不屈不挠的英雄精神的赞歌

我到了白洋淀，第一个印象，是水养活了苇草，人们依靠苇生活。这里到处是苇，人和苇结合的是那么紧。人好像寄生在苇里的鸟儿，整天不停地在苇里穿来穿去。

我渐渐知道，苇也因为性质的软硬、坚固和脆弱，各有各的用途。其中，大白皮和大头栽因为色白、高大，多用来织小花边的炕席；正草因为有骨性，则多用来铺房、填房碱；白毛子只有漂亮的外形，却只能当柴烧；假皮织篮捉鱼用。

我来的早，淀里的凌还没有完全融化。苇子的根还埋在冰冷的泥里，看不见大苇形成的海。我走在淀边上，想像假如是五月，那会是苇的世界。

在村里是一垛垛打下来的苇，它们柔顺地在妇女们的手里翻动，远处的炮声还不断传来，人民的创伤并没有完全平复。关于苇塘，就不只是一种风景，它充满火药的气息，和无数英雄的血液的记忆。如果单纯是苇，如果单纯是好看，那就不成为冀中的名胜。

这里的英雄事迹很多，不能一一记述。每一片苇塘，都有英雄的传说。敌人的炮火，曾经摧残它们，它们无数次被火烧光，人民的血液保持了它们的清白。

最好的苇出在采蒲台。一次，在采蒲台，十几个干部和全村男女被敌人包围。那是冬天，人们被围在冰上，面对着等待收割的大苇塘。

敌人要搜。干部们有的带着枪，认为是最后战斗流血的时候到了。妇女们却偷偷地把怀里的孩子递过去，告诉他们把枪支插在孩子的裤裆里。搜查的时候，干部又顺手把孩子递给女人……十二个女人不约而同地这样做了。仇恨是一个，爱是一个，智慧是一个。

枪掩护过去了，闯过了一关。这时，一个四十多岁的人，从苇塘打苇回来，被敌人捉住。敌人问他："你是八路？""不是！""你村里有干部？""没有！"敌人砍断他半边脖子，又问："你的八路？"他歪着头，血流在胸膛上，说："不是！""你村的八路大大的！""没有！"

妇女们忍不住，她们一齐沙着嗓子喊："没有！没有！"

敌人杀死他，他倒在冰上。血冻结了，血是坚定的，死是刚强！

"没有！没有！"

这声音将永远响在苇塘附近，永远响在白洋淀人民的耳朵旁边，甚至应该一代代传给我们的子孙。永远记住这两句简短有力的话吧！

⊙**作品赏析**

《采蒲台的苇》是孙犁的散文名篇。文章以抗战时期白洋淀地区为背景，以诗意的笔调叙述了发生在这一地区一个真实感人的军民抗日的故事。文章的前半部分写"苇"，在作者眼中，苇不是单纯的自然物，而是英勇无畏的白洋淀人民的化身，是白洋淀军民团结御侮、宁死不屈的伟大精神的象征。文章后半部分以白描手法，叙述了采蒲台的妇女们面对日寇，机智勇敢掩护干部和一中年打苇人宁死不屈的故事，刻画了白洋淀人民大智大勇、铮铮铁骨的英雄形象。文章朴素无华，语言凝练清新，情感炽烈，生动表现了采蒲台人、白洋淀人，乃至中华儿女不屈不挠、英勇斗争的民族精神。

茶花赋 / 杨朔

入选理由　杨朔的散文代表作品　初学散文者的学习范本　收入中学课本的散文名篇

久在异国他乡，有时难免要怀念祖国的。怀念极了，我也曾想：要能画一幅画儿，画出祖国的面貌特色，时刻挂在眼前，有多好。我把这心思去跟一位擅长丹青的同志商量，求她画，她说："这可是个难题，画什么呢？画点零山碎水，一人一物，都不行。再说，颜色也难调，你就是调尽五颜六色，又怎么画得出祖国的面貌？"我想了想，也是，就搁下这桩心思。

今年二月，我从海外回来，一脚踏进昆明，心都醉了。我是北方人，论季节，北方也许正是搅天风雪，水瘦山寒，云南的春天却脚步儿勤，来得快，到处早像催生婆似的正在催动花事。

花事最盛的去处数着西山华庭寺。不到寺门，远远就闻见一股细细的清香，直渗进人的心肺。这是梅花，有红梅、白梅、绿梅，还有朱砂梅，一树一树的，每一树梅花都是一首诗。白玉兰花略微有点儿残，娇黄的迎春却正当时，那一片春色啊，比起滇池的水来不知还要深多少倍。

究其实这还不是最深的春色。且请看那一树，齐着华庭寺的廊檐一般高，油光碧绿的树叶中间托出千百朵重瓣的大花，那样红艳，每朵花都像一团烧得正旺的火焰。这就是有名的茶花。不见茶花，你是不容易懂得"春深似海"这句诗的妙处的。

想看茶花，正是好时候。我游过华庭寺，又冒着星星点点细雨游了一次黑龙潭，这都是看茶花的名胜地方。原以为茶花一定很少见，不想在游历当中，时时望见竹篱茅屋旁边会闪出一枝猩红的花来。听朋友说："这不算稀奇。要是在大理，差不多家家户户都养茶花。花期一到，各样品种的花儿争奇斗艳，那才美呢。"

我不觉对着茶花沉吟起来。茶花是美啊。凡是生活中美的事物都是劳动创造的。是谁白天黑夜，积年累月，拿自己的汗水浇着花，像抚育自己儿女一样抚育着花秧，终于培养出这样绝色的好花？应该感谢那为我们美化生活的人。

普之仁就是这样一位能工巧匠，我在翠湖边上会到他。翠湖的茶花多，开得也好，红通通的一大片，简直就是那一段彩云落到湖岸上。普之仁领我穿着茶花走，指点着告诉我这叫大玛瑙，那叫雪狮子；这是蝶翅，那是大紫袍……名目花名多得很。后来他攀着一棵茶树的小干枝说："这叫童子面，花期迟，刚打骨朵，开起来颜色深红，倒是最好看的。"

我就问："古语说：看花容易栽花难——栽培茶花一定也很难吧？"

普之仁答道："不很难，也不容易。茶花这东西有点特性，水壤气候，事事都得细心。又怕风，又怕晒，最喜欢半阴半阳。顶讨厌的是虫子。有一种钻心虫，钻进一条去，花就死了。一年四季，不知得操多少心呢。"

我又问道："一棵茶花活不长吧？"

普之仁说："活的可长啦。华庭寺有棵松子鳞，是明朝的，五百多年了，一开花，能开一千多朵。"

我不觉噢了一声：想不到华庭寺见的那棵茶花来历这样大。

普之仁误会我的意思，赶紧说："你不信么？大理地面还有一棵更老的呢，听老人讲，上千年了，开起花来，满树数不清数，都叫万朵茶。树干子那样粗，几个人都搂不过来。"说着他伸出两臂，做个搂抱的姿势。

我热切地望着他的手，那双手满是茧子，沾着新鲜的泥土。我又望着他的脸，他的眼角刻着很深的皱纹，不必多问他的身世，猜得出他是个曾经忧患的中年人。如果他离开你，走进人丛里去，立刻便消逝了，再也不容易寻到他——他就是这样一个极其普通的劳动者。然而正是这样的人，整月整年，劳心劳力，拿出全部精力培植着花木，美化我们的生活。美就是这样创造出来的。

正在这时，恰巧有一群小孩也来看茶花，一个个仰着鲜红的小脸，甜蜜蜜地笑着，唧唧喳喳叫个不休。

我说："童子面茶花开了。"

普之仁愣了愣，立时省悟过来，笑着说："真的呢，再没有比这种童子面更好看的茶花了。"

一个念头忽然跳进我的脑子，我得到一幅画的构思。如果用最浓最艳的朱红，画一大朵含露乍开的童子面茶花，岂不正可以象征着祖国的面貌？我把这个简单的构思记下来，寄给远在国外的那位丹青能手，也许她肯再斟酌一番，为我画一幅画儿吧。

一九六一年

⊙作品赏析

杨朔坚持认为："好的散文就是一首诗。"并在其创作中深入实践着这一艺术见解。散文的诗境，就是圆美的境界。他的散文开阖自如，善于运用古典诗词中托物言志、借景抒情的手法，曲尽其妙，且语言凝炼、蕴藉深远。《茶花赋》是他的散文名篇，集中体现了这一特色。

全文起承转合，布局精妙，层层铺垫，丝丝入扣。开篇就奠定了全文的抒情基调，作者步步深入，笔笔记胜，直至结尾水到渠成，点明托物言志的题旨。文章在抒情中叙事，在叙述中抒情，两者密切融合，浑然一体，叙述语言也总是焕发着浓烈的诗情。随着人、事、景、物的叙写，讴歌祖国和人民的哲理诗情，得到了浑然圆成、曲致含蓄的表现。

这篇文章的特色还在于，作者善于在看来极其平凡的事物中提炼出动人的诗意，在一片奇景中寄寓深邃情思，通过诗的意境，展现出时代的侧影。杨朔十分注意语言的锤炼，他那玲珑的风格，隽永的诗意，离不开艺术语言的创造，同时他的文笔十分谐调。本文的语言洗练、清新，在自然、质朴的遣词中淋漓着浓浓的诗意，归根结底得益于作者叙事状物的精确与清晰。

雪浪花 / 杨朔

入选理由 当代散文大家杨朔的代表作
热情讴歌新的时代和伟大的人民
从平凡小事中揭示人物闪光的精神境界

凉秋八月，天气分外清爽。我有时爱坐在海边礁石上，望着潮涨潮落，云起云飞。月亮圆的时候，正涨大潮。瞧那茫茫无边的大海上，滚滚滔滔，一浪高似一浪，撞到礁石上，唰地卷起几丈高的雪浪花，猛力冲击着海边的礁石。那礁石满身都是深沟浅窝，坑坑坎坎的，倒像是块柔软的面团，不知叫谁捏弄成这种怪模怪样。

几个年轻的姑娘赤着脚，提着裙子，嘻嘻哈哈追着浪花玩。想必是初次认识海，一个海鸥，两片贝壳，她们也感到新奇有趣。奇形怪状的礁石自然逃不出她们好奇的眼睛，你听她们议论起来了：礁石硬得跟铁差不多，怎么会变成这样子？是天生的，还是錾子凿的，还是怎的？

"是叫浪花咬的，"一个欢乐的声音从背后插进来。说话的人是个上年纪的渔民，从刚拢岸的渔船跨下来，脱下黄油布衣裤，从从容容晾到礁石上。

有个姑娘听了笑起来："浪花也没有牙，还会咬？怎么溅到我身上，痛都不痛，咬我一口多有趣。"

老渔民慢条斯理说："咬你一口就哭了。别看浪花小，无数浪花集到一起，心齐，又有耐性，就是这样咬啊咬的，咬上几百年，几千年，几万年，哪怕是铁打的江山，也能叫它变个样儿。姑娘们，你们信不信？"

说得妙，里面又含着多么深的人情世故。我不禁对那老渔民望了几眼。老渔民长得高大结实，留着一把花白胡子。瞧那眉目神气，就像秋天的高空一样，又清朗，又深沉。老渔民说完话，不等姑娘们搭言，早回到船上，大声说笑着，动手收拾着满船烂银也似的新鲜鱼儿。

我向就近一个渔民打听老人是谁，那渔民笑着说："你问他呀，那是我们的老泰山。老人家就有这个脾性，一辈子没养女儿，偏爱拿人当女婿看待。不信你叫他一声老泰山，他不但不生气，反倒摸着胡子乐呢。不过我们叫他老泰山，还有别的缘故。人家从小走南闯北，经的多，见的广，生产队里大事小事，一有难处，都得找他指点，日久天长，老人家就变成大伙依靠的泰山了。"

此后一连几日，变了天，飘飘洒洒落着凉雨，不能出门。这一天晴了，后半晌，我披着一片火红的霞光，从海边散步回来，瞭见休养所院里的苹果树前停着辆独轮小车，小车旁边有个人俯在磨刀石上磨剪刀。那背影有点儿眼熟。走到跟前一看，可不正是老泰山。

我招呼说："老人家，没出海打鱼吗？"

老泰山望了望我笑着说："同志，天不好，队里不让咱出海，叫咱歇着。"

我说："像你这样年纪，多歇歇也是应该的。"

老泰山听了说："人家都不歇，为什么我就应该多歇着？我一不瘫，二不瞎，叫我坐着吃闲饭，等于骂我。好吧，不让咱出海，咱服从，留在家里，这双手可得服从我。我就织渔网，磨鱼钩，照顾照顾生产队里的果木树，再不就推着小车出来走走，帮人磨磨刀，钻钻磨眼儿，反正能做多少活就做多少活，总得尽我的一份力气。"

"看样子你有六十了吧？"

"哈哈！六十？这辈子别再想那个好时候了——这个年纪啦。"说着老泰山捏起右手的三根指头。

我不禁惊疑说："你有七十了吗？看不出。身板骨还是挺硬朗。"

老泰山说："硬朗什么？头四年，秋收扬场，我一连气还能扬它一两千斤谷子。如今不行了，胳臂害过风湿痛病，抬不起来。磨刀磨剪子。胳臂往下使力气，这类活儿还能做。不是胳臂拖累我，前年咱准要求到北京去油漆人民大会堂。"

"你会的手艺可真不少呢。"

"苦人哪，自小东奔西跑的，什么不得干。干的营生多，经历的也古怪。不瞒同志说，三十年前，我还赶过脚呢。"说到这儿，老泰山把剪刀往水罐里蘸了蘸，继续磨着，一面不紧不慢地说："那时候，北戴河跟今天可不一样。一到三伏天，来歇伏的差不多净是蓝眼珠的外国人。有一回，一个外国人看上我的驴。提起我那驴，可是百里挑一：浑身乌黑乌黑，没一根杂毛，四只蹄子可是白的。这有个讲究，叫四蹄踏雪，跑起来，极好的马也追不上。那外国人想雇我的驴去逛东山。我要五块钱。他嫌贵。你嫌贵，我还嫌你胖呢。胖的像条大白熊，别压坏我的驴。讲来讲去，大白熊答应我的价钱，骑着驴逛了半天，欢欢喜喜照数付了脚钱。谁料隔不几天，警察局来传我，说是有人把我告下了，告我是红胡子，硬抢人家五块钱。"

老泰山说得有点气促，喘吁吁的，就缓了口气，又磨着剪子说："我一听气炸了肺。我的驴，你的屁股，爱骑不骑，怎么能诬赖人家是红胡了？赶到警察局一看，大白熊倒轻松，望着我乐得闭不拢嘴。你猜他说什么？他说：你的驴快，我要再雇一趟去秦皇岛，到处找不着你。我就告你。一告，这不是，就把红胡子抓来了。"

我忍不住说："瞧他多聪明！"

老泰山说："聪明的还在后头呢，你听着啊。这回倒省事，也不用争，一张口他就给我十五块钱。骑上驴，他拿着根荆条，抽着驴紧跑。我叫他慢着点，他直夸奖我的驴有几步好走，答应回头再加点脚钱。到秦皇岛一个来回，整整一天，累得我那驴浑身湿淋淋的，顺着毛往下滴汗珠——你说叫人心疼不心疼？"

我插问道："脚钱加了没有？"

老泰山直起腰，狠狠吐了口唾沫说："见他的鬼！他连一个铜子儿也不给，说是上回你讹诈我五块钱，都包括在内啦，再闹，送你到警察局去。红胡子！红胡子！直骂我是红胡子。"

我气得问："这个流氓，他是哪国人？"

老泰山说："不讲你也猜得着。前几天听广播，美国飞机又偷着闯进咱们家里。三十年前，我亲身吃过他们的亏，这笔账还没算清。要是倒退五十年，我身强力壮，今天我呀——"

休养所的窗口有个妇女探出脸问："剪子磨好没有？"

老泰山应声说："好了。"就用大拇指试试剪子刃，大声对我笑着说："瞧我磨的剪子，多快。你想剪天上的云霞，做一床天大的被，也剪得动。"

西天上正铺着一片金光灿烂的晚霞，把老泰山的脸映得红彤彤的。老人收起磨刀石，放到独轮车上，跟我道了别，推起小车走了几步，又停下，弯腰从路边掐了枝野菊花，插到车上，才又推着车慢慢走了，一直走进火红的霞光里去。他走了，他在海边对几个姑娘讲的话却印到我的心上。我觉得，老泰山恰似一点浪花，跟无数浪花集到一起，形成这个时代的大浪潮，激扬飞溅，早已把旧日的江山变了个样儿，正在勤勤恳恳塑造着人民的江山。

老泰山姓任。问他叫什么名字，他笑笑说："山野之人，值不得留名字。"竟不肯告诉我。

⊙作品赏析

杨朔散文题材广泛、内容丰富，具有深刻的社会意义。其作品的基调是歌颂新时代、新生活和普通劳动者。文章诗意浓厚，在写人时，善于选取感情色彩丰富的片断刻画人物的神貌、内心。《雪浪花》是他的代表作之一。

在他的笔下，着力刻画了老泰山这个人物形象，通过对他的生活阅历、言语行动、做人做事及精神面貌等多角度的描写，热情地赞扬新时代的劳动人民，歌颂他们的勤劳勇敢，歌颂他们的善良智慧。通过他们对生活的热爱，间接地歌颂一个伟大而富有朝气的新时代。

文章的艺术特色主要体现在以下两个方面。第一，选材上。作者善于在琐屑平凡的日常生活中拈出了最能体现人物性格的细节，以平凡的小事，揭示人物的精神境界，显示了作者独特的关照方式和细致入微的体察能力。第二，文章的语言简洁优美。杨朔散文的语言具有苦心锤炼后的魅力，精确、凝练而又含意丰富，具有清新俊朗、婉转蕴藉的风格。

荔枝蜜 /杨朔

入选理由：杨朔的散文代表作之一
以诗的语言讴歌了我国广大劳动者的勤劳精神
曾入选中学语文教材

花鸟草虫，凡是上得画的，那原物往往也叫人喜爱。蜜蜂是画家的爱物，我却总不大喜欢。说起来可笑，孩子时候有一回上树掏海棠花，不想叫蜜蜂蜇了一下，痛得我差点儿跌下来。大人告诉我说：蜜蜂轻易不蜇人，准是误以为你要伤害它，才蜇。一蜇，它自己就耗尽了生命，也活不久了。我听了，觉得那蜜蜂可怜，原谅它了。可是从此以后，每逢看见蜜蜂，感情上疙疙瘩瘩的，总不怎么舒服。

今年四月，我到广东从化温泉小住了几天。那里四围是山，环抱着一潭春水，那又浓又翠的景色，简直是一幅青绿山水画。刚去的当晚是个阴天，偶尔倚着楼窗一望，奇怪啊，怎么楼前凭空涌起那么多黑黝黝的小山，一重一重的，起伏不断？记得楼前是一片比较平坦的园林，不是山。这到底是什么幻景呢？赶到天明一看，忍不住笑了。原来是满野的荔枝树，一棵连一棵，每棵的叶子都密得不透缝，黑夜看去，可不就像小山似的！

荔枝也许是世上最鲜最美的水果。苏东坡写过这样的诗句："日啖荔枝三百颗，不辞长作岭南人。"可见荔枝的妙处。偏偏我来得不是时候，满树刚开着浅黄色的小花，并不出众。新发的嫩叶，颜色淡红，比花倒还中看些。从开花到果子成熟，大约得三个月，看来我是等不及在从化温泉吃鲜荔枝了。

吃鲜荔枝蜜，倒是时候。有人也许没听说这稀罕物儿吧？从化的荔枝树多得像汪洋大海，开花时节，满野嘤嘤嗡嗡，忙得那蜜蜂忘记早晚，有时趁着月色还采花酿蜜。荔枝蜜的特点是成色纯，养分大。住在温泉的人多半喜欢吃这种蜜，滋养精神。热心肠的同志为我也弄到两瓶。一开瓶子塞儿，就是那么一股甜香；调上半杯一喝，甜香里带着股清气，很有点鲜荔枝味儿。喝着这样好的蜜，你会觉得生活都是甜的呢。

我不觉动了情，想去看看自己一向不大喜欢的蜜蜂。

荔枝林深处，隐隐露出一角白屋，那是温泉公社的养蜂场，却起了个有趣的名儿，叫"养蜂大厦"。正当十分春色，花开得正闹。一走近"大厦"，只见成群结队的蜜蜂出出进进，飞去飞来，那沸沸扬扬的情景，会使你想：说不定蜜蜂也在赶着建设什么新生活呢。

养蜂员老梁领我走进"大厦"。叫他老梁，其实是个青年人，举动很精细。大概是老梁想叫我深入一下蜜蜂的生活，他小小心心地揭开一个木头蜂箱，箱里隔着一排板，板上满是蜜蜂，蠕蠕地爬动。蜂王是黑褐色的，身量特别长，每只蜜蜂都愿意用采来的花精来供养它。

老梁赞叹似的轻轻说："你瞧这群小东西，多听话！"

我就问道："像这样一窝蜂，一年能割多少蜜？"

老梁说："能割几十斤。蜜蜂这东西，最爱劳动。广东天气好，花又多，蜜蜂一年四季都不闲着。酿的蜜多，自己吃的可有限。每回割蜜，留下一点点，够它们吃的就行了。它们从来不争，也不计较什么，还是继续劳动，继续酿蜜，整日整月不辞辛苦……"

我又问道："这样好蜜，不怕什么东西来糟蹋么？"

老梁说："怎么不怕？你得提防虫子爬进来，还得提防大黄蜂。大黄蜂这贼最恶，常常落在蜜蜂窝洞口，专干坏事。"

我不觉笑道："噢！自然界也有侵略者。该怎么对付大黄蜂呢？"

老梁说："赶！赶不走就打死它。要让它呆在那儿，会咬死蜜蜂的。"

我想起一个问题，就问："一只蜜蜂能活多久？"

老梁回答说："蜂王可以活三年，一只工蜂最多能活六个月。"

我说："原来寿命这样短。你不是总得往蜂房外边打扫死蜜蜂么？"

老梁摇一摇头说："从来不用。蜜蜂是很懂事的，活到限数，自己便悄悄死在外边，再也不回来了。"

我的心不禁一颤：多可爱的小生灵啊，对人无所求，给人的却是极好的东西。蜜蜂是在酿蜜，又是在酿造生活；不是为自己，而是在为人类酿造最甜的生活。蜜蜂是渺小的，蜜蜂却又多么高尚啊！

透过荔枝树林，我沉吟地望着远远的田野，那儿正有农民立在水田里，辛辛勤勤地分秧插秧。他们正用劳力建设自己的生活，实际也是在酿蜜——为自己，为别人，也为后世子孙酿造着生活的蜜。

这天夜里，我做了个奇怪的梦，梦见自己变成一只小蜜蜂。

⊙作品赏析

《荔枝蜜》写于 1960 年，曾被收入中学课本。本文是一篇构思精巧、寓意深刻、意境优美的抒情散文。作者以生活中常见的小动物蜜蜂为描写对象，借蜜蜂酿蜜的可贵精神，赞颂了劳动人民勤奋不息地为别人、为子孙后代酿造生活之"蜜"的高尚品质。纵观全篇，语言精致，优美深邃的意境次第展开，含意步步加深，感情层层叠起，读来有如平地登山，愈高天地愈广，既获得深刻的哲理启示，也得到美的享受。

狮和龙 / 林默涵

入选理由 文学家林默涵的散文经典
对传统节庆文化中所蕴含的意象细节的反思
用语真切质朴，情感深沉

十多年不见的弟弟，忽然从偏远的家乡跑来找我了。我离家的时候，他还没有桌面那么高，现在却已长成一个结实的小伙子。他使我最实在地感觉到了时间的消逝，在这十多年中间，一切是有了怎样大的变化啊：衰老的死去了，幼小的长成了。的确，时间是单轨的，它一去不返，但它不是白白过去的，在它所走过的地方，便留下了深深的痕印，使人感到世界是在怎样的不断变化，怎样的改变了容貌。

我对弟弟发了一连串的问题，从人物到风俗，以至于家门前的那株石榴树是否还活着，我都问到了。十几年没有回家，我是如何贪婪地想知道家乡的许多事情。我还问到："现在过新年，是否还像过去那般热闹？"

弟弟的回答是："不行，一年比一年差，最近几年，连耍龙灯，耍狮子的都很少了！"

提起龙灯，狮子，我就想起：当我还是童年的时候，新年是怎样的热闹和有趣。除了有新衣穿，有好东西吃，大人们都一改平时的严厉，变得特别地和颜悦色之外，最使孩子们高兴的，是从元月初三到元宵节这一段时间，几乎每天的白天都有耍狮子的，夜里有耍灯的，到我们乡间，向那些祠堂或比较有钱的人家拜年，表演。这不但孩子们爱看，也是乡间的人们一年仅有的娱乐。过了元宵，他们就又要忙起来。

· 作者简介 ·

林默涵（1913—2008），原名林烈。文艺评论家。福建武平人。1929年加入中国共产主义青年团。1938年入延安马列学院学习。同年加入中国共产党。曾任延安《中国文化》、《解放日报》，重庆《新华日报》，香港《群众周刊》编辑，中国共产党香港工委报纸委员会书记。中华人民共和国成立后，历任政务院文教委员会办公厅副主任，中共中央宣传部文艺处处长、副部长，文化部副部长、顾问，中国作协第一至三届理事，中国文联第四届副主席。是第三届全国人大代表，第五届全国政协委员，第六、七届全国政协常委。著有论文集《在激变中》，杂文集《狮和龙》等。

灯有马灯、龙灯和船灯。最受人欢迎的自然是船灯。这是用各种彩色的花纸扎成的旱船，上面装置了许多灯火，一个艄公在船头，一个少年扮的艄婆在船尾，一边摇船一边唱，还有一个叫做"十班"的乐队，吹箫拉琴的来配合。他们所唱的，自然不是什么高贵的名歌妙曲，但它朴素，诙谐，也间或带点对于世态的嘲讽，在乡下人听来就觉得是蛮有味道了。

马灯是属于"中间"的一类，它没有像船灯那样受人欢迎，却又比龙灯的号召力要大一点。龙灯也是用彩色的花纸扎成的，一个龙头，一个龙尾，中间的身子照例是分为五节或七节，用花布连接起来，就成了一条龙。耍法是由七人或九人各持一节，作游龙飞舞之状。这其实也很要一点本领的，因为每一节上面都点了火，一不小心，就会使纸扎的龙身化为灰烬，而且，各人的动作必须划一，跟着龙头走一条路，假如有谁想另走一条路线，就势必使龙身扯成几段。但它既无歌唱，又没有什么特别的武艺，在乡下人看来，总觉得不够味道，除了爱热闹的孩子们之外，大人们是不大来看的，他们说："有什么好看？那么舞几下，和我们用锄头挖地差不多！"这就大有瞧不起的意味了。耍龙灯所得的报酬也是特别少，那时照例是十几个铜板就可以打发了。

耍狮子的是在白天来的。找一个广场，在四周围观的人丛中，留出一片空地，就在那里表演起来。一阵锣鼓敲过，出来一个戴着大红脸面具的人和一个戴着狮子面具的人，大红脸是满面滑稽的笑容，猴子是一脸的俏皮相，他们轮流着戏弄那只狮子，打它，骑它，用好吃的东西逗它，却又不让它吃到，……那狮子好像是十分的和善温良，一任他们摆布，然而，忽然间，它跳了起来，发怒地向大红脸和猴子追逐，那两个欺软怕硬的家伙，就惊惶地四窜奔逃，走投无路了，最后只好跪在狮子面前，向它叩头求饶。匈牙利诗人裴多菲在他的一首咏槛狮的诗中，有这样的句子：

哈，你们能不能仍是这么大胆！
假如它竟毁坏了它的囚槛。
它就狂怒地撕碎你们的肢体，
也不让你们的灵魂到地狱里！

写的就正是这种情形吧。诗人的思想和我们乡下粗人的思想原来是相通的。

耍过狮子，便是武艺的表演了，有拳斗，有真刀真枪的比武，还有，把十几张桌子一层一层地高叠起来，一个年轻小伙子在上面表演各种倒立或翻筋斗等等惊人的姿态。这是乡下人特别是孩子们最爱看的。看来他们也是"崇拜武力"，而并不怎么喜欢"和平路线"呢，真是没有法子想。

在中国，龙和狮是被普遍的用来做装饰或耍儿的。玩龙灯，耍狮子，几乎随处都有。但我总觉得，龙和狮似乎象征着两种不同的东西。龙是高贵的，它象征的是权势，是威严，是"唯我独尊"的神气。所以，属于皇帝的一切，都要冠上一个"龙"字，住的是龙庭，穿的是龙袍，坐的是龙位，连皇帝的脸孔也叫龙颜。而做官叫做"登龙门"，那就"身价十倍"了。有些富翁的厅堂里，也往往挂着一幅龙图，在迷蒙的烟雾中露出一个龙头或龙脚，使人感到神秘而又缥缈。这是一般的粗人们绝对不能欣赏的。所以，尽管有许多关于龙的传说散布民间，尽管随处可以见到刻的或画的龙，在一般乡下人看来，龙总不是他们自己的东西，那是另一个世界的事物。他们也许不敢得罪龙，但决不从心里去爱龙，它是那样的高贵而又那样的缥缈，只合到权门贵户或衙门庙堂中去做点缀，和穷苦的粗人是格格不入的。有谁在自己的茅棚或泥壁上面塑上或画上一条龙的呢？绝没有的，龙是不到这种地方来的。

狮子却不同。它象征的是一种雄厚的力量，一种不屈的精神。这正是属于人民自己的东西。我常常想，中国老百姓为什么那样喜欢狮子，这不会没有原因的。他们正是从狮子身上找到了自己的影子，又借狮子来凝练地体现了他们自己的精神。看呵，人们以为它和善可欺，捉弄它，摆布它，骑它，打它，等到惹怒了它，它就会"狂怒地撕碎你们的肢体，也不让你们的灵魂到地狱里"了！自然，那些权门贵户也想把狮子变成他们的东西，但他们只敢把它放在门口，而且狮子和他们决不同流合污，当焦大把贾府一家的丑事都翻出来的时候，也不能不说门前的一对石狮子是干净的。

假如说龙是象征封建统治者的威严，那么，狮子便是象征人民的力量。然而，龙是缥缈的，而狮子却是实在的。以实在的力量来抗击缥缈的威严，胜利谁属，是不言而知了。

写到这里，原已可以结束。但我又想起了前年在重庆，看到抗战胜利大游行，参加的除了军警和极少数的学生，所谓"民众团体"，实际上是那些代表豪绅势力的什么社什么堂，作为他们的标记的都是一条龙。我当时就想：当这些龙的势力还这么猖狂的时候，胜利是不会真正属于人民的。事实果然如此，为了争取胜利的果实，全国人民又不能不继续进行一个更艰苦的斗争。不过，这是狮子和龙的最后决斗，而胜利属于狮子，是已经决定的了。

⊙作品赏析

对林默涵的认识似乎存在着一个很鲜明的断层带。或许是时代的演进，或许是读者审美需求在悄然转向。但不可否认，林默涵的存在是一个既定的文化现象。林默涵的专长在对马克思主义文艺的理论分析上，但在散文的创作中，也同样丝毫不逊色。从《浪花》、《在激变中》中即可见一斑。

《狮和龙》讲述的是很一般的乡俗故事，但却在淡淡的描述中透露了一个相当严肃的话题：传统的节庆仪式在现代人的喧嚣中已逐渐迷失。更为主要的是，迷失的不仅是个单纯的仪式问题，还在于仪式中所深含的文化意蕴，诸如看似吉祥的龙却带着远离人民大众的所谓孤楚的高贵，只有狮子还在担负着人民肩上温厚善良的胜利。而这一切在文章中浅淡的对话中几乎是永远地流逝了。

文章在结构的构架上，因为作者情感的宣泄一发不可收拾而显得摆脱了框架感的束缚，在结尾中甚至还出现了在简短的文章中本不该出现的补述，而也正是这个不该有的补述将全文的主题升华到了另一个更加高的文化之根的层次。至于语言，则如话家常，平白如话，亲切而熟悉。特别是文章中大段的对过去情形的追忆，更是将我们带向了一个既熟悉又陌生的耍狮子、耍灯笼、真刀真枪的武艺表演的乡俗娱乐中，展现了一段弥足珍贵的遗失的文化。

黄山记 / 徐迟

一

大自然是崇高、卓越而美的。它煞费心机，创造世界。它创造了人间，还安排了一处胜境。它选中皖南山区。它是大手笔，用火山喷发的手法，迅速地，在周围 120 公里，面积千余平方公里的一个浑圆的区域里，分布了这么多花岗岩的山峰。它巧妙地搭配了其中三十六大峰和三十六小峰。高峰下临深谷；幽潭傍依天柱。这些朱砂的，丹红的，紫霭色的群峰，前拥后簇，高矮参差。三个主峰，高风峻骨，鼎足而立，撑起青天。

这样布置后，它打开了它的云库，拨给这区域的，有倏来倏去的云，扑朔迷离的雾，绮丽多彩的霞光，雪浪滚滚的云海。云海五座，如五大洋，汹涌澎湃。被雪浪拍击的山峰，或被吞没，或露顶巅，沉浮其中。然后，大自然又毫不悭吝地赐予几千种植物，它处处散下了天女花和高山杜鹃。它还特意委托风神带来名贵的松树树种，播在险要处。黄山松铁骨冰肌；异萝松天下罕见。这样，大自然把紫红的峰，雪浪云的海，虚无缥缈的雾，苍翠的松，拿过来组成了无穷尽的幻异的景。云海上下，有三十六源，二十四溪，十六泉，还有八潭，四瀑。一道温泉，能治百病。各种走兽之外，又有各种飞禽。神奇的音乐鸟能唱出八个乐音。希世的灵芝草，有珊瑚似的肉芝。作为最高的效果，它格外赏赐了只属于幸福的少数人的，极罕见的摄身光。这种光最神奇不过，它有彩色光晕如镜框，中间一明镜可显见人形。三个人并立峰上，各自从峰前摄身光中看见自己的面容身影。

这样，大自然布置完毕，显然满意了，因此它在自己的这件艺术品上，最后三下两下，将那些可以让人从人间通入胜境去的通道全部切断，处处悬崖绝壁，无可托足。它不肯随便把胜境给予人类。它封了山。

二

鸿蒙以后多少年，只有善于攀援的金丝猴来游。以后又多少年，才来到了人。第一个来者黄帝，一来到，黄山命了名。他和浮丘公、容成子上山采药。传说他在三大主峰之一，海拔 1840 公尺的光明顶之傍，炼丹峰上，飞升了。

又几千年，无人攀登这不可攀登的黄山。直到盛唐，开元天宝年间，才有个诗人来到。即使在猿猴愁攀登的地方，这位诗人也不愁。在他足下，险阻山道阻不住他。他是李白。

· 作者简介 ·

徐迟（1914—1996），原名商寿，浙江吴兴人。1931年至1933年，曾先后就读于苏州东吴大学和燕京大学。1933年开始写诗。1936年出版第一部诗集《二十岁人》。抗战爆发后，辗转于上海、香港、重庆。这期间，曾与戴望舒、叶君健合编英文版《中国作家》。并协助郭沫若编辑《中原》月刊，创作和翻译了不少作品。抗战胜利后，由重庆抵上海，曾一度回故乡教书。中华人民共和国成立后，先后任《人民中国》（英文版）编辑、《诗刊》副主编。1960年调湖北文联从事专业创作，创作了大量的诗、散文和特写。此外，徐迟还创作了一系列脍炙人口的报告文学，曾获1981年全国优秀报告文学一等奖。

他逸兴横飞，登上了海拔1860公尺的莲花峰，黄山最高峰的绝顶。有诗为证：丹崖夹石柱，菡萏金芙蓉，伊惜升绝顶，俯视天目松。李白在想象中看见，浮丘公引来了王子乔，"吹笙舞风松"。他还想"乘桥蹑彩虹"，又想"遗形入无穷"，可见他游兴之浓。

又数百年，宋代有一位吴龙翰，"上丹崖万仞之巅，夜宿莲花峰顶。霜月洗空，一碧万里"。看来那时候只能这样，白天登山，当天回不去。得在山顶露宿，也是一种享乐。

可是这以后，元明清数百年内，极大多数旅行家都没有能登上莲花峰顶。汪璀以"从者七人，二僧与俱"，组成一支浩浩荡荡的登山队，"一仆前持斧斤，剪伐丛莽，一仆鸣金继之，二三人肩糗执剑戟以随。"他们只到了半山寺，狼狈不堪，临峰翘望，败兴而归。只有少数人到达了光明顶。登莲花峰顶的更少了。而三大主峰之中的天都峰，海拔只有1810公尺，却最险峻，从来没有人上去过。那时有一批诗人，结盟于天都峰下，称天都社。诗倒是写了不少，可登了上去的，没有一个。

登天都，有记载的，仅后来的普门法师、云水僧、李匡台、方夜和徐霞客。

三

白露之晨，我们从温泉宾馆出发。经人字瀑，看到了从前的人登山之途，五百级罗汉级。这是在两大瀑布奔泻而下的光滑的峭壁上琢凿出来的石级，没有扶手，仅可托足，果然惊险。但我们现在并不需要从这儿登山。另外有比较平缓的，相当宽阔的石级从瀑布旁侧的山林间，一路往上铺砌。我们甚至还经过了一段公路，只是它还没有修成。一路总有石级。装在险峻地方的铁栏杆很结实；红漆了，更美观。林业学校在名贵树木上悬挂小牌子，写着树名和它们的拉丁学名，像公园里那样的。

过了立马亭，龙蟠坡，到半山寺，便见天都峰挺立在前，雄峻难以攀登。这时山路渐渐的陡峭，我们快到达那人间与胜境的最后边界线了。

然而，现在这边界线的道路全是石级铺砌的了，相当宽阔，直到天都峰趾。仰头看吧！天都峰，果然像过去的旅行家所描写的"卓绝云际"。他们来到这里时，莫不"心甚欲住"。可是"客怨，仆泣"，他们都被劝阻了。"不可上，乃止"，他们没上去。方夜在他的《小游记》中写道："天都险莫能上。自普门师蹑其顶，继之者惟云水僧一十八人集月夜登之，归而几堕崖者已四。又次为李匡台，登而其仆亦堕险几毙。自后遂无至者。近踵其险而至者，惟余侣耳。"

那时上天都确实险。但现今我们面前，已有了上天的云梯。一条鸟道，像绳梯从上空落下来。它似乎是无穷尽的石级，等我们去攀登。它陡则陡矣，累亦累人，却并不可怕。石级是不为不宽阔的，两旁还有石栏，中间挂铁索，保护你。我们直上，直上，直上，不久后便已到了最险处的鲫鱼背。

那是一条石梁，两旁峭壁千仞。石梁狭仄，中间断却。方夜到此，"稍栗"。我们却无可战栗，因为鲫鱼背上也有石栏和铁索在卫护我们。这也化险为夷了。

如是，古人不可能去的，以为最险的地方，鲫鱼背，阎王坡，小心壁等等，今天已不再是艰险的，不再是不可能去的地方了。我们一行人全到了天都峰顶。千里江山，俱收眼底；黄山奇景，尽踏足下。

我们这江山，这时代，正是这样，属于少数人的幸福已属于多数人。虽然这里历代有人开山筑道，却只有这时代才开成了山，筑成了道。感谢那些黄山石工，峭壁见他们就退让了，险处见他们就回避了。他们征服了黄山。断崖之间架上桥梁，正可以观泉赏瀑。险绝处的红漆栏杆，本身便是可羡的风景。

胜境已成公园，绝处已经逢生。看呵，天都峰，莲花峰，玉屏峰，莲蕊峰，光明顶，狮子林，这许多许多佳丽处，都在公园中。看呵，这是何等的公园！

四

只见云气氤氲来，飞升于文殊院，清凉台，飘拂过东海门，西海门，弥漫于北海宾馆，白鹅岭。如此之飘泊无定；若许之变化多端。毫秒之间，景物不同；同一地点，瞬息万变。一忽儿阳光泛滥；一忽儿雨脚奔驰，却永有云雾，飘去浮来；整个的公园，藏在其中。几枝松，几个观松人，融出融入；一幅幅，有似古山水，笔意简洁。而大风呼啸，摇撼松树，如龙如凤。显出它们矫健多姿。它们的根盘入岩缝，和花岗石一般颜色，一般坚贞。它们有风修剪的波浪形的华盖；它们因风展开了似飞翔之翼翅。从峰顶俯视，它们如苔藓，披覆住岩石；从山腰仰视，它们如天女，亭亭而玉立。沿着岩壁折缝，一个个的走将出来，薄纱轻绸，露出的身段翩然起舞。而这舞松之风更把云雾吹得千姿万态，令人眼花缭乱。这云雾或散或聚；群峰则忽隐忽现。刚才还是顶盆雨，迷天雾，而千分之一秒还不到，它们全部散去了。庄严的天都峰上，收起了哈达；俏丽的莲蕊峰顶，揭下了蝉翼似的面纱。阳光一照，丹崖贴金。这时，云海滚滚，如海宁潮来，直拍文殊院宾馆前面的崖岸。朱砂峰被吞没；桃花峰到了波涛底。耕云峰成了一座小岛；鳌鱼峰游泳在雪浪花间。波涛平静了，月色耀银。这时文殊院正南前方，天蝎星座的全身，如飞龙一条，伏在面前，一动不动。等人骑乘，便可起飞。而当我在静静的群峰间，暗蓝的宾馆里，突然睡醒，轻轻起来，看到峰峦还只有明暗阴阳之分时，黎明的霞光却渐渐显出了紫蓝青绿诸色。初升的太阳透露出第一颗微粒。从未见过这鲜红如此之红；也从未见过这鲜红如此之鲜。一刹间火球腾空；凝眸处彩霞掩映。光影有了千变万化；空间射下百道光柱。万松林无比绚丽；云谷寺豪光四射。忽见琉璃宝灯一盏，高悬始信峰顶。奇光异彩，散花坞如大放焰火。焰火正飞舞，那暗鸣变色，叱咤的风云又汇聚起来。笙管齐鸣，山呼谷应。风急了，西海门前，雪浪滔滔。而排云亭前，好比一座繁忙的海港，码头上装卸着一包包柔软的货物。我多么想从这儿扬帆出海去。可是暗礁多，浪这样险恶，准可以撞碎我的帆桡，打翻我的船。我穿过密林小径，奔上左数峰，上有平台，可以观海。但见浩瀚一片，了无边际，海上蓬莱，尤为诡奇。我又穿过更密的林子，翻过更奇的山峰，蛇行经过更险的悬崖，踏进更深的波浪。一苇可航，我到了海心的飞来峰上。游兴更浓了，我又踏上云层，到那黄山图上没有标志，在任何一篇游记之中无人提及，根本没有石级，没有小径，没有航线，没有方向的云中。仅在岩缝间，松根中，雪浪褶皱里，载沉载浮，我到海外去了。浓云四集，八方茫茫。忽见一位药农，告诉我，这里名叫海外五峰。他给我看黄山的最高荣誉，一枝灵芝草，头尾花茎俱全，色泽鲜红如珊瑚。他给我指点了道路，自己缘着绳子下到数十丈深谷去了。他在飞腾，在荡秋千。黄山是属于他的，属于这样的药农的。我又不知穿过了几层云，盘过几重岭，发现我在炼丹峰上，光明顶前。大雨将至，我刚好躲进气象站里。黄山也属于他们，这几个年轻的科学工作者。他们邀我进入他们的研究室。倾盆大雨倒下来了。这时气象工作者祝贺我，因为将看到最好的景色了。那时我喘息甫定，他们却催促我上观察台去。果然，雨过天又晴。天都突兀而立，如古代将军。绯红的莲花峰迎着阳光，舒展了一瓣瓣的含水的花瓣。轻盈的云海隙处，看得见山下晶晶的水珠。休宁的白岳山，青阳的九华山，临安的天目山，九江的匡庐山。远处如白练一条浮着的，正是长江。这时彩虹一道，挂上了天空。七彩鲜艳，银海衬底。妙极！妙极了！彩虹并不远，它近在目前，就在观察台边。不过十步之外，虹脚升起，跨天都，直上晴空，至极远处。仿佛可以从这长虹之脚，拾级而登，临虹款步，俯览江山。而云海之间，忽生宝光。松影之荫，琉璃一片，闪闪在垂虹下，离我只二十步，探手可得。它光彩异常，它中间晶莹，它的比彩虹尤其富丽的镜圈内有面镜子。摄身光！摄身光！

这是何等的公园！这是何等的人间！

⊙**作品赏析**

《黄山记》是一篇不可多得的游记佳作。文章在开篇即以造物对黄山的精心布局，设景置笔，文章大气。首先写出了黄山的奇特，而后又以古人游记的文献为依据写出了黄山的奇险，最后以自己的亲临之感真切诱人地写出了黄山的奇美。文章处处在写奇，于奇中起笔落笔，构思超过一般游记文章，先铺开大局，后细处染点，遂成为一幅气势磅礴的云山画卷。作者以奔放优美的文字，错落有序的叙述，笔随心转，舒卷自如，显示了作者豪放的个性和过人的创作能力。

父亲 /周而复

入选理由　平淡中传达悠长意味
　　　　　感情深沉而含蓄
　　　　　朴素自然中透着本真的美

提着一只提箱，手里拿着几本破书，带着一颗二十二岁流浪者的心，慢慢地走进北站，我又踏上了归途。

几年来在外边度着浮萍似的生活，连我自己也不晓得我的方向，忽儿飘到东，忽儿飘到西，随着一阵阵没有方向的风。有时给一阵令人不能有个预防的狂风，无情地把我沉到水的底层，使我望不见天，望不见我的周边。闷在水的底层，窒息得不能呼吸。有时给一阵叫人寒心的暴风，把我吹到一个被人忘记了的地方，几乎使我不能够再看到难以忘怀的朋友；在我陷在绝望的深渊的时候，给我以安慰的是我那年老的父亲。

每次我从外边回来的时候，几乎全都是在晚上，也许是因为我爱在黑暗里过生活的缘故吧。一个人孤独地走进古老的城市，正如我一个人孤独地离别这古老的城市一样。夜已深了，死寂锁着这古老的城市，静悄悄地，古老城市里的人们全都睡觉啦。

踏着昔日的旧径，一步给我一个新奇：古老的城市全都变了样子。在深夜里，我这熟稔而又陌生的客人归来，连守夜的警察，都向我投以惊诧的眼光，像是想在我身上寻找出异样来。我，还不是和以前的我一样吗？默默地我低头向家里的路上走去，轻轻地，迈着夜一样静的步子。

走着，走着，在淡黄色的路灯下面转过来，拐进一条幽暗而静穆的巷子，破旧的皮鞋在铺着石板的路上加速地往前走着，很快就看见立在右边的青墙门。那青灰色已块块脱落了的门墙，是我的家啊。

·作者简介·

周而复（1914—2004），原名周祖式，笔名吴疑、荀寰等。原籍安徽旌德，1914年生于南京。1933年开始诗歌和小说创作。1936年，出版了第一本诗集《夜行集》。1946年任新华社特派员赴华北、东北等地采访。同年去香港，主编《北方文丛》、编辑《小说》月刊。新中国成立后任上海市委统战部副部长、文化部副部长等职。代表作有小说集《春荒》、《高原短曲》、《山谷里的春天》，长篇小说《上海的早晨》（4部）、《燕宿崖》，中篇小说《西流水的孩子们》，散文报告集《诺尔曼·白求恩断片》、《晋察冀行》，诗集《夜行集》，散文集《奸灭》、《北望楼杂文》、《怀念集》等。

本想走上去就没命地一个劲儿敲门，然而走到家门前的时候，愣住了。敲门的勇气，不知怎么的悄悄地溜走了。跳下台阶，凝视着那条修长的、夜一样深的巷子。在黑暗里，泄下来一点儿的灯光下，我数着儿时的足迹，唤起一件件往事，在那青灰色的墙门里，有着我更多的记忆，有着比蜜还甜的更多的记忆。

悬念着他们该早已睡觉了吧。我这一敲门，不会把他们惊醒吧？在黑夜里他们睡得很熟，给我这夜游者闹醒了，有点儿不应该啊。但是我的归来，不也可以给他们以惊喜吗？莫名其妙地，我的手，在门上通通地敲了数下。等了好一会儿，渐渐地我听见仿佛有人在里面问了。

"是哪个？"

"我。"

"二弟，你回来了啊！"

我在门外边用鼻子唔了一声。在静悄悄中，慢慢传来匆忙的脚步声，哥霍地把门开了，问我："怎么这才回来？"

我点点头，径向里面去了。披着衣服，母亲也从里面迎了出来，听见是我的脚步声，高声地问我："是你啊，二，我说是你回来了，他们还不相信呢。"随着母亲的谈话，我三步当作两步地向里走去。家里的人睡眠，都为我惊扰了。他们都起来了，自不必说；即使早早上床睡觉的父亲，听见我的声音，晓得的确是我回来了，也在床上预备着起来。我连忙走到床前面，想请他老人家不要起来，可他却固执地要起来，于是我说："爸爸，天一会儿就亮啦，明天再起来吧，有什么话我坐在您床边来谈不好吗？"

父亲却不理会，他把帐子挂了起来，笑嘻嘻地望着我饱受风雨的憔悴的脸，坐在被窝里穿袜子和衣服。我即刻坐过去，叫他不必起来，起来会着凉的。他不但仍旧固执着要起来，而且把衣服穿得特别快——眨眼的工夫，他很敏捷地就跳下床来，然后才回答我一句话："没事。"

走过去，我帮忙和他代扣着衣服的纽扣，他的手按抚着我的头，我低着的头抬起来，他像欣赏一件艺术品似的望着我，惊异地问我：

"你瘦多了吗？"

"啊，我看并不瘦嘛。"我骗他。

可是他不受我的骗，而解释给我听："自然你自己不觉得啦，你自己每天看见不显啊。"

我不再强辩，可是他也不再问下去了，转换了话题，问我怎么这时候才到家，为什么不早来，刚才坐了什么车子来的，在路上吃东西没有，现在要饿了……一连串地问我，不让别人有和我谈话的机会。他们都围着我们两个人，一声不响地，只是母亲向我们两个人抛过两句话来："二，肚子饿了吧？吃点儿什么东西呢？家里还有饭，还是拿两个蛋炒饭吃吧？"

　　母亲的话刚讲完，父亲突然气了起来："你们这半天干什么，饭还没弄好来给他吃？肚子要给你们饿坏了啊。"他们听见父亲的申斥，母亲他们不舍地去弄饭来给我吃。我和父亲两个人在屋子里，我巡视着屋子里的所有：依旧和昔日没什么两样，父亲对于我回来的那种热忱，是一种描绘不出来的爱。每次回来，我都像是他失而复得的至宝，总得叫我坐在他的面前好久好久，絮絮地同我细谈着家常，描绘着我出门后的一切家里和亲戚友人的情况，一件件地告诉我，毫不厌烦地从头到尾说给我听，有时还加一些评语。此外，便要我详详细细地说出我过去在外边的生活，那些没有收到家中的钱的日子怎样打发过去的——这些都要慢慢地讲出来给他听，好像说出来能给他以安慰似的，即连小到连我自己也早已忘记了的事，他也来问我。我的一切，如果说是有个把人记挂着的，那便是我的父亲了。

　　当他们把饭弄好来给我吃的时候，他还是和我不断地谈着，话语似一条流不完的河流，潺潺地流着；在他有了皱纹的脸上，堆满了笑容。等到他们催我们睡觉的时候，我们也不愿上床。后来我怕他着凉，有意装出疲倦的样子，他才叫我先睡，明天早上上茶馆吃点心去。

　　今天，像往日一样的，我又从外边回来了，旧宅固然已经给别人住去，而父亲的遗像也已悬挂在屋子的中央，昔日一见我回来的欢容，而今到哪里去了呢？

　　爸爸，我的爸爸呵！

⊙作品赏析

　　这篇怀念父亲的散文，以记叙和描写为主，少有直接的抒情，但是读过文章之后，很难不被那深沉的父子情所打动。文章结构很清晰，以"我"两次回家的经历为牵引全文的线索。在以舒缓的笔调叙说第一次回家的经历时，在前半部分洋洋洒洒的几段文字，提及父亲的仅一句话，"在我陷在绝望的深渊的时候，给我以安慰的是我那年老的父亲"，而对于周围的环境，路上的所见、所闻及所感，作者却不吝笔墨，大肆铺染，看似有点主次不分，事实上，作者是在为下文作铺垫。作者是怀着抑郁而迷茫的心情回家的，肯定有无数的心事需要诉说，需要倾吐。回到家中，父亲热忱地与"我"细细长谈，与前半部分的那句话遥相呼应，父子之间的深厚感情溢于言表。在叙写第二次回家的经历时，只用了非常简短的一段文字，而遥深的感慨与怀念已表露无遗。结尾处的深情呼唤，更是发自肺腑，动人心弦。

　　这篇文章无论在语言上还是结构上，都朴素至极，乍看会觉得平淡无奇，但是慢慢品味，会发现行文处处透露着一种天然去雕饰的本真美。

长江三日 / 刘白羽

入选理由　大时代气势磅礴的交响乐章　宏大叙事和个性体验的完美结合　入选过中学课本

十一月十七日

……

　　雾笼罩着江面，气象森严。十二时，"江津"号启碇顺流而下了。在长江与嘉陵江汇合后，江面突然开阔，天穹顿觉低垂。浓浓的黄雾，渐渐把重庆隐去。一刻钟后，船又在两面碧森森的悬崖陡壁之间的狭窄的江面上行驶了。

·作者简介·

刘白羽（1916—2005），现当代著名作家，1916年生于北京。1936年中学毕业去南京，开始小说创作。1938年2月到延安，受到毛泽东同志接见并加入中国共产党。1949年作为第四野战军代表，从长江前线回京参加中华全国文学艺术工作者代表大会，当选为"文协"理事。1950年参加编制的反映解放战争的影片《中国人民的胜利》获斯大林文艺奖金。中华人民共和国成立后主要从事党的文艺领导工作，抗美援朝期间两次赴前线。1955年后历任中国作家协会党组书记、作协副主席、作协书记处书记、文化部副部长、总政文化部部长等职。2005年8月病逝于北京。

你看那急速漂流的波涛一起一伏，真是"众水会万涪，瞿塘争一门"。而两三木船，却齐整的摇动着两排木桨，像鸟儿扇动着翅膀，正在逆流而上。我想到李白、杜甫在那遥远的年代，以一叶扁舟，搏浪急进，该是多少雄伟的搏斗，会激发诗人多少瑰丽的诗思啊！……不久，江面更开朗辽阔了。两条大江，骤然相见，欢腾拥抱，激起云雾迷蒙，波涛沸荡，至此似乎稍为平定，水天极目之处，灰蒙蒙的远山展开一卷清淡的水墨画。

从长江上顺流而下，这一心愿真不知从何时就在心中扎下根子，年幼时读"大江东去……"读"两岸猿声……"辄心向往之。后来，听说长江发源于一片冰川，春天的冰川上布满奇异艳丽的雪莲，而长江在那儿不过是一泓清溪；可是当你看到它那奔腾叫啸，如万瀑悬空，砰然万里，就不免在神秘气氛的"童话世界"上又涂了一层英雄光彩。后来，我两次到重庆，两次登枇杷山看江上夜景，从万家灯光、灿烂星海之中，辨认航船上缓缓浮动而去的灯火，多想随那惊涛骇浪，直赴瞿塘，直下荆门呀。但亲身领略一下长江真风景，直到这次才实现。因此，这一回在"江津"号上，正如我在第二天写的一封信中所说：

"这两天，整天我都在休息室里，透过玻璃窗，观望着三峡。昨天整日都在朦胧的雾罩之中。今天却阳光一片。这庄严秀丽气象万千的长江真是美极了。"

下午三时，天转开朗。长江两岸，层层叠叠，无穷无尽的都是雄伟的山峰，苍松翠竹绿茸茸的遮了一层绣幕。近岸陡壁上，背纤的纤夫历历可见。你向前看，前面群山在江流浩荡之中，则依然为雾笼罩，不过雾不像早晨那样浓，那样黄，而呈乳白色了。现在是"枯水季节"，江中突然露出一块黑色礁石，一片黄色浅滩，船常常在很狭窄的两面航标之间迂回前进，顺流驶下。山愈聚愈多，渐渐暮霭低垂了，渐渐进入黄昏了，红绿标灯渐次闪光，而苍翠的山峦模糊为一片灰色。

当我正为夜色降临而惋惜的时候，黑夜里的长江却向我展开另外一种魅力。开始是，这里一星灯火，那儿一簇灯火，好像长江在对你眨着眼睛。而一会儿又是漆黑一片，你从船身微微的荡漾中感到波涛正在翻滚沸腾。一派特别雄伟的景象，出现在深宵。我一个人走到甲板上，这时江风猎猎，上下前后，一片黑森森的，而无数道强烈的探照灯光，从船顶上射向江面，天空江上一片云雾迷蒙，电光闪闪，风声水声，不但使人深深体会到"高江急峡雷霆斗"的赫赫声势，而且你觉得你自己和大自然是那样贴近，就像整个宇宙，都罗列在你的胸前。水天，风雾，浑然融为一体，好像不是一只船，而是你自己正在和江流搏斗而前。"曙光就在前面，我们应当努力。"这时一种庄严而又美好的情感充溢我的心灵，我觉得这是我所经历的大时代突然一下集中地体现在这奔腾的长江之上。是的，我们的全部生活不就是这样战斗、航进、穿过黑夜走向黎明的吗？现在，船上的人都已酣睡，整个世界也都在安眠，而驾驶室上露出一片宁静的灯光。想一想，掌握住舵轮，透过闪闪电炬，从惊涛骇浪之中寻到一条破浪前进的途径，这是多么豪迈的生活啊！我们的哲学是革命的哲学，我们的诗歌是战斗的诗歌，正因为这样——我们的生活是最美的生活。列宁有一句话说得好极了："前进吧！——这是多么好啊！这才是生活啊！"……"江津"号昂奋而深沉的鸣响着汽笛向前方航进。

十一月十八日

在信中，我这样叙说："这一天，我像在一支雄伟而瑰丽的交响乐中飞翔。我在海洋上远航过，我在天空上飞行过，但在我们的母亲河流长江上，第一次，为这样一种大自然的威力所吸摄了。"

朦胧中听见广播到奉节。停泊时天已微明。起来看了一下，峰峦刚刚从黑夜中显露出一片灰蒙蒙的轮廓。启碇续行，我到休息室里来，只见前边两面悬崖绝壁，中间一条狭狭的江面，已进入瞿塘峡了。江随壁转，前面天空上露出一片金色阳光，像横着一条金带，其余天空各处还是云海茫茫。瞿塘峡口上，为三峡最险处，杜甫《夔州歌》云："白帝高为三峡镇，瞿塘险过百牢关。"古时歌谣说："滟大如马，瞿塘不可下；滟大如猴，瞿塘不可游；滟大如龟，瞿塘不可回；滟大如象，瞿塘不可上。"这滟堆指的是一堆黑色巨礁。它对准缺口，万水奔腾一冲进峡口，便直奔巨礁而来。你可想象得到那真是雷霆万钧，船如离弦之箭，稍差分厘，便撞得个粉碎。现在，这巨礁，早已炸掉。不过，瞿塘峡中，激流澎湃，涛如雷鸣，江面形成无数漩涡，船从漩涡中冲过，只听得一片哗啦啦的水声。过了八公里的瞿塘峡，乌沉沉的云雾，突然隐去，峡顶上一道蓝天，浮着几小片金色浮云，一注阳光像闪电样落在左边峭壁上。右面峰顶上一片白云像白银片样发亮了，但阳光还没有降临。这时，远远前方，无数层峦叠嶂之上，迷蒙云雾之中，忽然出现一团红雾，你看，绛紫色的山峰，衬托着这一团雾，真美极了。就像那深谷之中向上反射出红色宝石的闪光，令人仿佛进入了神话境界。这时，你朝江流上望去，也是色彩缤纷：两面巨岩，倒影如墨；中间曲曲折折，却像有一条闪光的道路，上面荡着细碎的波光；近处山峦，则碧绿如翡翠。时间一分钟一分钟过去，前面那团红雾更红更亮了。船越驶越近，渐渐看清有一高峰亭亭笔立于红雾之中，渐渐看清那红雾原来是千万道强烈的阳光。八点二十分，我们来到这一片晴朗的金黄色朝阳之中。

抬头望处，已到巫山。上面阳光垂照下来，下面浓雾滚涌上去，云蒸霞蔚，颇为壮观。刚从远处看到那个笔直的山峰，就站在巫峡口上，山如斧削，隽秀婀娜，人们告诉我这就是巫山十二峰的第一峰，它仿佛在招呼上游来的客人说："你看，这就是巫山巫峡了。""江津"号紧贴山脚，进入峡口。红彤彤的阳光恰在此时射进玻璃厅中，照在我的脸上。峡中，强烈的阳光与乳白色云雾交织一处，数步之隔，这边是阳光，那边是云雾，真是神妙莫测。几只木船从下游上来，帆篷给阳光照得像透明的白色羽翼，山峡却越来越狭，前面两山对峙，看去连一扇大门那么宽也没有，而门外，完全是白雾。

八点五十分，满船人，都在仰头观望。我也跑到甲板上来，看到万仞高峰之巅，有一细石耸立如一人对江而望，那就是充满神奇缥缈传说的美女峰了。据说一个渔人在江中打鱼，突遇狂风暴雨，船覆灭顶，他的妻子抱了小孩从峰顶眺望，盼他回来，一天一天，一月一月，他终未回来，而她却依然不顾晨昏，不顾风雨，站在那儿等候着他——至今还在那儿等着他呢！……

如果说瞿塘峡像一道闸门，那么巫峡简直像江上一条迂回曲折的画廊。船随山势左一弯，右一转，每一曲，每一折，都向你展开一幅绝好的风景画。两岸山势奇绝，连绵不断，巫山十二峰，各峰有各峰的姿态，人们给它们以很高的美的评价和命名，显然使我们的江山增加了诗意，而诗意又是变化无穷的。突然是深灰色石岩从高空直垂而下浸入江心，令人想到一个巨大的惊叹号；突然是绿茸茸草坂，像一支充满幽情的乐曲；特别好看的是悬岩上那一堆堆给秋霜染得红艳艳的野草，简直像是满山杜鹃了。峡急江陡，江面布满大大小小漩涡，船只能缓缓行进，像一个在丛山峻岭之间漫步前行的旅人。但这正好使远方来的人，有充裕的时间欣赏这莽莽苍苍、浩浩荡荡长江上大自然的壮美。苍鹰在高峡上盘旋，江涛追随着山峦激荡，山影云影，日光水光，交织成一片。

十点，江面渐趋广阔，急流稳渡，穿过了巫峡。十点十五分至巴东，已入湖北境。十点半到牛口，江浪汹涌，把船推在浪头上，摇摆着前进。江流刚奔出巫峡，还没来得及喘息，却又冲入第三峡——西陵峡了。

西陵峡比较宽阔，但是江流至此变得特别凶恶，处处是急流，处处是险滩。船一下像流星随着怒涛冲去，一下又绕着险滩迂回浮进。最著名的三个险滩是：泄滩、青滩和崆岭滩。初下泄滩，你看着那万马奔腾的江水会突然感到江水简直是在旋转不前，一千个、一万个漩涡，使得“江津”号剧烈震动起来。这一节江流虽险，却流传着无数优美的传说。十一点十五分到秭归。据袁崧《宜都山川记》载：秭归是屈原故乡，是楚子熊绎建国之地。后来屈原被流放到汨罗江，死在那里。民间流传着：屈大夫死日，有人在汨罗江畔，看见他峨冠博带，美髯白皙，骑一匹白马飘然而去。又传说：屈原死后，被一大鱼驮回秭归，终于从流放之地回归楚国。这一切初听起来过于神奇怪诞，却正反映了人民对屈原的无限怀念之情。

秭归正面有一大片铁青色礁石，森然耸立江面，经过很长一段急流绕过泄滩。在最急峻的地方，“江津”号用尽全副精力，战抖着，震颤着前进。急流刚刚滚过，看见前面有一奇峰突起，江身沿着这山峰右面驶去，山峰左面却又出现一道河流，原来这就是王昭君诞生地香溪。它一下就令人记起杜甫的诗：“群山万壑赴荆门，生长明妃尚有村。”我们遥望了一下香溪，船便沿着山峰进入一道无比险峻的长峡——兵书宝剑峡。这儿完全是一条窄巷，我到船头上，仰头上望，只见黄石碧岩，高与天齐，再驶行一段就到了青滩。江面陡然下降，波涛汹涌，浪花四溅，当你还没来得及仔细观看，船已像箭一样迅速飞下，巨浪为船头劈开，旋卷着，合在一起，一下又激荡开去。江水像滚沸了一样，到处是泡沫，到处是浪花。船上的同志指着岩上一片乡镇告我：“长江航船上很多领航人都出生在这儿……每只木船要想渡过青滩，都得请这儿的人引领过去。”这时我正注视着一只逆流而上的木船，看起来这青滩的声势十分吓人，但人从汹涌浪涛中掌握了一条前进途径，也就战胜了大自然了。

中午，我们来到了崆岭滩跟前，长江上的人都知道：“泄滩青滩不算滩，崆岭才是鬼门关。”可见其凶险了。眼看一片灰色石礁布满水面，“江津”号却抛锚停泊了。原来崆岭滩一条狭窄航道只能过一只船，这时有一只江轮正在上行，我们只好等下来。谁知竟等了那么久，可见那上行的船只是如何小心翼翼了。当我们驶下崆岭滩时，果然是一片乱石林立，我们简直不像在浩荡的长江上，而是在苍莽的丛林中找寻小径跋涉前进了。

十一月十九日

早晨，一片通红的阳光，把平静的江水照得像玻璃一样发亮。长江三日，千姿万态，现在已不是前天那样大雾迷蒙，也不是昨天"巫山巫峡气萧森"，而是苏东坡所谓的"楚地阔无边，苍茫万顷连"了。长江在穿过长峡之后，现在变得如此宁静，就像刚刚诞生过婴儿的年轻母亲一样安详慈爱。天光水色真是柔和极了。江水像微微拂动的丝绸，有两只雪白的鸥鸟缓缓地和"江津"号平行飞进，水天极目之处，凝成一种透明的薄雾，一簇一簇船帆，就像一束一束雪白的花朵在蓝天下闪光。

在这样一天，江轮上非常宁静的一日，我把我全身心沉浸在"红色的罗莎"——卢森堡的《狱中书简》中。

这个在一九一八年德国无产阶级革命中最坚定的领袖，我从她的信中，感到一个伟大革命家思想的光芒和胸怀的温暖，突破铁窗镣铐，而闪耀在人间，你看，这一页：

雨点轻柔而均匀地洒落在树叶上，紫红的闪电一次又一次地在铅灰色中闪耀，遥远处，隆隆的雷声像汹涌澎湃的海涛余波似的不断滚滚传来。在这一切阴霾惨淡的情景中，突然间一只夜莺在我窗前的一株枫树上叫起来了！在雨中，闪电中，隆隆的雷声中，夜莺啼叫得像是一只清脆的银铃，它歌唱得如醉如痴，它要压倒雷声，唱亮昏暗……

昨晚九点钟左右，我还看到壮丽的一幕，我从我的沙发上发现映在窗玻璃上的玫瑰色的返照，这使我非常惊异，因为天空完全是灰色的。我跑到窗前，着了迷似的站在那里。在一色灰沉沉的天空上，东方涌现出一块巨大的、美丽得人间少有的玫瑰色的云彩，它与一切分隔开，孤零零地浮在那里，看起来像是一个微笑，像是来自陌生的远方的一个问候。我如释重负地长吁了一口气，不由自主地把双手伸向这幅富有魅力的图画。有了这样的颜色，这样的形象，然后生活才美妙，才有价值，不是吗？我用目光饱餐这幅光辉灿烂的图画，把这幅图画的每一线玫瑰色的霞光都吞咽下去，直到我突然禁不住笑起自己来。天哪，天空啊，云彩啊，以及整个生命的美并不只存在于佛龙克，用得着我来跟它们告别？不，它们会跟着我走的，不论我到哪儿，只要我活着，天空、云彩和生命的美会跟我同在。

"江津"号在平静的浪花中缓缓驶行。我读着书，一种非常珍贵的感情渗透我的全身。我必须立刻把它写下来，我愿意把它写在这奔腾叫啸、而又安静温柔的长江一起，因为它使我联想到我前天想到的"战斗——航进——穿过黑夜走向黎明"的想象，过去，多少人，从他们艰巨战斗中想望着一个美好的明天呀！而当我承受着像今天这样灿烂的阳光和清丽的景色时，我不能不意识到，今天我们整个大地，所吐露出来的那一种芬芳、宁馨的呼吸，这社会主义生活的呼吸，正是全世界上，不管在亚洲还是在欧洲，在美洲还是在非洲，一切先驱者的血液，凝聚起来，而发射出来的最自由最强大的光辉。我读完了《狱中书简》，一轮落日——那样圆，那样大，像鲜红的珊瑚球一样，把整个江面笼罩在一脉淡淡的红光中，面前像有一种细细的丝幕柔和地、轻悄地撒落下来。

最后让我从我自己的一封信中抄下一段，来结束这一日吧：

夜间，九时许从前面漆黑的夜幕中，看见很小很小几点亮光。人们指给我那就是长江大桥，"江津"号稳稳地向武汉驶近。从这以后，我一直站在船上眺望，渐渐地渐渐地看出那整整齐齐的一排像横串起来的珍珠，在熠熠闪亮。我看着，我觉得在这辽阔无边的大江之上，这正是我们献给我们母亲河流的一顶珍珠冠呀！……再前进，江上无数蓝的、白的、红的、绿的灯光，拖着长长倒影在浮动，那是无数船只在航行，而那由一颗颗珍珠画出的大桥的轮廓，完全像升在云端里一样，高耸空中，而桥那面，灯光稠密的简直像是灿烂的金河，那是什么？仔细分辨，原来是武汉两岸的亿万灯光。当我们的"江津"号，嘹亮地向武汉市发出致敬欢呼的声音时，我心中升起一种庄严的情感，看一看！我们创造的新世界有多么灿烂吧！……

⊙**作品赏析**

20世纪60年代的中国，文学界进入了一个宏大叙事的"抒情时期"，即古老的借景抒情手法所抒发的不再是个人的感触，而是借自然界的秀美与崇高来隐喻时代的美好与崇高。传统的艺术技巧也带上了新的意识形态色彩。《长江三日》对三峡景物的描写，不论是瞿塘峡的险峻、巫峡的秀美还是西陵峡的凶恶，都有出色的描绘。长江"开阔——狭窄——开阔"的旅程，使刘白羽产生"战斗——航进——穿过黑夜走向黎明"的想象，于是他的旅程也就带上了意识形态的象征色彩：《长江三日》中，作者不断强调战胜阻碍、向前航行的意义。文章中不断出现这类象征性的意象，"我"最后已不是个人，而是"历史"、"现实"、"时代"的化身，当个人毫无保留地参与到时代共鸣的宣传之中，个人事实上已经不再是个人了。

父爱之舟 / 吴冠中

入选理由：文、画双绝的艺术家唱给父亲的赞歌 象征手法的精彩运用 文字浅白平实，感情真挚

是昨夜梦中的经历吧，我刚刚梦醒！

朦胧中，父亲和母亲在半夜起来给蚕宝宝添桑叶……每年卖茧子的时候，我总跟在父亲身后，卖了茧子，父亲便给我买枇杷吃……

我又见到了姑爹那只小渔船。父亲送我离开家乡去投考学校以及上学，总是要借用姑爹这只小渔船。他同姑爹一同摇船送我。带了米在船上做饭，晚上就睡在船上，这样可以节省饭钱和旅店钱。我们不肯轻易上岸，花钱住旅店的教训太深了。有一次，父亲同我住了一间最便宜的小客栈。夜半我被臭虫咬醒，遍体都是被咬的大红疙瘩。父亲心疼极了，叫来茶房，掀开席子让他看满床乱爬的臭虫及我的疙瘩。茶房说没办法，要么加点钱换个较好的房间。父亲动心了，但我年纪虽小却早已深深体会到父亲挣钱的艰难。他平时节省到极点，自己是一分冤枉钱也不肯花的，我反正已被咬了半夜，只剩下后半夜，也就不肯再加钱换房子……恍恍惚惚我又置身于两年一度的庙会中，能去看看这盛大的节日确实无比地快乐，我欢喜极了。我看各样彩排着的戏人边走边唱，看高跷走路，看虾兵、蚌精、牛头、马面……最后庙里的菩萨也被抬出来，一路接受人们的膜拜。卖玩意儿的也不少，彩色的纸风车、布老虎、泥人、竹制的花蛇……父亲回家后用几片玻

璃和彩色纸屑等糊了一个万花筒，这便是我童年惟一的也是最珍贵的玩具了。万花筒里那千变万化的图案花样，是我最早的抽象美的启迪者吧！

·作者简介·

吴冠中（1919~2010），生于江苏宜兴。1942年毕业于重庆国立艺术专科学校。1947年考取教育部公费留学，到巴黎国立美术学院进修。1950年回国后，任教于中央美术学院、北京艺术学院和中央工艺美术学院。已出版画集四五十种，文集十余种，先后在美、英、法、新加坡等国举行个人画展数十次。1990年获法国文化部文艺最高勋位，1993年获巴黎市勋章，2002年入选法兰西学士院终生通讯院士，2003年被中国文联授予金彩奖。

父亲经常说要我念好书，最好将来到外面当个教员……冬天太冷，同学们手上脚上长了冻疮，有的家里较富裕的女生便带着脚炉来上课，上课时脚踩在脚炉上。大部分同学没有脚炉，一下课便踢毽子取暖。毽子越做越讲究，黑鸡毛、白鸡毛、红鸡毛、芦花鸡毛等各种颜色的毽子满院子飞。后来父亲居然从和桥镇上给我买回来一个皮球，我快活极了，同学们也非常羡慕。夜晚睡觉，我将皮球放在自己的枕头边。但后来皮球瘪了下去，必须到和桥镇上才能打气，我天天盼着父亲上和桥去。一天，父亲突然上和桥去了，但他忘了带皮球。我发觉后拿着瘪皮球追上去，一直追到悚树港，追过了渡船，向南遥望，完全不见父亲的背影。到和桥有十里路，我不敢再追了，哭着回家。我从来不缺课，不逃学。读初小的时候，遇上大雨大雪天，路滑难走，父亲便背着我上学，我背着书包伏在他背上，双手撑起一把结结实实的大黄油布雨伞。他扎紧裤脚，穿一双深筒钉鞋，将棉袍的下半截撩起扎在腰里，腰里那条极长的粉绿色丝绸汗巾可以围腰二三圈，还是母亲出嫁时的陪嫁呢。

初小毕业时，宜兴县举办全县初小毕业会考，我考了总分七十几分，属第二等。我在学校里虽是绝对拔尖的，但到全县范围一比，还远不如人家。要上高小，必须到和桥去念县立鹅山小学。和桥是宜兴的一个大镇，鹅山小学就在镇头，是当年全县最有名气的县立完全小学，设备齐全，教师阵容强，方圆二十里之内的学生都争着来上鹅山。因此要上鹅山高小不容易，须通过入学的竞争考试，我考取了。由于学校离家很远，因此我要住在鹅山，要缴饭费、宿费、学杂费，书本费也贵了，于是家里粜稻，卖猪，每学期开学要凑一笔不小的钱。钱，很紧，但家里愿意将钱都花在我身上。我拿着凑来的钱去缴学费，感到十分心酸。父亲送我到校，替我铺好床被。他回家时，我偷偷哭了。这是我第一次真正心酸地哭，与在家里撒娇地哭、发脾气地哭、吵架打架地哭都大不一样，是人生道路中品尝到的新滋味。

第一学期结束，根据总分，我名列全班第一。我高兴极了，主要是可以给父亲和母亲一个天大的喜讯了。我拿着级任老师孙德如签名盖章，又加盖了县立鹅山小学校章的成绩单回家，路走得比平常快，路上还取出成绩单来重看一遍那紧要的栏目：全班六十人，名列第一。这对父亲确是意外的喜讯，他接着问："那朱自道呢？"父亲很注意入学时全县会考第一名的朱自道，他知道我同朱自道同班。我得意地、迅速地回答："第十名。"正好缪祖尧老师也在我们家，他也乐开了："茅草窝里要出笋了！"

我惟一的法宝就是考试，从未落过榜，我又要去投考无锡师范了。为了节省路费，父亲又向姑爹借了他家的小渔船，同姑爹两人摇船送我到无锡。时值暑天，为躲避炎热，夜晚便开船，父亲和姑爹轮换摇橹，我在小舱里睡觉。但我也睡不好，因确确实实已意识到考不上的严重性，自然更未能领略到满天星斗、小河里孤舟缓缓夜行的诗画意境。船上备一只泥灶，自己煮饭吃，小船既节省了旅费，又兼做宿店和饭店。只是我们的船不敢停到无锡师范附近，怕被别的考生及家长们见了嘲笑。

老天不负苦心人，我考取了。送我去入学的时候，依旧是那只小船，依旧是姑爹和父亲轮换摇船，不过父亲不摇橹的时候，便抓紧时间为我缝补棉被，因我那长期卧病的母亲未能给我备齐行装。我从舱里往外看，父亲那弯腰低头缝补的背影挡住了我的视线。后来我读到朱自清先生的《背影》时，这个船舱里的背影便也就分外明显，永难磨灭了！不仅是背影时时在我眼前显现，我对鲁迅笔下的乌篷船也永远是那么亲切，虽然姑爹小船上盖的只是破旧的篷，远比不上绍兴的乌篷船精致，但姑爹的小渔船仍然是那么亲切，那么难忘……我什么时候能够用自己手中的笔，把那只载着父爱的小船画出来就好了！

庆贺我考进了颇有名声的无锡师范，父亲在临离无锡回家时，给我买了瓶汽水喝。我以为汽水必定是甜甜的凉水，但喝到口，麻辣麻辣的，太难喝了。店伙计笑了："以后住下来变了城里人，便爱喝了！"然而我至今不爱喝汽水。

师范毕业当个高小的教员，这是父亲对我的最高期望。但师范生等于稀饭生，同学们都这样自我嘲讽。我终于转入了极难考进的浙江大学代办的工业学校电机科，工业救国是大道，至少毕业后职业是有保障的。幸乎？不幸乎？由于一些偶然的客观原因，我接触到了杭州艺专，疯狂地爱上了美术。正值那感情似野马的年龄，为了爱，不听父亲的劝告，不考虑今后的出路，毅然沉浮于茫无边际的艺术苦海，去挣扎吧，去喝一口一口失业和穷困的苦水吧！我不怕，只是不愿父亲和母亲看着儿子落魄潦倒。我羡慕过没有父母、没有人关怀的孤儿、浪子，自己只属于自己，最自由，最勇敢。

……醒来，枕边一片湿。

⊙作品赏析

谈及当代文、画俱佳的艺术家，无论如何是少不了吴冠中先生的。他的画既有西洋画的绚丽，又有中国画的意境；但他的文字并不一味追求绚丽。《父爱之舟》就是一篇风格朴实的散文。

父亲的爱是羞于表达、疏于张扬的，但是，却如灯盏一般，点亮在我们身后，照亮我们的前程。万水千山，隔不断这种血脉深情。在异乡的梦里，"我"见到了"姑爹的那只小船"。当年，父亲就是摇着这只小船，送"我"去投考学校以及上学。文中写父亲节省到极点，吃、住都在船上，某一次，茶房让加钱换个好的房间，父亲却又动心了，因为"我"被臭虫咬得满身疙瘩。这样的爱是深沉的，细腻的，也是令人难忘的。"姑爹的小船"在文中反复出现，作者虽用平淡自然的语言浅浅道来，但蕴于其间的感情却是一次次地澎湃。因为就是那只船，把"我"带到一个个人生的驿站，这条船承载着父亲无尽的期望、无尽的爱。而父亲，一如这条小船，载着"我"的梦幻，在风雨飘摇里，一桨一桨摇去了岁月的艰难，让"我"勇往直前。于是乎，这条小船具有了更多的象征意味，因而耐人寻味。

文章以梦境形式回忆往事，更易于抒发感情，组织情节。而象征手法的运用，使父亲与小船融为一体，升华了主题。

花 / 吴冠中

入选理由 画家吴冠中赏花情趣中的人生体验
以画意抒写散文展现的另类情调
文笔委婉优美，用意精到，让人叹服

北国早春，山野的杏花先开，那干瘦乌黑的枝条上放出明亮的粉色花朵，生意盎然。但远看那山坡上一簇簇的杏花，白灰灰的一团团，被衬托在灰暗的土石丛中，倒像是癫秃头上的疮疤。花，宜近看不宜远看；树依凭体态之美，才宜于远看。鲜艳的碧桃，远看不过是一堆红色灌木，失其妖娆；牡丹、芍药，远看也不见其丰满华贵之态，只呈点点嫣红了。所以中国传统绘画中画花大都表现折枝花卉，曲尽花瓣转折之柔和，如亲其肌肤，闻其芬芳。

鲜花令人珍惜，由于花期苦短，落花流水春去也，花比青春，年华易逝，诚是人生千古憾事。为了赋予短暂的花期以恒久的或深远的含义，人们歌颂荷花是出于污泥而不染，兰花为空谷幽香，梅花的香则来自苦寒。其实也正缘于生生灭灭的轮回匆匆，促成了人间的缤纷多彩。新加坡地处赤道，终年酷暑，我同新加坡的友人开玩笑，说你们不分春、夏、秋、冬，便没有风、花、雪、月，便失去文学艺术。新加坡的国花兰花，鲜艳闪亮，终年常开，但似乎难比荷花或梅花由于身世而形成的独特风姿。

人生缺不了花朵，但从未开花的人生当也不少。灰色的、苦涩的人生难于与花联系起来。一路开花的人生也许有过，马嵬坡以前的杨贵妃是否就一直是盛开的花朵，也难说，开花原本是为了结果，花开只一瞬，果实才是恒久的吧，果实本也不可能恒久，所以能恒久，因为它成为种子。桃花易开易落，因结桃子，年年开，千年开。人们自我安慰：人生短，艺术长。艺术之长，当也依靠种子引发新枝，失去峭发性的艺术是不结种子的艺术，也只能像花朵开过一次便消灭。

⊙作品赏析

吴冠中是擅常风景画的大家，在他的笔下文章与画意相互契合，让我们在不知不觉中不能分清作者究竟是在构写一篇散文还是在准备教会别人临摹一个自然。有评论家称他的画是我们阅读他的文字的一个捷径，这也许是一个正确的点评。

《花》中，我们所看到的也依然是作者所熟悉的画家角度的审美，即使是山野的杏花的描摹也离不开作者的画家情态，从着意，到立形，再到绘神，我们都可见到作者将眼前的一切当做一幕画布，而自己则是一个品画者，或远或近，指点不已。正像作者曾说过的一句话："我这个苦瓜，只能结在枯藤上。"也正是如此，作者的视线才离不开画家的本性，一点一滴都是画家的眼神。

除此而外则是作者的人生冥想，花期如此短暂，就像人生一样终将匆匆谢幕。而在这其中，一般的人都是在时间的洪水中自然消失的，只有艺术的人，还能借着艺术的影像站立在时间以外，以至不朽。

文章很简短，颇有点中国山水素描一般简洁，不多一笔也不少一笔，在刚好摩出神形的时候止笔，让一切悄然阻断在最美好的事物和形态恰好展露原生态的那一瞬间，引人无限神思。在语言的表达上，则有如一幅风景画像般立在眼前，让人心仪，教人陶醉。

澜沧江边的蝴蝶会 / 冯牧

入选理由：一篇关于云南的游记名作 一首描绘祖国自然之美的赞歌 引人入胜的热带风光和民族风情

　　我在西双版纳的美妙如画的土地上，幸运地遇到了一次真正的蝴蝶会。

　　很多人都听说过云南大理的蝴蝶泉和蝴蝶会的故事，也读过不少关于蝴蝶会的奇妙景象的文字记载。据我所知道的，第一个细致而准确地描绘了蝴蝶会的奇景的，恐怕要算是明朝末年的徐霞客了。在三百多年前，这位卓越的旅行家就不但为我们真实地描写了蝴蝶群集的奇特景象，并且还详尽地描写了蝴蝶泉周围的自然环境。他这样写着：

　　……山麓有树大合抱，倚崖而耸立，下有泉，东向漱根窍而出，清冽可鉴。稍东，其下又有一小树，仍有一小泉，亦漱根而出，二泉汇为方丈之沼，即所溯之上流也。泉上大树，当四月初，即发花如蛱蝶，须翅栩然，与生蝶无异；又有真蝶千万，连须钩足，自树巅倒悬而下，及于泉面，缤纷络绎，五色焕然。

　　这是一幅多么令人目眩神迷奇丽的景象！无怪乎许多来到大理的旅客都要设法去观赏一下这个人间奇观了。但可惜的是，胜景难逢，由于某种我们至今还不清楚的自然规律，每年蝴蝶会的时间总是十分短促并且是时有变化的；而交通的阻隔，又使得有机会到大理去游览的人，总是难于恰巧在那个时间准确无误地来到蝴蝶泉边。就是徐霞客也没有亲眼看到真正的蝴蝶会的盛况；他晚去了几天，花朵已经凋谢，使他只能折下一枝蝴蝶树的标本，惆怅而去。他的关于蝴蝶会的描写，大半是根据一些亲历者的转述而记载下来的。

　　其实所谓蝴蝶会，并不是大理蝴蝶泉所独有的自然风光，而是在云南的其他地方也曾经出现过的一种自然现象。比如，在清人张泓所写的一本笔记《滇南新语》中，就记载了昆明城里的圆通山（就是现在的圆通公园）的蝴蝶会，书中这样写道：

　　每岁孟夏，蛱蝶千百万会飞此山，屋树岩壑皆满，有大如轮、小于钱者，翩翩随风，缤纷五彩，锦色烂然，集必三日始去，究不知其去来之何从也。余目睹其呈奇不爽者盖两载。

　　今年春天，由于一种可遇而不可求的机会，我看到了一次真正的蝴蝶会，一次完全

· 作者简介 ·

　　冯牧（1919—1995），笔名冯先植，1919年3月1日生于北京。1936年参加"一二·九"学生运动。1938年到冀中根据地工作，1939年到延安抗大学习，1940—1941年到延安鲁艺文学系学习，后留校在文艺理论研究室工作，1944—1946年在延安《解放日报》任文艺编辑，1947—1949年在陈谢纵队和四兵团任新华社记者和科长，1950—1952年在中国人民解放军13军任文化部长，1952年后任云南军区文化部副部长，后任《新观察》主编、《文艺报》副主编、中国作协书记处书记等。1955年加入中国作家协会，主要从事文艺评论创作。

可以和徐霞客所描述的蝴蝶泉相媲美的蝴蝶会。

西双版纳的气候是四季常春的。在那里你永远看不到植物凋敝的景象。但是，即使如此，春天在那里也仍然是最美好的季节。就在这样的季节里，在傣族的泼水节的前夕，我们来到了被称为西双版纳的一颗"绿宝石"的橄榄坝。在这以前，人们曾经对我说：谁要是没有到过橄榄坝，谁就等于没有看到真正的西双版纳。当我们刚刚踏上这片土地时，我马上就深深地感觉到，这些话是丝毫也不夸张的。我们好像来到了一个天然的巨大的热带花园里。到处都是一片浓荫匝地，繁花似锦，到处都是一片蓬勃的生气：鸟类在永不休止地鸣啭；在棕褐色的沃土上，各种植物好像是在拥挤着、争抢着向上生长。行走在村寨之间的小径上，就好像是行走在精心培植起来的公园林阴路上一样，只有从浓密的叶隙中间，才能偶尔看到烈日的点点金光。我们沿着澜沧江边的一连串村寨进行了一次远足旅行。

我们的访问终点，是背倚着江岸、紧密接连的两个村寨——曼厅和曼扎。当我们刚刚走上江边的密林小径时，我就发现，这里的每一块土地，每一段路程，每一片丛林，都是那样地充满了浓丽的热带风光，都足以构成一幅色彩斑斓的绝妙风景画面。我们经过了好几个隐藏在密林深处的村寨，只有在注意寻找时，才能从树丛中发现那些美丽而精巧的傣族竹楼。这里的村寨分布得很特别，不是许多人家聚成一片，而是稀疏地分散在一片林海中间。每一幢竹楼周围都是一片丰饶富庶的果树园；家家户户的庭前窗后，都生长着枝叶挺拔的椰子树和槟榔树，绿荫盖地的芒果树和荔枝树。在这里，人们用垂实累累的香蕉树作篱笆，用清香馥郁的夜来香树作围墙。被果实压弯了的柚子树用枝叶敲打着竹楼的屋檐，密生在枝丫间的菠萝蜜散发着醉人的浓香。

我们在花园般的曼厅和曼扎度过了一个愉快的下午。我们参观了曼扎的办得很出色的托儿所；在那里的整洁而漂亮的食堂里，按照傣族的习惯，和社员们一起吃了一餐富有民族特色的午饭，分享了社员们的富裕生活的欢快。我们在曼厅旁听了为布置甘蔗和双季稻生产而召开的社长联席会，然后怀着一种满意的心情走上了归途。

我们走的仍然是来时的路程，仍然是那条浓荫遮天的林中小路，数不清的奇花异卉仍然到处散发着沁人心脾的清香，在路边的密林里，响彻着一片鸟鸣和蝉叫声。透过树林枝干的空隙，时时可以看到大片的平整的田地，早稻和许多别的热带经济作物的秧苗正在夕照中随风荡漾。在村寨的边沿，可以看到叶林和菩提林的巨人似的身姿，在它们的荫蔽下，佛寺的高大的金塔和庙顶在闪着耀眼的金光。

一切都和我们来时一样。可是，我们又似乎觉得，我们周围的自然环境和来时有些异样。终于，我们发现了一种来时所没有的新景象：我们多了一群新的旅伴——成群的蝴蝶。在花丛上，在枝叶间，在我们的周围，到处都有三五成群的彩色蝴蝶在迎风飞舞；它们有的在树丛中盘旋逗留，有的却随着我们一同前进。开始，我们对于这种景象也并不以为奇。我们知道，这里的蝴蝶的美丽和繁多是别处无与伦比的；我们在森林中经常可以遇到彩色斑斓的蝴蝶和人们一同行进，甚至连续飞行几里路。我们早已养成了这样的习惯：习于把成群的蝴蝶看作是西双版纳的美妙自然景色的一个不可缺少的组成部分了。

但是，我们越来越感到，我们所遇到的景象实在是超过了我们的习惯和经验了。蝴蝶越聚越多，一群群、一堆堆从林中飞到路径上，并且成群结队地在向着我们要去的方向前进着。它们在上下翻飞，左右盘旋；它们在花丛树影中飞快地扇动着彩色的翅膀，闪得人眼花缭乱。有时，千百个蝴蝶拥塞了我们前进的道路，使我们不得不用树枝把它们赶开，才能继续前进。

就这样，在我们和蝴蝶群的搏斗中走了大约五里路之后，我们看到了一个奇异的景色。我们走到了一片茂密的树林边。在一块草坪上面，有一株硕大的菩提树，它的向四面伸张的枝丫和浓茂的树叶，好像是一把巨大的阳伞似的遮盖着整个草坪。在草坪中央的几方丈的地面上，仿佛是密密地丛生着一片奇怪的植物似的，好像是一座美丽的花坛一样。它们互相拥挤着，攀附着，重叠着，面积和体积在不断地扩大。从四面八方飞来的新的蝶群正在不断地加入进来。这些蝴蝶大多数是属于一个种族的，它们的翅膀的背面是嫩绿色的，这使它们在停仃不动时就像是绿色的小草一样，它们翅膀的正面却又是金黄色的，上面还有着美丽的花纹，这使它们在扑动翅翼时又像是朵朵金色的小花。在它们的密集着的队伍中间，仿佛是有意来作为一种点缀，有时也飞舞着少数的巨大的黑底红花身带飘带的大木蝶。在一刹那间，我们好像是进入了一个童话世界；在我们的眼前，在我们四周，在一片令人心旷神怡的美妙的自然景色中间，到处都是密密匝匝、层层叠叠的蝴蝶；蝴蝶密集到这种程度，使我们随便伸出手去便可以捉到几只。天空中好像是雪花似的飞散着密密的花粉，它和从森林中飘来的野花和菩提的气味，混合成一股刺鼻的浓香。

面对着这种自然界的奇景，我们每个人几乎都目瞪口呆了。站在千万只翩然飞舞的蝴蝶当中，我们觉得自己好像是有些多余的了。而蝴蝶却一点也不怕我们；我们向它们的密集的队伍投掷着树枝，它们立刻轰地涌向天空，闪动着彩色缤纷的翅翼，但不到一分钟之后，它们又飞到草地上集合了。我们简直是无法干扰它们的参与盛会的兴致。

我们在这些群集成阵的蝴蝶前长久地观赏着，赞叹着，简直是流连忘返了。在我的思想里，突然闪过了一个念头：难道这不正是过去我们从传说中听到的蝴蝶会么？我完全被这片童话般的自然景象所陶醉了；在我的心里，仅仅是充溢着一种激动而欢乐的情感，并且深深地为了能在我们祖国边疆看到这样奇丽的风光而感到自豪。我们所生活、所劳动、所建设着的土地，是一片多么丰富，多么美丽，多么奇妙的土地啊！

⊙ 作品赏析

这篇优美的散文如同蝴蝶会的奇景一样，写得色彩缤纷，让人目眩神迷。作者不吝笔墨进行铺展烘托，描述了三次蝴蝶会，或是前人书中记载，或是本人只赶上尾声的，以夹叙夹议的笔法，给人以历史的纵深感，也有淡淡的遗憾。然而，这所有的笔墨都是为了进行先抑后扬式的铺垫，使读者真切地感受到意外的惊喜之情。

游记散文一般都以游踪为序，但本篇行文近半，却忙于铺垫，不闻踪迹，后来的介绍也十分简略，这正是作者的匠心之处。文中所描绘的一派浓丽的热带风光既是对少数民族的热情讴歌，渲染了祖国大家庭的和谐一致，又是"由面及点"，为进一步烘托人间奇观蝴蝶会作了巧妙的不漏痕迹的铺垫。作者以欣喜的情感和丰富的想象凸现了这一次童话世界般的彩蝶盛会。既有正面描写，也有侧面烘托，处处景语无不渗透着作者对天地造化的赞叹、祖国山河的热爱，至此，作者的西双版纳之行达到高潮，情感的抒发也达到了高潮。

花城 / 秦牧

一年一度的广州年宵花市，素来脍炙人口。这些年常常有人从北方不远千里而来，瞧一瞧南国巨大花市的盛况。还常常可以见到好些国际友人，也陶醉在这东方的节日情调中，和中国朋友一起选购着鲜花。往年的花市已经够盛大了，今年这个花海又涌起了一个新的高潮。因为农村人民公社化以后，花木的生产增加了，今年春节又是城市人民公社化之后的第一个春节，广州去年有累万的家庭妇女和街坊居民投入了生产和其他的劳动队伍。加上今年党和政府进一步安排群众的节日生活，花木供应空前多了，买花的人也空前多了，除原来的几个年宵花市之外，又开辟了新的花市。如果把几个花市的长度累加起来，"十里花街"，恐怕是名不虚传了。在花市开始以前，站在珠江岸上眺望那条浩浩荡荡、作为全省三十六条内河航道枢纽的珠江，但见在各式各样的楼船汽轮当中，还错杂着一艘艘载满鲜花盆栽的木船，它们来自顺德、高要、清远、四会等县，载来了南国初春的气息和农民群众的心意。"多好多美的花！""今年花的品种可多啦！"江岸上的人们不禁啧啧称赏。广州有个文化公园，园里今年也布置了一个大规模的"迎春会"，花匠们用鲜艳的盆花堆砌出"江山如此多娇"的大花字，除了各种色彩缤纷的名花瓜果外，还陈列着一株花朵灼灼、树冠直径达一丈许的大桃树。这一切，都显示出今年广州的花市是不平常的。

人们常常有这么一种体验：碰到热闹和奇特的场面，心里面就像被一根鹅羽撩拨着似的，有一种痒痒麻麻的感觉，总想把自己所看到和感受的一切形容出来。对于广州的年宵花市，我就常常有这样的冲动。虽然过去我已经描述过它们了，但是今年，徜徉在这个特别巨大的花海中，我又涌起了这样的欲望了。

农历过年的各种风习，是我们民族在几千年的历史中形成的。我们现在有些过年风俗，一直可以追溯到一两千年前的史迹中去。这一切，是和许多的历史故事、民间传说、巧匠绝技和群众的美学观念密切联系起来的。在中国的年节中，有的是要踏青的，有的是要划船的，有的是要赶会的……这和外国的什么点灯节、泼水节一样，都各有它们的生活意义和诗情画意。过年的时候，一向我们各地的花样可多啦：贴春联、挂年画、耍狮子、玩龙灯、跑旱船、放花炮……人人穿上整洁衣服，头面一新，男人都理了发，妇女都修整了辫髻，大姑娘还扎上了花饰。那"糖瓜祭灶，新年来到，姑娘要花，小子要炮，老头儿要一顶新毡

·作者简介·

秦牧（1919—1992），当代散文家。原名林觉夫。祖籍广东澄海，生于香港。少年时代在国外度过。1932年回国求学。抗战时期，在广东韶关、广西桂林、四川重庆等地做教师和编辑，并在报刊上发表一些笔力道劲的抨击时弊的文章，后来收入《秦牧杂文》。1946年移居香港。中华人民共和国成立后，一直在广州工作，历任《羊城晚报》副总编、广东省文联副主席、中国作协广东分会副主席。同时，仍潜心创作。其作品以旁征博引，流畅明快，寓知识性、思想性、趣味性于谈天说地、闲话漫笔之中的风格而深受读者的喜爱。20世纪50至60年代曾先后出版《贝壳集》、《星下集》、《花城》、《潮汐和船》等散文集和文艺随笔集《艺海拾贝》。1976年后，又连续出版了散文集《长河浪花集》、《长街灯语》、《晴窗晨笔》、《秋林红果》等。

帽"的北方俗谚，多少描述了这种气氛。这难道只是欢乐欢乐、玩儿玩儿而已吗？难道我们从这隆重的节日情调中不还可以领略到我们民族文化的源远流长和千百年来人们热烈向往美好未来的心境么？在旧时代苦难的日子里，自然劳动人民不是都能欢乐地过年，但是贫苦的农户，也要设法购张年画，贴对门联；年轻的闺女也总是要在辫梢扎朵绒花，在窗棂上贴张大红剪纸，这就更足以想见无论在怎样困苦中，人们对于幸福生活的强烈的憧憬。在新的时代，农历过年中那种深刻体现旧社会烙印的习俗被革除了，赌博，酗酒，向舞龙灯的人投掷燃烧的爆竹，千奇百怪的禁忌，这一类的事情没有了，那些耍猴子的凤阳人、跑江湖扎纸花的石门人，那些摇着串上铜钱的冬青树枝的乞丐，以及号称从五台山、峨嵋山下来化缘的行脚僧人不见了。而一些美好的习俗被发扬光大起来，一些古老的风习被赋予了崭新的内容。现在我们也燃放爆竹，但是谁想到那和"驱傩"之类的迷信有什么牵连呢！现在我们也贴春联，但是有谁想到"岁月逢春花遍地；人民有党劲冲天"、"跃马横刀，万众一心驱穷白；飞花点翠，六亿双手绣山河"之类的春联，和古代的用桃木符辟邪有什么可以相提并论之处呢！古老的节日在新时代里是充满青春的光辉了。

这正是我们热爱那些古老而又新鲜的年节风习的原因。"风生白下千林暗，雾塞苍天百卉殚"的日子过去了，大地的花卉越种越美，人们怎能不热爱这个风光旖旎的南国花市，怎能不从这个盛大的花市享受着生活的温馨呢？

而南方的人们也真会安排，他们选择年宵逛花市这个节目作为过年生活里的一个高潮。太阳的热力是厉害的，在南方最热的海南岛上，有一些像菠萝蜜之类的果树，根部也可以伸出地面结出果子来，有一些树木，锯断了用来做木桩，插在地里却又能长出嫩芽。在这样的地带，就正像昔人咏月季花的诗所说的："花谢花开无日了，春来春去不相关。"早在春节到来之前一个月，你在郊外已经可以到处见到树上挂着一串串鲜艳的花朵了。而在年宵花市中，经过花农和园艺师们的努力，更是人工夺了天工，四时的花卉，除了夏天的荷花石榴等不能见到外，其他各种各样的花儿几乎都出现了。牡丹、吊钟、水仙、大丽、梅花、菊花、山茶、墨兰……春秋冬三季的鲜花都挤在一起啦！

广州今年最大的花市设在太平路，就是历史上著名的"十三行"一带，花棚有点像马戏的看棚，一层一层衔接而上。那里各个公社、园艺场、植物园的旗帜飘扬，卖花的汉子们笑着高声报价。灯色花光，一片锦绣。我约略计算了一下花的种类，今年总在一百种上下。望着那一片花海，端详着那发着香气、轻轻颤动和舒展着叶芽和花瓣的植物中的珍品，你会禁不住赞叹，人们选择和布置这么一个场面来作为迎春的高潮，真是匠心独运！那千千万万朵笑脸迎人的鲜花，仿佛正在用清脆细碎的声音在浅笑低语："春来了！春来了！"买了花的人把花树举在头上，把盆花托在肩上，那人流仿佛又变成了一道奇特的花流。南国的人们也真懂得欣赏这些春天的使者。大伙不但欣赏花朵，还欣赏绿叶和鲜果。那像繁星似的金橘、四季橘、吉庆果之类的盆果，更是人们所欢迎的。但在这个特殊的、春节黎明即散的市集中，又仿佛一切事物都和花发生了联系。鱼摊上的金鱼，使人想起了水中的鲜花；海产摊上的贝壳和珊瑚，使人想起了海中的鲜花；至于古玩架上那些宝蓝均红、天青粉彩之类的瓷器和历代书画，又使人想起古代人们的巧手塑造出来的另一种永不凋谢的花朵了。

广州的花市上，吊钟、桃花、牡丹、水仙等是特别吸引人的花卉。尤其是这南方特有的吊钟，我觉得应该着重地提它一笔。这是一种先开花后发叶的多年生灌木。花蕾未开时被鳞状的厚壳包裹着，开花时鳞苞里就吊下了一个个粉红色的小钟状的花朵。通常一个鳞包里有七八朵，也有个别多到十多朵的。听朝鲜的贵宾说，这种花在朝鲜也被认为珍品。牡丹被人誉为花王，但南国花市上的牡丹大抵光秃秃不见叶子，真是"卧丛无力含醉妆"。唯独这吊钟显示着异常旺盛的生命力，插在花瓶里不仅能够开花，还能够发叶。这些小钟儿状的花朵，一簇簇迎风摇曳，使人就像听到了大地回春的铃铃铃的钟声似的。

花市盘桓，令人撩起一种对自己民族生活的深厚情感。我们和这一切古老而又青春的东西异常水乳交融，就正像北京人逛厂甸、上海人逛城隍庙、苏州人逛玄妙观所获得的那种特别亲切的感受一样。看着繁花锦绣，赏着姹紫嫣红，想起这种一日之间广州忽然变成了一座"花城"，几乎全城的人都出来深夜赏花的情景，真是感到美妙。

在旧时代绵长的历史中，能够买花的只是少数的人，现在一个纺织女工从花市举一株桃花回家，一个钢铁工人买一盆金橘托在头上，已经是很平常的事情了。听着卖花和买花的劳动者互相探询春讯，笑语声喧，令人深深体味到，亿万人民的欢乐才是大地上真正的欢乐。

在这个花市里，也使人想到人类改造自然威力的巨大，牡丹本来是太行山的一种荒山小树，水仙本来是我国东南沼泽地带的一种野生植物，经过千百代人们的加工培养，竟使得它们变成了"国色天香"和"凌波仙子"！在野生状态时，菊花只能开着铜钱似的小花，鸡冠花更像是狗尾草似的，但是经过花农的悉心培养，人工的世代选择，它们竟变成这样丰腴艳丽了。"天工人可代，人工天不如。"生活的真理不正是这样么！

在这个花市里，你也不禁会想到各地的劳动人民共同创造历史文明的丰功伟绩。这里有来自福建的水仙，来自山东的牡丹，来自全国各省各地的名花异卉，还有本源出自印度的大丽，出自法国的猩红玫瑰，出自马来西亚的含笑，出自撒哈拉沙漠地区的许多仙人掌科植物。各方的溪涧汇成了河流，各地劳动人民的创造汇成了灿烂的文明，在这个熙熙攘攘的市集中不也让人充分感受到这一点么！

你在这里也不能不惊叹审美的眼力。人们爱单托的水仙胜过双托的水仙，爱复瓣的桃花又胜过单瓣的桃花。为什么？因为单托水仙才显得更加清雅，复瓣红桃才显得更加艳丽。人们爱这种和谐的美！一盆花果，群众也大抵能够一致指出它们的优点和缺点。在这种品评中，你不也可以领略到好些美学的道理么！

总之，倘徉在这个花海中，常常使你思索起来，感受到许多寻常的道理中新鲜的涵义。十一年来我养成了一个癖好，年年都要到花市去挤一挤，这正是其中的一个理由了。

我们赞美英勇的斗争和艰苦的劳动，也赞美由此而获得的幸福生活。因此，花市归来，像喝酒微醉似的，我拉拉扯扯写下这么一些话。让远地的人们也来分享我们的欢乐。

⊙作品赏析

秦牧的散文，有一条始终贯穿的红线，就是对伟大祖国和勤劳人民的歌颂。在《花城》中，他以摇曳多姿的笔触，生动细致地描绘了广州繁华似锦的十里花街，中间不失时机地穿插纷繁的民俗知识，绘制出了一幅幅缤纷的画卷。更难能可贵的是，作者在行云流水般的叙说中，不时闪耀着思想的火花。

文章在艺术上也很有感染力。首先，多种表达方式的巧妙运用。作者以高超的艺术手法，不露声色地融叙述、描写、议论、抒情于一炉，流诸笔端的点点滴滴，妙趣横生。其次，作者采用谈天说地的方式，把知识与美的享受生动地传达给了读者，语言平易晓畅、朴实自然。第三，作者观察细致，描写细腻，运用了生动的拟人、形象的比喻、丰富的联想，既扩充了文章的思想容量，又增强了表达的效果。第四，文章条理清晰，结构灵活，内容丰盛而不杂乱，体现了作者对散文游刃有余的驾驭力。

葡萄月令 / 汪曾祺

入选理由
汪曾祺的散文代表作
冲淡中洋溢着真诚
劳作中的文人雅趣

一月，下大雪。

雪静静地下着。果园一片白。听不到一点声音。

葡萄睡在铺着白雪的窖里。

二月里刮春风。

立春后，要刮四十八天"摆条风"。风摆动树的枝条，树醒了，忙忙地把汁液送到全身。树枝软了。树绿了。

雪化了，土地是黑的。

黑色的土地里，长出了茵陈蒿。碧绿。

葡萄出窖。

把葡萄窖一锹一锹挖开。挖下的土，堆在四面。葡萄藤露出来了，乌黑的。有的梢头已经绽开了芽苞，吐出指甲大的苍白的小叶。它已经等不及了。

把葡萄藤拉出来，放在松松的湿土上。

不大一会，小叶就变了颜色，叶边发红——又不大一会，绿了。

三月，葡萄上架。

先得备料。把立柱、横梁、小棍，槐木的、柳木的、杨木的、桦木的，按照树棵大小，分别堆放在旁边。立柱有汤碗口粗的、饭碗口粗的、茶杯口粗的。一棵大葡萄得用八根、十根，乃至十二根立柱。中等的，六根、四根。

先刨坑，竖柱。然后搭横梁，用粗铁丝紧。然后搭小棍，用细铁丝缚住。

然后，请葡萄上架。把在土里趴了一冬的老藤扛起来，得费一点劲。大的，得四五

·作者简介·

汪曾祺（1920—1997），江苏高邮人，中国当代作家。1943年从昆明西南联合大学中文系毕业后，在昆明、上海任中学国文教员和历史博物馆职员。新中国成立后，先后在北京文联、中国民间文学研究会、北京京剧院工作，并执编《北京文艺》、《民间文学》等刊物。主要作品有小说集《邂逅集》、《汪曾祺短篇小说选》，散文集《蒲桥集》、《汪曾祺自选集》及一些京剧剧本。

个人一起来。"起！——起！"哎，它起来了。把它放在葡萄架上，把枝条向三面伸开，像五个指头一样的伸开，扇面似的伸开。然后，用麻筋在小棍上固定住。葡萄藤舒舒展展，凉凉快快地在上面呆着。

上了架，就施肥。在葡萄根的后面，距主干一尺，挖一道半月形的沟，把大粪倒在里面。葡萄上大粪，不用稀释，就这样把原汁大粪倒下去。大棵的，得三四桶。小葡萄，一桶也就够了。

四月，浇水。

挖窖挖出的土，堆在四面，筑成垄，就成一个池子。池里放满了水。葡萄园里水气泱泱，沁人心肺。

葡萄喝起水来是惊人的。它真是在喝！葡萄藤的组织跟别的果树不一样，它里面是一根一根细小的导管。这一点，中国的古人早就发现了。《图经》云："根苗中空相通。圃人将货之，欲得厚利，暮溉其根，而晨朝水浸子中矣，故俗呼其苗为木通。""暮溉其根，而晨朝水浸子中矣"，是不对的。葡萄成熟了，就不能再浇水了。再浇，果粒就会涨破。"中空相通"却是很准确的。浇了水，不大一会，它就从根直吸到梢，简直是小孩喝奶似的拼命往上喝。浇过了水，你再回来看看吧：梢头切断过的破口，就嗒嗒地往下滴水了。

是一种什么力量使葡萄拼命地往上吸水呢？

施了肥，浇了水，葡萄就使劲抽条、长叶子。真快！原来是几根根枯藤，几天功夫，就变成青枝绿叶的一大片。

五月，浇水、喷药、打梢、掐须。

葡萄一年不知道要喝多少水，别的果树都不这样。别的果树都是刨一个"树碗"，往里浇几担水就得了，没有像它这样的："漫灌"，整池子的喝。

喷波尔多液。从抽条长叶，一直到坐果成熟，不知道要喷多少次。喷了波尔多液，太阳一晒，葡萄叶子就都变成蓝的了。

葡萄抽条，丝毫不知节制，它简直是瞎长！几天功夫，就抽出好长的一节的新条。这样长法还行呀，还结不结果呀？因此，过几天就得给它打一次条。葡萄打条，也用不着什么技巧，一个人就能干，拿起树剪，劈劈啪啪，把新抽出来的一截都给它铰了就得了。一铰，一地的长着新叶的条。

葡萄的卷须，在它还是野生的时候是有用的，好攀附在别的什么树木上。现在，已经有人给它好好地固定在架上了，就一点用也没有了。卷须这东西最耗养分——凡是作物，都是优先把养分输送到顶端，因此，长出来就给它掐了，长出来就给它掐了。

葡萄的卷须有一点淡淡的甜味。这东西如果腌成咸菜，大概不难吃。

五月中下旬，果树开花了。果园，美极了。梨树开花了，苹果树开花了，葡萄也开花了。

都说梨花像雪，其实苹果花才像雪。雪是厚重的，不是透明的。梨花像什么呢？——梨花的瓣子是月亮做的。

有人说葡萄不开花，哪能呢！只是葡萄花很小，颜色淡黄微绿，不钻进葡萄架是看不出的。而且它开花期很短。很快，就结出了绿豆大的葡萄粒。

六月，浇水、喷药、打条、掐须。

葡萄粒长了一点了，一颗一颗，像绿玻璃料做的纽子。硬的。

葡萄不招虫。葡萄会生病，所以要经常喷波尔多液。但是它不像桃，桃有桃食心虫；梨，梨有梨食心虫。葡萄不用疏虫果——果园每年疏虫果是要费很多工的。虫果没有用，黑黑的一个半干的球，可是它耗养分呀！所以，要把它"疏"掉。

七月，葡萄"膨大"了。

掐须、打条、喷药，大大地浇一次水。

追一次肥。追硫铵。在原来施粪肥的沟里撒上硫铵。然后，就把沟填平了，把硫铵封在里面。

汉朝是不会追这次肥的，汉朝没有硫铵。

八月，葡萄"着色"。

你别以为我这里是把画家的术语借用来了。不是的。这是果农的语言，他们就叫"着色"。

下过大雨，你来看看葡萄园吧，那叫好看！白的像白玛瑙，红的像红宝石，紫的像紫水晶，黑的像黑玉。一串一串，饱满、磁棒、挺括，璀璨琳琅。你就把《说文解字》里的玉字偏旁的字都搬了来吧，那也不够用呀！

可是你得快来！明天，对不起，你全看不到了。我们要喷波尔多液了——喷波尔多液，它们的晶莹鲜艳全都没有了，它们蒙上一层蓝兮兮、白糊糊的东西，成了磨砂玻璃。我们不得不这样干。葡萄是吃的，不是看的。我们得保护它。

过不两天，就下葡萄了。

一串一串剪下来，把病果、瘪果去掉，妥妥地放在果筐里。果筐满了，盖上盖，要一个棒小伙子跳上去蹦两下，用麻筋缝的筐盖——新下的果子，不怕压，它很结实，压不坏。倒怕是装不紧，逛里逛当的。那，来回一晃悠，全得烂！

葡萄装上车，走了。

去吧，葡萄，让人们吃去吧！

九月的果园像一个生过孩子的少妇，宁静、幸福，而慵懒。我们还给葡萄喷一次波尔多液。哦，下了果子，就不管了？人，总不能这样无情无义吧。

十月，我们有别的农活。我们要去割稻子。葡萄，你愿意怎么长，就怎么长着吧。

十一月，葡萄下架。

把葡萄架拆下来。检查一下，还能再用的，搁在一边。糟朽了的，只好烧火。立柱、横梁、小棍，分别堆垛起来。

剪葡萄条。干脆得很，除了老条，一概剪光。葡萄又成了一个大秃子。

剪下的葡萄条，挑有三个芽眼的，剪成二尺多长的一截，捆起来，放在屋里，准备明春插条。

其余的，连枝带叶，都用竹箒帚扫成一堆，装走了。

葡萄园光秃秃。

十一月下旬，十二月上旬，葡萄入窖。

这是个重活。把老本放倒，挖土把它埋起来。要埋得很厚实。外面要用铁锹拍平。这个活不能马虎。都要经过验收，才给记工。

葡萄窖，一个一个长方形的土墩墩。一行一行，整整齐齐地排列着。风一吹，土色发了白。

这真是一年的冬景了。热热闹闹的果园，现在什么颜色都没有了。眼界空阔，一览无余，只剩下发白的黄土。

下雪了。我们踏着碎玻璃碴似的雪，检查葡萄窖，扛着铁锹。

一到冬天，要检查几次。不是怕别的，怕老鼠打了洞。葡萄窖里很暖和，老鼠爱往这里面钻。它倒是暖和了，咱们的葡萄可就受了冷啦！

⊙作品赏析

在现当代文坛上，小说和散文双管齐下，且都能够自成一家的不多，汪曾祺算是其中一个。他的散文少有宏大的题材，字里行间弥漫的都是文人的雅趣和爱好，称得上是真正的文人散文，读来别有一番闲情逸致。这篇《葡萄月令》是他这种风格的代表作。

文章结构布局颇具特色，乍看如同记了一本流水账，仔细品味，方知作者匠心独具，剪辑精心且有章法。这样的结构，既清楚明了地表达了繁复琐碎的内容，又不显凌乱，随意而潇洒。作者是典型的文人，但是行文中，上架掐须、浇水施肥，有条有理，有板有眼，俨然是一位经验丰富的老农。在兴致勃勃而又趣味盎然的唠叨中，不经意地又提及了《图经》、《说文解字》，充盈着文人雅趣，这两种情调融于一炉，风味别具。

作者观察很细致，葡萄叶的些微变化，不仅小而且颜色淡、花期短的葡萄花都在他的关照之内，体现了作者之用心。作者写"树醒了，忙忙地把汁液送到全身"、"葡萄喝起水来是惊人的"，这活泼的拟人，既清新，又生动，从中不难感受到作者寓于葡萄的感情，"一草一木总关情"，真是实至名归。这样灵活运用修辞的例子在文中随手可以拈来大堆。极大地丰富了文章的艺术表现力。文章在语言上还有另一个特色，多用口语。既显得亲切随和，又风趣活泼，作者真诚而淡泊的胸怀也可见一斑。

昆明的雨 / 汪曾祺

入选理由 汪曾祺的散文代表作之一
一幅诗意盎然、具有浓郁地方特色的
昆明雨季图

宁坤要我给他画一张画，要有昆明的特点。我想了一些时候，画了一幅：右上角画了一片倒挂着的浓绿的仙人掌，末端开出一朵金黄色的花；左下画了几朵青头菌和牛肝菌。题了这样几行字：

昆明人家常于门头挂仙人掌一片以辟邪，仙人掌悬空倒挂，尚能存活开花。于此可见仙人掌生命之顽强，亦可见昆明雨季空气之湿润。雨季则有青头菌，牛肝菌，味极鲜腴。

我想念昆明的雨。

我以前不知道有所谓雨季。"雨季"，是到昆明以后才有了具体感受的。

我不记得昆明的雨季有多长，从几月到几月，好像是相当长的。但是并不使人厌烦。因为是下下停停、停停下下，不是连绵不断，下起来没完。而且并不使人气闷。我觉得昆明雨季气压不低，人很舒服。

昆明的雨季是明亮的、丰满的，使人动情的。城春草木深，孟夏草木长。昆明的雨季，是浓绿的。草木的枝叶里的水分都到了饱和状态，显示出过分的、近于夸张的旺盛。

我的那张画是写实的。我确实亲眼看见过倒挂着还能开花的仙人掌。旧日昆明人家门头上用以辟邪的多是这样一些东西：一面小镜子，周围画着八卦，下面便是一片仙人掌，——在仙人掌上扎一个洞，用麻线穿了，挂在钉子上。昆明仙人掌多，且极肥大。有些人家在菜园的周围种了一圈仙人掌以代替篱笆。——种了仙人掌，猪羊便不敢进园吃菜了。仙人掌有刺，猪和羊怕扎。

昆明菌子极多。雨季逛菜市场，随时可以看到各种菌子。最多，也最便宜的是牛肝菌。牛肝菌下来的时候，家家饭馆卖炒牛肝菌，连西南联大食堂的桌子上都可以有一碗。牛肝菌色如牛肝，滑、嫩、鲜、香，很好吃。炒牛肝菌须多放蒜，否则容易使人晕倒。青头菌比牛肝菌略贵。这种菌子炒熟了也还是浅绿色的，格调比牛肝菌高。菌中之王是鸡，味道鲜浓，无可方比。鸡是名贵的山珍，但并不真的贵得惊人。一盘红烧鸡的价钱和一碗黄焖鸡不相上下，因为这东西在云南并不难得。有一个笑话：有人从昆明坐火车到呈贡，在车上看到地上有一只鸡，他跳下去把鸡捡了，紧赶两步，还能爬上火车。这笑话用意在说明昆明到呈贡的火车之慢，但也说明鸡随处可见。有一种菌子，中吃不中看，叫做干巴菌。乍一看那样子，真叫人怀疑：这种东西也能吃？！颜色深褐带绿，有点像一堆半干的牛粪或一个被踩破了的马蜂窝。里头还有许多草茎、松毛，乱七八糟！可是下点功夫，把草茎松毛择净，撕成蟹腿肉粗细的丝，和青辣椒同炒，入口便会使你张目结舌：这东西这么好吃？！还有一种菌子，中看不中吃，叫鸡油菌。都是一般大小，有一块银圆那样大，滴溜圆，颜色浅黄，恰似鸡油一样。这种菌子只能做菜时配色用，没甚味道。

雨季的果子，是杨梅。卖杨梅的都是苗族女孩子，戴一顶小花帽子，穿着扳尖的绣了满帮花的鞋，坐在人家阶石的一角，不时吆唤一声："卖杨梅——"声音娇娇的。她们的声音使得昆明雨季的空气更加柔和了。昆明的杨梅很大，有一个乒乓球那样大，颜色黑红黑红的，叫做"火炭梅"。这个名字起得真好，真是像一球烧得炽红的火炭！一点都不酸！我吃过苏州洞庭山的杨梅、井冈山的杨梅，好像都比不上昆明的火炭梅。

雨季的花是缅桂花。缅桂花即白兰花，北京叫做"把儿兰"（这个名字真不好听）。云南把这种花叫做缅桂花，可能最初这种花是从缅甸传入的，而花的香味又有点像桂花，其实这跟桂花实在没有什么关系。——不过话又说回来，别处叫它白兰、把儿兰，它和兰花也挨不上呀，也不过是因为它很香，香得像兰花。我在家乡看到的白兰多是一人高，昆明的缅桂是大树！我在若园巷二号住过，院里有一棵大缅桂，密密的叶子，把四周房间都映绿了。缅桂盛开的时候，房东（是一个五十多岁的寡妇）就和她的一个养女，搭了梯子上去摘，每天要摘下来好些，拿到花市上去卖。她大概是怕房客们乱摘她的花，时常给各家送去一些。有时送来一个七寸盘子，里面摆得满满的缅桂花！带着雨珠的缅桂花使我的心软软的，不是怀人，不是思乡。

　　雨，有时是会引起人一点淡淡的乡愁的。李商隐的《夜雨寄北》是为许多久客的游子而写的。我有一天在积雨少住的早晨和德熙从联大新校舍到莲花池去。看了池里的满池清水，看了作比丘尼装的陈圆圆的石像（传说陈圆圆随吴三桂到云南后出家，暮年投莲花池而死），雨又下起来了。莲花池边有一条小街，有一个小酒店，我们走进去，要了一碟猪头肉，半市斤酒（装在上了绿釉的土磁杯里），坐了下来。雨下大了。酒店有几只鸡，都把脑袋反插在翅膀下面，一只脚着地，一动也不动地在檐下站着。酒店院子里有一架大木香花。昆明木香花很多。有的小河沿岸都是木香。但是这样大的木香却不多见。一棵木香，爬在架上，把院子遮得严严的。密匝匝的细碎的绿叶，数不清的半开的白花和饱涨的花骨朵，都被雨水淋得湿透了。我们走不了，就这样一直坐到午后。四十年后，我还忘不了那天的情味，写了一首诗：

> 莲花池外少行人，
> 野店苔痕一寸深。
> 浊酒一杯天过午，
> 木香花湿雨沉沉。
> 我想念昆明的雨。

⊙ 作品赏析

　　《昆明的雨》是一篇情韵别致的写景散文，文章抒写了作者在昆明期间对雨季的见闻感受。文章开首不落俗套，视角新颖，以素朴的寥寥数笔清晰地勾画出了昆明雨季的形象：明亮、丰满、浓绿，下下停停、停停下下，不使人气闷。接着作者仍不直接写雨，而是写昆明雨季中的菌子、杨梅、缅桂花，看似与雨无关，实是以此作衬托，将昆明的雨季写得饱满、切实而形象，将昆明的雨季立体、现实地展示在读者面前。作者篇末引用典故，直抒胸臆，深化了文章的意境。文章语言质朴，行文自然如流水，信笔所至，无拘无束，看似平平淡淡，却充满诗情画意，趣味盎然。

人才 / 柏杨

　　入选理由
　　嬉笑怒骂中的明白道理
　　整合历史和政治现实的大气魄大手笔
　　不平则鸣的慷慨之音

　　社会上嚷嚷得最厉害，连耳朵都震聋的一句话是："没有人才"，也难怪有此嚷嚷，多少年来，无论大事小事，几乎没有一件事不窝窝囊囊，丢人砸锅。小民固然望人才如大旱之望海龙王，便是高高在上的二抓份子，私欲满足之余，也想到人才之妙，而兴"没有人才"之叹。好像中国气数已尽，人才到此戛然而止，绝了种啦！旧有的人才死光，再没有新的人才啦！尤其是二抓牌，坐在办公桌后翘起尊腿，自得其乐，偶尔抬头一瞧，四周站的全是给他们官做的子孙圈，想操其妈就操其妈，想罚其跪就罚其跪，自己一咳嗽就有人研究该咳嗽的哲学基础；自己一搔耳，就有人立刻以头碰地表示搔得好呀搔得好。而那些圈外之人，有的不准操他妈，有的连罚站都不接受，有的多嘴多舌，有的专唱反调，有的不听话，有的更为荒唐，竟然说我的咳嗽是害感冒，而搔耳不过因为痒。呜呼，在他阁下的尊眼之中除了奴才，就是乱民，同样也是没有人才。

问题就在于，中国真的气数已尽，人才也真的绝了种乎哉？恐怕多少有点商量余地。唐太宗李世民先生有一次教封德彝先生举荐贤良，好久没有消息，李世民先生催他，你猜他说啥？他也是绝种论，答曰："非不尽心也，但于今未得奇才。"好像凡是奇才之士，额上都刻着字，他一拣就拣到了手。既然没有刻字的，便术法度，于是李世民先生曰："但患己不能知，安可诬一世人。"这一个钉子碰得响亮，千载以下，仍在耳际缭绕。还有后秦高祖姚兴先生，也有一钉，他让梁喜先生物色人才，也是过了很久再催促，梁公也是绝种论，答曰："未得其人，可谓世之乏才。"姚兴先生曰："卿自识拔不明，岂得远四海乎？"李世民先生和姚兴先生，仅凭这个钉子，就应该名垂寰宇。有的人动不动就叹没有人才，应该马上送到地方法院，去吃诽谤官司。

君读过王安石先生论孟尝君之文乎？孟尝君田文先生是战国时代三"君"之一，也是三"君"之首，他阁下有一次出使秦国，昭王嬴稷先生打算逮捕杀之，以除后患。田文先生听啦，急得团团转，转到最后，人才出焉，一个圈里人善于窃盗，乃夜入秦宫，把田文先生送给嬴稷先生一件价值五十万美金的海勃龙大衣偷了出来，转献给嬴稷先生的宠姬，该宠姬想那一件大衣想得要命，一见大喜，乃在嬴稷先生跟前，用了点功夫，这才放他回去。走到函谷关，值半夜，按当时的法律，鸡鸣才开关，田文先生第二度团团转，恐怕嬴稷先生改变主意，派兵追赶，一旦追赶得上，便尊命休矣。到了此时人才又出，另一个圈里人善于鸡叫，就当场表演，叫了两下，别的公鸡在梦中被该叫声惊醒，糊里糊涂也跟着叫，结果你叫他也叫，关门大开，他才算逃脱虎口。田文先生逃虎口之后，用不着说，一定芳心大喜，拍屁股曰："幸亏我天纵英明，人才丛生。"即令他阁下没有这么说，恐怕也会这么想，想到得意之处，难免一番沾沾自喜。

然而王安石先生觉得颇不对劲，他有一篇《读孟尝君传》，字数不多，且抄在下面：

"世皆称孟尝君能得士，士以故归之，而卒赖其力，以脱于虎豹之秦。嗟乎，孟尝君特鸡鸣狗盗之雄耳，岂足以言得士？不然，擅齐之强，得一士焉，宜可以南面而制秦，尚何取鸡鸣狗盗之力哉？鸡鸣狗盗之出其门，此士之所以不至也。"

·作者简介·

柏杨（1920—2008），本名郭衣洞。当年台湾横贯公路通车前，他曾应邀前往参观及为沿途景致题名，那时最后一站位于"古柏杨"的隧道尚未竣工，他回家后提笔有感，因而用了"柏杨"为笔名，并一直沿用至今。在20世纪70年代的台湾，柏杨随意翻译了一篇美国漫画，却令他差点被政府枪决，结果劳改了8年。

在柏杨身上，我们可以看到鲁迅的影子。他的笔触痛快淋漓，特别是他的杂文，如《丑陋的中国人》、《中国人你受了甚么的诅咒》及《中国人史纲》，文字刻薄尖锐，直指中国人种种的劣根性。

柏杨的创作经历应该从1949年到台湾后开始的，他先从事了10年的小说创作，接着又进行了10年的杂文创作，然后就是10年的牢狱之灾。出狱后，柏杨先进行了5年的专栏写作，然后又花了10年时间将《资治通鉴》这部古书翻译成白话文，即《柏杨版资治通鉴》。这本书可以说是他写作生涯的里程碑，蕴含了他传播中国传统文化的心愿。

王安石先生认为，以齐国面积之大，人口之多，只要有一个半个人才，便足可以强盛，足可以把秦整得七零八落，田文先生根本就不会被叫到秦国去，受要囚要杀之辱。正因为田文先生左右充满了鸡鸣狗盗之徒，真正人才才落荒而逃。

王安石先生为田文先生上了一个尊号，曰"鸡鸣狗盗之雄"，中国历史上这镜头很多，有些人看起来精明能干，小聪明如连珠炮，忽冬忽冬，俨然俨然，实际上不过一个"奴才总管"、"一圈之长"而已焉。夫二抓牌尊眼中，人才和不听话是不可分的，事实上人才有些时候也确实不听话，盖奴才头"操"奴才的妈，奴才马上就在门口挂匾志庆；一圈之长罚子孙圈跪，子孙圈马上就削半截。如果刘备先生操诸葛亮先生的妈，或苻坚先生罚王猛先生的跪，恐怕他们很难忠贞不误。不特此也，纵然二抓牌于心不忍，其奴才一看，咦！你怎敢不把亲娘献上去呀，显然还有保留，这种人不可靠不可靠，也无你立足之地。

前已言之矣，历史上任何一个政权，开创之初，无不人才济济。可是到了后来，圈圈出笼，就非关系不行，而"才难"了矣。"才难"似乎并不对题，教头目舒服的人才固多的是，只不过教国家兴隆强盛的"才""才""难"。初期的姜小白先生，大智大慧，想吃山珍海味，就找易牙，想当圣人，满足满足自尊和虚荣，就找开方，想玩玩女人，就找竖刁，想治治国，把齐国弄强，就找管仲。等到管仲先生一命归天，他把国事寄托到前三个人才身上，就糟了大糕，其结局如何，世人尽知，活活饿死不算，连尸首都生了蛆，还没人发现。我们向不以"死"来衡量人，对不得善终的忠臣义士和英雄豪杰，敬意没有稍衰，但把齐国弄成那种样子，姜小白先生之昏，千载以下，尤使人踩脚。

人才和奴才誓不并立，奴才永远成不了人才，而人才也永远成不了奴才。表面看起来，越是末世，人才越少，左也窝囊，右也纰漏。古人谈到一个王朝的衰亡，往往叹曰："气数已尽"，到了无可奈何之时，也只好这么一叹。不过柏杨先生以为，似乎并不见得，盖气数尽者，人才绝也。问题恐怕是，越到末世，不但人才并不越少，相反的，人才反而越多。君不见旧政权垮台，新政权成立，在新政权下，不都是人才如云乎哉？秦王朝末尾几年，只剩下赵高先生一人，可是西汉王朝的开国功臣张良先生、韩信先生、萧何先生，固是秦王朝属下的乱民也。隋王朝末尾几年，也只剩下虞世基先生一人，可是唐王朝开国功臣李靖先生、尉迟恭先生、魏征先生，同样隋王朝属下的乱民也。

末世政治最大的特征，是把人才——逼成乱民。这并不是说处心积虑的要别人反，而是"天下为私"的结果，有些酱不住的人，不得不反。君一看《水浒传》便知，像林冲先生，高太尉手执钢刀，咆哮曰："你反不反？不反，老子就杀！"头目高坐堂上，凶态可掬，当然不怕你反。张三反焉，大刀一挥，喀嚓一声，杀掉其头。李四反焉，大刀一挥，喀嚓一声，杀掉其头。只见他举刀如飞，威风凛凛。可是"反"是他阁下努力制造出来的，所以即令活活累死，也杀不完。杀来杀去，终于遇到一个脖子硬的，不是喀嚓一声啦，而是当啷一声，大刀震落在地，一个新政权出现。战国时代毛遂先生的故事，可帮助我们了解末世何以"才难"，平原君赵胜先生那一套话，听起来能把人气断了筋，他曰：大丈夫处世，像把锥子放到口袋里，尖端会立刻透出来。阁下在我这里三年，默默无闻，也没有一个人说你好话，恐怕你没啥没啥。毛遂先生曰：假如我被放到口袋里，尖端早透出来啦，而是我根本没有被放到口袋里呀。盖口袋已被圈圈扎住，谁都放不进去，举目所及，不是在垃圾箱里烂着，就是已上了梁山，读史至此，涕泪交集。

⊙ **作品赏析**

　　柏杨先生的洋洋大文均热衷于以锥笔挑中国政治文化的脓包，一刺即使人闻到一股剧烈的恶臭，盖一国家一种族的腐朽至如此，只能使颇怀赤子之心的人"读史至此，涕泪交集"。杂文的写和读，怕的不是言语的尖刻和观点的离奇，而是这些听之逆耳的话竟句句属实。柏杨的文章正是如此，他不开口说话便罢，一旦开口，就不在小处挠痒，而是在大处开刀，不是修甲理发，而是心脏搭桥，即使比喻他是一个医生也罢，一个精神的斗士、文化的牛虻也罢，柏杨的开方和下刀，均是有理有据，使你若不自欺，便为自己所在的种族汗颜痛心，为自己将要浸染其中的酱缸深感恶心和绝望。作为一个民族自新的前提，柏杨杂文的价值是不言自明的。《人才》一文正是柏杨先生以史为据的发怒之作，作者大量的言之确凿的史实分析和严密有力的逻辑论述在于向我们说明"为什么没有人才"或者说"为什么一有奴才就没有人才"。柏杨的论述表明，天下为私是一个根本的原因，而因为人才的本质属性使得"人才和奴才誓不并立"，而私天下的结果是这样的政治体制要奴才而不要人才的，而以要人才的名义纳奴才，于是"在他阁下的尊眼之中除了奴才，就是乱民，同样也是没有人才"，或者"把人才一一逼成乱民"。

我们向歌德学习什么 / 绿原

入选理由
一代诗人绿原的散文典范
歌德推崇浪潮中的经典文学作品
对歌德的精到解读至今仍有借鉴意义

　　纵观人类文化史，从事逻辑思维和形象思维的作家都算在内，单就文字生涯本身而论，其造诣与成就粲然不可磨灭者，几如仲夏晴夜的繁星。然而，能超出文字层面，以其毕生凝聚并闪耀出来的人格力量、心智密度、思想深意影响世道人心，进而开拓人类世界观者，则又显得屈指可数了。试以今年全世界将为其生辰250周年举行纪念活动的歌德（1749～1832）为坐标，在他前面近二千年，可以指出亚里士多德、但丁、莎士比亚、牛顿、伏尔泰、卢梭、康德和东方的老子、庄子、孔子几位；作为他的同代人，不少与他同步伐、同目标却不一定同姿态、同途径的思想精英中间，还有和他并立于魏玛塑像基座的席勒，以《精神现象学》陪同《浮士德》在通向真理的道路上跋涉的黑格尔，被他认为诗才几与莎士比亚比肩的拜伦，以及他亲自翻译过其杰作《拉摩之侄》的狄德罗；至于他身后一百多年，由于人类世界观日益扩大，科学技术飞速发展，生存能力与忧患意识同步并进，则应提及更多的名字，如叔本华、达尔文、马克思、托尔斯泰、弗洛伊德、爱因斯坦和毕生同各种精神奴役作斗争的鲁迅。有人却说，从荷马到歌德只有一小时距离，从歌德到20世纪相距长达24小时，其间充满只有追求个人原则的观察者才能感到的变化和危险。以上推举、排列和比较因此可能引起一些异议，那不要紧，因为按照不同的观点，删去一些名字，添进另一些名字，并不因此抹煞本文将要阐述的主旨，即在这些不仅以写作质量见长的大作

· 作者简介 ·

　　绿原（1922—2009），原名刘仁甫，诗人，湖北黄陂人。复旦大学肄业。1948年加入中国共产党。中华人民共和国成立后，历任《长江日报》文艺组组长，中共中央宣传部国际宣传处组长，人民文学出版社编译所编辑、外国文学编辑室副主任、副总编辑，中国作协第四届理事。著有诗集《又是一个起点》、《人之诗》、《另一支歌》，诗论集《葱与蜜》。

家中间，尽管其成就与影响各不相同，难以比较，但就其对人的榜样作用的广度和深度、教育内容的现代性和平民性而言，除了鲁迅——中国青年不得不向歌德走去。

中国知识界的先进分子早在本世纪初叶，就曾以开阔的胸怀呼吁，从广博深厚的人类文化积存汲取各种于己有益的成分，以建立苦难深重的中华民族所需要的新人。但由于各种难免的和本来可免的历史阻力，包括连年的争战和动乱，这个宏愿直到本世纪末还难以实现。目前，全国人民在艰难的改革中前进：一方面是柳暗花明的希望在招手，另方面是所谓社会失序、道德失范、心理失衡的转型阵痛在加剧，知识分子的自我教育任务比任何时期更为迫切。一些有识之士检讨了几十年来知识分子心身两方面所遭受的种种挫折与创伤，从而发现他们本身固有的弱点和病根，深感有强调宣传鲁迅当年的"立人"说和"拿来主义"之必要。他们一致认为，除了争取民族国家的独立、富强和民主，更应重视"人的个体生命的精神自由"；个体生命本身更应"有辨别，不自私"，对世界先进文化（包括自己传统文化的民主成分）加以"挑选"和"占有"，以求有利于建立和巩固自身的新价值和新人格。已故诗人、教育家冯至先生在1945年抗日战争胜利前夕说过一段语重心长的话："人们一旦从长年的忧患中醒来，还要设法恢复元气，向往辽远的光明，到那时，恐怕歌德对于全人类（不止是对于他自己的民族）还不失为最好的人的榜样里的一个。"这里说的是"最好的"，不是可有可无的"榜样"。同时是说他是其中的"一个"，不是说他是唯一的。正是这样看，半个世纪以后的我们（不止是我国的德语学者们）才热情呼吁要向歌德学习，并且提出"我们向歌德学习什么"这个问题。

歌德单纯作为一位作家，他的著述的广泛性及其丰硕成果远远超出常人的想象，仅就文学领域而言，其中没有什么部门他没有涉及，而他所创作的诗歌、小说、戏剧以至评论，更无一不取得世界文学史中的上乘地位。各国读者都会记得他的《浮士德》、《伊菲日尼》、《托夸托·塔索》、《厄格蒙特》、《铁腕革茨·柏利欣根》这些以光辉性格传世的戏剧；都会记得他的《威廉·麦斯特》、《少年维特的烦恼》、《诗与真》这些颂扬主体性、鞭挞软弱性格而有别于浪漫派、自然派和现代派的修养小说；更不会忘记他的自由出入一切格律、形式之间，几乎任何翻译家为之搁笔的鬼斧神工的抒情诗杰作。此外，他熟谙德语文学，通晓希腊、拉丁、英国和法国的主要文学成果，研究过波斯语诗集，晚年还试图了解印度文学和中国文学。歌德的文学知识，创作经验以及大量警句、箴言所包含的人生智慧，决不是一两篇纪念性文章说得完、写得透的。然而，在文学之外，他还对绘画、音乐、建筑等艺术部门有过精辟的论述；在文艺之处，他还在自然科学方面，包括岩石、云朵、色彩、植物、动物以及人体解剖等学科，都下过深湛的功夫。还值得一提的是，除了个人的研究和著述，他还对魏玛公国的科学文化事业（包括剧团领导、艺术教育等工作）以及其他政治、经济活动（以至征兵、开矿等远离文化的行政管理），都付出了大量的心力和体力。与这些奇迹般的业绩相对照，歌德不幸出生于18世纪一个正在腐朽和解体的德国封建小邦，那是一个足以窒息任何才能和志向的、令人进退维谷的环境。在这样的环境，取得这样巨大的成就，不能不反映一个令人惊叹的奋斗过程。在这个奋斗过程中，不能不隐藏着一个伟人所以成为伟人的秘密。认识了这个秘密，我们就有充分的理由断定：与其说歌德没有战胜"德国的鄙俗气"，更应当说，"德国的鄙俗气"终于没有战胜歌德。

饱经 20 世纪沧桑的中国知识分子不可能争取，也不必妄想达到与当年歌德相当的成就，但是决不因为难以望其项背而自惭形秽。无论如何，人类永远是在由蒙昧、错误、过失、挫折所组成的进化过程中前进。歌德所处的时代、环境及其必然的历史局限性与我们今天所具有的迥异，他作为大写的人，身上有些什么宝贵的精神财富仍然值得我们抽象继续，需要我们自己独立思考。笔者不揣涉猎孤陋，觉得下列几点曾经在歌德身上产生过辉煌效果的高尚品质，是我们按照自我教育的实践要求，应当认真学习，细致培养，并且永远身体力行的。

1. 不断奋进的人生态度。歌德有一条著名的箴言："在一切德行之上的是：永远努力向上，与自己搏斗，永远不满足地追求更伟大的纯洁、智慧、善和爱。"他的一生就是对这条箴言的实践过程，他的巨著《浮士德》的主旨也就在这里。其中永不停歇地无穷无尽地追求充实而圆满的人生的精神，宁愿从错误、危险和觉悟中摸索前进也不安于无所作为的精神，正是歌德为历代后人所发扬的现代精神。这也正是我们学习歌德的主线，同时也是我们沿着这条主线开发自身价值的第一步。

2. 无限的求知欲和对"最好"的追求。歌德在《浮士德》第一部让主角的助手瓦格纳说过这样一句话："我诚然知道很多，但我还想知道一切。"从这个配角的庸俗性格和迂腐倾向来看，这句话不过是对他的好高骛远的讽刺。但如移到主角浮士德身上，或者移到作者歌德身上，却可以闪现出豪迈的异彩，有他的业绩所体现的知识总和为证。与无限的求知欲相连的，是对"最好"的追求。"对于艺术家来说，如果没有最好的，就等于什么也没有。"——歌德这样说过，他也这样做到了。对于一般人来说，我们不可能知道"一切"，更不可能在一切方面达到"最好"的标准；但是，在充满艰难险阻因而不进则退的人生道路上，为了达到"立人"的目的，知其不可为而为之的尽其在我的精神却又是我们不可缺少的。

3. 感情与理智的平衡。歌德的生活和创作一贯基于感性和直观，对抽象思辨抱着疏隔的态度。但是，他的敏感和多情从来没有发展成为沉迷与狂放，相反他处处讲求节制。首先，他在宁静而淡雅的古典艺术品面前，深感节制在创作过程中的必要，因为艺术的价值不在于宣泄，而在于凝练。引申开来，他更教导世人，人生的最高境界不在于像火山一样爆发，而在于像大海一样包容和持重。用通俗的说法，人逢顺境要节制，逢逆境则要忍耐，亦即保持感情与理智的平衡，这是可与各国智者的教诲相印证的。

4. 从绝望中学习断念。人生从来不是一帆风顺，反之如不如意事常八九，不断令人烦恼、沮丧以至绝望。歌德也不例外，他深深体验到绝望带来的种种痛苦；但他通过内心和身外的奋斗，往往能够从工作中得到解脱，并在事业中加深对自己和整个人生的理解。歌德常常惋惜，他的青年朋友中有不少才智之士对人生浅尝辄止，不幸堕入犬儒式的虚无主义，终于在否定精神的支配下无所作为，以致沉沦下去，针对一些在逆境中只会埋怨和咒骂的人，1812 年他在魏玛所写的谚语集中，奉送过这样一句没有实际体会就根本无从理解的格言："谁不能（承担）绝望，谁就一定活不下去。"同时，他又针对绝望提出了一个更高级的修养手段：断念。自从歌德在 1821 年出版的《威廉·麦斯特漫游岁月》，或称《断念者们》一书中，把"断念"同"爱"和"敬畏"一起，作为他所设想的"教育区"中儿童教育的主要内容以来，这个修养手段在更多德语作家笔下有了更多独特的形象的阐发。所谓"断念"决不是无可奈何的听天由命，而是自愿地、主动地、虽然不无痛苦地承受客观现实加于自身的种种艰辛和矛盾，并且自愿地作为人类整体的一分子，安于自己的痛苦地位，达到忘我境界，隐约感到美好与光明缓缓从自己内心流出。实际上，人们通过断念，可以磨炼自己的性格，使自己能够经受客观上的艰难险阻和主观上的烦恼、沮丧和绝望，继续保持自强不息、一往无前的精神，这不能不说是比节制和忍耐更为高级的、更值得刻苦钻研的一种修养手段。

5. 责任感，事业心，为人类造福。以上几点大都限于个人修养，但不能因此误解歌德是一个自我完善者，或者一个道德家。从青年时代起，歌德一直听凭热情支配，不但表现在他的个人生活和写作上，还可见于他对神话、传说、历史中的反抗精神的仰慕上。随着自我教育日益深化，他越来越认识到在人生中，比热情更重要、更宝贵的是责任感。他明确地说："那么，什么是你的责任呢? 当务之急。"托玛斯·曼 1930 年曾经用这个简明的答案作为他的一本政治论说集的题目，足见歌德对于责任感的强调在德国知识界所产生的影响。歌德的责任感表现在多方面，或者是对人，或者是对自己。例如：为朋友魏玛公爵承担各种违反个人志趣的繁重的政务；与移居魏玛的知己席勒共同制定遭到年轻一代反对的复兴古典艺术的"魏玛艺术之友"纲领；同居 18 年之后，公开与克里斯蒂涅·乌尔丕尤斯举行婚礼；经过 60 年赶着在去世前夕把毕生巨著《浮士德》全部完成，等等。这些及其他事件的实际过程证明，歌德实现他的责任感，决不是敷衍塞责，因应人事，更不是自私地追求所谓"良心"的平安。他的责任感的严肃性在于和事业心相连，在于通过事业心而形成为人类造福的使命感。他的一生从没有为任何个人目的、成就、荣誉所滞留，而是为着一个即使超越个人能量和生存年限的伟大使命而永不停歇。人生从头到尾就是一个奋斗过程，这也正是《浮士德》这部巨著唯一的启示。浮士德在失望于美的理想的追求之后，产生了填海造田、为人民建立新的理想之邦的雄心壮志，即使双目失明，仍然在自己的想象中，仿佛听见自由人民建设新生活的声音，而不禁呼唤眼前的瞬间"停留下来"。尽管他为人类造福的理想自己没有实现，致使这部巨著只能以"悲剧"的形式传世，浮士德永远不满足于渺小的物质享受，永远不屈服于魔鬼的引诱，终于怀着那个高尚的使命和信念倒了下来：这条英雄主义的人生道路成为历代先进人类永远的楷模。

6. 爱惜时间，力求化瞬间为永恒。对于怀有事业心、使命感并对人生短促有自觉性的人，时间是永远不够用的。因此，最愚蠢的行为莫过于对时间的抛荒和浪费。歌德真可称为著作等身的大家，他却从不以倚马可待的天才自居，那么他是如何爱惜时间，也就不言而喻了。值得一提的是为儿子题写时间警句的逸事：奥古斯特·瓦尔特读到作家让·波尔的一则打油诗："人生只有两分半钟，一分钟微笑，一分钟叹息，半分钟去爱，然后在这半分钟死去。"他爱不释手，便把它抄在纪念册上；歌德看了，便在它后面添写了这样几句："一小时有六十分钟，一天有一千多分，孩子，你要知道，一个人能够做多少事情。"

7. 对混乱、暴力、革命的态度。歌德一生厌恨各种形式的混乱和暴力。法国大革命期间，巴士底尔被攻陷之后，德国著名知识分子席勒、赫尔德、克洛卜斯托克等人发出热情的欢呼，歌德却采取怀疑、保留以至冷淡的态度，明确宣称他不是法国革命的朋友。同代人和后人曾经以反对革命为口实而谴责他，看来不免知其一未睹其二了。须知歌德同时也不是专制统治的朋友，更不承认自己是现行制度的朋友，因为时代在前进，人间事物每过 50 年都会改弦易辙，不会永久不变。歌德所以不同情用暴力来消除政治弊端，根本上取决于这样一个信念：人类社会的所有变革和自然界一样，应当通过进化来完成。在 20 世纪进步知识分子中间，歌德这种以进化代替革命的历史观是难以得到认同的，因为革命作为社会制度的基本变革形式在人类发展史中毕竟不可避免，有时甚至是必要的；但是，具体的革命过程是否需要暴力，从策略上说，在革命阵营内部也经常发生分歧，至于以"革命"之名行动乱之实的社会行为，明智人士从公益视角出发，就更不会以为然了。

8. 爱国主义。歌德生前还被责备为不关心政治，以至不爱国。这是指他在普奥联合反拿破仑的战争进程中所持的超然态度。歌德还曾告诫青年诗人，一旦打算发挥政治影响，"他就不成其为诗人了"，这也被一些人作为"为艺术而艺术"的主张而加以反对。这些是非自有公论，此处毋庸细述。重要的是歌德同时向爱克曼所讲的一段政治遗言："……诗人作为一个人和公民是会爱自己的祖国的……到底怎样才叫做爱自己的祖国呢？如果一个诗人终生不渝地致力于同有害的偏见作斗争，清除狭隘的观念，启迪人民的心智，净化他们的趣味，其情操与思想趋于高尚。试问他还能怎样更爱国呢？"的确，谁还能比这样身体力行而且产生如此丰硕成果的歌德更爱他的祖国呢？

9. 晚年客观地看待自己。歌德尽管一生取得奇迹般的成就，却从没有把自己看成什么"超人"，始终客观地认为自己得益于时代和环境，这些观点均见于晚年与爱克曼的谈话中。例如，1824 年 2 月 25 日，他说："我出生的时代对我是个大便利。当时发生了一系列震撼世界的大事，我活得很长，看到这类大事一直在接二连三地发生。对于七年战争、美国脱离英国独立、法国革命、整个拿破仑时代、拿破仑的覆灭以及后来的一些事件，我都是一个活着的见证人。"1832 年 2 月 17 日，他说得更坦率、更明确："在我的漫长的一生中，我确实做了很多工作，获得了我可以自豪的成就，但是说句老实话，我有什么真正要归功于我自己的呢？我只不过有一种能力和志愿，去看去听，去区分和选择，用自己的心智灌注生命于所见所闻，然后以适当的技巧把它再现出来，如此而已。我不应把我的作品全归功于我的智慧，还应归功于我以外向我提供素材的成千成万的事情和人物。"我们由此感奋地认识到，歌德决不认为自己是不可企及的，他不过一直不遗余力地试图达到普通世人可能攀登的最高台阶，从而极大地增强我们对于自己的人生道路的信心和勇气。

10. 歌德所从事的工作超出个人的能量和生存年限，需要一代又一代的接力者。35 岁的席勒 1794 年在耶纳一次自然科学讨论会上与歌德交谈过原始植物问题之后，给 45 岁的歌德写过一封为此后十年的友谊奠定基础的长信。其中谈到这样三点：一、歌德毕生寻求自然界中的必然性，试图用整个自然大厦的材料按照遗传学方式建造万物中最复杂的机体即人；二、这个从自然界仿造人的构想，诚然富于英雄气概，但从歌德的出身来说，却又是一条任何意志软弱者都会回避的最艰难的道路；三、这是因为为此而必需的希腊精神被扔在北方世界中，歌德如不甘成为一个北方艺术家，便得借助思想的力量来弥补现实拒绝提供的想象力，这无异于从内部按照一条理性途径分娩出一个希腊来。歌德以赞同而又感激的心情给席勒写了回信，其中写道："我所从事的工作远远超出个人的能量和生存年限，我想把某些部分寄放在你名下，好让它们不单得以保存，还能充满生机。如果我们更亲近一些，你会发现我身上有某种朦胧和犹豫，尽管我清醒地意识到，却也无从控制，因此你将亲自看到，你的关怀对我是大有助益啊。"席勒所说的歌德所从事的工作并不纯粹属于自然科学，仍不过是试图按照自然界由简单到复杂的发展规律，通过文化途径促进人性的改善。在歌德看来，文化就是第二种自然，文化史就是人类从自然状态的动物成为世界改造者和历史创造者的进化过程。这两位大诗人建交以后，歌德节制了席勒对于哲学玄思的爱好，席勒则帮助歌德把他对自然科学的热情转移到文学创作上来。于是，和谐、自我完善、致力于真善美、以古代为楷模被肯定为高尚的安适自在的新文化的基础。然而，真正按照自然进化规律仿造人，这个远大理想又谈何容易？歌德生前显然不可能也没有祈求实现，充其量像席勒所说，不过开辟了一条道路，虽然远比在别的道路上走到终点更有价值。在歌德没有走完的道路上，当代世界各地的接力者们，包括 21 世纪的中国健儿们，将以更迫切的心情、更清醒的头脑、更坚决的步伐继续坚持走下去。他们的实际目标虽已从"按自然规律仿造人"改换成"首在立人"的"新宗"，但对新人类具有确信，则是和歌德完全一致的。

以上正是肩负"立人"使命的中国知识分子值得向歌德学习的几个重点。这些重点内容作为歌德精神的一部分，虽然知易而行难，却并不疏隔于我们固有的精神血脉，例如鲁迅的道德文章。事实上，学习歌德精神和继承鲁迅的战斗传统本来是一致的，是可以相互补充、相互发明的，这也是我们容易走向歌德的原因之一。歌德逝世一个半世纪以来，由于世界变化太大，对他的评价和议论纷然杂呈，莫衷一是。除所谓"德国鄙俗气"征服了歌德这个常见观点外，有的认为在这位满面春风、彬彬有礼的君子后面，躲着一个忧伤的悲观主义者，有的把乐观、坚定的奋斗者的形象换成一个苦恼的怀疑主义者，以至在他的青年同胞中间一再发出"告别歌德"、"抛弃歌德"的呼声。19 世纪下半叶的歌德和 20 世纪末的鲁迅竟然遭到相似的命运，不能不令人在感慨之余加以深思。尽管施彭格勒断言西方已经没落，汤因比把人类的希望寄托在东方文化上，近年来更出现了"文化冲撞"的怪论，而歌德为世界公民所发扬的人文主义理想，在世界各国的接力者们心中永远不会磨灭，并在目前令人惶惑的喧哗与骚动中，日益放射出镇定人心、鼓舞人心的光辉。中国知识分子要实现"立人"的宏愿，从其身内外、境内外将会遇到的阻力来看，其艰难程度较之当年歌德征服"德国鄙俗气"有过之无不及，但同时我们也比歌德有更多后来居上的便利要件，包括更广阔的活动空间、更深刻的经验教训，以及更可检验自己的能量的机遇和风险。只要我们保持不可或缺的自觉性和坚韧性，永远努力向上，不断超越自我，防止满足和停顿，抵制因循苟且和低落消沉，同时注意保持平衡和稳妥，防止形而上学的片面和偏激或偏废——这样必将在人的价值的认识、开发和运用上有所长进，并对自己的人民、民族和整个人类作出应有的贡献。

1999 年 1 月 15 日于北京八里庄

⊙作品赏析

歌德在中国学界的含义已不仅仅只是一个文人，他已在不经意间成为了一种精神的幻化和象征，在众多知识者的心中，是精神和家园的港湾，就像孔子的儒学一样，已经标举为"歌德学"。或者说歌德已经细化为人格和对这个世界不懈追寻的理念滋养，并在中国学者的心中形成一种源源不断的感念。

1999年是歌德诞辰的纪念日，绿原的《我们向歌德学习什么》也正应此而作，并且是带着极其深刻的生命感悟写下的，从其译作《浮士德》荣膺1998年鲁迅文学奖翻译彩虹奖即可见一斑。文章从各个不同的层次剖析歌德作为一种精神映像存在的含义，以我们所习以为常的总分结构，再次复苏了歌德形象意义的不同侧面，全面展现了这位恩格斯眼中德国的最伟大者的胸怀与情操，从文字的凝眸间蹦出耀眼的形象华彩，包括善与爱的人生态度，不懈与执著的青春情怀。

虽然文章的字里行间并没有刻意的雕琢，也没有华美的润饰，但却像作家形容歌德的一生那般单纯朴素中渗透出绝美的人生光环。在简约与朴实间表达深刻的人生含义，将歌德的闪光所在，在相对简短的叙述中点滴挖掘出来，呈现在读者的眼前，也许这就是作者所想的借鉴目的。

春风 / 林斤澜

入选理由 收入多种散文选本
构思立意，别具一格
展现了一种粗犷豪放之美

北京人说："春脖子短。"南方来的人觉着这个"脖子"有名无实，冬天刚过去，夏天就来到眼前了。

最激烈的意见是："哪里会有什么春天，只见起风、起风，成天刮土、刮土，眼睛也睁不开，桌子一天擦一百遍……"

其实，意见里说的景象，不冬不夏，还得承认是春天。不过不像南方的春天，那也的确。褒贬起来着重于春风，也有道理。

起初，我也怀念江南的春天，"暮春三月，江南草长，杂花生树，群莺乱飞"。这样的名句是些老窖名酒，是色香味俱全的。这四句里没有提到风，风原是看不见的，又无所不在的。江南的春风抚摸大地，像柳丝的飘拂；体贴万物，像细雨的滋润。这才草长，花开，莺飞……

北京的春风真就是刮土吗？后来我有了别样的体会，那是下乡的好处。

我在京西的大山里、京东的山边上，曾数度"春脖子"。背阴的岩下，积雪不管立春、春分，只管冷森森的，没有开化的意思。是潭、是溪、是井台还是泉边，凡带水的地方，都坚持着冰块、冰砚、冰溜、冰碴……一夜之间，春风来了。忽然，从塞外的苍苍草原、莽莽沙漠，滚滚而来。从关外扑过山头，漫过山梁，插山沟，灌山口，呜呜吹号，哄哄呼啸，飞沙走石，扑在窗上，撒拉撒拉，扑在人脸上，如无数的针扎。

轰的一声，是哪里的河冰开裂吧。嘎的一声，是碗口大的病枝刮折了。有天夜间，我住的石头房子的木头架子，格拉拉、格拉拉响起来，晃起来。仿佛冬眠惊醒，伸懒腰，动弹胳臂腿，浑身关节挨个儿格拉拉、格拉拉地松动。

· 作者简介 ·

林斤澜（1923—2009），浙江温州人。1945年毕业于国立社会教育学院，1949年后到北京市文联创作组从事剧本创作，1956年出版了第一本戏剧集《布谷》。其作品大多为短篇小说，代表作有小说集《春雷》、《山里红》、《石火》、《满城飞花》，小说散文合集《飞筐》以及一些报告文学等。

麦苗在霜冻里返青了，山桃在积雪里鼓苞了。清早，着大鞋，穿老羊皮背心，使荆条背篓，背带冰碴的羊粪，绕山嘴，上山梁，爬高高的梯田，春风呼哧呼哧地帮助呼哧呼哧的人们，把粪肥抛撒匀净。好不痛快人也。

北国的山民，喜欢力大无穷的好汉。到喜欢得不行时，连捎带来的粗暴也只觉着解气。要不，请想想，柳丝飘拂般的抚摸，细雨滋润般的体贴，又怎么过草原、走沙漠、扑山梁？又怎么踢打得开千里冰封和遍地赖着不走的霜雪？

如果我回到江南，老是乍暖还寒，最难将息，老是牛角淡淡的阳光，牛尾蒙蒙的阴雨，整天好比穿着湿布衫，墙角落里发霉，长蘑菇，有死耗子味儿。

能不怀念北国的春风！

⊙作品赏析

文章贵在创新，而散文写作更是如此。文人墨客笔下的春风，多是轻柔温和的。而林斤澜先生却不蹈前人樊篱，在写法上另鸣新声，写出了自己独特的体验。尽情赞美了北国粗犷豪美的春风，给人耳目一新的感觉。

这篇文章在艺术手法上也颇具特色。作者开篇就写北方没有春天，并写了自己对南方春天的怀念，给人一种贬抑北方春天的错觉。然而，一阵宛转之后，笔锋陡然一转，"北京的春风真就是刮土吗？后来我有了别样的体会"，将文章引入了正题。文如看山不喜平，作者先抑后扬的艺术手法，鲜明地对比了南北方春风的差异，于无形之中渲染衬托了北方春风的可爱。

文中还运用了比喻、拟人、夸张、反复等修辞手法，如"仿佛冬眠惊醒，伸懒腰，动弹胳臂腿"，这样的拟人，把房子上的木头架子在风中颤抖的情形传神地刻画出来了，既富有艺术表现力，又很有趣味。文章的语言质朴自然，且多象声词、叠词，既营造出了现场感，又音调铿锵，感情真切，气势恢宏，显示了一种阳刚之美。

幽燕诗魂 / 丁宁

入选理由
对杨朔深切的怀念与追思
对杨朔灵魂境界的体悟
文章结构周密而不滞重，气势开阔而不散漫

十多年前，渤海之滨，秀丽的北戴河，有个小小的文学界的疗养所，每年一进暑期，便活跃起来。作家、文学工作者，还有艺术家，三三两两，陆陆续续，汇集到那里，让碧波洗涤身上的风尘，让清风拂去额上的汗渍。良辰美景，岂肯辜负，勤奋的作家，铺开新的稿纸，继续埋头写作。

一九六一年七月初，我第一次来到避暑胜地。当日，便去观赏大海。那大海，浩浩渺渺，无边无际，只觉得它太深奥莫测了。归来，疗养所的餐厅，响彻着热烈的争辩，原来，几位

· 作者简介 ·

丁宁（1924~2015），山东省文登人。中共党员，中国作协会员。1938年参加革命，战争期间，历任《胶东大众》、《胶东文艺》编辑。全国解放初，任《南京文艺》副主编、南京文联创作室主任等。20世纪50年代以后历任中国作协办公室、秘书室主任，创作研究室研究员。著有散文集《冰花集》、《心中的画》、《丁宁散文选》、《晨曦集》等。《幽燕诗魂》、《愧疚》、《卡门》等被选入高等学院文科教材、实验中学语文阅读课本。《绿荫日出》、《游击队的女儿》、《晨曦》等多篇获奖。

同志正在探讨大海的秘密。大海，有时和悦，有时狂暴，是善良还是凶恶？对它的性格究竟怎样理解？

"只要肯去理解。它包含着人民的肝胆和智慧。"

这个具有独到见解的人是谁？原来他就是杨朔同志。他一向恬静优雅，不善于与人争辩，但他生长在大海之滨，热爱大海，也理解大海，所以他的论点具有权威。

杨朔是个被人尊敬的同志。他衣着整洁，文质彬彬，但给人的感觉，似乎形单影孤，内心深处，好像埋藏着神秘的东西。我和他同在一个单位工作，但却并不了解他。

初时，当他的简单的行装——一只破旧的旅行包，被提到一座红色小楼的一个房间时，他推三让四，不肯碰那楼梯，原来那小楼是疗养所的头等住处，多年习惯于戎马倥偬、风餐露宿生涯的杨朔，自然不肯特殊。

"楼上可以眺望大海。"

"欲穷千里目，更上一层楼。"

在同志们热情的催迫下，杨朔终于踏上了小楼。

第二天一早，饭厅又是谈笑风生。杨朔用诗的语言在描述他夜卧小楼最初一宵的感受：大海的狂涛，有如千军万马，他仿佛又回到炮火连天的战场，陶醉在杀敌的激情之中；夜阑人静，风声、涛声，组成雄壮的交响乐，那是真正悦耳的催眠曲，一直把他送到奇妙的仙境……他的结论：大海是最美的诗。

当晚，正值明月之夜，同志们三五成群，在海滩上踏着月光欣赏海的夜景。只见水天茫茫，银波闪闪，轻轻拂岸的浪花，一卷卷，一丛丛，如歌如诉；大海更宁静，更神秘，同志们不约而同地背诵："……清风徐来，水波不兴，……诵明月之诗，歌窈窕之章……"有个人向一位画家提出，请他画一幅大海夜景，那画家未及回答，杨朔便说："大海的夜景并不难画，难的是如何画出大海深邃的心胸。"又有一个同志提议，每人背诵一首诗，不论旧体或新诗，都必须带一个"月"字。轮到杨朔，他以优美的姿态，清亮的口齿，吟咏苏东坡的《水调歌头》："明月几时有，把酒问青天，不知天上宫阙，今夕是何年？……"当吟到"但愿人长久，千里共婵娟"时，他的声音，突然暗哑，神情迷离。我不禁猜想，他在怀念战友或亲人，也许在遥远的地方有一个心上的人？

接着，作家们论起诗来，都认为苏轼这首词，意境很深，艺术高超；天上、地下、幻想、现实，都融为一体。在古人的诗词中，可算得上现实主义和浪漫主义结合的典范。

杨朔对苏东坡的诗，有独特的喜爱。有一次，他出游归来，兴致很好，疾笔录下苏轼另一首词。那词的下阕是："难道人生无再少，君看流水尚能西，休将白发唱黄鸡。"他赞美东坡居士在这首词中，表现了积极乐观的思想。他说："古人尚且如此，我们共产党人又怎能不是革命的乐观主义者呢！"

他不仅喜欢诗，而且有自己的见解。他在一篇文章中说，他写小说和散文，也常常寻求诗的意境，他说："我向来爱好诗，特别是那些久经岁月磨炼的古典诗章。这些诗差不多每篇都有自己新鲜的意境、思想、感情，耐人寻味。"至于什么是诗意，他认为："杏花春雨，固然有诗，铁马金戈的英雄气概，更富有鼓舞人心的诗力。你在斗争中，劳动中，生活中，时常会有些东西触动你的心，使你激昂，使你快乐，使你忧愁，使你沉思，这不是诗又是什么？"

　　杨朔的确每时每刻都在寻找诗,每时每刻都生活在诗的意境之中。他自有个人的生活情趣,他喜欢沉思,也乐于和同志们聊天,在交谈时,爱寻求话题的意义和其中的哲理。他的房间,总是静悄悄,偶尔,微风传出轻轻的朗读声,那是他在读外文,在吟咏诗词。

　　清晨,他独自出去,海滩上留下一串串的足迹,山林之间,也传送着他徘徊的脚步之声。出游归来,薄薄的衣衫,沾着露水侵袭的痕迹,斑斑点点。

　　有时,我问他:"你独自散步,不觉寂寞?"

　　他说:"不,我和大海说话。"

　　"那林深之处,可有乐趣?"

　　"野芳发而幽香,佳木秀而繁阴。"他读着欧阳修"醉翁"的佳句,乐在其中。

　　夜来风雨,休养所的果园中,低矮的苹果树,瘦弱的碧桃,东倒西歪,有的匍匐在地,像受了欺凌的孩子,杨朔一大早起来,怀着怜悯之情,拿起铁铲,用心地把它们一棵一棵地扶起来,给它们培上新鲜泥土。休养所的管理员老赵,是个纯朴勤劳的"园艺家",杨朔很佩服他。老赵把一大片果园修梳得很出色,鸭梨、蜜桃压弯了枝头,各种品种的苹果,香飘十里。杨朔常常赞叹说:"老赵干起活来不仅灵巧,而且优美,既有节奏感,又富于音乐性,劳动确实创造了艺术,老赵是真正的艺术家呵!"

　　老赵从桃树的折枝上,摘下一个大桃,亲热地送给杨朔,那桃红扑扑,水灵灵,杨朔把它当作爱物装在一只盘子里,幽默地问老赵:"是不是从王母娘娘的蟠桃会上偷来的?"老赵憨直地分辩:"哪能是偷的?那是咱自己树上长的,一点不假。"老赵告诫杨朔,那桃是个"吃物",不是个"玩物",得赶快吃掉。杨朔不以为然,说:"这是你创造出来的艺术品,怎能忍心毁掉!"

　　老赵迷惘不解,憨厚地摇着头。

　　杨朔生在胶东半岛上最富于神话色彩的"蓬莱仙境",少小离家,常怀念自己的故乡。每当谈起家乡事,便津津乐道,有滋有味。他对胶东军民在战争年月的斗争事迹最感兴趣。我给他讲了再讲,他总是眯细着眼睛听不够,有时听着听着,大声发出惊叹:"那是动人的诗呵!"有一次,我给他讲我的一个同学打鬼子的故事:她生得很好看,在一个战时中学读书。有一次日本鬼子扫荡,她一个人腰里别着一颗手榴弹,藏在一家老百姓的土炕洞里,一群鬼子闯了进来,她没等他们发现,就挺身而出,站在鬼子中间,说时迟,那时快,"轰"一声,她手中的手榴弹爆炸了,鬼子、汉奸倒下了……

　　"她怎么样?"他急切地问。

　　"她吗,只是受了伤,没有牺牲。后来我上医院看她时,一头秀美的黑发没有了。"

　　"简直是奇迹!也许是神仙保佑了这个勇敢的姑娘。可是她现在哪儿?"

　　"那就不晓得了。"

　　接着,长时间的沉默。我发现他脸上有浓重凄苦的表情。我不禁想到关于他的一个传说:

　　很久以前,大约他还是一个中学生的时候,在家乡认识一个姑娘,长得很美,他们渐渐有了感情,互相信赖。后来他离家参加革命工作,分别时,海誓山盟。后来,在漫长的年月,那姑娘一直等待着他。光阴箭似的飞逝,一年,两年,姑娘由二十变三十,但心上的人总也没有影儿，敌人闯进她的家乡，她忧郁变为绝望，竟与世长辞了。等到战争结束，他返回故乡时，那姑娘的魂魄早已不知飘游到哪里。但他却一直在寻找。

这个故事，究竟是真是假？恐怕谁也没有问过他。问他做什么，若是真，何必触动他那伤心处？若是假，更没有必要戳破这动人的佳话。但有一点是肯定的，他一直单身地生活着，人们都感觉在他的心上是有个人儿存在的。

杨朔有一件最珍贵的东西。是个封面已经破烂的本子，他总是把它带在身边。那里面记载着他在战争中经历和采访的丰富的斗争故事。每当打开这本子，他便骄傲地说："这里边都是诗呵！"本子里，除了密密麻麻的字迹以外，还夹着一些花草的标本。其中多半是在朝鲜战场上采集的，有野迎春、天主花和粉红的金达莱。这些早已失去生命的植物，连光泽也褪去了。杨朔看着它们不胜叹息地说："但愿世间花不谢，叶不落，一切美好的东西，都永远保持着生命。"他说，他的这些标本，每一个都有一段动人的故事。其中，他特别给我讲述了那朵粉红色的金达莱。那是一位志愿军女英雄送给他的。那英雄姓宁，是志愿军的医生，在一次敌人的大轰炸时，女医生受了伤，昏了过去，苏醒以后，忽然听到背后有人叫："医生，医生！"她转身一看，一个同志埋在土里，一直埋到胸口，于是她忍着疼痛，扒呀扒呀，十个指甲都流了血，却还是扒不出来。炸弹还在爆炸，埋在土里的同志叫喊着。"你赶快走吧，别管我了。"可是她坚决地说："不！我一定要把你救出来。"后来，她终于把那位同志扒了出来，背在身上冒着弹雨往前跑。路上又碰到一个受伤的同志不能动，她把第一个背到山上，又回头来救第二个，最后把他们都救出来了。可是她自己，等一切做完了以后，发现全身上下有四五处伤，衣服全都叫血浸透了，直到这一刻，她一点力量也没有了，一下子倒下去了。再后来，别人又把她救了过来，她又背起药包上了前线。

"那金达莱呢？"

"是她从炸弹下救出来的那个战士，后来从埋自己的那堆土上采下送给她的。"

"怎么又转到你手里的呢？"

"那是当我在朝鲜战场，找到那位女医生向她采访时，她又把这朵珍贵的花儿送给了我。"

杨朔讲完这个故事，又从他的本子里取出一张照片，是个志愿军女战士，短发，眉目清秀，看来不到二十岁。

"她就是宁医生。"

我怀着深深的敬意，仔细地端详着这个女英雄。

"她有一个伟大的诗一般的灵魂。她生长在英雄的时代，英雄的时代出英雄呵。"他像吟诗一样自言自语。

这个故事，早在五十年代他就真实地记载在一篇散文里，题目就叫做《英雄时代》。过去很久以后，我才听说杨朔讲的这个故事并不完整，他隐藏了一个动人的尾巴。那就是当他去向英雄的女医生进行战地采访时，女医生刚刚打开话匣，敌机又来轰炸，当一颗炸弹向他们飞来的时候，杨朔心急眼快，一把将女医生推到旁边的壕沟里，他自己抱起药箱翻滚到掩蔽处。等到敌机过后，他们发现刚刚坐过的地方，有巨大的弹片。但在他的《英雄时代》这篇散文里，却将这一精彩之笔略去了。

疗养所里不断人来人往，不论谁家的客人，都会给大家带来乐趣。有一天，忽然有一个女同志拜访杨朔，她年轻，短发，眉目清秀。可以看出，她的光临，给杨朔带来巨大的快乐。她是谁呢？人们都好奇地作着猜测。

他们在沙滩上散步，笑声朗朗。

"你的客人是谁？"

"最可爱的人。"——他回答。

我突然惊喜地认出，她就是那个姓宁的女医生！

但杨朔表示，客人不肯道出自己的姓名。他只说她现在是秦皇岛一个医院的医生。当天下午，又来了一位身着军装的男同志，原来他是女医生的丈夫。他们三人又一起亲密地在海边上散步，并且一同朗诵一首志愿军战士的小诗：

我们永远不能忘记，
那死去了的战友的姓名，
我们永远万分珍惜，
在战场上结下的友谊。

他们和那光艳明丽的晚霞，一同进入了画中。

后来我才知道，那女医生走时，杨朔将他保存的粉红色的金达莱，又作为最珍贵的礼物送还给她。

美好的时光，飞快地流逝。不知不觉过去了几个月。一天早上，凉风习习，大雨飘飘而下，似乎已经听到秋天的脚步声。我没吃早点，就冒着雨跑到海边去观赏雨景。只见云雾茫茫，波涛汹涌，沙滩上静悄悄。穿过雨帘，突然发现前面站着一个人，两脚踏着浪花，衣服淋得精湿，走近一看，原来是杨朔。

"你在海边听雨吗？"——我问。

"不，我在寻找那个伟大人物的足迹。他可能就站在这里，吟出他那光辉的诗篇。"

于是我们共同朗诵"大雨落幽燕，白浪滔天，……"正在这时，突然发现不远的浪峰上，高高浮出一个人，随即又沉没下去。杨朔"啊"的一声，奔跑几步投进了波涛，不料又是一个浪峰，把他压倒在漩涡里。正在危急之时，他又从水的深处被轻轻地托出，托他的正是刚才与波涛搏斗的那个人，没想到竟是个少年！他嘴唇冻得发抖，顽皮地站在我们面前。

"这样的天气，你怎么在玩命？"——杨朔带有几分怒气地在教训他。

"你是谁家的孩子？"——我问。

那少年竟不答话，嘲讽地打量着岸上的两个"落汤鸡"，突然哈哈地笑着，又钻进翻卷着的波涛，不见了。

半晌，杨朔才恍有所悟地叹息了一声说："原是我怯懦呵！"

于是，我们继续朗诵："萧瑟秋风今又是，换了人间。"

这时，我已得知，杨朔要提前返京，有一个重要的外事任务在等着他。

我惋惜地说："你走了，也把你的诗魂带走了。"

他答："不！我要把它留给大海，让大海把它洗刷得更纯洁一些吧。"

七八年过去了。谁能想到在一九六八年，这个有才华的同志被林彪、"四人帮"所迫害，一颗火热的诗心，竟停止了跳动！正如他的一首诗所表明的：

自有诗心如火烈，
献身不惜作尘泥。

又是十年过去了。但我相信，他那纯洁的诗魂，仍然活跃在深深的大海中。

⊙作品赏析

文章以"诗"为线索来组材，以大海为背景而抒情。整篇文章结构周密而不滞重，严谨而不笨拙，气势开阔而不散漫。在浩瀚大海的衬托之下，杨朔优雅的诗人气质，宽广的胸怀，深邃的思想，尽收笔底。悼念之作不是人物传记，既要给读者呈现一个真实可信的人物形象，又不能按其生平和时间顺序逐一堆砌而来。这就对作者的构思布局提出了考验。在本文中，作者精心选取了几个特别的细节着笔，以小见大，以微知著，又以其精湛的艺术功力，挥洒自如地熔叙述、描写、议论、抒情于一炉，一个热爱诗歌、热爱人民的主人公形象如在目前，生动真切。另外，在本文中，作者自己的观点也很鲜明，他的好恶、情感随着文字的流泻而一览无遗。

文章语言古朴、典雅，作者融汇古今，用语自然贴切。整篇文章，既有诗情，又有画意，显现出了强大的艺术生命力。

中国在我墙上 / 王鼎钧

入选理由
"乡愁文学"中的代表作
多种艺术手法的娴熟运用
忧伤而又浪漫的美感

你用了三页信纸谈祖国山川，我花了一个上午的工夫读中国全图。中国在我眼底；中国在我墙上。山东仍然像骆驼头，湖北仍然像青蛙，甘肃仍然像哑铃，海南岛仍然像鸟蛋。

我花了整整一个上午。正看反看，横看竖看，看疆界道路山脉河流，看5000年，看10亿人。中国，蚌壳一样的中国，汉瓦一样的中国，电子线路板一样的中国。中国供人玩赏，供人考证，供人通上电流任它颤抖叫喊。中国啊，你这起皱的老脸，流泪的苦脸，硝镪水蚀过、纹身术污染过的脸啊，谁够资格来替你看相，看你的天庭、印堂、沟洫、法令纹，为你断未来一个世纪的休咎？咳，我实在有些迷信。

· 作者简介 ·

王鼎钧（1925—），生于山东临沂。曾在台北任职于中国广播公司，并一度主编《中国时报》"人间"副刊。20世纪70年代后期远游南北美洲，最后定居于纽约。他的散文或议论时事，或抒写性情，或谈人生修养，流露着对社会对历史对人生的思考，具有浓郁的哲理性。他的"人生三书"《开放的人生》、《人生试金石》和《我们现代人》，最能体现他散文的哲理色彩。

地图是一种缩地术，也是一种障眼法。城市怎能是一个黑点，河流怎能是一根发丝，湖泊怎会是淡淡的蛙痕，山岳怎会是深色的水渍。太多的遮掩，太多的欺瞒。地图使人骄傲，自以为与地球对等，于是膨胀自己，放大土地，把山垫高，把海挖深，俨然按图施工的盘古。每一个黑点都放大，放大，放大到透明无色，天朗气清，露出里巷门牌，让寻人者一瞥看清。出了门才知道自己渺小，过一条马路都心惊肉跳。这个上午我沉默，中国也沉默，我忙碌，中国稳坐不动，任我神游，等我筋疲力竭。

现在，在我眼前，中国是一幅画。我在寻思我怎么从画中掉出来。1000年前有个预言家说，地是方的，你只要一直走，一直走，就会掉下去。哥伦布不能证实的，由我应验了。看我走过的那些路！比例尺为证，脚印为证。披星戴月，忍饥耐饿，风打头雨打脸，走得仙人掌的骨髓枯竭，太阳内出血，驼掌变薄。走在耕种前的丑陋里，收获后的零乱凄凉里，追逐地平线如追逐公义，穿过夸父化成的树林，林中无桃，暗数处女化成了多少喷泉，喷泉仰脸对天祈祷，天只给它几片云影。那些里程、那些里程呀，连接起来比赤道还长，可是没发现好望角。一直走，一直走，走得汽车也得了心绞痛。

我实在太累，实在希望静止，我羡慕深山里的那些树。走走走，即使重走一遍，童年也不可能在那一头等我。走走走，还不是看冬换了动物，夏换了植物，看最后的玫瑰最先的菊花，听最后的雁最先的纺织娘。40年可以将人变鬼、将河变路、将芙蓉花变断肠草。40年一阵风过，断线的风筝沿河而下，小成一粒沙子，使我的眼红肿。水不为沉舟永远荡漾，漩涡会闭，真相沉埋，千帆驶过。我实在太累、太累。

说到树，那天在公园里我心中一动。蟒蛇一样的根，铁铸石雕一样的根，占领土地，竖立旗帜。树不用寻根，它的根下入泉壤，上见青云，树即根，根即是树。除非砍伐肢解，花果飘零，躯干进锯木厂，残枝堆在灶口。那时根又从何寻起，即使寻到了根，根也难救。

我面对那些树，欣赏着它们的自尊自信，很想问它们：生在这里有抱怨没有？想生在山顶和明月握手？想生在水边看自己轮回？讨厌还是喜欢树上那一伙麻雀？讨厌还是喜欢树下那盏灯？如何在此成苗？如何从牛蹄的甲缝里活过来？何时学会垄断阳光杀死闲草？何时学会高举双臂贿赂上帝？谁是你的祖先？谁是你的子孙？

湖边还参差着老柳。这些柳，春天用它的嫩黄感动我，夏天用它的婀娜感动我，秋天用它的萧条感动我。它们和当年那些令我想起你的发丝来的垂柳同一族类。它们在这里以足够的时间完成自己，亭亭拂拂，如曳杖而行，如持笏而立，如伞如盖，如泉如瀑，如须如髯，如烟如雨。老家的那些柳树却全变成一个个坑洞。它们只不过是柳树罢了，树中最柔和的，只不过藏几只乌鸦泼一片浓荫罢了！

你很难领会我的意思。我们都是人海的潜泳者，隔了一大段时间才冒出水面，谁也不知道对方在水底干些什么。在人们的猜疑编造声中，我们都想凭一张药方治对方的百病。我怎能为了到峨眉山上看猴子而回去？泰山日出怎能治疗怀乡？假洋鬼子只称道长城和故宫，一个真正的中国人，他的梦里到底有些什么？还剩下几件？中国，伟大的中国，黄河九次改道的中国，包容世界第二大沙漠的中国，却不肯给我母亲一土。我不能以故乡为墓，我没有那么大；我也不能说坟墓是一种奢侈品，我没有那么小。我哪有心情去看十三陵。

《旧约》里面有一段话：生有时，死有时；聚有时，散有时。你看，我的确很迷信。

⊙作品赏析

"乡愁"是个说不尽的话题。如果把"乡愁文学"比作一道景观，那么，王鼎钧的作品，可以说是其中比较独特的一幕。他说："我的乡愁是浪漫而略近颓废的，带着像感冒一样的温柔。"《中国在我墙上》就是他对乡愁浪漫而忧愁的倾吐，忧愁的倾吐中包含着对故国复杂而微妙的情感，这种情感给了我们难以言说的感动。

在中国当代散文的艺术创新上，王鼎钧是其中勇破陈规的代表之一。这篇文章，很能体现他的散文风格。首先，体现在文章结构上，看似跌宕起伏，不拘常规，事实上，是笔随情走，言虽断，而意脉一以贯之，呈现出雄浑开阔的气势。其次，体现在艺术手法上，他喜欢运用传统精神和古典意象，同时，有意识地借鉴魔幻、暗寓、象征、抽象变形、意识流等西方现代派的表现手法，而这些，无疑会给他的"乡愁"涂上一层朦胧又颓废的色彩，呈现出一种虚幻缥缈的美。另外，他的语言也很有特色。乍一看，几乎全是口语，自然朴素，细细玩味，方知平中有奇，朴中见巧。这得益于他奇特的构词法，以及比喻、拟人、夸张等修辞手法的综合运用。如文中，"汽车也得了心绞痛"之类的句子，有一种异样的光彩。

花朝节的纪念 / 宗璞

入选理由 宗璞的散文代表作 文字优雅，感情深沉 抒情理性而节制

农历二月十二日，是百花出世的日子，为花朝节。节后十日，即农历二月二十二日，从一八九四年起，是先母任载坤先生的诞辰，迄今已九十九年。

外祖父任芝铭公是光绪年间举人。早年为同盟会员，奔走革命，晚年倾向于马克思主义。他思想开明，主张女子不缠足，要识字。母亲在民国初年进当时的女子最高学府北京女子师范学校读书。一九一八年毕业。同年，和我的父亲冯友兰先生在开封结婚。

家里有一枚旧印章，刻着"叔明归于冯氏"几个字。叔明是母亲的字。以前看着不觉得怎样，父母都去世后，深深感到这印章的意义。它标志着一个家族的繁衍，一代又一代来到世上扮演各种角色，为社会做一点努力，留下了各种不同色彩的记忆。

在我们家里，母亲是至高无上的守护神。日常生活全是母亲料理。三餐茶饭，四季衣裳，孩子的教养，亲友的联系，需要多少精力！我自幼多病，常和病魔作斗争。能够不断战胜疾病的主要原因是我有母亲。如果没有母亲，很难想像我会活下来。在昆明时严重贫血，上纪念周站着站着就晕倒，后来索性染上肺结核休学在家。当时的治法是一天吃五个鸡蛋，晒半小时太阳。母亲特地把我的床安排到有阳光的地方，不论多忙，这半小时必在我身边，一分钟不能少。我曾由于各种原因多次发高烧，除延医服药外，母亲费尽精神护理。用小匙喂水，用凉手巾覆在额上。有一次高烧昏迷中，我觉得像是在一个狭窄的洞中穿行，挤不过去，以为自己就要死了，一抓到母亲的手，立刻知道我是在家里，我是平安的。后来我经历名目繁多的手术，人赠雅号"挨千刀的"。在挨千刀的过程中，也是母亲，一次又一次陪我奔走医院。医院的人总以为是我陪母亲，其实是母亲陪我。我过了四十岁，还是觉得睡在母亲身边最心安。

· 作者简介 ·

宗璞（1928— ），原名冯钟璞，河南唐河人，生于北京，中国当代女作家。1951年毕业于清华大学外文系。历任政务院宗教事务处、中国文联干部，《文艺报》、《世界文学》编辑部编辑。之后调中国社会科学院外国文学研究所工作，1988年退休。她勤于文学创作，尤以散文见长。主要作品有短篇小说《红豆》、《我是谁》、《南渡记》，散文《西湖漫笔》等。

母亲的爱护，许多细微曲折处是说不完也无法全捕捉到的，也就是有这些细微曲折才形成一个家。这个家处处都是活的，每一寸墙壁，每一寸窗帘都是活的。小学时曾以"我的家庭"为题作文，我写出这样的警句："一个家，没有母亲是不行的。母亲是春天，是太阳。至于有没有父亲，不很重要。"作业在开家长会时展览，父亲去看了。回来向母亲描述，对自己的地位似乎并不在意，以后也并不努力增加自己的重要性，只顾沉浸在他的哲学世界中。

希腊文明是在奴隶制时兴起的，原因是有了奴隶，可以让自由人充分开展精神活动。我常说父亲和母亲的分工有点像古希腊。在父母那时代，先生专心做学问，太太操劳家务，使双方无后顾之忧，是常见的。不过父母亲特别典型。他们真像一个人分成两半，一半主做学问，一半主理家事，左右合契，毫发无间。应该说，他们完成了上帝的愿望。

母亲对父亲的关心真是无微不至，父亲对母亲的依赖也是到了极点。我们的堂姑父张岱年先生说："冯先生做学问的条件没有人比得上。冯先生一辈子没有买过菜。"细想起来，在昆明乡下时，有一阵子母亲身体不好，父亲带我们去赶过街子买菜，不过次数有限；他的生活基本上是水来湿手，饭来张口。古人形容夫妇和谐用举案齐眉几个字，实际上就是孟光给梁鸿端饭吃，若问"是几时孟光接了梁鸿案"，应该是做好饭以后。

旧时有一副对联："自古庖厨君子远，从来中馈淑人宜"，放在我家正合适。母亲为一家人真操碎了心。在没有什么东西的情况下，变着法子让大家吃好。她向同院的外国邻居的厨师学烤面包，用土豆作引子，土豆发酵后力量很大，能"嘭"的一声，顶开瓶塞，声震屋瓦。在昆明时一次父亲患斑疹伤寒，这是当时西南联大一位校医郑大夫经常诊断出的病，治法是不吃饭，只喝流质，每小时一次，几天后改食半流质。母亲用里脊肉和猪肝做汤，自己擀面条，擀薄切细，下在汤里。有人见了说，就是吃冯太太做的饭，病也会好。

六四年父亲患静脉血栓，在北京医院卧床两个月。母亲每天去送饭，有时从城里我的住处，有时从北大，都总是第一个到。我想要帮忙，却没有母亲的手艺。父亲暮年，常想吃手擀的面，我学做过几次，总不成功，也就不想努力了。

母亲把一切都给了这个家。其实母亲的才能绝不只限于持家。母亲毕业于当时的女子最高学府，曾任河南女子师范学校预科算术教员。她有一双外科医生的巧手，还有很高的办事能力。外科医生的工作没有实践过，但从日常生活中，从母亲缝补、修理的功夫可以想见。办事能力倒是有一些发挥。

五十年代初至一九六六年，母亲做居民委员会工作，任北大燕南、燕东、燕农、镜春、朗润、蔚秀、承泽、中关八大园的主任，曾为家庭妇女们办起装订社、缝纫社等。母亲不畏辛劳，经常坐着三轮车来往于八大园间。这是在家庭以外为社会服务，她觉得很神圣，总是全心全意去做。居委会成员常在我家学习。最初贺麟夫人刘自芳、何其芳夫人牟决鸣等都是成员。五十年代有一次选举区人民代表，不记得是哪一位曾对我说："任大姐呼声最高。"这是真正来自居民的声音。

我心中有几幅图像，愈久愈清晰。

一幅在清华园乙所，有一间平台加出的房间，三面皆窗，称为玻璃房。母亲常在其中办事或休息。一个夏日，三面窗台上摆着好几个宽口瓶和小水盆，记得种的是慈姑。

母亲那时大概不到四十岁，身着银灰色起蓝花的纱衫，坐在房中，鬓发漆黑，肌肤雪白。常见外国油画有什么什么夫人肖像，总想怎么没有人给母亲画一幅。

另一幅在昆明乡下龙头村。静静的下午，泥屋、白木桌，携我坐在桌前，为我讲解鸡兔同笼四则题。父亲从城里回来，点说这是一幅乡居仕女图。龙头村旁小河弯处有一个小落差，水的冲力很大。每星期总有一两次，母亲把一家人的衣服装在箩筐里，带着我和小弟到河边去。还有一幅图像便是母亲弯着腰站在欢快的流水中，费力地洗衣服，还要看着我们不要跑远，不要跌进河里。近来和人说到洗衣的事，一个年轻人问："是给别人洗吗？""还没到那一步。"我答。后来想，如果真的需要，母亲也不怕。在中国妇女贤淑的性格中，往往有极刚强的一面，能使丈夫不气馁，能使儿女肯学好，能支撑一个家度过最艰难的岁月。孔夫子以为女人难缠，其实儒家人格的最高标准"富贵不能淫，贫贱不能移，威武不能屈"，用它来形容中国妇女的优秀品质倒很恰当，不过她们是以家庭为中心罢了。

母亲六十二岁时患甲状腺癌，手术后一直很好。从六十年代末患胆结石，经常大发作，疼痛，发烧，最后不得不手术。那一年母亲七十五岁。夜里推进手术室，父亲和我在过厅里等，很久很久，看见手术室甬道那边推出一辆平车，一个护士举着输液瓶，就像一盏灯。我们知道母亲平安，仍能像灯一样给我们全家以光明，以温暖。这便是那第四幅图像了。握住母亲的手时，我的一颗心落在腔子里，觉得自己很有福气。

母亲虽然身体不好，仍是操劳家务，真没有过一天清闲的日子。她总是说："你们专心做你们的事。"我们能专心做事，都因为有母亲，操劳一生的母亲！

七七年九月十日左右母亲忽然吐血，拍片后确诊为肺门静脉瘤。当时小弟在家，我们商量说，母亲虽然年迈，病还是该怎么治就怎么治，不可延误。在奔走医院的过程中，我们受到许多白眼。一家医院住院部一位女士说："都八十三岁了，还治什么！我还活不到这岁数呢。"可以说，母亲的病没有得到治疗，发展很快。最后在校医院用杜冷丁控制疼痛，人常在昏迷状态。一次忽然说："要挤水！要挤水！"我俯身问什么要挤水，母亲睁眼看我，费力地说："白菜做馅要挤水。"我的眼泪一下涌了出来，滴在母亲脸上。

母亲没有让人多伺候，不过三周便抛弃了我们。当时父亲还在受审查，她走时很不放心，非常想看个究竟，但她拗不过生死大限。她曾自我排解说："知道儿女是好的，还有什么别的可求呢。"十月三日上午六时三刻，我们围在母亲床前，眼见她永远阖上了眼睛。我知道，我再不能睡在母亲身边讨得那样深的平安感了；我们的家从此再没有春天和太阳了。我们的家像一叶孤舟忽然失了掌舵的人，在茫茫大海中任意漂流。我和小弟连同父亲，都像孤儿一样不知漂向何方。

因为政治形势，亲友都很少来往。没有足够的人抬母亲下楼，幸亏那天来了一位年轻的朋友，才把母亲抬到太平间。当晚哥哥自美国飞回，到家后没有坐下，立刻要"看娘去"，我不得不告诉他母亲已去。他跌坐在椅上，停了半晌，站起来还是说"看娘去"。

父亲为母亲撰写了一副挽联："忆昔相追随，同荣辱，共安危，期颐望齐眉，黄泉碧落君先去；从今无牵挂，斩名缰，破利锁，俯仰无愧怍，海阔天空我自飞。"自己另一半的消失使父亲把一切都看透了。母亲的骨灰盒，一直放在父亲卧室里。每年春节，父亲必率领我们上香。如此凡十三年。直到九〇年初冬那凄惨的日子，父母相聚于地下。

又过了一年，九一年冬我奉双亲归窆于北京万安公墓。一块大石头作为石碑，隔开了阴阳两界。

我曾想为母亲百岁冥寿开一个小小的纪念会，又想到老太太们行动不便最好少打扰，便只就平常的了解或电话上交谈，记下几句话。

姨母任均是母亲最小的妹妹。姨父母在驻外使馆工作时，表弟妹们读住宿小学，周末假日接回我家，由母亲照管。姨母说："三姐不只是你们一家的守护神，也是大家的贴心人。若没有三姐，那几年我真不知怎么过。亲戚们谁没有得过她关心照料？人人都让她费过心血。我们心里是明白的。"

牟决鸣先生已是很久不见了，前些时打电话来，说："回想起在北大居住的那段日子，觉得很有意思。任大姐那时是活跃人物，她做事非常认真，总是全力以赴，而且头脑总是很清楚。"

在昆明时赵萝蕤先生和我家几次为邻居。那时她还很年轻，她不只一次对我说很想念冯太太。她说在人际关系的战场上，她总是一败涂地当俘虏。可是和冯太太相处，从未感到战场问题。是母亲教她做面食，是母亲教她用布条打纽扣结，有什么事可以向母亲倾诉。记得在昆明乡下龙头村时，有一次赵先生来我家，情绪不大好，对母亲说，一位军官太太要学英语，又笨又俗又无礼，总问金刚钻几克拉怎么说，她不想教，来躲一躲。母亲安慰她，让她一起做家务事。赵先生走时，已很愉快。

另一位几十年的邻居是王力夫人夏蔚霞。现在我们仍然对门而居。夏先生说："你千万别忘记写上我的话。我的头生儿子缉志是你母亲接生的。当时昆明乡下缺医少药，那天王先生进城上课去了。半夜时分我遣人去请你母亲，冯先生一起来的，然后先回去了。你母亲留下照顾我，抱着我坐了一夜。次日缉志才出世。若没有你母亲，我和孩子会吃许多苦！"

像春天给予百花诞辰一样，母亲用心血哺育着，接引着……

亲爱的母亲的诞辰，是花朝节后十日。

⊙作品赏析

宗璞对散文的多类体式都有涉足，而一批发自内心深处的怀人之作，则把她的散文创作推向了新的高度。散文本是一种面对读者，更面对作者自身的文体，怀人之作尤其如此。这类文章不是以娴熟的技巧、精心的结构、华丽的词藻为目标的，它的核心是对人间至情的倾诉，是真实的内心情怀的展露。宗璞在表达这种感情时候，理性而节制，少了渲染，多了感悟。为怀念母亲而作的《花朝节的纪念》，是这一类作品中的代表作，有着宗璞散文一贯的端庄淑雅、细腻沉蕴和宁静透彻。

文章由"花朝节"这一百花出世的日子切入，极富象征意味，又饱含深情。在表现手法上，文章叙述多于抒情。作者以精当的选材，详略得当的笔调，从正面描写了母亲是家庭"至高无上的守护神"，虽然她的能力绝不只限于持家，表现了母亲甘愿付出的性格特点。文章的另一个特色就是很有画面感，作者描绘了四幅图画，笔触细腻，凸现了母亲的神态与气质。那些久远岁月里的记忆清晰可见，行文中所蕴含的深情就不言而喻了。

宗璞是一位知识性作家，有着深厚的学养，这在她的创作中也很有体现，如随手拈来的"举案齐眉"的典故、旧时的对联，以古希腊文明类比父母亲的分工，和谐自然，又增加了文章的韵味。

西湖漫笔 / 宗璞

入选理由

宗璞的成名作、代表作
中国现代散文史上描绘西湖风光的优秀作品之一
发表后广为传诵

平生最喜欢游山逛水。这几年来，很改了不少闲情逸致，只在这山水上头，却还依旧。那五百里滇池邻邻的水波，那兴安岭上起伏不断的绿沉沉的林海，那开满了各色无名的花儿的广阔的呼伦贝尔草原，以及那举手可以接天的险峻的华山……曾给人多少有趣的思想，曾激发起多少变幻的感情。一到这些名山大川异地胜景，总会有一种奇怪的力量震荡着我，几乎忍不住要呼喊起来："这是我的伟大的、亲爱的祖国——"

然而在足迹所到的地方，也有经过很长久的时间，我才能理解、欣赏的。正像看达·芬奇的名画《永远的微笑》，我曾看过多少遍，看不出她美在哪里；在看过多少遍之后，一次又拿来把玩，忽然发现那温柔的微笑，那嘴角的线条，那手的表情，是这样无以名状的美，只觉得眼泪直涌上来。山水，也是这样的，去上一次两次，可能不会了解它的性情，直到去过三次四次，才恍然有所悟。

我要说的地方，是多少人说过写过的杭州。六月间，我第四次去到西子湖畔，距第一次来，已经有九年了。这九年间，我竟没有说过西湖一句好话。发议论说，论秀媚，西湖比不上长湖，天真自然，楚楚有致；论宏伟，比不上太湖，烟霞万顷，气象万千。好在到过的名湖不多，不然，不知还有多少谬论。

奇怪得很，这次却有着迥乎不同的印象。六月，并不是好时候，没有花，没有雪，没有春光，也没有秋意。那几天，有的是满湖烟雨，山光水色，俱是一片迷蒙。西湖，仿佛在半醒半睡。空气中，弥漫着经了雨的栀子花的甜香。记起东坡诗句："水光潋滟晴方好，山色空蒙雨亦奇。"便想，东坡自是最了解西湖的人，实在应该仔细观赏、领略才是。

正像每次一样，匆匆地来，又匆匆地去。几天中我领略了两个字，一个是"绿"，只凭这一点，已使我留连忘返。雨中去访灵隐，一下车，只觉得绿意扑眼而来。道旁古木参天，苍翠欲滴，似乎飘着的雨丝儿也都是绿的，飞来峰上层层叠叠的树木，有的绿得发黑，深极了，浓极了；有的绿得发蓝，浅极了，亮极了。峰下蜿蜒的小径，布满青苔，直绿到了石头缝里。在冷泉亭上小坐，直觉得遍体生凉，心旷神怡。亭旁溪水铮琮，说是溪水，其实表达不出那奔流的气势，平稳处也是碧澄澄的，流得急了，水花飞溅，如飞珠滚玉一般，在这一片绿色的影中显得分外好看。

西湖胜景很多，各处有不同的好处，即便一个绿色，也各有不同。黄龙洞绿得幽，屏风山绿得野，九曲十八涧绿得闲……不能一一去说。漫步苏堤，两边都是湖水，远水如烟，近水着了微雨，也泛起一层银灰的颜色。走着走着，忽见路旁的树十分古怪，一棵棵树身虽然离得较远，却给人一种莽莽苍苍的感觉，似乎是从树梢一直绿到了地下。走近看时，原来是树身上布满了绿茸茸的青苔，那样鲜嫩，那样可爱，使得绿荫荫的苏堤，更加绿了几分。有的青苔，形状也很有趣，如耕牛，如牧人，如树木，如云霞；有的整片看来，布局宛然，如同一幅青绿山水。这种绿苔，给我的印象是坚忍不拔，不知当初苏公对它们印象怎样。

在花港观鱼，看到了又一种绿。那是满池的新荷，圆圆的绿叶，或亭亭立于水上，或宛转靠在水面，只觉得一种蓬勃的生机，跳跃满池。绿色，本来是生命的颜色。我最爱看初春的杨柳嫩枝，那样鲜，那样亮，柳枝儿一摆，似乎蹬着脚告诉你，春天来了。荷叶，则要持重一些，初夏，则更成熟一些，但那透过活泼的绿色表现出来的苗壮的生命力，是一样的。再加上叶面上的水珠儿滴溜溜滚着，简直好像满池荷叶都要裙袂飞扬，翩然起舞了。

从花港乘船而回，雨已停了。远山青中带紫，如同凝住了一段云霞。波平如镜，船儿在水面上滑行，只有桨声乃，愈增加了一湖幽静。一会儿摇船的姑娘歇了桨，喝了杯茶，靠在船舷，只见她向水中一摸，顺手便带上一条欢蹦乱跳的大鲤鱼。她自己只微笑着，一声不出，把鱼甩在船板上，同船的朋友看得入迷，连连说，这怎么可能！上岸时，又回头看那在浓重暮色中变得无边无际的白茫茫的湖水，惊叹道："真是个神奇的湖！"

我们整个的国家，不是也可以说是神奇的么？我这次来领略到的另一个字，就是"变"。和全国任何地方一样，隔些时候去，总会看到变化，变得快，变得好，变得神奇。都锦生织锦厂在我印象中，是一个窄狭的旧式的厂子。这次去，走进一个花木葱茏的大院子，我还以为找错了地方。技术上、管理上的改进和发展就不用说了。我看到织就的西湖风景，当然羡慕其织工精细，但却想，怎么可能把祖国的锦绣河山织出来呢？不可能的。因为河山在变，在飞跃！最初到花港时，印象中只是个小巧曲折的园子，四周是一片荒芜。这次却见变得开展了，加上好几处绿草坪，种了许多叫不上名字来的花和树，顿觉天地广阔了许多，丰富了许多。那在新鲜的活水中游来游去的金鱼们，一定会知道得更清楚吧。据说，这一处观赏地带原来只有二亩，现在已有二百一十亩。我和数字是没有什么缘分的，可是这次我却深深地记住了。这种修葺，是建设中极次要的一部分，从它，可以看出更多的东西……

更何况西湖连性情也变得活泼热闹了，星期天，游人泛舟湖上，真是满湖的笑，满湖的歌！西湖的度量，原也是容得了活泼热闹的。两三人寻幽访韵固然好，许多人畅谈畅游也极佳。见公共汽车往来运载游人，忽又想起东坡在密州出猎时写的一首《江城子》："老夫聊发少年狂。左牵黄，右擎苍。锦帽貂裘，千骑卷平冈。"形容他在密州出猎时的景象。想来他在杭州兴修水利，吟诗问禅之余，当有更盛的情景吧？那时是"倾城随太守"，这时是每个人在公余之暇，来休息身心，享山水之乐。这热闹，不更千百倍地有意思么？

希腊画家亚伯尔曾把自己的画放在街上，自己躲在画后，听取意见。有个鞋匠说人物的鞋子画得不对，他马上改了。这鞋匠又批评别的部分，他忍不住从画后跑出来说，你还是只谈鞋子好了。因为对西湖的印象究竟只是浮光掠影，这篇小文，很可能是鞋匠的议论，然而心到神知，想西湖不会怪我唐突吧？

⊙作品赏析

《西湖漫笔》写于1961年，是宗璞的散文成名作。这篇散文发表后受到广泛赞誉，使宗璞第一次在散文界获得了承认，从此享誉文坛。

文中最主要的部分，是六月烟雨中西湖的"绿"，这也是文中最精彩的部分。作者运用直接的写实手法，描绘了西湖丰富多姿的"绿"：道旁古木苍翠欲滴；飞来峰上层叠的树木，有的绿得发黑，有的绿得发蓝；蜿蜒的小径布满青苔，直绿到石头缝里；黄龙洞绿得幽，屏风山绿得野，九曲十八洞绿得闲……将人们带进一个铺天盖地的绿色世界中。文章层次丰富，描摹真切，文字极为简约，却传神尽意，且富于韵律感，显示了作者非凡的才分和细致入微的观察力。

思台北，念台北 / 余光中

入选理由　著名诗人余光中的人生散文
通篇洋溢着浓浓的故园情思
横跨两岸的乡愁诗人的一颗纯粹的心

隐地从台北寄来他的新书《欧游随笔》，并在扉页上写道："尔雅也在厦门街一一三巷，每天，我走您走过的脚步。"一句话，撩起我多少乡愁。龙尾蛇头，接到多少张圣诞卡贺年片，没有一句话更撼动我的心弦。

如果脚步是秋天的落叶，年复一年，季复一季，则最下面的一层该都是我的履印与足音，然后一层层，重重叠叠，旧印之上覆盖着新印，千层下，少年的屐迹车辙，只能在仿佛之间去翻寻。每次回到台北，重踏那条深长的巷子，隐隐，总踏起满巷的回音，那是旧足音醒来，在响应新的足音？厦门街，水源路那一带的弯街斜巷，拭也拭不尽的，是我的脚印和指纹。每一条窄弄都通向记忆，深深的厦门街，是我的回声谷。也无怪隐地走过，难逃我的联想。

那一带的市井街坊，已成为我的"背景"甚至"腹地"。去年夏天在西雅图，和叶珊谈起台湾诗选之滥，令人穷于应付，成了"选灾"。叶珊笑说，这么发展下去，总有一天我该编一本《古亭诗选》，他呢，则要编一本《大安诗选》。其实叶珊在大安区的脚印，寥落可数，他的乡井当然在水之湄，在花莲。他只能算是"半山"的乡下诗人，我，才是城里的诗人。十年一觉扬州梦，醒来时，我已是一位台北人。

当然不止十年了。清明尾，端午头，中秋月后又重九，春去秋来，远方盆地里那一座岛城，算起来，竟已住了二十六年了。这期间，就算减去旅美的五年，来港的两年，也有十九年之久。北起淡水，南迄乌来，半辈子的岁月便在那里边攘攘度过，一任红尘困我，车声震我，限时信、电话和门铃催我促我，一任杜鹃媚我于暮春，莲塘迷我于仲夏，雨季霉我，溽暑蒸我，地震和台风撼我摇我。四分之一的世纪，我眼见台北长高又长大，脚踏车三轮车把大街小巷让给了电单车计程车，半田园风的小省城变成了国际化的现代

· 作者简介 ·

余光中（1928—2017），当代作家、批评家、翻译家。出生于南京。祖籍福建永春。母亲原籍江苏武进，故也自称"江南人"。1952年，余光中毕业于台湾大学外文系。1959年获美国爱荷华大学艺术硕士。先后任教台湾东吴大学、师范大学、台湾大学、政治大学。其间两度应美国国务院邀请，赴美国多家大学任客座教授。1972年任政治大学西语系教授兼主任。1974年至1985年任香港中文大学中文系主任。1985年起，任高雄市"国立中山大学"教授及讲座教授。其中有6年时间兼任文学院院长及外文研究所所长。

余光中一生从事诗歌、散文、评论、翻译的创作，自称为写作的"四度空间"，被誉为"艺术上的多妻主义者"，现已出版诗集21种，散文集11种，评论集5种，翻译集13种，共40余种。他的《乡愁》一诗传遍华人世界，其他如《乡愁四韵》与《民歌》等，也很流行。2004年出版9卷本《余光中文集》，并获华语文学传媒大奖。

立体大城市。镜头一转，前文提要一样跳速，台北也惊见我，如何从一个寂寞而迷惘的流亡少年变成大四的学生，少尉编译官，新郎，父亲，然后是留学生，新来的讲师，老去的教授，毁誉交加的诗人，左颊掌声右颊是嘘声。二十六年后，台北恐已不识我，霜发的中年人，正如我也有点近乡情怯，机翼斜斜，海关扰扰，出得松山，迎面那一丛丛陌生的楼影。

　　曾在那岛上，浅浅的淡水河边，遥听嘉陵江滔滔的水声，曾在芝加哥的楼影下，没遮没拦的密西根湖岸，念江南的草长莺飞，花发蝶忙。乡愁一缕，恒与扬子江东流水竞长。前半生，早如断了的风筝落在海峡的里面，手里兀自牵一缕旧线。每次填表，"永久地址"那一栏总教人临表踟蹰，好生为难，一若四海之大，天地之宽，竟有一处是稳如磐石，固如根柢，世世代代归于自己，生命深深植于其中，海啸山崩都休想将它拔走似的。面对着天灾人祸，世局无常，竟要填表人肯定说自己的"永久地址"，真是一大幽默，带一点智力测验的意味。尽管如此，表却不能不填。二十世纪原是填表的时代，从出生纸到死亡证书，一个人一辈子要填的表，叠起来不会薄于一部大字典。除非你住在乌托邦，表是非填不可的。于是"永久地址"栏下，我暂且填上"台北市厦门街一一三巷八号"。这一暂且就暂且了二十多年，比起许多永久来，还永久得多。

　　正如路是人走出来的，地址，也是人住出来的。生而为闽南人，南京人，也曾经自命为半个江南人，四川人，现在，有谁称我为台北人，我一定欣然接受，引以为荣。有那么一座城，多少熟悉的面孔，由你的朋友，你的同学，同事，学生所组成，你的粉笔灰成雨，落湿了多少讲台，你的蓝墨水成渠，灌溉了多少亩报刊杂志。四个女孩都生在那城里，母亲的慈骨埋在近郊，父亲的岳母皆成了常青的乔木，植物一般植根在那条巷里。有那么一座城，锦盒一般珍藏着你半生的脚印和指纹，光荣和愤怒，温柔和伤心，珍藏着你一颗颗一粒粒不朽的记忆。家，便是那么一座城。

　　把一座陌生的城住成了家，把一个临时地址拥抱成永久地址，我成了想家的台北人，在和中国母体本土接壤连的一角小半岛上，隔着南海的青烟蓝水，竟然转头东望，思念的，是20多年来餐我以蓬莱的蓬莱岛城。我的阳台向北，当然，也尽多北望的黄昏。奈何公无渡河，从对河来客的口中，听到的种种切切，陌生的，严厉的，迷惑的，伤感的，几已难认后土的慈颜，哎，久已难认，正如贾岛的七绝所言：

客舍并州已十霜，归心日夜忆咸阳。
无端更渡桑乾水，却望并州是故乡。

　　如果十霜已足成故乡，则我的二十霜啊多情又何逊唐朝一孤僧？

　　未回台北，忽焉又一年有半了。一小时的飞程，隔水原同比邻，但一道海关多重表格横在中间，便感烟波之阔了。愿台北长大长壮但不要长得太快，愿我记忆中的岛城在开路机铲土机的挺进下保留一角半隅的旧区让我循那些曲折而玄秘的窄弄幽巷步入六十年代五十年代。下次见面时，愿相看妩媚如昔，城如此，哎，人亦如此。

　　祖籍闽南，说来也巧，偌大一座台北城，二十多年来只住过两条闽南风味的小街：同安街和厦门街。同安街只住了两年半，后来的二十四年就一直在厦门街。如果台北是我的"家城"（英文有这种说法），厦门街就是我的"家街"了。这家，是住出来的，也是写出来的。八千多个日子，二十几番夏至和秋分，即便是一片沙漠，也早已住成家了。多少篇诗和散文，多少部书，都是在临巷的那个窗口，披一身重重叠叠深深浅浅的绿荫，吟哦而成。我的作品既在那一带的巷间孕化而成，那条小街，那些曲巷也不时浮现在我的字里行间，成为现代文学的一个地理名词。萤塘里、网溪里，久已育我以灵感，希望掌管那一带的地灵土仙能知晓，我的灵感也荣耀过他们。厦门街的名字，在我的香港读者之间，也不算陌生。

有意无意之间，在台北，总觉得自己是"城南人"，不但住在城南，工作也在城南。台湾最具规模的三座学府全在城南，甚至南郊；北起丽水街，南迄指南山麓，我的金黄岁月都挥霍在其中。思潮文风，在杜鹃花簇的迷锦炫绣间起伏回荡。当时年少，曾餍过多少稚美的青睐青眼，西去取经，分不清，身是唐吉诃德或唐僧。对我而言，古亭区该是中国文化最高的地区，记忆也最密。即连那"家巷"的左邻右舍，前翁后媪，也在植物一般悠久而迟缓的默契里，相习而相忘，相近相亲。出得巷里，左手是裁缝铺子、理发店、照相馆……闭着眼睛，我可以一家家数过去，梦游一般直数到汀州街口。前年夏天从香港回台北，一天晚上，去巷口那家药行买药。胖胖的老板娘在柜台后面招呼我，还是二十年来那一口潮州国语。不见老板，我问她老板可好。"过身了——今年春天。"说着她眼睛一阵湿，便流下了泪来。我也为之黯然神伤，一时之间，不知怎么安慰才好，默默相对了片刻，也就走开了。回家的路上，我很是感动，心里满溢着温暖的乡情。一问一答之间，那妇人激动的表情，显示她已经把我当成了亲人。二十年来，我是她店里的常客，和她丈夫当然也是稔熟的。我更想起十八年前母亲去世，那时是她问我答，流泪的是我，嗫嚅相慰的是她。久邻为亲，那一切一切，城南人怎会忘记？

对我而言，城北是商业区，新社区，无论它有多繁华，我的台北仍旧在城南。台北是愈长愈高了，长得好快，七十年代八十年代在城的东北，在松山机场那一带喊他。未来的召唤，好多城南人经不起那诱感，像何凡、林海音那一家，便迁去了城北，一窝蜂一窝鸟似的，住在高高的大公寓里，和下面的世界来往，完全靠按纽。等到高速公路打通，桃园的国际机场建好，大台北无阻的步伐，该又向西方迈进了。

该来的，什么也挡不住。已去的，也无处可招魂。当最后一位按摩女的笛声隐隐，那一夜在巷底消逝，有一个时代便随她去了。留下的是古色的月光，情人，诗人的月光，仍祟着城南那一带的灰瓦屋，矮围墙，弯弯绕绕的斜街窄巷。以南方为名的那些街道——晋江街、韶安街、金华街、云和街、泉州街、潮州街、温州街、青田街，当然，还有厦门街——全都有小巷纵横，奇径暗通，而门牌之纷乱，编号排次之无轨可顾，使人逡巡其间，迷路时惶惑如智穷的白鼠，豁然时又自得如天才的侦探。几乎家家都有围墙，很少巷子能一目了然，巷头固然望不见巷腰，到了巷腰，也往往看不出巷底要通往何处。那一盘盘交缠错综的羊肠迷宫，当时陷身其中，固曾苦于寻寻觅觅，但风晨雨夜，或是奇幻的月光婆娑的树影下走过，也赋给了我多少灵感。于今隔海想来，那些巷子在奥秘中寓有亲切，原是最耐人咀嚼的。黄昏的长巷里，家家围墙飘出的饭香，吟一首民谣在召归途的行人：有什么，比这更令人低回的呢？

最耐人寻味的小巷，是同安街东北行，穿过南昌街后，通向罗斯福路的那一条。长只五六十码，狭处只容两辆脚踏车蠕行相交。上面晾着未干的衣裳，两旁总排着一些脚踏车手推车，晒些家常腌味，最挤处还有些小孩子在嬉游。砖墙石壁半已剥蚀，颓败的纹理伸手可触。近罗斯福路出口处还有个小小的土地祠，简陋可笑的装饰也无损其香火不绝，供果长青。那恐怕是世界上最短最窄的一条陋巷了。从师大回家的途中，不记得已蜿穿过几千次了，对于我，那是世界上最滑稽最迷人最市井风的一段街景。电视天线接管了日窄的天空，古台北正在退缩。撼地压来的开路机啊，能绕道而行放过这几座历史的残堡吗？

在《蒲公英的岁月》里，曾说过喜欢的是那岛不是那城。台北啊我怎能那样说，对你那样不公平？隔着南中国海的烟波，向香港的电视幕上，收看邻区都市的气象，汉城和东京之后总是台北，是阴是晴是变冷是转热是风前或雨后，都令我特别关心。台风自海上来，将掠台湾而西，扑向厦门和汕头，那气象报告员说，不然便是寒流凛凛自华中南下，气温要普遍下降，明天莫忘多加衣。只有在那一刹那，才幻觉这一切风云雨雾原本是一体，拆也拆不开的。

香港有一种常绿的树，黄花长叶，属刺槐科，据说是移植自台湾，叫"台湾相思"。那样美的名字，似乎是为我而取。

⊙作品赏析

诗人曾经流寓世界各地，但在心中却珍藏着一片心灵的家园。这是一颗诗人的心，纯粹感性细腻，在《思台北，念台北》中作者以独到的笔触来追溯台北的从前现在，和作者不断的故园情。而这其中让作者的心不曾游离的就是发自内心的浓郁的乡愁，就像作者自己所说的：有时候流浪的心疲倦了，他就会像候鸟一样从遥远的异乡带着无限的期待，万里迢迢不顾旅途劳顿地赶回，为的是重温一下故乡的情怀，让自己骚动的心得到滋润。

文章笔势雄健，行文看似随意，却蕴含了相当大的弹性，让人在看完文章后仍然余下久久不去的思考，再加上他对语言追求诗一般的完美精致，突出了文章的神韵所在。

乡愁这是评论界对诗人一贯的界定，我们在他的文章里就这样看见了一个文化大家的风范。

听听那冷雨 / 余光中

入选理由	余光中的散文代表作
	中国当代诗化散文的典范作品
	开拓了中国散文的新领域

惊蛰一过，春寒加剧。先是料料峭峭，继而雨季开始，时而淋淋漓漓，时而淅淅沥沥，天潮潮地湿湿，即连在梦里，也似乎把伞撑着。而就凭一把伞，躲过一阵潇潇的冷雨，也躲不过整个雨季。连思想也都是潮润润的。每天回家，曲折穿过金门街到厦门街迷宫式的长巷短巷，雨里风里，走入霏霏令人更想入非非。想这样子的台北凄凄切切完全是黑白片的味道，想整个中国整部中国的历史无非是一张黑白片子，片头到片尾，一直是这样下着雨的。这种感觉，不知道是不是从安东尼奥尼那里来的。不过那一块土地是久违了，二十五年，四分之一的世纪，即使有雨，也隔着千山万水，千伞万伞。二十五年，一切都断了，只有气候，只有气象报告还牵连在一起。大寒流从那块土地上弥天卷来，这种酷冷吾与古大陆分担。不能扑进她怀里，被她的裙边扫一扫吧，也算是安慰孺慕之情。

这样想时，严寒里竟有一点温暖的感觉了。这样想时，他希望这些狭长的巷子永远延伸下去，他的思路也可以延伸下去，不是金门街到厦门街，而是金门到厦门。他是厦门人，至少是广义的厦门人，二十年来，不住在厦门，住在厦门街，算是嘲弄吧，也算是安慰。不过说到广义，他同样也是广义的江南人，常州人，南京人，川娃儿，五陵少年。杏花春雨江南，那是他的少年时代了。再过半个月就是清明。安东尼奥尼的镜头摇过去，摇过去又摇过来。残山剩水犹如是。皇天后土犹如是。纭纭黔首纷纷黎民从北到南犹如是。那里面是中国吗？那里面当然还是中国永远是中国。只是杏花春雨已不再，牧童遥指已不再，剑门细雨渭城轻尘也都已不再。然则他日思夜梦的那片土地，究竟在哪里呢？

在报纸的头条标题里吗？还是香港的谣言里？还是傅聪的黑键白键、马思聪的跳弓拨弦？还是安东尼奥尼的镜底勒马洲的望中？还是呢，"故宫博物院"的壁头和玻璃橱内，京戏的锣鼓声中，太白和东坡的韵里？

杏花。春雨。江南。六个方块字，或许那片土就在那里面。而无论赤县也好神州也好中国也好，变来变去，只要仓颉的灵感不灭、美丽的中文不老，那形象，那磁石一般的向心力当必然长在。因为一个方块字是一个天地。太初有字，于是汉族的心灵、祖先的回忆和希望便有了寄托。譬如凭空写一个"雨"字，点点滴滴，滂滂沱沱，淅沥淅沥淅沥，一切云情雨意，就宛然其中了。视觉上的这种美感，岂是什么 rain 也好 pluie 也好所能满足？翻开一部《辞源》或《辞海》，金木水火土，各成世界，而一入"雨"部，古神州的天颜千变万化，便悉在望中，美丽的霜雪云霞，骇人的雷电霹雹，展露的无非是神的好脾气与坏脾气，气象台百读不厌、门外汉百思不解的百科全书。

听听，那冷雨。看看，那冷雨。嗅嗅闻闻，那冷雨。舐舐吧，那冷雨。雨在他的伞上、这城市百万人的伞上、雨衣上、屋上、天线上。雨下在基隆港、在防波堤、在海峡的船上，清明这季雨。雨是女性，应该最富于感性。雨气空而迷幻，细细嗅嗅，清清爽爽新新，有一点薄荷的香味，浓的时候，竟发出草和树沐发后特有的淡淡土腥气，也许那竟是蚯蚓和蜗牛的腥气吧，毕竟是惊蛰了啊。也许地上的地下的生命、也许古中国层层叠叠的记忆皆蠢蠢而蠕，也许是植物的潜意识和梦吧，那腥气。

第三次去美国，在高高的丹佛他山居了两年。美国的西部，多山多沙漠，千里干旱。天，蓝似安格罗·萨克逊人的眼睛；地，红如印地安人的肌肤；云，却是罕见的白鸟。落基山簇簇耀目的雪峰上，很少飘云牵雾。一来高，二来干，三来森林线以上，杉柏也止步，中国诗词里"荡胸生层云"，或是"商略黄昏雨"的意趣，是落基山上难睹的景象。落基山岭之胜，在石，在雪。那些奇岩怪石，相叠互倚，砌一场惊心动魄的雕塑展览，给太阳和千里的风看。那雪，白得虚虚幻幻，冷得清清醒醒，那股皑皑不绝一仰难尽的气势，压得人呼吸困难，心寒眸酸。不过要领略"白云回望合，青霭入看无"的境界，仍须回来中国。台湾湿度很高，最饶云气氤氲雨意迷离的情调。两度夜宿溪头，树香沁鼻，宵寒袭肘，枕着润碧湿翠、苍苍交叠的山影和万籁都歇的岑寂，仙人一样睡去。山中一夜饱雨，次晨醒来，在旭日未升的原始幽静中，冲着隔夜的寒气，踏着满地的断柯折枝和仍在流泻的细股雨水，一径探入森林的秘密，曲曲弯弯，步上山去。溪头的山，树密雾浓，蓊郁的水气从谷底冉冉升起，时稠时稀，蒸腾多姿，幻化无定，只能从雾破云开的空处，窥见乍现即隐的一峰半壑，要纵览全貌，几乎是不可能的。至少入山两次，只能在白茫茫里和溪头诸峰玩捉迷藏的游戏，回到台北，世人问起，除了笑而不答心自闲，故作神秘之外，实际的印象，也无非山在虚无之间罢了。云缭烟绕，山隐水迢的中国风景，由来予人宋画的韵味。那天下也许是赵家的天下，那山水却是米家的山水。而究竟，是米氏父子下笔像中国的山水，还是中国的山水上纸像宋画。恐怕是谁也说不清楚了吧？

雨不但可嗅，可观，更可以听。听听那冷雨。听雨，只要不是石破天惊的台风暴雨，在听觉上总是一种美感，大陆上的秋天，无论是疏雨滴梧桐，或是骤雨打荷叶，听去总有一点凄凉，凄清，凄楚。于今在岛上回味，则在凄楚之外，更笼上一层凄迷了。饶你多少豪情侠气，怕也经不起三番五次的风吹雨打。一打少年听雨，红烛昏沉。二打中年听雨，客舟中，江阔云低。三打白头听雨在僧庐下，这便是亡宋之痛，一颗敏感心灵的一生：楼上，江上，庙里，用冷冷的雨珠子串成。十年前，他曾在一场摧心折骨的鬼雨中迷失了自己。雨，该是一滴湿漓漓的灵魂，在窗外喊谁。

雨打在树上和瓦上，韵律都清脆可听。尤其是铿铿敲在屋瓦上，那古老的音乐，属于中国。王禹在黄冈，破如椽的大竹为屋瓦。据说住在竹楼上面，急雨声如瀑布，密雪声比碎玉。而无论鼓琴，咏诗，下棋，投壶，共鸣的效果都特别好。这样岂不像住在竹筒里面，任何细脆的声响，怕都会加倍夸大，反而令人耳朵过敏吧。

雨天的屋瓦，浮漾湿湿的流光，灰而温柔，迎光则微明，背光则幽黯，对于视觉，是一种低觉的安慰。至于雨敲在鳞鳞千瓣的瓦上，由远而近，轻轻重重轻轻，夹着一股股的细流沿瓦槽与屋檐潺潺泻下，各种敲击音与滑音密织成网，谁的千指百指在按摩耳轮。"下雨了"，温柔的灰美人来了，她冰冰的纤手在屋顶拂弄着无数的黑键啊灰键，把响午一下子奏成了黄昏。

在古老的大陆上，千屋万户是如此。二十多年前，初来这岛上，日式的瓦屋亦是如此。先是天黯了下来，城市像罩在一块巨幅的毛玻璃里，阴影在户内延长复加深。然后凉凉的水意弥漫在空间，风自每一个角落里旋起，感觉得到，每一个屋顶上呼吸沉重都覆着灰云。雨来了，最轻的敲打乐敲打这城市，苍茫的屋顶，远远近近，一张张敲过去，古老的琴，那细细密密的节奏，单调里自有一种柔婉与亲切，滴滴点点滴滴，似幻似真，若孩时在摇篮里，一曲耳熟的童谣摇摇欲睡，母亲吟哦鼻音与喉音。或是在江南的泽国水乡，一大筐绿油油的桑叶被啮于千百头蚕，细细琐琐屑屑，口器与口器咀咀嚼嚼。雨来了，雨来的时候瓦这么说，一片瓦说千亿片瓦说，说轻轻地奏吧沉沉地弹，徐徐地叩吧挞挞地打，间间歇歇敲一个雨季，即兴演奏从惊蛰到清明，在零落的坟上冷冷奏挽歌，一片瓦吟千亿片瓦吟。

在日式的古屋里听雨，听四月，霏霏不绝的黄梅雨，朝夕不断，旬月绵延，湿粘粘的苔藓从石阶下一直侵到他舌底，心底。到七月，听台风台雨在古屋顶上一夜盲奏，千寻海底的热浪沸沸被狂风挟来，掀翻整个太平洋只为向他的矮屋檐重重压下，整个海在他的蜗壳上哗哗泻过。不然便是雷雨夜，白烟一般的纱帐里听羯鼓一通又一通，滔天的暴雨滂滂沛沛扑来，强劲的电琵琶忐忐忑忑忐忐忑忑，弹动屋瓦的惊悸腾腾欲掀起。不然便是斜斜的西北雨斜斜，刷在窗玻璃上，鞭在墙上打在阔大的芭蕉叶上，一阵寒濑泻过，秋意便弥漫日式的庭院了。

在日式的古屋里听雨，春雨绵绵听到秋雨潇潇，从少年听到中年，听听那冷雨。雨是一种单调而耐听的音乐是室内乐是室外乐，户内听听，户外听听，冷冷，那音乐。雨是一种回忆的音乐，听听那冷雨，回忆江南的雨下得满地是江湖下在桥上和船上，也下在四川在秧田和蛙塘，下肥了嘉陵江下湿布谷咕咕的啼声。雨是潮潮润润的音乐下在渴望的唇上舔舔那冷雨。

因为雨是最最原始的敲打乐从记忆的彼端敲起。瓦是最最低沉的乐器灰蒙蒙的温柔覆盖着听雨的人，瓦是音乐的雨伞撑起。但不久公寓的时代来临，台北，你怎么一下子长高了，瓦的音乐竟成了绝响。千片万片的瓦翩翩，美丽的灰蝴蝶纷纷飞走，飞入历史的记忆。现在雨下下来，下在水泥的屋顶和墙上，没有音韵的雨季。树也砍光了，那月桂，那枫树，柳树和擎天的巨椰，雨来的时候不再有丛叶嘈嘈切切，闪动湿湿的绿光迎接。鸟声减了啾啾，蛙声沉了阁阁，秋天的虫吟也减了唧唧。七十年代的台北不需要这些，一个乐队接一个乐队便遣散尽了。要听鸡叫，只有去《诗经》的韵里寻找。现在只剩下一张黑白片，黑白的默片。

正如马车的时代去后，三轮车的时代也去了。曾经在雨夜，三轮车的油布篷挂起，送她回家的途中，篷里的世界小得多可爱，而且躲在警察的辖区以外。雨衣的口袋越大越好，盛得下他的一只手里握一只纤纤的手。台湾的雨季这么长，该有人发明一种宽宽的双人雨衣，一人分穿一只袖子，此外的部分就不必分得太苛。而无论工业如何发达，一时似乎还废不了雨伞。只要雨不倾盆，风不横吹，撑一把伞在雨中仍不失古典的韵味。任雨点敲在黑布伞或是透明的塑胶伞上，将骨柄一旋，雨珠向四方喷溅，伞缘便旋成了一圈飞檐。跟女友共一把雨伞，该是一种美丽的合作吧。最好是初恋，有点兴奋，更有点不好意思，若即若离之间，雨不妨下大一点。真正初恋，恐怕是兴奋得不需要伞的，手牵手在雨中狂奔而去，把年轻的长发和肌肤交给漫天的淋淋漓漓，然后向对方的唇上颊上尝凉凉甜甜的雨水。不过那要非常年轻且激情，同时，也只能发生在法国的新潮片里吧。

大多数的雨伞想不会为约会张开。上班下班，上学放学，菜市来回的途中，现实的伞，灰色的星期三。握着雨伞，他听那冷雨打在伞上。索性更冷一些就好了，他想。索性把湿湿的灰雨冻成干干爽爽的白雨，六角形的结晶体在无风的空中回回旋旋地降下来，等须眉和肩头白尽时，伸手一拂就落了。二十五年，没有受故乡白雨的祝福，或许发上下一点白霜是一种变相的自我补偿吧。一位英雄，经得起多少次雨季？他的额头是水成岩削成还是火成岩？他的心底究竟有多厚的苔藓？厦门街的雨巷走了二十年与记忆等长，一座无瓦的公寓在巷底等他，一盏灯在楼上的雨窗子里，等他回去，向晚餐后的沉思冥想去整理青苔深深的记忆。前尘隔海。古屋不再。听听那冷雨。

⊙作品赏析

余光中是一位享誉海峡两岸的"乡愁"诗人，他的散文创作也极为丰富，是诗文双绝的作家。余光中 1949 年随父母去台湾定居，直到 1992 年他才回访大陆。《听听那冷雨》写于 1974 年春，此时离作者离开大陆已经整整 25 年了。

在文中，作者出色地运用了移步换景的手法，不断变换视角，描摹了在不同地点听冷雨的意境、情趣、感受，并创造性地展示了丰富而又奇特的感觉，将雨描绘成糅合了听觉、触觉、嗅觉、视觉、味觉的一种全方位的感性存在，这种感性存在蕴含了人物交互感应所产生的全部情感类型——乡情、友情、爱情、亲情，从而给读者带来了多维的审美体验。文章意象博大深沉，结构舒缓而不散漫，叠词叠句交错运用，极富音乐美。古诗文典故的巧妙运用，使文章的意境得到了拓展。

读鞋 / 张拓芜

晨起读报，迎眼便是洛夫兄的《寄鞋》，稍早，洛夫诗成付邮前会在电话中念给我听，不待放下话筒便已老泪纵横，今天再详读全诗及后记，则更禁不住涕泗滂沱起来，一以悲恸，一以感恩，心中波涛起伏不能自已！

读诗竟读成这个样子，记忆中从未有过；大概这首诗与我有切肤之痛，大概洛夫下笔之时也是鼻子酸酸的，因他是我的好友，因他是位至性的有情人。

这双鞋我穿不下，我并未量脚给她。正如诗中所说："鞋子也许嫌小一些／我是以心裁量，以童年／以五更的梦裁量"的，我别她时双方均是十二岁的少年，虽然近半个世纪的漫漫岁月，但她记得的仍旧是分别时才十二岁的表兄（那是一九四○年的春天）。

莲子是大舅舅的长女，母亲怀着我时回南陵县娘家，舅母则刚好怀着她，姑嫂们谈着谈着就谈到肚子里的小生命，舅母提议指腹为婚，不管谁生女娃儿，一定嫁给对方的男团子，当然，若是生的全是小壮丁或全是"赔钱货"那就不算。

在半个世纪以前，表兄妹结婚是理所当然的，是最亲密的亲上加亲。

以前的人重信约、重然诺，说了就算，绝不反悔。上一代的一句话往往决定了下一代的一整生，对女人尤然。

听说她到了三十岁才被我父亲强迫出嫁，舅舅去世得早，舅母早已认定她女儿是张家的人，所以她出嫁我父亲便做了主婚人。

父亲只在一九四八年和我通过一封信，知道我那时在高雄当兵（他以为我当官，其实我只是个上等兵，但不好意思说实话，含含糊糊地让父亲去猜）。三十余年生死茫茫，了无音讯，父亲想他这个不成材的儿子多年不在人世了，兵荒马乱，烽火硝烟的，一个随时要调上火线打仗的军人，生命犹如疯汉手中的琉璃灯——哪有不随时随地砸碎完蛋的！同时看到莲子年华老大，觉得我们张家对她大有亏疚，就强迫性地逼她嫁了出去。

前年夏天，一位同乡长辈寄来一张照片，一见这照片，始而悲恸莫名，号啕大哭，继之全身发冷，心头茫然！我正在烧开水泡茶，那一壶刚滚的开水竟然大半浇在下腿及脚背，因是大理石地板，积满了水之后我寸步不敢离，滑一跤我便整个完蛋。伤到的部位，热辣辣作痛，我知道若不早作处理治疗，这条腿会溃烂、发炎，而这条腿正是我赖以行动的惟一的一条健康的腿！

但电话离我尚有两三尺，我又不敢移动，痛就让它痛下去，烂也只好让它烂下去吧，这光景，我心中想的只是那张照片，其他全不存在！

照片是父亲的坟墓，其实只是一黄土，别说碑、石，连小草也没有一根，是真正的一黄土！

自从接到这张照片，心情丕变，在此之前从未想到要与海峡那边的家人联络，从此之后就积极地寻找管道，要问清楚：父亲是哪年哪月哪日过世的？享年多少？同时我要设法托人寄一点钱去，为父亲修个稍微像样的水泥坟，立块碑，碑的左下方刻上我们诸兄弟姊妹的名字以及我们的下一代以及莲子的姓名。她在父亲膝下算不得媳妇，也算不得女儿，那就老老实实地称姨侄女或表侄女吧。

三位弟弟我都不认识，连名字也不知；他们不是我的同胞弟，是我在一九四〇年离家后，继母陆续生的。

看到照片，我知道他们实在没有力量为父亲筑一座稍微像样的水泥坟，这个担子应由我这个不肖的长子来挑。诸弟虽然穷困，但都在父亲膝前尽了菽水之欢，而我这个当长子的，不但未能在膝前承欢，甚或数十年不通音讯，生死茫茫……这样的人子真正不肖不孝至极，真乃牲畜不如也！

然则，我能尽的儿子的责任，也只有这些了。

莲子早就知道我已残废，离了婚，目前与惟一的儿子相依为命，便一再表示要来我这里，照顾我父子。我想她没有这责任，而且分别处于大陆和台湾两个截然不同的世界，她如何能来？又怎样来得了！

她不但是个大字不识半个的"睁眼瞎子"，并且是个十足的没见过世面的乡下老妪，别说来台湾，离家才二十五华里的县城有没有到过都成问题！她不会说国语，广东话、闽南话更是闻所未闻，不会看路标路牌，不会游水（如果从深圳偷渡的话），她怎能出得来，又怎能入得了境！

莲子六七岁时即来我家，一直职司婢女使唤工作，母亲在世时只担任洒扫庭除，尚无人轻视她的地位（她是母亲的亲侄女），但母亲去世，继母进门之后，她的地位就一落千丈，砍柴挑水照顾弟妹、种田烧饭洗衣等等粗重分内工作之外，尚得忍受父亲和继母的责骂叱责及掐、打！

我离家出走，逃到孙家埠油坊当学徒之后，姑母和姊姊都和父亲和继母决裂。在我未成年成亲之前，她们绝不回娘家，莲子挨了揍、受了气，连个哭诉吐冤的对象都没有了。舅舅曾想接她回去，等我们长大了再送过来，但舅母认为她已是张家的人，不必接回家，而继母是因为憎恨我而祸延及她，我不在家中碍继母的眼，久而久之她的处境会好转些。如此，她只得认命了。

她受的这些罪，我全然不知，我也不怎么关心她，因为我在店里当学徒的苦日子并不亚于她，我是泥菩萨过河啊！

这些，都是姊姊亲自踅着小脚走了三天来孙家埠探望姊夫和我时，亲口对我的说的。但我也只听听而已，那年是我当学徒的第三年（一九四三年春天）。老实说，那光景我还不把她当回事，我根本没想到将来要和她拜堂成亲，因为我自己还养不活自己，我只是对舅父舅母有一点点抱歉而已，对她还不曾想到！

《联副》三月二十七日洛夫的《寄鞋》刊出后，接到好几通友人的电话，对我表示慰问之意。洛夫诗的魔力真大矣哉！

我和莲子表妹都已是花甲之人，还能活几天？见面的机会，此生恐怕是没有了。唉！

我比莲子幸运，至少我还能捧着一双布鞋仔细研读，她呢，她有什么！

后记：

谢谢好友洛夫的好诗，谢谢杨子先生的专栏，谢谢各位挚友来电话慰问，我已拥有一双千言万语的鞋，能够经常捧着仔细地读，理该感恩、知足，这比以往四十余年的空洞的思念，有实质得多了。

⊙作品赏析

这是一篇感人至深的散文，这是一个阔别家乡几十年的老作家奔涌激荡的情怀，这是几十年积累的怀国思乡情感的喷发。

那双寄自海峡彼岸的鞋，寄托的是莲子无言的相思，无尽的亲情。不仅如此，在作者心中，莲子的意义已经不单纯是莲子而已，她成了故土和亲人的象征。鞋子寄来了相思，作者更读出了相思，那是流落他乡的游子在暮年时对故乡和亲人的深切思念，情何以堪？此情不是"少年不识情滋味，为赋新词强说愁"，也不是小儿女卿卿我我、缠绵悱恻之情。此情乃是写满了四十几年生离死别、人间沧桑的情，堪称悲情之极。读毕此文，让人涕泗横流。

"性情直抒，具见肝胆"是张拓芜散文的最大特色。全文直抒胸臆，自然天成。铅华落尽，没有华丽词藻，没有精心布局，一切文字皆任性而为，随情而发。文章一开头就是一哭，定下了悲痛的基调。见到父亲坟墓的照片，又是一哭。作者痛哭的眼泪弥漫于字里行间，到文章结尾处化作一声沉重的叹息。所有的叙述都是带泪的回忆，至情的告白。

惜春小札 / 李国文

春天是不知不觉来的，她走的时候，也是悄莫声儿地在不知不觉中离去。既不像秋天落下那么多的黄叶，"无边落木萧萧下"，造下满天声势；也不像冬天，一阵烂雪，一阵冻雨，"乍暖还寒时刻，最难将息"，让你久久不能忘怀那份瑟缩，那份冷酷。

春天，平平常常地来，自然而然地去，没有喧哗，没有锣鼓，甚至最早在枝头绽开的桃花、杏花，还有更早一点的梅花、迎春，总是在不经意间，给人们带来惊喜。

哦！春天最早的花！

人们的眼睛闪着亮光，然而，"枝头春意少"，这时连一片叶也没有，空气还十分的冷冽。直到"小径红稀,芳郊绿遍"，已是"风送落红才身过，春风更比路人忙"的暮春天气了。

所以，等你意识到春天的时候，她早就来临了，"中庭月色正清明，无数杨花过无影"；等你发现她离去，已经是"春归何处，寂寞无行路"，杏子树头，绿柳成阴了。

春天总是很短促的，你抓住了，便是属

于你的春天；你把握不住，从指缝间漏掉了，那也只好叹一声"春去也"、"遗踪何在"了。

典型的春天，应该在长江以南度过。没有阴霾的天气、泥泞的道路、苍绿的苔痕、淅沥的雨声，能叫春天吗？没有随后的云淡风轻、煦阳照人、莺歌燕舞、花团锦簇，能叫春天吗？只有在雨丝风片、春色迷人的江南，在秧田返青、菜花黄遍的水乡，在牧童短笛、渔歌唱晚的情景之中，那才是杜牧脍炙人口的《清明》诗中的缠绵的春天、撩人的春天、困懒的春天和"一年之计在于春"的春天。

然而，在北方，严格意义的一年四季，春天，是最不明显的，或许也可以说是并不存在的。

"五九六九，沿河插柳"，这是地气已经转暖的南方写照。

而在北方，"七九河开，八九雁来"，河里的冰，才刚刚解冻。有几年，我时常要经过什刹海后海之间，那座小得不能再小的银锭桥，这座桥所以出了名，就是因为汪精卫刺杀摄政王，在桥上扔过两枚炸弹。石桥桥洞的背阴处，冬天的积冰，很厚很厚，冰上残留着肮脏不堪的冬雪。等到它完全融化的日子，春天也差不多过去大半了。

春天里有未褪尽的冬天，这不是什么稀奇的事。

人们管这种天气现象叫做"倒春寒"。于是，本来不典型，不明显的春天，又被冷风苦雨的肃杀景象笼罩。后来，我就不再到银锭桥去了，当然，并不是因为桥底下那些不化的冰。

冰总是要化的，不过，北方的春天，太短促，这也真是没有办法的事。

北京的颐和园里，有一座知春亭，是乾隆题的匾额，这位皇帝挺爱写诗，写了上万首，挺爱题词，到处可见他的字。但知春亭的"知春"二字是否如此呢？好像也未必。通常，都是到了"桃花吹尽，佳人何在，门掩残红"的那一会，才在昆明湖的绿水上，垂下几许可怜巴巴的柳枝，令北京人兴奋雀跃不已，大呼春天来了，其实，"归来笑拈梅花嗅，春在枝头已十分"。

承德的避暑山庄里，有一幢烟雨楼。听说，在六七十年代，有一位当时独一无二的作家，得以在这座楼里写小说，那当然是很了不起的了。不过名为烟雨楼，但至少在春天里，是没有烟雨的。那金碧辉煌的匾额上，我记不得那是不是乾隆的御笔了？但"烟雨"二字，也只是一厢情愿罢了。在高寒地带，只有塞外的干燥风和蒙古吹过来的沙尘，决不会有那"雨横风狂三月暮，门掩黄昏，无计留春住"的烟雨葱茏的风景。

看来，北方的春天，就像朱自清那篇《踪迹》里写的那样，她"匆匆地来了，又匆匆地走了"。

所以，辛弃疾对春天说："春且住，见说道，天涯芳草无归路"，想方设法要留住春天，千万不要让她平白地度过，否则，苏东坡的遗憾，"春色三分，二分尘土，一分流水"，从身旁消逝，该是多么懊悔的事啊！

因此——

捉住春天。

把握春天。

然后，充分地享受春天。

虽然李商隐告诫过："春心莫共花争发，一寸相思一寸灰。"但春天，是唤醒心灵的季节，是情感萌发的季节，也是思绪涌动的季节，更是人的生命力勃兴旺盛的季节。

切莫虚掷时光，切莫浪费春天。

人的生物钟，如果能够耳闻的话，可以相信，在这个季节里，响动的准是黄钟大吕之音、振聋发聩之声。甚至血管里跳动着的激流，也会蕴含着前所未有的力量。此时此刻，若去爱，一定是炽热生死的爱，若是去恨，一定是切齿刻骨的恨，若是去追求，若是去冒险，若是去干一番事业，若是豁出命去拼搏，你会从你的身体里，获得超负荷的"爆破力"。

这种"神来之力"，这种"能量"，就是人类的春天效应。

人的一生，何尝不如此呢？也有其春华秋实的生命过程。那么青春年少的日子，也就是最美好的春天了。

然而，一生中的这个春天，似乎比北方真正的春天还要短促得多。

人，有各式各样的活法，这是每个人的选择。平庸灰色，是一生；碌碌无为，是一生；爱不敢爱，恨不敢恨，也是一生；永远羡慕别人有，永远笑话别人无，永远满足现状，又永远做更好日子的梦，可又永远想不劳而获的小市民吃不饱、也饿不死的日子，当然也是一生。自然，奋斗，是一生；努力，是一生；为了一个目标，孜孜不息地追寻，是一生；热爱生活，热爱自己，泪流过，汗淌过，摔倒过，白忙活过，总之，活得既有快乐，也有痛苦，既有满足，也有遗憾，那当然也是一生。无论怎样的一生，你千万要珍惜你生命中属于春天的那一瞬即逝的岁月。

因为，青春只有一次，一去便不复返。

而且，青春，不会久驻，使你的青春放出光华，享受青春的美，那才是生命最大的欢乐。

等到头发花白，"蜡烛成灰"，一切都成了"昨夜星辰昨夜风"，那时，你后悔也来不及了。

⊙作品赏析

以自然之春喻人之青春的文章不少，其中多数文章的主题集中在赞颂青春的烂漫与活力。而李国文的这篇《惜春小札》却不落窠臼，他着力于描绘"春的短暂"。这篇文章也体现了他一贯的散文风格：有学问，有气质，有思考，还有一种超然的从容。

文章不惜笔墨绘春，从南到北，从自然景观到人文景观，作者时而叙述，时而描绘，时而信手拈来几句诗词、几个典故穿插其间，营造了一个集绚丽、厚重、典雅于一体的美妙世界。但是，文章的思想内容并不是要停留在这个层面上，作者时时不忘提醒你，春天纵然美丽，却也是短暂的。乍一看，觉得这真是"煞风景"。但是，就是这种感觉上的落差触动你的思绪，引领你去感悟，去体会。当你还沉思于这种感悟之中时，作者已经不露声色地把笔从自然界收回至人世间。他气定神闲地告诉你：人之青春，同样不会久驻。这才是作者真正的用意所在。

回望流年 / 流沙河

入选理由 流沙河散文代表作之一
重新审视自己的勇气
幽默自嘲中的哲理

六十年前，我三岁，住在成都市北打金街良医巷（晾衣巷），一日悄悄溜出大门，跑到巷口，呆看街边挑着担子卖糖果的，舔手指，流唾液，不知不觉跟着糖果担子向前走，

· 作者简介 ·

流沙河（1931—2019），原名余勋坦，四川成都人。1948年高中时期开始发表作品。1956年出版第一部诗集《农村夜曲》。1957年1月参与创办诗刊《星星》，并发表散文诗《草木篇》，由此为诗界、文学界瞩目。1957年后在成都从事多种劳作，工余研读诸子百家，70年代末回归文坛，仍然以诗作为主，后结集为《流沙河诗集》、《故园别》、《游踪》等。

愈走愈远，涎而忘返，害得家中母亲惊惶，领人四处追寻，跑遍十几条街巷，以为我长相乖，被拐子偷走了。最后，谢天谢地，终于在东大街找到我，还在呆看糖果担子，舔手指，流唾液。

五十年前，我十三岁，住在金堂县城槐树街，读初中一年级，春季同本班同学由教师领队去广汉县三水镇修筑飞机场半个月，喜见盟军 B29 重型轰炸机雁序蓝天，远炸日寇东京去也，秋季突闻国军血战衡阳，牺牲惨痛，不得不大撤退，致使日寇追到贵州独山，陪都重庆震动，虽人儿小我亦深切感受亡国灭种之威胁，遂读文天祥《正气歌》而很快能背诵。

四十年前，我二十三岁，住在成都市布后街省文联，做《四川群众》月刊编辑，写些短篇小说，读契诃夫，读马克·吐温，读莫泊桑，唱苏联歌曲，看苏联电影，崇拜斯大林，学《联共（布）党史简明教程》，到新繁县禾登乡新民社"深入生活"，赞美农业集体化，协助基层强迫农民卖粮食给国家，梦见共产主义明天，要多"左"有多"左"。

三十年前，我三十三岁，住在成都市北郊省文联农场，戴右派铁帽子已有八年，恶名远播，人避我如瘟疫，我避人如芒刺，昼则炊饭养猪，按季节种油菜植棉花，夜则深钻《说文解字》兼读天文学的初级著作，闲适便抄《声律启蒙》自娱，观星辰，伴猫狗，看报刊而惊心，逢棍棒而丧胆，畏闻五类分子之提法，怕见四清运动之批斗。犹记农场场长赠我良言有云："不要读你那些古书，争取早日摘帽要紧！人一辈子有几个三十三啊！"

二十年前，我四十三岁，押回故乡金堂县城拉锯钉箱已有九年，家抄了又抄，人跪了又跪，做不完的无偿劳役，写不尽的有罪自遣，想起昔年农场，好像梦回天堂，落到今日绝境，便是身陷地狱。

十年前，我五十三岁，回到省文联《星星》编辑部继续做反右派运动前我做过的那个工作已有五年，得了奖，出了国，长了脸，翘了尾，说些捧场话，写些帮腔诗，拼命积极，改革就像是我家事务，抱病工作，胃病似乎是他人溃疡，著文随抛新名词，发言乱骂老棍子，可笑可笑，该挨该挨。

今年，我六十三岁，住在省作协宿舍楼，身衰杞柳，诗散云烟，壮志已全消，往事眼前过电影，痴心将半冷，旧交头上起霜花，淡淡的悲伤，深深的惆怅，演南华经成现代版，仿东方朔著 Y 先生，提篮去买菜，写字来卖钱。

每一个前十年都想不到后十年我会演变成何等模样，可知人生无常，没有什么规律，没有什么必然，或富或贫或贵或贱，或左或右或高或低，无非环境造就，皆是时势促成。

所以我要劝人：你可以自得，但不应自傲；你可以自守，但不应自卑；你可以自爱，但不应自恋；你可以自伤，但不应自弃。

⊙**作品赏析**

　　流沙河是位著名诗人，他的散文创作也像他的诗一样隽永绵长。在这篇散文里，作者以略带怀旧的情绪，回忆自己63年人生中的几个片段，以10年为界限分别讲述了3岁、13岁、23岁、33岁、43岁、53岁和63岁时的生存状况和所思所想。作者按照时间顺序，重新审视自己走过的人生岁月，借以说明一个人的命运发展轨迹是脱离不了大时代的潮流所趋的。至此，作者由自己的遭遇揭示了人生的态度："你可以自得，但不应自傲；你可以自守，但不应自卑；你可以自爱，但不应自恋；你可以自伤，但不应自弃。"流沙河的散文，语言质朴平淡，风格从容平和，幽默自嘲中富于哲理。

苏州赋 / 王蒙

入选理由　王蒙的散文代表作之一　讴歌苏州自然风光与人文风貌的优秀新赋体散文

　　左边是园，右边是园。

　　是塔是桥，是寺是河，是诗是画，是石径是帆船是假山。

　　左边的园修复了，右边的园开放了。有客自海上来，有客自异乡来。塔更挺拔，桥更洗练，寺更幽凝，河更闹热，石径好吟诗，帆船应入画。而重重叠叠的假山，传至今天还要继续传下去的是你的匠心真情，是你的参差坎坷的魅力。

　　这是苏州。人间天上无双不二的苏州。中国的苏州。

　　苏州已经建城2500年。它已老态龙钟。无怪乎七年前初次造访的时候它是那样疲劳，那样忧伤，那样强颜欢笑。失修的名胜与失修的城市，以及市民的失修的心灵似乎都在怀疑苏州自身的存在。苏州，还是苏州吗？

　　苏州终于起步，苏州终于腾飞。为外乡小儿也熟知的江苏四大名旦香雪海冰箱、春花吸尘器、孔雀电视机、长城电风扇全都来自苏州。人们曾经担心工业的浪潮会把苏州的历史文化与生活情趣淹没。看来，这个问题已经受到了苏州人民的关注。还不知道有哪个城市近几年修复了复原了这么多古建筑古园林。在庆祝苏州建城2500年的生日的时候，1986年，苏州迎来了再生的青春。1500年前的盘门修复了，是全国唯一的精美完整的水陆城门。环秀山庄后面盖起的"革文化之命"的楼房拆除了，秀美的山庄复原，应令她的建造者的在天之灵欣慰，更令今天的游客流连忘返，赞叹不已。戏曲博物馆、民俗博物馆、刺绣博物馆……纷纷建成。寒山寺的钟声悠扬，虎丘塔的雄姿牢固，唐伯虎的新坟落成，苏州又回来了！苏州更加苏州。

　　当我看到观前街、太监巷前熙熙攘攘的人群，看到辉煌的彩灯装饰的得月楼、松鹤楼的姿影，看到那些办喜事的新人和他们的亲友，听到他们的欢声笑语，闻到闻名海内外的苏州佳肴的清香的时候，不禁为她的太平盛景而万分感动。当然还有许许多多的麻烦、冲撞、紧迫、危机与危机的意识，然而今天的苏州，得来是容易的吗？会有人甘心再失去吗？

· 作者简介 ·

　　王蒙（1934— ），祖籍河北南皮，生于北京，中国当代作家。1940年入北京师范学校附小学习。1945年入私立平民中学学习。历任北京东四区团委副书记、《新疆文学》编辑、《人民文学》主编、中国作家协会副主席、文化部部长等职。在小说创作上取得较大成功，主要作品有长篇小说《青春万岁》、《活动变人形》，小说集《深的湖》、《冬雨》等。

不，我不能再在苏州停留。她的小巷使我神往，这样的小巷不应该出现在我的脚下而只能出现在陆文夫的小说里，梦里，弹词开篇的歌声里。弹词、苏昆、苏剧、吴语吴歌的珠圆玉润使我迷失，我真怕听这些听久了便不能再听懂别的方言与别的旋律。也许会因此不再喜欢不再会讲已经法定了推广了许多年的普通话——国语。那迷人的庭园，每一棵树与它身后的墙都使我倾倒，使我怀疑苏州人究竟是生活在亚洲、中国、硬邦邦的地球上还是生活在自己营造编织的神话里。这神话的世界比真的世界要小也要美得多。她太小巧，太娇嫩，太优雅，她会使见过严酷的世界，手掌和心上都长着老茧的人不忍心去摸她碰她亲近她。

一双饱经忧患的眼睛见到苏州的园林还能保持自己的威严与老练吗？他会不会觉得应该给自己的眼睛换上纯洁的水晶？他会不会因秀美与巨大这两个审美范畴的撕扯而折裂自己的灵魂？他会不会觉得自己和这个世界已经或者正在或者将要可能成为苏州的留园、愚园、拙政园的对立面呢？他会不会产生消灭自己或者消灭苏州这样一种疯狂的奇想呢？

更不要说苏绣乃至苏州的佳肴美点了。看到那一个个刺绣女工的惊人的技艺和耐心，优雅和美丽，我还能写作和滔滔不绝地发言吗？能不感到不好意思吗？还有勇气或者有涵养去倾听那些一知半解的牛皮清谈、草率无涯的胡说八道吗？在苏州呆久了，还能承受那些乏味、枯燥与粗野的事情吗？

苏州的刺绣，沉静的创造。苏州的菜肴，明亮的喜悦。苏州的歌曲，不设防的温柔。苏州的园林，恬美的诗情。苏州的街道，宁静的幻梦。而苏州的企业和企业家，温雅的外表下包含着洋溢的聪明生气。这一切都是怎么发生怎么留存的？她怎么样经历了那大起大落大轰大嗡多灾多难的时代！

苏州是一种诱惑，是一种挑战，是一种补充。在我们的生活里，苏州式的古老、沉静、温柔已经变得越来越陌生。而大言欺世、大闹盗名、大轰趋时的"反苏州"却又太多了。苏州更是一种文化历史现实未来的混合体。苏州是一种珍惜，是一种保护，对于一切美善，对于一切建设创造和生活本身的珍惜与保护。也是一种反抗，是对一切恶的破坏的无声的反抗。虽然，恶也是一种时髦，而破坏又常常披上革命的或忽而又披上现代意识的虎皮。我真高兴，七年以后，我有缘再访苏州。我们终于能够平静下来，保护苏州，复原苏州，欣赏苏州，爱恋苏州了。我们终于能珍重苏州的美，开始懂得不应该去做那些亵渎美毁灭美的事情。在历史的惊涛骇浪和汹涌大潮当中，在一个又一个神圣的豪情与偏狂的争闹之中，在不断时髦转眼更替的巨轮与浪头之中，苏州保留下来了，苏州复原了，苏州在发展。苏州是永远的。比许多雷霆万钧的炮声更永远。

⊙ **作品赏析**

《苏州赋》仿照古代赋体的形式，描绘了改革开放以来古城苏州的巨大变化，抒发了作者对美丽苏州的赞慕之情。作者借用赋体，放纵思绪，放纵笔墨，肆意挥洒，对苏州作全面描摹。园林、寺塔、河桥、假山、盘门、山庄、大街、小巷、弹词、苏昆、苏剧、吴歌、冰箱、吸尘器、电视机、风扇、苏绣、佳肴……一一落入作者的笔下，联缀成一幅犹如《清明上河图》似的壮丽的苏州长轴画，将"人间天上无双无二"的苏州风光勾画得淋漓尽致、声色俱佳。文中运用了大量的工整对仗的骈句、气势磅礴的排比句，以及一气呵成的长句、散句，使文章的语言富于张力，呈现一种骤起骤落、抑扬多变的节奏和韵律。阅读此文，有一种身临其境神游古城的感觉，浮想联翩，愉悦无限。

父子情 / 舒乙

"慈母"这个词讲得通，对"慈父"这种词我老觉着别扭，依我看，上一代中国男人不大能和这个词挂上钩，他们大都严厉有余而慈爱不足。我的父亲，既不是典型意义上的慈父，也不是那种严厉得令孩子见而生畏的人，他是个新旧时代交替之际的人，所以他比较复杂，当然，也是个复杂的父亲。

我不知道，一个人的记忆力最早是几岁产生的，科学上好像还没有定论。就我自己而言，我的第一个记忆是一岁多有的。那是在青岛，门外来了个老道，什么也不要，只问有小孩没有，于是，父亲把我抱了出去，看见了我，老道说到十四号那天往小胖子左手腕上系一圈红线就可以消灾避难。我被老道的样子吓得哇哇大哭，由此便产生了我的第一个不可磨灭的记忆。父亲当时写了一篇散文，说："一看胖手腕的红线，我觉得比写一本伟大的作品还骄傲，于是上街买了两尊兔子王，感到老道，红线，兔子王，都有绝大的意义！"使我遗憾终身的是，在我的第一个记忆里，在父亲称之为有绝大意义的事情里，竟没有父亲的形象，我记住的只是可怕的老道和那扇大铁门。

我童年时代的记忆里真正第一次出现父亲，是在我两岁的时候，在济南齐鲁大学常柏路的房子里。1982 年我到济南开会时去看过那房子，使我惊奇的是，那楼梯，那客厅竟和我记忆中的完全一模一样，足见两岁时的记忆已经很可靠了；不过，说起来有点泄气，这次记忆中的父亲正在撒尿。母亲带我到便所去撒尿，尿不出，父亲走了进来，做示范，母亲说："小乙，尿泡泡，爸也尿泡泡，你看，你们俩一样！"于是，我第一次看见了父亲，而且，明白了，我和他一样。

在父亲 1935 至 1937 年写的幽默小文中，多次提到他有一女一儿，"均狡猾可喜"，他常常要当马当牛，在地上爬来爬去，还要学牛叫，小胖子常常下令让他"开步走"，可是永远不喊"立正"，走起来没完。无数个刚想起来的好句子好词就在这些"命令"中飞到了九霄云外，所以至今也没成为伟大的莎士比亚。我很抱歉的是，这些情节我竟一丁点儿也记不起来，我只记得他和我一块儿撒尿，虽然，我很为此而感到骄傲。

在我两岁零三个月的时候，父亲离开济南南下武汉加入到抗战洪流中。再见到父亲时，我已经八岁。见头一面时，我觉得父亲很苍老，他刚割完阑尾，腰直不起来，站在那里两只手一齐压在手杖上。我怯生生地喊他一声"爸"，他抬起一只手

· 作者简介 ·

舒乙（1935—2021），老舍之子。生于青岛，北京人，满族。1978年开始业余文学创作，首篇作品《老舍的童年》在《人民日报》连载。1984年调入中国作家协会，参加筹备中国现代文学馆。1985年开馆后历任副馆长、常务副馆长。1986年出版第一个散文专集。1993以后负责筹建中国现代文学馆新馆。2000年5月新馆落成后于同年6月任馆长。一直以散文、传记创作为主，兼从事中国现代文学作家研究。已出版《我的风筝》、《老舍》、《现代文坛瑰宝》等专著13部。

臂，摸摸我的头，叫我"小乙"。他已经不是那个在地上爬来爬去的牛了，我也不是可以任意喊他开步走的胖小子了。对他，对我，爷儿俩彼此都是陌生的。我发现，在家里他很严肃，并不和孩子们随便说笑，也没有什么特别亲昵的动作。他当时严重贫血，整天抱怨头昏，但还是天天不离书桌，写《四世同堂》。他很少到重庆去，最高兴的时候是朋友们来北碚看望他，只有这个时候他的话才多，变得非常健谈，而且往往是一张嘴就是一串笑话，逗得大家前仰后合。渐渐地，我把听他说话当成了一种最有吸引力的事，总是静静地在一边旁听，还免不了跟着傻笑。父亲从不赶我走，还常常指着我不无亲切地叫我"傻小子"。我发觉，他一定在很仔细地观察我，因为我老听见他跟客人们说这个傻小子怎么样怎么样，闹得我常常自己纳闷，怎么我就不知道自己身上有这些特点，值得他如此仔细过去和别人讨论。他自己从来不告诉孩子应该怎样做和不应该怎样做。只有在他和朋友们的谈话中，你才间接地知道原来他很喜欢你做了这件事或者那件事。他对孩子们的功课和成绩毫无兴趣。一次也没问过，也没辅导过，完全不放在心上，采取了一种绝对超然的放任自流态度。他表示赞同的，在我当时看来，几乎都是和玩有关的事情，比如他十分欣赏我对画画有兴趣，对刻图章有兴趣，对收集邮票有兴趣，对唱歌有兴趣，对参加学生会的社会活动有兴趣。他知道我上五年级时被选为小学生会主席时禁不住大笑起来，以为是件很可乐的事情，而且还是那句评语：这个傻小子！我刚到四川时，水土不服，身体很糟，偶尔和小朋友们一起踢一次皮球，他就显得很兴奋，自己站在草场边上看，还抿着嘴笑，表示他很高兴。他常常研究我的北京话，总是等事情过后把我的说法引述给他的朋友们听，向别人解释道："听听，这个词北京话得这么说，多好听！"他很爱带我去访朋友，坐茶馆，上澡堂子，走在路上，总是他挂着手杖在前面，我紧紧地跟在后面，他从不拉我的手，也不和我说话。我个子矮，跟在他后面看见的总是他的腿和脚，还有那双磨歪了后跟的旧皮鞋。就这样，跟着他的脚印，我走了两年多，直到他去了美国。现在，一闭眼，我还能看见那双歪歪的鞋跟。我愿跟着它走到天涯海角，不必担心，不必说话，不必思索，却能知道整个世界。

再见到父亲时，我已经是十五岁的少年了，是个初三学生。他给我由美国带回来的礼物是一盒矿石标本，里面有二十多块可爱的小石头，闪着各种异样的光彩，每一块都有学名，还有简单的说明。听他的朋友说，在国外他很想念自己的三个孩子，可是他从没有给自己的孩子写过信；虽然他倒是常给朋友们的孩子，譬如冰心先生的孩子们写过不少有趣的信。

我奇怪地发现，此时此刻的父亲已经把我当成了一个独立的大人，采取了一种异乎寻常的大人对大人的平等态度。他见到我，不再叫"小乙"，而是称呼"舒乙"，而且伸出手来和我握手，好像彼此是朋友一样。他的手很软，很秀气，手掌很红，握着他伸过来的手，我的心充满了惊奇，顿时感到自己长大了，不再是他的小小的"傻小子"了。高中毕业后，我通过了留学苏联的考试，父亲很高兴。五年里，他三次到苏联去开会，都要专程到列宁格勒去看我。他仍然没有给我写过信，但是常常得意地对朋友们说：儿子是学理工的，学的是由木头里炼酒精！他还把这个写到文章里，说自己的晚年有"可喜的寂寞"，儿子闺女和伙伴们谈话，争论得不亦乐乎，他竟一句话也插不上，因为一点也听不懂！

虽然父亲诚心诚意地把我当成大人和朋友对待，还常常和我讨论一些严肃的问题，我反而常常强烈地感觉到，在他的内心里我还是他的小孩子。有一次，我要去东北出差，临行前向他告别，他很关切地问车票带了吗？我说带好了，他说："拿给我瞧瞧！"直到我由口袋中掏出车票，知道准有车票，放得也是地方，他才放心了。接着又问："你带了几根皮带？"我说："一根。"他说："不成，要两根！"干嘛要两根？他说："万一那根断了呢，非抓瞎不可！来，把我这根也拿上。"父亲问的这两个问题，让我笑了一路，男人之间的爱，父爱，深厚的父爱表达得竟是如此奇特！

对我的恋爱婚事，父亲同样采取了超然的态度，表示完全尊重孩子的选择。婚礼的当天，他请了两桌客，招待亲家和老友，饭后大家请他表演节目，他说当了公公不再当众唱戏，改说故事，于是讲了他的内蒙之行观感。他还送给我们一幅亲笔写的大条幅，红纸上八个大字："勤俭持家，健康是福。"下署"老舍"，这是续矿石标本之后他送给我的第二份礼物，以后，一直挂在我的床前。可惜，后来红卫兵把它撕成两半，扔在地下乱踩，等他们走后，我由地上将它们拣起藏好，保存至今，虽然残破不堪，却是我的最珍贵的宝贝。

直到前几年，我由他的文章中才发现，父亲对孩子教育竟有许多独特的见解，生前他并没有对我们直接说过，可是他做了，全做了，做得很漂亮，我终于懂得了他的爱的价值。

父亲死后，我一个人曾在太平湖畔陪伴他度过了一个漆黑的夜晚，我摸了他的脸，拉了他的手，把泪撒在他满是伤痕的身上，我把人间的一点热气当作爱回报给他。

我很悲伤，我也很幸运。

⊙作品赏析

舒乙的散文风格清新、简约、内涵丰富、耐人寻味。这篇《父子情》就很好地体现了他的这种风格。

在文中，舒乙刻画的老舍先生不是著名作家，也不是人民艺术家，他是个疼爱孩子的父亲，更是一个有着独特的教育思想的先驱。他在教育思想上闪耀的精神火花，至今仍不失其深刻的意义。纵观全文，他的教育理念，体现在以下几个方面：其一，他认为对待孩子，身教重于言传。模仿是儿童的天性，而孩子纯洁的眼中首先看见的是父母的一言一行，老舍先生没有丝毫扭捏地给儿子示范撒尿，在常人看来，这可能是不值一提的小事，事实上，却体现了他在教育观上的开阔视角。其二，他认为儿童应该多玩耍，维护活泼天真的天性。爱玩儿是小孩子的天性，但是，许多望子成龙的父母却处处约束，每每抹杀了这种天性，不能不说是一种遗憾。其三，培养孩子兴趣，鼓励个性发展。舒乙在多个领域的成就，与他所接受的父亲的影响是密不可分的。其四，平等对待儿童，充分尊重孩子人格。老舍先生在几十年之前就意识到的问题，至今仍为很多家长忽视，这是值得警醒的。

文章结构平实，但却平中有奇。舒乙把对父亲的深切思念在文字上予以淡化，深沉的哀伤弥漫在文字之外，感人至深。

劝君读篇古书 / 李敖

入选理由　台湾"大嘴先知"李敖的散文精品　出自《白眼看台独》的反台独力作　文章说理精到，剖析深刻，独具匠心

现在人心大坏，国文程度也大坏，古书简直没几个人读了。因为要去台中办两天事，所以今天连写六篇文章。写到这第五篇时，忽然想到，何不带读者读篇古书呢？换换胃口，

· 作者简介 ·

李敖（1935—2018），出生于哈尔滨，后全家搬到北京。1949年5月12日，他随家到了台湾。到了高三，因讨厌令人窒息的中学教育而休学。后来以同等学力考入台大，先学法律，后学历史。毕业后做了一年半少尉预备军官。退伍再入台大历史研究所，可是他又自动休学。从26岁起，李敖经营《文星》杂志和文星书店，4年后被国民党封杀。自此他陷入14年的"牛棚"生涯，包括以叛乱罪名被乱判8年半在内，家也一再被抄。44岁时，李敖复出，可是两年后，国民党再度判他半年冤狱。但是他仍然苦战不懈，从揭发国民党司法与监狱的黑暗开始，大规模地延续他自《文星》以来的反集权、反暴政、争自由、争历史真相的写作。他秉持一贯理念痛批政客，而且卓有成效。

不也很好？于是就这么办了。

这篇古书是《史记·陆贾传》中的两段。

陆贾是跟汉高帝刘邦打天下的知识分子。打到天下后，刘邦叫他去说服南越王，越就是粤，就是今天广东、广西和越南一部分。秦朝末年，那边的封疆大吏是赵佗（音他），他是南海郡尉，因为南海郡守缺，乃由郡尉行郡守事，南海就是广东广州。赵佗是赵国真定（河北正定）人，他是北方人，派到南方做官，做到郡尉，故叫"尉他"，他到南方做官，不是一个人去的，是和大量的中国移民一起去的，与当地土人杂居。但他趁中原大乱，要搞两广独立了。刘邦因此派陆贾去。下面就是古文。

及高祖时，中国初定，尉他平南越，因王之。高祖使陆贾赐尉他印，为南越王。陆生至，尉他结（把头发做成髻状而结之，做两广土人打扮），箕倨见陆生（伸出两腿，坐没坐相见陆贾，表示无礼）。陆生因进说他曰："足下中国人，亲戚昆弟坟墓在真定。今足下反天性、弃冠带，欲以区区之越与天子抗衡为敌国，祸且及身矣！且夫秦失其政，诸侯豪杰并起，惟汉王先入关，据咸阳。项羽倍约，自立为西楚霸王，诸侯皆属，可谓至疆（强），然汉王起巴蜀，鞭笞天下，劫略诸侯，遂诛项羽灭之。五年之间海内平定，此非人力，天之所建也。天子闻君王王南越，不助天下诛暴逆，将相欲移兵而诛王，天子怜百姓新劳苦，故且休之，遣臣授君王印，剖符通使。君王宜郊迎，北面称臣，乃欲以新造未集之越，屈疆于此。汉诚闻之，掘烧王先人冢，夷灭宗族，使一偏将将十万众临越，则越杀王降汉，如反覆手耳！"

于是尉他乃蹶然起坐，谢陆生曰："居蛮夷中久，殊失礼义。"因问陆生曰："我孰与萧何、曹参、韩信贤？"陆生曰："王似贤。"复曰："我孰与皇帝贤？"陆生曰："皇帝起丰沛、讨暴秦、诛疆楚，为天下与利除害，继五帝三王之业，统理中国。中国之人以亿计，地方万里，居天下之膏腴，人众车舆，万物殷富，政由一家，自天地剖泮未始有也。今王众不过数十万，皆蛮夷，崎岖山海闲，譬若汉一郡，王何乃比于汉！"尉他大笑曰："吾不起中国，故王此。使我居中国，何渠不苦汉？"大说（悦）陆生，留与饮数月。曰："越中无足与语，至生来，令我日闻所不闻。"赐陆生橐中装，直（值）千金，他送亦千金。陆生卒拜尉他为南越王，令称臣奉汉约。归报，高祖大悦，拜贾为太中大夫。

这篇古书最引人注意的，是外省人到了广东广西，居然要搞两广独立了，他一切都原住民化，认同得惟妙惟肖，预备大过其小朝廷的瘾，不料好梦不长，中原派来了令他眼界大开"日闻所不闻"的陆贾，告诉他你有的部队"不过数十万，皆蛮夷"，又局促穷山恶水之间，面积不过是中国的一个"省"，你怎么跟中国比呢？赵佗是聪明人，他权衡利害，不敢闹了。

赵佗知道他抵抗不了中国，但他活得久，又能纠缠，他死拖活拖，共拖了刘家四代，从汉高帝、惠帝、文帝，一直拖到武帝时代，他才死去，死前对汉朝仍称臣，但骨子里还打着"青天白日"的老招牌，"南越其居国窃如故号名"。在他死后二十六年，汉武帝还是统一了中国，把两广独立的可能性，彻底消灭了。那一年是公元前111年，距今正好两千年。

两千年后我们看南越的故事，总该领悟到些什么。

1989年9月10日

⊙作品赏析

在通览李敖包括《传统下的独白》、《千秋评论丛书》之类的文论后，我们可以发现，他要表征的无非是对尖锐的社会和现实的批判。在《劝君读篇古书》中也同样展露了他一贯的特性。虽然文章的大部分篇幅都是在引用《史记》的《陆贾传》文献和译文，乍一看颇有喧宾夺主、结构失衡的意味，但细究起来，则又豁然发现，这只是文章结论的一个长距离铺垫，让人在历史的缅怀中，反思自己的生存和外在政治环境背景的现状，起到了很好的渲染作用。也就是说他的文章意在以史鉴今，影射台湾当局的蚍蜉撼大树的哀戚。既摆出了事实，讲清了道理，又教育了有良知的读者。

而在语言上，文章一反李敖行文的常态，没有了以往尖刻的批驳和无所不在的嬉笑怒骂，反而呈现出摆事实讲道理的循循善诱，展的是一个智者甚至是一个"导师"的精神情怀。

我只欠母亲 / 赵鑫珊

入选理由 当代哲学大师赵鑫珊的散文精粹
集文学、哲学、音乐、建筑的多项才华于一身的厚积薄发
返璞归真的语言表达，情感真挚自然

人生的笑和哭常常发生在同一时刻。

一九五五年八月上旬，我一直在期待录取通知书的到来，前途未卜，是否能考取，没有把握，虽然自我感觉考得不错。是否能考取第一志愿第一学校，更是个未知数。

八月中旬，羊子巷、马家巷一带有几位考生已经接到通知，这更叫我心焦——这也是我平生第一次体验到什么是心焦或焦虑。不安和焦虑也会有助于打破平庸。

邮递员骑着自行车一天送两回信：上午约十点，下午约四点。我是天天盼决定命运的信件。

一天下午，我在马家巷大院内同一群少年玩耍。

"赵鑫珊，通知书！"邮递员的叫声。

我拆信的手在颤抖。旁边围观的少年首先叫了起来："北京大学！"

中国章回小说常用这样两句来形容人的幸福时刻："洞房花烛夜，金榜题名时。"

我看到母亲的表情是满脸堆笑，为儿子的胜利。

第二天，母亲为我收拾行装。一共带两个箱子，一床绣花被子。

283

·作者简介·

赵鑫珊（1938—2021），出生在江西南昌，1961年毕业于北京大学。1961年至1978年，在中国农业科学院从事研究。1978年至1983年，在中国社会科学院哲学所从事现代西方哲学研究。1983年至今，在上海社会科学院欧亚所从事东西方文化比较研究。主要著作有《哲学与当代世界》、《哲学与人类文化》、《人类文明的功过》、《莱茵河的涛声》、《是逃跑还是战斗？》、《天才与疯子》、《赵鑫珊散文精选》等。

母亲把一件件衣服放进箱里，并用双手抚平，泪水便滴在衣服上。

"妈，你哭什么？我考上了，你应该快活才是！"我这一说，妈妈的泪水流得更多，但她没有解释她为什么哭。

后来我成长了，读到唐诗"慈母手中线，游子身上衣。临行密密缝，意恐迟迟归。谁言寸草心，报得三春晖"，才渐渐明白母亲为什么暗暗垂泪。

母亲不善言辞。她预感到，儿子这一走，在娘身边的日子就不会多。母亲的预感是对的。大学六年，我一共回过三次家，加起来的时间不到两个月，主要原因是买不起火车票。

母亲死后二十年，大妹妹才告诉我，我去北京读书的头两年，妈妈经常哭，以至于眼睛受伤，到医院去看眼科。

听妹妹这样述说往事，我发呆了好一阵子。我对不起母亲！过去我不知道这件事。我后悔我给母亲的信很少且太短。

后来邻居对我说："你娘总是手拿信对我们说：'你们看我儿子的信，就像电报，只有几行字！'"我总以为学校的事，母亲不懂，不必同母亲多说——今天，我为我的信而深感内疚！在校六年，我给母亲报平安的家信平均每个月一封，每封不会超过三百个字。

六年来，我给母亲的信是报喜不报忧。这点我做得很好。我的目的很明确，不让母亲为我操心、牵挂、忧愁。按性格，我母亲的忧心太重，不开朗。以下事情我就瞒着母亲：我非常穷，却老说我的助学金很多、足够。去学校报到，母亲东借西借，为我凑了三十元，后来我就再也没有向母亲要过一分钱。当时我父亲已接近破产，家境贫穷。"反右"运动我受到处分，也没有告诉母亲。读到四年级，我故意考试考砸主动留一级，更瞒着她。她也没有觉察，我怎么要读六年？

大妹妹问过母亲："妈，你为什么最喜欢哥？"

"你哥是妈烧香拜佛求来的恩。"

祖父一共有五个儿子，我父亲是长子。母亲头胎和第二胎都是女儿，不到两岁便夭折。不久，我二婶生了儿子叫赵宝珊，这样一来大家庭的长孙便在二房，不在大房。我母亲的地位大受威胁，遭到歧视。在饭桌上，祖父常用讽刺的口吻，冷言冷语敲打我母亲："先长胡子的，不如后长须的。"意思是二婶后来者居上，先得了儿子，我母亲落后了。上世纪三十年代的中国，重男轻女，母以子贵现象很严重。

母亲忠厚、老实，只好把眼泪往肚子里咽。她偷偷地去万寿宫拜佛，求菩萨保佑赐给她一个儿子。不久我出生了。

我刚四岁，母亲便让我读书，发蒙，为的是赶上大我两岁的宝珊。所以整个小学、中学，我和堂兄宝珊都是同年级。母亲的良苦用心只有等到我进了大学，我才知道。母亲说："你为娘争了口气！"

离开家乡的前一夜，妈舍不得我，抱着我睡。当时我十七岁。其实自我出生，从没有离开过娘。好在我走后，还有弟弟妹妹在母亲身边。

往北京的火车渐渐开动的时候，我看到我母亲、大妹梅秋（十岁）、弟弟光华（八岁）和小妹云秋（四岁）久久站在站台上目送我。这回妈没有哭。

我这个人，活到今天，谁也不欠，只欠我母亲的，没有能在她身边侍奉她八年、十年，使我深感内疚。

⊙作品赏析

赵鑫珊的散文有大家的闲淡风韵，总体上显得清新婉约。《我只欠母亲》是作者众多散文中比较典型的一篇，语言拙朴自然，情感深沉真挚动人，勾勒出一个含情脉脉的儿子对母亲忏悔式的追忆，让我们仿佛听见了作者哀戚的声音在自己的耳畔飘荡。在结构上则采用的是纯粹的回忆式，虽然略显单一，但在表达上却又如行云流水那般率直，没有丝毫的障碍。

这是源自作者心扉的声音，声声掷地有声，夹杂着对自己过去无知的负疚和对母亲感恩似的怀念。读来扣人心扉，因为我们很容易就对号入座了，我们也经常这样对身边的爱习以为常，接受得坦然，以为是我们应得的，但付出得却太少。《我只欠母亲》就像一面警钟在敲响，给了我们深刻的经验教训。

读沧海 / 刘再复

入选理由　博大深邃的思想境界　激情澎湃的散文佳作　开阔的气势，雄放的笔触

（一）

我又来到海滨了，又亲吻着海的蔚蓝色。

这是北方的海岸，烟台山迷人的夏天。我坐在花间的岩石上，贪婪地读着沧海——展示在天与地之间的书籍，远古与今天的启示录，我心中不朽的大自然的经典。

我带着千里奔波的饥渴，带着漫长岁月久久思慕的饥渴，读着浪花，读着波光，读着迷蒙的烟涛，读着从天外滚滚而来的蓝色的文字，发出雷一样响声的白色的标点。我敞开胸襟，呼吸着海香很浓的风，开始领略书本里汹涌的内容，澎湃的情思，伟大而深邃的哲理。

打开海蓝色的封面，我进入了书中的境界。隐约地，我听到太阳清脆的铃声、海底蒙的音乐。乐声中，眼前出现了神奇的海景。我看到了安徒生童话里天鹅洁白的舞姿，看到罗马大将安东尼和埃及女王克莉奥特佩拉在海战中爱与恨交融的戏剧，看到灵魂复

· 作者简介 ·

刘再复（1941— ），出生于福建。曾任中国社会科学院文学研究院所所长、《文学评论》主编、中国作家协会理事等职。他既从事学术研究又从事文学创作，学术著作主要有《性格组合论》、《鲁迅美学思想论稿》、《鲁迅传》、《文学的反思》、《论中国文学》、《传统与中国人》、《放逐精神》以及与李泽厚先生合著的长篇学术对话录《告别革命》。另外，还著有散文诗集《读沧海》、《太阳·土地·人》、《人间·慈母·爱》、《洁白的灯心草》、《寻找的悲歌》等以及散文集《人论二十五种》和《漂流手记》。

苏的精卫鸟化作大群的银鸥在寻找当年投入海中的树枝，看到徐悲鸿的马群在这蓝色的大草原上仰天长啸，看到舒伯特的琴键像星星在浪尖上跳动……

就在此时此刻，我感到一种神奇的变动在身上发生，一种无法言说的谜在胸中跃动：一种曾经背叛过我自己但是非常美好的东西复归了，而另一种我曾想摆脱而无法摆脱的东西消失了。我感到身上好像减少了很多，又增加了很多，只是减少了些什么和增加了些什么，我说不出来。只感到自己的世界在扩大，胸脯在奇异地伸延，一直伸延到无穷的远方，伸延到海天的相接处，我觉得自己的心，同天，同海，同躲藏的星月连成一片。也就在这个时候，喜悦像涌上海面的潜流，突然滚过我的胸脯。生活多么好啊！这大海拥载着的土地，这土地拥载着的生活，多么值得我爱恋啊！

我不能解释自己身上所发生的一切，然而，我仿佛听到蔚蓝色的启示录在对我说，你知道什么是幸福吗？你如果要赢得它，请你继续敞开你的胸襟，体验着海，体验着自由，体验着无边无际的壮阔，体验着无穷无尽的渊深！

（二）

我读着海，我知道海是古老的书籍，很古老很古老了，古老得不可思议。

原始海洋没有水，为了积蓄成大海，造化曾经用了整整十亿年。造化天才的杰作啊！十亿年的积累，十亿年的构思，十亿年吮吸天空与大地的乳汁。雄伟的横贯天地的巨卷啊！谁能在自己的一生中读尽你的丰富而博大的内涵呢？

有人在你身上读到豪壮，有人在你身上读到寂寞，有人在你心中读到爱情，有人在你心中读到仇恨，有人在你身边寻找生，有人在你身边寻找死。那些蹈海的英雄，那些自沉海底的失败的改革者，那些越过怒浪向彼岸进取的冒险家，那些潜入深海发掘古化石的学者，那些耳边飘忽着丝绸带子的水兵，那些驾着风帆顽强地表现自身强大本质的运动健将，还有那些仰仗着你的豪强铤而走险的海盗，都在你这里集合过，把你作为人生拼搏的舞台。

你，伟大的双重结构的生命，兼收并蓄的胸怀：悲剧与喜剧，壮剧与闹剧，正与反，潮与汐，深与浅，珊瑚与礁石，洪涛与微波，浪花与泡沫，火山与水泉，巨鲸与幼鱼，狂暴与温柔，明朗与蒙，清新与混沌，怒吼与低唱，日出与日落，诞生与死亡，都在你身上冲突着，交织着。

哦！雨果所说的"大自然的双面像"，你不就是典型吗？

在颤抖的长岁月中，不知有多少江河带着黄土染污你的蔚蓝，不知道有多少狂风带着大陆的尘埃挑衅你的壮丽，也不知道有多少巨鲸与群鲨的尸体毒化你的芬芳，然而，你还是你，海浪还是那样活泼，波光还是那样明艳，阳光下，海水还是那样清。不是吗？我明明读到浅海的海底，明明读到沙。读到礁石，读到飘动的海带。

啊！我的书籍，不被污染的伟大的篇章，不会衰老的雄奇的文采！我终于找到了书魂—— 一种伟大的力量，一种比海上的风暴更伟大的力量，这是举世无双的沉淀力与排除力，这是自我克服与自我战胜的蔚蓝色的奇观。

（三）

我读着海，从浅海读到深海，从海平面读到海底我神往的世界。但我困惑了，在我的视线未能穿透的海底，伟大书籍最深的层次，有我读不懂的大深奥。

我知道许多智勇双全的科学家、工程师和探险家，也在读着深海，他们的眼光像一团炬火正在越过黑色的深渊去照明海底的黄昏。全人类都在读海，世界皱着眉头在钻研着海的学问。海底的水晶宫在哪里？海底的大森林在哪里？海底火山与石油的故乡在哪里？古生代里怎样开始生物繁衍的故事？寒武纪发生过怎样惊天动地的浮沉与沧桑？奥陶纪和志留纪发生过怎样扣人心扉的生存与死灭？海里有机界的演化又有过怎样波澜壮阔的革命的飞跃？

我读着我不懂的深奥，于是，在花间的岩石上，我对着浪花，发出一串串的海问，从我起伏的热血中涌流出来的海问。我知道人类一旦解开了海谜，读懂这不朽的书卷，开拓这伟大的存在，人类将有更伟大的生活，世界将三倍的富有。

我有我读不懂的大深奥，然而，我知道今天的海，是曾经化为桑田的海，是曾经被圆锥形的动物统治过的海，是曾经被凶猛的海蛇和海龙霸占过的海。而今天，这荒凉的波涛世界变成了另一个繁忙的人世间。我读着海，读着眼前驰骋的七彩风帆，读着威武的舰队，读着层楼似的庞大的轮船，读着海滩上那些红白相间的帐篷，和刚刚拥抱过海而倒卧在沙地上沐浴阳光的男人与女人。我相信，二十年后的海，被人类读不懂其深奥的海，又会是另一种壮观，另一种七彩，另一种海与人和谐的世界。

伟大的书籍，你时时在更新，在丰富，在进化，一刻也不静止。我曾经千百次地思索，大海，你为什么能够终古常新，能够有这样永远不会消失的气魄。而今天，我读懂了：因为你自身是强大的，自身是健康的，自身是倔强地流动着的。

别了，大海，我心中伟大的启示录、不朽的经典，今天，我在你身上体验到自由、体验到力、体验到丰富与渊深；也体验着我的愚昧，我的贫乏，我的弱小。然而，我将追随你滔滔的寒流与暖流，驰向前方、驰向深处，去寻找新的力和新的未知数，去充实我的生命，更新我的灵魂！

⊙作品赏析

大海，是文人钟爱的一个主题。它丰富而博大，充满生机和希望。难免会引得很多人去赞叹，同题材同主题的文章一多，也就难免会落入前人窠臼。但是，刘再复却另辟蹊径，在气势开阔、笔触雄放的《读沧海》中，给了大海别样的诠释。

文章在艺术上也很有特色。首先，融哲理思辨与抒情与一炉。刘再复是一位充满火一样热情的诗人，更是一位能够冷静、深邃思考的学者。他的文字有这种风格，丝毫不为怪。作者笔下的海是伟大而神奇的，他从中领悟到了生活的美好，人生的明媚，生命的可爱，大自然的伟力和不可抗拒。其次，文章立意新巧。作者别出机杼地把大海比作一本书，通篇围绕着一个"读"字展开，情思层层向前推进，从而扩大了作品的思想容量，也加深了感情的力度。第三，知识广博。文章篇幅不长，但是作者笔墨所及，从宇宙太空至世间风俗，从远古文明至未来预测，从人类社会到自然界，文章熔铸了海洋学、地质学、天文学、历史学、文艺学等方方面面的知识。

这篇文章，表露了一个学者的思索，一个诗人的情思。

乡情 / 周同宾

入选理由 为农民立传的散文作家周同宾的代表作
内容丰厚，感情真挚，语言凝练，风格质朴
有深沉的历史感和浓烈的泥土气息

　　我的家乡，在偏僻的农村。没画山秀水，没茂林修竹。地薄，人也憨。据说五百年前，家乡出产的红高粱曾被征去给皇帝做过御酒，此外，别无稀罕物儿。据说五十年前，出了一个补锅匠，曾以他的技艺誉满乡里，此外，别无能人儿。

　　家乡用红薯干儿养活我长大成人。前些年当学生，常嫌家乡穷，离家千里不想家。这几年工作了，总觉家乡美，隔一段儿，总想回去看看。去年，燕子归来的时候，我把刚满四岁的儿子苗苗儿送回家乡，让他跟着爷爷奶奶。这样，几乎每月，我总回家一次，每次，都像掉进了酒窖里，老是觉得有一种醇美的香味甜味扑面而来，心里麻酥酥的。

　　我还没到家，总要惊动半个村子的乡亲。

　　"大孙娃子，回来啦！"说话的是一个挑水的矮墩墩的小伙儿。他放下水桶，点头微笑迎着我；那神情，俨然一位爷爷。

　　"他大侄儿，坐下歇会儿！"说话的是一个正给婴儿喂奶的小媳妇。她抱起孩子，忙站起身。那婴儿，我该叫叔的。

　　"哎哟哟，娃娃儿啊，累了吧？"说话的是一个老太婆，正背捆柴草，艰难地走着。她比我长五辈，我称呼她，须在"奶"字前边加三个"老"字。

　　……

　　我们全村同姓，都是近族，村北祖坟前的石碑上刻着十六辈的名字用字，从不乱宗。我家辈分低，几乎对村里的任何成人我都要叫"爷"或"奶"；那些长辈们，似乎也特别钟爱我这惟一在外工作的孙子。

　　我还没进院，几乎全村的孩子都得到了消息，纷纷跑来，边跑边喊："苗苗儿他爸回来啦！""苗苗儿他爸回来了哟！"

　　村里的孩子，多数向他们的父亲叫"伯"，或"叔"，娇点儿的，叫"爹"，更娇的，喊"大"。惟独苗苗儿叫"爸"；孩子们很感新奇，大概只在苗苗儿回乡后，他们才知道对父亲还有这么个称呼。

　　我进屋，孩子们堵了门。都不想离远点儿，又都不敢过门槛儿，只有东邻老二奶奶的孙子小坠儿胆大，从人缝儿里挤进来，凑到我面前，看我的玳瑁边儿眼镜。我拿出糖果，让苗苗儿分给他们吃。他们的大多数，我叫不出名字，更分不清辈分儿。母亲总在一旁调教苗苗儿："给你小五爷一块儿。""给你二毛爷一块儿。""给你四姑奶一块儿。"……当然，那些当爷和姑奶的不是光着屁股，就是拖着鼻涕，接到糖块儿，立即塞进嘴里，同时流下长长的口水。分罢糖果，孩子们格格笑着，领苗苗儿去林中粘知了，或者去村头捉蚱蜢。

　　苗苗儿，也是全村的宝贝。东家蒸了

·作者简介·

　　周同宾（1941—2021），河南人。1958年开始创作，后专攻散文创作，已发表散文800余篇。出版的著作有散文集：《乡间的小路》、《葫芦引》、《铃铛》、《情歌·挽歌》、《绿窗小品》、《唱给文学的恋歌》、《皇天后土——99个农民谈人生》、《周同宾散文》（四卷）、《古典的原野》等。

豌豆糕，总给他送一块；西家熬了绿豆汤，总给他端一碗。老二奶奶给孙子过生日，苗苗儿也跟着过；聋子四爷为儿子说媳妇招待媒人，给苗苗儿送一条鸡大腿。小坠儿在沟里摸了两条泥鳅，总要送苗苗儿一条，用面糊儿糊着放灶膛烧吃；二毛用狗尾草做了两只毛茸茸的小狗儿，总要把最肥胖的一只送给苗苗儿。过五月端午节，苗苗儿得到十几个香布袋儿，有菱形的，三角形的，圆形的，腰形的，鸡心形的，还有的做成红毛绿尾巴的小公鸡，扳脚胖娃娃……

我坐院里的石桌旁喝着白桑叶茶。四外很清幽。枝头，蝉在鸣。偶尔，东邻的鸡下了蛋，一阵鸡叫，顿时，全村的鸡都"咯嗒咯嗒"叫，给它助兴；小路上走过陌生人，西邻传来一阵狗吠，顿时，全村的狗都"汪汪汪汪"叫，为它助威。我家中庭，一棵百年古槐，入春，一树新绿，如翠盖，罩半个院子；秋后，飘半空黄叶，翩翩然，似彩蝶儿。院墙边，一架瓜豆，密密实实，青叶凝碧。有种蛇瓜，小擀杖儿粗，三四尺长，结得忒多；怕碰人头，母亲把它们塞进架上，比平着长，长得弯弯曲曲，更像蛇了。一次炒吃，苗苗儿说，蛇咬人，执意不吃。母亲说，那是扎鞭瓜。苗苗儿说，扎鞭瓜好，能赶牛；吃着，一再说香。墙头，两盆凤仙花，绿肥红艳。这花，故乡叫指甲草，也叫女儿红，除观赏外，可供女孩家染指甲。母亲种的这一种，花儿开在叶心，十分娇媚，芳名"小二姐坐船"。左邻右舍的姑娘们，常来采，掺入明矾，捣碎，临睡前用麻叶或瓜叶包在指端，一觉醒来，指甲就成了玛瑙色。纤纤的素手，红红的指甲，确也美丽。那些成人的姑奶奶们，特别喜欢苗苗儿，每包指甲，常把他拉去，甚至连脚趾甲也染了颜色。她们总把苗苗儿当成女孩儿打扮，将他的葵花似的短发，在头顶用红头绳儿扎个小辫儿，像朝天椒，有时，还给他画眉、点胭脂呢。

晚饭后，槐阴下，爹编席，妈织麻；苗苗儿盘腿坐在蒲草编的垫子上，仰望着满天繁星，一梳半月，奶声奶气地唱着：

月姥姥，
黄巴巴，
爹织布，
娘纺花，
大哥去种豆，
二哥去种瓜……

刚回乡时，苗苗儿只会唱"火车头，冒白烟，路边一排电线杆……"不久，村里的孩子们都学会了，苗苗儿也学会了"月姥姥，黄巴巴"；每在一起玩，总是新旧儿歌交替着唱，一个个摇头晃脑，有字有韵儿的。

一会儿，苗苗儿急了，要我领他出去玩。村街上，很静，只有树丛中的昆虫拉着腔儿长吟。乡亲们都建了新居，我已找不到谁家在哪儿住，苗苗儿倒清楚。

先拉我进了杠二爷爷家，说杠二爷爷答应给他捉一只蝈蝈儿。一进门，老人家果然笑呵呵地从葫芦架上取下一个高粱篾儿编的小笼儿，里面一只豆青色的蝈蝈儿，正支棱着长须看我们；笼里，还有块辣椒皮。杠二爷爷说，那虫儿吃了辣椒叫得格外凶。

又拉我进了魁五奶奶家，说要找魁五奶奶的儿子小棒儿玩"过星星"。可小棒儿已躺在蒲团儿上睡着了，他娘喊他，只翻了个身儿，嘟囔句梦话，又打起了呼噜。

再拉我去三爷爷家，说他昨天还问我回来没有呢。还没坐定，老人从厨房拿来两个冒着热气的嫩玉米棒儿，硬塞给苗苗儿和我，叫尝鲜；在他眼里，我们爷儿俩都是娃娃。临了，问城里水西门那个专治寒气腿的老中医是否已经自己开业，要我给他买两张狗皮膏。

最后，去"巧八哥"老八爷爷家，说要听王小去南山砍柴，碰见仙女的故事。老八爷爷剥着豇豆，不紧不慢地讲那不知重复了多少遍的民间传说："往年呐，有个孩子，叫王小，和他娘一块儿过日子，家里穷……"还没有讲到王小和仙女成亲，苗苗儿可在我怀里睡着了。

我抱着苗苗儿，提着蝈蝈笼儿，踏着夜色回家。月儿落了，星星更稠了。一朵流星，带着长长的尾巴，滑过碧空，树上的什么鸟儿被惊得叫了两声。只有池塘里的蛙声，却一阵响似一阵；那小动物儿，从哪儿来那么大的劲儿？我将蝈蝈笼儿挂在院里的豆架上；有顷，它少气无力地叫了一阵儿，便息了声儿，许是倦了，吃了辣椒也不行。

带露的草木发出青气，经雨的柴火发出霉味，湿润的泥土发出腥气，成熟的庄稼发出香味。这些气味，混在一起，浓浓的，倒很好闻。在这种醇酒似的气味中，我睡着了。我做了梦，梦中我已年老退休，归园田居，在故乡的村头，地边，场院里，柴门前，继续寻觅着人生的乐趣……

一九八二年七月十七日初稿

一九八四年八月十二日改定

⊙ 作品赏析

周同宾这篇短短的《乡情》，写尽了乡情、乡韵、乡思、乡愁，留给人难以磨灭的印象。周同宾是个纯乡土的守望者，但不是个纯农民意识的作家，字里行间潜藏着深厚的文学功力与艺术修养，尤其在语言上，他已经形成了自己的独特风格。他的散文以散句短句为主，间以骈词对句，简洁明快少有冗句冗字，语言很有个性。

种一片太阳花 / 李天芳

入选理由 一首生命的赞歌
于细微处见真知
丰富的联想

差不多没有人不喜爱花，但谙于花道，又长于种花的人并不多。我就是个只爱花，而不会养花的人。

这原因也许是多方面的。年幼时，生养我的家乡，是个草木落地生根的地方，常年四季、所到之处都有鲜花开放。成年以后，在北方的山野为民，虽然寒冷的气候和瘠薄的土地，都不利于绿色生命的繁衍，但出门是田地，举目是山坡，夏花秋叶还是比比皆是。

来到机关后，山川和土地远了。机关的四合院，构筑方整，屋舍俨然。半世纪前，据说曾经是大军阀的公馆。为了舒适，也为了阔气，室内的地用木板镶了，室外的地用青砖铺了。偌大的一个院子里，竟难找到五谷和花草赖以生长的泥土。

春天，别处的草青了，树绿了，这里，映进眼帘的却是一片单调的砖瓦色；夏天，

·作者简介·

李天芳（1941— ），西安市人。现任中国作协全国委员会委员、陕西省文联副主席、国家一级作家、陕西妇女文化研究会会长、陕西师大兼职教授，是享受国务院颁发的政府津贴专家。李天芳毕业于陕西师大中文系，曾从事教育工作和文学月刊编辑。从1964年在《人民文学》发表散文处女作以来，一直坚持文学创作。出版散文集、小说集、长篇小说、随笔、报告文学等多种，近300万字。主要作品有长篇小说《月亮的环形山》（获首届"双五"文学最佳作品奖）、小说散文集《秘密》、中短篇小说集《爱的未知数》。主要散文集有《种一片太阳花》、《延安散记》、《山连着山》、《南飞雁》、《李天芳近作选》、《李天芳散文选》等，在全国各地获奖20余种。其中不少优秀篇章被作为全国统编大、中、小学教材长期采用。

烈日当空，砖铺的院地像火炉那样散发着热，叫人焦躁难忍。此情此景，促人强烈地生起对于色彩的渴望。渴望郁郁葱葱的树，斑斓多姿的花。

有这念头的似乎还不止我。于是大家动手，揭掉砖头，垒起花墙，收拾出一块长方形的花圃。

种什么呢？我和同事们面对一方泥土，七嘴八舌地讨论起来，认定不能太娇，也不能太雅，太娇太雅都不是我们服侍得了的。末了，一致地想到太阳花。

银粒儿一般的种子撒下去以后，天天有人俯着身子瞅它、盼它。可是大半月过去了，竟丝毫没有动静。有人说种早了，有人说埋深了。正在各种判断莫衷一是时，它破土而出了。

新出的芽儿，细得像针，红得像土，几天之内，就抽出很圆的秆，细圆的叶。叶和秆都饱和着碧绿的汁液，嫩得不敢碰。很快的，叶叶秆秆密密麻麻连成一片。像法兰绒一般，厚厚地铺了一地。

当案头的文稿看得双目昏花时，走到院里来，看一看这绿茵可爱的太阳花，对于困倦的眼睛，是一种极好的休息。

一天清晨，太阳花开了。在一层滚圆的绿叶上边，闪出三朵小花。一朵红，一朵黄，一朵淡紫色。乍开的花儿。像彩霞那么艳丽，像宝石那么夺目。在我们宁静的小院里，激起一阵惊喜，一片赞叹。

三朵花是信号，号音一起，跟在后边的便一发而不可挡。大朵、小朵，单瓣、复瓣，红、黄、蓝、紫、粉一齐开放。一块绿色的法兰绒，转眼间，变成缤纷五彩的锦缎。连那些最不爱花的人，也经不住这美的吸引，一得空暇，就围在花圃跟前，欣赏起来。

从初夏到深秋，花儿经久不衰。一幅锦缎，始终保持着鲜艳夺目的色彩。起初，我们以为，这经久不衰的原因，是因为太阳花喜爱阳光，特别能够经受住烈日的考验。不错，是这样的。在夏日暴烈的阳光下，牵牛花偃旗息鼓，美人蕉慵倦无力，富贵的牡丹，也会失去神采。只有太阳花对炎炎赤日毫无保留，阳光愈是炽热，它开得愈加热情，愈加兴盛。

但看得多了，才注意到，作为单独的一朵太阳花，其生命却极力短促。朝开夕谢，只有一日。因为开花的时光这么短，这机会就显得格外宝贵。每天，都有一批成熟了的花蕾在等待开放。日出前，它包裹得严严密密，看不出一点要开的意思，可是一见阳光，就即刻开放。花瓣苏醒似的，徐徐地向外伸张，开大了，开圆了……这样一个开花的全过程，可以在人的注视之下，迅速完成。此后，它便贪婪地享受阳光，尽情地开去。待到夕阳沉落时，花瓣儿重新收缩起来，这朵花便不再开放。第二天，迎接朝阳的将完全是另一批新的，成熟了的花蕾。

这新陈交替多么活跃，多么生动！也许正是因为这一点，太阳花在开花的时候，朵朵都是那样精神充沛、不遗余力。尽管单独的太阳花，生命那么短促，但从整体上，它们总是那样灿烂多姿，生机勃勃。

人们还注意到，开完的太阳花并不消沉，并不意懒。在完成开花之后，它们将腾出空隙，把承受阳光的最佳方位，让给新的花蕾，自己则闪在一旁，聚集精华，孕育后代，把生命延续给未来。待到秋霜肃杀时，它已经把银粒一般的种子，悄悄地撒进泥土。第二年，冒出的将是不计其数的新芽。

太阳花的欣赏者们，似在这里发现了一个世界，一个科学的、合理的、公平的世界。他们像哲学家那样，发出呼喊和感叹：太阳花的事业，原来是这样兴旺发达，繁荣昌盛的呵！

太阳花给予的启迪，无疑是有益的。

为了这，我们院里的劳动者们说，来年春暖时分，还要种一片太阳花！

⊙**作品赏析**

布莱克说："一粒沙里见世界，一朵花里见天国。"通过小小的太阳花，作者发出了对蓬勃的生命力的热情颂歌，告诉我们去珍惜生命，热爱生命。这只是文章的第一层意味，更为深刻的是，作者从一片太阳花中见到了一个科学、合理、公平的世界。这是太阳花带给作者的感悟，也是作者传达给我们的启发。在植物的世界里尚且如此，作为万物之灵的人类呢？这是值得每个人深思的。文章从侧面反映了作者观察之细致、体察之敏锐、联想之丰富。

文章结构严整清晰却又平中见奇。时间的进展和作者的心理感受是牵引全文的线索，自然而流畅。作者在行云流水般的娓娓诉说中，迸出了思想的火花，使读者大有豁然开朗之感，原来，走过前面这道平凡的风景，是为了见后面的别有洞天之地。这就使得文章充溢着哲学理趣，扩充了文章的内涵与蕴藉。

而事实上，前面的风景虽平凡却不平淡。作者用细腻的笔触，逼真地描写了她之所见、之所感。明显的对比、生动的拟人、形象的比喻等修辞手法的运用，更使文章显得活泼而又生趣盎然。

等 / 马瑞芳

> **入选理由** 呈现了学者散文的独特风格
> 构思新巧，不落窠臼
> 语言典雅隽永，意境深邃悠远

眼前一望洁白，云非云，雾非雾，似涌烟，似团絮。母亲飘飘地立于氤氲中，她，不是近年的白发萧萧，不是近日的病骨支床，她，满头青丝，娴雅淑静，若悲若喜。我忍不住喊了一声："娘——！"

猛然惊寤，但见窗外天晦云暗，弯月斜挂。我恍然明白：这是因为母亲刚刚故去而凝想成梦，不禁失声而哭。大姐忙奔过来抚慰，又忍不住相持一恸，泪如雨下。

慈父长逝，四易寒暑。母亲又疾患缠身，药石无救，日渐衰损。8月20日，母亲开始神志不清，静脉难以进针。大姐忙给远在长治的大哥拍去急电。两日之内，杳无回音。我们正急如热锅上蚂蚁时，大哥的长途电话来了。刚听他在那边说了几句，大姐就怒不可遏地嚷道："你医院太忙？等娘确实不行了再回？你要来就来，我不再打电话了，我没法确实……"

我连忙抢过电话，哽咽道："娘回天无力啦！她像在等你。来见最后一面吧！"

一天后，大哥风尘仆仆而归。母亲居然又清醒了，——认出绕床而立的子女，对大哥讲的诸事安排，准确无误地以点头、摇头置可否，旋即昏迷。大家叹道："娘果然是等她大儿！"

·作者简介·

马瑞芳（1942— ），生于山东青州，1965年毕业于山东大学中文系，现任山东大学文学与新闻传播学院教授、古代文学专业博士生导师、古代文学学科学术带头人。其作品在文学评论界被称为"教授文学"，代表有专著《蒲松龄评传》、《聊斋志异创作论》、《幽冥人生》等，长篇小说《蓝眼睛·黑眼睛》、《天眼》、《感受四季》，散文随笔集《学海见闻录》、《假如我很有钱》、《女人和嫉妒》、《野狐禅》等。

大哥15岁离家进济南读育英中学，医学院毕业后志愿去太行山兵工厂。母念长子，却从不曾要求大哥归乡孝亲。七年前父亲病重时，大哥终于决心回鲁，偏偏晋东南地区抵死不放。父亲逝后，数日，大哥在母亲榻前长跪叩别，母亲手抚两鬓染霜的长子，含泪笑道，"娘心里高兴，终究是山西那医院离不了我光儿！"

"娘的情况就这样了。"大哥阴沉着脸，吩咐弟妹入座商量后事。

我气愤他的冷静，尤不能忍受母亲一息尚存而言"后事"，目眦欲裂，却不忍顶撞年近花甲、千里来归的大哥。遂冷冷地说："怎么议后事？你们做儿子的还缺一个人呢！"

大哥前脚进门，三哥后脚离去。他工作的检验所委婉地商请他去开会，有关升国家级的会，主管高工必须参加。三哥犹豫片刻，眼圈红红地登车而去。

啥时候了还顾得上开会？离了谁地球不转哪？我在心中抱怨，三哥走时却一声不敢吭。我也不忍心指责他。母亲住院，三哥每天下了班不吃饭，先去医院送饭，见母亲多吃一口辄高兴得像捡了金元宝。我只是可怜母亲：这时候了，还得等！

母亲一辈子都在望穿秋水、无休无止地等！

1952年三哥和大姐去外地上学。11岁的三哥连行李卷都扛不动，母亲硬是撵他去赶火车。放假那天，恰火车晚点，母亲倚门望儿，泥塑木雕一般。两年后，我求学济南。邮递员对街坊说："马大娘把那个掐了头不够一碟子的小妮耖到济南上学，自家天天等信！"

几年前我因儿子所在的学校课业抓得不紧，欲送他去我母校苦读，又因母校素有"青州集中营"之称，怕儿子服不了苦。正首鼠两端，给母亲好一顿数落："你一向愚拙！养只猫都惯得它着鼻子上脸。这么大的小伙子圈到家里心肝儿肉！你让他去闯！苦不煞的孩子，饿不死的狼！"儿子顺利地升入大学，我也备尝离思之苦。不禁联想：当年母亲同时把七个子女送往天南地北时，是何心情？

1965年夏，大哥在巍巍太行山行医，二哥在塞上白云下执教。两个妹妹分别在哈尔滨和青岛上大学。我和大姐、三哥由山东大学分配外地。一人一个旧木箱，一日之间各西东。父亲正巧进京开会，九口之家只留下刚查出冠心病的母亲茕茕孑立。那才真叫"傻得不透气"。父母子女，竟无一人思及请求照顾，哪怕留一人在父母身边。那年月，谁把"我"、"我家"、"我父母"抬出来，必为同学侧目；那年月，"祖国哪儿需要哪儿就是我的家"，不仅是热血青年，而且是白发父母的行动。我们不但不以远离桑梓为苦，还因为更苦的青藏、新疆为勇挑重担的同学捷足先登而抱愧!

度日如年地到了27日晚饭后,母亲的血压降至50/30。几位医生断言:熬不过今夜了。眼睁睁看着赐予自己生命的萱堂生命之火明明灭灭,兄妹们泪眼相看,魂魄若失。

三妹瑞真忽然面露难色,吞吞吐吐地说:"明天……是我新学年第一课……"

我像当头挨了一棒。虽然我把母亲临危时大哥忙心脏手术、三哥开电子会,视为不近人情,我却深知,到点进课堂对于教师是神圣的。即便我这个欣赏孟德之通脱、五柳之超然、叔夜之倨傲的人,也从不敢在上课时"洒脱地"迟到一次。当然,调课也允许,但需要经系教学秘书同意且提前一天通知学生。要命的是,离山东工业大学89—90学年第一堂课只剩12小时了!

兄姊们连忙催三妹返校,嘱她静下心熟悉讲稿,叮咛:"路上骑车小心!"

三妹眼含热泪,拧了毛巾轻轻为昏迷的母亲拭面。然后,几步一回头地走了。

三妹走后我才想起,她难道不能请人代课?此情此景,哪位同事都肯挺身相助。转而一想,刻意自苦,咬牙尽责,才符合三妹一向为人。

1958年,父亲接周总理任命到省供职,阖家迁济。中学老师却挽留三妹,说她又红又专,该留下为母校争光。真真滑天下之大稽:县长能调走,少先队大队长不能走。13岁的三妹"拿着鸡毛当令箭",母亲竟同意她留下。两年后,三妹被保送高中,母亲对她说:"保送就是高看一眼,还能牵着不走,打着倒退?苦就再苦三年。自在不成材,成材不自在。"三年困难时期,三妹始终在故乡苦读。一次,父亲一位老同事到济南讲起家乡中学出现了浮肿病,到底血浓于水,母亲垂泪道:"是我这个老嘲巴(傻瓜)苦了那个小嘲巴!"

"嘲巴"这个青州方言很传神地概括了清教徒般的残酷自律。在我耳濡目染的老师前辈、同学同事中,嘲人又何其多也!总以为一堂课、一台手术、一个二极管三极管多么重要,因之布衣穷居而不忧,草野泥途而不怨,见屑小以毛发丝粟之才青云直上而不羡。真真迂腐得可叹,鲁直得可笑,憨戆得可怜。十亿神州,总不能人人配紫怀黄,个个腰缠万贯,总还得靠绝大多数人老老实实种田,扎扎实实做工,踏踏实实授业!以中国之大,也自能容得一部分寒士布衣菽食潜心学业,以"迂腐"为美丽,以"鲁直"为美妙,以"憨戆"为美好。

三妹走后,我在心中暗暗祈祷:娘,你千万再等一次你那少小离家的三女儿!无奈,三妹走后五个小时,28日子时,两滴辞世清泪从母亲眼角潸然而落。我攥住母亲渐渐冷却的手,肝肠寸断:

这手,再也不能为儿女缝单絮棉、涤垢濯尘了。幼时邻居阎大叔常说:"躺下睡一觉,还听见马五嫂抖晾衣裳;鸡叫头遍,她那风箱又响了!"

这手,再也不能为儿女煮饭炊饼,烧菜做羹了。母亲以全部精力待我七兄妹,其茹苦劬劳,甚于割肉喂鸽、舍身饲虎的高僧。

这手,再也不能抓起家伙敲打我们这帮"不长进的家伙"了。母亲自幼被外祖充做男孩教养,送进后来去台湾的赵明远将军之家塾读书。常羡花木兰、慕黄崇嘏,终因子女牵累困于家中,唯有寄望于儿成峰陵、成钟彝,女成芝兰、成珠玉。其实,母亲的杖责举重落轻,完全不必小杖受,大杖走。重要的是当众受杖的耻辱,是违背认认真真读书、堂堂正正做人之家训的愧疚。母亲眷之深而责之切，打是亲、骂是疼，笞罚打责是爱的洗礼。尔今思之，能受杖而泣，何等幸福！

这手，再也不能以鱼书、云雁寄远方儿女了。邢台地震后三日，我在北京收到母亲手信，说父亲下乡了，唯她一人在家，正在房中洗脚，忽见天花板上电灯乱晃，慌忙赤脚跑到院中，不禁惦起星散四方的七子女。信末却声明：济南已无余震，"你不需返来"，嘱我用心把第一篇科学家特写写好。"学有所用，即为孝顺"。

这手，再也不能扭开收音机，听大保国、赤桑镇，再也不能翻旧书，与儿女论古今了。数年前，母亲指着她客厅挂历上的一幅大篆，笑对我说："你都这么大了，字还潦草得像狗爬，都因为小时贪看闲书不好好描红。这字，认得不？"我赌气道："谁不认得？这是《礼记》的'天无私覆，地无私载，日月无私照'！我还认得这个书法家呢！"母亲见我逞能，哂笑道："哟！我二妮筐里哪有烂杏？就是拿勺子舀着卖！"说来惭愧，释词解义固我本行，那"三不私"的蕴涵，却终生未必参透！

黯然销魂者，唯别而已矣。我抚着母亲体温尽失而依然柔软的手，默念，娘，您起身奔往真主的天堂之际，请回眸一顾，听儿一言：谢谢您从母爱醴泉赐儿的点点滴滴幸福水，祈盼慈母魂魄来入梦，儿重依膝下，为一生倚闾盼儿，等得太久、太苦、太累的娘亲，离别泪！

⊙作品赏析

马瑞芳是典型的教学与创作并重的教授作家。她的散文，格调高雅，艺术气息非常浓郁。

这篇《等》是歌颂母爱的抒情散文。母爱是伟大而无私的，赞母爱也是文学创作中的咏叹调。马瑞芳的这篇文章不蹈前人樊篱，在构思上很有新意。文章紧扣母亲弥留之际的状态而组织材料，从中提炼出一个"等"字。这个"等"字也成了贯穿全文的线索，所以，文章的结构灵活而不紊乱，纵横开阖，错落有致。虽然所叙述的事情在时间上跨度很大，但是读起来没有丝毫的不和谐。在选材中，作者也显出了大家风范。她从众多的生活场景中，选取了几组特别的片断，这些不同历史年代的画面，真切地展示了母亲一生的辛劳和对子女的浓浓深情，读来感人肺腑。

作者是研究古典文学的，深厚的古典文学修养渗透于散文创作中，自然别有一种味道。以本文为例，文字典雅蕴藉，意境悠远深邃。文中典故随手拈来，化用得非常巧妙，丝毫没有雕琢之感。

珍珠鸟 / 冯骥才

入选理由 文字简洁，隽永耐读
使读者在随意的阅读中，品味出生活的真谛
书写人与自然的和谐境界

真好！朋友送我一对珍珠鸟。放在一个简易的竹条编成的笼子里，笼内还有一卷干草，那是小鸟舒适又温暖的巢。

有人说，这是一种怕人的鸟。

我把它挂在窗前。那儿还有一盆异常茂盛的法国吊兰。我便用吊兰长长的、串生着小绿叶的垂蔓蒙盖在鸟笼上，它们就像躲进深幽的丛林一样安全；从中传出的像笛儿般又细又亮的叫声，也就格外轻松自在了。

阳光从窗外射入，透过这里，吊兰那些无数指甲状的小叶，一半成了黑影，一半被照透，如同碧玉；斑斑驳驳，生意葱茏。小鸟的影子就在这中间隐约闪动，看不完整，有时连

·作者简介·

冯骥才（1942—），当代作家。原籍浙江慈溪，生于天津。曾任天津市文联主席、国际笔会中国中心会员、《文学自由谈》和《艺术家》主编等职。

笼子也看不出，却见它们可爱的鲜红小嘴儿从绿叶中伸出来。

我很少扒开叶蔓瞧它们，它们便渐渐敢伸出小脑袋瞅瞅我。我们就这样一点点熟悉了。

三个月后，那一团愈发繁茂的绿蔓里边，发出一种尖细又娇嫩的鸣叫。我猜到，是它们，有了雏儿。我呢？决不掀开叶片往里看，连添食加水也不睁大好奇的眼去惊动它们。过不多久，忽然有一个小脑袋从中间探出来。更小哟，雏儿！正是这个小家伙！

它小，就能轻易地由疏格的笼子钻出身。瞧，多么像它的母亲：红嘴红脚，灰蓝色的毛，只是后背还没有生出珍珠似的圆圆的白点；它好肥，整个身子好像一个蓬松的球儿。

起先，这小家伙只在笼子四周活动，随后就在屋里飞来飞去，一会儿落在柜顶上，一会儿神气十足地站在书架上，啄着书背上那些大文豪的名字；一会儿把灯绳撞得来回摇动，跟着跳到画框上去了。只要大鸟在笼里生气地叫一声，它立即飞回笼里去。

我不管它。这样久了，打开窗子，它最多只在窗框上站一会儿，决不飞出去。

渐渐它胆子大了，就落在我书桌上。

它先是离我较远，见我不去伤害它，便一点点挨近，然后蹦到我的杯子上，俯下头来喝茶，再偏过脸瞧瞧我的反应。我只是微微一笑，依旧写东西，它就放开胆子跑到稿纸上，绕着我的笔尖蹦来蹦去；跳动的小红爪子在纸上发出嚓嚓响。

我不动声色地写，默默享受着这小家伙亲近的情意。这样，它完全放心了。索性用那涂了蜡似的、角质的小红嘴，"嗒嗒"啄着我颤动的笔尖。我用手抚一抚它细腻的绒毛，它也不怕，反而友好地啄两下我的手指。

有一次，它居然跳进我的空茶杯里，隔着透明的玻璃瞅我。它不怕我突然把杯口捂住。是的，我不会。

白天，它这样淘气地陪伴我；天色入暮，它就在父母的再三呼唤声中，飞向笼子，扭动滚圆的身子，挤开那些绿叶钻进去。

有一天，我伏案写作时，它居然落到我的肩上。我手中的笔不觉停了，生怕惊跑它。只一会儿，扭头看，这小家伙竟趴在我的肩头睡着了，银灰色的眼睑盖住眸子，小红脚刚好给胸脯上长长的绒毛盖住。我轻轻抬一抬肩，它没醒，睡得好熟！还呷呷嘴，难道在做梦？

我笔尖一动，流泻下一时的感受：

信赖，往往创造出美好的境界。

⊙作品赏析

冯骥才的散文总给人一种清新的感觉，在健康开朗的格调中，给读者制造一个舒畅的阅读氛围，于显浅明了中见思想的精深。《珍珠鸟》就是体现作者这种风格的典范之作，短小的篇幅，精微的思想，使读者在随意的阅读中，品味出生活的真谛。

富人区 / 冯骥才

入选理由 视角新颖，手法多变，描写细致深入
开掘生活底蕴，咀嚼人生况味
对仇富心理的深入挖掘和分析

在洛杉矶，一位美国朋友开车带我去看富人区。富人区就是有钱人的聚居地。美国人最爱陪客人看富人区，好似观光。到那儿一瞧，千姿万态的房子和庭院，优雅、宁静、舒适，真如人间天堂。我忽然有个问题问他："你们看到富人住在这么漂亮的房子里，会不会嫉妒？"

我这美国朋友惊讶地看着我，说：

"嫉妒他们？为什么？他们能住在这里，说明他遇上了一个好机会。如果将来我也遇到好机会，我会比他们做得还好！"

这便是标准的"老美"式的回答。他们很看重机会。

后来在日本，一位日本朋友说他要陪我看看不远的一处富人区。原来日本人也有这种爱好。日本的富人区，小巧、幽静、精致，每座房子都像一个首饰盒，也挺美。我又想到上次问过美国人的那个问题，便问日本朋友：

"你们看到富人们住着这么漂亮的房子，会嫉妒吗？"

这个日本朋友稍稍想了想，摇摇头说："不会的。"继而他解释道，"如果一个日本人见到别人比自己强，通常会主动接近那个人，和他交朋友，向他学习，把他的长处学到手，再设法超过他。"

噢，日本真厉害。我想。

前不久，一位南方朋友来看我，闲谈中说到他们的城市发展得很快，已经出现国外那种"富人区"了。我饶有兴趣地打听其中的情形，据说有的院子里还有喷水池，车库，门口有保安，还养大狼狗。我无意中再次想到问过美国和日本朋友的那个问题，拿来问他：

"有没有人去富人区参观？"

"有呀，常有人去看。但不能进去，在门口扒一扒头而已。"这位南方朋友说。

"心理反应怎么样？会不会嫉妒？"

"嫉妒？"他眉毛一扬，笑道，"何止嫉妒，恨不得把那小子宰了！"

我听了怔住。

⊙作品赏析

这篇脍炙人口、广为流传的小文章看起来像是篇微型小说，其结构简单得又像是一则寓言，这大概是冯先生以小说家的手笔信手拈来不脱本性的缘故吧。作者以征询对富人区是否"嫉妒"为线索串起全文，通篇用对比的手法，虽没有辛辣的讽刺，也没有冷峻的分析，但却深刻地揭露了中国社会中存在的一个严重问题，可谓不著一字尽得风流。

冯先生想要揭示的问题一言蔽之曰"仇富"。听听那位南方人的回答吧："何止嫉妒，恨不得把那小子宰了！"恶狠狠的语言让人嗅到其中的血腥气，闻之不禁颤栗。对富人区的态度，美国人、日本人、中国人何以有如此之大的差别呢？这也正是冯先生想要我们思考的问题。

要促进社会进步，构建和谐社会，仇富的心态要不得。它是导致社会矛盾激化的重要的不安定因素。那么，要消除这种仇富心态应当从制度建设着手，要去保障民众在踏上致富路的起点公平、过程公正。

为你自己高兴 / 刘心武

入选理由 平淡之中传达深刻哲理
对人生的深刻感悟
语言自然而隽永、单纯而丰富

朋友小凌自幼双腿萎瘫，在一家印刷包装纸的福利厂工作，业余爱好文学书，常到我家来借，我有一天就对他说："你怎么不立个大志向，发奋写作，也成个作家？"我自然举出了中外古今的一些例子，又借给他《三月风》，激励他登上"维纳斯星座"；当时他也没说什么，过些天来还书，他告诉我："我没有写作的天分，我就这样当个读者挺好。"临告别时更笑着说："我活得挺自在。我为自己高兴。"

上个星期天我在大街上看见了他，他骑着电动三轮车，后座上是也有残疾的妻子，搂着他们完全健康的小女儿，三个人脸颊都红喷喷的，说是刚从北京游乐园玩完回来，真的，他们全家都为自己高兴，那是人生中最打实最醇厚的快乐！

为自己高兴吧！我为什么不完美？——别钻那牛角尖。要是别人问：你为什么不如何如何，那么，让我们都像小凌那样，坦然无愧地看待自己，珍爱、享受平凡而实在的人生！

一个作家朋友得了个奖，却很不高兴。为什么？因为有人问：为什么只是个地区奖，而不是全国奖？如果他得了个全国奖，那么又可以问：为什么不是最高奖？如果是最高奖，那么又可以问：为什么国际上没有得奖？如果国际上得了奖，那么还可以问：为什么不是诺贝尔文学奖呢？他真的得了诺贝尔文学奖，也仍然可以极为好奇地、激励他向上地、不间断地问他：怎么你得奖后反倒写得不那么多，而且，怎么写出的作品都不如以前的好，怎么也没有新的突破了呢？……这样一路问下去，会有什么样的结果呢？也许会有正面的例子，但我举不出来，我只知道美国海明威和日本川端康成都是在获得诺贝尔文学奖不久后自杀身亡，也许自己的心理因素非常复杂，但一些评论家讥讽海明威的"江郎才尽"，社会舆论对川端康成达到至美至丰境界的高于富士山的期盼压力，很可能是那诸种因素中相当重要的一种。

不要为自己立下高不可及的标杆，更不要被别人往往确实是出于好心好意的刺激而陷入自卑自怨自责自苦的泥潭！

开电梯的小倪有一天刚从发廊理完发来上班，楼梯里乘电梯的人们说她这下更像电视里出现过的某位歌星了；说一次也罢，后来有的人确实出于好心，出于善意，往往也是出于无聊，出于没话找话，更有出于起哄的，便不断地用这类话来激小倪，比如你为什么就不去试试，也当个歌星，也上上电视呀；你为什么就甘心窝在这个小笼子里呀；你这么好的相貌这么活泼的性格，为什么不起码当个广告模特儿呀……有一天，众人正在电梯里哄着，小倪就高声宣布说："你们说的那位，顶多算个三流歌星，我可是个一流的电梯工！不是我像她，是她长得像我！"说完哈哈大笑起来。小倪在为自己高兴。她高兴自己的工作，自己的平凡，自己的不必上电视，自己的适得其所，自己的不为他人左右……

是的，要为自己高兴，你的个人最适合于你，你的相貌为你所独有，你的身体状况即使不佳即使有残也无碍你内心的自尊与自爱，因为你在诚实地生活，在认真地工作，在挣得你应有的一份，在享受社会应为你提供的那一份快乐，你每天晚上问心无愧地安睡，

·作者简介·

　　刘心武（1942—　），当代作家。笔名刘浏、赵壮汉等。四川成都人。1950年随父迁居北京。1961年毕业于北京师范专科学校中文系，后任中学教员15年。1976年后任北京出版社编辑，参与创刊《十月》并任编辑。1977年，发表短篇小说《班主任》，获首届全国优秀短篇小说奖，并由此取得在文坛上的地位。后又发表《爱情的位置》、《醒来吧，弟弟》、《我爱每一片绿叶》（获全国优秀短篇小说奖）等小说，曾激起强烈反响。1987年赴美国访问并在13所大学讲学。出版有短篇小说集《班主任》、《母校留念》、《刘心武短篇小说选》，中篇小说《秦可卿之死》，长篇小说《钟鼓楼》（获全国第二届茅盾文学奖）、《风过耳》、《四牌楼》等，还出版有散文集、理论集、儿童文学等作品以及8卷本《刘心武文集》。刘心武还是研究红学的著名专家，其主要作品为《刘心武揭秘红楼梦》、《画梁春尽落香尘——解读〈红楼梦〉》等。

　　你每天清晨兴致勃勃地迎接又一个平凡而充实的日子……是的，你不一定要成为维纳斯，不一定升为星座，但你可以尽情欣赏“维纳斯星座”；你不一定出现在电视上，但你在生活中完全可以拥有比那更多的乐趣……

　　争取不凡诚然可敬可佩，然而甘于结结实实的平凡，如小凌、如小倪，则更可爱可羡……这个世界很大，机会确实很多，然而这个世界也很小，机遇又极为难得，我们应在奋力进取与适可而止之间取得一种平衡，我们要懂得这个世界不单是为不平凡的人而存在的，恰恰相反，这个世界是为平凡的人而存活。

　　为你自己高兴，因为你的努力奋进已取得了一些成果；为你自己高兴，因为你能够如现在这样也真是挺不错；为你自己高兴，因为你不为自己设置徒添烦恼的标杆，更不受他人那出于好意而设置的缥缈标杆而蛊惑；为你自己高兴，为你那平凡而充实的、问心无愧的存在而高兴！

⊙ 作品赏析

　　关于人生的追求与意义，是个永恒的话题。在这篇文章中，作者不是空洞地阐述一番大道理，而是通过叙述两个平凡的故事，告诉我们：幸福的人生不在于创造惊天动地的伟业，不在于成为万人仰仗的明星大腕。只要你善于发掘生活中点点滴滴的快乐，再卑微的人，再平凡的工作，也是有意义的。这个世界，原本就是为平凡的大多数而存在。为自己设立一个无法实现的标杆，或者受他人的刺激而确定一个不切实际的目标，对自己的人生而言，都是幸福的杀手，都是在自寻烦恼。

　　文章的难能可贵之处在于，作者不露声色地将两件事情的叙述与深刻哲理的阐发和谐自然地衔接起来，有一种水到渠成、天机自泄之感，道理不觉得枯燥，事件也不显得浮泛，很有说服力。

云赋 / 孙广举

入选理由　收入中学课本的散文名篇　描写云的典范之作　以变幻多姿的笔触，营造了超然的意境

　　小时候在农村，二、八月看巧云，是一件赏心悦目的快事。每逢这样的机会，天上美景总是引起童心的好奇和遐想。要是那天上的棉山粮垛能落入人间仓库，那数不尽的羊群马队能赶到乡村的牛栏，那无际的瓦块能送给百姓盖房，该多好呵！可这些念头像多变的云朵一样，来得疾，去得也快，自生自灭了。那美丽的天堂离人间究竟太远太远了。

　　后来，我常想写一篇云赋，但却一直是想想而已。直接触发我拿起笔来是在一次旅

·作者简介·

　　孙广举（1943—），笔名孙荪，1943年生于河南永城。1965年毕业于河南大学中文系。现任河南省文联副主席、河南大学文学院教授。著有散文集《鸟情》、《瞬间解读》，理论批评集《让艺术的精灵腾飞》、《李新论》（合作），主编《中国人的奥秘》、《朋友散文》丛书等。其部分作品选入《中国新文艺大系》及中学语文课本。

　　途上，飞机中。那是6月底的一天，时令正值仲夏，我买好了上午10时从北京飞往中原的票。可是不巧，天不作美。清晨起来就见那天空像一大块洗褪了色的浅灰色大幕，不知是谁在往下扯这大幕似的，天空比往常低多了。在我动身前往售票大楼的路上，觉得脸上有凉丝丝的雨星飘来。抬眼一看，那灰色的天幕像浸透了水一样。沉甸甸的，越坠越低，颜色也由灰变乌，更阴暗了。眨眼工夫，像有狂风从天幕后边猛吹似的，只见这里那里涌出一大团一大簇的乌云来。有的如有首无面的凶神恶煞、有眼无珠的妖魔鬼怪，有的如乌龙青蟒、黑熊灰猩，奔跑着、追逐着、拥挤着、翻卷着、聚拢着，好像在执行着什么攻城掠地的庄严神圣而又刻不容缓的使命，大有非把敌人逐出国门并踏为齑粉不可之势。"心为物役"，我的思路也禁不住随着乌云狂奔起来。忽然，"吧嗒"、"吧嗒"的声音把我的思路打断了，我看见黄豆粒大的雨点冷不丁地东一颗西一颗地摔下来，砸在水泥地上，炸开一个个小小的水花。不一会儿，雨声就由"沙！沙！沙！"而"刷！刷！刷！"雨丝由断而连，由细而粗，雨下起来了。

　　我知道糟了！今天的班机怕要误了。果不其然，当我们坐车到达机场时，广播里正在告诉旅客：飞机不能起飞，请耐心等待。我们只好在候机室里恭候上苍开颜赏脸。这时的天空，像乌云已经牢牢控制了局势的战场一样，紧张愤怒的情绪已经变得比较轻松，因为暴怒而变得乌黑的脸膛也变得稍微明朗了些，乌云也在趁机会歇歇脚、喘口气，再也不那么急急地奔驰了，带着重重的水汽的云在徜徉，或在低空和雨帘中轻轻掠过。幸运得很，那天上苍还算给面子，夏天的雨来得猛去得也快，只不过一个多小时，雨停了。

　　大概乌云是以雨为矢同太阳作战的吧，那雨一停，太阳可能就要反攻起来了。这时的乌云已经弹尽粮绝，几小时以前乌合起来的兵马，现在是丧魂失魄，溃不成军，大有不堪收拾之状了。只见狼奔豕突，顷刻间纷然瓦解，无影无踪。太阳卷土重来，君临下界，天晴了。

　　整天艳阳高照，也许不觉得太阳的妩媚。雨过天晴之后，特别是旅途遇雨又天晴，太阳也像换了新的，光华格外灿烂。天空和万物都像新洗过了，空气就不用说了，像新充了更多氧气。天边偶尔飘浮着淡淡的白云，像什么神仙画家从天庭跑过，信手运笔，轻轻抹在青山之旁，蓝天之上。又像从别的什么仙境飘来的片片银色的羽毛，若飞，若停，吸之若来，吹之若去。这时候，你鼻翼翕动，只觉洁净清爽，沁人心脾，纵目四望，只觉耳目一新。

　　但那一天，使我最为心荡神怡，思绪飞越的是登上飞机以后看到的云景。我是头一次坐三叉戟飞机。我的眼睛盯着窗外，飞机碰着云了，钻进云层了。不，我们高高地在云层之上了。真有意思：原来我们往常看到的云都是离地面较低的，尤其是乌云。当飞机越过一万多米的高空以后，一幅真正瑰丽的彩云图出现了。谁能想到，几个小时以前，在地上仰望苍天看到的是那样一副面孔；几个小时以后，在你的脚下，却看见了这样一副仙姿。连绵起伏的云山絮岭宛如浮动在海上的冰山。由一色汉白玉雕砌而成的各式各样的宫阙亭榭，高高低低连成望不到头的长街新城。金色的阳光把这些银色的山峦和楼台勾出了鲜明的轮廓。借用"银装素裹，分外妖娆"几个字来描绘，倒是十分妥帖。还有那用白色的绢绸和松软的棉絮制成的散漫的巨象，大度的白猿，从容的骆驼，安详的睡狮，肥硕的绵羊，伫立雄视的银鸡，或卧、或坐，或行、或止，都在默默地体味这空蒙的仙境中片刻的静美。我也有点像驾着祥云遨游九天的神仙了。但由于老习惯的驱使，我又抬眼仰望天空。呵，湛蓝湛蓝，高远莫测，一丝儿云也没有，一点儿尘也看不见，冰清玉润的月牙，像是"挂"在南天上，可细看，又无依无托，使人觉得好似从哪里飞来的一把神镰突然停在了那里。我心想，这才是天空的真面目呢。人们往往把云和天搅混在一起，其实云层和天空本是两回事。"拨开乌云见青天"之"青"，原来是只有站在云头之上才能体会得到的呵。

这时候，我脑海里忽然涌出许多作家在书中对云的千姿百态、千娇百媚的描写，但一同我眼前亲见的景象相比，却都有点失色了。记得上学时读屈原《九歌》中的《云中君》，诗中礼赞云神"烂昭昭兮未央"，"与日月兮齐光"，"龙驾兮帝服，聊翱游兮周章"，"览冀州兮有余，横四海兮焉穷"，我很钦佩屈子"精骛八极，心游万仞"的想象力，但对云中君的感觉终较模糊，有了这一次亲历，云神的形象在我脑中有点根梢了。

当我结束这次空中旅行的时候，一个极普通的现象引起了我的注意：田野里的禾苗因一场夏雨刚过而变得生机盎然。于是我脑海里迅速闪过一个念头：无云何来雨，无雨何来五谷丰登、牛肥马壮、新房林立，我儿时的遐想，真还包含着点辩证法的萌芽呢。

⊙作品赏析

这是一篇描写云的典范之作。以云为题材的文章很多，但是能写得如本文这样变幻多姿、令人心旷神怡的并不多见。作者观察之细腻、感触之敏锐、笔触之灵活，令人拍案叫绝。

文章结构清晰，详略精当。作者细致地刻画了几个画面：下雨之前的乌云、下雨之时的乌云、雨过天晴的白云以及从飞机上看到的云景。不同的时间、不同的角度、不同的情形、不同的感觉，作者都能挥洒自如，尽情摹画。写雨前的乌云，作者充分调动了视觉、感觉和想象，天空是"沉甸甸"的，简洁的一个词，不仅鲜活地刻画了乌云压城的场景，而且把人们压抑的心情也一并传达出来，可谓言简意丰。一系列的比喻和动词，如电影镜头，把云的游移聚散一一摄下。写雨中的云，运用了生动的拟人，"紧张愤怒的情绪已经变得比较轻松"、"因为暴怒而变得乌黑的脸膛也变得稍微明朗了些"，既有形态，又有颜色，还有变化的动感，极富艺术表现力。作者着墨最多的部分是在飞机上看到的云景。那一大段新巧奇特的比喻，把云或行或止、或卷或舒的变幻传神地描摹出来，令人神思飞跃。

这瞬息万变、舒展自如的云景，是自然风光，更是映衬出的作者的一种超然而惬意的心境。目之所触，清润飘逸而又洁净爽朗，灵魂也会受到净化。这是《云赋》带给我们的感悟。与文章的整体风格一致，文中语言清丽雅洁而又摇曳多姿，既富有形象性，又有韵律感。

梦里花落知多少 / 三毛

入选理由
三毛的散文代表作之一
体现了平凡人平凡爱情的质朴美
广受青年读者喜爱

那一年的冬天，我们正要从丹娜丽芙岛搬家回到大加那利岛自己的房子里去。

一年的工作已经结束，美丽无比的人造海滩引进了澄蓝平静的海水。

·作者简介·

三毛（1944—1991），原名陈平，祖籍浙江定海，生于重庆，中国台湾当代女作家。幼年随父母到台湾。12岁入台北省立第一女子中学，但只读了一年半，之后在家闭门独居7年。20岁入台湾文化大学学习。两年后到西班牙、德国、美国学习。后回台任教。之后赴撒哈拉，与西班牙人荷西结婚。6年后荷西溺水身亡。三毛返台任教于文化大学。1991年1月逝世。主要作品有散文集《雨季不再来》、《撒哈拉的故事》及多部剧本、译作等。

荷西与我坐在完工的堤边，看也看不厌地面对着那份成绩欣赏，静观工程的快乐是不同凡响的。

我们自黄昏一直在海边坐到子夜，正是除夕，一朵朵怒放的烟火，在漆黑的天空里如梦如幻地亮灭在我们仰着的脸上。

滨海大道上挤满着快乐的人群。钟敲十二响的时候，荷西将我抱在手臂里，说："快许十二个愿望。"我便在心里重复着十二句同样的话："但愿人长久，但愿人长久，但愿人长久，但愿人长久——"送走了去年，新的一年来了。

荷西由堤防上先跳下了地，伸手接过跳落在他手臂中的我。

我们十指交缠，面对面地凝望了一会儿，在烟火起落的五色光影下，微笑着说："新年快乐！"然后轻轻一吻。

我突然有些泪湿，赖在他的怀里不肯举步。

新年总是使人惆怅，这一年又更是来得如真如幻。许了愿的下一句对夫妻来说并不太吉利，说完了才回过意来，竟是心慌。

"你许了什么愿。"我轻轻问他。

"不能说出来的，说了就不灵了。"

我勾住他的脖子不放手，荷西知我怕冷，将我卷进他的大夹克里去。我再看他，他的眸光炯炯如星，里面反映着我的脸。

"好啦！回去装行李，明天清早回家去！"

他轻拍了我一下背，我失声喊起来："但愿永远这样下去，不要有明天了！"

"当然要永远下去，可是我们得先回家，来，不要这个样子。"

一路上走回租来的公寓去，我们的手紧紧交握着，好像要将彼此的生命握进永恒。

而我的心，却是悲伤的，在一个新年刚刚来临的第一个时辰里，因为幸福满溢，我怕得悲伤。

不肯在租来的地方多留一分一秒，收拾了零杂东西，塞满了一车子。清晨六时的码头上，一辆小白车在等渡轮。

新年没有旅行的人，可是我们急着要回到自己的房子里去。

关了一年的家，野草齐膝，灰尘满室，对着那片荒凉，竟是焦急心痛，顾不得新年不新年，两人马上动手清扫起来。

不过静了两个多月的家居生活，那日上午在院中给花洒水，送电报的朋友在木栅门外喊着："Echo，一封给荷西的电报呢！"

我匆匆跑过去，心里扑扑地乱跳起来，不要是马德里的家人出了什么事吧！电报总使人心慌意乱。

"乱撕什么嘛！先给签个字。"朋友在摩托车上说。

我胡乱签了个名，一面回身喊车房内的荷西。

"你先不要怕嘛！给我看。"荷西一把抢了过去。

原来是新工作来了，要他火速去拉芭玛岛报到。

只不过几小时的光景，我从机场一个人回来，荷西走了。

离岛不算远，螺旋桨飞机过去也得四十五分钟，那儿正在建新机场、新港口。只因没有什么人去那最外的荒寂之岛，大的渡轮也就不去那边了。

虽然知道荷西能够照顾自己的衣食起居，看他每一度提着小箱子离家，仍然使我不舍而辛酸。

家里失了荷西便失了生命，再好也是枉然。

过了一星期漫长的等待，那边电报来了。

"租不到房子，你先来，我们住旅馆。"

刚刚整理的家又给锁了起来，邻居们一再地对我建议："你住家里，荷西周末回来一天半，他那边住单身宿舍，不是经济些嘛！"

我怎么能肯。匆忙去打听货船的航道，将杂物、一笼金丝雀和汽车托运过去，自己推着一只衣箱上机走了。

当飞机着陆在静静小小的荒凉机场时，又看见了重沉沉的大火山，那两座黑里带火蓝的大山。

我的喉咙突然卡住了，心里一阵郁闷，说不出的闷，压倒了重聚的欢乐和期待。

荷西一只手提着箱子，另一只手搭在我的肩上向机场外面走去。

"这个岛不对劲！"我闷闷地说。

"上次我们来玩的时候你不是很喜欢的吗？"

"不晓得，心里怪怪的，看见它，一阵想哭似的感觉。"我的手拉住他皮带上的绊扣不放。

"不要乱想，风景好的地方太多了，刚刚赶上看杏花呢！"他轻轻摸了一下我的头发又安慰似的亲了我一下。

只有两万人居住的小城里租不到房子。我们搬进了一房一厅连一小厨房的公寓旅馆。收入的一大半付给了这份固执相守。

安置好新家的第三日，家中已经开始请客了，婚后几年来，荷西第一回做了小组长，这里另外四个同事没有带家眷，有两个还依然单身。我们的家，伙食总比外边的好些，为着荷西爱朋友的真心，为着他热切期望将他温馨的家让朋友分享，我晓得，在他内心深处，亦是因为有了我而骄傲，这份感激当然是全心全意地在家事上回报了他。

岛上的日子岁月悠长，我们看不到外地的报纸，本岛的那份又编得有若乡情。久而久之，世外的消息对我们已不很重要，只是守着海，守着家，守着彼此。每听见荷西下工回来时那急促的脚步声上楼，我的心便是欢喜。

六年了，回家时的他，怎么仍是一样跑着来的，不能慢慢地走吗？六年一瞬，结婚好似昨天的事情，而两人已共过了多少悲欢岁月。

小地方人情温暖，住上不久，便是深山里农家讨杯水喝，拿出来的必是自酿的葡萄酒，再送一满怀的鲜花。

我们也是记恩的人，马铃薯成熟的季节，星期天的田里，总有两人的身影弯腰帮忙收获。做热了，跳进蓄水池里游个泳，趴在荷西的肩上浮沉，大喊大叫，就是不肯松手。

⊙作品赏析

三毛旅居撒哈拉期间，与西班牙人荷西结婚，两人度过了一段快乐幸福的时光。不幸的是，不久荷西溺水而亡，三毛孤身一人回到台湾。之后她写下一组深切悼念荷西的文章《梦里花落知多少》，本文为其中的首篇。

本文叙述了在一次迁居中三毛与荷西从分手到重聚的事情。作者着眼于生活中的平凡琐事，以个人的情感为线索，抒写了自己与荷西之间亲密无间、情深似海的夫妻之情。文章语言朴素、纯净，直抒胸臆，毫无雕饰之感，任性俏皮的三毛与诚实钟情的荷西形象跃然纸上。文中洋溢着一种至清至纯的人性美、人情美，真情写实之句俯拾皆是，读后给人以一种甜美、温馨、轻松的享受。

三毛性格率真，敢爱敢恨。她曾说过："我不求深刻，但求简单。"三毛的文章风格，一如她的为人，单纯明澈、坦率真挚。

这样的人生 /三毛

入选理由
语言活泼通俗，幽默诙谐
浓郁的抒情色彩
体现了对美好人生的追求

我搬到北非加纳利群岛住时，就下定了决心，这一次的安家，可不能像沙漠里那样，跟邻居的关系混得过分密切，以至于失去了个人的安宁。

在这个繁华的岛上，我们选了很久，才选了离城20多里路的海边社区住下来。虽说加纳利群岛是西班牙在海外的一个省份，但是有一部分在此住家的，都是北欧人和德国人。我们的新家，坐落在一个面向着大海的小山坡上，一百多户白色连着小花园的平房，错错落落地点缀了这个海湾。

荷西从第一天听我跟瑞典房东讲德国话时，就有那么一点不自在。后来我们去这社区的办公室登记水电的申请时，我又跟那个丹麦老先生说英文，荷西更是不乐。等到房东送来一个芬兰老木匠来修车房的门时，我们干脆连中文也混进去讲，反正大家都不懂。

"真是笑话，这些人住在我们西班牙的土地上，居然敢不学西班牙文，骄傲得够了。"荷西的民族意识跑出来了。

"荷西，他们都是退休的老人了，再学另一国的话是不容易的，你将就一点，做做哑巴算了。"

"真是比沙漠还糟，我好像住在外国一样。"

"要讲西班牙文，你可以跟我在家里讲，我每天噜苏得还不够你听吗？"

荷西住定下来了，每天都去海里潜水，我看他没人说话又被外国人包围了，心情上十分落寞。

等到我们去离家七里路外的小镇邮局租信箱时，这才碰见了西班牙同胞。

"原来你们住在那个海边。唉！真叫人不痛快，那么多外国人住在那里，我们邮差信都不肯去送。"

邮局的职员看我们填的地址，就摇着头叹了一口气。

"那个地方，环境是再美不过了，偏偏像是黄头发人的殖民地，他们还问我为什么不讲英文。奇怪，我住在自己的国家里，为什么要讲旁人的话。"荷西又来了。

"你们怎么处理海湾一百多家人的信？"我笑着问邮局。

"那还不简单，每天抱一大堆去，丢在社区办公室，绝对不去一家一家送，你们要信，自己去办公室找。"

"你们这样欺负外国人是不对的。"我大声说。

"你放心，就算你不租信箱，有你的信，我们包送到家。你先生是同胞，是同胞我们就送。"

我听了哈哈大笑，世上就有那么讨厌外国人的民族，偏偏他们赚的是游客生意。

"你们讨厌外国人，西班牙就要饿死。"

"游客来玩玩就走，当然欢迎之至。但是像你们住的地方，他们外国人来了，自成一区，长住着不肯走，这就讨厌透了。"

荷西住在这个社区一个月，我们申请的新工作都没有着落，他又回到对面的沙漠去做原来的事情。那时撒哈拉的局势已经非常混乱了，我因此一个人住了下来，没有跟他回去。

"三毛，起初一定是不惯的，等我有假了马上回来看你。"

荷西走的时候一再地叮咛我生活上的事情。

"我有自己的世界要忙，不会太寂寞的。"

"你不跟邻居来往？"

"我一向不跟邻居来往的，在沙漠也是人家来找我，我很少去串门子的。现在跟这些外国人，我更不会去理他们了。"

"真不理？"

"不理，每天一个人也够忙的了。"

我打定主意跟这些高邻鸡犬相闻，老死不相往来。

我来之后在两个月之内，认识了那么多的邻居，实在不算我的过错。

荷西不在的日子，我每天早晨总是开了车去小镇上开信箱，领钱、寄信、买菜、看医生，做这些零碎的事情。

我的运气总不很好，每当我的车缓缓地开出那条通公路的小径时，总有邻居在步行着下坡也要去镇上办事。

我的空车停下来载人是以下几种情形：遇见年高的人我一定停车，提了东西在走路的人我也停车，小孩子上学我顺便带他们到学校，天下雨我停车，出大太阳我也停车。总之，我的车很少有不满的时候，当然，我载客的对象总是同一个社区里住着的人。

我一向听人说，大凡天下老人，都是噜苏悲伤自哀自怜，每日动也不动，一开口就是寂寞无聊的一批人。所以，我除了开车停车时载这些老年人去镇上办事之外，就硬是不多说太多的话，也决不跟他们讲我住在哪一幢房子里，免得又落下如同沙漠邻居似的陷阱里去。

荷西有假回来了，我们就过着平淡亲密的家居生活。他走了，我一个人种花理家，见到邻居了，会说话也不肯多说，只道早午安。

"你这种隐士生活过得如何？"荷西问我。

"自在极了。"

"不跟人来往？"

"唉啊！想想看，跟这些七老八十的人做朋友有什么意思。本人是势利鬼，不受益的朋友绝对不收。"

所以我坚持我的想法，不交朋友。都是老废物嘛，要他们做什么，中国人说敬老敬老，我完全明白这个道理，给他们来个敬而远之。

所以，我常常坐在窗口看着大海上飘过的船。荷西不回来，我只跟小镇上的人说说话，邻居，绝对不理。

有那么一天中午，我坐在窗前的地毯上向着海发呆，身上包了一块旧毛巾，抽着线算算今天看过的船有几只。

窗下面我看见过不知多少次的瑞典清道夫又推着他的小垃圾车来了，这个老人胡子晒得焦黄，打赤膊，穿一条短裤，光脚。眼光看人时很锐利，身子老是弯着。他最大的嗜好就是扫这个社区的街道。

我问过办公室的卡司先生，这清道夫可是他们请来的？他们说："他退休了，受不了北欧的寒冷，搬到这里来长住。他说免费打扫街道，我们当然不会阻止他。"

这个老疯子说多疯就有多疯，他清早推了车出来，就从第一条街扫起，扫到我这条街，已经是中午了。他怎么个扫法呢？他用一把小扫把，把地上的灰先收起来，再用一块抹布把地用力来回擦，他擦过的街道，可以用舌头舔。

那天他在我窗外扫地，风吹落的白花，这老人一朵一朵拾起来。海风又大吹了一阵，花又落下了，他又拾；风又吹，他又拾。这样弄了快20分钟，我实在忍不住了，光脚跑下石阶，干脆把我那棵树用力乱摇，落了一地的花，这才也蹲下去一声不响地帮这疯子拾花。

等我们捡到头都快碰到一起了，我才抬起头来对他嘻嘻地笑起来。

"您满意了吧？"我用德文问他。

这老头子这才站直了身子，好像一个希腊神似的严肃地盯着我。

"要不要去喝一杯茶？"我问他。

他点点头，跟我上来了。我给他弄了茶，坐在他对面。

"你会说德文？"他好半晌才说话。

"您干吗天天扫地？扫得我快疯了，每天都在看着您哪。"

他嘴角居然露出一丝微笑，他说："扫地，是扫不疯的，不扫地才叫人不舒服。"

"干吗还用抹布擦？您不怕麻烦？"

"我告诉你，小孩子，这个社区总得有人扫街道，西班牙政府不派人来扫，我就天天扫。"

他喝了茶，站起来，又回到大太阳下去扫地。

"我觉得您很笨。"我站在窗口对他大叫，他不理。

"您为什么不收钱？"我又问他，他仍不理。

一个星期之后，这个老疯子的身旁多了一个小疯子。只要中午看见他来了，我就高兴地跑下去，帮他把我们这半条街都扫过。只是老疯子有意思，一板一眼认真扫，小疯子只管摇邻居的树，先把叶子给摇下来，老人来了自会细细拾起来收走，这个美丽的社区清洁得不能穿鞋子踩。

我第一次觉得，这个老人可有意思得很，他跟我心里的老人有很大的出入。

又有一天，我在小镇上买菜，买好了菜要开车回来，才发觉我上一条街上的德国老夫妇也提了菜出来。

我轻轻按了一下喇叭，请他们上车一同回家，不必去等公共汽车，他们千谢万谢地上来了。

等到了家门口，他们下车了，我看他们那么老了，心里不知怎的发了神经病，不留神，就说了："我住在下面一条街，18号，就在你们阳台下面，万一有什么事，我有车，可以来叫我。"

说完我又后悔了，赶快又加了一句："当然，我的意思是说，很紧急的事，可以来叫我。"

"嘻嘻，你的意思是说，如果我心脏病发了，就去叫你，是不是？"

我就是这个意思，但给这精明的老家伙猜对了我的不礼貌的同情，实在令我羞愧了一大阵。

过了一个星期，这一对老夫妇果然在一个黄昏来了，我开门看见是他们，马上一紧张，说："我这就去车房开车出来，请等一下。"

"嗯，女孩子，你开车干什么？"老家伙又盯着问。

"我哪里知道做什么？"我也大声回答他。

"我们是来找你去散步的。人有脚，不肯走路做什么。"

"你们要去哪里散步？"我心里想，这两个老家伙，加起来恐怕有180岁了，拖拖拉拉去散步，我可不想一起去。

"沿着海湾走去看落日。"老婆婆亲切地说。

"好，我去一次，可是我走得很快的哦！"我说着就关上了门跟他们一起下山坡到海边去。

三个小时以后，我跛着脚回来，颈子上围着老太太的手帕，身上穿着老家伙的毛衣，一到家，累得坐在石阶上动都不会动。

"年轻人，要常常走路，不要老坐在车子里。走这一趟就累得这个样子，将来老了怎么是好。"老家伙大有胜利者的意味，我抬头瞪了他一眼，一句都不能顶他。世上的老人五花八门，我慢慢地喜欢他们起来了。

当然，我仍是个势利极了的人，不受益的朋友我不收，但这批老废物可也很给我受益。

我在后院里种了一点红萝卜，每星期荷西回来了就去拔，看看长了多少，那一片萝卜老也不长，拔出来只是细细的线。

有一日我又一个人蹲在那里拔一个样品出来看看长了没长，因为太专心了，矮墙上突然传来的大笑声把我吓得跌坐在地上。

"每天拔是不行的，都快拔光啦！"

我的右邻手里拿着一把大油漆刷子，站在扶梯上望着我。

"这些菜不肯长。"我对他说。

"你看我的花园。"他说这话时我真羞死了。这也是一个老头子，他的院子里一片花红柳绿，美不胜收，我的园子里连草也不肯长一根。

我马上回房内去抱出一本园艺的书来，放在墙上，对他说："我完全照书上说的在做，但什么都不肯长。"

"啊！看书是不行的，我过来替你医。"他爬过梯子，跳下墙来。

两个月后，起码老头子替我种的洋海棠都长得欣欣向荣。

"您没有退休以前是花匠吗？"我好奇地问他。

"我一辈子是钱匠，在银行里数别人的钱。退休了，我内人身体不好，我们就搬来这个岛来住。"

"我从来没有见过您的太太。"

"她，去年冬天死了。"他转过头去看着大海。

"对不起。"我轻轻地蹲着挖泥巴，不去看他。

"您老是在油漆房子，不累吗？"

"不累，等我哪一年也死了，我跟太太再搬来住，那时候可是我看得见你，你看不见我们了。"

"您是说灵魂吗？"

"你怕？"

"我不怕，我希望您显出来给我看一次。"

他哈哈大笑起来，我看他失去了老伴，还能过得这么地有活力，令我几乎反感起来。

"您不想您的太太？"我刺他一句。

"孩子，人都是要走这条路的，我当然怀念她，可是上帝不叫我走，我就要尽力欢喜地活下去，不能过分自弃，影响到孩子们的心情。"

"您的孩子不管您？"

"他们各有各的事情，我，一个人住着，反而不觉得自己是废物，为什么要他们来照顾。"

说完，他提了油漆桶又去刷他的墙了。

养儿何须防老，这样豁达的人生观，在我的眼里，是大智慧大勇气的表现。我比较了一下，我觉得，我看过的中国老人和美国老人比较悲观，欧洲的老人很不相同，起码我的邻居们是不一样的。

我后来认识了艾力克，也是因为他退休了，常常替邻居做零工，忙得半死也不收一毛钱。有一天我要修车房的门，去找芬兰木匠，他不在家，别人就告诉我去找艾力克。

艾力克已经74岁了，但是他每天拖了工具东家做西家修，怎也老不起来。

等他修完了车房门之后，他对我说："今天晚上我们有一个音乐会，你想不想来？"

"在谁家？什么音乐会？"

"都是民歌，有瑞典的、丹麦的、德国的，你来听，我很欢喜你来。"

那天晚上，在艾力克宽大的天台上，一群老人抱着自己的乐器兴高采烈地来了，我坐在栏杆上等他们开场。

他们的乐器有笛子，有小提琴，有手风琴，有口琴，有拍掌的节奏，有悠扬的口哨声，还有老太太宽洪的歌声尽情放怀地唱着。

艾力克在拉小提琴，一个老人顽皮地走到我面前来一鞠躬，我跳下栏杆跟他跳起圆舞曲来。我从来没有跟这么优雅的上一代跳过舞，想不到他们是这样地吸引我，他们丰盛的对生命的热爱，对短促人生的把握，着实令我感动。那个晚上，月亮照在大海上，衬着眼前的情景，令我不由得想到死的问题。生命是这样的美丽，上帝为什么要把我们一个一个收回去？我但愿永远活下去，永远不要离开这个世界。

等我下一次再去找艾力克时，是因为我要锯一块海边拾来的漂流木。

开门的是安妮，一个已经 70 岁了的寡妇。

"三毛，我们有好消息告诉你，正想这几天去找你。"

"什么事那么高兴。"我笑吟吟地打量着穿游泳衣的安妮。

"艾力克与我上个月开始同居了。"

我大吃一惊，欢喜得将她抱起来打了半个转。

"太好了，恭喜恭喜！"

伸头去窗内看，艾力克正在拉琴。他没有停，只对我点了点头，我跑进房内去。

"艾力克！我看你那天晚上就老请安妮跳舞，原来是这样的结果啊！"

安妮马上去厨房做咖啡给我们喝。

喝咖啡时，安妮幸福地忙碌着，艾力克倒是有点沉默，好似不敢抬头一样。

"三毛，你在乎不结婚同居的人吗？"安妮突然问我。

"那完全不是我的事，你们要怎么做，别人没有权利说一个字。"

"那么你是赞成的？"

"我喜欢看见幸福的人，不管他们结不结婚。"

"我们不结婚，因为结了婚我前夫的养老金我就不能领，艾力克的那一份只够他一个人活。"

"你不必对我解释，安妮，我不是老派的人。"

等到艾力克去找锯子给我时，我在客厅书架上看放着的相片，现在不但放有艾力克全家的照片，也加进了安妮全家的照片。艾力克前妻的照片仍然放在老地方，没有取掉。

"我们都有过去，我们一样怀念着过去的那一半。只是，人要活下去，要再寻幸福，这并不是否定了过去的爱情……"

"你要说的是，人的每一个过程都不该空白地过掉，我觉得你的做法是十分自然的。安妮，这不必多解释，我难道连这一点也不了解吗？"

借了锯子我去海边锯木头，正是黄昏，天空一片艳丽的红霞。我在那儿工作到天快黑了，才拖了锯下的木块回家。我将锯子放在艾力克的木栅内时，安妮正在厨房高声唱着歌，70 岁的人了，歌声还是听得出爱情的欢乐。

我慢慢地走回家，算算日期，荷西还要再四天才能回来。我独自住在这个老年人的社区里，本以为会感染他们的寂寞和悲凉，没有想到，人生的尽头，也可以再有春天，再有希望，再有信心。我想，这是他们对生命执著的热爱，对生活真切的有智慧的安排，才创造出了奇迹般灿烂的晚年。

我还是一个没有肯定自己的人，我的下半生要如何度过，这一群当初被我视为老废物的家伙们，真给我上了一课在任何教室也学不到的功课。

⊙作品赏析

　　行走于千山万水中的三毛是一个传奇，她纯真、善良，对自然和人生有着独特的感悟。她的文章也如她传奇一生一样充满浪漫色彩，同时对于基督教的信仰，也使她的文字中闪耀着博爱、仁慈、人道的光辉。《这样的人生》描写的是三毛搬到北非加纳利群岛住时，那里的一群热爱生活、创造灿烂晚年的老年人。三毛住在这个老年人的社区"本以为会感染他们的寂寞和悲凉"，但见过他们真正的生活后才知"人生的尽头，也可以再有春天，再有希望，再有信心"。三毛写这篇文章时是她生活最为丰盈，心境最明朗的一段时间，所以此时她笔下的人物也就染上了她心灵明朗的色彩。于是《这样的人生》中拉着提琴的"艾力克"，跳着老年舞的"安妮"，便有了神采飞扬的鲜活面孔，正印证了王国维的"一切景语，皆情语"。恰恰是作者洒脱的心境使文章有着浓郁的抒情色彩。

　　人物形象的鲜明，也是此文的一大特点。三毛善于将小人物进行浓墨重彩的描写，使平凡的生命散发出耀眼的光辉。《这样的人生》中免费打扫街道的老人，无偿给邻居作零工的艾力克，帮"我"种菜的退休老职工。这些平凡面孔却有着鲜明的个性色彩，体现着人性美的光辉，而三毛最擅长的就是用白描的手法表现人物鲜活的个性。

一个父亲的札记 / 周国平

一、平凡的神秘

我曾经无数次地思考神秘，但神秘始终在我之外，不可捉摸。

自从妈妈怀了你，像完成一个庄严的使命，耐心地孕育着你，肚子一天天骄傲地膨大，我觉得神秘就在我的眼前。

你诞生了，世界发生了奇异的变化，一个有你存在的世界是一个全新的世界，我觉得我已经置身于神秘之中。

诚然，街上天天走着许多大肚子的孕妇，医院里天天产下许多皱巴巴的婴儿，孕育和诞生实在平凡之极。

然而，我要说，人能参与的神秘本来就平凡。

我还要说，人不能参与的神秘纯粹是虚构。

创造生命，就是参与神秘。

· 作者简介 ·

　　周国平（1945— ），生于上海。1967年毕业于北京大学哲学系，1978进入中国社会科学院研究生院哲学系学习，先后取得哲学硕士学位、博士学位，现为中国社会科学院哲学研究所研究员。著有学术专著《尼采：在世纪的转折点上》、《尼采与形而上学》，随感集《人与永恒》，诗集《忧伤的情欲》，散文集《守望的距离》，自传《岁月与性情》等。

二、摇篮和家园

出生后第七天，你和妈妈离开医院，回到了家里。我们终于"团圆"了。

说你"回"到家里，似不确切，因为你是第一次来这个家。

不对。应该说，你来了，我们才第一次有了这个家。

孩子是使家成其为家的根据。没有孩子，家至多是一场有点儿过分认真的爱情游戏。有了孩子，家才有了自身的实质和事业。

男人是天地间的流浪汉，他寻找家园，找到了女人。可是，对于家园，女人有更正确的理解。她知道，接纳了一个流浪汉，还远远不等于建立了一个家园。于是，她着手编织一只摇篮——摇篮才是家园的起点和中心。

屋里有摇篮，摇篮里有婴儿，心里多么踏实。

三、心甘情愿的辛苦

未曾生儿育女的人，不可能知道父母的爱心有多痴。

在怀你之前，我和妈妈一直没有拿定主意要不要孩子。甚至你也是一次"事故"的产物。我们觉得孩子好玩，但又怕带孩子辛苦。有了你，我们才发现，这种心甘情愿的辛苦是多么有滋有味，爸爸从给你换尿布中品尝的乐趣不亚于写出一首好诗！

这样一个肉团团的小躯体，有着和自己相同的生命密码，它所勾起的如痴如醉的恋和牵肠挂肚的爱，也许只能用生物本能来解释了。

哲学家会说，这种没来由的爱不过是大自然的狡计，它借此把乐于服役的父母们当成了人类种族延续的工具。好吧，就算如此。我但有一问：当哲学家和诗人怀着另一种没来由的爱从事精神的劳作时，他们岂非也不过是充当了人类文化延续的工具。

四、弱小的力量

我不愿做暴君的奴隶，我却被你的弱小所征服。

你的力量比不上一株小草，小草还足以支撑起自己幼小的生命，你却只能用啼哭寻求外界的援助。可是你的啼哭是天下最有权威的命令，一声令下，妈妈的乳头已经为你擦拭干净，爸爸也已经用臂弯为你架设一只温暖的小床。

此刻你闭眼安睡了。你的小身子信赖地依偎在我的怀里，你的小手紧紧抓住我的衣襟。闻着你身上散发的乳香味，我不禁流泪了。你把你的小生命无保留地托付给了我，相信在爸爸怀里能得到绝对的安全。

你怎会知道，爸爸连他自己也保护不了，我们的命运都在上帝的掌握之中。

不过，对于爸爸妈妈，你的弱小确有非凡之力——是魅力，也是威力。惟其因为你弱小，我们的爱更深，我们的责任更重，我们的服务更勤。你的弱小召唤我们迫不及待地为你献身。

五、忘恩负义的父母

过去常听说，做父母的如何为子女受苦、奉献、牺牲，似乎恩重如山。自己做了父母，才知道这受苦同时就是享乐，这奉献同时就是收获，这牺牲同时就是满足。所以，如果要说恩，那也是相互的。而且，愈是有爱心的父母，愈会感到所得远远大于所予。

对孩子的爱是一种被动的主动，一种身不由己的心甘情愿。孩子那么可爱，由不得你不爱。

对孩子的爱是一种自私的无私，一种不为公的舍己。这种骨肉之情若陷于盲目，真可以使你为孩子牺牲一切，包括你自己，包括天下。

其实，任何做父母的，当他们陶醉于孩子的可爱时，都不会以恩主自居。一旦以恩主自居，就必定是忘记了孩子曾经给予他们的巨大快乐，也就是说，忘恩负义了。人们总谴责忘恩负义的子女，殊不知天下还有忘恩负义的父母呢！

六、盼望生女

我盼望生个女儿——

因为生命是女人给我的礼物，我愿把它奉还给女人；

因为我知道自己是一个溺爱的父亲。我怕把儿子宠骄，却不怕把女儿宠娇；

因为儿子只能分担我的孤独。女儿不但分担而且抚慰我的孤独；

因为上帝和我都苛求男儿而宽待女儿，浑小子令我们头疼，傻妞却使我们破颜；

因为诗人和女性订有永久的盟约。

七、最得意的作品

你的摇篮放在爸爸的书房里，你成了这间大屋子的主人。从此爸爸不读书，只读你。

你是爸爸妈妈合写的一本奇妙的书。在你问世前，无论爸爸妈妈怎么想象，也想象不出你的模样。现在你展现在我们面前，那么完美，仿佛不能改动一字。

我整天坐在摇篮边，怔怔地看你，百看不厌。你的小脸蛋白白净净的，透着一股灵气。有时候片刻之间，你的脸上会闪过千百种表情：微笑、沉思、横眉蔑视、皱眉厌烦。眼睛变成月牙形的娇媚……不过，多数时候，你出奇的恬静，那时你最美。入睡时，你的两条小胳膊平举在脑袋两侧，脸上的神态安详得近乎佛相。醒时，你静静地睁着一双乌黑澄澈的大眼睛，久久凝视空间中某处，不知在想什么。那目光自信而超然，真令人感到神秘。

看你这么可爱，我常常忍不住要抱起你来，和你说话。那时候，你会盯着我看，眼中闪现两朵仿佛会意的小火花，嘴角微微一动似乎在应答。

你是爸爸最得意的作品，我读你读得入迷。

⊙作品赏析

文章摘选自周国平为夭亡的女儿所写的《妞妞》一书。父爱与母爱是一个常谈常新的话题，而周国平则别出心裁，把一个哲学家对生命、幸福与父母之爱的思考融入到充满感情的字里行间。文中周国平将情与理巧妙地结合在一起，让我们在感受父母之爱的深沉热烈的同时，更获得了哲学的启迪，使我们对亲情与幸福的理解得以提升。

读这篇文章，我们应当关注周国平独特的语言风格，他的语句常常充满深邃的哲思，这种思考用诗一般的语言写出，那就更值得品读与玩味了。

阳关雪 / 余秋雨

入选理由 余秋雨的散文代表作之一——篇优秀的历史文化散文 新时代散文的新典范

中国古代，一为文人，便无足观。文官之显赫，在官而不在文，他们作为文人的一面，在官场也是无足观的。但是事情又很怪异，当峨冠博带早已零落成泥之后，一杆竹管笔偶尔涂划的诗文，竟能镂刻山河，雕镂人心，永不漫漶。

我曾有缘，在黄昏的江船上仰望过白帝城，顶着浓冽的秋霜登临过黄鹤楼，还在一个冬夜摸到了寒山寺。我的周围，人头济济，差不多绝大多数人的心头，都回荡着那几首不必引述的诗。人们来寻景，更来寻诗。这些诗，他们在孩提时代就能背诵。孩子们的想象，诚恳而逼真。因此，这些城，这些楼，这些寺，早在心头自行搭建。待到年长，当他们刚刚意识到有足够脚力的时候，也就给自己负上了一笔沉重的宿债，焦渴地企盼着对诗境实地的踏访。为童年，为历史，为许多无法言传的原因。有时候，这种焦渴，简直就像对失落的故乡的寻找，对离散的亲人的查访。

文人的魔力，竟能把偌大一个世界的生僻角落，变成人人心中的故乡。他们褪色的青衫里，究竟藏着什么法术呢？

今天，我冲着王维的那首《渭城曲》，去寻阳关了。出发前曾在下榻的县城向老者打听，回答是："路又远，也没什么好看的，倒是有一些文人辛辛苦苦找去。"老者抬头看天，又说："这雪一时下不停，别去受这个苦了。"我向他鞠了一躬，转身钻进雪里。

一走出小小的县城，便是沙漠。除了茫茫一片雪白，什么也没有，连一个皱褶也找不到。在别地赶路，总要每一段为自己找一个目标，盯着一棵树，赶过去，然后再盯着一块石头，赶过去。在这里，睁疼了眼也看不见一个目标，哪怕是一片枯叶，一个黑点。于是，只好抬起头来看天。从未见过这样完整的天，一点也没有被吞食，边沿全是挺展展的，紧扎扎地把大地罩了个严实。有这样的地，天才叫天。有这样的天，地才叫地。在这样的天地中独个儿行走，侏儒也变成了巨人。在这样的天地中独个儿行走，巨人也变成了侏儒。

天竟晴了，风也停了，阳光很好。没想到沙漠中的雪化得这样快，才片刻，地上已见斑斑沙底，却不见湿痕。天边渐渐飘出几缕烟迹，并不动，却在加深，疑惑半晌，才发现，那是刚刚化雪的山脊。

地上的凹凸已成了一种令人惊骇的铺陈，只可能有一种理解：那全是远年的坟堆。

这里离县城已经很远，不大会成为城里人的丧葬之地。这些坟堆被风雪所蚀，因年岁而坍，枯瘦萧条，显然从未有人祭扫。它们为什么会有那么多，排列得又是那么密呢？只可能有一种理解：这里是古战场。

我在望不到边际的坟堆中茫然前行，心中浮现出艾略特的《荒原》。这里正是中华历史的荒原：如雨的马蹄，如雷的呐喊，如注的热血。中原慈母的白发，江南春闺的遥望，湖湘稚儿的夜哭。故乡柳阴下的诀别，将军圆睁的怒目，猎猎于朔风中的军旗。随着一阵烟尘，又一阵烟尘，都飘散远去。我相信，死者临亡时都是面向朔北敌阵的；我相信，他们又很想在最后一刻回过头来，给熟悉的土地投注一个目光。于是，他们扭曲地倒下了，化作沙堆一座。

这繁星般的沙堆，不知有没有换来史官们的半行墨迹？史官们把卷帙一片片翻过，于是，这块土地也有了一层层的沉埋。堆积如山的二十五史，写在这个荒原上的篇页还算是比较光彩的，因为这儿毕竟是历代王国的边远地带，长久担负着保卫华夏疆域的使命。所以，这些沙堆还站立得较为自在，这些篇页也还能哗哗作响。就像干寒单调的土地一样，出现在西北边陲的历史命题也比较单纯。在中原内地就不同了，山重水复、花草掩荫，岁月的迷宫会让最清醒的头脑涨得发昏，晨钟暮鼓的音响总是那样的诡秘和乖戾。那儿，没有这么大大咧咧铺张开的沙堆，一切都在重重美景中发闷，无数不知为何而死的怨魂，只能悲愤懊丧地深潜地底。不像这儿，能够袒露出一帙风干的青史，让我用二十世纪的脚步去匆匆抚摩。

远处已有树影。急步赶去，树下有水流，沙地也有了高低坡斜。登上一个坡，猛一抬头，看见不远的山峰上有荒落的土墩一座，我凭直觉确信，这便是阳关了。

树愈来愈多，开始有房舍出现。这是对的，重要关隘所在，屯扎兵马之地，不能没有这一些。转几个弯，再直上一道沙坡，爬到土墩底下，四处寻找，近旁正有一碑，上刻"阳关古址"四字。

这是一个俯瞰四野的制高点。西北风浩荡万里，直扑而来，踉跄几步，方才站住。脚是站住了，却分明听到自己牙齿打战的声音，鼻子一定是立即冻红了。呵一口热气到手掌，捂住双耳用力蹦跳几下，才定下心来睁眼。这儿的雪没有化，当然不会化。所谓古址，已经没有什么故迹，只有近处的烽火台还在，这就是刚才在下面看到的土墩。土墩已坍了大半，可以看见一层层泥沙，一层层苇草，苇草飘扬出来，在千年之后的寒风中抖动。眼下是西北的群山，都积着雪，层层叠叠，直伸天际。任何站立在这儿的人，都会感觉到自己是站在大海边的礁石上，那些山，全是冰海冻浪。

王维实在是温厚到了极点。对于这么一个阳关，他的笔底仍然不露凌厉惊骇之色，而只是缠绵淡雅地写道："劝君更尽一杯酒，西出阳关无故人。"他瞟了一眼渭城客舍窗外青青的柳色，看了看友人已打点好的行囊，微笑着举起了酒壶。再来一杯吧，阳关之外，就找不到可以这样对饮畅谈的老朋友了。这杯酒，友人一定是毫不推却，一饮而尽的。

这便是唐人风范。他们多半不会洒泪悲叹，执袂劝阻。他们的目光放得很远，他们的人生道路铺展得很广。告别是经常的，步履是放达的。这种风范，在李白、高适、岑参那里，焕发得越加豪迈。在南北各地的古代造像中，唐人造像一看便可识认，形体那么健美，目光那么平静，神采那么自信。在欧洲看蒙娜丽莎的微笑，你立即就能感受，这种恬然的自信只属于那些真正从中世纪的梦魇中苏醒、对前途挺有把握的艺术家们。唐人造像中的微笑，只会更沉着、更安详。在欧洲，这些艺术家们翻天覆地地闹腾了好一阵子，固执地要把微笑输送进历史的魂魄。谁都能计算，他们的事情发生在唐代之后多少年。而唐代，却没有把它的属于艺术家的自信延续久远。阳关的风雪，竟愈见凄迷。

王维诗画皆称一绝，莱辛等西方哲人反复讨论过的诗与画的界线，在他是可以随脚出入的。但是，长安的宫殿，只为艺术家们开了一个狭小的边门，允许他们以卑怯侍从的身份躬身而入，去制造一点娱乐。历史老人凛然肃然，扭过头去，颤巍巍地重又迈向三皇五帝的宗谱。这里，不需要艺术闹出太大的局面，不需要对美有太深的寄托。

于是，九州的画风随之黯然。阳关，再也难于享用温醇的诗句。西出阳关的文人还是有的，只是大多成了谪官逐臣。

即便是土墩、是石城，也受不住这么多叹息的吹拂，阳关坍弛了，坍弛在一个民族的精神疆域中。它终成废墟，终成荒原。身后，沙坟如潮，身前，寒峰如浪。谁也不能想象，这儿，一千多年之前，曾经验证过人生的壮美，艺术情怀的弘广。

这儿应该有几声胡笳和羌笛的，音色极美，与自然融合，夺人心魄。可惜它们后来都成了兵士们心头的哀音。既然一个民族都不忍听闻，它们也就消失在朔风之中。

回去罢，时间已经不早。怕还要下雪。

⊙作品赏析

余秋雨的散文，大都以游记的方式进行文化思考。他在记叙自己对某一名胜古迹的游历和感受的时候，也介绍着与之相关的文化历史知识，并传达着对于民族文化的思考，从而，将"人、历史、自然混沌地交融在一起了"。他的散文有很强的文化反省意识，或者是在历史事件回溯中感叹文化和山水的兴衰，或者在对古代文化踪迹的探寻中思考知识分子的使命与命运。虽然他借助大量的文化知识，但并没有把散文写成简单的"文化"加"山水"，而是强调"人气"。这篇《阳关雪》是他的代表作之一。

此文既有独特的视角，又有洒脱的行文、深厚的内涵和文化底蕴。作者慕名而往阳关，就因为王维那名垂千古的"劝君更尽一杯酒，西出阳关无故人"。对于诗画文绝的他，作者充满了敬仰，也饱含着同情，那个年代，艺术不需要"闹出太大的局面"，美"不要有太多的寄托"，这是时代的悲哀，也是历史的遗憾。作者也只能在一表同情，不舍地离去。"回去罢，时间已经不早了。怕还要下雪。"这个看似平淡的结尾，实际上包含着无尽的感慨。令人回味，也发人深省。

晋祠 / 梁衡

出太原西南行 50 里，有一座山名悬瓮。山上原有巨石，如瓮倒悬。山脚有泉水涌出，就是有名的晋水。在这山下水旁，参天古木中林立着百余座殿、堂、楼、阁，亭、台、桥、榭。绿水碧波绕回廊而鸣奏，红墙黄瓦随树影而闪烁，悠久的历史文物与优美的自然风景，浑然一体，这就是古晋名胜晋祠。

西周时，年幼的成王姬诵即位，一日与其弟姬虞在院中玩耍，随手拾起一片落地的桐叶，剪成玉圭形，说："把这个圭给你，封你为唐国诸侯。"天子无戏言，于是其弟长大后便来到当时的唐国，即现在的山西做了诸侯。《史记》称此为"剪桐封弟"。姬虞后来兴修水利，唐国人民安居乐业。后其子继位，因境内有晋水，便改唐国为晋国。人们缅怀姬虞的功绩，便在这悬瓮

315

山下修一所祠堂来祀奉他，后人称为晋祠。

晋祠之美，在山美、树美、水美。

这里的山，巍巍的如一道屏障，长长的又如伸开的两臂，将这处秀丽的古迹拥在怀中。春日黄花满山，径幽而香远；秋来，草木郁郁，天高而水清，无论何时拾级登山，探古洞，访亭阁，都情悦神爽。古祠设在这绵绵的苍山中，恰如淑女半遮琵琶，娇羞迷人。

这里的树，以古老苍劲见长。有两棵老树，一曰周柏，一曰唐槐。那周柏，树干劲直，树皮皱裂，冠顶挑着几根青青的疏枝，偃卧于石阶旁，宛如老者说古；那唐槐，腰粗三围，苍枝屈虬，老干上却发出一簇簇柔条，绿叶如盖，微风拂动，一派鹤发童颜的仙人风度。其余水边殿外的松、柏、槐、柳，无不显出沧桑几经的风骨，人游其间，总有一种缅古思昔的肃然之情。也有造型奇特的，如圣母殿前的左扭柏，拔地而起，直冲云霄，它的树皮却一齐向左边拧去，一圈一圈，丝纹不乱，像地下旋起了一股烟，又似天上垂下了一根绳。其余有的偃如老妪负水，有的挺如壮士托天，不一而足。祠在古木的荫护下，显得分外幽静、典雅。

这里的水，多、清、静、柔。在园内信步，那里一泓深潭，这里一条小渠。桥下有河，亭中有井，路边有溪，石间有细流脉脉，如线如缕；林中有碧波闪闪，如锦如缎。这么多的水，又不知是从哪里冒出来的，叮叮咚咚，只闻佩环齐鸣，却找不到一处泉眼，原来不是藏在殿下，就是隐于亭后。更可爱的是水清得让人叫绝。无论多深的渠、潭、井，只要光线好，游鱼、碎石，丝纹可见。而水势又不大，清清的波，将长长的草蔓拉成一缕缕的丝，铺在河底，挂在岸边，合着那些金鱼、青苔、玉栏倒影，织成了一条条的大飘带，穿亭绕榭，冉冉不绝。当年李白至此，曾赞叹道："晋祠流水如碧玉，百尺清潭泻翠娥。"你沿着水去赏那亭台楼阁，时常会发出这样的自问：怕这几百间建筑都是在水上漂着的吧！

然而，最美的还是祖先留给我们的古代文化。这里保存着我国古建筑的"三绝"。

一是圣母殿。这是全祠的主殿，是为虞侯的母亲邑姜所修的。建于宋天圣年间，重修于宋崇宁元年（1102年），距今已有880年。殿外有一周围廊，是我国古建筑中现在能找到的最早实例。殿内宽七间、深六间，极宽敞，却无一根柱子。原来屋架全靠墙外回廊上的木柱支撑。廊柱略向内倾，四角高挑，形成飞檐。屋顶黄绿琉璃瓦相扣，远看飞阁流丹，气势雄伟。殿堂内宋代泥塑的圣母及42尊侍女，是我国现存宋塑中的珍品。她们或梳妆、洒扫，或奏乐、歌舞，形态各异。人物形体丰满俊俏，面貌清秀圆润，眼神专注，衣纹流畅，匠心之巧，绝非一般。

二是殿前柱上的木雕盘龙。这是我国现存最早的盘龙殿柱。雕于宋元祐二年（1087年）。八条龙各抱定一根大柱，怒目利爪，周身风从云生，一派生气。距今虽近千年，仍鳞片层层，须髯根根，不能不叫人叹服木质之好与工艺之精。

三是殿前的鱼沼飞梁。这是一个方形的荷花鱼沼，却在沼上架了一个十字形的飞梁，下由34根八角形的石柱支撑，桥面东西宽阔，南北翼如。桥边栏杆、望柱都形制奇特，人行桥上，随意左右，如泛舟水面，再加上鱼跃清波，荷红映日，真乐而忘归。这种突破一字桥形的十字飞梁，在我国现存的古建筑中是仅有的一例。

以圣母殿为主的建筑群还包括献殿、牌坊、钟鼓楼、金人台、水镜台等，都造型古朴优美，用工精巧。全祠除这组建筑之外，还有朝阳洞、三台阁、关帝庙、文昌宫、胜瀛楼、景清门等，都依山傍水，因势砌屋，或架于碧波之上，或藏于浓阴之中，糅造化与人工一体。就是园中的许多小品，也极具匠心。比如这假山上本有一挂细泉垂下，而山下却立了一个汉白玉的石雕小和尚，光光的脑门，笑眯眯的眼神，双手齐肩，托着一个石碗，那水正注在碗中，又溅到脚下的潭里，却总不能满碗。和尚就这样，一天一天，傻呵呵地站着。还有清清的小溪旁，突然跑来一只石雕大虎，两只前爪抓着水边的石块，引颈探腰，嘴唇刚好埋入水面，那气势好像要一吸百川。你顺着山脚，傍着水滨去寻吧。真让你访不胜访，虽几游而不能尽兴。历代文人墨客都看中了这个好地方，至今山径石壁，廊前石碑上，还留着不少名人题咏。有些词工句丽，书法精湛，更为湖光山色平添了许多风韵。

这晋祠从周唐叔虞到任立国后自然又演过许多典故。当年李世民就从这里起兵反隋，得了天下。宋太宗赵光义，曾于太平兴国四年（979年）在这里消灭了北汉政权，从而结束了中国历史上五代十国的分裂局面。1959年陈毅同志游晋祠时兴叹道："周柏唐槐宋献殿，金元明清题咏遍。世民立碑颂统一，光义于此灭北汉。"

晋祠就是这样，以她优美的身躯来护着这些珍贵的历史文化。她，真不愧为我国锦绣河山中一颗璀璨的明珠。

⊙作品赏析

梁衡是一个理想主义者，他对美好的事物总是有着热烈的追求。在他的笔下，草木有灵、山石含韵。散文名篇《晋祠》就是一个生动的例子。

文章层次分明、详略得当地呈现了晋祠的自然美、艺术美，明朗清晰，一目了然。从山美、树美、水美，到古代文化之美，这一顺序既符合人们的审美习惯，又有一种内在的层次感。文章景物描写生动传神，就在于作者紧紧扣住景物的特点泼墨，写树就围绕"古老苍劲"展开，写水就抓住"多、清、静、柔"落笔，写"三绝"，也是扣住其特征，细细渲染，曲尽其妙，这样笔力集中、情感饱满而描绘出的，自然就不只是景物的表层美、外在美了，而是体现了一种深入腠里、洞察其神髓的内质美。体现出了厚重的底蕴。这篇文章在语言上很有特色。梁衡被称之为"苦吟派"作家，在锤炼语言方面很下功夫，他从不满足对景物作简单平面的描述，而力求有所修辞润色，所以他的文字古典雅正，既富有形象性和节奏感，又具有很强的艺术表现力。写山之美，"巍巍的如一道屏障，长长的又如伸开的两臂"，既生动贴切，又很有韵律感；"径幽而香远"、"天高而水清"，既是整齐的对仗，又有古雅的韵味。这样的例子在文中随处可见，体现了作者深厚的古典文学修养和娴熟驾驭语言文字的能力。这篇美文，是很值得反复品味的。

巩乃斯的马 / 周涛

入选理由 对自由的强大的生命力的赞美
对民族历史的思考和对龙马精神的颂扬
雄浑壮阔的气度

我一直对不爱马的人怀有一点偏见，认为那是由于生气不足和对美的感觉迟钝所造成的，而且这种缺陷很难弥补。有时候读传记，看到有些了不起的人物以牛或骆驼自喻，就有点替他们惋惜，他们一定是没见过真正的马。

在我眼里，牛总是有点落后的象征的意思，一副安贫知命的样子，这大概是由于过分提倡"老黄牛"精神引起的生理反感。骆驼却是沙漠的怪胎，为了适应严酷的环境，

· 作者简介 ·

周涛（1946— ），祖籍山西，在京启蒙，少年随父迁徙新疆。1969年毕业于新疆大学中文系，现为新疆军区创作室主任。周涛目前出版诗集、散文集20多种，深得读者喜爱。曾获全国诗集奖和全军八一奖，1998年获首届鲁迅文学奖，系新边塞诗的代表人物。

把自己改造得那么丑陋畸形。至于毛驴，顶多是个黑色幽默派的小丑，难当大用。它们的特性和模样，都清清楚楚地写着人类对动物的征服，生命对强者的屈服，所以我不喜欢。它们不是作为人类朋友的形象出现的，而是俘虏，是仆役。有时候，看到小孩子鞭打牛，高大的骆驼在妇人面前下跪，发情的毛驴被缚在车套里龇牙大鸣，我心里便产生一种悲哀和怜悯。

那卧在盐车之下哀哀嘶鸣的骏马和诗人臧克家笔下的"老马"，不也是可悲的吗？但是不同。那可悲里含有一种不公，这一层含义在别的畜牲中是没有的。在南方，我也见到过矮小的马，样子有些滑稽，但那不是它的过错。既然橘树有自己的土壤，马当然有它的故乡了，自古好马生塞北，在伊犁，在巩乃斯大草原，马作为茫茫天地之间的一种尤物，便呈现了它的全部魅力。

那是1970年，我在一个农场接受"再教育"，第一次触摸到了冷酷、丑恶、冰凉的生活实体，不正常的政治气候像潮闷险恶的黑云一样压在头顶上，使人压抑到不能忍受的地步。强度的体力劳动并不能打击我对生活的热爱，精神上的压抑却有可能摧毁我的信念。

终于，有一天夜晚，我和一个外号叫"蓝毛"的长着古希腊人脸型的上士一起爬起来，偷偷摸进马棚，解下两匹喉咙里滚动着咴咴低鸣的骏马，在冬夜旷野的雪地上奔驰开了。

天低云暗，雪地一片模糊，但是马不会跑进巩乃斯河里去。雪原右侧是巩乃斯河，形成了沿河的一道陡直的不规则的土壁：光背的马儿驮着我们在土壁顶上的雪原轻快地小跑，喷着鼻息，四蹄发出嚓嚓的有节奏的声音，最后大颠着狂奔起来。随着马的奔驰、起伏、跳跃和喘息。我们的心情变得开朗、舒展，压抑消失，豪兴顿起，在空旷的雪野上打着唿哨乱喊，在颠簸的马背上感受自由的亲切和驾驭自己命运的能力，是何等的痛快舒畅啊！我们高兴得大笑，笑得从马背上栽下来，躺在深雪里还是止不住地狂笑，直到笑得眼睛里流出了泪水……

那两匹可爱的光背马，这时已在近处缓缓停住，低垂着脖颈，一副歉疚地想说"对不起"的神态，它们温柔的眼睛里仿佛充满了怜悯和抱怨，还有一点诧异，弄不懂我们这两个究竟是怎么了。我拍拍马的脖颈，抚摸一会儿它的鼻梁和嘴唇，它会意了，抖抖鬃毛像抖掉疑虑，跟着我们慢慢走回去。一路上，我们谈着马，闻着身后热烘烘的马汗味和四围里新鲜刺鼻的气息，觉得好像不是走在冬夜的雪原上。

马能给人以勇气，给人以幻想，这也不是笨拙的动物所能有的。在巩乃斯后来的那些日子里，观察马渐渐成了我的一种艺术享受。

我喜欢看一群马，那是一个马的家族在夏牧场上游移，散乱而有秩序，首领就是那里面一眼就望得出的种公马，它是马群的灵魂。作为这群马的首领当之无愧，因为它的确是无与伦比的强壮和美丽，匀称高大，毛色闪闪发光，最明显的特征是颈上披散着垂地的长鬃，有的浓黑，流泻着力与威严；有的金红，燃烧着火焰般的光彩；它管理着保护着这群牝马和顽皮的长腿短身子马驹儿，眼光里保持着父爱般的尊严。

马的这种社会结构中，首领的地位由强者在竞争中确立的，任何一匹马都可以争群，通过追逐、撕咬、拼斗，使最强的马成为公认的首领。为了保证这群马的品种不至于退化，就不能搞"指定"，也不能看谁和种公马的关系好，也不能凭血缘关系接班。

生存竞争的规律使一切生物把生存下去作第一意识，而人却有时候忘记，造成许多误会。

唉，天似穹庐，笼盖四野，在巩乃斯草原度过的那些日子里，我与世隔绝，生活单调；人与人互相警惕，唯恐失一言而遭灭顶之祸，心灵寂寞。只有一个乐趣，看马。好在巩乃斯草原马多，不像书可以被焚，画可以被禁，知识可以被践踏，马总不至于被驱逐出境吧？这样，我就从马的世界里找到了奔驰的诗韵，辽阔草原的油画，夕阳落照中兀立于荒草的群雕，大规模转场时铺散在山坡上的好文章，熊熊篝火边的通宵马经，毡房里悠长暗哑的长歌在烈马苍凉的嘶鸣中展开，醉酒的青年哈萨克在群犬的追逐中纵马狂奔，东倒西歪地俯身鞭打猛犬，使我蓦然感受到生活不朽的壮美和那时潜藏在我们心里的共同忧郁……

哦，巩乃斯的马，给了我一个多么完整的世界！凡是那时被取消的，你都重新又给予了我！弄得我直到今天听到马蹄踏过大地的有力声响时，就在屋子里坐卧不宁，总想出动看看，是一匹什么样儿的马走过去了。而且我还听不得马嘶，一听到那铜号般高亢，鹰啼般苍凉的声音，我就热血陡涌，热泪盈眶，大有战士出征走上古战场，"风萧萧兮易水寒"的悲壮之慨。

有一次我碰上巩乃斯草原夏日迅疾猛烈的暴雨，那雨来势之快，可以使悠然在晴空盘旋的孤鹰来不及躲避而被击落，雨脚之猛，竟能把牧草覆盖的原野一瞬间打得烟尘滚滚。就在那场短暂暴雨的呼打下，我见到了最壮阔的马群奔跑的场面。仿佛分散在所有山谷里的马都被赶到了这儿来了，好家伙，被暴雨的长鞭抽打着，被低沉的怒雷恐吓着，被刺进大地倏忽消逝的闪电激奋着，马，这不肯安分的生灵从无数谷口、山坡涌出来，山洪奔泻似的在这原野上汇聚了，小群汇成大群，大群在运动中扩展，成为一片喧叫、纷乱、快速移动的集团冲锋场面！争先恐后，前呼后应，披头散发，淋漓尽致！有的疯狂地向前奔驰，像一队尖兵，要去踏住那闪电；有的来回奔跑，忙乱得像临危不惧、收拾残局的大将；小马跟着母马认真而紧张地跑，不再顽皮，撒欢，一下子变得老练了许多；牧人在不可收拾的潮水中被携裹，他大喊大叫，却毫无声响，他的喊声像一块小石片扔进奔腾喧嚣的大河。

雄浑的马蹄声在大地奏出的鼓点，悲怆苍劲的嘶鸣、叫喊在拥挤的空间碰撞、飞溅，划出一条条不规则的曲线，扭住、缠住漫天雨网，和雷声雨声交织成惊心动魄的大舞台。而这一切，得在飞速移动中展现，几分钟后，马群消失，暴雨停歇，你再看不见了。

我久久地站在那里，发愣、发痴、发呆。我见到了，见过了，这世间罕见的奇景，这无可替代的伟大的马群，这古战场的再现，这交响乐伴奏下的复活的雕塑群和油画长卷！我把这几分钟间见到的记在脑子里，相信，它所给予我的将使我终身受用不尽……

马就是这样，它奔放有力却不让人畏惧，毫无凶暴之相；它优美柔顺却不任人随意欺凌，并不懦弱，我说它是进取精神的象征，是崇高感情的化身，是力与美的巧妙结合恐怕也并不过分。屠格涅夫有一次在他的庄园里说托尔斯泰"大概您在什么时候当过马"，因为托尔斯泰不仅爱马、写马，并且坚信"这匹马能思考并且是有感情的"。它们和历史上的那些伟大的人物、民族的英雄一起被铸成铜像屹立在最醒目的地方。

过去我只认为，只有《静静的顿河》才是马的史诗；离开巩乃斯之后，我不这么看了。瞧瞧我们巩乃斯的良种马吧，这些古人称之为骐骥、称之为汗血马的英气勃勃的后裔们，日出而撒欢，日入而哀鸣。它们好像永远是这样散漫而又有所期待，这样原始而又有感知，这样不假雕饰而又优美，这样我行我素而又不会被世界所淘汰。成吉思汗的铁骑作为一个兵种已经消失，六根棍马车作为一种代步工具已被淘汰，但是马却不会被什么新玩艺儿取代，它有它的价值。

牛从挽用变为食用，仍然是实用物；毛驴和骆驼将会成为动物园里的展览品，因为它们只会越来越稀少；而马，车辆只是在实用意义上取代了它，解放了它，它从实用物进化为一种艺术品的时候恰恰开始了。

值得自豪的是我们中国有好马。从秦始皇的兵马俑、铜车马到唐太宗的六骏、从马踏飞燕的奇妙构想到大宛汗血马的美妙传说，从关云长的赤兔马到朱德总司令的长征坐骑……纵览马的历史，还会发现它和我们民族的历史紧密相连着。这也难怪，骏马与武士与英雄本有着难以割舍的亲缘关系呢，彼此作用的相互发挥、彼此气质的相互补益，曾创造出多少叱咤风云的壮美形象？纵使有一天马终于脱离了征战这一辉煌事业，人们也随时会从军人的身上发现马的神韵和遗风的。我们有多少关于马的故事呵，我们是十分爱马的民族呢。至今，如同我们的一切美好传统都像黄河之水似的遗传下来那样，我们的历代名马的筋骨、血脉、气韵、精神也都遗传下来了。那种"龙马精神"就在巩乃斯的良种马身上——

此马非凡马，房星是本星；向前敲瘦骨，犹自带铜声。

我想，即便我一直固执地对不爱马的人怀一点偏见，恐怕也是可以得到谅解了吧。

⊙**作品赏析**

《巩乃斯的马》是一篇气势开阔而又内蕴深厚的文章。作者把对马的描述与对历史的反思、对生命的追问以及对个体生存的思考结合起来，这是本文的最大特色。作者以雄阔的笔触、豪放的气势，抒写着巩乃斯的马。文章通过对现实与回忆的记述，描绘出马的自由而强大的生命力，颂扬其勇敢而高贵的精神；以豪迈奔放的笔触塑造了奔放却不凶暴，柔顺而不怯懦的骏马形象。但是作者并不仅仅是为写马而写马，在他的心目中，马是"力与美的巧妙结合"、"进取精神的象征"和"崇高感情的化身"。在马的洒脱不羁和人的生存困境之间，在马的野性自由与现实的无奈困顿之间，作者任意泼墨，神思飞扬，展开着对个体存在的思考，对生命的追问，情感的抒发最终落脚于中华民族的"龙马精神"。

忆母亲/肖复兴

入选理由　当代知名作家肖复兴的散文代表作之一
用平常的故事展露令人感动的真情与感悟
文章文笔细腻，语言朴实无华，结构精练

世界上有一部永远写不完的书，那便是母亲……

那一年，我的生母突然去世，我不到八岁，弟弟才三岁多一点儿，我俩朝爸爸哭着闹着要妈妈。爸爸办完丧事，自己回了一趟老家。他回来的时候，给我们带回来了她，后面还跟着一个不大的小姑娘。爸爸指着她，对我和弟弟说："快，叫妈妈！"弟弟吓得躲在我身后，我噘着小嘴，任爸爸怎么说就是不吭声。"不叫就不叫吧！"她说着，伸手要摸摸我的头，我扭着脖子闪开，就是不让她摸。

望着这陌生的娘俩，我首先想起了那无数人唱过的凄凉小调："小白菜呀，地里黄呀，两三岁呀，没了娘呀……"我不知道那时是一种什么心绪，总是忐忑不安地偷偷看她和她的女儿。

在以后的日子里，我从来不喊她妈妈。学校开家长会，我硬是把她堵在门口，对同学说："她不是我妈。"有一天，我把妈妈生前的照片翻出来挂在家里最醒目的地方，以此向后娘示威。怪了，她不但不生气，而且常常踩着凳子上去擦照片上的灰尘。有一次，她正擦着，我突然向她大声喊着："你别碰我的妈妈。"好几次夜里，我听见爸爸在和她商量，"把照片取下来吧！"而她总是说，"不碍事儿，挂着吧！"头一次我对她产生了一种说不出的好感，但我还是不愿叫她妈妈。

孩子没有一个是省油的灯，大人的心操不完。我们大院有块平坦、宽敞的水泥空场。那是我们孩子的乐园，我们没事便到那儿踢球、跳皮筋，或者漫无目的地疯跑。一天上午，我被一辆突如其来的自行车撞倒，重重地摔在水泥地上，立刻晕了过去。等我醒来的时候，已经躺在医院里了，大夫告诉我："多亏了你妈呀！她一直背着你跑来的，生怕你落下后遗症，长大可得好好孝顺呀……"

她站在一边不说话，看我醒过来伏下身摸摸我的后脑勺，又摸摸我的脸。我不知怎么搞的，第一次在她面前流泪了。"还疼？"她立刻紧张地问我。我摇摇头，眼泪却止不住。"不疼就好，没事就好！"

回家的时候，天已经全黑了。从医院到家的路很长，还要穿过一条漆黑的小胡同，我一直伏在她的背上。我知道刚才她就是这样背着我，跑了这么长的路往医院赶的。以后的许多天里，她不管见爸爸还是见邻居，总是一个劲埋怨自己，"都赖我，没看好孩子！千万别落下病根呀……"好像一切过错不在那硬邦邦的水泥地，不在我那样调皮，而全在于她。一直到我活蹦乱跳一点儿没事了，她才舒了一口气。

没过几年，三年自然灾害就来了，只是为了省出家里一口人吃饭，她把自己的亲生闺女，那个老实、听话，像她一样善良的女儿托付给人家了，回来的路上她一边走一边叨叨："好啊，好啊，闺女大了，早点寻个人家好啊，好！"那时我实在是不知道人生的滋味儿，不知道她一路上叨叨的这几句话是在安抚她自己那流血的心。她也是母亲，她送走自己的亲生闺女，为的是两个并非亲生的孩子，世上竟有这样的后母？望着她那

· 作者简介 ·

肖复兴（1947— ），河北沧县人。毕业于中央戏剧学院戏文系。曾赴北大荒插队务农，大学毕业后历任中央戏剧学院教师，《新体育》编辑。1978年开始发表作品。著有长篇小说《我们曾经相爱》、《早恋》、《青春梦幻曲》，中短篇小说集《四月的归来》、《北大荒奇遇》，报告文学集《国际大师和他的妻子》、《多梦时节——肖复兴报告文学集》等。

日趋弓起的背影，我的眼泪一个劲往外涌，"妈妈！"我第一次这样称呼了她。她站住了，回过头了，愣愣地看着我不敢相信这是真的。我又叫了一声"妈妈"，她竟"呜"地一声哭了，哭得像个孩子。多少年的酸甜苦辣，多少年的委屈，全都在这一声"妈妈"中融解了。母亲啊，您对孩子的要求就是这么少……

这一年，爸爸因病去世了。妈妈她先是帮人家看孩子，以后又在家里弹棉花、攥线头，妈妈就是用弹棉花攥线头挣来的钱供我和弟弟上学的。望着妈妈每天满身、满脸、满头的棉花毛毛，我常想亲娘又怎么样？从那以后的许多年里，我们家的日子虽然过得很清苦，但是，有妈妈在，我们仍然觉得很甜美。无论多晚回家，那小屋里的灯总是亮的，橘黄色的火里是妈妈跳动的心脏。只要妈妈在，那个小屋便充满温暖，充满了爱。

我总觉得妈妈的心脏会永远地跳动着，却从来没想到，我们刚大学毕业的时候，妈妈却突然倒下了，而且再也没有起来。妈妈，请您在天之灵能原谅我们儿时的不懂事，而我却永远也不能原谅自己。我知道在这个世界上，我什么都可以忘记，却永远不能忘记您给予我们的一切……

世上有一部永远写不完的书，那便是母亲。

⊙作品赏析

肖复兴的散文风格散淡，有人生的韵味。语言朴实无华，却又显得相当细腻生动；文章的结构虽然并没有预设悬念，但因为贯穿其中的感情波澜起伏，仍然让文章看起来颇有曲折感。特别是其中贯穿的对人生处境和精神的不懈探求，让文章的格调随着阅读的深入而昂扬起来。

《忆母亲》一文大体也是如此，朴素的文风，整体上显得相对素雅，用书评上的话说是不见得在文字的运用上有多出彩，但也正因为这种平实让文章在描述上显得深沉，让作者情感的表达水到渠成。而在结构上，同样因为情感的前后落差极大，让行文在表达上有一个断层的明显印记，而在文章中显露出来的则是作者对后母的感情由开始的排斥厌恶，到悔悟自责，再到发自内心真挚的爱。

这是一次完整的情感经历，也是一次对生活的重新发现。作者用自己的经历否定了一直以来广为人们所接受的后妈怨毒，养子生活凄惨的历史传言，并且证明了后妈也是善良的甚至是伟大的，如果她被诬蔑的话，也只是我们心里被灌输的传统的阴影，后者是我们对生母的不舍眷念所导致的对后母情感上天生的排斥。

从误解到感念，这是作者想告诫我们的别忽略或者刻意逃避自己身边的爱，否则就将后悔莫及，因为时代发生的故事永远不可能在时间面前重演一次。

女儿的嫁妆 / 韩石山

入选理由 酷评家韩石山的温情散文
以评论的"敢说"方式，创写散文新内涵
文笔细腻从容，情感真挚——表达亲情的佳篇

女儿十五岁，初中学生，半憨不精，已初识嫁娶之事。我们父女的关系，平日又那么马马虎虎，套一句文雅的话，可说是介于师友之间，常开些当开不当开的玩笑，每天她放了学，我放下笔，有妻子做饭，父女俩便在客厅里说笑嬉闹。客厅紧傍着厨房，也是对正在"火线"上的妻子的慰劳。儿子在外地上学，这是我们一家三口每天最热闹的时候。

这天我对女儿说，爸爸笔耕大半生，已垂垂老矣，等你兄妹俩成家时，怕无充裕的钱物应付。不过我有数千册书，还有些家用电器，到时候可全给你们，两相比较，家电

比书值钱，你们是要家电还是要书？

这玩笑以前就开过，记得那时她说要书，我想引诱她说要家电，冰箱、彩电、录像机这些，对一个女孩子来说总该有些吸引力的，然后再好好奚落她一顿。她似乎看出了我的鬼把戏，眼珠一转，说道："我

·作者简介·

韩石山（1946—），山西临猗县人，山西大学历史系毕业。任中学教员多年。现为山西省作家协会副主席、《山西文学》主编。有"文坛刀客"之称，主要著作有《韩石山文学评论集》、《李健吾传》、《徐志摩传》、《寻访林徽因》等。

都不要。""那你要什么呢？""我要你。""一个老爸爸，你不嫌弃，你那口子还嫌弃哩。""那可不会。"女儿说，"到了我家，我把你锁在一间房子里，让你写文章，稿费全都是我的。有了你，不是啥都有了？"哈哈哈，我笑得快岔了气。"就樱儿能想出这号鬼点子！"妻在厨房听了，佯作嗔怪地说。得承认，这次斗嘴，我是彻底失败了。

这几年，她学业上有多大长进，我不知道，斗嘴上可是大有长进了。比如前些日子，为件什么事，她母女俩"得罪"了我，我便引用孔夫子那句话挖苦她们："唯女子与小人为难养也，远之则怨，近之则不逊。你妈是女子，你是小人。"

但见她格眨格眨眼，顺口答道：

"爸，你说得很对，不过你对孔子的话理解错了。那句话是说：女人和孩子是你这样的人难教育的，为什么呢？离得远了你就怨恨人家，离得近了你就对人家不尊重。"

妙哇！我忘了正在斗嘴，当即大加赞赏。不过，那话虽也机警，却不似今天要我做嫁妆这话来得率真可爱。有意思，她怎么能想出这么刁钻的俏皮的话儿，没啥可羞的，能为女儿做嫁妆，也未尝不是人生一大乐事。至少说明，我这个当爸爸的，还是个有用之物，还没落到"老而不死是为贼"的地步。可一想到他兄妹俩小时候的种种遭际，又不免有些心酸。

我少小离家，负笈求学，又在外地工作，成家后夫妻天各一方，他兄妹俩都是在老家农村出生的。合家团聚，不过是近十年的事。孩子出生时，因工作忙，更因经济困窘，均未回家照料。稍大点儿，也未能给以更多的爱抚，一般孩子都有的玩具，几乎没给买过，只记得给儿子买过一个塑料西瓜，八毛钱，给女儿买过一个布娃娃，一元四角。妻子曾给我说过这么件小事，今日忆及，仍不胜唏嘘。

是女儿三岁时吧，一次妻子带她去镇上玩，来到百货商店，孩子见了一种小推车，哭闹着要妈妈给她买。一辆小车不过二十几元，但对我家来说已是不可想像的大数目。我那时一月工资五十元，要养活四口之家。妻哄孩子说："等爸爸一月挣上八十块钱就给你买。"售货员听了，露出鄙夷的神色。那时候，要挣上八十元，少说也得当上县委书记！

这事，妻怕我伤心，从未对我说过，直到前两年才无意中提起。我曾问女儿，可记得此事，她说不记得。孩子能忘了，当爸爸的既然知道，实在是难忘的了。这遗憾，怕至死都会刻在我的心头。至今每次上街，走过卖玩具的地方，看见小推车，我总不忍多看。当然，这亏欠也可以用别的方式加倍地补上，但那不过是自欺，任你什么方式，能补得上孩子幼年心头的创伤么？纵然她未必知晓。女儿现在很爱收集小动物，也爱做些布娃娃之类的小手工，挂在床头，摆在书桌上，我疑心这正是童年时心灵上的缺憾的补偿。

太伤心，也太残酷，我从未点破。

别说孩子了，我现在爱和孩子们在一起嬉闹玩耍，又何尝不也是一种心灵上的补偿？

有人说南唐李后主所以无能，是因为"生于宫掖之中，长于妇人之手"。确否不敢妄论，但我总觉得长于妇人之手，实在不能说是坏事。家父一辈子在外地工作，很少回家，我是母亲一手带大的。与妻子团聚后，穿衣吃饭，全由妻子料理。将来年迈体衰，卧床不起，能在床前侍奉汤药的，怕也只有女儿。人的一生，幼年有母亲抚爱，成年有妻子照料，晚年有女儿侍奉，也算得上大福大贵了。想到这儿，我对女儿说："爸爸就做你的嫁妆吧，只是到了你家，别锁在房子里就行了。"

"那可不行。"女儿笑着说，"不锁住，过两天你又跑到我哥哥家去了。"

我想倒也是的，一双儿女，哪头也放不下呀。

⊙作品赏析

韩石山以创作小说出身，这足以养成他对生活的观摩与对细节的发现；后来转入评论领域，又以大胆敢说的酷评称道，这一些相关的背景都以春风化雨的形式融归于《女儿的嫁妆》的表达当中。称他善于发现是因为，他确实从生活的细微变化中发现了绝妙的情趣，在和女儿的一次斗嘴中，以自己为嫁妆引出了父女间关系的和谐与生命当中付出的或者感恩的思考；而所谓的"敢说"在于他愿意把一次私密的谈话衍生为一个哲理式的小散文和读者共享，共同品读生活。

正因为作者身份的独特，我们在文章中还发现它的结构的别致之处，在文章就快结束的地方作者已经情不自禁地泄露自己评论家的身份，以南唐李后主为喻发出了自己的感慨，但也绝不是画蛇添足，反而使文章的意义得到了进一步的深化；在语言上，总留有评论家的力度，虽说也是很细腻从容，但每句话都相对简短，用词到位，可谓铿然有力，让我们在阅读中也不免产生一种跟随的节奏感。

普通人 / 梁晓声

> 入选理由
> 梁晓声的散文代表作
> 令人叹服的叙事手法
> 人物形象鲜活，感情深邃沉稳

父亲去世已经一个月了。我仍为我的父亲戴着黑纱。

有几次出门前，我将黑纱摘了下来。但倏忽间，内心涌起一种怅然若失的情感。戚戚地，我便又戴上了。我不可能永不摘下，我想。这是一种纯粹的个人情感，尽管这种个人情感在我有不可弹言的虔意。我必得从伤绪之中解脱，也是无须别人劝慰，我自己明白，然而怀念是一种相会的形式。

我们人人的情感都曾一度依赖于它……

1984年至1986年，父亲栖居北京的两年，曾在五六部电影和电视剧中当过群众演员。在北影院内，甚至范围缩小到我当年居住的十九号楼内，这乃是司空见惯的事。

父亲被选去当群众演员，毫无疑问地最初是由于他那十分惹人注目的胡子。父亲的胡子留得很长，长及上衣第二颗纽扣。总体银白，须梢金黄。谁见了谁都对我说："梁晓声，你老父亲的一把大胡子真帅！"

父亲生前极爱惜他的胡子。兜里常揣着一柄木质小梳。闲来无事，就梳理。

记得有一次，我的儿子梁爽，天真地问："爷爷，你睡觉的时候，胡子是在被窝里，还是在被窝外呀？"

父亲一时答不上来。

那天晚上，父亲竟因为他的胡子而几乎彻夜失眠。竟至于捅醒我的母亲，问自己睡觉的时候，胡子究竟是在被窝里还是在被窝外？无论他将胡子放在被窝里还是被窝外，总觉得不那么对劲儿……

父亲第一次当群众演员，在《泥人常传奇》剧组。导演是李文化。副导演先找了父亲，父亲说得征求我的意见。父亲大概将当群众演员这回事看得太重，以为便等于投身了艺术，所以希望我替他做主，判断他到底能不能胜任。

父亲从来不做自己胜任不了之事。他一生不喜欢那种滥竽充数的人。

我替父亲拒绝了。那里群众演员的酬金才两元钱，我之所以拒绝不是因为酬金低，而是因为我不愿我的老父亲在摄影机前被人呼来挥去的。

李文化亲自来找我——说他这部影片的群众演员中，少了一位长胡子老头儿。

"放心，我吩咐对老人家要格外尊重，要像尊重老演员一样还不行么？"他这么保证。

无奈我只好违心同意。

从此，父亲便开始了他的"演员"生涯——更准确地说，是"群众演员"生涯——在他74岁的时候……

父亲演的净是迎着镜头走过来或背着镜头走过去的"角色"。说那也算"角色"，是太夸大其词了。不同的服装，使我的老父亲在镜头前成为老绅士、老乞丐、摆烟摊的或挑菜行卖的……

不久，便常有人对我说："哎呀，晓声，你父亲真好。演戏认真极了！"

父亲做什么事都认真极了。但那也算"演戏"么？

我每每一笑罢之。然而听到别人夸奖自己的父亲，内心里总是高兴的。

一次，我从办公室回家，经过北影一条街——就是那条北京假景街，见父亲端端地坐在台阶上。而导演们在摄影机前指手画脚地议论什么，不像再有群众场面要拍的样子。

时已中午，我走到父亲眼前，说："爸爸，你还坐在这儿干什么呀？回家吃饭！"

父亲说："不行。我不能离开。"

我问："为什么？"

父亲回答："我们导演说了——别的群众演员没事儿了，可以打发走了。但这位老人不能走，我还用得着他！"

父亲的语调中，很有一种自豪感似的。

父亲坐得很特别。那是一种正襟危坐。他身上的演员服，是一件褐色绸质长袍。他将长袍的后摆，掀起来搭在背上；而将长袍的前摆，卷起来放在膝上。他不依墙，也不靠什么，就那样子端端地坐着，也不知已经坐了多久。

分明的，他惟恐使那长袍沾了灰土或弄褶皱了……

父亲不肯离开，我只好去问导演。

导演却已经把我的老父亲忘在脑后了，一个劲儿地向我道歉……

中国之电影电视剧，群众演员的问题，对任何一位导演，都是很沮丧的事，往往的，需要十个群众演员，预先得组织十五六个，真开拍了，剩下一半就算不错。有些群众演员，钱一到手，人也便脚底板抹油，溜了。群众演员，在这一点上，倒可谓相当出色地演着我们现实中的些个"群众"，那些个中国人。难得有父亲这样的群众演员。

我细思忖，都愿请我的老父亲当群众演员，当然并不完全因为他的胡子。那两年内，父亲睡在我的办公室。有时我因写作到深夜，常和父亲一块儿睡在办公室。

有一天夜里，下起了大雨。我被雷声惊醒，翻了个身，黑暗中，恍恍地，发现父亲披着衣服坐在折叠床上吸烟。

我好生奇怪，不安地询问："爸，你怎了？为什么夜里不睡吸烟？爸你是不是有什么心事啊？"

黑暗之中，但闻父亲叹了口气。许久，才听他说："唉，我为我们导演发愁哇！他就怕这几天下雨……"

父亲不论在哪一个剧组当群众演员，都一概地称导演为"我们导演"。从这种称谓中我听得出来，他把自己—— 一个迎着镜头走过去的群众演员，与一位导演之间联得太紧密了；或者反过来说，他太把一位导演与一个迎着镜头过来或背着镜头走过去的群众演员联得太紧密了。

而我认为这是荒唐的，这实实在在是很犯不上的。

我嘟哝地说："爸，您替他操这份心干嘛？下雨不下雨，与您有什么关系？睡吧睡吧！""有你这么说话的么？"父亲教训我道，"全厂两千来人，等着这一部电影早拍完，早被收了，才好发工资发奖金！你不明白？你一点不关心？"

我佯装没听到，不吭声。

父亲刚来时，对于北影的事，常以"你们厂"如何如何而发议论，发感慨；不知从什么时候开始，他不说"你们厂"了，只说"厂里"，倒好像，他就是北影的一员，甚至倒好像，他就是北影的厂长……

天亮后，我起来，见父亲站在窗前发怔。

我也不说什么，怕一说，使他觉得听了逆耳，惹他不高兴。

后来父亲东找西找，我问找什么，他说找雨具。他说要亲自到拍摄现场去，看看今天究竟是能拍还是不能拍。

他自言自语："雨小多了嘛！万一能拍呐？万一能拍，我们导演找不到我，我们导演当时不是要发急……"

听他那口气，仿佛他是主角。

我说："爸，我替您打个电话，向你们剧组问问不就行了么？"

父亲不语，算是默许了。

于是我就到走廊去打电话。其实是给我自己打电话。

回到办公室，我对父亲说："电话打过了。你们组里今天不拍戏。"——我明知今天准拍不成。

父亲火了，冲我吼："你怎么骗我？！你明明不是给我们剧组打电话！我听得清清楚楚。你当我耳聋么？"

父亲他怒冲冲地就走出去。

我站在办公室窗口，见父亲在雨中大步疾行，不免地羞愧。

对于这样一位太认真的老父亲，我一筹莫展……

父亲还在朝鲜选景于中国的一部什么影片中担当过群众演员。当父亲穿上一身朝鲜民族服装后，别提多么地像一位朝鲜老人了。那位朝鲜导演也一直把他当视为一位朝鲜老人。后来得知他不是，表示了很大的惊讶，也对父亲表示了很大的谢意，并单独同父亲合影留念。

那一天父亲特别高兴，对我说："我们中国的古人，主张行什么事都认真。要当群众演员，咱们就认认真真地当群众演员，咱们这样的中国人，外国人能不看重你么？"

记得有天晚上，是一个星期六的晚上，我和妻子和老父母一块儿包饺子，父亲擀皮儿。

忽然父亲喟叹一声，喃喃地说："唉，人啊，活着活着，就老了……"

一句话，使我、妻、母亲面面相觑。

母亲说："人，谁没老的时候？老了就老了呗！"

父亲说："你不懂。"

妻煮饺子时，小声对我说："爸今天是怎么了？你问问他，一句话说得全家怪纳闷怪伤感的……"

吃过晚饭，我和父亲一同去到办公室休息。睡前，我试探地问："爸，你今天又不高兴了么？"

父亲说："高兴啊，有什么不高兴的！"

我说："那您包饺子的时候叹气，还自言自语老了老了的？"

父亲笑了，说："昨天，我们导演指示——给这老爷子一句台词！连台词都让我说了，那不真算是演员了么？我那么说你听着可以么？"

我恍然大悟——原来父亲是在背台词。

我就说："爸，我的话，也许您又不爱听。其实您愿怎么说都行！反正到时候，不会让您自己配音，得找个人替您再说一遍这句话……"

父亲果然又不高兴了。

父亲又以教训的口吻说："要是都像你这种态度，那电影，能拍好么？老百姓当然不愿意看！一句台词，光是说说的事么？脸上的模样要是不对劲儿，不就成了嘴里说阴，脸上作晴了么？"

父亲的一番话，倒使我哑口无言。

惭愧的是，我连父亲不但在其中当群众演员，而且说过一句台词的这部电影，究竟是哪个厂拍的，片名是什么，至今一无所知。

我说得出片名的，仅仅三部电影——《泥人常传奇》、《四世同堂》、《白龙剑》。

前几天，电视里重播电影《白龙剑》，妻忽指着屏幕说："梁爽，你看你爷爷！"

我正在看书，目光立刻从书上移开，投向屏幕——却哪里有父亲的影子。

我急问："在哪儿在哪儿？"

妻说："走过去了。"

是啊，父亲所"演"的不过就是些迎着镜头走过来或背着镜头走过去的群众角色，走得时间最长的，也就十几秒钟。然而父亲的确是一位极认真极投入的群众演员——与父亲"合作"过的导演们都这么说……

在我写这篇文字时，又有人打电话：

"梁晓声？"

"是我。"

"我们想请你父亲演个群众角色啊！"

"这……我父亲已经去世了……"

"去世了？对不起……"

对方的失望大大多于对方的歉意。

如今之中国人，做事认真的，实在不是太多了。如今之中国人，仿佛对一切事都没有了责任感，连当着官的人，都不大肯愿意认真地当官了。

有些事，在我，也渐渐地开始不很认真了，似乎认真首先是对自己都很吃亏的事。

父亲一生认真做人，认真做事，连当群众演员，也认真到可爱的程度，这大概首先与他愿意是分不开的。一个退了休的老建筑工人，忽然在摄影机前走来走去，肯定的是他的一份儿愉悦。人对自己极反感之事，想要认真也是认真不起来的。这样解释是完全行得通的。但是我——他的儿子，如果仅仅得出这样的解释，则证明我对自己的父亲太缺乏了解了！

我想——"认真"二字，之所以成为父亲性格的主要特点，也许更因为他是一位建筑工人，几乎一辈子都是一位建筑工人，而且是一位优秀的获得过无数奖状的建筑工人。

一种几乎终生的行业，必然铸成一个人明显的性格特点。建筑师们，是不会将他们设计的蓝图给建筑工人——也即那些砖瓦泥匠们过目的。然而哪一座伟大的宏丽建筑，不是建筑工人们一砖一瓦盖起来的呢？正是那每一砖每一瓦，日复一日，月复一月，年复一年地十几年、几十年培养成了一种认认真真的责任感，一种对未来之大厦矗立的高度的可敬的责任感。他们虽然明知，他们所参与的，不过一砖一瓦之劳，却甘愿通过他们的一砖一瓦之劳，促成别人的冠环之功。

他们的认真乃因为这正是他们的愉悦！

愿我们在生活中，对他人之事认真，并能从中油然引出自己之愉悦的品格，将之发扬光大起来！

父亲是一个普通得不可能再普通的人。父亲曾是一个认真的群众演员，或者说，父亲是一个"本色"的群众演员。

以我的父亲为镜，我常问我自己——在生活这个大舞台上，我也是演员么？我是一个什么样的演员呢？就表演艺术而言，我崇敬性格演员。就现实中人而言，恰恰相反，我崇敬每一个"本色"的人，而十分警惕"性格演员"。

⊙**作品赏析**

这篇《普通人》，是梁晓声为悼念父亲而作。文章结构很清晰，以父亲为人处事的"认真"态度为纬线，以他当群众演员的一系列情形为经线，交织成篇。群众演员虽然只需在镜头前稍微晃荡一下，但父亲却仍是以主人翁的态度来对待，一丝不苟。作者在详略得当、平实流畅的叙述中，生动鲜活地勾勒出了父亲"一生不喜欢那种滥竽充数的人"的性格特点。在叙述的过程中，作者还不时间以细致的描写，父亲被导演忘在脑后了，却还在那里正襟危坐以待命，"掀起来"、"搭在"、"卷起来"、"端端地坐着"，这些细腻的描绘，把一个认真到极致的、可爱又可敬的老人传神地刻画出来。作者说，"对于这样一位太认真的老父亲，我一筹莫展"，既是对父亲精神境界的体悟，也饱含着作者对父亲的深情。然而，作者的笔墨不仅仅是要铺染父亲的形象，他继续从父亲的闪光境界中去延伸笔触至社会、至国人，"如今之中国人，仿佛对一切事都没有了责任感，连当着官的人，都不大肯愿意认真地做官了"，这样深刻的警示，值得每一个人去深思。

种子的力量 / 梁晓声

入选理由 对人性的深刻领悟和独到分析
奇趣中又见严肃深刻的艺术追求
丰富翔实的自然科学知识

当然，种子在未撞触到土壤的时候，是没有任何力量可言的。尤其，种子仅仅是一粒或几粒的时候，简直那么的渺小，那么的微不足道，那么的不起眼，谁会将对一粒或几粒种子的有无当成一回事呢？

我们吃的粮食，诸如大米、小米、苞谷、高粱……皆属农作物的种子；桃和杏的核儿，是果树的种子；柳树的种子裹在柳絮里，榆树的种子夹在榆钱儿里；榛树的种子就是我们吃的榛子，松树的种子就是我们吃的松子……都是常识。

据说，地球上的动物，包括人和家畜家禽类在内，哺乳类大约四五千种之多；仅蛇的种类就在两千种以上；鸟类一万五千余种；鱼类三百种以上。虫类是生物中最多的。草虫之类的原生虫类一万五千余种；毛虫之类四千余种；章鱼、墨鱼、文蛤等软体动物近十万种；虾和螃蟹等甲壳类节肢动物估计两万种左右；而我们常见的蜘蛛竟也有三万余种；蝴蝶的种类同样惊人的多……

那么植物究竟有多少种呢？分纲别类的一统计，想必其数字之大，也是足以令我们咋舌的吧？想必，有多少类植物，就应该有多少类植物的种子吧？

而我见过，并且能说出的种子，才二十几种，比我能连绰号说出的《水浒》人物还少半数。

像许多人一样，我对种子发生兴趣，首先由于它们的奇妙。比如蒲公英的种子居然能乘"伞"飞行；比如某些植物的种子带刺，是为了免得被鸟儿吃光，使种类的延续受到影响；而某类披绒的种子，又是为了容易随风飘到更远处，占据新的"领地"……关于种子的许多奇妙特点，听植物学家们细细道来，肯定是非常有趣的。

我对种子发生兴趣的第二方面，是它们顽强的生命力。它们怎么就那么善于生存呢？被鸟啄食下去了，被食草类动物吞食下去了，经过鸟兽的消化系统，随粪排出，相当一部分种子，居然仍是种子。只要落地，只要与土壤接触，只要是在春季，它们就"抓住机遇"，克服种种条件的恶劣性，生长为这样或那样的植物。有时错过了春季它们也不沮丧，也不自暴自弃，而是本能地加快生长速度，争取到了秋季的时候，和别的许多种子一样，完成由一粒种子变成一棵植物进而结出更多种子的"使命"。请想想吧，黄山那棵"知名度"极高的"迎客松"，已经在崖畔生长了多少年了啊！当初，一粒松子怎么就落在那么险峻的地方了呢？自从它也能够结松子以后，黄山内又有多少松树会是它的"后代"呢？飞鸟会把它结下的松子最远衔到了何处呢？

我家附近有小园林。前几天散步，偶然发现有一蔓豆角秧，像牵牛花似的缠在一棵松树上。秧蔓和叶子是完全地枯干了。我驻足数了数，共结了七枚豆角。豆荚儿也枯干了。捏了捏，荚儿里的豆子，居然的相当饱满。在晚秋黄昏时分的阳光下，豆角静止地垂悬着，仿佛在企盼着人去摘。

在几十棵一片松林中，怎么竟会有这一蔓豆角秧完成了生长呢？

哦，倏忽间我想明白了——春季，在松林前边的几处地方，有农妇摆摊卖过粮豆……

为了验证我的联想，我摘下一枚豆角，剥开枯干的荚儿，果然有几颗带纹理的豆子呈现于我掌上。非是菜豆，正是粮豆啊！它们的纹理清晰而美观，使它们看去如一颗颗带纹理的玉石。

那些农妇中有谁会想到，春季里掉落在她摊位附近的一颗粮豆，在这儿会度过了由种子到植物的整整一生呢？是风将它吹刮来的？是鸟儿将它衔来的？是人的鞋在雨天将它和泥土一起带过来的？每一种可能都是前提。但前提的前提，乃因它毕竟是将会长成植物的种子啊！……

我将七枚豆荚都剥开了，将一把玉石般的豆子用手绢包好，揣入衣兜。我决定将它们带回交给传达室的朱师傅，请他在来年的春季，种于我们宿舍楼前的绿化地中。既是饱满的种子，为什么不给它们一种更加良好的，确保它们能生长为植物的条件呢？

大约是1984年，我们十几位作家在北戴河开笔会。集体散步时，有人突然指着叫道："瞧，那是一株什么植物呀？"——但见在一片蒿草中，有一株别样的植物，结下了几十颗红艳艳的圆溜溜的小豆子。红得是那么的抢眼，那么的赏心悦目。红得真真爱煞人啊！

内中有南方作家走近细看片刻，断定地说："是红豆！"

于是有诗人诗兴大发，吟"红豆生南国，春来发几枝"之句。

南方的相思红豆，怎么会生长到北戴河来了呢？而且，孤单单的仅仅一株，还生长于一片蒿草之间。显然，不是人栽种的。也不太可能是什么鸟儿衔着由南方飞至北方带来并且自空中丢下的吧？

年龄虽长，创作思维却最为活跃浪漫的天津作家林希兄，以充满遐想意味的目光望那艳艳的红豆良久，遂低头自语："真想为此株相思植物，写一篇纯情小说呢！"

众人皆促他立刻进入构思状态。

有一作家朋友欲采摘之，林希兄阻曰：不可。曰：愿君勿采撷，留作相思种。数年后，也许此处竟结结落落地生长出一片红豆，供人人经过驻足观赏，岂非北戴河又一道风景？

于是一同离开。林希兄边行边想，断断续续地虚构一则缠绵悱恻的爱情故事，直听得我等一行人肃静无声。可惜十几年后的今天，我已记不起来了，不能复述于此。亦不知他其后究竟写没写成一篇小说发表……

我是知青时，曾见过最为奇异的由种子变成树木的事。某年扑灭山火后，我们一些知青徒步返连。正行间，一名知青指着一棵老松嚷："怎么会那样！怎么会那样！"——众人驻足看时，见一株枯死了的老松的秃枝，遒劲地托举着一个圆桌面大的巢，显然是鹰巢无异。那老松生长在山崖上，那鹰巢中，居然生长着一株柳树，树干碗口般粗，三米余高。如发的柳丝，繁茂倒垂，形成帷盖，罩着鹰巢。想那巢中即或有些微土壤，又怎么能维持一棵碗口般粗的柳树的根的拱扎呢？众人再细看时，却见那柳树的根是裸露的——粗粗细细地从巢中破围而出，似数不清的指，牢牢抓住着巢的四周。并且，延长下来，盘绕着枯死了的老松的干。柳树裸露的根，将柳树本身，将鹰巢，将老松，三位一体紧紧编结在一起。使那巢看去非常的安全，不怕风吹雨打……

一粒种子，怎么会到鹰巢里去了呢？又怎么居然会长成碗口般粗的柳树呢？种子在巢中变成一棵嫩树苗后，老鹰和雏鹰，怎么竟没啄断它呢？

种子，它在大自然中创造了多么不可思议的现象啊！

我领教种子的力量，就是这以后的几件事。

第一件事是——大宿舍内的砖地，中央隆了起来。且在夏季里越隆越高，一天，我这名知青班长动员说："咱们把砖全都扒起来，将砖下的地铲平后再铺上吧！"于是说干就干，砖扒起后发现，砖下嫩嫩的密密的，是生长着的麦芽！原来这老房子成为宿舍前，曾是麦种仓库。落在地上的种子，未被清扫便铺上了砖。对于每年收获几十万斤近百万吨麦子的人们，屋地的一层麦粒，谁会格外在惜呢？而正是那一层小小的，不起眼的麦种，不但在砖下发芽生长，而且将我们天天踩在上面的砖一块块顶得高高隆起，比周围的砖高出半尺左右……

第二件事是——有位老职工回原籍探家，请我住到他家替他看家。那是在春季，刚下过几场雨。他家灶间漏雨，雨滴顺墙淌入了一口粗糙的木箱里。我知那木箱里只不过装了满满一箱喂鸡喂猪的麦子，殊不在意。十几天后的深夜，一声闷响，如土地雷爆炸，将我从梦中惊醒。骇然奔入灶间，但见那木箱被鼓散了几块板，箱盖也被鼓开，压在箱盖上的，腌咸菜用的几块压缸石滚落地上，膨胀并且发出了长芽的麦子泻出箱外，在地上铺了厚厚一层……

于是我始信老人们的经验说法——谁如果打算生一缸豆芽，其实只泡半缸豆子足矣。万勿盖了缸盖，并在盖上压石头。谁如果不信这经验，膨胀的豆子鼓裂谁家的缸，是必然的。

我们兵团大面积耕种的经验是——种子入土，三天内须用拖拉机拉着石碾碾一遍。叫"镇压"。未经"镇压"的麦种，长势不旺。

人心也可视为一片土。

因而有词叫"心地"，或"心田"。

在这样那样的情况下，有这样那样的种子，或由我们自己，或由别人们，一粒粒播下在我们的"心地"里了。可能是不经意间播下的，也可能是在我们自己非常清楚非常明白的情况下播下的。那种子可能是爱，也可能是恨；可能是善良的，也可能是憎恨的，甚至可能是邪恶的。比如强烈的贪婪和嫉妒，比如极端的自私和可怕的报复的种子……

播在"心地"里的一切的种子，皆会发芽、生长。它们的生长皆会形成一种力量。那力量必如麦种隆起铺地砖一样，使我们"心地"不平。甚至，会像发芽的麦种鼓破木箱，发芽的豆子鼓裂缸体一样，使人心遭到破坏。当然，这是指那些丑恶的甚至邪恶的种子。对于这样一些种子，"镇压"往往适得其反。因为它们一向比良好的种子在人心里长势更旺。自我"镇压"等于促长。某人表面看去并不恶，突然一日做下很恶的事，使我们闻听了呆如木鸡，往往便是由于自以为"镇压"得法，其实欺人欺己。

唯一行之有效的措施是，时时对于丑恶的邪恶的种子怀有恐惧之心。因为人当明白，丑陋的邪恶的种子一旦入了"心地"，而不及时从"心地"间掘除了，对于人心构成的危险是如癌细胞一样的。

首先是，人自己不要往"心地"里种下坏的种子；其次是，别人如果将一粒坏的种播在我们心里了，那我们就得赶紧操起我们理性的锄了……

"人之性如水焉，置之圆则圆，置之方则方"——古人在理之言也。

人类测试出了真空的力量。

人类也测试出了蒸汽的动力。

并且，两种力都被人类所利用着。

可是，有谁测试过小小的种子生长的力量么？

什么样的一架显微镜，才能最真实地摄下好的种子或坏的种子在我们"心地"间生长的速度与过程呢？

没有之前，唯靠我们自己理性的显微倍数去发现……

⊙作品赏析

英国散文家密斯说过："欲写成小品文者，只需有一伶俐的耳目，有一沉着的心思，而能自平凡的事物中找出无数的暗示。"从《种子的力量》中，我们感悟到了作者"沉着的心思和伶俐的耳目"。他观察与感悟并行，使得毫不起眼的小小种子，在他的笔下放出了异样的光彩，让读者在欣然接受之余，还会若有所思：怎样才能摒弃邪恶的念头而拥有一颗美好善良的心灵。

文章为读者呈现的是一个神奇而丰富的世界。作者在行文之中辅助以生活常识、学术知识，在叙述、描写的过程中，不时地穿插自己的感悟，不时地由日常现象展开联想，使得文章不仅内涵丰富，且又生动活泼。深刻的哲理在不知不觉间已被读者接受，毫无枯燥晦涩之感。通过文章的层层铺垫，最后，作者把自己的人生感悟和盘托出。他告诉我们，在心地里种下的"种子"将获得无限生命力，可能为大善，也可能作大恶。这既是对我们的引导，更是对我们的警告。

文章结构自然流畅，从平常的所见引发兴趣，由兴趣到感悟，由自然界的现象到对人性的思考，跨度大而不失和谐，阐述深而不失奇趣。

感激 / 梁晓声

入选理由　立题高远，语言真诚
教会我们不再漠视身边的点滴
唤起我们身上最为崇高的情感

有一种情债叫做感激。

它是很容易被忽略的。人心往往记住些相反的东西。

这时候人就"病"了。

我"病"过。深知那"病"着的感觉很不好。

在1998年的岁尾，我心渐生一大片感激，如春草茵茵。

我顿觉此前的一些"病"症，消失了，或减轻了……

我感激我少年记忆中的陈大娘。她常使我觉得自己的少年曾有两位母亲。在我们那个大院我们两家住在最里边，是隔壁邻居。她年轻时就守寡，靠卖冰棍儿拉扯两个女儿一个儿子长大成人。少年的我甚至没有陈大娘家和我家是两户人家的意识区别。经常的，我闯入她家进入便说："大娘，我妈不在家，家里也没吃的，快，我还要去上学呢！"

于是大娘一声不响放下活儿，掀开锅盖说："咯，就有俩窝窝头，你吃一个，给正子留一个。"——正子是他的儿子，比我大四五岁，饭量也比我大得多。那正是饥饿的年代。而我却每每吃得心安理得。

后来我们那个大院被动迁，我们两家分开了。那时我已是中学生，每提前上学，去大娘家。大娘一看我脸色，便主动说："又跟你妈赌气了是不是？准没在家吃饭！稍等会儿，我给你弄口吃的。"

仍是饥饿的年代。

我照例吃得心安理得。

少不更事，从不曾对大娘说过一个谢字。甚至，心中也从未生出过感激。

有次，在路口看见卖冰棍儿的陈大娘受恶青年的欺辱，我像一条凶猛的狼狗似的扑上去和他们打，咬他们手。我心中当时愤怒到极点，仿佛看见自己的母亲受到欺辱……

那便算是感激的另一种方式，也仅那么一次。

我下乡后再未见到过陈大娘。

我落户北京后她已去世。

我写过一篇小说《长相忆》——可我多愿我表达感激的方式不是小说，不是曾为她和力不能抵的恶青年们打架，而是执手当面地告诉她——大娘……

1962年我的家迁入了另一个区另一条街上的另一个大院。一个在1958年由女工们草草建成的大院。房屋极其简陋。九户人家中七户是新邻居。

它是那一条街上邻里关系非常和睦的大院。

这一点不惟是少年的我的又一种幸运，也是我家的又一种幸运。邻里关系的和睦，即或在后来的"文革"时期，也丝毫不曾受外界的骚扰或破坏。我的家受众邻居帮助多多。尤其在我的哥哥精神分裂以后，倘我的家不是处在那一种和睦的互帮互助的邻里关系中，日子就不堪设想。

我永远感激我家当年的众邻居们！

后来，我下乡了。

我感激我的同班同学杨志松。

他现在是《大众健康》的主编。在班里他不是和我关系最好的同学，只不过是关系比较好的同学。我们是全班下乡的第一批。而且这第一批只我和他。我没带褥子，与他合铺一条褥子半年之久。亲密的关系是在北大荒建立的。有他和我在一个连队，使我有了最能过心最可信赖的知青伙伴。当人明白自己有一个在任何情况之下都绝不会出卖自己的朋友的时候，他便会觉得自己有了一份特殊的安全感。实际上他年龄比我小几个月。我那时是班长，我不习惯更不喜欢管理别人。小小的权力和职责反而使我变得似乎软弱可欺。因为我必须学会容忍制怒。故每当我受到挑衅，他便往往会挺身上前，厉喝一句是——"干什么？想打架吗？！"

我也感激我另外的三个同班同学王嵩山、王志刚、张云河。他们是"文革"中的"散兵游勇"，半点儿也不关心当年的"国家大事"。下乡前我为全班同学做"政治鉴定"，力陈他们其实都是政治上多么"关心国家大事"的同学，惟恐一句半句不利于肯定他们"政治表现"的评语影响他们今后的人生。为此我和原则性极强的年轻的军宣队班长争执得面红耳赤。他们下乡时本可选择离哈尔滨近些的师团。但他们专执一念，愿望只有一个——

我和杨志松在哪儿，他们去哪。结果被卡车在深夜载到了一团——最偏远的山沟里。

他们的到来，使我在知青大群体中，拥有了感情的保险箱。而且，是绝对保险的。

在我们之间，友情高于一切。时常，我脚上穿的是杨志松的鞋；头上戴的是王嵩山的帽子；棉袄可能是王志刚的；而裤子，真的，我曾将张云河的一条新棉裤和一条新单裤都穿成旧的了。当年我知道，在某些知青眼里，我也许是个喜欢占便宜的家伙。但我的好同学们明白，我根本不是那样的人。他们格外体恤我舍不得花钱买衣服的真正原因——为了治好哥哥的病，我每月尽量往家里多寄点儿钱……

对于我，仅仅有友情是不够的。我是那类非常渴望思想交流的知青。思想交流在当年是很冒险的事。我要感激我们连队的某些高中知青。和他们思想交流使我明白——我头脑中对当年现实的某些质疑，并不证明我思想反动，或疯了。如果他们中仅仅有一人出卖了我，我的人生将肯定是另外的样子。然而我不曾被出卖过。这是很特殊的一种人际关系。因为我与他们，并不像与我的四名同班同学一样，彼此有着极深的感情基础。在我，近乎人性的分裂——感情给我的同班同学，思想却大胆地向高中知青们敞开，坦言。他们起初都有些吃惊，也很谨慎。但是渐渐地，都不对我设防了。

"九·一三"事件以后，我和他们交流过许多对国家，当然也是对我们自身命运的看法。真的，我很感激他们——他们使我在思想上不陷于封闭的苦闷……

凡三十余年间，我和我的同学们，仿佛在感情上根本就不曾被分开过。故我每每形容，这是我人生的一份永不贬值的"不动产"。

我感激木材加工厂的知青们——当我被惩处地"精简"到那里，他们以友爱容纳了我，在劳动中尽可能地照顾我。仅半年内，就推荐我上大学。一年后，第二次推荐我。而且，两次推荐，选票居前。对于从团机关被"精简"到一个几乎陌生的知青群体的知青，在一般情况下是根本没指望的。若非他们对我如此关照，我后来上大学就没了前提。那时我已患了肝炎，自己不知道，只觉身体虚弱，但仍每天坚持劳动在最艰苦的出料流水线上。若非上大学及时解脱了我，我的身体某一天肯定会被超体能的强劳动压垮……

我感激复旦大学的陈老师。这位生物系抑或物理系的老师的名字我至今不知。实际上我只见过他两面。第一次在团招待所他住的房间，我们之间进行了一个多小时的谈话，算是"面试"。第二次在复旦大学。我一开学就住进了复旦医务室的临时肝炎病房。我站在二楼平台上，他站在楼下，仰脸安慰我……

任何一位招生老师，当年都有最简单干脆的原则和理由，取消一名公然嘲笑当年文艺现状的知青的入学资格。陈老师没那么做。正因为他没那么做，我才有幸成了复旦大学的"工农兵学员"——而这个机会，对我的人生，对我和文学的关系，几乎是决定性的。

如果说，我的母亲用讲故事的古老方式无意中影响了我对故事的爱好，那么——崔长勇、木材加工厂的知青们、复旦大学的陈老师，这三方面的综合因素，将我直接送到了与文学最近的人生路口。他们都是那么理解我爱文学的心，他们都是那么无私地成全我。如果说，在所谓人生的紧要处其实只有几步路这句话是正确的，那么他们是推我跨过那几步路的恩人。

还有许许多多许许多多我应该感激的人，真是不能细想，越忆越多。

我回头向自己的人生望过去，不禁讶然，继而肃然——怎么，原来在我的人生中，竟有那么多那么多善良的好人帮助过我，关怀过我，给予过我持久的或及时的世间友爱和温情吗？

我此前怎么竟没意识到？

这一点怎么能被我漠视？

没有那些好人，我将是谁？我的人生将会怎样？我的家当年又会怎样？

我这个人的人生，却实际上是被众多的好人、是被种种的世间温情簇拥着走到今天的啊！

我凭什么获得如此大幸运而长久以来麻木地似乎浑然不觉呢？

亏我今天还能顿悟到这一点！

生活，我感激你赐我如此这般的人生大幸运！

我向我人生中的一切好人三鞠躬！

让我借歌中唱的一句话，祝好人一生平安！

我想——心有感激，心有感动，多好！因为这样一来，人生中的另外一面，比如嫌恶、憎怨、敌意、细碎芥梗，就显得非常小气，浅薄，和庸人自扰了……

再祝好人一生平安！

⊙ 作品赏析

梁晓声的作品可以说是一代中国人对现代文学出路多方探询的表征，从推思过去的《今夜有暴风雨》、《雪城》到充满现代意识的青春言情力作《伊人伊人》，无不昭示着作家文学倾向的律动和改变，而唯一不变的仍是人性的思考和对人生的永恒关怀。

《感激》的立题相当高远，像一面镜子般竖立在我们的面前，照着我们自己的情感。让我们也怀疑自己是否也足够纯粹，是否也时常感念身边的爱。虽然这篇散文的行文过程并不尽如人意，有流水账之嫌，但稍微的瑕疵并不能掩埋文章感恩情怀的光芒四射。

还有一点就是作者并没有摆着架子来训诫我们该怎么做，反而是在文章的开始首先反省自己以前观察的不足，把感恩之心的忽略称之为一种不可救药的病。从这一点转入文章正文的叙述，就自然而然了，因为它让人看起来就完全是作者心灵的体验，而不是为了这样表达所作的敷衍的语言或者骗取眼泪的无耻举动。它是真诚的。这是作者的领悟，虽然来得相对晚了些，但对读者而言却是一次难得的情感教育，也许从这篇文章中，有些人也会懂得从现在开始自己感恩的旅程。

其实生活当中让我们为之倾心的事迹显然比我们想象中的还多，只是我们有意无意地忽略了，甚至是漠视了。

真实的塑料花 / 刘墉

入选理由 华语文坛中颇具号召力的作家刘墉的散文经典
语言纯粹唯美，情感真挚，有极强的感染力
一次阅读的享受，一次灵魂的洗礼

我向来不喜欢塑料花，无论它做得多真，我还是觉得假，而且因为以假乱真，愈发惹我讨厌；但是自从六年前，听陈清德说"那个故事"，我对塑料花的印象就改变了，每次看见塑料花，即使那种做得极粗拙的，也会由心底泛起一股暖流，想起逝去多年的陈清德。

虽然跟他不是深交，他又远在马来西亚，但是第一次在吉隆坡机场见到他，坐上他的车，就觉得跟他有默契。他跟我一样容易"闪神"，是那种一边开车一边说话，一说话又忘了开车，到双岔路口，突然大叫不好，该走左还是走右，然后几乎撞上分隔岛的人。

他说话有种特殊的语调，好像发抖又不是发抖，可能是气不足，又急着讲造成的；但细细听，又因为他总是提着气说话，用一种急切高亢的情绪来说，所以显得有些激动。偏偏他说的不一定是激动的事，速度又不极快，甚至内容是娓娓道来，那急与徐、高亢与平淡之间就构成了一种特殊的味道。

也可以这么说，陈清德是个非常感性的人，不管多小的事，在他看来都可以很有感触。举个例子，他会去橡胶园里捡橡胶子，然后拿来送我，说："你看，这多漂亮，咖啡色的种子，上面还有银色花纹，好像是铜镶银的。"这还不够，他会连那外面大大的果囊也捡来，一点一点剥开，露出里面的种子，告诉我橡胶子的结构。

他也收集相思豆，有回装了一小袋给我，说是特大的。相思豆我见过不少，但他拿来的果然特别大，而且特别红。我说："好极了，我可以用它来做封面设计，可惜不够多，我要很大一堆才成。"

隔不久，他就托人带了一大包相思豆给我。我吓一跳，也感动得要命，立刻用来拍成《对错都是为了爱》的封面，又不知拿什么回谢，想来想去，决定画张画给他。没料到，在电话里告诉他这个消息，他居然隔了半天，不吭气，好像很犹豫的样子。

"你不要？"我问。

"不是不要，是得要两张，"他说，"因为我有一对双胞胎的女儿，将来结婚，如果只有一张，到底给谁？"我怔了一下，二话不说，画了两张寄去。

陈清德谈到女儿，那语音就愈颤抖了，好像多年不见的女儿远远要扑进他怀里似的。从他的言谈中，我听得出，他这么多年的辛苦、节俭，都是为了这两个宝贝女儿。黑黑瘦瘦的陈清德，半生致力推广华文教育，他身体不够好，收入也不丰厚，却拼全力，送两个女儿出国念书。记得他去美国参加女儿毕业典礼回来，在电话里对我说："美国好美啊！尤其是蒲公英，满地黄色的小花，在大大绿绿的草地上，太美了。怎么我们马来西亚没有蒲公英？""真的吗？"我不信，"只怕是你没注意吧。"

又隔一阵，他果然来信说发现大马也有了蒲公英。我说："不是有了，是早就有。只是以前你太忙、眼镜度数又深，所以没看见，到美国看女儿毕业，高兴了，也有了轻松的心情，所以发现蒲公英。"

从蒲公英、橡胶果和相思豆可以知道，陈清德很爱植物花草，令我惊讶的是，有一回在餐厅，他居然盯着桌上插的塑胶玫瑰花，而且目不转睛，一副十分陶醉的样子。

"这花做得太粗了。"我说。

"是啊，一看就是假花，"他紧盯着它，"可是这假里有真哪。"

看我不懂，他笑笑："你知道吗，现在这里的年轻人也过西洋情人节了。"我点点头。

"去年情人节，有人一早就送了一大把玫瑰花来。女儿已经出门了，我看看上面的卡片，原来是小女儿男朋友送的。于是把那束花放进她房间里，还拿个花瓶，装了水，插着，"他作成捧花的样子，"可是我一面把花放在小女儿床边，一面看见大女儿的床，旁边空空的，没有男朋友送花，觉得好可怜，想她看到妹妹有人送花，一定会很伤心。"他看着我，扮了个鬼脸，"我当时灵机一动，想到柜子里好像存了三枝塑胶的玫瑰花，是以前买生日蛋糕附赠的，就把花找出来，上面积了灰，我还洗干净，又从小女儿男朋友送的那把花里切下一块玻璃纸，把花包起来。正包呢，又想到，糟了！我还有个外甥女跟我同住，她也是大小姐了，也该有人送花，如果看见我两个女儿都有花，就她没有，更会伤心。就再拿了一枝塑料花，包好，绑上丝带。于是，三个女生，每个人都在床边摆了花，我正得意，看见桌子上还有一朵没用的塑料花，也还剩一小块玻璃纸，那花虽然看起来最难看，好像掉了好几片花瓣，但是何必浪费呢，我们家还有一个女人哪。"说到这儿，他又扮个鬼脸，一副老顽童的样子，"于是我为我太太也做了这么一枝花，偷偷放在她的梳妆台上。"

"她喜欢吗？"我试着问，心里好奇极了。

"她没说，"陈清德耸耸肩摊摊手，隔了两秒钟又一笑，"可是情人节过了，小女儿的鲜花凋了，扔进了垃圾桶；大女儿和外甥女的塑料花也不见了，大概也扔了。可是，可是我太太的那枝，虽然不怎么样，她却还留着，而且拿个小瓶插着，放在梳妆台上，一直到今天，都在那儿。"他盯着餐桌上的塑料花，用那颤颤的语调慢慢地说："每次我看见太太坐在梳妆台前，旁边插着那塑料花，都有一种好奇怪的感觉，心想，'你为什么不扔了呢？你为什么不扔了呢？'"他突然不再说话，等了半天，深深吸口气，"现在，我每次看见梳妆台上的花，都想哭，我发现跟她恋爱结婚几十年，她都老了，我却从来没送过一朵花给她，那枝塑料花居然是我给她的第一朵花，她插在那儿，是给她自己一些安慰吧！或许……或许那虽然是朵假花，在她感觉，却是一朵真花啊。"

讲这故事不久，陈清德发现得了肝癌，又没过多长时间，就永远离开了。可是他说的这个故事，总浮上我的脑海，甚至每当我看见塑胶的玫瑰花时，就会想起他。我常想，爱才是花的灵魂，一朵怎么看都假的塑料花，透过爱，就成为真花，而且永远不凋。我也常想，或许陈夫人的梳妆台前，现在还插着那枝逝去丈夫送的无比真实的塑胶玫瑰花。

⊙ 作品赏析

阅读刘墉的散文，我们很难只以纯粹的文字形式来论断它。就像有人说的，他是睁着半只眼的哲学家，到处留下生活点滴的哲理发现；他是画堆里的作家，散文中时时可见清纯的画意；他是未曾入行的词作家，语言如歌谣般精致华美。也许我们更能说正是这些因素才造就了现在刘墉的散文。

《真实的塑料花》并没有如我们所预料的那般直奔主题，反而像个暗箱一样预伏着情节的真相，让文章的结构框架显得有点头重脚轻，但是这也正是作者行文的高妙所在，他在前文以大篇幅的文字渲染了陈清德的感性细致的人生，才在最后水到渠成地将塑料花的故事引入作品中，此时文章的主题才顺乎自然地浮出水面：陈清德为了顾及身边每个女人的节日心情，动用了许久以前的塑料花，而它则牵动了妻子的恋情回忆，虽然只是塑料造型，但却像真的一样芬芳。这是作者心中的生活艺术，很不经意的付出，但却能为别人带来心灵的安慰。

文章的语言很柔美，就像一曲歌谣在耳旁响起那般惬意入心，甚者在浓浓的情感表达下，它俨然就像一朵花在字里行间绽放，吐露芬芳，持久迷香。

心灵深处有最爱 / 刘墉

初到美国的时候，在一位同学家做客，他是个既英俊又有才华的男人，却娶了才貌都远不相配的女子。尤其令人不解的，是他竟然抛弃了在国内交往多年、早已论及婚嫁的女朋友。

"我的父母、兄弟都不谅解我！"他指了指四周，"可是你看看，我现在有房子、有家具、有存款，还有绿卡，谁给的？"他叹口气："人过了35岁，很多事都看开了，我辛苦一辈子，希望过几天好日子。"

只是，我想，他心里真正爱的，是谁呢？

读谢家孝先生写的《张大千传》，500多页看完，到"后记"时，又发现一段重要的文字，大意是说，张大千的后半生，固然有妻子徐雯波在侧，但壮年时代，杨宛君才是陪他同甘共苦，而且相爱相知最深的。

帮助张大千逃出日本人魔掌的是杨宛君，陪他敦煌面壁、饱受风沙之苦的也是杨宛君。只是大千先生在接受谢家孝访谈时，却绝少提到这位他生命中最重要的女人。

谢家孝先生说："是不是他顾及随侍在身边的徐雯波，而避免夸赞杨宛君？"

"他（张大千）在80岁预留遗嘱中，特别在遗赠部分，写明要给爱人杨宛君，足见在大千先生心中，至终未忘与杨宛君的一段深情岁月。"

合上书，我不得不佩服谢家孝先生，作为一个新闻人实事求是的态度。在《张大千传》完成13年、老人仙逝10年之后，终于把他不吐不快的事说出来。

这何尝不是大千先生不吐不快，却埋藏在心底30多年的事呢？

也想起有"民初才女"之称的林徽音，在跟徐志摩轰轰烈烈地恋爱之后，终于受世俗和家庭的压力，嫁给了梁启超的儿子梁思成。

梁思成的才华不在徐志摩之下。他是中国古代建筑研究的先驱，直到今天，他40年前的作品，仍被世界建筑界认为是经典之作。

走遍中国山川，又曾到西方游学的梁思成，毕竟有不同的心胸。徐志摩飞机失事后，梁思成特地赶去现场，捡回一块飞机残片，交给自己的妻子。

据说林徽音把它挂在卧室的墙上，终其一生。

每个人都有他自己的心灵世界，在那心灵的深处，不见得是婚姻的另一半。

有位飞黄腾达的朋友对我说："我一生做事，不欠任何人的。对父母，我尽孝；对朋友，我尽义；对妻子，我尽情。如果有什么亏欠，我只亏欠了一个人——我中学时的女朋友。她怀了我的孩子，我叫她去堕胎，还要她自己出钱。我那时候好穷啊，拿不出钱。问题是我不但穷，而且没种，我居然不敢陪她去医院。"

他长长地叹了口气："到今天，我都记得她堕胎之后苍白的脸，她从没怨过我，我却愈老愈怨自己……"

他找了她许多年，借朋友的名字登报寻人多次，都杳无音信。

怪不得日本有个新兴行业，为顾客找寻初恋的情人。据说许多恋人，隔了六七十年，见面时相拥而泣，发现对方仍是自己的最爱。

有一天，接到一位长辈的电话，声音遥远而微弱，居然是母亲十多年不见的老友。

母亲一惊，匆匆忙忙由床上爬起来，竟忘了戴助听器，有一句没一句地咿咿哑哑。

我把电话抢过来，说有什么事告诉我，我再转达。电话那头的老人，语气十分平静："就告诉她，我很想她！"

过了些时，接到南美的来信，老人的孩子说，他母亲放下电话不久，就死了——脑癌！

战战兢兢地把消息告诉母亲。80多岁的老母亲居然没有立刻动容，只叹口气："多少年不来电话，接到，就知道不妙。她真是老妹妹了，从小在一块，几十年不见，临死还惦着我。只是，老朋友都走了，等我走，又惦着谁呢？"

母亲转过身，坐在床角，呜呜地哭了。

是不是每个人心灵的深处，都藏着一些人物，伴随着欢欣与凄楚，平时把它锁起来，自己不敢碰，更不愿外人知，直到某些心灵澄澈的日子，或回光返照的时刻，世俗心弱了，再也锁不住，终于人物浮现？

会不会有一天，当我们临去的时刻，才突然发现一生中最爱的人，竟是那个已经被遗忘多年的……

⊙作品赏析

本文主要讲述几位名人爱情故事和作者身边朋友的情感流露，比如画家张大千至终未忘与壮年知己杨宛君的一段深情岁月；才女林徽因将徐志摩失事飞机的残片挂在卧室的墙上，终其一生，等等。还有"我"的朋友念念不忘为其堕胎的中学时的女朋友等。作者讲述这些名人轶事和普通事例的目的是想告诉人们，每个人都应该珍惜心灵深处的那份爱，因为这份爱是最纯真、最足以打动人心的真挚情感，它不受身份、贫富、时光的约束，始终像一条小溪一样在心底里流淌。文章写得深邃而明丽，情浓而真挚，真切地表达了人生的某些珍贵而易被人忽略的情感，为读者开辟了一片明媚而温暖的体味空间。

小鸟你飞向何方 / 赵丽宏

在黄昏的微光里，有那清晨的鸟儿来到了我的沉默的鸟巢里。

我喜欢泰戈尔的诗。还在读中学的时候，泰戈尔就把我迷住了，一本薄薄的《飞鸟集》，竟被我纤嫩的手指翻得稀烂。那些充满着光彩和幻想的诗句，曾多少次拨动我少年的心弦……

《飞鸟集》破损了，我渴望再得到一本。然而，"文化革命"一开始，这个小小的愿望，竟成了梦想。我的那本破烂的《飞鸟集》，也被人拿去投入街头烧书的熊熊烈火中，暗红色的灰烬在火光里飞舞，飘飘洒洒，纷纷扬扬。我仿佛看见老态龙钟的泰戈尔

· 作者简介 ·

赵丽宏（1952— ），上海人，1978年考入华东师范大学，并开始文学创作。大学毕业后当过《萌芽》杂志编辑。现为上海作协副主席。出版有《珊瑚》、《生命草》、《心画》等30多部诗集、散文集、报告文学集。作品曾数次获奖。

在火光里站着，烈火烧红了他的白发，烧红了他的银须，也烧红了他的朴素的白袍。他用他那冷峻而又安详的目光注视着这一切，看着，看着，他的神色变了，似有几许惊恐，几许不安，也有几许愤怒，几许嘲讽……

我还是喜欢泰戈尔。在动乱的岁月里，我默默地背诵着他的诗，以求得几分心灵的安宁。"诗人的风，正出经海洋和森林，求它自己的歌声。"我陶醉在他所描绘的大自然中了——那宁静而又浮躁的海洋，那广袤而又多变的天空，那温暖而又清澈的湖泊，那葱郁而又古老的森林……

有一天，我忽然异想天开了：到旧书店去走走，看能不能找到几本好书。结果，当然叫人失望。但，我发现，有时还会有几本"罪当火烧"的书出现在书架上，或许，这是出于店员的粗心吧。于是，我抱着几分侥幸，三天两头往旧书店跑。一个星期天的早晨，我又走进冷冷清清的旧书店。我的目光，久久地在一排排大红的书脊中扫动，突然，我的眼睛发亮了：一条翠绿色的书脊，赫然跻身在一片红色之间，呵，竟是《飞鸟集》！

该不会有另一种《飞鸟集》吧？我不相信自己的眼睛，仔细一看，果真有泰戈尔的名字。随即，我又紧张了，是的，这年头，得而复失的太多了。挤压着《飞鸟集》的一片红色，又使我想起街头那一堆堆焚书的烈火，那漫天飞扬的纸灰……我赶紧向书架伸出手去。

几乎是同时，旁边也伸出一只手来，两只手，都紧紧地捏住了《飞鸟集》。这是一只瘦小白皙的手，一只小姑娘的手。我转过脸来，正迎上两道清亮的目光——一个中学生模样的小姑娘站在我身旁，抬起脸看着我，白圆的脸上，一双清秀的眼睛眨巴眨巴地闪动着，像一潭清澈见底的泉水，微波起伏，平静中略带点惊讶。

我愣住了，手捏着书脊，不知如何是好。还是她开了口："你也要它吗？那就给你吧。"声音，清脆得像小鸟在唱歌。

我的脑海里忽然旋起个念头：在这样的时候，她还会喜欢泰戈尔？莫非，她根本不知道这是怎样一本书？于是，我轻轻问道："你知道，这是谁的书？"

"谁的书！"小姑娘抬起头来，颇有些惊奇地看着我，秀美的眼睛睁得滚圆，转而，开心地笑起来，一边笑，一边做了个鬼脸："这是一个老爷爷的书，一个满脸白胡子的印度老爷爷。我喜欢他。"说罢，用手做着捋胡子的样子，又格格地笑了。如同平静的池塘里投进了一颗石子，笑声，在静静的店堂里荡漾……

啊，还真是个熟悉泰戈尔的！我多么想和她谈谈泰戈尔，谈谈我所喜欢的那些作家，谈谈几乎已被人们遗忘了的世界呵！然而，这样的年头，这样的场合，这样的谈话肯定是不合时宜的，即便年轻，我还是懂得这一点。小姑娘见我呆呆地不吭声，刷地一下把《飞鸟集》从书架上抽下来，塞进我手中："给你吧，我家里还藏着一本呢！"没等我作出任何反应，她已经转身去了。我只看见她的背影：一件淡紫色的衬衫，上面开满了白色的小花；两根垂到腰间的长辫，随着她轻快的脚步摆动……

她走了，像一缕轻盈的风，像一阵清凉的雨，像一曲优美的歌……

夏天的飞鸟，飞到我窗前唱歌，又飞去了。

旧书店里的那次邂逅，留给我的印象竟是那么强烈。真的，生活中有些偶然发生的事情，有时会深深地刻进记忆中，永远也忘记不了。我不知道那个小姑娘的名字，甚至没有看仔细她的容貌。但，她从此却常常地闯到我的记忆中来了。当我看着那些在街头吸烟，无聊，踯躅的青年，心头忧郁发闷的时候，当我读着那些大吹"知识越多越反动"的奇文，两眼茫然迷离的时候，她，就会悄悄地站到我的面前，眨着一对明亮的眼睛，莞尔一笑，把一本《飞鸟集》塞到我手中，然后，是那唱歌一般悦耳的声音："这是一个老爷爷的书，给你吧，我家里还藏着一本呢！"……

她使我惶乱的思想得到一丝欣慰，她使我空虚的心灵得到几分充实。她使我相信：并不是所有的青年人都忘记了世界，抛弃了前人创造的文化，抛弃了那些属于全体人类的美的事物！

有时，我真想再见到这位小姑娘，可是，偌大个城市，哪里找得到她呢？有时，我却又怕见到她，因为，在这些岁月里，有多少纯真的青年人变了，变得世故，变得粗俗，就像炎夏久旱之后的秧苗，失去了水灵灵的翠绿，萎缩了，枯黄了。我怕再见到她以后，便会永远丢失那段美好的回忆。

一次，我在街上走着，迎面过来几个时髦的姑娘，飘拂潇洒的波浪长发，色调浓艳的喇叭裤子，高跟鞋踏得笃笃作响，香脂味随着轻风飘漾。她们指手画脚大声谈笑着，毫无顾忌，似乎故意招摇过市引得路人纷纷投去惊奇的目光，目光之中，不无鄙视。对那些衣着打扮，我倒并没有多少反感，只是她们的神态……

我忽然发现，这中间有一张似曾相识的脸——呵，难道是她？是那个在书店遇见的姑娘！真有点像呀！我的心不禁一阵抽搐。我迎上去，想打招呼，她却根本不认识我，连看都不看一眼，勾着女伴的颈脖，嬉笑着从我身边走过去。哦，不是她，但愿不是她！我默默地安慰着自己，呆立在路边，闭上了眼睛……

是的，这决不会是她。然而，这件小事却给我心头重重一击。工作之余，我又打开泰戈尔的诗集。泰戈尔，这位异国的诗人，毕竟离我们遥远了，他怎么能回答我们这一代青年人的疑虑和苦恼呢！他的一些含着神秘色彩的诗句，竟使我增添许多莫名的忧愁和烦闷。"有些看不见的手指，如懒懒的微风似的，正在我的心上，奏着潺缓的乐声"。呵，"我知道我的忧伤会伸展开它的红玫瑰叶子，把心开向太阳"！

冬天的小鸟啾唧着，要飞向何方？

历尽了一场肃杀的寒冷，春天来了。经过冰雪的煎熬，经过风暴的洗礼，多少年轻的心灵复苏了，他们告别了愚昧，告别了忧郁，告别了轻狂，向光明的未来迈开了脚步。就像泥土里的种子，悄悄地萌发出水灵灵的嫩芽，使劲顶出地面，在春风春雨里舒展开青翠的枝叶……

恍若梦境，我竟考上了大学。去报到之前，我清理着我的小小的书库，找几本心爱的书随身带着，第一本，就想到了《飞鸟集》。呵，她在哪里呢？那个许多年前在书店里遇见的小姑娘！此刻，即使她站到我面前，我大概也不会认识她了，可是，我多么想知道，她在哪里……

人流，长长不断的人流，浩浩荡荡涌向校门。我随着报到的人群，慢慢地向前走着，不知怎的，我仿佛有一种预感——在这重进校门的队伍中，会遇见她。于是，我频频四顾，在人群中寻找着。

一次又一次，我似乎见到了她——她背着书包走过来了，脚步，已不似当年轻盈，却稳重了，坚定了；身上，还是那一件淡紫色的衬衫，上面开满了白色的小花；两根垂到腰间的长辫，轻轻地晃动着……

这不过是幻觉而已，我找不到她。在这支源源不绝的人流里，有那么多的小伙，那么多的姑娘，哪有这样巧的事情呢。可是，我的心头还是涌起了几分惆怅，眼前，仿佛又掠过几年前在街头见到的那一幕……

有人撞到我的脚跟上，我一下子从沉思中惊醒。身边，是笑声，是歌声，是脚步声。我不禁哑然失笑了，脑海中，突然跳出几行不知是谁写的诗句来：

你呀，你呀，何必那么傻，

经过一场风寒，就以为万物肃杀……

闻一闻风儿中春的芳馨吧，

生活，总要向美好转化！

我抬起头来，幽蓝的天空，辽远而又纯净——这是春天的晴空呵！一群又一群鸟儿从远方来了，它们欢叫着，抖动着翅膀，划过透明的青天，飞呵，飞呵，飞……

⊙作品赏析

文章写于"文革"刚刚结束时。作品由《飞鸟集》铺陈出一个优美的故事，描绘了那个特殊的年代，积极进取的青年追求文明与美的心路历程。

这篇文章的艺术特色表现在以下几个方面。

首先，文章构思新巧。全篇运用一种近似于诗的结构和表达方式，每段内容围绕着一个诗的意象，即作者三次引用的《飞鸟集》中的诗句展开，每一次引用都代表着作者经历的一次心理转折，都使小鸟这个意象与其时作者身处的社会环境联系起来，从而使"小鸟"的象征意义随着文本的展开不断发生变化和嬗递。其次，象征手法的普遍使用。用得巧妙而自然，别具一格。《飞鸟集》不仅成为贯穿全文的线索，而且成为散文的象征意义生成、变化的契机。同时，象征意义的生成又与散文中事件的变化、人物心路历程的发展轨迹联系在一起，水到渠成，文章的象征意义由此而自然生成，也使得同一个飞鸟的象征意义随着文章的情节转折而发生变化，显示了作者驾驭散文结构的高超技巧，运用象征手法的娴熟技巧。第三，文章的语言承递了他一贯的风格，简洁凝练而又清晰明丽。

中国人，你为什么不生气 / 龙应台

入选理由 历数现实的种种事实 从常情常理出发发问 激起无数读者的共鸣

在昨晚的电视新闻中，有人微笑着说："你把检验不合格的厂商都揭露了，叫这些生意人怎么吃饭？"

· 作者简介 ·

　　龙应台（1952—　），作家、社会批评家、思想家。祖籍湖南衡山，出生于台湾高雄，1974年毕业于成功大学外文系，后赴美深造，攻读英美文学。1982年获堪萨斯州立大学英文系博士学位。曾任教于纽约市立大学及梅西大学外文系，并任台湾中央大学外文系副教授、台北市文化局长等。现任香港大学传媒及新闻研究中心客座教授。著有《野火集》等作品多种。1984年，她的《龙应台评小说》一上市即告罄，多次再版，余光中称之为"龙卷风"。

　　我觉得恶心，觉得愤怒。但我生气的对象倒不是这位人士，而是台湾一千八百万懦弱自私的中国人。

　　我所不能了解的是：中国人，你为什么不生气？

　　包德甫的《苦海余生》英文原本中有一段他在台湾的经验：他看见一辆车子把小孩撞伤了，一脸的血。过路的人很多。却没有一个人停下来帮助受伤的小孩，或谴责肇事的人。我在美国读到这一段，曾经很肯定地跟朋友说：不可能！中国人以人情味自许，这种情况简直不可能！

　　回国一年了，我睁大眼睛，发觉包德甫所描述的不只可能，根本就是每天发生、随地可见的生活常态。在台湾，最容易生存的不是蟑螂，而是"坏人"，因为中国人怕事、自私，只要不杀到他床上去，他宁可闭着眼假寐。

　　我看见摊贩占据着你家的骑楼，在那儿烧火洗锅，使走廊垢上一层厚厚的油污，腐臭的菜叶塞在墙角。半夜里，吃客喝酒猜拳作乐，吵得鸡犬不宁。

　　你为什么不生气？你为什么不跟他说"滚蛋"？

　　哎呀！不敢呀！这些摊贩都是流氓，会动刀子的。

　　那么为什么不找警察呢？

　　警察跟摊贩相熟，报了也没有用；到时候若曝了光，那才真惹祸上门了。

　　所以呢？

　　所以忍呀！反正中国人讲忍耐！你耸耸肩、摇摇头！

　　在一个法治上轨道的社会里，人是有权利生气的。受折磨的你首先应该双手叉腰，很愤怒地对摊贩说："请你滚蛋！"他们不走，就请警察来。若发觉警察与小贩有勾结——那更严重。这一团怒火应该往上烧，烧到警察肃清纪律为止，烧到摊贩离开你家为止。可是你什么都不做；畏缩地把门窗关上，耸耸肩、摇摇头！

　　我看见成百的人到淡水河畔去欣赏落日、去钓鱼。我也看见淡水河畔的住家整笼整笼地把恶臭的垃圾往河里倒；厕所的排泄管直接通到河底。河水一涨，污秽气直逼到呼吸里来。

　　爱河的人，你又为什么不生气？

　　你为什么没有勇气对那个丢汽水瓶的少年郎大声说："你敢丢我就把你也丢进去？"你静静坐在那儿钓鱼（那已经布满癌细胞的鱼），想着今晚的鱼汤，假装没看见那个几百年都化解不了的汽水瓶。你为什么不丢掉鱼竿，站起来，告诉他你很生气？

　　我看见计程车穿来插去，最后停在右转线上，却没有右转的意思。一整列想右转的车子就停滞下来，造成大阻塞。你坐在方向盘前，叹口气，觉得无奈。

你为什么不生气？

哦！跟计程车可理论不得！报上说，司机都带着扁钻的。

问题不在于他带不带扁钻。问题在于你们这二十个受他阻碍的人没有种推开车门，很果断地让他知道你们不齿他的行为，你们很愤怒！

经过郊区，我闻到刺鼻的化学品燃烧的味道。走近海滩，看见工厂的废料大股大股地流进海里，把海水染成一种奇异的颜色。湾里的小商人焚烧电缆，使湾里生出许多缺少脑子的婴儿。我们的下一代——眼睛明亮、嗓音稚嫩、脸颊透红的下一代，将在化学废料中学游泳，他们的血管里将流着我们连名字都说不出来的毒素——

你又为什么不生气呢？难道一定要等到你自己的手臂也温柔地捧着一个无脑婴儿，你再无言地对天哭泣？

西方人来台湾观光，他们的旅行社频频叮咛：绝对不能吃摊子上的东西，最好也少上餐厅；饮料最好喝瓶装的，但台湾本地出产的也别喝，他们的饮料不保险……

这是美丽宝岛的名誉，但是名誉还真是其次；最重要的是我们自己的健康、我们下一代的健康。一百位交大的学生食物中毒——这真的只是一场笑话吗？中国人的命这么不值钱吗？好不容易总算有几个人生起气来，组织了一个消费者团体。现在却又有"占着茅坑不拉屎"的卫生署、为不知道什么人做说客的立法委员要扼杀这个还没做几桩事的组织。

你怎么能够不生气呢？你怎么还有良心躲在角落里做"沉默的大多数"？你以为你是好人，但是就因为你不生气、你忍耐、你退让，所以摊贩把你的家搞得像个破落大杂院，所以台北的交通一切乌烟瘴气，所以淡水河是条烂肠子；就是因为你不讲话、不骂人、不表示意见，所以你疼爱的娃娃每天吃着、喝着、呼吸着化学毒素，你还在梦想他大学毕业的那一天：你忘了，几年前在南部有许多孕妇，怀胎九月中，她们也闭着眼梦想孩子长大的那一天。却没想到吃了滴滴纯净的色拉油，孩子生下来是瞎的、黑的！

不要以为你是大学教授，所以作研究比较重要；不要以为你是杀猪的，所以没有人会听你的话；也不要以为你是个学生，不够资格管社会的事。你今天不生气，不站出来说话，明天你——还有我、还有你我的下一代。就要成为沉默的牺牲者、受害人！如果你有种、有良心，你现在就去告诉你的公仆立法委员、告诉卫生署、告诉环保局：你受够了，你很生气！

你一定要很大声地说。

⊙作品赏析

《中国人，你为什么不生气》是一篇很有名气的文章，其激愤的言辞曾引起强烈的反响。作者直接把矛头指向"台湾一千八百万懦弱自私的中国人"，在文章中列举了许多事实，从这些事件中，我们可以看到，这些事情有大有小，但均有很强的代表性。中国人为什么不生气？作者说："在台湾，最容易生存的不是蟑螂，而是"坏人"，因为他们怕事、自私，只要不杀到他床上去，他宁可闭着眼假寐。"别人占、抢、闹，"那么为什么不找警察呢？警察跟摊贩相熟，报了也没有用；到时候若曝了光，那才真惹祸上门了。"在一系列关系到自己的生活、健康、事业前途的事情面前，他们怎么都还有良心躲在角落里不生气，做"沉默的大多数"？原因是长期的政治环境和民族心理影响下，大多数认为自己即使说了也没有什么用，于是大家都在忽略和漠视一个普通无名者的声明和抗议。作者疾呼："不要以为你是大学教授，所以作研究比较重要；不要以为你是杀猪的，所以没有人会听你的话；也不要以为你是个学生，不够资格管社会的事。你今天不生气，不站出来说话，明天你——还有我、还有你我的下一代。就要成为沉默的牺牲者、受害人！如果你有种、有良心，你现在就去告诉你的公仆立法委员、告诉卫生署、告诉环保局：你受够了，你很生气！"使我们的内心真正地感到震动。

救世情结与白日梦 / 王小波

现在有一种"中华文明将拯救世界"的说法正在一些文化人中悄然兴起，这使我想起了我们年轻时的豪言壮语：我们要解放天下三分之二的受苦人，进而解放全人类。对于多数人来说，不过是说说而已，我倒有过实践这种豪言壮语的机会。一九七〇年，我在云南插队，离边境只有一步之遥，对面就是缅甸，只消步行半天，就可以过去参加缅共游击队。有不少同学已经过去了——我有个同班的女同学就过去了，这对我是个很大的刺激——我也考虑自己要不要过去。过去以后可以解放缅甸的受苦人，然后再去解放三分之二的其它部分；但我又觉得这件事有点不对头。有一夜，我抽了半条春城牌香烟，来考虑要不要过去，最后得出的结论是：不能去。理由是：我不认识这些受苦人，不知道他们在受何种苦，所以就不知道他们是否需要我的解救。尤其重要的是：人家并没有要求我去解放，这样贸然过去，未免自作多情。这样一来，我的理智就战胜了我的感情，没干这件傻事。

对我年轻时的品行，我的小学老师有句评价：蔫坏。这个坏字我是不承认的，但是"蔫"却是无可否认。我在课堂上从来一言不发，要是提问我，我就翻一阵白眼。像我这样的蔫人都有如此强烈的救世情结，别人就更不必说了。有一些同学到内蒙古去插队，一心要把阶级斗争盖子揭开，解放当地在"内人党"迫害下的人民，搞得老百姓鸡犬不宁。其结果正如我一位同学说的：我们"非常招人恨"。至于到缅甸打仗的女同学，她最不愿提起这件事，一说到缅甸，她就说：不说这个好吗？看来她在缅甸也没解放了谁。看来，不切实际的救世情结对别人毫无益处，但对自己还有点用——有消愁解闷之用。"文化革命"里流传着一首红卫兵诗歌《献给第三次世界大战的勇士》，写两个红卫兵为了解放全世界，打到了美国，"战友"为了掩护"我"，牺牲在"白宫华丽的台阶上"。

· 作者简介 ·

王小波（1952—1997），北京人。1968年至1970年在云南农场当知青。1971年至1972年到山东牟平插队，后当民办教师。1972年至1973年在北京牛街教学仪器厂当工人。1974年至1978年至北京西城区半导体厂当工人。1978年至1982年成为中国人民大学贸易经济系学生。1982年至1984年在中国人民大学一分校当教师。1984年至1988年前往美国匹兹堡大学东亚研究中心读研究生，获硕士学位。1988年至1991年做北京大学社会学系讲师。1991年至1992年做中国人民大学会计系讲师。1992年至1997年成为自由撰稿人。1997年4月10日逝世于北京。

王小波在某种程度上，他具有作家和学者的双重身份。他被誉为中国的乔依斯兼卡夫卡，也是唯一一位两次获得世界华语文学界的重要奖项"台湾联合报系文学奖中篇小说大奖"的中国大陆作家。他不仅是一位作家，而且还是研究中国同性恋文化的社会学家。他曾与其妻子合著《他们的世界——中国男同性恋群落透视》（山西人民出版社，1992年11月版），这是研究中国同性恋问题最早的专著。

这当然是瞎浪漫，不能当真：这样随便去攻打人家的总统官邸，势必要遭到美国人民的反对。由此可以得出这样的结论：解放的欲望可以分两种，一种是真解放，比如曼德拉、圣雄甘地、我国的革命先烈，他们是真正为了解放自己的人民而斗争。还有一种假解放，主要是想满足自己的情绪，硬要去解救一些人。这种解放我叫它瞎浪漫。

对于瞎浪漫，我还能提供一个例子，是我十三岁时的事。当时我堕入了一阵哲学的思辨之中，开始考虑整个宇宙的前途，以及人生的意义，所以就变得木木痴痴；虽然功课还好，但这样子很不讨人喜欢。老师见我这样子，就批评我；见我又不像在听，就掐我几把。这位老师是女的，二十多岁，长得又漂亮，是我单恋的对象，但她又的确掐疼了我。这就使我陷入了爱恨交集之中，于是我就常做种古怪的白日梦，一会儿想象她掉进水里，被我救了出来；一会儿想象她掉到火里，又被我救了出来。我想这梦的前一半说明我恨她，后一半说明我爱她。我想老师还能原谅我的不敬：无论在哪个梦里，她都没被水呛了肺，也没被火烤糊，被我及时地抢救出来了——但我老师本人一定不乐意落入这些危险的境界。为了这种白日梦，我又她她多掐了很多下。我想这是应该的：瞎浪漫的解救，是一种意淫。学生对老师动这种念头，就该掐。针对个人的意淫虽然不雅，但像一回事。针对全世界的意淫，就不知让人说什么好了。

中国的儒士从来就以解天下于倒悬为己任，也不知是真想解救还是瞎浪漫。五十多年前，梁任公说，整个世界都要靠中国文化的精神去拯救，现在又有人旧话重提。这话和红卫兵的想法其实很相通。只是红卫兵只想动武，所以浪漫起来就冲到白宫门前，读书人有文化，就想到将来全世界变得无序，要靠中华文化来重建全球新秩序。诚然，这世界是有某种可能变得无序——它还有可能被某个小行星撞了呢——然后要靠东方文化来拯救。哪一种可能都是存在的，但是你总想让别人倒霉干啥？无非是要满足你的救世情结嘛。假如天下真的在"倒悬"中，你去解救，是好样的；现在还是正着的，非要在想象中把人家倒挂起来，以便解救之，这就是意淫。我不尊重这种想法。我只尊敬像已故的陈景润前辈那样的人。陈前辈只以解开哥德巴赫猜想为己任，虽然没有最后解决这个问题，但好歹做成了一些事。我自己的理想也就是写些好的小说，这件事我一直在做。李敖先生骂国民党，说他们手淫台湾，意淫大陆，这话我想借用一下，不管这件事我做成做不成，总比终日手淫中华文化，意淫全世界好得多吧。

⊙作品赏析

王小波的杂文很少像时下常见的杂文作品那样，直接就历史或现实生活中的某个问题、某种现象进行讨论和批评，而是更多地将笔锋指向传统文化、民族心理，对其负面和劣性予以深刻的解剖和批判，显示出强大的历史穿透力和理性思考特色。《救世情结与白日梦》就是作者针对知识界颇为流行的"21 世纪是中国人的世纪"、"中华文明将拯救世界"的论调有感而发的。作者在文中一针见血地指出，这种论调实质上是上世纪初以来就根植于国人心中的救世情结的翻版，"现在有一种'中华文明将拯救世界'的说法正在一些文化人中悄然兴起，这使我想起了我们年轻时的豪言壮语：我们要解放天下三分之二的受苦人，进而解放全人类"。早在几十年前，梁启超便乐观地预言整个世界都要靠中国文化的精神去拯救；"文革"时代我们也曾有过"要解放天下三分之二受苦人并进而解放全人类"的豪言壮语。在王小波看来，这些都只是一种典型的一厢情愿式的"瞎浪漫"而已。"中国的儒士从来就以解天下于倒悬为己任，也不知是真想解救还是瞎浪漫。五十多年前，梁任公说，整个世界都要靠中国文化的精神去拯救，现在又有人旧话重提。这话和红卫兵的想法其实很相通。只是红卫兵只想动武，所以浪漫起来就冲到白宫门前，读书人有文化，就想到将来全世界变得无序，要靠中华文化来重建全球新秩序。"问题在于："假如天下真的在'倒悬'中，你去解救，是好样的；现在还是正着的，非要在想象中把人家倒挂起来，以便解救之，这就是意淫。我不尊重这种想法。我只尊敬像已故的陈景润前辈那样的人。陈前辈只以解开哥德巴赫猜想为己任，虽然没有最后解决这个问题，但好歹做成了一些事。"王小波借用李敖的话对这种盲目乐观、自说自语的瞎浪漫作了辛辣的讽刺，认为他们无异于是在"手淫中华文化，意淫全世界"。很显然，王小波把批判矛头直接指向了包括知识分子在内的国人那种自我陶醉、夜郎自大、抱残守缺、沉醉于浪漫的空想中而不能自拔的"阿Q"式心态。

风铃 / 林清玄

入选理由 哲理散文中的典范 文笔清新，寓意深刻 展现独特的心灵体验

我有一个风铃，是朋友从欧洲带回来送我的，风铃由五条钢管组成，外形没有什么特殊，特殊的是，垂直挂在风铃下的木片，薄而宽阔，大约有两个手掌宽。

由于那用来感知风的木片巨大，因此风铃对风非常地敏感，即使是极稀微的风，它也会叮叮当当地响起来。

风铃的声音很美，很悠长，我听起来一点也不像铃声，而是音乐。

·作者简介·

林清玄（1953—2019），笔名秦情、林漓、林大悲等，台湾高雄人。毕业于台湾世界新闻专科学校，曾任台湾《中国时报》海外版记者、《工商时报》经济记者、《时报杂志》主编等职。1973年开始散文创作。1979年起连续7次获台湾《中国时报》文学奖、散文优秀奖、报道文学优等奖、台湾报纸副刊专栏金鼎奖等。

风铃，是风的音乐，使我们在夏日听着感觉清凉，冬天听了感到温暖。

风是没有形象、没有色彩、也没有声音的，风铃使风有了形象，有了色彩，也有了声音。

对于风，风铃是觉知、观察与感动。

每次，我听着风铃，感知风的存在，这时就会觉得我们的生命如风一样地流过，几乎是难以掌握的，因此我们需要心里的风铃，来觉知生命的流动、观察生活的内容、感动于生命与生命的偶然相会。

有了风铃，风虽然吹过了，还留下美妙的声音。

有了心的风铃，生命即使走过了，也会留下动人的痕迹。

每一次起风的时候，每一步岁月的脚步，都会那样真实地存在。

⊙作品赏析

《风铃》中作者抓住了"风铃"与风应合这一常见的生活现象，向读者展示了自己独特的心灵体验。在作者眼中，风铃成了一个敏感而富有灵性的生命使者。它是"风"的音乐演奏者，有了它，人们就会在夏日听出大自然的清凉，在冬日感受到大自然的温暖。"风铃"之所以如此神奇是因为它有心，在它的用心感知下"风"才有了光彩和生气。那么由此推及人，人只要有了一颗善感的心，有了一双善于发现的眼睛，才能不断来"觉知生命的流动、观察生活的内容、感动于生命与生命的偶然相会"。作者将风铃写得精致而有灵气，实际上是在写人的心灵。作者希望能通过心与心的相映，来营造一个美好动人的世界。

期待父亲的笑 / 林清玄

入选理由 作者人格的真实再现 风格恬然而隽永 于平凡中见真情

父亲躺在医院的加护病房里，还殷殷地叮嘱母亲不要通知身在远地的我，因为他怕我在台北工作担心他的病情。还是母亲偷偷叫弟弟来通知我，我才知道父亲住院的消息。

这是父亲典型的个性，他是不论什么事总是先为我们着想，至于他自己，倒是很少注意。我记得在很小的时候，有一次父亲到凤山去开会，开完会他到市场去吃了一碗肉羹，觉得是很少吃到的美味，他马上想到我们，先到市场去买了一个新锅，然后又买了一大锅肉羹回家。当时的交通不发达，车子颠簸得厉害，回到家时肉羹已冷，又溢出了许多，我们吃的时候已经没有父亲形容的那种美味。可是我吃肉羹时心血沸腾，特别感到那肉羹人生难得，因为那里面有父亲的爱。

在外人的眼中，我父亲是粗犷豪放的汉子，只有我们作子女的知道他心里极为细腻的一面。提肉羹回家只是一端，他不管到什么地方，有好的东西一定带回给我们，所以我童年时代，父亲每次出差回来，总是我们高兴的时候。他对母亲也非常地体贴，在记忆里，父亲总是每天清早就到市场去买菜，在家用方面也从不让母亲操心。这三十年来我们家都是由父亲上菜场，一个受过日式教育的男人，能够这样内外兼顾是很少见的。

父亲是影响我最深的人。父亲的青壮年时代虽然受过不少打击和挫折，但我从来没有看过父亲忧愁的样子。他是一个永远向前的乐观主义者，再坏的环境，也不皱一下眉头，这一点深深地影响了我，我的乐观与韧性大部分得自父亲的身教。父亲也是个理想主义者，这种理想主义表现在他对生活与生命的尽力，他常说："事情总有成功和失败两面，但我们总是要往成功的那个方向走。"

由于他的乐观和理想主义，他成为一个温暖如火的人，只要有他在就没有不能解决的事，这使我们对未来充满了希望。他也是个风趣的人，再坏的情况下，他也喜欢说笑，他从来不把痛苦给人，只为别人带来笑声。小时候，父亲常带我和哥哥到田里工作，这些工作启发了我们的智慧。例如我们家种竹笋，在我没有上学之前，父亲就曾仔细地教我怎么去挖竹笋，怎么看地上的裂痕才能挖到没有出青的竹笋。二十年后，我到行山去采访笋农，曾在竹笋田里表演了一手，使得笋农大为佩服。其实我已二十年没有挖过笋，却还记得父亲教给我的方法，可见父亲的教育对我影响多么大。

也由于是农夫，父亲从小教我们农夫的本事，并且认为什么事都应从农夫的观点出发。像我后来从事写作，刚开始的时候，父亲就常说："写作也像耕田一样，只要你天天下田，就没有没收成的。"他也常叫我不要写政治文章，他说："不是政治性格的人去写政治文章，就像种稻子的人去种槟榔一样，不但种不好，而且常会从槟榔树上摔下来。"他常教我多写些于人有益的文章，少批评骂人，他说："对人有益的文章是灌溉施肥，批评的文章是放火烧山；灌溉施肥是人可以控制的，放火烧山则常常失去控制，伤害生灵而不自知。"他叫我做创作者，不要做理论家，他说："创作者是农夫，理论家是农会的人。农夫只管耕耘，农会的人则为了理论常会牺牲农夫的利益。"

父亲的话中含有至理，但他生平并没有写过一篇文章。他是用农夫的观点来看文章，每次都是一语中的，意味深长。

有一回我面临了创作上的瓶颈，回乡去休息，并且把我的苦恼说给父亲听。他笑着说："你的苦恼也是我的苦恼，今年香蕉收成很差，我正在想明年还要不要种香蕉，你看，我是种好呢，还是不种好？"我说："你种了四十多年的香蕉，当然还要继续种呀！"

他说："你写了这么多年，为什么不继续呢？年景不会永远坏的。""假如每个人写文章写不出来就不写了，那么，天下还有大作家吗？"

我自以为比别的作家用功一些，主要是因为我生长在世代务农的家庭。我常想：世上没有不辛劳的农人，我是在农家长大的，为什么不能像农人那么辛劳？最好当然是像父亲一样，能终日辛劳，还能利他无我，这是我写了十几年文章时常反躬自省的。

母亲常说父亲是劳碌命，平日总闲不下来，一直到这几年身体差了还常往外跑，不肯待在家里好好地休息。父亲最热心于乡里的事，每回拜拜他总是拿头旗、做炉主，现在还是家乡清云寺的主任委员。他是那一种有福不肯独享，有难愿意同当的人。

他年轻时身强体壮，力大无穷，每天挑两百斤的香蕉来回几十趟还轻松自如。我最记得他的脚大得像船一样，两手摊开时像两个扇面。一直到我上初中的时候，他一手把我提起还像提一只小鸡，可是也是这样棒的身体害了他，他饮酒总不知节制，每次喝酒一定把桌底都摆满酒瓶才肯下桌，喝一打啤酒对他来说是小事一桩，就这样把他的身体喝垮了。

在60岁以前，父亲从未进过医院，这三年来却数度住院，虽然个性还是一样乐观，身体却不像从前硬朗了。这几年来如果说我有什么事放心不下，那就是操心父亲的健康，看到父亲一天天消瘦下去，真是令人心痛难言。父亲有五个孩子，这里面我和父亲相处的时间最少，原因是我离家最早，工作最远。我15岁就离开家乡到台南求学，后来到了台北，工作也在台北，每年回家的次数非常有限。近几年结婚生子，工作更加忙碌，一年更难得回家两趟，有时颇为自己不能孝养父亲感到无限愧疚。父亲很知道我的想法，有一次他说："你在外面只要向上，做个有益社会的人，就算是有孝了。"

母亲和父亲一样，从来不要求我们什么，她是典型的农村妇女，一切荣耀归给丈夫，一切奉献都给子女，比起他们的伟大，我常觉得自己的渺小。我后来从事报道文学，在各地的乡下人物里，常找到父亲和母亲的影子，他们是那样平凡，那样坚强，又那样伟大。我后来的写作里时常引用村野百姓的话，很少引用博士学者的宏论，因为他们是用生命和生活来体验智慧，从他们身上，我看到了最伟大的情操，以及文章里最动人的素质。

我常说我是最幸福的人，这种幸福是因为我童年时代有好的双亲和家庭，青少年时代有感情很好的兄弟姊妹；中年有了好的妻子和好的朋友。我对自己的成长总抱着感恩之心，当然这里面最重要的基础是来自我的父亲和母亲，他们给了我一个乐观、善良、进取的人生观。我能给他们的实在太少了，这也是我常深自忏悔的。有一次我读到《佛说父母恩重难报经》，佛陀这样说："假使有人，为了爹娘，手持利刀，割其眼睛，献于如来，经百千劫，犹不能报父母深恩。""假使有人，为了爹娘，百千刀戟，一时刺身，于自身中，左右出入，经百千劫，犹不能报父母深恩……"读到这里，不禁心如刀割，涕泣如雨。这一次回去看父亲的病，想到这本经书，在病床边强忍着要落下的泪，这些年来我是多么不孝，陪伴父亲的时间竟是这样的少。

有一位也在看护父亲的郑先生告诉我："要知道你父亲的病情，不必看你父亲就知道了，只要看你妈妈笑，就知道病情好转，看你妈妈流泪，就知道病情转坏，他们的感情真是好。"为了看顾父亲，母亲在医院的走廊打地铺，几天几夜都没能睡个好觉。父亲生病以后，她甚至还没有走出医院大门一步，人瘦了一圈，一看到她的样子，我就心疼不已。

我每天每夜向菩萨祈求，保佑父亲的病早日康复，母亲能恢复以往的笑颜。

这个世界如果真有什么罪孽，如果我的父亲有什么罪孽，如果我的母亲有什么罪孽，十方诸佛、各大菩萨，请把他们的罪孽让我来承担吧，让我来背父母亲的孽吧！

但愿，但愿，但愿父亲的病早日康复。以前我在田里工作的时候，看我不会农事，他会跑过来拍我的肩说："做农夫，要做第一流的农夫；想写文章，要写第一流的文章；做人，要做第一等的人。"然后觉得自己太严肃了，就说："如果要做流氓，也要做大尾的流氓呀！"然后父子两人相顾大笑，笑出了眼泪。

我多么怀念父亲那时的笑，也期待再看父亲的笑。

⊙作品赏析

在众多的文学样式中，散文是最能折射出作者人格的一种文体。读林清玄的作品，感觉就是：展现在你眼前的不是方块字，而是一颗单纯、善良、感恩的心，是一种博大的悲悯情怀。他对世间万物的细腻体察，让我们感知到了生命中最原生态的真与美。

林清玄曾经说过："美丽的词藻是短暂的，只有真正的思想观点才可以恒久。"他自己的创作就是对这种观点的实践。他的文字清新朴素，平淡隽永。所记的事也许平凡，所写的人也许普通，但总是会把你打动。这里，作者既有对父亲整体形象的粗线条勾勒，也有生动入微的精细描绘，通过精心刻画，一位形象丰满、慈爱睿智的父亲呼之欲出。此外，这篇《期待父亲的笑》不光表达了他对父母的深情，更是他对和父母一样的整个劳动人民的尊重和敬仰，这就使得文章主题深厚而宽广。

与其恬淡自然的语言风格一致，文章的结构也如行云流水般，晓畅自然。整个文章呈现出一种宁静的美。

浴着光辉的母亲 / 林清玄

台湾散文大家林清玄的散文精品之一
文笔流畅清新，情感醇厚，极具艺术性
从司空见惯中挖掘出生活的爱，别具匠心
入选理由

在公共汽车上，看见一个母亲不断疼惜呵护弱智的儿子，担心着儿子第一次坐公共汽车受到惊吓。"宝宝乖，别怕别怕，坐车车很安全。"——那母亲口中的宝宝，看来已经是十几岁的少年了。乘客们都用非常崇敬的眼神看着那浴满爱的光辉的母亲。

我想到，如果人人都能用如此崇敬的眼神看自己的母亲就好了，可惜，一般人常常忽略自己的母亲也是那样充满光辉。

那对母子下车的时候，车内一片静默，司机先生也表现了平时少有的耐心，等他们完全下妥当了，才缓缓起步，开走。

乘客们都还向那对母子行注目礼，一直到他们消失于街角。

我们为什么对一个完全无私地融入爱里的人会有那样庄严的静默呢？原因是我们往

往难以达到那种完全融人的庄严境界。

完全的融入，是无私的、无我的、无做作的，就好像灯泡的钨丝突然接通，就会点亮而散发光辉。就以对待孩子来说吧，弱智的孩子在母亲的眼中是那么天真、无邪，那么值得爱怜，我们自己对待正常健康的孩子则是那么严苛，心里充满了爱，却无法全心地爱怜。

但愿，我们看自己孩子的眼神也可以像那位母亲一样，完全无私、融入，有一种庄严之美，充满爱的光辉。

⊙作品赏析

林清玄本身和佛学极有渊源，有一颗悲天悯人的心，总是带着宗教式的感恩观察和发现身边哪怕是极细微的琐事，从中探究出生活的爱和潜藏的哲理。他的语言有如诗般的静美，像花儿一般芬芳，读来教人陶醉。

《浴着光辉的母亲》一文结构相当简洁，但构思精致，从平常甚至是被刻意忽略的事件中发现了生活的含义，并将母爱的表达精到细致地描述出来；在语言上，用词典雅，流畅清新，读来不仅是精神的震撼，同时也是视觉和心灵的愉悦，像一曲生命的轻歌，缓缓入心；文章的情感表达细致，丝丝入扣，将作者对公车上发生的母爱光辉所领悟的心灵触动，如诗如歌却催人泪下地描摹下来。

文章给我们展现了一个平常视而不见的爱的表现，重新为我们定义了一下爱的含义。作者说爱不仅只是给与要求，更重要的是懂得体贴一颗心。文中的故事也许我们能经常在公车上在某个不经意的角落看到，但我们总是自以为是很冷漠地忽视了。林清玄却抓住了这一个瞬间，然后告诉我们，爱原来可以是这样的。作者想说的绝不止是故事本身，而是从这平实的事件中发掘人际间情感的纽带，将人性的光辉带入笔墨间，让它绽放出应有的光彩，为我们浮躁的心灵寻找一片宁静的天空。

为女儿感动 / 叶兆言

入选理由　当代著名作家叶兆言的心得体会
文风闲淡自然，情感真切动人
全文充满代沟问题的深刻反思，引人关注

常在文章中看见"逆反心理"几个字。有人说它是一种生理现象，表现在 16 岁的女孩子身上尤其严重。在过去的一个月中，我充分领教了女儿的这种"逆反"，喊她干什么，硬和你对着干，晚上很晚睡，早上睡懒觉，忍不住就看无聊的电视，然后便大谈歌星。我不是个严厉的父亲，却是个唠唠叨叨的大人。女儿出国前的一个月，我们之间并不是很愉快，发生过的激烈争执，数量相当于她长到 16 岁的总和。老实说，我们都很失望。

我一次又一次失态，有一天，竟然动手打了她。一直到现在，我都不明白为什么会发生这样的战争。自从女儿出国定下来，我一直在为她操心，起码自己觉得是这样。在父母的眼里，孩子永远长不大，我们不停地要求这样，要求那样。作为父亲，我不明白

· 作者简介 ·

叶兆言（1957—），出生于江苏苏州，1982年1986年毕业于南京大学中文系硕士班。历任金陵职业大学教师，江苏文艺出版社编辑，现为江苏省作协专业作家、中国作家协会会员。1980年开始发表作品。代表作品有长篇小说《一九三七年的爱情》、《花影》、《花煞》、《别人的爱情》，散文集《流浪之夜》、《叶兆言绝妙小品文》、《叶兆言散文》、《杂花生树》等。

为什么只看到女儿的缺点，女儿会弹钢琴，一次又一次考上重点学校，这次又以出色成绩，获得出国留学一年的机会。她毕竟只是个中学生，我不明白自己还希望她怎么样。我为她在异国他乡的遭遇烦神，有个美国朋友来作客，他正翻译我的一部长篇小说，挺真诚地说："你的女儿英语很好！"一个来旅游的英国女孩，在我们家住了一个星期，用英语和她整晚聊天，谈喜欢的流行音乐，谈男生女生，可是我对女儿的英语程度还不放心，老是和尚念经一样地让她再背些单词。我知道自己在女儿的眼里很可笑，很愚蠢，越是可笑愚蠢，越要老生常谈。女儿出国前的10天，有机会去上海与曾经留过学的中学生联欢，她很希望我们全家一起去。我一口拒绝了，理由是有稿子要赶。女儿很失望，她知道自己有一个很没有情调的父亲，所以都没想到坚持。

我总是让女儿再用点功，要她记日记，要她看一两本名著。在这一个月中，我完全失控，一看到她看报纸的娱乐版，把频道锁定在无聊的肥皂剧上，嗓门立刻大起来，动不动就把她弄得眼泪汪汪。有一天，她去买东西，丢了一个帽子，我竟然很生气地让她去找回来。我不是心疼帽子，而是她什么东西都不知爱惜，出国后会为此吃苦头。这是很无聊的大动肝火，我平时很宠女儿，因为无原则的放纵，妻子总说我把孩子给宠坏了。也许担心她出国不能自理，也许担心她出国会过于放纵，我突然失去了理智，变得连自己想起来都觉得可憎。不仅我不讲道理，女儿也变得非常蛮横。我们成天吵，吵得大家都伤心，不仅伤心，甚至寒心，以至于大家都希望早日成行。终于到了8月9日，去上海机场送她，临上飞机，她悄悄塞给母亲一个小本子，上面密密麻麻的全是字。她的母亲已经在伤心流泪，看到小本子上的这些信，更是泪如雨下。

我做梦也没想到女儿会留下如此美丽的日记。她希望我们在思念她的时候，就翻翻这小本子。作为父母，总觉得女儿不懂事，可日记上的内容，分明让我们明白，真正不懂事的，是一些自以为是的大人。其实，何止女儿有点逆反心理，扪心自问，我们自己的心态也早就失衡，变得不可理喻。我曾经一再感叹，觉得女儿没什么爱心，因为现实生活中，差不多都是父母在为她服务，帮她叠被子，帮她倒水，半夜里起来帮她捉蚊子，强迫她喝牛奶。也许因为这些本能的爱，我们已经有些畸形，却忽视了一个最简单的事实，这就是女儿已长大。她不再需要婆婆妈妈的唠唠叨叨，需要的是另一种关爱，是理解。我不得不说自己深深地为女儿感动，女儿日记中表现出的那种爱，那种宽容，那种对父母的理解，让我无地自容。

征求了女儿的同意，从她临行前的日记中，挑出三分之二的篇幅，让读者阅读。我想，这些书信体的日记，不仅是写给我们看的，也适合其他的父母，它代表了一大批孩子的心声，这中间有委屈，有倾诉，有矫情，更有源源不断的真情实感，它有助于我们了解自己的孩子，解除两代人之间可能会有的那些隔膜。过去总以为只有父母才是爱孩子的，其实孩子更爱我们，父母的爱可能有时很自私，因为自私，会走向反面，会泥沙俱下，充满杂质；而孩子的爱是一股清澈的泉水，透明，纯净，美好，更接近爱的本义。

⊙作品赏析

在一篇关于叶兆言的访谈录中，也曾透露了他和女儿叶子之间的微妙关系，作者说因为写作对宁静感的绝对要求，让他对妻儿在自己的身边活动感到极不自在；而在另一个方面，当她们真的不在自己身边的时候又会感到不安和惶惑。这大概就是一个做父亲的最真切的感触。

《为女儿感动》其实体现最多的也是这种心情。近年叶兆言的文风在悄然发生着变化，在《没有玻璃的花房》中可以得到印证，语言闲淡，充满生活的气息，而这也正是《为女儿感动》的语言风格，那里作者恍似在闲话家常，像对着某个熟知的朋友，在倾诉着自己对女儿的想法，很是自然，并且饱含着深沉的爱意，因为这个女儿是个争气的孩子，在文学上已经颇有作为，还出版过几部书。至于文章的结构前后起伏落差极大，则是源于作者内心的情感波动，先是回忆从前相处时因为彼此的封闭所导致的不愉快，再到女儿的日记冰释父女之间的情感疙瘩，文章的滋味也由略带惆怅的苦涩转向甜蜜的爱意了。

正像有篇文章的标题所说的"女儿，一巴掌，一手心"，这是一个做父亲的最真切的心，而当这样的爱，得到子女的深情回应后，父亲也就宽慰了，所以也才有了这篇文章深情款款追述这一层变化。

青苔小巷中的情书 / 海男

收到生命中第一封情书，是在一个枯燥的寒假之中。情书不是从邮局飘然而来的，而是夹在一本发黄的书中，那本书好像是《青年近卫军》或者是《钢铁是怎样炼成的》。给我写情书的少年住在金官小镇的一条生长着青苔的小巷深处。

我见得最多的青苔就是那时了，那条小巷深处疯狂生长的青苔大概有许多年的历史了。给我写情书的少年那时经常跟我交换书看，当一本本发黄的书籍在我手中传递时，书籍上还散发着另一个人的体温。

当我在书中发现一封叠成三角形的纸条时，情书仿佛是从云缝之中飘然而至，他的呢喃之声偶然让我想到了保尔和冬妮亚的爱情。然而，我还是战栗着，那是青春生活中从未被撕开的战栗。当我展开那封信的时候，随之而来的是一阵心跳的肃静，一页白色的纸在微风之中战栗着，同我青春的、微绿的、惊奇的战栗一样。它继续着那种肃静，但无论如何，我已经看到了那封信，这意味着我开始撕开了青春期的一层迷雾，我撕开了：刻画着一种心悸、惊喜的色彩。

一封情书用可能的方式敞开着，一封 20 世纪 70 年代的发自一位少年的情书，飞速地驰过我所看见的山坡上的篱笆，被一个住在青苔小巷中的男孩倾慕着，被一个男孩那激动人心的钢笔字所笼罩着，我第一次想像那个男孩坐在窗口的身影，我第一次散着步，在寒风中经过了那片冬日篱笆，然后独立地横跨过去，体会着一种朦胧的幸福，仿佛有人在等候我。情书，第一封被我撕开的情书，我读了几乎有 100 遍，我的眼睛因炫目而荡漾着，一个写情书的男孩似乎把我引向一种美妙的舞步，然而，最终把我引向的却是那条生长着青苔的小巷。

也许因为我饥渴，这种饥渴不是对情感的饥渴，那时候，情感还没有像疯狂的青苔一样从石板路上，从小巷中的墙壁上，

·作者简介·

海男（1962— ），生于云南永胜县，原名苏丽华。1991年毕业于鲁迅文学院研究生班，她在诗歌、散文、小说领域多有建树。主要作品有诗集《风琴与老人》、《是什么在背后》、《虚构的玫瑰》，散文集《空中花园》、《屏风中的声音》，小说集《疯狂的石榴树》、《私奔者》等。

从缝隙中疯狂地生长出来。我饥渴是因为交换在那个男孩和我之间的书籍，不知道什么神奇的魔力，书成为了我们彼此交往的借口，如果没有那封叠成三角形的情书，这样的交往是明朗的。

然而那封情书出现了，我们的交往不免有些让人心跳。从那时开始，我便从场景和气氛中学会了掩饰，我掩饰自己的情绪，佯装没有看见那封情书，这样一来，那个少年开始着急了，他巧妙地问我有没有发现一个纸条。当时，我正置身在那条令人着迷的青苔小巷之中，青苔仿佛从我身体中长了出来，用来掩饰住我的那种心慌意乱："纸条？什么纸条？我可没发现什么纸条！"我仰起头来看着墙壁上的青苔，仿佛因此移过墙壁，到达一个我们没去过的地方。

少年低下了头，看着脚下的青苔不说话，那天中午，我们所交换的书籍是《小城春秋》。我从他手中接过书，他的体温留在发黄的封面上，而我的体温一定也留在了另一本书中。他给我的书中没有三角形的纸条，没有情书，从此以后他就再也没有给我写过情书，也许我的满不在乎、我的那种矜持吓坏了他。

多少年后，我开始写情书时，我拉开了抽屉，那封最初的情书已经变成黄色。我的思绪已经跳动在别处，在异乡的车厢里，在指尖的朝前移动之中。当我开始写情书时，我才理解了那个少年，理解了他少年时期的幻想。我，曾经被他幻想过，被他萦绕在心灵中，哦，情书，用我的手曾经撕开过的情书，延续在一个忠诚的时刻，也必定会延续到一个决裂的时刻。

那个住在青苔小巷中的少年随同父母迁移的时刻，也是我还书给他的时刻，沿着长满青苔的小镇，我突然看见一辆小马车停在路中央，那个少年正在朝着马车搬动着手中的那只笨重的木箱。我想，制作木箱的那个木匠一定也很笨，那种笨显得很朴素也很可笑，那是一种轻松而沉重的笑。

少年看见了我，此刻他终于把那只笨重的箱子挪到了小马车上，他满脸汗水，他惶惑地解释着这次突如其来的迁徙活动：少年的父亲经过了几年的努力，终于可以把他们一家调到外省去，因为所谓的外省就是他们的老家。

少年用一种留恋的目光与我的目光只对视了一瞬间，马车就要开始朝前移动了，少年的母亲唤他尽快上车，少年是最后一个上车的。我把书还给了他，他便迟疑着往马车上跳去，少年的迟疑感使他的目光显得有些忧伤。

马车已经随着小巷中或明或暗的光线消失在我的视野之中，我仍然站在生长着青苔的小巷深处，绿色的、潮湿的青苔从此以后仿佛在我身体中疯狂地生长着。我再也没有看见那位少年，从此以后，我们再也没有发生过任何联系。

我忠实地体现着那封情书撕开以后的生活状况，我约会，放低声音地谈情说爱，我伸长脖颈，让别人吻着我的血管，我倾向于沉醉时会不顾一切，我被挫伤，但仍保留着属于自己的气息，因为撕开了那封情书，我才发现了一个小小的无限。

铺满青苔的小巷中消失的少年到底影响了我什么？一个并不吸引人的少年，跌跌撞撞的少年，跟随父母迁徙的少年，通过一封情书使我总是回忆那种生长在小巷中的青苔。

⊙ 作品赏析

海男的文学中充满了对人生本身虚无的体验，有评论家称，她在用语言穿透虚无的暗晦性，用语言来命名人的澄澈性。但在《青苔小巷中的情书》中我们却看到了作者温情的另一面，这是一个历经情场后的女人在某次静寂中回想起的一段关于别人的初恋的一个单纯的故事，文章以青春的好奇开始，以似有似无的思念作结。像一阵无足轻重的风飘过，只留下淡淡的印痕。而这似有似无恰是作者此时的心境捕捉，在作者看来它只是作为一次青春的经历，而不是生命的一次刻骨铭心的体验，因为它在作者的心中永远没有开始，反而是因为作者的一句话而匆匆结束了。所以我们才说此时作者的追忆是淡淡的，像一个故事一样娓娓道来。文章风格清雅，幽婉，恍似一枚秋天的落叶，飘荡在时光的浮尘中，带着青春的哀愁和恋情初萌的甜蜜。

雁 / 石钟山

> **入选理由**
> 军旅作家石钟山在"激情燃烧"之外的别样感悟
> 以老故事改编的情感新阐释
> 写尽人生世事与爱在挣扎中的凄美

人们先是看见那只孤雁在村头的上空盘桓，雁发出的叫声凄冷而又孤单。秋天了，正是大雁迁徙的季节，一排排一列列的雁阵，在高远宁澈的天空中，鸣唱着向南方飞去。这样的雁阵已经在人们的头顶过了好一阵子了，人们不解的是，为什么这只孤雁长久地不愿离去。

人们在孤雁盘桓的地方，先是发现了一群鹅，那群鹅迷惘地瞅着天空那只孤雁，接着人们在鹅群中看见了那只受伤的母雁。她的一只翅膀垂着，翅膀的根部仍在流血。她在受伤后，没有能力飞行了，于是落到了地面。她应和着那只孤雁的凄叫。在鹅群中，她是那么的显眼，她的神态以及那身漂亮的羽毛使周围的鹅黯然失色。她高昂着头，冲着空中那只盘桓的孤雁哀鸣着。她的目光充满了绝望和恐惧。

天空中的雁阵一排排一列列缓缓向南方的天际飞，惟有那只孤雁在半空中盘桓着，久久不愿离去。

天色近晚了，那只孤独的雁留下最后一声哀鸣，犹豫着向南飞去。受伤的雁目送着那只孤雁远去，凄凄凉凉地叫了几声，最后垂下了那颗高贵美丽的头。

这群鹅是张家的，雁无处可去，只能夹在这群呆鹅中，她的心中装满了屈辱和哀伤。那只孤雁是她的丈夫，他们随着家庭在飞往南方的途中，她中了猎人的枪弹。于是，她无力飞行了，落在了鹅群中。丈夫在一声声呼唤着她，她也在与丈夫呼应，她抖了几次翅膀，想重返到雁阵的行列中，可每次都失败了。她只能目送丈夫孤单地离去。

张家白白捡了一只大雁，他们喜出望外，人们在张家的门里门外聚满了。大雁他们并不陌生，每年的春天和秋天，大雁就会排着队在他们头顶上飞过，然而这么近地打量着一只活着的大雁，他们还是第一次。

· 作者简介 ·

石钟山（1964— ），沈阳人。毕业于解放军艺术学院文学系，现就职于北京广播电视局。1984年开始发表小说，著有长篇小说《白雪家国》、《飞跃盲区》等五部，中篇小说三十余部，短篇小说多篇。根据他的小说改编的电视剧有《激情燃烧的岁月》、《军歌嘹亮》、《幸福像花样灿烂》、《母亲，活着真好》、《角儿》、《玫瑰绽放的年代》等。

有人说:"养起来吧,瞧她多漂亮。"

又有人说:"是只母大雁,她下蛋一定比鹅蛋大。"人们议论着,新奇而又兴奋。

张家的男人和女人已经商量过了,要把她留下来,当成鹅来养,让她下蛋。有多少人吃过大雁蛋呢?她下的蛋一定能卖一个好价钱。

张家的男人和女人齐心协力,小心仔细地为她受伤的翅膀敷了药,又喂了她几次鱼的内脏。后来又换了一次药,她的伤就好了。张家的男人和女人在她的伤好前,为了防止她再一次飞起来,剪掉了她翅膀上漂亮而坚硬的羽毛。

肩伤不再疼痛的时候,她便开始试着飞行了。这个季节并不寒冷。如果能飞走的话,她完全可以找到自己的家族以及丈夫。她在鹅群中抖着翅膀,做出起飞的动作,刚刚飞出一段距离,便跌落下来。她悲伤地鸣叫着。

人们看到了她这一幕,都笑着说:"瞧,她要飞呢。"

她终于无法飞行了,只能裹挟在鹅群中去野地里寻找吃食,或接受主人的喂养。在鹅群中,她仰着头望着落雪的天空,心里空前绝后地悲凉。她遥想着天空,梦想着南方,她不知道此时此刻同伴们在干什么。她思念自己的丈夫,思念南方的湖水。她的耳畔又依稀响起丈夫的哀鸣,她的眼里噙满了绝望的泪水。她在一天天地等,一日日地盼,盼望着自己重返天空,随着雁阵飞翔。

一天天,一日日,她在企盼和煎熬中度过。终于等来了春天;一列列雁阵又一次掠过天空,向北方飞来。

她仰着头,凝视着天空掠过的雁阵,发出兴奋的鸣叫。她终于等来了自己的丈夫。丈夫没有忘记她,当听到她的呼唤时,毅然地飞向了她的头顶。丈夫又一次盘桓在空中,倾诉着呼唤着。她试着做飞翔的动作,无论她如何挣扎,最后她都在半空中掉了下来。

她彻底绝望了,她不再做徒劳的努力了,她美丽的双眼里蓄满了泪水,她悲伤地冲着丈夫哀鸣着。

这样的景象又引来了人们的围观,人们议论着,嬉笑着,后来就散去了。

张家的男人说:"这只大雁说不定会把天上那只招下来呢。"

女人说:"那样的话,真是太好了,咱们不仅能吃大雁蛋,还能吃大雁肉了。"

这是天黑时分张家男女主人的对话。张家已把鹅群和她赶到了自家院子里,空中那只大雁仍在盘桓着,声音凄厉绝望。

不知过了多久,这凄厉哀伤的鸣叫消失了。

第二天一早,当张家的男人和女人推开门时,他们被眼前的景象惊呆了:两只雁头颈相交,死死地缠在一起,它们用这种方式自杀了。

⊙作品赏析

《雁》的故事让人想起了梁山伯与祝英台凄美的爱情悲剧,也让人联想起罗密欧与朱丽叶刻骨铭心的爱恋。只不过是故事的主角成了文章中的大雁,而无耻的反对势力则成了贪婪成性的养鹅者,以及麻木不仁的围观者。作者把对爱情的颂扬和对社会现实的批判完美地结合在了一起。一边是爱情的思念,和为了成全爱情的苦苦挣扎;一边则是鲁迅笔下看客般无药可救的以别人的流血挣扎残忍取乐的行为。在作者看来,这是两方面的悲剧:遗失人性的围观者木然地活着是作为人存在的悲剧；而两只大雁忍不住长久的思念绕颈而死，就像传统文学《孔雀东南飞》中的焦仲卿与刘兰芝双双殉情，但却没有后者在自己的坟头长出相思树永不分离那般幸运，它们只是被无辜地折磨而死，这也是其中的悲剧。由此作者的思想倾向就显得相当明显：对牺牲的爱的崇敬，愿它们化为柔歌能在风中相随；另外则是对养鹅者的残忍与围观者的麻木的深刻批判。

也正如此，文章的笔调才起伏不定，对大雁的描摹则深情凄婉，文字就像首深沙的歌谣，沁人心扉；而在对养鹅者的残酷、围观者的麻木上，则用笔严肃，锋芒毕露，给人一种僵硬的顿挫的感觉。

这是一个旧故事的新演绎，虽然已经不再新鲜，但每次的阅读也同样让我们再次为情所困。

入世之惑 / 王开林

严格说来，游泮求学的阶段还只能算作入世的前期，因为羽翮未丰之故，雏鹰也不敢试探云天。

这种企盼却不可遏止。

毕竟草原对于羊是一种诱惑，昊曼对于鸟也是一种诱惑。

它们只想到那里的快乐与自由。

危险呢？是无处不在的，但它们不怕，所谓初生牛犊不怕虎吧。

一个人，除非夭折，入世是迟早的事情。这张大门也永远敞开着，不管熙熙者为名，还是攘攘者为利，它都来者不拒。然而，出口却相对狭小，在这张窄门外不远的地方，布满了寺院和庙宇，这里无疑隐藏着一条通往天堂和来生的捷径。

在寺庙之旁，原本还有隐居者的林薮，现在却已被伐木者的斧斤剃成了濯濯童山，连蛇鼠之类也都迁居别处了。

入世之前，谁会认定自己命运多舛呢？尽管人们都很清楚，怀才不遇是常有的事情。

"愿乘长风破万里浪！"

"直挂云帆济沧海！"

这些都仅仅是美好的理想和愿望。

卞和三献玉，先是被刖足，后是被挖眼，他以残废之躯忍百耻而酬夙愿，是大坚忍者，也是大悲苦者，读史至于此处，怎不令人黯然神伤，恻然心痛？

既有献玉的人，就有淘金的人。

淘金者逐利，"利"字旁边有倚刀，他们走的是一条险道。孟子对梁惠王说："王何必曰利，唯有仁义而已矣。"这种教诲无论是对庙堂之君还是对市井之民，都终告无效。

何况名利相生，蔚然而为世间的大学问大风景，众人昧于所得，便不计得失。良知呢？成了烫手碍眼之物，统统被弃之沟渠。

圣人死在 2470 年前，"仁、义"早已是两粒干瘪的种子，根本不可能再发芽了。

好啊，你方唱罢我登场，何必分南北剧种呢？又何必分生、旦、净、末、丑呢？还是八仙过海，各显神通吧。

入世之初，性善性恶且撇开不顾。

强者说："虎嘴拔牙，刀口舔血！"

弱者说："明哲保身，与世无扰。"

智者说："鹬蚌相争，渔翁得利。"

愚者说："有酒有肉，心满意足。"

看破者出语则又有不同："人生在世，衣食二字，我富也如此，贵也如此，贫也如此，贱也如此。何必殚思竭虑以求其余？"

一个聪明的现代人却会立刻看到问题的实质所在："贫富贵贱的区别乃是生活质量高下的区别。人生如朝露易晞，世事如白云苍狗，富贵与贫贱又何异于霄壤云泥？失意者可以'视富贵如浮云'而自解，却不应该以此自欺！"

聒耳之声不绝如缕，我们莫衷一是。

且走一程，看一程，思一程，悟一程。我们便不难遇见那些欺世盗名之徒和见利忘义之辈。

名利为倘来之物，汲汲于心者，追逐千里而往往不得；淡淡于怀者，退避三舍而屡屡获之。名为天下之公器，也是皎皎易玷之物，若让小人染指，必定败坏无疑。偷钱者不惜钱，正如沽名者不惜名，他们的龌龊行为使假名日鄙，真名亦为之贱。

古人何以重名节？因为他们有一种自觉意识："要留清白在人间！"

今人践之踏之而不以为过，都是因为今日之名不同于古时之名，今日之名可由各种新闻媒介去胡乱炒出，古时候，必先实至而后名归。

入世者惑于名，就会成为迷途的羔羊。

现代人与报纸、声像结欢甚牢，眼见着各路名人多于皂泡，自己却默默无闻，怎能不既生烦恼又生羡慕呢？若真有一点楚霸王项羽的豪气，便也会大言不惭地说出"彼可取而代也"的话来。

入世者惑于名，必然急于见效，如此则往往弃大功而修小技，最终的造化就可想而知了。

人生在世，若能在"立德、立功、立言"三事上成就一二，则可以不抱愧，不遗悔。

立德极为艰难，沧海横流，若没有至强至坚的心性，又怎么经受得起世俗风浪的冲击？何况要立德就必须时时以高洁自励。在红尘之中，卓然如鹤立鸡群，衬出了宵小之辈的丑陋，是很遭嫉恨的。孔子周游列国，孟子说梁惠王，都以失败而告终，非其理不立，非其言不当，而是因为他们的德操不为鼠虫之辈所容。反之，张仪、苏秦都无德可称，仅凭其如簧巧舌，就轻而易举地攫获了功名利禄。

一个才志超凡的人若勇于任事，敢为天下先，又有很好的机遇，也是可以建立一番功业的。古人说："难得而易失者，时也；时至而不旋踵者，机也。故圣人常顺时而动，智者必因机以发。"真要是时运相济，才志相称，立功往往只在指麾之间，否则，毕路蓝缕，胼手胝足，甚而至于杀身求仁，舍生取义，功业依然如九丈沙塔，百建难有一成。"戊戌六君子"爱国不可谓不深，运思不可谓不苦，用力不可谓不勤，最终却都惨死于屠刀之下，千秋功业也成了梦幻空花。自古以来，大才子大志士往往落魄失意，除了嗟叹"时哉命也"，又能如何？

志愿不酬，抱负不展，他们就只好退而立言，如顾炎武、王夫之等先贤，都最终走了这条路。对于他们来说，名山事业乃是最后的依托。

世间立德者少有，而立功、立言者多见。最可笑的是，百无一能者也想功德圆满，不学无术者也想著作等身，尽管他们最终被讥为不自量力和糟蹋斯文，却使尘世添出了许多喧嚣与烦聒。

厌于立德而惑于立功、立言，其结果往往会走向意愿的反面。这样的功也就很难成为不世之功，这样的言也就很难成为不刊之言。

世人既惑于名，惑于利，也惑于情。

所谓男女之情，岂是风月二字这样简单？

情与欲其实不可分割，纯粹的情（仅指心灵成分）是很难孤立存在的，若不是少男少女的游戏，就是柏拉图主义者的侈谈。

唐朝诗人孟郊有一首《偶作》："利剑不可近／美人不可亲／利剑近伤手／美人近伤身／道险不在远／十步能摧轮／情爱不在多／一夕能伤神"。这首诗虽然有点危言耸听的意思，但也并非全无道理。

惑于情，自不免惑于色。我们自解的办法虽多，能收奇效的却根本没有。僧侣若遇到这种难题，或可以手捻檀珠，口中念念有词："色即是空，空即是色。"然而，常人身上却全无一点道行，又如何能视红粉为白骨？这就难怪会有"冲冠一怒为红颜"的吴三桂，有"不爱江山爱美人"的温莎公爵。

孟子说："食、色，性也。"但极情纵欲就完全超越了本性的限度，适足以使神智两伤。大丈夫伟男子虽然都是有情之人，但其脱俗之处是在于不受情爱的羁绊，他们能入能出，由于有大气概，因此才能成就波澜壮阔、多姿多彩的大感情。

少年惑于情爱，悔在其后；中年惑于情爱，悔则随之；老年惑于情爱，悔则立至。那些千金买笑的人就完全不值一晒了。

"三十而立，四十而不惑。"

孔子的这种界定未免失之简单了一些，因为惑与不惑并不以四十岁为分水岭。有的人终其一生仍在浓雾之中，找不到出路；有的人却早早地钻出了黑洞，见到光明。

我从来就没有断然决然的出尘之想，一则视为畏途，一则尚无觉悟。于名利也还没能修成视之如粪土的功夫，但我有明确的原则，正如孔子所说："饭疏食，饮水，曲肱而枕之，乐亦在其中矣。不义而富且贵，于我如浮云。"如此坚守本心，"三立"之事庶几乎可成一二？至于情，我则完全抱着顺其自然的态度，似乎没有迷惑的危险。

世间往往有大困惑，尔后才有大觉悟，因此，不怕有惑于其前，只怕无悟于其后。

不惑，无疑是人生中一种大境界。

⊙作品赏析

王开林的文风具有明显的前后期之别，前期关注的是个人内在张扬的生命体悟，后期则融入了整个中华文化的大背景下和文化共同呼吸的阳刚霸气，而最让人欣赏的则是《天地雄心》，它代表了作者风格倾向的完全转变，以及另外一个创作命运的开始。

《入世之惑》最让人感触的是他对入世之时各种心态的展示与惊心动魄的描摹，将行将长大的欣悦和迈开步伐前的豪情万丈，结合于各种各样潜在的威胁对即将入世者的挫折演示，无不让读者觉得作者是个慈祥的人生导师。在这条路上就这样充斥着悲歌欢歌，美梦噩梦，像一个狭隘的关口，在某个未知的位置等着我们的到来，不可逃脱。作者说："毕竟草原对于羊是一种诱惑，昊曼对于鸟也是一种诱惑。它们只想到那里的快乐与自由。危险呢？是无处不在的，但它们不怕，所谓初生牛犊不怕虎吧。"

文章的一大特色就在于它沿袭了作者的后期创作风格，整篇文章旁征博引，诸如卞和献玉的历史典故，孔孟的人生参悟，李白孟郊的诗词，无不为行文增添了不可估量的历史厚重感，同时也让文章由此文采飞扬，宛似天马行空逍遥自在。再加上时时闪现的哲理名句更让人读来有醍醐灌顶的冥悟之感，如文章所言"入世者惑于名，必然急于见效，如此则往往弃大功而修小技，最终的造化就可想而知了。人生在世，若能在"立德、立功、立言"三事上成就一二，则可以不抱愧，不遗悔"。

世界最美的散文

亚里士多德论同情 / 亚里士多德

入选理由　逍遥派哲学家亚里士多德的哲学篇章
一个智者对同情的界定
和《诗学》比肩的净化心灵的情绪

　　可以把同情定义为一种由于落到不应当遭此不测的人身上的毁灭性的、令人痛苦的显著灾祸而引起的痛苦情感，同情者会想象这种灾祸有可能也落到自己或自己某位亲朋好友的头上，而且似乎近在眼前。非常清楚，一位将会产生同情的人必定是这样一种人，他们觉得自己或自己的某位亲朋好友有可能遭受某种灾祸，这种灾祸就如上述定义中所提及的，或者与之类同或近似。因此，那些彻底绝望之人不会有同情心，因为他们认为自己已经承受了天下的一切灾难，再也没有什么灾祸可以承受的了；那些自认为极度幸福的人也不会有同情心，他们有的只是傲慢心，因为他们既然自认为已经获得了世间的一切善事，当然会认为不可能遭受任何灾祸了。那些自认为有可能遭遇不测的人是那些已经遭遇过灾祸而又幸免于难的人，那些年老德高之人因为他们具有见识和经验；那些孱弱之人，特别是较为懦弱之人，或者是那些受过教育的人，因为他们具有理智；也是那些有父母双亲、子女及妻室的人因为这些人与他们息息相关，而且有可能遭受上述灾祸。或者，他们也是那些没有体验过阳刚之激情的人，如没有体验过愤怒和失控的人——那些人是不管将来怎样的，以及那些没有体验过暴虐的人——这些人同样不会去想将来会遭受什么灾祸，只有介于两者之间的人才会有同情之心。那些处于极度恐惧中的人也不会有同情心，因为他们的心已经被恐惧之情牢牢控制住了，便不再有怜悯之情。那些认为世界上还有贤明之人的人也会怀有同情之心，因为若是认为这世上已全无好人，那么就会认为所有人受苦受难都在情理之中。总之，仅当人们忆及这样的祸事曾经在自己或自己的亲友身上发生过，或者预期在将来祸事还会重演时，他们才会产生同情之心。

〔佚名 译〕

⊙作品赏析

　　《亚里士多德论同情》是一个后加的题目，文章本身出自《修辞学》，表达的是作者对同情这

·作者简介·

　　亚里士多德（前384—前322），古希腊哲学家、自然科学家、文艺理论家。生于卡尔基狄克半岛，曾师从柏拉图学习哲学。在奴隶主民主派和贵族派的斗争中，采取折中调和的立场。他的文艺理论著作传世的有《诗学》和《修辞学》。《诗学》对希腊文学作了理论总结，主要围绕悲剧和史诗，深刻探讨了两个根本问题：一是文艺与现实的问题，亚里士多德认为艺术的本质是对自然的摹仿，而且要描写现实中那些带有普遍性的东西，也应该高于现实；一是文艺的社会功用问题，他提出悲剧可以通过引起悲悯与恐惧的感情，并使之得到净化（或宣泄），使人的心理恢复健康。另外，他还强调情节的完整和统一。亚里士多德为西方现实主义文艺理论的发展奠定了基础。《修辞学》论述了古代散文的写作方法。

一种情绪的独到见解。在他看来，同情心的产生需要一定的心态背景，诸如要能相当灵敏地感受到痛苦和伤害的存在，而像安逸、绝望之类的极端心态是不可能产生同情的，所以文章中才说：同情是一种由于落到不应当遭此不测的人身上的毁灭性的、令人痛苦的显著灾难而引起的痛苦情感。就像他在另一篇文章《诗学》上所表达的悲剧因素一样，在莎士比亚看来是高尚的陨落，而在鲁迅看来是对美好的东西的毁灭，这就是所谓的痛苦，狄德罗将它称为剧院中的慌乱。文中所说，当人们忆及这样的祸事曾经在自己或自己的亲友身上发生过，或者预期在将来祸事还会重演时，他们才会产生同情之心。而这就是亚里士多德所论证的同情产生的缘由。

文章纯粹是论证式的，带有哲学家的思辨意向，即就一个问题作反复的正确的阐述，言语具备相当的逻辑性，非常严密。也正因为他的论证和他的驳杂，《亚里士多德全集》被誉为希腊和人类思想的百科全书。

在伯里克利葬礼上的演说词 / 修息底德

入选理由　古希腊历史学家修息底德的演讲散文精华　一位历史哲人对国家与个人关系的深刻认识　文章语言拙朴，洋溢着独特的自豪感

我们享有一种邻人无法匹敌的政府制度，不，我们的制度是他人的典范而不是对他人盲目的效仿。因为这一政府不是在少数人手里而是为大多数人所有，它就叫做民主。在法律面前所有公民一律平等，这是真理。在公共生活中每个人都因为其能力享有荣誉，不是因党派，而是因为才华。进而言之，如果他能为国家作出贡献，不会因其贫困而受到阻挠，也不会防碍人们给予他很高的评价。在公共生活中我们享有精神的自由，面对邻人的私生活，我们不会因其洋溢幸福而愤怒，更不会对之冷眼相向……

我们珍视蕴涵在简朴中的美丽。我们珍视不矫揉造作的智慧。财富属于那些及时行动的人，而不是夸夸其谈的人。承认贫穷并不使人感到羞耻，不努力奋斗摆脱贫困才是真正的耻辱。我们的公民既能齐家又能治国，那些埋头经商的人们也不乏政治常识。只有我们的公民才认为那些不关心政治的人不仅是粗心大意的人而且是毫无用处的人。在这种公民体制中，我们决定政务，统一意见，认为言行之间并非不可调和，在采取必要行动之前通过讨论获得信息。我们精于此道，赋予公民们以勇气和力量去承担责任，并能对此重任进行充分的探讨。而在其他政体中，无知使其莽撞，讨论使之犹疑。确实应该把那些最能清晰地识别人生苦乐而不怕危险的人看做是最了不起的人。就仁善之心而言，我们也与众不同。我们不是靠索取而是靠奉献获得朋友……总而言之，我敢说，总的来讲我们国家是希腊的学样，每个人都能行动自如，不失体统。这绝不是过誉之词，而是确确实实的真理，我们的这种性格赋予我们无穷的力量。

·作者简介·

修息底德（约前460—前400），古希腊历史学家。出生于雅典，公元前424年被雅典人推选为十将军之一，统率一支由七艘战船组成的舰队，驻泊在色雷斯附近的塔索斯岛。不久因被诬贻误军机，有通敌嫌疑，而被革职并遭到放逐。在这以后的20年中，他大部分的时间待在色雷斯，并一直注视着战争的进程。他的传世之作《伯罗奔尼撒战争史》，共分8卷，努力以客观公正的态度记述他亲历的这场战争，写到公元前400年因去世而中断。他把历史的真实放在首位，注意各种政治因素的影响，努力探索历史发展的规律，从而使历史成为科学。他很少直接作结论，而是让读者从他的记述中自己去判断。这部史书问世之初就受到高度重视，很多国家都有译本。

就是为了这样的国家，这些牺牲的战士们英勇地献出了生命，他们认为国家的权利不容侵犯，每个活着的人们也将为了国家的利益鞠躬尽瘁。

至此，我已详细讲述了我们城邦的特性。这不仅因为我想说它与我们比与那些不同于我们的人们有着更为生死攸关的利益关系，更是因为我想更明确地表达我对这些烈士的赞美之情。实际上，人们已经给予这些烈士至高无上的赞美。我盛赞我们城邦的美德，先烈们及同样为人们景仰的人们的美德，没有多少希腊人能配得上如此的美誉。我坚信他们这样的结局体现了一个人真正杰出的品质，不管这是一种最初的发现还是一种最终的证明。那些在其他方面受挫的人会在为保卫国家的战斗中显示勇气和力量。他们为了正义，忘掉了内心的邪恶，他们没有因为个人的失败去损害国家的利益，而是去大公无私地保卫国家。然而，在这些人中，没有一个富人会过多忧虑未来的苦乐得失，也没有一个穷人为了摆脱贫穷去延长这种酷刑……因此他们下定决心，面对考验不惜抛洒热血打击敌人。他们不再为成功与否忧心忡忡。当面对眼前平凡的事业的时候，他们信心坚定，充满战斗的热情，宁愿站着死，决不跪下生。他们不甘屈辱，巍然挺立，眼睛炯炯有神，自豪战胜了恐惧，死而无憾。

他们就是这样的人，是国家的骄傲。活着的人们或许会祈祷减少牺牲，但不会减少对敌人的愤怒。他们对国家的贡献无法用言语表达。像所有对此作出评价的人们一样，你也完全明了在抵御敌人的过程中体现的所有美德，你会密切关注自己的城邦，最终成为热爱她的人。她的伟大尽现眼前。她的身上体现了英勇无畏、忠于职守、捍卫荣誉的崇高品德。即使面对失败也决不牺牲国家的尊严英勇献身是对国家最好的贡献。

人在恶劣环境中可以发现自身的美德。

人生到了关键时刻，光彩夺目的一切几乎都不能仰仗，除了坚强。

[佚名 译]

⊙ **作品赏析**

《伯罗奔尼撒战争史》的作者修昔底德，善于借助历史与人物之口，以自己精到的历史学修为，讲论事理。他的这篇激情演说，叙述了雅典与伯罗奔尼撒战争相关的史实问题，为后代子民提供借鉴。这种方式，奠定了西方政治叙事史的传统模式和固有格局，此文也成为"历史即是当代"的经典作品。

在相关的记载中，修昔底德是个以雅典城邦为傲的政治学者，《在伯里克利葬礼上的演说词》也印证了这一点，文章着力讲述的不是伯里克利而是雅典城邦子民在作者心中的印象，并且带着骄傲的心态为我们做出了展示。他赞美雅典的民主制度，并精彩概括了这种制度的特征；赞美了为国家无怨无悔竭尽全力的每个子民。政府给人以自由和民主，公民热爱并乐于为政府奉献，这也正是作者所希望的伟大的雅典的样子。文中所讲的国家与公民，不仅是希腊的样板，也是后世的样板。

文章承续了《伯罗奔尼撒战争史》的一贯笔法，将自己的存在与意念中的听众完全地融合在一起，很是恰切却激昂无限，包含着深刻的人生哲理，并且很审慎地解开了历史事件之间的相互因果关系，让文章显得真实可信。而在语言的运用上，虽然看似拙朴，但却蕴含着激昂的情感，其演说深刻有力，洋溢着描述雅典城邦的骄傲。

飨宴 / 但丁

入选理由

诗人但丁的散文佳作

被誉为"百科全书式"的学术经典

带着神学色彩的经院式理性专著

正像哪里有天空，哪里就有星星一样，哪里有高贵，哪里就有美德，而不是哪里有美德，哪里就有高贵。

举一个非常恰当、完美的例子来说吧：正是在天空，难以数计的星星才闪耀着光辉。同样，理智的和精神的美德闪射出光辉，因为它们寄托于高贵之中；天性的各种良好倾向，如怜悯、信仰，令人赞赏的情感，如羞愧、仁慈等等，因高贵而熠熠闪烁；人的形体的优点，如美、力量和健康，也因高贵而光彩夺目。

天空中闪耀的星星难以数计，所以毫不奇怪，人的高贵能产生各式各样的果实；高贵的性质和力量体现于如此众多的形态，所以它们分别聚集和包含在不同的实体里，就像不同的果实结在不同的树枝上一样。

我敢大胆地说，人类的高贵，就它的许多成果来看，胜过天使的高贵，诚然天使的高贵因它的纯一而更加神圣。

《诗篇》作者指出了人类的高贵带来的无数果实，在一篇诗的开头写道：

我们的主啊，你的名字在普世何其美妙！

当《诗篇》的作者评论人的时候，他对于上帝倾注于人类造物的爱几乎表示出惊奇：

"世人算什么，上帝，你竟对他眷顾周详？竟使他稍逊于天神，以尊贵光荣作他冠冕，令他统治你手下的造化。"

人们都在寻求高贵，可那么多人对它的议论却充斥谬误。不妨举色彩为例加以说明：正像暗红色是由黑色派生而来一样，美德是由高贵所派生的。暗红色是由紫红色和黑色混合的颜色，但黑色占了上风，所以叫作暗红色；同样，美德是由高贵和情感混合的一种东西，但高贵占着主导地位，所以美德的称谓才有着善行的意思。

从前面的叙述可以推论道：任何一个人，如果他身上不具备那些果实，他就不可这样声称："我出身于某个家族"，也不应当认定自己就是高贵的。

由此可以进一步论断，所有受到这种"恩典"的人，即所有具备这种神圣的东西的人，就几乎同神一般，不受恶的污染。唯独上帝才能赐予这种恩典，上帝对人是一视同仁的，

· 作者简介 ·

但丁（1265—1321），意大利诗人。1265年5月出生在佛罗伦萨的一个小贵族家庭，少年时代就师从著名学者布鲁内托·拉蒂尼学习修辞学、文法和拉丁文等，并掌握了丰富的古典文化知识。当时佛罗伦萨城内有贵尔夫党和吉伯林党两个对立派别，但丁青年时代就加入了贵尔夫党，并一度当选执政官。后来因政治失意而被流放。他提倡用意大利语进行文学创作，并写《论俗语》一书，对意大利民族语言的形成有重要影响。《新生》（1292—1293）是他第一部作品，这部作品把31首献给贝阿特丽采的情诗用散文连缀起来，歌颂了纯洁的爱情，风格清新自然，并带有中世纪文学的神秘色彩，是"温柔的新体诗"的最高成就，也是西欧文学史上第一部向读者剖析作者最隐秘的思想感情的自传性作品。放逐期间写的《神曲》是但丁最著名的作品，此外还有《飨宴》、《帝制论》等著作。由于但丁的作品有从中世纪向资本主义时代过渡的特点，所以他被恩格斯称为"中世纪的最后一位诗人，同时又是新时代的最初一位诗人"。

《圣经》对此已作了很明白的阐发。

奉劝佛罗伦萨的乌尔贝蒂家族和米兰的维斯孔蒂家族的人别说出这样的话语："因为我是这个家族的人，我就是高贵的。"须知神圣的种子并不撒在家族中，并不溶入血统中，而是播种在个人身上，就如下文将要证明的，家族并不使个人高贵，而是个人使家族高贵。

不妨说，为了理解一部作品，并进而对它进行阐述，需要掌握它的四种意义。

第一种意义叫做字面的意义，它不超越词语的字面上的意思，例如诗人写的寓言。

第二种意义叫做譬喻的意义，这种意义在诗人写的寓言的掩盖下隐藏着，是美妙的虚构里隐蔽着的真实。例如，奥维德描写，当奥菲士拨动金琴的时候，能使猛兽俯首，树木和顽石随之起舞；这意味着，富有智慧的人能够借助声音的力量使残酷的心变得温顺善良，使跟科学和艺术无缘的生灵服从他的意愿，而失去任何理性生活的人，则跟顽石相差无几。至于为什么诗人要采用这种隐蔽的方式来表达自己的思想，这将在末尾第二篇论文里加以论述。事实上，对于作品的譬喻的意义，神学家们的理解跟诗人们的理解就截然不同；不过，我在这里打算遵循诗人们的理解方式，按照诗人们的习惯来理解譬喻的意义。

第三种意义不妨叫做道德的意义，它是读者应该在作品里细心探求的意义，以使自己和自己的学生获得教益。福音书里也可以遇见这样的例子，例如描写耶稣登上高山，改变自己的形象的时候，他在十二使徒中只挑选了三名跟随。这从道德意义上来看，可以理解为在做极端秘密的事情的时候，我们只应该有很少的同伴。

第四种意义叫做奥妙的意义，也就是超意义，或者说从精神上加以阐明的意义。一部作品不只在字面上具有真实的意义，而且可以通过作品描写的事物，来表示崇高的、永恒光荣的事物。这可以在《诗篇》里看得很清楚。《诗篇》说，以色列人民逃出埃及，犹太成为神圣的、自由的地域。从字面的意义看，这显然是真实的，可是从精神的意义着眼，也同样是真实的，就是说灵魂一旦脱离罪孽，它就获得自由的意志，进入神圣的境地。

在阐明作品的意义的时候，首先需要说明字面的意义，因为其他的各种意义都蕴含在它里面，离开了它，其他的意义，特别是譬喻的意义，便不可能理解，显得荒唐无稽。其次，因为每一种事物都具备表面和内核，假如不能首先清楚地理解表面，便无法进而洞察内核；同样地，一部作品的字面的意义始终是表面的意义，不首先理解字面的意义，便无法掌握其他的意义，特别是譬喻的意义。再说，每一种事物，无论是自然的创造物或是人工的作品，假如不首先研究事物的形式赖以存在的物体，便无法确定事物的形式；这好比在确定金子的形式以前，首先需要使物体即金子得到开采和加工，在确定匣子的形式以前，首先需要使物体即树木得到采伐和加工。就作品的字面意义来说，它始终是作为其他意义特别是譬喻的意义的物体而存在，不首先弄清字面的意义，便不能明白其他的意义。

任何一部作品的善与美，是互相区分，迥然不同的。善在于作品的思想，美在于作品的文词修饰。善与美都是令人欣悦的，但应该使善特别令人欣悦。这首诗的善很难被许多谈论它的人所懂得，因为它需要非常精细的理解力，而美则是显而易见的；因此，依我看，人们常常更多地关注诗的美，较少关注它的善。

[吕同六 译]

⊙作品赏析

人们对但丁的认识一般只局限在对《神曲》的观摩上，虽然将但丁推上世界文学大师之位的也是《神曲》，但其实但丁身上潜藏着无尽的才华，恩格斯曾将其称为"中世纪的最后一位诗人，同时又是新时代的最初一位诗人"。而在西方关于诗学的界定中，"诗"是不纯粹的，而是一个相关的模糊的多指的概念，所以我们才称他可以媲美于卢克莱修的哲学思辨，可以相似于歌德的多才多艺。

在《飨宴》中，同样融杂了诗人人文主义的萌芽，以及中世纪的宗教色彩。在经院式的神学与理性的辨析中，带着百科全书性质的通俗解释，为读者铺陈了无尽的精神食粮，并且希望用此温厚的道德情操和兼容的知识储备，消融城邦与城邦之间的仇恨与干戈。这点在作者所引用的《圣经》中得到了体现："我们的主啊，你的名字在普世何其美妙！"

为此，文章特意列举了理解作品含义的四层界面：字面的意义；譬喻的意义；道德的意义；奥妙的意义。并希望阅读者能够从中获取到真正的善与美的启迪，按照作者所指示的四个阅读层次，依次挖掘文章的所谓的真正内涵。

文章的整体氛围显得相当融洽，笔意真纯，再加上对经典的旁征博引，不仅具备了坚定难撼的说服力，并且在一定意义上使文章文采斐然。

绘画论 / 达·芬奇

入选理由 画家达·芬奇的散文精粹
以艺术家精深思索引导世人去理解绘画
科学知识与艺术想象的完美结合

绘画是自然的一切肉眼可见的创造物的唯一摹仿者，如果你蔑视绘画，那么，你必然将蔑视微妙的虚构，这种虚构借助哲理的、敏锐的思辨来探讨各种形态的特征：大海、陆地、树林、动物、草木、花卉以及被光和影环绕的一切。事实上，绘画就是自然的科学，是自然的合法女儿，因为绘画是由自然所诞生。但是，为了把意思表达得更精确一些，我们说，绘画是自然的孙女，因为一切肉眼可见的事物都是由自然所诞生，而绘画则是由这些事物所诞生。因此，我们可以公正地把绘画称作自然的孙女和上帝的亲属。

想象和现实之间的关系，好比影子和投下这阴影的物体之间的关系。同样的关系存在于诗歌与绘画之间。要知道，诗歌借助读者的想象来表现自己的对象，而绘画则把物

·作者简介·

达·芬奇（1452—1519），生于佛罗伦萨芬奇镇附近的安基亚诺村，逝世于法国安波斯城克鲁堡，是15世纪至16世纪意大利文艺复兴时期天才的艺术大师和科学巨匠。他把科学知识和艺术想象有机地结合起来，使当时绘画的表现水平发展到一个新的阶段。他把解剖、透视、明暗和构图等零碎的知识整理成为系统的理论，对后来欧洲绘画的发展影响很大。

达·芬奇的父亲赛尔·比埃罗·达·芬奇是佛罗伦萨的公证人。达·芬奇是私生子，5岁时，生母被其父遗弃，他从小就跟祖父在乡下生活。由于他天资过人，14岁时拜艺术家委罗基奥为师，到画室学画。由于反对美第奇家族的专制统治，30岁的达·芬奇被迫离开佛罗伦萨投奔米兰大公洛多维柯·斯福尔查，一直为这位大公工作了17年。

体这样真实地展示在眼前，使眼睛所看到的这些物体的形象，仿佛就是真正的物体。诗歌反映各种事物的时候就缺少这样逼真的形象，它不能像绘画那样借助视力把物体摄入印象。

绘画以更真实、更可靠的方式：把自然的创造物展示给人的感官，语言或文字是无法做到这一点的；但是文字能够更真实地表达语言，而这是绘画无能为力的。不过，我们可以说，绘画作为描绘自然的创造物的艺术，诗歌作为表现人的创造物即语言的艺术，还有其他借助人的语言的艺术，比较起来，前者是更为奇妙的艺术。

……

如果你，诗人，描叙一场血肉横飞的战斗：战场上天色昏暗，浑浊的飞尘笼罩大地，令人恐怖的战车在燃烧，可怜的人们在死亡的威胁下惊恐地四处逃窜；那么，画家在这方面将超过你，因为当你还没有来得及完全叙述出画家以他的艺术描叙出来的全部图景的时候，你的笔墨已经消耗殆尽，在你用语言描绘出画家顷刻之间表现出的题材以前，你已经疲劳不堪，口干舌燥，饥肠辘辘。……绘画异常概括、真实地描绘出战士的各种动作、身体各部分的姿势和他们的服饰，而对于诗歌来说，要再现这一切，那将是一件多么缓慢而讨厌的事情啊。诚然，绘画表达不出战车的轰鸣，骄横的胜利者的欢呼，战败者的哀叫和哭泣，但这些也同样是诗人无法提供给读者的听觉的。因此，我们可以说，诗歌是为盲人创作的艺术，绘画则是为聋子创作的艺术。但绘画仍然是更高贵的艺术，因为它是为高贵的感官服务的。

……

绘画是不说话的诗歌，诗歌是看不见的绘画。绘画与诗歌都力求竭尽自己的可能来摹仿自然，无论是前者，或是后者，都能够提供许多富于教益的东西，例如阿珀勒斯的《诬告》。

绘画既然服务于最高贵的感官——眼睛，因而能够产生匀称的和谐感，就像许多不同的声部在同一时间里交融为一体，组成一种协调、和谐的音乐，使听觉欣悦，听众为之倾倒。少女的天使般美丽、匀称的脸容，一旦在画家笔下描绘出来，就能够产生极为强烈的效果，导致一种和谐的意境，在映入眼帘的时候，就像音乐作用于听觉一样。如果把这种和谐的美展示给少女的恋人，他毫无疑问地会惊奇、赞叹，体验到一种任何情感无法比拟的欣喜。

至于说诗歌，它总是力求通过表现各个局部来反映完善的美。这些局部在绘画中能够构成上述的和谐，而在诗歌中产生的美，仅仅像音乐中许多不同的声部在不同的时间里各自独立发出的声音，不能导致任何和谐的意境，就仿佛我们展示一个人的脸孔的时候，并不一下子展示它的全貌，而只是分别地显露它的各个局部，这种印象的不连贯性阻碍了任何和谐的美的形成，因为眼睛无法同时摄取这些局部。诗人在描述某个事物的美的时候，也正是这种情形，他只能在不同的时间里分别地描述各个局部，记忆力阻碍了和谐的美的形成。

让劳作超越自己的思考，这是微不足道的画家；让思考超越自己的劳作，是走向艺术完美境地的画家。

……

不用说，画家在创作的过程中不应该拒绝任何一个人的意见，因为我们清楚地知道，即使一个不会作画的人，他对别人的形状也还是晓得的，他能够很好地判断，那个人是否驼背，或者是否一个肩膀偏高或偏低，他的嘴巴或者鼻子是否偏大，或者是否还有别的缺陷。人既然能够正确地判断自然的创造物，那么我们就更应该承认，他们能够判断我们的错误；要知道，人在创作时往往会犯错误，如果你不能在自己身上发现这些缺点，那就注意别人，从别人的错误中汲取益处。因此，你要耐心地听取别人的意见，很好地研究，很好地考虑，非难者对你的指摘是否有道理，如果你认为他是正确的，那就接受，修改自己的作品，如果你认为他是错误的，那就装出没有听懂他的话的样子，或者，如果你尊重这个人，那就举出恰当的理由，证明他是错误的。

……

我告诉画家们，任何时候任何人都不应该摹仿别人的风格，因为，如果那样，他在艺术上将只能称作自然的孙子，而不是自然的儿子。须知，自然界的事物是那么丰富多姿，所以最好还是诉诸自然，而不是求助于那些拜自然为师的画家。我这番话，不是讲给那些把艺术当作猎取财富的手段的人听的，而是对希求借助艺术获得荣誉和尊敬的人的忠告。

……

优秀的画家应该描写两件主要的东西：人和他的心灵。描写人，是容易的；描写人的心灵，则是艰难的，因为心灵应该通过人的肢体的姿态和动作去表现。在这方面需要向哑人学习，因为他们比其他人做得更好。

[吕同六 译]

⊙作品赏析

在历史的相关记载中，达·芬奇被誉为在当时各个领域都能造诣斐然的全能者。而在绘画领域更是享有盛誉，不管是《蒙娜丽莎》、《施洗约翰》，还是《最后的晚餐》都在昭示着作者为千载难逢的旷世奇才，同时这些作品也是意大利文艺复兴时期绘画领域的巅峰之作。

《绘画论》据说是由意大利乌尔宾诺图书馆发现，并经由达·芬奇的弟子梅尔兹的整理而留存下来的。全文将绘画和诗歌创作相提并论，认为绘画是不说话的诗歌，诗歌是看不见的绘画，这和中国宋代苏轼评论唐代诗人王维的"诗中有画，画中有诗"是相类似的，无不在寻找着神与形的最为完美的接洽点。达·芬奇认为画家之作不在模仿，而在描绘人和人的心灵，最为典型的应该是《蒙娜丽莎》这幅绝唱，有优雅的坐姿，梦幻迷茫的人物背景，千古奇韵的神秘一笑；或者是《最后的晚餐》，耶稣的平静，其余人的愤怒、激动甚至不安交相辉映，将作者的创作理念表达得淋漓尽致。

文章展现的是科学知识和艺术想象的完美结合，将构图、色彩配置、明暗理论分析、透视解剖等绘画理念组构成相对系统的理论，对整个文艺复兴，甚至整个欧洲绘画理论和绘画实践的发展都起到了不可低估的引导作用。

人生可笑又滑稽 / 蒙田

> 入选理由 法国作家蒙田的散文代表作
> 一个饱学诗书又悲悯不已的学者的人生解读
> 文章旁征博引，极富人文气息

判断是应付一切问题的工具，而且无处不在使用。正因为如此，在我所写的随笔中，一有机会我就用上它。即使是我不熟悉的问题，我也要拿它来试试，像水过河似的远远

·作者简介·

蒙田（1533—1592），法国作家。生于多尔多涅的蒙泰涅堡，卒于波尔多市。自幼入教会学校学习，熟练掌握拉丁语和希腊语，后专修法律。1554年起任法院顾问等职达15年之久。辞官还乡后，潜心研读并常常出外旅行，随手撰写读书心得及旅游见闻，1580年出版《随笔集》的第一、二卷。1588年第三卷问世。1595年《随笔集》增订本出版。《随笔集》内容丰富广博，包罗万象，读来让人感到亲切、生动有趣。死后200年，他游历意大利期间的日记手稿被发现，以《旅行日记》为名出版。

地出去。然后，如果这个地方太深了，以我的个头不成，那我就到岸上去呆着。承认过不去，这是判断的一大成功，甚至是它最为得意的成功。有时候，对于一个无关紧要的问题，我要试试，看看它能不能使问题具体化，使之充实有据。有时候，我用它来探讨重大的、有争议的问题；在这样的问题上，它发现不了任何属于它自己的东西，因为路子是现成的，它只能踏着别人的足迹走。这时，它所做的就是选择它所认为的最好的路；在千百条路中，说出这条或那条路选得最合适。我是遇到什么命题就抓什么，对我来说都是不错的。不过，我从来不打算将它们完整地写出来，因为根本见不到全貌。有人答应我们让我们见到全貌，可他们并不兑现。每件事情都有方方面面，有时我只是抓住一面舔一舔，有时只是找出一面摸一摸，有时则要一直夹到骨头上。我往里扎一扎，不是尽量扎得宽，而是尽量扎得深。我常常喜欢抓住命题的某个未曾探讨的方面。如果某个方面我还不熟悉，我就斗胆地深入探讨下去。我在这儿写上一句话，又在那儿涂上另一句，算是从各个部分上零零散散地采取的样品，并不打算作什么，也不许诺作什么。我不一定要对这些写上的东西负责，也不会因为觉得不错就始终如一地坚持这些东西。我还会觉得有疑问，没把握，仍然觉得自己还是老样子———一无所知。

人一活动就会暴露自己。凯撒的内心，不但在组织指挥法萨罗战役时看得出来，而且在安排休闲和艳情时也看得出来，看一匹马不仅要看它在驯马场上的操练，还要看它慢慢行走，甚至要看它在厩内的休息。

人的心灵活动，有的是不太高尚的。看不到这个方面，就不算对人心有彻底的认识。在它平平静静的时候，也许看得清楚得多。感情冲动的时候，它往往显得很高尚。另外，每遇一件事，它就会整个儿扑上去，全力以赴，决不会同时处理两件事。而且，不是根据事情本身，而是按照自己的意愿去处理。如果就事论事，世间事情也许都有各自的标准和特点；但在我们的心里，人心就会按自己的意愿将这些标准、特点任意修凿。死亡对西塞罗来说是可怕的，对加图来说是自己希望的，对苏格拉底来说是无所谓的。健康、良心、威望、知识、财富、美丽等等以及与之相反的东西，在进入心灵的时候要剥去衣服，换上心灵给予的新衣，染上心灵喜欢的色彩：褐的、绿的、淡的、暗的、刺眼的、顺眼的、深的、浅的，以及它们各自喜欢的；它们没有一起共同对照它们的风格、标准和形态：每一种单列出来都是最好的。所以，我们不要再找事物的外部品质作借口了：我们要在自己身上找原因。我们的好与坏取决于我们自己。要烧香许愿就许给自己，而不要祈求命运：命运对我们的品行无能为力。恰恰相反，我们的品行会影响命运，给它打上自己的印记。我干吗不能评评那个在吃饭时聊着天，胡喝海喝的亚历山大呢？干吗不看看在他下棋时这愚蠢幼稚的娱乐触动和拨弄的是他脑子里的哪根弦呢（我讨厌下棋，因为它算不上娱乐，玩起来过分严肃，把可以用来干正事的精力用到这上面不好意思）？

他在组织他那光荣的印度远征时也没有这么忙过；另一位亚历山大在解析一段与人类永福有关的圣经时，也没有这么忙过。你们看，人的心里把这种可笑的娱乐看得多么重；不是全力以赴了吗？在这件事上它多么慷慨地给每人以直接认识和评价自己的可能！在任何别的情况下，我都不可能更加全面地看待和审视我自己。在这件事上，什么样的感情不在折磨人呢？愤怒、怨气、仇恨、急躁以及（在最有理由接受失败的事情上的）强烈的求胜心。看重荣誉的人不应在区区小事上展现自己的旷世奇才。在这个例子上我所说的话，对别的事情同样适用：人的一言一行、一举一动都在展示人，表现人。

德摩克利特和赫拉克利特是两位哲学家。第一位觉得人生无聊又可爱，所以公开露面时脸上总是挂着讥讽和笑容；赫拉克利特觉得人生可悲又可怜，所以总是愁眉不展，两眼充满泪水。

> 抬脚出门一位笑盈盈，
> 另外一位则哭今今。
> ——尤维纳利斯

我更喜欢第一种情绪，倒不是因为笑比哭招人喜欢，而是因为它更加愤世嫉俗，对人的申讨更厉害。我看，按照我们的功罪，我们受到的蔑视还远远不够。我们对一件事情表示遗憾，在遗憾和惋惜中却夹杂几分欣赏；我们不屑一顾的东西，却又觉得无限珍贵。我认为，与其说我们不走运不如说我们很虚荣；与其说我们狡猾，不如说我们愚蠢；与其说我们非常辛苦，不如说我们非常无用；与其说我们可怜，不如说我们可耻。因此，滚着他的木桶独自闲逛，对亚历山大大帝嗤之以鼻，将我们视为苍蝇或充气的尿泡的那个第欧根尼，依我看要比那位号称世人的仇敌的蒂蒙的看法更加尖酸、刻薄，因而也更正确。因为，人之所恨会常挂心头。后一位盼我们倒霉，一心希望我们完蛋，避免同我们交往，认为那是与恶人为伍，是危险的，是堕落。另一位对我们不屑一顾，所以同我们接触既扰乱不了他，也带不坏他。他丢下我们不是因为害怕，而是不屑同我们交往；他认为我们既干不了好事，也干不出坏事来。

布鲁图与斯塔蒂里谈话，让他参与反对凯撒的阴谋，他的回答如出一辙。他觉得事情是正确的，但干事的人不行，根本不值得为之出力；根据埃吉齐亚的学说，哲人干一切事情都是只为自己；因为只有他才有资格让别人替他做事；而根据泰奥多尔的学说，让哲人为了国家利益去冒险毫无道理，为了几个狂人这样做很不明智。

我们自己的人生既可笑又滑稽。

[丁步洲 译]

⊙作品赏析

阅读蒙田并不是一件纯粹简单的事，在他的《随笔集》中到处挥洒着作者自己独特的人生思考，从前期的死亡追寻到后期人性美学的构造，都无一例外呈现出了他的悲悯式的关怀。再加上他的饱学诗书，对西塞罗、普鲁塔柯、塞内卡之类的政治哲学家的庞杂引用，更是将我们带向了一个知识的绝美境地。

《人生可笑又滑稽》是一次蒙田思想的展露，提供给我们的是他对人生之路迷茫的找寻，虽然一切现成的道路千千万万，但适合自己的也只有唯一的用自己的努力开拓出的一条。紧接着他又告诫我们行动必须谨慎，我们的行动很容易暴露我们自身的丑恶与美好，要把守好自己的品行，才能在命运的演示中更好地展示自己。他曾在另一篇相关的文章中这样说：灵魂如果没有确定的目标，它就会丧失自己，因为无所不在等于无所在。

在和诸如逍遥派、伊壁鸠鲁派、斯多葛派、甚至是皮浪的怀疑派的辩驳中，蒙田逐渐展现了自己的行文风格。它代表的是一种论证的犀利之美，在饱含着理想的泪花的挣扎下追寻生命中最能契合自己的存在方式，虽然在他看来一般的民众所表现的就是所谓的滑稽和可笑。这也是学者散文的一贯表达，在中国最为常见的则是周国平的散文，他们共同的语体特征是在庞杂的知识背景下，积淀出自己的不朽的见解，就像牛顿当年的自谦一样：站在巨人的肩膀上，所以有机会看得更远。

热爱生命 / 蒙田

我对某些词语赋予特殊的含义，拿"度日"来说吧，天色不佳，令人不快的时候，我将"度日"看做是"消磨光阴"，而风和日丽的时候，我却不愿意去"度"，这时我是在慢慢赏玩、领略美好的时光。坏日子，要飞快去"度"，好日子，要停下来细细品尝。"度日"、"消磨时光"的常用语令人想起那些"哲人"的习气。他们以为生命的利用不外乎在于将它打发、消磨，并且尽量回避它，无视它的存在，仿佛这是一件苦事、一件贱物似的。至于我，我却认为生命不是这个样的，我觉得它值得称颂，富有乐趣，即便我自己到了垂暮之年也还是如此。我们的生命受到自然的厚赐，它是优越无比的，如果我们觉得不堪生之重压或是白白虚度此生，那也只能怪我们自己。

"糊涂人的一生枯燥无味，躁动不安，却将全部希望寄托于来世。"

不过，我却随时准备告别人生，毫不惋惜。这倒不是因生之艰辛或苦恼所致，而是由于生之本质在于死。因此只有乐于生的人才能真正不感到死之苦恼。享受生活要讲究方法。我比别人多享受到一倍的生活，因为生活乐趣的大小是随我们对生活的关心程度而定的。尤其在此刻，我眼看生命的时光无多，我就愈想增加生命的分量。我想靠迅速抓紧时间，去留住稍纵即逝的日子；我想凭时间的有效利用去弥补狡猾流逝的光阴。剩下的生命愈是短暂，我愈要使之过得丰盈饱满。

[佚名 译]

⊙ 作品赏析

《热爱生命》是一篇短小精悍的散文，文章表达了作者对生命价值和意义的独特思考。文章开首从截然相反的两种"度日"方式写起，接着以"哲人"对待生命的消极方法为反衬，指出人的生命是大自然的厚赐，具有无与伦比的优越性，因此人们应当珍惜生命，不能虚度光阴。接着作者话锋一转，指出生命虽然可贵，但死亡亦不可避免，"生之本质在于死"，人应有一种超越死亡的达观精神，既乐生又不惧死。所以人们要珍惜生活，享受生活，并采用适当的方法享受生活，"因为生活乐趣的大小是随我们对生活的关心程度而定的"。文章虽仅500余字，却将一种极其智慧和达观的生命态度，表达得淋漓透彻，鲜活自然，发人深思。

要生活得写意 / 蒙田

入选理由 蒙田的散文代表作之一
阐释了一种智慧达观的生命态度

跳舞的时候我便跳舞，睡觉的时候我就睡觉。即便我一人在幽美的花园中散步，倘若我的思绪一时转到与散步无关的事物上去，我也会很快将思绪收回，令其想想花园，寻味独处的愉悦，思量一下我自己。天性促使我们为保证自身需要而进行活动，这种活动也就给我们带来愉快。慈母般的天性是顾及这一点的。它推动我们去满足理性与欲望的需要。打破它的规矩就违背情理了。

我知道恺撒与亚历山大就在活动最繁忙的时候，仍然充分享受自然的、也就是必需的、正当的生活乐趣。我想指出，这不是要使精神松懈，而是使之增强，因为要让激烈的活动、艰苦的思索服从于日常生活习惯，那是需要有极大的勇气的。他们认为，享受生活乐趣是自己正常的活动，而战事才是非常的活动。他们持这种看法是明智的。我们倒是些大傻瓜。我们说："他一辈子一事无成。"或者说："我今天什么事也没有做……"怎么！您不是生活过来了吗？这不仅是最基本的活动，而且也是我们的诸活动中最有光彩的。"如果我能够处理重大的事情，我本可以表现出我的才能。"您懂得考虑自己的生活，懂得去安排它吗？那您就做了最重要的事情了。天性的表露与发挥作用，无需异常的境遇。它在各个方面乃至在暗中也都表现出来，无异于在不设幕的舞台上一样。

我们的责任是调整我们的生活习惯，而不是去编书；是使我们的举止井然有致，而不是去打仗，去扩张领地。我们最豪迈、最光荣的事业乃是生活得写意，一切其他事情，执政、致富、建造产业，充其量也只不过是这一事业的点缀和从属品。实施这一箴言。从色诺芬的著作中，可知苏格拉底也曾一步步地证明这一点。无论哪一门学问，惟有入其门径的人才会洞察其中的难点和未知领域，因为要具备一定程度的学识才有可能察觉自己的无知。要去尝试开门才知道我们面前的大门尚未开启。柏拉图的一点精辟见解就是由此而来的：有知的人用不着去求知，因为他们已经是有知者；无知的人更不会去求知，因为要求知，首先得知道自己所求的是什么。

因此，在追求自知之明的方面，大家之所以自信不疑，心满意足，自以为精通于此，那是因为：谁也没有真正弄懂什么。正像在色诺芬的书中，苏格拉底对欧迪德姆（Euthydeme）指出的那样。

我自己没有什么奢望。我觉得这一箴言包含着无限深奥、无比丰富的哲理。我愈学愈感到自己还有许多要学的东西。这也就是我的学习成果。我常常感到自己的不足，我生性谦逊的原因就在于此。

阿里斯塔克说："从前全世界仅有七位智者，而当前要找七个自知无知的人也不容易。"今天我们不是比他更有理由这样说吗？自以为是与固执己见是愚蠢的鲜明标志。

我凭自己的切身经验谴责人类的无知。我认为，认识自己的无知是认识世界的最可靠的方法。那些既已看到自己或别人的虚浮的榜样还不愿意承认自己无知的人，就请他们听听苏格拉底的训诫去认识这一点吧。苏格拉底是众师之师。

[佚名 译]

⊙**作品赏析**

　　《要生活得写意》是蒙田的散文集《随笔集》中的名篇之一。文章表达了作者对生活及求知的见解和态度。文章开宗明义，直抒胸臆，使读者明确感受到作者写作此文的意图。接着作者以恺撒和亚历山大为例，指出"享受生活乐趣是自己正常的活动"，并以人们对生活的偏见作比衬，得出结论："我们最豪迈、最光荣的事业乃是生活得写意，一切其他事情，执政、致富、建造产业，充其量也只不过是这一事业的点缀和从属品。"作者由此生发开去，旁征博引，点明对求知应采取的正确态度。文章行文自如，文笔简朴自然，读来朗朗上口，既给人以轻松的愉悦享受，又给人以深刻的哲理启示。

在接受宗教裁判所审判时的演说 / 布鲁诺

入选理由
科学文明史上的重要文献之一
简洁准确的陈述和激情飞扬的语言
坚持真理的坚定信念和强大意志力

　　整个说来，我的观点有如下述：存在着由无限威力创造的无限宇宙。因为，我认为，有一种观点是跟上帝的仁慈和威力不相称的，那种观点认为，上帝虽具有除创造这个世界之外还能创造另一个和无限多个世界的能力，但似乎仅只创造了这个有限的世界。

　　总之，我庄严宣布，存在着跟这个地球世界相似的无数个单独世界。我同毕达哥拉斯一样认为，地球是个天体，它好像月亮，好像其他行星，好像其他恒星，它们的数目是无限的。所有这些天体构成无数的世界，它们形成无限空间中的无限宇宙，无数世界都处于它之中。由此可见，有两种无限——宇宙的无限大和世界的无限多，由此也就间接地得出对那种以信仰为基础的真理的否定。

　　其次，我还推定，在这个宇宙中有一个包罗万象的神，由于它，一切存在者都在生活着、发展着、运动着，并达到自身的完善。

　　我用两种方式来解释它。第一种方式是比作肉体中的灵魂：灵魂整个地处在全部之中，并整个地处在每一部分之中。这如我所称呼的，就是自然，就是上帝的影子和印迹。

　　另一种解释方式，是一种不可理解的方式。借助于它，上帝就其实质、现有的威力说，存在于一切之中和一切之上，不是作为灵魂，而是以一种不可解释的方式。

　　至于说到第三种方式的上帝之灵，我不能按照对它应有的信仰来理解它，而是根据

· 作者简介 ·

　　布鲁诺（1548—1600），出生在意大利那不勒斯附近诺拉城一个没落的小贵族家庭。11岁时，父母将他送到了那不勒斯的一所私立人文主义学校就读。后来，布鲁诺进入了多米尼克僧团的修道院，第二年转为正式僧侣。10年后，他获得了神学博士学位。

　　布鲁诺阅读丰富，其中对他影响最大的是哥白尼的学说。哥白尼的日心说极大地吸引他，并引发了他对自然科学的兴趣以及对宗教神学的怀疑。他写了一些批判《圣经》的论文，并从日常行为上表现出对基督教圣徒的厌恶。

　　布鲁诺的言行触怒了教廷，他被革除教籍。但他依然坚持自己的观点，毫不动摇。为了逃避审判，他离开了修道院，逃往罗马，又转移到威尼斯。后来他又越过阿尔卑斯山流亡瑞士。此后他又到过法国、德国和英国，并且多次被捕。但是，他仍然继续宣传自己的宇宙观，写下了十来部批判教会的书。

　　布鲁诺在欧洲广泛宣传他的新宇宙观，引起了罗马宗教裁判所的恐惧。1592年，罗马教徒把他诱骗回国，并逮捕了他。经过八年的监禁，1600年2月17日凌晨，布鲁诺在罗马的鲜花广场被处以火刑。

毕达哥拉斯的观点来看待它，这种观点跟所罗门对它的理解是一致的。即：我把它解释为宇宙的灵魂，或存在于宇宙中的灵魂，像所罗门的箴言中所说的："上帝之灵充满大地和那包围着万有的东西。"这跟毕达哥拉斯的学说是一致的，维吉尔在《伊尼德》第六歌中对这一学说作了说明：

> "苍天与大地，太初的万顷涟漪，
> 那圆月的光华，泰坦神的耀眼火炬，
> 在其深处都有灵气哺育。
> 智慧充溢着这个庞然大物的脉络，
> 推动它运行不息……"

按照我的哲学，从这个被称作宇宙之生命的灵气，然后产生出每一个事物的生命和灵魂。每一事物都具有生命和灵魂，所以，我认为，它是不配的，就像所有的物体按其实体说是不配的那样，因为死亡不是别的，而是分解和化合。这个学说大概是在《传道书》中讲到太阳之下没有任何新事物的地方阐述的。

真理面前半步也不后退。

前进，我亲爱的菲洛泰奥，愿任何东西也不能迫使你放弃宣传你那美妙的学说，无论是无知之徒的粗野咒骂，无论是苟安庸碌之辈的愤慨，无论是教条主义者和达官贵人的愤怒，无论是群氓的胡闹，无论是社会舆论的令人震惊，无论是撒谎者和心怀嫉妒者的诽谤，这些都损害不了你在我心目中的崇高形象，决不会使我离开你。

顽强地坚持下去，我的菲洛泰奥，坚持到底不要灰心丧气，不要退却，哪怕那笨拙无知、拥有重权的高级法庭用种种阴谋来陷害你，哪怕它妄图使用一切可能的手段来抵制那美好的意图、你那种种著作的胜利。

你放心吧，这样的一天总是会到来的。那时所有的人都会明白我所明白的东西，那时所有的人都会承认：对于每一个人来说，同意你的见解并颂扬你是容易做到，就像要比得上你却难于做到一样；所有的人，凡不是从头坏到脚的人，终有一天会在良心驱使之下给予你应得的赞扬。要知道，打开理性的眼睛的，归根到底是内心的教师，因为我们理解思想上的财富并不是从外部，而是从内部，从自身的精神得到的。在所有人的心灵中都有健全理智的颗粒，都有天赋的良心，它耸立于庄严的理性法庭之上，对善与恶、光明与黑暗进行评判并作出公正的判决。你那良好事业的最忠诚最卓越的捍卫者之所以能从每一个人意识的深处终于点燃起起义之火，要归功于这样的判决。

而那不敢与你交朋友的人，那些胆怯地顽固维护自己的卑鄙无知的人，那些坚持充当赤裸裸的诡辩派与真理不共戴天的敌人的人，他们将在自己的良心中发现审判官和刽子手，发现为你复仇的人；这位复仇者将能更加无情地在他们自己的思想深处惩罚他们，使他们再也无法向自己隐藏这些观点。当敌人给予你的打击被击退的时候，让一大群奇怪而凶恶的爱夫门尼德（希腊神话中的复仇女神，专在地狱中折磨人的灵魂）把他包围起来，让其狂怒倾泻在敌人的内心动机上，并用自己的牙齿将他折磨至死。

前进！继续教导我们去认识关于天空、关于行星与恒星的真理，给我们讲解在无限多的天体中一个与另一个究竟有什么不同，在无限的空间中无限的原因与无限的作用为什么不仅是可能的，而且也是必然的。教导我们什么是真正的实体、物质和运动，谁是整个世界的创造者，为什么任何有感觉的事物都由同一要素和本原组成。给我们宣讲关于无限宇宙的学说，彻底推翻这些假想的天穹和天域——它们似乎应把这么多的天空和自然领域划分开来。教导我们讥笑这些有限的天域以及贴在其上的众星。让你那些所向披靡的论据万箭齐发，摧毁群氓所相信的、第一推动者的铁墙和天壳，打倒庸俗的信仰和所谓的第五本质，赐给人们关于地球规律在一切天体上的普遍性以及关于宇宙中心的学说，彻底粉碎外在的推动者和所谓各层天域的界限。给我们敞开门户，以便我们能够通过它一览广漠无垠的统一的星球世界。告诉我们其他世界是如何像我们这个世界那样，在以太的海洋里疾驰的。给我们讲解所有世界的运动，如何由它们自身内部灵魂的力量来支配。并教导我们，在以这些观点为指导去认识自然的道路上，坚定不移地阔步前进。

1592 年

［佚名 译］

⊙作品赏析

1592 年，坚持日心说的布鲁诺被骗回威尼斯，不久即遭逮捕，押送到罗马宗教裁判所。他被囚禁 8 年，始终坚持自己的学说，终被宗教裁判所判为"异端"，于 1600 年 2 月 17 日被教皇下令烧死在鲜花广场。本文是他被捕后在宗教裁判所里接受审判时发表的演说，他在开篇即重申了他的观点，虽然他的观点并没有完全摆脱神学说，但这是受历史的局限。陈述观点之后，他的演说开始充满激情和骄傲，表明了他在真理面前的无比自信和坚强信念。这种信念也表明了他对真理的态度。他的信念，他的为科学献身精神，是人类史最宝贵的精神财富，它会化为巨大的力量，注入每个读者的心里。

他用排比的手法列举了所有对真理的戕害，他的呼告式的抒情给了自己的战友文采飞扬、充满乐观的信念和热烈的激情。暴风雨式的表白显示着他斗争的激情和意志，这大段的严正的表白正是漫长蒙昧的中世纪暗夜中一道强烈的智慧闪光，使我们感到人类文明因为他的存在而不愧为人类的文明。

论高位 / 培根

入选理由　英国哲学家培根的散文典范
一位智者对身处高位的独到思考
英国语言大师和中国翻译名家的共同创造

居高位者乃三重之仆役：帝王或国家之臣，荣名之奴，事业之婢也。因此不论其人身、行动、时间，皆无自由可言。追逐权力，而失自由，有治人之权，而无律己之力，此种欲望诚可怪也。历尽艰难始登高位，含辛茹苦，惟得更大辛苦，有时事且卑劣，因此须做尽不光荣之事，方能达光荣之位。既登高位，立足难稳，稍一倾侧，即有倒地之虞，至少亦晦暗无光，言之可悲。古人云："既已非当年之盛，又何必贪生？"殊不知人居高位，欲退不能，能退之际亦不愿退，甚至年老多病，理应隐居，亦不甘寂寞，犹如老迈商人仍长倚店门独坐，徒令人笑其老不死而已。显达之士率需借助他人观感，方信自己幸福，而无切身之感，从人之所见，世之所羡，乃人云亦云，认为幸福，其实心中往往不以为然；盖权贵虽最不勇于认过，却最多愁善感也。凡人一经显贵，待己亦成陌路，因事务纠缠，

·作者简介·

　　培根（1561—1626），英国17世纪杰出的唯物主义哲学家，是哲学史和科学史上划时代的人物。他12岁入剑桥大学，大学毕业以后，当过律师，出任过国会议员，后被聘为女王的特别法律顾问以及朝廷的首席检察官、掌玺大臣等。晚年，受宫廷阴谋的牵累，被逐出宫廷，脱离政治生涯，专心从事学术研究和著述活动，写成了一批在近代文学思想史上具有重大影响的著作，其中最重要的一部是《伟大的复兴新工具论》。另外，他以哲学家的眼光，思考了广泛的人生问题，写出了许多形式短小、风格活泼的随笔小品，集成《论说随笔文集》，最初10篇短文，书出后风靡一时，后增加为58篇文章。

　　1626年3月底，培根由于身体孱弱，在实验中遭受风寒，支气管炎复发，病情恶化。1626年4月9日清晨病逝。

　　对本人身心健康，亦无暇顾及矣，诚如古人所言："悲哉斯人之死也，举世皆知其为人，而独无自知之明！"

　　居高位，可以行善，亦便于作恶。作恶可咒，救之之道首在去作恶之心，次在除作恶之力；而行善之权，则为求高位者所应得，盖仅有善心，虽为上帝嘉许，而凡人视之，不过一场好梦耳，惟见之于行始有助于世，而行则非有权力高位不可，犹如作战必据险要也。

　　行动之目的在建功立业；休息之慰藉在自知功业有成。盖人既分享上帝所造之胜景，自亦应分享上帝所订之休息。《圣经》不云乎："上帝回顾其手创万物，无不美好。"于是而有安息日。

　　执行职权之初，宜将最好先例置诸座右，有无数箴言，可资借镜。稍后应以己为例，严加审查，是否已不如初。前任失败之例，亦不可忽，非为揭人之短，显己之能，以其可作前车之鉴也。因此凡有兴革，不宜大事夸耀，亦不可耻笑古人，但须反求诸己，不独循陈规，而且创先例也。凡事须追本溯源，以及由盛及衰之道。然施政定策，则古今皆须征询：古者何事最好，今者何事最宜。

　　施政须力求正规，俾众知所遵循，然不可过严过死；本人如有越轨，必须善为解释。本位之职权不可让，管辖之界限则不必问，应不动声色中操实权，忌在大庭广众间争名分。下级之权，亦应维护，与其事事干预，不如遥控总领，更见尊荣。凡有就分内之事进言献策者，应予欢迎，并加鼓励；报告实况之人，不得视为好事，加以驱逐，而应善为接待。

　　掌权之弊有四，曰：拖、贪、暴、圆。

　　拖者拖延也，为免此弊，应开门纳客，接见及时，办案快速，非不得已不可数事混杂。

　　贪者贪污也，为除此弊，既要束住本人及仆从之手不接，亦须束住来客之手不送，为此不仅应廉洁自持，且须以廉洁示人，尤须明白弃绝贿行。罪行固须免，嫌疑更应防。性情不定之人有明显之改变，而无明显之原因，最易涉贪污之嫌。因此，意见与行动苟有更改，必须清楚说明，当众宣告，同时解释所以变化之理由，决不可暗中为之。如有仆从稔友为主人亲信，其受器重也别无正当理由，则世人往往疑为秘密贪污之捷径。

　　粗暴引起不满，其实完全可免。严厉仅产生畏惧，粗暴则造成仇恨。即使上官申斥，亦宜出之以严肃，而不应恶语伤人。

　　至于圆通，其害过于贿行，因贿行仅偶尔发生，如有求必应，看人行事，则积习难返矣。

所罗门曾云:"对权贵另眼看待实非善事,盖此等人能为一两米而作恶也。"

旨哉古人之言:"一登高位,面目毕露。"或更见有德,或更显无行。罗马史家戴西特斯论罗马大帝盖曰:"如未登基,则人皆以为明主也;"其论维斯帕西安则曰:"成王霸之业而更有德,皇帝中无第二人矣。"以上一则指治国之才,一则指道德情操。尊荣而不易其操,反增其德,斯为忠诚仁厚之确征。夫尊荣者,道德之高位也;自然界中,万物不得其所,皆狂奔突撞,既达其位,则沉静自安;道德亦然,有志未酬则狂,当权问政则静。一切腾达,无不须循小梯盘旋而上。如朝有朋党,则在上升之际,不妨与一派结交;既登之后,则须稳立其中,不偏不倚。对于前任政绩,宜持论平允,多加体谅,否则,本人卸职后亦须清还欠债,无所逃也。如有同僚,应恭敬相处,宁可移樽就教,出人意外,不可人有所待,反而拒之。与之闲谈,或有客私访,不可过于矜持,或时刻不忘尊贵,宁可听人如是说:"当其坐堂议政时,判若两人矣。"

[王佐良 译]

⊙作品赏析

培根最初是以哲学诸如《伟大的复兴新工具论》立名的,但使他在世界文坛上传扬不朽的则是他的随笔,虽然只有简短的58篇,却讲述了几乎我们能见到的关于人生的各个角度的思考。让我们在他的启迪下,学习作文也学习做人。

《论高位》因为王佐良先生的文白相间的译法,相对显得生涩些,但并不影响我们对文章精髓的领悟,大体上讲述的是居高位者行为界定和心态拘束:居高位的宁愿以自由换取不甘寂寞的浮名;再说居官的两种选择——作恶与行善;然后论说掌权的四种弊端:拖,贪,暴,圆。也就是作者所谓的:一登高位,面目毕露。并以坚实的证据对此作出论证,包括所引用到的《圣经》,罗马史家戴西特斯等。文章以切身的感受和睿智的思考,为身居高位者提出警示,也指明了出路,影响深远。

作为一个哲学家的相关论述,一般是以文章的思想内涵作为关注焦点的,但不可否认的是文章的文采也同样可圈可点,它简约,干净,蕴含智慧。其文文笔优美,语言凝练,寓意深刻,从各个不同的角度对社会人生作独到而精辟的论述,警世醒人。

论求知 / 培根

入选理由 培根的散文代表作之一
文字洗练,层次分明,不事铺张,说理透彻
文章充满名言警句,给人启迪,催人奋进

求知可以作为消遣,可以作为装饰,也可以增长才干。

当你孤独寂寞时,阅读可以消遣。当你高谈阔论时,知识可供装饰。当你处世行事时,正确运用知识意味着力量。懂得事物因果的人是幸福的。有实际经验的人虽能够办理个别性的事务,但若要综观整体,运筹全局,却惟有掌握知识方能办到。

求知太慢会弛惰,为装潢而求知是自欺欺人,完全照书本条条办事会变成偏执的书呆子。

求知可以改进人的天性,而实验又可以改进知识本身。人的天性犹如野生的花草,求知学习好比修剪移栽。实习尝试则可检验修正知识本身的真伪。

狡诈者轻鄙学问,愚鲁者羡慕学问,唯聪明者善于运用学问。知识本身并没有告诉人怎样运用它,运用的方法乃在书本之外。这是一门技艺,不经实验就不能学到。不可专为挑剔辩驳去读书，但也不可轻易相信书本。求知的目的不是为了吹嘘炫耀，而应该是为了寻找真理，启迪智慧。

有的知识只须浅尝，有的知识只要粗知。只有少数专门知识需要深入钻研，仔细揣摩。所以，有的书只要读其中一部分，有的书只须知其中梗概即可，而对于少数好书，则要精读、细读，反复地读。有的书可以请人代读，然后看他的笔记摘要就行了。但这只限于质量粗劣的书。否则一本好书将像已被蒸馏过的水，变得淡而无味了！

读书使人的头脑充实，讨论使人明辨是非，做笔记则能使知识精确。

因此，如果一个人不愿做笔记，他的记忆力就必须强而可靠。如果一个人只愿孤独探索，他的头脑就必须格外锐利。如果有人不读书又想冒充博学多知，他就必定很狡黠，才能掩饰他的无知。

读史使人明智，读诗使人聪慧，演算使人精密，哲理使人深刻，伦理学使人有修养，逻辑修辞使人善辩。总之，"知识能塑造人的性格"。

不仅如此，精神上的各种缺陷，都可以通过求知来改善——正如身体上的缺陷，可以通过运动来改善一样。例如打球有利于腰肾，射箭可扩胸利肺，散步则有助于消化，骑术使人反应敏捷，等等。同样，一个思维不集中的人，他可以研习数学，因为数学稍不仔细就会出错。缺乏分析判断力的人，他可以研习经院哲学，因为这门学问最讲究繁琐辩证。不善于推理的人，可以研习法律学，如此等等。这种种头脑上的缺陷，可都以通过求知来疗治。

[佚名 译]

⊙作品赏析

《论求知》是培根散文集《论人生》中众多脍炙人口的篇章之一。本文集中论述了科学的求知方法。全文分三大部分。第一部分论述求知的正确目的。作者开首连用三个排比句，提出了三种不同类型的求知目的，接着对其展开具体论述，提出求知的目的"不是为了吹嘘炫耀，而应该是为了寻找真理，启迪智慧"。第二部分论述了求知的正确方法，指出对好书、一般的书、粗糙的书应采取不同的读法，提倡多读、讨论、做笔记。第三部分论述知识的作用，认为知识能塑造人的性格和弥补人精神上的各种缺陷，鼓励人们去求知。文章文字洗练，层次分明，不事铺张，说理透彻，排比、比喻修辞手法的运用，使文章语气贯通，生动晓畅，节奏和谐。文章充满名言警句，给人启迪，催人奋进。

昂贵的哨子 / 富兰克林

入选理由 富兰克林的人生散文 关于人与外在物态辩述的精辟篇章 言语恳切，娓娓诉说，发人深思

有一次度假，朋友们在我的口袋里塞满了铜板。那时，我还是一个七岁的小孩，拿着钱就朝一家专售儿童玩具的商店跑去。突然，一阵哨音把我给迷住了——一个男孩手里拿着只哨子正在吹呢。于是，我掏出身上所有的钱也买了一只。回到家里，我扬扬得意地吹着哨子满屋乱串，一家人给我吵得鸡犬不宁！但我一说出哨价时，哥哥姐姐，还有堂兄堂姐们全都嘲笑我是个十足的傻瓜，糊里糊涂被骗了四倍的价钱，多付的钱，可以买许多好东西！我感到十分委屈，伤心地哭了。羞耻，甚至超过了哨子带给我的乐趣！

·作者简介·

富兰克林（1706—1790），美国政治家、思想家和科学家。他当了近10年的印刷工人。1730年，他创办以艺术和科学为主要内容的《宾夕法尼亚报》，并出版了《可怜的李查历书》。他还与别人共同创办了"共读社"，这个会社就是宾夕法尼亚大学的前身。

1746年，富兰克林在参观一位英国学者表演的电学实验时，对电学产生了浓厚的兴趣，开始研究电学，并取得了很大成就。英国皇家学会为了表彰他的功绩，特意聘请他为会员。除了电学外，他还在数学、光学、热学、声学、海洋学、植物学等方面取得了不少成就，并有大量发明。

北美独立战争爆发后，富兰克林毅然放下手中的实验仪器，积极投入到这场伟大的斗争中。他作为北美殖民地的代表与英国政府进行谈判；代表宾夕法尼亚州参加了第二届大陆会议；并参与《独立宣言》的起草工作。

1787年，富兰克林被任命为宪法起草委员会的成员，参与制定美国宪法。1788年，他辞去所有公职，安度晚年。两年后，他在费城与世长辞，享年84岁。

富兰克林的作品有《论自由》、《论纸币》、《论人口》、《自传》和《格言历书》等。

这件事，深深地印在了我的心里，对我后来的人生起了不小的作用。常常，当有人怂恿我去买那些我根本不需要的东西时，我便提醒自己："可不要为一个'哨子'就出大价钱呀！"因为我已懂得了节省开支。在我成年进入社会后，通过人们的言行，我看见了形形色色为了他们的"哨子"而付出惨重代价的人！那些趋炎附势的小人，为了求得王室垂青，百般钻营，甚至丢掉了贞操美德，弄得众叛亲离！那些沽名钓誉的政客，不惜一切代价卷入政治风云，却贻误正事而败落破产！那些悭吝的守财奴，为了发家致富，一毛不拔，放弃了同胞的尊重，朋友的友谊，以及人类行善的德行！那些贪图享乐的庸人，碌碌无为，只顾寻欢作乐，却把自己搞成了弱不禁风的病夫！那些华而不实的花花公子，整天沉溺在精美的服饰、堂皇的住宅、华贵的车马中，不顾财力不接，以致债台高筑！"可怜！"我不由得叹息道，"为了只'哨子'，你们付出的代价实在太大了！得不偿失，真是愚不可及啊！"由此，我悟出了一个道理：大凡人世间的苦楚是由于没有对事物作出正确的估计，盲目行事，而付出过高代价造成的！

［肖毅 摘译］

⊙作品赏析

富兰克林对美国而言是个值得感念的人物，不管在科学、政治或社会活动上都造诣匪浅。他曾是美国的创建者之一，《独立宣言》的起草者，更是美国宪法的构想者，让我们见识了一代伟人多才多艺的一面。而在这篇文章中我们见到的则是他所表达的对人生的理解和对生命的关怀。

《昂贵的哨子》是富兰克林的一篇从自己的切身经历中衍生而出的对世界存在和生命理念的感触。在他看来，自己买过的哨子在一定意义上拯救了自己一生的对外在物态的见解，就像作者在文章所说的。在此作者为我们分别列举4个相反的例证：趋炎附势的小人，沽名钓誉的政客，悭吝贪图享乐的庸人，华而不实的花花公子。在这里作者的态度只有叹息：为了只哨子，他们付出了高昂的代价，即"通过人们的言行，我看见了形形色色为了他们的'哨子'而付出惨重代价的人"。

文章的最大优点在作者为我们留下了将警醒我们终身的人生格言，比如"大凡人世间的苦楚是由于没有对事物作出正确的估计，盲目行事，而付出过高代价造成的"。语言自然拙朴，却在无形中为我们展示了理解人生的大道理，可谓简洁凝练。

生活在大自然的怀抱里 / 卢梭

入选理由

卢梭的散文代表作之一，体现了人类心灵深处摆脱尘世干扰、追求自然纯净境界的永恒意念

为了到花园里看日出，我比太阳起得更早；如果这是一个晴天，我最殷切的期望是不要有信件或来访扰乱这一天的清宁。我用上午的时间做各种杂事。每件事都是我乐意完成的，因为这都不是非立即处理不可的急事，然后我匆忙用膳，为的是躲避那些不受欢迎的来访者，并且使自己有一个充裕的下午。即使最炎热的日子，在中午一时前我就顶着烈日带着芳夏特出发了。由于担心不速之客会使我不能脱身，我加紧了步伐。可是，一旦绕过一个拐角，我觉得自己得救了，就激动而愉快地松了口气，自言自语说："今天下午我是自己的主宰了！"从此，我迈着平静的步伐，到树林中去寻觅一个荒野的角落，一个人迹不至因而没有任何奴役和统治印记的荒野的角落，一个我相信在我之前从未有人到过的幽静的角落，那儿不会有令人厌恶的第三者跑来横隔在大自然和我之间。那儿，大自然在我眼前展开一幅永远清新的华丽的图景。金色的燃料木、紫红的欧石南非常繁茂，给我深刻的印象，使我欣悦；我头上树木的宏伟、我四周灌木的纤丽、我脚下花草的惊人的纷繁使我目不暇给，不知道应该观赏还是赞叹；这么多美好的东西争相吸引我的注意力，使我眼花缭乱，使我在每件东西面前留连，从而助长我懒惰和爱空想的习气，使我常常想："不，全身辉煌的所罗门也无法同它们当中任何一个相比。"

我的想象不会让如此美好的土地长久渺无人烟。我按自己的意愿在那儿立即安排了居民，我把舆论、偏见和所有虚假的感情远远驱走，使那些配享受如此佳境的人迁进这大自然的乐园。我将把他们组成一个亲切的社会，而我相信自己并非其中不相称的成员。我按照自己的喜好建造一个黄金的世纪，并用那些我经历过的给我留下甜美记忆的情景和我的心灵还在憧憬的情境充实这美好的生活，我多么神往人类真正的快乐，如此甜美、如此纯洁、但如今已经远离人类的快乐。甚至每当念及此，我的眼泪就夺眶而出！啊！这个时刻，如果有关巴黎、我的世纪、我这个作家的卑微的虚荣心的念头来扰乱我的遐想，我就怀着无比的轻蔑立即将它们赶走，使我能够专心陶醉于这些充溢我心灵的美妙的感情！然而，在遐想中，我承认，我幻想的虚无有时会突然使我的心灵感到痛苦。甚至即使我所有的梦想变成现实，我也不会感到满足：我还会有新的梦想、新的期望、新的憧憬。

我觉得我身上有一种没有什么东西能够填满的无法解释的空虚，有一种虽然我无法阐明、但我感到需要的对某种其他快乐的向往。然而，先生，甚至这种向往也是一种快乐，因为我从而充满一种强烈的感情和一种迷人的感伤——而这都是我不愿意舍弃的东西。

我立即将我的思想从低处升高，转向自然界所有的生命，转向事物普遍的体系，转向主宰一切的不可思议的上帝。此刻我

· 作者简介 ·

卢梭（1712—1778），18世纪法国著名的启蒙思想家、文学家。早年丧母，未受过正规教育。14岁时外出谋生，当过学徒、仆人、家庭教师、乐谱抄写员。30岁时到巴黎，为《百科全书》撰稿。后受法国当局通缉，流亡瑞士等地。晚年独居巴黎。主要著作有《社会契约论》、《爱弥儿》、《忏悔录》等。在这些著作中他提出了天赋人权、自由平等、主权在民等思想，对法国大革命产生了深远的影响。

的心灵迷失在大千世界里，我停止思维，我停止冥想，我停止哲学的推理；我怀着快感，感到肩负着宇宙的重压，我陶醉于这些伟大观念的混杂，我喜欢任由我的想像在空间驰骋；我禁锢在生命的疆界内的心灵感到这儿过分狭窄，我在天地间感到窒息，我希望投身到一个无限的世界中去。我相信，如果我能够洞悉大自然所有的奥秘，我也许不会体会这种令人惊异的心醉神迷，而处在一种没有那么甜美的状态里；我的心灵所沉湎的这种出神入化的佳境使我在亢奋激动中有时高声呼唤："啊，伟大的上帝呀！啊，伟大的上帝呀！"但除此之外，我不能讲出也不能思考任何别的东西。遗忘，但他们肯定不会把我忘却；不过，这又有什么关系？反正他们没有任何办法来搅乱我的安宁。摆脱了纷繁的社会生活所形成的种种尘世的情欲，我的灵魂就经常神游于这一氛围之上，提前跟天使们亲切交谈，并希望不久就将进入这一行列。我知道，人们将竭力避免把这样一处甘美的退隐之所交还给我，他们早就不愿让我呆在那里。但是他们却阻止不了我每天振想象之翼飞到那里，一连几个小时重尝我住在那里时的喜悦。我还可以做一件更美妙的事，那就是我可以尽情想象。假如我设想我现在就在岛上，我不是同样可以遐想吗？我甚至还可以更进一步，在抽象的、单调的遐想的魅力之外，再添上一些可爱的形象，使得这一遐想更为生动活泼。在我心醉神迷时这些形象所代表的究竟是什么，连我的感官也时常是不甚清楚的；现在遐想越来越深入，它们也就被勾画得越来越清晰了。跟我当年真在那里时相比，我现在时常是更融洽地生活在这些形象之中，心情也更加舒畅。不幸的是，随着想像力的衰退，这些形象也就越来越难以映上脑际，而且也不能长时间地停留。唉！正在一个人开始摆脱他的躯壳时，他的视线却被他的躯壳阻挡得最厉害！

[佚名 译]

⊙作品赏析

《生活在大自然的怀抱里》是一篇意境优美的散文。文章表达了作者热爱自然、崇尚个性、蔑视世俗观念的思想。文章一开始用简洁的笔调表述了自己在一天里如何摆脱来访者，接着又饱含激情地描述了他所看到的自然极其清新华丽、生机无限。置身于自然这个甜美、纯洁的世外桃源，卢梭陶醉了，忘却了尘世的纷繁、虚荣、伪善、偏见，充满了梦想、憧憬。

文章采用内心独白式的表述方式，亲切自然，感情真挚，全文流畅隽永，情景交融，充满诗情画意，熔人文精神与理性精神于一炉，给读者以深刻的艺术享受。

乔治·华盛顿的礼仪规则 / 华盛顿

入选理由
华盛顿的人生散文
一个伟大政治家的礼仪规则
一段值得借鉴的人生规范篇章

在 19 世纪晚期，人们在弗吉尼亚佛尔蒙山上发现一个封面上写着《写作形式》的笔记本。这个地方位于波托马克河附近，以前这里恰好是乔治·华盛顿家的农场。这个笔记本显然可以上溯到大约 1745 年，那时乔治 14 岁，正在弗吉尼亚弗雷德里克斯堡上学。从乔治在笔记本中写的内容，我们可以看出一位 18 世纪的年轻人是如何培养良好品格的。笔记本记录了大约 110 条"人与人谈话时的礼仪规则"。经研究发现，小乔治的这些规则可能是从一本 1664 年出版的法国书的英译本中誊写下来的。其中大多数规则仍可用来指导现代人的行为。对美国第一任总统有益的东西对我们也有益。我们选择了其中54条"礼仪规则"。

1. 和别人在一起时,自己在言谈举止方面必须尊重他人。

2. 有别人在场的情况下,不要自己哼唱,也不要用手指敲打东西,或者用脚踢什么东西。

3. 别人讲话时,不要插嘴;别人站着时,不要坐下;别人停下来后,不要自己走。

4. 不要背对别人,尤其是在与别人说话时;当别人看书写字时,不要摇晃书桌;不要靠在别人身上。

5. 不要奉承别人,不要和不喜欢与别人玩的人玩。

6. 和别人在一起时,不要看信、读书或看报纸;如果确有必要做上述事情,也一定要请求离开。如果没有事先得到别人的允许,不要走近或看别人的书或写的东西;别人写信时,也不要离得太近。

7. 脸色和蔼,但是在严肃的场合要严肃一些。

8. 别人遇到不幸,不要面露喜色,尽管他是你的对手。

9. 有身份或任高职者在各个方面都拥有优先权,但是在他们年轻的时候,应该尊重在出身或其他方面与自己平等的人,虽然这些人没有担任任何公职。

10. 与别人谈话时,应先让别人开口,尤其是和上司说话时,绝不能自己首先开口。

11. 与商人谈话时,一定要做到内容简短而全面。

12. 看望病人时,如果自己不是医生,切忌越俎代庖。

13. 给别人写信或与别人谈话时,称呼要符合这个人的地位及其居住地的习惯。

14. 不要和上司争论,而是要谦虚地将自己的观点表达出来。

15. 不要对同事指手画脚,因为这样做往往给人以傲慢的感觉。

16. 如果一个人已经尽其所能,即使没有成功,也不要责备他。

17. 向别人提建议或批评时,要认真考虑一下场合:是当众还是私下提出,现在还是另找时间提出。此外,还要注意措辞。在批评别人时,不要露出一点愤怒的神情,口气应该温和一些。

18. 不要嘲笑或讥讽任何重要的事情;不要开尖刻的玩笑;如果你要说幽默或诙谐的话,首先要控制住自己不要笑出来。

19. 如果你想为某事去谴责别人,自己在这方面必须没有错误。因为榜样比规则更具

· 作者简介 ·

　　华盛顿（1732—1799），美利坚合众国的奠基人,美国独立战争中的军事领袖,立宪会议主席,第一任总统。他1732年生于美国弗吉尼亚的威克弗尔德庄园,是一位富有的种植园主之子。他指挥才能卓越,性格坚韧不拔。早年在英国殖民军中服役,1775年北美独立战争爆发,他任十三州起义部队总司令,领导战争取得胜利,赢得了国家独立。1787年他主持制定联邦宪法。1789年他当选为总统并连任两届。在任期内他制定了一系列有利于美国资本主义发展的措施,发展工商和保护对外贸易,建立合众国银行,颁布司法条例,成立联邦最高法院。他拒绝了国会推选他为第三届总统,辞职还乡。1799年12月他在弗吉尼亚的家中病逝。华盛顿保持了美国的统一,他既不想做国王,又不想做独裁者,开创了美国历史上主动让权的先例。

说服力。

20. 不要用责备的语言说任何人，也不要责骂或斥责别人。

21. 不要轻信有关贬低他人的传言。

22. 穿着要朴素，要追求自然而非他人的羡慕。遵循地位相同者的时尚，根据不同场合，做到衣着整齐，礼貌待人。

23. 不要学孔雀，无论在什么地方都要看自己打扮是否得体，鞋子是否合适，袜子是否整洁，衣服是否漂亮。

24. 如果你看重自己名声的话，一定要和品德高尚的人交往。与其和品质恶劣的人交往，不如一个人独处。

25. 说话时不要带有恶意或忌妒，因为这是一种温顺与值得称赞的性格。无论遇到何种可能会惹你生气的事情，都要保持理智。

26. 不要不怀好意地鼓动朋友去发现他人的秘密。

27. 在成年人或有学问的人中间，不要谈低级或肤浅的事情。也不要在无知者中提很难的问题或谈一些深奥的话题，或者让人难以置信的事情。

28. 在欢乐时或吃饭时不要说哀伤的事情。不要谈悲伤的事情，如死亡与受伤；如果别人提到这些事情，要尽力改变话题。只对自己亲密的朋友谈论自己的梦想。

29. 如果没人感兴趣，不要开玩笑。不要大笑，此外，笑也要分场合。切忌幸灾乐祸，即使的确有可笑之处。

30. 不要说一些伤害他人的话，无论是开玩笑还是郑重其事。不要嘲笑别人，尽管他们的确有可笑之处。

31. 待人切忌鲁莽，要友好，有礼貌。向别人问候时不要犹豫，要先听别人讲话，然后再作回答。应该谈话时，不要沉思不语。

32. 不贬低人，也不过分赞扬人。

33. 不去不清楚自己是否受欢迎的地方。如果别人没有请你提建议，切莫自告奋勇。如果别人想听一下你的意见，陈述要简短。

34. 如果两个人在争论，不要顽固坚持自己的观点。在无关紧要的问题上，要与大多数人站在一起。

35. 不要责备别人的缺点，因为你的父母、老师与上司都有缺点。

36. 不要抓住别人的缺点不放，也不要对这些缺点追根求源。应该和朋友私下里讲的话不要对别人说。

37. 与他人在一起时一定要讲母语，切忌讲外语；要向有教养的人学习，不要流于庸俗；要认真对待高尚的事情。

38. 说话之前要三思。发音要准确，不要急于说话，讲话时思路要清晰。

39. 别人说话时，要认真听讲，不要打扰其他听众。如果说话人举棋不定，不要帮助他，也不要向他提醒，除非他希望你这样做。不要打断他，在他讲完后，再提问。

40. 有事与别人打交道时要选好时机，不要在别人面前交头接耳。

41. 不要把别人互相进行比较；如果赞扬某人的英勇行为，那么不要用同样的话来称赞另一个人。

42. 如果一件事你不知道是否属实，不要轻易告诉别人。在谈论你听说的事情时，不要总是说出你是听谁讲的。不要揭露秘密。

43. 不要对别人的事情好奇，也不要在别人私下谈话时走过去。

44. 不要做你没有把握的事，但是一定要遵守诺言。

45. 讲一件事情时，不要感情用事或者轻举妄动，不管听者有多么卑鄙。

46. 当上司和别人说话时，要认真听，不要插话或大笑。

47. 在辩论中，既不要急于战胜对方，也不要让所有人随意发表自己的意见。要听取大多数人的判断，当这些人是辩论的评判者时更应该如此。

48. 谈话时，切忌单调乏味，离题次数不能太多，也不要把同一件事情重复许多次。

49. 不要恶意攻击不在场的人，因为这样做不公正。

50. 无论发生什么事，吃饭时都不要生气；即使生气，也不要表现出来；表情要欢快，尤其是有陌生人在场的情况下，良好的气氛能助人开胃。

51. 不要自己坐在餐桌的上座；但是如果你应该坐上座，或者房子的主人请你坐上座，不要过于谦让，以免给在场的其他人带来不快。

52. 当你谈到上帝或其品质时，一定要郑重其事，满怀敬意，并且听从父母的教诲。

53. 你的娱乐活动要像一个男子汉，而非像一个罪犯。

54. 要努力保持那团被称为良心的天堂之火在你的胸中燃烧不止。

[佚名 译]

⊙作品赏析

在世界人民的眼中，乔治·华盛顿是典型的马背上的开国元勋，或者就像有些传记上所描述的"不折不扣的美国国父"。但这并不能就此论定他的放旷和不拘小节，从《乔治·华盛顿的礼仪规则》中，我们将从不同的侧面认识这位不朽的英雄。

文章据传是乔治·华盛顿尚在弗吉尼亚里克斯堡上学的时候就记录下来的关于一个18岁的年轻人将如何培养好自己品行的人生准则，虽然有学者在细心研究后发现，这些可能仅仅是对法国文学当中的摘抄而已，但这并不影响它在华盛顿成长道路上的引导作用。文章节选了其中的54条，从对人的尊重、生活作风的淳朴、与道德高尚的人交往、多听取别人言论而少发表说话，到随和不鲁莽，尽情展现了乔治·华盛顿成长中的良好约束。

文章的结构相当特别，这是一种格言式的言论，很是简短，但却精粹，说明白了人生中的一些处世道理。比如，"不要说一些伤害他人的话，无论是开玩笑还是郑重其事。不要嘲笑别人，尽管他们的确有可笑之处"。语言相当精练，处处充满了人生的智慧，有先知纪伯伦和诗人泰戈尔的行文风格。

独立宣言 / 杰斐逊

入选理由：美国前总统杰斐逊的演讲散文精华
对压迫的反抗和对自由独立的呼唤
伟大思想家的精彩的人权启蒙文章

在人类历史事件的进程中，当一个民族必须解除其与另一个民族之间迄今所存在着的政治联系，而在世界列国之中取得那"自然法则"和"自然神明"所规定给他们的独立与平等的地位时，就有一种真诚的新生人类公意的心理，要求他们一定要把那些迫使他们不得已而独立的原因宣布出来。

我们认为这些真理是不言而喻的：人人生而平等，他们都从他们的"造物主"那边被赋予了某些不可转让的权利，其中包括生命权、自由权和追求幸福的权利。为了保障这些权利，所以才在人民中间成立政府。而政府的正当权利，则得自统治者的同意。如果遇有任何一种形式的政府变成是损害这些目的的，那么，人民就有权利来改变它或废除它，以建立新的政府。这新的政府，必须是建立在这样的原则的基础上，并且是按照这样的方式来组织它的权利机关，庶几就人民看来那是最能够促进他们的安全和幸福的。诚然，谨慎心理会主宰着人们的意识，认为不应该为了轻微的、暂时的原因而把设立已久的政府予以变更；而过去一切的经验也正是表明，只要当那些罪恶尚可容忍时，人类总是宁愿默默忍受，而不愿意废除他们所习惯了的那种政治形式以恢复他们自己的权利。然而，当一个政府恶贯满盈、倒行逆施、一贯地奉行着那一个目标，显然是企图把人民抑压在绝对专制主义的淫威之下时，人民就有这种权利，人民就有这种义务，来推翻那样的政府，而为他们未来的安全设立新的保障。——我们这些殖民地的人民过去一向是默然忍辱吞声，而现在却被迫地必须起来改变原先的政治体制，其原因即在于此。现今大不列颠国王的历史，就是一部怙恶不悛、倒行逆施的历史，他那一切的措施都只有一个直接的目的，即在我们各州建立一种绝对专制的统治。为了证明这一点，让我们把具体的事实胪陈于公正的世界人士之前：

他一向拒绝批准那些对于公共福利最有用和最必要的法律。

他一向禁止他的总督们批准那些紧急而迫切需要的法令，除非是那些法令在未得其本人的同意以前，暂缓发生效力；而在这样暂缓生效的期间，他又完全把那些法令置之不理。

他一向拒绝批准其他的把广大地区供人民移居垦殖的法令，除非那些人民愿意放弃其在立法机关中的代表权。此项代表权对人民说来实具有无可估量的意义，而只有对暴君说来才是可怕的。

他一向是把各州的立法团体召集到那些特别的、不方便的、远离其公文档案库的地方去开会。其唯一的目的就在使那些立法团体疲于奔命，以服从他的指使。

· 作者简介 ·

杰斐逊（1743—1826），出生于美国弗吉尼亚州的一个贵族家庭，受过良好的教育。1760—1765年的5年间，他专门学了法律，并于1767年取得律师执照。此后，他当了7年的律师，为以后从政打下良好基础。1769年，他成功竞选为弗吉尼亚议会议员，开始走上政坛。1774年，杰斐逊撰写《英属美洲权利综论》，宣传北美人民民族自决的思想，鼓吹殖民地独立。1775年5月，北美殖民地第二届大陆会议在费城召开，杰斐逊作为弗吉尼亚代表参加了这次具有重大历史意义的会议。在会上，杰斐逊当选为"独立宣言起草委员会"的首席委员，执笔起草《独立宣言》。《独立宣言》被马克思称为"第一个人权宣言"，成为北美人民争取独立的旗帜。

1776年10月，杰斐逊返回弗吉尼亚，再次当选议员。期间他提出一生中引以为荣的《弗吉尼亚宗教自由法案》，并主张废除奴隶制度。1800年，杰斐逊当选为美国第三任总统，4年后连任，被誉为美国的"民主之父"。1809年，杰斐逊离任后，退居蒙蒂塞洛私邸。他晚年致力于科学研究和发展教育事业。1812—1825年，他筹建了著名的弗吉尼亚大学。1826年7月4日，杰斐逊在美国的国庆日与世长辞，享年83岁。

他屡次解散各州的议会，因为这些议会曾以刚强不屈的坚毅的精神，反抗他那对于人民权利的侵犯。

他在解散各州的议会以后，又长期地不让人民另行选举；这样，那不可抹杀的"立法权"便又重新回到广大人民的手中，归人民自己来施行了；而这时各州仍然险象环生，外有侵略的威胁，内有动乱的危机。

他一向抑制各州人口的增加；为此目的，他阻止批准"外籍人归化法案"；他又拒绝批准其他的鼓励人民移殖的法令，并且更提高了新的"土地分配法令"中的限制条例。

他拒绝批准那些设置司法权力机关的法案，借此来阻止司法工作的执行。

他一向要使法官的任期年限及其薪金的数额，完全由他个人的意志来决定。

他滥设了许多新的官职，派了大批的官吏到这边来钳制我们人民，并且掠夺我们的民脂民膏。

在和平的时期，他不得到我们立法机关的同意，就把常备军驻屯在我们各州。

他一向是使军队不受民政机关的节制，而且凌驾于民政机关之上。

他一向与其他的人狼狈为奸，要我们屈服在那种与我们的宪法格格不入，并且没有被我们的法律所承认的管辖权之下；他批准他们那些假冒的法案：

他把大批的武装部队驻扎在我们各州。

他是用一种欺骗性的审判来包庇那些武装部队，使那些对各州居民犯了任何谋杀罪的人得以逍遥法外；他割断我们与世界各地的贸易。

他不得到我们的允许就向我们强迫征税。

他在许多案件中剥夺了我们在司法上享有"陪审权"的利益。

他是以"莫须有"的罪名，把我们逮解到海外的地方去受审。

他在邻近的地区废除了那保障自由的英吉利法律体系，在那边建立了一个横暴的政府，并且扩大它的疆界，要使它迅即成为一个范例和适当的工具，以便把那同样的专制的统治引用到这些殖民地来。

他剥夺了我们的"宪章"，废弃了我们那些最宝贵的法令，并且从根本上改变了我们政府的形式。

他停闭我们自己的立法机关，反而说他们自己有权得在任何一切场合之下为我们制定法律。

他宣布我们不在其保护范围之内并且对我们作战，这样，他就已经放弃了在这里的政权了。

他一向掠夺我们的海上船舶，骚扰我们的沿海地区，焚毁我们的市镇，并且残害我们人民的生命。

他此刻正在调遣着大量的外籍雇佣军，要求把我们斩尽杀绝，使我们庐舍为墟，并且肆行专制的荼毒。他已经造成了残民以逞的和蔑信弃义的气氛，那在人类历史上最野蛮的时期都是罕有其匹的。他完全不配做一个文明国家的元首。

他一向强迫我们那些在海上被俘虏的同胞公民们从军以反抗其本国，充当屠杀其兄弟朋友的刽子手，或者他们自己被其兄弟朋友亲手所杀死。

他一向煽动我们内部的叛乱，并且一向意图勾结我们边疆上的居民、那些残忍的印第安蛮族来侵犯。印第安人所著称的作战方式，就是不论男女、老幼和情况，一概毁灭无遗。

在他施行这些高压政策的一个阶段，我们都曾经用最谦卑的词句吁请改革，然而，我们屡次的吁请，结果所得到的答复却只是屡次的侮辱。一个如此罪恶昭彰的君主，其一切的行为都可以确认为暴君，实不堪做一个自由民族的统治者。

我们对于我们的那些英国兄弟们也不是没有注意的。我们曾经时时警告他们不要企图用他们的立法程序，把一种不合法的管辖权横加到我们身上来。我们曾经提醒他们注意到我们在此地移殖和居住的实际情况。我们曾经向他们天生的正义感和侠义精神呼吁，而且我们也曾经用我们那同文同种的情谊向他们恳切陈词，要求取消那些倒行逆施的暴政，认为那些暴政势必将使我们之间的联系和友谊归于破裂。然而，他们也同样地把这正义的、血肉之亲的呼吁置若罔闻。因此，我们不得不承认与他们有分离的必要，而我们对待他们也就如同对待其他的人类一样，在战时是仇敌，在平时则为朋友。

因此，我们这些集合在大会中的美利坚合众国的代表们，吁请世界人士的最高裁判，来判断我们这些意图的正义性。我们以这些殖民地的善良人民的名义的权利，谨庄严地宣布并昭告：这些联合殖民地从此成为、而且名正言顺地应当成为自由独立的合众国；它们解除对于英王的一切隶属关系，而它们与大不列颠王国之间的一切政治联系亦应从此完全废止。作为自由独立的合众国，它们享有全权去宣战、媾和、缔结同盟、建立商务关系，或采取一切其他凡为独立国家所理应采取的行动和事宜。为了拥护此项"宣言"，怀着深信神明福佑的信心，我们谨以我们的生命、财产和神圣的荣誉互相共同保证，永誓无贰。

1776年7月4日

［佚名 译］

⊙作品赏析

《独立宣言》的存在对美国而言具备了空前的意义，马克思曾就此作过论述，认为它是"第一个人权宣言"。文章的内容主要包括对自由平等人权等人类公意的呼唤，以及在此过程中所遭受的来自英国的殖民压制，文章将英国在美洲的赤裸行径展露无遗，这里面流淌的是美洲大陆人民的鲜血，飘扬的却是英国殖民者的丑陋笑声。为此作者发出了最后的吁请："因此，我们这些集合在大会中的美利坚合众国的代表们，吁请世界人士的最高裁判，来判断我们这些意图的正义性。"

文章的最大特点在于开宗明义地阐明了作者的观点，并紧接着作出严谨的逻辑论证，既展望了未来人权的美好，又毫不留情地解析了英国殖民者的历历罪行。从而缔造了美国走向独立步伐的第一个理论动力。在语言的表达上，则显得相当精炼，在罗列英国殖民者的所有不人道行为时表现得特别明显，简明扼要，既能说明问题，又不显得拖沓冗长。

美洲之夜 / 夏多布里昂

入选理由：让人沉醉在美丽原始的气息中　哲思和文笔并举　写景散文中的大手笔

一天傍晚，我在离尼亚加拉瀑布不远的森林中迷了路；转瞬间，太阳在我周围熄灭，我欣赏了新大陆荒原美丽的夜景。

日落后一小时，月亮在对面天空出现。夜空皇后从东方带来的馥郁的微风好像她清新的气息率先来到林中。孤独的星辰冉冉升起：她时而宁静地继续她蔚蓝的驰骋，时而在好像皑皑白雪笼罩山巅的云彩上憩息。云彩揭开或戴上它们的面纱，蔓延开去成为洁白的烟雾，散落成一团团轻盈的泡沫，或者在天空形成絮状的耀眼的长滩，看上去是那么轻盈、那么柔软和富于弹性，仿佛可以触摸似的。

· 作者简介 ·

夏多布里昂（1768—1848），法国19世纪初早期浪漫主义的代表作家。代表作有《历史研究》、《论英国文学》和《墓外回忆录》等。

地上的情景也同样令人陶醉：天鹅绒般的淡蓝的月光照进树林，把一束束光芒投射到最深的黑暗之中。我脚下流淌的小河有时消失在树木间，有时重新出现，河水辉映着夜空的群星。对岸是一片草原，草原上沉睡着如洗的月光；几棵稀疏的白桦在微风中摇曳，在这纹丝不动的光海里形成几处漂浮的影子的岛屿。如果没有树叶的坠落、乍起的阵风、灰林的哀鸣，周围本来是一个万籁俱寂的世界；远处不时传来尼亚加拉瀑布低沉的咆哮，那咆哮声在寂静的夜空越过重重荒原，最后湮灭在遥远的森林之中。

这幅图画的宏伟和令人惊悸的凄清是人类语言所不能表达的；与此相比，欧洲最美的夜景毫无共同之点。试图在耕耘过的田野上扩展我们的想象是徒劳的；它不能超越四面的村庄；但在这蛮荒的原野，我们的灵魂乐于进入林海的深处，在瀑布深渊的上空翱翔，在湖畔和河边沉思，并且可以说独自站立在上帝面前。

[程依荣 译]

⊙作品赏析

文章写的是作者在美洲游历的过程中，一次夜晚迷路，见到的尼亚加拉大瀑布附近的原始森林中美丽的夜景，抒发了作者对大自然的热爱之情。文中作者笔下的美洲夜景，宁静而充满野性，原始但却富有人性。他把美洲夜晚的天空说成是"夜空皇后"，把孤星的"冉冉升起"写成是一个少女在漫步，写草原上的月光是"沉睡"，写微风中的白桦是"摇曳"，独特的比拟技巧，体现了作者特有的浪漫主义风格。

作者在文章末尾说"试图在耕耘过的田野上扩展我们的想象是徒劳的"，"但在这蛮荒的原野，我们的灵魂乐于进入林海的深处"，正是作者厌倦争斗的社会生活，乐于亲近大自然这种内心情感的集中体现。作者善于将没有灵性的景物，写得灵动而富有情感，这正是作者内在情感的流露。作者童年就流亡国外，一生又看尽政治的风云变幻和世态的炎凉，厌倦了纷乱的社会生活，反而对静谧的、原始的大自然有了特别的亲近感。在这远离世俗的宁静美洲之夜，作者对大自然的热爱之情溢于言表。

给儿子的信 / 司各特

入选理由 英国大作家司各特的经典作品 一篇情真意切的教子家书 文章语言真挚，感人肺腑

我不得不一而再、再而三地告诉你：劳动、勤奋是上帝施加给我们每一个人的压力，没有劳动就没有一切，没有锲而不舍的毅力就绝对不可能成功。农夫用自己额角的汗珠换来甘甜的面包，富翁只有在劳动中才能摆脱自己的厌倦和烦恼……没有耕耘就没有收获，

· 作者简介 ·

司各特（1771—1832），英国小说家、诗人。出生在苏格兰一个古老贵族的家庭，1789年入爱丁堡大学攻读法律，毕业后成为律师，同时在苏格兰偏僻地区搜集历史传说和民间歌谣。1802年发表了搜集到的3卷《苏格兰边区歌谣集》，此后开始创作，写有叙事长诗《末代歌者之歌》、《玛密恩》和《湖上夫人》等。他共写有7部长篇叙事诗，27部历史小说和一些中短篇小说、人物传记等。司各特最大的贡献在历史小说，《艾凡赫》、《昆丁·达沃德》是其代表作。其他重要作品还有取材苏格兰历史的《威弗利》、《清教徒》、《罗布·罗伊》，以15世纪的法国为背景的《奇婚记》和传记《小说家列传》、《拿破仑传》等。司各特的历史小说丰富和发展了欧洲19世纪的文学，对后代很多作家都有影响。

不下苦工夫就不可能学到知识。当然，各种各样的机缘和偶然性都在起作用，农夫播下的种子可能被别人收割；但无论是谁都不可能掠走他人脑子里的知识，任何机缘、逆运、不幸都不能使脑子中的知识丧失掉。要大量而广泛地汲取各种各样的知识，丰厚的知识是你将来取之不尽用之不竭的财富，别人夺不走你的知识，只有你自己才能享用它。我亲爱的孩子，你一定要好好地利用时间，勤奋学习，不断进步。你正年轻，年轻人朝气蓬勃，脚步轻快，头脑灵活，接受能力强，这是接受知识的最好时期，一旦错过了这段时光，就会后悔莫及。所谓"少壮不努力，老大徒伤悲"讲的就是这个道理。春天没有播种，秋天就不可能有收获。青年时期是人生的黄金时期，浪费了这段时间，秋天就不会有收获，到了老年就不会被人尊重，那时"徒悲伤"就太可怜了。

[佚名　译]

⊙ 作品赏析

司各特是英国浪漫时代的大家，以《湖上夫人》、《艾凡赫》赢取了不朽的文坛诗名。在他的文章中，我们经常能见到多彩的历史画面，壮丽粗犷的苏格兰人文景观，在深厚的历史背景下极富浪漫的情怀。他的不朽影子曾在后世文学中，诸如普希金、巴尔扎克和密茨凯维奇身上不断得到再现。

《给儿子的信》以一封家书的形式，虽然已然淡化了作者平常时刻在文章中所呈现的文采和思想的光芒，但并不能泯灭作者说教的深刻性。在他看来，人生在世最为主要的不是机遇和偶然性对我们的恳切眷顾，而在于以勤劳的举动为自己的人生缔造一份丰厚的积淀，让自己免去无所事事的悲哀和慌乱，寻找到自己能发挥美好的空间，就像文章中所说的"青春时期是人生的黄金时期，浪费了这段时间，秋天就不会有收获，到了老年就不会被人尊重"。而这也就像中华文化传统中的"少壮不努力，老大徒伤悲"。文章的最大特色不在结构的塑造，而在语言的巧妙运用上，很是朴实，但却时常能闪现出思想的深刻光芒，有评论家就曾对他的词语的朴素无华大加赞赏，并认为这是作者在行文过程中的独特魅力所在。

大草原猎野牛 / 华盛顿 · 欧文

入选理由　欧文的散文代表作　描景摹物，细腻传神　展现了丰富迷离的画面

向南前行大约两小时，我们一下子走出了克罗斯·提姆贝的阴郁地带。一眼瞥见"大草原"在我们面前左右两边舒展开来，满心喜悦，难以言喻。借着水边青葱的林带，美因·加拿大河以及各种各样的小溪流蜿蜒曲折的踪迹清晰可辨。这里景色浩瀚，风光绮丽。游目纵览这无垠的沃野，本来就令人心旷神怡。而我们刚从"树丛无尽的窒闷地牢"钻出来，

对此我也就感触倍深了。

在一片高地上，比特指出他和同伴打死过野牛的地方。我们看到远处有几个黑点在移动，他说那地方就是牛群。队长把路线定了下来，决定到大约一英里开外的茂林尽头，在那儿扎营一两天，以便正儿八经地打一次野牛，补充一点食物。部队排成一路纵队，沿着小山坡向驻营地进发。这时，比特提议充当我和伙伴们的向导，他保证把我们带到猎物多的地方。于是我们离开了行军的队列，转向大草原穿过一个小山谷，登上一块微微隆起的高地。到达最高处，我们看见了大约一英里外有一群野马。比特立刻警惕起来，打野牛的事也不再放在心上了。他跨上那匹野性未驯的壮马，把绳索卷起放在马鞍前桥上，开始追赶起来。而我们却留在高地上凝望他的演习，心焦之至。借助一条林带的有利条件，他暗然潜行，于是接近了马群而未被发觉。马群一见他，立刻狂奔起来。我们眺望着他沿地平线奔突，就像一艘私船开足马力追赶一艘商船一样。最后，他翻过山脊，奔下一个浅谷，一会儿又到了对面一座小山上，逼近了一匹野马。他很快地节节前进，仿佛在设法套住猎物。但他和那匹马又一次消失在小山背后，我们再也看不见了。后来才知道，他套住了那匹烈马，但抓不住它，七搞八搞把绳索都丢了。

正当等待比特回来时，我们看到两头野牛正从斜坡下来，向蜿蜒流过绿树掩映的峡谷中的一道小溪走去。我和那位年轻伯爵极力想利用树木的掩护逼近它们。还差三四百码远，野牛发现了我们，转身又退上隆起的高地。我们驱马穿过峡谷，追赶起来。野牛头大肩宽，奇重无比，上坡颇为费劲，但下坡却能加速前进。这样我们就占了优势，很快就接近了那两头亡命的野牛。不过要使我们的马靠近野牛却颇为艰难，因为光是野牛的气味就使马感到害怕。伯爵带着一支子弹上了膛的双筒枪，他开了枪，但没有命中。两头公牛改变了路线，莽莽撞撞地飞速奔下山去。因为它们逃跑方向不同，我们就各选一头，分道扬镳。我备有一对铜管老手枪，那是在福特·吉布逊那儿借来的，显然已用过许多回。打野牛时手枪很管用，因为马上的猎手对野兽可以靠得很近，并可在全速奔跑时向野兽开火。而用在边疆的又长又重的来福枪却操纵不便，在马背上放枪也不易瞄准。因此，我的目的就是让野牛进入我的手枪射程之内。但这殊非易事。我骑的是很出色的马，速度快，臀部又好，仿佛很爱追逐，它很快就追上了猎物。可是马儿每只耳朵岔开向前倾，作出种种厌恶和惊恐的表示。这毫不奇怪。在所有野兽中，野牛被猎手紧追时，会现出一种凶暴至极的神情。它的一双黑色短角从毛茸茸的巨大前额翘起，两眼像煤块一样燃烧；嘴巴大张；焦干的舌头向上伸成半月形；尾巴直竖，毛茸茸地在空中摇动。那完全是一副又狂怒又恐怖的样子。

我把马赶到够近的地方已很费劲，等到举枪瞄准，两支手枪都打不响，真叫人恼火。很不幸，这两支老枪的枪机破旧不堪，纵马驰骋时起爆药竟从药池晃了出来。我卡嗒一声扳开最后一支手枪的扳手，靠近了野牛。野牛在绝望中突然喷响鼻子转身向我冲来。我的马好像依着轴心转了一个身，痉挛地跳起。因为我一直伸出手枪趴在马的一侧，所以差一点被甩到了野牛的脚跟前。

马驮着我跳了三四步，野牛碰不着我们了。那牛原来只不过要拼死自卫，这时又连忙飞奔起来。一旦稳住那匹惊慌失措的马，重新装好手枪的火药，我又踢马追赶那头放慢脚步喘息一下的野牛了。到我追上它时，它又开始竭尽全力向前猛冲，响起一阵轰隆声，蹿过矮树丛和峡谷，几头鹿、几只狼被雷鸣般的奔跑声吓得从隐身之处狼狈地穿过原野左右逃窜而去。

奔驰在大草原去追赶猎物，决非是只知道开阔平原的人所想象的那般顺当。的确，大草原的狩猎场不像草原低处那样花木丛生、牧草丰茂。这里主要覆盖着短短的野牛草，但景色也随小丘和峡谷的不同而变幻迷离，而且最平坦的地方也被雨后水流冲出的深深的裂缝和峡谷所截断。这些裂缝和峡谷在平坦的地面张开大口，简直像猎人脚下的陷阱，在他们飞速奔驰时突然阻断去路，或者使他们蒙受折肢、丧命之虞。平原上也布满小动物掘的洞穴，往往使马蹄陷进去，致使连人带马摔倒在地。刚下过雨使大草原一些坚实的地面积上一层浅水，马要啪哒啪哒地溅着水跑上一路。另一些地方有无数八英尺或十英尺见方的浅坑，那是野牛像猪一样在沙泥里打滚弄出来的。这些坑也积满了水，像一面面镜子一样闪亮，于是马要不停地跃过这些水坑，或者在边上跳起来。我们也到了大草原一些破烂不堪、支离破碎的崎岖之地。野牛只顾仓皇逃命，不留心看路，一头栽下危险万分的峡谷。那些地方要安全地走下去是必须沿着峡边走的。最后，我们来到一条由冬天的水流冲刷出来、贯穿整个大草原的深深的陷窟，那儿裸露着参差的岩，形成一条长长的溪谷，两边是陡峭、参差的石头和粘土混杂的悬崖。野牛就这样连滚带蹦地栽下这样一处悬崖，接着就沿着谷底奔逃，而我看到再往下追赶已属徒劳无益，于是勒马不前，在悬崖边上寂然凝视着它，直到它消失在蜿蜒的溪谷中。

此刻已无事可干了，我惟有调转马头，找伙伴汇合，起初倒有点麻烦。追逐猎物的热忱使我沉溺在长久的奔驰中无心它顾，现在我发现自己置身于凄清的荒原，天边是光秃秃的、均匀起伏的高地。由于缺乏地物和显著的特征，缺乏经验的人在那儿会搞得糊里糊涂，就像在汪洋大海中那样容易迷失方向。天色也是晦暗的，因此我不能靠太阳指引。我的惟一办法是追寻马儿来时踏出的足迹，尽管在枯草覆盖的地面我常常连马蹄印迹也看不到。

大草原的荒凉会使不习惯的人感到难以言喻的寂寞凄清。相比之下，森林中的寂寞就微不足道了。在森林中，视野也被林木遮断，而人们还可自由自在地想象出森林外面生龙活虎的景象。可是在这儿，景色一望无际，但却荒无人迹。我们意识到远远地置身于人烟之外，感到踏进了荒凉世界之中。当我的马儿拖着缓缓的脚步走回我们刚才蹦跳奔驰的地方，追赶的狂热又已消失，我对这一带的环境就感触尤深了。荒原的寂静时而被打破——那是远处一群在浅水塘周围像鬼魅一样潜行的鹈鹕的叫喊；有时是空中的大乌鸦的恶叫声；偶尔会有一只无赖恶狼在我面前奔走，走到安全的距离会坐下来嗥叫哀泣，那声调使周围的荒凉更添一层凄楚。

赶路有顷，遥见远处山边有一位骑手，我立刻认出他是伯爵。他和我一样两手空空。不一会儿，我们又和可敬的伙伴维托索汇合。他鼻子上架着眼镜，马背上放了两三支空枪。

我们决定暂不去找营地，而要再作一次努力。向荒原纵目四望，我们远远看到大约

　　两英里外有一群野牛，星星点点地散开，静静地在一小片树丛附近吃草。无须多少想象力即可想见这么多牛在一块空地边上吃草的情景，也可想到树丛可能遮住了某幢孤零零的农舍。

　　我们作出包抄牛群的计划，准备走到牛群的另一头，朝我们认为营地所在的那个方向猎取它们，否则追赶野牛会使我们走得太远，无法在日落前找到归路。于是我们慢慢地、小心谨慎地兜一个大圈，不时看到有牛不吃草了，我们也停下步来。幸亏风从它们那边吹来，否则它们会闻到我们的气味而惊慌起来。就这样，我们绕到了野牛的背后，没有惊动它们。这群牛大约有40头，有公牛、母牛，也有小牛犊。我们彼此拉开一定距离，排成一横排缓缓前进，想逐步潜近野牛，不引起它们注意。不过它们也开始悄悄地走开，每走一两步就停下来吃草。突然间，一直在我们左边一丛树下打盹而没被我们看到的一头公牛从窝里站了起来，急匆匆地跑回牛群中去。我们还有相当距离，但猎物已惊慌起来。我们加快脚步，它们撒腿就跑，于是一场全力以赴的追逐就开始了。

　　因为地面平坦，所以野牛向前冲的速度极快。它们鱼贯而行，由两三头公牛殿后。最后一头野牛身躯硕大，前额高昂，毛髯枯焦，看似一群之主，仿佛能长久统治大草原王国一般。

　　这些巨兽的样子既可怕又可笑，因为它们要拖着巨大的躯体向前冲，笨重的脑袋和肩膀要颠上颠下，翘起的尾巴像哑剧丑角的发辫，尾巴尖既凶狠又滑稽地摇来晃去，两眼闪着凶光，神情既惊悸又暴怒。

　　我和牛群并排冲了一阵子，没能让我的马驰入射程之内，因为在先前一次追逐中，野牛的冲击使它受惊不小。最后我让马靠近了，可是又一次受挫：手枪又打不响。我的伙伴们，他们的马本来就跑得慢些，再加上劳累，所以追不上牛群。最后，排在最末尾要失去优势的L先生举起他的双筒枪扫了一长串子弹。他打中了一头野牛的腰部正上方，打断了它的脊骨，把它打倒在地。他停步下马去收拾猎物了，我把他那膛上还剩一发弹药的枪借了过来。我驱马尽了全速，又追上了在伯爵追赶下正轰隆隆地向前冲的牛群。有了现在这支枪，我不必把马赶得那么近了，于是我和牛群拉平，选中其中一头。很幸运，一枪就把它当场击倒。子弹打中致命部位，野牛一倒下就再也爬不起来，只能躺在那儿，在垂死的痛苦中挣扎，而其余的野牛则四蹄不停地穿过大草原向前冲去了。

　　我下了马，系上缰绳以免马儿走失，上前审视我的牺牲品。我决不是猎手。驱使我做出这非常之举的，是猎物的庞大和冒险追逐的激动。既然激情已经过去，我低头俯视着躺在我面前挣扎流血的可怜动物，不禁动了恻隐之心。它的硕大身躯和活现的神气曾激起我的热望，现在却使我滋长了内疚之情。我仿佛觉得我所造成的痛苦和我的牺牲品的躯体一样大，仿佛觉得所造成的生命浪费较之毁灭一只小点的动物要大上100倍。

　　这可怜的动物在痛苦中苟延性命，使这种事后的良心谴责益发加深。它显然受了致命伤，但死亡的来临恐怕为时尚早。把它留在这里，让它被那早已闻到它的血腥，正在远处躲躲闪闪地嗥叫，等着我离去的狼活活地撕成碎片；让它被在空中振翅盘旋、阴郁地叫号的大乌鸦撕成碎片，都不是合适的。让它死去，结束它的苦难，现在已经变成一种慈悲的善行。于是我把一支手枪装上弹药，走近那头野牛。我觉得这样心平气和地伤害它，和在激烈追逐中开枪完全是两回事。不过瞄准它的背脊开枪时，我的手枪只有这一次是打响了。子弹准是穿过了它的心脏，因为这只动物剧痛地痉挛了一下就断了气。

我任由马儿在我身边吃草，自己对着如此放肆地造成的尸骸伫立沉思，从中吸取着教训。这时，我的猎伴维托索来到了我身旁。他这个人样样机灵，而对“狩猎”技艺尤为资深老练。他很快就把野牛舌头挖出来递给我，让我当做战利品带回营地。

［樊培绪 译］

⊙作品赏析

文章描述的是一次作者在草原上猎野牛的情形。文中无论是景物描写，还是场面叙述，都写得气象万千，显示了作者深厚的艺术功底。如写草原，用了“在我们面前左右两边舒展开来”，既形象，又富有动感，并且也表达出了作者的欣喜之情。写友人追野马的场面，如电影镜头一般，奇妙地展现在读者面前，一系列的动词，“跨上”、“卷起”、“追赶”、“暗然前行”，简直就是那一场面的真实再现。作者在文中不惜笔墨，多次描绘了野牛的样子，每一次都有新的内涵、新的感慨，如写其凶，“两眼像煤块一样燃烧”、“嘴巴张大”、舌头成“半月形”，这些新颖奇巧的比喻，活灵活现地展示了野牛狂怒又恐怖的样子，极富艺术表现力。而写那头看似一群之主的野牛，用了“身躯硕大，前额高昂，毛鬃枯焦”，寥寥几笔白描，一头气质高贵的野牛就跃然纸上了。作者还善于融情于景，如描写大草原的荒凉一段，把自己寂寞凄清的心绪寄寓在眼前所见之景，使景物也涂上了作者的心理色彩，把那种凄清的意境传达得淋漓尽致，显示了作者的大手笔。

作者对被自己捕杀的野牛所表现出的忏悔之心，体现了作者的慈悲之怀。

名誉 / 叔本华

入选理由
对人类生存状态的终极关怀
一位哲学大师的散文名篇
解读叔本华的通幽之径

由于人性奇特的弱点，我们经常过分重视他人对自己的看法；其实，只要稍加反省就可知道别人的看法并不能影响我们可以获得的幸福。所以我很难了解为什么人人都对别人的赞美夸奖感到十分快乐。如果你打一只猫，它会竖毛发；要是你赞美一个人，他的脸上便浮起一线愉快甜蜜的表情，而且只要你所赞美的正是他引以自傲的，即使这种赞美是明显的谎言，他仍会欢迎之至。

只要有别人赞赏他，即使厄运当头，幸福的希望渺茫，他仍可以安之若素；反过来，当一个人的感情和自尊心受到自然、地位或是环境的伤害，当他被冷淡、轻视和忽略时，每个人都难免要感觉苦恼甚至极为痛苦。

假使荣誉感便是基于此种“喜褒恶贬”的本性而产生的话，那么荣誉感就可以取代道德律，而有益于大众福利了；可惜荣誉感在心灵安宁和独立等幸福要素上所生的影响非但没有益处反而有害。所以就幸福的观点着眼，我们应该制止这种弱点的

·作者简介·

叔本华（1788—1860），19世纪德国哲学家，唯意志论的创始人。祖籍荷兰，生于但泽（今波兰的革但斯克）一个银行家家庭。早年在法国接受教育，后随父母游历英国、瑞士和澳大利亚，1809年进入哥廷根大学学医后改学哲学。1811年转柏林大学，1814年获耶拿大学博士学位。1822年被聘为柏林大学讲师，后因与黑格尔竞争惨败而离开讲坛，靠父亲遗产过离群索居的生活，死于法兰克福。叔本华的代表作有《作为意志和表象的世界》、《论自然的意志》、《道德的基础》、《小札与补遗》等。

蔓延，自己恰当而正确地考虑及衡量某些利益的相对价值，从而减轻对他人意见的高度感受性；不管这种意见是谄媚与否，还是会导致痛苦，因它们都是诉诸情绪的。如果不照以上的做法，人便会成为别人高兴怎么想就怎么想的奴才——对一个贪于赞美的人来说，伤害他和安抚他都是很容易的。

因此将人在自己心目中的价值和在他人的眼里的价值加以适当的比较，是有助于我们的幸福的。人在自己心目中的价值是集合了造成我们存在和存在领域内一切事物而形成的。简言之，就是集合了性格、财产中的各种优点在自我意识中形成的概念。另一方面，造成他人眼中的价值的是他人意识；是我们在他人眼中的形象和连带对此形象的看法。这种价值对我们存在的本身没有直接的影响；可是由于他人对我们的行为是依赖这种价值的，所以它对我们的存在会有间接而和缓的影响；然而当这种他人眼中的价值促使我们起而修改"自己心目中的自我"时，它的影响便直接化了。除此而外，他人的意识是与我们漠不相关的；尤其当我们认清了大众的思想是何等无知浅薄，他们的观念是多么狭隘，情操如何低贱，意见是怎样偏颇，错误是何其多时，别人对我们的看法就更不相干了。当我们由经验中知道人在背后是如何地诋毁他的同伴，只要他无须怕对方，也相信对方不会听到诋毁的话，他就会尽量诋毁。这样我们便会真正不在乎他人的意见了。只要我们有机会认清古来多少的伟人曾受过蠢虫的蔑视，也就晓得在乎别人怎么说便是太尊敬别人了。

如果人不能在前述的性格与财产中找到幸福的源头，而需要在第三种，也就是名誉里寻找安慰，换句话说，他不能在他自身所具备的事物里发现快乐的源泉，却寄望他人的赞美，这便陷于危险之境了。因为究实说来我们的幸福应该建筑在全体的本质上，所以身体的健康是幸福的要素，其次重要的是一种独立生活和免于忧虑的能力。这两种幸福因素的重要，不是任何荣誉、奢华、地位和名声所能匹敌和取代的，如果必要我们是会牺牲了后者来成就前者的。要知道任何人的首要存在和真实存在的条件都是藏在他自身的发肤中，不是在别人对他的看法里；而且个人生活的现实情况，例如健康状态、气质、能力、收入、妻子、儿女、朋友、家庭等，对幸福的影响将大于别人高兴怎么对我们的看法千百倍；如果不能及早认清这一点，我们的生活就晦暗了。假使人们还要坚持荣誉重于生命，他真正的意思该是坚持生存和圆满都比不上别人的意见来得重要。当然这种说法可都只是强调如果要在社会上飞黄腾达，他人对自己的看法，即名誉的好坏是非常重要的，关于此点，容后详谈。只是当我们见到几乎每一件人们冒险犯难，刻苦努力，奉献生命而获得的成就，其最终的目的不外乎抬高他人对自己的评价，当我们见到不仅职务、官衔、修饰，就连知识、艺术及一切努力都是为了求取同僚更大的尊敬而发时，我们能不为人类愚昧的极度扩张而悲哀吗？过分重视他人的意见是人人都会犯的错误，这个错误根源于人性深处，也是文明于社会环境的结果，但是不管它的来源到底是什么，这种错误在我们所有行径上所产生的巨大影响以及它有害于真正幸福的事实则是不容否认的。这种错误小则使人们胆怯和卑屈在他人的言语之前，大则可以造成像维吉士将匕首插入女儿胸腔的悲剧，也可以使许多人为了争取身后的荣耀而牺牲了宁静与平和、财富、健康，甚至于生命。由于荣誉感（使一个人容易接受他人的控制）可以成为控制同伴的工具，所以在训练人格的正当过程中，荣誉感的培养占了一席要地。人们非常计较别人的想法而不太注意自己的感觉，虽然后者较前者更为直接。他们颠倒了自然的次序，把别人的意见当做真实的存在，而把自己的感觉弄得含混不明。他们把二等的出品当做首要的主体，以为它们呈现在他人前的影响比自身的实体更为重要。他们希望自间接的存在里得到真实而直接的结果，把自己陷进愚昧的"虚荣"中，而虚荣原指没有坚实的内在价值的东西。这种虚荣心重的人就像吝啬鬼，热切追求手段而忘了原来的目的。

事实上，我们置于他人意见上的价值以及我们经常为博取他人欢心而作的努力与我们可以合理地希望获得的成果是不能平衡的，也就是说前者是我们能力以外的东西，然而人又不能抑制这种虚荣心，这可以说是人与生俱来的一种疯癫症。我们每做一件事，首先便会想到："别人该会怎么讲？"人生中几乎有一半的麻烦与困扰就是来自我们对此项结果的焦虑上；这种焦虑存在于自尊心中，人们对它也因日久麻痹而没有感觉了。我们的虚荣弄假以及装模作样都是源于担心别人会怎么说的焦虑上。如果没有了这种焦虑，也就不会有这么多的奢求了。各种形式的骄傲，不论表面上多么不同，骨子里都有这种担心别人会怎么说的焦虑，然而这种忧虑所费的代价又是多么大啊！人在生命的每个阶段里都有这种焦虑，我们在小孩身上已可见到，而它在老年人身上所产生的作用就更强烈，因为当年华老大没有能力来享受各种感官之乐时，除了贪婪剩下的就只有虚荣和骄傲了。法国人可能是这种感觉的最好例证，自古至今，这种虚荣心像一个定期的流行病时常在法国历史上出现，它或者表现在法国人疯狂的野心上，或者在他们可笑的民族自负上，或者在他们不知羞耻的吹牛上。可是他们不但未达目的，其他的民族不但不赞美却反而讥笑他们，称呼他们说：法国是最会"盖"的民族。

在 1846 年 3 月 31 日的《时代》杂志有一段记载，足以说明这种极端顽固的重视别人的意见的情形。有一个名叫汤默士·魏克士的学徒，基于报复的心理谋杀了他的师傅。虽然这个例子的情况和人物都比较特殊一点，可是却恰好说明了根植在人性深处的这种愚昧是多么根深蒂固，即使在特异的环境中依旧存在。《时代》杂志报道说在行刑的那天清晨，牧师像往常一样很早就来为他祝福，魏克士沉默着表示他对牧师的布道并不感兴趣，他似乎急于在前来观望他不光荣之死的众人面前使自己摆出一副"勇敢"的样子……在队伍开始走时，他高兴地走入他的位置，当他进入刑场时他以足够让身边人听到的声音说道："现在，就如杜德博士所说，我即将明白那伟大的秘密了。"

接近绞刑台时，这个可怜人没有任何协助，独自走上了台子，走到中央时他转身向观众连连鞠躬，这种举动引起台下看热闹的观众们一阵热烈的欢呼声。

这是一个很好的例子，说明一个人当死的阴影就在眼前时，还在担心他留给一群旁观者的印象，以及他们会怎么想他。另外在雷孔特身上也发生了相似的事情，时间也是公元 1846 年，雷孔特在为企图谋刺国王而被判死刑，在法兰克福被处决。审判的过程中，雷孔特一直为他不能在上院穿着整齐而烦恼。他处决的那天，更因为不许他修面而为之伤心。其实这类事情也不是近代才有的。马提奥·阿尔曼在他著名的传奇小说《Guzmrn be alfarache》的序文中告诉我们，许多中了邪的罪犯，在他们死前的数小时中，忽略了为他们的灵魂祝福和做最后忏悔，却忙着准备和背诵他们预备在死刑台上做的演讲词。

我拿这些极端的例子来说明我的意思，因为从这两个例子中我们可以看到他自己本身放大后的样子。我们所有的焦虑、困扰、苦恼、麻烦、奋发努力几乎大部分都起因于担心别人会怎么说：在这方面我们的愚蠢与那些可怜的犯人并没有两样。羡慕和仇恨经常也源于相似的原因。

要知道幸福是存在于心灵的平和及满足中的。所以要得到幸福就必须合理地限制这种担心别人会怎么说的本能冲动，我们要切除现有分量的五分之四，这样我们才能拔去身体上一根常令我们痛苦的刺。当然要做到这一点是很困难的，因为此类冲动原是人性内自然的执拗。泰西特斯说："一个聪明人最难摆脱的便是名利欲。"制止这种普遍愚昧的唯一方法就是认清这是一种愚昧，一个人如果完全知道了人家在背后怎么说他，他会烦死的。最后，我们也清楚地晓得，与其他许多事情比较，荣誉并没有直接的价值，它只有间接价值。如果人们果能从这个愚昧的想法中挣脱出来，他就可以获得现在所不能想象的平和与快乐：他可以更坚定和自信地面对着世界，不必再拘谨不安了。退休的生活有助于心灵的平和，就是由于我们离开了长久受人注视下的生活，不需再时时刻刻顾忌到他们的评语；换句话说，我们能够"归返到本性"上生活了。同时我们也可以避免许多厄运，这些厄运是由于我们现在只追寻别人的意见而造成的，由于我们的愚昧造成的厄运只有当我们不再在意这些不可捉摸的阴影，并注意坚实的真实时才能避免，这样我们方能没有阻碍地享受美好的真实。但是，别忘了：值得做的事都是难做的事。

[张尚德 译]

⊙ **作品赏析**

叔本华是西方的一个传奇人物。他与黑格尔长达数年的哲学辩论，以及他后来离群索居的生活，都让这个影响世界两百余年的西方哲学大师显得高深莫测。然而正是这种神秘性，引导后人对其哲学思想不断地进行探索。《名誉》让我们更好地解读叔本华。

研究过印度哲学的叔本华，充分汲取了佛学思想，认为科学和哲学在意志领域已达到了极限，只有依靠神秘的洞察，才能领悟意志的本性；只有以禁欲为起点，尔后忘我，最后忘掉一切，进入空幻境界，才能超脱生存意志及其一切烦恼。而"荣誉"就是在欲望和功利心的基础上产生的。所以叔本华认为"荣誉感在心灵安宁和独立等幸福要素上所生的影响非但没有益处反而有害"，而且随着年龄的增长，注重荣誉的人们"除了贪婪剩下的就只有虚荣和骄傲了"。

在伦理道德方面，叔本华认为人的欲海难填，欲望不能满足，就会产生痛苦，所以欲望愈大痛苦愈烈；所以与欲望有着直接联系的"荣誉"感并不能给人们带来持久的幸福感。而相反，人们的痛苦很多时候来自于对"名誉"的注重。因此，叔本华认为"幸福是存在于心灵的平和及满足中的。所以要得到幸福就必须合理地限制这种担心别人会怎么说的本能冲动"。也就是说不要太盲目追求所谓的"名誉"，而要时时警惕"虚荣心"的滋生。

由此看来，叔本华的哲学思想不论多么深奥，最终的落脚点仍是人类的最普遍的情感和生活，反映的仍是对于人类生存状态的终极关怀。

论爱 / 雪莱

入选理由：人类爱的伟大宣言
一篇有着诗意美的散文
堪称作者诗作的总序言

什么是爱？要回答这个问题，让我们先问那些活着的人，什么是生活？问那些虔诚的教徒，什么是上帝？

我不知其他人的内心结构，也不知你们——我正与之讲话的你们的内心；我看到在有

· 作者简介 ·

雪莱（1792—1822），英国浪漫主义诗人。出身乡村地主家庭，20岁入牛津大学，因写写反宗教的哲学论文被学校开除。投身社会后，又因写诗歌鼓动英国人民革命及支持爱尔兰民族民主运动，而被迫于1818年迁居意大利。在意大利，他仍积极支持意大利人民的民族解放斗争。1822年渡海遇风暴不幸船沉溺死。

些外在属性上，别人同我相像，惑于这种形似，当我诉诸某些应当共通的情感并向他们吐露灵魂深处的心声时，我发现我的话语遭到了误解，仿佛它是一个遥远而野蛮的国度的语言。人们给我体验的机会越多，我们之间的距离越远，理解与同情也就愈离我而去。带着无法承受这种现实的情绪，在温柔的颤栗和虚弱中，我在海角天涯寻觅知音，而得到的却只是憎恨与失望。

你垂询什么是爱吗？当我们在自身思想的幽谷中发现一片虚空，从而在天地万物中呼唤、寻求与身内之物的通感对应之时，受到我们所感、所惧、所企望的事物的那种情不自禁的、强有力的吸引，就是爱。倘使我们推理，我们总希望能够被人理解；倘若我们遐想，我们总希望自己头脑中逍遥自在的孩童会在别人的头脑里获得新生；倘若我们感受，那么，我们祈求他人的神经能和着我们的一起共振，他人的目光和我们的交融，他人的眼睛和我们的一样炯炯有神；我们祈愿漠然麻木的冰唇不要对另一颗火热的心、颤抖的唇讥诮嘲讽。这就是爱，这就是那不仅联结了人与人而且联结了人与万物的神圣的契约和债券。我们降临世间，我们的内心深处存在着某种东西，自我们存在那一刻起，就渴求着它相似的东西。也许这与婴儿吮吸母亲乳房的奶汁这一规律相一致。这种与生俱来的倾向随着天性的发展而发展。在思维能力的本性中，我们影影绰绰地看到的仿佛是完整自我的一个缩影，它丧失了我们所蔑视、嫌厌的成分，而成为尽善尽美的人性的理想典范。它不仅是一帧外在肖像，更是构成我们天性的最精细微小的粒子组合。它是一面只映射出纯洁和明亮的形态的镜子；它是在其灵魂固有的乐园外勾画出一个为痛苦、悲哀和邪恶所无法逾越的圆圈的灵魂。这一精魂同渴求与之相像或对应的知觉相关联。当我们在大千世界中寻觅到了灵魂的对应物，在天地万物中发现了可以无误地评估我们自身的知音（它能准确地、敏感地捕捉我们所珍惜、并怀着喜悦悄悄展露的一切），那么，我们与对应物就好比两架精美的竖琴上的琴弦，在一个快乐的声音伴奏下发出音响，这音响与我们自身神经组织的震颤相共振。这——就是爱所要达到的无形的、不可企及的目标。正是它，驱使人的力量去捕捉其淡淡的影子；没有它，为爱所驾驭的心灵就永远不会安宁，永远不会歇息。因此，在孤独中，或处在一群毫不理解我们的人群中（这时，我们仿佛遭到遗弃），我们会热爱花朵、小草、河流以及天空。就在蓝天下，在春天的树叶的颤动中，我们找到了秘密的心灵的回应：无语的风中有一种雄辩；流淌的溪水和河边瑟瑟的苇叶声中，有一首歌谣。它们与我们灵魂之间神秘的感应，唤醒了我们心中的精灵去跳一场酣畅淋漓的狂喜之舞，并使神秘的、温柔的泪盈满我们的眼睛，如爱国志士胜利的热情，又如心爱的人为你独自歌唱之音。因此，斯泰恩说，假如他身在沙漠，他会爱上柏树枝的。爱的需求或力量一旦死去，人就成为一个活着的墓穴，苟延残喘的只是一副躯壳。

[徐文惠 译]

⊙作品赏析

雪莱浪漫主义理想的终极目标就是创造一个人人享有自由、幸福的新世界。他以美丽的语言、丰富的想象描绘了这个新世界的绚丽画面，而且豪迈地预言："如果冬天已经来临，春天还会远吗？"恩格斯赞美雪莱是"天才的预言家"。他将自己全部的生命诉诸于爱的表达，奉献于人类终极的博爱，无论作诗还是为文都牵系于这根永恒的主线，《论爱》可以说是雪莱创作的总的纲领，总的宣言。

《论爱》中说："当我们在大千世界中寻觅到了灵魂的对应物，在天地万物中发现了可以无误地评估我们自身的知音，那么，我们与对应物就好比两架精美的竖琴上的琴弦，在一个快乐的声音伴奏下发出音响，这音响与我们自身神经组织的震颤相共振。"这就是雪莱所理解的爱。他用形象的语言告诉人们，爱应该是人类心灵的相通，是"相看两不厌"的相知相识的和谐境界。作者把抽象的思想具体化，让读者在形象的感知中接受自己的观点。关于爱的伟大意义，雪莱说："爱的需求或力量一旦死去，人就成为一个活着的墓穴，苟延残喘的只是一副躯壳。"正是这个爱的主旋律，使雪莱的作品无论是诗作还是散文，都充满着人性的光辉。

帕格尼尼音乐会 / 海涅

> **入选理由**
> 海涅的散文代表作之一
> 形象鲜明、比喻奇特
> 文学史上少有的描写音乐会盛况的文字

这场音乐会的演出地点是汉堡喜剧院。酷爱艺术的观众们早早地就入场了，济济一堂，我费了九牛二虎之力才挤到乐池边占得区区一席。尽管这天是邮政日，我发现楼上包厢仍然坐满了有教养的商界名流，一班银行家等百万富翁，如咖啡大王、食糖大王之流，连同他们肥腴的王后们，赫赫然如墙脚公爵家族的朱诺，娇娇然似粪垣伯爵府上的阿佛洛狄忒，高居在神圣的奥林匹斯山上。整个剧场内也笼罩着虔诚的寂静，所有目光都投向舞台，所有观众都洗耳恭听。我的邻座，一位皮毛经纪人，把脏兮兮的棉球从耳朵里取出，以便更好地听清马上就要奏响的珍贵乐曲——每张门票高达2塔勒。终于，舞台上出现了一条黑色人影，像是从阴间地府爬上来的。他，就是身穿黑色大礼服的帕格尼尼：黑色的燕尾服，黑色的马甲，剪裁得十分可怕，也许是阴间地府的规定样式；黑色的裤子，裹着那双细细的腿干瑟瑟发抖。他一手握着小提琴，另一手持弓，在观众面前奉献了一连串空前角度的深鞠躬，此刻，琴和弓几乎碰地，使他那双长臂显得更加之长。他的身体在有棱有角的弯曲中透出一种古里古怪的木讷，同时又有几分傻里傻气的野性，使我们在他鞠躬时油然生出忍俊不禁之感；而他那张脸，在刺眼的乐池灯光反射下更形死人般的苍白，面带几许乞求，几许过分的屈辱，使我们的嘲笑欲望被一种肃然的同情所压抑。他的这种献媚，是从机器人那里学来的，还是家犬？他那乞求般的目光，究竟是病入膏肓者的期许目光，还是隐藏着狡诈吝啬鬼的嘲讽目光？这是一个行将死亡的苟延残喘者，如同罗马角斗场上一位赴死的剑士，用他临终前的痉挛

> ### ·作者简介·
>
> 海涅（1797—1856），德国伟大诗人。生于杜索尔多夫的犹太商人家庭。曾在波恩大学学法律。1821年出版了第一部《诗歌集》。1830年法国爆发革命后，他于次年开始侨居法国。1848年病重瘫痪，直到逝世。作品除了《诗俯歌集》、《新诗集》和《罗曼采罗》等集子以及《德国——一个冬天的童话》、《阿塔·特洛尔》等长诗外，还有政论如《论浪漫派》、《论德国宗教和哲学的历史》等，散文、游记如《哈尔茨山游记》、《从慕尼黑到热那亚的旅行》、《勒·格朗特文集》、《旅行记》四卷、《洛卡浴场》和画论、音乐评论等。

来满足观众嗜血的快感？抑或他是一个从坟墓中爬出来的死人，如同一个手持提琴的吸血鬼，虽然他不是从我们的胸腔里吸吮鲜血，但他绝对是在从我们的口袋里吸吮金钱？

在帕格尼尼不厌其烦地献媚邀宠时，我的脑子里装满了上述问题；然而，当这位神奇大师将小提琴抵近下颌开始演奏时，所有类似的想法统统无条件地引退了。顺便说一句，各位看官想必已经了解我在观赏音乐时的预感能力——我有一种天分，每当听到某种声音时，眼前便会出现相应的音乐图形；因此，帕格尼尼的琴弓每扯动一下，我的眼前就显现出不同的人物和境状，如同他在用有声图像讲述着各种刺耳的故事，如同他在我面前耍弄着彩色的皮影戏，而他则总是以提琴为道具扮演着主角。在他运第一弓时，他身边的舞台背景就开始变幻；他，还有他的乐谱架，突然置身于一个明亮的房间里，室内横七竖八地陈列着可笑的、饰有篷巴迪尔花式的家具；四处摆放着小巧的镜子、镀金的小爱神天使、中国的瓷器；随处堆放的书籍、花环、白手套、撕破了的金发套，还有用金属薄片和其他亮闪闪的装饰物镶嵌的假珍珠、假宝石，构成了一片可爱的混乱，如同大牌女演员的书房中司空见惯的那样。帕格尼尼的外表也发生了对他极为有利的变化；紫丁香色丝质美琪裤，绣有银丝的白色马甲，外罩缀有金缕纽扣的淡蓝色丝绒上衣，一头精心烫成小卷的亮发在他那十分年轻的、红润放光的脸上飘舞；每当他向站在乐谱架旁注视他拉琴的漂亮姑娘投送秋波时，他的脸上便增加了几分甜蜜的温柔。

事实上，我确实看见他的身边站着一位年轻的美人儿，一袭过时的服装，白色的真丝裙裤在臀部下方蓬松鼓起，把腰肢衬托得纤细迷人，扑了粉的秀发高高拢起，浑圆的俏脸连同勾人的眼睛发射着放荡的光芒，粉饰过的脸颊如同贴了白色的膏药和腻人的甜汁。她的手里举着一个白色的纸喇叭，喇叭随着嘴唇的运动和上身的摆动而若即若离，看上去她似乎在唱歌；然而，我分明没有听见她任何一个音符的颤音，只是从正在为这位可爱的女孩伴奏的、青春焕发的帕格尼尼的琴声中才能猜度出，她唱的究竟是什么歌，而他在伴奏时又是什么样的心灵感受。啊，多么缠绵的旋律哟！如同在玫瑰芳香的吹拂下，春心骚动、醉意眷恋的夜莺啼出的一首黄昏曲！啊，这是一首无病呻吟、甘愿赴汤蹈火般的极乐曲！这是两首恋曲，它们先是久久相吻难舍难分，继而赌气似的分道扬镳，最终却又破涕为笑相拥相抱，直至融为一体，在欣喜若狂的大团圆中双双离开尘世。是哟，那琴声像一对蝴蝶在欢快地飞舞，其中一只彩蝶开玩笑似的飞走，躲在鲜花后面，终于被同伴找到，它们无忧无虑地、幸福地迎着金色的阳光飞向天空。可是，一只蜘蛛出现了，它可以在一瞬之间给这对相爱着的蝴蝶带来厄运。年轻的心儿会想到这些吗？帕格尼尼的提琴声放射着令人心碎的旋律，一声声悲哀呻吟，宛若一场悄悄抵近的不幸正在播放前奏曲……他的眼睛湿润了……他跪在亲爱的人儿面前，向她乞求……哎哟，你瞧！他俯下身子吻她的双脚，突然发现了床下的小个子神甫！我不知道他为什么恨那可怜的男子，只见这位热那亚人面色苍白得像个死人，用愤怒的双手抓住小个子，给了他一通耳光，并实实地踢了他好几脚，甚至把他扔出门外，然后从口袋里抽出一把长长的刃匕首，刺进那年轻靓女的胸膛……

此刻，四周响起了一阵阵喝彩声，激动的汉堡男女向这位伟大的艺术家报以雷鸣般的掌声。刚刚演奏完音乐会第一乐章的艺术家，此时的鞠躬更加有棱有角，更加一躬到地。依我看来，他脸上的乞求与谦恭亦比先前增加了几分。他的目光中滞留着可怕的胆怯，如同一名可怜的罪人。

"太妙了！"邻座的皮毛商抓耳挠腮地嚷道，"仅这一段曲子就值 2 塔勒。"

当帕格尼尼重新开始演奏时，我的眼前黯淡下来。曲调没有变幻出明快的形式和明亮的色彩；大师的形象被昏暗的阴影所笼罩，他的音乐自黑暗中发出极尖锐的悲叹声。间或，悬在他头顶的小灯以微弱的灯光投向他；只是此时，我才看得见他那了无血色的面容，但他脸上的青春并没有逝去。他的外衣十分抢眼，析出两种颜色，半是黄色，半是红色。他的脚上拴着沉重的镣铐。他的身后隐隐约约闪现出一张脸，其容貌有几分像滑稽的山羊，双手裸露长毛，看起来也像山羊蹄子；时而，我发现这双手伸向帕格尼尼手中的提琴，乐于助人似的拨弄琴弦；时而，他也把持着帕格尼尼拉弓的那只手，使小提琴涌出的越来越痛苦悲伤的曲调声中，伴入了咩咩的赞许笑声。这曲调宛如堕落天使们的歌声，她们因为拥抱了大地的女儿而被逐出天国，带着瘦削绯红的脸蛋降下人间尘世。这是来自无底深渊的曲调，没有安慰，没有希冀。如果天上圣人听见这种曲调，上帝的赞美也会黯然失色，他们将羞愧得无地自容！每当那须臾不肯离舍的、咩咩的山羊笑声伴入提琴曲的悲伤旋律时，我偶尔瞥见背景中也有一群小个子丑陋女人，她们狡黠、诙谐地点着头，面带幸灾乐祸的表情，指手画脚地大肆嘲讽。未几，提琴声中逸出了恐惧的音调，一声惊叹，一声抽噎，这声音在人世间从来没有听到过，或许在人世间永远也不会再听到，除非是在世界末日的约撒法特山谷，当法庭的巨大长号奏响，赤身裸体的尸首们从坟墓中爬出来，期待着他们的命运之时……然而，痛苦的琴师突然运出了极为绝望的一弓，以至于脚镣铿锵断裂，那些阴森森的助手连同讥讽魔鬼统统销声匿迹。

此时，我的邻座皮毛商叹道："可惜，可惜，一根弦断了，就是因为他持续地拨弦哟！"

小提琴弦真的断了？我不知道。我只察觉到了音调的转变。同时，我觉得帕格尼尼和他的周围环境突然全变了。他穿的是褐色的修道士服装，我几乎认不出他来了——与其说是服装，莫如说是伪装。他那粗野的神情被风帽遮住了一半，腰间系着一根麻绳，光着双脚，一副孤独倔强的形象。此刻的帕格尼尼，站在海边前突的岩石上，演奏着小提琴。我看到，时值黄昏，晚霞洒满了宽阔的海面，渐渐地映红了海浪，汹涌不息的波涛与提琴的曲调构成了极为神秘的默契。波面愈红，天穹愈苍。当波涛起伏的海面终于映成猩红泛黄的血色时，上空全然变得幽灵般的明朗、死人般的苍白，一颗颗星辰大模大样地、带有几分威胁地跃出……这些星星呈黑色，黑得像闪光的石煤。琴声越来越狂热孟浪，琴师的神态令人恐怖，双眼中闪烁着充满讥讽意味的摧毁欲，薄薄的嘴唇那么可怕地急促蠕动着，看上去似乎在嘟囔着古老而邪恶的咒语，祈求风暴来临，释放那些被困在海底深处的恶魔。时而，当他那只细长的胳膊从修道服的肥大袖子中伸出来，在空中挥舞着琴弓时，他才真正地像是一位正在变出宝物的魔术师，于是，大海深处疯狂地咆哮起来，血红的波浪惊骇地猛力冲上高空，红色的泡沫几乎溅到苍白的天幕和黝黑的星星。海在怒吼，海在尖啸，海在轰鸣，好像要把全世界摧为废墟。修道士的运弓越来越有力，他要用强烈的意志奋力锯开所罗门降妖罐的七重火漆；睿智的国王把魔鬼们封闭在铁罐里，沉入海中。当帕格尼尼的提琴在最低音区奏出隆隆的激怒时，我还听到了罐中魔鬼的声音。然而，我终于升腾出一种感觉来，似乎听见了庆祝解放的欢呼声，看见了被释放的魔鬼将头浮出鲜红的血海波面：一只只极其丑陋的庞然大物，像长有蝙蝠翅膀的鳄鱼，像长有鹿角的蛇，像戴有漏斗形贝壳的猴子，像蓄有大主教式长胡子的海狗，像是乳头长在脸蛋上的怪女人，像绿色的骆驼头，像是两种不可思议的生物组合而成的雌雄同体；所有魔鬼都向拉琴的修道士投出冷峻机灵的目光，伸出长长的蹼爪，而正处在急切的祈求热望中的他，将风帽甩在脑后，任那蓬松的黑发在风中飞舞，似千条黑蛇环绕着他的头部。

他的演奏是那样地令人神魂颠倒，以至于我捂住耳朵，闭上眼睛，以免神经错乱。于是，眼前的魔鬼消失了，我重又看到可怜的琴师成为寻常人，摆出了寻常的献媚动作，而观众们正极其迷醉地报以掌声。

"这是 G 调的最佳演奏，"我的邻座点拨道，"我自己也拉小提琴。对这种乐器居然能够把握到此种程度，我知道这意味着什么！"幸好间歇时间不长，否则这位爱好音乐的皮毛专家肯定会喋喋不休地把我引进一场漫长的艺术对话。帕格尼尼重又冷静地把提琴抵近下颌，琴弓的第一下扯动重又展开音调的神奇变化。只是，那些曲调不再那样富于色彩变幻和形体变化，它们沉稳地展开，庄严地起伏，浑厚地增强，如同一个正在罗马大教堂内表演的管风琴赞美诗咏唱班，其歌声向四周扩散，越来越宽广，越来越高亢，构成了一个无法用凡夫肉眼看见，只能用心灵眼睛体察的巨大空间。在这一空间的中央，盘旋着一个光芒四射的圆球，上面站立着一位高大自豪的男子，正在演奏小提琴。这个圆球是太阳？我不知道。但是，从这个男子的线条上，我认出他是帕格尼尼，不过他已经得到理想的美化、美丽的神化，面带出神入化的微笑。他的躯体放射着最最伟岸的男子气，他的四肢被裹在一袭淡蓝色的节日盛装内，他的肩膀上飘垂着黑色卷发；他坚定地站在那里拉琴，如同一尊高大的神像，犹如上帝创造的万物统统俯首于他的音乐指挥。他是一颗神人行星，整个宇宙都在围绕它旋转，以从容不迫的庄严，踏着天堂仙乐般的节奏。在他身边悄然旋转的各盏大灯，其实是天上的星星；在星星运动时产生的协调乐曲，则是多少诗人和预言家所大书特书的天体音乐？时而，每当我睁大眼睛向远方的暮色望去，会看见举目皆是巨大的朝圣者们，身穿白色的节日盛装，蒙着脸飘然而来，手中挂着的白色拐杖十分奇特：一个个拐杖的金色把手，正是我曾以为是星星的一盏盏大灯。朝圣者围绕那位伟岸的演奏大师，循着巨大的环形轨道行进；在提琴曲的激励下，拐杖的金色把手闪烁着越来越亮的光泽。从朝圣者们唇间流出的歌声——我曾以为是天体音乐——实际上不过是提琴曲逐渐远去的回音。一种不可名状的神圣狂热，倾注在这音乐中，间或颤抖着，几乎听不见，如同在水面上飘荡的窃窃私语，尔后又响起甜蜜尖利的声音，如同来自月亮的法国圆号乐曲，最后骤然翻滚起毫无节制的欢呼声，如同成千上万名现代歌手齐声拨动吉他的琴弦，引吭高唱胜利之歌。这种乐曲永远无法用耳朵听见，只有在清夜之中，静静地躺在爱人身边，心与心贴近时才能梦见。或许你的心也可以在晴朗的白天感受到它，如果你面对着琳琅满目的希腊艺术品，被优美的线条和图形所感染，惊呼着坠入沉思……

[王建政 译]

⊙**作品赏析**

帕格尼尼是 19 世纪最杰出的演奏家之一，他将小提琴演奏技术发展到了惊人的高度，被誉为是"小提琴之王"。文学史上描写音乐会盛况的作品本不多，而像《帕格尼尼音乐会》这样写得精彩纷呈的更是罕见。

琴声本是要靠听觉来感触，但是透过海涅的神来之笔流淌出的文字，我们已经身临其境般地享受到了帕格尼尼出神入化的演奏。音乐之美在于意境，海涅深谙此理，并充分调动视觉、听觉以及联想和想象，以他敏锐的艺术感悟力去捕捉意象，再发挥其炉火纯青的艺术表现力将之诉诸笔端。在他的笔下，音乐声不再抽象，闪现在读者眼前的似乎是一出出扣人心弦的戏剧，有鲜活的人物，有琳琅的布景，有缤纷的色彩，有起伏的情感，也有尖锐的冲突。帕格尼尼精湛的艺术功力在海涅的笔下得到了完美的展现。

文章能达到这样的艺术效果，固然与作者敏锐的感悟密切相关，但相应的艺术手法也发挥了巨大的作用。海涅善用新奇的比喻，这在文中随处可见，使得所刻画的形象生动逼真。宽阔丰富的联想和想象更是贯穿文章始终，化抽象为具体，给读者呈现了一场丰盛的艺术盛宴。另外，文中多处运用衬托，更增强了表达效果。

这篇文章，可以说是两个伟大艺术家最完美的合作。

笔友 / 巴尔扎克

入选理由　巴尔扎克拙朴文风的突出体现　语言简洁有力，蕴涵深刻人生哲理

微不足道的小事往往会演变成人生的重大经历！我从历时二十年方告结束的一段生活经验中认识了这条真理。

这生活是我在二十一岁读大学时开始的。有一天上午，我在一本销行很广的孟买杂志某页上看到世界各地征求印度笔友的年轻人的姓名和通信地址。我见过班上男女同学收到未曾晤面的人寄来厚厚的航空信。当时很流行与笔友通信，我何不也试一试？

我挑出一位住在洛杉矶的艾丽斯作为我写信的对象，还买了一本很贵的信纸簿。我班上一个女同学曾告诉我打动女人芳心的秘诀。她说她喜欢看写在粉红色信纸上的信。所以我想应该用粉红色信纸写信给艾丽斯。"亲爱的笔友，"我写道，心情紧张得像第一次考试的小学生。我没有什么话可说，下笔非常缓慢，写完把信投入信箱时，觉得像是面对敌人射来的子弹。不料回信很快就从遥远的加利福尼亚州寄来了。艾丽斯的信上说："我不知道我的通信地址怎会列入贵国杂志的笔友栏，何况我并没有征求笔友。不过收到从未见过和听过的人的信实属幸事。反正你要以我为笔友，好，我就是了。"

我不知道我把那封短信看了多少次。它充满了生命的美妙音乐，我觉得飘飘欲仙！

我写给她的信极为谨慎，决不写那位不相识的美国少女觉得唐突的话。英文是艾丽斯的母语，写来非常自然，对我来说却是外语，写来颇为费力。我在遣词用字方面颇具感情，并带羞怯，但在我心深处藏有我不敢流露的情意。艾丽斯用端正的笔法写长篇大

论的信给我，却很少显露她自己。

从万余公里外寄来的，有大信封装着的书籍和杂志，也有一些小礼物。我相信艾丽斯是个富裕的美国人，也和她寄来的礼品同样美丽。我们的文字友谊颇为成功。

不过我脑中总有个疑团。问少女的年岁是不礼貌的，但如果我问她要张相片，该不会碰钉子吧。所以我提出了这个要求，也终于得到她的答复。艾丽斯只是说她当时没有相片，将来可能寄一张给我。她又说，普通的美国女人都比她漂亮得多。

这是玩躲避的把戏吗？唉，这些女人的花样！

岁月消逝。我和艾丽斯的通信不像当初那样令人兴奋。时断时续，却并未停止。我仍在她生病时寄信去祝她康复，寄圣诞片，也偶尔寄一点小礼物给她。同时我也渐渐老成，年事较长，有了职业，结了婚，有了子女。我把艾丽斯的信给我妻看。我和家人都一直希望能够见到她。

然而有一天，我收到一个包裹，上面的字是陌生的女人的笔迹。它是从美国艾丽斯的家乡寄来的。我打开包裹时心中在想，这个新笔友是谁？

包裹中有几本杂志，还有一封短信。"我是你所熟知的艾丽斯的好友。我很难过地告诉你，她在上星期日从教堂出来，买了一些东西后回家时因车祸而身亡。她的年纪大了——七十八岁——没有看见疾驶而来的汽车。艾丽斯时常告诉我她很高兴收到你的信。她是个孤独的人，对人极热心，见过面和没见过面的，在远处和近处的人，她都乐于相助。"

写信的人最后请我接受包裹中所附的艾丽斯的相片。艾丽斯说过要在她死后才能寄给我。

相片中是一张美丽而慈祥的脸，是一张纵使我是一个羞怯的大学生，而她已入老境时我也会珍爱的脸。

[佚名 译]

⊙作品赏析

阅读巴尔扎克的小说，我们很容易沉迷在他对社会和人心灵状态的剖析中，以及他在不同篇章中采用的人物再现法所构成的人物独特的成长历程。虽然《笔友》仅是作为散文出现，略显短小，但却着实浓缩了巴尔扎克的一贯笔法。

在小说中，常有一种立足现在回忆过去，将大段的历史背景影缩在限定时间内的写法，《笔友》将20年的人生阅历以同样的形式在不长的篇幅中完全展现出来。所以我们很清楚地看见了小说家的思绪：在结构上采取了承接与转折的落差形式，将作者的心态变化展露无遗——由带着对笔友"不敢流露的情意"，在字里行间的非分妄想，到年届80的艾丽斯虽然年迈孤独却仍然热心助人的心态深深震撼。这是一个相当曲折的过程，虽然作者并没有详细地表明这一心态变化的细节，但却以小说家的对文脉的高度把握为读者留下了无限的想象空间。

从《笔友》中我们还可以见证作者的拙朴文风，虽然不见得用语花哨，但却凝练简洁有力，将整篇文章从容道来。不仅如此，它还蕴藉了相当深刻的人生哲理，作者说"微不足道的小事往往会演变成人生的重大经历"。这是20年的情感积淀，但同时更是作者人生情操的升华，因为我们看到作者已经从不阅世事追逐浮华的青年转变为沉着稳重、懂得感恩的中年。

悼念乔治·桑 / 雨果

入选理由　法国大文豪雨果的散文经典之一
悼念乔治·桑文章中的优秀作品
语言凄婉优美，情感动人

哀悼一位逝去的女性，向一位不朽的女子致敬。

我以往热爱她，赞赏她，尊敬她；今天，在死亡的宁静肃穆中，我瞻仰她。

我称赞她，因为她的创造是伟大的，而且我感谢她，因为她的创造是美好的。我记忆犹新，有一天，我曾经给她写信说："我感谢您心灵如此伟大。"

难道我们失去她了吗？

没有。

高大的形象不见了，但是并没有销声匿迹。远非如此；几乎可以说，这些形象发展了。它们变成了无形，却在另一种形式下变得清晰可见。这是崇高的变形。

人形有隐蔽作用，它遮住了真正神圣的面孔，这面孔就是思想。乔治·桑是一种思想；这思想如今离开了肉体，获得了自由；她辞世了，而思想却活着。

乔治·桑在我们的时代享有独一无二的位置。其他伟人都是男人，她却是伟大的女性。

本世纪以完成法国革命和开始人类革命为其法则；在这个世纪里，由于性别的平等属于人类平等的范围内，因此一个伟大的女性是必不可少的。妇女必须证明，她可以拥有我们男性的所有禀赋，而又不失去女性天使般的品质：强大有力而又始终温柔可爱。

乔治·桑就是这种证明。

既然有那么多的人给法国蒙上耻辱，就必须有人给它带来荣耀。乔治·桑将是我们的世纪和法国值得骄傲的人物之一。这个誉满全球的女性完美无缺。她像巴尔贝斯一样有一颗伟大的心灵，像巴尔扎克一样有伟大的头脑，像拉马丁一样有崇高的心胸。她身上有诗才。在加里波第创造了奇迹的时代，她写出了杰作。

用不着一一列举这些杰作。何必把大家记得的事再鹦鹉学舌一遍呢？标志这些杰作力量所在之特点的，是善良。乔治·桑是善良的。因此，她受到憎恨。受人赞美有个替身，就是遭人嫉恨，热情有一个反面，就是侮辱。嫉恨和侮辱既是表明赞成，又想表明反对。后人会将嘲骂看做得到荣耀的喧闹声。凡是戴上桂冠的人都要受到抨击。这是一个规律，侮辱的卑劣要以欢呼的大小作为测度。

像乔治·桑那样的人都是为公众谋福利的。他们进去了，他们一旦逝去，在他们本来那个显得空荡荡的位置上，便可以看到实现了新的进步。

每当这样一个杰出人物去世，我们便仿佛听到翅膀拍击的巨大响声；既有东西逝去，就有别的东西继续存在。

大地像天空一样，也有隐没的时候；但是，人间像上天一样，重新显现，跟随在消失之后：一个男人或者一个女人，就

·作者简介·

雨果（1802—1885），诗人、小说家、政治活动家，19世纪前期积极浪漫主义文学运动的领袖，法国文学史上卓越的资产阶级民主作家。贯穿他一生活动和创作的主导思想是人道主义、反对暴力、以爱治"恶"，他的创作期长达60年以上，作品包括26卷诗歌、20卷小说、12卷剧本、21卷哲理论著，合计79卷之多，给法国文学和人类文化宝库增添了一份十分辉煌的文化遗产。1885年5月22日，雨果在巴黎与世长辞。

像火炬一样以这种形式熄灭了，却以思想的形式重新放光。于是人们看到，原来以为熄灭的东西是无法熄灭的。这支火炬越发光芒四射；从此以后，它属于文明的一部分；它进入了人类广大的光明之中；它增加了光明；因为把假光熄灭了的神秘的气息，给真正的光提供了燃料。

劳动者离开了，可是他的劳动成果留了下来。

埃德加·基内去世了，但是从他的坟墓里冒出了至高无上的哲学，而他又从坟墓的上方给人们提出劝告。米什莱谢世了，但是在他身后耸立着一部历史，勾画出未来的历程。乔治·桑长辞了，但是她给我们留下妇女展露女性天才的权利。变化就是这样完成的。让我们哭悼死者吧，但是要看到接踵而至的现象：留存下来的是确定无疑的事实；由于有了这些令人自豪的思想先驱，一切真理和一切正义都迎我们而来，而这正是我们所听到的翅膀拍击的声音。

请接受我们逝去的名人在离开我们的时候，给予我们的东西吧。让我们面向未来，平静而充满沉思，向伟人的离去给我们预示的光辉前景的到来致敬吧。

[张秋江　译]

⊙作品赏析

乔治·桑的影响并不止在于她的文学还在于她的为人，甚至还有人认为是那被人们在茶余饭后津津乐道的私生活。但《悼念乔治·桑》的作者雨果却坚持认为，乔治·桑的成功只在于她高尚的人格魅力。

乔治·桑作为女作家的成功一直为人所钦佩，同样也博取了包括同行在内的世界各国读者的喜爱。当然她的情感生活也为人所津津乐道，但在本文中更让作者不能忘怀的是乔治·桑的人格魅力。刚开始作者即将她称为不朽的女性，能得到大文豪雨果这样称誉的人其实并不多见。这个一生引得福楼拜和她争辩不已，肖邦为他痴情发狂的女作家，以心灵的伟大、思想的深刻自由征服了这个世界，在作者看来她用女人的心来思考本只属于男人的精神领域，并用女性的细腻心思完成一半男性粗心忽略的细节。她是坚强而温柔、爱憎分明的完美伟人。为了不至于太抽象，作者将这一切融归为一个无瑕的比喻："她像巴尔贝斯一样有一颗伟大的心灵，像巴尔扎克一样有伟大的头脑，像拉马丁一样有崇高的心胸。"

这个曾经在肖邦的《夜曲》中跌宕不已的影像，在作者的眼中已经完全幻化为精神的印记，在用她独特的光芒照耀诗人暗淡的心。文章整体上充满了雨果式的激情，文风浪漫哀婉，是一篇悼文同时也是一篇不可多得的美文。

圆 / 爱默生

入选理由　形象抒写和抽象论述的巧妙结合
充满对无限世界探索的激情
显示了作者战胜磨难的强大内在精神

眼睛是第一个圆，眼前的地平线是第二个圆。这个原始的形状在自然界到处都是，没有止境。圆是一种最高形式的象征。圣·奥古斯丁把圆作为对上帝本质的描述，它有着无所不在的圆心，但是其圆周却无处寻觅。我们用一生的时间来研究这个最原始的图形有什么丰富内涵。在讨论人类每一个行为的循环及其补偿性时，我们从中探寻出了一种道德寓意。我们要研究的另一个类比是：没有什么行为不能够被超越。有这样一条真理贯穿在我们的生活当中，即：在任何一个圆的外围都可以画出另外一个圆；自然没有极限，每个终点都是一个新的起点；太阳爬到最高处时，总会有另一道曙光冉冉升起；深海处还有更深的海床。

这一事实象征着"无法触及"有不可捕捉、转眼即逝的"完美"，它鼓舞成功，同时又宣告失败，从这一点来说，它可以帮助我们把人类在各个方面显示出来的力量结合起来。

自然界的任何事物都不会是永恒不变的。宇宙是运动变化的。"永恒"只是一个表示不同程度的概念。在上帝的眼中，我们的星球是一则透明的法规，而不是事实的累积。事实因为融解在法规中而运转。我们的文化不过是一种占据支配地位的理念，它黏附着一套城市和机构。只要我们的理念转变了，它们就会随之消亡。古希腊的雕刻早已不复存在，像冰雕一样消逝，只剩下一些零星孤独的碎片，好似六七月间阴谷的石缝中零零散散的残雪。开辟新事物的天才又创造了别的东西。希腊字母流传得久远一些，但也同样避免不了要遭受厄运，最终掉进新思想为所有的旧思想设置的不可逆转的深渊里。新大陆在这个古老星球的废墟上建立；新物种在前代腐化的尸体上孕育；新艺术占据了旧艺术的地位。人们原来发明的导管柱头，由于后来出现的液压传动而成为废品；防御工事在火药面前脆弱得不堪一击；铁路的发明让公路和运河相形见绌；蒸汽机取代了船帆；随即电动机又应时而生。

……

我们在思想上每迈出新的一步，就可以调节许多看起来矛盾的事实，把它们作为同一个规律的不同表达方式来对待。亚里士多德和柏拉图被认为分别代表了两种不同的学派。可是聪明的人会发现，柏拉图的思想其实影响了亚里士多德。思想上再后退一步，不统一的观点就可以认为是同一个原则的两个极端。但不管退到什么地步都不可以否定：总有一个眼界会相对高一些。

……

勇气在于有很强的自我重塑能力，只有这样，一个人才能永远立于不败之地，才能不受人摆布；不管你把他放在什么场合，他都有立足之地。要想做到这一点，他就必须选择真理，摈弃他对真理原有的理解，随时能够从不同的角度认识接受真理，而且要相信他的法律条文，他与社会之间的联系、他的宗教、他的世界随时都有可能被取代而消逝。

......

交谈是一种圆的游戏。谈话时，我们拆除了阻止双方畅所欲言的"限定"。谈话者不会因为神情和态度受到责难，他们甚至可以在圣人的降临日大胆地表露自己心中真实的想法。翌日，很可能他们会从这高水位线上隐退，你会发现他们仍然苟且行驶在旧的驮鞍之下。当火舌触伸到我们的墙上时，我们还是享受这热度吧。当一个新的演说者燃起新的光芒，解救我们于上一个谈话人沉重、专横的思想压迫中，把我们交付给另外一个拯救者，我们似乎才又重新获得了自身的权利，变回了真正意义上的人。每条被昭示天下的深刻的真理，只有在一定的时间、一定的轨道上才能运行。在平凡的日子里，社会端坐在那里像雕木一样，而我们也是个个心气平和地奉候，心中感到十分空虚——或许也明白，一旦伟大的象征把我们包围起来，我们就会变得充实。只可惜对于我们来说，它们并没有什么象征的寓意，而是乏味、无关紧要的玩具罢了。接着，圣人降临了，他把木偶似的人们点化得大彻大悟，囊括万物的面纱在他闪电般的眼神中烧毁了。于是，家具、杯子和碟子、椅子，闹钟和华盖，所有这些事物的意义拭目以待。昨天在暮霭笼罩下巨大的事实——财产、气候、繁殖、美貌等，其比例都奇妙地发生了变化。我们眼中稳固的东西在动摇。文学、城市、气候都从它们的根基处游离出来，在我们面前翩翩起舞。然而，我们又从这些现象中看到了局限。语言的表达是好的，但"沉默是金"。沉默会让言语感到惭愧。交谈时间的长短表明了倾听者和诉说者之间的思想距离。如果在任何时候双方都很默契，那么言语就根本是多余的。

......

天才与杰出人物的区别在于，杰出人物灵活地保存了旧有的、被人菲薄了的事物，同时又有能力开辟新的道路，朝新的、更远大的目标迈进。杰出人物创造压倒一切的现实，一种愉快而坚定的时刻，他树立起坚定的信念展现给世人，他让他们看到，他们没有想过的很多很多事情其实都可以实现，而且可以做得很优秀。杰出人物让事件本身在人们的印象中淡化。当我们见到征服者时，他们创造的某次战役或胜利倒不会过多地在我们的头脑中想象。我们只知道，原来我们把困难夸大了。我们的困难对于伟人而言其实很容易：伟人是坚定不可动摇的，在他眼中，任何事情都是过眼烟云，不会留下什么不可磨灭的印象。有时候人们会说："看，我已经克服了困难，瞧我多开心呀！我已经彻底战胜这些磨难了。"可是如果他们反复地对我说起那厄运，就说明他们还没有打败它。淡化磨难才是真正的胜利，并随之让它犹如飘的晨雾一样消失在无边无际、不断发展的历史中。

忘我的境界是我们不断追求的，走出自得其乐的圈子，失去恒久的记忆，全身心地投入做某件事情，简单地说来，就是重新地画一个圆。没有做事时的狂热就不会有所成就。生活是精彩的，精彩来自于放弃。历史上的伟大时刻都是借助了强有力的思想得以展现的，比如天才和宗教工作。克伦威尔曾经说过："当一个人不再受固于某个限定了的去向时，他就可以登峰造极。"也正因为这样，陶醉沉迷、鸦片和酒精等酷似神仙的感觉，才会对人们构成致命的诱惑。同样的道理，人们要把狂热融合在比赛和战争中，以此来模拟心灵的热烈与宽宏大量。

[刘玉红 译]

⊙作品赏析

爱默生的《圆》是一篇极富智慧而又生动形象的文章，充满了爱默生对无限世界探索的激情，文章以"圆"落笔，从具体形象的自然现象逐步走向理性的探究，进而表明了他对发现、超越和创造的极大信心。在文中，"圆"作为一个象征，在爱默生看来，意味着没有什么不可以被超越的，同时表明了这样一个真理："在任何一个圆的外围都可以画出另外一个圆；自然没有极限，每个终点都是一个新的起点；太阳爬到最高处时，总会有另一道曙光冉冉升起；深海处还有更深的海床。"圆显示了宇宙的运动变化，并且昭明一切都是转瞬即逝的"完美"。正是这样一种建立在理性精神至上的发现使人类能够不断地创造和超越，不断地在对真理的探索中迈出新的一步，而这些创造和进步都需要重塑自我的勇气。圆的意味使人们能够在自身存在的社会生活中自由灵活地改变和调整自己以及与自己相关的许多事物。爱默生在对圆所引发的有关哲理进行形象生动而又具体有力的阐释之后，还充分强调了一种精神，他将天才与杰出人物加以区别，指出：杰出人物的非凡在于能够开辟新的道路，朝新的、更远大的目标前进，这种气魄里头包含着蔑视困难和淡化磨难的无畏精神和坚定信念。

春日迟迟 / 霍桑

入选理由 霍桑的散文代表作之一
把对人生的思考融入对景物描写之中
观察细致，感触细腻，语言富有表现力

那翘企已久的芳馥春天，尽管迟来几周，终于还是来了，这一来，古宅的檐苔墙莓，处处一派生机。明媚的春色已经窥入我的书斋，不由人不启窗相迎；一霎间，郁郁寡欢的炉边暖流与那和畅的清风顷刻氤氲一处，几给人以入夏之感。窗扉既已洞开，曾经在冬月伴我蛰居斗室之内的那一切计数不清的遐思逸想——浸透欢戚乃至古怪念头的脑中异象，满朴实黯淡的自然的真实生活画面，甚至那些隐约于睡乡边缘、瞬息即逝的瑰丽色泽所缀饰成的片片梦中情景，所有这一切这时都立即逸出，消释在那太空之间。的确，这些全都让它去吧，这样我自己也好在融融的春光下另讨一番生活。沉思冥想尽可以奋其昏昏之翅翼，效彼鸥枭之夜游，而全然不胜午天的欢愉阳光。这类友朋似乎只适合于炉火之畔与冻窗之旁，这时室外正是狂飙啸枝，冰川载途，林径雪封，公路淤塞。至于进入春夏，一切沉郁的思绪便只应伴着寒鸟，随冬北去。于是那伊甸园式的淳朴生活恍若又重返人间：此时活着似乎既不须思考，也毋庸劳动，而只是熙熙和和，怡然自乐。除了仰承高天欢笑，俯察大地苏生而外，此时此刻又有什么值得人去千辛万苦经营？

今年春的到来所以又是步履疾迅，主要因为冬的延稽过久，这样即使兼程退却，也早超出其节令期限。不过半月之前，我还在那饱涨的河边见着巨块浮冰滚滚而下。山腹个别地带而外，眼前茫茫大地覆雪极厚，其最底层尚是去年12月间雪暴所积。骤睹此景，几乎令人目呆，不解何以这片僵死地面上的偌大殓布方才铺上，便又撤去。但是谁又能弄清那阳和淑气会有这般灵验，不管它是来自周遭的岑寂物质世界，还是人们心底的精神冬天？实际上，多日以来，这里既无暴雨，也无燥热，只是好风南来，不断吹拂，而且雾日晴天，都较和煦，另外间或降场小雨，但其中总是溢满幸福欢笑。雪仿佛在幻术下已经突然隐去；密林深谷

· 作者简介 ·

霍桑（1804—1864），美国19世纪最杰出的浪漫主义小说家。出生于一个没落的世家，大学毕业后即从事写作。曾两度在海关任职。1853年任美国驻英国利物浦领事。1857年后侨居意大利。1860年回国专事创作。

之中虽然难免，但是眼前只剩下一两处还未消净，说不定明天再来，还会因为踪影全无而感到怅惘。的确，新春这般紧逼残冬，以前还未见过。路边的小草已经贴着雪堆钻出头来。牧场耕地一时还没有绿转黄回，完全变青，但也不再是去年深秋一切枯竭时的那种惨淡灰暗色泽；生意已经隐隐欲出，只待不久即将焕发成为一派热闹景象。个别地方甚至明显地绽露出来——河边一家古旧红色农舍前面的果园南坡就是这样——那里已经是浅草茸茸，一色新绿，那光景的秀丽，就是将来繁花遍野，也将无以复加。不过这一切还大有某种虚幻不实之感——它只是一点预示，一个憧憬，或者某种奇异光照下的霎时效果，以致目才一瞬，便又转眼成空，负韵逸去。然而美却从来不是什么幻象；不是那里的点滴苍翠，而正是它周遭广阔的深黝荒芜土地才更能给人携来梦想和渴望。每时每刻都有更多的土地被从死亡之中拯救出来。刚才朝阳的灰色南岸还几乎光秃无物，但现在已是翠映水堤。再细晞视，浅草也在微微泛绿！

园中树木虽还未抽芽著叶，但也脂遂液饱，满眼生机。只须魔杖一点，便会立即茂密葱茏，蓊森浓郁，而如今枯枝上的低吟悲啸到时也会从那簇叶中间突然响出一片音乐。几十年来一向荫翳西窗的那株著满苔衣的老柳也必将首先披起绿装。说起柳来，历来总是啧有烦言，理由无非是这种树的外皮不够干净，因而看去每易产生黏湿不洁之感。的确，我常以为，树木要想得人喜爱，必须叶表光滑，皮表爽利，另外木质纹理也都贵乎缜密坚致。然而柳也自有其特长，它总是以它那袅娜轻盈的风姿最早就将美的希望与现实像喜讯那样携给我们，而最后才把它黄而不萎的叶子撒落地面。另外整个一冬，它们那蔫黄的椏杈之上总是晴光如炽，因而即使是最凄其晦冥的天气，也都予人以一种欣欣之感。遇到雾雨云天，柳会令人忆起可爱阳光。我们古宅的郁郁园柳如果齐被砍掉，以致冬天它们的雪顶再无灿烂金冠，夏日周围也无参天翠黛，那时将会失去多少风韵。我书斋窗下的淡紫丁香同样也已开始生叶；不消几天，只要伸出手去就会触着它那最嫩绿的高枝。这些丁香，由于不复年轻，久已失去其昔年的丰腴。从内心，从理智，从常情乃至从爱好讲，我们都已不再满意它们的外观。老年一般受人尊敬，但是联系到丁香、蔷薇或者其他观赏性的花木，便恐怕未必如此；这些尤物，既以美为其生命，便似乎只应活在它们的不死青春——至少在其衰竭到来之前就该及时死去。美的树木乃是天上的圣物，按其生性本应不死，但是后来移到人间，也就不免要失掉其原有权利。一丛丁香竟然活到老迈不堪，辈分高高，这事本身便有几分滑稽可笑。这一比譬似乎也同样适用于我们人生。那些风致翩翩，生来便仅为给整个世界添色增美的人，按理也应该早些死去，而不该活到鬓发苍苍，皱纹满脸，正如我窗下那丛丁香不该苔皮厚厚，萧索枯萎。这倒并非是说在价值上美将逊于不朽。不，美应永远存在下去；也正为此，所以每当我们看到美被时间战胜，便将产生不快之感。另方面讲，苹果树却可以活至老耄而不致遭到物议。它们完全可以爱活多久便活多久，也尽可以将其自身盘曲虬蟠得全然不成形状，然而霜皮瘦枝之间，却又红花著梢，夭夭灼灼，一树春色。它们尽可以这样一副而仍不失人的尊重，尽管收成时节，结果寥寥。这不多的几枚果实——或者仅是它们毕竟结过这点微弱回忆，至少总算是对世俗之于长寿者们的例来无情要求有了几分交代。看来人间的花木要想在世上享有寿数，除了开花应该美丽之外，还必须结出一定数量的果实，以服众口；否则仅具莓衣苔皮之类，而再无其他，则于合宜一端，势将人情天理，两难相容。

　　严冬的广大雪毡一旦撤去，这时最触目惊心的便是那暴露在眼前的种种污秽杂乱。依我们的偏见看来，自然也并非生性好洁。去岁的物华芳菲，如今因已转成奇形怪状，一片灰暗，势不能不影响到眼前的明媚风光。路边道周，去秋的败叶到处成堆，其中甚至不乏狂飙摧折的整条断枝，如今早已霉黑腐烂，一两处还有鸟的残巢留在上面。至于花园之内，豆蔓的卷丝，笋圃的枯根更是随处可见，有些白菜甚至因为收秋人的大手大脚而被活活冻毙在那泥土里面。真的，通观世间万物的全部生命形式，死的遗迹在它们当中竟是何等地错杂一处和很少例外！无论是思想的壤土，还是心灵的园圃乃至感官的世界里面，都往往有枯叶残存下来——那些我们已经弃置不顾的思绪感情。天风既无力将它们驱出世外，大地也不能把它们收入虚无。但是这些对于我们又有何意义？为什么我们的生活与乐趣便不能是另外一种样子？因而我们的今生亦即人类的初生，我们的欢乐恍若他们的欢乐，于是再也无须在那些世代的旧物堆上（尽管从那里面也曾焕发出不知多少美丽神奇）践踏着朽骨而生存，步履着遗迹而作乐。想来那伊甸的春天必曾是无比的美妙，那里纯洁的处女地上绝无陈年积月的旧日宿叶去传播腐烂，初民的浑朴心中也不知将那过时的经验弄成盛夏，弄成残秋！那个世界才真真值得一活。——啊，你这牢骚大家，恐怕正是因为此生此世过于繁缛华茂和撩人心意，你才编造出这么多的无聊埋怨来吧。说是那里没有腐朽。那里的每个灵魂都是他自己伊甸园中的第一初民。——但是我们呢？我们则是居处于一所苔痕密布的古老邸宅，履践着往昔历代的旧日足迹，而与共朝夕的侣朋则是一名死去牧师的孤寂亡灵。然而言之可怪，所有这一切反常的情况却因了精神的康复之力而被弄得未全虚幻。设使人的精神何时失去了这种力量——亦即设使这些枯枝、腐叶、古宅以及旧日的鬼魂一旦全都返回它们的当年面目，而今天的翠绿青葱反而成了它们的破碎梦影——但愿那时这种精神不必再长留在我们尘世之中。那时或许惟有天上的清氛能再振起它那泰初之时的浑然元气。

　　然而从这里黑与冬青树下的园中甬道面一跃驰入那无极太空，这又会是何等出人意料的非凡飞行！且让我们暂时脚踏实地吧。这个花园虽然平常，草在这里却长得很快，石墙脚下，屋角隐处，都已丝丝冒出，特别在那朝阳的台阶地方，也许因为条件优越，已经是细草芊芊，迎风摇曳。我观察到，有些杂草——尤其是一种沾指即染上黄色的——竟然汁饱叶鲜，经冬都未死去。我说不清何以它们独能免遭其同族类的命运而幸存下来。如今它们既已成了长老耆宿，自不免要对其花草儿孙讲点死生道理。

　　说起春天的赏心乐事，我们又怎能忘记禽鸟？就连乌鸦也会受人欢迎，因为它们正是更多美丽可爱的羽族的乌衣信使。它们在融雪之前便已经前来看望我们，虽然它们一般喜欢隐居树阴深处，以消永夏。我有时也去打扰它们，但见到它们高栖树端的那副如此礼拜的虔敬神情，确也不无唐突冒犯之嫌。偶然引颈一鸣，那叫声倒也与夏日午后的沉寂无比相合，其声大而且宏，且又响自头顶高处，非但不至破坏周遭的神圣穆肃，反会使那宗教气氛有所增加。然而乌鸦虽然一副道貌和一身法衣，其实却并无多大信仰；不仅素有剪径之嫌，甚至不无渎神之讥。相比之下，在道德方面鸥鸟倒是更为可尊。这些海滨岩穴中的住户与滩头上的客人正是赶趁这个时节翔来我们内陆水面，而且总是那么轩轩飘举，奋其广翼于晴光之上。它们在禽鸟之中最是值得一观；当其翔驰天际，那浮游止息几乎与周遭景物凝之一处，化为一体。人的想象不愁从容去熟悉它们；它们不会俄顷即逝。你简直可以高升入云，亲去致候，然后万无一失地与它们一道逍遥浮游于汗漫的九陔之上。至于鸭类，它们的去处则是河上幽僻之所，另外也常成群翔集于河水淹没的草原广阔腹地。它们的飞行往往过于疾迅和过于目标明确，因而看起来并无多大兴味，不过它们倒是大有竞技者们的那副死而无悔的拼命精神。此刻它们早已远去北方，但入秋以后又会回到我们这里。

说到小鸟——亦即林间以其歌喉著称的鸣禽，以及好来人们宅院，好在檐前园木筑巢因而与人颇为友善的一些鸟类——这些要想写好，那就不仅需要一支十分精致之笔，而且一颗饱富同情的心。它们那些曲调的猝发简直仿佛一股春潮从那严冬的禁锢之下骤然溃决出来。所以把这些音籁说成是奉献给造物者的一阕颂歌，确也不为言之过高过分，因为大自然对这回归的春天虽然从来不惜浓颜丽彩多方予以敷饰点缀，但在凭藉音响以表达生之复苏这番意思上却是不出鸟声一途。不过，此刻它们的抒放还仅仅带点偶发或漫吟的意味，尚非是刻意求工之作。它们只是在泛泛论着生活、爱情以及今夏的栖处与筑巢等问题，一时还不暇稳坐枝头，长篇大套地谱制种种颂歌、序曲、歌剧、圆舞或交响音乐。其间急事也常提出，大事也常通过匆忙而热烈的讨论，加以解决，但是偶然情不自胜，一派浓郁繁富的细乐也会嘤然逸出，恍若金波银浪一般地滚滚流溢于天地之间。它们的娇小身躯也像它们的歌喉一样忙个不了；总是上下翻飞，永无宁日。即使是三三两两飞避到树梢去议论什么，也总是摇头摆尾，没个安闲，仿佛天生注定只该忙忙碌碌，因而其命虽短，所过生涯却可能比一些懒人的寿数还长。在我们所有的禽羽族中，那名叫燕八哥的（其中两三个细类似乎颇能相得）也许是最喜聒噪的一种。它们往往成群结伙（比那因了鹅妈妈而永垂不朽的那"二十四位"还更享名），啸聚树端，而那喧嚣吵闹的激烈实在不亚于乱哄哄的政治议会。政治当然是造成这类舌战激辩的主要原因，不过与其他的政客不同，它们毕竟还是在彼此的发言当中注入了一定的乐调，因而总的效果倒也不失和谐。然而在这一切鸟语之中，听起来最使我感觉优美欢快的再无过于一座高大堆房（尽管那里面阳光微弱，并不明亮）里的燕子呢喃；那沁人心脾的感染力量甚至超过红脖知更。当然所有这些栖居于住宅附近的禽羽之族仿佛都略通几分人性，也多少具备一点我们的那个不死的灵魂。早晚晨昏之际，我们都能听到它们在吟诵着优美祷文。仅仅不久之前，当那夜色还是昏昏，一声嘹亮而激越的嘤鸣已经响彻周遭树端——那音调之美真是最适合去迎接绛紫的晨曦和融入橙黄的霞曙。试问这小鸟何以要在午夜吐放出这般艳歌？或许那乐音是自它的梦中涌出，此时它正与其佳偶双双登上天国，而不想醒来，自己不过瑟缩在新英格兰的一个寒枝之上，周身全被夜露浸透，以致不胜其幻灭之感。

昆虫也是春的最早产物。许多我完全叫不上名字的小虫早已蠕蠕雪上。不少肉眼难辨的细物正在晴光之下嗡嗡营营，密如雾霭，不久飞入暗处，又恍被吞噬，渺不可见。蚊蚋已经开始奏起它们那生人微怖的细弱号角。黄蜂也在纷纷袭击着晴窗。蜜蜂还曾闯入室中，来报花信。蝴蝶甚至在雪消之前便已飞来，但寒风之中实在不无伶俜索莫之感，尽管一身彩衣，紫金缭碧，富丽非凡。

田野林径之间一时还春色不浓，少人光顾。日前外出时，一路之上还见不着紫堇银莲，或者其他一些像样花草。但是去登登对面小山，以便辨识一下春的足迹，还是完全值得。

我自己便一直在追踪着它的一切微细变化。周围河水一道，蜿蜒作半圆形，所经草地因过去悉属印第安人，此水至今犹仍其旧。然而那里地卑水阔，日照之下，大有浮光耀金之感。近岸一带，成行树木几半浸水中，稍远，但见灌丛处处，簇出水面，仿佛在仰首吸气。其中最奇特的是一些零星巨树，孤立于死水之中，水面也较宽阔，广袤可数里许。一些树身由于浸水过深，尽失其比例匀称之美，见后始知其天然形状之可爱可贵。今年春汛期间，河水虽未泛滥成灾，但是浸地之广，也为近几十年来所仅见。事实上它已漫过石栏，致使公路个别地段几可荡舟。不过此刻已见退势，水中孤屿渐与大片土地相连，其他一些汀渚也慢慢冒出积涝，仿佛前所未见的新造之陆。眼前种种实在酷似尼罗河畔的退水情景——除了没有那种黑色沉积，另外也恍若挪亚时代的浮浮天水，所不同者，这些重见天日的陆面之上到处洋溢着一派盎然生意，因而给人的印象仿佛一切概出新造，而非因为浸淫陷溺过久，非洪水不足以尽洗其污秽。这些新出水的岛屿实在是整个景物中最青葱的部分，只须那融和的春光一到，登时便将绿满郊原。

感谢上苍给了我们春天！试想整个大地——还有人类以及与他们息息相关的旧地故乡——又将是怎么一副模样，如果生命只是这般孜孜，一刻不停，从来没有任何新的东西定期来复，以便给它注入一点蓬勃生机？难道这个世界真会变得完全不可救药，以致连春天也不能给它携来一丝新绿？难道人们也都变得那么衰朽不堪，以致他们青春时代最微弱的阳光也永远不再射入心扉？绝不会的。我们这座古宅的墙莓阶苔此刻已是一片烟景；曾经在这里居住过的慈祥牧师不也是在此处重返其青春，在这骀荡的春风里成为九十之童吗？不论年老年少，如果一个人竟然连这春天的欢乐活泼也都一概摒弃不顾，这个人的灵魂真将是槁木死灰，哀莫大焉！对于这样一副心灵，我们不仅万难寄予重整乾坤之厚望，也无从邀得对那些为了崇高信仰与正义事业而英勇奋战的人们的些微同情。说到我们的一年四季，夏天总是但以眼前为务，而不思将来；秋天富饶丰赡有余，但过趋保守；冬天则已完全丧失其美好理想，只知在瑟瑟的寒风之中重温其往日迷梦；因此惟有春天，那生意盎然的春天，才是这变动不居的序时之中的最好时节。

[佚名 译]

⊙作品赏析

霍桑是美国19世纪最杰出的小说家。他擅长揭示人物内心冲突和心理描写，充满丰富想象，惯用象征手法，且潜心挖掘潜藏在事物背后的深层意义，但往往带有浓厚的宗教气氛和神秘色彩。故文学史家往往把他称为浪漫主义作家。他的散文同样富于想象、饱含诗意，内容与形式的和谐统一，造成了完美强烈的艺术效果。这篇《春日迟迟》是他写景散文中的名篇。

这篇文章的最大特色在于作者在尽力描绘自然界的春景时，融入了作者对人生世相的思考。由园中的老柳、不复年轻的紫丁香联想到"那些风致翩翩，生来便仅为给整个世界添色增美的人，按理也应该早些死去"，这实际上也是对青春之美的赞颂。由去岁的物华芳菲，联想到人类被弃置不顾的思绪情感，也显示了作者对人生的深刻感悟。把小鸟的自然啼鸣看成是开"乱哄哄的政治会议"，更是奇妙而贴切的联想。

这篇文章的景物描写很出色，如写园中树木，"脂遂液满，满眼生机。只须魔杖一点，便会立即茂密葱茏，蓊森浓郁"，这不仅形象地描绘出了树木在春天来临之际的形态，更是富有一种变化的动感。这样的例子在文中俯拾皆是，显示了作者高超的艺术表现力。

文章的语言还有一个特色就是古雅秀丽，既有隽永的意味，又有抑扬顿挫的节奏感，且句式多对偶，使得文章富有浓郁的诗意。

烦扰的心灵 / 霍桑

当你第一个从午夜梦中惊起，在半梦半醒之间挣扎时，那是多么奇异的一刻呀！突然睁开双眼，你似乎惊奇于梦中的角色已全部汇集到你的床边，在其迅速变模糊之前，你放眼扫视过他们。或者，换一种比喻，一瞬间你发现自己在幻觉的王国里（睡眠是通往该王国的通行证）完全清醒着，看到了王国中幽灵般的居民和美丽的风景，感受着他们的奇妙，仿佛只要梦境被扰，你就永不会得到。遥远的教堂钟声在风中微弱地飘来。你半严肃地问自己，是否有人从某座伫立在你梦境里的灰塔中为你那只醒着的耳朵偷来这钟声。悬而未决中，越过沉睡的城镇，另一座钟又发出了巨大的鸣响，声音如此洪亮清晰，在周遭的空气中留下长长的、低沉而连续的回声，你确信它一定是发自最近角落的一座教堂尖塔。你数着钟鸣——一下——二下——然后它们停在那儿，伴随着一声沉重的回响，就如同这座钟拼尽全力又敲响了第三下。

如果你能从一整夜中选出清醒的一小时，那就是此刻。你有合理的入睡时间（十一点钟），所以你的休息已足以消除昨日疲惫的重压；一直到来自"遥远的中国"的阳光照亮你的窗口，你面前呈现的几乎是整个夏夜的空间；一个小时陷入沉思，将心门半掩，两个小时在快乐的梦中流连，再留两个小时沉浸在那些最奇妙的享受中，快乐和忧愁同样健忘。起床属于另一段时间，而且显得如此遥远，带着灰心沮丧想从暖暖的被窝里爬出来置身于寒冷的空气中，简直是不可能的。昨天已经消失在过去的影子里；明天还未从未来中显现。你发现了一个中间地带，生活的琐事还未侵扰它的安宁；眼前的时刻在这里徘徊不去，真正地变成现实；时间老人发现在这儿无人注视他，便在路边坐下来喘口气。哈，他会沉沉睡去，让人们长生不老！

迄今你一直极安静地躺着，因为哪怕是最轻微的动作也会使人持续的睡眠消失无踪。现在，你感到一种无法回避的清醒，透过拉到一半的窗帘向外偷瞥，看到玻璃上装饰的满是冰霜的杰作，而每块窗玻璃都代表着一种类似于冻结的梦一样的东西。等待吃早饭的召唤时会有足够的时间找出其中的相似。透过玻璃上未结霜的部分看去，被冰雪覆盖的银白色的山峰并没有上升，最触目的东西是教堂的尖顶；白色的塔尖引你望向风雪交加的天空。你几乎可以辨别出刚刚报过时的那座钟上的数字。如此寒冷的天空，覆满皑皑白雪的屋顶，冰冻的街道那长长的远景，到处都是耀眼的白色，远处的水已凝成冰岩，尽管身上裹着四床毛毯和一条毛制盖被，这一切仍会使人不寒而栗。但是，你看那颗光彩夺目的星！它的光束不同于所有其他的星星，竟然用深于月光的一束光芒将窗影洒在床上，尽管轮廓如此的模糊。

你将身体缩进被窝，蒙住头，一直颤抖着，但来自体内的寒冷远逊于直接想到极地空气所带来的寒冷。实在是冷极了，连思想都不敢外出冒险。用尽了床上所有的御寒物，你思索着自己的奢华和舒适，如同一只壳中牡蛎，满足于一种无行动的懒散的沉迷，除了那诱人的温暖，就像你现在重新感觉到的一样，你昏昏沉沉地意识不到任何东西。啊！那个念头带来了可怕的后果。想到那些死人正躺在他们冰冷的裹尸布和狭窄的棺木中，想到墓地那阴郁窒闷的冬天，当雪花不断吹积在他们的墓丘上，刺骨的冷风在墓穴的门外怒号时，你无法说服自己不去想象他们正在恐缩发抖。这种阴郁的想法会越积越重，最终扰乱你清醒的那一小时。

每颗心灵的深处都有一座墓穴和地牢，尽管外界的光、音乐及狂欢可能使我们暂忘却它们和它们中所掩埋的死者及关押的囚犯。但有时，最经常的是在午夜，那些黑暗的藏身之所的大门会砰然大开。在像这样的一小时中，心灵会产生一种消极的敏感，但却没有任何活力了；想象就如同一面镜子，没有任何选择和控制的力量，而使思维变得栩栩如生；然后祈求你的悲伤睡去，祈求悔恨的兄弟不要打碎其锁链。太晚了！一辆灵车滑到你的床边，"激情"与"感情"以人形出现在车中，而心中的一切则在眼中幻化成模糊的幽灵。这里有你最早的"悲哀"，一个年轻的苍白的哀悼者，具有一个与初恋相似的姐妹，那是一种哀绝的美，忧郁的脸上现出一种神圣的甜蜜，黑貂皮外衣中流露着典雅。接着出现的是被毁坏了的可爱的幽灵，金发中带着尘土，鲜艳的衣服都已褪色且破烂不堪，她低垂着头不时地偷看你一眼，像是怕受责备；她就是你多情而虚妄的"希望"；现在人们叫她"失望"。然后又出现了一个更严厉的影子，他双眉紧锁，表情和姿态中显出铁样的权威；除了"灾难"再无其他名字更适合于他，他是控制你命运的不祥之兆；他是个魔鬼，在生活的开端你也许会因犯了某些错误受制于他，而一旦屈从于他，你就会永远受他奴役。看哪！那些刻在黑暗中的凶残的脸，那因轻蔑而扭歪的唇，那只活动的眼中流露出的嘲弄，那尖尖的手指，触痛着你心中的疮疤！还记得某件即使躲在地球上最偏僻的山洞里你也会为之脸红的大蠢事吗？那么承认你的"羞耻"。

走开，这帮讨厌的家伙！对一个清醒而又极悲惨的人来说，没有被一群更凶残的家伙围住就算不错了。那群家伙是藏在一颗负罪的心中的魔鬼，而地狱就筑在那颗心中。假如"悔恨"以一个被伤害的朋友的面目出现会怎样？假如魔鬼穿着女人的衣裙，在罪恶和孤寂中带着一种苍白凄恻之美慢慢躺在你身边，又会怎样？假如他像具僵尸一样站在你的床脚，裹尸布上带着血迹，那又会怎样？没有这样的罪行，心灵的梦魇也就足够了，这灵魂沉沉的堕落；这心中寒冬般的阴郁；这脑海里模糊的恐惧与室内的黑暗融合在一起。

通过绝望的努力，你终于坐直了身子，从一种神志清醒的睡眠中挣扎出来，疯狂地盯着床的四周，仿佛除了你烦扰的心灵外魔鬼们无处不在。同时，炉中昏昏欲睡的炉火发出一道光亮，把整个外间屋映得一片灰白，火光透过卧室的门摇曳不安，但却未能完全驱散室内的昏暗。你的双眼搜寻着任何能够提醒你有关这个活生生的世界的东西。你热切而细密地注意到炉旁的桌子，桌上的一本书，书页间一把象牙色的小刀，未折的书页，帽子及掉落的手套。很快，火焰就熄灭了，整个景象也随之消失，尽管当黑暗吞噬了现实时，其画面还片刻存留于你心灵的眼中。整个室内一如从前的模糊暗淡，但在你心中却已不再是相同的阴郁。当你的头又落回枕上的时候，你想（小声地说了出来），在这样的夜的孤寂中，感受一种比你的呼吸更轻柔的呼吸起落，一个更柔软的胸脯的轻轻触压，一颗更纯洁的心灵静静的跳动，并把它的和平宁静传给你那烦扰的心灵，就如同一位多情的睡美人正在将你拖入她的黑甜乡，那是怎样的一种至乐呀！

她感染了你，尽管她只存在于那幅转瞬即逝的画面中。在梦与醒的边界，你常常陷入一片繁华似锦的地方，这时你的思想便走马灯般以图画的形式出现在眼前，彼此毫无关联，但却被一种弥漫着的喜悦和美好全部同化了。那些美丽的回忆在阳光下闪闪发光，不停地旋转飞舞，伴着教室门旁、老树下隐约闪现的斑驳树影中及乡间小路的角落里孩子们的欢笑。你在太阳雨中伫立，那是一场夏季阵雨，你在一片秋天的森林中阳光辉映下的树木间漫步，抬头仰望那道最灿烂明亮的彩虹，如一道弯弓架在尼亚加拉大瀑布在美国境内的那片完整的雪被子上。一位年轻人刚刚娶了新娘，幸福的喜悦正在洞房中跳荡，春天里鸟儿们在为它们新筑的巢兴奋地飞来飞去，不停地在鸣啭歌唱，而你的心却在二者之间快乐地挣扎。封冻之前你感受到一只船欢快的跳动；灯火斑斓的舞厅中，当玫瑰花似的少女在她们最后的、最欢快的舞曲中旋转时，你发觉自己正盯视着她们极富韵律感的双脚；当大幕落下，遮住那优美活泼的一幕场景时，你发现自己正置身于一家拥挤不堪的剧院中灯火辉煌的二楼厅座。

你不情愿地开始抓住意识，通过在人的生活及现在已消逝的那一小时之间所做的模糊的比较，你证明自己处于半梦半醒之间。在这二者之中，你都是从神秘中出现，通过一种你能够产生却不能完全控制的变化，向上进入到另一神秘。现在远处的钟声又传了过来，声音越来越弱，而此时你却更深地陷入了梦中的旷野。这是为暂时的死亡而鸣响的丧钟。你的灵魂已经出发，像一个自由公民到处流浪，置身于朦胧世界的人群中，看到奇异的风景，却没有一丝惊异和沮丧。那最后的变化或许会如此平静，那灵魂通向永恒的家的入口处或许会如此毫无干扰，就像置身于熟识的事物之中！

[杨晓红 译]

⊙作品赏析

自称"心理罗曼史作家"的霍桑，擅长于心理描写和揭示人物内心的冲突。他的作品善于营造气氛，惯用象征手法，并潜心挖掘隐藏在事物后的深层意义。丰富的想象和朦胧的意象，往往使其作品带有浓厚的宗教气氛和神秘色彩。《烦扰的心灵》是霍桑一篇较为知名的散文，他用象征、隐喻的手法，为读者描写了一个人的由午夜惊醒到再次入睡的过程，其中充斥着各种离奇神秘的梦境和多种荒诞怪异的意象。作者极尽想象之能事，在看似晦涩的文字背后，暗藏着一种似是而非的哲理，并在不经意中，达到了一种曲径通幽的效果。

《烦扰的心灵》中，作者午夜惊起，意识中仍是"王国中幽灵般的居民和美丽风景"，当再次处于"一种清醒的睡眠"中时，"灵车"、"具有哀绝的美"的"年轻的苍白的哀悼者"、虚妄的"希望"的幽灵、"灾难"的魔鬼，使人再次从阴冷的梦境中惊醒；接下来，是又一次的醒而复睡、渐入梦境的过程，"斑驳的树影"、"孩子们的欢笑"、"舞厅中玻璃花似的少女"，以及睡梦世界中朦胧的人群。作者将孤独、恐惧、欣喜，这些纯意念的东西，融入反反复复、尽出不穷的梦境意象中，以纯意识的象征手法，暗喻生活中各种失望、希望和追求。以梦里梦外一种似有似无、捉摸不定的氛围，来比照现实生活中存在个体的一种孤寂的、心灵找不到应对和归宿的生存困境。

冬天之美 / 乔治·桑

入选理由 乔治·桑的散文名篇 一幅美丽真切的 19 世纪法国的 乡村冬景图

我从来热爱乡村的冬天。我无法理解富翁们的情趣，他们在一年当中最不适于举行舞会、讲究穿着和奢侈挥霍的季节，将巴黎当做狂欢的场所。大自然在冬天邀请我们到火炉边去享受天伦之乐，而且正是在乡村才能领略这个季节罕见的明朗的阳光。在我国的大都市里，臭气熏天和冻结的烂泥几乎永无干燥之日，看见就令人恶心。在乡下，一片阳光或者刮几小时风就使空气变得清新，使地面干爽。可怜的城市工人对此十分了解，他们滞留在这个垃圾场里，实在是由于无可奈何。我们的富翁们所过的人为的、悖谬的生活，违背大自然的安排，结果毫无生气。英国人比较明智，他们到乡下别墅里去过冬。

在巴黎，人们想像大自然有六个月毫无生机，可是小麦从秋天就开始发芽，而冬天惨淡的阳光——大家惯于这样描写它——是一年之中最灿烂、最辉煌的。当太阳拨开云雾，当它在严冬傍晚披上闪烁发光的紫红色长袍坠落时，人们几乎无法忍受它那令人眩目的光芒。即使在我们严寒却偏偏不恰当地称为温带的国家里，自然界万物永远不会除掉盛装和失去盎然的生机，广阔的麦田铺上了鲜艳的地毯，而天际低矮的太阳在上面投下了绿宝石的光辉。地面披上了美丽的苔藓。华丽的常春藤涂上了大理石般的鲜红和金色的斑纹。报春花、紫罗兰和孟加拉玫瑰躲在雪层下面微笑。由于地势的起伏，由于偶然的机缘，还有其他几种花儿躲过严寒幸存下来，而随时使你感到意想不到的欢愉。虽然百灵鸟不见踪影，但有多少喧闹而美丽的鸟儿路过这儿，在河边栖息和休憩！当地面的白雪像璀璨的钻石在阳光下闪闪发光，或者当挂在树梢的冰凌组成神奇的连拱和无法描绘的水晶的花彩时，有什么东西比白雪更加美丽呢？在乡村的漫漫长夜里，大家亲切地聚集一堂，甚至时间似乎也听从我们使唤。由于人们能够沉静下来思索，精神生活变得异常丰富。这样的夜晚，同家人围炉而坐，难道不是极大的乐事吗？

[佚名 译]

⊙作品赏析

《冬天之美》是一篇短小精悍、优美雅致的写景抒情散文。文章以细腻的笔调，勾勒出一个静谧、

·作者简介·

乔治·桑（1804—1876），19世纪法国著名的批判现实主义女作家。生于巴黎，幼年丧父，由祖母抚养，18岁时嫁给杜德望男爵，但她对婚姻并不满意，1831年到巴黎，开始独立生活，从事文学创作。她的小说创作大致可分四阶段：早期作品称为激情小说，代表作有《安蒂亚娜》、《华伦蒂娜》等，描写爱情上不幸的女性不懈地追求独立与自由，充满了青春的热情与反抗的意志。第二阶段作品是空想社会主义小说，代表作有《木工小史》、《康素爱萝》等，提出了资本主义社会中妇女的命运问题，攻击资本主义的财产制度和婚姻制度，进而提出空想社会主义的理想。第三阶段作品为田园小说，代表作有《魔沼》、《弃儿弗朗索瓦》等，以抒情见长，善于描绘绮丽的自然风光，渲染农村的静谧气氛，具有浓郁的浪漫色彩。第四阶段作品为传奇小说，代表作为《金色树林的美男子》。乔治·桑是最早反映工人和农民生活的欧洲作家之一。

和谐、清丽、幽雅的法国冬天农村的自然风光。作者开篇点题，直抒胸臆，抒发了自己热爱自然、向往乡村生活的情思。接着别出心裁，宕开一笔，描述巴黎冬天的不美，突出其脏乱、浮糜悖谬的生活，并以空气"清新"、"地面干爽"的乡村生活与之相对照，以此反衬乡村的美丽。接着作者以浓墨重彩之笔，运用比喻、拟人手法，倾力描绘乡村的冬景，将原本普通平常的景物渲染得有声有色，生机盎然。文章既流露了作者热爱自然、憧憬乡村生活的思想感情，也嘲讽了上流社会的奢侈生活，表达了对下层人民的同情，反映了作者厌恶"城市化"工业文明、崇尚回归自然的生活态度。

光荣的荆棘路 / 安徒生

入选理由 古老的氛围中蕴含沉重
疏散的结构，统一的主题
历史光辉人物的画廊

　　从前有个古老的故事："光荣的荆棘路：一个叫做布鲁德的猎人得到了无上的光荣和尊严，但是他却长时期遇到极大的困难和冒着生命的危险。"我们大多数的人在小时已经听到过这个故事，可能后来还谈到过它，并且也想起自己没有被人歌颂过的"荆棘路"和"极大的困难"。故事和真实没有什么很大的分界线。不过故事在我们这个世界里经常有一个愉快的结尾，而真实常常在今生没有结果，只好等到永恒的未来。

　　世界的历史像一个幻灯。它在现代的黑暗背景上，放映出明朗的片子，说明那些造福人类的善人和天才的殉道者在怎样走着荆棘路。

　　这些光耀的图片把各个时代，各个国家都反映给我们看。每张片子只映几秒钟，但是它却代表整个的一生——充满了斗争和胜利的一生。我们现在来看看这些殉道者行列的人吧——除非这个世界本身遭到灭亡，这个行列是永远没有穷尽的。

　　我们现在来看看一个挤满观众的圆形剧场吧。讽刺和幽默的语言像潮水一般地从阿里斯托芬的"云"喷射出来。雅典最了不起的一个人物，在人身和精神方面，都受到了舞台上的嘲笑。他是保护人民反抗三十个暴君的战士。他名叫苏格拉底，他在混战中救援了阿尔西比亚得和生诺风，他的天才超过了古代的神仙。他本人就在场。他从观众的凳子上站起来，走到前面去，让那些正在哄堂大笑的人可以看看，他本人和戏台上嘲笑的那个对象究竟有什么相同之点。他站在他们面前。高高地站在他们面前。

　　你，多汁的、绿色的毒胡萝卜，雅典的阴影不是橄榄树而是你！

　　七个城市国家在彼此争辩，都说荷马是在自己城里出生的——这也就是说，在荷马死了以后！请看看他活着的时候吧！他在这些城市流浪，靠朗诵自己的诗篇过日子。他

·作者简介·

安徒生（1805—1875），丹麦童话作家。他于1805年出生在丹麦中部的小城奥登塞。他的父亲是一个穷苦鞋匠。因家境贫寒，安徒生幼年未进过正规学校。14岁时告别家乡到哥本哈根，下定决心要当一个艺术家。但到哥本哈根后，他举目无亲，只好在剧院里打杂。后来有些艺术家同情他的遭遇，给他提供助学金，他才开始正式上学。安徒生酷爱文学，他阅读了大量文学名著，并学着创作诗篇与剧本。1827年，他创作的诗剧《阿尔芙索尔》在皇家艺术剧院演出时引起轰动。第二年，他被哥本哈根大学免试录取。1838年，他获得国家作家奖金。1867年，安徒生被故乡奥登塞选为荣誉市民。德国、法国、瑞士等国的君王也纷纷召见他，并给他授予最光荣的勋章。1875年8月4日，安徒生因肝癌逝世于朋友的乡间别墅。丧礼备极哀荣，享年70岁。

一想起明天的生活，他的头发就变得灰白起来。他，这个伟大的先知者，是一个孤独的瞎子。锐利的荆棘把这位诗中圣哲的衣服撕得稀烂。

但是他的歌仍然是活着的；通过这些歌，古代的英雄和神仙也获得了生命。

图画一幅接着一幅地从日出之国，从日落之国现出来。这些国家在空间和时间方面彼此的距离很远，然后它们却有着同样的光荣的荆棘路。生满了刺的只有在它装饰着坟墓的时候，才开出第一朵花。

骆驼在棕榈树下面走过。它们满载着靛青和贵重的财宝。这些东西是这国家的君主送给一个人的礼物——这个人是人民的欢乐，是国家的光荣。嫉妒和毁谤逼得他不得不从这国家逃走，只有现在人们才发现他。这个骆驼队现在快要走到他避乱的那个小镇。人们抬出一具可怜的尸体走出城门，骆驼队停下来了。这个死人就正是他们所要寻找的那个人：费尔杜西——光荣的荆棘路在这儿告一结束！

在葡萄牙的京城里，在王宫的大理石台阶上，坐着一个圆面孔、厚嘴唇、黑头发的非洲黑人，他在向人求乞。他是加莫恩的忠实的奴隶。如果没有他和他求乞得到的许多铜板，他的主人——叙事诗《路西亚达》的作者——恐怕早就饿死了。

现在加莫恩的墓上立着一座贵重的纪念碑。

这是一幅国画！

铁栏杆后面站着一个人。他像死一样的惨白，长着一脸又长又乱的胡子。

"我发明了一件东西——一件许多世纪以来最伟大的发明，"他说，"但是人们却把我放在这里关了二十多年！"

"他是谁呢？"

"一个疯子！"疯人院的看守说，"这些疯子的怪想头才多呢！他相信人们可以用蒸汽推动东西！"

这人名字叫萨洛蒙·得·高斯，黎显留读不懂他的预言性的著作，因此他死在疯人院里。

现在哥伦布出现了。街上的野孩子常常跟在他后面讥笑他，因为他想发现一个新世界——而且他也就居然发现了。欢乐的钟声迎接着他的胜利的归来，但嫉妒的钟声敲得比这还要响亮。他，这个发现新大陆的人，这个把美洲黄金的土地从海里捞起来的人，这个一切贡献给他的国王的人，所得到的报酬是一条铁链。他希望把这条链子放在他的棺材上，让世人可以看到他的时代所给予他的评价。

图画一幅接着一幅的出现，光荣的荆棘路真是没有尽头。

在黑暗中坐着一个人，他要量出月亮里山岳的高度。他探索星球与行星之间的太空。他这个巨人懂得大自然的规律。他能感觉到地球在他的脚下转动。这人就是伽利略。老迈的他，又聋又瞎，坐在那儿，在尖锐的苦痛中和人间的轻视中挣扎。他几乎没有气力提起他的一双脚：当人们不相信真理的时候，他在灵魂的极度痛苦中曾经在地上跺着这双脚，高呼道："但是地在转动呀！"

这儿有一个女子，她有一颗孩子的心，但是这颗心充满热情和信念。她在一个战斗的部队前面高举着旗帜；她为她的祖国带来胜利和解放。空中响起了一片狂乐的声音，于是柴堆烧起来了：大家在烧死一个巫婆——冉·达克。是的，在接着的一个世纪中人们唾弃这朵纯洁的百合花，但智慧的鬼才伏尔泰却歌颂"拉·比赛尔"。

在魏堡的宫殿里，丹麦的贵族烧毁了国王的法律。火焰升起来，把这个立法者和他的时代都照亮了，同时也向那个黑暗的囚楼送进一点彩霞。他的头发斑白，腰也弯了；他坐在那儿，用手指在石桌上刻出许多线条。他曾经统治过三个王国。他是一个民众爱戴的国王；他是市民和农民的朋友：克利斯仙二世。他是一个莽撞时代的一个有性格的莽撞人。敌人写下他的历史。我们一方面不忘记他的血腥的罪过，一方面也要记住：他被囚禁了二十七年。

一艘船从丹麦开出去了。船上有一个人倚着桅杆站着，向汶岛作最后的一瞥。他是杜却·布拉赫。他把丹麦的名字提升到星球上去，但他所得到的报酬是讥笑和伤害。他跑到国外去。他说："处处都有天，我还要求什么别的东西呢？"他走了；我们这位最有声望的人在国外得到了尊荣和自由。

"啊，解脱！只愿我身体中不可忍受的痛苦能够得到解脱！"好几世纪以来我们就听到这个声音。这是一张什么画片呢？这是格里芬菲尔德——丹麦的普洛米修斯——被铁链锁在木克荷尔姆石岛上的一幅图画。

我们现在来到美洲，来到一条大河的旁边。有一大群人集拢来，据说有一艘船可以在坏天气中逆风行驶，因为它本身具有抗拒风雨的力量。那个相信能够做到这件事的人名叫罗伯特·富尔登。他的船开始航行，但是它忽然停下来了。观众大笑起来，并且还"嘘"起来——连他自己的父亲也跟大家一起"嘘"起来：

"自高自大！糊涂透顶！他现在得到了报应！应该把这个疯子关起来才对！"

一根小钉子摇断了——刚才机器不能动就是因为它的缘故。轮子转动起来了，轮翼在水中向前推进，船在开行。蒸气机的杠杆把世界各国间的距离从钟头缩短成为分秒。

人类啊，当灵魂懂得了它的使命以后，你能体会到在这清醒的片刻中所感到的幸福吗？在这片刻中，你在光荣的荆棘路上所得的一切创伤——即使是你自己所造成的——也会痊愈，恢复健康、力量和愉快；噪音变成谐声；人们可以在一个人身上看到上帝的仁慈，而这仁慈通过一个人普及到大众。

光荣的荆棘路看起来像环绕着地球的一条灿烂的光带。只有幸运的人才被送到这条带上行走，才被指定为建筑那座联接上帝与人间的桥梁的、没有薪水的总工程师。

历史拍着它强大的翅膀，飞过许多世纪，同时光荣的荆棘路的这个黑暗背景上，映出许多明朗的图画，来鼓起我们的勇气，给予我们安慰，促进我们内心的平安。这条光荣的荆棘路，跟童话不同，并不在这个人世间走到一个辉煌和快乐的终点，但是它却超越时代，走向永恒。

[叶君健 译]

⊙ **作品赏析**

　　《光荣的荆棘路》以叙述故事的语言方式，为我们展现了伟大的先驱们为真理而披荆斩棘，顽强不屈，至死不渝的壮阔场面。安徒生在文中列举了 12 个历史人物，用宏观叙事的手法将他们生前身后的遭遇饱含深情地讲述给读者。苏格拉底、荷马、费尔杜西、加莫恩、萨洛蒙·得·高斯、哥伦布、伽利略、冉·达克、克利斯仙二世、杜却·布拉赫、格里芬菲尔德、罗伯特·富尔登，这些曾经或将会影响人类历史的人，安徒生称他们为"天才的殉道者"。这些人在现行社会中被认为是伟大的人物或"造福人类的善人",而他们生前却往往被看成是另类的、不合时宜的。他们为了探求真理或人类的幸福之路与时代所进行的抗争,在后人看来是"光荣"的壮举,但对于其个人却是一条充满血泪的荆棘路。科学的进步和历史的前行永远是艰难的,在通向真理的道路上,总会有惨重的代价和牺牲。这条路,安徒生称之为"光荣的荆棘路",他说"这条光荣的荆棘路,跟童话不同,并不在这个人世间走到一个辉煌和快乐的终点,但它却超越时代,走向永恒"。这是安徒生对于逝去者的告慰。

遗嘱 / 果戈理

入选理由

俄国现实主义文学大家果戈理的散文精粹
一封不为人关注却意义非凡的作家告白信
一段真实哀婉的人生哲学

乘头脑还清醒,我把自己最后的意愿陈述如下:

Ⅰ 我遗嘱在我的身体没有出现明显腐烂迹象之前,别忙着将我埋葬。所以要指出这一点,是因为在我患病期间,在我身上已经有过假死现象,心脏和脉搏停止了跳动……鉴于在生活中我已多次目睹由于我们愚蠢的操之过急而酿成的悲剧(这类悲剧发生在一切方面,甚至发生在殓葬过程中),因此我将此项要求列入遗嘱的头条,但愿我的人之将死的声音能提醒大家行动切切谨慎。把我的遗体随便埋葬在一个什么地方好了,谁要是过多地关注已经不属于我的腐烂的肉体,谁就傻得等于是在向吞食烂肉的蛆虫顶礼;我希望更多地为我的灵魂祈祷,与其张罗各种葬仪,倒不如代我向穷人们施舍一些惠而不费的午餐。

Ⅱ 我遗嘱不要为我建造任何纪念碑,连想也不要想这类与基督教徒身份不合的俗事。要是在我的亲朋好友之中真有爱我者,那么他也应用另一种方式为我立碑:他将以锲而不舍的生活毅力,激励众生的德行把碑石树立在自己的心田,谁于我死后在精神上较之于我生前提高了一截,谁就是真正爱我的人,是我的朋友,也只有这样才能为我建立起一块丰碑。因为我本人——不管我本人有多么渺小,始终在激励我的朋友们。在最近一个时期与常相从的朋友中,没有一个人会在黯然伤神的时刻,看到我有什么沮丧的神情,尽管我本人也有悲伤的时刻,我的苦痛也并不比别人少——但愿他们中的每个人都能在我死后记住这一点,并重新思索所有我对他说过的话,重读在这一年前我写给他的所有信札。

Ⅲ 我遗嘱谁也不要为我哭泣,谁要是把我的死视为一大损失,谁便要负起道德的罪责。甚至即便我当真做过什么好事,当真已经开始履行我应当履行的职责,而死亡使我中断了一件不是为少数人而是为多数人服务的事业,那么也无需陷入无谓的悲痛之中。甚至如果死的不是我,而是一位的确于现今的俄国大有用处的俄国人,那么任何一个活着的人也无需垂头丧气;尽管有用之才的过早夭折，可以认为是天庭震怒的表现，上苍有意以此耗蚀一批有助于接近我们向往之目标的武器与工具。我们不应该遇到一切突如其来的损失之时陷入哀伤之中，而是应该严格地审视自己，需要思索的不是别人的黑暗，不是天下的黑暗，而是自己心中的黑暗。灵魂的黑暗可怕至极，为什么需要等到冷酷的死神已经站到你面前时才发现这灵魂的黑暗！

Ⅳ 我遗嘱我的所有同胞（作此遗嘱的唯一理由是，任何一个作家在他身后都应该把某种良善的思想作为财富留给读者），我留给他们一部我写得最好的作品，这部作品名叫《告别的书》。他们会看到，这部书是面向他们的。作为最好的宝藏，作为上帝对我的恩慈的见证，我已经长久地把它珍藏于我心中。它是谁也看不到的我从小就流淌的眼泪的源泉。我把它作为遗产留给大家。但我恳求我的任何一位同胞都不要感到委屈，如果他们在书中听到有什么类似教诲的声音。我是个作家，而作家的职责不仅仅给读者的心智提供闲情惬意的愉悦，如果他的作品不能陶冶心灵，不能对人有所教益，那么这位作家就要被严厉地追究责任。但愿我的同胞同样能够想到，即便不是作家，每个要告别这个世界的兄弟也有权利给我们留几句兄弟般的临别赠言，而在这种场合人们不会在乎他的地位低微、无权无势和学识不够。需要记住的是，将死之人能比在世上打转转的大活人对某些事物看得更真切。然而，尽管我拥有足够的权利，但我仍然不敢在此讲述你们能在《告别的书》中听到的话，因为灵魂不洁、沉疴在身、心力交瘁的我现在不配说出那些话。然而，另外一种更为重要的理由在推动着我：同胞们！可怕呀！……灵魂因为震栗而归于寂静，这只是因为感应到了死后的恢宏和上帝的灵魂的崇高创造，与这崇高创造相比，一切我们可以目的、曾使我们惊讶过的上帝伟业，不过是沧海一粟。整个的垂死的我在呻吟，因为我感觉到我们在生活中播下的种子在惊人地大大膨胀，而在播种之初完全没有想到从中会生长出什么样的骇人的怪物……也许，我的《告别的书》能对那些迄今还把生活视为游戏的人多少有所助益，他们的心灵哪怕能多少听到它的庄严的神秘以及这神秘中的珍贵至极的天堂之声。同胞们！……我不知该如何称呼你们。就把虚礼抛到一边吧！同胞们，我爱你们，这爱是无法言喻的，这爱是上帝赐予我的，为此我要感谢他，就像感谢他给予我的最好施舍，因为我在极其痛苦的时刻正是这爱给了我欢乐与慰藉——以这个爱的名义我恳求你们用心来接受我的《告别的书》。我起誓：这本书不是我的杜撰，它是我心灵的自然流露，是上帝历尽苦难的教育之果，而它的声音来自我们共同的俄罗斯种族的隐秘的伟力，按此种族的血缘，我是你们共同的近亲。

Ⅴ 我遗嘱在我死后别匆忙地在报刊上赞扬或贬抑我的作品：这样的急于褒贬的做法会像在我生前一样的有失公允。我的作品中值得批评的地方远比值得赞美的地方多。对于我的作品的任何攻击都有不同程度的根据。在我面前谁也没有过错，谁要是以我的名义对什么人在什么方面进行责难，谁便是不诚实和不公正的。我还要大声宣布，除了已经出版的，都不是属于我的作品，所有被我付之一炬的手稿，都是在不自主的病态状态下写成的苍白无力之作。因此，日后如有人假借我的名义发表什么作品，请把这视为卑劣的伪造。然而，我愿拜托我的朋友们日后把我自1844年底写给他们的书信搜集一起，严加筛选，择其有益于人心者，弃其无谓的游戏文字，编成单册出版。这些书信曾使收信人多少获益，上帝是仁慈的，或许，它们还将有益于其他人，这样我就能从我心中多少消释一些因为我过去创作中的碌碌无功而承担的沉重责任。

Ⅵ 我遗嘱我死后的版税收入归我母亲和我姐妹所有，但这要在与穷人分享的前提下。不管我的亲人们如何贫寒，她们永远会记住，在世上还有比他们更贫寒的人。他们只能接济那些真正想改变生活、努力上进的穷人。为此，他们应深入了解每个穷人的情况，只有在情况完全了解之后才能提供经济支持。这些钱来之不易，不能随便把它们扔到天空中。我的全部不动产，早就奉送给了我母亲，如果 15 年前作出的确认这所别墅归属的文件还显得不够明确，那么我在此重申一次，以便今后无人敢与我母亲争夺其所有权。请母亲和姐妹在我死后重读我近三年来给他们写的信，特别不要遗漏那些看来仅仅涉及家业的信件：信中很多内容在我死后能理解得更清楚。在我死后，他们中的任何人已经无权仅仅属于自己，而是属于所有受苦受难的人们。他们的房屋和庄园与其说是像地主的家宅，毋宁说是像旅客之家和朝圣香客之家，每个过路来客在此都将得到如亲人一样的接待，都将亲切地向他们问寒问暖，问他们有何需求，至少要对他们讲点宽心的话，使得所有人在离开村子时都能得到心灵的慰藉。要是有习惯于贫寒生活的过客不便在地主家宅过夜，那么可以把他领到村中一个心地善良的殷实农民的家里，以便他也能用聪明的开导帮助来客，对他问寒问暖，用理智的祝愿振奋来客的精神，然后将情况呈报主人，以便他们再加进自己的建议，使得每个人离开村子时多少能得到心灵的慰藉。

Ⅶ 我遗嘱……但我意识到我已经无从遗嘱。我的一项所有权已经横遭剥夺：未经本人许可，我的一张肖像画刊印了。由于诸多无需解释的原因，我不想这样做，我没有给任何人公布我肖像的权利，在这之前所有为此目的登门请求的书商都遭我严拒；只有在一种情况下我才认为可行——如果上帝帮助我完成了我毕生追求的事业，而且完成得如此出色，以至于全体同胞异口同声说，我已经忠诚地完成了自己的事业，他们甚至渴望一睹这位一直在默默耕耘、不图浮名的人的面容。与此相关联的还有另外一个情况：我的画像碰上这种机遇定会销路大畅，从而也使雕刻它的画家得到一笔可观的收入。这位画家多年在罗马雕刻拉斐尔的不朽的《基督变容图》。

他把一切都奉献给了耗蚀了他青春岁月与健康生命的创作，并且把现已接近尾声的工作完成得如此完美，任何一个雕刻家都会自叹弗如。但由于定价偏高、知音太少的缘故，他的铜版画不可能畅销到足以酬谢他为此所花去的心血；我的肖像画或许能对他有所帮助。现在我的计划落空了：任何人的肖像一经刊印，便成了刊印铜版画或石版画的印刷业主的私有物。可是如果情况会是这样：在我死后出版的我的书信集竟能获得某种社会效益（哪怕仅仅是获得这种社会效益的真诚愿望），同胞们也许会想看一看我的画像，那么我恳请那些印刷业主们慷慨地放弃自己的权利；而那些对一切名人怀有过分的热情，保存着一张本人画像的读者们，我请求他们在读到这段文字后就立即将它毁掉，尤其是如果那画像画得很拙劣、与本人不相像的话。他们只能购买注明"约尔达诺夫所刻"字样的画像。这样就至少做了一件公正的事。而如果谁手头宽裕，能以购买《基督变容图》来取代我的肖像画，那就更加公正了。即便是外国人，也把那幅铜版画视为雕刻艺术的王冠和俄国的光荣。

我的这份遗嘱务必在我死后立即刊登在所有报刊上，为的是不会有人因为没有读到它而成为我的无辜的罪人，并忍受内疚于心的痛苦。

[童道明 译]

⊙**作品赏析**

　　果戈理的精彩在于他的托尔斯泰、陀思妥耶夫斯基式的宗教心态，以及对世态炎凉的深刻感受，所以在他的笔下，我们才能见证他的痴情、迷茫与愤世嫉俗。这位才华横溢的现实主义大作家，在其短暂的一生中为俄罗斯的广阔土地指明了人生拯救的方向，为后来者诸如赫尔岑、屠格涅夫、涅克拉索夫的成长奠定了坚实的基础。

　　《遗嘱》写尽了果戈理人生的最好哲学思考，虽然在他人生的最后，因为对东正教的回归导致了不计其数的骂名和朋友的交恶，但我们仍能从遗嘱中看出他的理念的坚贞和一贯的坚持。在《遗嘱》中他否定了一切好大喜功的所谓纪念流名，只想为自己的同胞留下最后的思想感念《告别的书》，并且一再肯定了自己的身份。这是无可置疑的基督徒，他只想在精神的最后眷念中安慰一群还在苦难中迷茫的兄弟姐妹，就像文章中所说的"不管我本人有多么渺小，始终在激励我的朋友们"。

　　有学者认为，果戈理才是实际上的俄罗斯散文之父，他的散文平静深沉，蕴含着无限的宗教情怀，影响了后来的陀思妥耶夫斯基、赫尔岑，像《作家日记》、《人生自传》即是如此，因此有人说，我们所有的人都是从果戈理的外套中孕育出来的。本文在结构上分层论述，条理清晰，让人一目了然。

在葛底斯堡的演说 / 林肯

入选理由
世界演讲史上公认的经典之作
最简短的语言中融入了最真挚的情感
高明的演讲技巧和手段

　　87年前，我们的先辈们在这个大陆上创立了一个新国家，它孕育于自由之中，奉行一切人生来平等的原则。

　　现在我们正从事一场伟大的内战，以考验这个国家，或者任何一个孕育于自由和奉行上述原则的国家是否能够长久存在下去。我们在这场战争中的一个伟大战场上集会，烈士们为使这个国家能够生存下去而献出了自己的生命，我们来到这里，是要把这个战场的一部分奉献给他们作为最后安息之所。我们这样做是完全应该而且非常恰当的。

　　但是，从更广泛的意义上来说，这块土地我们不能够奉献，不能够圣化，不能够神化。那些曾在这里战斗过的勇士们，活着的和去世的，已经把这块土地圣化了，这远不是我们微薄的力量所能增减的。我们今天在这里所说的话，全世界不大会注意，也不会长久地记住，但勇士们在这里所做过的事，全世界却永远不会忘记。毋宁说，倒是我们这些还活着的人，应该在这里把自己奉献于勇士们已经如此崇高地向前推进但尚未完成的事业。倒是我们应该在这里把自己奉献于仍然留在我们面前的伟大任务——我们要从这些光荣的死者身上汲取更多的献身精神，来完成他们已经完全彻底为之献身的事业；我们

·作者简介·

　　林肯（1809—1865），美国第十六任总统，共和党人，曾任律师。1809年2月12日，亚伯拉罕·林肯出生在肯塔基州哈丁县一个伐木工人的家庭，迫于生计，他从事过多种工作。1834年当选为州议员，开始政治生涯。1847—1849年当选为众议员。1860年他当选为总统，此时正值南北内战一触即发之际。战争爆发后，初期形势对北方军极为不利，为了扭转局势，林肯于1862年颁布了《宅地法》和《解放黑奴宣言》，次年又提出"民有、民治、民享"的纲领性口号，从而使战争成为群众性的革命斗争。他的威望提高，再次当选总统，北方军也最终取得胜利。1865年4月，内战结束时他被南方奴隶主派人暗杀。马克思称赞林肯是一个"不会被困难所吓倒，不会为成功所迷惑的人"，"是一位达到了伟大境界而仍然保持自己优良品质的罕有的人物"。

要使国家在上帝福佑下得到自由的新生，要使这个民有、民治、民享的政府永世长存。

1863 年 11 月 19 日

[佚名 译]

⊙作品赏析

  1862 年 7 月，南北战争正在进行，北军统帅米德率军和南方军队在葛底斯堡展开了会战，经过三天三夜的激战，政府军终于取得胜利。为了纪念在这次战斗中牺牲的战士，在葛底斯堡建立了一座烈士公墓。在公墓落成典礼上，林肯作了本篇演讲。

  伟大的演讲必须诞生于伟大的智慧和伟大的人格。林肯演讲的成功正好包含这两方面的因素。作为一个正直的人，他恳切的言辞能够被民众信任，他智慧的表达能够被民众接受，并且被进一步感动。在这次演讲中，林肯热情地讴歌了勇士们为自由民主而献身的精神，鼓舞活着的人完成他们未完的事业，为民有、民治、民享的政治理想而奋斗。这篇演讲的词语运用非常简洁凝练，但是充满了强烈的感情色彩，非常真切深沉，包含着对于烈士的崇敬和缅怀之情，因此深深地打动了在场的所有听众。从演讲者本身来讲，我们可以想象，按照林肯的一贯作风，深入人心的优秀品质也是他打动听众的一个重要因素。

  本文短小精悍、催人奋进，是公认的演讲史上的典范之作。

到尼亚加拉大瀑布 / 狄更斯

> **入选理由**
>
> 从不同角度描摹了壮观的尼亚加拉大瀑布
> "横看成岭侧成峰，远近高低各不同"的审美效果
> 一首有声有色的心灵交响曲

  那一天的天气寒冷潮湿，着实苦人；凄雾浓重，几欲成滴，树木在这个北国里还都枝柯赤裸，完全冬意。不论多会儿，只要车一停下来，我就侧耳静听，看是否能听到瀑布的吼声，同时还不断地往我认为一定是瀑布所在那方面死乞白赖地看；我所以知道瀑布就在那一方面，因为我看见河水滚滚朝着那儿流去；每一分钟都盼望会有飞溅的浪花出现。恰恰在我们停车以前几分钟内，我看见了两片嵯峨的白云，从地心深处巍巍而出，冉冉而上。当时所见，仅止于此。后来我们到底下了车了，于是我才头一回听到洪流的砰訇，同时觉得大地都在我脚下颤动。

  崖岸陡峭，又因为有刚刚下过的雨和化了一半的冰，地上滑溜溜的，所以我自己也不知道我是怎么下去的，不过我却一会儿就站在山根那儿，同两个英国军官（他们也正走过那儿，现在和我到了一块）攀登到一片嶙峋的乱石上了。那时澎渤大作，震耳欲聋，玉花飞溅，蒙目如眯，我全身濡湿，衣履俱透。原来我们正站在美国瀑布的下面。我只能看见巨浸滔天，劈空而下，但是对于这片巨浸的形状和地位，却毫无概念，只渺渺茫茫，感到泉飞水立，浩瀚汪洋而已。

  我们坐在小渡船上，从紧在这两个大瀑布前面那条汹涌奔腾的河里过的时候，我才开始感到是怎么回事，不过我却有些目眩心摇，因而领会不到这副光景到底有

·作者简介·

  狄更斯（1812—1870），英国著名散文家、小说家。早年以"B02"的笔名在报章杂志上发表作品，文章深刻探讨社会病态、道德沦落等现象。狄更斯一生创作了大量的作品，除了小说以外，他在散文、游记、诗歌等各种体裁上均有涉猎。但成就最高的还是长篇小说。其代表作有《双城记》、《匹克威克外传》、《大卫·科波菲尔》、《荒凉山庄》、《艰难时世》。

多博大。一直到我来到平顶岩上看去的时候——哎呀天哪，那样一片飞立倒悬的晶莹碧波！——它的巍巍凛凛，浩瀚峻伟，才在我眼前整个呈现。

于是我感到，我站的地方和造物者多么近了，那时候，那副宏伟的景象，一时之间所给我的印象，同时也就是永永无尽所给我的印象——一瞬的感觉，而又是永久的感觉——是一片和平之感：是心的宁静，是灵的恬适，是对于死者淡泊安详的回忆，是对于永久的安息和永久的幸福恢廓的展望，不掺杂一丁点暗淡之情，不掺杂一丁点恐怖之心。尼亚加拉一下就在我心里留下深刻的印象——留下了一副美丽的形象，这副形象一直永世不尽留在我的心头，永远不改变，永远不磨灭，一直到我的心房停止了搏动的时候。

我们在那个神工鬼斧、天魔帝力所创造出来的地方上待了十天，在那永久令人不忘的十天里，日常生活中的龃龉和烦恼，如何离我而去，越去越远啊！巨浸的砰訇对于我如何振聋发聩啊！绝迹于尘世之上而却出现于晶莹垂波之中的，是何等的面目啊！在变幻无常、横亘半空的灿烂虹霓四围上下，天使的泪如何玉圆珠明，异彩缤纷，纷飞乱洒，纵翻横出啊！在这种眼泪里，天心帝意，又如何透露而出啊！

我一起始，就跑到了加拿大那一边儿，在那十天里就一直在那儿没动。我从来没再过过河，因为我知道，河那边也有人，而在这种地方，当然不能和不相干的闲杂人搀和。整天往来徘徊，从一切角度，来看这个垂瀑；站在马蹄铁大瀑布的边缘上，看着奔腾的水，在快到崖头的时候，力充劲足，然而却又好像在驰下崖头、投入深渊之前，先停顿一下似的；从河面上往上看巨涛下涌；攀上邻岭，从树梢间望，看激湍盘旋而前，翻下万丈悬崖；站在下游三英里的巨石森岩下面，看着河水，波涌涡漩，砰訇应答，表面上看不出来它所以这样的原因，实在在河水深处，却受到巨瀑奔腾的骚扰；永远有尼亚加拉当前，看它受日光的蒸腾，受月华的迤逗，夕阳西下中一片红，暮色苍茫中一片灰；白天整天眼里看它，夜里枕上醒来耳里听它；这样的福就够我享的了。

我现在每天平静之时都要想：那片浩瀚汹涌的水，仍旧竟日横冲直滚，飞悬倒洒，砰訇澎渤，雷鸣山崩；那些虹霓仍旧在它下面一百英尺的空中弯亘横跨。太阳照在它上面的时候，它仍旧像玉液金波，晶莹明澈。天色暗淡的时候，它仍旧像玉霰琼雪，纷纷飞洒；像轻屑细末，从白垩质的悬崖峭壁上阵阵剥落；像如絮如绵的浓烟，从山腹幽岫里蒸腾喷涌。但是这个滔天的巨浸，在它要往下流去的时候，永远老像要先死去一番似的，从它那深不可测、以水为国的坟里，永远有浪花和迷雾的鬼魂，其大无物可与伦比，其强永远不受降伏，在宇宙还是一片混沌，黑暗还复掩渊面的时候，在匝地的巨浸——水——以前，另一个漫天的巨浸——光——还没经上帝吩咐而一下弥漫宇宙的时候，就在这儿森然庄严地呈异显灵。

[张谷若 译]

⊙作品赏析

《到尼亚加拉大瀑布》是英国作家狄更斯的散文，作者将其小说中常有的百转千回的震撼力，融于景物描写中，为我们描摹了一幅壮丽的风景画。

作者从不同角度来描写尼亚加拉大瀑布。先是听觉上的渲染："洪流的砰訇"，"澎渤大作，震耳欲聋"，这样先声夺人的效果，为视觉上的表现作了一个很好的铺垫。接下来是尼亚加拉大瀑布的闪亮登场，作者首先从整体上作了一个描绘，那是"一片飞立倒悬的晶莹碧波"，给人以视觉上的震撼力。而作者高明之处在于他用小说家的敏锐眼光，为我们描绘了一个多角度、多层面的艺术效果图。从"边缘"、"河面"、"邻岭"、"下游"不同方位来观察，收到"横看成岭侧成峰，远近高低各不同"的审美效果。随后，他把眼中美景，加以点化，变成了一部有声有色的心灵交响曲。置身于"震耳欲聋，玉花飞溅"的"浩瀚峻伟"中，作者感受到的却是"心的宁静"、"灵的恬适"。

春到海堤 /T. 施托姆

入选理由　施托姆的写景散文名篇　感情饱满，言简意丰　充满诗情画意的笔调

　　我们的海岸边以前曾长着好多高大的橡树林，树木茂密，一只小松鼠可以从一根树枝跳到另一根树枝，连续几里地不着地面。传说当婚礼行列穿过树林时，新娘必须摘下头上的凤冠，可见枝丫垂得多么低了。盛夏，这高高的树木构成的大教堂终日蔽荫凉爽。那时还有野猪和猞猁在林中穿行。在那雄鹰目可及的高处，阳光的大海在树梢上汹涌澎湃。

　　但这些树林早已被伐光了，只有人们偶尔从黑色的泥沼中或从浅滩的淤泥中挖出个把石化了的树根，它会让我们后人神思那一片树冠在与西北方向来的暴风激烈搏斗，发出惊心动魄的喧嚣。而我们今天站在海堤上，望着一片无树的平原，犹如望着永恒。当那位哈利希岛的女居民第一次从她的小岛来到这里时，她的话说得多么正确啊："我的上帝，狄个（这个）世界嘎（这么）大；伊（它）要一直连牢（连着）荷兰了！"

　　海堤上的风多么令人神清气爽！家乡是我魂之所系；在什么地方又能像这儿一样尽情享受星期天的早晨呢！

　　在下面那新开发的沼泽地中，第一阵温暖的春雨已将无边无垠的草地染绿；散布着的数不清的牛在吃草，连接着一个个"沼潭"的水沟宛如银色的带子在早晨的阳光下闪烁。吼叫声和撞击声在辽阔的原野深处飘荡，此起彼伏，此呼彼应，相偕成趣。而耕牛的那些长翅膀的朋友们——椋鸟——是多么活跃！喧闹的鸟群从低处升起，在我的面前掠过来掠过去，然后密密麻麻地落在堤顶，稍顷，便灵巧地啄食着，顺堤坡而下，向海边漫步而去。

　　然而，沿着下边那从城市流来，向大海注入的河流边，新的谷草编成的网闪闪发光，令人神往，这是为了阻挡海潮的啃啮而铺设的——河水雍容大方地流过这洁净的地毯——时值清晨，青春时代梦幻般的感觉再度征服了我，仿佛这个日子将给我带来难以言传的妩媚；每个人都有在心底欢迎幸福幽灵光临之时。

[黎奇 译]

· 作者简介 ·

　　T.施托姆（1817—1888），德国小说家，诗人，全名为汉斯·台奥多尔·沃尔特森–施托姆，是19世纪德国最杰出的小说家之一。1850年发表中篇小说《茵梦湖》，为他在德国文坛奠定了小说家的声誉。他的《在大学里》、《溺殇》（或译《淹死的人》）及《骑白马的人》尤其为读者所赞赏。他的作品大多写恋爱、婚姻和家庭生活，流露出缠绵悱恻的感情。

⊙**作品赏析**

　　施托姆曾受后期浪漫主义影响，作品内容简朴、语言优美，富于节奏感和音乐性，多以爱情、故乡美丽的景色和纯朴的民风为主题。这篇《春到海堤》是他写景散文中的代表作。

　　文章篇幅短小，但却字字珠玑，隽永凝练，传达出丰富的内涵。作者开头就说，"我们的海岸"，"我们的"一下子就让读者捕捉到了作者胸中饱含的情感。这一段描写橡树的文字，是为人们广泛传颂的。一只小松鼠可以从一根树枝跳到另外一根树枝，"连续几里地不着地面"，新娘穿过树林，"必须摘下头上的凤冠"，这些看似不用力的句子，把树林的茂密传神地展现在读者面前了，极富画面感。"阳光的大海在树梢上汹涌澎湃"，这一形象的比喻，内涵丰富，既写出了阳光下树叶的光泽，又富有动感。但是，这仅仅是作者对历史的回望，因为树早已经被伐光了。

　　虽有遗憾，可眼前的景色也是令人心驰神往的。温暖的春雨、碧绿的草地、安静的牛群、喧闹的鸟群，仍然和谐成趣。

　　文章的语言极富艺术表现力，作者说春雨"染绿"了草地，灵活而形象。写鸟群，用了丰富的动词，"升起"、"掠过来掠过去"、"落在"、"顺堤而下"、"漫步"，如摄像镜头，把这一景象推到我们面前。

秋天的日落 / 梭罗

入选理由　歌颂大自然和谐美妙的诗篇　文采和思想性并重

　　最近，十一月的一天，我们目睹了一个极其美丽的日落。当我像平时一样漫步于一条小溪发源处的草地之上，那高空的太阳，终于在一个凄苦的寒天之后、暮夕之前，突于天际骤放澄明。这时但见远方天幕下的衰草残茎，山边的树叶橡丛，顿时浸在一片柔美而耀眼的绮照之中，而我们自己的身影也长长地伸向草地的东方，仿佛是那缕斜辉中仅有的点点微尘。周围的风物是那么妍美，一晌之前还是难以想象，空气也是那么和暖纯净，一时这普通草原实在无异于天上景象。但是这眼前之景难道一定是亘古以来不曾有过的特殊奇观？说不定自有天日以来，每个暮夕便都是如此，因而连跑动在这里的幼小孩童也会觉得自在欣悦。想到这些，这幅景象也就益发显得壮丽起来。

· **作者简介** ·

　　梭罗（1817—1862），美国著名作家，出生于马萨诸塞州康科德镇。梭罗一生共创作了20多部一流的散文集，被称为自然随笔的创始者，在美国19世纪散文中独树一帜。1837年，哈佛大学毕业后他回到家乡以教书为业。1841年起转为写作。在著名作家爱默生的支持下，梭罗开始了超验主义实践，撰写了大量随笔。1845年7月4日，梭罗在瓦尔登湖畔，建造了一个小木屋住了下来。此后他根据自己对生活的观察与思考，整理并发表了两本著作《康科德和梅里马克河上的一周》和《瓦尔登湖》。1847年，梭罗结束了离群索居的生活，回到原来的村落，仍然保持着自己简朴的生活风格，并将主要精力投入写作、讲课和观察当地的植物、动物。1862年5月6日，梭罗因病去世，年仅45岁。

　　此刻那落日的余晖正以它全部的灿烂与辉煌，也不分城市还是乡村，甚至以往日少见的艳丽，尽情斜映在这一带境远地僻的草地之上；这里没有一间房舍——茫茫之中只瞥见一头孤零零的沼鹰，背羽上染尽了金黄，一只麝香鼠正在洞穴口探头，另外在沼泽之间望见了一股水色黝黑的小溪，蜿蜒曲折，绕行于一堆残株败根之旁。我们漫步于其中的光照，是这样的纯美与熠耀，满目衰草树叶，一片金黄，晃晃之中又是这般柔和恬静，没有一丝涟漪，一息呜咽。我想我从来不曾沐浴过这么优美的金色光波。西望林薮丘岗之际，彩焕烂然，恍若仙境边陲一般，而我们背后的秋阳，仿佛一个慈祥的牧人，正趁薄暮时分，赶送我们归去。

我们在踯躅于圣地的历程当中也是这样。总有一天，太阳的光辉会照耀得更加妍丽，会照射进我们的心扉灵府之中，会使我们的生涯洒满了更大彻悟的奇妙光照，其温煦、恬淡与金光熠耀，恰似一个秋日的岸边那样。

[佚名 译]

⊙作品赏析

《秋天的日落》是梭罗的一篇写景散文，他为我们描绘了一个美丽和谐的秋日黄昏。在梭罗的笔下，"衰草残茎"的秋日黄昏在日落的点化下没有了颓衰之气。风物是"妍美"的，空气是"和暖纯净"的，这种美是"也不分城市还是乡村"的。作者以博大的胸怀来看待世间的万物，认为自然界是人类共有的财富，只有在大自然面前人类才是公平的，只有在大自然面前人们才可以享受超越世俗的公正。于是，在作者的眼中"秋阳"成了一个"慈祥的牧人"，他充满慈爱的普照可以"照射进我们的心扉灵府之中"，"会使我们的生涯洒满了更大彻悟的奇妙光照"，作者这种独特的世界观反映了他追求人与自然的和谐统一的思想。

小鹌鹑 / 屠格涅夫

入选理由：
屠格涅夫的散文名作
人道主义情怀的精彩展示
以小小说的结构，提升了散文的表达力

有一回，正好是彼得节前夕，我跟父亲去打猎。那时沙鸡还小，父亲不想打它们，就到黑麦地旁边的橡树丛里，这种地方常常有鹌鹑。那里草不好割，因此草好久没动过了。花很多，有箭箬、豌豆、三味草、挂钟草、毋忘我花、石竹。我同妹妹或者女仆到那里去的时候，总是采上一大把。可是我跟父亲去就不采花，因为我觉得这样做有失猎人的身份。

忽然之间，宝贝儿踞地作势。我父亲叫了一声："抓住它！"就在宝贝儿的鼻子下面，一只鹌鹑跳起来飞走了。可是他飞得很奇怪：翻着跟头，转来转去，又落到地上，好像是受了伤，或者翅膀坏了。宝贝儿拼命地去追它……如果小鸟好好地飞，它是不会这样去追的。父亲甚至没法开枪，他怕散弹会把狗打伤。我猛一看：宝贝儿加紧扑上去——一口咬住了！它抓住了鹌鹑，叼回来给父亲。父亲接过鹌鹑，把它肚子朝天放在掌心上。我跳了起来。

"怎么了？"我说，"它本来受伤了吗？"

"没有，"父亲回答我说，"它本来没受伤。准是这儿附近有它一巢小鹌鹑，它有意装着受了伤，让狗以为捉它很容易。"

"它为什么要这样作呢？"我问。

"为了引狗离开那些小鹌鹑。引走以后它就会飞走了。可这一回它没有考虑到，装得过了头，于是给宝贝儿逮住了。"

"那它原来不是受了伤的？"我再问

· 作者简介 ·

屠格涅夫（1818—1883），俄国作家。出生在一个贵族家庭，先后在莫斯科大学、彼得堡大学就读，毕业后到柏林进修。他在大学时代就开始创作，1847—1852年陆续写成的特写集《猎人笔记》是其成名作，主要表现农奴制下农民和地主的关系，在日常的平淡生活中表现出浓郁的诗意。他的主要作品有戏剧《贵族长的早餐》、《村居一月》，长篇小说《罗亭》、《贵族之家》、《前夜》、《父与子》、《阿霞》、《初恋》、《处女地》等。屠格涅夫善于敏锐地把握时代特点，迅速反映俄国现实，对俄国现实主义文学的发展有重大影响。

一次。

"不是……可这回它活不了啦……宝贝儿准是用牙咬了它。"

我靠近鹌鹑。它在父亲掌心上一动不动，耷拉着小脑袋，用一只褐色小眼睛从旁边看着我。我忽然极其可怜它！我觉得它在看着我并且想："为什么我应该死呢？为什么？我是尽我的责任，我尽力使我那些孩子得救，把狗引开，结果我完了！我真可怜啊！真可怜！这是不公平的！不公平！"

"爸爸，"我说，"也许它不会死……"

我想摸摸鹌鹑的小脑袋。可是父亲对我说：

"不行了！你瞧，它这就把腿伸直，全身哆嗦，闭上眼睛了。"

果然如此，它眼睛一闭，我就大哭起来。

[佚名 译]

⊙作品赏析

《小鹌鹑》是屠格涅夫狩猎题材散文中很典型的范式文章之一，它的结构逼近于小小说的格式，即在简洁的情节中展现一个相对完整并具有独立意义的故事片断。它没有纷繁复杂的框架感，而是很凝练地表达出作者的想法；再加上作者赋予鹌鹑的灵性，就像幻境似的将我们带进童话与寓言的层次中，让我们直接去面对故事中的生灵，和它所表现出来的生命的战栗以及为了生存的顽强挣扎。

文章的语言是站在一个儿童的角度上使用的，刚开始语调充满童趣和好奇，是一种不懂世事的天真；后来小鹌鹑的挣扎让他感受到了生命的恐惧不安，以及从中表现出来的爱的伟大，此时作者的语言已不再幼稚了，而是显得严肃起来，把作者所感触到的人生意义完全地展露出来。

作者所有形式的运用在最后只为表达他的一次偶然的人生感悟，即孩子的心是怜悯善良的，它需要一路呵护着成长，才能在长大以后把心向着那些"承受痛苦与不幸的人温柔地敞开"。

乡村 / 屠格涅夫

入选理由　屠格涅夫的散文代表作之一
以诗的语言勾勒了19世纪俄罗斯的乡村美景

六月里最后的一天。周围是俄罗斯千里幅员——亲爱的家乡。

整个天空一片蔚蓝。天上只有一朵云彩，似乎是在飘动，似乎是在消散。没有风，天气暖和……空气里仿佛弥漫着鲜牛奶似的东西！

云雀在鸣啭，大脖子鸽群咕咕叫着，燕子无声地飞翔，马儿打着响鼻、嚼着草，狗儿没有吠叫，温驯地摇尾站着。

空气里蒸腾着一种烟味，还有草香，并且混杂一点儿松焦油和皮革的气味。大麻已经长得很茂盛，散发出它那浓郁的、好闻的气味。

一条坡度和缓的深谷。山谷两侧各栽植数行柳树，它们的树冠连成一片，下面的树干已经龟裂。一条小溪在山谷中流淌。透过清澈的涟漪，溪底的碎石子仿佛在颤动。远处，天地相交的地方，依稀可见一条大河的碧波。

沿着山谷，一侧是整齐的小粮库、紧闭门户的小仓房；另一侧，散落着五六家薄板屋顶的松木农舍。家家屋顶上，竖着一根装有椋鸟巢的长竿子；家家门檐上，饰着一匹铁铸的扬鬃奔马。粗糙不平的窗玻璃，辉映出彩虹的颜色。护窗板上，涂画着插有花束的陶罐。家家农舍前，端端正正摆着一条结实的长凳。猫儿警惕地竖起透明的耳朵，在土台上蜷缩成一团。高高的门槛后面，清凉的前室里一片幽暗。

我把毛毯铺开，躺在山谷的边缘。周围是整堆整堆刚刚割下、香得使人困倦的干草。机灵的农民，把干草铺散在木屋前面：只要再稍稍晒干一点，就可藏到草棚里去！这样，将来睡在上面有多舒服！

孩子们长着卷发的小脑袋，从每一堆干草后面钻出来。母鸡晃着鸡冠，在干草里寻觅种种小虫。白唇的小狗，在乱草堆里翻滚。

留着淡褐色卷发的小伙子们，穿着下摆束上腰带的干净衬衣，登着沉重的镶边皮靴，胸脯靠在卸掉了牲口的牛车上，彼此兴致勃勃地谈天、逗笑。

圆脸的少妇从窗子里探出身来。不知是由于听到了小伙子们说的话，还是因为看到了干草堆上孩子们的嬉闹，她笑了。

另一个少妇伸出粗壮的胳膊，从井里提上一只湿淋淋的大桶……水桶在绳子上抖动着、摇晃着，滴下一滴滴闪光的水珠。

我面前站着一个年老的农妇，她穿着新的方格子布裙子，登着新鞋子。

在她黝黑、精瘦的脖子上，绕着三圈空心的大串珠。花白头发上系着一条带小红点儿的黄头巾，头巾一直遮到已失去神采的眼睛上面。

但老人的眼睛有礼貌地笑着，布满皱纹的脸上也堆着笑意。也许，老妇已有六十多岁年纪了……就是现在也可以看得出来：当年她可是个美人啊！

她张开晒黑的右手五指，托着一罐刚从地窖里拿出来的、没有脱脂的冷牛奶，罐壁上蒙着许多玻璃珠子似的水汽；左手掌心里，老妇拿给我一大块还冒着热气的面包。她说："为了健康，吃吧，远方来的客人！"

雄鸡忽然啼鸣起来，忙碌地拍打着翅膀；拴在圈里的小牛犊和它呼应着，不慌不忙地发出哞哞的叫声。

"瞧这片燕麦！"传来我的马车夫的声音。

啊，俄罗斯自由之乡的满足，安逸，富饶！啊，宁静和美好！

于是我想到：皇城里圣索菲娅教堂圆顶上的十字架以及我们城里人正孜孜以求的一切，算得了什么？

[佚名 译]

⊙作品赏析

《乡村》一文是屠格涅夫晚年的作品散文诗集《散文诗》中脍炙人口的名篇，文章以诗一般的语言勾画了一幅美丽如画的俄罗斯乡村风光。文章开篇以寥寥数语即将乡村天空的景象描绘得惟妙惟肖，接着作者以浓墨重彩之笔描绘乡村静谧和平的生活和淳朴善良的村民，那里有坡度和缓的山谷、成行的柳树、汩汩流淌的小溪、整齐的小粮库、薄板屋顶的松木农舍、香得使人困倦的干草，农民在晾草，孩子们在嬉耍，小伙子们在谈天，少妇们在打水，年老的农妇拿面包招待客人……在作者平静清新的叙述中，人们仿佛随着作者一道走进了19世纪中叶的俄罗斯乡村，领略它那安逸富饶的生活和宁静美丽的风光。文章语言清新，结构精妙，色彩瑰丽，动静结合，情景交融，具有很强的感染力。

海边幻想 / 惠特曼

入选理由 惠特曼的散文代表作之一 文章气势雄浑奔放、粗犷不羁、意境宏阔、 文笔流丽，熔思想性与文学性于一炉

　　我小时候就有过幻想，有过希望，想写点什么，也许是一首诗吧，写海岸——那使人产生联想和起划分作用的一条线，那接合点，那汇合处，固态与液态紧紧相连之处——那奇妙而潜伏的某种东西（每一客观形态最后无疑都要适合主观精神的）。虽然浩瀚，却比第一眼看它时更加意味深长，将真实与理想合而为一，真实里有理想，理想里有真实。我年轻时和刚成年时在长岛，常常去罗卡威的海边和康尼岛的海边，或是往东远至汉普顿和蒙托克，一去就是几个钟头，几天。有一次，去了汉普顿和蒙托克（是在一座灯塔旁边，就目所能及，一眼望去，四周一无所有，只有大海的动荡）。我记得很清楚，有朝一日一定要写一本描绘这关于液态的、奥妙的主题。结果呢？我记得不是什么特别的抒情诗、史诗、文学方面的愿望，而竟是这海岸成了我写作的一种看不见的影响，一种作用广泛的尺度和符契。（我在这里向年轻的作家们提供一点线索。我也说不准，不过，除了海和岸之外，我也不知不觉地按这同样的标准对待其他的自然力量——避免追求用诗去写它们；太伟大，不宜按一定的格式去处理——如果我能间接地表现我同它们相遇而且相融了，即便只有一次也已足够，我就非常心满意足了——我和它们是真正地互相吸收了，互相了解了。）

·作者简介·

　　惠特曼（1819—1892），美国最伟大的民主诗人，美国19世纪浪漫主义文学的杰出代表。惠特曼出生于纽约附近的长岛一个劳动人民之家，很小就独立谋生，先后干过排字工人、小学教师、木工、泥瓦工、新闻编辑等工作。19世纪40年代开始写诗，后出版《草叶集》。

　　多年来，一种梦想，也可以说是一种图景时时（有时是间或，不过到时候总会再来）悄悄地出现在我眼前。尽管这是想像，但我确实相信这梦想已大部分进入了我的实际生活——当然也进入了我的作品，使我的作品成形，给了我的作品以色彩。那不是别的，正是这一片无垠的白黄白黄的沙地；它坚硬，平坦，宽阔；气势雄伟的大海永远不停地向它滚滚打来，缓缓冲激，哗啦作响，溅起泡沫，像低音鼓吟声阵阵。这情景，这画面，多年来一直在我眼前浮现。我有时在夜晚醒来，也能清楚地听见它，看见它。

[佚名 译]

⊙作品赏析

　　《海边幻想》是惠特曼的散文名篇。作者想象奇诡，将海岸线比作一道分界线，分界线的一边是代表固体的、生硬的、短暂的物质世界的大陆，另一边是代表液体的、流动的、永恒的精神世界；前者是客观形式，是现实，后者是主观精神，是理想，客观形式要和主观精神相符合。接着作者重点论述了自己文学创作的理念：现实——坚硬、平坦、宽阔的沙地，要与理想——气势雄伟的大海相融合，经受大海的"冲激"，才能产生奇迹。文章气势雄浑奔放、粗犷不羁、意境宏阔、文笔流丽，熔思想性与文学性一炉，既给人以艺术的享受，也给人以理性的思考。

是天堂，也是地狱 / 洛克菲勒

入选理由
美国石油巨子的一封家书
一位成功者对工作与人生信念的理解
一份为人父的感人情怀

亲爱的约翰：

有一则寓言很有意味，也让我感触良多。那则寓言说：

在古老的欧洲，有一个人在他死的时候，发现自己来到一个美妙而又能享受一切的地方。他刚踏进那片乐土，就有个看似侍者模样的人走过来问他："先生，您有什么需要吗？在这里您可以拥有一切您想要的——所有的美味佳肴，所有可能的娱乐以及各式各样的消遣，其中不乏妙龄美女，都可以让您尽情享受。"

这个人听了以后，感到有些惊奇，但非常高兴，他暗自窃喜：这不正是我在人世间的梦想吗？一整天他都在品尝所有的佳肴美食，同时尽享美色的滋味。然而有一天，他却对这一切感到索然乏味了，于是他就对侍者说："我对这一切感到很厌烦，我需要做一些事情。你可以给我一份工作做吗？"

他没想到，他得到的回答却是摇头："很抱歉，我的先生，这是我们这里唯一不能为您做的。这里没有工作可以给您。"

这个人非常沮丧。愤怒地挥动着手说："这真是太糟糕了！那我干脆就留在地狱好了！"

"您以为，您在什么地方呢？"那位侍者温和地说。

约翰，这则很富幽默感的寓言，似乎告诉我：失去工作就等于失去快乐。但是令人遗憾的是，有些人却要在失业之后，才能体会到这一点。这真不幸！

我可以很自豪地说，我从未尝过失业的滋味。这并非我运气好，而在于我从不把工作视为毫无乐趣的苦役，我能从工作中找到无限的快乐。

我认为，工作是一项特权，它带来比维持生活更多的事物。工作是所有生意的基础，所有繁荣的来源，也是天才的塑造者；工作使年轻人奋发有为，比他的父母做得更多，不管他们多么有钱；工作以最卑微的储蓄表示出来，并奠定幸福的基础；工作是增添生命味道的食盐，但人们必须先爱它，工作才能给予最大的恩惠，获得最大的结果。

我初进商界时，时常听说，一个人想爬到高峰需要很多牺牲。然而，岁月流逝，我开始了解到很多正爬向高峰的人，并不是在"付出代价"。他们努力工作是因为他们真

·作者简介·

洛克菲勒（1839—1937），美国实业家、美孚石油公司创办人。1839年7月8日生在美国一个小村，家境贫寒。他从小就接受父亲的"商业训练"，并继承了母亲的勤俭美德。1858年开始创办公司。23岁时决定从事炼油业。1863年，他与别人合资在克利夫兰建立炼油厂。1870年，他创建俄亥俄美孚石油公司。接下来的8年内，控制了全国石油工业。1882年，成立美国历史上第一个托拉斯。后洛克菲勒财团和大银行联合，形成垄断。1884年公司迁到纽约市百老汇街26号，成为全世界最大的石油集团企业，他成了"石油大王"。1896年他退休。退休后发展慈善事业，并于1913年设立了"洛克菲勒基金会"，负责捐款工作。1937年5月23日去世。他是美国历史上第一个十亿富翁，创设了托拉斯企业制度，在美国资本主义经济发展史上占有重要的地位。

正地喜爱工作。任何行业中往上爬的人都是完全投入正在做的事情，且专心致志的人。衷心喜爱从事的工作，自然也就成功了。

热爱工作是一种信念。怀着这个信念，我们能把绝望的大山凿成一块希望的磐石。一位伟大的画家说得好："痛苦终将过去，但是美丽永存。"但有些人显然不够聪明，他们有野心，却对工作过分挑剔，一直在寻找"完美的"雇主或工作。事实是，雇主需要准时工作、诚实而努力的雇员。他只将加薪与升迁的机会留给那些格外努力、格外忠心、格外热心、花更多的时间做事的雇员，因为他在经营生意，而不是在做慈善事业，他需要的是那些更有价值的人。

不管一个人的野心有多么大，他至少要先起步，才能到达高峰。一旦起步，继续前进就不太困难了。工作越是困难或不愉快，越要立刻去做。如果他等的时间越久，就变得越困难、越可怕，这有点像打枪一样，你瞄的时间越长，击中的机会就越渺茫。

我永远也忘不了我的第一份工作——簿记员的经历，那时我虽然每天天刚蒙蒙亮就得去上班，而办公室里点着的鲸油灯又很昏暗，但那份工作从未让我感到枯燥乏味，反而很令我着迷和喜悦，连办公室里的一切繁文缛节都不能让我对它失去兴趣，而结果是雇主总在不断地为我加薪。

收入只是你工作的副产品，做好你该做的事，出色完成你该做的事，理想的薪金必然会来。而更为重要的是，我们劳苦的最高报酬，不在于我们所获得的，而在于我们会因此成为什么。那些头脑活跃的人拼命劳作决不是只为了赚钱，使他们工作热情得以持续下去的东西要比只知敛财的欲望更为高尚——他们是在从事一项迷人的事业。

老实说，我是一个野心家，从小我就想成为巨富。对我来说，我受雇的休伊特·塔特尔公司是一个锻炼我的能力、让我一试身手的好地方。它代理各种商品销售，拥有一座铁矿，还经营着两项让它赖以生存的技术，那就是给美国经济带来革命性变化的铁路与电报。它把我带进了妙趣横生、广阔绚烂的商业世界，让我学会了尊重数字与事实，让我看到了运输业的威力，更培养了我作为商人应具备的能力与素养。所有的这些都在我以后的经商中发挥了极大效能。我可以说，没有在休伊特·塔特尔公司的历练，在事业上我或许要走很多弯路。

现在，每当想起休伊特·塔特尔公司，想起我当年的老雇主休伊特和塔特尔两位先生时，我的内心就不禁涌起感恩之情，那段工作生涯是我一生奋斗的开端，为我打下了奋起的基础，我永远对那三年半的经历感激不尽。

所以，我从未像有些人那样抱怨他的雇主，说："我们只不过是奴隶，我们被雇主压在尘土下，他们却高高在上，在他们美丽的别墅里享乐。他们的保险柜里装满了黄金，他们所拥有的每一块钱，都是压榨我们这些诚实工人得来的。"我不知道这些抱怨的人是否想过：是谁给了你就业的机会？是谁给了你建设家庭的可能？是谁让你得到了发展自己的可能？如果你已经意识到了别人对你的压榨，那你为什么不结束压榨，一走了之？

工作是一种态度，它决定了我们快乐与否。同样都是石匠，同样在雕塑石像，如果你问他们："你在这里做什么？"他们中的一个人可能就会说："你看到了吗？我正在凿石头，凿完这个我就可以回家了。"这种人永远视工作为惩罚，在他嘴里最常吐出的一个字就是"累"。

另一个人可能会说:"你看到了吗? 我正在做雕像。这是一份很辛苦的工作,但是酬劳很高。毕竟我有太太和四个孩子,他们需要温饱。"这种人永远视工作为负担,在他嘴里经常吐出的一句话就是"养家糊口"。

第三个人可能会放下锤子,骄傲地指着石雕说:"你看到了吗? 我正在做一件艺术品。"这种人永远以工作为荣,以工作为乐,在他嘴里最常吐出的一句话是"很有意思"。

天堂与地狱都由自己建造。如果你赋予工作意义,不论工作大小,你都会感到快乐,自我设定的成绩不论高低,都会使人对工作产生乐趣。如果你不喜欢做的话,任何简单的事都会变得困难、无趣,当你叫喊着这个工作很累人时,即使你不卖力气,你也会感到精疲力竭,反之就大不相同。事情就是这样。

约翰,如果你视工作为一种乐趣,人生就是天堂;如果你视工作为一种负担,人生就是地狱。

爱你的父亲
[佚名 译]

⊙作品赏析

《是天堂,也是地狱》展示的是一个富豪对后代的激励,不是以优厚的遗产让自己的儿子从此无忧无虑,而是教育他工作才是活着的唯一激情。文章以一个天堂的享受者为例,告诉孩子其实无聊才是我们人生的最大苦痛,这和鲁迅在他的杂文中所表述的"如果天堂里只有桃花,就会让人厌倦让人不可忍受"一样。文章以家书的形式,告诫孩子从事工作热爱自己的事业,从最微茫的起步开始,才能在最终收获到自己的成功。

在《是天堂,也是地狱》的家书中,我们看到了一个成功者的形象。没有一点富豪的架子,有的只是孜孜不倦的甚至是温和的劝导,语言坦诚有力,极具生活气息,让人在不知不觉中领受了一次关于人生态度问题的理性教训。

人生/勃兰兑斯

入选理由 丹麦文学评论家勃兰兑斯的散文代表作
一个智者对人生命运的理解
一次看透世间风云变幻后的深刻总结

这里有一座高塔,是所有的人都必须去攀登的。它至多不过有 100 级。这座高塔是中空的。如果一个人一旦达到它的顶端,就会掉下来摔得粉身碎骨。但是任何人都很难从那样的高度摔下来。这是每一个人的命运:如果他达到注定的某一级,预先他并不知道是哪一级,阶梯就从他的脚下消失,好像它是陷阱的盖板,而他也就消失了。只是他并不知道那是第二十级或是第六十三级,或是哪一级;他所确实知道的是,阶梯中的某一级一定会从他的脚下消失。

最初的攀登是容易的,不过很慢。攀登本身没有任何困难,而在每一级上从塔上的瞭望孔望见的景致是足够赏心悦目的。每一件事物都是新的。无论近处或远处的事物都会使你目光依恋留连,而且瞻望前景还有那么多的事物。越往上走,攀登越困难了,目光不大能区别事物,它们看起来都是相同的。同时,在每一级上似乎难以有任何值得留恋的东西。也许应该走得更快一些,或者一次连续登上几级,然而这是不可能做到的。

· 作者简介 ·

勃兰兑斯（1842—1927），丹麦文学批评家，斯堪的纳维亚文学自然主义运动的领袖。出生于哥本哈根，属犹太人血统。曾在哥本哈根大学学习法律，后改攻美学和哲学。深受齐克果、米尔、圣伯夫以及泰纳等人作品的影响。在1870年的一次国外旅游中，他遇见了易卜生，易卜生鼓励他在斯堪的纳维亚半岛上进行一次"精神革命"。1871年，大学毕业后因发表《美学研究》等作品受到宗教界的攻击。1872—1875年在哥本哈根大学发表了一系列演讲，后来辑成《十九世纪文学主流》一书。19世纪80年代，他在欧洲大力介绍普希金等俄国作家，同时受尼采影响，发表了"贵族激进主义"的观点。第一次世界大战前后，他的主要著作有《歌德传》、《伏尔泰传》等一系列名人传记。1902年，勃兰兑斯成为哥本哈根大学的美学教授。他的后期作品包括那本引起争议的《虚构人物耶稣》，以及一部描写希腊的唯美作品《古希腊》。

通常是一个人一年登上一级，他的旅伴祝愿他快乐，因为他还没有摔下去。当他走完十级登上一个新的平台后，对他的祝贺也就更热烈些。每一次人们都希望他能长久地攀登下去，这希望也就显露出更多的矛盾。这个攀登的人一般是深受感动，但却忘记了留在他身后的很少有值得自满的东西，并且忘记了什么样的灾难正隐藏在前面。

这样，大多数被称作正常的人的一生就如此过去了，从精神上来说，他们是停留在同一个地方。

然而这里还有一个地洞，那些走进去的人都渴望自己挖掘坑道，以便深入到地下。而且，还有一些人的渴望是去探索许多世纪以来前人所挖掘的坑道。年复一年，这些人越来越深入地下，走到那些埋藏金属和矿物的地方。他们使自己熟悉那地下的世界，在迷宫般的坑道中探索道路，指导或是了解或是参与到达地下深处的工作，并乐此不疲，甚至忘记了岁月是怎样逝去的。这就是他们的一生，他们从事向思想深处发掘的劳动和探索，忘记了现时的各种事件。他们为他们所选择的安静的职业而忙碌，经受着岁月带来的损失和忧伤，和岁月悄悄带走的欢愉。当死神临近时，他们会像阿基米德在临死前那样提出请求："不要弄乱我画的圆圈。"

在人们眼前，还有一个无穷无尽地延伸开去的广阔领域，就像撒旦在高山上向救世主显示的所有那些世上的王国。对于那些在一生中永远感到饥渴的人，渴望着征服的人，人生就是这样：专注于攫取更多的领地，得到更宽阔的视野，更充分的经验，更多地控制人和事物。军事远征诱惑着他们，而权力就是他们的乐趣。他们永恒的愿望就是使他们能更多地占据男人的头脑和女人的心。他们是不知足的，不可测的，强有力的。他们利用岁月，因而岁月并不使他们厌倦。他们保持着青年的全部特征：爱冒险，爱生活，爱争斗，精力充沛，头脑活跃，无论他们多么年老，到死也是年轻的。好像鲑鱼迎着激流，他们天赋的本性就是迎向岁月之激流。

然而还有这样一种工场——劳动者在这个工场中是如此自在，终其一生，他们就在那里工作，每天都能得到增益。在不知不觉中他们变得年老了。的确，对于他们，只需要不多的知识和经验就够了。然而还是有许多他们做得最好的事情，是他们了解最深，见得最多的。在这个工场里生活变了形，变得美好，过得舒适。因而那开始工作的人知道他们是否能成为熟练的大师只能依靠自己。一个大师知道，经过若干年之后，在钻研和精通技艺上停滞不前是最愚蠢的。他们告诉自己：一种经验（无论那可能是多么痛苦的经验），一个微不足道的观察，一次彻底的调查，欢乐和忧伤，失败和胜利，以及梦想、臆测、幻想、人类的兴致，无不以这种或另一种方式给他们的工作带来益处。因而随着年事渐长，他们的工作也更必需更丰富。他们依靠天赋的才能，用冷静的头脑信任自己的才能，相信它会使他们走上正路，因为天赋的才能是属于他们自己的。他们相信在工场中，他们能够做出有益的事情。在岁月的流逝中，他们不希望获得幸福，因为幸福可能不会到来。他们不害怕邪恶，而邪恶可能就潜伏在他们自身之内。他们也不害怕失去力量。

如果他们的工场不大，但对他们来说已够大了。它的空间已足以使他们在其中创造形象和表达思想。他们是够忙碌的，因而没有时间去察看放在角落里的计时沙漏计，沙子总是在那儿下漏着。当一些亲切的思想给他以馈赠，他是知道的，那像是一只可爱的手在转动沙漏计，从而延缓了它的停止。

[罗洛 译]

⊙作品赏析

《人生》全面展现了一个智者对人生历程的感念，在他那里，所有的世俗之人瞬间被划分为三：一类是看似在无限的高峰上的踊跃攀登者，但其实他们的精神只停留在某一固定的层次从未发生变动，大多数被称作正常的人的一生就都如此过去了；一类是真正的生命探索者，他们抛开世俗的喧嚣繁杂，一心一意只为成全自己的伟大发现，文章列举了阿基米德的执著纯粹作为最震撼人心的例子；而另一类则是在什么也不用知道的忙碌中幸福过完自己的一生，他们不害怕邪恶，不奢望获得幸福，在不知不觉中他们变得年老了。文章也因此出现了模糊的结构框架：它们被分为三个层次，并举在文章的范畴之内，虽然明显地带上了作者强烈的不同的思想倾向。

送你一朵玫瑰花 / 阿纳托尔·法朗士

入选理由：打动人心的真挚情感 简洁而不失深刻 对比手法的成功运用

我们住在一个堆满稀奇古怪的东西的大套间里。墙上挂着缴获来的装饰着颅骨和头发的原始武器；装备着桨的独木舟悬吊在天花板上，同用稻草填塞的钝吻鳄的躯壳并排放着。陈列收藏品的玻璃橱里安放着鸟、鸟巢、珊瑚枝和许许多多似乎充满怨恨和恶意的骨架。我不知道我父亲和这些奇形怪状的东西之间订了什么条约。现在我知道了：这是收藏家的条约。他是那样明智、无私，梦想把整个自然界装进一个大橱里。他说，这是为了科学。他这样说，也这样相信。其实，这是出于收藏家的癖好。

整整一套房间摆满了大自然中的稀奇古怪的东西。只有一个小客厅没有被动物学、矿物学、人种志和畸胎学侵占。这里没有蛇鳞，没有龟壳，没有骨头，没有燧石磨制的箭，没有印第安人的战斧，只有玫瑰花。小客厅的糊墙纸上缀满玫瑰。这是些含苞未放、端庄淡雅、完全相仿、朵朵美丽的玫瑰。

我母亲非常讨厌比较动物学和颅骨测量，她在小客厅里打发日子。我在地毯上，在她脚下同一头绵羊玩。这头羊过去有四只脚，现在只剩下三只。因此，它不配同我父亲收集

· 作者简介 ·

　　阿纳托尔·法朗士（1844—1924），原名阿纳托尔·弗朗索瓦·蒂波，法国近代卓越的小说家。出生于巴黎书商家庭。自幼爱好读书，勤于练笔。中学毕业后，就同时为几家报刊撰稿。早期从事诗歌创作。受"当代巴那斯"派影响，标榜"为艺术而艺术"。19世纪80年代起，逐渐对资本主义社会产生怀疑，同情人民疾苦，宣扬人道主义，并致力于小说创作。19世纪90年代后，开始关注和研究国内外重大政治事件。1894年发生的德雷福斯事件，使他进一步体察到了资本主义社会的黑暗，从而接受了社会主义思想，在创作中呈现出鲜明的批判现实主义倾向。俄国1905年革命时，他写了不少政治论文，歌颂俄国革命。晚年曾担任法俄人民友好协会主席，参加进步作家组织"光明社"的活动。1921年，77岁的法朗士加入了法国共产党。同年，获得诺贝尔文学奖。

的畸胎两头兔并列在一起。我也有个摆动臂膀的、有油漆味儿的鸡胸驼背木偶。那时候，我准会有很多很多幻想，因为这个鸡胸驼背木偶和这头绵羊使我想起千百出奇怪的戏中的各种各样的人物。当绵羊和木偶发生了什么很有趣的事的时候，我就去告诉妈妈，但总是白费力气。应该说，大人永远也听不懂小孩子在解释些什么。母亲心不在焉，我说话她不大注意听，这是她的一大缺点。但是，她习惯于睁大眼睛看着我，叫我"小傻瓜"，这就缓和了我们之间的关系。

　　一天，她在小客厅里撂下她的刺绣，用双臂把我举起，指着一朵纸花给我看，对我说："我给你这朵玫瑰。"

　　为了能够认出这朵花，她用刺绣针在上面点了一个十字。

　　从来没有一件礼物比这朵花更使我高兴过。

[冯汉津等 译]

⊙ 作品赏析

　　《送你一朵玫瑰花》是法国作家阿纳托尔·法朗士的一篇篇幅短小的散文，称不上大手笔，但却让人震撼，震撼于它如珍珠颗粒般的精致，震撼于它琥珀般的精美内质。丰富的情感内涵使这篇文章充满了独特的审美情趣。作者在文章中其实是在歌颂一种感情，一种温情的东西。但在文章的开头，作者却用了很大的篇幅来写父亲的古怪"大套间"，那里有着不为作者所理解的、自然界中稀奇古怪的东西，这是父亲给幼小的"我"他对生活的解释：科学的，然而冷漠、畸形的。而与此形成鲜明对比的却是母亲的小客厅，在作者幼小记忆中它有满厅的玫瑰，"朵朵美丽"；回荡着母亲对我"小傻瓜"的亲切呼唤；有母亲用刺绣针轻点过的纸玫瑰。它们普通，却在"我"的童年时代真实存在过。而这些与母亲有关的事物和片断，在作者的心里更是一种人情味、纯真人性的象征。它们代表着人与人之间心灵相通的美好境界，表达着作者对人类美好情感的召唤。

二草原 / 亨利克·显克微支

入选理由 作品深处潜藏着一种苍凉的痛感和苦难意识
反映欧洲受外族压迫的诸小国人民的一种无助情绪
象征主义手法为读者创造了一个充满神秘色彩的境界

　　有两片土地相并地排着，正如两个极大的草原，中间只有一条明丽的小河将它们分开。

　　这河的两边，在某一地点渐渐地分离，便造成一个浅的渡口——一个盛着安静清澈的水的小河。

人们可以看见纯青河流下的黄金色的底，从那里长出荷花的梗，在光辉的水面上发花；红色的蝴蝶绕着红白的花飞舞；在水边的棕榈树和光明的空气中间，鸟类叫着，仿佛银铃一样。

这是从这边到那边去——从生之原往死之原去的渡口。

这两面都是那至高全能的梵天所创造，他命令善的毗湿奴主宰生之国，智的湿缚主宰死之国。

·作者简介·

亨利克显克微支（1846—1916），波兰作家。大学时期开始写作，他是具有民主主义和爱国主义思想的现实主义作家，素有"波兰语言大师"之称。1905年，获诺贝尔文学奖。

主要作品有通讯集《旅美书简》、历史小说三部曲《火与剑》、《洪流》、《伏沃迪约夫斯基先生》、历史小说《十字军骑士》、长篇小说《你往何处去》等。

他又说道，"你们各自随意做去。"

在属于毗湿奴的国内，生命便沸涌出来。太阳开始出没，昼夜也出现了，大海也涨落起来；天上有云走着，满含着雨；在地上生出树林，许多的人，兽和鸟也都出来了。

那善神创造爱，使一切生物能够生产子孙，他又命令爱，叫他同时生产幸福。

这时候梵天叫毗湿奴去，对他说道：——

"在地上你不能想出比这更好的了，天上已经由我造成，你可以暂且休息，让那所创造的，便是你所称为人的，独自去纺生命的丝吧。"

毗湿奴依了梵天的命令，于是人们开始照管自己了。从他们善的思想里，生出了喜悦；从恶的思想里，又生出了悲哀。他们很惊异地看到这生活并不是无间的喜宴，而且梵天所说的生命之丝，也有两个纺女纺织着：一个有微笑的面貌，一个有泪在伊的眼中。

人们走到毗湿奴的座前，诉说道——

"主呵，悲哀里的生活是不幸呵。"

他答道："让爱来慰安你们。"

他们听了这话，便安静了，一齐走去。爱果然将悲哀赶走，因为将他和爱所给予的幸福比较起来，便觉得很轻了。

但是爱却同时又是生命之产生者。虽然毗湿奴的国土是极大，但人类所需要的草果蜂蜜确实都缺乏了。于是最聪明的人们起手来砍去树木，开辟林地，耕种田野，播种收获。

这样工作便来到世间。不久大家须得一律分任；工作不但成为生活的基本，而且便是生命的本身了。

但是工作生劳苦，劳苦生困倦。

人们又来到毗湿奴的座前，伸着两手，说道：——

"主呵，劳苦使我们衰弱，困倦住在我们的骨里了；我们希求休息，但是生命要我们无间的工作。"

毗湿奴答道："大梵天不许我改变生活，但我可以创造一点东西，使他成为生活的间歇，这样便是休息。"

于是他创造了睡眠。

人们很喜悦地受了这新的赐品，大家都说从神的手里接受来的一切物事之中，这是最大的恩惠了。

在睡眠里，他们忘记了他们的劳苦与悲哀；在睡眠里，那困倦的人恢复了他们的力气；那睡眠揩干了他们的眼泪，正如慈母一般，又用了忘却的云围绕着睡者的头。人们赞美睡眠，说道：——

"你祝福了，因为你比醒时的生活更好。"

他们只责备他，不肯永久的留着；醒又来了，以后又是工作——新的劳苦与困倦。

这思想苦迫着他们，于是他们第三次走到毗湿奴那里说道：——

"主呵，你赐给我们大善，极大而且不可言说，但是还未完全。请你使那睡眠成为永久的。"

毗湿奴皱了他的额，因为他们的多事，所以发怒了，回答道："这个我不能给你们，但在河的那边，你们可以寻到现在所要的东西。"

人们依了神的话，大家走向小湖；到了岸边，他们观看对岸的情状。

在那安静而且清澈、点缀着花朵的水面之后，横着死之原，湿缚的国土。

那里没有日出，也没有日入；也没有昼，也没有夜。只有白百合色的单调的光，融浸着全空间。

没有一物投出阴影，因为这光到处贯彻——仿佛它充满了宇宙。

这土地也并非不毛，凡目力所能到的地方，看见许多山谷，生满美丽的大小树木；树上缠着常春藤；在岩石上垂下葡萄的枝蔓，但是岩石和树干几乎全是透明，仿佛是用密集的光所造。

常春藤的叶有一种微妙清明的光辉，有如朝霞，这很是神奇，安静，清净，似乎在睡眠里做着幸福而且无间的好梦。

在清明的空气中，没有一点微风，花也不动，叶也不颤。

人们走向河边来，本来大声谈讲着，见了那白百合色的不动的空间，忽然静默了。过了一刻，他们低声说道："怎样的寂静与光明呵！"

"是呵，安静与永久的睡眠……"

那最困倦的人说道："让我们去寻永久的睡眠吧。"

于是他们便走进水里去。蓝色的深水在他们面前自然分开，使过渡更为容易。留在岸上的人，忽然觉得慌惜，便叫唤他们，但没有一个人回过头来，大家都快活而且活泼的前行，被那神异的国土的奇美所牵引。

大众站在生的岸上，这时看见去的人们的身体变成光明透彻，渐渐地轻了，有光辉了，仿佛与充满死之原的一般的光相合一了。

渡过以后，他们便睡在那边的花树中间，或在岩石的旁边。他们的眼睛合着，但他们的面貌是不可言说的安静而且幸福。在生之原之里，便是爱也不能给与这样的幸福。——一切留在生这一面的人，见了这情形，互相说道：——

"湿缚的国更甜美而且更好……"

于是他们开始渡到那边去，更加多了。老人、少年、夫妇、领着小孩的母亲、少女，都走过去，像庄严的行道一般；以后几千几百万的人，互相推挤着，过那沉默的渡口直到后来生之原几乎全空了。这时毗湿奴——他的职务是在看守生命——记起当初是他自己将这办法告诉人们，不禁颤抖起来。也不知道怎样才好，便走到最高的梵天那里。他说道：——

"造物主啊，请你救助生命。你将死之国造的那样美丽，光明而且幸福，所以一切的人都弃舍了我的国土去了。"

梵天问道："没有一个人留在你那里么？"

"只有一个少年和一个少女，他们这样的互相爱恋，所以情愿失却那永久的安静，不肯闭了眼睛，使彼此不能相见。"

"那么你要求什么呢？"

"请你将死之国造得更不美丽，更不幸福，否则就是那一对的人也怕要舍我而去，在他们的爱之春天一经过去之后。"

梵天想了一会，说道：——

"不，我不去减少死之国的美丽与幸福，但我将别造一点东西去救存生命。自此以后，人们当被规定渡到那边去，但他们将不复自愿地去做。"

他说了这话，便用黑暗织了一张厚实的幕，造了两个生物，苦痛与恐怖，命令他们将这幕挂在路口。

生命又充满了生之原了，因为死之国虽然仍是那样的光明而且幸福，人们都怕这入口的路。

[周作人 译]

⊙ **作品赏析**

显克微支是 19 世纪波兰著名的批判现实主义作家。他的作品以小说为主要体裁，大多以反映反外族侵略，反对各种势力的压迫的民族战斗为题材，具有民主主义和爱国主义的时代意义。《二草原》是享利克·显克微支的一篇散文，这种思想倾向在文中也有所流露。《二草原》以叙述手法来写散文，为我们描绘了"生之原"和"死之国"两个不同的世界。作者依据"梵天造人"的传说，用象征主义手法为读者营造了一个充满神秘色彩境界。他说"死之国"原本并不可怕，而且还拥有"寂静与光明"，充满着"白百合色"的光。而"生之原"却满是"劳苦与悲哀"，相比较之下人们更向往"死之国"。作者在散文中流露了一种对人生的悲哀情绪，并充斥着一种宗教情怀。这是 19 世纪末到 20 世纪初，欧洲受外族压迫的诸小国的文学作品中，普遍流露出的这种思想倾向，这是受压迫民族在长期社会动荡、生活艰辛的现实中形成的一种苦难意识和无助情绪。

黎明 / 兰波

入选理由 语言凝练，文笔绚丽
天马行空般的自由风格
跳跃意象的营造

我拥抱了这夏日的黎明。

宫殿前依然没有动静，寂然无声。池水安静地躺着。荫翳还留在林边的大道。我前行，惊醒那温馨而生动的气息，宝石般的花朵睁眼凝望，黑夜的轻翼悄然翔起。

幽径清新而朦胧。第一相遇：一朵鲜花向我道出了芳名。

我笑向那金黄色高悬的瀑布，她散发飘逸，飞越了松林：在那银白色的峰颠，我认

·作者简介·

兰波（1854—1891），法国诗人。他用谜一般的诗篇和富有传奇色彩的一生吸引了众多的读者，成为法国文学史上最引人注目的诗人之一。兰波禀性聪慧，思维敏捷，少年时期就显露出不凡的诗才，16岁便能用拉丁语写一手好诗。他的体内躁动着不安的灵魂，家乡小城沉闷污浊的社会风气和母亲呆板严厉的管束使他无法忍受，他多次不辞而别，扒车外逃。在向往已久的巴黎，兰波结识了魏尔兰，并得到魏尔兰的赏识和推荐，从此跻身诗坛。

兰波初期的作品尚有浪漫派的痕迹，如《奥菲莉娅》。兰波后来对这些诗大为不满，要朋友把它们统统烧掉。他开始尝试一种新的诗，在诗艺上进行了一系列大胆的创新和改革，提出了著名的"通灵"说。这时的兰波已成了魏尔兰的挚友，两人难舍难分，并结伴去国外漫游。但旅途中两人发生争吵，最后酿成惨剧，魏尔兰枪伤兰波，锒铛入狱。胳膊受伤的兰波挂着绷带，独自从比利时的医院步行回家。在苦闷和失望之中，他闭门不出，埋头写作，以排遣心中的惆怅。《地狱一季》就是在这种情景下写出来的。在这部不朽的散文诗里，兰波宣布告别诗坛。从此，他弃文从商，远离祖国，开始了冒险生涯，直到病入膏肓才回国治疗。兰波去世时年仅37岁。

出了她——女神。

于是，我撩开她一层又一层的面纱。林中的小径上，我舒展着臂膀。平原上，我把她告示给雄鸡。都市里，她逃匿在钟楼和穹隆之间。像乞丐奔波在大理石的站台，我奔跑着，把她一路追寻。

大路上空，桂树林旁，我用她聚集的绡纱把她轻轻地围裹，我感觉到了一些她那无比丰满的玉体。黎明和孩子一起倒身在幽林之下。

醒来，已是正午。

[佚名 译]

⊙**作品赏析**

《黎明》是兰波的一篇写景散文。它以诗歌般的凝练语言和绚丽文笔，为读者呈现出一个令人心动的夏日黎明。在兰波的笔下，黎明成了一个神秘、曼妙的女神，她捉摸不定、却又充满诱惑；她永远在我的视野之内，却又若即若离。她散发飘逸、面带薄纱，而又玉体丰满，致使我一路忘情地追寻，我笑着、奔跑着，在她的逃逸与隐现中执着追求，最终拥抱了她全部的美妙。作者将一种美好理想，比拟成一位充满神奇色彩的女神。虽然在简短的文字中作者并没有确指，但对未来的美好憧憬，对理想生活的追求，却在文章所营造的诗情画意的氛围中自由飞扬。

贝多芬百年祭 / 萧伯纳

> **入选理由** 萧伯纳的散文代表作之一
> 既是一篇纪念性散文，也是一篇音乐评论
> 语言精练，行文自如，论述精辟，富于感染力

一百年前，一位虽还听得见雷声但已聋得听不见大型交响乐队演奏自己的乐曲的五十七岁的倔强的单身老人最后一次举拳向着咆哮的天空，然后逝去了，还是和他生前一直那样地唐突神灵，蔑视天地。他是反抗性的化身；他甚至在街上遇上一位大公和他的随从时也总不免把帽子向下按得紧紧地，然后从他们正中间大踏步地直穿而过。他有一架不听话的蒸汽轧路机的风度（大多数轧路机还恭顺地听使唤和不那么调皮呢）；他穿衣服之不讲究尤甚于田间的稻草人：事实上有一次他竟被当做流浪汉给抓了起来，因

为警察不肯相信穿得这样破破烂烂的人竟
会是一位大作曲家，更不能相信这副躯体
竟能容得下纯音响世界最奔腾澎湃的灵魂。
他的灵魂是伟大的；但是如果我使用了最
伟大的这种字眼，那就是说比汉德尔的灵
魂还要伟大，贝多芬自己就会责怪我；而
且谁又能自负为灵魂比巴哈的还伟大呢？
但是说贝多芬的灵魂是最奔腾澎湃的那可
没有一点问题。他的狂风怒涛一般的力量

· 作者简介 ·

萧伯纳（1856—1950），19世纪末20世纪上
半叶英国著名剧作家、散文家、社会活动家。生于
都柏林。14岁中学毕业后因家境贫困辍学。1876
年移居伦敦。1879年开始文学创作。1884年加入
费边社，为该社的重要成员。1925年获诺贝尔文
学奖。一生著作甚丰，代表作有《鳏夫的房产》、
《华伦夫人的职业》、《巴巴拉少校》，此外还有
音乐、美术评论，文学和社会、政治论著多种。

他自己能很容易控制住，可是常常并不愿去控制，这个和他狂呼大笑的滑稽诙谐之处是
在别的作曲家作品里都找不到的。毛头小伙子们现在一提起切分音就好像是一种使音乐
节奏成为最强而有力的新方法；但是在听过贝多芬的第三里昂诺拉前奏曲之后，最狂热
的爵士乐听起来也像"少女的祈祷"那样温和了，可以肯定地说我听的任何黑人的集体
狂欢都不会像贝多芬的第七交响乐最后的乐章那样可以引起最黑最黑的舞蹈家拼了命地
跳下去，而也没有另外哪一个作曲家可以先以他的乐曲的阴柔之美使得听众完全溶化在
缠绵悱恻的境界里，而后突然以铜号的猛烈声音吹向他们，带着嘲讽似地使他们觉得自
己是真傻。除了贝多芬之外谁也管不住贝多芬；而疯劲上来之后，他总有意不去管住
自己，于是也就成为管不住的了。

这样奔腾澎湃，这种有意的散乱无章，这种嘲讽，这样无顾忌的骄纵的不理睬传统
的风尚——这些就是使得贝多芬不同于十七和十八世纪谨守法度的其他音乐天才的地方。
他是造成法国革命的精神风暴中的一个巨浪。他不认任何人为师，他同行里的先辈莫扎
特从小起就是梳洗干净，穿着华丽，在王公贵族面前举止大方的。莫扎特小时候曾为了
彭巴杜夫人发脾气说："这个女人是谁，也不来亲亲我，连皇后都亲亲我呢。"这种事
在贝多芬是不可想像的，因为甚至在他已老到像一头苍熊时，他仍然是一只未经驯服的
熊崽子。莫扎特天性文雅，与当时的传统和社会很合拍，但也有灵魂的孤独。莫扎特和
格鲁克之文雅就犹如路易十四宫廷之文雅。海顿之文雅就犹如他同时的最有教养的乡绅
之文雅。和他们比起来，从社会地位上说贝多芬就是个不羁的艺术家，一个不穿紧腿裤
的激进共和主义者。海顿从不知道什么是嫉妒，曾称赞比他年青的莫扎特是有史以来最
伟大的作曲家，可他就是吃不消贝多芬。莫扎特是更有远见的，他听了贝多芬的演奏后
说："有一天他是要出名的。"但是即使莫扎特活得长些，这两个人恐也难以相处下去。
贝多芬对莫扎特有一种出于道德原因的恐怖。莫扎特在他的音乐中给贵族中的浪子唐璜
加上了一圈迷人的圣光，然后像一个天生的戏剧家那样运用道德的灵活性又回过来给莎
拉斯特罗加上了神人的光辉，给他口中的歌词谱上了前所未有的就是出自上帝口中都不
会显得不相称的乐调。

贝多芬不是戏剧家；赋予道德以灵活性对他来说就是一种可厌恶的玩世不恭。他仍
然认为莫扎特是大师中的大师（这不是一顶空洞的高帽子，它的的确确就是说莫扎特是
个为作曲家们欣赏的作曲家，而远远不是流行作曲家）；可是他是穿紧腿裤的宫廷侍从，
而贝多芬却是个穿散腿裤的激进共和主义者；同样地，海顿也是穿传统制服的侍从。在

贝多芬和他们之间隔着一场法国大革命，划分开了十八世纪和十九世纪。但对贝多芬来说莫扎特可不如海顿，因为他把道德当儿戏，用迷人的音乐把罪恶谱成了像德行那样奇妙。如同每一个真正激进共和主义者都具有的，贝多芬身上的清教徒性格使他反对莫扎特，固然莫扎特曾向他启示了十九世纪音乐的各种创新的可能。因此贝多芬上溯到汉德尔，一位和贝多芬同样倔强的老单身汉，把他做为英雄。汉德尔瞧不上莫扎特崇拜的英雄格鲁克，虽然在汉德尔的《弥赛亚》里的田园乐是极为接近格鲁克在他的歌剧《奥菲阿》里那些向我们展示出天堂的原野的各个场面的。

　　因为有了无线电广播，成百万对音乐还接触不多的人在他百年祭的今年将第一次听到贝多芬的音乐。充满着照例不加选择地加在大音乐家身上的颂扬话的成百篇的纪念文章将使人们抱有通常少有的期望。像贝多芬同时的人一样，虽然他们可以懂得格鲁克和海顿和莫扎特，但从贝多芬那里得到的不但是一种使他们困惑不解的意想不到的音乐，而且有时候简直是听不出是音乐的由管弦乐器发出来的杂乱音响。要解释这也不难。十八世纪的音乐都是舞蹈音乐。舞蹈是由动作起来令人愉快的步子组成的对称样式；舞蹈音乐是不跳舞也听起来令人愉快的由声音组成的对称的样式。因此这些乐式虽然起初不过是像棋盘那样简单，但被展开了，复杂化了，用和声丰富起来了，最后变得类似波斯地毯；而设计像波斯地毯那种乐式的作曲家也就不再期望人们跟着这种音乐跳舞了。要有神巫打旋子的本领才能跟着莫扎特的交响乐跳舞。有一回我还真请了两位训练有素的青年舞蹈家跟着莫扎特的一阕前奏曲跳了一次，结果差点没把他们累垮。就是音乐上原来使用的有关舞蹈的名词也慢慢地不用了，人们不再使用包括萨拉班德舞、巴万宫廷舞、加伏特舞和快步舞等等在内的组曲形式，而把自己的音乐创作表现为奏鸣曲和交响乐，里面所包含的各部分也干脆叫做乐章，每一章都用意大利文记上速度，如快板、柔板、谐谑曲板、急板等等。但在任何时候，从巴哈的序曲到莫扎特的《天神交响乐》，音乐总呈现出一种对称的音响样式给我们以一种舞蹈的乐趣来作为乐曲的形式和基础。

　　可是音乐的作用并不止于创造悦耳的乐式。它还能表达感情。你能去津津有味地欣赏一张波斯地毯或者听一曲巴哈的序曲，但乐趣只止于此；可是你听了《唐璜》前奏曲之后却不可能不发生一种复杂的心情，它使你心理有准备去面对将淹没那种精致但又是魔鬼式的欢乐的一场可怖的末日悲剧。听莫扎特的《天神交响乐》最后一章时你会觉得那和贝多芬的第七交响乐的最后乐章一样，都是狂欢的音乐；它用响亮的鼓声奏出如醉如狂的旋律，而从头到尾又交织着一开始就有的具有一种不寻常的悲伤之美的乐调，因之更加沁人心脾。莫扎特的这一乐章又自始至终是乐式设计的杰作。

　　但是贝多芬所做到了的一点，也是使得某些与他同时代的伟人不得不把他当做一个疯人，有时清醒就出些洋相或者显示出格调不高的一点，在于他把音乐完全用作了表现心情的手段，并且完全不把设计乐式本身作为目的。不错，他一生非常保守地（顺便说一句，这也是激进共和主义者的特点）使用着旧的乐式；但是他加给它们以惊人的活力和激情，包括产生于思想高度的那种最高的激情，使得产生于感觉的激情显得仅仅是感官上的享受，于是他不仅打乱了旧乐式的对称，而且常常使人听不出在感情的风暴之下竟还有什么样式存在着了。他的《英雄交响乐》一开始使用了一个乐式（这是从莫扎特幼年时一个前奏曲里借来的），跟着又用了另外几个很漂亮的乐式；这些乐式被赋予了巨大的内在力量，所以到了乐章的中段，这些乐式就全被不客气地打散了；于是，从只追求乐式的音乐家看来，贝多芬是发了疯了，他抛出了同时使用音阶上所有单音的可怖的和弦。他这么做只是因为他觉得非如此不可，而且还要求你也觉得非如此不可呢。

以上就是贝多芬之谜的全部。他有能力设计最好的乐式；他能写出使你终身享受不尽的美丽的乐曲；他能挑出那些最干燥无味的旋律，把他们展开得那样引人，使你听上一百次也每回都能发现新东西：一句话，你可以拿所有用来形容以乐式见长的作曲家的话来形容他；但是他的病征，也就是不同于别人之处在于他那激动人的品质，他能使我们激动，并把他那奔放的感情笼罩着我们。当贝里奥滋听到一位法国作曲家因为贝多芬的音乐使他听了很不舒服而说"我爱听了能使我入睡的音乐"时，他非常生气。贝多芬的音乐是使你清醒的音乐；而当你想独自一个静一会儿的时候，你就怕听他的音乐。

懂了这个，你就从十八世纪前进了一步，也从旧式的跳舞乐队前进了一步（爵士乐，附带说一句，就是贝多芬化了的老式跳舞乐队），不但能懂得贝多芬的音乐而且也能懂得贝多芬以后的最有深度的音乐了。

[佚名 译]

⊙作品赏析

《贝多芬百年祭》是英国大文豪萧伯纳为纪念德国古典音乐大师贝多芬而写的一篇纪念性散文，也是一篇音乐评论。在文中，萧伯纳凭借自己细腻入微的洞察力和深湛的艺术修养，对贝多芬的个性、音乐创作进行了入木三分的分析和切实中肯的评价。文章没有对贝多芬坎坷的一生作全面铺陈，只是从贝多芬的临终时刻和一件最足表现其性格的逸事写起，简练而含蓄地刻画出贝多芬蔑视权贵、睥睨世俗、桀骜不驯的离经叛道的张扬个性。接着作者将贝多芬与莫扎特、海顿放在一起比较，从多方面展示了贝多芬音乐创作思想和音乐作品的风格。文章语言精练，行文自如，纵捭横阖，论述精辟，读后给人以一气呵成、畅酣淋漓之感，富于感染力，充分显示了萧伯纳精湛的语言驾驭功力。

生活是美好的——对企图自杀者进一言 / 契诃夫

入选理由 风格质朴、清丽
语言幽默诙谐
蕴涵了丰富的哲理

生活是极不愉快的玩笑，不过要使它美好却也不很难。为了做到这点，光是中头彩赢了20万卢布、得了"白鹰"勋章、娶个漂亮女人、以好人出名，还是不够的——这些福分都是无常的，而且也很容易习惯。为了不断地感到幸福，甚至在苦恼和愁闷的时候也感到幸福，那就需要：（一）善于满足现状，（二）很高兴地感到："事情原来可能更糟呢。"这是不难的：

要是火柴在你的衣袋里燃起来了，那你应当高兴，而且感谢上苍：多亏你的衣袋不是火药库。

要是有穷亲戚上别墅来找你，那你不要脸色发白，而要喜气洋洋地叫道："挺好，幸亏来的不是警察！"

要是你的手指头扎了一根刺，那你应当高兴："挺好，多亏这根刺不是扎在眼睛里！"

如果你的妻子或者小姨练钢琴，那你不要发脾气，而要感谢这份福气：你是在听音乐，而不是听狼嗥或者猫的音乐会。

·作者简介·

契诃夫（1860—1904），俄国小说家、戏剧家。生于小商人家庭。主要作品有《变色龙》、《套中人》、《万卡》、《第六病室》，剧本《万尼亚舅舅》、《樱桃园》、《海鸥》等。

契诃夫的作品风格质朴、清丽，在写实和抒情中寄寓对真诚生活的向往，创造出许多极富象征意韵的艺术形象。

你该高兴，因为你不是拉长途马车的马，不是寇克的"小点"，不是旋毛虫，不是猪，不是驴，不是茨冈人牵的熊，不是臭虫。……你要高兴，因为眼下你没有坐在被告席上，也没有看见债主在你面前，更没有主笔土尔巴谈稿费问题。

如果你不是住在边远的地方，那你一想到命运总算没有把你送到边远的地方去，你岂不觉着幸福？

要是你有一颗牙痛起来，那你就该高兴：幸亏不是满口的牙痛起来。

你该高兴，因为你居然可以不必读《公民报》，不必坐在垃圾车上，不必一下子跟三个人结婚。……

要是你给送到警察局去了，那就该乐得跳起来，因为多亏没有把你送到地狱的大火里去。

要是你挨了一顿桦木棍子的打，那就该蹦蹦跳跳，叫道："我多么运气，人家总算没有拿带刺的棒子打我！"

要是你的妻子对你变了心，那就该高兴，多亏她背叛的是你，不是国家。

依此类推。……朋友，照着我的劝告去做吧，你的生活就会欢乐无穷了。

[汝龙 译]

⊙**作品赏析**

这是篇幽默诙谐而又富含生活哲理的散文。从中我们既感受到了作者微笑面对苦难的胸怀，也相应地获得了深刻的感悟。任何时候都要心存美好期待、笑对生活，这是一种态度，更是一种人生境界。面对突降的灾难，笑脸相迎，不代表麻木，恰恰是最明智的选择。倘若你因为灾难而一蹶不振，那就中了它的诡计了，只有笑着，才是对它最好的抗争；面对纷纷攘攘的干扰，笑脸相迎，不代表软弱，恰恰是宽容的体现。因为愤怒只会让你自己伤神，进而引发更大的不快，而宽容，是一笔宝贵的财富。

在这篇文章中，作者不是一味枯燥地说教，而是列举了很多生活中的例子，用轻松诙谐的语言表达出来，既有情趣，又有理趣，使我们在笑声中领悟到了生活的真谛。

美 / 泰戈尔

入选理由 泰戈尔的散文代表作之一
以优美隽永的语言阐明了科学看待美的态度

夕阳坠入地平线，西天燃烧着鲜红的霞光，一片宁静轻轻落在梵学书院娑罗树的枝梢上，晚风的吹拂也便弛缓起来。一种博大的美悄然充溢我的心头。对我来说，此时此刻，已失落其界限。今日的黄昏延伸着，延伸着，融入无数时代前的邈远的一个黄昏。在印度的历史上，那时确实存在隐士的修道院，每日喷薄而出的旭日，唤醒一座座净修林中的鸟啼和《娑摩吠陀》的颂歌。白日流逝，晚霞鲜艳的恬静的黄昏，召唤终年为祭火提供酥油的牛群，从芳草萋萋的河滨和山麓归返牛棚。在印度那纯朴的生活，肃穆修行的时光，在今日静谧的暮天清晰地映现。

我忽然想起，我们的雅利安祖先，一天也不曾忽视一望无际的恒河平原上日出和日落的壮丽景象。他们从未冷漠地送别晨夕和晚祷。每位瑜珈行者和每家的主人，都在心中热烈欢迎迷人的景色。他们把自然之美迎进了祭神的庙宇，以虔诚的目光

· 作者简介 ·

泰戈尔（1861—1941），印度伟大诗人、作家。他于1913年以抒情诗集《吉檀迦利》而获诺贝尔文学奖，他在小说、戏剧、诗歌、散文、文学批评诸方面都取得了很大的成就，对印度现当代文学产生了很大影响。

注望美中涌溢的欢乐。他们抑制着激动，稳定着心绪，将朝霞和暮色溶入他们无限的遐想。我认为，他们在河流的交汇处，在海滩，在山峰上欣赏自然美景的地方，不曾营造自己享受的乐园；在他们开辟的圣地和留下的名胜古迹中，人与神浑然一体。

暮空中萦绕着我内心的祈祷：愿我以纯洁的目光瞻仰这美的伟大形象，不以享乐思想去去贬低世界的美，要学会以虔诚使之愈加真切和神圣。换句话说，要弃绝占有它的妄想，心中油然萌发为它献身的决心。

我又觉得，认识到真实是美，美是崇伟，不是件容易的事。我们摈弃许多东西，把厌烦的许多东西推得远远的，对许多矛盾视而不见，在合乎心意的狭小范围内，把美当做时髦的奢侈品。我们妄图让世界艺术女神沦为女婢，羞辱她，失去了她，同时也丧失了我们的福祉。

撇开人的好恶去观察，世界本性并不复杂，很容易窥见其中的美和神灵。将察看局部发现的矛盾和形变，掺入整体之中，就不难看到一种恢宏的和谐。

然而，我们不能像对待自然那样对人。周围的每个人离我们太近，我们以特别挑剔的目光夸大地看待他的小疵。他短时的微不足道的缺点，在我们的感情中往往变成非常严重的过错。贪欲、愤怒、恐惧妨碍我们全面地看人，而让我们在他人的小毛病中摇摆不定。所以我们很容易在寥廓的暮空发现美，而在俗人的世界却不容易发现。

今日黄昏，不费一点力气，我们见到了宇宙的美妙形象。宇宙的拥有者亲手把完整的美捧到我们的眼前。如果我们仔细剖析，进入它的内部，扑面而来的是数不清的奇迹。此刻，无垠的暮空的繁星间飞驰着火焰的风暴，若容我们目睹其一部分，必定目瞪口呆。用显微镜观察我们前面那株姿态优美的斜倚星空的大树，我们能看清许多脉络，许多虬须，树皮的层层褶皱，枝桠的某些部位干枯，腐烂，成了虫豸的巢穴。站在暮空俯瞰人世，映入眼帘的一切，都有不完美和不正常之处。然而，不扬弃一切，广收博纳，卑微的，受挫的，变态的，全部拥抱着，世界坦荡地展示自己的美。整体即美，美不是荆棘包围的窄圈里的东西，造物主能在静寂的夜空毫不费力地向世人昭示。

强大的自然力的游戏惊心动魄，可我们在暮空却看到它是那样宁静，那样绚丽。同样，伟人一生经受的巨大痛苦，在我们眼里也是美好的，高尚的，我们在完满的真实中看到的痛苦，其实不是痛苦，而是欢乐。

我曾说过，认识美需要克制和艰苦的探索，空虚的欲望宣扬的美，是海市蜃楼。

当我们完美地认识真理时，我们才真正地懂得美。完美地认识了真理，人的目光才纯净，心灵才圣洁，才能不受阻挠地看见世界各地蕴藏的欢乐。

[佚名 译]

⊙作品赏析

《美》一文通过对黄昏美景的描绘，表达了作者对美的犀利而辩证的看法。作者运用类似中国古文中"兴"的写作手法，开篇为人们描绘了一幅壮观静谧的黄昏美景图，然而作者的本意不在赞扬黄昏日落之美，而是藉此表达自己对美的真正内涵的看法。作者指出，美即真实、崇伟、整体，但认识美又不是件容易的事，现实生活中许多人只凭自己的好恶、感情，片面挑剔地看待世界和人，因而难以窥见世界和人身上的"美和神灵"。作者由此进一步指出，世间的人和事都有不完美和不正常之处，应"扬弃一切，广收博纳"，才能形成真正的"整体"美。文章风格质朴，清新自然，节奏和谐，深蕴哲理，读后给人以莫大的精神享受和思想启示。

对岸 / 泰戈尔

入选理由 对一种理想生存环境的追求 / 一幅古朴美丽的图画 / 蕴涵着人类最高的期盼

我渴望到河的对岸去，

在那边，好些船只一排儿系在竹竿上；

人们在早晨乘船渡过那边去，肩上扛着犁头，去耕耘他们的远处的田；

在那边，牧人赶着他们鸣叫着的牛游泳到河旁的牧场去；

黄昏的时候，他们都回家了，只留下豺狼在这满长着野草的岛上哀叫。

妈妈，如果你不在意，我长大的时候，要做这渡船的船夫。

据说有好些古怪的池塘藏在这个高岸之后。

雨过去了，一群一群的野鸟飞到那里去。

茂盛的芦苇在岸边四周生长，水鸟在那里生蛋；

竹鸡带着跳舞的尾巴，将它们细小的足印印在洁净的软泥上；

黄昏的时候，长草顶着白花，邀月光在长草的波浪上浮游。

妈妈，如果你不在意，我长大的时候，要做这渡船的船夫。

我要自此岸至彼岸，渡过来，渡过去，所有村中正在那儿沐浴的男孩女孩，都要诧异地望着我。

太阳升到中天，早晨变为正午，我将跑到你那里去，说道："妈妈，我饿了！"

一天完了，影子俯伏在树底下，我便要在黄昏中回来。

我将永不像爸爸那样，离开你到城里去做事。

妈妈，如果你不在意，我长大的时候，要做这渡船的船夫。

[郑振铎 译]

⊙作品赏析

《对岸》是泰戈尔一篇著名的散文。它用诗化的语言，为我们描绘了一幅美丽古朴、宁静的田园图画。作者像个小孩子一样对对岸的世界充满着好奇与向往。但作者想做的只是"渡船的船夫"，最终依然回归到"妈妈"的温暖怀抱，作者善于用爱和希望来编织美好的世界，用诗的语言为我们展现一个理想中的两岸世界，他将对于理想的追求和对自己内心世界的坚守统一起来。文章中的"渡船"，不过是连接外在世界和内在精神的一条纽带。作者说自己要做"渡船的船夫"，只不过是表达自己对理想和精神和谐统一的追求。

孟加拉风光 / 泰戈尔

入选理由　泰戈尔的散文代表作之一　文章清新流畅，情景交融，如诗如画　字里行间流露出作者悲天悯人的"泛爱"情愫

一只又一只的船到达这个码头，过了一年的做客生涯，从遥远的工作地点回家来过节日，他们的箱子、篮子和包袱里装满了礼物。我注意到有一个人，他在船靠岸的时候，换上一条整齐地叠好的绉麻拖地，在布衣上面套上一件中国丝绸的外衣，整理好他颈上的仔细围好的领巾，高撑着伞，走向村里去。

潺潺的波浪流经稻地。芒果和枣椰的树梢耸入天空，树外的天边是毛绒绒的云彩。棕榈的叶梢在微风中摇曳。沙岸上的芦苇正要开花。这一切都是悦目爽心的画面。

刚回到家的人的心情，在企望着他的家人的热切的期待，这秋日的天空，这个世界，这温煦的晓风，以及树梢、枝头和河上的微波普遍地反应的颤动，一起用说不出来的哀乐，来感动这个从船窗里向外凝望的青年人。

从路旁窗子里所接受到的一瞥的世界，带来了新的愿望，或者毋宁说是，旧的愿望改了新的形式。前天，当我坐在船窗前面的时候，一只小小的渔船漂过，渔夫唱着一支歌——调子并不太好听。但这使我想起许多年前我小时候的一个夜晚。我们在巴特马河的船上。有一夜我在两点钟时候醒来，在我推上船窗伸出头去的时候，我看见平静无波的河水在月下发光，一个年轻人独自划着一只渔舟，唱着走过，呵，唱得那么柔美，——这样柔美的歌声我从来也没有听见过。

一个愿望突然来到我心上，我想回到我听见歌声的这一天，让我再来一次活生生的尝试，这一次我不让它空虚地没有满足地过去，我要用一首我唇上的诗人的诗歌，在涨潮的浪花上到处浮游；对世人歌唱，去安抚他们的心；用我自己的眼睛去看，在世界的什么地方有什么东西；让世人认识我，也让我认识他们；像热切吹扬的和风一样，在生命和青春里涌过全世界；然后回到一个圆满充实的晚年，以诗人的生活方式把它度过。

这算是一个很崇高的理想吗？为使世界受到好处，理想无疑地还要崇高些；但是像我这么一个人，从来也没有过这样的抱负。我不能下定决心，在自制的饥荒之下，去牺牲这生命里珍贵的礼物，用绝食和默想和不断的争论，来使世界和人心失望。我认为，像个人似地活着、死去、爱着、信任着这世界，也就够了，我不能把它当做是创世者的一个骗局，或是魔王的一个圈套。我是不会拼命地想飘到天使般的虚空里去的。

[佚名 译]

⊙作品赏析

本文为泰戈尔著名的系列散文《孟加拉风光》中的第十九篇，写于孟加拉"春节"前夕。文章以细腻的笔调，娓娓叙述了远方游子回家过节的热闹场景，并借此抒发了作者的万千感慨。作者用他那特有的大手笔，为人们展示了一幅幅色彩斑斓、充满浓郁的印度式东方情韵的风光写意图：码头上风尘仆仆的游子、波浪翻滚的稻田、高耸的芒果树和枣椰树、微风中摇曳的棕榈叶、沙岸上开花的芦苇、月光下驾舟放歌的浪子……作者借景生情，抒发了自己的理想："用一首我唇上的诗人

的诗歌"，"对世人歌唱，去安抚他们的心"。文章清新流畅，情景交融，如诗如画，字里行间流露出作者悲天悯人的"泛爱"情愫。

远处的青山 / 高尔斯华绥

入选理由 　高尔斯华绥的散文代表作之一
一篇反对战争、礼赞和平、具有浓厚的
人道主义精神的优美散文

不仅仅是在这刚刚过去的三月里（但已恍同隔世），在一个充满痛苦的日子——德国发动它最后一次总攻后的那个星期天，我还登上过这座青山吗？正是那个阳光和煦的美好天气，南坡上的野茴香浓郁扑鼻，远处的海面一片金黄。我俯身草上，暖着面颊，一边因为那新的恐怖而寻找安慰，这进攻发生在连续四年的战祸之后，益发显得酷烈出奇。

"但愿这一切快些结束吧！"我自言自语道，"那时我就又能到这里来，到一切我熟悉的可爱的地方来，而不致这么伤神揪心，不致随着我的表针的每下滴答，就又有一批生灵惨遭涂炭。啊，但愿我又能——难道这事便永无完结了吗？"

现在总算有了完结，于是我又一次登上了这座青山，头顶上沐浴着十二月的阳光，远处的海面一片金黄。这时心头不再感到痉挛，身上也不再有毒氛侵袭。和平了！仍然有些难以相信。不过再不用过度紧张地去谛听那永无休止的隆隆炮火，或去观看那倒毙的人们，张裂的伤口与死亡。和平了，真是和平了！战争继续了这么长久，我们不少人似乎已经忘记了一九一四年八月战争全面爆发之初的那种盛怒与惊愕之感。但是我却没有，而且永远不会。

在我们一些人中——我以为实际在相当多的人中，只不过他们表达不出罢了——这场战争主要会给他们留下这种感觉："但愿我能找到这样一个国家，那里人们所关心的不再是我们一向所关心的那些，而是美，是自然，是彼此仁爱相待。但愿我能找到那座远处的青山！"关于忒俄克里托斯的诗篇，关于圣弗兰西斯的高风，在当今的各个国家里，正如东风里草上的露珠那样，早已渺不可见。即或过去我们的想法不同，现在我们的幻想也已破灭。不过和平终归已经到来，那些新近被屠杀掉的人们的幽魂总不致再随着我们的呼吸而充塞在我们的胸臆。

和平之感在我们思想上正一天天变得愈益真实和愈益与幸福相连。此刻我已能在这座青山之上为自己还能活在这样一个美好的世界而赞美造物。我能在这温暖阳光的覆盖之下安然睡去，而不会醒后又是过去的那种恹恹欲绝。我甚至能心情欢快地去做梦，不

·作者简介·

高尔斯华绥（1867—1933），英国现代著名作家。生于律师家庭。1890年毕业于牛津大学法律系，获律师资格。1891—1893年游历欧洲，1895年开始创作，早年受屠格涅夫影响较大。1906年发表的长篇小说《有产业的人》和第一个剧本《银盒》确立了他在文坛上的地位。他一生共创作了17部小说、26个剧本及短篇小说、散文等若干。主要作品有长篇小说《福尔赛世家》三部曲：《有产业的人》、《骑虎》、《出租》；《现代喜剧》三部曲：《白猿》、《钥匙》、《天鹅之歌》；以及戏剧作品：《银盒》、《鸽子》和《忠诚》等。他的小说在真实的描绘中透露作者的褒贬，注意塑造典型性格，文笔自然流畅，故事情节跌宕有致。1932年"为其描述的卓越艺术……这种艺术在《福尔赛世家》中达到高峰"，获诺贝尔文学奖。

致醒后好梦打破，而且即使做了恶梦，睁开眼睛后也就一切消失。我可以抬头仰望那碧蓝的晴空而不会突然瞥见那里拖曳着一长串狰狞可怖的幻想，或者人对人所干出的种种伤天害理的惨景。我终于能够一动不动地凝视着晴空，那么澄澈而蔚蓝，而不会时刻受着悲愁的拘牵，或者俯视那光潋的远海，而不至担心波面上再会浮起屠杀的血污。

天空中各种禽鸟的飞翔，海鸥、白嘴鸭以及那往来徘徊于白垩坑边的棕色小东西对我都是欣慰，它们是那样自由自在，不受拘束。一只画眉正鸣啭在黑莓丛中，那里叶间还晨露未干。轻如蝉翼的新月依然隐浮在天际；远方不时传来熟悉的声籁；而阳光正暖着我的脸颊。这一切都是多么愉快。这里见不到凶猛可怕的苍鹰飞扑而下，把那快乐的小鸟攫去。这里不再有歉仄不安的良心把我从这逸乐之中唤走。到处都是无限欢欣，完美无瑕。这时张目四望，不管你看看眼前的蜗牛甲壳，雕镂刻画得那般精致，恍如童话里小精灵头上的细角，而且角端作蔷薇色；还是俯瞰从此处至海上的一带平芜，它浮游于午后阳光的微笑之下，几乎活了起来，这里没有树篱，一片空旷，但有许多炯炯有神的树木，还有那银白的海鸥，翱翔在色如蘑菇的耕地或青葱翠绿的田野之间；不管你凝视的是这株小小的粉红雏菊，而且慨叹它的生不适时，还是注目那棕红灰褐的满谷林木，上面乳白色的流云低低悬垂，暗影浮动——一切都是那么美好，这是只有大自然在一个风和日丽的天气，而且那观赏大自然的人的心情也分外悠闲的时候，才能见得到的。

在这座青山之上，我对战争与和平的区别也认识得比往常更加透彻。在我们的一般生活当中，一切几乎没有发生多大改变——我们并没有领得更多的奶油或更多的汽油，战争的外衣与装备还笼罩着我们，报刊杂志上还充溢着敌意仇恨；但是在精神情绪上我们确已感到了巨大差别，那久病之后逐渐死去还是逐渐恢复的巨大差别。

据说，此次战争爆发之初，曾有一位艺术家闭门不出，把自己关在家中和花园里面，不订报纸，不会宾客，耳不闻杀伐之声，目不睹战争之形，每日惟以作画赏花自娱——只不知他这样继续了多久。难道他这样做法便是聪明，还是他所感受到的痛苦比那些不知躲避的人更加厉害？难道一个人连自己头顶上的苍穹也能躲得开吗？连自己同类的普遍灾难也能无动于衷吗？

整个世界的逐渐恢复——生命这株伟大花朵的慢慢重放——在人的感觉与印象上的确是再美不过的事了。我把手掌狠狠地压在草叶上面，然后把手拿开，再看那草叶慢慢直了过来，脱去它的损伤。我们自己的情形也正是如此，而且永远如此。战争的创伤已深深侵入我们的身心，正如严霜侵入土地那样。在为了杀人流血这桩事情而在战斗、护理、宣传、文字、工事，以及计数不清的各个方面而竭尽努力的人们当中，很少人是出于对战争的真正热忱才去做的。但是，说来奇怪，这四年来写得最优美的一篇诗歌，亦即朱利安·克伦菲尔的《投入战斗！》竟是纵情讴歌战争之作！但是如果我们能把自那第一声战斗号角之后一切男女对战争所发出的深切诅咒全部聚集起来，那些哀歌之多恐怕连笼罩地面的高空也盛装不下。

然而那美与仁爱所在的"青山"离开我们还很遥远。什么时候它会更近一些？人们甚至在我所偃卧的这座青山也打过仗。根据在这里白垩与草地上的工事的痕迹，这里还曾宿过士兵。白昼与夜晚的美好，云雀的欢歌，香花与芳草，健美的欢畅，空气的澄鲜，星辰的庄严，阳光的和煦，还有那清歌与曼舞，淳朴的友情，这一切都是人们渴求不餍的。

但是我们却偏偏要去追逐那浊流一般的命运。所以战争能永远终止吗？……

这是四年零四个月以来我再没有领略过的快乐，现在我躺在草上，听任思想自由飞翔，那安详如海面上轻轻袭来的和风，那幸福如这座青山上的晴光。

[佚名 译]

⊙**作品赏析**

《远处的青山》一文叙述了作者在历时四年之久的第一次世界大战之后，重登一座青山上的见闻和感受，抒发了作者憎恶战争，热爱和平、自然和生命的感情。作者以远处的一座青山为落笔点，纵情放飞自己的想像之鸟。战争期间作者曾登上这座青山，那时他是"为那新的恐怖而寻找安慰"，等战争结束后作者再次登上青山，心境自然大为不同，在作者眼中，青山是美、仁爱、和平的化身，这里的一切都无限欢欣、完美无瑕。随着作者的情绪流动，我们仿佛与作者一道，来到那美丽壮阔的远处的青山，亲身享受洋溢四野的和平之光。文章运笔轻灵，语言明净含蓄，感性而细腻，全文浸透着作者深刻的生命体验、丰厚的人生蕴涵和浓浓的人道主义情怀，读来让人赏心悦目、回味悠长。

海燕之歌 / 高尔基

入选理由 高尔基的散文代表作 塑造了一个搏击风雨雷电的勇敢无畏的 革命者"海燕"的形象

在苍茫的大海上，狂风卷集着乌云。在乌云和大海之间，海燕像黑色的闪电，在高傲地飞翔。

一会儿翅膀碰着波浪，一会儿箭一般地直冲向乌云，它叫喊着——就在这鸟儿勇敢的叫喊声里，乌云听出了欢乐。

在这叫喊声里——充满着对暴风雨的渴望！在这叫喊声里，乌云感到了愤怒的力量、热情的火焰和胜利的信心。

海鸥在暴风雨来临之前呻吟着——呻吟着，在大海上面飞窜，想把自己对暴风雨的恐惧，掩藏到大海深处。

海鸭也呻吟着——这些海鸭呀，享受不了生活的战斗的欢乐：轰隆隆的雷声就把它们吓坏了。

蠢笨的企鹅，胆怯地把肥胖的身体躲藏在悬崖底下……只有那高傲的海燕，勇敢地，自由自在地，在泛起白沫的大海上面飞翔！

· 作者简介 ·

高尔基（1868—1936），苏联无产阶级作家，社会主义现实主义文学的奠基人。1892年发表处女作《马卡尔·楚德拉》，进入文坛，他的早期作品，杂存着现实主义与浪漫主义两种风格，浪漫主义作品如《马卡尔·楚德拉》、《伊则吉尔老婆子》、《鹰之歌》等，赞美了热爱自由、向往光明与英雄业绩的坚强个性，表现了渴望战斗的激情；现实主义作品如《契尔卡什》、《沦落的人们》、《柯诺瓦洛夫》等，描写了人民的苦难生活及他们的崇高品德，表达了他们的激愤与抗争。1901年他创作了著名的散文诗《海燕之歌》，塑造了象征大智大勇革命者搏风击浪的勇敢的海燕形象，预告革命风暴即将到来。1905年革命前夕，高尔基的创作转向了戏剧，1901—1905年，他先后写出了《小市民》、《底层》、《避暑客》、《太阳的孩子们》和《野蛮人》等剧本。1906年高尔基写成长篇小说《母亲》和剧本《敌人》两部最重要的作品——标志着其创作达到了新的高峰。

乌云越来越暗，越来越低，向海面压下来，而波浪一边歌唱，一边冲向高空，去迎接那雷声。

雷声轰隆，波浪在愤怒的飞沫中呼叫着，跟狂风争吼。看吧，狂风紧紧抱起一层层巨浪，恶狠狠地将它们甩到悬崖上，把这些大块的翡翠摔成尘雾和碎沫。

海燕在叫喊着，飞翔着，像黑色的闪电，箭一般地穿过乌云，翅膀掠起波浪的飞沫。

看吧，它飞舞着，像个精灵——高傲的、黑色的暴风雨的精灵——它一边大笑，它一边号叫……它笑那些乌云，它为欢乐而号叫！

从雷声的震怒里——这个敏感的精灵——它早就听出了困乏，它深信，乌云遮不住太阳——是的，遮不住的！

狂风吼叫……雷声轰轰……

一堆堆乌云，像青色的火焰，在无底的大海上燃烧。大海抓住闪电的箭光，把它们熄灭在自己的深渊里。闪电的影子，这些像一条条火蛇，在大海里蜿蜒游动，一晃就消失了。

"暴风雨！暴风雨就要来啦！"

这是勇敢的海燕在怒吼的大海上，在闪电中间，高傲地飞翔；这是胜利的预言家在叫喊：

"让暴风雨来得更猛烈些吧！"

[佚名 译]

⊙作品赏析

《海燕之歌》写于1901年，为高尔基的短篇小说《春天的旋律》的末尾一章。这是一篇饱含激情、短小精悍、脍炙人口的散文诗。作者运用象征手法，赋予海燕（象征无产阶级革命者）、大海（象征俄国广大革命群众）、暴风雨（象征俄国人民的革命斗争）、风云雷电（象征沙皇统治势力）、海鸥、海鸭、企鹅（象征俄国资产阶级政客）等特定的象征意义，并综合运用比喻、拟人、排比、对比、烘托、反复等手法，生动刻画出了海燕在暴风雨来临前矫健、迅疾、勇敢无畏地飞行于云里浪尖的英姿，塑造了一个大智大勇的革命者形象，抒发了自己对于革命的强烈期盼及乐观浪漫的政治热情。《海燕之歌》发表后，在当时的俄国产生了巨大的社会影响，文章曾受到列宁的热情称赞。

首饰 / 阿兰·伏尼耶

入选理由 一位哲学家笔下的生活点滴感触 一段关于女性虚荣与否的深刻辩述 文章析理透彻，让人叹为观止

女人比男人更虚荣；这是我昨天听到的一种说法，这种说法令人高兴，却经不起检验。如果看看那些不值钱的小玩意儿、奢侈的花费、时尚的专制、害怕甚至尊重舆论、直至没有思想的饶舌，如果看看每一个人都可以不费吹灰之力就能在女人的习惯中观察到的所有那一切，还有什么更明显的事实呢？如果虚荣在于想表现，或者，如果您愿意的话，在于根据别人的看法衡量我们自己的财富，很显然，女人是很虚荣的。

但是，这里一切都有欺骗性，因为在爱情和欲望的活动中，两性都根据对方来调整自己，常常像接受一件大衣一样接受对方的恶习。因此，如果认为有许多腐化堕落的女人，那就错了；事实上这样的女人是很少的；甚至在最广泛的动乱中，她们也保持着自然的

·作者简介·

阿兰·伏尼耶（1868—1951），法国作家。阿兰以随笔知名，仅在"漫谈"名下就有五千篇之多。阿兰是一位不以构筑体系为己任的哲学家，他相信哲学无非是一种普遍适用的智慧。试想，五千篇随笔，长不过两千言，短仅数百字，皆以炉边漫话、促膝而谈的方式写出，所论的题目该是何等广泛琐细。人每天都说话，阿兰每天都写随笔，不同的是，他不说废话。题目固然小，却不是小摆设，小悲欢。阿兰对巴尔扎克和斯丹达尔的评论也很有深度和特色。

纯洁和朴素。因此，常常只须一个环境的变化就能把一个女人引向道德，她本来就离此不远。对男人就不能这样说了，他的想象力可以使他走得很远。但是，谁又看不到一个女人为了取悦男人而走到何种地步呢？只是表面现象竟具有这样的欺骗性：一位母亲警惕地守护着女儿们的纯洁，却从来也不考虑她的儿子们的纯洁，那可是一件更易碎的宝贝，而这不仅仅是出于利益。

关于虚荣，人们可能会犯同样的错误。女人只有表面的虚荣，这实际上是她们的需要。她们应该受到尊重，应该化妆，应该修饰。她们不能向随便什么人表达偶然的思想，更不能表达转瞬即逝的感情，这种感情的真正原因乃是完整的本性，但一个自命不凡的人却引以为荣。她们因此理应注意她们的风度，甚至别人以为她们是的那种样子。很有可能的倒是，自然的功能，当然是周期性地得到调整，在她们身上具有一种难以打破的平衡，她们的母性的本能是不可动摇的，一直走到底而没有任何阴暗的虚伪；最后，激情在这块肥沃的土地上坚决地、大胆地、令人赞赏地成长发育，这意味着蔑视舆论、外在的财富和一切微不足道的小事情。因此，我们看到，在爱情的驱使下，女人们从从容容地蔑视舆论。

没有一个男人面对挎着他的胳膊的女人的首饰之精细和雅致会完全地无动于衷；他对别人的赞许感到幸福，这就是证明，而这显然是虚荣。于是，我提出一个可能让很年轻的男人感到惊讶的意见：女人，甚至最漂亮、最留意时尚的女人，也只注意她喜欢的男人的衣服。那么在女人的爱情中就没有一点儿虚荣吗？这样说未免过分。但是，请不要为女人比男人更喜欢打扮和修饰所骗，请不要下女人喜欢外在的装饰这样的结论吧；如果这样的话，人们就会看到男人用花边、穿绸缎、戴饰有羽毛的帽子。是男人的虚荣解释了女人的首饰。

1912 年 3 月 9 日

［佚名 译］

⊙作品赏析

阅读阿兰的文章，向来不用担心一个哲学家的高层次哲理辨析，他总在生活繁杂的琐事之间，闲淡地构写关于生命的普遍含义，追寻一般人所能承受的炉边漫话般的细琐智慧，看似散漫的行文风格，却在其中蕴含着无限的生活悲欢离合的深度。

《首饰》同样延续了作者的行文习惯，站在一个相对客观的角度，辨析世俗偏见中的所谓女人在首饰背景下的虚荣，以精到确凿的论证为我们一一剥离这一层欺骗性隐藏下的迷惑：所有的症结只在世俗的对女性真正需求的误解，而其实让女性戴上漂亮首饰的正是男性虚荣的审美眼光，是男性对美的渴求才让女性戴上了首饰的枷锁。这是一个掷地有声的辩驳，因为在作者的心中女性拥有着真正的乃至完善的本性，不过是在成长的欺骗中被冠予虚荣的表象而已。

消极抵抗 / 甘地

入选理由 政治家甘地的政论散文
一个怀着宗教怜悯心态的哲人的处世原则
它影响了整个印度非暴力不合作运动的历史进程

消极抵抗是通过自身受难而获得权利的一种方式；它与武力抵抗相反。当我去做一个有违于我的良知的事时，我的力量来自我的灵魂。举例来说，政府通过了一项牵扯到我的法令，我不喜欢它，要迫使政府取消这项法令，如果采取暴力的话，我用的可谓肉体上的力量；如果我不遵守这项法令，宁愿接受违法的惩罚，我用的是灵魂上的力量。它包括自我的牺牲。

人人都承认自我的牺牲在所有的奉献中是最崇高的。再者，如果这种力量运用于被证明是不正确的事业时，也只是运用它的人受苦，他不至于使别人为他的错受苦。至目前为止，人做的很多事最后被证明是错误的。没有人敢声明他绝对正确或是他认为某件事错了便绝对错了，只要他慎重地思考一下，其中道理不言自明。因此，我们面临的问题是，不去做我们认为是错误的事，为此磨砺自己，不管后果如何。这是运用灵魂上的力量的关键。

除非经受过肉体上的苦难训练，否则很难成为一个消极抵抗者。一般说来，随着肉体已被娇养得很虚弱，居住于肉体的心灵也已虚弱，如果没有心灵上的力量，灵魂上的力量便无从产生。我们必须摆脱童婚制和奢侈的生活来改善我们的身体状况。如果我去要求一个身体上羸弱不堪的人去面对大炮的炮口，那我自己便会成为一个笑柄。做一个消极抵抗者很容易，同时也很难。我知道一位14岁的少年成了一个消极抵抗者；我还知道病人在做着类似的工作；同时我还知道身体上强壮或是处于别的幸福之中的人们无力成为一个消极抵抗者。大量的经验之后，在我看来那些想以消极抵抗来服务于国家的人必须保持完美的节操，居贫守穷，追求真理，培养无畏的精神。

节操是一种伟大的德行，没有节操，心灵不可能达到必要的坚定不移的高度。一个没有节操的人会失却毅力和伟力而变得懦夫一般柔弱。一个人的心灵被肉欲束缚以后他

· 作者简介 ·

甘地（1869—1948），生于印度西部波尔邦达一个土邦大臣之家，母亲是一位虔诚的印度教信徒，对甘地以后思想的形成影响很大。1889年，甘地不顾族人的反对，离开家乡去英国留学。他考入伦敦大学攻读法律，于1891年6月取得律师资格证。12月他动身回国，在一家律师事务所任职，不久，甘地应一位印侨富商的邀请前往南非办理一个债务案件。在南非一待就是21年，期间他多次运用非暴力反抗方式领导印度侨民争取平等待遇。

1914年，甘地从南非回到印度，很快就成为国大党主要领导人之一。第一次世界大战后，因为英国不兑现诺言，甘地开始组织非暴力反抗运动。随后英国殖民当局逮捕了甘地，并判处6年监禁，后因病被提前释放。1924年，甘地当选为国大党主席。接下来又领导了第二次、第三次非暴力不合作运动。虽然经过几个阶段的努力，但非暴力不合作运动最终还是失败的。

1945年底第二次世界大战结束后，在甘地的不懈努力下，英国终于答应印度独立。但为了继续维护英国在印度的利益，1947年英国政府通过了"分而治之"的"蒙巴顿方案"，导致了激烈的冲突。为了制止冲突，78岁高龄的甘地采取绝食的方式来感化大家。1948年1月30日，甘地在一次祈祷会上被枪杀，享年79岁。

便不能作出任何伟大的努力，这可以被无数的事实所证明。那么，一个结了婚的人该怎么办呢？这问题自然产生了；虽则如此，也还是需要节操的。夫妻沉醉于热情之中，这方面至少是一种肉体上的纵欲。这种沉迷是严厉禁止的，除非是为了子孙的延续。但对一个消极抵抗者来说，即使是这种非常有限的沉迷，也是不得不避免的，因为当下不是渴求子孙的时候。因此，一个已婚的男子能够保持节操，这个问题勿需作过多的论述。还有别的一些问题：一个男人怎样说服他的妻子呢？她的权利是什么？等等。然而渴求加入一项伟大工作的人一定能解除他们自己的困惑。

正像存在着保持贞操的必要性一样，守贫也是必要的。金钱企求和消极抵抗是不能并容的。这并不是要有钱的人把金钱扔掉，而是要他们对金钱冷漠。他们必须做好宁可舍弃最后一分钱也不放弃消极抵抗的心理准备。

在我们讨论的过程中，曾把消极抵抗描述为真理的力量，因此，我们必须不惜一切代价地遵守真理。与此相关，一个人是否不能撒谎以求解救等科学问题就出现了，但这些问题只对那些想为撒谎辩解的人才存在。那些每时每刻都在追循真理的人不会把自己置于这样的窘境中，而且，即便那样的话，他们也能从那种错误中走出来。

如果没有无畏的精神，消极抵抗便不可能继续。那些一心一意在消极抵抗的道路上前进的人，在钱财、虚荣、亲戚、政府、身体折磨、死亡等各个方面都是无畏的。

这些原则不能因为困难而放弃。人天性中有能力面对他可能遭遇到的各种困难或磨难。我们应该具备这些优良的品质，哪怕你是一个不愿加入非暴力队伍中的人。无疑，那些在武装斗争中锻炼自己的人也多多少少应该具备这些品质。并不是人人都能成为为理想而奋斗的战士。要想成为战士，就应该严守贞操，乐于贫穷。一个没有无畏精神的战士是难以想象的。我们可能想到他不必严守真理，但是，严守真理品质和无畏的精神是不可分割的。假如一个人放弃了真理，他必定是出于某种形式的恐惧。如此，我们便不会对上述的四种品质感到可怕。这里需要指出的是，一个使用肉体之力的人不得不具备很多别的无用的品质，而消极抵抗者则根本不必。你会发现，一个持剑的人从根本上说是因为害怕；否则的话，剑便会从他的手中扔掉，因为他不需要利剑。当一个拄杖的人忽然面对狮子时，他本能地会举起武器来自卫。当他心中没有狮子时，他才知道以前自己只是奢谈无畏，这时他便会放下拐杖，发现自己摆脱了恐惧。

[石海峻 译]

⊙作品赏析

甘地的形象一直和非暴力的抗争联系在一起，据相关的传记分析，非暴力思想来源于他一生恪守的信奉仁爱、不杀生的、苦行的印度教情结。这也是他生命抗争中不可逾越的法则，也是他对自由追寻的一个坚实的前提。

《消极抵抗》恰切地体现了这种思想，在目睹了同胞备受无助的欺凌后，甘地决心以消极抵抗的形式帮助这一群可怜的人重新获取存在的权利和生命的尊严。在他的解释中，这是以接受惩罚来展现生命意志的高尚并借以感化当权者，从而赢得运动本身的胜利。而推行这一方式还需要执行者坚守住自己的节操，承受肉体苦难的训练，以及经受住贫穷的考验。就像文章中所说的，消极抵抗是一种真理的力量，我们必须不惜一切代价地遵守真理。在作者的想法中，这就是印度教信仰中所允许的也是最为可靠的反抗方式。

文章论证相当严谨，不仅告诉读者反抗的形式，反抗的步骤，甚者还有反抗者自身的修养，将作者的整个概念表达得浑然一体，无可辩驳。在语言的表达运用上，也同样是激情澎湃。虽然在字面上看似拙朴无华，但其实却贯穿了作者生生不息的情感连接，因为作者写作这篇文章的唯一目的就是让阅读者信服他的消极抵抗的理论，所以才有我们所见到的逻辑的严密和情感的昂扬。

在八月 / 蒲宁

我爱的那个姑娘走了，可我还未曾向她倾吐过一句我的爱情，那年我仅二十二岁，因此她的离去使我觉得在茫茫人间就只剩下我孑然一身。那时正好是八月底，在我所客居的那个俄罗斯小城市里溽暑蒸人，终日一丝风也没有。有一回礼拜六，我在箍桶匠那儿下工后出来，街上空荡荡的，几无一人，我不想就回家，便信步往市郊走去。我在人行道上走着，街旁犹太人开的商店和一排排老式的货摊都已上好门板，不做买卖了，教堂在叩钟召唤人们做晚祷，一幢幢房屋把长长的阴影投到地上，可是炽热的暑气并未消退。在八月底的南方城市里经常会出现这种热浪滚滚的天气，那时连被太阳烤灼了整整一夏的果园里也无处不蒙着尘土。我感到忧伤，难以言说的忧伤，可是周遭的一切，不论是果园、草原、瓜地，甚至空气和强烈的阳光，却无不充满了幸福。

在满是尘埃的广场上，有个美丽、高大的霍霍尔女郎站在自来水笼头旁。她穿着一件雪白的绣花衬衫和一条紧紧箍住跨部的墨黑的直统裙，赤脚穿一双打有铁钉的皮鞋。她可真像梅洛斯的维纳斯，如果可以作这样的设想的话：维纳斯的脸被太阳晒黑了，双眸呈深褐色，露出一副愉悦的神情，前额开朗饱满，像这样的前额大概只有霍霍尔女人和波兰女人才会有。木桶灌满水后，她用扁担挑到肩上，径直朝我走来——她的身姿健美匀称，尽管这担晃动着的水很沉，可她却微微摆动身子，轻松自如地挑着，皮鞋橐橐有声地踏在木头的人行道上……我至今还记得我怎样彬彬有礼地站到一旁，给她让路，怎样久久地目送着她的背影！而在那条由广场经过山脚通往波多尔低地去的街上，可以望到嫩绿色的大河谷、牧场、树林和在它们后面的金黄色沙滩，还可以望到远方，那温柔的南国的远方……

看来，我还从未像在那一瞬间那样喜爱小俄罗斯，从未像在那年秋天那样向往终生这么生活下去，天天议论议论谋生的斗争，学学箍桶匠的手艺。后来，我站在广场上思忖了片刻，决定到市郊那两位托尔斯泰主义的信徒家里去串门。我下山向波多尔低地走去时，一路上碰到许多的出租双套马车疾驰而过，上边高坐着刚刚乘五点钟那班由克里米亚开来的火车到达的旅客。一匹匹拉货的大马，拖着满载箱子和货包的嘎嘎发响的大车，慢吞吞地朝山上驶去。化学商品、香草醛、蒲席的气息以及双套马车、尘土和游客（他们不知从什么地方游罢归来，反正一定是从风景如画的地方），重又在我身上激起了某种锥心的忧伤和甜蜜的渴望，把我的心揪紧了。我拐进两旁都是果园的窄小的胡同，在城郊走了很久。住在这一带郊区的"爷们"，全是工匠和小市民，在夏日的夜晚，他们天天都聚集到河谷里去作粗犷而奇妙的"游乐"，并用赞美诗的曲调齐声高唱忧郁动听的哥萨克歌子。可此刻"爷们"都在忙着脱粒。我走到了淡蓝色和白色土坯房的尽头，这儿已经是春汛时的河水泛滥区，河谷就由这儿开始，只见此地各处的打麦场上都有连枷在挥动。河谷里边一丝风也没有，热得就跟城里一样，于是我赶紧返身上山，那儿倒有开阔的台地。

台地幽静、安宁、开阔。极目望去，到处都是密密麻麻的、高高戳起的金黄色麦茬；在没有尽头的宽阔的道路上铺满厚厚的浮尘，使你走在上面时，觉得脚上仿佛穿着一双轻柔的丝绒鞋。周遭的一切：麦茬、道路和空气，无不在西沉的夕阳下灿灿生光。有个晒得黑黑的霍霍尔老人，脚蹬笨重的靴子，头戴羊皮帽，身穿颜色像黑麦面包的厚长袍，拄着根拐杖走了过去，那根拐杖在阳光下亮得好似玻璃棒。在麦茬地上成群地回翔着的白嘴鸦的翅膀也发出炫目的亮光，我不得不拉下晒得发烫的帽沿，挡住这亮光和热浪。在很远很远的地方，几乎是在天边，隐约可以望到一辆大车和慢吞吞地拉着大车的两匹犍牛以及瓜田里看瓜人的窝棚……啊，置身在这片宁静辽阔的田野上是多么惬意呀！但我魂牵梦萦地思念着的却是河谷后面的南方，她离我而去的那个地方……

离大路半俄里开外，在俯临河谷的山岗上，有一幢红瓦房，那里是季姆钦克家两兄弟巴维尔和维克托尔的小小的田庄，兄弟俩都是托尔斯泰主义者。我踩着干燥的扎脚的麦茬，朝他们家走来。农舍附近连人影都没有。我走到小窗口向里张望，那里只有苍蝇，成群结队的苍蝇：无论是窗玻璃上，天花板下面，还是搁在木炕上边的瓦罐上都停满苍蝇。紧连农舍是一排牲口棚；那里也没有一个人。田庄的门大开着，满院子都是牲畜粪，太阳正在把粪便晒干……

"您上哪儿去？"突然有个女人的声音喊住了我。

我回过头去，只见在俯临河谷的陡壁附近，在瓜田的田埂上，坐着季姆钦克家的长媳奥尔加·谢苗诺芙娜。她伸出手同我握了握，没有站起身来，我在她身旁坐了下来。

"闷得犯愁了吧？"我问道，然后默不作声地直视她的脸。

她垂下眼睛望着自己的光脚。她长得小巧玲珑。肤色黝黑，身上的衬衫挺脏，直统裙也旧了。她的模样活像被大人派来看守瓜田的小姑娘，不得不在烈阳下闷闷地度过长长的白昼。尤其是她的脸蛋，更像俄罗斯乡村中豆蔻年华的少女。但是我怎么也看不惯她的衣着，看不惯她光着脚丫在牲畜粪和扎脚的麦茬地上走，我甚至都不好意思去看她那双脚，连她自己也常常把脚缩起来，不时斜睨着自己那些损坏了的趾甲。可她的脚却是纤小、漂亮的。

"我丈夫到河谷边上打麦去了，"她说，"维克多·尼古拉耶维奇上外地去了……巴弗洛夫斯基又叫官府抓了起来，为了他逃避当兵。您记得巴弗洛夫斯基吗？"

"记得。"我心不在焉地说。

我们两人都不作一声，久久地眺望着淡蓝色的河谷、树林、沙滩和发出忧郁的召唤的远方。残阳还在烤灼着我们俩，发黄了的长长的瓜藤像蛇一样纠结在一起，藤上结着圆圆的沉甸甸的西瓜。瓜也同样被太阳烤得发热了。

"您干吗不把心里话讲给我听？"我开口讲道，"您何必要这样苦自己呢？您是爱我的。"

她打了个寒噤，把脚缩了进去，闭上了眼睛；后来她把披到面颊上的头发吹开，露出一丝坚毅的微笑，说：

"给我支烟。"

我递给了她。她吸了两大口，呛得咳了起来，便把烟卷儿远远地掷掉，默默地沉思了一会儿。

"我打一大早起就坐在这儿了，"她说，"连河谷边上的鸡也赶来啄西瓜吃……我不懂，你凭什么以为这儿闷得叫人犯愁呢。我可挺喜欢这儿，非常喜欢……"

日落时，我走到了离这个田庄两俄里远的一处也是俯临河谷的地方，坐了下来，摘掉了帽子……透过泪水，我遥望着远方，恍恍惚惚看到在很远的地方有一座座南国燠热的城市，恍恍惚惚看到台地上的青色的黄昏和某个妇人的身姿；她和我所爱的那个姑娘已融合成为一个人，并且以她的神秘，以她那种少女般的忧郁充实了那个姑娘，而这种忧郁正是我在看瓜田的那个小巧的妇人的双眸中觉察到的……

[戴骢 译]

⊙作品赏析

蒲宁擅长以充满诗意的笔调，描写俄罗斯迷人的田野景色：葱茏的树木，湿润的雾霭，芬芳的气息，仿佛总是轻轻飘浮着一种宁静，一种似有似无的哀愁。他把大自然的美描摹得淋漓尽致，更令人惊叹的是他那高超的叙事技巧。《在八月》是蒲宁的一篇散文，作者以叙事的方式来写抒情散文，文章把自己的情感牵系于三个女性，以此来表达自己飘忽不定的希望。这三个女子的描摹，作者采用了小说中塑造人物的方式，将人物的描写放在俄罗斯特有的八月风景中。他把自己心目中的三个女性写的美好、充满诱惑而又若即若离，这其实传达着作者对于未来的，一种迷茫而又带一丝甜蜜憧憬的复杂情感。而这种感情又有着一定的时代意义。在此基础上，再加以独特的俄罗斯风光的渲染，使散文在近似叙事的手法下充满了浓烈的抒情色彩。

我的梦中城市 / 德莱塞

入选理由　德莱塞的散文代表作之一　一幅20世纪初的纽约都市世俗图　入选多国散文选本

它是沉默的，我的梦中城市，清冷的、肃穆的，大概由于我实际上对于群众、贫穷及像灰沙一般刮过人生道途的那些缺憾的风波风暴都一无所知的缘故。这是一个可惊可愕的城市，这么地大气魄，这么地美丽，这么地死寂。有跨过高空的铁轨，有像峡谷的街道，有大规模攀上壮伟广市的楼梯，有下通深处的踏道，而那里所有的，却奇怪得很，是下界的沉默。又有公园、花卉、河流。而过了二十年之后，它竟然在这里了，和我的梦差不多一般可惊可愕，只不过当我醒时，它是罩在生活的骚动底下的。它具有角逐、梦想、热情、欢乐、恐怖、失望等等的哗鸣。通过它的道路、峡谷、广场、地道，是奔跑着、沸腾着、闪烁着、朦胧着、一大堆的存在，都是我的梦中城市从来不知道的。

关于纽约——其实也可说关于任何大城市，不过说纽约更加确切，因为它曾经是而且仍旧是大到这么与众不同的——在从前也如在现在，那使我感着兴趣的东西，就是它显示于迟钝和乖巧，强壮和薄弱，富有和贫穷，聪明和愚昧之间的那种十分鲜明而同时又无限广泛的对照。这之中，大概数量和机会上的理由比任何别的理由都占得多些，因为别处地方的人类当然也并无两样。不过在这里，所得从中挑选的人类是这么的多，因而强壮的或那种根本支配着人的，是这么这么地强壮，而薄弱的是那么那么地薄弱——又那么那么地多。

我有一次看见一个可怜的、一半失了神的而且打皱得很厉害的小小缝衣妇，住在冷街上一所分租房子厅堂角落的夹板房里，用着一个放在柜子上的火酒炉子在做饭。在那间房的四周，她有着充分空间可以大大地跨三步。

"我宁可住在纽约这种夹板房里，不情愿住乡下那种十五间房的屋子。"她有一次发过这样的议论，当时她那双可怜的没有颜色的小眼睛，包含着那样的光彩和活气，是我在她身上从来不曾看见过，也从来不再见到的。她有一种方法贴补她的缝纫的收入，就是替那些和她自己一般下等的人在纸牌、茶叶、咖啡渣之类里面望运气，告诉许多人说要有恋爱和财气了，其实这两项东西都是他们永远不会见到的。原来那个城市的色彩、声音和光耀，就只叫她见识见识，也就足够赔补她一切的不幸了。

而我自己也不曾感觉到过那种炫耀吗？现在不也还是感觉到吗？百老汇路，当四十二条街口，在这些始终如一的夜晚，城市是被从西部来的如云的游览闲人所拥挤。所有的店门都开着，差不多所有酒店的窗户都张得大大，让那种太没事干的过路人可以看望。这里就是这个大城市，而它是醉态的，梦态的。一个五月或是六月的月亮将要像擦亮的银盘一般高高挂在高墙间，一百乃至一千面电灯招牌将在那里霎眼。穿着夏衣戴着漂亮帽子的市民和游人的潮水；载着无穷货品震荡着去尽无足重轻的使命的街车；像嵌宝石的苍蝇一般飞来飞去的出租汽车和私人汽车。就是那轧士林也贡献了一种特异的香气。生活在发泡，在闪耀；漂亮的言谈，散漫的材料。百老汇路就是这样的。

还有那五马路，那条歌唱的水晶的街，在一个有市面的下午，无论春夏秋冬，总是一般热闹。当正二三月间，春来欢迎你的时候，那条街的窗口都拥塞着精美无遮的薄绸以及各色各样缥缈玲珑的饰品，还再有什么能一样分明地报告你春的到来吗？十一月一开头，它便歌唱起棕榈机、新开港以及热带和暖海的大大小小的快乐。及到十二月，那么同是这条马路上又将皮货、地毯、跳舞和宴会的时候，陈列得多么傲慢，对你大喊着风雪快要来了，其实你那时从山上或海边回来还不到十天哩。你看见这么一幅图画，看

·作者简介·

德莱塞（1871—1945），美国现代小说家。生于印第安纳州特雷浩特镇。童年在困苦生活中度过。中学没毕业就去芝加哥谋生。曾上过一年大学。1892年受聘为记者和编辑，走访了芝加哥和纽约等城市，广泛接触和了解了社会生活。德莱塞的创作可分前后两个时期，俄国十月革命是他思想和创作的转折点。他的代表作有长篇小说《嘉莉妹妹》、《珍妮姑娘》、《欲望三部曲》、《"天才"》和《美国的悲剧》等。这些作品基本是批判现实主义的，揭露了资本主义社会繁荣表面下的罪恶和社会的贫富对立。尤其以真人真事为原型的《美国的悲剧》，写一个穷教士的儿子为追逐权力和金钱而成为杀人犯的故事，揭露了利己主义和金钱至上的观念对人的腐蚀。另外，他在创作中较早使用了弗洛伊德学说的一些理论来塑造典型形象，如潜意识、幻觉、梦境和性的压抑与升华等。

见那些划开了上层的住宅，总以为全世界都是非常的繁荣、独处而快乐的了。然而，你倘使知道那个俗艳的社会的矮丛，那个介于成功的高树之间的徒然生长的乱莽和丛簇，你就觉得这些无边的巨厦里面并没有一桩社会的事件是完美而沉默的了！

我常常想到那庞大数量的下层人，那些除开自己的青春和志向之外再没有东西推荐他们的男孩子和女孩子，日日时时将他们的面孔朝着纽约，侦察着那个城市能够给他们怎样的财富或名誉，不然就是未来的位置和舒适，再不然就是他们将可收获的无论什么。啊，他们的青春的眼睛是沉醉在它的希望里了！于是，我又想到全世界一切有力的和半有力的男男女女们，在纽约以外的什么地方勤劳着这样那样的工作——一爿店铺，一个矿场，一家银行，一种职业——惟一的志向就是要去达到一个地位，可以靠他们的财富进入而留居纽约，支配着大众，而在他们认为是奢侈的里面奢侈着。

你就想想这里面的幻觉吧，真是深刻而动人的催眠术哩！强者和弱者，聪明人和愚蠢人，心的贪馋者和眼的贪馋者，都怎样地向那庞大的东西寻求忘忧草，寻求迷魂汤。我每次看见人似乎愿意拿出任何的代价——拿出那样的代价——去求一啜这口毒酒，总觉得十分惊奇。他们是展示着怎样一种刺人的颤抖的热心。怎样地，美愿意出卖它的花，德行出卖它的最后的残片，力量出卖它所能支配的范围里面一个几乎是高利贷的部分，名誉和权力出卖它们的尊严和存在，老年出卖它的疲乏的时间，以求获得这一切之中的不过一个小部分，以求赏一赏它的颤动的存在和它造成的图画。你几乎不能听见他们唱它的赞美歌吗？

[佚名 译]

⊙作品赏析

《我的梦中城市》选自德莱塞的散文集《一个大城市的色彩》。文章通过对20世纪初美国垄断资本主义时期的纽约的城市生活的描写，揭示了美国社会表面繁荣的背后所隐伏的深刻的社会危机。文章通篇贯穿对比的手法，以互相对立的两组事物或现象之间所产生的的强烈反差，准确生动地展示了纽约城市生活的内在实质：梦中城市的清冷、静穆，现实城市的沸腾、朦胧；缝衣女工的贫困生活，纽约城的喧嚣、繁华等。文章语言凝练，笔调沉郁，行文流畅自然，凸显了美国城市日常生活里潜藏的不易为人察觉的社会危机，告诫人们不要沉湎于浮华的城市生活，要看到在表面的繁华下潜伏于整个社会中的深刻精神危机。

三位来客 / 岛崎藤村

入选理由 岛崎藤村的散文代表作 一个诗人写下的浪漫人生散文 语言洗练典雅，寓意深刻

"冬"访问我来了。

老实说，我在等候一个比"冬"更为丑陋的满脸皱纹的老太太，她贫寒憔悴，昏然欲睡，瑟索颤栗着。可是细细端详来到身边的"冬"的模样，不禁使我惊讶，她同我脑海中原有的印象及推测迥然不同。

我于是问道：

"你就是'冬'吗？！"

"瞧你说的，你到底把我当成谁啦？原来你竟如此误解了我！"

"冬"回答道。

"冬"指着形形色色的树木给我看。她说你瞧那满天星！我朝她手指的方向看去，枯槁的红叶早已落尽，一条条棕色的细嫩枝条冒出新芽，不论是水灵灵的泛着光泽的嫩枝上，还是破节而出的幼芽上，都充满了冬天的光辉。岂止满天星？梅也伸出了墨绿的嫩枝，有的竟长到一尺多了。杜鹃虽缩作一团蹲伏在那儿，却毫无惶惶悚悚的样子。"冬"又叫我看山茶树。它那映着冬阳油光碧绿的叶片，放出一种不可名状的鲜艳光彩，而它那硕大的花蕾便从这茂密的叶丛中探出头来。山茶花开放时仿佛带着一种庄重的笑容，有些花朵开得很早，甚至在霜降之前就已开败了。

"冬"又手指八角金盘给我看，这树色彩新奇，白中透绿，绿中泛白，它那矫健有力的花形打破了周围的平淡。

我曾在异乡的旅店度过三个阴暗的冬天。每至凄风冷雨天气，拉窗上一片昏暗，我总要忆起那巴黎之冬。在那儿，每年一到天时最短的冬至前后，上午九点左右刚刚天明，下午三点半就又进入黑夜了。波德莱尔在其诗中把北极的太阳描绘成燃烧得通红而又极其冰冷的一团，其实这样的太阳，散步在巴黎街头是经常可见的，无须去遐想北极尽头的情景。在巴黎只有马路两旁凋零的七叶树之间的草坪还毫无枯色，一片葱翠，形成一幅别致的冬景。不过，还是舍发奴在其壁画《冬》中所描绘的那种灰暗、深沉、寂静的色调才恰当地表现了那里的自然景象。

阔别数载，我又重来东京郊区过冬。连室内也充满冬阳的灿烂光辉，这是我三年羁旅生活中从未见过的。并且，在这样的季节里能仰望辽阔无边的苍穹也是难得的。我记得当时来到我身边轻声低语的，似乎就是武藏野之"冬"。

此后，"冬"每年都来访问我。移居麻布过冬以来，我益发改变了对这位来客的看法。提起"冬"，我就想起在信浓所见到的"冬"，它对我来说最为亲切。那时我每年要和"冬"一起生活长达五个月之久。可是那里一到冬天，山上所有的东西就都销声匿迹了，因此我连"冬"的笑脸也未曾见过。早在11月上旬，初雪就遍洒群山。等那灰暗、凄冷、含着雪意的天空中，连点阳光也难得看见时，浅间火山的喷烟也隐形藏迹，不见了踪影，就连千曲川的流水也被封于冰下。我举目所见，唯有一片深深的不消融的积雪！这雪把我破旧住宅的庭园也埋没在下面，并且，有时甚至高出北面房廊的地面。垂在檐下的利

·作者简介·

岛崎藤村（1872—1943），日本现代浪漫主义文学的代表人物。生于一个旧封建世家。1891年，诗人从明治学校毕业，开始进军文艺界，翻译诗歌和写作文学评论。1893年左右，诗人和北村透谷等人创办杂志《文学界》，推动日本的浪漫主义运动。1896年，他离开东京，赴仙台教书。次年诗人出版其第一部诗集《嫩菜集》，产生了很大的影响，奠定了诗人在日本诗坛的领袖地位。此后诗人一发不可收拾，出版了大量诗集。1899年，诗人家道败落，为谋生他再次离开东京，到信洲担任教员，并在那里结婚生子。1901年，诗人将信洲的风景写成《千曲川风情》发表，1903年写下著名的小说《破戒》，1906年回到东京。1913年，诗人与自己的侄女发生不正当关系，被迫离开祖国来到巴黎。1916年回国，发表忏悔作品《新生》。随后的时间里，诗人一方面写作小说，一方面在早稻田大学讲授法国文学。"二战"中，日本政府采用高压政策，不许作家自由发表作品，诗人采取坚决立场，拒绝加入政府组织的文艺组织。1943年，诗人走完了自己充满不幸的一生。

剑般的冰溜竟有二三尺长。在那漫漫的寒夜里,屋内立柱常被冻裂而发出声响,我听着那裂声,简直像蛰伏洞中的虫豸一般缩作一团。

正是这个"冬"给我造成了先入为主的成见。我在那儿的山上,先后七次迎接"冬"。而这些"冬"留给我的印象只是一片灰蒙蒙而已。我在巴黎见到的"冬"没有这么深厚的积雪,但是灰暗的色调却不亚于信浓山区。所以那次我远游归来,见到久别而来访的"冬"时,我怎么也不敢相信她就是"冬"!

天涯归来迎接第三个"冬"的时候,我第一次仔仔细细地观察了常青树的嫩叶,这是从未有过的尝试。迄今,我只一心注意干枯凋零的霜叶,却忽视了初冬生发的常绿树的新叶。而这初冬的新叶恰是一年之中观看树木世界所见的最美丽动人的景物之一。这年的"冬"还把罗汉松的翠叶和红果满枝头的殊砂根等指给我看。殊砂根的果实也有白色的。这样浓艳的珠光玉色,非冬天是无法欣赏到的。"冬"又指着栎树给我看,瞧那微黑壮实的躯干,纤细却不失矫健之态的枝条,宛如一座座哥特式的建筑物。更见那栎树的嫩叶映照在冬阳之下泛出难以形容的深沉光辉。

然后,"冬"对我说道:

"你过去竟然如此地误解了我。可是我今年还给你小女儿带来了礼物。她那红红的脸蛋也是我的一点点心意!"

"穷"访问我来了。

这位客人摆出一副自幼就是老熟人的面孔,竟随随便便地走到我身边。老实说,我每次见到这位频频来访的客人,总觉得他比"冬"更为丑陋。他仿佛要说"喂!咱们是老相识啦"!只要一见面,我就得低下头来。我实在无法久久地注视他。可是这次我仔细端详来到我身边的这位客人时,竟意外地发现了他的温和的微笑。于是我不能不以原来询问"冬"的那种口气向这位客人发问道:

"你就是'穷'吗?!"

"瞧你说的,你把我看成谁啦?迄今那么长时间你竟然不了解我?!"

"穷"回答说。

"真是难得!过去我不曾见过你的笑容,甚至不曾想过你还有这么一张笑脸。我一直以为你是个不会笑的人。因此,你偶尔一笑,我浑身不寒而栗,感到厌恶。不过,或许因为我和你混熟,你待在我身边,我最放心。"

我这么一说,"穷"笑道:

"你可不能和我亲热呀!我希望你更加尊重我。有人经常在我头上冠以'清'字,称我为'清贫',但是真正的我并不那么冷酷无情。我既能在自己踏出的足迹上开出鲜花,也能把自己的房屋变成宫殿。可以说我是个魔术师。虽然如此,我并不醉心于世俗的所谓'财富',我胸怀着更为远大的理想。"

"老"也访问我来了。

在我心目中这"老"比"穷"还要丑陋。然而奇怪的是,连"老"也向我示以微笑。于是我又不能不以寻问"穷"的那种语气发问道:

"原来你就是'老'啊?!"

我仔细观察来到我身边的"老"的容貌,才恍然大悟,原来我在脑海中所描绘的,并非真正的"老",而是"干枯"。现在我身边的"老"是一个更为容光焕发,更加值得宝贵的老人。

但是这位客人到我这儿来岁月尚浅。如不同他更多地促膝交谈,便不可能真正了解他。我现在仅仅知道了他的笑容而已。总之,我要想方设法深入了解这位客人,从而自己今后也甘心情愿作一个年老者。

我觉得似乎还有谁要来访问我。好像就伫立于我家门口。我觉察出它就是"死"。但是上述三位来客已经教育了我:先入为主的思想方法是错误的。说不定"死"也同样地会教给我一些不曾料想到的东西吧。

[周祥 译]

⊙作品赏析

阅读岛崎藤村的文章,总让人联想起英国的大诗人拜伦,虽然前者远不具有世界影响的诗名,但以其对浪漫主义的努力,对社会现实和自我的深入批判,都可见两人的相似之处。他们都是现实社会的愤世嫉俗者,都是未来完美世界的热衷构想者。

从青春的悲欢恋歌《夏草》、《落梅集》即可看出作者的用语倾向:既是洗练哀婉的淡雅诗行,也是流畅率真的青春悲欢,写的是一份坦诚,一份真挚。虽然后来作者转向散文创作,但却把这一种行文习惯带向了散文的表述中,所以在《三位来客》一文中,我们又再次见证了这一种风格——散文诗似的语言,比之纯粹的诗歌稍长,比之纯粹的散文更见婉美的抒情,并同时兼容这两种文体的各自优点,将它们带向了情感表达能力的更高一个层次。

文章的结构与文章的行文形式显然是并举的,从"冬"、"穷"、"老"中,作者各自领略到了不同的感触,并且没有存在依次递进的严格要求,更是增加了文章形式的松散,好像任何次序的放置都是被允许的。

正是在这样的行文语言和结构凌驾上,文章才将作者自我的寓意表达得淋漓尽致:在生命的感触中,别总是带着伤愁理解这个世界,其实一切都并不如我们自己的心思作祟所带来的那般可怕。

人:一种无常的存在 / 阿罗宾诺

入选理由 | 印度诗人、哲学家阿罗宾诺的散文代表作
一个知性学者对人存在的辨析
文章用语严密,有哲学论证的逻辑力度

人是一种非终极的无常的存在。高处的圣光照耀着我们的身心;那里才是我们神往的终极所在,那里昭示着我们从有限的、苦难的尘世走向自在的解脱之道。

我是说人的心灵被禁锢于肉体之中,而在可能存在的意志力之中,心灵并不是至高无上的;因为心灵并不占据着绝对的真理,而只是绝对真理的天真的探索者。绝对真理被人的心灵之外的某种超智性的或说是神秘的意志力占据着。这个超智性与神圣的知者和创世者那无穷的智慧和无尽的意志力不可分割,它自在自为,是充满活力的意志之源。超智性便是超人,人类下一个非凡的进化便是走向超人的存在。

从人走向超人是我们生命进化中下一个能够达到的成就,其必然性合于我们内在精神的意向与自然生命进化的逻辑。

从物质世界和动物界进化到人,这种可能性既已实现的事实是降临中的圣光之第一次闪现,是神性诞生于物质之中的第一个遥远的兆示。从人类世界中诞生出超人将是这

种神圣兆示之希望的圆满实现。从我们被肉体束缚着的灵魂中正在出现与力量、幸福和知识联为一体的神秘的日之光晕，超智性将会是那闪耀着的光彩之形成。

· 作者简介 ·

阿罗宾诺（1872—1950），印度英语诗人、哲学家。主要著作有《神圣的生活》、《莎维德丽》等，他作为哲学家与诗人对印度现当代生活产生了很大的影响。

超智性的存在并不是将自身的天性发展到顶峰的人，也不是比人类的伟绩、知识、权力、智性、意志、性情、天才、活力、神圣、爱恋、纯洁或完善更高一级的限度。超智性是超越于人的灵性与人的有限性之外的某种存在；它是比人类天性中可能出现的最高意识更伟大的意识。

人是一种智性的存在，其智力的显现因和物质性的大脑联为一体而受制、而含混、而贬抑。即使是处于最佳的状态，智性也只是通过大脑这个附属物而对至高的力和自由之可能性作出较为清晰的闪现；如果与神圣的力量隔绝，它便不可能超越某些狭隘而可怕的限制而对我们的生活作出改变。这是一种受制的力，常常表现为利益的仆人或侍者，用以满足我们的生命或肉身的种种娱乐性欲望。而神圣的超人则是神秘的精灵，其超智性虽在上方却也能洞察下界的一切，它将把握我们的智性与肉身，它将使我们的心灵、生命与身体发生本质性的变化。

心灵体现着存在于人身上的最高的力，但这是一种求知中的、迷茫的、本身在不停地挣扎着的力。即使心灵极其明亮之时，它也不过是一线微光的折射罢了。闪耀着圣光的、自由的超心智将是超人的主脑，其自在的知识之轮的无限运转，其自发的力量源泉，其永恒的喜悦将使俗界的众神之生命达到和谐的境地。

人不过是虚无而已，但人充满了欲望，他是着迷于高度的侏儒，卑微地要达到那高不可攀的富丽与堂皇。他的心灵在宇宙神灵的万般光彩中是一束黑色的光线。他的生命是奋斗、兴奋和苦难，他受激情摆弄、被悲伤折磨，盲人或哑巴似的渴求着宇宙神灵的一瞬间。他的身体是物质世界中劳作着的、易逝的尘埃。这不可能是那神秘的大自然之造化的终点。超越于人的某种生灵存在着，那将是人类的未来；否认其可能性、否认其存在的偏见像大墙一样挡在面前，我们只能通过大墙上的裂口对此依稀而见。一个不朽的灵魂存在于人身上的某个地方，显示出一些存在的火花；某种永恒的精灵从上面遮庇着人，同时保持着人的天性中灵魂的延续性。然而这个更伟大的精灵由于他自塑人格的硬壳的限制而不可降临，这样，内在的明亮的灵魂被包扎压抑于厚厚的外表之中。总的来说，有一些灵魂鲜于动，大多数灵魂更是看不见的。人身上的灵魂和精灵，看来与其说是人们永恒或看得见的真实的一部分，不如说它们存在于人的天性的背后或上方；与其说它们诞生于肉体，不如说它们处于生的过程；与其说它们是现实的存在物，不如说它们代表了人类意识的可能性。

人的伟大不在于他是什么，而在于他可能做什么。他的荣耀在于他是一个封闭的地方和神秘的劳工车间，在这里神圣的"人家"正在培育着超人。同时人也被赋予一种比其自身更伟大的属性：非低级的创造，正是这种属性使得人本身部分的成为制造这种变更的匠人；要使降临于人的肉体之中的荣耀代替人本身，需要人对其间的参与、需要人在意识中有认可和献身的意志，人在世间的渴望正体现了大地对超智慧的创造者的呼唤。

如果人人都在呼唤并且得到了至高无上的回答，那么无量而辉煌的变更时代便在目前了。

[石海峻 译]

⊙作品赏析

阿罗宾诺在印度文学史具有显赫的文名，他是一个诗人，同时也是个思辨色彩浓郁的哲学家，这一点很吻合德国诗人诺瓦利斯的见解：一个诗人首先要是一个哲学家，才能在他的诗作中挖掘出人和生命的深度来，才能在文字以外感染和引领读者走向精神的净化。

《人：一种无常的存在》，单从题目上看就已经满是哲学辨析的深奥，再加上内容的表达，就更加让人觉得这是一篇很审慎的哲学思考。在作者的理念中，人就只是个在苦难和不安中挣扎的存在物，永远朝着最高处的圣光追寻，永远也到不了人生的最美好，一切都只在忙碌的过程中。所以他只能这样得出结论："人的伟大不在于他是什么，而在于他可能做什么。"

文章在散文的行文格式下，包含着作者深沉的哲理思考，以至论述一气呵成，充满了逻辑的辩证，再加上诗意的语言外表，让文章更添华彩。

论老之将至 / 罗素

> 入选理由
> 罗素的散文代表作之一
> ——篇传达精神自由的快乐和使生活本身获得解放的勇气的哲理散文

虽然有这样一个标题，这篇文章真正要谈的却是怎样才能不老。在我这个年纪，这实在是一个至关重要的问题。我的第一个忠告是，要仔细选择你的祖先。尽管我的双亲早逝，但是考虑到我的祖先，我的选择还是很不错的。是的，我的外祖父六十七岁时去世，正值盛年，可是另外三位祖父辈的亲人都活到八十岁以上，至于稍远些的亲戚，我只发现一位没能长寿的，他死于一种现已罕见的病症：被杀头。我的一位曾祖母是吉本的朋友，她活到九十二岁高龄，一直到死，她始终是让子孙们全都敬畏的人。我的外祖母，一辈子生了十九个孩子，活了九个，还有一个早早夭折，此外还有过多次流产。可是守寡之后，她马上就致力于妇女的高等教育事业。她是格顿学院的创办人之一，力图使妇女进入医疗行业。她好讲起她在意大利遇到过的一位面容悲哀的老年绅士，她询问他忧郁的缘故，他说他刚刚失去了两个孙子。"天哪！"她叫道，"我有七十二个孙儿孙女，

如果我每失去一个就悲伤不止，那我就没法活了！""奇怪的母亲。"他回答说。但是，作为她七十二个孙儿孙女的一员，我却要说我更喜欢她的见地。上了八十岁，她开始感到有些难于入睡，她便经常在午夜时分至凌晨三时这段时间里阅读科普方面的书籍。我想她根本就没有工夫去留意她在衰老。我认为，这是保持年轻的最佳方法。如果你的兴趣和活动既广泛又浓烈，而且你又能从中感到自己仍然精力旺盛，那么你就不必去考虑你已经活了多少年这

种纯粹的统计学情况，更不必去考虑你那也许不很长久的未来。

至于健康，由于我这一生几乎从未患过病，也就没有什么有益的忠告。我吃喝皆随心所欲，醒不了的时候就睡觉。我做事情从不以它是否有益健康为根据，尽管实际上我喜欢做的事情通常是有益健康的。

从心理角度讲，老年须防止两种危险。一是过分沉湎于往事。人不能生活在回忆当中，不能生活在对美好的往昔的怀念或对去世的友人的哀念之中。一个人应当把心思放在未来，放到需要自己去做点什么的事情上。要做到这一点并非轻而易举，往事的影响总是在不断地增加。人们总好认为自己过去的情感要比现在强烈得多，头脑也比现在敏锐。假如真的如此，就该忘掉它；而如果可以忘掉它，那你自以为是的情况就可能并不是真的。

另一件应当避免的事是依恋年轻人，期望从他们的勃勃生气中获取力量。子女们长大成人之后，都想按照自己的意愿生活。如果你还像他们年幼时那样关心他们，你就会成为他们的包袱，除非他们是异常迟钝的人。我不是说不应该关心子女，而是说这种关心应该是含蓄的，假如可能的话，还应是宽厚的，而不应该过分地感情用事。动物的幼子一旦自立，大动物就不再关心它们了。人类则因其幼年时期较长而难于做到这一点。

我认为，对于那些具有强烈的爱好、其活动又都恰当适宜、并且不受个人情感影响的人们，成功地度过老年绝非难事。只有在这个范围里，长寿才真正有益；只有在这个范围里，源于经验的智慧才能不受压制地得到运用。告诫已经成人的孩子别犯错误是没有用处的，因为一来他们不会相信你，二来错误原来就是教育所必不可少的要素之一。但是，如果你是那种受个人情感支配的人，你就会感到，不把心思都放在子女和孙儿女身上，你就会觉得生活很空虚。假如事实确是如此，那么当你还能为他们提供物质上的帮助，譬如支援他们一笔钱或者为他们编织毛线外套的时候，你就必须明白：绝不要期望他们会因为你的陪伴而感到快活。

有些老人因害怕死亡而苦恼。年轻人害怕死亡是可以理解的。有些年轻人担心他们会在战斗中丧生。一想到会失去生活能够给予他们的种种美好事物，他们就感到痛苦。这种担心并不是无缘无故的，也是情有可原的。但是，对于一位经历了人世的悲欢、履行了个人职责的老人，害怕死亡就有些可怜且可耻了。克服这种恐惧的最好办法是——至少我是这样看的——逐渐扩大你的兴趣范围并使其不受个人情感的影响，直至包围自我的围墙一点一点地离开你，而你的生活则越来越融合于大家的生活之中。每一个人的生活都应该像河水一样——开始是细小的，被限制在狭窄的两岸之间，然后热烈地冲过巨石、滑下瀑布。渐渐地，河道变宽了，河岸扩展了，河水流得更平稳。最后，河水流入了海洋，不再有明显的间断和停顿，而后便毫无痛苦地摆脱了自身的存在。能够这样理解自己的一生的老人，将不会因害怕死亡而痛苦，因为他所珍爱的一切都将继续存在下去。而且，如果随着精力的衰退，疲倦之感日渐增加，长眠并非是不受欢迎的念头。我渴望死于尚能劳作之时，同时知道他人将继续我所未竟的事业，我大可因为已经尽了自己之所能而感到安慰。

[佚名 译]

⊙作品赏析

　　这是一篇论述如何正确对老年和死亡的散文。文章分三个部分。第一部分论述了"怎样才能不老"这一问题。作者以自己的外祖父、外祖母、祖父及曾祖父为例，提出"保持年轻的最佳方法"是自己要有广泛而浓烈的兴趣和活动，从容自在地生活。第二部分论述了老年人需要避免的两种危险：过分沉湎于往事和依恋年轻人，告诫老年人应着眼于未来，做点有益的事，这样长寿才有价值。最后一部分以河水作比衬，规劝老年人抛开因"害怕死亡"而产生的"苦恼"，坦然面对死亡。文章行文灵活自如，语言清新素朴，境界崇高，向人们传达了精神自由的快乐和使生活本身获得解放的勇气的思想。文章在赋予死亡以从容优雅的诗意美的同时，给人以清爽的精神享受，读后令人深思。

郁金香 / 德佩雷拉

入选理由　歌颂纯真爱情的美文
独特的女性视角
浑然一体的结构

　　透过一扇窗子，人们可以看到很多东西。我就曾经坐在自家的窗前，一面绣着花边，一面目睹了女邻居的罗曼史。

　　我的邻居是一个织花边的女工。她人长得漂亮，但家境贫寒。她有两个追求者和一株栽在蓝瓷花盆里的郁金香。

　　我邻居和我住的那条街很安静，所以既无车辆来往，也很少有行人。过往人等全是当地的住户。像巴黎所有的街巷一样，那条街很窄，几乎每家的阳台上都挂有色彩鲜艳的宽红边遮阳布帘。

　　前面已经说过，我的邻居很穷，所以，她家的阳台上没有挂帘子。不过，太阳并未能阻止姑娘时常到阳台上去照看她的郁金香。

　　那株没有几片叶子的柔弱小花，是我邻居时刻记挂在心的事情。每天晚上她都把它搬进卧室，怕它会受到北风的摧残；清晨再重新搬出来；中午阳光炽烈的时候，她就用一小块麻布给罩起来。她不时地跑进跑出，不是掸去沾染枝叶的尘土、摘掉偶然发现的枯叶，就是浇水、捉虫。

　　在当地的条件下，郁金香是长不好的，只有在炎热的地方，它才能长得枝繁叶茂。正是由于这个原因，我的邻居才对她的花盆那么精心地加以照料。早在好几个月之前她就把种子埋进了土里，直到现在它才初具样子，开始抽枝发芽，尽管还很柔弱、单薄，但毕竟还是要开花了。

　　从姑娘挨近花盆时脸上流露出来的欣喜神态，我猜想这株花的枝头一定已经长出了第一个花骨朵儿了。

　　后来，我从这位漂亮的女工跟她楼上的邻居——她的追求者之——————的谈话中得到了证实。

· 作者简介 ·

　　德佩雷拉（1872—1968），墨西哥女作家。著有长篇小说、短篇小说、诗歌、散文多部。《郁金香》是其比较有代表性的一篇叙事散文。她文笔细腻、擅长抒情。作品具有地方特色和当代风范。

　　"您一定非常高兴吧。几个月的苦心总算有了结果。很快您就能亲手摘下一朵美丽的郁金香啦。您打算把它和您的心一起送给谁呢？"

　　姑娘非常羞怯地回答：

　　"可能什么人也不给，我决不会把这

朵朝思暮想的鲜花给摘下来的。它应该就在原来的枝头上凋谢。我还没有蠢到那种地步，让自己花费的如此巨大的心血毁之于一个短暂的瞬间。这是一个原因，再说，我还想过我还没要把我的心和这朵郁金香一起送给别人呢。"

"您瞧，我的好邻居，时间不饶人哪。春天已经到了，这可是谈情说爱的大好时机。您看那些小鸟，没有一只是独自飞翔的。您再瞧瞧这些花盆，全都在开花了。还有什么可说的呢？就说您这迟迟不开的郁金香吧，今天，终于结了一个花骨朵儿。我的好邻居！您就可怜可怜我吧，您就痛痛快快地答应接受我做您的丈夫吧！"

女工的脸上泛起了红晕。

"您需要的不是妻子，而是理智。"

"如果您爱我，我就会有理智的。"

姑娘楼下的邻居是一个拘谨而又漂亮的小伙子，此刻，也正好站在自家的阳台上。他听了两个人的对话之后，皱了皱眉头，但却没动声色，因为他也爱着那个花边女工。

我是在绣花的时候，从窗口发现这个不善交际的小伙子的秘密的。不过，时至今日，他和心中的恋人一共也没有说过几句话。

我觉得他既腼腆又内向，既敏感又多情。

很久以前，我偶然发现，有一次，他趁女邻居不在的空隙，把一封信扔到了她的阳台上。

他是否收到了回信，我不得而知；不过每当姑娘来到阳台上的时候，他几乎连仰起头来跟她表示爱慕之情的勇气都没有，只能简单地寒暄几句。

"天气真好，小姐！"

"是啊，真好；对我的郁金香来说，可真是再好不过了。"

"您不再为它担心啦？"

"不啦，已经不担心了，现在它长得可好啦，又长出了两片叶子。"

"谢天谢地，您总算如愿了。您为这株花可真是操尽了心啊！"

"是啊，的确是这样，我把空闲时间全搭上了。"

"您的空闲时间实在少得可怜，小姐！我看您太辛苦了……有时候，已经很晚很晚了，我还见您房里的灯光映在对面的墙上。您会累病的。"

"不会的，我身体很好。上帝会保佑我的。"

"但愿如此。"

小伙子的声音微微发颤，美好的憧憬使他的眼睛显得更加美丽。可是，姑娘却没法看到他眼神的含义，因为他已经闭上了眼睛。

"回头见，先生。"姑娘说着转身走进屋里。

"回头见，小姐。"

这种一向质朴的谈话，给我留下了极好的印象。

我的女邻居的确太忙。我总是看见她手里拿着编织针，不停地织呀、织呀，简直就像一只不知闲的小蜘蛛。她织出来的花边是多么轻巧、多么精美啊！……真可以说，仿佛一阵风就能吹破。一会儿是条边，一会儿是荷叶边，一会儿方，一会儿圆。丝线在她手中的活计上面宛如蝴蝶一般随意飞舞，看着它，真会觉得眼花缭乱。姑娘用她那双巧手麻利而又熟练地摆弄着根根丝线，又是穿、又是扯、又是挦。丝线也真听话，总是乖乖就范。

姑娘整天忙碌。她有时候嘴里哼着歌儿，有时候我又觉得她是在凝神沉思，好像手头碰到了难题。

楼下的邻居显然是放心不下，总是默默地仰望着她的阳台。

楼上的邻居却老是兴高采烈、笑容可掬，也常常低头注视着同一个地方，并且总能找到甜言蜜语和姑娘搭讪：

"您的脸蛋儿越来越漂亮，真像是两朵盛开的玫瑰。"

姑娘进进出出，虽然没有直接对答，但唇边却笑意盎然。

这位风流少年可能最后如愿吗？

这是谁也说不清楚的。姑娘还没有表露她的心愿，不过，这位小伙子却老是在用话语、用笑脸、用炽热的眼神把她纠缠。

在姑娘专心致志地编织着花边的同时，小伙子正在巧妙地铺排着俘获她的情网。这已经是由来已久的事情了。他能成功吗？谁知道呢？

我的女邻居终于盼来了这个欣喜的时刻：今天早晨花苞绽开了，一朵美丽的郁金香，红得像是一团炽烈的炭火，迎着春光展开了自己的花瓣。

姑娘喜不自胜，第一次忙中偷闲，心醉神迷地站在那初放的花前。

我坐在自己的屋角里分享着她的欢乐，尽量不引起姑娘的注意。她楼下的邻居也一定非常高兴，不过，他不在家。这里我从他那关着的阳台玻璃门上知道的。可是，她楼上的邻居却赶上了，如同表述大家的喜悦心情一般，连连发出赞叹：

"太好了！太好了！现在咱们来好好庆祝一番！郁金香开花了。求求您，我的邻居……把这朵花送给我吧！我每天都在算着它开花的日子，比您还着急呢。它是属于我的，我有权得到它。您要是不给我，我也会把它偷到手的。它属于我，因为我爱您。街上没有人，谁也听不见。让我再说一遍：我爱您，我喜欢您，我崇拜您！把花送给我吧，我的好邻居！请您把它给我吧，否则，我就从这儿下去自己动手摘啦！"

小伙子说得很坚决。看样子要贸然采取行动。姑娘像一只受惊的鸽子一样犹豫不决，她满面绯红，两手颤抖，虽然这样，但她的唇边和眼角却似乎流露出某种满意神情……

"邻居，快把花给我！"

他的语气像是命令，不过，却又非常得体，强制之中包含着并未尽言的柔情蜜意。

"快点，快点！会有人来的。快把花给我……要不，我马上就从这儿下去自己动手啦！"

姑娘恳求地仰起脸，想要自卫；但小伙子却投给她火一般深情目光。这还不算，他还做出了想要从阳台下来的样子。

姑娘被吓坏啦，终于屈服了。她走到花盆跟前，摘下花扔到楼上，然后就跑进卧室，隐没在屋子里了。

楼上的邻居得意地拾起了花朵，热切地吻了一下，就插进了衣领上的扣眼里。他先是哼起轻快的小调，没过一会儿，就随身带着那朵花从家里走了出去。

这时，我难过地想着那朵刚刚开放就被摘了下来的郁金香。同时也凄然想起……不过，我的痛苦与我邻居的罗曼史毫无关系；那么，咱们还是只讲有关她的事情吧。

那位幸运的小伙子走后不久,美丽的姑娘就又来到阳台上用麻布罩起了花盆,因为阳光又变得火辣辣的了。

这真是一个令人欢快的明媚早晨。整个天空犹如一顶硕大无朋的蓝缎华盖。

这时候,那位一大早就出了门、整个上午都没露面的楼下邻居,突然出现在阳台上了。

姑娘一看见他,就轻轻地发出了一声惊叫,我也跟着叫了一声……因为,这位急匆匆赶回来的人手里拿着一朵鲜红的郁金香……

姑娘和我都感到困惑不解,期待着……

"小姐,"小伙子恭恭敬敬地仰起脸说,"今天早上我出门以前,看到您的花盆里开出了第一朵花,可当我现在回来的时候,却非常痛心地发现它被扔到了街上。这条街上只有您养着郁金香,所以我猜想这是您的;后来看到花盆里果然没有花了,知道这花确实是您的,一定是风把它吹落到了街上;幸好我来得及时,才能把它捡回来还给它的主人。您拿去吧,小姐;如果您愿意,我就上楼给您送去。"

小伙子的脸上带着质朴的甜蜜神情。当他举目凝望女友的时候,眼睛里闪烁着温柔的光芒。小伙子手举郁金香站在阳台下面,真是一幅情趣无穷的图画。

当楼下邻居说话的时候,姑娘心中真是百感交集。她脸上流露出惊奇、气愤、鄙夷和轻蔑的表情,不过,此刻却似乎又满含着一片柔情,带着甜蜜的笑意。

小伙子还憨厚地站在那里重复着:

"小姐,这是您的郁金香;如果您愿意,我就上楼给您送去。"

然而,结果姑娘却说:

"不,不,先生,不要给我啦;如果您喜欢,那您就留下吧……"

"那怎么行!"小伙子怯生生地说,"我可以把这朵花留下?"

姑娘也羞涩地回答:

"对,您可以留下,我希望您把它留下……"

两个人都不再说话了,这时,正有一群欢快的燕子吱吱喳喳地从街上飞过,好像是在为此时此刻唱着赞歌。

[毛霭 译]

⊙ **作品赏析**

《郁金香》是墨西哥女作家德佩雷拉的一篇叙事散文。文章以郁金香作为线索,讲了一个女孩和两个青年的情感故事,并借故事来表达作者对于爱情的看法。文章以女性作家独特的视角来关注青年一代的爱情世界,并运用散文诗式的语言来表达,使读者在欣赏女作家细腻文笔的同时,享受浓烈的抒情气息。

文中有三个人物:漂亮但出身贫寒的女工、楼上善于甜言蜜语的小伙子、楼下腼腆内向的青年,这三个人的性格发展是随着故事情节的展开而一步步丰满的。郁金香是一条贯穿文章始终的线索,串起不同性格的几个人物。郁金香的种植、抽芽、成长、打苞、盛开的经过,可以代表美丽姑娘的爱情成长过程,而玫瑰的采摘者就成了俘虏姑娘爱情的人。但当郁金香盛开的花朵被花言巧语者无理地采摘而又遭无情遗落时,多情而憨厚的小伙子手捧被遗弃的鲜花讷讷告白,爱情的纯真境界也得到了最纯真的境界。"小伙子手举郁金香站在阳台下面,真是一幅情趣无穷的图画",这样的语言,正表示了作者对这种朴素、真挚的爱情的赞同。

另外，诗歌化的语言，使这篇散文充满欢快的节奏感，让读者在享受朴素纯真思想滋养的同时，领受文采的优美。

林中小溪 / 普里什文

如果你想了解森林的心灵，那你就去找一条林中小溪，顺着它的岸边往上游或者下游走一走吧。刚开春的时候，我就在我那条可爱的小溪的岸边走过。下面就是我的在那儿的所见、所闻和所想。

我看见，流水在浅的地方遇到云杉树根的障碍，于是冲着树根潺潺鸣响，冒出气泡来。这些气泡一冒出来，就迅速地飘走，不久即破灭，但大部分会漂到新的障碍那儿，挤成白花花的一团，老远就可以望见。

水遇到一个又一个障碍，却毫不在乎，它只是聚集为一股股水流，仿佛在避免不了的一场搏斗中收紧肌肉一样。

水在颤动。阳光把颤动的水影投射到云杉树上和青草上，那水影就在树干和青草上忽闪。水在颤动中发出淙淙声，青草仿佛在这乐声中生长，水影是显得那么调和。

流过一段又浅又阔的地方，水急急注入狭窄的深水道，因为流得急而无声，就好像在收紧肌肉，而太阳不甘寂寞，让那水流的紧张的影子在树干和青草上不住地忽闪。

如果遇上大的障碍物，水就嘟嘟哝哝地仿佛表示不满，这嘟哝声和从障碍上飞溅过去的声音，老远就可听见。然而这不是示弱，不是诉怨，也不是绝望，这些人类的感情，水是毫无所知的。每一条小溪都深信自己会达到自由的水域，即使遇上像厄尔布鲁士峰一样的山，也会将它劈开，早晚会到达……

太阳所反映的水上涟漪的影子，像轻烟似的总在树上和青草上晃动着。在小溪的淙淙声中，饱含树脂的幼芽在开放，水下的草长出水面，岸上青草越发繁茂。

这儿是一个静静的深水潭，其中有一棵倒树，有几只亮闪闪的小甲虫在平静的水面上打转，惹起了粼粼涟漪。

水流在克制的嘟哝声中稳稳地流淌着，他们兴奋得不能不互相呼唤：许多支有力的水都流到了一起，汇合成了一股大的水流，彼此间又说话又呼唤——这是所有来到一起又要分开的水流在打招呼呢。

水惹动着新结的黄色花蕾，花蕾反又在水面漾起波纹。小溪的生活中，就这样一会儿泡沫频起，一会儿在花和晃动的影子间发出兴奋的招呼声。

有一棵树早已横堵在小溪上，春天一到竟还长出了新绿，但是小溪在树下找到了出路，匆匆地奔流着，晃着颤动的水影，发出潺潺的声音。

有些草早已从水下钻出来了，现在立在溪流中频频点头，算是既对影子的颤动又对小溪的奔流的回答。

就让路途当中出现阻塞吧，让它出现

· 作者简介 ·

普里什文（1873—1954），俄罗斯著名作家。代表作有长篇小说《恶老头的锁链》，中篇小说《人参》，长诗《叶芹草》，游记特写《在鸟类不受惊的地方》，物候学札记《大自然·日历》等。

好了！有障碍，才有生活：要是没有的话，水便会毫无生气地立刻流入大洋了，就像不明不白的生命离开毫无生气的机体一样。

途中有一片宽阔的洼地。小溪毫不吝啬地将它灌满水，并继续前行，而留下那水塘过它自己的日子。

有一棵大灌木被冬雪压弯了，现在有许多枝条垂挂到小溪中，煞像一只大蜘蛛，灰蒙蒙的，爬在水面上，轻轻摇晃着所有细长的腿。

云杉和白杨的种子在漂浮着。

小溪流经树林的全程，是一条充满持续搏斗的道路，时间就由此而被创造出来。搏斗持续不断，生活和我的意识就在这持续不断中形成。

是的，要是每一步没有这些障碍，水就会立刻流走了，也就根本不会有生活和时间了……

小溪在搏斗中竭尽力量，溪中一股股水流就像肌肉似的扭动着，但是毫无疑问的是，小溪早晚会流入大洋的自由的水中，而这"早晚"就正是时间，正是生活。

一股股水流在两岸紧挟中奋力前进，彼此呼唤，说着"早晚"二字。这"早晚"之声整天整夜地响个不断。当最后一滴水还没有流完，当春天的小溪还没有干涸的时候，水总是不倦地反复说着："我们早晚会流入大洋。"

流净了冰的岸边，有一个圆形的小湾。一条在发大水时留下的小狗鱼，被困在这水湾的春水中。

你顺着小溪会突然来到一个宁静的地方。你会听见，一只灰雀的低鸣和一只苍头燕雀惹动枯叶的簌簌声竟会响遍整个树林。

有时一些强大的水流，或者有两股水的小溪，呈斜角形汇合起来，全力冲击着被百年云杉的许多粗壮树根所加固的陡岸。

真惬意啊：我坐在树根上，一边休息，一边听陡岸下面强大的水流不急不忙地彼此呼唤，听它们满怀"早晚"必到大洋的信心互打招呼。

流经小白杨树林时，溪水浩浩荡荡像一个湖，然后集中流向一个角落，从一米高的悬崖上落下来，老远就可听见哗哗声。这边一片哗哗声，那小湖上却悄悄地泛着涟漪，密集的小白杨树被冲歪在水下，像一条条蛇似的一个劲儿想顺流而去，却又被自己的根拖住。

小溪使我留连，我老舍不得离它而去，因此反而觉得乏味起来。

我走到林中一条路上，这儿现在长着极低的青草，绿得简直刺眼，路两边有两道车辙，里边满是水。

在最年轻的白桦树上，幼芽正在舒青，芽上芳香的树脂闪闪有光，但是树林还没有穿上新装。在这还是光秃秃的林中，今年曾飞来一只杜鹃：杜鹃飞到秃林子来，那是不吉利的。

在春天还没有装扮，开花的只有草莓、白头翁和报春花的时候，我就早早地到这个采伐迹地来寻胜，如今已是第十二个年头了。这儿的灌木丛，树木，甚至树墩子我都十分熟悉，这片荒凉的采伐迹地对我说来是一个花园：每一棵灌木，每一棵小松树、小云杉，我都抚爱过，他们都变成了我的，就像是我亲手种的一样，这是我自己的花园。

　　我从自己的"花园"回到小溪边上，看到了一件了不得的林中事件：一棵巨大的百年云杉，被小溪冲刷了树根，带着全部新、老球果倒了下来，繁茂的枝条全都压在小溪上，水流此刻正冲击着每一根枝条，还一边流，一边不断地互相说着："早晚……"

　　小溪从密林里流到旷地上，水面在艳阳朗照下开阔了起来。这儿水中蹿出了第一朵小黄花，还有像蜂房似的一片青蛙卵，已经相当成熟了，从一颗颗透明体里可以看到黑黑的蝌蚪。也在这儿的水上，有许多几乎同跳蚤那样小的浅蓝色的苍蝇，贴着水面飞一会就落在水中；他们不知从哪儿飞出来，落在这儿的水中，他们的短促生命，就好像这样一飞一落。有一只水生小甲虫，像铜一样亮闪闪，在平静的水上打转。一只姬蜂往四面八方乱窜，水面波纹却纹丝不动。一只黑星黄粉蝶，又大又鲜艳，在平静的水上翩翩飞舞。这水湾周围的小水洼里长满了花草，早春柳树的枝条也已开花，茸茸的像黄毛小鸡。

　　小溪怎么样了呢？一半溪水另觅路径流向一边，另一半溪水流向另一边。也许是在为自己的"早晚"这一信念而进行的搏斗中，溪水分道扬镳了：一部分水说，这一条路会早一点儿到达目的地，另一部分水认为另一边是近路，于是他们分开了，绕了一个大弯子，彼此之间形成了一个大孤岛，然后又重新兴奋地汇合到一起，终于明白：对于水来说没有不同的道路，所有道路早晚都一定会把它带到大洋。

　　我的眼睛得到了愉悦，耳朵里"早晚"之声不绝，杨树和白桦幼芽的树脂的混合香味扑鼻而来。此情此景我觉得再好也没有了，我再不必匆匆赶到哪儿去了。我在树根之间坐了下去，紧靠在树干上，举目望那和煦的太阳，于是，我梦魂萦绕的时刻翩然而至，停了下来，原是大地上最后一名的我，最先进入了百花争艳的世界。

　　我的小溪到达了大洋。

〔安荣 译〕

⊙ **作品赏析**

　　普里什文善于描写大自然，讴歌与大自然紧密相联的人的创造性劳动。森林、小溪、花朵、蘑菇是普里什文文章中常见的自然景物，作者一方面擅长对这些自然景物进行生动的描摹；另一方面，又多将主题放在对物外之境的追求上。普里什文说："我笔下写的是大自然，自己心中想的却是人。"他笔下的大自然，生机勃勃，色彩斑斓，妙趣横生，充满着令人感动的人间哲理和诗意。

　　《林中小溪》是普里什文一篇比较知名的写景散文。作者以轻快、流利的文笔写春日小溪生机勃勃的姿态。通篇运用拟人手法，使笔下的小溪更增加了生命气息。而小溪不知疲惫流淌，对远方孜孜不倦的追求，也正是作者乐观向上精神的反映。"有障碍，才有生活"，"早晚会流入大洋"，这些富有人生哲理的语句，更显示了作者对于生活和未来的美好向往。

江上歌声 /毛姆

入选理由 对苦难劳动者的真实描绘
一个时代缩影的展现
体现了作者人道主义的同情心

　　沿江两岸回荡着船夫的号子声。桡夫划着收扎起帆樯的高尾舢板，顺流而下；你听，他们喊着嘹亮雄浑的号子。纤夫背着纤绳，逆流而进，五六人拖着小舟，两百人曳着扬帆舢板，越过激流险滩；你听，他们喊着船夫号子，那是更加气喘吁吁的歌唱。船中央，一人站立，不停地擂鼓督阵；纤夫们弓腰曲背，着了魔似的曳着纤绳；极力挣扎，有时就在地上爬行。他们奋力紧拉纤绳，同激流的无情力量抗争。工头在一旁察巡，谁不拼死卖命，那一头破开的竹鞭，便会抽打他赤裸的脊背。人人都得竭尽全力，要不就会前功尽弃。他们喊着激越、高亢的

·作者简介·

毛姆（1874—1965），英国著名作家。主要作品有《人间的枷锁》、《月亮和六便士》、《剧院》等。

号子——激流曲。语言怎能描述歌声里蕴蓄着多少辛劳。这歌声啊，足以显示那极度劳损的心灵，那紧绷欲绽的筋肉，以及那人类征服自然力量的顽强精神。纤绳可能断裂，舢板纵然旋回，而湍流险滩终将被战胜。劳累的一天结束时，饱餐一顿，或吞云吐雾，或陶醉在悠闲自在的美梦中。然而，最痛楚的歌唱却是码头工扛着沉沉大包，沿着陡峭石阶，走向城垣时哼出的歌声。他们上上下下，走个不停；"嗨哟，啊嗬"，那节奏分明的喊声，就像他们的辛劳一样，永无休止。他们光脚赤膊，汗流浃背。他们的歌唱是痛苦的呻吟，是绝望的叹息，是凄惨的悲鸣：简直不是人的声音。它是无限忧伤的心灵的呐喊，只不过带上了点旋律和谐的乐音，而那收尾的音调才是人的最后一声抽泣。生活太艰难，生活太残忍，歌唱是绝望的最后抗议。这就是江上歌声。

[李传声 译]

⊙ **作品赏析**

读着《江上歌声》，会不由自主地想起列宾的名画《伏尔加河上的纤夫》。他们的艰辛与坚强，撼人心魄；他们的悲壮与伟大，催促着人们发出良知的追问。虽然这是多年以前的作品，但是，它的生命力超越了时代与地域，在今天，仍有着强大的现实意义。如今，当越来越多的人把关注的目光投向当红影星歌星，投向高档的消费与娱乐时，却忽视了还有被称之为"弱势群体"的那些生命，正在为生存而挣扎。贫穷与苦难不是他们的错，没有谁有权利对他们冷眼相待。对他们的关爱，体现着社会与时代的良知。这是《江上歌声》带给我们的思考。

《江上歌声》之所以具有强大的艺术生命力，首先在于它的真——作品中真实的描绘，作者真挚的同情。苦难从来没有消失过，只是缺少关注，毛姆凭着自己的良知，把它记录下来，展现在世人面前，启人深思。其次，作者用诗一般的语言，以绵密的笔触，细细皴染，既传达了悠长的意味，又使得劳动者与激流抗争的形象鲜活如在目前。第三，文章卒章显志，这用力的一笔，再次给人以感染和震撼，拓展了文章的情感力度。

雨珠·露珠·泪珠 / 尤素福·埃泰萨米

入选理由　收入多国散文选本　文字凝练、优美　蕴藉深远，意味深长

东方破晓，晨光熹微。黎明女神飘然下凡，从娇艳欲滴的红玫瑰近旁走过，看见花瓣上有三滴晶莹的水珠在向她招手，请她留步。

"熠熠闪光的水珠，你们有何贵干？"女神驻足问道。

"有劳大驾，请你为我们当裁判。"

"噢，什么事啊？"

"我们同属于水珠，可是来源出身各异。请问哪颗水珠更珍贵呢？"

女神指着其中一颗水珠说："那你就先来自我介绍一下吧。"

雨珠听到要她先说，十分得意地晃了晃身子："我呀，来自高空的云层，是大海的女儿，象征着波涛汹涌的海洋。"

"我是黎明之前凝成的露珠。"另一颗水珠急不可待地抢着说，"人们称赞我为五彩朝霞的伴娘，奇花异草的美容师。"

·作者简介·

尤素福·埃泰萨米（1874—1937），尊称"埃泰萨姆莫尔克"。伊朗作家、翻译家。生于大不里士。他的散文优美、含蓄，语言练达。

第三颗水珠迟迟不肯开口，黎明女神和颜悦色地问道："那么你呢，我亲爱的小姑娘？"

"我算不得什么。"她忸怩地回答，"我来自一位姑娘的明眸。起初像是微笑，尔后又称友情，现在被叫作眼泪。"

头两颗水珠听她这么说，不约而同地撇撇嘴，露出轻蔑的笑容。黎明女神小心翼翼地将泪珠置于手中，连声称赞道："还是你有自知之明，丝毫也不炫耀，显然比她们俩更纯洁，也更珍贵！"

"可我是大海的女儿呀！"雨珠急得叫起来。

"我是辽阔苍穹的女儿！"露珠很不服气。

"是的，一点不错。"黎明女神郑重地说，"而她呢，是人类内心纯真感情的升华，而后凝结成夺眶而出的泪珠。"

言罢，女神吮吸了泪珠，顿时消失得无影无踪。

[佚名 译]

⊙**作品赏析**

这是一篇很有现实意义的寓言故事。从中，我们实际上可以读出多重内涵。首先，雨珠、露珠、泪珠构成的象征世界正是现今社会的影射，它们分别代表着仗势而飞扬跋扈的一类人、傲慢自大的一类人以及谦虚谨慎、不骄不躁的一类人。而为社会所肯定的，是最后一类。其次，可以看做是对人类纯真感情的诚挚赞颂。权势、金钱、名誉可能会让很多人为之拜倒，为之妥协，但事实上，只有真挚的情感才具有无与伦比的力量，才能让人们敞开心扉，彼此坦诚交流。而这些，正是日益复杂与忙碌的当今社会中渐渐为人们所忽略的。这篇寓言所给的启示当能让很多人会心一笑。

《雨珠·露珠·泪珠》在艺术上的一大特色是象征手法的运用，在最平常的事物中寄寓深刻道理，让人们在不知不觉间获得了感悟，并从心底真正领会这种感悟。另一特色是文章采用对话形式，显得生动活泼，而形象又很鲜明。另外，文章的语言凝炼优美，轻盈流畅，结构严谨，是一篇思想性与艺术性并举的佳作。

幻象 /托马斯·曼

入选理由 托马斯·曼青年时代的散文代表作 表现出了细致幽微的体察力 流露出优雅而脆弱的情感

我机械地重新卷上一支烟，漫不经意地将褐色的烟末布撒在淡黄色的书信纸上，那神态令我难以置信，自己是否真的还醒着。湿暖的晚风从窗外袭来，形态奇特的朵朵烟云游出了被遮成绿色的灯光区，向星光下的黑夜逸去，那景色倒是令我相信，自己已经坠入梦乡。

此情此景自然添人几分烦恼，因为它释开了缚在幻想脊背上的缰绳。椅背恶作剧般在我身后吱嘎作响，使我全身的神经蓦地掠过一阵寒战。它令人气恼地干扰了我对烟雾文字的潜心研究，这些稀奇古怪的烟雾字母正在我的身边消弥，而我早已确定了这串文字的主题思想。

如今这见鬼的寂静哟！所有感官都在躁动，狂热地、神经质地、歇斯底里地运动着。每一个声音都在大声诅咒。这一切不断地勾出已经遗忘的纷乱记忆——曾几何时，这些记忆通过视觉感官铭刻在心，极少得到更新，却不断充实着昔日的印象。

我察觉到，当我捕捉到黑暗中的那个亮点时，目光竟然贪婪地延伸开去。何等有趣哟！黑暗中，一组明亮的造型十分清晰地凸现出来。我的目光吸吮着它；尽管只是虚幻的它，但目视它却充满了极度快意。我的目光不断地迎接它。这就是说，它不断地存在，不断地再现，不断地变幻……不断地……

瞧，它又出现了，十分清晰，活脱脱像昔日那样，如同一幅图画，一件偶然生成的艺术品。遗忘了的重新浮现，再度塑造，现出幻觉赋予造型和色彩，宛若一位出色的、天才横溢的幻觉姑娘笔下的杰作。

不大，很小。原本也不是全貌，但是如同昔日那样完美无缺。然而，它在黑暗中渐渐地模糊起来，向四处化开去。浑然若浩渺宇宙。浑然若大千世界。——灯光在这方世界中颤抖，情绪随之黯淡。可是，没有一点儿声音。周遭那喧闹嬉笑声一点儿也没有侵入。也许那喧闹本不是来自今日，而是昔日。

下端的锦缎光彩耀人，交织着锯齿形、圆形的树叶和花朵，相映成辉。上方摆放着一支透明的、亭亭玉立的水晶玻璃高脚杯，半壁了无光泽的金色。杯子前方，梦幻般舒展着一只纤手，玉指轻捏着高脚杯柱。手指间套着一枚了无光泽的银质戒指，戒指上的一颗红宝石红得滴血。整条胳膊的形状渐渐淡化，在纤柔的关节上方化为虚缈。它留下了一个甜蜜的谜。姑娘的纤手如在云里雾中，然则纹丝不动。在她那了无光泽的白色肌肤上，一条淡蓝色的动脉迤逦而卧，只有在这动脉内才流动着生命，缓慢而有力地跳动着激情。当她察觉到我的目光时，流动的速度越来越快，跳动的节奏越来越猛，直至全身抽搐着央求：别望着我……

然而，我的目光里带着残酷的快感，沉重地压迫着她，就像昔日那样。我的目光压迫着她的手，她的血脉里涌动着与爱情的搏斗，涌动着爱情胜利之火……如同昔日……如同昔日……

一粒汽珠从高脚杯的底托上缓缓地脱离，向上升腾。当它进入红宝石的光区时，闪烁出血红的光泽，尔后突然熄灭在上空。如同受到了干扰，一切幻影都在企图遁走，于是，我努力地用目光去重新填充那若隐若现的轮廓。

·作者简介·

托马斯·曼（1875—1955），德国批判现实主义作家。生于德国北部吕贝克一个大商人家庭。中学毕业后当过慕尼黑一家保险公司见习生，并创作了第一部小说《堕落》。后在慕尼黑大学旁听文学艺术课程，任两本杂志的编辑。1901年他的代表作长篇小说《布登勃洛克一家》出版，1929年他因为这部作品的巨大成功获得诺贝尔文学奖。托马斯·曼身经两次世界大战，写许多很有影响的长、中、短篇小说，另有一些散文、评论等。

它现在离去了，消失在黑暗中。我深深地呼吸着，因为我察觉到，自己曾经把这一切都忘却了。也同昔日一样……

当我疲惫地靠向椅背时，感到一阵痛楚。但是，我像昔日那样坚信：你仍旧爱着我……正因为此，此刻我才想哭。

[王建政 译]

⊙作品赏析

托马斯·曼是德国批判现实主义的主要代表，也可以说是欧洲批判现实主义文学的最后一个大代表。他以三部长篇巨著奠定了他在西方文学中的崇高地位。他的小说以思想深邃、知识渊博、艺术功力深厚著称，他的为数甚多的演讲、传记、杂评、政论等均以观点鲜明，情感真实，文笔练达给人留下深刻印象。这篇《幻象》，是他年轻时候的作品，也是他的散文代表作之一。

读这样的文章，需要感受。读完文章，我们不能不为作者敏锐细致的观察力、体察幽微的感悟力、优美细腻的文笔所震撼、折服。"形态奇特的朵朵烟云游出了被遮成绿色的灯光区，向星光下的黑夜逸去"，文章一开头就营造了一种如梦如幻的意境。"释开了缚在幻想脊背上的缰绳"，这个形象的比喻，把抽象的幻象摹写得惟妙惟肖。作者由此牵引我们走进了幻象的境界。但是在作者的笔下，那景象亦幻亦真，亦真又亦幻。显示出了炉火纯青的艺术功力和极其敏锐的感悟力。由一个亮点的捕捉，凸现了一组明亮的造型。那梦幻中的锦缎，竟也是光彩耀人；那玻璃杯、那纤纤玉手，竟也色泽明然；透过那无光泽的肌肤，竟能看到迤逦而卧的蓝色动脉，这明显是眼前的画面，却又瞬地消失了。

作者说，"此刻我才想哭"，优雅而脆弱的感情展露无遗。

论年龄 / 黑塞

入选理由 德国作家黑塞的散文代表作
一个年迈的精神骑士的人生感念
整篇文章充满了灵魂和良心的人文主义关怀

古稀之年在我们的一生中是一层台阶，跟其他所有的人生台阶一样，它也有自己的外表、自己的环境与温度，有自己的欢乐与愁苦。我们满头白发的老年人跟我们所有的年纪较轻的兄弟姐妹一样，有我们的任务，这任务赋予我们的生命以意义，甚至连病入膏肓的人和行将就木的人，这些尘世的呼唤都已难于送达到他们卧榻的人也都有他们的任务，有着重要的和必要的事要由他们来完成。年老和年轻同样是一项美好而又神圣的任务，学着去死和死都是有价值的天职，这和其他天职一样——前提是对人生的意义和圣洁要怀着尊崇的心情去履行这一天职。一位老年人，如果他只是憎恨和害怕自己年纪老，憎恨和害怕满头白发以及死之将至，那他就不是登上这一人生台阶上令人尊敬的代表，

·作者简介·

黑塞（1877—1962），出生在德国，1923年加入瑞士籍，诺贝尔奖获得者，小说、散文、诗歌均有杰出建树。艺术风格受多种流派影响：既有传统现实主义（主要表现在早期作品，如《在轮下》等），又有象征主义和浪漫主义，甚至被称为"浪漫主义最后一个骑士"（主要表现在诗歌创作方面，有诗集《浪漫主义之歌》）。他的小说则有心理分析特征，成名作是《彼德·卡门青德》。20世纪20年代以后的小说更臻成熟，且具时代特征，常赋予哲学或宗教内涵，表现了他的精神追求，如《荒原狼》、《纳尔齐斯和戈尔德蒙特》、《东方之旅》和《玻璃球游戏》等。

这正如一个年轻力壮的人憎恨他的职业和他每日的工作，并试图逃避它们是同样不受人尊敬的。

简而言之，作为老年人，为了实现老年人的意义，并胜任他的职责，那他就得承认自己是老了，承认年老带给他的一切，并必须对此作出肯定的回答。若是没有这个肯定的回答，若不能为大自然向我们要求的一切作出牺牲的话，那我们活着的价值和意义——不管是年老，还是年轻——就都失去了。我们也就欺骗了生命。

每个人都知道，古稀高龄会带来疾病和苦楚，并且知道死神就站在他生命的终点。你会年复一年地作出牺牲，有所放弃。你必须学会不信任自己的感觉与力量。不久前还是短短的一次散步的路程，现在变得漫长了，觉得吃力了，有朝一日我们再也没有能力走下去了。我们一辈子都爱吃的饭菜，我们也不得不割舍。肉体的欢娱与肉体上的享受愈来愈少，并且还得付出更高的代价。尔后，一切健康上的损伤和疾病，感觉变得迟钝了，各器官的功能也减退了，诸多的痛楚，尤其是经常发生在那漫长的令人恐惧的黑夜里——所有这一切都是不可否认的，这是严酷的现实。但是一味沉溺于这一衰退的过程，看不到古稀高龄也有它的好处、它的优越性、它的令人快慰和欢乐之处，那就太可怜、太可悲了。当两位老年人彼此相遇，不该单是谈那该死的痛风，谈上楼时腿脚的僵硬和呼吸的困难，他们不该光是交流各自的痛苦与令人心烦的事，也应该谈谈他们各自令人愉快和令人欣慰的经历。而这样的事有很多。

每当我想起老年人生活中这些积极的和美好的一面，想到我们这些白发苍苍的人也知道力量、耐心和欢乐的源泉之所在——这在年轻人的生活中是无足轻重的——这时我就不必去谈论宗教和教会的慰藉作用。这是神职人员的事。但是，我大概可以满怀谢忱地举出几项年龄送给我们的礼物。在这些礼物中我认为最珍贵的是：在漫长的一生后保留在我们记忆中的各种画面的宝库，随着行动能力的消失，我们将以完全不同于往昔的方式去追忆这些画面。那些六七十年来不复存在于地球上的人的形象和面容，它们还在我们身上继续存活下去，它们是属于我们的，它们陪伴着我们，它们用充满生气的目光注视着我们。在此期间消失了的或是完全变了样的屋宇、花园、城市，在我们看来却跟昔日一样未曾变样，我们发现几十年以前旅行时见过的远处的山峦和海滨，依然色彩鲜艳地留存在我们的画册里。观看、审视、凝视越来越成为一种习惯和练习，观察人的心绪和态度不知不觉地浸透在我们的全部行为中。我们曾为愿望、梦想、欲望、激情所驱使，正如人类的大多数人一样，通过我们生命岁月的冲击，我们曾不耐烦地、紧张地、充满期待地为成功和失望强烈地激动过，而今天当我们小心翼翼地翻阅着自己生平的画册时，禁不住惊叹：我们能躲开追逐和奔波而获得静心养性的生活该是多么美好。这里，在白发老人的花园里，正在盛开着一些我们昔日几乎没想到去护养的花儿。这里盛开着忍耐的花，一种高贵的花，我们变得更加泰然，更加宽厚。我们对于去参与某些事件和采取一些什么行动的要求越小，我们静观和聆听大自然的生命和人类生命的能力就变得越强，我们对它们不加指责，并总是怀着对它们的多姿多态的新奇之感任其在我们身旁掠过，有时是同情的、不动声色的怜悯，有时是带着笑声带着欢悦带着幽默。

最近我站在我的花园里，点上一堆火，不断给它添些树叶和枯枝。这时来了一位老妇人，大约八十岁了，她从白刺荆的矮树丛旁走过，停下脚步，向我望来。我向她打招呼，于是她笑了，并说："您的这把火点得对。像我们这般年纪的人应该慢慢地和地狱交上朋友。"就这样我们交谈起来，我们的谈话带着对种种烦恼与困乏抱怨的调子，但总是带着开玩笑的口吻。谈话结束时我们都承认，只要我们村子里还有最老的人，还有百岁老人，我们还不是老得叫人害怕，这几乎不该算是真正的老人。

当很年轻的人以其力量和毫无所知的优势在我们背后嘲笑我们，认为我们艰难的步态、我们的几茎白发和我们青筋暴露的颈项是滑稽可笑的时候，我们就会想起，我们过去也具有他们同样的力量，也像他一样毫无所知，我们也曾这样取笑过别人，我们并不认为自己处于劣势，被人战胜了，我们对于自己已经跨过的这一生命的台阶，变得稍微的聪明了一些，变得更有耐心而感到高兴。

[姚保琮 译]

⊙作品赏析

从《荒原狼》到《在轮下》，这个自称是人类良心守护者的黑塞在基督教的氛围和西方人文主义传统的熏陶下成为了这个世界的精神营养，滋润了几代人的成长。

《论年龄》中我们再次领略了黑塞的这份宗教般的情怀，他很是审慎地正视了人生自然发展的各个阶段，为年老哀伤的人群唤醒人生最后的美好。因为年老了可以安然自得地享受生命中关于往昔的甜蜜追忆，可以宽厚泰然地获得修心养性的生活，而不必沉溺在生活的各种无助的快乐忧伤中。

这个在早年追梦的作家，有诗人的情怀，有魔术师的心愿，而也正是这些浪漫的人生气节，"让苹果在冬天生长"的审美幻想，让作者在文章中持续保存着一种昂扬的心态，不仅提升了自己的情操也同时感化了像自己一般年龄的每一个读者。他之所以被誉为"最后的精神骑士"，大概也正在于此。在他的文章中，充满了人生的关怀，缔造了一片忽略生与死坦然的心灵花园。

语言朴实，情感真挚，娓娓的絮语恍似教堂间邈远的赞美诗，涤荡了心灵的烦躁、无奈，甚者是喧嚣的无助。让每一个读者都在他的引导下更加坦然：像我们这般年纪的人应该慢慢地和地狱交上朋友。

农舍 / 黑塞

浪漫主义风格的典范之作
入选理由 气韵空灵，文笔优美
个人生存际遇的反照

我在这幢房屋边上告别。我将很久看不到这样的房屋了。我走近阿尔卑斯山口，北方的、德国的建筑款式，连同德国的风景和德国的语言都到此结束。

跨越这样的边界，有多美啊！从好多方面来看，流浪者是一个原始的人，一如游牧民较之农民更为原始。尽管如此，克服定居的习性，鄙视边界，会使像我这种类型的人成为指向未来的路标。如果有许多人，像我似的由心底里鄙视国界，那就不会再有战争与封锁。可憎的莫过于边界，无聊的也莫过于边界。它们同大炮，同将军们一样，只要理性、人道与和平占着优势，人们就感觉不到它们的存在，无视它们而微笑——但是，一旦战争爆发，疯狂发作，它们就变得重要和神圣。在战争的年代里，它们成了我们流浪人的囹圄和痛苦！让它们见鬼去吧！

我把这幢房屋画在笔记本上，目光跟德国的屋顶、德国的木骨架和山墙，跟某些亲切的、家乡的景物一一告别。我怀着格外强烈的情意再一次热爱家乡的一切，因为这是在告别。明天我将去爱另一种屋顶，另一种农舍。我不会像情书中所说的那样，把我的心留在这里。啊，不，我将带走我的心，在山那边我也每时每刻需要它。因为我是一个游牧民，不是农民。我是背离、变迁、幻想的崇敬者。我不屑于把我的爱钉死在地球的某一点上。我始终只把我们所爱的事物视作一个譬喻。如果我们的爱被钩住在什么上，并且变成了忠诚和德行，我就觉得这样的爱是可怀疑的。

再见，农民！再见，有产业的和定居的人、忠诚的和有德行的人！我可以爱他，我可以尊敬他，我可以嫉妒他。但是我为摹仿他的德行，已花费了半辈子的光阴。我本非那样的人，我却想要成为那样的人。我虽然想要成为一个诗人，但同时又想成为一个公民。我想要成为一个艺术家和幻想者，但同时又想有德行，有家乡。过了很久以后，我才知道不可能两者兼备和兼得，我才知道自己是个游牧民而不是农民，是个追寻者而不是保管者。长久以来我面对众神和法规苦苦修行，可它们对于我却不过是偶像而已。这是我的错误，这是我的痛苦，这是我对世界的不幸应分担的罪责。由于我曾对自己施加暴力，由于我不敢走上解救的道路，我曾增加了罪过和世界的痛苦。解救的道路不是通向左边，也不是通向右边，它通向自己的心灵，那里只有上帝，那里只有和平。

从山上向我吹来一阵湿润的风，那边蓝色的空中岛屿俯视着下面的另一些国土。在那些天空底下，我将会常常感到幸福，也将会常常怀着乡愁。我这样的完人，无牵挂的流浪者，本来不该有什么乡愁。但我懂得乡愁，我不是完人，我也并不力求成为完人。我要像品尝我的欢乐一般，去品尝我的乡愁。

我往高处走去时迎着的这股风，散发着彼处与远方、分界线与语言疆界、群山与南方的异香。风中饱含着许诺。再见，小农舍，家乡的田野！我像少年辞别母亲似的同你告别：他知道，这是他辞别母亲而去的时候，他也知道，他永远不可能完完全全地离开她，即使他想这样做也罢。

[佚名 译]

⊙作品赏析

"由于他的富于灵感的作品具有遒劲的气势和洞察力，也为崇高的人道主义理想和高尚风格提供一个典范"，黑塞的作品曾经在 1946 年获得诺贝尔文学奖。我们可以通过品读散文《农舍》来体味黑塞作品这种独特的艺术风格。

《农舍》中，文章用一种散文诗的形式为读者勾画了一幅作者的心灵之图。作者向往一种没有归属的"游牧者"的生活方式。他"鄙视边界"，认为这是"战争与封锁"的根源，作者也依恋家乡温暖的"小农舍"，但又不愿放弃"艺术家和幻想者"的理想，这种矛盾造成了作者精神的痛苦。作者追求的最高生存境界，不是一定界线中的和平与安定，不是对某一种形式的"忠诚和德行"，而是没有国界的爱和欢乐，这不只是作者，也是人类的最理想的生存状态。作者在文章的最后为我们描绘了一幅浪迹天涯的流浪图，前方"散发着彼处与远方、分界线与语言疆界、群山与南方的异香"，作者放逐着自己的理想，与家乡、与小农舍挥手告别。这是作者的追求，也是作者的无奈，它表现了高度文明中的人类思想者对人类生存际遇的不懈关怀和执着追求。

林中 / 罗伯特·瓦尔泽

伫立林中，这片森林陡陡地高出我们的城市。纷纭的思绪匆匆闪过我的脑际，但却没有一个念头够得上美好。我追思自己的思想，我思考了又思考。傍晚降临林中。透过树干和枝桠我已看到下面城市闪亮的灯光。此时，月亮，这个苍白高贵的魔术师，从一朵云彩后面钻了出来，于是一切变得神样的美，于是我与周遭的万物都被魔化。我以为我已死去。月亮的笑容是无与伦比的妩媚，和蔼与善良。善良崇高的上帝就是这样向他的创造物微笑的。

·作者简介·

罗伯特·瓦尔泽（1878—1956），瑞士人，20世纪早期现代主义的先锋作家。14岁毕业后开始漂泊无定的生活，在此期间他陆续创作了诗、散文、小说等许多作品，如小说《强盗》等。他的精神状况一直不好，1933年进了精神病院，在那儿直至去世，并因此结束了写作生涯。他活着的时候，他的名字常常被同期作家掩盖，如赫尔曼·赫塞、弗兰茨·卡夫卡和罗伯特·穆西尔等，但赫尔曼·赫塞中肯地评价他（瓦尔泽）说："如果有10万的人读了他的作品，那世界会因此变得美好许多。"

森林中下起轻轻细雨，林中还有一种朦胧的预感和轻微的动静。除此之外，一切静悄悄，仿佛在一间远僻高阔的大厅里。我眼睛望着月亮，心中想起一位女子。仿佛唯有它，那高挂在天空的苍白的月亮才肯向我悄悄吐露心曲。她是我先前的女友，我们相互之间变得陌生了，不再互致问候，不再凝眸相视。然而我却一如既往，非同一般地爱着她，她依然是我最为宝贵的。也许她也像往日那样喜欢我。我忍不住笑了。当一个人作为崇高可爱的森林的朋友置身林中，敬拜月亮，这是多么愉快的事。我身上宛若默默注入了勇气，仿佛从今起一切邪恶、一切烦恼、一切丑恶都将不再临到我头上。我悠然穿行于寂静的林中，月把它迷人的光辉洒向树木，我越来越走入林木深处，四周全是枝桠，弥漫着幽灵般的静谧。黑暗中不时有点点闪亮。苍穹一片幽暗，深沉快乐的魔力。我多想在此长卧，不愿再走出森林，不再想明亮、喧闹的白昼，唯有永恒的夜晚，欢乐、静寂、安详、和平与爱情，为我所求。

[佚名 译]

⊙作品赏析

当城市的喧嚣最终沉寂，当灯红酒绿最后曲终人散，当我们的浮华或繁华最终成为过去，我们的记忆中还会残留什么？瓦尔泽的《林中》让人们明白自己在物欲横飞的时代中还有值得珍惜的东西，它让我们重新看清自己心灵深处曾经的执著。

《林中》以月照丛林为作者情思萌发的背景，作者在看厌了城市的繁忙拥挤之后，将这片森林看做是与心灵交汇的圣地，在这样的情况下，再平常不过的月影，也变得妩媚而和蔼，而且此时还下起轻轻细雨。在这样的静谧、朦胧的月夜，在这远离尘嚣的大自然，与此时此情相配的只有那超越时光隧道的永恒的真情。作者忆起了自己已失去联络的女友，只有此时，作者才肯平静地面对自己真实的情感，才会将自己情感毫无保留地释放。

信仰自白 / 爱因斯坦

入选理由
选自《爱因斯坦文集》的散文代表作
一位崇尚客观的科学家眼中的人生行为
独特的科学论证式的行文风格

可以和能够把自己最好的观察和研究能力奉献给客观的、非时间性的现象，做一个这样的人，真是有特殊的福分。我有幸享有这种福分，它使我在很大程度上不依赖个人的命运和周围人的行为。对此，我是多么高兴和感激啊！但是，这种独立性并不允许我们漠视把我们与过去、现在和将来的人类联系在一起的义务。

我们这些生活在地球上的人的状况奇特得很。我们中的每个人，既非自愿也无人邀请，就在这世界上作一短暂的逗留，对于为了什么和目的何在却毫无所知。在日常生活中，我们只是感受到：人是为别人而生存的，即为我们所爱的以及许多与我们命运攸关的人而活着的。

我一直在想，我的生活在多大程度上依赖着其他人的劳动，我知道，我欠他们多少。

我不相信意志自由。叔本华说：人虽然能够做他想要做的，但不能要他所想要的。这句话在任何情况下都陪伴着我，并使我与人们的行为和解，即使这些行为确实伤害了我。这种对意志不自由的认识使我得以不过分严肃地对待作为行为和判断的个体的自己和他人，并使我保持有益的幽默。

我从不追求舒适和奢侈，毋宁说我甚至十分鄙视这一切。我的社会正义激情经常使我与人们发生冲突；同样，我对不是绝对必要的束缚和依赖的反感也使我与人们发生冲突。我始终尊重个人；我对暴力和社团狂热怀有不可克服的反感。出于这种动机，我是一个热情的和平主义者和反军国主义者，我拒绝任何形式的民族主义，即使它装出爱国主义的样子。

我认为，来自地位和财产的特权是不公正和腐败的，过分的个人崇拜也是如此。尽管我熟知民主国家形式的缺点，但我仍然拥护民主的理想。社会的平衡和个人的经济保障，我始终认为这是国家的重要目标。

虽然，我在日常生活中是一个典型的独往独来者；但是，归属于一个追求真理、美

·作者简介·

爱因斯坦（1879—1955），出生在德国乌耳姆的一个商人家庭，1894年，因不满德国窒息自由思想的军国主义教育，爱因斯坦只身离开德国前往瑞士，两年后进入苏黎世联邦工业大学学习物理学。1900年，爱因斯坦以优异的成绩毕业，但由于他不羁的性格，一直没有找到工作。

1905年，他在《物理学记事》上连续发表3篇论文，分别在物理学的3个不同领域取得了重大突破。同年，他以论文《分子大小的新测定法》获得苏黎世大学的博士学位。1914年，应普朗克和能斯脱的邀请，他回到故乡德国，担任普鲁士科学院院长和凯撒·威廉物理研究所所长，并兼任柏林大学教授。

1915年，在"狭义相对论"发表10年后，他建立了"广义相对论"。1916年，他发表《广义相对论原理》。20世纪20年代后，爱因斯坦主要进行统一场理论的研究，他于1929年发表总结性论文《统一场论》。1939年，他获悉德国正在进行原子能实验后，给美国总统罗斯福写了封信，介绍了原子核裂变的巨大威力，建议美国政府研制原子弹，以防德国占先。1940年，爱因斯坦放弃德国国籍，加入美国籍。

定居美国后，爱因斯坦一直担任普林斯顿高级研究院的教授，直到1945年退休。1955年4月18日凌晨，爱因斯坦在普林斯顿与世长辞，享年76岁。

和正义的看不见的共同体的意识，阻止了孤独感的产生。

人所能体验的最美和最深刻的东西是充满神秘的感情。这是宗教和艺术、科学中所有深刻追求的基础。我认为，体验不到这一切的人，即使不像一个死人，那也像一个盲人。在我们经验之外，隐藏着为我们心灵所不可企及的东西，它的美和崇高只能间接地、通过微弱的反光抵达我们，感受到这些，就是宗教。只是在这意义上，我才是个有宗教感情的人。满怀惊异地预感和寻求这种神秘，谦恭地在心灵上把握存在的庄严结构的黯淡摹本，对我来说，已是足够的了。

［陈泽环 译］

⊙作品赏析

追慕爱因斯坦的人，一般都局限在他的相对论或者他的光电理论，但其实从他的个人事迹、人生传记甚者是作品文集中，我们都能更加人性化地认识这个被千万光环掩盖住的伟大物理学家。

《爱因斯坦文集》给了我们一个从人文角度认识爱因斯坦的机会，在《信仰自白》中，我们即可见到他的人生和处事的态度：不对外在产生过分的依赖行为，不对外面的世界作过分苛刻的要求，一切独来独往，用自己的形式，特别是内在的宗教式的神秘情感满足自己的生存和发展的要求，做一个最为自由自在的无所牵绊的人，这样才能潜心做自己喜欢的，做自己能做好的事情。

文章表达方式是相当独特的，就像作者在《论动体的电动力学》中直白地说明我发现了什么一样，在《信仰自白》中作者很袒露地就写下："我认为……"给人一种生硬霸道但却又不可否认的生命力量，就像文章中说的"来自地位和财产的特权是不公正和腐败的，过分的个人崇拜也是如此"。完全是概念式的，好像经历了层层推论这里已经不需要再复述了一般。而在语言的表达运用上，也是逻辑严密的，就像文章中说的"可以和能够把自己最好的观察和研究能力奉献给客观的、非世间性的现象，做一个这样的人，真是有特殊的福分"。

论宽容 / 福斯特

现在所有人都在谈论重建。我们的敌人在规划以其秘密警察来维持欧洲的新秩序，为此提出了各种方案，而我们这边在谈论重建伦敦，重建英格兰，甚至重建整个西方文明，并且对如何达成目标作出了设想。这一切真是不错，可是当我听到这类谈论，看到建筑师削尖铅笔，承包商搞出预算，政治家划分出势力范围，每个人都开始为此各尽其力时，不由想起了一句名言："除非上帝想要使房建成，否则建房人只能是白费力气。"这句话有涛一般的意境，然而却隐含着铁一样的科学真理。它告诉我们，除非我们拥有健全的心态和正确的心理，否则不可能建成或者重建任何能够长久存在的事物。这句话所包含的道理不仅适用于基督徒，而且适用于所有建设者，无论他持有怎样的世界观。我们的历史学家阿诺德·约瑟夫·托恩必博士在他的《文明盛衰史》中将此话作为卷首语，其中自有深意。毋庸置疑，一个文明唯一可靠的基础就是健全的精神状态。建筑师、承包商、国际经纪人、营销委员会和广播公司仅凭他们自己的力量想建成一个新世界，那真是痴人说梦。他们必须被一种适当的精神所激励，而他们所为之工作的人们也要拥有这种适当的精神。比如说，有朝一日人们会拒绝住在丑陋的房子里，而在此之前我们不会拥有一个美丽的伦敦。现在的人们并不在意丑陋；他们要求舒适，但不关心城市的美化，因为他们的确还不具备审美能力。我自己就住在一幢奇丑无比的单元楼里，可我并不因为它的丑陋而觉得烦恼。不等到大家都为此而感到烦恼的那一天，所有想要重建一个美丽伦敦的规划注定都要失败。

不过到底什么是适当的精神呢？我们可以达成下面几点共识：问题的根源在于心理状态；只有上帝参与，建设才能保持长久；先要拥有一种健全的精神，然后外交、经济学和贸易会谈才能起作用。不过，什么样的精神状态是健全的呢？在这一点上我们产生了分歧。假如问，重建文明需要什么样的精神素质，大多数人会说，我们需要的是"爱"。照这种说法，人们要彼此相爱，国家亦应如此，只有这样才能制止正在对我们产生毁灭性威胁的一系列灾难。

对持以上观点的人们我表示敬意，却不敢苟同。在个人事务中，爱是一种伟大的力量，可以说是最伟大的事物；但是在公共事务中，爱却于事无补。它曾屡次尝试过：先有中世纪的基督教文明，其后的法国大革命又从世俗的角度重申了人类的亲情。然而，爱所付出的一切努力都归于徒劳。想让国与国之间相爱，想让商业财团或者营销商们相爱，想让一个葡萄牙人爱一个他根本不认识的秘鲁人，这种想法不仅荒谬、虚妄，而且有害。它使我们陷入迷蒙而危险的多愁善感之中。"我们所需要的是爱！"我们这么唱着，唱过了就算完事，任由世界照老样子延续下去。事实在于一个人只可能爱他自己所认识和了解的那些有限的人和事。在公共事务中，在文明的重建过程中，我们需要的是一种不像爱那样戏剧化、感情化的东西，那就是宽容。宽容是一种很乏味的美德。它让人厌烦，它比不上爱，向来没给人留下什么好印象；它是被动的，它只是要求你去容忍别人，去忍受别的事物。从未有人想到要为宽容写赞歌，或者为它塑像。然而，宽容正是战后我们所需要的品质，正是我们所寻求的健全的精神状态。只有依靠它的力量，不同的种族、不同的阶层、不同的利益集团才有可能聚在一起为重建出力。

世界上现在挤满了人，拥挤到了前所未有的、可怕的程度，这些人不断地互相磕磕碰碰。在这些人当中，多数是你不认识的，有些是你不喜欢的，比如说不喜欢他们的肤色，不喜欢他们鼻子的形状，不喜欢他们擤鼻子的样子，不喜欢他们总不擤鼻子，不喜欢他们讲话的方式，不喜欢他们的气味、他们的服饰、他们对爵士乐的迷恋或者他们对爵士乐的反感等等。那么你该怎么办呢？你有两种处理方法可以选择。一种是纳粹式的：对于你不喜欢的某些人，你把他们杀掉、流放，或者隔离，然后你就昂首阔步地向世人宣称只有你才是人类的精华。我喜欢的是另一种方法，它远不如上一种那样激动人心，可是它符合民主国家的立国原则。如果你不喜欢某些人，你要尽可能地容忍他们。别试图去爱他们，那只会徒劳无获。你要努力对他们采取宽容的态度。只有以这种宽容为基础，我们才有可能建设一个文明的未来。除此之外，我想不出还有什么能够作为战后世界发展的基础。

我所以这么认为，是因为这个世界现在正需要静态的美德，傲慢、暴躁、愤怒和复仇欲都解决不了问题。我已经对一切动态的、攻击性的理想失去了信心，因为它们一旦实施起来，几乎总要使成千上万的人受到残害或者监禁。对于"我要清理这个国家"或者"我要把这个城市清洗干净"这一类的话，我的反应是恐惧和厌恶。这种做法在从前也许不那么可怕，因为那时世界还比较空；现在则不同了。在当今世界，国与国相互交织在一起，一个城市与周围地区也有着不可分割的有机联系。我还要指出一点：迅速重建不太可能。无论建筑家们怎样精心设计，我依然不相信我们拥有适于重建的心理状态。按照人类走过的历史来判断，重建的前景也许不错，但那是从长远来看。文明总不免经历一些奇异的倒退，而我觉得我们正处于这样一个倒退阶段。我们须承认这个事实，并以此为出发点来采取行动。我相信，在建立和平之后，宽容就成为必不可少的东西。举个实例来说：我一直在想，假如和约签订之后，我遇到了曾与之战斗的德国人，我该作出何种反应。我不该试图去爱他们，我在心里找不到这种情感，我至少还记得他们打碎我那窄小丑陋的公寓楼里的一扇窗的情景。但是，我会努力去容忍他们，因为那符合常理，因为战后我们还要与德国人共同生活在这个世界上。我们不可能铲除他们，正像他们未能成功地铲除犹太人一样。我们将容忍他们，这并非出于什么高尚的理由，而仅仅是因为我们有必要这样做。

我并不把宽容视为一种伟大的、永久的、神圣的原则，虽然我可以引用基督的名言"在我主的房中有许多间屋"来支持这一观点。宽容只是权宜之计，适用于一个过挤过热的星球。当爱消退时，宽容依然存留，而爱消退起来是很快的；我们只要走出家门，离开亲友，与一群陌生人一起排队买土豆，爱马上就消退了。在队列中需要宽容，否则你就会想："这队为什么这么慢？"在地铁中也需要宽容，否则你就会想："这些人为什么这么胖？"在打电话时也需要宽容，否则你就会想："这人为什么这么聋"？或者"这人为什么这么口齿不清"，在街头，在办公室，在工厂里都需要宽容，而最需要宽容的莫过于阶级之间、种族之间和国家之间了。宽容本身是单调的，但它要依靠想象力来获得，因为你必须为别人设身处地地着想，这算得上是一种有益的精神训练。

为容忍别人而不断努力看上去好像是柔弱甚至没有骨气的行为，因而它有时会引起性格豪爽之人的反感。伟大人物提倡宽容的例子，我并不能举出很多。圣保罗不讲宽容，但丁也不讲。不过，毕竟还是能想起一些名字的。在两千多年前的印度，笃信佛教的国王阿索卡让人镌刻碑文，不是要记载他本人的丰功伟业，而是告诫世人要存宽恕之心，要相互理解，要维护和平。在400年前，荷兰学者伊拉斯莫超然于狂热的新教和旧教徒的争斗之外，并因此受到了两派的夹击。同属16世纪的法国作家蒙田在他那宁静的乡村房子里写出了诙谐、精妙、机智的文字，直到今天，文明的人们还能从中获得乐趣和信心。在英国则有哲学家约翰·洛克，自由党成员、开明的神甫西德尼·史密斯，还有劳维斯·狄更生，他的《现代论集》是论宽容的经典之作。在德国——没错，是在德国——出现了歌德。所有这些人都支持我在前文中尽力要表达的信条。它尽管是静态的，但对于拯救这个拥挤不堪的世界却是必不可少的。

最后我还有两句话。首先，狂热表现在别人身上就很明显，表现在自己身上就难以觉察了。比如说，我们很容易看到纳粹在搞种族歧视，他们从得势以来在这方面的所作所为早就臭名远扬了。可是，我们自己真的是无可指责的吗？与纳粹相比，我们的罪责要轻得多。然而，不列颠帝国里果真不存在种族歧视吗？不存在肤色问题吗？假如对你来说，宽容不仅仅是一个虔诚的字眼，那么我请求你仔细想一想这个问题。我的另一句话是要反驳某些人可能会提出的异议。宽容不等于软弱，容忍别人不等于向他们让步。这样一来，问题就变得复杂了，可是文明的重建必然是个复杂的过程。我只是坚信一点：除非上帝想要使房建成，否则建房人只能是白费力气。也许，当房子建成之后，它会迎来爱的光临。到了那一天，这个在私人生活中最伟大的力量也将主宰公共生活。

[孙海晨 译]

⊙ 作品赏析

福斯特的文学以《可以远眺的房间》、《印度之行》最为吸引读者的关注，其中展现的是一个包容世界于寸心的文化思考，揭示了文化间的不可避免的冲突和冲突下相互包容而彼此促进的欢愉，按照作者自己的说法是不管你是否对某种存在表示过怀疑，只要你真心沟通，一切就会消逝无疑的。

而散文《论宽容》也正是体现了这一点原则，在文章中作者对人和人之间、国家与国家之间的共存问题提出了社会性的思考。在他看来，在如此拥挤的地球生活当中，要求像基督徒般以爱行走是不大现实的，但至少我们可以以宽容的方式消解彼此之间的尴尬和尴尬中的敌意，至少维持住表面的和平，让纷争暂时消却。

虽然这不是一种完美的处世心态，就像作者所说的，只不过是在这个过热的星球上生存的权宜之计，但却是一个可以解决问题的生存哲学。文章中说："我们将容忍他们，这并非出于什么高尚的理由，而仅仅是因为我们有必要这样做。"

福斯特的这种包容式的辩证思考，让我们在文章中时时能感觉到作者论证的逻辑条理，从重建联想起宽容的人生思考，并进而作出迂回式的举证，全面顾及到宽容在这个现实人生中所具备的伟大含义。语言相当拙朴，但铿锵有力，让我们在阅读中倾听作者的人生感悟，倾听他的处事之道。

这是我的祖国 / 普列姆昌德

入选理由 印度文学大师普列姆昌德的人生散文
写尽了一个游子的精神追寻历程
文章言语真挚，亲切动人

整整过了 60 年，今天我再一次回到自己的国家，我可爱的祖国。当我离开我可爱的国家的时候，命运把我带往西方。那时，我是一个精力旺盛的年轻人，我的血管里流淌着热血，而心中充满了激情和各种崇高的理想和抱负。不是某一个压迫者的迫害或法律的裁决能把我和我亲爱的印度分开的。不，压迫者的暴行和严酷的法律尽管怎么治我都可以，但是不能使我脱离我的祖国。我的内心的一种崇高理想和远大抱负把我驱使到国外。我在美国经商，赚了很多钱，并且尽情享受了。我很庆幸，娶了一个美丽而贤惠的妻子，她的姿色无人可比，整个美国都赞叹她的美貌。而她的心里，没有一种想法不是和我联系在一起的。我全心全意地为她奉献，对我来说，她就是我的一切。我有五个儿子，他们个个都长得俊美、结实、健康，有着良好的品德。他们使我经营的商业更为兴旺。而他们的孩子们，那些天真可爱的小宝宝，当我出发去看望我可爱的祖国时，他们都坐在我的怀里。我抛开了我无数的财富、忠实的妻子、孝顺的儿子们以及我的骨血——可爱的孙子们。我抛开了亲人和财产，为的是能够最后见一见我可爱的印度母亲。我已经很老了，再过 10 年，我就要满 100 周岁了。如果说，现在我的内心还有没能满足的愿望的话，那就是我要让自己化做自己祖国的泥土。这个愿望并不是今天才在我心中出现的，

·作者简介·

普列姆昌德（1880—1936），印度杰出的现实主义作家，印度现代进步文学的奠基人。普列姆昌德原名滕伯德·拉伊，生于印度贝拿勒斯附近的拉姆希村，于1902年考上阿拉哈巴师范学院，1804年毕业后从事教学工作，同时进行业余文学创作。他于1901年开始发表作品，经过36年的辛勤劳动，给印度文学留下了12部长篇小说，250多篇短篇小说，还写过剧本、电影故事、儿童文学、散文和评论文章。此外还翻译过一些英国文学作品。主要作品有《世俗的恋情与爱国热情》、《世界上的无价之宝》、《沙伦塔夫人》、《高尚》、《赫勒道尔王公》、《盐务官》、《礼教的祭坛》、《鹦鹉》、《难题》等。

我早就有这样的打算。当我的妻子正用甜蜜的话语和温柔的姿态来取悦我的时候，当我的一些年轻的儿子早晨来到我面前向自己年老的父亲请安的时候，那时我就像被一根针刺在心头。那根针刺就是：我是从自己国家流浪到这里来的，这个国家不是我自己的祖国，我不是这个国家的人。金钱是我自己的，妻子是我自己的，儿子是我自己的，财富是我自己的，但是不知为什么，当我想到我在祖国的破旧的茅屋，几亩祖传的土地，以及孩提时代光着屁股的小伙伴们时，对这些事物的回忆不时地折磨着我的内心。即使在喜庆的场合，这种想法也依然刺痛着我的心。我想：唉，老天，要是我在自己的祖国，该多好！

但是，当我从孟买走下海轮，看到穿着黑色西服、嘴里说着生硬的英语的海员；接着又看到英国商店、电车、汽车，遇到了各种胶轮的车子以及嘴里叼着雪茄的人们；然后来到了火车站，坐上火车向着我那青山环抱的可爱的村庄、我可爱的故乡出发，这时我的两眼满是泪水，我伤心地痛哭了一场，因为这不是我可爱的国家，这不是那个内心深处一直朝思暮想的国家，这是另外一个国度，这是美国，这是英国，但不是可爱的印度。

火车穿过森林、高山，越过河流和平原，来到了我可爱的村庄附近。这座村庄，当年繁花似锦，溪流纵横，美丽景色胜似天堂。我下了火车，我内心无比兴奋。如今，我马上能看到我那可爱的老家了，我就要和自己孩提时代的可爱的伙伴们见面了。当时，我一点儿也没意识到我已经是90岁的老人了。越走近村子，我的步伐越快，我内心涌现出的那股兴奋的浪潮，是不可用言语来表达的。我睁大了眼睛，望着每一处景物。啊，这就是原来的河道，当年我们曾在这里洗马，自己也在河里戏水；但是现在它的两边用铁丝网围上了栏杆。前面是一座别墅，有三个英国兵背着枪来回巡视着，严禁牲口下河和人戏水。我走到村子里，两眼开始搜寻我童年时代的伙伴，可是遗憾得很，他们都成了死神的祭品。我那栋破草房，在它的怀抱里，我曾尽情嬉戏，我曾尽情享受我童年时无忧无虑的乐趣，而它曾经样子依旧浮现在我的眼前，现在这个草屋成了一个土堆了。村子里并不是没有人烟，我看到成百的人来回奔忙着，他们谈论的话题几乎全是法庭、税务局和警察局的事务，他们的面孔毫无生气，显出张皇的神色。他们看来好像都被世间的烦恼压得喘不过气来。再也看不到像我青年时代的同伴那样结实、健壮、俊美、白皙的年轻人。我亲手参加修建的摔跤场，如今已改建成一所破烂的小学校。里面坐着一些昏昏欲睡的孩子，他们面黄肌瘦，衣衫褴褛，疾病缠身。不！这不是我的国家，我从那么遥远的地方来到这里的目的不是看这样的国家，这是另外某一个国家，不是我可爱的印度。

我跑到那棵榕树下面，当年我们曾在它的清凉的树阴下尽情享受童年的乐趣，它曾是我们童年的摇篮，它曾是我们青年时代休憩的地方。看到这棵可爱的榕树，我几乎要大声哭出来。一种使人惋惜、忐忑不安和痛楚的记忆，它清晰地浮现出来了，我坐在地上哭了好久。就是这棵可爱的榕树，我曾爬到它的顶端，它的枝条曾充当过我们的秋千，它的果子曾使我们感到那是比全世界最好的糖果还要香甜的东西。我又想起了那些用手臂挽着我的脖子和我一同玩耍的年纪相同的伙伴，他们曾经生过我的气，后来又和我和好，这些人到哪里去了呢？啊，难道我这个无家的旅客现在就只孤单一人吗？没有一个伙伴？这棵榕树附近现在是一个警察哨所，树下的椅子上坐着一个头戴红头巾的士兵，他的旁边还有十多个戴红头巾的士兵。他们双手叉在胸前站着。有一个半裸着身子的饿得要死的人，他身上已经多次挨过皮鞭，正躺在地上抽泣。我想到了：这不是我可爱的祖国，这是另外某一个国家，这是欧洲，这是美洲，但不是我亲爱的祖国，绝对不是我亲爱的祖国。

在这儿感到失望之后，我又走到了村子的议事棚那边。那儿当年曾是我父亲和村子里年长的老人一同抽水烟谈笑风生的地方。我们也常在那平台上翻斤斗。有时那儿还召开村子的长老会议，长老会的首席长老常常是我父亲。紧挨着议事棚是一个大牛栏，当年全村的牛都系在那牛栏里，而我们在这里常常逗小牛犊玩。可惜，现在那个大牛栏也不知道到哪里去了，现在那里是一个种痘站和一个邮亭。当年和这个大牛栏连在一起的还有一个榨甘蔗和熬红糖的房子。在那儿，冬天可以榨甘蔗，红糖的香味直冲脑顶。我和我的同年纪的伙伴们围着看切甘蔗，一看就是几个小时，而且对切甘蔗的工人动作的迅速大为惊讶。我曾在那里几百次地喝过用甘蔗汁掺和的牛奶。附近一些人家的妇女和孩子们，各自拿着陶罐，来到这里，装满甘蔗汁后回家。榨甘蔗的榨机现在还在那里，可是榨甘蔗的房子已经没有了。取而代之的是一架绞麻的机器，机器的前面是一家卖槟榔和香烟的店铺。看到这一副令人心碎的情景，我感到很伤心。我向一个样子看起来受过教育的人说："大爷，我是一个外地的过路人，请让我在这里住一宿吧！"这个人把我从头到脚打量了一番后说："你到别处去吧，这里没有地方。"我向前走了一段路，我又听到同样的答复，叫我到别处去。当我问到第五个人时，这位先生把一小撮三角豆放在我的手心里。三角豆从我的手里落到了地上，我的两眼流出了热泪。唉，这不是我亲爱的祖国，这是另外一个国度，这不是我可爱的好客的国家，绝对不是我那可爱的好客的国家。

我买了一盒香烟，走到一个无人的地方坐下来，回忆往昔的日子。这时，我突然想到在我出国时正在修建的一座宗教会馆。我连忙赶到那里，准备在那里好歹度过一夜。可是令人惋惜和遗憾的是，宗教会馆虽然仍在那里，可是里面没有穷苦过路人的栖身之地，那里已经成了酗酒、赌博和道德败坏的渊薮。看到这种情形，我不由得从内心深处抽了一口冷气。我大声嚷起来：不，不，一千个不是，一万个不是，这绝不是我的可爱的故乡，不是我可爱的祖国，不是我可爱的印度，这是另外某一个国家，这是欧洲，这是美洲，但绝对不是印度。

深夜里，豺狼和家犬都在嚎叫，我怀着一颗沉痛的心来到河道岸边坐下了。我开始想：我该怎么办？是仍然回到我可爱的孙子们中间去，将我这没有满足的心愿转化成美国的泥土？现在我已经没有任何国家了。以前，我确实已经离开了我的祖国，不过，对亲爱的祖国的回忆却永远留在我的记忆里。现在我是没有国家的人了，我没有国家。我把头埋在两个膝盖中间坐着，一声不响地想了好久好久。黑夜眼看着快过去了，神庙里的钟声响了三下。我的耳朵听到有人唱歌的声音，我的心一阵兴奋。这是故乡的曲调，这是我们国家的民谣。我马上爬了起来，我看到什么呢？我看到一二十个年老体弱的妇女，穿着围裤，手里拿着水壶，正去河里沐浴。她们一面走一面唱道：

我的主啊！
请宽恕我的罪过！

这迷人和令人激动的调子对我产生的影响，是不能用言辞表达出来的。我曾听过美国最伶俐活泼、最开朗的美女唱歌，不止一次地从她们的嘴里听过比歌还要迷人的满怀深情的情话，我曾享受过我那些可爱的孙子们的发音不准的喃喃学语的乐趣，我曾听过禽鸟悠扬悦耳的啁啾啼声。可是我从这调子中所得到的乐趣、兴奋和快感，是我一生中从来也没有感受过的。这时我自己也哼起来了：

我的主啊！
请宽恕我的罪过！

我正陶醉在这种曲调里，这时我又听到了许多人说话的声音，看到有些人的手里拿着青铜制的钵，嘴里祷念着"湿婆"、"湿婆"，"诃罗"、"诃罗"，"恒河"、"恒河"，"那罗衍"、"那罗衍"。我的内心又一阵激动。这就是我的国家，是我亲爱的祖国的生活习惯和声音啊！我高兴得手舞足蹈，我跟着这些人一起走。走过六七里的山路后，我们来到了恒河的岸边。这条神圣的河，每一个印度教徒把在它的激流里沐浴和死在它的怀抱里当成最神圣的事。恒河离我可爱的村子只有六七里地。当年，我每天大清早就骑着马来拜谒一次恒河母亲。我心里始终怀着再朝觐它的理想。现在，在这里我看见成百上千的人在那冷得使人发抖的水里沐浴；有些人坐在沙地上念"迦叶德利"的经文；有些人在念咒祭神；有些人正在额上抹檀香末；还有些人合唱吠陀的诗句。我的内心又一阵兴奋和激动，我高兴地叫起来：啊，这就是我的国家，这就是我可爱的故乡，这就是我的印度。我要见的正是它，我正是要化做它的泥土，这正是我长期以来的内心的理想。

我高兴得快要发狂了，我把我的西服脱了下来，扔到一边，跳进了恒河母亲的怀抱里。正像一个不懂事的天真的孩子，和别人家的小孩厮混了一整天后，傍晚时投进自己母亲的怀抱，依偎在母亲的胸脯上一样。啊，现在我是在自己的国家里了！这是我可爱的祖国，这些人是我的兄弟姐妹，恒河是我的母亲。

我在恒河岸边修了一间草房。现在我除了成天祷念罗摩以外再也没有什么其他的事可做了。我每天早晚都在恒河里沐浴。我的愿望就是在这儿停止呼吸，我的遗骨就献给恒河母亲的激流。

我的妻子和儿子们一次又一次叫我回去，但是现在我不能抛开恒河的河岸以及我亲爱的祖国而到那里去了。我要将我的遗体交给恒河。现在世界上的任何宏愿和理想也不能使我离开这里，因为这是我亲爱的祖国，是我可爱的故乡，而我的理想就是死在我自己的国土上。

[刘安武 译]

⊙作品赏析

　　普列姆昌德曾被誉为印度小说之王，在他的作品中时刻充满着怜悯和人生思索。诸如《服务院》、《戈丹》就完整地体现了他对现实生活的理解。《这是我的祖国》讲述的是一个游子的故事，他为流浪而遗憾，并在生命的最后挣扎着回到生养自己的地方。可是他失望了，他失去的不仅仅是故土，同时也失去了故乡所有的习俗和传统。作者的心茫然了，他抛开了原来的家回到故国，而在故国自己又是一个陌生人，他无奈地变成了一个精神的流浪者。作者虔诚的心，在满目疮痍的故土上被寸寸撕裂了，我们甚至可以听到他惨痛的呼叫，这已经不是眼泪可以表达的了。这个世界留给作者的好像只有绝望，最后只剩下恒河边上古老的圣洁洗礼尚且可以拯救作者苍茫的心。

　　文章可谓一波三折，从放弃所有的一切执意回到印度，到幻想中的雀跃，到现实生活中的残酷落差，再到追寻到生命中最为亲切的仪式，为我们完整展现了一个游子的心态变化流程，宛如流水般向前推进。和故事的直白不同的是作者在语言的处理上，将精到委婉的笔触融化在行文的每个角落，让情感的涌动依托在语言的真挚深沉上。

海伦·凯勒和安妮·萨利文 / 海伦·凯勒

入选理由：描绘了伟大而神圣的师生之情／用爱心谱写的乐章／展示了美好的人性

　　没有一种友谊比师生之情更神圣，而海伦·凯勒（1880～1968）和安妮·萨利文（1866～1936）的友谊堪称其中最伟大者。

　　海伦·凯勒不满两岁时，疾病夺去了她的视力和听力，使她与世隔绝。之后的近五年里她长大了，正如她后来描述的："粗野且难以驾驭，高兴时便傻笑，不满时则又踢又抓，发出令人窒息的尖叫，简直要刺破耳膜。"

　　安妮·萨利文从波士顿的帕金斯盲人学校来到亚拉巴马州的凯勒家，改变了海伦的生活。萨利文因眼部感染而成为半盲人，始终未能痊愈。她带着自己的经历、百折不挠的奉献精神和爱，来到海伦身边。通过触摸，她能与小女孩的心灵对话，三年之中，她教海伦用布莱叶盲文读写。16岁时，海伦的口语已经很好，可以上预科和大学了。1904年她以优异成绩毕业于拉德克利夫，之后像她的老师一样为帮助盲人和聋哑人奉献出一生。这两个女人的友谊始终不渝，直至安妮去世。

· 作者简介 ·

　　海伦·凯勒（1880—1968），生于美国南部。她在19个月大时因为一次高烧而导致失明及失聪。8岁时，海伦的母亲为她找到了一位家庭教师——安妮·萨利文小姐，并进入帕金斯盲校学习。16岁时，海伦进入哈佛大学附属剑桥女子学院学习。4年后，她如愿进入哈佛大学，开始尝试写作。大学毕业后，她把心力集中在推行盲人关怀的社会运动上，到处演说为盲人、聋哑人筹集资金。1964年被授予美国公民最高荣誉——总统自由勋章，次年又被推选为世界十大杰出妇女之一。

海伦在自传《生命的故事》中描写了安妮·曼斯菲尔德·萨利文的到来。

在我记忆中，安妮·曼斯菲尔德·萨利文老师到来的那一天是我一生最重要的日子。想一想自己的生活在这前后天壤之别般的变化，我心里便惊诧不已。那是1887年3月3日，再过三个月，我就满七周岁了。

在那个不寻常的午后，我站在门廊上，一声不响地等着。从妈妈的手势和屋里匆匆来往的人们那里，我隐约猜到会有不平常的事发生，于是我走到门口，在台阶上等着。午后的阳光穿过覆盖着门廊的团团簇簇的忍冬花，照在我仰起的脸上。我的手指几乎是不自觉地在熟悉的叶子和花上流连，刚刚绽开的花儿在迎接这南国的春天。我不知道未来将会给我带来什么样的奇迹或惊诧。连续几个星期以来，愤怒和苦涩在吞噬着我，其后便是深深的倦怠。

你是否曾有这样的经历：在浓雾弥漫的海上，那迷雾如同有形的白幕包围着你，紧张而焦虑的巨大的航船，借助着测深锤和探深索，摸索着驶向岸边，而你内心狂跳不已，在等待着什么事情发生。我开始接受教育之前，就像那条船，只是没有罗盘和探深索，无从知道自己到底离港口还有多远。"光明，给我光明！"我的心在这样无声地呐喊，就在那一刻，爱的光辉照在了我身上。

我感觉到了越来越近的脚步。我以为是妈妈，就伸出了手。有人抓住了它，把我抱紧，紧紧拥在她的怀里。她来向我揭示一切，更重要的是，来爱我。

老师来的第二天早晨，她把我领到她的房中，给我一个洋娃娃。这是帕金斯学校的盲孩子们送的，劳拉·布里奇曼为它缝制了衣服，这些是我后来知道的。我拿着它玩了一会儿，这时，萨利文小姐慢慢地在我手上拼出"洋娃娃"这个词。我立刻被这种手指游戏迷住了，并努力地模仿。当我终于成功地把字母准确拼写出来时，脸上洋溢着童稚的喜悦和骄傲。我跑下楼，来到妈妈面前，擎着手，拼写出"洋娃娃"这个词。我当时并不知道我是在写字，甚至不知道有字的存在。我只是像猴子一样模仿，让自己的手指移动。在这以后的日子里，我学会了拼写许多词，但并不理解它们的意思。其中有"针、帽子、杯子"和少数动词，如"坐、站和走"。老师和我一起度过了数周之后，我才明白每个事物都有一个名字。

一天，我正在玩新洋娃娃，萨利文小姐把破旧的大洋娃娃也放在我的膝上，拼写出洋娃娃这个词，竭力让我理解"洋娃娃"对两者都适用。那天早些时候，我们曾为"杯"和"水"这两个字苦苦纠缠。萨利文小姐尽力让我明白"杯"是指杯子，"水"是指水，而我总是把两者混淆。绝望之中，她暂时放下了这个题目，待有机会再重新捡起。我对她的反复努力变得很不耐烦，抓起新洋娃娃，摔在地上。当我感觉到摔破的洋娃娃的碎片就在脚下时，我非常开心。在脾气发作之后，我既没有懊悔，也没有歉意——我从未喜欢过洋娃娃。在我生活的寂静和黑暗世界里，既没有强烈的感伤，也没有太多的柔情。我感觉到老师把碎片扫到壁炉边，有了一种满足感，我的不快便消除了。她为我拿来帽子，我知道我要出去，到温暖的阳光下。这个想法——如果这种无言的知觉可以称为想法，让我高兴得又蹦又跳。

我们沿着小路向汲水房走去，笼罩着汲水房的忍冬花香吸引了我们。有人在汲水，老师把我的手放在喷水管下。当清凉的水流冲着一只手时，她在我另一只手上写出"水"这个字。开始很慢，后来写得很快。我静静地站着，全神贯注于她手指的动作。突然，我有了一种朦胧的意识，像是记起了早已忘却的东西——一种恢复思维的狂喜，不知怎的，语言的秘密向我揭开了。于是，我明白了水就是在我手上流过的奇妙而清凉的东西。这个生动的字眼唤醒了我的心灵，赋予它光明、希望和欢乐，使它获得了自由！当然，障碍依然存在，但那些障碍总有一天会被清除。

我带着求知的渴望离开汲水房。每个事物都有名字，每个名字都带来一个新想法。当我们回到家，我触摸到的每个物体都好像拥有了生命，都在颤抖，那是因为，我是用已经获得的一种新奇的眼光看待一切。刚一进门，我就想起被我摔破的洋娃娃。我摸索着走到壁炉边，捡起那些碎片。我试图把它们拼合在一起，但却无法做到。接着，我眼里涌满泪水；因为我意识到自己做了什么，我第一次感觉到悔恨和悲伤。

那天我学会了许多生字。我不能完全记起是哪些字，但我清楚地记得"妈妈"、"爸爸"、"姐妹"、"老师"就在其中——这些字词使整个世界像花一样为我绽开，"如盛开的毛蕊花"。在那个不平常的日子就要结束时，我躲在小床上，重温那一天带给我的欢乐，很难找出一个比我更幸福的孩子，我第一次渴望着新的一天到来。

安妮·萨利文在信中描述了她所看到的发生在海伦身上的"奇迹"。

这天早晨，我的心在欢快地歌唱。奇迹发生了。理解之光照耀着我的学生幼小的心灵，看，一切都改变了！

这个星期之前还粗野的小东西，变成了一个温文尔雅的孩子。我写字的时候，她坐在我身边用苏格兰毛线钩织一条红色的长链，表情宁静而快乐。她本周学会了这种编织法，并对这一成绩感到非常骄傲。当她成功地钩织出一条可以横贯房间的链子时，她轻轻拍了拍自己的手臂，把她第一件手工作品爱惜地放在面颊上。现在，她允许我吻她了，并且在特别温顺的时候，她还会在我膝上坐一两分钟；但她并不回报我的爱抚。这一大步——重要的一步——已经跨过来了。这个小小的野孩子第一次学会了顺从，她发现服从并不是件很难的事。现在，对已开始在幼小的心灵中激发出来的可爱的才智加以引导和雕琢，是我的任务，对此我欣然接受。已经有人在谈论海伦的转变。她父亲早上去办公室或晚上回来时，会进来看着她自得其乐地把珠子穿成串，或在缝纫板上织横线，他会感慨："她是多么安静！"我刚来的时候，她的行动如此僵硬，总使人感觉她有点不自然，近乎怪诞。我现在注意到她的饭量小多了。她父亲为此非常烦恼，急于带她回家。他说她想家了。我不赞同他的想法，但我想我们是很快就要离开这小房子了。

这一周海伦学了几个名词。"杯子"和"牛奶"对她来说最难，拼写"牛奶"时，她指向杯子，拼写"杯子"时，她做出倒饮料的手势。这说明她把两个词混淆了。她还不知道每个事物都有一个名字。

（1887年3月20日）

今天上午我必须给你写封信，因为发生了一件重要的事，海伦在学习上迈出了重要的一步。她知道了每个事物都有一个名字，而写在手上的字母就是她了解想要知道的一切的钥匙。

在前面的一封信中，我想我说过"杯子"和"牛奶"两个词对海伦来说最难。她把这些名词和动词"喝"搞混了。她不知道"喝"这个词，每当她拼写"杯子"或"牛奶"时，就做出喝的动作。今天早上当她洗脸时，她想知道"水"这个词。当她想知道任何东西的名字时，就指着它拍拍我的手。我当时拼写出"水"这个词，在早饭前并没多想此事。后来我想到，借助这个字，我也许可以解决"杯子——牛奶"的难题。我们来到汲水房，让海伦拿着杯子放在出水管下，我来抽水。清凉的水涌出，盛满了杯子，这时，我在海伦空着的那只手上拼写出"水"。这个字紧接着清凉的水流过手上的感觉而来，似乎令她很惊骇。她扔掉了杯子，怔怔地站着，脸上露出一种新的光彩。她把"水"字写了几遍。接着，她蹲在地上，问它叫什么，然后指了指水泵和花棚，这时她忽然转过身，问我的名字，我拼写出"老师"。这时，保姆把海伦的妹妹带进汲水房，海伦拼写出"婴儿"，随后又把手指向了保姆。回屋的路上她一直很兴奋，学会了她触摸到的所有东西的名字。在短短几个小时之中，她学会了30个生字，其中有"门、开、关、给、去、来"等等许多单词。

又及：昨晚我没有及时写完信寄出，所以再加上几句。海伦今天早上起床时，像个光彩照人的仙女。她轻轻地从这件东西换到那件东西，问我所有这一切的名字。她一高兴就吻我。昨晚我上床时，她自己偷偷钻进我怀里，第一次亲吻我，我心里高兴坏了，觉得自己都要飞起来了。

（1887年4月5日）

[佚名 译]

⊙作品赏析

海伦·凯勒被视为20世纪最富感召力的作家之一，她坚强的意志与卓越的贡献打动过无数人。而她与老师安妮·萨利文伟大而真挚的友谊，一直以来被传为美谈。本文记叙的是海伦与萨利文最初相处的情形，伟大而神圣的情谊由此开始。面对着桀骜不驯的小女孩，萨利文老师表现出了极大的耐心与宽容，她用爱的光辉去照耀海伦黑暗的世界，用真情谱写乐章在海伦无声的世界里弹奏，终于敲开了海伦紧闭的心门。"她一高兴就吻我。昨晚我上床时，她自己偷偷钻进我怀里，第一次亲吻我，我心里高兴坏了，觉得自己都要飞起来了。"这是萨利文笔下饱含爱意与满足的文字，是从她美好善良的心灵中流露出来的声音。而在她关照之下的海伦，"触摸到的每个物体都好像拥有了生命"，这也是她心中爱意的流露。这样的故事，在我们的心底久久回荡。我们在感动的时候，也应该有所领会。爱，是神圣的、是无坚不摧的，它可以驱走黑暗与冷漠，是心与心之间交流的最好渠道。萨利文带给海伦的爱，塑造着她的人格，也指引着她的人生观的形成，可以说，海伦后来所摘取的硕果，与老师的爱之灌注是密不可分的。

给我三天光明 / 海伦·凯勒

入选理由
海伦·凯勒的感人至深的散文
一个未曾见识光明的作者对光明的美好畅想
一篇警醒世人的生命感悟篇章

　　我们都曾读到过这样激动人心的故事：故事的主角能活下去的时间已经很有限了，有的可以长到一年；有的却只有 24 小时。对于这位面临死亡的人打算怎样度过这最后的时日，我们总是感到很有兴趣——当然，我说的是可以有选择条件的自由人，而不是待处决的囚犯，那些人的活动范围是有限的。

　　这一类的故事使我们深思，我们会想到：如果我们自己也处于同样的地位，该怎么办？人都是要死的，在这最后的时辰，应当做一点什么？体验点什么？和什么人往来？在回首往事的时候，什么使我们感到快乐？什么使我们感到遗憾呢？

　　我常想，如果每一个人在刚成年时都能突然聋盲几天，那对他可能会是一种幸福。黑暗会使他更加懂得光明之可贵；寂静会教育他懂得声音的甜美。

　　我曾多次考察过我有眼睛的朋友，想让他们体会到他们能看到些什么。最近，我有一位很要好的朋友来看我，她刚从森林里散步回来。我问她发现了什么。"没有什么特别的。"她回答。好在我对这类的回答已经习惯了。因为很久以来，我就深信有眼睛的人所能看到的东西其实很少，否则，我是难以相信她的回答的。

　　我问我自己，在树林里走了一个小时，却没看到什么值得注意的东西，这难道可能么？我是个盲人，但是我光凭触觉就能发现数以百计的有趣的东西。我能摸出树叶的精巧的对称图形，我的手带着深情抚摸银桦的光润的细皮，或者松树的粗糙的凹凸不平的硬皮。在春天，我怀着希望抚摸树木的枝条，想找到一个芽蕾，那是大自然在冬眠之后苏醒的第一个征兆。我感觉到花朵的美妙的丝绒般的质地，发现它惊人的螺旋形的排列——我又探索到大自然的一种奇妙之处。如果我幸运的话，在我把手轻轻地放在小树上时，还能偶然感到小鸟在枝头讴歌时所引起的欢乐的颤动。小溪的清凉的水从我撒开的指间流过，使我欣慰。松针或绵软的草叶铺成的葱茏的地毯比最豪华的波斯地毯还要可爱。春夏秋冬——在我身边展开，这对我是一出无穷无尽的惊人的戏剧。这戏的动作是在我的指头上流过的。

　　我的心有时大喊大叫，想看到这一切。既然我单凭触觉就能获得这么多的快乐，视觉所能展示于人的，又会有多少！但是很显然，有眼睛的人看见的东西却很少。他们对充满这大千世界的色彩、形象、动态所构成的广阔的画面习以为常。也许对到手的东西漠然置之，却在追求自己所没有的东西，是人之常情吧。但是，在有光明的世界里，视觉的天赋只是被当成一种方便，而不是当做让生命更加充实的手段，这毕竟是令人非常遗憾的事。

　　为了最好地说明问题，不妨让我设想一下，如果我能有，比如说，三天的光明，我最希望看到什么东西。在我设想的时候，你也不妨动动脑子，设想一下如果你也只能有三天光明，你打算看见些什么。如果你知道第三天的黄昏之后，太阳便再也不会为你升起的话，你将如何使用这宝贵的三天呢？你最渴望看见的东西是什么呢？

　　如果由于某种奇迹，我能获得三天光明，然后再回到黑暗中去的话，我将把这段时间分作三个部分。

在第一天，我将看看那些以他们的慈爱、温情和友谊使我的生命值得活下去的人。首先我一定要长久地打量我亲爱的老师安妮·萨利文·梅西太太。是她在我孩提时代来到我的身边，为我开启了外部世界的大门。我不但要细看她的面部的轮廓，让它存留在我的记忆里，而且要研究她那张面孔，找出生动的证据，说明她在完成对我的教育这项艰苦的任务时所表现出来的温和与耐性。我要从她的眼里看见她性格的力量。那力量使她坚强地面对困难。我还要看到她在我面前常常流露的对人类的同情。如何通过"灵魂的窗户"眼睛看到朋友的心灵深处，我是不懂得的。我只能通过指尖探索到人们面部的轮廓。我能感到欢笑、悲伤和许多明显的感情。我是通过触摸他们的面部认识我的朋友的……

我很熟悉在我身边的朋友，因为成年累月的交往让他们把自己的各个侧面都呈现在我的面前。然而对于偶然结识的朋友，我却只有通过握手，通过指尖触摸他唇上的话句，和他们在我的掌心里的点划，得到一点不完全的印象。

你们有眼睛的人只须通过观察细微的表情：肌肉的震颤、手的动作，便能迅速地把捉住另一个人的基本性格，那是多么轻松，多么方便啊！

但是，你曾想过用你的眼睛去深入观察朋友或熟人的内在性格没有呢？你们大部分有眼睛的人，对人家的面孔是不是经常只随意看到一点外部轮廓就放过去了呢？……

有眼睛的人对身边的日常事物很快就习以为常了。他们实际上只看到惊人的和特别触目的部分。而且就是在特别触目的景象面前，他们的眼睛也是懒惰的。每天的法庭记录都说明"证人"们的眼睛是多么地不准。同一个事件有多少个"证人"，就会有多少个不同的印象。有的人比别的人看到的多一些，然而能把他们视觉范围内的东西全部看到的人却寥寥无几。

啊！如果我有三天光明，我能看到多少东西啊！

第一天我一定很忙，我要把我所有的亲爱的朋友请来，久久地观看他们的面孔，把体现他们内心美的外部特征深深地印在我的心上。我还要细看婴儿的面庞。我要观察在个体认识到矛盾之前的强烈的天真的美——那矛盾是随着生命的发展而发展的。

我还想观察我那几条忠心耿耿的狗的眼睛——庄重、老练的小苏格兰、小黑，还有高大结实、善解人意的大丹麦狗赫耳加。它们曾以热烈、温柔和快活的友谊给了我极大的安慰。

在最忙的第一天，我也想去看一看家里的琐碎简单的事物。我想看看我脚下的地毯的温暖的色彩，看看墙上的画，看看那些我所熟悉的琐碎的东西。是它们把一所房屋变成了家的。我的眼睛会带着敬意停留在我所读过的凸文书籍上，但是我恐怕会对印刷出来给有眼睛的人读的书感到更加强烈的兴趣。因为在我的生命的漫长的黑夜之中，我所读过的书和别人为我"读"的书，已经构筑成了一座巨大的灿烂的灯塔，为我照亮了人的生命和精神的最深邃的航道。

在我有眼睛的第一天的下午，我要在树林里作一个漫长的散步，用大千世界的种种美景刺激我的眼帘。我要竭尽全力在几小时之内吸取那光辉广阔的场面——那对有眼睛的人永远展现的场面。在我从林间散步回来的路上，我走着的小径会从田野旁经过，我可以看到温驯的马翻耕着土地（说不定只看到一部拖拉机！），也可以看到那些紧靠泥土生活的人们怡然自得的神情。我还要祈祷让我看到一个绚丽多彩的落日。

黄昏降临之后，我还会体察到一种双重的欢乐：我能借助人造的光明来看到世界，在大自然命令出现黑暗的时候，人类却凭自己的聪明才智创造出了光明，延长了自己的视力。

在我有光明的第一个晚上，我大概会睡不着觉，我心里一定会充满了对白天的丰富的回忆。

第二天——我有光明的第二天，我将和黎明同时起身，去观看那把黑夜变成白昼的令人惊心动魄的奇景。我要怀着敬畏的心情观看那宏伟浩瀚的、光华灿烂的景色，太阳就是用它唤醒了沉睡的地球的。

我要拿这一天迅速地纵观世界，观察它的过去和现在，我要看到人类进步的奇迹，看到万花筒一般的各个历史时代。我怎么能在一天之内看到这样众多的事物呢？当然得靠博物馆。我曾多次参观过纽约的自然历史博物馆，我曾用手触摸过那儿的展品。但是，我也曾希望用我的眼睛看见在那儿展出的地球和它的居民的简要的历史；我要看到在自己的天然环境里生长的动物和不同人种的人；看到恐龙和乳齿象的庞大的骸骨，它们在个子矮小但脑力强大的人类征服动物界之前许久曾在大地上漫游。我还要看到有关动物、人类、人类的工具的生动实际的展览品。人类利用工具在地球上为自己开辟了安全的家园。我还要看到自然史上的 1001 个其他方面。

我不知道本文的读者中有多少人曾在那动人的博物馆里看到过各类生物的广阔画面。当然，有许多人没有这样的机会，但是我相信不少人虽有这样的机会却没有加以使用。博物馆的确是一个值得你使用眼睛的地方。你们可以在那儿多日流连，得到丰富的教益。但我却只有想象中的三天，因此只能匆匆地看过就离开。

下一站我要到都会美术博物馆去。自然历史博物馆揭示了世界的物质面，美术博物馆则反映出了人类精神的千姿百态。在整个人类历史中，对于艺术表现的要求和对于吃、住、繁衍的要求一样强烈。在这儿，美术博物馆的宽大的展览室将通过古埃及、古希腊和古罗马的艺术展示出这些民族的精神世界。古尼罗河土地上的男女神灵的雕像，我的手指对它们是很熟悉的。我也曾触摸过巴底农神庙的壁饰浮雕的复制品。我曾体会到冲锋陷阵的雅典勇士们有节奏的美。阿波罗、维纳斯和萨莫特雷斯的有翅膀的胜利女神雕像，都是我指头尖上的朋友。荷马那疙里疙瘩的有胡须的面庞使我感到分外亲切，因为他也懂得瞎了眼睛的痛苦。

我的指头曾在古罗马和后世的生动的大理石雕像上流连。我曾抚摸过米开朗基罗的动人的英雄摩西的石膏像。我曾触摸到罗丹作品的气魄；我曾对哥德人的木雕所表现的虔诚肃然起敬。我能懂得这些能摸触到的艺术品，但是，它们本是用来看，而不是用来摸的，它们的美至今对我隐蔽着，我只能猜想。我能赞叹希腊花瓶的单纯的线条，但是它的形象装饰我却无法感受。

因此，在我有眼睛的第二天，我将通过观看人类的艺术去探索人类的灵魂。过去我凭触觉感受到的东西，现在我要用眼睛去看到了。更为绝妙的是整个绚丽的绘画世界——从带着平静的宗教献身精神的意大利原始绘画到具有狂热的想象的当代绘画，都将在我面前呈现出夺目的光彩。我要深入地观看拉斐尔、达·芬奇、提香、伦勃朗的画。我要饱览维隆尼斯的温暖的色调，研究厄尔·格勒柯的神奇，把捉珂罗笔下的大自然的新颖形象。啊，有眼睛的人们，在历代的艺术作品中，你们可以看到多么丰富的意义和美啊！

我在艺术殿堂的短暂的巡礼中所能看到的不过是向你们开放的艺术世界的很小的一部分。我只能获得一个浮光掠影的印象。艺术家们告诉我，要想深入、真切地欣赏艺术，必须训练眼睛；要通过经验衡量线条、构图、形体和色彩的优劣。如果我有眼睛，我将多么乐于从事这种迷人的研究啊！然而，我却听说，在你们许多有眼睛的人眼中，艺术的世界却是一片没有被探索、照亮的混沌。

我离开都会美术博物馆时，一定十分留恋，那儿有通向美的钥匙——被那样地忽视了的美。不过，有眼睛的人们要寻求通向美的钥匙，并不一定要到都会美术博物馆去。同样的钥匙在小型博物馆甚至在小型图书馆架上的书中也等待着他们。然而，在我所幻想的有限的有眼睛的时间里，我必须选择可以在最短的时间内打开巨大的宝藏的钥匙。

在我有眼睛的第二天晚上，我要用来看戏或看电影。就是目前我也经常"看"各种戏剧表演。只是演出的动作得靠一个同伴拼写到我的手心里。我多么想用自己的眼睛看到身穿伊丽莎白时代丰富多彩的服饰的迷人的哈姆雷特或易于冲动的福斯泰夫啊！我会多么密切地注视着漂亮的哈姆雷特的每一个动作和粗壮的福斯泰夫的每一个步伐！由于我只能看到一个剧，我难免会感到莫衷一是，因为我想看的剧有好几十个。你们有眼睛，愿看哪一个都可以，我不知道你们有多少人在看戏看电影或其他节目时曾经感觉到视力这个奇迹，对它表示感谢？让你欣赏到演出的色彩、动作和美的正是它呢！

我在用手触摸的范围之外，便无法欣赏有节奏的动作。对于巴芙洛娃的娴雅优美，我只能模糊地想象，虽然我也懂得一点节奏的快感，因为我常在音乐震动地板时感到它的节拍。我很能想象节奏鲜明的动作一定会形成世界上最美妙的形象。我常用手指抚摸大理石雕像，依稀懂得一点这种道理。既然这种静止的美都如此可爱，那么，如果能看到运动中的美又会是多么令人销魂陶醉！

我最甜蜜的记忆之一是约瑟夫·杰弗逊在表演他心爱的李卜·范·温克尔的某些动作和台词时让我触摸了他的面孔和双手。那使我对戏剧的世界有了个朦胧的印象。当时我的快乐我将永远难忘。有眼睛的人们随着戏剧的开展所能看见和听到的交替出现的行动和语言，能给他们多少乐趣呵！可是啊，这种乐趣我却无法体会！我只须看到一次演出，以后便可以在心里想象出一百个剧本的动作。这些剧本我曾读过或通过手语体会过。

因此，在我所想象的我有眼睛的第二天，戏剧文学的伟人形象将从我的眼里挤走全部的睡意。

第三天早上，我将再一次迎接黎明。我渴望获得新的美感，因为我深信，对于那些真正能看见的有眼睛的人来说，每一天的黎明都永远会显示出一种崭新的美。

这一天，按我所设想的奇迹的条件看来，已是我有眼睛的第三天，也就是最后一天了。要看的东西太多，我不会有时间感到遗憾或渴望。第一天我用在有生命和无生命的朋友身上了；第二天向我展示了人类和自然的历史；今天，我要到忙于生活事务的人们的地方去看看当前的日常世界。还能有什么比纽约更纷纭繁复的地方么？纽约就是我的目的地。

　　我的家在森林山，坐落在长岛一个小巧幽静的郊区，那儿在葱茏的草地、树木和花朵之中，有整洁玲珑的住宅，有妇女们和孩子们的活动和欢笑。这是个平静的安乐窝，男人们在城里工作一天之后，便回到这里来。我从这里驱车出发驶过横跨东河的花边一样的钢架桥梁，我会得到一个令我赞叹的新印象，它向我显示出人类心灵的力量和聪明。河里船舶往来如织，轧轧地响着，有飞速的快艇，也有喷着鼻息的没精打采的拖驳。如果我时间还很多的话，我要花许多时日来观察河上的有趣的活动。

　　我往前看，在我眼前升起的是纽约城千奇百怪的高楼大厦——好像是一座从童话中升起的城市。闪光的塔楼、巍然耸立的钢铁和石头的壁垒，多么叫人惊心动魄！——就是众神为自己修造的宫阙也不过如此！这一幅活跃的图画是数以百万计的人们日常生活的一部分。可是我不知道有多少人看过它第二眼？我估计人数很少。人们对这宏伟的景象是看不见的，因为对它太熟悉。

　　我匆匆忙忙地登上一座巍峨的高楼——帝国大厦，因为不久前我曾在那里通过我的秘书的眼睛"看"到了脚下的城市。我急于要把我那时的想象和现在的现实相印证。我深信我对即将展现在我眼前的宏伟图景不会失望，因为它对于我来说是另一个世界的幻象。

　　现在我开始周游这座城市了。首先，我要站在一个闹市的角落里，凝望着行人，不做别的事，我要从他们的眼神里看到他们生活的某些侧面。我看到微笑，便感到高兴；我看到坚强的决心，便感到骄傲！我看到痛苦，也不禁产生同情。

　　我沿着五号大街漫步，我要放眼纵观，不看个别的对象，只看那沸腾的、五彩缤纷的场面。我相信在人群中往来的妇女的服装，一定是万紫千红、色彩绚丽的，叫我永远也看不厌。但是如果我有眼睛的话，我也会像别的妇女一样，只对个别服装的式样和剪裁发生过多的兴趣，而忽略了人群中的色彩的美艳。我还深信，我会流连于橱窗之间，久久不肯离开，因为展出在那儿的货品一定是琳琅满目，美不胜收的。

　　我离开五号大街，又去观光全城。我到公园大街去，到贫民窟去，到工厂去，到孩子们游玩的公园去。我去参观外国人的居住区，这是身在国内却又出国旅行的办法。为了深入探索，加强我对人们的工作和生活的理解，我将永远对一切快乐和痛苦的形象睁大我的双眼。人和事的种种形象将充满我的心。我的眼睛决不会把任何东西视作无足轻重而轻易放过。我的目光所到之处，都要探索和紧紧地把捉。有些场面欢乐，它使我的心也充满快乐；但是也有痛苦的场面，痛苦得叫人伤感。对种种痛苦的场面，我绝不会闭上眼睛，因为那也是生活的一部分。对它闭上了眼睛，也就是闭上了心灵和思想。

　　我有眼睛的第三天快结束了。也许我还应当把剩下的几个小时作许多严肃的追求。但我担心在那最后的晚上，我又会跑到戏院去看一场欢笑谐谑的戏。这样，我便能欣赏到人类精神中喜剧的情趣。

　　我暂时获得的光明到半夜就要结束了，我又将陷入无尽的黑夜之中。在短短的三天内，我是不可能看到我想看到的一切的。只有当黑暗再度降临到我身上之后，我才会懂得我看掉了多少东西。不过，我的心里仍然充满光明的回忆，因此没有时间感到遗憾。此后我每摸触到一样东西，都会想起它的样子，从而唤起一段美妙的回忆。

我是个盲人，我对有眼睛的人只有一个建议：我要劝告愿意充分使用视力这种天赋的人，要像明天你就会变成瞎子一样充分使用你的眼睛。同样的设想也可以用于其他的感官。要像明天你就会变成聋子一样，聆听话语中的音乐、鸟儿们的歌唱和交响乐队雄浑的乐章。要像明天你的触觉就会消失一样去抚摸你想抚摸的一切。要像你明天就会失去嗅觉和味觉一样去品味花朵的馨香和食物的美味。充分地使用你的感官吧！陶醉于大自然通过你天赋的不同知觉对你显示出的种种快感和美感中去吧，不过，在一切感官之中，我仍深信视觉是最令人快乐的。

[孙法理 译]

⊙作品赏析

阅读海伦·凯勒的文字如《我的生活》等，我们都将被她在文章中所寓寄的生命感悟，高尚的情操，独特的坚强所深深震撼。这是一个聋盲女孩，却凭借着宗教信仰和对人生的深切依恋，让自己本身暗淡不已的生命焕发出不朽的光彩。

《给我三天光明》让每个阅读者思绪奔涌，因为在它的面前，每个人似乎都是自己生命的虚耗者，只能在恐惧中虔诚拜谨。文章的标题本身就足以引动读者的无限思考：三天我们将用来珍惜什么，几部电影，一段扣人心弦的连续剧？事实上，三天在作者的眼里已经是生命的美好，在这段时间里她将见识值得作者感念的人，世界上浩瀚光彩的场景，日常生活中一般的人忙忙碌碌的样子。作者将用她的双眼唤醒世界暂时的沉寂，就像文章中所说的去见证太阳的伟岸。

海伦·凯勒是个很虔诚的基督徒，从而我们在文章中读出的是她的感恩，她的对这个世界的眷恋，对生活美好的祝愿，这一切都幻化为她的包含情感真挚的行文。每一个字都像是一曲教堂空旷的空间中来回激荡的赞美诗，让读者的心在她的文字前忏悔自己对身边美好的人的忽视，并在此以后学着尝试珍惜，就像文章中说的，黑暗会使人更加懂得视力的可贵，寂静会教育人懂得声音的甜美。

缺陷之美 / 厨川白村

入选理由 日本文艺学家厨川白村的散文经典 产生广泛而深远影响的美学观念 一篇读来让人印象深刻的随笔

在绚烂的舞蹈会，或者戏剧，歌剧的夜间，凝了妆，笑语着的许多女人的脸上，带着的小小的黑点，颇是惹人的眼睛。虽说是西洋，有痣的人们也不会多到这地步的。刚看见黑的点躲在颊红的影子里时，却又在因舞衣而半裸了的脖颈上也看见一个黑点。这里那里，这样的妇女多得很。这是日本的女人还没有做的化妆法，恰如古时候的女人的眉黛一样，特地点了黑色，做出来的人工的黑子。名之曰 beautiful spot（美人的黡子），漂亮透了。

也许有人想：这大概是，妓女，或者女优、舞女所做的事罢。堂堂乎穿着 robe dé colleté 的礼装的 lady 们就这样。

故意在美的女人的脸上，做一点黑子的缘故，和日本的重视门牙上有些黑的瑕疵，以为可以增添少女的可爱相，是一样的。

如果摆出学者相，说这是应用了对照（contrast）的法则，自然就不过如此。白东西的旁边放点黑的，悲剧中间夹些喜剧的分子，便映得那调子更加强有力起来。美学者来说明，道是 effect（效果）增加了之故云。悲剧《玛克培斯》（Macbeth）的门丁这一场就是好例。并不粉饰也就美的白皙人种的皮肤上，既用了白粉和燕支加工，这上面又点上浓的黑色的 beautiful spot 去。粉汁之中放一撮盐，以增强那甜味，这也就是异曲同工罢。

"浑然如玉"这类的话，是有的，其实是无论看怎样的人物，在那性格上，什么地方一定有些缺点。于是假想出，或者理想化出一个全无缺点的人格来，名之曰神，然而所谓神这东西，似乎在人类一伙儿里是没有的。还有，看起各人的境遇来，也一定总有些什么缺陷。有钱，却生病；身体很好，然

·作者简介·

厨川白村（1880—1923），日本文学批评家。生于京都，1904年毕业于东京帝国大学英文科，后在高校任教。1912年因研究专著《近代文学十讲》获得学术界的好评，以后又发表了《出了象牙之塔》、《苦闷的象征》和《文艺思潮论》等专著和批判传统婚姻观念、提倡婚姻自由的《近代恋爱观》等。他在广泛借鉴西方文艺理论的基础上提倡了自己的文艺观念，主要是认为文艺创作的动力来源于人生的苦闷，并且表现出一种顽强向上、勇于反抗世俗的战斗精神。他的著述19世纪初由鲁迅、田汉等人译介到中国，对中国现代文学的影响很大。

而穷。一面赚着钱，则一面在赔本。刚以为这样就好了，而还没有好的事立刻跟着一件一件地出来。人类所做的事，无瑕的事是没有的，譬如即使极其愉快的旅行，在长路中，一定要带一两件失策，或者什么苦恼，不舒服的事。于是人类就假想了毫无这样缺陷的圆满具足之境，试造出天国或极乐世界来，但是这样的东西，在这地上，是没有的。

在真爱人生，而加以享乐，赏味，要彻到人间味的底里的艺术家，则这样各种的缺陷，不就是一种 beautiful spot 么？

性格上，境遇上，社会上，都有各样的缺陷。缺陷所在的处所，一定现出不相容的两种力的纠葛和冲突来。将这纠葛这冲突，从纵，从横，从上，从下，观看了，描写出来的，就是戏曲，就是小说。倘使没有这样的缺陷，人生固然是太平无事了，但同时也就再没有兴味，再没有生活的功效了罢。正因为有暗的影，明的光这才更加显著的。

有一种社会改良论者，有一种道德家，有一种宗教家，是无法可救的。他们除了厌恶缺陷，诅咒罪恶之外，什么也不知道。因为对于缺陷和罪恶如何给人生以兴味，在人生有怎样的大的 necessity（必要）事，都没有觉察出。是不懂得在粉汁里加盐的味道的。

酸素和水素造成的纯一无杂的水，这样的东西，如果是有生命的活的自然界中，是不存在的。倘是科学家在试验管中造出来的那样的水，我们可是不愿意尝。水之所以有甘露似的神液（nectar）似的可贵的味道者，岂不是正因为含着细菌和杂质的缘故么？不懂得缺陷和罪恶之美的人们，甚至于用了牵强的计策，单将蒸馏水一般淡而无味的饮料，要到我们这里来硬卖，而且想从人生抢了"味道"去。可恶哉他们，可诅咒哉他们！

听说，在急速地发达起来的新的都会里，刑事上的案件就最多。这就因为那样的地方，跳跃着的生命的力，正在强烈地活动着的缘故。我们是与其睡在天下太平的死的都会中，倒不如活在罪的都会而动弹着的。

小心地不触着罪恶和缺陷，悄悄地回避着走的消极主义，禁欲主义，保守思想等，在人类的生活方法上，其所以为极卑怯，极屠头，而且无聊的态度者，就是这缘故。说是因为要受寒，便不敢出门的半病人似的一生，岂不是谁也不愿意过的么？

因为路上有失策，有为难，所以旅行才有趣。正在不如意这处所，有着称为"人生"这长旅的兴味的。正因为人类是满是缺陷的永久的未成品，所以这才好。一看见小结构

地整顿成就了的贤明的人们之类，我们有时竟至于倒有反感会发生。比起天衣无缝来，鹑衣百结的一边，真不知道要有趣多少哩。

[鲁迅 译]

⊙作品赏析

　　在厨川白村身上，很容易看到泰纳或者说弗洛伊德的影响，从他的人生苦闷的构造到苦闷的恍然消解都是"精神分析"式的，习惯在张扬的苦闷中分析生命的实在含义，表达出了文艺的个性。有评论者称鲁迅或者周作人都从他的身上获益匪浅。

　　厨川白村有着极为强烈的情绪主观文艺进化论思想，这一点在《缺陷之美》中得到了反映，从泰纳的社会地理因素回转到弗洛伊德内在的情绪引动分析，正是由于缺陷的纠葛冲突的存在，才能从行文的各个角度把握戏曲与小说的节奏起伏的量度。文章中很是浅白地将它表述为对照的法则，就像法国大文豪雨果在《克伦威尔序言》说的美与丑为邻，悲壮与猥琐相伴一样，体现的是生命相互辉映的乐趣，在平淡中制造涟漪，在狂风暴雨中寻找安静的角落。作家鲁迅曾将此称为"独到的见地和深切的会心"，甚至在他的杂文中说让一个人在永远绽放着桃花的天堂是活不下去的，他会选择逃到人间，在悲欢离合中既痛苦又快乐地活着。厨川白村也说："白东西的旁边放点黑的，悲剧中间夹些喜剧的分子，便映得那调子更加强有力起来。"文章语言形象生动，譬喻精到，无处不展露着作者饱学诗书的大家风范。

莱依纳·马利亚·里尔克/茨威格

入选理由 奥地利著名传记作家茨威格重要演讲稿之一 向我们展现奥地利伟大诗人里尔克一生的完美 分析细腻，笔力饱满，充满艺术魅力

　　女士们，先生们！

　　在今天和在随后的几周里，你们将听到有关这位受到喜爱的诗人莱依纳·马利亚·里尔克的作品的许许多多最最重要方面的报告，这使我本人感到做一个引导是多余的和冒昧的了。但也许我确有某种权利在这里讲话，一种非常宝贵并同时是非常痛苦的特权，因为我在你们的国家里是认识里尔克本人的为数寥寥中的一个，也许是惟一的一个。一种诗人的现象从来就不可能完全认识的，若是人们不同时使人的肖像复活起来的话。正如人们在一本书里乐于在正文前面放上作者的一幅肖像一样，我也试着为你们描绘出这位过早辞世的人的一幅速写像。

　　在我们的时代，纯粹的诗人是罕见的，但也许更为罕见的是纯粹的诗人存在，一种完整的生活方式。谁有幸见到在一个人身上典范地实现了创作和生活的这样一种和谐，谁就有义务，为这种道德上的奇迹，给他的时代和也许给此后的佐证作出贡献。多年来我有机会经常见到莱依纳·马利亚·里尔克。我们在极不相同的城市里进行过很好的谈话，我保留有他的书信和他的最著名作品《爱与死的方式》手稿，这是一件珍贵的礼品。可即使如此我不敢在你们面前说是他的朋友，因为在我这方尊敬的距离是越来越大，并且在德语里"Freund"（朋友）这个词比英语"friend"（朋友）表达的是一种更为强烈的更为密切的关系。这个词只能很少使用，因为它限定了一种最内在的联系，一种里尔克极少对某一个人保持的联系——你们能在他的书信里看到，在30年中间或许他只有两次或三次使用这个词来作称谓的。这是他本性的异乎寻常的特征。里尔克对表述和袒露感

·作者简介·

茨威格（1881—1942），奥地利作家。生于维也纳一个企业主家庭，是犹太贵族家庭后裔，中学毕业后在维也纳和柏林攻读哲学和文学。后到西欧、北非、印度等地游历，1901年出版第一部诗集《银弦》，有法国象征主义和里尔克等人的影响。他的文学创作的主要成就在传记和中短篇小说方面。传记主要有为巴尔扎克、狄更斯和陀思妥耶夫斯基作传的《三大师》，他的中短篇小说集有《恐惧》、《象棋的故事》等，大多描写孤独的人的奇特遭遇，常用弗洛伊德的心理分析法深入探索人的灵魂。尤其是在《一个女人一生中的二十四小时》和《一个陌生女人的来信》等名篇中，塑造了不少令人难忘的女性形象。另外，他的小说还尝试不同的叙述方法和体裁，如书信体、自述体等，并有所创新。第二次世界大战中，由于他的犹太人出身，而被驱逐出萨尔斯堡，开始流亡生活，但他无法适应在新的地方生活，在1942年和妻子在巴西自杀。

情有着巨大的羞怯感。他喜欢把他本人和他的为人尽可能隐藏起来，如果我把我在一生中遇到的许多人在眼前过一遍，那我所记起的没有一个人能像里尔克那样做得自甘落寞，不求闻达。有另一些诗人，他们为了抵御外界的挤逼，自己制造出一副面具，一副高傲的、冷峻的面具。有的诗人为了他们的创作而完全遁逃入他们的作品里，离群索居，自我封闭，可里尔克却不是这样。他看过许多人，他到许多城市旅游，但他的保护方法就是他的完全自甘落寞，不惹人注意，是那类无法描述的默默不语和轻手轻脚，这为他制造了一种令人无法与之接触的氛围。在火车车厢中，在饭店里，在音乐会上，他从不惹人注目。他穿着最简朴的但却是非常整洁和得体的衣服，他避免任何让人看出是诗人标志的举止，他禁止在杂志上发表他的照片。他的不可动摇的意志是能有自己私人的生活，成为众人中的一员，因为他不要被人观察，而是要观察别人。你们试想一下，在慕尼黑或维也纳的某个社交场合，一二十个人在一起谈话。一个温和的、外表看来非常年轻的人走了进来，在场的人根本没有注意到这个进来的人，这种情况就是典型的。他一声不响，悄手悄脚地突然出现了，他也许同一两个人握握手，随后他就微微地垂下头，以免顾眼四盼，这是双神奇的和有灵魂的眼睛，只有它才会把他裸露出来。他安静地坐在那里把手交叉地放在膝上去听；我从没有看到听众有这样一种极佳的和积极投入的方式，像里尔克的那样。他完全屏声静气地倾听，当他讲话时，极其轻微，人们几乎觉察不到他的声音是那么优美和低沉。他从不激昂慷慨，他从不试图去说服去劝告别人，当他发现，人们听他听得太多了，他已成了注意力的中心，于是很快他就抽身退了出来。那些使人毕生怀念的真正的交谈可能就发生在这样的场合：人们单独同他在一起，最好是在晚上，昏暗把他稍许遮掩起来；或者在一座陌生城市的街道上。但里尔克的这种克制决不是傲慢，决不是畏怯；把他想象成一个神经质的，一个性格扭曲的人，再没有比这更错误的了。他能完全豪放不羁，以最最自然的方式同那些坦诚的人交谈，甚至兴高采烈。只是他无法忍受喧闹和粗俗。一个吵吵嚷嚷的人对他是一种人身的折磨，崇拜者的每一种纠缠或逢迎使他明快的面庞露出一种畏惧的，一种惊恐的表情；看到他的安详有一种什么样力量，使纠缠者变得克制，使喧闹者变得安静，使张扬自我者变得谦逊，这真是奇妙极了。凡是他所在的场合都会产生类似一种纯洁的气氛。我相信，有他在场的情况下绝不会有人敢于口吐脏字和粗话，没有人有勇气去谈论文学上的流言蜚语和说些刻毒的言辞。他像动荡的水中一滴油一样，围着自己创造出一个安静的圈圈，在任何一种环境中他需要某种纯净。使环绕自己四周的一切变得和谐，使野蛮受到遏制，使丑恶消解在一种和谐之中，他身上的这种力量是令人惊奇的。他善于给他周围的人——只要他能跟他在一起——甚至给每一个空间，每所他居住的住宅立即印上这种标记。他经常住在很糟的住宅之内，因为他穷，几乎总是租来的房屋，一间或者两间，在他居住的房间里都是些无关紧要的和平庸的家具。但正像弗拉·安吉利科擅于把他的斗室从简陋乏味变得秀美一样，里尔克懂得把他的环境立即弄得颇具个人特色。仅仅一些不起眼的小摆设就够了，因为他要的就是这样，他不喜欢奢华，木架上一只花瓶里插上一枝花，墙上一两幅复制画，这都是用几个先令买到的。但是他知道如何安放这些东西，整洁和井然有序，使之完全与这样一个空间相配。他通过内在的和谐而使陌生变得协调。他拥有的一切并不是美的，不是贵重的；但是在形体上都必须是完整的，因为作为一个形式艺术家他无法忍受生活中那种无形式的，混乱的，偶然性的，无秩序的东西。当他用他那秀丽的圆熟的工整的字体写信时，他不允许有任何改动，任何墨污。若是他的笔滑落到信上玷污了，他毫不怜悯把它撕毁，再次从头写到尾。若是有人借给他一本书，他归还的时候，就非常细心地用棉纸把它包好，并用一条细细的彩带把它捆好，放上一束花或写上一句特殊的话。当他旅行时，他的衣箱是井然有序的艺术典范，他善于把每一个小物件放在一个隐蔽的不显眼的地方，标上他自己的记号。给自己周围创造出一种协调的气氛，这是他的需要，就像自己四周有一个空气层一样，这就如同在印度，一方面有圣者，另一方有最低等级的人，即不可接触的贱民一样，没有人敢于触摸这样人的衣袖。这只是一个非常薄细的空气层，人们在这后面能感觉到他的本性的温暖，但它保护着他的纯洁和他个人的东西不受侵犯，就像果壳保护果实一样。它保护了对他说来是最最重要的东西：生活的自由。我们时代中的没有任何有钱的和成功的诗人和艺术家像里尔克那样自由，他任何地方都不受束缚。他没有习性，没有地址，他也根本没有祖国，他喜欢生活在意大利，就像喜欢生活在法国和奥地利一样；人们从不知道他在什么地方。如果人们遇见他，几乎是纯属偶然；他会匆匆而来，出现在一个巴黎旧书商的面前或者维也纳的一个社交场合，向一个人露出友好的微笑，递出他柔和的手来，他也会同样匆匆而去。谁尊敬他，谁热爱他，那就不要问他，能在什么地方找到他，不要去探望他，而是要等待他的到来。但对于我们年轻人，每一次看到他，同他交谈都是一种幸福和一次道德教诲。你们可以想到，看到一位伟大的诗人，这对我们年轻人意味着是怎样的一种教育力量，他不会使人感到失望，他不忙忙碌碌，他不疲于奔命，他惟一关心的是他的作品，而不关心他自己的影响，他从不读评论文章，从不使人感到好奇，从不接受采访，他固执，直到最后会被一种对所有新东西怀有奇妙的好奇心所左右，我听到过他一整个晚上对一些朋友读一个年轻诗人的诗而不是读自己的诗，我看到他用他的秀丽的书法手抄一整页别人的作品，为的是把它们赠给别人。看到他对像保尔·瓦雷里这样的诗人是何等谦恭，看到他通过翻译为他服务，看到他一个50岁的人谈起一个35岁的人就像谈起一个不可企及的大师一样，是令人感动的。羡慕，这是一种幸福，这在他生活的晚年是必要的，因为，我不需要为你们加以描述，这个人在战争期间和在战后的时代，那时世界充满血腥杀戮，变得丑恶凶残，粗俗野蛮，那时他要在自己四周创造出安静已不再可能，他遭受的是怎样的一种痛苦。我永远不会忘记，当我看到他身穿军服时，他是多么心慌意乱，惶惑无措。在他重新能写出诗句之前，他不得不逐年地去克服他内心的瘫痪。这就是那部《杜伊斯哀歌》的完成。

女士们，先生们，我试图用一句话向你们说明里尔克纯洁的生活艺术，这位诗人在公众中从不出头露面，在人们中间从不提高嗓门，人们几乎听不到他的呼吸声音。但是，当他离我们而去时，没有人不会感到我们时代失去这样一位悄然无声的人，先是德国，随后是世界感觉到了存在于他本性中的那种一去不复返的东西。

有些时候会在一个民族出现这样的情况，当一个诗人逝世时，似乎创作本身也死去了。也许英国也有类似经历，那时在 10 年之内拜伦、雪莱和济慈都相继辞世而去。在这样悲惨的时刻，这最后一个人就像是成了他的时代的诗人的象征，人们会担心，这是我们所见到的最后一个。当我们今天在德国说起诗人时，我们还一直想到他，在我们还用目光在遇到他的地方寻找他那可亲的身影时，它正离我们这个时代而去，进入永恒，变成用大理石般的不朽之木雕成的塑像。

（1933 年里尔克逝世十周年时在伦敦所作的报告）

［高中甫 译］

⊙作品赏析

茨威格最为我们熟悉的不是他的散文、小说而是他的传记文学，从用语深刻的《罗曼·罗兰传》到翔实生动的《巴尔扎克传》，再到严格剖析自己的《昨日的世界》，很是让我们信服他对人物的理解和把握。有评论家就称是传记文学把茨威格带向不朽的。我们了解里尔克，包括他的诗和他的生活，对他心怀敬仰。

但茨威格《莱依纳·马利亚·里尔克》中对里尔克崇敬的震撼的笔触仍然令人惊讶，因为他写的比我们想的更加深刻。他真实地把《杜伊诺哀歌》的主人，极富艺术化地表达出来，包括：里尔克的诗学——深邃的思想，残酷的用语，悲悯的情怀；里尔克的为人，纯粹地在痛苦中挣扎，在生命的边角冷静地凝视着这个世界的变化。他拒绝参与世俗的喧嚣，宁愿悄悄地远远地看着每一群人纷乱，争吵，但更多时候，他总是昂着他高傲的头，漠视世界上多余的无聊。他不过分奔波，而是缓缓地融入自己的氛围中，呼吸自己圣洁的气体，把它的洁净悄然释放，他想借此感染着一群早已麻木不已的人们。

茨威格的分析非常细腻，甚至到了洞察秋毫的地步，把整个的里尔克形象完美地展现在我们面前，让我们一起感念这位生命的呐喊者。

世间最美的坟墓 / 茨威格

<table>
<tr><td rowspan="2">入选理由</td><td>茨威格的散文代表作之一</td></tr>
<tr><td>反映了一代文豪托尔斯泰的平凡而伟大的人格</td></tr>
</table>

我在俄国见到的景物再没有比托尔斯泰墓更宏伟、更感人的了。这将被后代怀着敬畏之情朝拜的尊严圣地，远离尘嚣，孤零零地躺在林荫里。顺着一条羊肠小路信步走去，穿过林间空地和灌木丛，便到了墓冢前；这只是一个长方形的土堆而已，无人守护，无人管理，只有几株大树荫庇。他的外孙女给我讲，这些高大挺拔、在初秋的风中微微摇动的树木是托尔斯泰亲手栽种的。小的时候，他的哥哥尼古莱和他听保姆或村妇讲过一个古老传说，提到亲手种树的地方会变成幸福所在。于是他们俩就在自己庄园的某块地上栽了几株树苗，这个儿童游戏不久也被忘掉了。托尔斯泰晚年才想起这桩儿时往事和关于幸福的奇妙许诺，饱经忧患的老人突然从中获得了一个新的、更美好的启示。他当

即表示愿意将来埋骨于那些他亲手栽种的树木之下。

后来就这样办了，完全按照托尔斯泰的愿望；他的坟墓成了世间最美的，给人印象最深刻的、最感人的坟墓。它只是树林中的一个小小的长方形土丘，上面开满鲜花——nulla crux, nulla coroma——没有十字架，没有墓碑，没有墓志铭，连托尔斯泰这个名字也没有。这个比谁都感到受自己的声名所累的伟人，就像偶尔被发现的流浪汉，不为人知的士兵一般，不留名姓地被人埋葬了。谁都可以踏进他最后的安息地，围在四周稀疏的木栅栏是不关闭的——保护列夫·托尔斯泰得以安息的没有任何别的东西，唯有人们的敬意；而通常，人们却总是怀着好奇，去破坏伟人墓地的宁静。这里，逼人的朴素禁锢住任何一种观赏的闲情，并且不容许你大声说话。风儿在俯临这座无名者之墓的树木之间飒飒响着，和暖的阳光在坟头嬉戏；冬天，白雪温柔地覆盖这片幽暗的土地。无论你在夏天或冬天经过这儿，你都想像不到，这个小小的、隆起的长方形包容着当代最伟大的人物当中的一个。然而，恰恰是不留姓名，比所有挖空心思置办的大理石和奢华装饰更扣人心弦：在今天这个特殊的日子里，成百上千到他的安息地来的人中间没有一个有勇气，哪怕仅仅从这幽暗的土丘上摘下一朵花留作纪念。人们重新感到，这个世界上再没有比这最后留下的，纪念碑式的朴素更打动人心的了。残废者大教堂大理石穹隆底下拿破仑的墓穴，魏玛公侯之墓中歌德的灵寝，西敏司寺里莎士比亚的石棺，看上去都不像树林中的这个只有风儿低吟，甚至全无人语声，庄严肃穆，感人至深的无名墓冢那样能剧烈震撼每一个人内心深藏着的感情。

[佚名　译]

⊙**作品赏析**

1928 年，茨威格访问了苏联，期间他拜谒了托尔斯泰墓。之后他写下了感人至深的《世间最美的坟墓》一文。

文章以朴素深沉的笔调，运用反复、比衬、白描的手法，层层深入地勾勒出托尔斯泰墓给人留下的深刻印象：宁静、平凡、朴素、伟大，从一个侧面揭示了文学巨匠托尔斯泰朴素平易的伟大人格。文章结构紧凑，文字简洁，富于哲理。作者着意描写的是托尔斯泰墓地的朴素，而文笔也极为朴素，通篇没有溢美之辞，没有雕琢和修饰，没有空泛议论，形式和内容达到了完美的统一，读来撼人心魄，回味绵长。

小银和我（节选）/ 希梅内斯

入选理由　希梅内斯的代表作
被译成多种文字，传颂广泛
体现了作者博大、仁慈的心灵

一　小银

小银是那么娇小，温顺，毛茸茸的：外表那么柔软，仿佛浑身都是棉花做成，没有一点骨头。只有一双黑玉那样发亮的眼睛是坚硬的，好像一对黑水晶的甲虫。

我把它放开，它就跑上草地，用它的嘴巴轻轻地，几乎是擦过似的，抚爱着玫瑰色的、天蓝色的、金黄色的小小花朵……我柔声地唤它："小银！"它就欢愉地小步向我跑来，仿佛它是在以一种不知什么难以想象的银铃的声音在欢笑……我给它什么，它就吃什么。它喜欢蜜柑；喜欢麝香葡萄，一颗颗都是琥珀色的；喜欢紫色的无花果，带着一滴滴透明的蜜汁……

它温柔而且娇惯，跟一个孩子、一个小姑娘一样……然而它也强壮而且坚定，好像岩石。星期日，我骑着它，经过村子边上的几条街巷的时候，穿得干干净净的慢吞吞地走着的乡下人，总要停住脚步。看着它说：

"真是钢做的……"

它的确是钢做的。它既是钢做的，同时又是月亮的白银做的。

五 春天

啊，那么光辉，那么芬芳！

啊，草地怎么在欢笑！

啊，黎明的音乐多么动听！

——民间谣曲

我早晨的小睡，被孩子们一阵疯狂的尖叫打断，使我很不高兴。结果，我无法再睡，只好绝望地下了床。我从打开的窗户看看田野，这才知道，造成这一曲清晨的喧闹乐曲的，是一群鸟儿。

我出来到了园子里，向上帝感谢这蔚蓝的一天。这是清新的鸟嘴唱出的自由的音乐会，无休无止！燕子在井口发出随心所欲的颤音；八哥在落地的橘柑上嘘鸣；火红的黄鹂在橡树上聊天；笛鸟在桉树梢头细声细气地久久发笑；巨大的松树上，一群麻雀在肆无忌惮地辩论。

多么美好的清晨！阳光在大地上铺开了黄金和白银的欢乐；色彩缤纷的蝴蝶到处飞舞，在花丛中，在屋子里，在流泉上。无论什么地方，田野都猛然地喧闹地开放出了健康的崭新的生命。

我们好像置身在一只巨大的明亮的灯座里，也许就是一朵燃烧着的玫瑰的宽大而炽热的内心。

六 晚祷

瞧吧，小银，到处都是玫瑰花在飘落：蓝的玫瑰，白的玫瑰，没有颜色的玫瑰……简直可以说，天空都融化在玫瑰之中了。你瞧，我的额头上，胳膊上，双手上，都是玫瑰……那么多玫瑰，叫我怎么办？你也许知道，这些温柔的花朵来自何处，不过我不知道它们是从什么地方来的；它们一天天地使景色软化，变成甜蜜的玫瑰色，洁白色，天蓝色——

更多的玫瑰，更多的玫瑰——仿佛弗拉·安其利科的一幅图画。他总是跪着描绘天空；你不知道吗？

有人相信，是从天堂的七环撒下玫瑰落到大地上来的。仿佛一场温暖的色彩模糊的雪，这些玫瑰落到塔楼上，房顶上，树枝上。瞧吧，有它作了装饰，一切强大的都变得纤弱了。下来更多的玫瑰，更多的玫瑰，更多的玫瑰吧……

小银啊，好像晚祷的钟声响时，我们的这种生活就失去了日常的力量，而另一种内在的力量，一种更加高尚，更加持久，更加纯洁的力量，则仿佛处在风雅的源泉之中，使一切事物上升到星星的高度，已经在玫瑰丛中燃烧放光……玫瑰更加多了……小银啊，你的这双眼睛，你自己没有看见，温顺地向着天宇，也变成了两朵美丽的玫瑰。

八 路旁的花朵

小银啊，多么纯洁，多么美丽，这朵路旁的花！所有的嘈杂的一切，在它的身边经过：牛只，羊群，马匹，人们——而它，那么纤细，那么柔弱，仍然屹立在那里，美好的淡淡的紫色，孤芳自赏，不受到任何污秽的沾染。

所有的日子，开始上坡的时候，我们走上这条小路，你就看见它站在翠绿的岗位上。有时候，它的身边有一只小鸟，我们走近了就飞走——为什么？有时候，它装满了夏季云朵注下的清水，好像一只小的酒盅；有时候，它任凭一只蜜蜂恣意采集，或者一只蝴蝶给它添上盛装。

小银啊，这朵花只能活不多几天，然而对它的记忆将会得永存。它的生存，就仿佛你的春天里的一天，也仿佛我的生命里的一个春天。唉，小银啊！我为什么不交出我的秋天，来换取这朵神圣的花，让它天天可以成为我们生命的朴素的象征？

十九 蟋蟀的歌

小银和我在我们夜间的漫游中，熟悉了蟋蟀唱的歌。

傍晚时，蟋蟀初唱的歌，是犹豫的，低声的，粗哑的。然后改变了调子，练习了一会儿，逐渐逐渐地升高，达到应有的高度，仿佛在探求时间和地点的和谐。突然之间，等到星星已经在碧绿透明的天空显现，歌声就变成了晃动的银铃的甜蜜旋律。

清新的夜风阵阵地吹拂；夜间的花朵尽情地开放；田野上漂浮着一种纯净的神圣的气息，来自暗蓝色的模糊的草地，又像天上，又像地下。蟋蟀唱的歌高昂起来，充满了田野，好像阴影的声音。已经不再犹豫，也不再停歇。仿佛来自自己本身，每一个声音都跟别一个声音一模一样，形成一群兄弟般的黑色水晶。

时光宁静地流逝。世界上没有战争，劳动者睡得正香，他在梦中高深之处看见了天空。也许是爱情，在一垛墙的藤萝里面，眼睛对着眼睛，正在神魂颠倒。田地向村舍送去了柔和的芬芳的信息，仿佛是坦率的精妙的自由青春。麦子在月光下泛起青绿的波浪，向风太息流逝的钟点：两点，三点，四点……蟋蟀唱的歌那么响亮，却已消失……

它又唱了！黎明时蟋蟀唱的歌啊，这时候，小银和我在寒意中顺着露珠发白的小路，走向家里的床铺！月亮落下去了，微微发红而睡意朦胧。歌声由于月亮，由于星星而带着醉意，那么浪漫，那么神秘，那么丰满。这时候，几片忧伤的巨大的云彩，镶着沉闷的蓝紫色的边，徐徐地把白日从海上引来……

二十三　日蚀

我们把双手插进衣服口袋里，心里很不愿意。同时额头上感到一阵清新阴凉的风微微轻拂，就像走进了一座茂密的松林一样。母鸡一只一只地跳上它们的栖架。周围的田野，一片青翠逐渐变暗，仿佛大祭坛上的深紫色帷幕覆盖着它。远处的大海看来变成了洁白的颜色，有几颗星星在发着淡白的光。房屋的平顶是怎么样地在变得越来越白，越来越白啊。我们这些站在房屋平顶上的人，互相呼喊着一些聪敏的或者不聪敏的话，只是在日蚀重压下的寂静中一些乌黑的小小的生物。

我们使用各种各样的东西来观察太阳：看戏用的双眼望远镜，远距离用的单筒望远镜，一只玻璃瓶子，一片用烟熏黑的玻璃；而且从各种各样的地方：从屋顶的天窗，从畜栏的梯子，从谷仓的窗口，从院子的栅门，从屋子的粉红和深蓝的玻璃……

太阳隐没了；一忽儿之前，它以复杂的金黄的光线，使一切东西显得两倍、三倍、一百倍地庞大而好看，现在，由于没有黄昏的逐渐转变，使得一切东西落得孤单而可怜，仿佛先拿黄金换了白银，又拿白银换了粗铜。整个村子好像一枚发绿的铜币，已经无可再换。多么凄凉，多么渺小，那些街道、广场、尖塔，以及山间的羊肠小路！

那边畜栏里，小银好像不是一头真正的毛驴；它不一样了，缩小了，变成了另一头毛驴……

二十六　催眠曲

烧炭夫的小女儿，既是漂亮，又是肮脏，好像一枚铜币。一双黑眼睛乌亮乌亮，烟垢之间薄薄的嘴唇像要绽出血来。她在茅屋门口的一块瓦上坐着，哄她手里抱的小弟弟睡觉。

五月的天气似乎在颤动，炎热而明净，好像里面也有着个太阳。一片光辉灿烂的宁静，可以听得见野地里烧着的水壶的沸腾，牧场上牲口的鸣叫，海风在桉树叶丛中的欢笑。

烧炭夫的小女儿坐在那里，甜甜地唱起了一支歌：

我的小宝宝要睡觉了
牧羊的姑娘照应他吧……

她停住了一会儿。风声在响……

为了叫小宝宝睡好觉
唱催眠曲的人快睡吧……

风声在响……小银静静地在松树林的炎热里走着，一步一步地走来了……后来它在乌黑的地上趴下，听着单调的催眠曲，听着听着，就睡着了，仿佛一个孩子那样。

三十四 散步

我们走在夏季深深的道路上，悬挂着的柔嫩的金银花下面，真是多么美好！我看书，或者唱歌，或者向着天空念诗。小银啃着路旁阴影下稀疏的野草，锦葵尘封的花朵，还有黄色的酸果。它停步逗留的时间要比走路的时间多得多……我听任着它……

蓝天，蓝天，蓝天，被我的狂喜的目光所射中，升起在低垂的杏树上面，发着它最后的华采。整个田野，寂静而热烈，闪耀着光辉。河面上，一片小小的白帆凝住不动，没有一丝微风。一堆野火冒出的浓烟，升起成为团团乌云，飘向山岭。

但是我们的行程很短暂。它像复杂的生活中甜蜜而柔弱的一天。不是对天空的礼赞，也不是江河所流注的大海，甚至也不是火焰的悲剧！

一等到在橘子的香气里听到了水车的清凉而愉快的叮咚声，小银就长嘶一声，欢快地跳跃。多么朴素的每天的欢乐！到了池塘旁边，我舀满一杯，饮着这冰清玉洁的凉水。而小银则把嘴巴伸进阴凉的水里，这里喝一点儿，那里喝一点儿，贪馋地喝着最最洁净的水……

三十六 井

一口井！小银啊，井这个字多么深沉，多么墨绿，多么清凉，多么响亮！仿佛这个字本身，在旋转，在钻凿乌黑的泥土，直至钻出了清水。

睡吧，无花果树装饰了井口，也损毁了井口。井口里面，手够得着的地方，一朵香气袭人的蓝花在长满青苔的井砖缝里开放。下面，有一只燕子筑了它的窝。然后，经过一道清凉阴暗的门洞，便是一座翠玉的宫殿，以及一个湖，往那宁静的湖面扔一个石子，它便会发怒，它便会抱怨。最后，是天空。

（夜晚进来了，月亮在那里面底下放光，四周围绕着活泼的星星。肃静！生活在道路上走向远方，然而心灵却从井口逃避到了井底。在他看来，就仿佛是黄昏的另一个侧面。好像有一个巨人，要从井口里跳出，主宰所有的一切秘密。啊，这真是宁静而魔幻的迷宫，阴凉而芬芳的花园，迷人而有魅力的厅堂！）

听着，小银，要是有一天我跳进了这一口井，你得相信，我不是为了要自杀，而是为了更快地得到这些星星。

小银长嘶一声，干渴而急切。井里默默无声地盘旋着飞出了那只受惊的燕子。

四十四 小姑娘

这个小姑娘是小银的极大快乐。只要一看见她在丁香丛中向它走来，穿着洁白的衣服，头上戴着草帽，宠爱地呼唤着它："小银！小银银！"这头小毛驴就想挣脱缰绳，蹦蹦跳跳，像一个小孩子那样，而且还发疯似的嘶叫。

她在盲目的信任中，毫不在意地在它身底下一会儿钻过来，一会儿钻过去，轻轻地踢它，还把洁白的玉簪花那样的小手，塞进它那排满黄板大牙的粉红色嘴巴，或者揪住它那故意让她够得着的驴耳朵，用各种各样的名字亲热地叫它：小银！小银银！小银儿！银银儿！

在那些漫长的日子，小姑娘躺在她白色的摇篮里，顺流而下，向着死亡航行的时候，谁也顾不得想起小银来了。只有她，在神志昏迷的呓语中，还在凄切地叫唤：小银儿！……在这间充满叹息的黑屋子里，有时候可以听得见她那朋友的遥远的呼应。啊，多么悲伤的夏天啊！

落葬的那天傍晚，上帝给了你多少荣华！玫瑰色的金黄色的九月，正在消逝。墓地里，飞翔的钟声多么嘹亮，在敞开的落日余晖中指引通向天国荣光的道路！……我顺着墙根走回，孤独而忧伤，从蓄栏的门走进家里，又避开家人，进了院子，坐下来，跟小银一起，默默地啜泣。

五十六　遗忘的葡萄

经过了十月绵绵的阴雨之后，在一个金黄而蔚蓝的晴朗日子，我们大家一起到葡萄园去。小银背上驮鞍的一边篓子里，带着午饭和孩子们的帽子，另一边篓子里，为了保持平衡，坐着娇柔的布朗卡，又是洁白，又是粉红，好像一朵杏花。

复苏的田野多么迷人啊！溪流里，水流丰沛，田地都犁得松软，田边的杨树上还挂着黄叶，但是已经看得见树上鸟儿的个个黑点。

突然间，孩子们一个接一个地叫喊着奔跑起来：

"一串葡萄！一串葡萄！"

一根老葡萄藤，它那蜿蜒蟠曲的长长枝蔓上仍然看得见一些发黑和发红的干葡萄叶，灼热的阳光却在那里面照亮了一串琥珀似的清晰而饱满的葡萄。大家没有一个不想要它！维多利亚采了下来，藏在背后保护着它。于是我向她要，而她呢，以那种姑娘就要成为女人而献身男子的心甘情愿的甜蜜顺从，高高兴兴地让了给我。

这一串葡萄有大大的五颗。我把一颗给维多利亚，一颗给布朗卡，一颗给洛拉，一颗给贝贝，而最后一颗，在大家的欢笑和拍手声中，给了小银。它很快地用它的大板牙接过这一颗葡萄。

六十二　四月里的牧歌

孩子们带着小银到白杨树下的小溪边去了，现在他们牵着它，小跑着回来，又是笑，又是闹，都拿着大把大把的黄花。在那里树下，他们淋着了雨——那片瞬息即逝的浮云把它的金丝银丝蒙住了青翠的田野。小毛驴淋湿的毛背上，那些湿淋淋的金钟花还在滴水哩。

清新的，欢愉的，动人的牧歌啊！甚至小银的嘶叫，在它背上滴着水的甜蜜的负载下，听起来也显得温柔了！它时不时地转过脑袋，尽它的嘴巴所能及，扯着背上的那些花朵。那些金钟花，有的雪白，有的金黄，在它的嘴角边叼了一会儿，跟发绿的白唾沫混在一起，然后就进了它那系着肚带的小肚皮。小银啊，有谁能够像你这样吞吃花朵……而又不受伤害！

四月里变化多端的傍晚啊！小银的这双明亮而活泼的眼睛里，反映出阳光下雨丝中全部的景色。太阳西沉的时候，圣胡安的田野上，看得见正在下雨，那是另一片玫瑰色的云所洒落……

六十八 忧伤

这一天傍晚，我跟孩子们一起到小银的坟上扫墓。它的坟是在毕涅的菜园子里，一株庇佑着它的大松树脚下。四周围，四月的气候已经把湿润的田野用大朵大朵的黄百合花装饰起来。

那里，山雀在坟上面的翠绿穹顶里唱歌；穹顶上，涂满了点点片片蔚蓝的天空。山雀的细声细气的颤音，带点儿花腔，带点儿笑意，飘散在傍晚温暖的黄金似的空气中，仿佛新的爱情的一场清晰的梦。

孩子们吵吵闹闹地来到这里，就不做声了。他们沉默而严肃；他们明亮的眼睛望着我的眼睛，正在用无数急切的问题塞满我。

"小银啊，我的朋友！"我对着这一堆泥土说，"我在想，如果现在你是在天堂里的草地上，你的毛茸茸的背上驮着那些孩子一样的天使，也许，你早就把我忘掉了吧？小银，对我说，你还记得我吗？"

这时候，仿佛在回答我的问话似的，有一只原来没有看见的轻捷的白蝴蝶，好像一个灵魂那样，从一朵百合花到另一朵百合花，正在不停地来回飞旋……

[黎琨 译]

⊙作品赏析

这是一篇不可多得的感人肺腑的美文。文章款款道来的是作者与一头小毛驴之间深沉而淳厚的情感。在希梅内斯蘸满爱意与柔情的笔下，小银已不是一只单纯的小毛驴了，作者赋予了它太多人性化的东西。在文章中，作者不只是单纯地揭示小银的世界，更是把自己主观地融入了小银的生活里，小银就如同他的朋友、他的孩子一样地存在着。二者共同谱写了一曲和谐动人的乐章。读者的心弦被拨动的时候，思绪也会不由自主地被牵引开去。动物也是自然界中不可或缺的成员，有着与人类平等的地位，但是，很多人看不到一点，他把自己当成了万物的主宰。这种意识，昭示着人性的缺失，是值得警醒的。我们被《小银和我》所构筑的温馨世界所感动着，更要感悟到作者用心灵所拓展的人性的深度。

这篇文章，其实更像是散文诗。语言轻盈柔美，简洁的句式有着内在的韵律，句与句之间有跳荡的节奏，作者纯真的想象有着水晶般的光泽，更是提升了文章的诗情与诗意。作者真挚的情怀与闪光的文字，使这篇文章具有了不朽的思想价值与艺术价值。

《宽容》序 / 房龙

美国历史学家房龙的文本典范
一个哲人对众所皆知的故事的深情演绎
一次对古老格局和人生既定枷锁的挣扎
（入选理由）

在宁静的无知山谷里，人们过着幸福的生活。

永恒的山脉向东西南北各个方向蜿蜒绵亘。

知识的小溪沿着深邃破败的溪谷缓缓地流着。

·作者简介·

房龙（1882—1944），美国著名作家，出生于荷兰阿姆斯特丹。父母的分居导致他从小"逃避在过去之中"，从10岁起就沉溺于史学。房龙后来曾在德国和美国求学，获得了博士学位，但他并没有成为一个书斋里的学究。他当过教师、编辑、记者，屡经漂泊，同时苦练写作，1921年写出的《人类的故事》使他一举成名，饮誉世界。他一生致力于历史与人文的文化传播，是一位伟大的文化传播者。他擅长用文艺手法宣传人类科学，在历史、文化、文明、科学等诸多领域都有专著，包括《宽容》、《人类的故事》、《文明的开端》等。房龙多才多艺，精通10种文字，拉得一手优美的小提琴，还亲自将自己的大部分作品配了稚拙可爱的插图。

它发源于昔日的荒山。

它消失在未来的沼泽。

这条小溪并不像江河那样波澜滚滚，但对于需求浅薄的村民来说，已经绰有余裕。

晚上，村民们饮毕牲口，灌满水桶，便心满意足地坐下来，尽享天伦之乐。

守旧的老人们被搀扶出来，他们在荫凉角落里度过了整个白天，对着一本神秘莫测的古书苦思冥想。

他们向儿孙们唠叨着古怪的字眼，可是孩子们却惦记着玩耍从远方捎来的漂亮石子。

这些字眼的含意往往模糊不清。

不过，它们是1000年前由一个已不为人所知的部族写下的，因此神圣而不可亵渎。

在无知山谷里，古老的东西总是受到尊敬。

谁否认祖先的智慧，谁就会遭到正人君子的冷落。

所以，大家都和睦相处。

恐惧总是陪伴着人们。谁要是得不到果园里果实中应得的份额，又该怎么办呢？

深夜，在小镇的狭窄街巷里，人们低声讲述着情节模糊的往事，讲述那些敢于提出问题的男男女女。

这些男男女女后来走了，再也没有回来。

另一些人曾试图攀登挡住太阳的岩石高墙。

但他们陈尸石崖脚下，白骨累累。

日月流逝，年复一年。

在宁静的无知山谷里，人们过着幸福的生活。

外面是一片漆黑，一个人——正在爬行。

他手上的指甲已经磨破。

他的脚上缠着破布，布上浸透着长途跋涉留下的鲜血。他跌跌撞撞来到附近一间草房，敲了敲门。

接着他昏了过去。借着颤动的烛光，他被抬上一张吊床。

到了早晨，全村都已知道："他回来了。"

邻居们站在他的周围，摇着头。他们明白，这样的结局是注定的。

对于敢于离开山脚的人，等待他的是屈服和失败。

在村子的一角，守旧老人们摇着头，低声倾吐着恶狠狠的词句。

他们并不是天性残忍，但律法毕竟是律法。他违背了守旧老人的意志，犯了弥天大罪。他的伤一旦治愈，就必须接受审判。

守旧老人本想宽大为怀。

他们没有忘记他母亲的那双奇异闪亮的眸子，也回忆起他父亲30年前在沙漠里失踪的悲剧。

不过，律法毕竟是律法，必须遵守。

守旧老人是它的执行者。

守旧老人把漫游者抬到集市区，人们毕恭毕敬地站在周围，鸦雀无声。

漫游者由于饥渴，身体还很衰弱。老者让他坐下。

他拒绝了。

他们命令他闭嘴。

但他偏要说话。

他把脊背转向老者，两眼搜寻着不久以前还与他志同道合的人。

"听我说吧，"他恳求道，"听我说，大家都高兴起来吧！我刚从山的那边来。我的脚踏上新鲜的土地，我的手感觉到了其他民族的抚摸，我的眼睛看到了奇妙的景象。

"小时候，我的世界只是父亲的花园。

"早在创世的时候，花园东面、南面、西面和北面的疆界就定下来了。

"只要我问疆界那边藏着什么，大家就不住地摇头，一片嘘声。可我偏要刨根问底，于是他们把我带到这块岩石上，让我看那些敢于蔑视上帝的人的粼粼白骨。

"骗人！上帝喜欢勇敢的人！我喊道。于是，守旧老人走过来，对我读起他们的圣书。他们说，上帝的旨意已经决定了天上人间万物的命运。山谷是我们的，由我们掌管，野兽和花朵，果实和鱼虾，都是我们的，按我们的旨意行事。但山是上帝的。对山那边的事物我们应该一无所知，直到世界的末日。

"他们是在撒谎，他们欺骗了我，就像欺骗了你们一样。

"那边的山上有牧场，牧草同样肥沃，男男女女有同样的血肉，城市是经过1000年能工巧匠细心雕琢的，光彩夺目。

"我已经找到一条通往更美好的家园的大道，我已经看到幸福生活的曙光。跟我来吧，我带领你们奔向那里。上帝的笑容不只是在这儿，也在其他地方。"

他停住了，人群里发出一声恐怖的吼叫。

"亵渎，这是对神圣的亵渎。"守旧老人叫喊着，"给他的罪行以应有的惩罚吧！他已经丧失理智，胆敢嘲弄1000年前定下的律法。他死有余辜！"

人们举起了沉重的石块。

人们杀死了这个漫游者。

人们把他的尸体扔到山崖脚下，借以警告敢于怀疑祖先智慧的人，杀一儆百。

没过多久，爆发了一场特大干旱。潺潺的知识小溪枯竭了，牲畜因干渴而死去，粮食在田野里枯萎，无知山谷里饥声遍野。

不过，守旧老人们并没有灰心。他们预言说，一切都会转危为安，至少那些最神圣的篇章是这样写的。

况且，他们已经很老了，只要一点食物就足够了。

冬天降临了。

村庄里空荡荡的，人稀烟少。

半数以上的人由于饥寒交迫已经离开人世。

活着的人把唯一希望寄托在山脉那边。

但是律法却说："不行！"

律法必须遵守。

一天夜里，爆发了叛乱。

失望把勇气赋予那些由于恐惧而逆来顺受的人们。

守旧老人们无力地抗争着。

他们被推到一旁，嘴里还抱怨着自己的命运不济，诅咒孩子们忘恩负义。不过，最后一辆马车驶出村子时，他们叫住了车夫，强迫他把他们带走。

这样，投奔陌生世界的旅程开始了。

离那个漫游者回来的时间，已经过了很多年，所以要找到他开辟的道路并非易事。

成千上万人死了，人们踏着他们的尸骨，才找到第一座用石子堆起的路标。

此后，旅程中的磨难少了一些。

那个细心的先驱者已经在丛林和无际的荒野乱石中用火烧出了一条宽敞大道。

它一步一步把人们引到新世界的绿色牧场。大家相视无言。

"归根结底他是对了，"人们说道，"他对了，守旧老人错了……"

"他讲的是实话，守旧老人撒了谎……"

"他的尸首还在山崖下腐烂，可是守旧老人却坐在我们的车里，唱那些老掉牙的歌子。"

"他救了我们，我们反倒杀死了他。"

"对这件事我们的确很内疚，不过，假如当时我们知道的话，当然就……"

随后，人们解下马和牛的套具，把牛羊赶进牧场，建造起自己的房屋，规划自己的土地。从这以后很长时间，人们又过着幸福的生活。

几年以后，人们建起了一座新大厦，作为智慧老人的住宅，并准备把勇敢先驱者的遗骨埋在里面。

一支肃穆的队伍回到了早已荒无人烟的山谷。但是，山脚下空空如也，先驱者的尸骨荡然无存。

一只饥饿的豺狗早已把尸首拖入自己的洞穴。

人们把一块小石头放在先驱者足迹的尽头（现在那已是一条大道），石头上刻着先驱者的名字，一个首先向未知世界的黑暗和恐怖挑战的人的名字，他把人们引向了新的自由。

石上还写明，它是由前来感恩朝礼的后代所建。

这样的事情发生在过去，也发生在现在，不过将来（我们希望）这样的事不再发生了。

[连卫 靳翠微 译]

⊙作品赏析

房龙的成就在对历史和人生的通俗化解读，包括《宽容》、《圣经的故事》、《伦勃朗的人生苦旅》在内的故事文本，都让我们见识了这位历史学家对生存现状和人生真切含义的苦涩追寻。在《宽容》中即说了这个世界需要理性的相互包容。

房龙将深奥或者枯燥无比的历史学知识转化为众人喜闻乐见的通俗文本，拯救了一代困乏于阅读兴趣的读者。《〈宽容〉序》也印证了这一点。文章中所讲述的道理并不新鲜，无非也是新生与压制之间的对抗，文章中的牺牲者是为了摆脱无奈的僵死的生存困境，而代价是被乱石砸死。在最后的结论中作者说新生者在最初是脆弱的，只有当一切无辜者开始醒悟的时候，他的价值才会重新得到肯定。就像文章在结尾中所说的"石头上刻着先驱者的名字，一个首先向未知世界的黑暗和恐怖挑战的人的名字，他把人们引向了新的自由"。

换句话说，这只是一个老故事的新表达，但作者却能在旧式的文本中缔造出新的视觉触动点，展现了世俗的愚昧和寻找者的痛苦挣扎。按照中国人习惯的讲法他运用了推陈出新的笔法，并且有将老故事重新演活的精彩框架。而其外在则主要在文章诗意的结构上，娓娓倾诉，宛似一首漫长的人生史诗。

壳与核 / 纪伯伦

我每饮一杯苦酒，杯底的残汁却总是蜜浆。

我每跨进一座森林，却总看到绿色的原野。

我在烟雾迷漫中丢失的朋友，却在晨曦中出现。

多少次，我曾用刻苦耐劳的外衣遮起我的痛苦和烦恼，幻想着这样做将会得到报偿。但是，当我脱去外衣时，发现痛苦已化为欢乐，烦恼已化为平静与安详。

多少次，我和我的同事在光天化日之下漫步，我暗自想，这人多么愚蠢，多么迟钝。但是，当我一走进那隐秘的世界的时候，我即刻发现原来自己专横暴虐，而他倒挺睿智、幽默。

多少次，我曾自我陶醉，认为我是一只无辜的羔羊，与我坐在一起的人则是一只凶恶的豺狼。但是，当我清醒过来，却发现我和他原来都是同样的人。

人们啊，我们都常常为表象所迷惑，因而忽略了自身的实质。假如有人被绊倒在地上，我们会说他摔了一跤；假如有人说不出话，我们会说他是哑巴；假如有人呻吟，我们会说这是他临终前发出的喘息，他就要寿终正寝了。

我和你们都热衷于"我"的外壳和"你们"的表皮，因而我们看不见"我"灵魂中的秘密和"你们"灵魂中的隐秘。

我们如此高傲，竟忽视我们的实质，我们能做些什么呢？

我告诉你并告诉我自己——可能我的
话是掩饰我的真相的面具——我们用肉眼
所看到的一切只不过是一片烟云，它遮住
了我们只能用见识才能洞察的万物。我们
用耳朵听到的只不过是混乱而嘈杂的声响，
它扰乱了我们只有用心灵才能听到的一切。
假如我们看见一名警察把一个人押送监狱，
我们且不要去断定哪一个是罪犯。如果我
们看见一个人倒在血泊之中，而另一个人

· 作者简介 ·

纪伯伦（1883—1931），黎巴嫩旅美派作
家、诗人和画家。1895年随亲人旅居美国，1908
年去巴黎学美术，1912年定居纽约。1920年发起
创建《笔会》，任会长，遂成为阿拉伯旅美派文学
领袖。作品有浓郁的浪漫主义和象征主义色彩，常
融诗情与哲理于一体，寓意深刻、隽永、别具一
格。作品甚丰，有中篇小说《折断的翅膀》，散文
诗集《泪与笑》、《先知》等。

双手沾满了鲜血，也不要贸然判断谁是凶手。倘若我们听到一个人在唱歌而另一个人在
哭泣，我们需要耐心等待，才能知道究竟谁真正愉快。

　　不，朋友，我们不能从一个人的外表来看他的本质，不能把他的一言一行作为衡量
他心灵的标准。一个被你看不起的笨嘴拙舌的人可能是一个天资聪明，心地善良的人。
一个面孔丑陋、生活贫困、为你所鄙视的人，倒可能是天之骄子，上帝的宠儿。

　　你可能在一天之内参观一座宫殿和一座茅舍。当你走出宫殿时你会肃然起敬，当你
走出茅舍时你会产生怜悯之感。但是，假如撕破事物外表给你编织的假相，那么，肃然
起敬可能下降为怜悯，怜悯又会上升为无限景仰。

　　你一早一晚可能遇到这么两个人，第一个人说话时粗声大嗓，行动如军人般威严。
而第二个人和你说话时则战战兢兢，声音颤抖，语不成句。于是你便认定前者勇敢，后
者懦弱。但是，如果你看到他俩在艰难困苦面前或为了原则需要作出牺牲时的表现，你
就会懂得冠冕堂皇掩盖下的唐突行为绝非是勇敢，沉默不语和羞怯并非是软弱。

　　你在家中凭窗外望，看见街上的行人中，右边走着一位修女，左边走着一个妓女。
你会立即说："一个是何等高尚，另一个是何等无耻！"但是，倘若你闭目静听，你就
会听到宇宙中有一种声音轻轻地说："这修女通过祈祷向我提出要求，那妓女满怀悲痛
向我苦苦哀告。但在她俩的灵魂中，各撑起一把我的精神的保护伞。"

　　你周游世界，寻找所谓的文明与先进。你走进一座城市，里边宫阙巍峨，街道宽阔，
书院富丽堂皇，人们来去匆匆，一片繁忙景象。有人在穿越地球，有人在天空翱翔，有
人在捕捉闪电，有人在呼唤暴风骤雨。他们全都穿着考究，款式新颖，好似在过盛大的
节日或在狂欢。

　　几天之后，你来到另一座城市，那里房屋简陋，街道狭窄。晴天尘土飞扬，下雨
满街泥泞。那里的居民仍处于原始状态，像松弛的弓弦。他们行动迟缓，工作漫不经
心。当他们看你的时候，似乎在他们的眼睛后边还有一只眼睛在向远处眺望。你深感
厌恶地离开那个地方，暗自说："这两处真有天渊之别。那边朝气蓬勃，这里老气横
秋。那边充满了春夏的活力，这边是秋冬的衰老。那边像青年们在花园里欢乐地跳舞，
这边似衰弱的老人躺在沙滩上。"

　　如果你能借助上帝的光亮去看这两个城市，你会看到它们原是同一花园中两棵相仿
的树。一旦你的目光看到它们的实质，你就会发现你所认为的先进，只不过是晶莹透亮、
瞬息即逝的水泡，你所认为的松弛，倒是暗中隐藏的永恒的实质。

不，宗教不表现在寺院和仪式上，而表现在心诚志坚上。

不，生活不在其外表，而在其实质；事物不在其外壳，而在其精华；人们不在其貌，而在其心。

不，艺术不在于你耳朵听到的歌声的抑扬顿挫，不在于诗歌语言的铿锵，也不在于你肉眼所看到的绘画的线条和色彩；艺术在于歌曲抑扬顿挫之间的无声而颤抖的停顿，在于诗人通过他的诗传给你的他心灵中深沉、宁静而孤独的感情，在于一幅画对你的启示和使你对更加美好的事物的向往。

不，朋友，岁月不在于它的外表。我也是在岁月的行列中行进的人，我向你说的这些只是语言能够传给你的我无声的心愿。因此，在洞悉那隐藏着的自我之前，不要说我愚昧无知；在剥去我的外壳之前，不要以为我是天才。在没有看到我的内心之前，且莫说我吝啬；在了解我慷慨大方的动机之前，不要说我仗义疏财。不要认为我确实可爱，除非你充分了解我对爱情的忠诚和纯洁。不要说我无忧无虑，除非你触摸到我那淌血的伤口。

[李占经 译]

⊙作品赏析

正如冰心所推崇的，纪伯伦的存在的确成为了我们精神的营养，诸如《先知》、《沙与沫》、《泪与笑》。在他的文学中，充满了生命之爱，被誉为先知，他以他的生命感悟指点读者被生活的忙乱所迷离的思想情操，在纯洁天真的给予中道破存在的玄机，为每一个陌生的生命旅客拉近彼此之间的关系。

《壳与核》是很典型的纪伯伦散文，在他的抒情中，从未忘记把守住爱和美的底线，让找寻者在孤寂迷茫中还能体验它的最后的温柔。文章中所描述的道理并非深奥，只是我们经常忽略了，而作者重新把它拾获在我们的眼前：不要为表象的虚幻所迷惑，不要忽视了事实的本真。他在文章中以修女和妓女为例，认为她们都在向上帝祷告，无非采取的是不同的方式，没有贵贱之别。

文章淡雅隽永，充满爱和美的主旋律，以《圣经》式的简约虔诚，表达了生命存在的彻悟，让读者在其语言风格的引领下见证和守候生命的意义。这种语言恍似天籁，独具风韵，被称为独特的纪伯伦风格——一种可以安慰疲惫心灵的最美的礼物，就像文章中所说的：我向你说的这些只是语言能够传给你的我的无声的心愿。而这种风格也被誉为是黎巴嫩式的，作者自己曾在其他地方说过："我是个有使命的人，是将自己的影响送到人的头脑中的人。"

浪之歌 / 纪伯伦

入选理由 纪伯伦的散文代表作之一
亲切坦率地予以海浪以人文情怀

我同海岸是一对情人。爱情让我们相亲相近，空气却使我们相离相分。我随着碧海丹霞来到这里，为的是将我这似银的泡沫与金沙铺就的海岸合为一体；我用自己的津液让它的心冷却一些，别那么过分炽热。

清晨，我在情人的耳边发出海誓山盟，于是他把我紧紧抱在怀中；傍晚，我把爱恋的祷词歌吟，于是他将我亲吻。

我生性执拗，急躁；我的情人却坚忍而有耐心。

潮水涨来时，我拥抱着他；潮水退去时，我扑倒在他的脚下。

曾有多少次，当美人鱼从海底钻出海面，坐在礁石上欣赏星空时，我围绕着她们跳过舞；曾有多少次，当有情人向俊俏的少女倾诉着自己为爱情所苦时，我陪伴他长吁短叹，帮助他将衷情吐露；曾有多少次，我与礁石同席对饮，它竟纹丝不动，我同它嘻嘻哈哈，它竟面无笑容。我曾从海中托起过多少人的躯体，使他们死里逃生；我又从海底偷出多少珍珠，作为向美女丽人的馈赠。

夜阑人静，万物都在梦乡里沉睡，唯有我彻夜不寐；时而歌唱，时而叹息。呜呼！彻夜不眠让我形容憔悴。纵使我满腹爱情，而爱情的真谛就是清醒。

这就是我的生活；这就是我终身的工作。

[佚名 译]

⊙**作品赏析**

《浪之歌》选自纪伯伦的散文诗集《泪与笑》，文章以诗意的笔调对海浪进行了讴歌，是一曲动人的海浪赞歌。作者运用拟人的手法，赋予海浪以人性的情怀。海浪是多情的，她与海岸是一对情人，"清晨，我在情人的耳边发出海誓山盟；傍晚，我把爱恋的祷词歌吟"；海浪是执着的，"我生性执拗，急躁"；海浪是活泼、乐观的，"我围绕着她们（美人鱼）跳过舞"；"与礁石同席对饮……同它嘻嘻哈哈"；海浪是善良、慈爱的，她陪伴为爱情所苦的少男长吁短叹，"从海中托起过多少人的躯体，使他们死里逃生"。文章虽不足 500 字，却写得精彩四溢。采用第一人称写法，读来令人感到亲切坦率，拟人、比喻、排比、象征等修辞手法及短句的交错运用，使文章充满诗情画意、韵律和谐、深蕴哲理；这些都充分体现了纪伯伦散文创作的风格。

贪心的紫罗兰 / 纪伯伦

入选理由 纪伯伦的散文代表作之一 文章情节跌宕，深蕴哲理

在一座孤零零的花园里，有一株紫罗兰，花瓣艳丽，芳香四溢，幸福愉快地生活在同伴当中，得意洋洋地在群芳之间左右摆动。

一天早晨，紫罗兰戴着露珠桂冠，抬眼环望四周，看到一朵玫瑰花，躯干苗条，翘首天空，恰似一柄火炬，插在宝石灯上。

紫罗兰咧开她那蓝色的嘴唇，叹息道："唉，在群芳当中，我最不走运；在百卉之中，我的地位最低！大自然把我造就得如此低矮渺小，我只配伏在地上生存，不能像玫瑰那样，枝插蓝天，面朝太阳。"

玫瑰花听到邻居紫罗兰的哀叹，笑着摇了摇头，然后说："百花群里，你最糊涂。你真是身在福中不知福啊！大自然赋予你芳香、文雅和美貌，这都是别的花草所没有的。你还是赶快打消你这些奇怪的念头和有害愿望吧！满足天赐予你的福气吧！你要知道：虚怀若谷，地位无比高尚；贪得无厌的人，永远贫困饥荒。"

紫罗兰答道："玫瑰花，你之所以这样安慰我，因为你已得到了我想得到的一切；你之所以用格言来掩饰我的低下地位，因为你伟大高尚。在倒霉者的心中，幸运儿的劝诫是何等苦涩；在弱者面前慷慨陈词的强者，何其冷若冰霜！"

大自然听了玫瑰花与紫罗兰之间的对话，禁不住打了个寒战，继之提高了嗓门，说："紫罗兰，我的女儿，你怎么啦？我了解你，你朴实无华，小巧玲珑，温文尔雅。究竟

是贪欲缠住了你的心，还是虚荣占据了你的心？"

紫罗兰乞怜道："力大恩深的母亲，我谨向您倾诉我心中的恳求和希望，万望您答应我的要求：让我变成一株玫瑰花，哪怕只有一天。"

大自然说："你不知道你的要求意味着什么。你不知道华美外观的背后所隐藏的巨大灾难。倘若你的身躯变高，外貌改变，成为一株玫瑰花，恐怕到时候连后悔都来不及了。"

紫罗兰苦苦哀求："改变我的外貌吧！让我变成一株身躯高大、昂首蓝天的玫瑰花……到那时，不管怎样，我的愿望总算实现了。"

大自然无奈："叛逆的傻瓜，我答应你的要求！倘若遇到灾祸，你只能抱怨自己太傻。"

大自然伸出她那无形的神手，轻轻触摸紫罗兰的根部，顿时出现了一株高出群芳之首、色彩斑斓夺目的玫瑰花。

那天傍晚，天色突变，乌云急聚，狂风骤起，撕破世间沉寂，电闪雷鸣、疾风暴雨一齐向花园袭来。刹那间，万木枝条尽折，百花躯干弯曲，枝长杆高的花木被连根拔掉，幸免者只有伏在地面上、隐身石缝间的矮小花木荆棘。

与此同时，那座孤零零的花园也遭受了其他花园所经历的浩劫和冲击，而且有过之而无不及。

风暴未息，乌云未消，已见园中花落满地。风暴过后，只有隐蔽在墙根下的紫罗兰安然无恙。

一位紫罗兰少女抬起头来，望着园中花木败落的惨状，得意地微笑了。她当即呼唤同伴："姐妹们，快来看哪！看看风暴是怎样对待那些盛气凌人的高大花木的吧！"

另一位紫罗兰姑娘说："我们低矮，匍伏在地面上，但经过暴风骤雨，我们安然无恙。"

第三位紫罗兰姑娘说："我们虽然体躯微小，但暴风雨没把我们压倒。"

就在这时，紫罗兰王后走了出来。她发现昨天还是紫罗兰的那株玫瑰就在自己身边，只见它已被风暴连根拔掉，叶子散落了一地，仿佛身中万箭，被风神抛到了湿漉漉的草丛之间。

紫罗兰王后挺起腰杆，舒展叶片，大声呼唤："我的女儿们，你们仔细看看！这株紫罗兰为贪欲所怂恿，变成一株玫瑰花，挺拔一时，不久被抛入万丈深渊。但愿这能成为你们的明鉴。"

那株玫瑰花战栗着，使尽全身力气，上气不接下气地说："知足安分的傻姐妹们，听我对你们说：昨天，我像你们一样，端坐在绿叶中间，满足于天赐之福。知足是一个难以逾越的障碍，将我与生活的风暴隔离开来，使我心地坦然，无忧无虑，无难无灾。我本来可以像你们一样，静静匍伏在地面，冬来以雪花裹身，没有弄明大自然的秘密，便与同伴一起步入死一般的沉寂。我本来可以避开那令人贪婪的事情，弃绝那些超越我自身天性的东西。可是，我在静夜里听上天对人间说：'存在的目的在于追求存在以外的东西。'于是，我背弃了我的灵魂，一心想得到我不应得到的东西。正是这种贪欲，使背弃心理变成一种巨大力量，使我的内心渴望变成了异想天开的幻想，于是，我要求大自然——大自然不过是我们内心梦想的外观——将我变成一株玫瑰花。大自然立即让我如愿以偿。大自然常用她的偏爱与渴望改变自己的形象。"

玫瑰花沉默片刻，又自鸣得意地说："我当了一个小时的皇后。我用玫瑰花的眼睛观看了宇宙，用玫瑰花的耳朵听到太苍窃窃私语，用玫瑰花的叶子感触光明。诸位当中，谁能得到我这份光荣？"

尔后，玫瑰花弯下脖子了，用近似喘息的声音说："我就要死去了。我心中有一种特殊的感触，这是在我之前的紫罗兰不曾有过的。我就要死去了。我终于了解了我出生的有限天地之外的一些事情。这就是生活的目的。这就是隐藏在昼夜间发生的偶然事件背后的真正实质。"

玫瑰花合上叶子，浑身一颤，便死去了。此时此刻，她的脸上绽现出神圣的微笑——愿望实现后的微笑——胜利的微笑——上帝的微笑。

[佚名 译]

⊙作品赏析

《贪心的紫罗兰》是一篇意韵隽永的优美散文，文章以童话式的笔调，象征性地塑造了一位不甘寂寞、平淡的生活，追求斑斓、崭新的生活，最终为之献出自己生命的理想追求者的形象。全文分为两大部分。第一部分叙述了"贪心"的紫罗兰一心要变为美丽的玫瑰并最终如愿以偿的故事。第二部分叙述了变成玫瑰花的紫罗兰遭遇暴风雨袭击而"丧身"的故事。文章情节跌宕，深蕴哲理，拟人、比喻、象征手法以及对话式和内心独白的表述方式，使文章生动自然，朗朗上口。作者以委婉的笔调，借紫罗兰之口，向人们传达了一个深刻的哲理：人生存在的目的在于追求存在以外的东西。

在寺院门口 / 纪伯伦

入选理由：文笔优美，寓意深刻 以诗歌的手法为文 用感悟来诠释抽象的爱情

为了谈论爱情，我用圣火洁净了我的双唇。但当我开口讲话时，却发现我是个哑巴。

在我懂得爱情之前，我引吭高唱爱情的歌曲。但当我懂得爱情时，我口中的歌词却变成了微弱的喘息，我心中的曲调变得深沉。

人们啊！过去，你们曾经向我询问爱情的美妙与新奇。那时，我和你们讲起来津津有味，令你们兴奋，使你们心驰神往。而如今，爱情给我挂满了绶带，该轮到我向你们发问：什么是爱情所遵循的道路，什么是它的内涵和特点，你们中间谁能给我作出解答？我要向你们就我本身发出提问，我要向你们探询我的内心，你们谁能够向我的心表明我的心迹？谁能向我本人阐明我的自身？

否则，就请你们告诉我这火焰是什么？它在我胸中熊熊燃烧，它吞噬了我的活力，熔化了我的感情和情趣。

那只既柔嫩又粗野的无形的手是谁的呢？在我孤独寂寞之时，它攫住我的灵魂，将那快乐的苦涩与悲痛的甜美混合而成的美酒倾注在我的心里。

夜阑人静之时，无数只翅膀在我的床边拍打、呼扇，使我不能入睡，观察着我所不知道的事情，倾听着我未曾听到过的声音，凝视着我未曾看到过的事物，思考着我不明白的问题，感受着我不曾意识到的东西。我不时地长嘘短叹，叹息之中蕴含着忧伤与痛苦，对我来说，这比爽朗的欢声笑语更加亲切，更加可爱。在这夜深人静的黑夜，我向一种无形的力量屈服投降了，它把我折磨得一次又一次地死去活来，直至黎明，晨光照

亮了我卧室里的每个角落我才闭上眼睛，那醒时的幻影仍在我那疲倦的眼睑中间颤动着，我慢慢地进入了梦乡。梦幻蹒跚而至，爬上我的石头床。

我们所谓的爱情到底是什么呢？

请你们告诉我！躲在时代之后，隐蔽在客观事物的背后，待在人们的良心里的那无形的秘密是什么？

是一切结果的起因，又是一切起因所造成的结果的那种绝对观念又是什么？

那种觉醒是什么呢？它和生与死密切相关，而又从生和死中创造出比生更加奇特，比死更加深沉的梦。

请你们告诉我，人们啊！请告诉我，你们中间可有谁当爱情用它的手指触摸到他的灵魂时，他仍躺在生活的床榻上沉睡不醒？

你们中间可有这种人，当他心爱的姑娘向他发出召唤时，他舍不得丢下自己的父母，舍不得离开自己的故乡？你们中间可有这样的人，当他为了要去与他的心上人相会而不肯漂洋过海，不肯横穿浩瀚的沙漠，不肯翻山越岭，不肯跨越山涧与河谷？

一个青年，倘若他的恋人远在天涯海角，当他嗅到了她芳香的气息，感觉到她纤纤细手的温柔，耳边响起了她那甜润的音调时，他能否不心驰神往？

一个人如果知道，神能够听到他的祷告，并会给他以丰厚的回报，他怎能不在神灵面前甘愿把自己化作香烟，作为祭品奉献？

昨天，我站在寺院门前，向过往行人询问有关爱情的秘密和它的好处。

于是，有一位身材瘦弱、愁眉苦脸的中年人正从我面前经过，当我问他时，他唉声叹气地说道："爱情的天性就是软弱，这是从人类始祖那里继承下来的。"

这时，又有一个腰圆臂壮的青年走来，笑吟吟地说道："爱情是一种意志，它与我们共存，它把我们的今天和昨天的岁月同未来连接起来。"

随后，有一位妇女满脸愁云地唉叹道："爱情是一种杀人的毒药，在火狱洞穴里翻滚的黑蛇吸食了它，黑蛇把它喷入空中，表面裹上一层甘露，撒向人间，于是干渴的灵魂如饥似渴地吸吮它，陶醉于一时，苏醒一年，然后便永远地死去。"

一个面若桃花的少女走来，满面春风地说道："爱情是多福河水，黎明的新娘把它倾注在强健的灵魂里，使灵魂飘飘欲仙，高高升起，在黑夜的繁星面前凝聚，唱着赞歌沐浴在白昼的阳光里。"

一个身着黑色衣衫，髯髯长须的男人走过我的面前，蹙额皱眉，开口说道："爱情是盲目的蠢行，它随着青春的到来而开始，又随着青春的结束而告终。"

一个满面春风、潇洒英俊的青年兴高采烈地说："爱情是一门高深的学问，能使我们心明眼亮，神灵能看到的东西我们都能看见。"

随后，有一个盲人走了过来，他靠手杖探路，痛哭流涕地说："爱情就是一片浓重的雾霭，把心灵团团围住，遮住它的视线，使它看不到大自然中的如画美景。只能看到自己倾斜的影子在岩石间抖动，只能听到自己的呐喊在山谷间回荡。"

一位怀抱吉他的青年从我面前走过，边唱边说："爱情是神奇的光芒，它发自敏感的灵魂深处，照亮了它身边的一切，于是它看到世界就像行进在绿色草原上的一支浩浩荡荡的大军，生活犹如一场美梦，且无醒时。"

　　一个驼背老叟拖着沉重的双脚蹒跚而来，脚下好像拖着两个破布团一样，战战兢兢地说："爱情就像疲倦的身体躺在幽静的墓穴中得到了安息一样，就像惊恐的灵魂在永恒世界的深处享受到了安宁一样。"

　　一个五岁的孩童欢笑着经过我的面前，他说："爱情就是我的爸爸，爱情就是我的妈妈，只有我的爸爸和妈妈才懂得爱情。"

　　白昼已经过去。人们经过寺院门前，每个人都在议论爱情，实际上也是在给自己画像。他们自觉自愿地公开宣布了生活的秘密。

　　夜色降临，过往行人都已归去，一片寂静。我听见从寺院里传出的声音说道："生活本来就是由两半组成，一半是冰冰冷冷，一半是烈火熊熊。而爱情就是那熊熊燃烧着的那一半。"

　　随后，我进了寺院的门，跪拜祈祷，高声喊着："主啊，让我成为火焰的圣餐！神灵啊，让我变成圣火的美味！阿门！"

[李占经　译]

⊙作品赏析

　　《在寺院门口》是一篇纪伯伦和读者一起探讨爱情话题的散文。优美如诗的文字和感性的思想，使"爱情"这个抽象的、无形的事物在作者的笔下变得生动丰满。

　　《在寺院门口》中，纪伯伦通过不同身份、不同年龄的人的口向我们诠释爱情的含义。在年轻人的眼中，爱情是甜美的、充满诱惑的；在中年人的眼中，爱情是脆弱的、靠不住的；在老年人眼中，爱情是平静的、安详的；沉浸在甜美爱情中的人觉得它是"多福河水"，爱情失意的人觉得它是"杀人的毒药"；浪漫的人觉得它神奇，现实的人认为它盲目而无意义。但无论哪种看法，都没有否定爱情本身的巨大震撼力，君不见《在寺院门口》中对爱情发出诅咒、怨恨之声的人们，要么是"唉声叹气"，要么是"痛哭流涕"，如果不是对爱情充满过巨大的憧憬，对爱情全心投入过的人，又如何会如此地痛彻心扉呢？——爱之深才会痛之切。

午睡 / 拉格洛夫

入选理由　拉格洛夫的散文名篇　平常之事中传达无限况味　笔调温馨而活泼

　　拉格洛夫中尉认为，孩子们要长得健康结实，长大后能成为有用的和能干的男人和女人，最重要的就是要求他们养成午睡的习惯。抱着这种信念，在吃过午饭之后，他总是带着两个最小的孩子到农庄办事处去，那是在另一幢建筑物里面，隔住宅并不太远。

　　办事处是一间很大的屋子，看起来好像和马尔巴卡时代牧师们的居室一样，那时它被用来作为办公室和书房。在屋子的一端，靠近窗口处，有一张黑色的皮沙发椅，在它前面是一张长椭圆形的桌子。在一堵墙边有一个床铺，一只黑皮椅，一张漆成黑色的巨大的胡桃木写字台和一个高大的有许多抽屉的柜子。在另一边还有一张床，一只黑皮椅，和用瓷砖砌成的壁炉。在壁炉上边的墙壁上，挂着三个鸟类标本，一只用海豹皮制成的猎袋，一把马上用的大手枪，一把击剑用的钝头剑和一把坏了的军刀。在这些武器中间，还有一对巨大的鹿角。靠近门边，一边是总是挂着布帘的壁橱，另一边是一个书柜。壁橱下边，有一只中尉的用铁皮包裹的橡木箱子，一只团队的会计用过的箱子，其中有一只角已经烧焦了一点儿。

在书柜里，中尉保存着他的一些账本，另外还有两代人用过的学校教科书。好些本《欧洲文艺》年刊和荷马、西塞罗、李维的作品挤在一起。彼得大帝和腓特烈大帝的历史，由于它们那暗褐色的厚纸板装订的封面，也被流放到了这儿。这儿还有威廉·封·布劳恩的著作——不过这些著作不是因为封面的原因，而是由于其他的原因。地板上放着一些测量仪器，那是中尉在边界线上工作时留下的；此外还有几只小箱子，放着钓鱼用具和零碎物品。

走进办事处之后，中尉和他的两个小女儿要做的第一件事就是驱赶苍蝇。门窗全部打开了。中尉拿起一条毛巾挥舞着，两个小女孩解下她们的围裙开始击打空气。她们爬上椅子和桌子，东挥西舞，因为那些嗡嗡的苍蝇飞来飞去，似乎决心要留下来，不过，终于还是把它们赶走了，门和窗都关了起来。

然而还是有一只苍蝇没有被赶走，他们把它叫作"办公室的老苍蝇"。它对每天一次的驱赶已经习惯了，完全知道怎样躲避驱赶。当一切都安静下来以后，它就从藏身之地跑了出来，停留在天花板上。

中尉和两个女孩没有对它再进行新的驱赶，因为他们都知道它是过于机敏了，他们决不能把它赶走。于是他们着手进行午睡之前的第二件事。女孩们放好两个皮枕头，并在沙发椅上放一只矮枕头，中尉可以把头枕在上面休息，他伸长了身子，闭上眼睛，假装睡着了。

接着，女孩们尖声叫喊着，扑到他的身上。他把她们抛掷起来，好像她们是两只皮球；又摆弄着她们，好像她们是两只好玩的小狗。她们则扯他的胡须，弄乱他的头发，并且爬到沙发上，和他开各种各样的玩笑。

当中尉认为孩子们已玩得够了，就拍拍手，说："别玩了。"

怎么能够呢？孩子们继续玩着，一次又一次地爬上沙发，被抛开又被拉回来，尖声叫着，大声嚷着。

过了一会儿，中尉第二次拍手说："真的别玩了。"

然而这次拍手也没有见效，同样的嬉闹继续着，伴随着叫声和笑声，直到中尉第三次拍手说：

"好了，真真的别玩了。"

两个女孩立刻停止了吵闹，各自上了自己的床去睡觉。过了一会儿，中尉开始打鼾。他的鼾声并不很大，但足以使两个孩子睡不着觉，尽管中尉要求她们要养成午睡的习惯。

孩子们是不准离开床铺，也不准相互谈话的，只能够静静地躺在床上。而她们的目光却在满屋子里打转。她们瞧着地板上的破垫子，分辨着妈妈和姨妈的旧衣服，这些衣服已被裁剪成了地毯。她们瞧着马尔姆伯格将军的肖像，它挂在墙上的两幅描绘战斗场景的油画中间。她们瞧着墨水瓶和笔，鹿角和猎袋，钝头剑和那把著名的被称为"杀兔者"的枪。她们瞧着床单上的图案，数着墙纸上的星星，看着地板上留下的钉头和窗帘上的方格花纹。时间过得真是太慢了！她们听见了别的孩子们发出的愉快的叫声，他们的年龄大了点，可以不必被迫午睡了。他们四处跑动，幸福而又自由，大口大口地吃着樱桃、醋栗和青苹果！

两个小女孩惟一的希望寄托在那只"办公室的老苍蝇"上。它正在中尉的面孔四周嗡嗡叫着，尽其所能发出喧闹之声。如果它能够一直这么嗡嗡下去，就一定会把他弄醒！

[夏月 译]

⊙作品赏析

文章描述的是一件很平常的事，但经过作者生花妙笔的过滤，一下子传达出无限的况味。文章开篇就提了个有趣的观点，孩子们要健康，长大后有没有用，最重要的是要养成"睡午觉"的习惯。这种闻所未闻的说法，一下子就吸引了读者的目光。作者用大量笔墨描绘了拉格洛夫中尉办事处的房子。这里看似不关主题，其实并非画蛇添足之笔，那些纷繁的摆设，其实也从侧面揭示出了人物的性格特点及喜好，既承接了上文有趣的观点，又为后面的叙述作了铺垫。作者把中尉和小女孩驱赶蚊子的场景写得鲜活灵动，而又趣味盎然，把父女三人之间的温馨融洽也淋漓尽致地刻画了。中尉拿着毛巾挥舞、小女孩用围裙"击打空气"，"爬上椅子和桌子，东挥西舞"，用的是极其平常的词，但是那个活泼风趣的场面已经在我们眼前了。两个小女孩在中尉的鼾声中清醒着，望天花板、地板，羡慕外面孩子的叫声，把儿童好动又活泼的天性传神地表达出来了。而那只"办公室的老苍蝇"，更是为这个风趣的场面增了色，不经意间传达了无限的趣味。

鸟啼 / 劳伦斯

<table>
<tr><td>入选理由</td><td>劳伦斯的散文代表作之一
字里行间透露着哲学思辨和诗的意境
运用了多种艺术手法</td></tr>
</table>

严寒持续了好几个星期，鸟儿很快地死去了。田间灌木篱下每一个地方，横陈着田凫、椋鸟、画眉、鸫，和数不清的腐鸟的血衣，鸟儿的肉已被隐秘的老饕吃净了。

尔后，突然间，一个清晨，变化出现了。风刮到了南方，海上飘来了温暖和慰藉。午后，太阳露出了几星光亮，鸽子开始不间断地缓慢而笨拙地咕咕叫。鸽子叫着，尽管带着劳作的声息，却仍像在受着冬天的日浴。不仅如此，整个的下午，它们都继续着这种声音，在平和的天空下，在冰霜从路面上完全融化之前。晚上，风柔顺地吹着，但仍有零落的霜聚集在坚硬的土地上。之后是黄昏的日暮，从河床的蔷薇棘丛中，开始传出野鸟微弱的啼鸣。

这在严寒的静穆之后，令人惊慌，甚至使人骇异了。当大地还散布着厚厚的一层支离的鸟尸之时，它们怎么会突然歌唱起来？从夜色中浮起的隐约而清越的声音，使人的灵魂骤变，几乎充满了恐惧。当大地仍在束缚中时，那小小的清越之声怎么能在这样柔弱的空气中，这么流畅地呼吸复苏呢？但鸟儿却继续着它们的啼鸣，虽然含糊，若断若续，却把明快而萌发的声音之线抛入了苍空。

几乎是一种痛苦，这么快发现了新的

·作者简介·

劳伦斯（1885—1930），英国诗人、小说家和文艺批评家。劳伦斯的小说运用弗洛伊德的心理分析学说，把性作为人的本能特征加以描写，在20世纪初期被认为有伤风化，其小说《查特莱夫人的情人》直到20世纪60年代一直被列为禁书。

世界。万物已死。让万物永生！但是鸟儿甚至略去了这宣言的第一句话，它们啼叫的只是微弱的、盲目的、丰美的生活！

那是另一个世界的。冬天离去了。一个新的春天的世界。田地间响起斑鸠的叫声。但它的肉体却在这突然的变幻中萎缩了。诚然，这叫声还显得匆促，泥土仍冻着，地上仍零散着鸟翼的残骸！但我们无可选择。在不能进入的荆棘丛底，每一个夜晚以及每一个清晨，都会闪动出一声鸟儿的啼鸣。

它从哪儿来呀，那歌声？在这么长的严酷之后，它们怎么会这么快复生？但它活泼，像井源、像泉源，从那里，春天慢慢滴落又喷涌而出。新生活在它们喉中凝炼成悦耳的声音。它开辟了银色的通道，为着新鲜的夏日，一路潺潺而行。

所有的日子里，当大地受窒，受扼，冬天抑制一切时，深埋着的春天的微型机一片寂默。他们只等着旧秩序沉重的阻碍退去，在冰消雪化时降服，然后就是他们了，顷刻间现出银光闪烁的王国。在毁灭一切的冬天巨浪之下，伏着的是宝贵的百花吐艳的潜力。有一天，黑色的浪潮定会精力耗尽，缓缓后移。番红花就会突然间显现，在后方胜利地摇曳，于是我们知道，规律变了，这是一个新的朝代，喊出了一个崭新的生活！生活！

不必再注视那些暴露四野的破碎的鸟尸，也无需再回忆严寒中沉闷的响雷，以及重压在我们身上的酷冷。不管我们情愿与否，那一切是统统过去了，选择不由我们。如果情愿，寒冷和消极还要在心中再驻留一刻，但冬天走开了，不管怎样，日落时我们的心会放出歌声。

即使当我们凝注那些散落遍地、尸身不整的鸟儿腐烂而可怕的景象，屋外也会飘来一阵鸽子的咕咕声，灌木丛中出现了微弱的啼鸣，变幻成幽微的光。无论如何，我们站着、端详着那些破碎不堪的毁灭了的生命，我们是在注视着冬天疲倦而残缺不全的队伍从眼前撤退。我们耳中充塞的，是新生的造物清明而生动的号音，那造物从身后追赶上来，我们听到了鸽子发出的轻柔而欢快的隆隆鼓声。

或许我们不能选择世界。我们不能为自己作任何选择。我们用眼睛跟随极端的严冬那沾满血迹的骇人的行列，直到它走过去。我们不能抑制春天。我们不能使鸟儿悄然，不能阻止大野鸽的沸腾。我们不能滞留美好世界中丰饶的创造，不让它们聚集，不许它们取代我们自己。无论我们情愿与否，月桂树就要飘出花香，绵羊就要站立舞蹈，白屈菜就要遍地闪烁，那就是新的天堂和新的大地。

它就在我们中间，又不将我们包容。那些强者或许要跟随冬天的行列从大地上隐遁。但我们一些人，我们是毫无选择的，春天来到我们中间，银色的泉流在心底奔涌，那是喜悦，我们禁不住。在这一时刻，我们将这喜悦接受了！变化的初日，啼唱起一首不凡又暂短的颂歌，一个在不觉中与自己争论的片断。这是极度的苦难所禁不住的，是无数残损的死亡所禁不住的。

这样一个漫长、漫长的冬天，冰霜昨天才裂开。但看上去，我们已把它全然忘记了。它奇异地远离了，像远去的黑暗。不真实，像深夜的梦。新世界的光芒摇曳在心中，跃动在身边。我们知道过去的是冬天、漫长、可怖。我们知道大地被窒息、被残害，我们知道生命的肉体被撕裂，又零落遍地。但这些追忆来的知识是什么？那是不关我们的，那是不关我们现在如何的。我们是什么，什么看上去是我们时常的样子，正是这纯粹的造物胎动时美好而透明的原形。所有的毁害和撕裂，啊，是的，过去曾降在我们身上，曾团团围住我们。它像高空中的一阵风暴，一阵浓雾，或一阵倾盆大雨。它缠在我们周身，像蝙蝠绕进我们的头发，逼得我们发疯。但它永远不是我们最深处真正的自我。内心中，我们是分裂的；我们是这样，就是这样银色晶莹的泉流，先前是安静的，此时却跌宕而起，注入盛开的花朵。

生命和死亡全不相容，多奇怪。死时，生便不存在。皆是死亡，一场势不可挡的洪水。继而，一股新的浪头涌起，便全是生命，便是银色的极乐的源泉。非此即彼。我们是为着生的，或是为着死的，非此即彼。在本质上绝不可能兼得。

死亡攫住了我们，一切残断，转入黑暗。生命复生，我们便变成水溪下微弱但美丽的喷泉，朝向鲜花奔去，一切和一切均不能两立。这周身银色斑点、炽烈而可爱的画眉，在荆棘丛中平静地发出它第一声啼鸣。怎能把它和那些在树丛外血肉模糊、羽毛纷乱的画眉残骸联系在一起呢？没有联系的。说到此，便不能言及彼。当此是时，彼便不是。在死亡的王国里，不会有清越的歌声。但有生，便不会有死。除去银色的愉悦，没有任何死亡能美化另外的世界。

黑鸟不能停止它的歌唱，鸽子也一样。它全身心地投入了，尽管它的同类昨天才被全部毁灭。它不能哀伤，不能静默，不能追随死亡。死不是它的，因为生要它留住。死去的，应该埋葬了它们的死。生命现在占据了它，摇荡它到新的天堂，新的昊天，在那里，它要禁不住放声高唱，像是从来就这般炽烈。既然它此时是被完全抛入了新生活，那么那些没有越过生死界限的，它们的过去又有什么呢？

从它的歌声，听得见这场变迁的第一阵爆发和变化无常。从死亡的控制下向新生命迁移，按它奇异的轮回，仍是死亡向死亡的迁移，令人惶惑的抗争。但只需一秒钟，画这样的弧线，从一种状态进入另一种，从死亡的钳制到新生的解放。在这一瞬间，它是疑惑的王国，在新创造之中唱歌。

鸟儿没有退缩。它不沉湎于它的死，和已死的同类。没有死亡，已死的早已埋葬了他们的死。它被抛入两个世界的隙罅中，虽然惊恐，却还是高举起翅膀，发现自己充满了生命的欲望。

我们被举起，被丢入崭新的开始。在心底，泉源在涌动，激励着我们前行。谁能阻挠到来的生命冲动呢？它从陌生地来，降临在我们身上，我们应该小心越过那从天堂吹来的恍惚的、清新的风，巡视，就像做着从死到生无理性迁徙的鸟儿一样。

[于晓丹 译]

⊙作品赏析

作者不惜笔墨形象而生动地描绘了冬春交替之际各种鸟的啼鸣，写鸽子，"缓慢而笨拙地咕咕叫"，"带着劳作的声息"，既写出了它们啼鸣的节奏，又写出了带给人的感觉，形象而生动。写斑鸠，说它的叫声"显得急促"；写画眉，"平静地发出第一声啼鸣"，这明显地寄寓了作者自己的情感，将鸟人格化了，也是将自然人格化了。作者在这一描写过程中，寄寓了对生与死的独特的思考和对神奇生命的真挚赞美。在艺术手法上，文中用到了拟人、象征、对比。如将鸟人格化，就有效地建立了人与自然对话的途径，用严冬的鸟尸与春天的鸟鸣对比，肯定了新生命不可阻挡的力量，带给人们无限的深思。

夜莺 / 劳伦斯

入选理由　乐观向上的精神
生动的文字中传达时代个性
美好生活的赞歌

　　塔斯卡尼处处有夜莺。在春季和夏季，除了午夜和日中，它们终日歌唱。在树繁叶茂的小树林里，树木像铁线蕨垂挂在岩石上那样悬在山边，溪旁，大约清晨四点，你就能听到夜莺在那里，在苍白的晨曦中重新开始歌唱："您好！您好！您好！"夜莺的歌声，是世界上最欢快的声音。因为这声音无比欢快，光辉灿烂，蕴藏着巨大的力量，所以每次听到它，都会感到惊奇，使人异常激动。

　　"夜莺开始歌唱了。"你会自言自语地说。它在拂晓前歌唱，那时星星好像正由矮小的灌木丛冲上广阔无垠的朦胧夜空之中，然后隐藏起来，随即消失了。但日出之后，歌声继续回响，而你每次重新惊异地侧耳倾听时，总是想不通。"为什么人们说它是一种悲伤的鸟类呢？"

　　它是整个鸟类王国里最吵闹、最不体谅别人、最任性和最活泼的鸟。对任何了解夜莺的歌唱的人来说，都无法弄清约翰·济慈为什么用"我的心儿痛，瞌睡麻木折磨"来开始他的《夜莺颂》。你听到夜莺银铃般地高叫："什么？什么？什么，济慈？心儿痛，瞌睡麻木折磨？特拉——拉——拉！特哩——哩——哩哩哩哩哩哩哩哩！"

　　而为什么希腊人说他，或她，是在树丛中为失去的爱偶伤心哭泣，我也不得而知中世纪的作家用"唧——唧——唧！"表示夜莺喉咙里迅如闪电似的滚动。这是一种野性的、饱满的声音，比孔雀尾巴上的翎斑更加鲜艳多彩：

> 那光鲜的褐色夜莺是那样多情，
> 为了伊堤罗斯而停了一半歌声。

　　他们用"唧！唧！唧！"来说明她正在啜泣。至于他们怎么会听到那种声音的，那简直是个谜。除非是耳朵倒长的人，否则人们什么时候会听到夜莺"啜泣"，真是莫名其妙。

　　不管怎样，它是一种雄性的叫声，一种十分强烈、没有掺杂的雄性叫声。是纯粹的断言。没有丝毫暗示的影子，也不是空虚的回声。根本不像空洞的、声音低沉的钟声。绝无什么孤寂可言。

　　也许，正因为如此，济慈才即刻感到了孤寂。

> 孤寂！这两字犹如一声晨钟
> 把我敲回到自己立脚的地方！

　　也许原因就在这儿：夜莺歌唱时，为什么每一个忠于上帝、侧耳倾听的人听到的都是小天使们银铃般的叫声，而他们却听到树丛中的啜泣？也许正是因为人与人之间存在差异的缘故吧。

　　因为，事实上，夜莺的歌唱具有清脆、感人的活泼，具有使人驻足伫立的质朴的自信。这是一种神采洋溢的叫声，一种熠熠生辉的交织呼唤，恰如创造世界的第一天，天使们突然发现自己被制造出来时情不自禁地发出的叫喊声。之后，在天堂的灌木丛里，天使们准有一番喧嚷："哈！哈！你瞧！你瞧！你瞧！这就是我！这就是我！多么神——神——神奇的事情！啊！"

为了享受"嗨！这就是我！"这歌唱似的断言的纯洁美，你必须侧耳倾听夜莺的歌声。也许，为了在视觉上完美地享受同样的断言，你会瞧一眼正在抖动自己全部翎斑的孔雀。在所有创造完美的造物之中，这两种也许是最完美的；一种是无形的、喜悦的声音，另一种是无声却看得见的东西。虽然夜莺具有内在的生气勃勃，使人感到一种亲切、跳跃的神秘感，但如果你确实看到它，它不过是一只貌不惊人的灰褐色小鸟。这好比孔雀，真要发出声音时，确实难听至极，但它仍给人以深刻印象：从恐怖的热带丛林中传出的非常可怕的叫声。实际上你可以在锡兰看到孔雀在高高的树枝上叫嚷，接着展翅掠过猴群，飞进那沸腾的、黑暗的、深不可测的热带森林里。

也许由于这个缘故——喜爱天使或喜爱魔鬼的纯粹真实自我断言——夜莺使某些人感到悲伤。而孔雀往往使这些人愤怒。这是包含一半妒忌的悲伤。造物主把夜莺造得那么明确欢快，富有、光明的上帝之手赐予它永久的新意和完美。夜莺因自己的完美而啾啾欢唱。孔雀则满有把握地抬起它所有的青铜色和紫红色的翎斑。

这——这小小完美的造物之作的啾啾断言——这显示鸟类无瑕之美的绿色闪光——根据它在视觉或听觉上所给人的不同印象，使人感到愤怒或孤寂。

听觉远不如视觉狡诈。你可以对人说："我非常喜欢你，今天早晨你看上去真美。"虽然你的声带可能出自不共戴天的仇恨而在震动，但她会深信不疑。

听觉十分愚蠢，它会接受任何数量的语言假币。但是，若让一丝仇恨之光进入你的眼睛或掠过你的脸庞，它立刻就会被察觉。视觉既精明又迅如闪电。

由于这个缘故，我们马上会发觉孔雀一切炫人的、雄赳赳的自信；并且不无轻蔑地说："漂亮羽毛能打扮出个好外表。"但当我们听到夜莺的声音，我们不知道自己听到了什么，只知自己感到悲伤、孤寂。所以我们说悲伤的是夜莺。

让我们重复一遍，夜莺是世界上最不悲伤的东西；甚至比浑身发光的孔雀更不知悲的。它没有什么可悲伤的。它知足常乐。它并不自负。它只是感到生活美满，鸣啭表白——喊叫"唧唧"作响，吃吃发笑，颤声啾啾，发出长长的、嘲弄原告的呼叫，进行表白、断言和欢呼；但它从不叽呱学舌。它的声音是纯粹的音乐，只要你不往里填词的话。但夜莺的歌在我们心中激起的感情是可以用语言表达的。不，这也不是事实。听到夜莺歌唱时，一个人的感情是无法用语言形容的。这种感情远比语言纯洁得多，所有的语言都已被污染。然而我们可以说，它是一种人生美满的欢快之情。

> 这并非妒忌你的幸运，
> 而是你的幸福使我太欢欣——
> 因你呀，轻翼的树神，
> 在长满绿榉，
> 音韵悦耳、无数阴影的地方，

引吭高歌，赞颂美夏。

可怜的济慈，夜莺欢欣他只好"太欢欣"，自己内心根本不快乐。所以他想要饮用使人害臊的灵泉，和夜莺一起归隐到阴郁的森林中。

> 远远地隐没，消散，完全忘却
> 你在树叶间从未知道的事情，
> 忘却疲倦，狂热和恼恨……

这是男性人类十分悲伤、美丽的诗句。不过下面一行却令我感到有点滑稽可笑。

> 人们坐在这里听着彼此的悲叹；
> 瘫痪的老人抖落几根愁切的仅存的白发……

这是济慈，根本不是夜莺。但这位悲伤的男性仍然试图离开人世，进入夜莺的世界。葡萄美酒不会把他带去。然而，他还是要去的。

> 去呀！去呀！我要飞往你处，
> 不乘酒神和他群豹所驾的仙车，
> 却靠诗神无形的翼翅……

不过，他没有成功。诗神无形的翼翅没把他带进夜莺的世界，只把他带进灌木丛里。他还留在外面。

> 我暗中倾听；唉，有好多次
> 我差点爱上了安闲的死神……

除非运用对比，夜莺从未使哪个人爱上安闲的死神。这是夜莺绝对纯洁的自我陶醉的明亮火焰与济慈渴望忘记自我，永远渴望超越自我的惶恐的思想火花之间的对比：

> 在半夜毫无痛苦地死去，
> 你却如此狂喜地尽情
> 倾吐你的肺腑之言！
> 你将唱下去，我的耳朵却不管用，
> 听不到你的安魂曲，像泥块一样。

如果能使夜莺明白诗人在怎样答复它的歌唱，夜莺会感到十分惊奇。它将会因惊讶而从枝头上跌下来。

因为当你回答夜莺时，它只会叫得更欢，唱得更响。假设在邻近的灌木丛里另有几只夜莺随声附和——它们总是如此——那么，这蓝白色的声音火花便会直冲云霄。假设你，一个凡夫俗子，碰巧坐在浓阴遮蔽的河岸上跟你心爱的女子热烈地争辩着，为首的那只夜莺会像第三幕中的卡鲁索那样越唱越响——简直是一阵卓越的、突然爆发的狂热音乐，把你压倒，直至你根本听不到自己说话、吵架的声音。

事实上，卡鲁索颇具夜莺的特征——唱歌时像鸟一样突然爆发出神奇的活力，表现出充实和悠然自得。

你并不是为死而生的，不朽的神鸟！
饥馑的年代不会糟蹋你；

不管怎样，在塔斯卡尼还不至于如此。夜莺们总是喋喋不休。而布谷鸟却显得遥远，声音低沉，低低地、半遮半掩地叫着拍翅而过。也许英格兰的情况真的与众不同。

我在今晚听见的歌声
古代的君王乡民也听到过：
也许就是打动露丝悲哀的心房
那一首歌，那会儿她怀念故乡，
站在异国的麦田中泪滴千行；

为什么哭泣？总是哭泣。我感到奇怪，在帝王之中，狄奥克力第安听到夜莺的鸣啭时眼泪汪汪了吗？乡民中的伊索也是这样吗？而露丝真的泪滴千行？作为我，我很怀疑是这位年轻的女士逗得夜莺开始歌唱的，就像卜伽丘的故事中手捧着活泼的小鸟睡觉的可爱姑娘那样——"你的女儿像夜莺般活泼，她捧着只鸟儿在手中。"

当母夜莺轻轻地坐在鸟蛋上，听到它的老爷们儿鸣啭歌唱时，它会怎么想呢？它大概很喜欢听，因为它照常洋洋得意地孵着它的蛋。它大概喜欢它的老爷们儿的高谈阔论甚于诗人谦卑的呻吟：

如今死亡要比以往更壮丽，
在半夜毫无痛苦地死去……

对母夜莺来说，这可没有什么用处。人们要为济慈的范妮感到惋惜，也理解她为什么一无所有。这般美妙的夜晚本应给她带来多少乐趣！

也许，说来说去，如果雄夜莺无论痛苦与否，半夜里不想停止歌唱，母鸟就可得到更多的生活乐趣。深夜的用处更大。一只让母鸟独自去抱蛋，自己只管尽情高歌的雄鸟，或许比一只悲叹呻吟的鸟更合母鸟的意，即使它的呻吟是表示对它的爱恋。

当然，夜莺歌唱时完全没有意识到小小的、无光泽的母鸟的存在。它也从来不提它的名字。但它清楚地知道，这歌的一半是它的；就像它知道那些蛋一半是它的一样。就像它不要它进来踩踏它的那窝蛋一样，它也不要它加入它的歌唱，唠唠叨叨，不成腔调。男人、女人，各司其职：

再会！再会！你凄切的颂歌
消失……

它从来不是凄切的颂歌——它是踌躇满志的卡鲁索。但何必跟一位诗人争辩呢。

[姚暨荣 译]

⊙**作品赏析**

　　劳伦斯在散文创作中始终尊重自己的真实情感、不随波逐流，使自己的创作自成风格。《夜莺》是作者一篇十分有见地的散文，读《夜莺》可以让我们更好地解读这位20世纪上半期英国最有争议的作家。

　　"夜莺"，是西方作家经常用来入文的一种鸟儿。《夜莺颂》就是18世纪末，英国著名诗人济慈的一首名诗。本文《夜莺》也是劳伦斯的散文名篇。而同是写"夜莺"，劳伦斯和济慈的表现主题和艺术风格却迥异。走进《夜莺》我们可以看到一个不同于济慈的、另一种性格的英国大作家，如果说济慈是一个悲天悯人的诗人，那么劳伦斯就是一位开朗、健朗的生活者。在济慈眼中，夜莺是悲歌的挽唱者，它热烈、痛苦、孤寂。而劳伦斯听出的夜莺的歌唱曲调，却是欢乐的、自由的，它是作者眼中乐观的天使。相同的意象在不同人眼中是不同的，而这种差异更多的代表着两人不同的人生态度，而且都分别具有各自时代所在特色。劳伦斯的个性特点，代表资产阶级成熟时期的大胆创新精神。而济慈的悲悯，也自有新兴资产阶级在痛苦中追求理想的时代烙印。

性与美 / 劳伦斯

入选理由　劳伦斯的散文精华
有助于我们正确理解性与美
文笔委婉，笔调闲淡悠扬

　　遗憾的是，性在人们的心目中是一个十分丑陋的字眼，丑陋得简直令人无法解释。性究竟是什么？我们想得越多却越糊涂。

　　科学认为性是一种本能；但本能是什么？显然本能是一种根深蒂固的、古老的习惯。但一种习惯，不管多么久远，总有一个开端，而性却实在没有开端。哪里有生命，哪里就有性。所以，性决不是可以养成的"习惯"。

　　人们又把性称为一种欲望，就像饥饿。一种欲望，但目的是什么？繁殖的欲望？这样说有点儿荒诞。据说雄孔雀长着美丽的羽毛是为了迷惑雌孔雀、满足自己繁殖的欲望，但为什么雌孔雀不长上美丽的羽毛迷惑雄孔雀、来满足她繁殖的欲望呢？她对蛋和幼雏的渴望肯定同雄孔雀一样强。我们无法相信她的性要求是如此之弱，以至于需要羽毛的宝蓝光彩去刺激她。根本不是这么回事。

　　至于我，我从没见过雌孔雀朝她丈夫青铜和宝蓝的光辉望过一眼，我相信她从未注意过。我从不信雌孔雀会区别青铜、宝蓝、褐色或绿色。

　　如果我见过一只雌孔雀着迷地盯着她丈夫的光艳美色，我或许会相信雄孔雀舒展开羽毛只是为了"吸引"雌孔雀。但她从不看他。当他向她抖动全身的翎毛，像一阵风暴掠过树丛时，她只是显得有点儿得意。这时，她才似乎只是漫不经心地注意到了他的存在。

这些性的理论是令人惊讶的。雄孔雀向从不看他的白眼的雌孔雀展示他的美色，真想象不出，会有那样天真的科学家赋予雌孔雀对色彩和图案以深刻、能动的鉴赏力。哦，多么富有高度美感的雌孔雀啊！

雄夜莺以唱歌来吸引异性。但极其奇怪的是，当求爱和蜜月均已过去，雌夜莺注意的不再是他而是幼雏的时候，他才唱得最美妙。那么，如果他不是为吸引她而唱，那他一定是唱了给她散心、给她坐着取乐了。

理论是多么天真，多么讨人喜欢啊！但在它们背后却隐藏着一个动机，在所有性的理论背后都隐藏着一个根深蒂固的动机，那就是否定，就是要抹去美的神秘色彩。

因为美是神秘的，不能吃也做不出法兰绒。于是科学就说它不过是个诡计，用来捕捉雌性并诱惑她繁殖。多么天真！好像雌性需要引诱似的。要知道雌性甚至会在黑暗中繁殖——那么，哪里用得着美作诡计呢？

科学对美有一种不可思议的仇恨，因为美不符合因果之链；社会对性也有一种不可思议的仇恨，因为性老是搅乱了社会人攥钱的妙算。所以，这两股仇恨拧成一股，性和美就成了单纯的繁殖欲了。

而性和美是一回事，就像火焰和火。如果你仇视性，你就是仇视美；如果你爱活生生的美，你就得崇敬性。当然你可以爱衰老、僵死的美而仇恨性，但要爱活生生的美，你就必须崇敬性。

性和美如同生命和意识一样不可分，而伴随性与美并从性与美中产生的智是直觉。文明的巨大灾难是对性的变态的恨。例如，有什么比弗洛伊德的精神分析学更能显出对性的刻毒的恨呢？这种恨还带着对美、对"活生生的"美的变态恐惧，造成了我们直觉官能和直觉自我的萎缩。

现代男人和女人深层的心理疾病就是直觉官能的病变和萎缩。整个生命世界，可以也只能通过直觉而为我们所感知并享有。但这点被我们否定了，因为我们否定了性和美——直觉生活和浑朴超然的源泉，而这种浑朴超然在自由的动植物身上表现得多么可爱！

如果说直觉是叶、美是花，那么性就是根。为什么一个女人可爱就可爱在二十来岁的时候？因为这是性轻轻升上她脸庞的年龄，就像一枝玫瑰初绽花蕾。

这种感染力是美的感染力。尽管我们到处否定它，尽可能把美变得浅薄，如同垃圾。但，首要的是：性的感染力就是美的感染力。

对于美，我们因缺乏教育而简直无法谈起。我们假托说美是一种固定的排列：直鼻子、大眼睛等，认为一个可爱的女人必须长得像丽莲·杰许，一个漂亮男人必须像鲁道尔夫·瓦伦蒂诺。我们就是这么认为。

在实际生活中我们做得可大不一样。我们说："她挺美，可我对她没意思。"在这里我们把"美"这个词完全用错了，应该说："她具有美的典型特征，但她对我来说不算美。"

美是一种体验而不是别的什么。美不是固定的模式或五官的排列。它是可以感觉到的，是美好的一次闪耀或交流。令人苦恼的是，我们的美感被挫伤和磨钝了，我们失去了所有最好的东西。

　　还是回到电影来吧——在查利·卓别林的古怪面孔上有一种本质的美，远胜于瓦伦蒂诺。卓别林的眉毛和眼睛中有一点真正的美，一点清纯的闪烁。

　　然而，我们的美感是那么残缺、笨拙，以至看不见卓别林的美，就是看见了也不认识。我们只看得见那种热闹显眼的，像鲁道尔夫·瓦伦蒂诺的所谓美，这种美只因为它符合现成的漂亮概念才讨人喜欢。

　　但是即使最相貌平平的人也会显得美，也会是美的。只需性之火轻柔地升起，就能将一张难看的脸变得可爱。这是真正的性的感染力：美感的交流。

　　相反，没有人能像一个真正漂亮的女人那样讨人厌，就是说，既然美是一个体验的问题而不是具体的形式，那么没人会像一个漂亮女人一样丑陋不堪：如果没有性的闪耀，如果她的一举一动掩饰不住难看的冷淡，她会显得多么可怕啊！这时，外表漂亮反而更糟糕。

　　性是什么？我们尚不理解，但性必定是某种火，因为它总是能传达一种温暖、闪烁的感觉，而当这闪烁变成一片纯粹的光辉时，我们就获得了美感。

　　真正的性感染力是性之温暖和闪烁的传达。性之火在我们体内或蛰伏或燃烧，即使活到90岁，它仍存在。如果性之火熄灭了，人也就会变成行尸走肉。不幸的是，现在世上行尸走肉者越来越多了。

　　没有什么比一个性之火已熄灭的人更丑陋的了，那是一个黏土似的肮脏动物，人人避之惟恐不及。

　　然而，只要我们完完全全地活着，性之火就在体内郁积或燃烧。年轻时它闪烁、照耀；年老时虽变得柔和些、宁静些，但它依然存在。我们能够控制它，但只能不完全地控制它，这就是为什么社会仇视它。

　　只要它存在着，这性之火，这美与愤怒的源泉，它就在我们体内无法理喻地燃烧着。像真正的火一样，要是我们不小心碰到它，就会灼伤手指。只想要“安全”的社会人仇视性之火。

　　所幸的是，不是许多人都能够仅仅作社会人。古老的亚当之火郁积着，而火的一个性质就是它会点燃别的火。这里的性之火点燃了那里的性之火。也许它只能将闷火拨成轻柔的光热，也许它能唤起一次夺目的闪烁，或者激起一束火焰。火焰趋向火焰，就会燃成一片熊熊大火。

　　每当性之火闪着光，它就能在这里或那里唤起一个响应。或许它只能唤起一丝温暖和乐观，你就会说：“我喜欢那个姑娘，她真不错。”也许它能激起一片闪光，使世界更友善、生活更美好，那么你就会说：“她是个有吸引力的女人，我喜欢她。”

　　或许她会拨旺一束火焰，在点燃宇宙之前先照亮了她自己的面容，那么你会说：“她是个可爱的女人，我觉得她可爱。”

　　很少有女人能激起真正的可爱感。一个女人不是天生美丽的，说她天生丽质只是为了掩饰我们对美的可怜、残缺又笨拙的理解。成千上万个女人像黛安娜·德·波蒂埃、兰特利夫人或别的名媛一样漂亮，今天有成千上万个绝顶好看的女人。但是，唉！可爱的女人是多么少！

　　为什么呢？因为她们缺乏性感。当性之火在体内苏醒，纯洁而美好，照亮了她的脸并触动了我体内的火时，一个漂亮的女人才变得可爱。

这样她对我来说就变成了一个可爱的女人，她就是一个活生生的可爱的女人：不单单是一张照片。而一个可爱的女人是多么令人心醉啊！但是，天哪！可爱的女人是多么少！在这样一个充满了漂亮极了的姑娘和妇女的世界上，可爱的女人是多么令人遗憾地少！

漂亮、好看，但并非可爱、并非美。漂亮和好看的女人有端正的五官和一头秀发，但一个可爱的女人却是一种体验。这是一个传递火的问题，是性感染力破除可怜的现代词汇的问题。过去，性感染力适用于黛安娜·德·波蒂埃，在美好的日子里甚至也适用于自己的妻子——哎呀，现在这个词本身就是诽谤和中伤。然而，现在取代可爱之火的却的确是性感染力。我想两者是一回事，只是标准截然不同。

实业家的漂亮而忠实的女秘书之价值，仍主要在于她的性感染力。这不暗指任何"不道德关系"。

甚至今天，一个不乏慷慨的姑娘仍喜欢感到她是在帮助一个男人，如果这男人愿意接受她的帮助。要男人接受自己帮助的欲望就是她的性感染力。这是一团真诚的火，即使热量很有限。

但这团火仍保持了"实业"界的活力。如果没有女秘书进入了实业家的办公室，实业家们到现在很可能已经垮掉了。她唤起了自己体内的神圣的火，又把这火传达给她的老板。他感到增添了一份能量和乐观精神——生意兴隆了。

当然，性感染力也有它的另一面，它能导致被吸引一方的毁灭。女人如果利用性吸引力为自己谋利益，那就该某个可怜的家伙倒霉了。但性感染力的这一面近来被过度使用了，所以就不如过去那么危险了。

巴尔扎克小说中那些毁了大批男人的性感名妓如今觉得不那么顺手了。男人们变得狡猾了，他们甚至连感情型的荡妇也不敢惹。实际上，今天他们一感受到女性的性感染力就认为其中有诈。

其实性感染力不过是生命之火的不大好听的代名词罢了。男人工作得最好、最成功的时候，是某个女人在他血管里点燃了一小团火焰的时候；而女人，除非她在恋爱，就不会真正快乐地操持家务——一个女人会静静地爱上50年，却不知道自己在爱着。

假使我们的文明教会了我们怎样让性感染力适当而微妙地流动，怎样保持性之火的纯净和生机勃勃，让它以不同的力量和交流方式或闪烁、或发光、或熊熊燃烧，那么，也许我们就能——我们就都能——终生生活在爱中；就是说，我们通过各种途径被点燃，对所有的事情都充满热情……

然而，现在生活中却有那么多死灰。

[叶胜年 译]

⊙**作品赏析**

劳伦斯，这位在小说中实践性美学的孜孜不倦的探索者，在《性与美》中更是坦诚直露地表白了对性与力的倾情赞扬。他认为性是我们人生中不懈燃烧的一把火，可以把其中的光焰变成我们生命中纯粹的华彩，变成玫瑰的脸庞以及沁人的芬芳，将我们带进舞蹈的林间丛草，在盎然的生命生机前释放我们血液的意识和裸露的狂欢，这绝不是罪恶，而是一种气宇轩昂的美。因为这才是丰茂的自然和丰茂的人生，敞开在无所隐蔽的精神界外。

文章采取的是对比中的论证，在一一的反驳中尽情宣泄作者对性的褒扬，以及由此带来的无尽的愉悦。而在语言上，因为作者的倾情论证显得激情澎湃，昂扬不已，并且其中的文字又绝对是诗意的，像一条中国式园林的曲径，带领我们领略作者论证的华彩，并在最后告诉我们他所研究的真理：性与力才是这个世界的唯一纯粹。

美德颂歌 / 迦德卡利

入选理由：一首热情洋溢的赞歌 体现了作者的进步思想 极富艺术表现力

女人是大地，不，不！娑罗宣伐蒂毫不贬低妇女的价值，她是赋予你生命的母亲，她是与你终生相伴的妻子，她是丰富你生活的女儿，她给予你真切温柔的爱的体验，在你生命三个历程中提高你作为儿子、丈夫和父亲的地位。妇女是世界上爱情、纯洁、温柔、神圣的惟一本性的光辉典范。世界万物都可以证明她的神圣。茫茫荒漠中女性以其独特的光辉建起怡人的绿洲，女性的名字赋予咆哮的河流以吠陀的博大和神圣，她的身上闪现着温柔的光辉，她创造了完美的真实。女性心中涌动着万般爱的洪流，伟大的诗人借此而才华横溢，他们的诗仅是女性美的色彩的投影，卓越的画家的画笔也被她们的色彩吸引住了。在美的圣殿中，端坐着女性神圣的偶像。勇敢的士兵曾用武器挑动人类在他们的刀光剑影中起舞，而今被女性眼中流动的盈盈秋波的光辉照彻了。正是由于她，群峰在海岸起舞，甚至连神也确确实实以女性形象显现。

娑罗宣伐蒂，人类高尚情操与神的幸福同一一一虔诚的信徒和婆迦伐塔——已经在女性那里找到了住所！人类的有限最终融会到神的无限之中。崇敬神的善良人婆迦伐塔，无私地被安排在人类崇高的行列之中。这样绝无仅有的神圣之人是不会在你们那群男人中找到的，而是存在于女性之中，存在于我们这些圣洁的女人之中。女人按照丈夫的意愿像侍奉神一样殷勤地服侍着丈夫，按他们的要求奉献出自我牺牲，这样的女人就在每一间屋子里！同样，母亲哺育着孩子，如同无私地侍奉着神，以神的爱心爱一切人，哺育人成长，让世人信服。于是在如此妇人体内，人和神显示出他们的优秀品质！神创造出女人以肩负起人类信仰和发展的重任，人是神自己创造的最大成就。神体现成女性爱的化身，以去扶助男人的事业成功，男人是神的名声，而女人是神的偶像。正因如此，娑罗宣伐蒂，神将不得不现出真身，倾听忠诚的女人的呼声，即使那会儿他正在苦思冥想着创造比人间更光明的世界。娑罗宣伐蒂，请理解我的话的真实含义吧！看一看我手中的花环，你愿意低下你的头来戴上它吗？

[徐坤 译]

·作者简介·

迦德卡利（1885—1919），印度马拉提语作家。一生穷困潦倒，写下了不少剧本和诗歌。他善于抒发个人见解和诗人情怀，笔调热情。

⊙作品赏析

迦德卡利一生写过不少剧本和诗歌，他善于抒发个人见解和诗人情怀，虽然一生穷困潦倒，但笔下的文字始终洋溢着饱满的热情。这篇《美德颂歌》就鲜明地体现了他的这种风格。他在文中对女性的神圣、博爱与温柔作了热烈而诚挚的歌颂和赞扬。

由于宗教和历史文化的原因，印度妇女地位极其低下，而迦德卡利在近一个世纪前就高昂地唱出了振聋发聩的女性赞歌，是极难能可贵的，也体现了他思想的进步性。作者以一组整齐酣畅的排比句道出了女人的身份，更确切地说，是道出了女人的地位，感情充沛，力透纸背。女性所建立"怡人的绿洲"、女性胸中涌动的"爱的洪流"，这些清新的比喻，把女性的温柔、博爱的性格刻画得入木三分，让人油然而生崇敬之情。然而行文至此，作者的赞颂并没有尽情，他借艺术家作品中的女性形象继续咏叹，无论是诗人也好、画家也罢，他们的艺术成就因了女性的美而焕发光彩。这样的赞叹使得女性之美具有了一种超凡脱俗的圣洁。在接下来的文章中，作者运用对比手法，以男性之举动来衬托女性之伟大与神圣；以神与人来类比，"男人是神的名声，而女人是神的偶像"，惊人之语道破了二者的地位与关系，把文章的感情推向了高潮。

文章的语言简洁传神，又富有节奏感，读来琅琅上口而且气势贯通，不失为一篇思想性与艺术性并举的佳作。

当玫瑰花开的时候 / 佩德罗·普拉多

入选理由 以感性的方式解说抽象
语调平和恬淡
对爱情的深刻诠释

老园丁培育出许多优良品种的玫瑰花。他像蜜蜂似的把花粉从这朵花送到那朵花，在各个不同种类的玫瑰花中进行人工授粉。就这样，他培育出了很多的新品种。这些新品种成了他心爱的宝贝，也引起了那些不肯像蜜蜂那样辛勤劳动的人的妒羡。

他从来没有摘过一朵花送人。因为这一点，他落得了一个自私、讨人厌的名声。有一位美貌的夫人曾来拜访过他。这位夫人离开的时候，同样也是两手空空没有带走一朵花，只是嘴里重复嘟哝着园丁对她说的话。从那时起，人们除了说他自私、讨人厌之外，又把他看成了疯子，谁也不再去理睬他了。

"夫人，您真美呀！"园丁对那位美貌的夫人说，"我真乐意把我花园里的花全部都奉献给您呀！但是，尽管我年岁已这么大了，我依旧不知道怎样采摘下来的玫瑰花，才能算一朵完整而有生命的玫瑰花。您在笑我吧？哦！您不要笑话我，我请求您不要笑话我。"

老园丁把这位漂亮的夫人带到了玫瑰花园里，那里盛开着一种奇妙的玫瑰花，艳红的花朵好像是一颗鲜红的心被抛弃在蒺藜之中。

"夫人，您看，"园丁一边用他那熟练的布满老茧的手抚摸着花朵，一边说，"我一直观察着玫瑰开花的全部过程。那些红色的花瓣从花萼里长出来，仿佛是一堆小小的篝火喷吐出的红通通的火苗。难道把火苗从篝火中取出来还能继续保持着它那熊熊燃烧的火焰吗？花萼细嫩，慢慢地从长长的花茎上长了出来，而花朵则出落在花枝上。谁也无法确切地把它们截然分开。长到何时为止算是花萼，又从何时开始算作花朵？我还观察到当玫瑰树根往下伸展开来的时候，枝干就慢慢地变成白色，而它的根因地下渗出的水的作用，又同泥土紧紧地结合起来了。

"结果我连一朵玫瑰花该从哪儿开始算起都不知道，那我怎么能把它摘下来送

· 作者简介 ·

佩德罗·普拉多（1885—1950），智利后期现代主义诗人，也写哲理小说。作品通过对一般事件的引申，总结出人生的哲理，主要有《一个乡村的法官》和《阿尔西诺》。

给他人？要是硬把它摘下来赠送给别人，那么，夫人，您知道吗？一种断残的东西其生命是十分短暂的。

"每年到了十月，那含苞待放的玫瑰花蕾绽开了。我竭力想知道玫瑰是在什么地方开始开花的。我从来也不敢说：'我的玫瑰树开花了。'而我总是这样欢呼着：大地开花了，妙极啦！

"在年轻的时候，我很有钱，身体壮实，人长得漂亮，而且心地善良，为人忠厚。那时曾有四个女人爱我。

"第一个女人爱我的钱财。在那个放荡的女人手里，我的财产很快地被挥霍完了。

"第二个女人爱我健壮的体格，她要我同我的那些情敌去搏斗，去战胜他们。可是不久，我的精力就随着她的爱情一起枯竭了。

"第三个女人爱我英俊的容貌。她无休止地吻我，对我倾吐了许许多多情意缠绵的奉承话。我英俊的容貌随着我的青春一起消逝了，那个女人对我的爱情也就完结了。

"第四个女人爱我忠厚善良。她利用我这一点来为她自己谋取利益，最后我终于看出了她的虚伪，就把她抛弃了。

"在那个时候，夫人，我就像是一株玫瑰树上的四朵玫瑰花，四个女人，每人摘去了一朵。但是，如果说一株玫瑰树可以迎送一百个春天的话，那么一朵玫瑰花只能有一个春天。我那几朵可怜的玫瑰花，就是如此这般地，一旦被人摘下，也就永远地凋零了。

"自此以后，从来没有人在我的花园里拿走过一朵花。我对所有到我这花园来的人说：'你什么时候才能不热衷于那些被分割开来的、残缺不全的东西呢？假如你真能把每件事物的底细明确地分清楚，假如你真能弄清玫瑰长到何时算作花萼，又从何时开始算作花朵的话，那么，你就到那玫瑰开花的地方去采摘吧！'"

[徐宣林 严美华 译]

⊙ **作品赏析**

《当玫瑰开花的时候》是佩德罗·普拉多的一篇散文，它以讲故事的形式向人们传达了作者所理解的爱情观。

文中写了一个老园丁种花的故事，他的玫瑰花色彩美丽、品种优良，但却从不让人采摘。接着他又以自己年轻时的感情经历为依据为旁人解释了不愿轻易摘花的缘故，也阐明了他自己的爱情观。他认为爱情就像一株有生命的玫瑰树，在人们采摘之前，要看到它的全部面貌，单纯采撷部分只能导致短暂生命的消亡。正因为"一种断残的东西其生命是十分短暂的"，所以他建议人们在真正要采摘爱情这朵花时，要先弄清每件事物的底细，就像"弄清玫瑰长到何时算作花萼，又从何时开始算作花朵"，这样，也许我们才能真正地包容彼此的优点和缺点，才可能长久地守住一份爱情，使它直到永远。

时间的价值 / 艾敏

入选理由 埃及文史学家艾敏的散文代表作
一位功成名就的伟人对后代的谆谆劝导
言语朴实，情感真挚

时间的价值正如金钱的价值，二者的价值在于很好地使用它们。死到临头才会舍得花钱的吝啬鬼，实际上是个穷光蛋，他的钱就好像是一堆伪钞。同样的，谁要是不把时

间用在增加自己和他人的幸福上，他的岁
月年华也是虚假的。

我们生活在有限的时间内，昼夜相寻，
运行有序，各不相犯。生命被划分为各有
其名称的阶段：少年，青年，中年，老年。
每一阶段都有不适于其他阶段的特殊工作，
就像耕种庄稼，如果误了节令，便不能在别的时令播种。

·作者简介·

艾敏（1886—1954），埃及著名史学家、文
学家、教育家。主要作品有《伦理》、《古希腊哲
学的故事》、《偶思集》及回忆录《我的一生》、
《致父亲》等。

因此，时间是有限的，不能将其缩短或加长。时间的价值在于很好地使用它。我们
应当爱惜时间，很好地利用它。

从时间获益和爱惜时间的办法只有一个，这就是你在生活中要有一个目标，符合道
德要求的目标，而且要把你的时间用在为达到这一目标而进行的奋斗中。

首先，人不能没有一个奋斗目标。那个随便抄起一本书便无目的地去读的人，是多
么浪费时间啊！那个没有固定目标，从这条街逛到那条街，从这家店铺逛到那家店铺的
人，是多么劳累啊！确定目标可以使时间充裕很多，容易让人在生活中步入正途。这个
人在遇到什么问题时，他知道如何选择有助于他的目标的东西，避开不符合他的目标的
事物。人们发现，做事最多的人，是时间最宽裕的人。这是因为他们的目标是明确固定
的，他们把工作的方向定于达到既定目标上，而不将时间消耗在瞻前顾后、犹豫不决上。
他们不让自己成为环境手中随便摆弄的一个球。恰恰相反，他们要创造环境，根据自己
的生活目标，去支配环境。

其次，加剧时间浪费的另一个因素是，一个人虽然有某个确定的目标，但他不忠于
这个目标，不努力去达到这个目标，不去做符合这个目标的工作。

没有目标和对目标不忠，这是两个偷盗时间并把时间的功效抛掉的窃贼。

爱惜时间并不是要我们连续不断地工作，不留一点休息时间。而是要我们好好利用
休息和空闲时间，以更胜任工作。假如我们把空闲时间用于怠惰、无聊之事，那我们就
不会从中获益，也无助于我们的工作。

如果我们把空闲时间用于有益的游戏、活动和体育锻炼上，那必定会有益于我们的
工作，必定会让我们得到能够用来为我们目标服务的力量，这就需要合理的安排和节约。

[伊宏 译]

⊙作品赏析

《时间的价值》写的是对人的理性的召唤，为读者严肃地提出了时间在一个人生命和价值中的
含义：时间的价值在于很好地使用它。因为在作者看来如果不把时间用在增加自己和他人的幸福上，
他的岁月年华就是虚假的。而为了做到这一点，就必须为自己的人生规划好一个永久的目标，并且
为了这个目标一辈子坚定不移地找寻，这样才能在生命的最后感觉到自己曾经在这个世界上活着的
意义，而不是虚耗时间做一个可耻的偷盗者。就像文章中所说的"从时间获益和爱惜时间的办法只
有一个，这就是你在生活中要有一个目标，符合道德要求的目标，而且要把你的时间用在为达到这
一目标而进行的奋斗中"。

文章语言相当朴实，真挚感人，让阅读者领受训导，在自己的生命中增加起一次警醒的震撼，
不再在无聊的游戏中虚度自己的光华人生。

走自己的路 / 卡耐基

入选理由　成人教育之父卡耐基的经典文论
一位人生导师给予我们的教诲
在迷茫的找寻中的思想华彩

著名的威廉·詹姆斯在谈到那些永远不能认识自己的人时说，一般人对自己的天赋只能发挥出10%。"与我们应该的那样相比，"他写道，"我们只是半觉醒的。我们只是在利用自己脑资源的一小部分。大胆一点儿说，每个人生活的范围都远远没有超出自己的限度。他具备各种力量，然而却习惯性地没有去加以运用。"

你与我都有这种能力，所以让我们都不要忧伤，因为我们与他人不同。过去就从没有任何一个完全像你的人，而且在将来的一切时代里也绝不会再有一个完全同你一样的人。遗传学这门新科学告诉我们，你之所以是你，主要是因为你的双亲各自提供了24个染色体，而这48个染色体就构成了决定你要继承什么的各种因素。阿姆拉姆·斯彻菲尔德说："在每个染色体内部的任何地方都可能会有20至上百个基因——有时仅仅一个基因就能改变一个人的整个生命。"千真万确，我们的构造是既"神"且"妙"。

你的双亲接触并结合之后，只有三千万亿分之一的机会产生你这个特殊的人！换言之，如果你有三千万亿个兄弟姐妹，他们也将与你截然不同。这全都是想象吗？不。这是科学事实。如果你想了解更多，那就到公共图书馆去借阅阿姆拉姆·斯彻菲尔德写的那本名为《你与遗传》的书吧。

对于走自己的路这一问题，我很有把握发表一些意见，因为我对此深有感触。我对自己讲什么已胸有成竹，我从痛苦而昂贵的经历中获得了认识。例如，当我从密苏里的玉米田来到纽约后，我考入了美国戏剧艺术学院，渴望当一名演员。当时，我自认为具备了一种绝妙的思想和一种成功的诀窍，这种思想是如此简单明了，以至我根本不明白为什么成千上万雄心勃勃的人竟然还没有发现它。我研究了当时的明星——约翰·德鲁、瓦尔特·汉普登以及奥蒂斯·斯金诺——是如何获得成功的，然后，我又模仿他们各自

· 作者简介 ·

卡耐基（1888—1955），当代著名的心理学家和人际关系学家。他出生于美国密苏里州一个贫穷的农民家里。父亲是一个勤勉的农夫，母亲是一个虔诚的教徒。卡耐基的童年和其他美国中西部农家的男孩子一样，帮助家里做杂事、赶牛、挤牛奶；还一度为人拣草莓，割野草，一小时赚五分钱。全家人过着贫困的生活。家境的贫困，使年轻的卡耐基必须为受教育而努力奋斗。1904年，卡耐基高中毕业后就读于密苏里州华伦斯堡州立师范学院。

他在1908年毕业后，便赶到国际函授学校总部所在地的丹佛市，受雇做一名推销员，后来他又到南奥马哈，为阿摩尔公司贩卖火腿、肥皂和猪油。他的这个推销工作虽然很成功，但在1911年，他却到纽约美国戏剧艺术学院学习演戏。一年以后，他感到自己并不具备演戏的天才，于是又回到推销的行业里，为一家汽车公司当推销员。他认为，大学时代他在公开演说方面受过训练，有所经验。这些训练和经验，扫除了他的怯懦和自卑，让他有勇气和信心跟人打交道，增长了做人处世的才能。于是他说服了纽约一个基督教青年会的会长，同意他晚间为商业界人士开设一个公开演讲班。从此，他开始了为之奋斗一生的成人教育事业。

他一生结过两次婚。他的第一任夫人是法国的一位女伯爵，1921年与他结婚，10年后离异。他的第二任夫人桃乐丝·卡耐基于1944年和他结婚，是他的事业的继承人，并给他生一女孩，取名丹娜。

的长处，兼收并蓄，熔各家之长于一炉。多么愚蠢！多么荒唐！我拼命地去模仿他人，以便让模仿到的东西渗入我那厚厚的密苏里脑壳，而我必须让这只脑壳是我自己的——当然也根本不可能是他人的——就为了这个，我曾浪费了不少的青春。

那段痛苦的经历本该使我接受一次持久的教训，然而并非如此，接受教训的不是我。我太固执了，我必须重新学起。数年之后，我开始写一本公开为商人说话的书、而且我认为它将是人们所说的杰作。对于如何写这本书我又产生了同样愚蠢的想法：我打算从其他作家那里借思想，然后全部并入一本书中，使之成为一本包罗万象的书。于是我找来二十多本讨论公开讲演的书，并花了一年时间去将他们的思想编入我的手稿。可是最后我又一次恍然大悟到自己是在做蠢事。我拼凑的这种大杂烩是如此虚假，如此枯燥，没有任何人能硬着头皮将这味同嚼蜡的东西读完。我只好作罢，将一年的心血付之于废纸筐，然后从零做起。这次我对自己说："你必须做戴尔·卡耐基，当然避免不了他的缺陷，但你不可能是别人。"于是我不再设法去当一个别人的结合物，而是卷起衣袖，摩拳擦掌地去做我该做的那些最重要的事：我以一名演说家、一名教师的身份写了一本如何讲演的教科书。这是根据我自己的经历、观察，饱含自信写成的。我接受了——我希望永远接受了——沃尔特·雷利的教训（我不是在讲那个把自己的衣服扔在泥里让女王踩着走路的沃尔特先生）。"我写不出与莎士比亚相媲美的著作，"他说，"可是我能根据自己写出一本书。"

我学会走自己的路，按照欧文·伯林给已故的乔治·格什文的劝告那样办事。伯林和格什文初次会面时，伯林十分钦佩格什文的才能，本想请他担任自己的音乐秘书，那样格什文的薪水差不多相当于他原来的三倍。然而伯林最后还是劝告格什文说："可是你不要干了，不然你会发展成一个'二等伯林'。然而如果你能坚持走自己的路，有一天你会成为一名'一等格什文'。"

格什文牢记那个忠告，最终成为他那个时代美国杰出的作曲家。

查理·卓别林、威尔·罗杰斯、玛丽·玛格丽特·麦克布利蒂、吉纳·奥特利以及不计其数的其他名人都不得不接受我在这里极力阐述的教训。而且为此，他们不得不经历一个艰辛的历程——正如我一样。

查理·卓别林开始从事电影事业时，影片导演坚持让他去模仿当时一位著名的德国喜剧演员。查理·卓别林在表演自身之前可以说是一事无成。鲍伯·霍普也有类似的经历：在一个剧种里花费了数年之久，在开始表演说俏皮话和达到纯熟之前也是一事无成的。威尔·罗杰斯在歌舞杂耍剧目中担任扭绳角色就有好几年，而且是任劳任怨。在他发现自己在幽默方面的天才之前，在他能够一边扭绳一边讲话之前，他也是一事无成的。

玛丽·玛格丽特·麦克布利蒂在从事广播事业之前，极力要做一名爱尔兰喜剧演员，然而失败了。当她努力按照自己的本来面目表演时，这个来自密苏里的普通村姑成了纽约最富盛誉的广播演员之一。

吉纳·奥特利起初要极力改掉自己的得克萨斯腔调，想象一个城市青年那样讲话，而且自称是纽约人，然而人们都在背后嘲笑他。当他开始一边拨着班卓琴一边唱着牛仔民歌时，才为自己开创了一项事业，从而成为电影界和广播界里最著名的牛仔。

你是这个世界上的新人。应该为之高兴，要充分利用大自然赋予你的一切。归根结底，所有的艺术都是自传性质的，你只能根据自己的条件唱歌，你只能根据自己的条件绘画。你必须是你的经验，你的环境，以及你所继承的一切所造就的样子。无论如何，你必须细心管理你自己的小苗圃；无论如何，你必须运用生活交响乐中你自己的那件小乐器。

正如爱默生在他关于"依靠自己"的那篇文章中所说的："在每个人的教育中都有一个他能达到自信的时刻：他自信嫉妒是无知的表现；他自信模仿就是自杀；他自信无论如何必须把自己看成是一份遗产；他自信虽然大自然充满了食物，可是除了靠在大自然给予自己的田地上辛勤劳动，不能等天上掉馅饼。"

以上就是爱默生对这一点的表述，而一位诗人——已故的道格拉斯·马尔洛赫——是这样表述的：

如果你不能做一棵青松屹立山颠，
就去做峡谷中一丛灌木——
但要做最好的小丛摇曳在溪边；
如果你不能做参天大树，就做一棵矮树乐而无怨。

如果你不能做一棵矮树，就去做一株小草，
把大道装点得更加美丽；
如果你不能做一条大马斯吉鱼，那就做一尾小鲈鱼也好——
但要做最快活的小鲈鱼在湖中游戏！

如果我们不能做船长，那就做水手，
在这里我们都有广阔的天地。
要做的事巨细都有，
而我们必须急事优先。

如果你不能做大道，那就做小路，
如果你不能做太阳，那就做小星；
大小并非决定成败的关键——
不管做什么，
要做就要出类拔萃精益求精。

要培养一种使我们从忧虑中获得安宁与自由的观念，法则如下：
不要模仿他人。认识自己，走自己的路。

[佚名 译]

⊙作品赏析

在现实世界正以不可阻挡的气势蚕食我们年轻的意志时，卡耐基以他的《人性的光辉》、《美好的人生》、《人性的优点》捍卫了我们对这个世界仅存的美好印象。他不仅是个出色的心理学家，还是个优秀的人生导师，他时刻呼唤着迷茫者的斗志。

《走自己的路》就是这样的一个篇章，正如他的所有文章一样，它也是以翔实的身边事例来论证自己观点的无懈可击，其中有自己在模仿中艰难成长却最终失败的惨痛教训，也有相关名人诸如查理·卓别林、威尔·罗杰斯、吉纳·奥特利等在模仿中默默无闻的经历。而在作者看来，当这些人寻找到自己，用自己的方式演绎存在时，他们无一例外地获取了巨大的成功，包括作者自己也成了名闻世界的心理学大家，就像作者在文章中所一再强调的"你必须做戴尔·卡耐基，当然避免不了他的缺陷，但你不可能是别人"。

卡耐基文论的最典型特征是文章中比比皆是的翔实生活例子，让人在阅读中免去了单调的枯燥说教，取而代之的是快乐的阅读，快乐的领悟，《走自己的路》也是如此。可以说，文章的所有观点是作者用事例堆积出来的。虽然文章的语言相当平实，却让人备感亲切，同时我们也可看见作者在文章中所说的每一句话都只为验证一个观点：一个人只要有足够的信念，他就能创造奇迹，每个人都有足够的力量去实现自己的信念。

我没有鞋，他却没有脚 / 卡耐基

我认识爱波特已经有几年了。那次他告诉我一个动人的故事，我永远不会忘记。

他说："我总是爱烦恼。但是在1934年春天，我在威培城西道菲街散步的时候，目睹了一件事，使我的一切烦恼烟消云散。此事发生于十秒钟内。我在这十秒钟里，学到的东西比从前十年的还要多。那时我在威培城开了一间杂货店，已经两年，我不但把所有储蓄都亏掉了，而且还负债累累，要七年之久才能还清。一个星期六，我的杂货店关门了。我正向银行贷款，准备回堪萨斯再找工作。我走起路来像一个受过严重打击的人，已经失去了一切信念和斗志。可是，我突然瞧见一个没有腿的人迎面而来，他坐在一个木制的装有轮子的可以旋转滑走的盘上，两只手各撑一根木棒，沿街推进，我碰见他时，他刚刚过了马路，走了几尺路，向人行道移过去，我们的视线刚好相遇。他微笑着，向我打了个招呼。'早，先生，天气很好，不是吗？'他很有精神地说。我停住脚步望着他，这时，我感觉到我是多么的富有呀，我有两条腿，我可以走。我觉得自怜是多么可耻。我对自己说：他没有腿都能快乐、高兴和自信，我有腿，当然也可以。我感到我的胸怀因此开阔起来。我本来只想向银行借100元，但是，我现在有勇气向它借200元了。我本来想到堪萨斯城试着找一份工作，但是，现在我自信地宣布我想到堪萨斯城获得工作。最后我钱也借到了，工作也找到了。

"后来，我把下面的字贴在我的浴室镜子上，每天早晨刮脸的时候我都要读一遍：
我忧郁，因为我没有鞋。
直到上街遇见一个人，他没有脚！"

有一次，我问力铿柏克，他和他的同伴坐在木筏上漂流了21天，绝望地迷失于太平洋中，他得到的最大的教训是什么？他说："从那次经验中，我得到最大的教训是：只要你有淡水你就去喝，只要你有食物你就去吃，决不再埋怨任何东西。"

史密斯极其简洁地说出了人类的大智慧。他说："人生的目的只有两件事：第一，得到你想要的；第二，得到之后就去享受它。但是只有最聪明的人才能做到第二点。"

[佚名 译]

⊙**作品赏析**

　　戴尔·卡耐基是 20 世纪最伟大的成功学大师，美国现代成人教育之父。他一生致力于人性的研究，运用心理学和社会学知识，对人类共同的心理特点，进行探索和分析，开创并发展出一套独特的融演讲、推销、为人处世、智能开发于一体的成人教育方式。千千万万的人从卡耐基的教育中获益匪浅。本文是一碗典型的美国心灵鸡汤。虽然故事我们早已熟知，道理也不是很深奥，但卡耐基却从简单的故事情节和常见的道理中说出了我们人生的要义。像卡耐基的其他文章一样，本文中他并没有教会我们怎样去获取成功，但他教会了我们怎样去看待人生的不幸和如何去谋划自己的一生。这才是卡耐基的真正成功之处。是的，看完此文每个人都在思索着做个最聪明的人，因为"人生的目的只有两件事：第一，得到你想要的；第二，得到之后就去享受它。但是只有最聪明的人才能做到第二点"。

母亲的回忆 / 米斯特拉尔

入选理由：诺贝尔文学奖得主智利女诗人米斯特拉尔的散文精品之一
她的散文是不分节的诗，诗意盎然
文章语言唯美，艺术技巧圆熟，情感真切动人

　　母亲，在你的腹腔深处，我的眼睛、嘴和双手无声无息地生长。你用自己那丰富的血液滋润我，像溪流浇灌风信子那藏在地下的根。我的感官都是你的，并且凭借着这种从你的肌体上借来的东西在世界上流浪。大地所有的光辉——照射在我身上和交织在我心中的——都会把你赞颂。

　　母亲，在你的双膝上，我就像浓密枝头上的一颗果实，业已长大。你的双膝依然保留着我的体态，另一个儿子的到来，也没有让你将它抹去。你多么习惯摇晃我呀！当我在那数不清的道路上奔走时，你留在那儿，留在家的门廊里，似乎为感觉不到我的重量而忧伤。在《首席乐师》流传的近百首歌曲中，没有一种旋律会比你的摇椅的旋律更柔和的呀！母亲，我心中那些愉快的事情总是与你的手臂和双膝联在一起。

　　而你一边摇晃着一边唱歌，那些歌词不过是一些俏皮话，一种为了表示你的溺爱的语言。

　　在这些歌谣里，你为我唱到大地上的那些事物的名称：山，果实，村庄，田野上的动物。仿佛是为了让你的女儿在世界上定居，仿佛是向我列数家庭里的那些东西，多么奇特的家庭呀！在这个家庭里，人们已经接纳了我。

　　就这样，我渐渐熟悉了你那既严峻又温柔的世界：那些（造物主的）创造物的意味深长的名字，没有一个不是从你那里学来的。在你把那些美丽的名字教给我之后，老师们只有使用的份儿了。

　　母亲，你渐渐走近我，可以去采摘那些善意的东西而不至于伤害我：菜园里的一株薄荷，一块彩色的石子；而我就是在这些东西身上感受了（造物主的）那些创造物的情谊。

·作者简介·

　　米斯特拉尔（1889—1957），智利现代著名女诗人。未曾受过正规教育，小时候在同父异母的姐姐的辅导下读了《圣经》和但丁、普希金等文学大师的作品。1905年进入短训班学习，毕业后成为一名小学教师。1914年，诗人为自己以前的恋人所作的悼念诗在诗歌节上获奖，在智利诗坛崭露头角。1922年，诗人的第一部诗集《绝望》出版。1945年，获得诺贝尔文学奖。

你有时给我做、有时给我买一些玩具：一个眼睛像我的一样大的洋娃娃，一个很容易拆掉的小房子……不过那些没有生命的玩具，我根本就不喜欢。你不会忘记，对于我来说，最完美的东西是你的身体。

我戏弄你的头发，就像是戏弄光滑的水丝；抚弄你那圆圆的下巴、你的手指，我把你的手指辫起又拆开。对于你的女儿来说，你俯下的面孔就是这个世界的全部风景。我好奇地注视你那频频眨动的眼睛和你那绿色瞳孔里闪烁着的变幻的目光。母亲，在你不高兴的时候，经常出现在你脸上的表情是那么怪！

的确，我的整个世界就是你的脸庞。你的双颊，宛似蜜颜色的山岗；痛苦在你嘴角刻下的纹路，就像两道温柔的小山谷。注视着你的头，我便记住了那许多形态：在你的睫毛上，看到小草在颤抖；在你的脖子上，看到植物的根茎；当你向我弯下脖子时，便会皱出一道充满柔情的褶痕。

而当我学会牵着你的手走路时，紧贴着你，就像是你裙子上的一条摆动的褶皱，我们一起去熟悉的谷地。

父亲总是非常希望带我们去走路或爬山。

我们更是你的儿女。我们继续厮缠着你，就像苦巴杏仁被密实的杏核包裹着一样。我们最喜欢的天空，不是闪烁着亮晶晶寒星的天空，而是另一个闪烁着你的眼睛的天空。它离得那么近，近得可以亲吻它的泪珠。

父亲陷入了生命那冒险的狂热，我们对他白天所做的事情一无所知。我们只看见，傍晚，他回来了，经常在桌子上放下一堆水果；看见他交给你放在家里的衣柜里的那些麻布和法兰绒，你用这些布为我们做衣服。然而，剥开果皮喂到孩子的嘴里并在那炎热的中午榨出果汁的，都是你呀，母亲。画出一个个小图案，再根据这些图案把麻布和法兰绒裁开，做成孩子那怕冷的身体穿上正合身的、松软的衣服的，也是你呀，温情的母亲，最亲爱的母亲。

孩子已学会了走路，同样也会说那像彩色玻璃球一样的多种多样的话了。在交谈中间，你对他们加上的那一句轻轻的祈祷，从此便永远留在了他们的身边直至生命的最后一天。这句祈祷像宽叶香蒲一样质朴。当人们在这个世界上需要温柔而透明的生活的时候，我们就用如此简单的祈祷乞求，乞求每天的面包，说人们都是我们的兄弟，也赞美上帝那顽强的意志。

你以这种方式为我们展示了一幅充满形态和色彩的油画般的大地，同样也让我们认识了隐匿起来的上帝。

母亲，我是一个忧郁的女孩，又是一个孤僻的女孩，就像是那些白天藏起来的蟋蟀，又像是酷爱阳光的绿蜥蜴。你为你的女儿不能像别的女孩一样玩耍而难受，当你在家里的葡萄架下找到我，看到我正在与弯曲的葡萄藤和一棵像一个漂亮的男孩子一样挺拔而清秀的苦巴杏树交谈时，你常常说我发烧了。

此时此刻，倘使你在我的身边，就会把手放在我的额头上，像那时一样对我说："孩子，你发烧了。"

母亲，在你之后的所有的人，在教你教给他们的东西时，他们都要用许多话才能说明你用极少的话就能说明白的事情。他们让我听得厌倦，也让我对听"讲故事"索然无味。

你在我身上进行的教育，像亲昵的蜡烛的光辉一样，你不用强迫的态度去讲，也不是那样匆忙，而是对自己的女儿倾诉。你从不要求自己的女儿安安静静规规矩矩地坐在硬板凳上。我一边听你说话一边玩你的薄纱衫或者衣袖上的珠贝壳扣。母亲，这是我所熟悉的惟一的令人愉快的学习方式。

后来，我成了一个大姑娘，再后来，我成了一个女人。我独自行走，不再倚傍你的身体，并且知道，这种所谓的自由并不美。我的身影投射在原野上，身边没有你那小巧的身影，该是多么难看而忧伤。我说话也同样不需要你的帮助了。我还是渴望着，在我说的每一句话里，都有你的帮助，让我说出的话，成为我们两个人的一个花环。

此刻，我闭着眼睛对你诉说，忘却了自己身在何方，也无须知道自己是在如此遥远的地方，我闭紧双眼，以便看不到，横亘在你我中间的那片辽阔的海洋。我和你交谈，就像是摸到了你的衣衫；我微微张开双手，我觉得你的手被我握住了。

这一点，我已对你说过：我带着你身体的赐予，用你给的双唇说话，用你给的双眼去注视神奇的大地。你同样能用我的这双眼看见热带的水果——散发着甜味的菠萝和光闪闪的橙子。你用我的眼睛欣赏这异国的山峦的景色，它们与我们那光秃秃的山峦是多么不同呀！在那座山脚下，你养育了我。你通过我的耳朵听到这些人的谈话，你会理解他们，爱他们；当对家乡的思念像一块伤疤，双眼睁开，除了墨西哥的景色，什么也看不见的时候，你也会同样感到痛苦。

今天，直至永远，我都会感谢你赐予我的采撷大地之美的能力，像用双唇吸吮一滴露珠；也同样感激你给予我的那种痛苦的财富，这种痛苦在我的心灵深处可以承受，而不至于死去。

为了相信你在听我说话，我就垂下眼睑，把这儿的早晨从我的身边赶走，想像着，在你那儿，正是黄昏。而为了对你说一些其他不能用这些语言表达的东西，我渐渐地陷入了沉默……

[孙柏昌 译]

⊙作品赏析

米斯特拉尔的诗格调清新，用语柔美恬淡，到处弥漫着爱的影子，甚至还有一颗为了世界的宁静而躁烦不已的虔诚的心。

在《母亲的回忆》中，米斯特拉尔似乎淡化了结构的存在，让行文只是沿着她思虑的飘荡延伸，无所阻障地完全倾泻出了情感，从自己的未出生以前到成名以后；更重要的是她的用语如诗如歌，没有冗长的语句，每一句都只恰到好处地表达出一个情感的分层，短促深沉，韵味十足；文章情感浓郁，温情脉脉，把思念的感伤和往事的温馨完美地结合在了一起，这种交错感就是作者为自己找到的精神家园。

诗人是怀着崇敬的心写下的，虽然母亲不在了，但因为这层回忆太温馨了，以至于让人忘记作者写的是遥远的过去。因为我们知道作者把自己当成了母亲的延续，她要用自己来活出母亲的样子。所以在写的过程中，我们甚至会以为作者的母亲还在，并且就在作者的眼前，而她们两人正在互诉衷肠，冉冉对语。这大概就是作者的行文艺术。

歌声 / 米斯特拉尔

入选理由 米斯特拉尔的代表作之一
气韵空灵，文笔优美
营造了隽永的意境

一位妇女在山谷唱歌，掠过的阴影将她遮挡，但那歌声使她挺立在田野上。

她的心破碎了，就像今天傍晚她在小溪的卵石上摔碎的水罐一样。然而她还在唱，从那隐秘的创口透出的一缕歌声，变得更纤细，更强劲。在悠扬的曲调中，那歌声被鲜血沾湿了。

为着每天都有人死去，田野里其他声音都已沉寂。刚才，连那只落在最后的小鸟的啼啭也听不到了。她那不会死去的心，那为痛苦而活着的心，汇拢了一切已经沉寂的声音，现在她的歌声虽已变得高亢，但始终是甜美的。

她是在为她丈夫歌唱？暮色中丈夫正默默地望着她。或者，她唱歌是为了孩子？孩子是那么迷人，使她减轻痛苦；或者，她只是为自己的心歌唱？她的心比黄昏时分孤独的孩子更加无依无靠。

这歌声使正在降临的夜晚变得慈爱，群星带着人间的甜蜜在闪烁，布满星星的天空变得通晓人情，理解大地的痛苦。

田野纯净得像月光下的水面，平原抹去那不高尚的白天的浊气。白日里人们互相憎恨。那妇人仍然在歌唱，歌声从咽喉中飞出，越过变得高尚的白天，朝着群星飞升！

[段若川 译]

⊙作品赏析

米斯特拉尔的散文是一座温馨的精神家园。虽然她的文字里也洋溢着强烈的苦痛、深沉的忧郁，但是，歌者对世界流露出来的惆怅而哀婉的情愫，直指人心，让人觉得，即使是忧伤，甚至痛苦，都是美好的。作者站在第三人称的角度去叙说，没有具体的情节，人物也只是抽象的抒情载体，加以细腻的揣测，精致的描绘，体现了作者以博大的情怀对世间的俯视与关照。文章的格调委婉清新，意境隽永，文字感性优美。

田园诗情 / 恰佩克

入选理由 入选中学课本的优秀散文
如诗似歌的优美语言
描写细腻且情致饱满

荷兰，是水之国，花之国，也是牧场之国。一条条运河之间的绿色低地上，黑白花牛，白头黑牛，白腰蓝嘴黑牛，在低头吃草。有的牛背上盖着防潮的毛毡。牛群吃草反刍，有时站立不动，仿佛正在思考什么。牛犊的模样像贵夫人，仪态端庄。老牛好似牛群的家长，无比尊严。极目远眺，四周全是碧绿的丝绒般的草原和黑白两色的花牛。这就是真正的荷兰。

这是真正的荷兰：碧绿色的低地镶嵌在一条条运河之间，成群的骏马，剽悍强壮，腿粗如圆柱，鬃毛随风飞扬。除了深深的野草遮掩着的运河，没有什么能够阻挡它们飞驰到乌德列支或兹伏勒阿姆斯特丹东部城市。辽阔无垠的原野似乎归它们所有，它们是

·作者简介·

恰佩克（1890—1938），捷克斯洛伐克作家。主要作品有科幻戏剧《罗素姆万能机器人》，科幻小说《专制工厂》、《鲵鱼之乱》和散文集《英国通信》等。

这个自由王国的主人和公爵。

低地上还有白色的绵羊，它们在天堂般的绿色草原上，悠然自得。黑色的猪群，不停地呼噜着，像是对什么表示赞许。还有成千上万的小鸡，长毛山羊，但没有一个人影。这就是真正的荷兰。

只有到了傍晚，才看见有人驾着小船过来，坐上小板凳，给严肃沉默的奶牛挤奶。金色的晚霞铺在西天，远处偶尔传来汽笛声，接着又是一片寂静。在这里，谁都不叫喊吆喝，牛的脖子上的铃铛也没有响声，挤奶的人更是默默无言。

运河之中，装满奶桶的船只舒缓平稳地行驶，汽车火车，都装载着一罐一罐的牛奶运往城市。车过之后，一切又归于平静。狗不叫，圈里的牛不发出哞哞声，马蹄也不踢马房的挡板，真是万籁俱寂。沉睡的牲畜，无声的低地，漆黑的夜晚，只有远处的几座灯塔在闪烁着微弱的光芒。

这就是那真正的荷兰。

[万世荣 译]

⊙作品赏析

恰佩克给我们呈现了一个静谧、闲适而又充满诗情画意的荷兰。作者提笔就写道："荷兰，是水之国，花之国，也是牧场之国。"这饱含诗意的开头一下子就触动了读者的神经。作者描写低地上的牛，"仿佛正在思考什么"，把牛安静的神态活灵活现地传达出来，"模样像贵妇人"，这极富艺术表现力的比喻，淋漓尽致地传达出了牛的端庄的仪态。写草，用"丝绒般"来形容，既写出了草的状态，又含蓄地表达了嫩草的柔和。牛与草相映相衬，如同一幅灵动的图画，令人不禁对那个遥远的国度产生了无限的遐想。作者写碧草地之间的运河，用了"镶嵌"一词，这神来之笔，既有状态，又有动感，非大手笔不能为之。密布交错的运河、丝绒般的碧绿草地、恬然闲适的牛群、悠然自得的绵羊、剽悍强壮的骏马、舒缓平稳的船只，无不传达着安闲的韵味，难怪作者要反复赞叹，"这是真正的荷兰"，向往之情溢于言表。

文章节奏舒缓，语言轻盈恬淡，句式简洁，结构玲珑剔透，极具诗意。

金蔷薇 / 帕乌斯托夫斯基

入选理由
简洁中蕴含深远
小窗口大视角
一个感人至深的情感故事

记不起来了，这段关于一个巴黎清洁工约翰·沙梅的故事是怎样得来的。沙梅是靠打扫区里几家手工艺作坊维持生活的。沙梅住在城郊的一间草房里。本来可以把这个郊区大加描绘一番，以使读者离开故事的本题。不过，也许值得提一笔：直到现在巴黎城郊仍然还留存着一些古老的碉堡。在这个故事发生的时候，这些碉堡还被金银花和山楂子等杂草所覆盖着，一些野鸟就在这里造了巢。

沙梅的草房便在靠北面一个堡垒的脚下，与洋铁匠、鞋匠、捡烟头的乞丐们的破房子为邻。

要是莫泊桑曾经对这些草棚住房的生活发生过兴趣的话，那他或许会再写出几篇出

色的短篇小说来。说不定，它们还会在他
的永恒的光荣上添上新的桂冠呢。

可惜除了暗探以外，谁也没来瞻望过
这些地方。就是那些暗探，也仅仅在搜索
贼赃的时候才会光临。

邻居们管沙梅叫"啄木鸟"，从这里，
可以想象得出他是瘦瘦的，鼻子尖尖的，
帽子底下总是翘出一绺头发，好像一簇鸟
雀的冠毛。

以前，沙梅也过过好日子。在墨西哥战争的时候，他在"小拿破仑"军团里当过兵。

沙梅福星高照。他在维拉克鲁斯得了很重的热病。于是这个害病的兵，没上过一次阵，
就给遣送回国了。团长借这个便，把他的女儿苏珊娜，一个八岁的女孩子，托付沙梅带
回法兰西去。

团长是个鳏夫，所以到哪儿都不得不把自己的女儿带在身边。但是这一次，他决定
和女儿分手，把她送到里昂的妹妹家里去。墨西哥的气候会夺去欧洲孩子的生命。况且
混乱的游击战，造成了许多难以预料的危险。

在沙梅的归途上，大西洋蒸散着暑气。小姑娘终日沉默着。甚至看着从油腻腻的海
水里飞跃出来的鱼儿，都没有一点笑容。

沙梅照顾苏珊娜无微不至。当然他也明白，她期望他的不仅是照顾，而且还要温柔。
可是他，一个殖民军团的大兵，能想得出什么温柔来呢？他有什么办法使她快活呢？掷
骰子吗？或者唱出兵营里粗野的小调吗？

但总不能老是这样沉默下去。沙梅越来越频繁地感到小姑娘用困惑的目光望着他。
最后他决定把自己一生的经历片片断断地讲给她听，把英吉利海峡沿岸一个渔村的极琐
碎的小事情都回想了起来：那里的流沙、落潮后的水洼、有一口破钟的小礼拜堂、给邻
居们医治胃病的他的母亲。

在这回忆里，沙梅找不出任何能使苏珊娜快活的有趣的东西。但是叫他奇怪的是，
小姑娘却贪婪地倾听着这些故事，甚至常常逼他翻来覆去地讲，在一些新的小事情上
追根问底。

沙梅竭力回想，想出了这些详情细节，最后，简直连他自己都不敢相信是否真正有
过这些事情了。这已经不是回忆，而是回忆的淡薄的影子。这些影子好像一小片薄雾似
的随即消散了。的确，沙梅从来也没想到他还要来重新回想他一生中这一段多余的时期。

有一次，他朦胧地想起一朵金蔷薇的故事来。在一家老渔妇的屋子里，在十字像架上，
插着一朵做工粗糙、色泽晦暗的金蔷薇；不知道是他看见过这朵金蔷薇呢，还是从旁人
那儿听到过这朵蔷薇的故事。

不，说不定，他有一次甚至亲眼看见过这朵金蔷薇，并且还记得它怎样闪烁发光，
虽然窗外并没有阳光，而且在海峡上空咆哮着惨厉的风暴。沙梅越来越清楚地想起了这
朵蔷薇的光辉——低矮的天花板下面的几点明亮的火光。

全村的人都很奇怪：为什么这位老太婆没有卖掉这个宝贝。要是卖掉它，她可以得

到很大一笔钱。只有沙梅的母亲一个人肯定说卖掉这朵金蔷薇是有罪的，因为这是当她，这位老太婆，还是一个好小的小姑娘，在奥捷伦一家沙丁鱼罐头工厂做工的时候，她的情人祝她"幸福"送给她的。

"这样的金蔷薇在世界上不多，"沙梅的母亲说，"可是谁家要有它，就一定有福。不只是这家人，就是谁碰一碰这朵蔷薇都有福。"

沙梅当时还是个孩子，他焦急地等着老太婆有一天会幸福起来。但根本连一点幸福的模样也看不出来。老太婆的房子不断为狂风所摇撼，而且在晚上屋子里边灯火也没有了。

沙梅就这样离开了村子，没等看到老太婆的命运有什么好转。只过了一年，在哈佛耳，一个相识的邮船上的火夫告诉他，老太婆的儿子忽然从巴黎来了。他是一个画家，满腮胡子，是一个快乐的古里古怪的人物。从那个时候起，老太婆的茅舍已经跟以前大不相同了。里面充满了生气，过着无忧无虑的日子。据说，画家们东抹一笔西抹一笔可能赚大钱呢。

有一次，沙梅坐在甲板上，拿他的铁梳子给苏珊娜梳理她那被风吹乱了的头发，她向他说：

"约翰，有没有人会给我一朵金蔷薇？"

"什么都可能，"沙梅回答说，"絮姬，你总也会碰见一个怪人送你一朵的。我们那一连有一个瘦瘦的士兵。他可太走运了。他在战场上捡到了半口坏了的金假牙。拿这个我们整连人都喝了个够。我还是在安南战争的时候呢。醉醺醺的炮手为了寻开心，放了一炮，炮弹落到一座死火山的喷火口上，就在那里爆炸了，不料火山也开始喷烟爆发起来。鬼晓得这座火山叫什么来着！仿佛叫克拉卡·塔卡。爆发得可真够瞧的！毁了四十个老乡。想想看，就因为这么半口旧的金假牙，死了这许多人！后来才晓得这个金假牙是我们上校丢掉的。当然，这件事情暗中了结了：军团的威信高于一切。不过那一次我们可真喝了个痛快。"

"这是在什么地方？"絮姬怀疑地问。

"我不是告诉你了——在安南。在印度支那。在那个地方，海洋冒着火，就和地狱一般，而水母却像芭蕾舞女的镶花边的小裙子。而且那个地方，那种潮湿劲儿呀，一夜工夫，我们的靴子里就长出了蘑菇！若是我撒谎，就把我吊死！"

以前，沙梅听过很多当兵的说谎话，但是他自己从来没说过。并不是因为他不会说谎，只不过是没有这种需要。而现在他认为使苏珊娜快活是他的神圣的职务。

沙梅把小姑娘带到了里昂，当面把她交给了一位皱着黄嘴唇的高个子妇人——苏珊娜的姑母。这位老妇人满身缀着黑玻璃珠子，好像马戏班子里的一条蛇。

小姑娘一看见她，就紧紧地挨着沙梅，抓住了他的褪了色的军大衣。

"不要紧！"沙梅低声说，轻轻地推了一下苏珊娜的肩膀。"我们当兵的也不挑拣连里的长官。忍着吧，絮姬，女战士！"

沙梅走了。他好几次回头张望这幢寂寞的屋子的窗户，连风都不来吹动这里的窗幔。在窄狭的街道上，能听见小店里的倥偬的时钟报时声。在沙梅的军用背囊里，藏着絮姬的纪念品——她辫子上的一条蓝色的揉绉了的发带。鬼知道为什么，这条发带有那么一股幽香，好像在紫罗兰的篮子里放了很久似的。

墨西哥的热病摧毁了沙梅的健康。军队也没给他什么军衔，就把他遣散了，以一个普普通通的大兵身份，去过老百姓的生活了。

多少年在同样贫困中过去了。沙梅尝试过各种卑微的职业。最后，成了一个巴黎的清洁工。从那时起，灰尘和污水的气味，总没离开过他。甚至从塞纳河飘过来的微风中，从街心花园中衣衫整洁的老太婆们兜售的含露的花束里，他都嗅到了这种气味。

日子溶成为黄色的沉渣。但是有的时候在沙梅的心灵里，在这些沉渣中，浮现出一片轻飘的蔷薇色的云——苏珊娜的一件旧衣服。这件衣服曾有一股春天的清新气息，也仿佛在紫罗兰的篮子里放了很久似的。

苏珊娜，她在哪儿呢？她怎么了？他知道她现在已经是一个成年的姑娘了，而她父亲已经负伤死了。

沙梅总想要到里昂去看看苏珊娜。但每次他都延期了，直到最后他明白已经错过了时机，苏珊娜完全把他忘记了。

每逢他想起了他们临别时的情景，他总骂自己是笨猪。本来应该亲亲小姑娘，而他却把她往母夜叉那边一推说："忍着吧，苏珊娜，女战士！"

大家都知道清洁工都在夜深人静的时候工作。这有两个原因：首先是因为由紧张但并不是常常有益的人类活动所产生的垃圾，总是在一天的末尾才积聚起来，其次是巴黎人的视觉和嗅觉是不许冒犯的。夜阑人静的时候，除了老鼠而外，差不多没有人会看到清洁工的工作。

沙梅已惯于夜间的工作，甚至爱上了一天里的这个时辰。尤其是当曙光懒洋洋地冲破巴黎上空的时候。塞纳河上漫着朝雾，但它从来也没越出过桥栏。

有一次，在这样雾蒙蒙的黎明里，沙梅由荣誉军人桥上经过看见了一个年轻的女人，穿着淡紫色镶黑花边的外衫。她站在栏杆旁边，凝望着塞纳河。

沙梅停下了步子，脱下了尘封的帽子说道：

"夫人，这个时候，塞纳河的河水是非常凉的。还是让我送您回家去吧。"

"我现在没有家了。"女人很快地回答说，同时朝着沙梅转过脸来。

帽子从沙梅的手里掉下来了。

"絮姬！"他绝望而兴奋地说。"絮姬，女战士！我的小姑娘！我到底看到你了！你恐怕忘记我了吧。我是约翰·埃尔奈斯特·沙梅，第二十七殖民军的战士，是我把你带到里昂那位讨厌的姑母家里去的。你变得多么漂亮了啊！你的头发梳得多好呀！可我这个勤务兵一点也不会梳！"

"约翰！"这个女人突然尖叫一声，扑到沙梅身上，抱住了他的脖子，放声大哭。"约翰，您还和那个时候一样善良。我全部记得！"

"咦，说傻话！"沙梅喃喃地说，"我的善良对谁有什么好处？你怎么了，我的孩子？"

沙梅把苏珊娜拉到自己身旁，做了在里昂没敢做的事——抚着、吻着她那华丽的头发。但他马上又退到一边，生怕苏珊娜闻到他衣服上的鼠臊味。但苏珊娜挨在他的肩上更紧了。

"你怎么，小姑娘？"沙梅不知所措地又重复了一遍。

苏珊娜没回答。她已经止不住痛哭。沙梅明白了，暂时什么也不要问她。

"我，"他急急忙忙地说道，"在碉堡那边有一个住的地方。离这里有些儿路。屋子里，当然，什么也没有。然而可以烧烧水，在床上睡睡觉。你在那儿可以洗洗脸休息休息。总之，随你愿意住多久。"

苏珊娜在沙梅那里住了五天。这五天巴黎的上空升起了一个不平凡的太阳。所有的建筑物，甚至最古旧、煤熏黑了的，每座花园，甚至沙梅的小窠，都像珠宝似的在这个太阳的照耀下灿烂发光。

谁没体味过因浓睡着的年轻女人的隐约可闻的气息而感到的激动，那他就不懂得什么叫温柔。她的双唇，比湿润的花瓣更鲜艳，她的睫毛，因缀着夜来的眼泪而晶莹。

是的，苏珊娜所发生的一切，不出沙梅所料。她的情人，一个年轻的演员，变了心。但苏珊娜住在沙梅这里的五天时间，已经足够使他们重归于好了。

沙梅也参与这件事。他不得不把苏珊娜的信送给这位演员，同时，当他想要塞给沙梅几个苏作茶钱的时候，他又不得不教训了这个懒洋洋的花花公子要懂得礼貌。

不久，这个演员便坐着马车接苏珊娜来了。而且一切应有尽有：花束、亲吻、含泪的笑、悔恨和不大自然的轻松愉快。

当年轻的人们临走的时候，苏珊娜是那样匆忙，她跳上了马车，连和沙梅道别都忘记了。但她马上觉察出来，红了脸，负疚地向他伸出手来。

"你既然照你的兴趣选择了生活，"沙梅最后对她埋怨地说，"那就祝你幸福。"

"我还什么都不知道。"苏珊娜回答说，突然眼眶里闪着泪光。

"你别激动，我的小娃娃。"年轻的演员不满意地拉长声音说，同时又重复道："我的迷人的小娃娃。"

"假如有人送给我一朵金蔷薇就好了！"苏珊娜叹息说，"那便一定会幸福的，我记得你在船上讲的故事，约翰。"

"谁知道呢！"沙梅回答说，"可是不管怎样，送给你金蔷薇的不会是这位先生。请原谅，我是个当兵的。我不喜欢这种绣花枕。"

年轻人互相看了一眼。演员耸了耸肩膀。马车向前开动了。

通常，沙梅把一天从手工作坊扫出来的垃圾统统扔掉。但是在这次跟苏珊娜相遇之后，他便不再把那从首饰作坊扫出来的垃圾扔掉了。他开始把这里的尘土悄悄地收到一起，装到口袋里，带到他的草房里来。邻居们认为这个清洁工"疯了"。很少有人知道，在这种尘土里有一些金屑，因为首饰匠们工作的时候，总要锉掉少许金子的。

沙梅决定把首饰作坊的尘土里的金子筛出来，然后把这些金子铸成一块小金锭，用这块金锭，为了使苏珊娜幸福，打成一朵小小的金蔷薇。说不定像母亲跟他说过的，它可以使许多普通的人幸福。谁知道呢！他决定在这朵金蔷薇没做成之前，不和苏珊娜见面。

这件事沙梅对谁也没说过。他怕当局和警察。狗腿子们什么事想不到呢。他们会说他是小偷，把他关到牢里去，没收他的金子。怎么说也罢，金子本来是别人的。

沙梅在没入伍之前，曾经在村子里给教区神甫当过雇工，所以他懂得怎样筛簸谷子。这些知识现在用得着了。他想起了怎样簸谷子，沉甸甸的谷粒怎样落到地上，而轻的尘土怎样随风远扬。

沙梅做了一个小筛机，每天深夜，他就在院子里把首饰作坊的尘土簸来簸去。在没有看到凹槽里隐约闪现出来的金色粉末之前，他总是焦灼不安。

不少日月逝去了，金屑已经积成可以铸成一小块金锭。但沙梅还迟迟不敢把它送给首饰匠去打成蔷薇。

他并不是没有钱——要是把这块金锭的三分之一作手工费，任何一个首饰匠都会收下这件活计，而且会很满意的。

问题并不在这里。跟苏珊娜见面的时辰一天比一天近了。但从某一个时候起，沙梅却开始惧怕这个日子。

他想把那久已赶到心灵深处去了的全部温柔，只献给她。只献给絮姬。可是谁需要一个形容憔悴的怪物的温柔呢！沙梅早就看出来，所有碰上他的人，唯一的愿望便是赶快离开他，赶快忘记他那张干瘪的灰色的脸，松弛的皮肤和刺人的目光。

在他的草房里有一片破镜子。偶尔沙梅也照一下，但他总是发出痛苦的骂声，立刻把它扔到一边去。最好还是不看自己——这个蠢笨的、拖着两条风湿的腿蹒跚着的丑东西。

当蔷薇终于做成了的时候，沙梅才听说絮姬在一年前，已经从巴黎到美国去了，人家说，这一去永不再回来了。连一个能够把她的住址告诉沙梅的人都没有。

在最初的一刹那，沙梅甚至感到了轻松。但随后他那指望跟苏珊娜温柔而轻快的相见的全部希望，不知怎么变成了一片锈铁。这片刺人的碎片，便在沙梅的胸中，在心的旁边，于是他祷告上帝，让这块锈铁快点刺进这颗羸弱的心里去，让它永远停止跳动。

沙梅不再去打扫作坊了。他在自己的草房里躺了好几天，面对着墙。他沉默着，只有一次，脸上露出一点笑容，他立刻拿旧上衣的一只袖子把自己的眼睛捂住了。但谁也没看见。邻居们甚至都没到沙梅这里来——家家都有操心的事。

守望着沙梅的只有那个上了年纪的首饰匠一个人，就是他，用金锭打成了一朵非常精致的蔷薇，花的旁边，在一条细枝上，还有一个小小的、尖尖的花蕾。

首饰匠常常来看沙梅，但没给他带过药来。他认为这是无益的。

果然，沙梅在一次首饰匠来探望他的时候，悄悄地死去了。首饰匠抬起了清洁工的头，从灰色的枕头下，拿出来用蓝色的揉皱了的发带包着的金蔷薇，然后掩上嘎吱作响的门扉，不慌不忙地走了。发带上有一股老鼠的气味。

晚秋时节。晚风和闪烁的灯光，摇曳着苍茫的暮色。首饰匠想起了沙梅的面孔在死后是怎样改变了。它变得严峻而静穆。首饰匠甚至觉得这张面孔的痛楚，是非常好看的。

"生所未赐予的而死却给补偿了。"好转这种无聊念头的首饰匠想到这里，便粗浊地叹息了一声。

首饰匠很快就把这朵金蔷薇卖给了一位不修边幅的文学家；依首饰匠看来，这位文学家并不是那么富裕，有资格买这样贵重的东西。

显然，首饰匠给这位文学家叙述的金蔷薇的历史，在这次交易中起了决定性的作用。

我们感谢这位年老的文学家，多亏他的杂记，有些人才知道从前第二十七殖民军的兵士约翰·埃尔奈特斯·沙梅一生中的这段悲惨的经历。

顺便提一提，这位老文学家在他的杂记中这样写道：

"每一个刹那，每一个偶然投来的字眼和流盼，每一个深邃的或者戏谑的思想，人类心灵的每一个细微的跳动，同样，还有白杨的飞絮，或映在静夜水塘中的一点星光——

都是金粉的微粒。"

"我们，文学工作者，用几十年的时间来寻觅它们——这些无数的细沙，不知不觉地给自己收集着，熔成合金，然后再用这种合金来锻成自己的金蔷薇——中篇小说、长篇小说或长诗。"

"沙梅的金蔷薇我觉得有几分像我们的创作活动。奇怪的是，没有一个人花过劳力去探索过，是怎样从这些珍贵的尘土中，产生出移山倒海般的文学的洪流来的。"

"但是，恰如这个老清洁工的金蔷薇是为了预祝苏珊娜幸福而做的一样，我们的作品是为了预祝大地的美丽，为幸福、欢乐、自由而战斗的号召，人类心胸的开阔以及理智的力量战胜黑暗，如同永世不没的太阳一般光辉灿烂。"

[李时 译]

⊙**作品赏析**

帕乌斯托夫斯基的作品多以普通人、艺术家为主人公，突出地表现了对人类美好品质的赞颂，具有动人的抒情风格。《金蔷薇》是作者于1956年发表的一本创作札记，本文《金蔷薇》是此书中的一篇。札记能以此文命名，足见散文《金蔷薇》的出色。《金蔷薇》其实是记载了一个具有传奇的情感故事。故事的主人公是一个平凡、不起眼的老清洁工，而这样一个衣衫褴褛、生活粗糙的人物，却也有关于美丽金蔷薇的感情瓜葛。所以单从故事本身来看，他就一反东西方情感文章中，一贯的郎才女貌的模式。借助于普通人的生活来反映人类最质朴、最美好的情感，是帕乌斯托夫斯基超越常人之处。

沙梅是作者赋予了普遍感情意义的一个人物，作者写了他青年、老年两个不同的年龄阶段，他的一生从没有过大人物的生活体验，听到看到的也都是最平常的东西。但他对于苏珊娜的感情却比任何纯真的感情都毫不逊色。

在卡洛琳·巴尔大妈葬仪上的演说词 / 福克纳

入选理由 诺贝尔文学奖得主福克纳的人生散文 一篇跨越了种族隔阂的生命呼唤 向我们宣誓：爱对所有的人是平等的

从我出生时起卡洛琳就认得我。为她送终对我来说是一种特殊的光荣。我父亲死后，在大妈眼里我成了一家之主，对于这个家庭，她献出了半个世纪的忠诚与热爱。不过，我们之间的关系从来也不是主仆间的关系。直到今天，她仍然是我最早的记忆的一部分，不仅是作为一个人，而且是作为我行为准则和我物质福利可靠性的一个源泉，也是积极、持久的感情与爱的一个源泉。她也是正直行为的一个积极、持久的准则。从她那里，我学会了说真话、不浪费、体贴弱者、尊敬长者。我见到了一种对一个不属于她的家庭的忠诚，对并非她亲生的子女的深情与挚爱。

她生下来就处在受奴役的状态中，她皮肤黑，最初进入成年时她是在她诞生地的黑暗、悲惨的历史阶段中度过的。她经历过盛衰变嬗，可这些都不是她造成的；她体会到忧虑与哀伤，其实这些甚至都还不是她自己的忧虑与哀伤。别人为此付给她工钱，可是能够付给她的也仅仅是钱而已。何况她得到的从来就不多，因此她一生可以说是身无长物。可是连这一点她也默默地接受了下来，既没有异议也没有算计和怨言，正因为不考

· 作者简介 ·

　　福克纳（1897—1962），美国现代主义小说家。出生在密西西比州一个没落的庄园主家庭。1919年考入密西西比大学，一年后即辍学。1925年发表处女作《士兵的报酬》，此后曾到巴黎、意大利和瑞士等地游历。1926年回到奥克斯福镇，开始专心写作。他一生共创作19部长篇小说，70多篇短篇小说，其中绝大多数以一个虚构的约克纳帕塔法县作为背景，人称"约克纳帕塔法体系"。1929年发表的《萨托里斯》是第一部以虚构的约克纳帕塔法县为背景的小说，此后的《喧哗与骚动》、《我弥留之际》、《押沙龙！押沙龙！》、《村子》、《小镇》等长篇小说都是这一类型的著名作品。他1949年获诺贝尔文学奖。

虑这一切，她赢得了她奉献出忠诚与挚爱的一家人的感激和敬爱，也获得了热爱她、失去她的异族人的哀悼与痛惜。

　　她曾诞生、生活与侍奉，后来去世了，如今她受到哀悼；如果世界上真有天堂，她一定已经去到那里了。

1940年2月于密西西比州奥克斯福镇

[李文俊 译]

⊙**作品赏析**

　　《在卡洛琳·巴尔大妈葬仪上的演说词》淋漓尽致地表达了作者对于在南方特别浓厚的种族歧视的见解，在他看来，这是被刻意灌输的偏见，所有的人对待有色人种的态度都是肤浅的想当然。在文章中，作者通过对一个死去的黑人女仆的追思来否定所有世俗既定的偏见，让我们看到其实所谓的劣等民族在思想情操上也可以是最为优秀的。作者怀着哀伤的心情来悼念她，送她走完这人生的最后一个旅程。在作者的心中，能为这个一生奉献的纯洁的女人送葬反而是他的光荣。因为她在作者的印象中是神圣的、伟岸的，作者从她那里汲取了生命的养分，带着她的谆谆教诲长大。她对作者的意义已经不再只是一个人，而是一个精神导师，或者说是一个精神象征。

　　这就是文章的最大意义，一种对种族歧视不满的呼声，作者没有高调的宣誓，相反只是以一个简单的事实征服了一切人的偏见。文章语言平白，情感真挚。

我的伊豆 / 川端康成

入选理由　川端康成的散文代表作之一　被译成多种文字广泛传颂　入选多国散文选本

　　伊豆是诗的故乡，世上的人这么说。

　　伊豆是日本历史的缩影，一个历史学家这么说。

　　伊豆是南国的楷模，我要再加上一句。

　　伊豆是所有的山色海景的画廊，还可以这么说。

　　整个伊豆半岛是一座大花园，一所大游乐场。就是说，伊豆半岛到处都具有大自然的惠赠，都富有美丽的变化。

　　如今，伊豆有三个入口：下田，三岛修善寺，热海。不管从哪里进去，首先迎迓你的，是堪称伊豆的乳汁和肌体的温泉。然而，由于选择的入口不同，你定会感到有三个各不相同的伊豆呢。

　　北面的修善寺和南面的下田这两条通道，在天城山口相会合。山北称外伊豆，属田

·作者简介·

川端康成（1899—1972），日本现代派文学先驱、小说家。童年时父母、祖母、姐姐和祖父相继去世，26岁时未婚妻与他分手，这些苦难经历使他饱尝世态炎凉，对他的创作生涯产生了重大影响。1924年创办《文艺时代》杂志，成为日本"新感觉派"作家的代表。1968年获诺贝尔文学奖。1972年自杀。主要作品有小说《雪国》、《古都》、《千只鹤》，散文集《我在美丽的日本》等。

方郡，山南称内伊豆，属贺茂郡。南北两面不仅植物种类和花期各异，而且山南的天空和海色，都洋溢着南国的气息。天城火山脉东西约四十四公里，南北约二十四公里，占据着半岛的三分之一。海面的黑潮从三面包围着半岛。这山，这海，便是给伊豆增添光彩的两大要素。倘若把茶花当做海岸边的花，那么，石棉花就是天城山上的花。山谷幽邃，原生林木森严茂密，使你很难想象这原是个小小的半岛。天城山是闻名的狩鹿的场所，只有翻过这座山峦，才能尝到伊豆旅情的滋味。

开往热海的火车时髦得很，称为"罗曼车"。情死是热海的名产。热海是伊豆的都会，它是在关东温泉之乡中富有现代特征的城市。倘若把修善寺称为历史上的温泉，那么，热海便是地理上的温泉。修善寺附近，清静，幽寂；热海附近，热烈，俏丽。伊豆到伊东一带的海岸线，令人想起南欧来，这里显示着伊豆明朗的容颜。同是南国风韵，伊豆的海岸线多像一曲素朴的牧歌啊。

伊豆有热海、伊东、修善寺和长冈四大温泉，共有二三十个喷口，仅伊东就有数百处泉流。这些都是玄岳火山、天城火山、猫越火山、达磨火山的遗迹。伊豆，是男性火山之国的代表。此外，热海的间歇泉，下加茂峰的吹上温泉，拍击着半岛南端的石廊崎的巨涛，狩野川的洪水，海岸线的岩壁，茂盛的植物……所有这些，都带着男性的威力。

然而，各处涌流的泉水，使人联想起女乳的温暖和丰足，这种女性般的温暖与丰足，正是伊豆的生命。尽管田地极少，但这里有合作村，有无税町，有山珍海味，有饱享黑潮和日光馈赠、呈现着麦青肤色的温淑的女子。

铁路只有热海线和修善寺线，而且只通到伊豆的入口，在丹那线和伊豆环行线建成之前，这里的交通很是不便。代之而起的是四通八达的公共汽车。走在伊豆的旅途上，随时可以听到马车的笛韵和江湖艺人的歌唱。

主干道随着海滨和河畔延伸。有的由热海通向伊东，有的由下田通向东海岸，有的沿西海岸绵延开去，有的顺着狩野川畔直上天城山，再沿着海津川和逆川南下……温泉就散缀在这些公路的两旁。此外，由箱根到热海的山道，猫越的松崎道，由修善寺通向伊东的山道，所有这些山道，也都把伊豆当成了旅途中的乐园和画廊。

伊豆半岛西起骏河湾，东至相模湾，南北约五十九公里，东西最宽处约三十六公里，面积约四百零六平方公里，占静冈县的五分之一。面积虽小，但海岸线比起骏河、远江两地的总和还长。火山重叠，地形复杂，致使伊豆的风物极富于变化。

现在，人们都那么说，伊豆的长津吕是全日本气候最宜人的地方，整个半岛就像一个大花园。然而在奈良时代，这里却是可怕的流放地。到源赖朝举兵时，才开始兴旺发达起来。幕府末期，曾一度有外国黑船侵入。这里的史迹不可胜数，其中有范赖、赖家遭受禁闭的修善寺，有掘越御所的遗址，有北条早云的韭山城等。

请不要忘记，自古以来，伊豆在日本造船史上，发挥着重大的作用，这正因为伊豆是大海和森林的故乡啊。

[陈德文 译]

⊙**作品赏析**

情感真挚，清新婉约是川端散文的一贯风格，而在《我的伊豆》中，体现得尤为明显。这不仅仅是因为作者具有深厚的文学修养和高尚的审美情趣，更重要的是他对伊豆所寄寓的拳拳爱恋。情感融入笔墨之中，流出的文字自然会优美动人。

文章的开头，作者用了一组整齐而富有诗意的排比，层层推进，把伊豆不同凡响的魅力概括给读者。接下来，作者以轻盈飘逸的笔触，绘声绘色地描述着伊豆的质感与韵律。伊豆胜景颇多，但作者却不是毫无重点地泛泛而谈，他围绕着伊豆最负盛名的火山和温泉洒墨，笔力酣畅。用人们所熟知的男性美来比喻火山，用女性美来比喻温泉，一雄放一婉约，相映相衬，引人入胜，显示了作者的大手笔。山水本无灵性，但是经过艺术家的慧眼关照、心灵体察之后，就被赋予了生命力。伊豆正是这样一个幸运儿，在川端康成的笔下，伊豆是美丽、诗意的，更是灵动、鲜活的。

文章的结构严谨而清晰，结尾处两段与开头遥相呼应，既使文章紧凑浑然，又强化了主题。这篇文章的语言优美而传神，极具艺术表现力。"温泉就散缀在这些公路的两旁"，一个"散缀"，既表达出了状态，又富有动感。而描写火山与温泉的部分，更是处处有神来之笔。

归来的温馨 / 聂鲁达

入选理由 聂鲁达的散文代表作之一 散发着浓郁的爱国思乡之情 入选多国散文选本

我的住所幽深，院内树木繁茂。久别之后，房子的许多去处吸引我躲进去尽情享受归来的温馨。花园里长起神奇的灌木丛，发出我从未领受过的芬芳。我种在花园深处的杨树，原来是那么细弱，那么不起眼，现在竟长成了大树。它直插云天，表皮上有了智慧的皱纹，梢头不停地颤动着新叶。

最后认出我的是栗树。当我走近时，它们光裸干枯的、高耸纷敏的枝条，显出莫测高深和满怀敌意的神态，而在它们躯干周围正萌动着无孔不入的智利的春天。我每日都去看望它们，因为我心里明白，它们需要我去巡礼，在清晨的寒冷中，我凝然伫立在没有叶子的枝条下，直到有一天，一个羞怯的绿芽从树梢高处远远地探出来看，随后出来了更多的绿芽。我出现的消息就这样传遍了那棵大栗树所有躲藏着的满怀疑虑的树叶；现在，它们骄傲地向我致意，并且已经习惯了我的归来。

鸟儿在枝头重新开始往日的啼鸣，仿佛树叶下什么变化也未曾发生。

书房里等待我的是冬天和残冬的浓烈气息。在我的住所中，书房最深刻地反映了我离家的迹象。

封存的书籍有一股亡魂的气味，直冲

· **作者简介** ·

聂鲁达（1904—1973），智利现代著名诗人、散文家、社会活动家。生于铁路工人家庭。早年在圣地亚哥智利教育学院学习。1927年进入外交界，历任南美、亚洲、欧洲多国领事。1945年当选国会议员并加入智利共产党。1948年后流亡海外。1952年回国。1957年任智利作家协会主席。1971年获诺贝尔文学奖。主要作品有诗集《霞光》、《二十首情诗和一支绝望的歌》、《漫歌》，回忆录《我承认，我曾历尽沧桑》等。

鼻子和心灵深处，因为这是遗忘——业已湮灭的记忆——所产生的气味。

在那古老的窗子旁边，面对着安第斯山顶上白色和蓝色的天空，在我的背后，我感到了正在与这些书籍进行搏斗的春天的芬芳。书籍不愿摆脱长期被人抛弃的状态，依然散发一阵阵遗忘的气息。春天身披新装，带着忍冬的香气，正在进入各个房间。

在我离家期间，书籍给弄得散乱不堪。这不是说书籍短缺了，而是它们的位置给挪动了。在一卷十七世纪的严肃的培根著作旁边，我看到艾·萨尔加里的《尤卡坦旗舰》；尽管如此，它们倒还能够和睦相处。然而，一册拜伦诗集却散开了，我拿起来的时候，书皮像信天翁的黑翅膀那样掉落下来。我费力地把书脊和书皮缝上，事前我先饱览了那冷漠的浪漫主义。

海螺是我住所里最沉默的居民。从前海螺连年在大海里度过，养成了极深的沉默。如今，近几年的时光又给它增添了岁月和尘埃。可是，它那珍珠般冷冷的闪光，它那哥特式的同心椭圆形，或是它那张开的壳瓣，都使我记起远处的海岸和事件。这种闪着红光的珍贵海螺叫 Rostellaria，是古巴的软体动物学家——深海的魔术师——卡洛斯·德拉托雷有一次把它当做海底勋章赠给我的。这些加利福尼亚海里的黑"橄榄"，以及同一处来的带红刺的和带黑珍珠的牡蛎，都已经有点儿褪色，而且盖满尘埃了。从前，就在有这么多宝藏的加利福尼亚海上，我们险些遇难。

还有一些新居民，就是从封存了很久的大木箱里取出的书籍和物品。这些松木箱来自法国，箱子板上有地中海的气味，打开盖子时发出嘎吱嘎吱的歌声，随即箱内出现金光，露出维克多·雨果著作的红色书皮。旧版的《悲惨世界》便把形形色色令人心碎的生命，在我家的几堵墙壁之内安顿下来。

不过，从这口灵柩般的大木箱里我找出了一张妇女的可亲的脸，木头做的高耸的乳房，一双浸透音乐和盐水的手。我给她取名叫"天堂里的玛丽亚"，因为她带来了失踪船只的秘密。我在巴黎一家旧货店里发现她光彩照人，当时她因为被人抛弃而面目全非，混在一堆废弃的金属器具里，埋在郊区阴郁的破布堆下面。现在，她被放置在高处，再次焕发着活泼、鲜艳的神采出航。每天清晨，她的双颊又将挂满神秘的露珠，或是水手的泪水。

玫瑰花在匆匆开放。从前，我对玫瑰很反感，因为她没完没了地附丽于文学，因为她太高傲。可是，眼看她们赤身裸体顶着严冬冒出来，当她在坚韧多刺的枝条间露出雪白的胸脯，或是露出紫红的火团的时候，我心中渐渐充满柔情，赞叹她们骏马一样的体魄，赞叹她们含着挑战意味发出的浪涛般神秘的芳香与光彩；而这是她们适时从黑色土地里尽情吸取之后，像是责任心创造奇迹，在露天地里表露的爱。而现在，玫瑰带着动人的严肃神情挺立在每个角落，这种严肃与我正相符，因为她们和我都摆脱了奢侈与轻浮，各自尽力发出自己的一份光。

可是，四面八方吹来的风使花朵轻微起伏、颤动，飘来阵阵沁人心脾的芳香。青年时代的记忆涌来，令人陶醉：已经忘却的美好名字和美好时光，那轻轻抚摩过的纤手、高傲的琥珀色双眸以及随着时光流逝已不再梳理的发辫，一起涌上心头。

这是忍冬的芳香，这是春天的第一个吻。

［佚名　译］

⊙作品赏析

《归来的温馨》一文叙述了作者久别故园之后回到家中时的百感交集之情。作者开首直接点题，直抒胸臆，接着作者尽情铺陈，以庭院里的景物和房间内的物件为感情倾诉对象，运用拟人手法，细腻描绘了一幅幅让人备感温馨的意象：花园里的灌木丛"发出我从未领受过的芬芳"；昔日亲手栽种的小杨树已长成参天大树；"鸟儿在枝头重新开始往日的啼鸣"；散乱的书籍和沉默的海螺撩起我青年时代的回忆；连"我"一向反感的玫瑰花，也因她的"匆匆开放"，"发出波涛般神秘的芳香与光彩"，而使"我心中渐渐充满柔情"。文章笔调细腻，饱含真情，情景交融，充满诗情画意，极富艺术感染力。

春将至 / 井上靖

入选理由：文字隽永，意境深远；写春的独特角度；语言优美，结构精巧

过了年，把贺年片整理完毕，就会感到春天即将来临的那种望春的心情抬起头来。

翻开年历，方知小寒是一月六日，一月二十一日为大寒。一年中，这时期寒气最为凛冽。实际上日本列岛的北侧正被厚厚的积雪覆盖着，南半部的天空也多是呈现着欲降白雪的灰色。当然也时有遍洒新春的阳光，却不会持久，灰色天空即刻就会回来，寒气也相随而至，不几天即将降雪吧。

严冬季节，寒气袭人，理所当然；在这种情况等待春天的心情，是任何人都会产生的。不光是住在无雪的东京和大阪，即便是北海道和东北一带雪国的人们，依然是没有两样的。总之，生活在全被寒流覆盖着的日本列岛的一切人，不管有雪，抑或是无雪的地方，只要新年一过，都会感到春日的临近，而等待着春天。

我喜爱这种等待春天的心境。住在东京的我，尽管是很少，但也能捕捉到一点春天的信息。今晨，从写作间走下庭院中去，只见一棵红梅和另一棵白梅的枝上长满牙签尖端般小而硬的蓓蕾。

我的幼年在伊豆半岛的山村度过，家乡的庭院多梅树，初春季节齐放白英。没有樱树，也没有桃树，只种了一片小小的梅林。也许是幼年时代熟悉梅树，直到过了半个世纪的现在，依然喜爱梅花。梅花，对于我，已经成为特殊的花。

如今，故乡家院里的梅树减少了，而且年老了，已经看不到幼年时代那种纯白的花朵。即便同是昔日的白花，却略含黄色，并不像《万叶集》和歌中吟咏的酷似雪花的那样洁白了。

今朝春雪降，洁白似云霞；
梅傲严冬尽，竞相绽白花。

·作者简介·

井上靖（1907—1991），日本作家，出生在北海道旭川的一个军医家庭，从中学起就酷爱文学。1936年毕业于京都大学哲学系，随后进入大阪每日新闻社。第二次世界大战后从事文学创作，起初写诗歌，之后写小说。短篇小说《斗牛》写于1947年，1950年荣获芥川文学奖，这使他踏上了职业作家道路。其后40余年，曾多次访华。历任日本文艺家协会理事长、日本笔会会长。1976年获日本政府颁发的文化勋章，曾任日中文化交流协会会长。

犹如观白雪，缓缓降天涯；
朵朵频飞落，不知是何花。

　　前一首的作者是大伴家持，后者是骏河采女。读了这类和歌，那种纯白的沁人心脾的白梅，立刻就会浮现于眼帘。
　　故里家中的梅树都已枯老，但东京书斋旁的唯一的一株白梅，却尚年轻，因而花是纯白的。
　　梅树过早地长出坚硬的小蓓蕾，这个季节可还没着花。正是在这尚未着花的时刻，自然地培育着一种望春的心情吧。水仙的黄花，山茶的红花，恐怕是这个季节屈指可数的花朵了。
　　去岁之暮接近年关的时候，我瞻仰桂离宫，广阔的庭园里也未看到花开，只见落霜红和珠砂根的蓓蕾，在广阔庭园的角落里，隐约地闪烁着动人的红光。这个季节，仿佛是树木的蓓蕾代替花朵炫耀着自己的地位。

乘此雪将融，会当山里行；
且赏野橘果，光泽正莹莹。

　　这也是大伴家持的歌。野橘即是紫金牛，我觉得紫金牛的红色小蓓蕾映衬着皑皑白雪的光景，也许确实具有踏雪前去观赏的价值哩。
　　前面讲过，我喜爱这种在几乎无花的严冬季节等待春天的心情。每日清晨，坐在写作间前廊子的藤椅上，总是发觉自己沉浸在这样的情致之中。眼下还是颗颗坚硬的小蓓蕾，却在一点点长大，直到那繁枝上凛然绽满白花，这种等待春天的情致始终孕育在心的深处。
　　我出国旅行，总是初夏和仲秋季节回来。当然，也并非出于什么理由作了这样的决定，而是自然而然地形成的结果。然而，如今却想在什么时候，在那春天已经有了信息却难于降临的二月底或三月初，结束国外旅行，重踏日本的土地。那时，我想一定会深刻地感受到日本节气变化的微妙，和随之改换面貌的日本这一季节景物的细致美。
　　然而，这种等待春天的一、二、三月期间，大气中的自然运行，却是非常复杂微妙，春天决不是顺顺当当地走向前来的。
　　小寒、大寒，大致都是一月初或月中，因此，新春一月便是一年中最冷的时节，一直要持续到二月四日的立春时分。当然，这不过是历书上的事，实际上也并不如此规规矩矩。有时小寒比大寒还要冷，又有时大寒都不那么冷，等到二月立春之后，才真正冷上一阵子。不，与其说冷上一阵子，毋宁说这种情形居多。
　　但是，尽管只是历书上写着，立春这个词，也蕴含着一种难以言状的明朗性。过年了，春天就近了；春天近了，等到春天到来的心情便活跃起来。历书上的立春，使人涌起一种期待：这回春天可真要来了！
　　实际上，春天总是姗姗来迟，寒冬依然漫长，然而，千真万确，春天正在一步步走近，只是很难看到它会加快步子罢了。这种春日来临的步调，恐怕是日本独有的；似乎很不准确，实际上却准确得出乎意料。

人们都把立春后的寒冷叫做余寒，实际上远远不是称为余寒的一般寒冷。这时候，既会降雪，一年中最冷的寒气也会袭来。然而，即便是这种寒气，等一近三月，便一点一点地减轻，简直是人们既有所感，又无觉察的程度。

不过，即便进了三月，春天依然没有露面。只是弄好了，没有阳光、天色和树木的姿容，会不觉间给人以春的感觉，余寒会变成名副其实的春寒。这样，与此同时，连那些从天上降下的东西，那种降落的样子，也会多少发生些变化。那就是"春雪"、"淡雪"和"春霰"。总之，春寒会千方百计改变着态度，时而露出面孔来，时而又把身子缩了回去。

在这样的三月里，有一次寒流袭击了日本列岛的中部，正是三月十三日奈良举行汲水活动的当口。近畿一带，奇怪的是这时节却受到寒流的洗礼。也正在此时，我在东京的家，三月初开始着花的白梅达到盛开时分。每年，当我望见白梅盛开，便又一度想到历书上的记载。于是发现，大抵上相当于汲水日，或在其以前或以后两三天，并且就在两三天里气温下降，十分寒冷。我的眼前浮现出，在奈良古寺的殿堂里，松枝火炬照亮黑暗的情景。看来，也许并非照亮了黑暗，而是照亮了寒流。这时节的春寒，确实是不容怀疑的。

白梅是在汲水时节盛开，红梅却只乍开三分。白梅在三月末凋零殆尽，红梅却进了四月，还多是保存着凋余的疏花。在那白梅开始凋落的时分，杏花和李花就开始着花，好不容易春天才正式来到人间。

然而，三月末，或是四月初，我家的红梅繁花正盛的时节还要再来一次寒流。那正是比良湾风浪滔滔的季节。自古以来，就流传着比良大明神修讲《法华经》之时，琵琶湖便风涛大作，寒气袭来。实际上，这时节京都和大阪地方还要经受一次最后的寒流袭击。不只是京阪一带，东京也是如此。

这样，与杏、李大致同时，桃树也开始着花。杏树的花期较短，刚刚看到开了花，一夜春风就会吹得落英缤纷，或是小鸟光临，一霎时变成光秃秃的。李花虽不像杏花那样来去匆匆，但也是短命的。比较起来，依然是桃花生命力强，一直开到樱花换班的时节。

今年恐怕也与往年相似，一、二、三月之间，寒流会在日本列岛来来往往，梅树的蓓蕾就在这中间一点点长大吧。日本的大自然，在为春天做准备的家当，既十分复杂，又朝三暮四，但是总的看来，恐怕也还是呈现着一种严格地遵循既定规律的动向。梅、杏、李、桃、樱，都在各自等待时机，准确地出场到春天的舞台上来。

[李芒 译]

⊙**作品赏析**

《春将至》是日本作家井上靖的一篇散文。它和大多数赞春、颂春文章的不同之处在于：它没有正面写春天，而是将目光放在冬去而春未到的"春将至"的时节，重在抒写一种心境，歌颂一种等待中的喜悦。

走进《春将至》，我们看到的是一个乍暖还寒的时节的万物舒展图，冰雪初融，花树吐芽返青，而在作者眼中此时最美妙的是人的这种望春的心情，作者最爱的是"这种等待春天的心境"。

作者将盼春之情放在一种等待的过程中，前半部分写几种渐放的蓓蕾，后半部写日益变化的春寒。不管是自然之景或时节的描写，作者都重在写一种过程，在过程中让人体味一种纯粹情感的悸动。他没有将这种情感体验放于具体的实景描摹之上，而是沉醉于"春将至"之时精神的欣喜之中，倾心于这种将得到而未得到的心灵体验。而人心灵的最高境界不正是这样一种"未得到"的希望状态吗？对于人生来说亦是如此，"得到"只是一种形式，而在这个形式之外，真正的让人颤栗的不正在于过程中的企盼吗？

父亲 / 利奥·罗斯滕

入选理由

杰出的对话艺术

语言简洁凝练，生动传神

抒写了感人的父子深情

父亲帮助儿子时，两人都笑了；儿子帮助父亲时，两人都哭了。

安葬父亲后不久，对父亲的回忆——他的每一次大笑，每一声叹息，都像难以预测的涓涓细流时时在我的脑中流过。父亲为人坦率，没有一丝虚假或伪善。他的情趣纯真无邪，他的愿望极易满足。他从不将自己的意志强加于别人，他对闲声碎语深恶痛绝，从不知道什么叫怨恨或妒忌。我很少听到过他有什么抱怨，从未听到过他亵渎别人的话。在过去的 50 年里，我记不得他讲过低俗或恶意的想法。

父亲很爱我母亲，对她总是体贴入微，并常为有这样一位美貌贤慧的妻子感到自豪。步入晚年后，他起床后的第一件工作便是煮咖啡（他煮得一手好咖啡），然后一边看报，一边呷着咖啡，等着母亲前来与他共享"少时夫妻老来伴"的欢乐。

我不知道还有谁比他更喜欢看报纸。他看起报纸来总是津津有味，即使一条新闻也细细品尝。在他看来，晨报重现着每日生活的新意，是奇迹与愚行的舞台。

父亲是个天才的"故事大王"，常以逗别人大笑为乐。他总是将自己刚听到的最新笑话或故事讲给大家听。当我年幼时，他常用一些幽默故事和哑剧逗我。或鼓着腮帮，或滴溜着眼珠，或模仿着一种走路姿势。他可以在你面前活灵活现地装扮出一个人物来。

他还常用诙谐的幽默引得我们捧腹大笑。有时他兴致勃勃地问：

"你们猜今早我见到谁了？"

"谁？"

"邮递员。"

或者他伸出食指问："你们知道为什么伍德罗·威尔逊不会用这根指头写字吗？"

"不知道。为什么？"

"因为这是我的指头。"

这些事听起来很荒唐，是吗？不过你或许根本无法想象它给我带来的乐趣。然而在绞尽脑汁取乐一个小孩子的同时，父亲自己也感受到人世间的天伦之乐。

· 作者简介 ·

利奥·罗斯滕（1908—1997），美国政论家、幽默作家。主要作品有《华盛顿的记者》、《海曼·卡普兰的教育》等。

在我做了爸爸后，父亲又开始给他的孙子们讲他那幽默可笑的故事。"唉，"他常叹道，"当我跟你们一般年纪时，我可以将手举这么高（他将手举过头顶），可是现在只能举到这儿（他又将手举到肩膀那么高）。"

这时，孩子们总是皱眉挠头，绞尽脑汁寻想这是怎么回事。

"啊，是呀，"见孩子们仍在云里雾里，他又说："我过去能举这么高，可现在却不行了——"

旋即，孩子们异口同声尖叫起来："爷爷，可是您刚才还能举那么高呢！"

此时他便开心地大笑起来，要么拉过来在脸上猛吻，要么高高举过头顶，同时还夸奖说："喔唷，这些精灵鬼！"

幽默风趣是父亲的天性。来芝加哥定居后不久，他就去参加一所为外国人举办的夜校。老师问他："你可以就名词举一个例子吗？"

"门。"父亲回答说。

"很好。那么，请再举一例。"

"另一扇门。"他说。

父亲喜欢唱歌，并且唱得很不错，不过他的鼾声也如响雷。父亲打鼾，姐姐说呓语，整个屋子里彻夜不得安宁。

父母对我的学习成绩很是满意。很小时，我就懂得拿上一本书就可以逃避干家务活。瞥见我看书时，他总是拍着我的脑袋瓜说："很好，你在往这儿积累知识！"他常对人类大脑所创造的奇迹赞叹不已。

在我11岁时，父亲开始教我下棋。六七个月后，我第一次赢了他时，他高兴地直拍手，见人就讲，逢人便说。

他热爱这个国家，视美国为一块宝地。

父亲过去曾是波兰一家纺织工厂的织袜工。定居美国后，他又织运动衫。20多岁时，他只身一人来到美国，后来才将我和母亲接了过去。在芝加哥，父亲每周要在一台笨重的织机上工作60多小时。

他得在黎明前起床，在滴水成冰的季节，要乘一个多小时的车，八点前赶到工厂。下班回家后，他匆匆吃过晚饭，又在家里那台半旧不新的织机上工作。母亲决意开办一个"家庭工厂"，以解脱老板的摆布。

父亲从没什么野心。母亲则永不知足，精力充沛，富于心计。他俩干起活来如同一个小组：母亲负责设计、剪裁（她小时候在一家纺织厂干过），然后经销帽子、围巾等。父亲除了开机编织外，还搞采购。

后来，他俩雇了帮工，在离我家还有一段距离的地方开了个铺子。父亲是店主兼制造商，母亲站柜台。两人都是激进的工会会员，这种由工人一跃成为"老板"的地位变化使他们感到无所适从。我怎么也不会忘记父亲曾力劝四位雇员组织一个工会的情景——为提高工资举行罢工！雇员们死活不干，认为他们的报酬已经可观。他们还说："既然你觉得我们应该得到更高的报酬，你给我们增加一些不就得了？"

"噢，那不行，"他立即说，"难道你们还不明白吗？如果只有我给你们增加了工资，那么我就无法和其他制造商竞争了。可是如果芝加哥所有的纺织工人都联合起来，并派一个代表团去要挟所有的制造商，那么我们就不得不增加工资了。"他到底还是说服了他们。

若干年后，当我在大学上经济学课时，这荒谬的一幕总是在我的大脑中闪现。

　　父亲交友甚广，却很少有知己密友。他十分钦佩自己所不具备的别人的优点：所受教育、分析能力和创造能力。他最崇尚直率的性格。他常情不自禁地赞美某某人"是个了不起的人物，实在了不起"！

　　父亲对大海有着深厚的感情。在密执安，在加利福尼亚和佛罗里达海滨，他不知度过了多少个美好时光。他不会游泳，因此从不到淹没膝盖的地方去。看着他坐在海边戴着草帽看报纸，就像一个澡盆里嬉水的孩子，实在令人发笑。

　　丹尼·托马斯曾给我讲述了他父亲——一个身高体壮、妄自尊大的人——是如何去世的。临终前，老人朝天挥动拳头大喊："让死亡滚蛋吧！"

　　我父亲没能像他那样壮烈地死去。经过了一年的心脏病、咳嗽、肺气肿的折磨后，他身体极度虚弱，最后在氧气帐中悄然离去。每当想到"死亡"二字时，他表现出的不是大发雷霆，而是闷闷不乐。

　　一次，母亲将他送到南天门医院，他抱怨说他脸上有点发痒。于是我带来了我的电动剃胡刀。在我给他剃胡须时，他问："你为何从纽约一直跑到密执安来了？""没有啊，"我撒谎说，"我碰巧来底特律开会，碰上了。""是碰上了！"他叹道。接着又笑着说："你可是我这一生中请过的最昂贵的理发师啊！"

　　出院后，他憔悴难认了。走路得拄拐杖，还须我搀扶。我不禁想起了一句犹太谚语："父亲帮助儿子时，两人都笑了；儿子帮助父亲时，两人都哭了。"

　　可我俩谁都从没哭过，因为我总是滔滔不绝地谈论自己的工作、妻子、儿女以及工作计划，他对这些向来都是百听不厌。我攒了一肚子听来的新故事——任何能使他暂从病痛中解脱出来的方式都未尝不可。在我讲故事时，他总是面带笑容，装出一副痛苦很快就会消失的样子，装出一副还有大量的时光交谈，还有数以千计的故事要讲的神态。

　　最后一次我是在芝加哥的一家医院见到他的，当时他被放在氧气帐中，处于昏睡中。我和妻子向他道别，他都没听见。我送他一个飞吻，以为他也没看见，然而他看见了。他点了点头，用满是皱纹、扭曲的脸做着怪相——以前当他说到"别为我担心"或"别等我"时常做这种鬼脸。接着，他费劲地伸出两根手指举到唇边，回报我一个飞吻。

　　父亲是个和蔼可亲，通情达理的人，我爱他。

　　父亲去世后我每天都要进行长时间的游泳。我可以在水中尽情痛哭，当两眼通红地从水中出来时，别人还以为是水刺痛了眼睛。我不知道别人是否有过如此思念之情，和我在一起，父亲感到愉快，和父亲在一起，我感到幸福。

　　父亲活在我的脑海里，他的音容笑貌时时涌进我的记忆。有时，我会情不自禁地脱口喊道："哦，爸爸，您真了不起！"

［许万里 译］

⊙**作品赏析**

　　这是一篇怀念父亲的散文。

　　与众多悲伤浸透字里行间的怀念之作不同，作者在本文中生动地描述了父亲纯真的情趣、坦率的个性，鲜活地刻画了父亲幽默的形象。在含泪的微笑中，浓郁的亲情扑面而来，那种藏于心底的感伤渐渐泛起，传递着更悠远的哀痛，感人至深。文章开篇写道："父亲帮助儿子时，两人都笑了；

儿子帮助父亲时，两人都哭了。"这种相依相携的深情，轻易地就裹挟了读者的心。接下来的文字里，作者着力刻画父亲的幽默，显示出了高超的驾驭语言的功力。父亲绞尽脑汁取悦小孩子，兴致勃勃地讲荒唐而有趣的故事，作者三言两语就勾勒出了一个"老顽童"的形象，父亲近于天真的可爱跃然纸上。身为店主的父亲竟然极力说服雇员为提高工资而罢工，这"荒谬的一幕"既展示了父亲坦率幽默的个性，更是抒写了父亲的胸怀与精神境界。而在父亲病危的时候，仍然"用满是皱纹、扭曲的脸做着怪相"，只为了叫亲人别担心。这几个场景犹如电影的镜头，定格了父亲的形象，也寄寓着作者最诚挚的怀念。

文章以记叙为主，少有抒情与描写，但是传达的情感足以让读者回味良久，就在于作者精当的选材以及简洁凝练、生动传神的语言，值得反复品味。

星离去 / 东山魁夷

入选理由 以独特的视角来刻画川端康成的形象
静谧、朴素的审美风格
对美的精到深入的阐释

一

我在天草的旅馆里，用印有崎津天主堂照片的明信片，给川端康成先生写了一封简短的信。内容是：很久没有通信，很抱歉，回去后一定拜访您。

我在福冈举办完个人画展，又要到下一个地方——小仓举办展览会。这期间，我经过唐津、佐世保、柳川等地，旅途中又来到了天草。

我住在天草下岛一所名叫下田的冷清的温泉旅馆里。窗外是一望无际的茫茫的天草滩。宁静的傍晚，薄薄的雾霭，萦绕在海天相连的地方，几乎分辨不清哪里是分界线。

空中低悬着细细的上弦月，弦几乎接近水平了，显得那么安谧而矜持。在月亮上面，一颗又大又亮的星闪闪发光。

这颗星使人感到非同寻常。它是夜幕上一颗清澄、朗洁的明星，然而它那闪闪烁烁的样子，它那迸发出的光辉，似乎眼看就要飞向太空，化作一片光明，最终归于消失。这是生命在一瞬间放射的光辉。

我忍不住喊醒了妻子，我们伫立窗前，久久凝望着这颗巨星。

电话铃把我惊醒，不知几点钟了，想想可能是半夜吧，心里一阵不安。"啊？"接电话的妻子出其不意地惊叫起来。

"川端先生去世了，听说是自杀……"

我一骨碌跳下床，头脑还昏昏沉沉，完全没有想到会有此事。

拧开电视旋钮，出现了一串白色的速报文字。

"赶快回去再说，应该先打个电报才好。"

看看表，刚刚过了 11 点，还不到半夜。

向旅馆的服务员说明缘由，要了辆出租汽车，急急忙忙准备动身。车子开出了，冷冷的夜风吹入车内，两旁的树叶在黑暗中哗啦哗啦向后飘闪。

· 作者简介 ·

东山魁夷（1908—1999），日本画家，原名新吉，画号魁夷。生于横滨，1931年毕业于东京美术学校。1934年留学德国，在柏林大学哲学系攻读美术史。历任日本画院展审查员、常务理事长、顾问等职。他擅以西方的写实眼光捕捉日本风光之美。1969年获文化勋章和每日艺术大奖。1976年5月访问桂林，游览期间作画撰文。他长于散文写作，著有《东山魁夷文集》（11卷）。

"川端先生自杀了。"

我的脑子里充满了这一沉寂而悲凉的思绪。我没有立即产生"为什么"的疑问。四周一片宁静，只感到一切事物都在缓缓溃灭。

在本渡换了车，到了熊本又继续乘下去，抵达福冈板付机场时已是四点半。候机室关着门，没有一个人。首次航班是七点半起飞。

飞机在白云里飞行，白茫茫的富士山，终于微微露出了姿影。

先后在镰仓的宅邸前边的马路上，停放着几辆报社的汽车。进入横街，遇到一群记者和摄影师。这使我想起了先生获取诺贝尔奖时的情景。

几个人追过来问道："您有什么感想？"

"我完全没有料到，别的没什么好谈。"我急匆匆边走边答，随即闪入门内。

来到客厅，见到夫人，不由握住了她的手。夫人大声哭着，此时我没有说出一句悲悼的话，只是一个劲儿流眼泪。

先生的遗体已经入殓了，但面部还露在外面。我接过含水的棉花，轻擦着他那紧闭的嘴唇。

这是一副庄严、亲切而安详的面容。我还从没有见过先生闭着眼睛的样子。这是多么安详的表情啊，这表情也代表着先生的身心一同进入安眠的状态了。我心中一阵难过，眼泪又止不住涌出来了。

二

眼下，关于先生，我一句也写不出。

不光是现在，今后不论过多长时间，我都不能再说什么了。像先生这样的人，终究不是世界上的常人，他是遥远的，他的存在就像万仞孤峰，高耸入云。我暂且享受着先生的厚遇和恩惠罢了。

我饱享着先生的好意，现在回想起来，这是因为我没有把先生当成一位卓绝的作家看待，（当然，我对先生这位作家，怀着无限的尊敬，这种尊敬永远不会从我心中消失。）而是当成一个人，直接触及了他作为人的一个方面。作为作家的先生，他那不朽的作品渗透了千千万万人的心灵，永生不灭。然而，要想接近先生的本色，却不是件容易的事。

这对我的一生来说，是何等至关重要的大事啊！如今，我不论说多少感谢之类的话，都无法表达出我此刻的心情。先生给予我精神上极大的支持和鼓励，我说不尽内心的喜悦和敬畏。

人们提起川端先生，必须要触及美的问题。有人说，他是个美的追求者，美的猎人。那种经受着敏锐的眼光被凝视着的美，实际上是不容易存在的。先生不但寻觅着美，而且热爱美。美，可以说是先生的休憩、喜悦、恢复，是生命的反映。

先生对美术的兴趣十分浓厚，可以说是深不见底的。他经常观看美术展览。

他涉及了美术的所有领域，从文人画、琳派、佛像、古陶、茶具、墨迹，到外国美术家的作品，无所不包，其阅历的广博，令人叹服。这里，始终贯穿着先生敏锐的善于取舍的慧眼。

我之所以能同先生长期而亲密地交往，是因为除了美之外，我们几乎没有谈到其他任何东西。

此外，对于我来说，除了美之外，再没有别的话题可谈了。美牵系着先生的一生，这是多么幸福的事啊！

——失去了所有的亲人，作为一个画家，我终于生存下来了。战争结束的时候，从死亡的边缘抬起眼，美丽的风景使我重见光明。

就这样，我走过了死而复生的道路。我的经历尽管和先生在精神上有些相通之处，但先生如此亲切地对待我，只因为我是基于某种意念的单纯而素朴的感知者，而不是有意志的分析家或创造者。我从放弃自我这一点上出发，将自然界表现的生命之光看做恩宠，带着不才之躯，一味地生存下来了。或者说，先生和我，都有一颗孤独的心，而我们又有一种强烈的愿望，彼此都想倍加珍视这种孤独的心灵的沟通。

我的胸中深藏着黑暗和悲痛，但我没有把苦恼向别人公开表白过。然而，有着黑暗和苦恼的人，同时也是祈求灵魂的净福和平安的人。我的作品所表现的静谧和纯朴的风格，或许正说明我缺乏这些，才如此希望，如此进行切实的祈祷的。

先生的慧眼当然洞察了这一点。正因为如此，他才对我有亲爱之情的。先生把我当成一个虔敬的人同我交往。而我，又受到先生多大的虔敬而慈悲的救助和教诲啊！

他在集英社出版的画集序文《观东山魁夷画展有感》中写道：

……这"净福"一词也是我的生命之泉。我的病是心绪的悄寂，衰颓和郁厌，自从亲近了东山君的画和文，便日益得到治愈，得到复苏。

只是有一点埋在内心而无法行之于文的、也是东山君的风景画所无法表露、但却深深藏在内部的东西，这就是东山君那种超自然的经受过内心和精神的苦恼和动摇后所表现的静寂、安谧和虔敬。

这是先生向《日本美术志》（1971年11月发行）投寄的文稿中的文字，也是先生最后一次谈论我的话。

我每次拜见先生，他总是不时凝视着我，偶尔掠过一丝严峻的暗影。不过，大部分场合他都是用亲切的态度对待我。

最后一面是去年岁末我去访问他的时候。他对我说：

"明年我要到外国走一趟，呼请一些外国的日本研究家都来参加会议。"

令人遗憾的是，今年年初，我在关西举办了个人画展，此后又到各地去巡展，一直没有机会再去看望先生。

聆听先生最后的声音是在二月中旬，我和他通过一次电话，本来我托先生在我为《古都》装帧的扉页木版画上印上先生的题字，先生寄来了，《古都》的题字有十几种，我一张张翻看着，每张都富有变化，情趣各一。我很惊奇，想从中选出一张来，但又颇费思索，于是便打电话给先生。

"怎么也写不好啊，"他说，"是吗？还有可以用的吗？"听筒里响起了先生爽朗的声音。

三

今天，在这世界上再也见不到他了，脑子里反而浮现出新鲜的记忆。

1954年，我为《新潮》画封面画时，不知道为什么，新潮社的菅原君领我到川端先生和小林秀雄先生家去了一趟。那是我第一次亲眼见到先生。

我拜见了玉堂的《冻云筛雪》、大雅和芜村的《十便十宜帖》等众多的名品。罗两峰《野火》中野兔冲出燃烧的草丛的姿态令我终身难忘。有人评判先生，说他是可怕的人，但我丝毫不感到他有什么可怕。不过在他面前，我完全变得拘谨了。

先生来看过我的素描画展，在举办以东京为主题的组画展览时，他还为画集写了序文；在为东宫御所制作壁画时，先生来过我的画室；举办北欧风景画展时，他又为石版画装帧的《古镇》画集书写了题为《美丽的地图》的序文；我在为新宫殿制作壁画时，先生又来了，接着和我一起去看新宫殿收藏的壁画；举办京洛四季画展时，当时和先生获取诺贝尔奖几乎在同一时期，他到展览会来了好几次，并为画集《京洛四季》写了题为《都市的姿影》的长篇序文。此后，他为版画集《京洛小景》题字；一起参加光悦会茶会；到京都、奈良、大津去观赏秋景；和井上靖君应邀一起到新绿的信浓去旅行；满腔热情地为集英社出版的我的画集写了长篇序文。在举行以描绘德国、奥地利的古都和窗户为内容的个人画展时，我屡次拜请先生为之作序。我一方面怕为先生带来麻烦，一方面又安享着先生的盛情和厚意。

我请先生为画集《京洛四季》撰写序文的时候，正是他刚荣获诺贝尔文学奖。我想，先生也许是不大可能再为我作序了。公布获奖那天，我半夜里跑去祝贺，看见先生坐在内厅里，一个人孤寂地抽着香烟。我道过贺，表示想收回我托他作序的请求，他马上说：

"我写，我到京都去写。"

"您太忙了……"我有些难为情。

"一点也不忙，其他的一概被我回绝了。"

接着又闲聊了一会儿绘画，就告辞了。

我收到了他从京都饭店寄来的长信，告诉我序文完成了。这篇序长达30页：先生通过京都这个地方，阐述了他对日本的美的怀想，优美的文章里穿插着短歌和俳句。

晚秋青莲院，巨樟嫩叶鲜。
绿叶罩大地，日光三两点。

不会作歌的我，不知道"在晚秋"好还是"晚秋的"好。还有"绿叶扩展，阳光照耀"和"巨树叶广，阳光普照"这两句哪一句更好些。再有"绿叶浓阴日光漏"是显得拗口还是更富有意趣，我也弄不懂。总之，这一天的印象就是：站在青莲院门前的樟树下，信步徘徊，仰视着这棵大树。虽是"晚秋"，然而"嫩叶之色"青青，布满了低垂的枝条。细嫩的浓阴，映衬着初冬白昼的太阳，阳光从绿叶缝里漏泄下来。这首短歌描写了古老的大树充满青春的活力。苍老的树干，庄严的枝条，纵横交错、葡匐在地面的强劲的形象，绝不是我这个不会作歌的人用一首短歌所能表现出来的。这季节虽是"晚秋"，可我更想把它当"初冬"。京城红叶之烂漫，实在因为有了常绿的映照，所以说成是"在晚秋"。

这只是说明，今天的我，站在这棵熟悉的大樟树下，发现莹润的叶色而受到了感动。(《古都姿影》的开头)

我在几年前，曾反复叮嘱东山君，眼下再不抓紧画下来，京都就要消失了。我的这个愿望对东山君完成《京洛四季》这套优秀的组画起到了促进作用，让我感到有说不尽的幸福和喜悦。在我初次向东山君提出的时候，我走在京都的大街上，嘴里不住嘀咕："看不到山，看不到山"，心中非常难过。一幢幢丑陋的西式楼房盖起来了，从街道上看不见山峦了。我叹息着，抬头不见山的城市不能成为京都。可现在，我们对这种望不见山的京都却也习以为常了。然而，至今我还时常想到，能不能把京都的姿影保留下来。东山君的《京洛四季》的每一幅画，都是这古都的留影。这组《京洛四季》的诞生，包孕着我的夙愿。出于平日的深厚友谊，我为东山君写了这篇信笔倾吐的文章。(《古都姿影》)

正如文中所述，这套京都的组画，也博得了先生的称赞。

所幸，我还有先生赠我许多精美的书籍，寄过 40 余封情意诚挚的信函。这代表着先生全家和我们全家(实际只有我和妻子二人)你来我往的深厚友谊。

关于这些事，要详细说来简直说不完。十数年的交往，先生对我的一片深情，使我找不出一句适当的感谢的话语。

从 40 岁末到 50 岁初，先生失去了众多亲友。

"在我所失去的朋友中，横光君的死是我一生中最沉痛的事。"他写道，"论起余生，朋友先在自己之前死，这也许就意味着余生吧。"

"我平常里的自我惆怅，只不过是悲悼日本人。由于战争的失败，这惆怅变得彻骨渗髓了。这样一来，灵魂反而获得了自由和安宁。"

"我把自己战后的生命当做余生，这余生并非属于自己，而是日本传统的美的表现，因此我并不感到有什么不自然。"正因为先生有着这样的心境，所以对我这个迈着艰难步履、执著地探求日本的美的人，也以爱美之心竭诚相待，不断加深着对我的温厚的友情。

"我和东山君相识，正如这本画集中的《一条道路》一文所描写的那样，是在 1956 年到 1959 年前后，东山君举办首届写生系列展或'东京展'的时候。当时我已年近花甲，而这一年我却新结识了这位知己，堪称人生一大幸事。"看到先生这段文字，我又惊奇，又感念不已。

……去年秋参加光悦会回来途中的旅行实在快乐。要是再能结伴巡游，该有多么荣幸。之后再度光临之时，我正值胃病发作，长期怏郁不振，自打你来之日，渐觉良好，想来是心情欢欣所致，望能常常见面，借以愉悦身心。(1970 年 1 月 20 日书翰)

我曾接到过这样的信函。我之所以抄录先生的这些话，并不是为了讲述先生对我本人恩深似海的情谊，而是为了如实传达川端康成先生那种严峻的性格中所包蕴的极富人情味的一面。

四

"你要到哪里去？"

向遥远的虚空的世界发问，先生也是用这句话结尾的《反桥》、《时雨》、《住吉》三部曲，不论哪一部都是无限优美的短篇。在这些作品里，先生和美的密切关系，都以鲜明的姿态被刻画出来了。尤其是《反桥》，先生对幽远的美的那种深刻的感悟，通过细致的文字织造出绚丽的幻想的彩带。不用说，这些情节结构是采用了小说虚实相生的手法：

> 神佛虽长在，凡人何得见，
>
> 惟怀虔敬心，晓梦睹尊颜。

当主人公"我"在住吉旅馆看到已经故去的友人书写的《梁尘秘抄》上的这首和歌，便将和住吉有缘的灵华的歌神的绘画挂到壁龛里。而这张灵华的绘画是一个熟悉的画商用思琴少女的肖像和池大雅的画换来的。而且，"大雅、思琴和灵华实际上已经奇怪地混杂在一起，这三者都有一种似是而非的令人心动的地方。只要回顾一下这些就会对自己的奇怪感到不寒而栗。仿佛看到了可怕的自我分裂。那么，沟通大雅、思琴和灵华的心灵的究竟是什么呢？"

今天下午，我把龙门石佛的佛头拿出来放在膝盖上仔细端详。

美术品，特别是古代美术品，当我看到这些的时候，才感到同生命联系着，否则，我只能感到自己处在污辱、叛逆和枯萎的生命的深渊，从死中微微对于死做出稍稍反逆罢了。

大雅、思琴、灵华心灵共通的，还有和龙门石佛之也是共通的，它们都是对于美的切实的憧憬。"我"正是由此而得到慰藉，受到医治和鼓舞。这篇小说是一个不太健康的五十五六岁的男人的独白。还有，这三部曲中的《反桥》写于昭和二十二年，先生48岁的时候；《时雨》、《住吉》写于昭和二十四年，是先生50岁时的作品。《临终的眼》写于昭和八年，那时先生34岁，是早于《反桥》14年以前的作品。先生将这部作品和《禽兽》一起，认为是厌恶之作。《禽兽》也是先生的代表作之一。《临终的眼》，以前每次谈论起先生来，必定有人引用这篇作品。现在重读更加觉得接近人的心灵。

一般认为，旧作家代代的艺术教养承传下来，便产生了作家。但另一方面，旧家的血缘大体因为病弱，像残烛的火焰，正在燃烧殆尽之时诞生了作家。这已成为悲剧。

先生还引用芥川龙之介遗书中的一段：

惟有自然对于此时的我比任何时候都更美丽。你也许会取笑我既爱自然之美又想自杀这种矛盾的心理吧？但是，自然的美丽只映照在我的临终的眼里。

先生在这段引文之后继续写道：

在修行僧的"冰一般透明"的世界里，残香燃烧的声音听起来仿佛要使房子着火；香灰落下的声音听上去犹如电闪雷鸣。这或许是真的。所有艺术的极致，就是这"临终的眼"。

五

先生获诺贝尔文学奖后在斯德哥尔摩授奖仪式上所作的题为《我在美丽的日本》的纪念讲演，开头引用了道元禅师的歌："春花秋月夏杜鹃，冬雪凛凛天气寒。"还有明惠上人的歌："冬月出云伴我行，朔风侵肤雪夜冷。"其中，也引用了上面提到的芥川遗书中的话。这些都是有着一定用意的。

他谈及禅、水墨画、造园、插花、制陶，还有从平安到镰仓的古典文学，在陈述日本的美之后作出这样的总结：

日本，或者东方的"虚"、"空"、"无"都在这里涉及到了。有的评论家把我的作品说成是虚无的，但西方的"虚无主义"这个词儿用在这里也并不确当。我认为，"心的根本"是各异的。道元的四季歌题为《本来的面目》，虽然说歌咏四季之美，其实具有强烈的禅的味道。

第二年，先生在夏威夷大学作了题为《美的存在与发现》的讲演，他先从卡哈拉·希尔顿饭店早晨餐厅里的一摞玻璃杯，映着日光发出美丽的光辉这样一组情景说起，论述了"一期一会"的心情，由俳句到《源氏物语》、《竹取物语》、《万叶集》等古代作品，给外国人上了一堂关于日本美的存在与发现的启蒙课。

先生的这种心情，从他对于最近召开的国际日本研究会议的一片热诚上也可以得到证明。

这位先生，如今不在了。

战败之后，先生在悼念已故好友横光利一的文章《继承日本美的传统》里，表达了自己的决心和愿望。他毅然地写道："我要以日本的山河为灵魂，在你死后继续活下去。"先生就是这样怀着不折不扣的决心和愿望走过来了。他的伟大的实践，在日本战后混乱的局势中有力地支撑着日本文化的精髓，使其在世界上璀璨生辉。这是何等充实的生活啊！

人们都在议论和思索先生的死，但我却回味着先生伟大的生。在我看来，先生的死是一种安然的休息。

先生常说他自己怠惰，事实恰恰相反。他做出的成就远远超过一个人力所能及的范围。他全力以赴地工作着，如今，终于进入休息的状态了。

应该知道，怠惰的是我们。经过一番痛苦，我感到自己的身心紧张起来。我不想填补先生去世后心灵的空虚；然而，今后我必须努力走着我自己即将日暮的人生的旅途。

我在天草给先生写信的时候，看到那颗星，也正是先生死的时刻，这是偶然的，但这样的事对于我来说却有过两次。一次是停战后不久，弟弟死于富山医院的时候。他是我惟一的亲人。弟弟因为患结核病而长期疗养。接到他病情恶化的消息前一周我去探望过他，那时看他有些康复，我就打算暂时回到市川处理一些要紧的事后，马上再到富山去，我写了张明信片，告诉他一旦办完事马上就动身去看望他。这时，眼前蓦然浮现出弟弟病房的情景，我仿佛看到明丽的阳光射进那间病房，空无一人。弟弟正是那时候死去的。

我一生都不会忘记天草滩傍晚的天空、海色和辉耀在西方的星光。随着时间的过去，我越发强烈感觉到，那不正是先生的英魂迸发出的光芒吗？

[佚名 译]

⊙作品赏析

东山魁夷是文学成就非凡的画界巨匠，川端康成是终生追寻美的文坛泰斗。对美的寻觅使二人找到了灵魂的契合点，建立了深厚而真挚的友谊。川端康成自杀之后，在人们纷纷思索着他的"死"时，作者则回味了他伟大的"生"，并认为他的死是"安然的休息"。这种超然的心境，既显示了东山对生命的感悟，也体现了二人心灵的沟通。

这篇文章的可贵之处在于作者的真知灼见。他的笔触所指不仅是作家川端康成，而是作为"人"的川端康成，构思新巧不落俗套，显示了作者独到的观察视角。文章以对美的阐释为中心而展开，既符合作者的身份，又容易切入主题，而且还不露痕迹地串起了文章看似散漫的叙述，使整个篇章材料丰富、内涵深广而又井然有序。作者在叙述中不时穿插议论，既揭示出了川端康成的生平思想、艺术追求，又写活了他的形象，抒发了自己的感情，而对川端作品的美学风貌与内涵精到深入地阐释，更具有极高的学术价值。人生与艺术在作者的笔下得到了完美的融合。理性的分析用富于文学意味的语言描述出来，更增加了作品的艺术感。

听泉 / 东山魁夷

入选理由 诗为心声，画为心境
普通的自然之景传达深达的意境
东方美文的典范

鸟儿飞过旷野。一批又一批，成群的鸟儿接连不断地飞了过去。

有时四五只联翩飞翔，有时候排成一字长蛇阵。看，多么壮阔的鸟群啊！……

鸟儿鸣叫着，它们和睦相处，互相激励，有时又彼此憎恶，格斗，伤残。有的鸟儿因疾病、疲惫或衰老而失掉队伍。

今天，鸟群又飞过旷野。它们时而飞过碧绿的田原，看到小河在太阳照耀下流泻；时而飞过丛林，窥见鲜红的果实在树荫下闪灼。想从前，这样的地方有的是。可如今，到处都是望不到边的漠漠草原。任凭大地改换了模样，鸟儿一刻也不停歇，昨天，今天，明天，它们继续打这里飞过。

不要认为鸟儿都是按照自己的意志飞翔的。它们为什么飞？它们飞向何方？谁也弄不清楚，就连那里领头的鸟儿也无从知晓。

为什么必须飞得这样快？为什么就不能慢一点儿呢？

鸟儿只觉得光阴在匆匆忙忙中逝去了。然而，它们不知道时间是无限的，永恒的，逝去的只是鸟儿自己。它们像着了迷似的那样剧烈，那样急速地振翅翱翔。它们没有想到，这会招来不幸，会使鸟儿更快地从这块土地上消失。

鸟儿依然忽啦啦拍击着翅膀，更急速，更剧烈地飞过去……

森林中有一泓清澈的泉水，发出叮叮咚咚的响声，悄然流淌。这里有鸟群休息的地方，尽管是短暂的，但对于飞越荒原的鸟群说来，这小憩何等珍贵！地球上的一切生物，都是这样，一天过去了，又去迎接明天的新生。

鸟儿在清泉边歇歇翅膀，养养精神，倾听泉水的絮语。鸣泉啊，你是否指点了鸟儿要去的方向？

泉水从地层深处涌出来，不间断地奔流着，从古到今，阅尽地面上一切生物的生死，荣枯。因此，泉水一定知道鸟儿应该飞去的方向。

鸟儿站在清澄的水边，让泉水映照着身影，它们想必看到了自己疲倦的模样。它们终于明白了鸟儿作为天之骄子的时代已经一去不复返了。

鸟儿想随处都能看到泉水，这是困难的。因为，它们只顾尽快飞翔。

鸟儿想错了，它们最大的不幸是以为只有尽快飞翔才是进步，它们以为地面上的一切都是为了鸟儿而存在着。

不过，它们似乎有所觉悟，这样连续飞翔下去，到头来，鸟群本身就会泯灭的，但愿鸟儿尽早懂得这个道理。

我也是鸟群中的一只，所有的人们都是在荒凉的不毛之地上飞翔不息的鸟儿。

人人心中都有一股泉水，日常的烦乱生活，遮蔽了它的声音。当你夜半突然醒来，你会从心灵的深处，听到幽然的鸣声，那正是潺潺的泉水啊！

回想走过的道路，多少次在这旷野上迷失了方向。每逢这个时候，当我听到心灵深处的鸣泉，我就重新找到了前进的标志。

泉水常常问我：你对别人，对自己，是诚实的吗？我总是深感内疚，答不出话来，只好默默低着头。

我从事绘画，是出自内心的祈望：我想诚实地生活。心灵的泉水告诫我：要谦虚，要朴素，要舍弃清高和偏执。

心灵的泉水教导我：只有舍弃自我，才能看见真实。

舍弃自我是困难的，甚至是不可能的，我想。然而，絮絮低语的泉水明明白白对我说：美，正在于此。

[陈德文 译]

⊙作品赏析

在平淡的文字里，流淌着作者炽热的生命激情，将生命哲思、人生感悟自然地流露于诗情画意的描写中，是东山魁夷的散文的独特之处。《听泉》是东山魁夷一篇有名的美文。我们可以通过品读这篇文章，来感受他高超的艺术表现方式。

作者在文中有两个具体的表现意象："鸟"、"山泉"。作者写鸟成群地飞翔，而山泉是可以让鸟儿小憩的休息之地，它们可以借此来"养养精神"，看看自己疲惫的身姿。作者用拟人的手法赋予这两个事物人类特有的思想和灵性，通过它们之间的相互联系，来暗示人类世界的一种生存状况：为外物所累，在对高度文明的追求中丧失自我，失去人类心灵的平和和幸福体验。这里"泉水"成了人类心声的象征，"听泉"也成了作者希望人类返璞归真的召唤。

四季生活 / 沃罗宁

入选理由 文风亲切朴素
一篇优美的写景状物散文
文章充满人情味、人性美、富于生活情趣

每当清早，我拉起用木条制成的黄色百叶窗时，都能看见她。她高耸、挺拔，永远伫立在我窗前。秋夜，她消溶在幽暗之中，不见了；而你若相信奇迹，便会以为她走到别的地方去了，因为不见了。但刚一露出曙光，白昼的一切尚在酣睡，隐约感到清晨的

·作者简介·

沃罗宁（1913—　），出身于彼得堡—医生家庭。1939年毕业于高尔基文学院。1941年加入共产党。卫国战争期间曾任战地记者，1955至1963年任《外国文学》杂志主编，1962年起任《文学报》主编、苏联作家协会书记处书记，1971年被选为苏共中央候补委员，1973年为苏联社会主义劳动英雄。

沃罗宁1937年开始发表作品。著有长篇小说三部曲《这事发生在列宁格勒》、《丽达》、《和平的日子》，长篇小说《我们这里已是早晨》（1950年获斯大林奖金）、《生活的年代》、《我们选择的道路》、《围困》（1978年获苏联国家奖金）《胜利》等，中篇小说《远方星辰的光辉》、《未婚妻》等。

气息时，她又已出现在原处了。

我凝视着她，不禁萌生出奇思异想。她想必有自己的生命吧。又有谁知道，如果苍天赋予我认识大自然全部完美的感官，也许我眼前会展现出一个神奇的世界。这个世界具有一切生物所固有的伟大的和渺小的感情，这些感情人是无法理喻的。然而我仅有五种感官，况且由于人类历尽沧桑，这些感官已不那么灵敏了。

而她生机勃勃！她日益茁壮，逐年增高。如今我得略微抬头，才能从窗口看见她那清风般轻盈的，透亮的树梢。可十年前半个窗框便能把她容纳下。

春

她的枝条刚刚摆脱漫长的严冬，还很脆硬，犹如加热过度的金属。春风吹过，枝条叮当作响。鸟儿还没在枝叶浓密的枝头筑巢。然而她已苏醒。这是一天清晨我才知道的。

邻居走到她跟前，用长钻头在她的树干上钻了个深孔，把一根不锈钢的小槽插进孔中，以便从槽中滴出浆汁。果然，浆汁滴了出来，像泪珠那样晶莹，像虚无那样明净。

"这并不是您的白桦。"我对邻居说。

"可也不是您的。"他回敬我。

是啊，她长在我的围墙外。她不是我的。但也不是他的。她是公共的，确切些说，她谁的也不是，所以他可以损害她，而我却无法对他加以禁止。

他从罐子里把白桦树透明的血液倒进小玻璃杯里，一小口一小口把它喝干。

"我需要树汁，"他说，"里面有葡萄糖。"

他回家去了，在树旁留下一个三公升的罐子，以便收集葡萄糖。树汁像从没有关紧的龙头里一滴一滴地迅速流下来。既然流出这么多树汁，那么他破坏了多少毛细管哟？……她也许在呻吟？她也许在为自己的生命担忧？我不得而知，因为我既没有第六感觉，也没有第七感觉，更没有第一百感觉，第一千感觉。我只能对她怜悯而已……

然而，一个星期后，伤口上长出一个褐色的疤。她自己治好了伤口。恰恰这时她身上的一颗颗苞芽鼓胀起来，从苞芽里绽出嫩绿的新叶，成千上万的新叶。目睹这浅绿色的雾霭，我心里充满喜悦。我少不了她，这棵白桦树。我对她习惯了。我对她永远伫立在我的窗前已经习惯了；而且在这不渝的忠诚和习惯中，蕴蓄着一种令我精神振奋的东西。的确我少不了她，尽管她根本不需要我。没有我，就像没有任何类似我的人一样，她照样生活得很好。

夏

她保护着我。我的住宅离大路一百米左右。大路上行驶着各种车辆：货车，小轿车，公共汽车，推土机，自卸卡车，拖拉机。车辆成千上万，来回穿梭。还有灰尘。路上的灰尘多大啊！灰尘飞向我的住宅，假若没有她，这棵白桦树，会有多少灰尘钻进窗户，落到桌子上，被褥上，飞进肺里啊。她把全部灰尘吸附在自己身上了。

夏日里，她绿荫如盖。一阵轻风拂过，它便婆娑起舞。她的叶片浓密，连阳光也无法照进我的窗户。但夏季屋里恰好不需要阳光。沁人心脾的阴凉比灼热的阳光强百倍。然而，白桦树却整个儿沐浴在阳光里。她的簇簇绿叶闪闪发亮，苍翠欲滴，枝条茁壮生长，越发刚劲有力。

六月里没有下过一场雨，连杂草都开始枯黄。然而，她显然已为自己贮存了以备不时之需的水分，所以丝毫不遭干旱之苦。她的叶片还是那样富有弹性和光泽，不过长大了，叶边滚圆，而不再是锯齿形状，像春天那样了。

之后，雷电交加，整日在我的住宅附近盘旋，越来越阴沉，沉闷地——犹如在自己身体里——发出隆隆轰鸣。入暮时分，终于爆发了。正值白夜季节。风仿佛只想试探一下——这白桦树多结实？多坚强？白桦树并不畏惧，但好像因灾难临头而感到焦灼，她抖动着叶片，作为回答。于是大风像一头狂怒的公牛，骤然呼啸起来，向她扑去，猛击她的躯干。她蓦地摇晃了一下，为了更易于站稳脚跟，把叶片随风往后仰，于是树枝宛如千百股绿色细流，从她身上流下。电光闪闪，雷声隆隆。狂风停息了。滂沱大雨从天而降。这时，白桦树顺着躯干垂下了所有的枝条，无数股细流从树枝上流下，像从下垂的手臂流到地上。她懂得应该如何行动，才能岿然不动，确保生命无虞。

七月末，她把黄色的小飞机撒遍了自己周围的大地。无论是否刮风，她把小飞机抛向四面八方，尽可能抛得离自己远些，以免她那粗大的树冠妨碍它们吸收更多的阳光和雨露，使它们长成苗壮的幼苗。是啊，她与我们不同，有自己的规矩。她不把自己的儿女拴在身旁，所以她能永葆青春。

那年，田野里，草场上，山谷中，长出了许多幼小的白桦树。唯独大路上没有。

若问大地上什么最不幸，那便是道路了。道路上寸草不生，而且永远不会长出任何东西来。哪里是道路，哪里便是不毛之地。

秋

太阳躲开我的住宅，也躲开白桦树。树叶立刻开始发黄，而且越来越黄，仿佛在苦苦哀求太阳归来。但太阳总是不露面。瓦灰色的浮云好似令人焦虑的战争的硝烟，向天宇铺天盖地涌来，又如巨浪相逐，遮蔽了一切。云片飞得很低，险些儿触及电视天线。下起了绵绵秋雨。雨水淅淅沥沥地下着，从一根树枝滴落到另一根树枝上。霪雨不舍昼夜，一切都变得湿漉漉的了，土地不再吸收雨水，或者是所有的植物都不再需要水分了吧。

夜里，我醒来了。屋里多么黑暗，多么寂静啊！……只听见雨珠从树枝上滴下时发出的簌簌声。萧瑟而连绵不绝的秋雨的簌簌声好生凄凉啊。我起了床，抽起烟来，推开窗户，于是看见了她那在秋日的昏暗中依稀可辨的身影。她赤身露体，任凭风吹雨打。翌日凌晨，寒霜突然降临。随之又是几度霜冻，于是白桦树四周铺上了一圈黄叶。这一些全都是发生在寒雾中。然而，当树叶落尽，太阳露出脸来时，处处充满忧郁气氛，尤其是在她周围。因为就在不久前，这里还是青翠葱茏，一切都光艳照人，欣欣向荣。过去，一切都是这样美不胜收，朝气勃勃，如今却突然消失了。将要下起蒙蒙细雨来，树叶将要腐烂发黑，僵硬的树枝将要在冷风中瑟缩，水洼将要结冰。鸟儿将要飞走。死寂的黑夜将要拖得很长，在冬季里它将会更加漫长。暴风雪将要怒吼。严寒将要肆虐……

冬

我离开家了。我不能留在那里，为不久前还使我欣喜和对生活充满信心的事物的消亡而苦恼。我搭机飞向南方。到了辛菲罗波尔之后，我便改乘出租汽车了，我又惊又喜地仔细观看温暖的南国的苍翠。一见黑海，我便悄声笑了。

浩淼、温暖的海。我潜进水里，向海底，向绿色的礁石游去。我喝酸葡萄酒，吃葡萄，筋疲力尽地躺在暖烘烘的沙滩上，眺望大海，观看老是饥肠辘辘，为了一块面包而聒噪的海鸥。接着我又游进温暖的海水，攀上波峰，滑下浪谷，又攀上去。我又喝酸葡萄酒，吃烤羊肉，钻进暖烘烘的沙子里。在我身边的也是像我一样从自己的家园跑到这片乐土来的人们。大伙儿欢笑啊，嬉戏啊，在海滩上寻找斑斓的彩石，尽量不想家里发生的事情。这样会更轻松、更舒坦些。但要抛弃家园是办不到的，就像无法抛弃自己一样。

于是我回家了。四周一片冰天雪地。她也兀立在雪堆里。我不在时，刺骨的严寒逞凶肆虐，把她的躯干撕破了。撕裂得虽不严重，但落上一层雪的白韧皮映进我的眼帘。我抚摸了一下她的躯干。她的树皮干瘪、粗糙。这是辛勤劳作的树皮，同南方的什么"不知羞耻树"的树皮迥然不同。这里，一切都是为了同霪雨、暴雪、狂风搏斗。所以，像平时见到她时那样，我又萌生出各种奇思异想。我暗自忖度：你看哪，她不离开故土，不抛弃哺育自己和自己的儿女的严峻的土地。她没有离去，而只是把自己的苞芽藏得更严实，裹得更紧，使它们免遭严寒的摧残，开春时迸发出新叶，然后培育出种子，把它们奉献给大地，使生命万古生存，永葆青春。是啊，她有自己的职责，而且忠诚不渝地履行这些职责，就像永远必须做那些为了生存下去而必须做的事情一样。

北风劲吹，像骨头似的硬邦邦的树枝互相碰撞，劈啪作响。刮北风的时间一向很长，一刮就是一个星期，两个星期。这一来，一切生物都得倍加小心，更何况天气严寒呢。好在我的住宅多少保护着她。但她毕竟还要挨冷受冻呢。严寒要持续很长时间，以致许多羸弱的生命活不到来年开春。但她能活到这个季节。她挺得住，而且年复一年地兀立在我的窗前……

[佚名 译]

⊙作品赏析

《四季生活》是一篇优美的写景状物散文，文风亲切朴素，没有哗众取宠的华丽语言，以其可读的思想性，给读者以心灵的滋养。文章以春、夏、秋、冬四个季节为时间线索，又以每个季节为落脚点对白桦树进行描写，这样使文章显得整齐有序，便于读者对文章思想性清晰地把握。作者将白桦塑造成一个坚强、温暖的女性形象，拟人手法的运用使本无生命的大自然和植物，变得有血有肉，充满人性美、人情味。在作者传神的描写中，白桦成了一个在春、夏、秋、冬变换中，永远守候家园的母亲，她温婉坚韧，是作者心中难以舍弃的依恋。作者始终用第一人称的写法，以"我"作为中心展开文章，将白桦树的四时之景融于"我"的日常生活中，这样更增加了写景状物文章的生活气息，使读者在一个个生活场景的描写中，享受自然之趣。如春景中我和邻居的争执、冬景中我的离去与归来，都使文章富于生活情趣。

生之爱 / 加缪

入选理由
诸多意象的营造
诸多场景的展现
在错综复杂的表象中发掘对人生的思考

巴马的夜，生活缓慢地转向市场后面的喧闹的咖啡馆，安静的街道在黑暗中延伸直至透出灯光与音乐声的百叶门前。我在其中一家咖啡馆呆了几乎一整夜。那是一个很矮小的厅，长方形，墙是绿色的，饰有玫瑰花环。木制天花板上缀满红色小灯泡。在这小小空间，奇迹般地安顿着一个乐队，一个放置着五颜六色酒瓶的酒吧以及拥挤不堪、肩膀挨着肩膀的众宾客。这儿只有男人。在厅中心，有两米见方的空地。酒杯、酒瓶从那里散开，侍者把它们送到各座位。这里没有一个人有意识。所有的人都在喊叫。一位像海军军官的人对着我说些礼貌话，发散着一股酒气。在我坐的桌子旁，一位看不出年龄的侏儒向我讲述自己的生平。但是我太紧张了，以致听不清他讲些什么。乐队不停地演奏乐曲，而客人只能抓住节奏，因为所有的人都和着节奏踏脚。偶尔，门打开了。在叫喊声中，大家把一个新来者嵌在两把椅子之间。

突然，响起一下钹声，一个女人在小咖啡馆中间的小圈子里猛地跳了起来。"21岁。"军官对我说。我愣住了。这是一张年轻姑娘的脸，但是刻在一堆肉上。这个女人有1.8米左右。她体形庞大，该有300磅重。她双手卡腰，身穿一件黄网眼衫，网眼把一个个白肉格子胀鼓起来。她微笑着，肌肉的波动从嘴角传向耳根。在咖啡馆里，激情变得抑止不住了。我感到这儿的人对这姑娘是熟悉的，并热爱她，对她有所期待。她总是微笑着。她总是沉静和微笑着，目光扫过周围的客人，肚子向前起伏。大厅里所有的人都喊叫起来，随后唱起一首看来众人都熟悉的歌曲。这是一首安达卢西亚歌曲，唱起来带着鼻音。打击乐器敲着沉闷的鼓点，全部是三拍的。她唱着，每一拍都在表达她全部身心的爱。在这单调而激烈的运动中，肉体真实的波浪产生于腰并将在双肩死亡。大厅像被压碎了。但在唱歌时，姑娘就地旋转起来，她双手托着乳房，张开红润的嘴加入到大厅的合唱中去，直到大厅里

· 作者简介 ·

加缪（1913—1960），法国小说家、戏剧家、评论家。出生于阿尔及利亚的蒙多维城。父亲在第一次世界大战时阵亡，母亲带他移居阿尔及利亚贫民区，生活极为艰难。加缪靠奖学金读完中学，1933年起以半工半读的方式在阿尔及尔大学攻读哲学。同年，参加巴比塞倡导的反法西斯运动。1937年开始记者生涯。

第二次世界大战期间，加缪积极参加了反对德国法西斯的地下抵抗运动，先任《共和晚报》主编，后在巴黎任《巴黎晚报》编辑部秘书。德军侵法后参加地下抗德组织，负责《战斗报》的出版工作。1957年，加缪"因为他的重要文学创作以明澈的认真态度阐明我们同时代人的意识问题"获得诺贝尔文学奖。1960年1月4日因车祸卒于荣纳省的维尔布勒万。

所有的人都卷入喧哗声中为止。

她稳当地立在中央，汗水漉漉，头发蓬乱，直耸着她笨重的、在黄色网眼衫中鼓胀的腰身。她像一位刚出水的邪恶女神。她的低前额显得愚蠢，她像马奔驰起来那样只是靠膝盖的轻微颤动才有了生气。在周围那些兴奋得跺脚的人们中间，她就像一个无耻的、令人激奋的生命形象，空洞的眼睛里含着绝望，肚子上汗水淋漓。

若没有咖啡馆和报纸，就可能难以旅行。一张印有我们语言的纸，我们在傍晚试着与别人搭话的地方，使我们能用熟悉的动作显露我们过去在自己家乡时的模样，这模样与我们有距离，使我们感到它是那样陌生。因为，造成旅行代价的是恐惧。它粉碎了我们身上的一种内在背景。不再可能弄虚作假——不再可能在办公室与工作时间后面掩盖自己（我们与这种时间的抗争如此激烈，它如此可靠地保护我们以对抗孤独的痛苦）。就这样，我总是渴求写小说，我的主人公会说："如果没有办公时间，我会变成什么样？"或者："我的妻子死了，但幸亏我有一大捆明天要寄出的邮件要写。"旅行夺走了这个避难所。远离亲人，言语不通，失去了一切救助，伪装被摘去（我们不知道有轨电车票价，而且一切都如此），我们整个地暴露在自身的表层上。但由于感觉到病态的灵魂，我们还给每个人、每个物件以自身的神奇的价值。在一块幕布后面，人们看到一个无所思索的跳舞的女人，一瓶放在桌上的酒。每一个形象都变成了一种象征。如果我们的生命此刻概括在这种形象中，那么生命似乎在形象中全部地反映出来。我们的生命对所有一切天赋于人的禀性是敏感的，怎样诉述出我们所能品味到的各种互相矛盾的醉意（直到明澈的醉意）。可能除了地中海，从没有一个国家于我是那样遥远，同时又是那样亲近。

无疑，我在巴马咖啡馆的激情由此而来。但到了中午则相反。在人迹稀少的教堂附近，坐落在清凉院落的古老宫殿中，有阴影气氛下的大街上，则是某种"缓慢"的念头冲击着我。这些街上没有一个人。在观景楼上，有一些迟钝的老妇人。沿着房屋向前，我在长满绿色植物和竖着灰色圆柱的院子里停下，我融化在这沉静的气氛中，正在丧失我的限定。我仅仅是自己脚步的声音，或者是我在沐浴着阳光的墙上方所看见掠影的一群鸟。我还在旧金山哥特式小修道院中度过很长时间，它那精细而绝美的柱廊以西班牙古建筑所特有的美丽的金黄色大放异彩。在院子里有月桂树、玫瑰、淡紫花牡荆，还有一口铁铸的井，井中悬挂着一只锈迹斑斑的长把金属勺，来往客人就用它取水喝。直到现在，我还偶尔回忆起当勺撞击石头井壁时发出的清脆响声。但这所修道院教给我的并不是生活的温馨。在鸽子翅膀干涩的扑打声中，突然的沉默浓缩在花园中心，而我在井边锁链的磨击声中又重温到一种新的然而又是熟悉的信息。我清醒而又微笑地面对诸种表象的独一无二的嬉戏。世界的面容在这水晶球中微笑，我似乎觉得一个动作就可能把它打碎，某种东西要迸散开来，鸽子停止飞翔，展开翅膀一只接一只地落下。唯有我的沉默与静止使得一种十分类似幻觉的东西成为可以接受的，我参与其中。金色绚丽的太阳温暖着修道院的黄色石头。一位妇女在井边汲水。一小时之后，一分钟、一秒钟之后，也可能就是现在，一切都可能崩溃。然而，奇迹接踵而来。世界含羞、讥讽而又有节制地绵延着（就像女人之间的友谊那样温和又谨慎的某些形式），平衡继续保持着，然而染上了对自身终了的忧虑的颜色。

我对生活的全部爱就在此：一种对于可能逃避我的东西的悄然的激情，一种在火焰之下的苦味。每天，我都如同从自身中挣脱那样离开修道院，似在短暂时刻被留名于世界的绵延之中。我清楚地知道，为什么我那时会想到多利亚的阿波罗那呆滞无神的眼睛或纪奥托笔下热烈而又呆钝的人物。直至此时，我才真正懂得这样的国家所能带给我的东西。我惊叹人们能够在地中海沿岸找到生活的信念与律条，人们在此使他们的理性得到满足并为一种乐观主义和一种社会意义提供依据。因为最终，那时使我惊讶的并不是为适合于人而造就的世界——这个世界却又向人关闭。不，如果这些国家的语言同我内心深处发出回响的东西相和谐，那并不是因为它回答了我的问题，而是因为它使这些问题成为无用的。这不是能露在嘴边的宽容行为，但这宽容只能面对太阳的被粉碎的景象才能诞生。没有生活之绝望就不会有对生活的爱。

在伊比札，我每天都去沿海港的咖啡馆坐坐。5点左右，这儿的年轻人沿着两边栈桥散步。婚姻和全部生活在那里进行。人们不禁想到：存在某种面对世界开始生活的伟大。我坐了下来，一切仍在白天的阳光中摇曳，到处都是白色的教堂、白垩墙、干枯的田野和参差不齐的橄榄树。我喝着一杯淡而无味的巴旦杏仁糖浆。我注视着前面蜿蜒的山丘。群山向着大海缓和地低斜。夜晚正在变成绿色。在最高的山上，最后的海风使风磨的叶片转动起来。由于自然的奇迹，所有的人都放低了声音，以致只剩下了天空和向着天空飘去的歌声，这歌声像是从十分遥远的地方传来的。在这短暂的黄昏时分，有某种转瞬即逝的、忧伤的东西笼罩着。并不只是一个人感觉到了，而是整个民族都感觉到了。至于我，我渴望爱如同他人渴望哭一样。我似乎觉得我睡眠中的每一个小时从此都是从生命中窃来的……这就是说，是从无对象的欲望的时光中窃来的，就像在巴马的小咖啡馆里和旧金山修道院度过的激动时刻那样，我静止而紧张，没有力量反抗要把世界放在我双手中的巨大激情。

我清楚地知道，我错了，并知道有一些规定的界限。人们在这种条件下才从事创造。但是，爱是没有界限的，如果我能拥抱一切，那拥抱得笨拙又有什么关系？在热那亚有些女人，我整个早上都迷恋于她们的微笑。我再也看不见她们了。无疑，没有什么更简单的了。但是词语不会掩盖我的遗憾的火焰。我在旧金山修道院中的小井中看到鸽群的飞翔，我因此忘记了自己的干渴。我又感到干渴的时刻总会来临。

[杜小真 译]

⊙作品赏析

喧闹的、拥挤不堪的咖啡馆，中规中矩的、永远程式化的报纸，飘荡在酒杯与酒瓶中间的肆无忌惮的喧哗，这些现代生活中最普遍的现象，出现在加缪的《生之爱》中。当人类的日常生活被这些充斥着，当我们的眼球对除此之外的其他视而不见时，我们的心灵还会唱着怎样的曲子？《生之爱》告诉我们只要心中还有希望，只要我们还相信爱，我们的灵魂就不会死亡。

加缪在文章中，并没有明确的表示对于某些具体事物的鲜明观点，他只是不断给我们制造一个又一个场景，一个接一个的意象。先是"巴马"夜生活中的咖啡馆，拥挤的人群，接着是这样一个哄乱场面中出场的焦点人物，一堆肉的肥胖姑娘。这些场景，激起了"我"的不断激情而沉浸其中，最终只是感到"各种互相矛盾的醉意"，"遥远而又亲近"。"人迹稀少的教堂附近"、"清凉院落的古老官殿"、"有阴影气氛的大街"、"沐浴着阳光的墙上方的一群鸟"，这些意象在喧闹之后的宁静午后，不经意地出现在"我"的视野中，作者曾经麻木的心，也随之被触动。生活中曾经有过的挚爱，曾经拥有、却已经失落的梦想，再一次撞击"我渴望爱"的心灵。作者将自已朦胧的、不确定的追求，放在看似芜杂、没有规律的各种意象中，正是反映了作者对现代文明中的人格失落和精神困境的一种困惑。而题目"生之爱"和文章字里行间所流露出的感情倾向，正是作者既想融入这种现实而又渴望超越这种现实的复杂情感的体现。

窗外 / 帕斯

入选理由
诺贝尔奖获得者的散文名篇
多种艺术手法的运用
含有深刻的哲学思辨

　　在我的窗外大约 300 米以外的地方，有一座墨绿色的高树林——树叶和树枝形成的高山，它摇来晃去，好像随时都会倾倒下来。由聚在一起的欧洲山毛榉、欧洲白桦、杨树和欧洲白腊树构成的村子坐落在一块稍微凸起的土地上，它们的树冠都倒垂下来，摇动不息，仿佛不断颤抖的海浪。大风撼动着它们，吹打着它们，直到使它们发出怒吼声。树林左右扭动，上下弯曲，然后带着高亢的呼啸声重新挺直身躯，接着又伸展肢体，似乎要连根拔起、逃离原地。不，它们不会示弱。折断的树根和树叶的疼痛，植物的强大韧性，决不亚于动物和人类。倘若这些树开步走的话，它们一定会摧毁阻碍它们前进的一切东西。但是它们宁肯立在原地不动；它们没有血液，也没有神经，只有浆液。使得它们定居的，不是暴怒或恐惧，而是不声不响的顽强精神。动物可以逃走或进攻，树木却只能钉在原地。那种耐性，是植物的英雄主义。它们不是狮子也不是蛇，而是圣栎树和加州胡椒树。

　　天空布满钢铁色的云，远方的云几乎是白色的，靠近中心的地方即树林的上方就发黑了：那里聚集着深紫色的暴怒的云团。在这种虎视眈眈的云团下，树林不停地叫喊。树林的右翼比较稀疏，两颗连在一起的山毛榉的枝叶形成一座阴暗的拱门。拱门下面有一块空地，那里异常寂静，像一个明晃晃的小湖，从这里看得不完全清楚，因为中间被邻居家的墙头苦盖物隔断了。那个墙头不高价，上端是用砖砌成的方格，顶上覆盖着冰冷的绿玫瑰。玫瑰有一些部位没有叶子，只有长着许多疙瘩的枝干和交叉在一起的、竖着坚刺的长枝条。它有许多手臂、鳖足、爪子和装备着尖刺的其他肢体；我从没有想到，玫瑰竟像一只巨大的螃蟹。

· 作者简介 ·

　　帕斯（1914—1998），拉丁美洲当代著名诗人。生于墨西哥城一个有着浓厚宗教气息的文化家庭。17岁时，开始诗歌创作。1933年，创办诗歌期刊《墨西哥谷地手册》，同年出版其第一部诗集《狂野的月亮》。1938年，创办文学期刊《车间》，1943年参与创办《浪子》。1945年进入外交界，先后在法国、日本等国任外交官，1955年回国创办《墨西哥文学》杂志。1968年在任驻印度大使期间，因反对政府对学生运动的镇压愤而辞职，在英美等国从事诗歌研究。1971年回国专门从事诗歌创作。1990年，获诺贝尔文学奖。

　　庭院大约有 40 平方米；地面是水泥的。除了玫瑰，点缀它的还有一块长着雏菊的小小的草地。在一个墙角处有一张黑木小桌，但已散架。它原是做什么用的呢？也许曾是一个花盆座。每天，我在看书或写作的时候，有好几个小时总是面对着它。不过，尽管我已经习惯它的存在，但我还是觉得它摆在那里不合适：它放在那里干什么？有时我看到它就像一个过错，一个不应该有的行为；有时则觉得它仿佛是一种批评，对树木和风的修辞的批评。在对面的角落里有一个垃圾筒，一个 60 公分高、直径有半米的金属圆柱体：四个铁丝爪支着一个铁圈儿，铁圈上装着一个生锈的盖子，铁圈下挂着一个盛垃圾用的塑料袋。塑料袋是火红色的。又是一个螃蟹似的东西。桌子和垃圾筒，砖墙和水泥地，封闭着那个空间。它们封闭着空间还是它们是空间的门呢？

在山毛榉形成的拱门下，光线已经深入进来。它那被颤抖的树影包围着的稳定状态几乎是绝对的。看到它后，我的心情也平静了。更确切地说，是我的思绪收拢了，久久地保持着平静。这种平静是阻止树木逃走、驱散天上的乌云的力量吗？是此时此刻的重力吗？是的，我已经知道，自然界——或像我们说的那样：包围着我们、既产生又吞噬我们的万物与过程的总和——不是我们的同谋，也不是我们的心腹。无论把我们的感情寄予万物还是把我们的感觉和激情赋予它们，都是不合理的。把万物看做生活的向导和学说也不合理吗？学会在激荡的旋风中保持平静的艺术，学会保持平静，变得像在疯狂摇动的树枝中间保持稳定的光线那样透明，可以成为生活的日程表。但是那一块空地已经不是一座椭圆形小湖，而是一个白热的、布满极为纤细的阴影纹路的三角形。三角形难以察觉地摇动着，直到渐渐地产生一种明亮的沸腾现象，先是在边缘一带，然后在火红的中心，沸腾的力量愈来愈大，仿佛所有的液体光线都变成了一种沸腾的、愈来愈黄的物质。会爆炸吗？泡沫以一种像平静的呼吸一样的节奏不断地燃烧和熄灭。天空愈来愈暗，那一块光线的空地也愈来愈亮、闪烁得愈厉害，几乎像一盏在动荡的黑暗中随时会熄灭的灯。树林依然挺立在那里，只不过沐浴的是另一种光辉。

稳定是暂时的，是一种既不稳又完美的平衡，它持续的时间只是一瞬间：只要光线一波动，一朵云一消失或温度稍微发生变化，平静的契约就会被撕毁，就会爆发一系列变形。每一次变形都是一个稳定的新时刻，接着又是一次新的变化和一个新的异常的平衡。是的，谁也不孤单，这里的每次变化总引起那里的另一次变化。谁也不孤单，什么也不固定：变化变成稳定，稳定是暂时的协议。还要我说变化的形式是稳定，或更确切地说，变化是对稳定的不停的寻求吗？对惰性的怀念：懒惰及其冷凝的天堂。高明之处不在于变化也不在于稳定，而在于二者之间的辨证关系。永恒的来与往：高明之处在于瞬间性。这是中间站。但是我刚刚说到中间站，巫术就破除了。中间站并非高明之处，而是简单地走向……中间站消失了，中间站不过如此而已。

[朱景冬 译]

⊙ 作品赏析

这篇《窗外》是诺贝尔奖获得者帕斯的散文代表作。作者的笔触由一座高树林切入，"它们不会示弱。折断的树根和树叶的疼痛，植物的强大韧性，决不亚于动物和人类"，对植物顽强精神的赞叹，体现了作者高尚的人道主义情怀。写云，作者的笔触很细腻：远方的是白色，树林上方就黑了，暴怒的云，更衬托出了树的韧性。作者感悟到了深刻的哲理：要学会在激荡的旋风中保持平静的艺术；稳定是暂时的，是一种既不稳定又完美的平衡，它持续的时间只是一个瞬间。

在帕斯的作品中，强烈的瞬间经验和复杂的历史意识，个人的生命直觉和人类的文化传统完美融合，且充满激情，视野开阔，渗透着感悟的智慧并体现了完美的人道主义。

告别 / 彼得 · 魏斯

入选理由　以另一种方式抒写亲情
文字背后潜藏着一种苍凉的痛感
语言凝重而隽永

我常试图想象我的母亲和父亲究竟是什么样子，并且总是以一种好恶掺半的心理去进行思考。但我从来把握不住，也永远说不清楚我生活中这两个重要人物的性格特征到底是什么。当他俩几乎同时去世时，我发现，我同他们之间有着多么深的隔阂。我并不为他们而悲哀，因为我几乎不认识他们。使我悲哀的倒是无可挽回地失去的那一切。由于这个缘故，我的童年和青年时代几乎像一片空白。我感到悲哀，因为我认识到，一种共同生活的尝试已彻底失败：一个家庭的成员数十年之久只是勉强地生活在一起而已。我悲哀，还因为我认识到我们兄弟姐妹们聚集在坟墓旁已为时过晚，我们匆匆相遇，又匆匆分手，每个人都各奔前程。母亲去世后，毕生都在孜孜不倦地工作并因此而为人称道的父亲，试图再次唤起从头开始的假象。他独自前往比利时，据他说，是为了建立业务上的关系。但实际上，他是准备像一只受伤的野兽那样在隐匿中孤独地死去。他出门时已经老态龙钟，走路很吃力，离不开两只拐杖。接到他在根特去世的通知后，我乘飞机到了布鲁塞尔。在机场，怀着抑郁的心情踏上了一条漫长的路。我父亲也曾走过这条路，并且不得不拖着他那两条因血脉不通而行动艰难的腿，在楼梯上爬上爬下，穿过一个个大厅，一条条走廊。那是三月初，天空晴朗，阳光灿烂，一阵阵寒风刮过根特的上空。我沿着铁路旁的一条街道向医院走去，父亲的灵柩就安放在医院的小教堂里。在一排光秃秃的、经过修剪的树木后面，一列列货车正在调轨，一节节车厢呼啸着飞驰而过。我来到那个形同车库的小教堂前，一位护士替我打开门。父亲就躺在一个蒙着帆布的担架上，身旁放着一口覆盖着花束和花圈的棺材。他穿着那身过于肥大的黑色西装，套着黑袜子，两只手叠放在胸前。怀里，是一张镶有黑框的母亲的遗照。他那瘦削的脸庞十分安详，几乎还没有变白的稀疏的头发卷曲地贴在额上，表情里有一种我以前未曾看到过的高傲和果敢。那两只匀称的手上，指甲闪着淡青色的光芒。当我抚摸这冰冷、发黄、皮肤绷紧的手时，那个护士就站在几步远的门外，在太阳地里等我。我回想着我最后一次看见父亲时的情景：在埋葬了母亲之后，他躺在卧室的沙发上，身上盖着毯子，泪水模糊的脸显得发灰，嘴里不停地小声念叨着母亲的名字……我久久地站立着，任凭凛冽的寒风吹拂着我冻僵的身体，耳边响着从铁路那边传来的汽笛声和机车喷出蒸气时短促的响声。我面前这个人的生命之火完全熄灭了，他那旺盛的精力已化成了彻底的虚无。在我面前，在异乡一间靠近铁路的车库里，躺着一个人的尸体，他将长眠地下，再也不可企及。这个人在他的一生中，曾拥有过许多营业所和工厂，曾作过无数次旅行，住过无数家旅馆；在他的一生中，他有过规模宏大的房屋和豪华的住宅，有过许多间摆满家具的房间；在这个人的一生中，他的妻子总是陪伴着他，在共同的家里等待着他；这个人的一生中也有过许多孩子，他总是避开他们，从来不会和他们谈点什么。但是，当他外出旅行时，他也会感到对孩子们温存的爱，希

· 作者简介 ·

彼得 · 魏斯（1916—1982），德国作家。主要成就在戏剧创作方面，剧作《马拉之死》受到广泛好评。

望见到他们。他总是把他们的相片带在身边，在旅途中，在夜晚住宿的旅馆里，他常常端详这些已经揉皱、磨损的照片，并且相信，在他回家后他们会对他报以信赖。可是，每当他回到家，发现的却总是失望和相互间的隔膜。这个人在他的一生中，曾作过不懈的努力来维护他的家庭，使它不至于崩溃，即使在忧虑和疾病中，他也同妻子一道勉为其难地维护这个家庭的产业，自己却从未从这份产业中获得过一丝幸福。这个人现在就躺在我面前，永远地安息了。他从未动摇过对于现有这个家的信念，然而却孤独地死在远离这个家的一间病房里。在他离开人世的那一瞬间，当他伸手按电铃时，他也许突然感到了一阵寒冷和空虚，想唤来某种东西，得到哪种帮助或是宽慰。我端详着父亲的脸，还活在人世的我，心中保留着对他的纪念。这张被阴影笼罩的脸变得陌生了，他正带着满足的神情躺在这里，永远脱离了尘世，而与此同时，他的最后一幢大厦还矗立在某个地方，里面铺满了地毯，摆满了家具、盆栽花卉和绘画。这是一个失去了生命力的家，是他经历了多年的流亡和频繁的迁徙，克服了种种不适应的困难，饱尝了战争忧患拯救下来的家。这天的晚些时候，父亲被殓进了我从殡仪馆买来的一口普通褐色棺材。在那位护士的关照下，他妻子的相片仍留在他的怀里。在货运列车驶过的隆隆声中，两名杂役旋紧了棺材盖并将父亲的灵柩抬到灵车上，我则乘坐一辆出租汽车跟在后面。在通往布鲁塞尔的公路上，过路的农民和工人在夕阳的映照下向那辆黑色的灵车脱帽致意，这是父亲在一个陌生的国家里所作的最后一次旅行。在市郊的一块高地上，坐落着设有火葬场的一座公墓，寒风吹拂着墓碑和光秃秃的树木。父亲的棺材被抬进了礼拜堂的一间圆形大厅里，安放在一个台基上。我站在一边等待着。壁龛里的管风琴旁，坐着一个面带醉意的老人，他开始演奏一支安魂曲。此时，墙壁正中的一扇门突然开了，载有棺木的台基开始微微移动，沿着嵌在地板上几乎察觉不到的轨道缓缓地向门后一间空荡荡的四方形房间滑去，然后，门又无声地关上了。两个小时后，我拿到了父亲的骨灰盒。我捧着这只嵌有十字架、上宽下窄的盒子，在工作人员和客人陌生的目光下走过，父亲的骨灰随着我的脚步在盒中发出轻微的响声。我回到旅馆，先是把骨灰盒放在桌上，然后移到窗台上，接着又放在地板上，放进大橱里，最后，放到了衣帽间。我下楼进了城，到百货店买了些纸和绳子，将盒子包好。当天，我陪伴着衣帽间里父亲的骨灰在那家旅馆里过了夜。第二天，我来到父母住过的房子，同我的同父异母兄弟及其妻子、我的亲哥嫂以及我的姐姐、姐夫一道商量了送葬、执行遗嘱和分配遗产等事宜。在以后的几天里，我们这个家终于解体了。

[荣裕民 译]

⊙作品赏析

　　通常，抒写亲情的文字都是柔软而温情的，但是，在这篇《告别》中，作者却用别样的态度阐释着他所感受的亲情。文章一开始即给读者以悬念，甚至可以说是震撼。对于自己的双亲，竟"以一种好恶掺半的心理去进行思考"，后面更是冷漠地说着"因为我几乎不认识他们"。从文字表面看，作者似乎是冷酷无情的。接下来的叙述中，文字依然透着清冷，但是细品味，你会感受到文字背后潜藏着的苍凉的痛感。其实，痛感的源头在于作者对亲情炽热的渴望。父亲过世，他在凛冽的寒风中感悟着关于父亲的点点滴滴，细腻地描绘着父亲的遗容，从脸庞到头发、到指甲，这些文字，是情感酝酿过的心声的流露。"我端详着父亲的脸，还活在人世的我，心中保留着对他的纪念"，更是揭示出了他对父亲无法摆脱的感情。外在的冷漠包容着内在的期待，形成了巨大的情感张力。

父亲的去世，不仅引发了作者对父子亲情追怀与思考，同时也引起了他对家庭问题的思索，一个人到底与家庭之间是什么关系？家庭成员之间应该是什么关系？家庭之于个人的意义到底何在？作者在问自己，也在问世人。

文中的语言凝练隽永，值得反复品味。

母亲架设的桥 / 水上勉

入选理由 收入中学课本 象征手法的成功运用 以小见大，思想深刻

孩子时，母亲常领我去峡谷深处，让我坐在一件蓑衣那么大的一块小小田塍上，自己浸没在齐膝的水田里插起秧来。这峡谷，背着阴，每天的日照不过三小时。这在村里，也是块十分贫瘠的谷地，我家就在这样的山谷口。谷里也有旱地。这儿，母亲种上甘薯、萝卜之类。上那儿去，中间有条很深的小溪。上面架着桥，可每当发起了大水，就常会被冲毁，母亲就常去修桥。因为这是母亲独自干活的峡谷，没法儿去托赖那众多邻居。到那天，擅长修建寺庙和神社的木匠大伯，就必定从那儿归来，从山里砍来两根圆木，横在狭窄的小溪上，上面排好栗木板，堆上土。之后，叫我们兄弟踩结实，就成了一座坚固的红木桥了。约莫过了一年，土桥旧了些，桥边杂草丛生，杂草下，露出一排排白色缺口。后来，桥再变旧，栗木会腐烂，一看，桥的背面，竟长满了蘑菇。母亲把这些采了来，给我们做饭盒里的菜肴吃。母亲在她的一生中，把这座通向有关自己一家生计的小桥，不知修过了多少回！峡谷是常有台风经过的地区，想来也修过了十回左右吧。不论哪天架的，这座桥总是在圆木上堆着土，长起蘑菇来。

我在九岁时与母亲离别。在京都的寺院当了个小沙弥，可一想起故乡，母亲架设的桥就会在心中浮现。那座桥，至今依然历历在目。在我外出的旅途中，每当火车通过这类山谷时，依然也会浮现。啊，在日本这样的国土上，独多这样一类的深谷和山冈。无论是在青森、四国或九州，都曾见到我故乡那样的峡谷。而在那些山谷间，朝着深处去，也必然有小桥架设着。

为了微薄的收成，母亲尽心尽力架起了这座桥。这是由此取得我们一家的口粮，可以说，是性命攸关的一座桥。因此，那桥，不论修得如何简陋，可仍是美好的啊！

如今，并无须特意去鉴赏那村上华岳或富冈铁斋的名作，单看到乡村画师所绘的山水画，上面画了露出圆木缺口杂草丛生的桥，便不由得会潸然泪下。

热田的精进川上，架着一座名叫裁断桥的古桥，桥上镶着铭文的青铜葱花纹雕饰。其铭文如下：

· 作者简介 ·

水上勉（1919—2004），日本作家。出生在福井县大阪郡，家境贫寒，少年时代曾到京都相国寺当和尚。后逃出寺院半工半读上完了中学。当过店员、推销员、校对等，熟悉日本下层社会的生活。1948年发表处女作《平底锅之歌》。他的代表作有长篇小说《雁寺》、《饥饿海峡》、《一个北国女人的故事》，短篇小说《西阵之蝶》等。

天正十八年二月十八日，吾儿堀尾金助奉命出征小田原阵亡，年一十有八岁。相见无日，哀痛何似。今日当此桥落成，其母躬自涕泣，祈彼即身成佛。凡见此缘由人等，伏乞口诵逸岩世俊，祈求冥福，永世勿替。卅三年忌辰日敬立。

这是为随丰臣秀吉出征小田原死难的名叫堀尾金助的青年 33 周年忌辰时，其母为他施舍架成的一座桥。我为这桥落泪，是相隔很久以前的事，读者可能认为那时的我未免太多情了吧。

由虔诚的心架设的桥是美丽的。尤其是，此处裁断桥的铭文，若是日本人，我想读了是不会不为此含悲的吧。

[佚名 译]

⊙作品赏析

文章篇幅短小，但却构思精巧，感情饱满。这得益于象征手法的成功运用。作者是要赞美母亲，却意在此而言在彼，着墨于母亲架设的红木桥。桥是文章的中心意象，作者抓住了桥的具体特征：这是一座生活之桥，帮助家人渡过艰难岁月。而在作者的心里，母亲更是架设了一座精神之桥，引导"我"去走自己的人生之路。桥的特征与作者心中的母亲形象契合，而作者内心的这种感情又是人皆有之的普遍情愫，所以容易引起读者的共鸣，感人至深。在文章的最后，写到一位母亲为阵亡的儿子架成的裁断桥，"祈彼即身成佛"，与其说是这座桥在引导他的灵魂，不如说是伟大的母亲在引导。母亲架设的桥，桥就是母亲的化身。桥与母亲融为一体，而"我"的母亲又和普天之下所有的母亲形象叠印在一起，文章的感情与主旨都升华到了另一个高度。

也许由于他的生活背景，这篇作品具有佛家的感悟，也有了对母亲的人生之于儿女价值的独特理解，因此获得了令人感动的普遍意义。

父亲的形象 / 芥川比吕志

入选理由 怀念芥川龙之介的散文典范
在平铺直叙中蕴含着无限深情
从多个角度刻画了人物的形象

父亲去世时，我才八岁。在此之前不久，我刚能借助母亲或祖父的讲解，一知半解地读读父亲写的童话。不过，我并不是对故事本身有什么兴趣，而是出于孩子的好奇心理，想了解了解父亲在我颇陌生的范围里是什么形象。寄给父亲的《赤鸟》和《金星》等杂志，都用牛皮纸紧卷成筒状，撕去外面的牛皮纸时，总得留神别把其中的杂志一起撕破。杂志被卷后，纸张不能平舒，当我一页一页翻弄着这些不易翻过去的书页时，突然会现出"芥川龙之介作"的字样，这使我兴奋不已；而故事本身给我的感受，就相形见绌，像水一样淡而无味了。因为我当时还没有能力欣赏这些故事。

此外，在我溜进父亲的书房时，心里也会出现这类兴奋。父亲的书房在二楼，有八铺席大，我基本上是不去的。我从昏暗的楼梯口向上看，只能看到拉门上的半个圆窗。我感到可亲的，也就是这半个圆

·作者简介·

芥川比吕志（1920—1981），日本现当代作家、著名演员，芥川龙之介之子。学，其著作编为《饮冰室全集》共148卷。

窗而已。有时候，我见父亲不在家，便不让任何人察觉，轻手轻脚地溜上楼去；悄悄潜入父亲的书房。这书房与家中的其他房间迥然不同。在这间书房内，有一种特别的秩序井然的感觉。一跨进书房，会感到自己也变得不同寻常了。书房的墙边虽然也放着柜子，但不像其他房间那样总是收拾得整整齐齐，而是堆着各种书籍，书籍成了房间的中心。书房中央的明亮地方铺着青色的地毯，互为直角地放着紫檀木做的小桌几和长火盆，背后的两侧堆着一些作废的草稿、炭笼、书堆、置放信件的木盒和藤的字纸篓。桌几对面放座垫的地方，很自然地形成低洼状，它给人留下了父亲已外出的气氛。墙壁处的书架上，排满了书籍，略高处的壁龛前，放着壶和盆。我记得自己总是不胜惊奇地望着这书房里丰富多彩的内容。我也总是感到这里有一种令人心旷神怡的香味，这是烟草香、书香以及另外什么香味的混合体。为了品尝一下阳光透过拉窗沐浴在地毯上的暖气，我有意把脚紧擦着地毯，拖行了一阵。

父亲去世后，我更加喜爱看书了。随着年龄的增长，我也渐渐能看懂父亲所写的作品了。比如那篇童话《白》，无非是一则奇妙的故事，说一只白狗变成黑狗，后来又变回白狗。但是不知不觉中，我发现这是一则悲壮的故事，它是写一只胆怯的狗不拯救朋友，后来遇到了一系列痛苦的事情（当然，我领会故事的真正涵义，是很久以后的事了）。除了童话之外，我也渐渐接触父亲的其他作品。我读《孩子的病》和《蜃气楼》之类的小说，为时相当早呢。这大概是因为这些小说中写到了我所熟悉的母亲、弟弟、祖母等人物的关系吧。同时也说明我依然是想听听父亲在我所熟悉的范围里讲了些什么吧。

我小时候在圣学院附属的幼儿园里待过。对一个孩子来说，幼儿园是相当远的，我总是由祖父或女仆接送。在孩子们的接送者中，有的是坐等孩子们唱歌、游戏等活动结束后一起回家的；有的是先回家、到时再来接的；而在等着接孩子的时候，人们往往待在院子里织毛线或看书，也有人爱走到教室外的走廊上，透过玻璃窗户观看孩子们上课的情形。每到将要放学的时候，走廊上的人会越聚越多。这时，孩子们总是忍不住要往窗户外瞅瞅，于是，时常遭到老师的训斥。

圣诞节那天，我们要演圣诞剧，我饰牧羊人。我的台词只有一段："啊，瞧那圣光，听那圣乐！大家跪下来听神的教导吧。"为了能大声地背诵出来，我努力地练习着。

一天，我们像平时一样排练着圣诞剧——五个牧羊人同羊群一起献丑、天使们翩翩起舞、三位博士登场、合唱团唱起赞美歌……排练顺次往下进行，最后，大家跟随着高声奏出的管风琴声，围成一个大圆圈，载歌载舞地前进。这时，司空见惯的教室也好像在以一定的程度旋转，总给人一种新鲜的感觉。

这天，我沉醉在这种像玩旋转木马似的兴奋中，眼前晃过弹管风琴的老师、选贴在墙上的图画、走廊上的人群、火炉、滑梯、枯了的藤蔓棚架、留声机、白色的窗帘、管风琴……这些景物随着歌声一一进入我的视线，继而一一逝去，然后再度出现。突然，父亲的面影出现在这些景物中，使我不胜吃惊。歌声仍在继续，我一面随着歌声前进一面努力回头朝窗户外的院子方向张望，但是光线不对头，玻璃窗外的景物一点看不清楚。不一会儿，我又转到了管风琴旁，能够瞧见玻璃窗外的情况了——果然是父亲！

父亲夹杂在三四个像是畏寒而挤成一排的接送者中，身子略向前倾，透过玻璃窗户望着我。在那些接送孩子的妇女中，父亲的高身材犹如鹤立鸡群，这使我感到纳闷：从前我怎么会没有发现这一点呢！父亲身穿黑色的和服外套，没有戴帽子。在我俩的目光碰到一起时，他轻轻地点点头，脸上露出了微笑。当我又转往远离院子的方向去时，我已没有什么不安，不但没有回头探望，反而有力地挥舞着手臂，大声地唱着赞美歌向前舞去。转到管风琴前，我见父亲仍在微笑，仍在向我轻轻地点头示意。

父亲的这一形象之所以会特别清晰地铭刻在我的脑际，看来是由于发生的地点和情况都很特殊的缘故吧。在平时见惯的多为妇女聚集的窗外走廊上，突然看到了父亲的身影，这是我做梦也没有想到过的事。在我的思想里，父亲到幼儿园来这件事本是属于不可能发生的。看来，父亲是把我在幼儿园里的形象视作他未知世界里的儿子的形象，正如我把二楼书房里的父亲视作我未知世界里的父亲一样。

不过仔细想想，在父亲去世后，我也屡屡经历过与此极相似的感受。我在中学求学时，从教科书上读到了父亲写的《戏作三昧》（当然，教科书上只是选录了一些章节），简直没有兴趣读第二遍。后来，我把这篇小说的全文读了，还是没有多大的感受。不料几年之后，当我第三次读它时，我总算、而且是突然在其中辨出了父亲的形象。这种情况并不限于《戏作三昧》，也并不限学生时代。时至如今，我也会在读父亲的作品中顿时领悟到那出乎我意料的心境。特别是读他的晚年作品，这种现象所在多有。

父亲的形象是客观存在的，问题是自己尚没有看到而已。

我曾同父亲一起上街散步。黄昏时的大街上，有不少衣着华丽的西洋人在漫步。父亲曾给我买过蓝色、黄色的洋蜡烛。

但是，我同父亲在轻井泽的那段没有任何家人在场的生活，父亲基本上把我丢在一旁了。而我也没有感到特别的不满，每天清晨望望笼罩着山簏并缓缓飘动的雾气，也是新鲜而有味的事。

有一天晚上，父亲对我说：

"爸爸今晚有点儿事，得出去一下。"

"到哪儿去呀？"

"同别人家的叔叔一起吃晚饭，你要听话，乖乖地待在屋里。"

我伫立在楼下房间里垂着厚质窗帘的地方。不远处有一只台球盘，三四个客人在打台球，不时传来台球撞击时发出的清脆响声。我不由得害怕起来，把已经旧了的大窗帘裹在身上，望着黑的窗外。窗外的常春藤在风中摇曳。这时，身后的台球盘那儿突然爆发出一阵笑声，使我联想起在别人家的屋子里听众多来客喧哗、大笑的情景，这同外国电影中的宴会场面十分相像。我觉得父亲也夹杂在其中大笑，不禁悲从中来，裹着窗帘，放声哭起来。因为我感到父亲离我是那样地远，我感到他同那些我根本不认识的人在一起。

当时，父亲的朋友堀辰雄闻声跑来，不放心地问我："怎么啦？你怎么啦？"

也不知过了多长时间，我看到父亲走进屋来。

父亲走近我身边，说道："是爸爸不好，是爸爸不好。喏，爸爸回来了，不要再哭啦。"

父亲轻轻地拍着我的脊背，反复地说着这些话。他的脸上露着微笑。

后门被猛力推开，住在附近的叔叔直奔中庭。踏脚石绊了他的脚，他趔趄着撞在松树上，水珠像雨点似的摇落下来。叔叔踢掉脚上的木屐，性急慌忙地奔进来，一眼看到祖父从吃饭间里出来，便抱着拉门，放声大哭了。这是父亲去世的那天早晨，我首先看到的情况。

当时，我还不清楚死究竟意味着什么，我没有怎么悲恸。

从鸽沼来的外祖母在走廊上看到我，把我紧紧搂在怀里，她的脸贴近我的肩膀，说着："小比吕，你爸爸……死了呀。"她忍泣吞声地哭了。我感到胸中像压着一块硬东西，也不明情由地泪水汪汪了。我真想说："我难受，我要走。"于是，我推开外祖母搭上来的手，独自藏到库房的阴暗处，不准自己流泪。说真的，我并没为父亲的死感到悲恸，而是长辈的悲恸感染和影响了我。当我听到有人对我说："你爸爸还在睡觉，你要听话呀。"我是完全信以为真的。接着，他又对别人说："过些日子，还是把孩子带到鸽沼去吧。"

父亲躺在我的眼前（不是躺在二楼的书房里，而是躺在楼下的也是八铺席大的书房里，这间书房是后来增设的，比二楼的书房暗得多）。他安静地闭着眼，挺直身子仰卧着，不过，嘴巴张得有点儿异常。我觉得父亲这样躺着，真像个孩子。

我觉得，自己从来没有这么近地看过父亲，简直是纤毫无遗。父亲呢，他也不会因为我的仔细观察而产生任何反应。当时，我见父亲胸部的衣服往上高高鼓起，心里不胜诧异。边上的人告诉我，这是因为父亲把手交叉着放在胸前的缘故。这时，我见一位身穿和服的长辈坐在父亲身边，俯首哭泣，还屡屡用手指擦拭泪水，加之父亲胸部高高鼓起的异常形态没有一丝改变，这不得不使我感到：父亲是有些不同寻常了，父亲身上是发生什么变故了。

时间过得真快，父亲去世已有19年了，7月24日又将来临。父亲要是活着的话，今年是55岁。但我无法描绘出55岁的父亲该是什么模样，再说，追求这种形象又有什么用呢？田端町的老家已经不复存在，位于鸽沼的旧居，从前是："院子角落的铁丝网里侧有好几只白色的莱克亨鸡在静静地散步"、"可以望见远处墙篱外的松树林"，现在呢，周围的房屋纷纷拔地而起，院子里种有各种蔬菜；屋内的桌几上放着父亲写下的那不会再改变的全集。

[吴树文 译]

⊙作品赏析

《父亲的形象》是芥川比吕志对其父的怀念之作。他的父亲芥川龙之介，在日本文坛素有"鬼才"之称，在短短的一生中，创作丰盛，尤其是短篇小说，多被奉为经典，极大地丰富了日本现代文学。他自杀身亡时，芥川比吕志不过是个8岁的孩子，却能在19年后写下《父亲的形象》这样的精品，足见其深情，也足见其高超的艺术表现力。

文章的结构并不精巧，作者围绕对"父亲的形象"逐渐清晰的认识展开叙述，在平铺直叙中，把人物形象刻画得鲜活生动，关键在于作者从多个角度来丰富形象。首先，其父是名作家，对他的怀念自然是离不开对其作品的解读。最初他以一个孩子好奇的心态去了解"父亲在我颇陌生的范围里是什么形象"，直至多年以后，他突然从父亲的作品中"辨出了父亲的形象"。水波不惊的叙说中，深沉的感伤氤氲四周。其次，生活中的父亲形象，他描绘了三个场面。在写父亲到幼儿园接"我"、父亲安慰哭泣的"我"的时候，作者均写到了"父亲的微笑"，这决不是漫不经心的随意落笔，与后面父亲去世后的情形形成鲜明的对照，那种落差所引起的情感起伏、作者心中的悲痛，溢于言表。结尾处再次运用对比手法，世事变幻的沧桑、物是人非的痛楚，传达着绵远而悠远的韵味。

奶奶 / 布莱德伯里

入选理由 美国科幻作家布莱德伯里的散文佳作
文章写得相当精致，行文唯美，情感真挚深厚
思虑纵横，读来颇让人心潮起伏

　　她是个女人，手里拿着扫帚、畚箕、抹布，或是汤匙。你看她早上哼着歌儿切馅饼皮，中午往餐桌上送新出炉的馅饼，黄昏收拾吃剩的冷馅饼。像个瑞士摇铃手叮叮当当地把瓷杯摆放整齐。又像个真空除尘器，一阵风走过每一间屋子，找出没弄好的地方，把它弄弄整齐。她只须手执小泥刀在花园里走上两趟，花儿就在她身后温暖的空气中燃起颤巍巍的红火。她睡得极安静，一夜翻身不到三次，舒坦得像一只白色的手套。但是天一亮，手套里插进了一只精力充沛的手。她醒着时总像扶正画框一样，把每个人都弄得端端正正。

　　可是，现在呢？

　　"奶奶。"大家都在喊，"祖奶奶。"

　　现在她仿佛是一个庞大的数学算式终于算到了底。她填满过火鸡、家鸡、鸽子的肚子，也填满过大人、孩子的肚子。她洗擦过天花板、墙壁、病人和孩子。她铺过油毡，修理过自行车，上过钟表发条，烧过炉子，在一万个痛苦的伤口上涂过碘酒。她的两只手忙忙碌碌、做个不休，这里整一整，那里弄一弄。把垒球和鲜艳的捶球棍放回原位，给黑色的土地撒上种子，给馅饼包皮，给红烧肉浇汁，给酣睡的孩子盖被，无数次地拉下百叶窗、吹熄蜡烛、关上电灯——于是，她老了。回顾她所开始、进行、完成的 30 亿件大大小小的工作，归纳到一起，最后的一个小数加上去了，最后的一个零填进去了。现在她手拿粉笔，退开了生活，她要沉默一个小时，然后便要拿起刷子，把这个数字擦去。

　　"我来看看，"祖奶奶说，"我来看看……"

　　她不再忙碌了。她绕着屋子不断转来转去，观看每一样东西。最后，她到了楼梯口，谁也没有告诉一声便爬上了三道楼梯，到了她的屋子，拉直了身子躺下，准备死去。像一个化石的模印打在越来越冷的雪一样的被窝里。

　　"奶奶！祖奶奶！"又有声音在叫她。

　　她要死了。这消息从楼梯间直落下来，像层层涟漪，荡漾进每一间屋子。荡漾出每一道门，每一个窗户，荡漾进榆树掩映的街道，来到苍翠的峡谷口上。

　　"来呀！来呀！"

　　一家人围到她的床边。

　　"让我躺躺吧。"她轻声地说。

　　她的病痛任何显微镜也查不出来。那是一种轻微的然而不断加重的疲倦，一种压在她那麻雀样身上的朦胧压力。困倦了，更困倦了，困倦极了。

　　她的孩子们和孩子们的孩子们仿佛觉得她如此简单的动作——世界上最轻微的动作，不可能引起这样严重的恐慌。

　　"祖奶奶，听我说，你现在不过是在

·作者简介·

　　布莱德伯里（1920—2012），出生于美国伊利诺斯州。他从小就爱读冒险故事和幻想小说，12岁开始练习写作。1943年起从事专业写作，3年后获得"最佳美国短篇小说奖"。迄今已出版短篇小说集近20部，其中较著名的有《火星纪事》、《太阳的金苹果》、《R代表火箭》、《明天午夜》等。布莱德伯里除了写科学小说外，还写剧本和社会小说，他曾将美国古典文学名著麦尔维尔的《白鲸》改编成电影剧本。

闯过难关。这屋子没有你是会塌的呀！你至少得让我们有一年的准备时间。"

祖奶奶睁开了一只眼睛，90 岁的岁月像是沙尘鬼从迅速撤空的屋顶上的窗口飘了出来，静静地望着她的医生。

"汤姆呢？"

汤姆被送到她那悄声低语的床边。

"汤姆，"她说，声音微弱而辽远。"在南海的岛屿上每个人都有这么一天。那天到了，他自己也明白，于是他和亲友们握手告别，坐上帆船离开了。他走了，那是很自然的——他的时候到了。今天也是这样。我有时非常像你，星期六要看日场演出，到晚上九点才回来，还得打发你爸爸去接你。汤姆，当你看到同样的西部英雄在同样的高山顶上跟同样的印第安人打仗的时候，那就是离开座位往剧院大门走的时候了，你必须毫不留恋，不要回头。因此，我也该在看得津津有味的时候离开剧院了。"

第二个被叫到身边来的是道格拉斯。

"奶奶，明年春天叫谁去给房顶换木瓦呢？"

从有日历以来每年四月你都以为听见啄木鸟在啄屋顶。不，那是奶奶心醉神迷地哼着小曲在钉钉子。是她在九霄云里给房顶换木瓦！

"道格拉斯，"她细声细气地说，"不觉得盖屋顶挺有趣的人就别让他去盖。"

"是，奶奶。"

"到了四月，你向四面看看再问：'谁愿意盖屋顶去？'谁脸上放出光彩你就叫谁去，道格拉斯。在房顶上你可以看到全城的人往乡下走，乡下的人往天边走，往波光粼粼的小河上走；还看得到清晨的湖泊，脚下树梢上的小鸟。最舒畅的风在你周围呼呼地吹。这些东西哪怕只是为了一样，也值得找一个春天的黎明往风信鸡那儿爬一趟。那是很动人的时刻，只要你有机会去试试……"

她的声音低弱了，像在轻轻地颤动。

道格拉斯哭了。

她鼓起劲来。"唉呀，你哭什么？"

"因为，"他说，"你明天就不在了。"

她把一面小镜子转向孩子。在镜子里他看了看她的脸，看了看自己的脸，又看了看她的脸。她说："我要在明天早上七点钟起床。我要把耳朵后面洗干净。我要跟查理·伍德曼一起跑到教堂去。我要到电气公园去野餐。我要去游泳。打着光脚板跑。从树上落下来。嚼薄荷口香糖……道格拉斯，道格拉斯，你真丢脸！你剪手指甲吧？"

"剪的，奶奶。"

"你的身子每七年左右就全体更新一次，指头上的老细胞，心上的老细胞都得死去，新的细胞长出来。你不会为这个哭吧？不会为这个难过吧？"

"不会的，奶奶。"

"那么，你想想看，孩子。那把剪下的手指甲收藏起来的人不是个傻瓜么？你见过把蜕去的蛇皮保存起来的蛇么？今天躺在这里的我也就跟手指甲和蛇皮差不多，一口气就能把我吹得片片飞落。重要的不是躺在这儿的我，而是那个坐在床前回头望我的我，在楼下做晚饭的我，躺在车房汽车底下的我，在藏书室里读书的我。起作用的是这许许多多的新我。我今天并不会真正死去。人只要有了家就不会死了，我还要活许久许久。1000 年后会有多得像一座城市的子孙，坐在橡胶树阴里啃酸苹果。谁拿这种大问题来问我，我就这么回答他！好了，快把别的人也都叫进来吧！"

全家人来齐了，站在屋子里等着，像是在火车站给旅客送行。

"好了，"祖奶奶说。"我在这儿。很荣耀。看见你们围在我床边，满心欢喜。下一周该让孩子们给园子松土和打扫厕所，也该买衣服了。既然你们为了方便起见称之为祖奶奶的那一部分我不会在这儿督促你们了，我的另外的部分，你们称作贝特大伯、利奥、汤姆、道格拉斯等等的部分，就要接过我这项工作。每个人都会有自己的工作。"

"是的，奶奶。"

"明天不要举行什么告别仪式，也不要为我说些动听的话。这些话我在自己的日子里已经满怀骄傲地说过了。一切食物我都吃过了；一切舞我也跳过了。现在我要吃下最后一个我还没尝过的糕饼，用口哨吹出最后一曲我还没吹过的小调。但是我并不害怕。我还真感到好奇呢！我要把它吃得干干净净，不会在嘴边给死亡留下一点点碎屑。不要为我难过。现在，你们都走吧，我要去寻找我的梦了……"

门在某个地方静静地关上了。

"我好过一点了。"在温暖雪白的亚麻布和毛毯铺就的被窝里，她感到舒适宁贴。贴花被子的颜色和往日马戏班的旗帜一样斑驳陆离。她躺在那儿，感到自己还很小、很神秘，好像 80 多年前的某些早晨一样。那时她一觉醒来，在床上心满意足地伸伸她的嫩胳膊嫩腿。

很久很久以前，她想，我做了一个梦，做得正甜时却不知叫谁弄醒了——那就是我出生的日子。现在呢？我来想想看……她的心又问到过去。那时我在哪儿？她努力回忆。我到哪儿去寻找那失去的梦？它的线索在哪儿？它是什么模样？她伸出一只小手。在那儿！……是的，那就是它。她微笑了。她在枕头里转动转动脑袋，让它更深地埋进温暖的雪堆里。这样就好些了。现在，是的，她看见它在她心里静静地形成，平静得像沿着蜿蜒无尽的岸滩流淌的海洋。她让那久远的梦碰了碰她，把它从雪堆里举起，让她从那几乎被遗忘的床上飘了起来。

在楼下，她想到，他们在擦银器，在清理地窖，在打扫厅堂。她听得见他们在屋子的每一个角落生活。

"好的。"祖奶奶小声地说，梦把她飘了起来，"像生活中每一件事一样，这是恰当的。"

大海把她送回到岸滩边上。

[孙法理 译]

⊙ **作品赏析**

我们总会将布莱德伯里的《浓雾号角》与日本作家简井康隆的《邪恶的视线》相提并论，因为他们都能在文学中渗进思维的战栗，让我们在不知不觉中领受住生命的意义和关于存在的不懈思考。

在《奶奶》一文中也同样地展露了作者对生存在这个喧嚣世界的态度：做好该做的每一件事，让自己的心灵时刻安详，时刻无所畏惧，特别是在文章的最后一部分作者以相当的笔墨为我们渲染了奶奶去世的那一瞬间，她的叮嘱让她的生存感念在子孙后代的身上能够很是自然地延续下去。

文章的结构明显是做过小说化处理的，《奶奶》作为一篇散文显得相当奇怪，就像一篇小说，但它又明显是回忆，思绪缥缈无定，将奶奶的一生和临终前的点点滴滴尽数委婉地表达在我们的面前。这样做的好处在于不仅仅为我们展现了一个动人的人物形象，更是为我们点破了生存的处事意义：整个家庭井然有序，就像作者所说的数学算式一样，一点也不可马虎。而在语言的运用上，有回忆的甜蜜，也有回忆的哀愁，语到情至，使文章的情感格调顿然得到提升，就像文章中作者所说的：这是一个精神的象征，却在瞬间将化为灰烬，虽然可敬却也同样让人感伤。

奶奶的生活态度，让作者记忆犹新，他永远不能忘记是奶奶给了他生活的原型：做人要承担好自己的责任，从不马虎应对生活的每个细节哪怕它再细小，这样的话生活就可以坦然了，没有什么可以让自己害怕的，没有什么可以牵挂的。

你们不要忘记翠鸟的名字——萨福在累斯博斯山上致离别的姑娘们 / 布吕克纳

入选理由　作者对生命不流于庸俗状态的召唤
文字优美而富有风情
蕴含着作者深刻的生命体验

你们真美呀，姑娘们！我教会了你们编织花环，它们今天装饰着你们的发辫。你们轻盈地舞蹈着，向女神致意。你们的声音清脆得像云雀的晨歌。莫回首！我教你们成为幸福的人并使别人幸福。我站在阴影里，让全部阳光都照射到你们身上。你们是我的作品，现在，我把你们献给了女神阿芙罗狄特。我没有使你们作好怎样当女人的准备，原谅我吧。就在今天晚上，一只男人的手将会伸进迪卡的头发。今天，你们的男人将要解开我教给你们用巧妙的方法结成的带子，你们将会满足他们未受过约束的欲望，并听从他们发号施令。

让那些把你们称为自己人的人们幸福吧，让那些将离开你们的人们倒霉吧！

我爱你们大家。我通过一个人爱你们大家，我通过你们爱并尊敬阿芙罗狄特这位爱情、青春和美的女神。你们再一次聚集到我跟前来吧！把我围在你们中间，在女神面前遮住我那已经变得苍老的身躯。不要哭泣，姑娘们！我看见你们的手臂正向以后将属于你们的男人伸去。但是，你们不要忘记米蒂利尼的花园，不要忘记萨福！你们已经习惯了自由，你们的白天在嬉戏与跳舞中逝去。有人告诉你们，今天是你们一生中最美、最伟大的一天。因为人人都相信了，所以你们也不怀疑。我对你们所期望的东西保持沉默。我没有教给你们忍受痛苦的艺术。然而，忧虑正等待着你们。这是义务啊！夜里，你们将再也听不到小鸡的叽叽声，因为有一个男人睡在你们身旁，他喝得酩酊大醉、鼾声如雷。早晨，唤醒你们的不再是小鸟的鸣啭，而是正长出第一颗牙齿的小孩的哭声。我忘了告诉你们关于孩子长牙的事情。你们将不得不省吃俭用，再也不能乱花钱；你们将谈论变味的油，而不会再谈什么阴影浓密的油棕榈树。你们将为水缸里是否有水而操心。当你们打发使女去泉边取水时，可别忘了你们曾怎样对着泉水梳妆打扮，怎样在水里沐浴嬉戏！不要忘记翠鸟的名字！你们曾经同声念过的那些词语，都变成了诗歌。阿芙罗狄特就在你们中间，她微笑着靠在

· 作者简介 ·

布吕克纳（1921—　），德国女作家。著有散文集《假如你讲了，苔丝德蒙娜》共11篇，每篇代一位著名女子自抒心灵。她擅长用女性的视角来关注女性的心灵世界，文笔清新脱俗，内容言之有物。

鲜花盛开的石榴树上。到处都是花朵，都是春天，都是渴望。我没有告诉你们，这一切都将消逝。你们生活在一个没有尽头的今天里，你们打发了一天又一天。你们曾赤身裸体，光着脚丫在草地上行走，你们的步履那么轻盈，连草茎都不会踩折。你们学会了不损坏神允许生长的一切。你们小心翼翼地将蜗牛从路上拿开，放到路边。谁也不曾伤害过一条蜥蜴。如今，你们却要把一只鹌鹑温暖的躯体拿在手里，不得不扭断它的脑袋，拔掉它的羽毛，掏出它的内脏。看见你们做这些事，我将一言不发。你们的婆婆正等待着你们用平静的手把那只鸟收拾干净。

在今天最初的时刻，夜幕还笼罩着山谷，只有山头被那初升的太阳照亮，我起来，掐了一朵玫瑰，放在我宠爱的迪卡头上，花中的露珠滴在她梦一般的面颊上，那就是泪珠。我让黑夜逝去，毫无睡意地躺着等待黎明。当你们消磨着生命的时候，我正清醒地面对着死神。我对你们将缄口不言，丝毫也不泄露关于孤独的事情，一点儿也不。我是一棵树，你们是树叶。我教你们认识雾霭，用植物和星辰的名字称呼你们。你们吹笛、弹琴、唱歌，空中回荡着你们的欢声笑语。我说：歌唱你看见的事物吧！演奏你听见的声音吧！我在树叶上写诗，然后又把它们揉碎，撒向风里。一首诗像一棵树。它起初枝荣叶茂，秋天到来时，树叶飘零。我的诗像大海的涛声在你们玫瑰红的耳廓里发出响声，当你们年老时，当你们记起可爱的苹果树林时——我们曾在那下面紧挨着小憩，呼吸过蜂蜜的芬醇——那时候，大海的波涛将给你们带回我的歌声。阿芙罗狄特曾经是你们的女主人，从现在起，你们的女主人变成了丰腴的女神赫拉，我不得不痛苦地献出你们。

我爱小伙子的美，但我更爱姑娘的美，因为她们的性情更含蓄，更深沉。可是，我怎能将美的事物与美的事物相比！谁在爱，谁就不进行比较，爱情是无可比拟的。在那充满温柔的日子里，我的手轻轻地抚摸着阿班蒂斯发烫的身体。对阿芙罗狄特来说，美与媚是她的目的。当你们打扮自己并将香气馥郁的茴香编织成花环给另一个人戴上时，多好啊！阿班蒂斯的鬓发披散在肩头，同阿波罗的卷发一样，金灿灿的。

你们习惯了自由，像小鸟一样啁啾、鸣啭，在泉边洗濯，夜晚在枝头的窝里栖息。可是，明天人们将把你们用暴力禁锢起来。你们将变得像家禽一样，你们将停止歌唱。不要相信他们的许诺！他们今天用许许多多礼物压住你们。你们还不够美吗？为什么还要给胳膊套上镯子，给手指套上戒指？他们将把你们少女的头掩藏在头巾下面。

迪卡！戈吉拉！阿班蒂斯！当你们靠在坚实的岩壁上，唱起那甜蜜的歌时；当你们跃过岩石的时候，你们每一个人都像位女神。

我将呼唤着你的名字，波涛将吞没我悲凉的声音。然后，我将听从神的安排。昨天我还爱着阿班蒂斯，明天我将爱上阿纳克托利亚。昨天我还感到有所渴望，今天我却忍受着分离的痛苦，永远是同样的荒凉的感觉。爱情像一个容器，它装满时会溢出，而当它空虚时却必须重新装满，像冬天里雨中的储水池。

我教你们懂得了温柔。在男人发现你们的身体之前，你们已经先发现了它。迪卡，你曾让我抚摸，是我的温柔不再使你感到满足，你才要求别人的快乐吗？我的诗歌，我的微笑，都是对你的，这你知道，你玩弄自己的脚趾，这种表示是对我的，那使我感到幸福。女人的爱比男人的爱更隐秘。年迈的男人和他喜欢的男孩一起在大街和广场上自由地漫步，这一个是老师，另一个是学生。双方都努力要成为出类拔萃的人并使别人得到荣誉和快乐。青春和老年，是一个整体，它们必须先分开，然后再重新相聚，交换角色。今后，你们自己也将成为萨福，给年轻的姑娘们上课。一切都将在时间的长河中绵延不断。

我喜欢倾听年老的智者们讲话，观察他们那曾留下汗水和泪痕的面孔，我看到他们过去的辛苦和未来的忧虑，年轮爬上了他们的手腕，棕色的老人斑使他们的皮肤令人望而生畏。在我的诗歌中，人们找不到凯尔克拉斯的名字，他是我的丈夫，他曾经想控制我。我忘却了男人们给我们造成的欢乐与痛苦，一个男人把我变成了我的女儿克勒斯的母亲，我又不得不把她许给一个男人，正如我现在不得不把你们奉献出去一样。

我的话训消失在我曾教给你们唱的歌中。你们就要离开我了，但爱罗斯仍留在我的身旁。当你们年老的时候，你们要想着萨福。她在你们年轻的时候，已经老了。

快乐将在温暖的阳光里与你们为伴，快乐在花园中，快乐在反射着光辉的波浪里。女人爱的是长久的、永恒的东西，男人爱的是能带走的东西。他们爱马，他们爱船。

姑娘们一年年长大，愿你们为她们感到高兴并使她们快乐！过一会儿，我将把自己打扮起来，为的是越过阿赫隆的这最后一次旅程。如果死亡是一种更美的东西，神就不会长生不老了。他们将在哈得斯生活，留下，不再回到人间。我站立在洛伊卡得山的岩石上，当我的脚想跳起来时，我的双手却紧紧地抓住岩石。轻飘飘的茄香草的茎秆就足以将我擎住。难道我得等着，让卡隆来接我吗？为什么我不心甘情愿地做将来必须做的事情？

年龄将使我佝偻吗？我的理智会迷乱吗？我的声音会消失吗？众神啊！萨福将变成什么人？当我迈向死亡跳下去时，谁将拉住我的手？难道往日的幸福不再使我感到温暖了吗？难道我不再是萨福——累斯傅斯山上人人赞扬的女诗人了吗？难道我必须回到怨声怨气的女人合唱队中去？

我爱年轻的法翁！为了得到他，我竟把你们全奉献出去。去吧，我的姑娘们！

[李士勋 译]

⊙作品赏析

理想与现实到底哪一个更重要？懵懂与成熟哪一个更值得我们最终守候？当我们的眼神满布沧桑，不再多情；当岁月的痕迹，悄然爬上你不再娇嫩、美丽的脸；当人类最终面对失忆的一天，在我们内心深处，是否有一种能够超越时空的东西永驻心头？哪怕只是一丝丝悸动，只是一道能够由心灵之湖波及到遥远永恒的涟漪。来读一读布吕克纳的这篇文章吧，它会让我们失去感觉、不再透明的心灵，感受到一种重新获得记忆后的疼痛，而这种疼痛，却恰到好处地让我们忆起我们曾经的年少轻狂，曾经的笑靥如花。

走进本文，我们在作者优美而富有情趣的文字中，感到更多的是一种残酷。这种残酷如同让你突然见到，当年曾经摇曳多姿的小松树多年后凹凸不平、藏青色的粗糙树皮，这样的情形让人追忆，但又无奈着岁月的一去不回。

作者在文中叙述女性的由鲜嫩、轻盈到"怨声怨气"直至苍老的过程，其中又带上了作者本人深刻的生命体验。她说自己爱着"姑娘的美"，因为"她们的性格更含蓄更深沉"，这种爱，使她不愿看到她们因岁月的流逝而变得麻木、粗糙。作者说"可别忘了你们曾怎样对着泉水梳妆打扮"，怎样在水里沐浴嬉戏！不要忘记翠鸟的名字！"这样的提醒，从更深意义上讲，是在提醒每一个女性要爱护自己，要保持住我们曾经有过的追求和梦想，要拒绝真实的生活带给我们的平庸。这样看来，题目中的"翠鸟"就可以看成是女性的一个永恒梦想，"你们不要忘记翠鸟的名字"就成了作者对于生命不流于庸俗的召唤了。

白草 / 邦达列夫

入选理由　邦达列夫的散文名篇　富有风情的景物描写　笔调舒缓而富有表现力

我们的河上有一些那样幽静偏僻的地方，如果穿过树木互相纠结、而且到处长满荨麻、简直无法通行的密林，坐到水边，那么你会觉得自己是处于一个孤独的、完全与世隔绝的世界。

以最草率的目光来看，现在世界仅仅是由两部分构成的：绿荫和水。然而就连水里，映照在它那整个镜面上的，也同样是一片绿荫。

现在让我们一点一点地扩大我们的注意力。于是几乎与看到水和绿荫的同时，我们看到，不管河道多么狭窄，也不管树枝怎样在河床上方纵横交错、密密地纠结在一起，但在创造我们这个小天地的过程中，天空仍然起了一定的作用，而且这作用并不是微不足道的。它时而是灰色的——这是在天刚蒙蒙亮的时候，时而在灰色中透露出一点儿玫瑰红，而在庄严的日出之前，它又变成了一片鲜红色，有时它又是金中透蓝，最后变成一片蔚蓝，在盛夏季节晴朗的日子里，它就应该是这个样子。

注意力再继续扩大一些，于是我们清清楚楚地分辨出：我们觉得似乎只不过是一片绿荫的一切，完全不只是单纯的绿色，而是一些可以细细区分的、十分复杂的东西。真的，如果在水边铺开一块平坦的绿色帆布——那才真叫美哩，那才真是妙不可言，望着这平坦的绿色帆布，我们真要情不自禁地赞叹说："这真是地上天堂啊。"

从树上伸出一根炭一般黑的弯弯曲曲的老树枝，悬挂在水面上。当初它也曾在风雨中喧哗，而现在却已默默无声。它那春天的嫩叶也曾被雨点打得簌簌颤抖，而现在它已不再颤栗，它已经把闪闪发光的鲜黄的叶子统统撒落到水里，把它们挥霍光了。炭一般的黑影倒映在水上，只是在遇到睡莲的圆叶的地方，才会被莲叶切断。

这些睡莲叶的绿色和四周映在水面上的树荫大不相同，也不可能和它们融成一片。

稠李的未来的浆果，个儿已经长足了。现在它们光滑而又坚硬，简直像是用绿色的骨头雕成，再磨光了似的。

爆竹柳的叶子，有时让人看到它翠绿的正面，有时却翻转来，露出无光泽的银白色的背面，因此整棵爆竹柳，它的整个树冠，可以说，在总画面上看上去好像一个明亮的斑点。

水边长着野草，它们都朝一边弯着腰。但后面的草却似乎踮起脚尖，竭力伸着脖子，哪怕是从同伴们的肩后探出头去，但一定要看到水。这里有荨麻，也有一些很高的伞形野花，我们这儿谁也不知道它们叫什么。

但为美化我们这个与世隔绝的小天地出力最大的，是一种高大的、开白花的草本植物，它的花华丽极了。也就是说，每一朵单独的小花都很小，简直不易察觉，但每一根草茎上，花都多得不计其数，形成一顶十分华丽、稍有点儿发黄的白色花冠。因为这种草从来都不是一棵一棵地单独生长，所以华丽的花冠汇合在一起，简直像一片白云凝聚在静止不动的林间草地上，睡意正浓，还有一个原因，使人不可能不注意它，不可能不欣赏它；只要太阳一把它晒暖，就有一团团看不见的轻烟，一阵阵浓郁的蜜香，像无形的花朵，从这白色的花之云上飘向四面八方。

看着大片大片华丽的白花，我常常想，这是一种多么荒谬的情况啊：我是在这条河上长大的，在学校里也教会了我一些东西；每次我都看到这些花，不仅是看到，而且能从其他花中认出它来；可是要是问我，它们叫什么，我却不知道。不知为什么，一次也没听到其他也是在此地长大的人提到过它叫什么。

蒲公英、母菊、矢车菊、车前草、风铃草、铃兰——对这些，我们的知识还够用。我们还能叫得出它们的名字。不过，为什么立刻就下结论呢，也许，只有我一个人不知道吧？不，不管我指着白花问村里的什么人，农民们都摊开双手说：

"谁知道呢。它们长在河边，树林中的谷地里，凡是比较潮湿的地方，都多得很。可是叫什么……你干吗要问它呢？花就是花，既用不着收割，也用不着脱粒，也用不着向国家交售，不是吗？就是没有名字，闻闻它还是可以的。"

我要说，一般来说，我们对于大地上周围的一切都有点儿漠不关心。不，不，当然啦，我们都喜欢说，我们爱大自然，无论是这些小树林，小丘，泉水，还是夏天半空中红艳艳的温暖的晚霞，我们都爱。啊，当然啦，还有采集一束鲜花。啊，当然啦，还有倾听鸟鸣，当森林里还是一片墨绿，黑得几乎让人感到凉意的时候，侧耳倾听在金色的林端卖弄歌喉的小鸟的啁啾声。还有去采蘑菇，钓鱼，还有：就这样躺在草地上，仰望空中飘浮的白云。

"喂，现在你这样无忧无虑，怡然自得地躺在草上，这种草叫什么啊？"

"什么叫什么？草。啊，那里……大概是什么冰草，要不就是蒲公英。"

"这儿哪有什么冰草啊？这儿根本没有任何冰草。你再仔细看看。就在你身子底下长着二十来种各式各样的草，它们每一种都有自己的名称，不是吗？咱就不说它们当中每一种都有什么让人感兴趣的地方了：要么是它的生活方式，要么是因为它能治病。不过这已经似乎是我们的智慧无法理解的奥秘了。这些就让专家去研究吧。可是不妨知道它们叫什么名称啊，仅仅是普通的名称。"

从四月起直到开始出现霜冻，在我们树林里到处都有的 250 种蘑菇（顺便说说除了很少几种以外，几乎都是可以吃的），我们认得出、叫得出名称来的，未必有四分之一。

关于鸟，我就不谈了。有谁能够肯定地告诉我，这三只鸟中哪一只是欧鸲——反舌鸟，哪一只是鹟鹩，哪一只是白腹呢？当然啦，会有人能断定的，但是不是每一个人都能呢？是不是三个人里就有一个人，是不是 15 个人里就有一个人能够肯定呢——问题就在这里。

……在莫斯科遇到了我的朋友和同乡（邻村的人）沙夏·柯西岑，我们立刻回忆起我们的故乡来，我们回忆起叫作"母鹤"的森林，回忆起那条叫沃尔夏的小河，还有消失在"母鹤"中的多尔吉深渊。

"人们最喜欢'母鹤'里面的芳香，"沙夏·柯西岑愉快地眯起眼来，回忆说，"随便哪里，随便在哪一条河上，随便在哪一座森林里，我都没闻到过这样的香味。不能单独地分别说，这是荨麻的香味，或者是薄荷的清香，要么是这个……它……嗯你知道的，那种白草……很华丽的，嗯，你知道我说的是什么……"

"我知道你说的是什么，不过我自己有 100 次打算问你，这种草叫什么。原来你把它的名字忘了。"

"不知道,而且也忘了,"沙夏笑着说。"总之,不妨打听一下。你该问问村里的当地人,会告诉你的。"

"难道我没问过吗?问过好多次了。"

"我想起来了,得去问我父亲。不是吗,他当过四年护林员,他什么都知道。规定要让他们,让护林员收集各种树籽和其他植物的种子。他在看这方面的书。对,对,你和我父亲可不能开玩笑。要知道,在这方面,他什么都知道得一清二楚。至于这种草——那还用说吗。我们住的那座看林人小屋周围,简直就是个植物园。"

有一年夏天我和沙夏在村里见了面,他那位无所不知、无所不晓的父亲就在附近,甚至经常和我们坐在一张桌子旁边,我们却把我们那种香草给忘了。冬天我们在莫斯科又想起了它。我们悔之莫及:瞧,有可能打听出来了,却忘了问。第二年一定要问问这位从前的护林员。我们急不可耐,甚至急到了这种程度,想要赶快写封信去,甚至想发一封电报。

但我们想起白草,通常都是在晚上很晚的时候,不是在家里,而是在作客,在吃晚饭的时候,要不然就是在饭馆里,当我们沉醉于特别富有诗意的那一瞬间,特别鲜明地回忆起"母鹤"和沃尔夏的时候。大概只有这一点,才可以解释,为什么我们在三年当中既没有写信,也没有拍过电报吧。

有一次,我们所盼望的一切条件都凑齐了:我和沙夏碰在一起,巴维尔·伊万诺维奇就在我们身边,我们也想起了我们那简直像谜一样神秘的白草。

"对,对,对,"巴维尔·伊万诺维奇精力充沛地连声说,"怎么!难道我会不知道这种草吗?它的茎中间还是空的。有时候,口渴得很,想要喝水,可是泉水在很深的雨水沟里。你马上砍下一根一米长的草茎,用它来吸水喝。它的叶子有点儿像马林果的叶子。花是白的,而且十分华丽。香味那个浓啊!有时候,你坐在河边钓鱼,百步以外就能闻到香味。怎么,难道我不知道这种草吗?!你呀,沙夏,难道你不记得了吗,河对岸我们的护林人小屋周围长了多少啊?割都割不完。"

"那么别折磨人了,你说,它叫什么。"

"白草。"

"我们知道它是白的,可是它的名称叫什么呀。"

"你们还要什么名称呢?比方说吧,我就经常管它叫白草。而且我们这儿大家也都是这样叫法。"

我和沙夏笑了,虽然,我是这样想的,这位经验丰富的巴维尔·伊万诺维奇并不完全理解我们笑的原因。白草——突然觉得好笑。你试试看,猜一猜这时候他们在笑什么吧。

[夏仲翼 译]

⊙作品赏析

邦达列夫的文学成就主要体现在小说创作上,但是他的散文写作,同样很见功力。这篇《白草》就是很好的例子。文中描写的都是平凡之景,却传达了无限况味,体现了作者炉火纯青的艺术功底。

这篇文章可以说通篇无可指责,处处有神来之笔。作者的观察很细致,描述也很细腻。写天空,从灰色到玫瑰红、从鲜红到金中透蓝再到蔚蓝，把盛夏季节中不同时分的天空颜色敏锐而精确地捕捉到了。再如同画家一般把它描绘出来，鲜活逼真。描写老树枝、浆果、爆竹柳的叶子，无一不是活灵活现，如在目前。然而作者并不是要空泛而没有重点地到处洒墨，他把笔力集中在那种平凡的几乎没有人知道名字的白草上，把它的魅力与神韵纤毫不差地呈现出来，使得平常之景在作者的笔下具有了高贵的艺术气质。"单独的小花都很小，简直不易察觉"，却映入了作者的眼帘，同样体现了作者观察的细致。"简直像一片白云凝聚在静止不动的林间草地上"，既写活了花的形态，又与周围的景色相映相衬，极富表现力。写花香，更是非同寻常的笔触，"只要太阳一把它晒暖，就有一团团看不见的轻烟，一阵阵浓郁的蜜香，像无形的花朵，从这白色的花之云上飘向四面八方"，原本抽象的花香，似乎已经向我们姗姗走来，这样的手笔，绝妙一词远不足以形容。更可贵的是，文章这样的妙笔俯拾即是。使得这篇文章如同一座绚丽的花园，令读者流连忘返。

雅典 / 三岛由纪夫

入选理由：日本著名作家三岛由纪夫的散文经典 完全展现了作者的美学情操 文章用语唯美，笔意精到

希腊是我眷恋之地。

飞机从爱奥尼亚海飞抵科林斯运河上空的时候，我看到夕阳映照下的希腊的群山，西边天空闪烁着金光。希腊晚霞恍若盔甲。我呼唤着希腊的名字。这个名字指引过当年为女性风波而一筹莫展的拜伦奔赴战场，孕育过希腊厌世家赫尔德林的诗的感情，还曾给斯丹达尔的小说《阿芒斯》中的人物在临终的音阶上以勇气。

透过从飞机场开赴市中心的公共汽车的玻璃窗，我看到了夜间灯光照出的山顶城邦。

如今我在希腊。尽管由于我懒得去预定旅馆而被抛入了肮脏的三流旅馆，尽管由于通货膨胀一流饭馆的伙食要七万希腊币，尽管此刻在这个城镇惟有我一个日本人过着孤身只影的生活，尽管我不懂得希腊的只言片语，连商店的招牌也读不下来，我却陶醉在无尚的幸福中。

我任凭自己的笔驰骋。我今天终于看到了山顶城邦！看到了帕台农神庙！看到了宙斯宫殿！在巴黎，我处在经济拮据的困境，希腊之行几乎绝望时的情景，经常出现在我的梦中。看在这种情况的份上，请暂且原谅我的笔驰骋吧。

苍穹绝妙的蔚蓝，对废墟来说是必需的。如果在帕台农神庙的圆柱之间，头顶的不是这样的天空，而是北欧那种阴沉沉的苍穹，那么效果恐怕就会减半了。由于这种效果格外明显，令人感到这种蔚蓝的天空，似乎是为了废墟而预先准备好的这种残酷的蔚蓝的静谧，甚至使人仿佛预见到受土耳其军队破坏了的神殿的命运。这种空想不无道理。譬如，请看看狄俄尼索斯剧场吧。在那里不时上演索福克勒斯和欧里庇得斯的悲剧，同样的蔚蓝天空在默默地注视着这种悲剧的灭绝之争。

作为废墟来看，与其说山顶城邦美，毋宁说宙斯宫殿更美。这座宫殿仅剩下15

·作者简介·

三岛由纪夫（1925—1970），日本小说家。本名平冈公威。出身官僚家庭，自幼接受属于贵族的"学习院"教育，对日本民族和作为其象征的天皇制抱有狂热的信念。1947年毕业于东京大学法律系，第二次世界大战中日本的战败使他产生了一种深深的绝灭感。他就是带着这种感觉走上战后的文坛，代表作有自传体长篇小说《假面的告白》、《潮骚》、《金阁寺》、《明日黄花》和《丰饶之海》四部曲等。

根基柱，其中两根孤立一旁。中心部同这两根柱子之间约莫相距 50 米。只有这两根孤立的圆柱，其余 13 根仍支撑着残存的屋顶的框架。这两部分的对比，充分显示出非左右对称的美的极致。我不由地想起龙安寺的石庭园的布局。

说我在巴黎疲于左右对称的东西，决非言过其实。建筑物自不消说，无论在政治、文学还是音乐、戏剧。法兰西人喜爱的规范和方法论的意识性（姑且这样说），处处都夸耀左右相称。结果，巴黎的"规范过多"，旅行者的心变得沉重了。

这种法兰西文化的"方法"之师，就是希腊。希腊如今在我们的眼前，在这种残酷的蔚蓝天空下，横躺着废墟的姿影。而且，建筑家的方法和意识变了形，特意使旅行者出乎意料地从中找到光把原形当做是废墟的美。

奥林匹亚的非对称的美，并非通过艺术家的意识产生的。

然而龙安寺石庭园的非对称，却是极尽艺术家的意识之能事的产物。与其把它叫做意识，莫如把它叫做执拗的直感或许更正确些。日本的艺术家过去并不依赖于方法。他们所思考的美，不是普遍的东西，而是一次性的东西，结果是难以变动，在这点上，与西欧的美别无二致。不过，产生这种结果的努力，不是方法性的，而是行动性的。也就是说，执拗的直感的锻炼，及其不断的尝试就是一切。单凭各自的行动而能捕捉到的美，是不能敷衍的，是不能抽象化的。日本的美，大概就是一种最具体的东西。

这种凭直感探索到的终极的美的姿影，类似废墟的美，这是不可思议的。艺术家心怀的形象，总是与其创造有关，同时也与破灭相联。艺术家不光从事创造，也从事破坏。其创造往往是在破灭的预感中产生，当他思索着描绘某种终极形中的美的时候，被描绘的美的完整性，有时候是对付破灭的完整性，有时候是为了对抗破坏而描摹的破坏的完整性般的完整性。于是，创造几乎失去形状。为什么呢？因为不死之神创造应死生物的时候，那只鸟的美妙的歌声，是从与鸟的肉体之死一起告终为满足的。可是，艺术家如果创造同样的歌声的时候，为了使这种歌声保留至鸟死之后，而不创造鸟应死的肉体，无疑是要创造看不见的不死之鸟。那就是音乐。音乐之美，就是从形象的死开始的。

希腊人相信美之不灭。他们把完整的人体美雕刻在石头上。日本人是不是相信美之不灭，这倒是个疑问。他们思虑具体的美如同肉体那样有消亡的一天，因此，总是模仿死的空寂的形象。石庭园那不均整的美，令人感到仿佛暗示着死本身的不死。

奥林匹亚的废墟之美，究竟属于哪种类型的美呢？或许其废墟和残垣断壁仍然是美本身，就关系到整体结构是依据左右相称的方法这点上。残垣断壁失去部分的构图，是容易让人窥知的。不论是帕台农神庙还是厄瑞克忒翁庙，我们想象它失去的部分时，不是依据实感，而是根据推理。那种想象的喜悦，不是所谓的空想的诗，而是悟性的陶醉。看到它时，我们的感动，就是看到普遍性的东西的形骸之感动。

而且不妨想象一下，废墟所给予的感动，之所以可能超过我们看到它们的实在原形时所受到的感动，其理由还不仅于此。希腊人思考出来的美的方法，是重新编织生，是再组合自然。瓦莱里也曾说过："所谓秩序是伟大的反自然的计划。"废墟偶然地使希腊人所思考的那种不灭之美，从希腊人自身的羁绊中解放了出来。

在山顶城邦的各处，我们可以感受到希腊的群山、东方的鲁卡贝托斯山、北方的帕尔纳索斯山、眼前的萨罗尼克湾的萨拉米斯岛，乘上猛刮向它们的希腊的劲风，插上搏动的翅膀。（这正是希腊的风！正是这种风吹拂着我的脸颊，拍打着我的耳朵。）

这些翅膀是从废墟失去的部分中生长出来的，残存的废墟是石头。人在失去的部分得到了翅膀。人正是从这里振翅的。

我们从山顶城邦的蔚蓝天空，看到了摆脱羁绊的生。获得诸神不死的无形的肉体、振翅的景象。从大理石与大理石之间，我们可以看到绽开的火红的罂粟花儿、野生的麦和芒随风摇曳。这里小神殿的奈基之所以没有翅膀，并非偶然。因为那木造的无翅膀的奈基像已经失落了。就是说她已经获得翅膀了。

不光是山顶城邦，就是看宙斯神殿的圆柱群，它那引人生悲的圆柱的耸立姿态，使我仿佛看到了摆脱束缚的普罗米修斯。这里虽然不是高台，但由于废墟的周边是一片矮草，所以看上去神殿的大理石显得越发鲜艳和有生气。

今天我依然沉浸在无尽的酩酊中。我似乎受到狄俄尼索斯的诱惑。上午两个小时，我就是在狄俄尼索斯剧场的大理石的空席上度过的。下午，我漫步在草地上，凝视着宙斯神殿的圆柱群，度过了一个小时的时光。

今天也是绝妙的蓝空。绝妙的风。强烈的光。……对了，希腊的日光超过温和的程度，过于毕露、过于强烈。我从内心底里爱这样的光和风。我不喜欢巴黎，我之所以不喜欢印象派，乃是因为那温和而适度的日光。

毋宁说，这是亚热带的光，实际上山顶城邦的外壁，葳蕤丛生着一大片仙人掌。如今松、丝杉和仙人掌，还有黄色的禾本科植物的观众，从看不见一个观众姿影的狄俄尼索斯剧场观众席的更高处，凝然地鸟瞰着空荡的舞台。

我看到在投影半圆舞台上飞掠而过的燕子、那位阿那克里翁歌唱过的燕子。燕群翻腾着白色的腹部，往返翱翔在狄俄尼索斯剧场和演奏场的上空。今天任何一处小屋都休息，它们的心情烦躁地啁啾鸣转，四处飞翔。

我坐在狄俄尼索斯神的神甫的座席上，静听虫声。不知怎的，一个十二三岁的希腊少年，打从刚才起就缠绕在我身边不肯离去。他大概是想要钱吧，还是想要我正在抽着的英国香烟，抑或是打算把古代希腊的少年爱传授给我呢？如果是这样，我早已知道了。

希腊人相信外界。这是伟大的思想。在基督教发明"精神"以前，人不需要什么"精神"，自豪地生存着。希腊人所思考的内面，总是保持着同外面左右相称。希腊戏剧没有任何诸如基督教所思考的那种精神性的东西。也就是说，过分的内面性必然归结到遭到复仇这一种教训的反复上。我们不能把希腊剧的上演同奥林匹克竞赛分割开来考虑。在这种充分的强烈的阳光下，思考着不断地跃动又静止、不断地破坏又保持下来的、选手们的肌肉般的泛神论式的均衡，让我沉醉在幸福之中。

狄俄尼索斯剧场，作为装饰品，仅残存着蹲踞的狄俄尼索斯神的雕像，以及其周围的浮雕。我们看到剧场背后，像采石场般的石头的堆积，还看到像经过惨剧似的四处散乱着衣裳皱褶的残片、圆柱的残片、裸体的残片。

我渐渐移动到各个坐席上，度过了接近上演一出悲剧所需要的时间。不论是从神甫席、民众席、或任何一个席位上，无疑都可以透过假面具明晰地听到希腊剧的台词，看到演员伴随着鲜明的影子清晰地变动着姿态。方才有个手持照相机的英国海军士官出现在半圆舞台上，可以很容易地目测到剧场的规模和演员的身高的均衡。

为了重访奥林匹亚，我从山顶城邦启程走了一段宽阔的人行道。领带飘在我肩上，迎面走来的老绅士的白发被风拂乱了。

我又发现了一处恰好的位置来观赏宙斯神殿。我坐在 13 根柱子和两根柱子之间的正居中一带的草地上。这个位置，可以像眺望军队的纵队那样地观望 13 根圆柱。

只见中央的六根柱子、右边的四根、左边的三根分别成一组，准确地将透过神殿可以望见的天空一分为二。但是，中央的六根最具重量感。右方的四根和左方的三根都不均衡，以略差的量感向中央逼将过来。中央最前头望及的圆柱，率领着其背后的五根，显得特别凛然和气质高雅。

神殿的左右，以希腊市镇的远景为背景，屹立着两三棵丝杉。从山顶透过神殿望见的空间的、低约四分之三的位置上，缓缓起伏着褐色的山脉，横穿过圆柱绵延而去，剩下占四分之三的部分，则是绝妙的蔚蓝的天空。

从这个位置上看神殿，简直就是一首诗。

我足足凝神眺望了一个多小时，无疑我站起身来的时候，正是最佳的时机。因为这个时候正好游览车来了，此前我独自占领的诗的领域被喧器的观光客所取代，他们成群结队地入侵了。

对我来说，望着他们的姿影，更觉忧郁。因为我具备其他方便的条件，明天将成为旅游团的成员之一乘坐游览车，奔赴德尔斐。

[叶渭渠 译]

⊙作品赏析

在三岛由纪夫的作品中经常孕育着超乎寻常的敏感和多情，带着病态的娇嫩和高贵的脆弱。但他在美学的分析上却有不同寻常的造诣和领悟能力，他的这类文章可谓是古代风华绝代建筑的时光幻影，迷离惆怅。他对希腊古典艺术的论述，更是无限钟情于其间的人造的高超美学，并将之融入完美的辩述中。

《雅典》正是这类文章的一个典范，将东西方的形态美学和情趣角度的变换完全飘荡在欣赏视线之下，并借以找寻自己的审美归宿，即希腊残酷的蓝天白云下所停留的废墟的姿影，是一种随性凌乱的华美，有别于东方甚至是日本本土的对称构造。他认为这是不可思议的艺术家的天才创作，像一首诗，涌动在作者的情怀中。在另一篇文章《镜子之家》中，作者也如是肯定这一不变的审美情趣，讲述的也同样是希腊人的美感追述。在这样的重复中，着力宣扬了人造之形的伟岸美。

也许这是清醒的浪漫，在唯美的表述中暗含了古典的色彩，打破了肉体与理性的均衡，将艺术完全袒露在生与死、活力与颓唐的边缘，以忧郁的森林和天空暗黑的远景为衬托，遥望世界的无穷。而用以表达的载体则是融会理性的如诗如歌的梦幻语言，将作者的美学感念一览无遗，并形成文字，刻下永恒的追念。

达摩克利斯剑的灾难 / 马尔克斯

入选理由
魔幻现实主义的悲悯之作
诺贝尔文学奖获得者马尔克斯的演讲散文精华
以事实论证真理，情感感人

在最后一次爆炸后的一分钟，人类的一半多将会死去。各大洲将被熊熊烈火所吞没，为烟尘所遮蔽，世界重新被笼罩在绝对的黑暗之中。下着橙色的雨，刮着冰冷的飓风的冬天将倒转各大洲的时代，使河流改道。大海江河里的鱼类都在滚烫的热水中死去，飞鸟将难觅飞翔的天空。永久的积雪将覆盖撒哈拉大沙漠，广阔的亚马孙河流域将在被冰雹破坏的地球上消失，而摇滚乐和心脏移植的时代将回到它严寒的开初阶段。受了第一阵惊吓之后活下来的为数不多的人，以及在那个不祥的星期一下午3点钟靠特权进入安全的防空洞的人，虽然暂时保住了生命，可随后便会在可怕的回忆中死去。天地万物都毁灭了，在潮湿的最后混乱和永久的茫茫黑夜中，唯一留下来的生命痕迹便是蟑螂。

总统先生们，总理先生们，男女朋友们：

我说的这些话并非是拙劣地抄袭耶稣的使徒圣胡安被放逐到希腊巴特摩斯岛时途中所说的胡话，而是对随时都可能发生的一场宇宙灾难场景的提前描述，即大国核武器库的极小一部分有指挥或意外的爆炸所造成的后果。这核武器库用一只眼睡觉，用另一只眼警惕着。

事情就是如此。今天，1986年8月6日，世界上部署着5万多枚核弹头。通俗一点说，就是世界上的每个人，包括儿童在内，都坐在一个大约4吨重的火药桶上，如果这些火药全部爆炸，可以把相当于目前地球上12倍的生命杀死。这一巨大威胁的破坏力，就像达摩克利斯剑的灾难一般悬在我们头上。从理论上讲，它不仅可以把围绕太阳转的全部行星毁掉，而且还可以再毁掉4个，从而影响整个太阳系的平衡。没有任何一门科学，任何一门艺术，任何一门工业，像核工业那样，从41年前开始出现以来发展速度如此之快，如此成倍地增长。也没有任何另外一项人类智慧的创造对世界的命运有过如此巨大的决定意义。

面对这一恐怖的景象，我们唯一的安慰——如果这一安慰对我们有点用处的话——就是证实了保护地球上人类的生命仍旧比制造核灾难便宜得多。因为，单是核武器的存在这一事实，单是最富有的国家里制造死亡的庞大核武器库的恐怖景象，就足以使人类生活的改善成为不可能。

比如，在儿童救济问题上这件事就可以看得清清楚楚，仿佛是一道小学生做的初级算术题。联合国儿童基金会1981年计划编制预算解决世界上5亿最贫困儿童的最根本的问题，包括基本保健医疗，基础教育，改善卫生条件，改善淡水供应和食品供应。所有这一切都似乎是一种幻想，根本办不到，因为这需要1000亿美元。但是，这几乎还比不上制造100架B-1B战略轰炸机的费用，而低于制造7000枚巡航导弹的费用，美国政府在生产巡航导弹方面的投资高达212亿美元。

· 作者简介 ·

马尔克斯（1927—2014），哥伦比亚作家、记者和社会活动家，是拉丁美洲魔幻现实主义文学的代表人物。生于马格达莱纳省阿拉卡塔卡镇。父亲是个电报报务员兼顺势疗法医生。他自小在外祖父家中长大。13岁时，就读于教会学校。18岁进国立波哥大大学攻读法律，中途辍学。1948年他进入报界，长期从事文学、新闻和电影工作。1972年获拉美文学最高奖——委内瑞拉加列戈斯文学奖，1982年获诺贝尔文学奖。

他的重要作品有长篇小说《百年孤独》、《家长的没落》、《霍乱时期的爱情》，中篇小说《枯枝败叶》、《恶时辰》、《没有人给他写信的上校》、《一件事先张扬的凶杀案》，短篇小说集《蓝宝石般的眼睛》、《格兰德大妈的葬礼》，电影文学剧本《绑架》，文学谈话录《番石榴飘香》和报告文学集《一个海上遇难者的故事》、《米格尔·利廷历险记》等。

又比如在健康方面：美国在 2000 年以前将生产 15 艘"尼米兹"号核动力航空母舰，拿出 10 艘这类航空母舰的费用即可采取预防措施，在此后 14 年中保护 10 亿多人免患疟疾之苦，和仅在非洲就可以避免 1400 多万个孩子死亡。

又比如在粮食方面：据联合国粮食及农业组织估计，去年世界上差不多有 5 亿 7 千 5 百万人遭受饥饿。如果让这些人得到必不可少的平均热量，花的钱比生产 149 枚 MX 导弹还要少，可是在西欧却将要部署 223 枚这类导弹。用 27 枚这类导弹可以购买必要的农业设备让贫困国家在近 4 年中获得足够的粮食。此外，这笔经费尚不到 1982 年苏联军事预算的九分之一。

又比如在教育方面：目前的美国政府计划生产 25 艘"三叉戟"式核动力潜艇，可只需 2 艘这种潜艇或苏联正在建造的 2 艘"龙卷风"式核潜艇的费用就可以最终实现在世界上扫除文盲的幻想。此外，为建设第三世界今后 10 年教育方面所需要的学校和培养教师，只需拿出 245 枚三叉戟 II 式导弹的经费就够了。那么多出的 419 枚导弹的经费可以用于发展今后 15 年的教育。

最后还可以说，还清整个第三世界的外债和在 10 年间使其经济得到恢复只需比同时期世界上军费开支的六分之一稍多一点的钱就行了。尽管如此，同这一巨大的经济浪费相比，人力资源的浪费更为令人不安和痛苦：军事工业禁锢着最大数量的学者，在人类历史上没有为任何事业积聚过如此众多的人才。这些人才的本来位置应该在这儿，在这张桌子上，而不是在那儿。他们必须得到解放，以在教育和正义方面帮助我们创造唯一能把我们从野蛮中解救出来的东西：一种和平的文化。

尽管这些惊人的事情都是千真万确的，可军备竞赛一刻也没有停止过。现在，就在我们用午餐的时刻，又生产了一枚新的核弹头。明天，当我们醒来的时候，在富豪们西半球死神的仓库里又多了 9 枚核弹头。只要拿出制造一个核弹头的经费，即使在秋日的一个星期天，也足以使整个北美洲尼亚加拉瀑布充满檀香的味道。

当代一位伟大的小说家有一次曾经这么自问：地球会不会是其他星球的地狱？也许还够不上是地狱，而是这些星球的神仙们不知何年何月丢在伟大的宇宙祖国最边缘郊区的一个村庄。但是，对地球是太阳系里唯一有奇妙的生命的地方的日益增长的怀疑把我们无情地拖向一个令人沮丧的结论：军备竞赛是同智慧背道而驰的。

军备竞赛不仅与人类的智慧背道而驰，而且与大自然本身的智慧相悖，大自然的目的甚至连诗人的洞察力都是难以捕捉的。自从地球上出现可以看到的生命以来，大概又过了 3.8 亿年蝴蝶才学会了飞舞，又过了 1.8 亿年一枝玫瑰才开出艳丽的花朵，又过了 4 个地质年代人们才区别于他们的猿人祖先，学会了唱得比鸟儿动听和为爱情而死。花费了那么多金钱、付出了那么多的心血、经过亿万年的时间创造的世界，只要按动一下电钮，瞬间便可一切化为乌有。在科学的黄金时代的今天，悟出这样的道理对人类的智慧来讲并没有什么值得引以为荣的。

正是为了避免这场灾难的发生我们才来到这里。无数的人在呼吁一个没有武器的世界和一种正义的和平，我们和他们站在一起。简而言之，即使发生这场灾难，我们在这儿聚会也并不是全然无用的。爆炸之后再过上亿万年，再次经历当今世界的全部演变过程之后，一只凯旋而归的蝾螈或许会被作为新世界的最美丽的女人戴上花冠。靠了我们这些人，即男女科学家们，男女文学艺术家们，富有智慧的、爱好和平的男人和女人们，总之，所有我们这些人，那些应邀去参加梦幻般的加冕礼的客人们再也无须心怀我们今天的这种恐惧去出席他们的节庆了。我以全部的谦恭，也以全部的勇气建议我们现在在这儿作出许诺，我们来设计和制造一个记忆的方舟，这个方舟可以战胜原子"洪水"的袭击。我们把传送星球遇难者信息的瓶子扔进时间的大洋里，以便使那时的新的人类从我们这儿而不是从蟑螂的讲述中了解下面的事情：这里曾经存在过生命，生命中曾遇到过灾难，发生过不公正的事，可我们也懂得爱情，甚至能够想象到幸福。还要让他们知道，并且请他们告诉世世代代的人谁是制造我们灾难的罪魁祸首，以及那些罪魁祸首对我们的和平呼吁是何等地充耳不闻。这种呼吁本来是可以为人类带来最美好的生活的，可他们用多么野蛮的发明和为了多么龌龊的利益把那美好的生活从宇宙中一扫而光。

[尹承东 译]

⊙作品赏析

马尔克斯的笔锋一直就浸润在加勒比文明的传承中，不管是现实的追述还是魔幻的架构，都体现了这位悲悯者的人生忧虑；从对文化传统在外来喧嚣剥离下的残损的忧心到现实生活的凄惨，战争硝烟笼罩的忧虑，都寄寓了伟大作家的人文情怀。

《达摩克利斯剑的灾难》以希腊神话的典故，通过迪奥尼修斯的口径道出了战争的危机就像达摩克利斯的谗言在自己的头上，时刻威胁着生命的安全。整篇文章以此为譬喻，作为作者批驳的着落点，将战争的潜在威胁与生存的困境紧密相连，以无以伦比的人道主义情怀，控诉了这个世界的不人道行为和灾难的根源。让我们在阅读中时刻警醒着，其实我们并非高枕无忧，因为我们的头上还悬着一把达摩克利斯之剑，随时等着结束我们无辜的生命。就像《时间简史》的作者霍金所说，也许再过1000年，我们所寓居的可爱的世界就将毁灭在自己的手里。

文章情感激昂，字字铿锵，以震耳欲聋之势呼唤世界和平，试图让我们在血腥的场景中怜悯自己的未来，它所取胜于我们的不是文字的华丽，不是结构的离奇，相反，是他真诚真挚的情感，和朴素无华的事实逻辑分析，让我们相信世界的未来绝不是无情的轰炸与屠杀，而是核武器和军备竞赛。

与海明威相见 / 马尔克斯

> 入选理由
> 客观品评人物的态度
> 文笔流畅，感情真实
> 不失为大家之作

1957年春天一个阴雨连绵的日子，他偕同妻子玛丽·海尔希漫步走过巴黎圣米歇尔大街时，我一下子便认出了他。他在街对面，正朝着卢森堡公园那个方向走去。当时他虽然已经59岁，但当他出没于一个个旧书摊、隐没在巴黎大学青年学生的人流中时，竟显得那样生气勃勃，富有活力，人们哪里会想象到，他的一生只剩下最后四年时间了。

瞬间，我仿佛像以往那样，觉得自己被分割在自我的两个对立的角色之间。我不知道是否应该上前请求谒见，还是穿过林荫大道，向他表达我那谦卑的钦慕之心。但不管出于哪种原因，我都感到极为不便。我只是把两手握成杯形放在嘴边，如同丛林里的壮汉那样，站在人行道上，朝对面大声喊道："艺——术——大——师！"欧内斯特·海明威明白，在这一大群学生中不可能会有另一位大师的，于是他转过身来，举起手，亮着孩子般的噪音，用卡斯蒂利亚语对我高声叫道："再见了，朋友！"这就是我见到他的唯一时刻。

那时，我是个 28 岁的哥伦比亚记者，曾发表过一篇小说，并获过一次奖，但我当时却游荡在巴黎街头，毫无目的和方向。我的文学大师是两位各具特色的北美小说家。那时，读了他们发表的每一部作品，但我并没有将这些作品当做一般读物来读，而是作为文学想象中的两种迥然不同的，却又各自独树一帜的风格来仔细研读的。一位大师是威廉·福克纳。我从未有过眼福见到他，只能在梦里想象，他就是卡蒂埃·布莱森拍摄的著名相片上的那个衣着朴素的农夫，只见站在他身旁的是两条小狗，他那长长的衣袖连同手就搭在狗的身上。另一位大师就是从街对面向我道别的那个生命短暂的人，他留给我的深刻印象是：我生活中仿佛发生过某件事，而且这件事总是萦绕我的一生。

我不知道这话是谁说的：小说家读别人的小说只是想领会这些小说是怎样写出来的。我相信这话千真万确。我对浮现在纸页表面的那些秘诀并不满足：我们翻过书来就会发现隐于其间的缝口。我们以某种不可言喻的方法把书分解到它的实质部分，在弄清楚了作者的发条装置之奥秘后，我们再把它回复原样。但把气力花在分解福克纳的书上，则是令人沮丧的，因为他似乎没有一个写作的有机体，而是盲目穿过那圣经的宇宙，宛如一群放在满桌是水晶玻璃的店铺里的山羊。人们力图剥去他纸页表面的东西，但随即映入眼帘的便是弹簧和螺丝钉，不可能再回复原样了。相比之下，海明威的灵感要少些，激情和狂热也少些。他极其严肃，把那些螺丝钉完全暴露在外，就像装在货车上那样。也许鉴于那个原因，福克纳便成为一位与我的心灵有着许多共感的作家，而海明威则是一位与我的写作技巧最为密切相关的作家。这不仅仅是因为他的书本身，而且还有他在写作这门学问的技巧上的造诣确实令人惊叹折服。他在巴黎与乔治·普林普顿的历史性会见中，始终阐明了这样一点——恰好与浪漫主义的创作观相反——言简意赅对写作是颇为有益的：一个主要的困难就是如何把词句组织好；难以写下去时，重新读一读自己的作品还是颇为值得的。这样可以使自己时刻记住：写作始终是艰苦的劳动；一个人可以在任何地方写作，只要那里没有来客和电话就行了；正像人们常说的那样，新闻工作埋没作家的才华之说是不真实的，与其相反的是，只要他迅速摆脱这个职业就行了。"一旦写作变成你的主要癖好和极大的快乐"，他说，"那么只有死亡才能止住它"。最后，他对我们的教诲是，他发现，当一个人知道第二天该从什么地方接下去写时，那么他当天的工作就必须停下。我认为，我此外再没有得过任何写作方面的忠告了。这不多不少，正好是医治作家那最可怕的忧郁病的灵丹妙药：因为作家早晨起来常常面对着空空如也的一页稿纸而陷入极度的痛苦之中。

海明威的所有作品都洋溢着他那闪闪发光、但却瞬间即逝的精神。这是人们可以理解的。像他那样的内在紧张状态是严格掌握技巧而造成的，但技巧却不可能在一部长篇小说的宏大而又冒险的篇幅中经受这种紧张状态的折磨。这是他的性格特征，而他的错误则在于试图超越自己的极大限度。这就说明，为什么一切多余的东西在他身上比在别的作家身上更引人注目。如同那质量高低不一的短篇小说，他的长篇也包罗万象。与此相比，他的短篇小说的精华在于使人得出这样的印象，即作品中省去了一些东西。确切地说来，这正是使作品富于神秘优雅之感的东西。当代一位伟大作家豪尔赫·路易斯·博尔赫斯也有着与之相同的局限，不过他并不想超越这些限度。

　　弗郎西斯·麦康柏对狮子开的那一枪表明，作为打猎这门课也有不少学问，但这一枪也是作为对写作这门学问的一个积累总结。一篇短篇小说中，海明威描写一头利瑞尔公牛擦过斗牛士的胸部，犹如"猫转弯子"而返回头来。我十分谦恭地认为，那种观察在某种蠢举中是一个富有灵感的部分，而这种蠢举只有最庄重的作家才具备。在海明威的作品中，可以发现这种简单而又令人眼花缭乱的东西比比皆是，它揭示出这一观点：写作如同冰山，如果要想得到下面的八分之七部分的支撑，就必须打好坚实的基础。

　　注重技巧无疑是海明威始终未能在长篇小说领域里博得声望的原因所在，他往往以其训练有素、基础扎实的短篇小说来赢得声誉。他在谈到《丧钟为谁而鸣》时说，他对于这本书的构思没有一个预先想好的计划，而是在每天写作时都有所发明创造。他没有被迫承认：这是显而易见的。相比之下，他那瞬间即激起灵感的短篇小说则是无懈可击的。正如五月的一个下午，他在马德里一家膳宿公寓里写下的那三篇小说那样，当时一场暴风雪迫使圣伊希德罗城的节日斗牛赛取消了。正如他告诉普林普顿的那样，那三个短篇都得到权威人士的鉴定。根据我的鉴赏力，沿着这条线索看去，他的力量最为压抑的一篇就是其中最短的一篇：《雨中的猫》。

　　但是，即使《过河入林》看上去好像是在嘲弄自己的命运，在我看来，这部最不受青睐的小说却是最有魅力和最富于人性的。正如他自己披露的那样，这本书开始写时，是当做短篇来处理的，后来写偏了，误入了长篇小说的松树林中。要理解这样一位杰出的艺术大师这么多结构上的缝隙，确实是很难办到的。同样，看出这么多文学结构上的误差也并非轻而易举之事；而且对话又是那样矫揉造作，甚至是凭空杜撰出来的，然而这些却又出自文学史上一位杰出的巨匠的手笔。这本书1950年问世时，招来的批评是猛烈的，但也是不正确的。海明威感到自己受了巨大的伤害。他在哈瓦那为自己作了辩护，他拍了一份充满激情的电报，这对这样身份的作家来说，未免显得有失尊严了。这本书不仅是他的最佳之作，而且还是他最富于个人感情的作品，因为他是在一个动荡不定的秋季的早晨写完这本书的，当时他对已经逝去的那些不可弥补的岁月怀有思念之情，对生命之余的最后那几年有着令人心碎的预感。他从没有在任何一本书中把自己放在一种这样与世无争的地位。他怀有一种完美和温柔之感，并没有感觉到一种使他的作品与生活结为必不可少的感情的方式：胜利是徒劳无用的。他的主人公死得那么平静、那么自然，但却蕴育着他本人后来自杀的不祥之兆。

　　当一个从事创作的人活了这么长时间，一直怀有这样强烈的感情和慈爱之情他就不会采取任何方式使自己的作品脱离现实生活。在圣米诺言尔广场的那家咖啡馆里，我花费了许许多多的时光来读书；因为在他看来，这家咖啡馆对于写作是颇为适宜的，那里似乎有一种欢乐、温暖、明净和友好的气氛。

　　意大利、西班牙、古巴——半个世界都留下了海明威的足迹，而这些地方他只是淡淡提及。在科希马尔这个哈瓦那附近的小村子里，在《老人与海》中孤独的渔夫居住的地方，安放着一个纪念他英雄业绩的匾，上面挂有镀了金的海明威半身像。在古巴一个庄园的住所里，他一直居住到逝世的前夕。那座房屋在树荫中仍保持着完整无缺，里面仍旧陈列着他的各类藏书，安放着他的猎物和写字台，放着故人的那双大鞋子，以及他生前从世界各地弄来的许许多多的生物小玩意，这些东西直到他逝世之前还属于他所有。

现在他虽然离开了人间，但这些东西却仍然存在着，他曾经以占有它们的魔法赋予它们灵魂，而现在它们则同这颗灵魂共存。

[王宁 译]

⊙作品赏析

　　曾经当过新闻记者的加西亚·马尔克斯的散文以其丰富灵活的表现题材，随意洒脱的文笔备受读者关注。他对人生的深刻感悟，对人文精神的独特见地，对现代人生存境遇的思考，使其散文更具有可读的思想性。用朴实而又洒脱的语言，贴切地反映普通人的生活和感情，并让人在他所营造的那种亲切氛围中有所感悟。《与海明威相见》是他比较有名的一篇散文，我们可以通过阅读，来体味马尔克斯散文的这种艺术风格。

　　《与海明威相见》中写了多年前，自己还是一个年轻记者时与喜爱的作家海明威不期而遇的情形，虽然时隔多年，但给读者展现的画面依然清晰如昨日，加上其中字里行间流露的情感，更表现了作者对于这位作家的钦慕之情。但作者对于作家海明威的喜爱，并没有妨碍他比较客观地评价海明威的创作。接下来他对于海明威文学作品的看法，是在具体的研究和深入的理解了海明威作品之后，发表的比较中肯的见解。他认为海明威的短篇小说"技巧"娴熟，"富于神秘优雅之感"，但又恰恰是"注重技巧"使"海明威始终未能在长篇小说领域里博得声望"。作者从海明威的性格出发，表示了对于这种现象的理解，但却没有为1950年海明威为自己的作品《过河入林》作辩护隐讳，作者觉得这样做"未免有失尊严"。作者站在一定的历史高度，在客观的基础上，对于海明威的钦慕之情一直流露于字里行间。遵从自己真实的感受而又不违背客观，也许这正是有过新闻记者经历的马尔克斯的高明之处吧。

母亲的消息 / 三浦哲郎

入选理由 日本当代知名作家三浦哲郎的人生散文
追念母亲情怀的精彩篇章
文章用语拙朴，情感真切动人

　　昨天，乡下的母亲来电话说东京这里怕是用不着棉外褂了，让送回乡下去。正赶上管电话的妻子出门了，是大女儿接了电话转告给我的。

　　"什么棉外褂？"女儿问。

　　大女儿和几个妹妹不同，她是在乡下而不是在东京的医院出生的。许是母亲抱着带大的缘故，母亲的一口家乡话大体都能听懂。但有时也会遇上不懂的词，就给难住了。母亲说的"棉外褂"就是厚厚地絮了很多棉花、不带翻领的棉袄。每年到了秋季，母亲都亲手做好，寄到东京来。

　　即使在盛夏我工作的时候，光穿贴身汗衫，外面不加和服就感到不踏实。母亲做的就是套在工作时穿的和服外面的棉外褂。

　　母亲六月一到就满80岁了，但依然自己做针线活儿。虽然不能像从前一样做夹衣跟和服短褂了，但像家常外褂和小孩的夏衣之类，不要别人帮助还是能做的。连穿针引线也都是自己来。一次纫不上，便把老花镜架在鼻梁上纫它几回。即使我回乡坐在她身边，也从来不叫我帮她纫。我看不过去，说："来，我给您纫！"母亲就显出难为情的样子，呵呵地笑着说："真的，这阵子，

·作者简介·

　　三浦哲郎（1931— ），日本当代小说家。主要作品有《忍川》、《结婚》、《海的道路》、《风的旅行》等。

眼睛不中用啦。"

由于母亲的眼力不好，做成一件棉外褂需要很长时间。入夏一个月后的盂兰盆节全家回乡，差不多该返回东京的时候，母亲就像忽然想起似的，从什么地方找出我的棉外褂，开始拆洗重做。

"不絮那么多棉花也成啊，东京没有这儿冷。"

我每次都这么说过之后才回来，可是到了11月打开母亲寄来的快件邮包一看，同往年一样，棉花絮得鼓鼓囊囊。

记得小时候，母亲坐在居室草席上铺开棉被或棉袍絮棉花。我望着轻柔的棉絮飘落在母亲的双肩上，我想，多像棉花雨啊！而此时，想必母亲如同昔日一样正在为我絮棉外褂。眼下乡间已是下霜季节，母亲感到后背凉嗖嗖的，所以才不知不觉把外褂的两肩絮厚的吧。

不管怎么说，母亲做好这件外褂不容易，我就穿着它过上一冬。其实即使不穿棉外褂，这四五年来我已胖得发蠢，再套上它，自然就更显得圆轱轮墩的了。这副打扮实在见不得人，不过在家里还倒没有什么妨碍。

也许我是在被炉旁长大的，对暖气或火炉之类总觉得难以适应。整个房间暖起来就头晕发困。因此，至今入冬后也还是只生被炉。可是即便是东京，深冬的黎明时分，外面的寒气也会侵袭双肩和后背。在这种时候，有这件棉外褂可就得济了。穿上母亲做的棉外褂，无论多么冻（我的家乡这么形容刺骨的寒冷）的夜晚，两肩和后背都不会觉得寒冷。伏在被炉上打个盹儿也好，和衣睡一觉也好，都不会感冒。夜里穿它出来，还能顶件短大衣。

棉外褂的布料大部分是母亲穿旧的和服。母亲已年近80，那些和服大体上花色都嫩了些，不过想穿还是可以穿的。母亲把这些和服拆开给我做棉外褂。一旦做好，就用包裹寄来。包裹里肯定会有封信，上面像记录似的写着这是用何时穿过的和服翻改的，曾穿着它到什么地方去过之类的话，末尾还注上一笔："还是挺不坏的东西呢。"

看上去料子诚然是上等货。无奈已经很旧了，加上我毫不吝惜地当工作服穿，每到开春，袖口和下摆就都磨破了；腋窝的里子绽了线；衣襟磨得油光；棉花打成了细小的球儿从后背和肩头冒了出来。

每到春天，我都想：这东西的寿命该结束了，便送回乡下去。可到了秋天，母亲又翻改好寄来，干净利落，焕然一新。同以往一样，棉花絮得满满当当。

我问同母亲通了电话的大女儿：

"别的，还说了些什么？"

"奶奶在电话里说：'这回你们又蒙我呀，我可难过了。'"大女儿告诉我母亲是这么说的，"声音可没劲儿呢，奶奶好像不大行了。"我听后笑了笑，摇摇头说："不过，那是没办法的事呵。"

听我这么说，大女儿也摇摇头："是呵，没办法呀。"

母亲近来身心不佳。她长期以来一直是病魔缠身，心脏不大好，轻微的心绞痛时常发作。直到四五年前，一收到邀请她来的信，还能立刻乘上十来个小时的长途火车来到东京。而今连这也做不到了。

看上去，母亲并不显得比从前弱多少。听说从前当问医生去东京住几天是否可以时，医生会立即回答说"请去吧"，还总是按在东京住的天数给她药。而最近，却同情地说："怕是太勉强了。"还说，想去的话去也成，但对后果可负不了责任。母亲本来觉得没啥了不起，但对于长途旅行的结果当然自己也没个准谱。生怕给周围的人带来麻烦，便只在乡下家中转悠了。

大女儿降生时，母亲67岁。母亲说，我在这孩子上小学前不死；孩子上了小学，又说小学毕业前不死。实际上母亲都如愿以偿了，如今大女儿小学毕了业。母亲也许是感到了疲惫和衰弱，这回没说等到中学毕业，只说想看看大女儿去参加中学的开学典礼。

"无论如何也要来的话，就请来吧。"我们这样给母亲回了信，当时决定由妻子去乡下迎接。然而，没想到今年初春的寒气在母亲身上引起了反应；加上三月过半，住在新县小千谷的一个叔父突然去世的消息，又是一次冲击。

这个叔父是庆应义塾大学毕业的医生，年仅66岁就患心肌梗塞突然故去。叔父搬到小千谷之前，曾在横滨的鹤见区住过很久，我的哥哥和姐姐们受到过他不少照顾。今年秋天，我本打算一步步踏着匆匆为自己结束生涯的哥哥和姐姐们的足迹，写一本长篇小说来记载我一家不祥血统的历史，所以有很多情况要问这位叔父。当我从小千谷的堂妹那里得知叔父病故的消息时，便感到茫然了。

"噢，告诉您一个不幸的消息，……您是坐在椅子上吧？"我用电话告诉母亲。闲谈了一会之后，又叮问了一下，才传达了叔父的讣告。

母亲发出了低低的悲声，但又出乎意料地用沉着冷静的声音告诉我吊唁时要注意的事情，并托我给叔母和堂妹带个口信。接着是一阵沉默。当我又开口讲话时，母亲说，听筒正紧紧地贴着耳朵，说话别那么大嗓门。然后又突然讲起了年轻时的一件往事。

这是件没什么意思的往事：叔父健在时，母亲每次到东京，叔父都请她吃冰激凌。有一回因为太凉，吃不惯，母亲不住地咳嗽起来。

"阿吉（叔父叫吉平）还老笑话我吃冰激凌咳嗽是山巴郎哪。"

像唱歌似的母亲的声音渐渐微弱了，突然又传来放下话筒的声音。

"山巴郎"大概就是山巴佬吧。我们家乡是这样称呼山里人的。

从那以后，母亲完全丧失了精神，看样子实在无法到东京来了。于是，我决定春假期间全家一起回乡下去看她。当车票已买好，也通知了回家的日期，就在出发前两天，二女儿突然发高烧病倒了。

为此，回乡的事只好作罢。母亲说我们骗她，指的就是这件事。本想这回把穿破了的棉外褂随身带回去，可现在却依然放在身边。恐怕母亲是在一怒之下，才叫赶快寄回去的。

母亲做针线活儿时总爱在嘴里含上末茶糖，我买了一袋放进棉外褂里。我一面打包，一面想：即使这样，近些日子也要回趟家。

[佚名 译]

⊙作品赏析

在日本当代文坛，三浦哲郎的作品《忍川》、《海的道路》以及《风的旅行》，以纯文学的尊严折服了众多的阅读者，这在近来他拒绝出席为芥川文学奖颁奖即可见一斑，他不忍心自己的文学圣殿遭受不纯粹的玷污。

在《母亲的消息》中我们见到的同样是他的一颗赤子之心，表露的是对自己母亲的情怀。在作者看来母亲是自己生命的牵挂，并从棉外褂的话题中追述了自己对母亲的印象，她的勤劳俭朴或者她的亲切和蔼，都在作者的心中留下了不可磨灭的印记。从关怀自己起居的叮咛中作者很是深切地体会到母亲的爱子之心，虽然穿在作者身上的棉外褂已经是母亲旧布料的重新缝制，但在作者看来这样的衣服穿在身上总是特别地温暖，就像文章中所说的："穿上母亲做的棉外褂，无论多么冻的夜晚，两肩和后背都不会觉得寒冷。"这就如同是中国孟郊诗行中"慈母手中线，游子身上衣"的情怀一般。

文章的结构是在现实与追忆的幻象中交叉进行的，但因为作者饱满的情感蕴含，并没有让人感觉到在虚与实的描述中的是否存在着时间上的落差，而在语言上，就像有评论家所说的，作者在看似平淡的语言的运用中，将爱的表达描述得细腻动人。让读者在不知不觉中感受和作者一般的母爱的感念。

与荒诞结婚 / 琼·迪迪昂

入选理由 一幅充满异域风情的画卷
对真诚人性的召唤
荒诞故事中的沉重思考

要是在内华达州克拉克县的拉斯维加斯举行婚礼，新娘必须发誓自己已十八岁，或已得到父母的允许。而新郎则必须发誓自己已二十一岁，或已得到父母的赞同。另外，还得有人付上五元钱买一张结婚证书（在星期天或度假日则要十五元。除了中午十二点到一点，晚上八点到九点以及清晨四点到五点以外，克拉克县府办公楼每天任何时候都办结婚证书）。除此之外再也不需要什么了。在美国的这些州中，内华达既不需要婚前血液检查，也不需要在签发结婚证书之前或之后让你等候一段时间。人们从洛杉矶出发，驶过莫哈韦沙漠，甚至在拉斯维加斯的灯光像海市蜃楼一般出现在地平线上之前，就能隐隐约约见到在远处月光下的景色中赫然耸起的招牌："您想结婚吗？斯特里普街第一家免费结婚证书咨询处"。也许拉斯维加斯的结婚业在一九六五年八月二十六日晚上九点至半夜这段时间里达到了最高效率。在平常的日子，这也许是个普普通通的星期四，但碰巧总统发布了命令，于是这一天便成了人们想靠结婚来逃避兵役的最后一天了。那晚有一百七十一对男女以克拉克县和内华达州名义结为伉俪，他们中的六十七对只有一名治安法官詹姆斯·A.布伦南先生主持婚礼。布伦南先生在沙丘街主持了一对婚礼，另外六十六对则在他自己的办公室内主持，每一对要价八元钱。一位新娘把自己的婚纱借给了另外六位新娘。"我把婚礼的时间从五分钟缩短到三分钟，"布伦南先生后来这样谈起自己的赫赫战功。"我其实可以给他们举行集体婚礼的，但他们毕竟是人，不是牲口。当人们结婚时，总期望能得到更好的服务。"

人们在拉斯维加斯结婚真正期待的东西——也就是从最大的意义上来说，他们预期的事情——使人感到难以理解和自相

· 作者简介 ·

琼·迪迪昂（1934—2021），美国当代女作家。主要作品有《小河》、《演员生涯》、《一本祈祷书》、《阿迈密》等。

矛盾。拉斯维加斯是美国新拓居地当中最极端、更富讽喻意义的地方，这是一个在金钱万能和使人获得即刻满足上表现出如此怪诞和美丽的地方，一个由暴徒和那些制服口袋里装着抗心绞痛药丸的应召女郎定下基调的地方。几乎所有的人都意识到在拉斯维加斯没有"时间"这个概念，没有白天和黑夜，没有过去和将来（然而，没有一个拉斯维加斯的卡西诺赌场能像雷诺的哈罗德俱乐部那样使人失去时间感。该俱乐部不分昼夜每隔一段时间便发布一份报道外界消息的油印"公告"）；在这儿人们也没有此刻身在何处的地点感。一个人正站在一望无边的不友好的沙漠中间的公路上，看着一个闪烁着"宇宙星团"或"恺撒宫"的八十英尺高的招牌。不错，但这又能解释什么呢？这个令人难以置信的地理位置，更加强了那种在这儿发生的一切与"真实的"生活毫无关系的感觉；内华达州内诸如雷诺和卡森这样的城市是牧场城镇，抑或西部城镇，是一些其背后有着历史必然性的地方。但拉斯维加斯却似乎只存在于观者的眼中。拉斯维加斯的一切使它成为一个极富刺激性而又极其有趣的地方，对于那些想要穿上缀有法国尚蒂伊花边、配上一头窄一头宽的袖子和一个可拆卸的装饰性拖裙的波士顿烛光缎子礼服的姑娘来说，这地方真是古怪得很。

然而拉斯维加斯的结婚业看来正是迎合了那种冲动。"自一九五四年以来始终保持着真诚和庄重"，一所专供结婚用的小教堂是这样做广告的。在拉斯维加斯有十九座这样的结婚小教堂，竞争十分激烈，每座小教堂都大做广告，宣传自己能提供比别家更好、更快而且暗示比别家更真诚的服务："我们的摄影是最好的"，"您的婚礼场面将录制成唱片"，"您的婚礼将充满烛光"，"蜜月旅馆"，"免收交通费：包括从汽车旅馆到结婚登记处到教堂再回到旅馆的全部路线"，"宗教或世俗仪式任您选择"，"化妆室"，"鲜花供应处"，"戒指专卖处"，"登报启事"，"提供证婚人"，"大停车场"。所有这些服务项目，就和拉斯维加斯的其他项目（桑拿浴、工资单支票兑换、绒鼠毛皮大衣出售或出租）一样，每周七天，每天二十四小时服务，这些服务项目的出台或许是基于这样的想法：结婚就像掷骰子赌博一样，是一种要趁赌运好的时候赶紧下注的游戏。

然而散布在斯特里普街的那些筑有祝愿井、镶嵌彩色玻璃纸窗、备有人工制作的花束的小教堂，最令人吃惊的是它们的那么多业务不是给人提供便利，不是在歌舞女伶和小歌星之间牵线搭桥。当然，也不是完全没有这种情况。（一天晚上十一点钟光景，我在拉斯维加斯看到一个身穿橘黄色超短裙、染着一头火红色头发的新娘倒在新郎的怀中，从斯特里普的一家教堂中跌跌绊绊地出来。这新郎长得像《迈阿密辛迪加》这类电影中的可怜的侄子一样。"我得去接孩子们了，"新娘抱怨道，"我得找个人来看管孩子，我要去看午夜戏。""你要的都是合理的。"新郎说着拉开凯迪莱克牌豪华轿车的门，扶着她一头倒在座椅上。）但是拉斯维加斯看来能提供"便利"以外的东西；它向年轻人推销"高雅"，推销恰当的礼仪的摹本，这些年轻人不知道如何才能获得"高雅"，如何作出种种安排，如何按规矩操办一切。在斯特里普街，整个白天和傍晚人们都能见到那些婚礼聚会，聚会者在过街人行道的刺目的灯光下等候着，在停车场上心神不安地站立着，与此同时，受雇于西部小教堂（"明星们的婚礼场所"）的摄影师正在摄下这一场景：新娘头戴面纱，脚穿白色缎子浅口皮鞋；新郎通常穿白色晚礼服，甚至还带了一两个随从，一个妹妹或一个穿着粉红色双面横棱缎的最亲密的朋友，一袭飘动的帐幔，一束康乃馨。风琴手奏起《一旦爱上就将永远》，然后是几小节《天鹅骑士》。于是母亲便哭了起来；继父因自己的尴尬身份，便邀请小教堂的女招待和他们一起去沙滩喝酒。那位女招待带着职业性的微笑婉言拒绝，此刻，她已将兴趣转移到等候在外的一对对新人了。一个新娘出去了，另一个新娘进来了，小教堂门上的招牌又一次亮了起来："欲举行婚礼者，请稍等片刻。"

我上一次在拉斯维加斯时，来到斯特里普的一家餐馆，正巧和这样的一个婚宴毗邻。婚礼刚举行完毕，新娘身上依然穿着结婚礼服，母亲仍佩着胸花。一个神态厌倦的侍者给除了新娘以外的所有人都斟上几口淡红色的香槟（说是"由饭店付账"），新娘因年龄太小，按规定不予侍酒。"你需要喝点比这更刺激些的东西"，新娘的父亲向他的新女婿放肆地打趣道；这种关于新婚之夜的老一套的玩笑有种过分乐观的性质，因为新娘明显地已有了好几个月的身孕。后来酒又斟了一巡，这次不再是免费的了。新娘开始哭了起来。"今天真是太好了，"她呜咽道，"就像我所希望所梦想的那样。"

〔汪义群　译〕

⊙作品赏析

琼·迪迪昂的《与荒诞结婚》展现的是一种真实的人类生活。它或许极具讽喻意义，或者荒诞，但至少是真实的，没有任何虚伪掩饰的。

走进《与荒诞结婚》，我们看到的是一个超越原始而又超越现代的人群，用作者的话说"极富刺激性而又极其有趣的地方"。在这个地方，人们延续着一种约定俗成的习惯，婚姻非常自由和自主。但它又不是原始荒乱的，并没有使人感到十分的不妥。在这个过程中，有结婚业为其提供正常的程序，有亲朋好友的祝贺和宴会。只要年龄允许，只要人们相爱，就可以以婚姻的方式互订终身。而结婚业也只是向人们"推销'高雅'，推销恰当的礼仪的摹本"。 人们选择这里是因为，"这些年轻人不知道如何才能获得'高雅'，如何作出种种安排如何按规矩操办一切"。它没有"文明世界"中，结婚前繁琐的、用来证明其正式意义的程序，但它至少少了现代文明中，结婚双方互不信任的猜忌， 至少还"真诚和庄重"；它没有现代文明伪装起来的严肃和崇高，但它至少比庄重化、崇高化的猥亵要单纯；它也并不完美，但至少其中还有美好的真情。相形比较，现代与古老，文明与荒诞，谁高谁下 ，只能交于读者去评价。

同情/大江健三郎

入选理由　1994 年诺贝尔文学奖得主大江健三郎的散文代表作
大江健三郎"温暖人文"系列中的精品
情感真挚，充满法国式的苦难的人道主义精神

我毫无保留地写这件事，是需要勇气的———种令人悲伤的勇气。家里的人，特别是我，有时会无意中对有残疾的儿子按捺不住火气，现在有时也这样。

这件事让我想起了医生、护士们以及理疗人员、精神疗法专家，他们也有对患者生气的时候，他们是怎样去克服这种情绪的呢？我也是个任性的人，等我老了的那一天，给家人及护士们带来麻烦，他们要是也对我生气……我不能不具体地去考虑这些问题。

记得那是光五六岁时的事了，那时他的体重、身高都超过了同龄孩子的平均值，可智力还不及三岁儿童。带他一起外出时，不知他会在什么地方、什么时候就停下不走了。不仅如此，还要朝他自己要去的方向走。我拉着他的手，常常感到他拽的劲儿特别大。

一天，我和光一起去了位于涉谷的百货商场。那天好像是有点儿感情用事，在家和妻子闹了点儿矛盾，所以就我们两个人出来了。在那个商场的六层或七层处，有一个连接新馆和旧馆的通道。我正想穿过旧馆的体育用品部时，光又想我行我素地随便走。自从进了这个商场以后，这已经不知是第几次了。我真的要急了，但还是调整了情绪，让他往前走。光却固执地把头一转，径自向着他要去的方向走去。

我还清楚地记得，那时我突然产生了一种不切实际的想法，连自己都意识到这种想法很不负责任。他太倔强，我气极了。我松开了儿子的手，径直向新馆走去。买完东西，又去了新书柜台，之后我回到了原来的地方，当然我没能找到我的孩子。

到了这地步，我狼狈极了。我去广播站让他们帮忙广播找孩子，广播倒是马上开始了，但光当然不会意识到自己就是那个走失的孩子。听着广播，我简直乱了阵脚，不知自己该做些什么。除了新旧两馆连接处的楼梯，我还上上下下找遍了每一层楼梯，大概找了两个小时吧，我不得不给家里打了电话，告诉他们现在的情况，妻子也很不安。

我茫然了，想坐下来休息一下儿。就在这时，顺着新馆楼梯处的休息平台向外望，透过模糊的玻璃窗，我发现在旧馆那边的楼梯那儿，有一个个子很小，像小狗一样的东西异样地慢慢地但是拼命地移动着。我向着新旧两馆的通道那一层跑上去，跑到对面，下了楼梯，正遇见儿子头上严严实实地戴着红色毛线帽，两手撑着地爬上来。光因为刚才的运动，胖胖的脸变得油亮亮的，但是脸上的表情毫无变化，只是看了我一眼。不过，在坐电车回家的那段时间里，他再没松开我的手。

那天，要是就那么把光丢了，或是他从楼梯的休息平台那儿滚落下去，或是爬着走时两手被电梯夹住……有好几次我想起来都觉得后怕。因我一时生气而将有残疾的儿子推向死亡，作为父亲，我将一辈子都不可能从这罪恶的意识中解脱出来，不用说我的家庭也就破碎了。

那阵，报上时有这样的报道，说是年轻的母亲把夜里哭闹的婴儿扔在地上摔死了。那时，我站在这毫无经验的母亲的立场上，再次回味了后怕时出冷汗的感觉。我不怀疑，作为人，育儿最基本的是一种本能的感情，但对深夜哭闹的婴儿大动肝火，不也是接近人本能的一种感情吗？

看到对残疾儿子奉献着一切的妻子，虽然已经司空见惯，但还是时常令我感受到新的心灵的震撼。我发现妻子对光也确实生过气，那种时候，家里人很自然地扮演着自己

· 作者简介 ·

大江健三郎（1935— ），日本作家。出生于四国爱媛县，1954年考入东京大学文科。大学时代参加过学潮，并读了大量加缪和萨特等现代派作家的作品，受存在主义思潮影响较大。发表了《奇妙的工作》、《饲育》和《人羊》等小说，提出了现代资本主义社会中人的个性受压抑和人的尊严受损害等问题。毕业后继续创作，长篇小说《我们的时代》、《青年的污名》等通过性来反映社会和人生的问题，长篇小说《万延元年足球队》、《洪水涌上我的灵魂》和《燃烧的绿树》等有关核问题的重大的社会问题，视角独特，情节荒诞。另外，还发表有长篇随笔《广岛札记》，散文集《严肃的走钢丝》，理论著作《小说的方法》等。因为他"善于在荒诞的故事叙述里蕴藏诗意的抒情，对人类危机进行深刻的思考"，1994年获诺贝尔文学奖。

的角色。我或光的弟弟、妹妹就站在光一边为光辩护，但常常是我和我的二儿子没什么道理，也不加判断，只是鼓励光，而我的女儿则先将问题的是非曲直弄清，然后代替妈妈说给光听，让他反省，而且更明确地向大家说明光的看法。

最近我与光在心理上的对立，是不言而喻的。但与当初他用那种天真幼稚的态度让我感到棘手的时候又不一样。

每天要接送光去残疾人福利工厂，这事也是他的弟弟、妹妹做的时候多，我很少出门，因此也就很自然地免去了接送的任务。

有时我正集中精力读一本我想读的书，或是在写小说草稿，却到了不得不去接儿子的时间。我家没有车（妻子倒是想得周到取得了驾驶执照，但那是年轻时的事了，即使现在为了接送儿子而买车，为确保驾驶技术，我看有必要再去驾驶学校接受训练），坐汽车和电车来往于福利工厂，要花一个半小时，其中有好几次，我都想快点儿回到家，接着做我刚才没做完的事……

从福利工厂到电车站，必须要过两个人行横道。其中一个是要横穿甲州街道，这条路有包括大型卡车在内的大量的车通过，因此，等红绿灯就显得时间很长。要是在信号将要变时过马路呢，一旦信号变成红色，光肯定是要害怕，半路发作什么的可就没有办法了。因此，若他一人来往于福利工厂的话，我一定要磨破嘴皮子告诉他那个人行横道的危险性，实际上他才是遵守信号的呢。

有一天，我催着儿子来到了这个人行横道，看到信号灯是绿色，可人们已走过人行横道的一半了，我拉着儿子的手小跑着过去了。走了一半，信号就开始闪了。过来以后，因刚才稍稍运动了一下，心情还不错。我松了口气，对儿子说：“看，我们过来了吧！今天虽然说在福利工厂有些累，但还是走得很快嘛！”可儿子不理我，他挣脱了我的手，交叉放在胸前，像金刚力士似的站在那儿，然后一直到家，他都是慢我几步在后面跟着我回来的。

我因此而生儿子的气。说来也有些孩子气，在公共汽车里，我俩也不说话。回到家里，我继续做留在桌子上的工作，儿子躺在房间的地毯上听立体声音乐，我也不理他。儿子认为，父亲没有耐心等下一个绿灯，反而让自己快跑，这并不是自己擅长的，而且明知自己最害怕半路会变成红灯。儿子确信自己是对的，所以他也生我的气。虽然没有向我妥协的意思，但却好像一直记挂着这个沉默而郁闷的父亲。

于是，儿子开始实施他值得夸耀的和解办法：电话铃一响，他用往常没有的机敏拿起听筒，不让妻子来接电话，然后一边告诉我对方的名字，一边把电话拿给我；他还负责拿晚报；电视里一出现我友人的面孔，他就往我这边看，看我是否注意到了。对于过人行横道后他那反抗的态度，他却没有要向我道歉的意思。

他这么一来，让我感到很惭愧，但为了不失做父亲的面子，我开始寻找至少是和儿子对等的和解机会，等我留意时，我发现妻子和女儿正忍着笑，看着我的一举一动……

［罗京莉 译］

⊙ **作品赏析**

按照川端康成的说法，大江健三郎是日本新时代文学精神的旗手。其笔端多涉及人道主义关怀，有人称它为法国式的，对苦难的存在不即不离，但其实它更加接近于俄罗斯自然派的精神，他深入苦难，甚至是在爱怜它。

在和《同情》结构内容相似的《康复的家庭》中我们也见识了他的这种情怀，在《个人的体验》中也满是对残疾的同情。因为作者确实是亲身经历了残疾这种先天的痛苦，和为这种不公正存在饱受的折磨。作者中年时候曾经生育过一子大江光，这个孩子先天残疾，让这个家庭一直处在不安的痛苦中煎熬。在《同情》中作者就将这种情绪表达得淋漓尽致，作者爱他却又嫌恶他，由此而导致了父子之间的隔阂。为此作者在不同文章中曾作过多次相同方式的忏悔，《同情》则是为其中的代表，因为我们从文章的前后截然相反的情绪来看，前面大段的抱怨和不满之语就像父亲在教堂的偏室里朗声忏悔，后面小段的反思，则像是做错事的孩子在上帝面前，小声地祷告。这一点我们在文章中可以很明显地看到，作者说："我毫无保留地写这件事，是需要勇气的——一种令人悲伤的勇气。"

也许我们只能说这是面对智障儿的苦恼，和苦恼中怜悯式的爱。

贝加尔湖啊，贝加尔湖 / 拉斯普京

入选理由 | 对雄奇山水真诚和挚爱的赞歌 变幻迷离的盛景令人叹为观止 笔触摇曳多姿，情景水乳交融

贝加尔湖啊，贝加尔湖……

大司祭阿瓦库姆留下了一篇俄罗斯人对贝加尔湖的最早赞誉。1662 年夏，这位"狂人"大司祭从达斡尔流放地返回途中，他只得从东岸到西岸横渡这个海洋般的大湖，当时他对贝加尔有过这样的记述：

"……其周围，群山崔嵬，岩峭壁高耸入云——我跋涉迢迢万里，任何地方都不曾见到这样的山景。山上，石房、木屋、大门、立柱、石砌的围墙和庭院——无不都是上帝的赐予。山上边长有葱蒜——不仅茎头之大为罗曼诺夫品种所不及，且十分鲜美。满山，天赐的大麻芊芊莽莽，庭院内则芳草葱茏——鲜花开处，更是幽香袭人。海湖上空，百鸟云集，家鹅和天鹅神游在浩渺的湖面上，宛如皑皑白雪。湖里，鳇鱼、折乐鱼、鲟鱼、凹目白鲑和鸦巴沙，种类之多，数不胜数。漫道这是淡水湖，却也生长有硕大的北欧环斑海豹和髭海豹：就是在我旅居美晋时，在大洋里也不曾见过偌大的海豹。湖中鱼群济济，鳇鱼和折乐鱼最是肥美无比——甚至无法用平锅煎食，一煎即会化为鱼油。彼世的基督为人们创造了可供享用的一切，让人们在心满意足之下，衷心赞美上帝的恩赐。"

自古以来，无论土著人，无论是 17 世纪来到这贝加尔湖畔的俄罗斯人，无论只是到此一游的外国人，面对它那雄伟的、超乎自然的神秘和壮丽，无不躬身赞叹，称之曰"圣海"，"圣湖"，"圣水"。不管是蒙昧人，也不管当时已是相当开化的人，尽管在一些人心里首先触发起的是一种神秘感，而在另一些人心灵中激起的则是美感和科学的情感，但他们对贝加尔湖的膜拜赞叹却

·作者简介·

拉斯普京（1937—2015），俄罗斯作家。主要作品有《活着，可要记住》、《玛丽娅借钱》、《告别马焦拉》、《最后的期限》等。

是同样的竭诚和感人。人们面对贝加尔湖浩瀚的景观，每每感到惶惶然不知所措，因为，无论是人的宗教观念或是唯物主义观念都无法包容下它：贝加尔湖，它不存在于任何某种同类的东西都可存在的地方，它本身也不是那种这里那里都可存在的东西，它对人的心灵所产生的影响也和"冷漠"的大自然通常产生的那种影响不同。这是一个特殊的、异乎寻常和"得天独厚"的所在。

随着时间的推移，人们对贝加尔湖进行测量和考察，近年来甚至还使用深水探测仪器对它进行测试。它具有了明确的体积概念，于是，人们便开始拿它进行比较：时而把它同里海相比，时而又把它同坦噶尼喀湖相比。人们计算出，它容纳着我们地球上淡水总量的1/5；解释了它的成因，推测出，在任何地方都早已绝迹的许多动物、鱼类和植物何以能在它这里繁衍生长，生存在数千里之外世界其他部分的各种生物又何以来到了它的水中。当然，并非所有这些解释、这些推测彼此都很一致，甚至很不一致。贝加尔湖岂有那么简单，可以轻易让它就此失去那神秘幽邃、莫测高深的特性？然而，这也理所当然，就其本身的物理条件，它被摆在人们所描绘和发现的大自然伟大奇迹之列是适得其所的。它就耸立在这奇迹之列……这仅仅是因为它本身是充满活力、气象雄伟、巧夺天工、无与伦比和任何地方都不复多见的，它知道自己应处的位置，知道自己的生命价值。

那么，到底怎么才可以比较它的美呢？又何与匹比呢？我们并不担保，世界上再没有比贝加尔湖更美好的东西了：我们每个人都觉得自己的家乡亲切、可爱，连爱斯基摩人或阿留申人，大家知道，对他们来说，冻土带和冰雪荒漠就是自然界完美的富庶的乐土。我们从出生那天起就呼吸着故乡的空气，吮吸着故土的精华，沐浴在它的景色之中，它们陶冶着我们的性情，并在很大程度上融合成了我们生命的组成部分。这一切对于我们是宝贵的，我们是它们的一部分——纳入自然环境之中的一部分，正因为如此，只这样说是不够的；大自然那古老的、永恒的呼声在我们心中也应该，而且已经得到响应。把格陵兰积冰同撒哈拉沙漠相比，把西伯利亚原始森林同俄罗斯中部草原相比，甚至把里海同贝加尔湖相比，即使有所偏爱，也都毫无意义，充其量只能表达自己对它们的某种印象。所有这些都以其美而令人称绝，以其生命活力而令人惊异。在这种情况下试图作这种比较，多半都是出于我们不愿意抑或不善于发现和感受景致美的惟一性和非偶然性，及其令人担忧和惶恐的境遇。

大自然作为世间完整的、惟一的造物主，毕竟也有它自己的宠儿：大自然在创造它时特别倾心尽力，特别精益求精，从而赋予了它特别的权力。贝加尔湖，毫无疑问，正是这样的宠儿。人们称它为西伯利亚的明珠不是没有道理的。我们暂且不谈它的资源，这将是单独的话题。贝加尔湖之所以如此荣耀和神圣，另有别的原因——就在于它那神奇的勃勃生机，在于它那种精神——不是指从前的，已经过去的，就像眼下许多东西那样，而是指现在的，不受时间和改造所支配的，自古以来就如此雄伟、具有如此不可侵犯的强大实力的精神，那种具有以天然的意志和诱使人去经受考验的精神。

我想起了我和一位到我家作客的同志同游贝加尔湖的事，我们沿大贝加尔湖湖岸上古老的环湖路，步行良久，走出很远很远，来到了湖南岸一个最幽美、最明亮的去处。时值八月，正是贝加尔湖地区的黄金季节。这时节，湖水变暖，山花烂漫，甚至连石头在阳光下闪闪烁烁也像山花一般绚丽；这时节，太阳把萨彦岭重新落满白雪的远远的秃峰照得光彩夺目，放眼望去，仿佛比它的实际距离移近了数倍；这时节，贝加尔湖正储满了冰川的融水，像吃饱喝足的人通常那样，躺在那里，养精蓄锐，等候着秋季风暴的到来；这时节，鱼儿也常大大方方地麇集在岸边，伴着海鸥的啾啾啼鸣在水中嬉戏；路旁，各种各样的浆果，俯拾皆是——一会儿是齐墩果，一会儿是穗醋栗，有红的，有黑的，一会儿是忍冬果……加之又碰上了罕见的好天气：晴天，无风，气候温暖，空气清新；贝加尔湖湖水清澈，风平浪静，老远就可看到礁石在水下闪闪发光，晶莹斑斓；路上，忽而从山坡上飘来一阵晒热的、因快成熟而略带苦味的草香，忽而又从湖面上吹来一股凉爽沁人的水腥气息。

两个来小时过后，我的这位同志就已经被扑面而来令他目不暇接的景致折服了：狂花繁草，野趣满眼，天造地设的一席夏日奢宴，他不仅前所未见，甚至连想都难以想象得出来。我再说一遍，当时正是百花盛开、草木争荣的鼎盛时节。还要请您在所描绘的这幅画面上再添上几条向贝加尔湖奔流而去的潺潺（我巴不得说：它是伴随着清脆、庄重的乐曲）山涧小溪，我们曾一次又一次地向这些小溪走下去，试试它的水温，看一看它们多么神秘、多么奋不顾身地像扑向母亲的怀抱般汇入共同的湖水中去，求得个永恒的安宁；请在这里再添上那些接连不断、整整齐齐的隧道，它们修筑得颇具匠心，一洞洞依山而就，浑然天成，其总长度竟与这段路程相差无几，每洞隧道上方的悬崖峭壁时而庄重险峻，时而突兀乖戾，就像刚刚结束一场游戏般一副无拘无束的神情。

一切能使人产生观感的东西，很快就充满了我这位同志的心胸，他顾不上惊讶和赞叹，于是乎沉默起来。我继续说我的。我说，大学生时代，我初次来贝加尔湖时，它那清澈见底的湖水曾使我上当，我曾想从船上伸手去捞一块石头，后经测量，原来那里的水深竟达四米以上。我这位同志听了不以为然。我感到有些不快，我说，在贝加尔湖水深40米也可一眼见底——好像我是多说了一点儿，即使如此，也没引起他的注意，就像他经常乘车经过莫斯科河可以不断看到它的河水一样不足为奇。只是这时，我才猜到他是怎么回事：我告诉他说，在贝加尔湖二三百米深处能从一枚两戈比硬币上念得出它的铸造年代，这下他才惊讶到了不可再惊讶的程度。原来，他脑子里都饱和了，常言道，懵了。

记得，那一天一只环斑海豹几乎使他没命了。这种海豹一般很少游近湖岸，可这一次，就像约定好的一样，它来到很近的水面上嬉戏，当我一发现指给我那位同志看时，他不由得失声狂叫起来，接着又突然打起呼哨，像唤小狗那样招呼海豹过来。这只海豹当然顿时潜入了水底，而我这位同志在对这只海豹和自己的举动的极度惊异之中，又不讲话了，而这一沉默就是好长时间。

这段往事本身无关紧要，但我这位同志从贝加尔湖回到家不久，就给我来了一封热情洋溢的长信，我回忆此事，仅仅是为了便于从他这封信中引用几句话。"体力增加了——这就算了，过去也是常有的，"他写道，"然而，现在我精神振奋，这却是从贝加尔湖那里回来之后的事。我现在感到，我还能做许多事情，似乎对哪些事情该做，哪些事情不该做心里也有数了。我们有个贝加尔湖，这有多好啊！我早晨起来，面朝着圣贝加尔湖所在的你们那个方向躬身膜拜，我要去移山倒海……"

我理解他的心情……

其实，我的这位同志，他所看到的充其量只是贝加尔湖的区区一角，而且那是在一个万物都感恩安宁和阳光绝好的夏日。殊不知，恰恰就是在这样风和日丽、空气宁静的日子里，贝加尔湖也可能突然间汹涌澎湃起来，仿佛凭空一股无名的怒气在它深处膨胀起来。看到眼前的情景，你都不能相信自己的眼睛：风平浪静，湖水却隆隆作响——这是遥遥数公里之外的风暴区传来的信息。

我的这位同志，他既不曾遇到过萨尔马冷风，也不曾遇到过库尔图克海风，更不曾遇到过巴尔古津东北风。这些有着各种名目的大风，带着疯狂的力量顷刻间从各个河谷地带袭来，有时掀起高达五六米的巨浪，足以给贝加尔湖地区带来巨大灾难。而贝加尔湖的渔民不会去祈求它，就像一首歌中所唱的："喂，巴尔古津，你掀起巨浪吧……"

他不曾看到过北贝加尔湖那全部严峻而粗犷、原始而古朴的美姿，置身于那样的美境，你甚至会失去时代感和人类活动的限度感——这里只有一种闪耀着光辉的永恒，惟有它在如此慷慨而又如此严峻地管辖着这古湖的圣洁之水。不过，近年来，人也在忙着弥补自己，缩短着他所习惯的生活方式和大自然的神威、永恒、宁静和美之间的距离。

他也不曾到过佩先纳亚港湾，那里晴朗天气远远多于著名的南方疗养胜地；他不曾在奇维尔金海湾游过泳，那里夏季的水温一点儿也不比黑海的低。

他无从知道贝加尔湖冬天的景象，风把晶莹透明的冰面吹得干干净净，看上去显得那样薄，水在冰下，宛如从放大镜里看下去似的，微微颤动，你甚至会望而不敢投足，其实，你脚下的冰层可能有一米厚，兴许还不止；我的这位同志，他也不曾听到过贝加尔湖破冰时发出的那种轰鸣和爆裂声。春季临近之际，积冰开始活动，冰面上迸开一道道很宽的、深不可测的裂缝，无论你步行或是乘船，都无法逾越，随后它又重新冻合在一起，裂缝处蔚蓝色的巨大冰块叠积成一排排蔚为壮观的冰峰。

他也不曾涉足过那神奇的童话世界：忽而一条白帆满张的小船朝你迎面疾驶而来；忽而一座美丽的中世纪城堡高悬空中，它像是在寻找最好的降落地点，在平稳地向下徐徐降落；忽而一群天鹅排成又宽又长的队形，傲然地高高昂着头游来，眼看就要撞到你身上……这便是贝加尔湖的海市蜃楼，许多美丽动听的神话和迷信传说，都产生于此地司空见惯的寻常景观里。

我的这位同志，与其说他还有许多东西未曾见过，未曾听说过，也未曾亲身经历过，毋宁说他还一无所见，一无所闻，完全不曾亲身体验过。即使我们这些家住贝加尔湖滨的人，也不敢夸口说十分了解它，原因就在于对它的了解和理解是无止境的——惟其如此，它才是贝加尔湖。它经常是仪态万千，而且从不重复，它在色彩、色调、气候、运动和精神上都在瞬息万变。啊，贝加尔湖精神！——这是一个有特定含义的确实存在的概念，它足以使人相信那些古老的传说，诱使他怀着一种神秘的胆怯心理去思考，一个人要在别的地方，究竟在多大程度上有自认为该干什么就能干什么的自由。

我这位同志逗留的时间很短，看的东西少得可怜，但他毕竟还是有了一次感受一下贝加尔湖的机会，姑且不说是理解吧。有了这种机会，情感就取决于我们，取决于我们有没有摄取其精神实质的能力了。

贝加尔湖，它未尝不可凭其惟此为大的磅礴气势和宏伟的规模令人折服——它这里一切都是宏大的，一切都是辽阔的，一切都是自由自在、神秘莫测的——然而它不，相反，它只是升华人的灵魂。置身贝加尔湖上，你会体验到一种鲜见的昂扬、高尚的情怀，就好像看到了永恒的完美，于是你便受到这些不可思议的玄妙概念的触动。你突然感到这种强大存在的亲切气息，你心中也注入了一份万物皆有的神秘魔力。由于你站在湖岸上，呼吸着湖上的空气，饮用着湖里的水，你仿佛感到已经与众不同，有了某些特别的气质。在任何别的地方，你都不会有与大自然如此充分、如此神会地互相融合互相渗透的感觉：这里的空气将使你陶醉，令你晕头转向，不等你清醒过来，很快就把你从湖上带走；你将游历我们做梦都不曾想到过的自然保护区；你将怀着十倍的希望归来：在前方，将是天府之国的生活……

贝加尔湖，它足以能净化我们的灵魂，激励我们的精神，鼓舞我们的意志！……而这是只能凭内心去感受，而无法估量，也无法标志的，但对我们来说，只要它存在着也就够了。

有一次，列夫·托尔斯泰散步回来，曾记述道：

"置身于这令人神往的大自然之中，人心中难道还能留得住敌对感情、复仇心理或嗜杀同类的欲望吗？人心中的一切恶念似乎就该在与作为美与善的直接表现形式的大自然接触时消失。"

我们这种古老的、自古以来就与我们的居住的土地及其奉献的不相适应，是我们由来已久的不幸。

大自然本身是道德的，只有人才可能把它变得不道德。怎知不是它，大自然，在相当大的程度上仍使我们保持在我们自己的确定的、暂时或多或少还有些理性的道德规范之内的呢？不是靠它在巩固着我们的理智和善行的呢？是大自然在哀求，在期望，在警告，在以已故的和尚未出生的、我们前世的和来世的人的灵魂日日夜夜盯着我们的眼睛。我们大家难道听不见这种呼唤吗？从前某个时候，贝加尔湖滨的埃文基人，他们要砍一棵小白桦树时还忏悔好久，祈求小白桦树宽恕，砍它是出于无奈。现在我们可不是这样了。到底是否正因为如此我们才需要而且有可能制止住那只冷漠无情的手呢，这只手已经不像二三百年以前那样只是加害于一棵小白桦树，而是加害贝加尔湖父亲本身；到底是否正因为如此我们才对包括贝加尔湖在内的大自然恩赐给我们的一切，而向包括贝加尔湖在内的大自然加倍地偿还呢？善将善报，恩将恩报——按照自古以来的道德循环……

[程文 译]

⊙作品赏析

这篇文章是拉斯普京的散文代表作之一，也是一首洋溢着满怀真诚和挚爱的赞歌，作者酣畅淋漓地颂扬了贝加尔湖超乎寻常的美丽、不同凡响的雄伟、变幻迷离的神奇及超越时间与历史的勃勃生机。

然而，与其说这是一首赞歌，不如说是作者对日渐弱化的环保意识的呼吁，更是对纯净圣洁灵魂的祈求和渴盼。贝加尔湖陶冶着人们的性情，更融进了人们的生命。它的美令人如痴如醉，它的盎然生机令人赞叹不已。自然之景本是客观的、无生命的存在，但是，拉斯普京用一腔赤诚关注着贝加尔湖，在他的眼里，贝加尔湖是"特殊的、异乎寻常和'得天独厚'的所在"，作者还运用鲜活的拟人手法，说湖自己不愿意轻易地失去"那神秘幽邃、莫测高深"的特性，既从科学角度揭示出了贝加尔湖的奥妙无穷，又增强了文章的艺术感染力，令人神思飞跃。但是，这样热烈的赞叹仅仅只为文章开了个头，绚丽夺目的盛景还在后头。作者借与友人一同游湖的经历，浓墨渲染他心目中神圣可敬的贝加尔湖。可赞可叹之处纷繁而杂乱，作者却以其高超的艺术表现力，抓住湖的时令特征，自如挥洒，从冰川到鱼儿到天气，纷繁的景象扑面而来，令人目不暇接。诸如"躺在那里养精蓄锐"之类的拟人，更是赋予了贝加尔湖以灵性、以生命。作者的赞美之情如滔滔大江不可遏止，他继续用洋洋洒洒而又整齐清晰的段落描景摹物抒情。从各种名目的风到湖的原始而古朴的美，从夏景到冬景，从冰面到海市蜃楼，美轮美奂，真叫人叹为观止。

而文中引用的托翁的话，更是契合文章的主题，升华了文章的思想境界。

幻象 / 拉斯普京

入选理由	拉斯普京晚年的散文代表作
	一个智者对生命晚景的深切体悟
	一幅自然之秋与生命之秋交相辉映的绝美画面

我开始在夜间倾听一种声音。似乎有人在拨动一根长长的、越过整个天空的琴弦，那琴弦发出了纯净的、怨诉的、让人陶醉的声响。一阵声浪刚刚逝去，另一阵声浪又单声部地、声音犀利地响了起来。我躺在那里，完全醒了过来，我全神贯注，内心充满了担忧，我在仔细地倾听：这究竟是不是我的幻觉？可是，幻觉可以出现一次，出现两次，却不可能每天夜里都不停地出现。幻觉也可以出现在白天，可白天我却从没有过这样的幻觉。我清晰地听到，在我头顶上方的什么地方，琴弦被有意地、小心地拨动了，发出一阵响声，然后，这响声又绵延为一个微弱的、忧伤的颤音。我不知道，究竟是这个响声惊醒了我，还是我稍稍提前地醒了过来，为了从头到尾地倾听这个响声。奇怪的是，那只小闹钟就放在身边的床头柜上，可我一次也没去看它那发光的表盘，我只要转过脑袋去，就可以确定，我每天是不是在同一个时刻醒来的。一个不知道从哪里传来的声音，一个不知道在传达什么的信号，在将我迷惑，我全神贯注地倾听着，倾听着那个隐秘的、有待破译的声音，而把其余的一切都抛在了脑后。这里没有恐惧，而那会使我惊呆的惟一东西，就是一种期待：接下来会怎么样呢？

这是什么？——莫非，他们已经在召唤我了？

在这样的时刻，当那哀怨的召唤突然响起又渐渐远去，我就做好了面对一切的准备。我感觉到，这是在喊我的名字，在做一次尝试。没办法：看来，就要轮到我了。在我30余年的写作生涯中，我曾多次有过这种严阵以待的感觉，认为这种感觉是可以信赖的，是不会出现什么变化的。我进入了角色，自我献身地、完全真诚地扮演着这一角色，我的全部生活都在让我自己相信，在我死亡的终点线之前，还伸展着一片无穷尽的远方，还有着无穷尽的享受，享受生活的欢乐。但是现在我明白，关于无穷尽的骗局已经结束了，在我们那一辈人里头，已经没人比我更年长了，我的目光越来越多地转向内部，为的是分辨出道别的风景。我还能产生强烈的情感，还能做出果敢的举动，我的双腿还能轻松地迈动，我还没有丧失行走所带来的乐趣，但是，干吗要说假话呢：抖擞的精力已经无处可以获取了，前方的一切，都是枯燥乏味的生活。我越来越经常地遭遇孤独，发现自己独自呆在四堵墙之间，这四堵墙壁我已经很熟悉了，可它们却不是我主动选择来的，而似乎是某种外力强加给我的。我在那里寻找一些可爱的物件，寻找自己的东西，为的是更容易地习惯起来，但是，没有一个亲人前来看我，我也没在等待他们，一连数个小时，我就透过那扇巨大的、占据了整面墙壁的窗户，看着窗外那一成不变的风景。

就连那风景也是熟悉的，只不过我无论如何也想不起来了，是在哪里见过这样的风景。我到过很多地方，我所见到过的许多东西，都曾让我沉湎其中而不能自拔，怀着深深的爱恋，噙着感动的泪水，甚至甘愿就融化在那风景之中，追随那些先行者，他们在我之前就已经融化在那里了，并添加上了美和静逸。也许，这某种东西来自转瞬即逝的、明亮耀眼的过去，来自那些在心中留下了烙印的视觉印象，——我不清楚。

这"某种东西"出现在秋天，出现在深秋。

我喜欢"大自然豪华的凋零"……又怎么能不喜欢它呢，既然这整个年头仿佛都一直在养精蓄锐，做好准备，以便在低垂的、似乎也同样沉重起来的天空之下，展示出大地在摆脱了重负之后所披上的那身奇异装束。森林泛出一片火红，杂乱的青草垂下沉甸甸的草茎，散发着清香，空气像水流一样漫过阳光下的低地，激起一片沙沙声，带来一阵苦艾味；远方静卧在清晰、柔和的地平线上；田头，林边，山脊，——全都披上五彩缤纷的衣裳，跳起圆圈舞，它们端起姿势，忧伤地、小心翼翼地迈出脚步……一切都在坠落，种子和果实在纷纷坠落，铺满了大地。"老娘们的夏天"如今变得年轻了：春天挤进了夏天，夏天又挤进了秋天，九月里还是满眼绿色，一片芬芳，感觉不到秋的气息，而与此同时，白雪却在毫不迟疑地做着准备。圣母节过后一个星期，就会有寒流袭来，然后就是潮湿的日子，人们辗转反侧，苦不堪言。然后是彻底的干燥。于是，那些还保留着其装饰的一切植物，就会抖落出一阵彩色的落英雨，表露出它们那普遍的、敏感的忧愁。在这样的日子里，是最容易想起上帝来的。

就这样，我最亲近、最喜爱的季节到来了：我的秋天。它在风雨之后走来，它遍体鳞伤，衣不遮体，它静静的，经受了激动和痛苦，顺服下来的它，已处在半昏迷的状态之中了。弱化了的阳光仍能让人感到温暖，空气却似乎凝固了，最后的秋叶也缓缓地落下，随风飘舞；土地变成赤褐色的了，枯草倒伏在地面上，在那高高的、睡意惺忪的天空上，几只留下来过冬的大鸟在舒缓地、庄重地盘旋。紧贴在地面上的薄雾散发出甜味，干燥的、白色的蛛网若隐若现，河中水面泛着死寂的微光，夜空中的流星雨也失去了夏日的亮度，不再显现了；一幢幢低矮的农舍散落在村子的各处，就像是深深地扎根在冬天的大地上。一切力量都是向下的，倾向于大地……太阳带着苍白的夕阳徐徐落下，黄昏则久久地沉睡，不时亮出几丝白日的余辉。这是一个非常特别的、难以猜透的时候；在这个时候，季节的成分死去了，某种永恒的、权威的、最后审判性的东西却降生了。

就这样，在这个我不知如何走进来的房间里，在这扇宽大的窗户前，我看到了这明亮的晚秋，它紧紧地拥抱了伸展在我面前的整个世界。究竟是在什么地方，这片风景永驻我心，以便一次又一次地复现，我再重复一遍，我记不清了。或许，这风景我从来都没有见到过，它是由一支能自动记录的笔在我的脑海里下意识地描绘出来的；在那沉湎于想象的成千上万个小时里，由我所创造出来的画面难道还少吗——说不定也会出现那样的时刻，想象会不请自到，不需要找冥思苦想，便会自动地把我变成它的主人公。

我发现自己置身在一个不大的房间里，两侧是两堵墙，对面是一扇窗户。面前的窗户是落地式的，从地板直抵天花板，背后则是一扇又高又大的门，是双扇的，上面带有三道装饰框和两个别致的铜把手；在那扇门的后面，也应该有着个什么巨大的东西。但不知为何，我却一次也没有想起要到那后面去看个究竟。我的位置就在窗前，在一把低矮的轻便扶手椅上，这是一把旧椅子，已经被坐坏了，扶手也破损了。这把椅子是我的家具中的一种，它和屋里的其他那些东西一样，不知怎么流落到了这里，与我和这个房间和平共处了。这把椅子早就该扔到垃圾堆里去了，可是，我已经习惯了这些东西，害怕与它们分开。它们中间包含了太多的我。当我躺进这把椅子，屁股几乎挨着地板，我就会觉得自己很舒服。

右面的墙边，立着两个做工很粗、但很结实的深色大橱柜。我怀疑这两个橱柜是特意找来的，以免贬低了我那把椅子的长处。这两个橱柜都不是我的，但橱柜里却装着我的一部分家庭藏书，这些书似乎是我自己挑选出来的，都是我最爱读的。对面那堵墙边，也立着同样的一个橱柜，里面摆的是我的玩具——从世界各地带回来的小钟收藏品，这些小钟千奇百怪，各式各样，有玻璃的、陶瓷的，也有粘土的、木头的，有铜制的、铁制的，也有石头的。在它们中间也同样包含了太多的我：在工作之前，我喜欢看看它们。在我感到心满意足的时候（这样的时刻很罕见），我就会走近它们，久久地欣赏着，直到听见那些温情的、婉转起伏的混声，那些声音在重复着我的话语，在补充着我的话语。在我碰触到那些小钟之前，最初的声音就响了起来，它是由一个包着红头巾的玻璃姑娘发出的，那块红头巾在她的下巴下面系了一个结，在她肩膀上横着的那根小扁担上，吊着两只很小很小的水桶。就是从那两只小桶里，传出了一阵水晶般的水声。随后出场的是一个好汉，他头戴一顶翘檐草帽，就连那只道出问候来的小舌头，也隐藏在了那顶帽子的下面。在这之后，我便让整个钟的王国都颤动起来，祝我健康。要知道，用这样的方式很能满足虚荣心。

这不是回忆的房间；而且，我似乎也丧失了回首顾盼的可能性。我置身于此，是为了另一个目的。无论是在房间内部，还是在窗户外面，一切都被一双双人的手或非人的手抹上了一层忧伤、严峻的单调色彩：一个长方形的、狭小得仅够一人独处的居所，变成了一个狭小的、向前突出的、面对着一条出路的世界。

然而，这个世界是百看不厌的，就像你那永恒的故乡。

左边，是河的支流，那条河不太大，它蜿蜒曲折，如今已完全安静了下来，河岸很低，岸上长着几株白桦树，它们三三两两地把根扎在一起，落光了叶子，垂下了树梢。右边，在那个光秃秃的、一侧露出红色黏土的山冈后面，是散落在山坡上的几丛茂密的小松树，在它们的后面，则是高高的、波浪状的地平线，是耸立的森林。在河流和山冈之间，有一条乡间土路，小道还没有被碾平，路中间还留有一些干枯的、被压扁的野草。小路蜿蜒而去，随着河流的弯曲而弯曲，随后潜入一片低地，越过河上一座黑色的小木桥，最后消失在对岸那片白色的乱石间。只是在小桥前方一公里左右的一块坡地上，小路才重新显露了出来，——它已发生了惊人的变化，变得又平又直，灰色的路面闪闪发光。

这突然发生了变化的道路让我感到不安。离我很近的道路此端，杂草丛生，勉强可以通行，无论如何也难以将它与道路的彼端联系在一起，那彼端宽阔齐整，井井有条。无论用什么样的纽带都难以将这道路的两端联系起来，新的一端一准会挣脱旧的一端，就像老爷的手会挣脱农夫的手一样。我非常想看一看道路两端的连接处。我还感觉到，如果不得不去踏上那条新路的话，那么，那条新路也许会像自动扶梯一样，是会自动滚动的。不过，那条新路也不是荒无人烟的：在它最初发生变化的地方，在路的右侧，耸立着一株乌黑的百年古松，它体态端庄，低垂着宽大的枝桠，而在那株松树的后面，可以看到一间崭新的小木屋，它泛出琥珀色的光泽，就像是童话中的小木屋，屋顶上只有一个坡面，坡面朝着我这边。同样像是在童话里，那屋里住着一个小老头，他常常出门走到那杂草丛生的路肩上来。可以看到他那颗没戴帽子的白发苍苍的大脑袋，还可以看出，他的个子并不高。可是从我这里看不清楚，他的脸朝向哪边，他在观察什么，然而，如果长时间一动也不动地站在那里，那就一定是在观察什么，一定是在急切地等待着什么。

这阵非尘世的、昏昏欲睡的严寒已持续了一天，这严寒完全是咒语性质的，是一只算命的手给招呼过来的。白桦树如此温顺、如此美丽地躬身面对河水，小河如此惺忪地潺潺流淌，在那道路消失之处的河岸上，石头如此忧伤地泛着白光，就连右边那些散落在山坡上的小松树，也带着可笑的匆忙而僵住了，于是，在一阵甜蜜的愁苦之中，我的心一阵发紧，非常想去看一看，去看一看。这是什么，是生活，还是生活的继续？太阳很安静，很羸弱，带着一个清晰的、五彩的日晕，干燥的、轻雾似的薄云静卧在空中，似乎扎下了根，似乎失去了轮廓。而在地上，落叶已经埋进了土壤，再也不能飘飞、再也无法喧嚣了。落了叶的森林并不显得赤裸，并不显得可怜，它已经及时地换了装。在森林的上方，在山冈和小河的上方，掠过一阵悠长的、哀伤的叹息，这叹息越来越轻，越来越弱。

就这样，你坐在窗前这把舒适的破椅子上，时而看着眼前的风景，时而看着自己，已分辨不出彼此，也无法将所见到的一切梳理为连贯的思绪。天空慵困地泛出幽蓝，黑暗自大地慢慢地腾起，渐渐地，我的房间也被黑暗所遮蔽。我已经习惯于黑暗了，我要说一声：这是我的黑暗。

突然，出现了第二个幻象，幻象中的幻象，我开始看到，自己出门来到到原野上，转身走向小河，在那儿，一株株高大的、树皮很厚的白桦静静地站着，从根部分裂出好几支树干，那一根根光秃秃的树枝，忧伤地伸展着，还将被疾风所折断……我站在白桦林中，想道：它们是否看见了我，是否感觉到了我？也许，它们同样在等待？这已经不再是什么植物界的奇谈怪论了，人、树木和鸟儿，我们都被拴在同一条生物链上，我们有着同样的生命意义。在上了年纪之后，见一棵树木倒下，往往就会伤心不已！

在那条水波不兴、十分静谧的小河旁，我穿行在白桦林间，向那座小桥走去，走在坚实的大地上，真叫人高兴，接着，我下到坡底的卵石滩上，脚下响起一阵哗啦声，这里的水流要更急一些，也更清一些——然后，我重新回到坡上，走上小桥，小桥的两侧，躺着几根被截去头尾的原木，算作栏杆。这些原木早就躺在这里了，已经发黑了，木桥的桥面也已发黑，这座小桥已经被所有的人所遗忘了，因为，自打我住到这里以来，我还从未在这座桥旁见到过一个人影，这座忧伤的小桥，它在久久地等待着什么……然而，它究竟在等待什么呢？干吗要建这座桥呢？我坐在桥栏杆上，想看看河上这个世界的两侧，看看道路所通向的对岸。我久久地坐在那里，克制着那种欲走过桥去、踏上那些白色圆石的愿望。甚至在我的想象中，我都没敢那样做。空气起伏跌宕，就像一股强大、隐秘的气息，吹拂着我的脸庞，黄昏的阴霾凝固了，右边森林那尖尖的柏树树冠变得更暗了。"好的，好的。"我轻轻地说道，我觉得，说了这句话，我就会闪出亮光来，就像一个远远就能看见的亮点。

后来，我发现自己是坐在扶手椅里，但我在继续思考：要知道，在我没能走出这个房间之前，实际上已先出去了一趟。我没敢越过那座小桥，可我其实已经站到了那桥上，从那儿看着那条消失在乱石间的道路，从那儿寻找那些即将出现的陌生感受。也就是说，我还是迈出了一步。这究竟是好还是不好，我不想去寻找答案，我仅仅是发出一声叹息，让自己挪动一下位置。天色完全暗了下来，该回家了。我在这个房间里，在回家的半途中，可是家如今究竟在什么方向，我却越来越搞不清楚了。

我坐在这里，已经分辨不清窗外的任何东西了，只能看到森林那浓重的轮廓，我不时摸一摸自己，看自己是不是还在这里，我在半睡半醒地思考着这样一个问题：如果我走上了那座小桥，那么在此之后，夜晚的钟声是否就会变得更近、更执拗呢？

[刘文飞 译]

⊙作品赏析

这是一位俄罗斯智者晚年的一篇优秀的作品，全文散淡平和，宁静忧伤，没有刻意的构思，更没有人为的雕琢，它是一位垂暮老人对行将结束的生命的感悟，是他的灵魂的独白，是"一支能自动记录的笔在我脑海里下意识地描绘出来的"一幅自然之秋与生命之秋交相辉映的绝美画面。

作者以极其敏锐的感觉，牢牢地把握住自己内心意识的转瞬即逝的种种变化。文章先从孤独内心出现的神秘幻觉写起，然后忽然意识到，这种幻象的出现可能是"死神"悄然前来召唤自己。这样的时刻，有人惊慌，有人悲伤，而作为智者，则是平静地面对，并记录下在死神接近时的极其细微的心理活动。接下来极绘秋天之美，诗一般的语言生动准确地刻画出俄罗斯秋天那种特有的辽阔、博大、灿烂、深沉与忧伤。随着意识的流动，我们便被他带到室内，又带回室外，感受着流逝的时光给大自然及作者心情造成的微妙的变化，最后随他一同走进那种物我两忘的神秘幽深的境界。这里，无论室内之境还是室外之境，都飘缈在亦真亦幻中，笼罩一层奇幻的色彩。

文中之景是自然之景，也同样是心中之景，心与物水乳交融，浑然一体，达到绝妙的高度。

文章让我们看到的不仅是俄罗斯的深秋美景，也不仅是充满神秘奇幻色彩的作者意识，而是活脱脱的、明明白白的老作家的灵魂世界，面对生命即逝的恬静、深邃而又宁静的极富智慧的生命之歌。

版权声明

　　本书中少量作品尚无法与权利人取得联系，为了尊重作者的著作权，特委托北京版权代理有限责任公司向权利人转付稿酬。请您与北京版权代理有限责任公司联系并领取稿酬。联系方式如下：

北京版权代理有限责任公司

北京市东城区朝内大街 55 号新闻出版大厦版权协会

邮编：100010

电话：（010）65167433 传真：（010）65167433

E-mail:bookpodcn@gmail.com

Website:www.bookpod.cn